U0095532

国家体育总局体育哲学社会科学研究成果汇编

（竞技体育卷 2001—2006）

国家体育总局政策法规司　编

人民体育出版社

前　言

　　国家体育总局一直高度重视体育哲学社会科学研究工作，注重发挥其在体育工作中的指导和借鉴作用，并视体育哲学社会科学的繁荣发展为体育事业兴旺发达的一个重要标志。

　　多年来，国家体育总局在组织、指导体育哲学社会科学研究，尤其是开展体育基本理论、体育发展战略，以及围绕体育事业发展的重点、难点、热点问题研究方面做了大量工作。国家体育总局每年划拨专项经费资助体育哲学社会科学课题研究，并且资助力度在不断加大。2008 年，体育总局投入近 150 万元，资助了 130 项课题研究。近年来，国家体育总局体育哲学社会科学研究取得了一批较高质量的研究成果，既有基本理论的探索，也有实践应用方面的创新，总体上代表着我国体育哲学社会科学研究的较高水平。

　　为了充分实现这些研究成果的价值和作用，国家体育总局政策法规司计划不定期、分领域编辑出版体育哲学社会科学研究成果专集，第一批首先从 2001—2006 年的成果中选编了体育产业专集和竞技体育专集。这两个领域成果相对较多，部分成果与体育工作结合得也比较紧密，在研究的深度和广度上都基本能够代表目前我国在这两个领域的研究水平。

　　希望这两个专集的出版能够对广大体育工作者和科研人员起到积极的参考作用。第一次做这项工作，疏漏在所难免，欢迎广大读者批评指正。

目 录

关于培养我国竞技体育高层次教练人才的战略研究

——以中国乒乓球队蔡振华教练班子为典型考察对象

肖 天　梁晓龙　王鼎华　李力研　刘定一　李宗汉

王润平　李 辉　隋 平　吴永芳　杨 江

一、竞技运动的两军对垒也是教练员之间的竞争

体育文化是人类文明中的特殊部分和重要组成，其中竞技运动更是魅力无穷，它丰富着人们的生活，愉悦着民众的心智，促进着人类的健康。运动水平的提高，更能起到这样的作用。人民生活的提高，更加要求竞技运动水平的提升。因此，如何不断提高竞技运动水平，就成了体育运动这一特殊部门的重要工作。

竞技运动成绩的获得最终离不开运动员在竞赛场上的拼杀，离不开运动员所拥有的体能、技能和技战术组合。

然而，随着竞技运动的竞争程度不断提高，随着竞技运动的复杂程度越来越高，运动员的成长再也不能进行原始探索，单纯依靠自我奋斗，他们必须借鉴前人的知识与经验，必须接受他人的教育帮助。其中，为运动员提供教育帮助的最主要力量就是教练员。

教练员虽然并不直接参加运动竞赛，并非竞技运动最前线的搏杀者，但却是运动员、巅峰成绩的培养者。

因此，竞技运动的竞争不仅仅是运动员之间的拼搏，也是教练员之间的竞争。从战略角度来看，教练员甚至比运动员更占据着重要位置。为此，在全面提升中国竞技运动整体水平的今天，就不能不从总体上考虑如何培养优秀教练员这一重大问题。

竞技运动的核心人才分为两类，一类为前台拼杀的运动员；另一类则是后台运筹帷幄的教练员，他们专门负责训练和培养运动员。在当今竞技运动的激烈竞争格局中，两者缺一不可。

经验表明，凡是某些项目取得了优异成绩，一定是这一项目的背后拥有并储备着德才兼备的优秀教练员；若干项目长年落后，也往往是因为缺乏适合这一项目发展的高级教练员；某一项目的长年徘徊，或时好时坏，大体上也是因为教练员队伍存在问题，不能持续而良性运行。

二、中国乒乓球队教练员队伍选材育才经验值得总结

中国乒乓球队近 50 年来长盛不衰，一直雄踞国际乒乓运动的前列，创造了世界乒坛的历史奇观。总结探讨其成功的要求，其中关键的一条，就是培养和造就了一代又一代献身事业、多谋善断、开拓创新的领军人物和教练队伍。男队有傅其芳、徐寅生、李富荣、许绍发、蔡振华、刘国梁，女队有梁焯辉、孙梅英、容国团、张燮林、陆元盛、

优良传统代代相传，技术发展与时俱进。尤其是 20 世纪 90 年代初蔡振华出任主教练和总教练的十多年来，面临着社会转型、规则改变等严峻挑战，他率领年纪最轻、资历最浅的教练班子，发愤图强，奋勇拼搏，打了一场场漂亮的翻身仗和卫冕战，培养了一批世界冠军、奥运冠军，创造了我国乒乓史上最辉煌的业绩。他们都功成名就，一个个成了金牌教练。他们的执教之道和成材经验值得总结。

事实证明，教练员就是竞技体育的主心骨，是竞技体育能否发展和怎样发展的掌舵人。

如何使我国优势项目长年保持优势，如何使我国一般项目脱颖而出变成优势项目，扩大获胜能力；如何使落后项目百尺竿头，不断进步，努力翻身；如何营造选拔和培养我国优秀教练员的体制与机制，长期保持可持续发展，这是摆在我们面前的一个不可忽视的重大战略问题。

我国竞技运动的整体实力的提升，离不开高层次教练员的实力提升，为此，我们特立此题，以 50 年长盛不衰的中国乒乓球队特别是蔡振华教练班子为考察对象，就我国高层次教练员的培养问题进行专题研究。所谓高层次教练员，这里主要指从事国家队执教工作的各项目的教练员团体。本课题组围绕中国乒乓球队特别是蔡振华执教以来的教练员队伍的特殊经验与事例加以提炼。

三、中国体育中的优势项目：乒乓球

（一）乒乓球简史及中国乒乓球之由弱至强

19 世纪中后期的某个时刻，英国某酒馆里的某些闲人，酒兴未尽，手舞足蹈，将酒瓶塞在酒桌上扔来扔去，以图高兴。结果这一游戏逐渐演变成了一项体育运动，它就是当今无人不识的乒乓球。然而，这些掷瓶塞子的酒徒，却死活也想不到这一项目会在遥远的东方变成中国的国球。

1890 年，苏格兰人詹姆斯·吉布从美国将一种叫做赛璐珞的塑料材料带到了英国，并用这种材料制成了白色球体，游戏者将它在桌子上打来打去，犹如桌子上的网球。从此，人们称它为 table tennis，意思就是"桌子上的网球"。与之同时，人们又根据它在桌子上跳来跳去"乒乒乓乓"的声音，遂称之为"乒乓球"。

1891 年，英格兰人查尔斯·巴克斯特又把这项运动申请了商业专利，从此得到了广泛认可。

乒乓球在西方诞生以来，就随着水手和商人的漂洋过海在世界各地开始传播。1901 年，乒乓球从西方来到了日本。1904 年，这项运动又从日本来到了中国上海。由此可见，乒乓球的传播见证着东西方文化的交流，它是西方的体育文化在世界各地渗透的结果。

在 20 世纪 20 年代以前，乒乓球这项运动始终都停留在游戏阶段，既没有统一的比赛规则，也没有正式的比赛。进入 20 世纪 20 年代，乒乓球才首次举行了邀请赛。1926 年 12 月，第一届世界乒乓球锦标赛在伦敦举行，然而此时知道这种游戏的中国人则寥寥无几。

乒乓球在世界各地的传播，大体上遵守商业与社会流通的法则，首先在沿海与交通发达的国际城市扎根并扩散。

1904 年，上海四马路一家文具店的经理王道平从日本购买来 10 套乒乓球器材，并摆设在他的文具店中，他亲自表演和介绍在日本所看到的乒乓球运动情况。1916 年，上海基督教青年会童子部正式添加了乒乓球房和球台，学生之间这才有了乒乓球运动。当时中国的乒乓球水平远远低于日本。1935 年，在中国成立了中华全国乒乓球协进会，发起并组织了全国乒乓球竞赛大会。然而，真正能来参加比赛的只有上海、天津、南京、青岛、香港和澳门这些沿海城市。

中国的乒乓球运动主要是在沿海大城市里开展着，中国早期的乒乓球运动员和教练员也都清一色诞生在上海、香港等沿海大城市之中。20 世纪 30 年代以前，中国人的乒乓球成绩远远落后于咫尺之遥的日本。

在乒乓球运动方面，西方的欧洲和东方的日本，长期以来拥有绝对的领先权。欧洲拥有乒乓球的发明权，德国、捷克、匈牙利甚至南斯拉夫、法国、瑞典等国，长期拥有良好成绩，人才济济，技术先进；日本则在东方世界独领风骚，不仅获得了一系列优异成绩，贡献了一批又一批的乒乓巨星，而且在技术进步（如弧圈球）、器材变革（如海绵胶皮拍）等方面，作出了巨大贡献。

中国人在 1949 年前从事乒乓球运动的内外环境就是如此。中国人在东西两洋巨大夹击下的缝隙里开展着这种运动。甚至从 1949 年以来的十年历史中，乒乓球在中国也并非优势项目。当时的中国国家队，仅仅是世界二流水平。

1953 年，中国加入了国际乒乓球联合会。当时的成绩，男子为一级第十名；女子为二级第三名。

1957 年，中国乒乓球队不论男女，都双双上升为一级前三名。

1959 年，容国团在第 25 届世界乒乓球锦标赛上获得了中国人的第一个世界冠军。

1961 年，中国乒乓球队由原来的落后水平一跃变成了世界强队。在第 26 届世界乒乓球锦标赛中，获得了男团、男女单打 3 个冠军，同时还获得了 4 个亚军和 8 个第三名。也就是从这一年开始，日本称霸亚洲乒坛的历史宣告结束，代之而起的中国人在世界乒乓舞台上的呼风唤雨。

在未能加入国际奥运会大家庭之前，乒乓球长期以来都是中国所有体育项目中最辉煌的一个项目。甚至"文化大革命"那样的特殊时代，它都发挥着超越体育的政治功能，小小银球敲动了中美两国关闭多年的大门。

1979 年，中国在国际奥委会上恢复了应有的合法席位，中国人开始将自己的体育步履跨入了更快、更高、更强的世界体育组织之间。

1988 年，乒乓球第一次作为奥运项目在汉城亮相。我国乒乓球运动员，在总共四块金牌的争夺中，首次获得了其中的半壁江山，分别获得男双和女单两枚金牌。

从此以后，中国乒乓球在历届奥运会的金牌争夺中，都发挥了它应有的国球作用。与之同时，中国乒乓球队继续保持在各类单项比赛中的优势，在世锦赛和世界杯等重大比赛中，更是左右逢源、大踏步前进，推动着人类的乒乓球事业。

大体来讲，世界乒乓球运动经历了以下"六个阶段"，凸现了中国乒乓球运动的沿革与变迁。

第一阶段（1926—1951 年）的"欧洲乒乓球运动的鼎盛时期"。

第二阶段（1952—1959 年）的"日本队震动世界乒坛"。

第三阶段（1959—1969 年）的"中国队崛起，朝鲜队崭露头角"。

第四阶段（1971—1979年）的"欧洲队复兴，中国队重整旗鼓"。

第五阶段（1981—1991年）的"中国打世界"。

第六阶段（1991年至今）的"世界打中国"。

由上可知，中国乒乓球队并非乒乓球的诞生国，一开始也非优势国。它是从落后项目逐步转化成了领先项目和"长盛不衰"项目。原来发明于英国的西方体育项目，却变成了东方中国人的国球，真可谓斗转星移，换了人间。这种"转化"以及对优势的保持，才是中国人在乒乓球运动乃至人生奋斗方面的真正价值。

中国乒乓球队为何能长盛不衰保持优势呢？

有人将之归结为"举国体制"，也有人将之分析为"国球精神"，还有人认为主要原因是"为国争光"。诸多结论，不一而足，都有充分的道理。

然而，乒乓球像任何人间文化一样，都离不开专门的技术进步和文化进步，都离不开教育过程和教学环节。

解读中国乒乓球队长盛不衰就不能忽略一个重要的环节，那就是乒乓球的"教育过程"。而这个教育过程中的主要环节就是教练员的特殊性。世界越发达，教育越先进。文化越领先，教育越成功。乒乓球运动中的教练员就像是大学讲堂里的教授与老师，他们传递着最先进的文化理念和技术规范，它们总结着最前沿的技术动态和战术风格，他们摸索着未来的变化格局，他们选择着适合自己发展的道路。

所有体育项目的进步都遵循这样的规则。世界上没有脱离教师而成长的学生；世界上没有脱离教练员而攀登高峰的运动员。中国乒乓球运动长盛不衰的多种原因之中，教练员的先进性和有效性发挥了更为直接的作用。

为更好地总结和分析中国乒乓球队的长盛不衰的历史事实，为更好地促进我国其他项目的快速进步，为更好迎接2008年的北京奥运会，本课题着重探讨中国乒乓球教练员在中国乒乓球事业中的特殊性和重要性，分析中国乒乓球教练员的执教之道和成材之路。

在中国乒乓球事业中，在历任教练员的巨大链条中，蔡振华及其教练员队伍是一支不可多得的战斗力量。他执教十多年来，教练员队伍不断壮大，乒乓球运动成绩日益提高，奥运会上的金牌多次包揽，国家队的内部改革成效显著，国家队与省市队的衔接有机而合理，中国乒乓球人才济济。所有这一切虽然不完全是他一个人的功劳，但都渗透着他担任主教练和总教练以来的辛苦与血汗。麻雀虽小五脏俱全，窥一斑而可知全豹。

（二）中国乒乓球在奥运会上的夺金贡献率

中国乒乓球队是一支特别能战斗的胜利之师。自从1959年容国团获得第一个世界冠军以来，他们就把征服世界最高峰作为自己的奋斗目标。1988年以来，乒乓球终于入选奥运会。这一年中国乒乓球获得两枚金牌，对该届奥运会的金牌贡献率高达40%之多。

虽然在这届奥运会上，中国运动员的金牌总量不多的原因比较复杂，有人甚至称之为"乒败汉城"。但是，可以肯定的是，如果没有中国乒乓球队的参加，我国运动员所获得的金牌总数还要更少。

表 1　中国乒乓球奥运历史上的金牌数及金牌贡献率

届次及举办城市与时间	世界各国的乒乓球金牌运动员	中国乒乓球本届奥运会上的金牌数	中国体育代表团在本届奥运会上的金牌总数	乒乓球在奥运会中的贡献率（%）
第 24 届汉城奥运会（1988 年）	男单金牌得主：刘南奎（韩国） 女单金牌得主：陈静（中国） 男双金牌得主：陈龙灿 / 韦晴光（中国） 女双金牌得主：梁英子 / 玄静和（韩国）	2	5	40.00
第 25 届巴塞罗那奥运会（1992 年）	男单金牌得主：瓦尔德内尔（瑞典） 女单金牌得主：邓亚萍（中国） 男双金牌得主：吕林 / 王涛（中国） 女双金牌得主：邓亚萍 / 乔红（中国）	3	15	20.00
第 26 届亚特兰大奥运会（1996 年）	男单金牌得主：刘国梁（中国） 女单金牌得主：邓亚萍（中国） 男双金牌得主：刘国梁 / 孔令辉（中国） 女双金牌得主：邓亚萍 / 乔红（中国）	4	16	25.00
第 27 届悉尼奥运会（2000 年）	男单金牌得主：孔令辉（中国） 女单金牌得主：王楠（中国） 男双金牌得主：王励勤 / 阎森（中国） 女双金牌得主：王楠 / 李菊（中国）	4	28	14.29
第 28 届雅典奥运会（2004 年）	男单金牌得主：柳承敏（韩国） 女单金牌得主：张怡宁（中国） 男双金牌得主：马琳 / 陈玘（中国） 女双金牌得主：王楠 / 张怡宁（中国）	3	32	9.38

自从乒乓球在 1988 年汉城奥运会上被列为正式比赛项目以来，中国乒乓球在奥运舞台上为中国的金牌获得作出了自己应有的贡献。虽然五届奥运会上的贡献率出现了递减的趋势，但并不表明中国乒乓球队的水平在下降，而是其他项目的成绩也在提高。事实上，在五届奥运会上，中国乒乓球都打出了自己应有的水平，一次获得两块金牌，两次获得三块金牌，两次获得四块金牌。如此战绩实在可嘉。

四、教练及中国乒乓球队教练

（一）教练员的意义

世界上没有不接受教练指导而能攀登世界高峰的运动员，就像世界上没有不接受教育就可获取诺贝尔奖那样的科学家。

作为文明古国的中国，先贤老早就注意到了教师的作用。《管子·弟子职》就说："先生施教，弟子是则。温恭自虚，所受是极。见善从之，闻义则服。"一个优秀教师的良好品质与规范，对于学生的成长将发挥"则""极""从"和"服"的作用。人类社会中，失去老师及其教育的过程，我们的生活将会陷入迷茫之中，不能尽快掌握人类积累起来的知识水准和行为规范。

在原始状态，在摸索时期，在没有多少经验与知识可借鉴的情况下，有没有教练员就像有没有教师一样无关紧要。但是，当人类积累了一定的知识之后，如果一个人的进步中尚不能从人类积累的知识宝库中汲取营养，他的成长是没有可能的。他的成长只能是原始的探索水平，而不可能达到世界先进水平。因此，我们说，教练员就像教师一样，他的首要功能就是传递人类知识的功能。唐朝文学家韩愈已经对教师的功能作了大体准确的描述：传道、授业和解惑。传道，就是将某一事物的基本精神传递下去；授业，是将本门学科的基本知识与规范正确教授给后人；解惑，是扶植受教育者进行探索。也就是说，如果一个勤于探索的学生遇到了课本以外的问题，老师就应该负责予以解答，以满足该生的求知欲和好奇心，使他能够更快成长。

运动训练也是一种教育过程，教练员就是另一种形态的教师职业。只是，教练员所教授的对象更有特殊性，更要求教练员对运动员进行精雕细刻。教师更多传递着概念知识，教练则除了概念知识外，还需传递自己的体会与经验。

如果一个运动员不接受教练员的技术指导，他的运动技术水平就无法达到人类当时应有的高度，即使最后达到了较高水平，但付出的成本要比接受教育者大得多。因此我们说，教练员是人类有关某一项体育运动的技术标尺，在技术水准和行为规范方面代表着当时人类应有高度。如果是高级教练员，就更是代表着高级水平与规范；如果是国家队的教练员，就应该是能反映世界先进水平与规范的人类尺度。中国乒乓球教练员就是这样一支能够充分反映世界乒乓球前沿先进水平的人类技能与规范标尺。

将近50年来，中国乒乓球队的历任教练员都充任着这样的尺度与标杆，从而引领中国运动员达到了世界最先进的技术水平。其中，以蔡振华为代表的第五代教练员更具有代表性。

教练员到底在运动训练中发挥怎样的作用，这要根据运动训练的目的与规范来回答。

运动训练的目的不是为了训练，而是为了比赛；甚至也不是简单地为了比赛，而是为了在比赛中获得优异成绩。

正是为了获得比赛中的优异成绩，于是比赛时所必需的有效办法，则是运动训练所必须训练和强化的。也就是说，运动员是比赛中的主体，而竞赛的主体不可能是教练员或其他任何成员。

因此，拥有先进制胜武器或技术手段的运动员，才是运动训练的根本目的。

但是，由于运动项目的演化和各项目技战术的日益复杂，世界上几乎没有脱离技战术的运动。即使是田径运动也不只是身高力大的比赛，还需要同等条件下的更合理的技战术发挥。

由此，我们可以清楚看到，在运动训练过程中，教练员所要生产的就是"拥有先进技战术能力的运动员"。

至于辅助于场上搏杀的还有哪些因素，则根据制胜因素的大小，还可以排列出许多内容来，比如说身体素质、心理素质、智力条件、文化能力甚至礼仪教养。

当一支运动队伍庞大到一定水平之后，就不是一个教练员可以凭借自己的能力将所有问题解决的，必须借助团队的力量来处理。同理，运动员队伍壮大到一定程度之后，也决不是自己的勤学苦练就可胜任要求的，还必须同时拥有处理技术之外的其他能力，最起码要有学会与他人合作的精神与办法。

综合而言，乒乓球教练员跟所有运动项目的教练员一样，他在运动训练过程中所必须"生产"的有如下两大块内容。

运动员部分：该项目运动员＋先进技术＋技术组合＋技战术应用＋战略构想。

团队部分：该项目团队精神＋管理手段＋管理策略＋项目文化。

然而，运动训练绝非易事，往常训练与实战比赛完全不是一回事。有的人训练水平很高，但不能参加比赛，或者比赛水平较低；有的人有很高的技战术水平，但实战时却不能将之充分发挥出来。于是，教练员必须面对与技战术没有直接关系但又直接制约技战术发挥的特殊内容。这种东西就是各项目所必需的"能力"与"杀气"。

"能力"是所有行业里都必需的东西。能力不是相关技术的简单相加，也不是静态条件下技能的释放与应用，而是动态状态下在复杂环境中能够根据环境的"突变"而给出瞬间的创造性的技战术应对。它与大脑中的某种力量有关，有先天成分，也有后天因素。但长期锻炼和正确引导则可能提高能力。能力是一种相对稳定的心理素质。

与"能力"相连的则是"杀气"。这更是平时所无法把握的内容，但是所有项目都需要这种特殊力量。甚至可以讲，一个运动员如果场上没有"杀气"，他就无法获得最后的胜利。那么，"杀气"到底是什么？我们认为，所谓"杀气"就是最激烈比赛中所表现出的瞬时最高效率并将最高水平释放出来的心灵爆发力。

"杀气"最难能可贵，也最不好培养，但还必须发现、保留和培养。同等技战术条件下的运动员，教练员一般将最关键的比赛场次交给富有"杀气"的运动员来担当"决战"任务。

"能力"与"杀气"则更属于"非理性"内容。虽然现在对这种素质尚无准确的认识，但是千万次的社会实践告诉我们，人与人的差别，往往不在身体素质和技战术的训练方面，而在将这些基础条件如何"创造"与"发挥"的"能力"和"杀气"方面。高级教练员最关心的不是技战术的培养，而是这种心灵能力的获得与应用。

多年来，中国乒乓球队在每一个历史时期都要培育和发现若干这类敢挑大梁的尖子运动员。这些运动员不仅拥有良好的技战术能力，而且还有服从组织的全局观念，更有临危不惧、敢拼敢打的"杀机"和"杀气"。

由此反观，中国乒乓球队的教练员在"生产什么"和"如何生产"方面，别具一格，紧跟、创造甚至控制着世界乒乓球的潮流与方向。

在本课题调查过程中，蔡振华先生接受过我们的采访。就教练员在运动训练过程中的意义，他直言不讳评价教练员的特别价值是："项目成绩的好坏，运动员是一个方面，除了举国体制、领导关心和国球地位，关键在于教练员，乒乓球这个项目拥有一个全国教练员体系。"在回答"如果离开教练员，一个人能通过自我训练成为世界冠军吗"这一问题时，蔡振华则说："除非是人才，但是概率很低。中国运动员也是天才，但关键在于后天培养。台湾的蒋彭龙和白俄罗斯的普里莫拉茨都属于天才运动员，也达到了较高水平，但都不能夺得世界冠军。如果他们能得到中国教练员的点拨，早就成了世界冠军。"

中国乒乓球队现任领队黄彪先生在2001年接受访谈时，也发表了自己的看法，既指出了中国教练员刻苦钻研业务的实际情况，也谈及了教练员在世界冠军的培养中的特殊意义，"教练员的核心作用，是队伍取得成绩的前提，他们对技术的研究很深。我见过很多国外教练，不如我们。但我们不排外，常常借鉴国外先进经验，好东西拿回来，很注意观察学习，特别是蔡指导很敏锐，在公开赛看到新东西，马上回来讲，谁谁加了一板什么球，马上把录像带带回来研究，我们的录像带特别多。"还说："外国运动员有的是天分，是自己打出来的，我们运动员当然也有天分，但很多是教练员精心塑造出来的。我们的教练能培养世界冠军。"由此更可看出，中国乒乓球运动员的卓著成绩，却不是西方运动员那样自我练习出来的，而主要是教练员培养出来的。

我们的教练员为什么能培养世界冠军？那一定是这些教练员有效掌控了乒乓球这一项目的制胜因素，最大限度顺应了乒乓球运动发展的规律。

（二）教练员素质

世界各国，古往今来，无不重视对人才的培养。

但是，不是什么人才都服从人才学的规律。比如说，知性概念过强的领域如逻辑、数学、哲学、物理、化学等领域，人人都可以学习，人人都可以从零做起，人们都可以在一定水平条件下充当教师甚至导师。然而，知性概念不强但与行为有紧密联系的领域，则不是什么人都可以充任权威的，必须讲究出身与资历。这些领域有艺术、军事、经营和体育。在这类领域中，不管他受过怎样的教育，获得了怎样的文凭，口才与书面知识如何，但假如他在这个领域内没有自己相应的业绩，谁都不会相信他的权威。一个不会书法的人在大谈特谈书法理论，别人不相信这是真话。一个从没有打过仗也没有战争业绩的人，想要当将军，战士们大多不服从；一个不具备相应音乐成绩但却拥有较高的音乐学历的人，突然间被委任为音乐指挥，团员们很难对他尊重。同理，一个连省级教练员都没有当过也没有多少实战成绩的体育博士，固然有某些理论知识，但运动员不会接受他的训练指导。

乒乓球运动的经验告诉我们，教练员如果没有运动员的经历，没有相应的运动成绩，几乎无法胜任这一项目的指导工作。中国乒乓球队的历任主教练都是在世界乒乓球比赛中获得过优异成绩的运动员。尽管这种选拔机制存在这样那样的问题，但到目前为止依旧还是最好的办法。蔡振华本身就是当时最优秀的运动员。这样一种成材和"育才"的方式，似乎在文化知识方面存在某些不足，但是在该项目的最高水平的规范传递方面，则具有最大的优势。事实上，世界各国各个项目的优秀教练也都如此。比如，德国足球的教练中就有贝肯鲍尔和沃勒尔这样的人物。他们都是当年叱咤风云的"足球先生"。德国有文化有学位的体育专家多得是，为什么在足球这个问题上依旧不将重担放在这些有文化有学历的人身上而要压在足球高手身上呢？根本的原因还是贝肯鲍尔和沃勒尔身上承载着人类足球最高水平的经验感受，最起码负载着德国足球的最高水准。掌握吃饭理论的人类，在啃骨头这个问题上就敌不过毫无吃饭知性概念的食肉动物如狮子豹子老虎豺狼的能力。

中国乒乓球之所以长盛不衰，与这样一种技术、战略、规范上的"水准"承接，有着极为密切的关系。人们无法想象，中国乒乓球队的主教练竟是专项水平不高的普通运动员甚至非运动员。就像军队中人们无法想象，将军居然是没有打过仗的文人。

教练员身上有两种要素非常重要，其中"领导者的个人魅力"就是通过战绩积累而来的。如果刘国梁不是世界顶级运动员，凭他的年龄和经验来担当中国乒乓球队男队主教练角色是难以取得队员信任的。

教练员的另一个能力是"管理约束"能力。而这种能力同样离不开实践经验的积累，但尚可从书本、学校、媒体和实践中来掌握。这种能力是运动项目的辅助力量而非核心要素。教练员的"个人魅力"和"管理办法"是其从教过程中必备的核心能力。

这种能力特征不仅在体育运动中存在，在所有专业领域中也都存在。比如说，某大学的校长居然不是某一领域中出类拔萃的专家学者，那么，教授和学生将无法接受他的领导。某公司的总裁，居然不是在生产或营销方面的专家，同样令人不可思议。总之，管理者的个人魅力常常与他以往的经历和业绩有着密切的业务联系。

教练员必须拥有训练办法，而办法必须转化为运动员的有效技战术。中国乒乓球队的教练组织，几十年来一以贯之，各个时期都有新技术的发明，都有克敌制胜的好办法，都有让对方无以适从的奇兵出现。大体而言，在中国乒乓球队的历史中，凡是成绩特别优秀的时候，总是有这样的"创造"和"创新"，凡是成绩下降的时候，总是缺乏这样的创造与创新。

从中国乒乓球的技战术发明与时代特征上可以得到印证，技战术发明最少的时期，相对来讲，成绩也最为波动。

蔡振华说，教练员团体中领军人物最为重要。团队精神很大程度上来源于领军人物的个人魅力。领军人物的个人魅力离不开以下两点，即优秀的业务能力和严格的执教风格，这两点相辅相成，互为依靠，相得益彰。

蔡振华还说，高级教练员所应该具备的最基本素质就是"事业心""责任心"和"激情"。"事业心"属于业务能力；"责任心"属于管理能力；"激情"则是对该事物该项目的无限热爱和永无止境的创新。蔡振华为此而解释说："一个人要永不满足，不断追求，能接受新生事物，要敢于否定自己。当我自己意识到要有新情况出现时，当我听到其他项目的一些好的做法时，只要是好的和对的，我都想在乒乓队里进行尝试。"没有"事业心""责任心"和"激情"这三样最为重要的教练员要素，断难有这样的"尝试"与感受。

（三）中国乒乓球队优秀教练员的成长与培养

中国乒乓球队之所以成就辉煌，与存在一支优秀的教练员队伍的现实密切相关。

那么，为什么这支队伍会有如此优秀的教练员呢？在诸多条件中，我们从教练员的选拔和使用方面挑选若干事例，来阐发这个问题。

中国乒乓球队并非一开始就是世界最优秀的水平，而是在落后的状态中逐步探索，不断进步积累起胜利资本的。

举例来说，第一代教练员是梁焯辉。梁生活在粤港澳一带，少小对乒乓球喜爱，也比较了解情况，成绩也有一些。在中国乒乓球刚刚起步的岁月里，他被推举为中国乒乓球队的第一任教练员。然而，在他出任中国乒乓球男队教练员的时光里，并未能全面超越对手，站在世界冠军的领奖台上。众多原因之中，与他的情况与经历大有关系。梁属于技术型人物，对具体问题比较关注，对战略问题关注不多，似乎也无这方面的才情。在他的带领下，麾下大将有姜永宁、傅其芳等，虽然大家做了不少努力，也有一定的提高，但步子有限，并不理想。

之后，傅其芳脱颖而出。他当时的成绩也非世界顶级水平，充其量是世界二流水平中的较高者。然而，他对乒乓球的了解比梁焯辉更要深邃，对世界乒乓球的变化格局也更有预感。在他的训练布局之中，有"大气象"，于是，中国乒乓球男子水平明显提高。

傅其芳原先生活在上海，解放前到了香港，他出任中国乒乓球队的教练，则涉及当时的一系列政治、经济甚至家庭等方面的具体问题。香港的收入比内地高，怎样才能让他安心工作。时任国家体委主任的贺龙元帅，识才有眼，用人心切，招募傅其芳从香港回到内地，作出特殊处理，以高薪聘用，当时的司局级干部月工资为100来元，而给傅其芳的月薪为200元。

在傅其芳麾下有著名运动员徐寅生、庄则栋、李富荣、张燮林等。中国男队成绩突飞猛进。

运动训练，内容繁多，非常具体，最终较量的是场上的技术与战术，每一个细小的动作都有讲究。不是内行不足以道出其中微妙。为此，教练员一定要由高级内行来充任。但是，光是技术上的内行还未必能当好教练员。教练员是一种特殊职业，既要求有专业技能，还必须要有战略家的眼光，更要有以身作则的表率作用，还必须有"先天下之忧而忧""后天下之乐而乐"的人生品德。

多年来，中国乒乓球队总是沿着以上道路在选拔着教练员。而那些被推上岗位的主要教练员也都在自己的岗位上发挥了应有的能力与才华。

傅其芳、徐寅生、李富荣、许绍发、蔡振华和刘国梁组成的男队主教练，以及由容国团、张燮林、陆元盛等所构成的女队主教练，分别构成了两条教练员链条。每一位新任主教练执教，都在全面继承前人积累的成功经验的前提下，结合当时世界乒乓球运动所提出的各种问题进行技术创新，不断加强队伍建设。

《乒乓长盛考》的作者对中国乒乓球队敢于任用年轻人挑大梁的事例曾做过准确描述："乒乓球界的领导敢于对德才兼备的年轻人委以重任。1964年派年仅28岁的容国团出任女队主教练，挑起打翻身仗的重担。容国团不负众望，继续发扬'人生能有几回搏'的革命精神，率领女将在第28届世乒赛上为我国首次夺得团体冠军考比伦杯。20世纪90年代初，我国男队一度落入低谷，又让不到30岁的蔡振华受命于危难之际，担当男队的领军人物。蔡振华团结年轻的教练班子，发愤图强，起用新人，推出新打法，经过几年苦战，终于重新崛起。数度辉煌。"

不仅如此，中国乒乓球队还在全国开展了教练员的业务能力提高的培训工作。中国乒乓球的"长盛不衰"绝不仅仅是因为有一支国家队的存在，如果没有基层业余训练的普及，没有省市队这一中间环节的精雕细刻，国家队保持高水平的难度就会增高。中国乒乓球的教练员是一个全国性的执教团体，高中低三段，哪一个环节都不能缺少。为提高教练员的业务能力，举办高、中、初级教练员的培训班，并规定国家队教练员都要到各级培训班进行讲课。如此做法，有两个重大作用，一是可将世界最新动向在最快时间内得到传播；二是促使国家队教练员认真学习和总结，对自身的思考能力、组织能力和表达能力也有锻炼和提高作用。

这一做法，有效维持和促进了全国一条龙的举国体制，在信息流上做到了畅通而无缝隙，将国家队与地方队从业务上紧密地焊接在了一起。

另外，中国乒乓球界还在全国进行评选"十佳教练员"。在评选的十佳教练中，不仅有国家队教练，有省市队教练，还有基层教练的名额，从而在荣誉上又一次鼓励和引领了全国教练员的积极向上。

中国乒乓球在教练队伍建设方面进行了改革。进入国家队的教练员，一律进行内部考核，并实行末位淘汰制。每一次重大比赛之后，都要全面总结，每年年底教练员都要述职，由中国乒协教练委员会进行评估打分，综合评定之后，将最后一名教练员调整回省队。以此做法，激励竞争。中国乒乓球协会每两年举办一次全国教练员会议，通报我国乒乓球近年来的成绩与问题，国家队主要教练在本次会议上都要进行全面述职。本课题组参加了 2004 年 11 月在大宝饭店举行的全国教练员大会，身临其境，感受到了我国乒乓球教练员的"述职"过程。

蔡振华执教以来，全面继承了前人的成功经验。他业务精良，思路开阔，结合自己在欧洲执教过程中所了解到的世界潮流，勇于改革，精于管理，严格要求，在技战术全面进步的基础上，又在身体素质、心理训练方面主动寻求范式突破。在教练班子的组合上，更是打破传统，大胆起用了诸如尹霄、吴敬平等本人运动成绩并不突出，执教资历浅，但执教理念先进、勤奋钻研的省市教练员。由于多种成分的组合，反而提升了中国乒乓教练组的凝聚力和战斗力。

在选拔刘国梁出任男队主教练之后，蔡振华又有从高校里面选拔教练员的设想。诸多迹象表明，中国乒乓球队在新时期贯穿着主动突破范式的意图，而不是一味恪守以往那种适应范式变化的局面。正是由于选拔和造就了一批优秀的教练员，中国乒乓球队才立于不败之地。

大赛之后全面总结，从"零"开始，从细微处寻找问题，是中国乒乓球队的一贯作风。

1995 年 5 月，中国乒乓球队在天津举行的第 43 届世乒赛上实现了"全面翻身"的梦想，还囊括了全部七项冠军。为此全国欢腾，万众高兴。然而，就在这时，中国乒乓球开始了全面而深刻的总结，瞪大眼睛找问题。乒协领导徐寅生和李富荣都到场，全面听取国家队对问题的发现，深入研究继续保持优势的战略措施。

2000 年悉尼奥运会上，中国乒乓球队再次获得了四枚奥运金牌。蔡振华则召开教练会议，要求大家"从灵魂深处闹革命"，把有关教练队伍的各种问题统统摆出来进行剖析。2000 年 11 月 24 日，蔡振华在奥运会乒乓赛的总结大会上这样说道："尽管我们在悉尼奥运再次包揽了四枚金牌，但是我们不能因此而忽视和逃避队伍所存在的问题。当前教练员队伍首先要解决的是凝聚力和战斗力的问题，我们要通过批评与自我批评进行深层次的思想交流，找出问题的症结，对症下药。在我看来，我们这次思想交流和总结，其重要性和艰巨性从某种程度上不亚于 1991 年中国男队深陷低谷，要誓夺思韦斯林杯，重新打翻身仗的那个时期，套用一句老话，我们现在需要'从灵魂深处闹革命'。"还说："记得 1991 年 6 月，在鞍山全国教练员工作会议上，我庄严地接过了中国男队主教练的这副担子。大家都明白当时这是一副什么分量的担子，我们共同承担了几代人的期望，也背负着世乒赛落到团体第七的沉重压力。我们当时甚至做好了最坏的准备，历史可能会无情地把我们这一代教练留在黎明前最黑暗的夜里，但我们甘愿以我们的失败为后来者做铺路。正因为我们做好了各种各样困难准备，才使我们面对困难时不惧怕它，才使我们团结得更加紧密，所以我们一次又一次地度过难关，终于迎来了光明。"

多年来，中国乒乓球教练员每次获得优异成绩，都要做这样的全面总结，把它作为承上启下的一个重大战役，往往要花十天半个月，找准问题，拟定继续前进的各项措施。这是中国乒乓球队一直保持优势的关键因素，也是教练队伍成材之路上的重要驿站。

（四）中国乒乓球队历任主教练的特色与贡献及主要成绩

中国乒乓球长期保持优势地位的一个重要原因就是这个项目拥有一支献身事业、多谋善断、开拓创新的教练员队伍。了解这支队伍的特征与结构，有助于了解中国乒乓球成功的奥密，有助于分析与总结中国乒乓球队由弱至强的经验。

从第一代教练员到当前的主教练，中国乒乓球队的教练员大体上都经历了从运动员到教练员的过程，从而更好地印证了"本领域"内的技能传承与知识传授。以下分别就主要教练员的成长经历、战斗业绩、个性特征进行概述，并以此提炼中国乒乓球教练员的执教特点和整个教练队伍的基本共性。

傅其芳：香港乒乓球手，1953年回到大陆，先后担任中国乒乓球队运动员，教练员，提倡中国乒乓球打法要百花齐放，对近台快攻打法风格"快、准、狠、变"的形成与确立，发挥了重要作用。对培养我国直拍近台快攻第一批尖端选手（徐寅生、庄则栋、李富荣等），呕心沥血，贡献显著。曾率队荣获第26、第27、第28届世界乒乓球锦标赛男子团体冠军。

容国团：香港乒乓球选手，1957年回到大陆，先后担任中国乒乓球队运动员、女队主教练。他经历了中国乒乓球队发展史上"三个第一"：1959年第一个夺得男子单打世界冠军，作为男队主将之一，1961年第一次夺得男子团体世界冠军；作为中国女队主教练，1965年率女将第一次夺得女子团体世界冠军。容国团对于中国乒乓球发展的贡献在于：破除迷信，敢于胜利。

徐寅生：中国队夺取第26、第27、第28届世乒赛男子团体冠军的主力之一，与庄则栋合作获得第28届世乒赛男双冠军。作为男队主教练，曾率队夺得第31届世乒赛男子团体冠军。1971年初，面对欧洲弃削转攻的新打法、新格局与新威胁，提出中国近台快攻的主导思想在"快、准、狠、变"的基础上加一个"转"，解决了战略发展难题，并试验成功了直拍反胶快攻等新打法，拓宽了中国乒乓球队称霸世界之路。

李富荣：中国队夺得第26、第27、第28届世乒赛男子团体冠军的主力之一，连续获得这三届世乒赛男子单打亚军；作为男队主教练和中国队总教练，曾率队夺得第33、第34、第36、第37届世乒赛男子团体冠军，并在1981年第36届世乒赛中第一次创造了中国队囊括全部七项冠军和五项亚军的奇迹。

许绍发：中国队夺得第33届世乒赛男子团体冠军的主力之一；1985年任中国乒乓球队总教练，率队夺得第38、第39届世乒赛各六项冠军。面对欧洲新打法的威胁，1988年率先提倡"直拍反面攻"的新技术，并组织刘国梁等少年选手及时进行试验。

张燮林：中国队夺得第27、第28届世乒赛男子团体冠军的主力之一，与林慧卿合作获得第31届世乒赛混合双打冠军。后任女队主教练和中国乒乓球队副总教练。他对"长胶"打法有丰富经验，培养了直拍怪球手葛新爱和快怪结合的横拍选手邓亚萍，以及一大批其他打法的世界冠军。率队夺得第33、第34、第36、第37、第38、第39、第40、第42、第43届世乒赛女子团体冠军，并分别夺得第24届奥运会女子单打冠军和第25届奥运会女子单打、女子双打冠军。

蔡振华：作为主力队员之一，为中国队夺得第36、第37届世乒赛男子团体冠军；与李振恃、曹燕华合作分别夺得了第36届男双冠军和第38届混双冠军。1991年任男队主教练，后任中国乒乓球队总教练。率队夺回中国队痛失6年的思韦斯林杯，继而夺得第44、第46届世乒赛男子团体冠军；为中国队赢得第43、第46届世乒赛和第26、第27届奥运会乒乓球赛的全部金牌。在2004年第28届雅典奥运会上，在乒乓球规则的巨大变革的考验下，他率领的中国乒乓军团获得了三块金牌的优异成绩。

陆元盛：中国队夺得第33届世乒赛男子团体主力之一。1996年任女队主教练、中国乒乓球队副总教练。曾率队夺得第44、第45、第46届世乒赛女子团体冠军和第26、第 27 届奥运会女子单打、女子双打金牌。

刘国梁：中国队夺得第 43、第 44 届男子团体冠军主力之一，是我国第一个夺得世界三大赛冠军大满贯的运动员。2003 年任男队主教练，率队夺得第 47 届世乒赛男团、男双、混双冠军。第 48 届世乒赛男单、男双、混双冠军，第 28 届奥运会男双冠军。

中国乒乓球队历届主要教练的主要业绩可从表 2 资料中得到阐明。

表 2　中国乒乓球男队主教练及其率队成绩一览表

主教练	任职时间	率队成绩	备注
傅其芳	1960 年	第 26 届世乒赛男团、男单冠军，男双季军 第 27 届世乒赛男团、男单、男双冠军 第 28 届世乒赛男团、男单、男双冠军	38 岁出任男队主教练
徐寅生	1970 年	第 31 届世乒赛男团、女单、女双、混双冠军，女团、男双亚军 第 32 届世乒赛男单、女单、混双冠军，男团、女团、女双亚军	32 岁出任男队主教练，后升任总教练
李富荣	1975 年	第 33 届世乒赛男团、女团冠军，女单、女双亚军 第 34 届世乒赛男团、女团、男双、女双冠军，男单、女单亚军，混双季军 第 35 届世乒赛女团、女单、女双、混双冠军，男团、男单亚军，男双季军 第 36 届世乒赛包揽七项冠军 第 37 届世乒赛男团、女团、男单、女单、女双、混双冠军，男双亚军	33 岁出任男队主教练，后升任总教练
许绍发	1983 年	第 38 届世乒赛男团、男单、混双冠军，男双季军 第 39 届世乒赛男团、女团、男单、女单、男双、混双冠军，女双亚军 第 40 届世乒赛女团、女单、女双冠军，男团亚军，男单、混双季军 第 41 届世乒赛女单、女双、混双冠军，女团、男双亚军，男单季军，男团第七 第 24 届奥运会女单、男双冠军，女双亚军	38 岁出任男队主教练；1985 年出任总教练
蔡振华	1991 年	第 42 届世乒赛男双、混双冠军，男团亚军 第 43 届世乒赛男团、男单、男双、混双冠军 第 44 届世乒赛男团、男双、混双冠军，男单季军 第 45 届世乒赛男团、男单、女单、男双、女双、混双冠军，男团亚军 第 46 届世乒赛包揽七项冠军 第 47 届世乒赛女单、男双、女双、混双冠军，男单季军 第 25 届奥运会男双冠军，男单季军 第 26 届奥运会男单、男双冠军 第 27 届奥运会包揽四项冠亚军	30 岁出任男队主教练；1997 年出任总教练
刘国梁	2003 年	第 47 届世乒赛男团、男双、混双冠军 第 48 届世乒赛男单、男双、混双冠军 第 28 届奥运会男双冠军	27 岁出任男队主教练

资料显示，中国乒乓球队的教练员，人人都是"德艺双馨"，个个都是"德才兼备"，不仅自己技艺高超，而且都在各个时期培养出了一批又一批世界超一流水平的运动员。

表中资料还显示，各时期主教练执教时的年龄，即中国乒乓球队主要教练员执教时期的年龄与诺贝尔奖获得者的创造年龄非常接近，符合人类创造期的最佳年龄结构。有关最佳创造期的现象不是一个简单话题，而是如何将一个人的最佳创造期安排在社会生活最需要的岗位上去的"人才学"问题。世界各国无不重视人才的能力发挥，于是，世界各国也无不重视人才的最佳创造期的年龄问题。在一个人的一生中，不同时期具有不同的能力特征。伟大人物的伟大贡献都一定是在他最佳状态中作出的。不能期望一个老年人来做年轻人应该完成的事业。相反，世界上绝大多数创造性的贡献都是在其生命力最为旺盛的时候完成的。以诺贝尔奖这一代表人类科学事业最高顶峰的科学创造为例，绝大多数科学家的创造期都在他的青年时期（表3）。

表3　诺贝尔奖获得者创造高峰及获奖年龄情况

项目	创造高峰年龄	年龄跨度	获奖年龄
物理学	25～45	21～58	52.2
化学	25～50	21～58	54.3
生理/医学	30～45	23～58	57.0

资料来源：路甬祥. 规律与启示——从诺贝尔自然科学奖与20世纪重大科学成就看科技原始创新的规律. 社会科学版. 西安交通大学学报，2000（12）.

通过对比，我们得知，技术领先，战绩辉煌，执教过程年轻化，在最富有创造力的年龄时期担当最重要的光荣使命，这是中国乒乓球教练员立于不败之地的又一个根据。中国乒乓球队，在推选一线教练员走上重要岗位这个重大问题上，客观上吻合着人类最佳创造年龄的人才学规律。

（五）蔡振华教练班子的特色

在中国乒乓球队历任主教练或总教练的名单中，蔡振华是一个至关重要的人物。他临危受命，从低谷将中国乒乓球男队再次提升到了世界领先水平，并以此为动力从技术到战术再次全面推动和发展了这项运动。以蔡振华为核心的教练员集体同样为中国乃至世界乒乓球技术的繁荣作出了贡献。

李富荣为此说道："我国乒乓球多年来长盛不衰，但是我们也有波折、也有低潮，从1989—1995年，六年的男队始终是落败在瑞典手里，但从蔡振华1991年接队以后，同样也是这几个队员。原来的教练没有抓好，1991年以后年年都有新的突破。事业心很强都扑在队里面。大家看他的身体也不太好，腰椎间盘突出，大赛以前又要开刀，忍着伤痛还在指挥，确实很不容易。"

蔡振华的奋斗业绩以及管理经验有助于其他项目借鉴，有利于从整体上提高我国高级教练员的执教能力，共同促进中国竞技运动的全面提高。

然而，蔡振华不是"生而知之"，不是生就的世界冠军，也不是天然的乒乓球教练。他的一切成就都是在社会实践中逐步获得的。他的业绩离不开他的成长历程以及关心、培养他的所有因素（表4）。

表4　蔡振华成长历程

时间	事件与履历
1961 年 9 月	出生于江苏无锡一个工人家庭
1968 年 9 月	入无锡市花园弄小学读书，二年级时开始学打乒乓球
1972 年 6 月	11 岁进无锡市业余体校乒乓班
1973 年 3 月	进江苏省乒乓球队
1975 年 10 月	在江苏省盐城县表演乒乓球时摔断左臂
1978 年 9 月	进入国家青年乒乓球队
1979 年	正式进入国家队
1981 年 4 月	获第 36 届世乒赛男团、男双世界冠军
1983 年 4 月	获 37 届男团冠军
1985 年 4 月	获 38 届混双冠军
1985 年 11 月	赴意大利执教
1989 年 4 月	从意大利回国任乒乓队助理教练
1991 年 6 月	出任国家乒乓球队男队主教练
1997 年 1 月	加入中国共产党
1997 年 4 月	出任国家队总教练，乒羽中心乒乓部部长
2002 年 11 月	任乒羽中心副主任
2004 年 11 月	任乒羽中心主任
2005 年 8 月	任国家体育总局局长助理，党组成员

　　蔡振华一帆风顺，从表面上看全是成绩与辉煌。事实上他的所有"进步"都是他艰苦奋斗的结果。他的生命离不开体育，离不开乒乓球。1991 年，蔡振华走上男队主教练的岗位。这是他的人生转折点。蔡振华执教伊始，面对的是男队落到世界第七名的低谷。

　　蔡振华是凭借怎样的力量将低谷中的中国男子乒乓球队从泥泞的徘徊状态逐步提升到新的辉煌巅峰呢？回答这个问题，必须将 1991 年以来中国男子乒乓球队所发生的各种变化加以还原与提炼，才能分析出其中的核心动力和进步的依据。

　　经过一年多的社会调查和资料分析，本课题组认为，蔡振华教练班子的最突出特征就是"技术创新"和"团队精神"。因为这两点的保证，中国男子乒乓队用较短的时间就完成了打翻身仗的任务。"技术创新"是业务动力，"团队精神"是管理保障，两者缺一不可。蔡振华教练班子以此改变了中国乒乓球的面貌，提升了世界乒乓球的品质。

1. 技术突破

　　蔡振华执教伊始，中国男子乒乓球队技术落后，士气低落。男队员大体都有恐惧症，人人敬畏瓦尔德内尔。著名运动员马文革在第 40 届世锦赛之后还说，与瓦尔德内尔打球，"打到一个球，就是赚了一个球，打不到反倒属于正常。因为自己没有那个能力"。好些运动员在宿舍里粘贴着瓦氏画像与照片。有的运动员更是模仿瓦尔德内尔的行头，从胶皮到底板，再到赛前粘贴胶皮等，认为唯此才能打球。

　　蔡振华与瓦尔德内尔是球场上的对手，他的队员纷纷恐惧瓦尔德内尔，这是怎么回事？这给他提出了怎样的问题？

蔡振华在执教就职演说中说道："过去中国队的红衣穿在身，外国人觉得那是一团火，杀气腾腾，锐不可当。而现在这种气势全没有了。"这杀气腾腾的气势为何消失了？诸多原因当中就是技术与打法落后了。要想全面振兴中国乒乓球队，就必须从打法与技术上革旧图新，更上层楼。不管体育运动有多么复杂，但所有竞技比赛的最终形式都要体现在对阵双方运动员身上的技术与打法上面。所有的理论与主张，都必须最后通过运动员的技术条件的释放才能实现。足球如此，篮球如此，乒乓球亦复如此。

蔡振华执教之后，严正指出当时中国乒乓球的问题是"创新不够"和"直拍进入了死胡同"，唯一的新路就是必须在技战术的打法上实行变革。

中国男队之所以大面积败给欧洲选手，诸多原因之中，单纯的技术原因就是对欧洲的弧圈球技术的发展认识不准确。为此，只有在技术上变革，重新全面认识以瑞典队为代表的欧洲运动员的弧圈技术，并实行技术上的变革，才是今后的唯一出路。

为全面提高中国乒乓球队的技术水平，蔡振华及其教练组的同仁们，殚思竭虑。蔡振华执教以来时刻都在研究世界乒乓球的变化趋势。他针对当时对中国队威胁最大的欧洲情况来看，提出了自己的看法，认为欧洲选手中瑞典的威胁最大，而比利时和法国只是"昙花一现"，不能构成长期威胁。在"知己知彼"的情况下，蔡振华有针对性地提出了自己的"加一拍"。所谓"加一拍"就是增添一项新技术。由此，有了1993年王涛的反胶和生胶的全攻打法，有了1995年丁松的横板削攻结合的新打法，有了1995年刘国梁的直板横打，接着又有了1997年孔令辉的横板反手快"撕"技术。

不仅如此，在与世界各国的对抗中，蔡振华还就"相持球"问题提出了突破性的看法与实践。中国队长期以来的特长是"前三板"战术，如"发球抢攻""接发球抢攻"和"侧身反攻"。在对手不能发挥所长之际，结束战斗。这非常符合古代兵法所说的"不战以屈人之兵""先下手为强"等战略战术理念。三十年来，这一战略战术非常有用，形成了我国乒乓球克敌制胜的一大法宝，即使现在这也是我国的主要战术思想。然而，随着国际形势的改变，特别是瑞典运动员将中国的快攻与传统欧洲的旋转结合起来之后，在中国人的近台快攻的基础上又增加了匈牙利和南斯拉夫的中台相持球技术，导致了以近台为主的中国队的被动格局。中国队在相持球方面不具备优势。在这种情况下，蔡振华提出了解决问题的新思路。在继续发扬中国人"前三板"的基础上，他在中国队率先实现"相持球"的突破。从而，在"前三板"之后又发展出了具有中国运动员特色的中近台技战术，即"三五板"和"四六板"。在这些相持球的运用中，既有"由攻转守"又有"由守转攻"，大大提高了对国外选手的对抗能力。随着对抗能力的增加，面对人高马大力量强的欧洲运动员，我方运动员和教练员一扫以往心目中存在多年的那种"不敢对抗"和"惧怕三分"的恐惧心理。

面对瓦尔德内尔这样的百年奇才，蔡振华教练组重新审视了乒乓球的发展格局，不仅在"相持球"方面实现了变革，而且在其他环节上也实现了突破。比如说，对进攻战略中的两条直线的意义就有了新的认识和应用；在以往发球讲究落点刁钻的情况下又强调了速度的推进，从而大大增加了对手接发球的难度；随着欧洲运动员台内技术水平的提高，随着优秀运动员在正台和远台的"大三角"区的开发和利用，各种技战术的应用方面可谓得心应手、娴熟无比、各具特色、均有威力，这逼迫中国运动员不得不在近台"小三角"处进行新的开发和利用，不给对方发球和接发球的便利。从而，中国队不论是发球还是进攻都因这"小三角"的开发利用而取得了辉煌成就。

1996 年初，蔡振华突然发病，脊椎错位严重影响他的下肢活动，以至不能正常行走，必须他人背动。养病期间，蔡振华在病床上将刚刚闭幕的欧洲乒乓球锦标赛的时长为 600 小时的 200 盘录像带全部看完。从而，国际形势烂熟于心。如此思想变革和技术革新，为中国乒乓球队大打翻身仗提供了有利的技术保证。

依旧在欧洲名将瓦尔德内尔还很活跃的年代里，甚至盖亭和大小塞弗兄弟崛起于欧洲的同时，德国与白俄罗斯运动员也开始跃跃欲试，然而，全面升级的中国队全面战胜了这些欧洲选手。

蔡振华执教以来，中国乒乓球队男队在 1992 年第 25 届西班牙巴塞罗那奥运会上由吕林与王涛合作的双打获得了金牌，在 1993 年的世锦赛上由原来的第七名获得了第二名的好成绩，在 1995 年天津世锦赛上与女队配合，囊括了全部七项乒乓球冠军。1996 年第 26 届美国亚特兰大奥运会上，中国运动员囊括了全部四块金牌。

至此，蔡振华执教以来的第一个飞跃已经完成，中国队特别是中国男队再次走到了世界乒乓球的领先位置。

2. 团队精神

教练员是什么？教练员团体又是什么？这是一个有必要认识清楚的话题，否则对教练员的作用无法给出恰当的评价。

如果说，体育运动的一切比赛最后都要体现在比赛场上的运动员身上，那么，运动员就是体育运动特别是竞技运动的"生产力"。但是，随着竞争的增加，随着各种技术的应用，比赛场上再也不是简单的肉体竞争，而是通过肉体而表现出的各种技术和技术组合的竞争。从而，运动员身上的技术就代表和反映着这个"生产力"的"生产工具"。总之，所有竞技运动的最后竞争都是这种"生产力"及其所拥有的"生产工具"的竞争。为了保证竞赛场上的"生产工具"和"生产力"的正常发挥乃至超常发挥，不论是日常训练还是现场比赛，都有一个紧紧围绕运动员而提供服务的组织，这个组织就是"教练员"集体。如果说，人类征服自然的最后表现形式是生产力，而反映生产力先进与否的核心标志就是生产工具的话，那么教练员组织就是运动员这一"生产力"结构的"社会关系"。在一系列变革中，运动员的技术变化永远都是最积极的力量。教练员的所有活动都必须紧紧围绕运动员如何保持实力、寻求突破的探索过程而存在而转化。从而，教练员的优良与否，主要通过两方面的形态而反映。第一是能否结以最高凝聚力的团体格局，从而以最低成本为运动员提供服务；第二是在为运动员提供服务的过程中能否不断适应前端"生产力"和"生产工具"的变革。前者是"能耗大小"的问题，是经济学上的成本问题，是物理学上的"熵值多少"的问题；后者则是保证该项技术能否进步和进步多少的潜力问题。

1991 年 6 月以后，在蔡振华执教中国男队总教练的教练班子中，只有蔡振华与陆元盛有国家队资历与荣誉。在一个处处需要资历和讲究资历的特殊领域中，蔡振华果敢起用了无国家队资历的省市教练，这是一种冒险的尝试。然而，大家在蔡振华的领导下，团结一致，艰苦奋斗，这个特殊的教练团体，照样取得了令人瞩目的优异成绩。蔡振华教练组的主要成绩同样可从下表中得到反映（表 5）。

表5 蔡振华执教以来的教练组成员及其资历与成绩

主要教练	简　历	执教成绩
吴敬平	1954年5月9日出生。籍贯：四川省瑞江市龙昌县。1972年1月—1981年7月，四川省体工队乒乓球运动员；1981年7月—1983年7月，天津教练员专修科读书；1983年7月—1987年11月，四川省体工队乒乓球队教练员；1987年11月—1990年5月，科威特海滩俱乐部教练；1990年6月—1991年7月，四川省体工队乒乓球队领队；1991年8月，国家乒乓球队教练	吕林：1986年、汉城亚运会男团冠军、男双第三；1992年，巴塞罗那奥运会男双冠军；1993年，第42届世乒赛男双冠军；1993年，七运会男单冠军；1995年，第43届世乒赛男双冠军；1996年，亚特兰大奥运会男双亚军。 　　马琳：亚锦赛男团、男双、混双冠军；全国锦标赛男团冠军、混双冠军、男双亚军；1999年，第45届世乒赛男团亚军、混双冠军；2000年，第21届世界杯男单冠军；2001年，第46届世乒赛男团冠军；第28届奥运会双打冠军。 　　秦志戬：1994年，第3届世界杯赛男团冠军；1997年，八运会混双冠军、全国锦标赛男双亚军；2001年，第46届世乒赛混双冠军。 　　王皓：第47届世乒赛男双亚军；2003年，国际乒联职业巡回赛总决赛男单冠军；2004年，第47届团体世乒赛男团冠军、雅典奥运会男单亚军
陆元盛	1954年10月7日出生。籍贯：上海。1972—1981年，国家队队员；1982—1991年，上海市体委教练员；1989年，任上海男子乒乓球队主教练；1991年，国家队乒乓球男队教练；1995年12月至今，任国家女队主教练；1975年，第33届世乒赛男团冠军；1977年，第34届世乒赛男双亚军（与黄亮）	1995年，丁松获第43届世乒赛男团冠军、男单第三；1996年，亚特兰大奥运会女单冠军、女双冠军；2000年，悉尼奥运会女单、女双亚军；2004年，雅典奥运会女单、女双冠军
尹霄	简历：1954年出生。籍贯：江西景德镇。1966—1975年，江西乒乓球队员；1976—1986年，江西省乒乓球队教练；1986—1988年，到秘鲁外援；1988—1991年，出任执教国青队；1991—2000年，出任国家男一队教练；2000年11月起，任国家男一队教练组组长	孔令辉：2000年，第26届奥运会男单冠军、男双亚军；2001年，第46届世乒赛男团冠军，男单、男双亚军；2004年，第47届世乒赛男团冠军。 　　刘国梁：1997年，第44届世乒赛男双冠军（与孔令辉）、混双冠军（与邬娜）、男团冠军；2000年，第45届世乒赛团体赛男团亚军，悉尼奥运会男单第三、男双亚军；2001年，第46届世乒赛男团冠军。 　　刘国正：第46届世乒赛男团冠军；第47届世乒赛男团冠军
李晓东	1952年出生。籍贯：北京。1976—1988年，北京乒乓球队教练；1988年起，执教国家队；2000年，调至女队，担任女队教研组组长	王涛：1991年，第41届世乒赛混双冠军（与刘伟配合）和男双亚军（与吕林配合）；1992年，巴塞罗那第25届奥运会男单亚军、男双亚军；1993年，第42届世乒赛男双与混双冠军；1995年，第43届世乒赛男团及男双与混双冠军。 　　王励勤：第27届奥运会男双冠军；第46届世乒赛男团冠军、男单冠军、男双冠军；第47届世乒赛男团冠军、男双冠军

为什么起用资历并不很深的教练员同样可以创造出辉煌业绩呢？这同样是一个人才学话题。教练员与运动员的差别在于，教练员在台前台后提供给运动员的是各种"示范"而不是代替运动员在竞赛场上搏击。于是，在相对重视教练员的基本规范与资历的同时，更需要重视教练员大脑中所蕴藏着的"规范"与"示范"的质与量。教练员是运动员创造力的主要精神来源，因此，教练员必须在创造力方面更具备优势才可。教学过程中的所有内容在符合乒乓球规律的同时，最主要的内容就是如何创新。而如何创新则不必要取决于资历，而是取决于对一项运动的理解和对该项目发展趋势的把握。吴敬平、尹霄和李晓东这样的教练，在技术规范方面肯定具备中国人打球的较高水准，更主要的是他们在创造心理上更具有优势。此外是他们不具备国家队队员与教练资历的事实，有可能更加激发他们不断创新，从内在发生"超越"的力量大大高于处处论资排辈的另一类教练。更何况在这个教练员团体中，真正的组长和技战术的灵魂都主要是蔡振华。蔡振华是有国家队资历和世界冠军水准的，还有国外执教的经验。所以，如此有机结合，有助于在整体上推进中国乒乓球的进步，有利于发挥团队精神和创造意识。这样的组阁方式，完全可在其他项目中进行推广。

　　近代史上的英国在社会变革过程中所作出的一系列适应性反应，给人类社会与政治变革的取舍作出了很好的榜样。在由落后的农耕社会急剧转化为工业化社会过程中，英国的王公贵族和政府机构是适应新的社会历史条件的变化而变化还是为确保自己的利益而遏制这种新型变革呢？英国的上层社会则采取了顺应生产力和生产工具变革的要求，自身采取了一系列变革，从而变革推动了社会进步。

　　教练员组织亦复如此。当运动员在训练与比赛过程中发生了一系列"新"的技术要素，教练员是有效提取这种进步的内容还是将之忽略不计，这是反映一个教练员组织是否先进的最重要条件之一。几十年来，中国乒乓球队特别是教练员团体顺应技术进步之要求而不断自我变革，完善自我。至于技术进步中到底是教练员更重要还是运动员更重要的问题，张燮林与蔡振华分别发表了各自的看法。尽管两人的主张不完全相同，但都从各自的角度强调了教练员在技术"进步"中的独特作用。

　　一个复杂的社会结构不可能一人包打天下，必须辅之以相应复杂的社会关系。中国乒乓球队虽然不是最复杂的社会组织，但也不是一个人包打天下解决所有问题那样简单的。因此，中国乒乓球队在遵从主教练制的情况下，总是有一个相对固定的教练员团体。一个成功的教练团体一定是内耗最少而"学习能力"和"创造能力"最强的团体。

　　蔡振华的教练班子中，蔡振华本人魅力无穷，他"根红苗壮"好出身。其余者如尹霄、李晓东和吴敬平以及萧战等均是二队教练或省市教练。如此搭配，别具匠心。蔡振华个人的权威性可以得到充分的保障，其余四名教练员的文化知识和创新能力也有施展空间。这样一种搭配形成了一个取长补短、错落有致、互有衔接的教练员格局。如果这个班子都是五虎上将，都是奥运金牌获得者，都是世锦赛冠军，固然不乏最先进的技术组合，但个性冲突和资历竞争等"人格因素"，常常会导致内部分裂。分裂的结果就是内耗加大、成本升高、运动队无法快速进步。

　　蔡振华教练班子是一个团结和谐的集体，造成这种局面的重要因素是队内在利益分配方面，能做到"公平"和"公正"。蔡振华深深汲取有的团队因利益分配不公而导致内部分裂的教训，奥运会或其他大型比赛后的奖金，他不多拿。在接受访谈中，他谈到过自己的心情。他说，所有人都爱金钱，但金钱和利益的分配如果处理不当，就会生出负面影响。他还说，以往的历史中，某些教练员就因为一点小利而与自己几十年朝夕相处的朋友分道扬镳，令人痛心而惋惜。在他的团队中，他不愿意出现这种情况，他力图避免这类事件的再发生。他以身作则，改变了过去那种局面。

1992年巴塞罗那奥运会归来，男队夺得男双金牌和男单铜牌，作为主教练他应该拥有更多的奖金，然而，他把所有奖金一律平分给男队的五位教练，连香港曾宪梓先生奖给他本人的5000美元也都平均分给了大家，自己不多拿一分钱。他为此而再三强调，成绩是大家共同努力的结果，不能将成绩记在他一个人身上。当大家一致提出不能搞"平均主义"，要他多拿一些，他不好驳大家的面子，才分别在1996年和2000年奥运会囊括四块金牌的奖金分配时，多了3万元。但随即他又将其中的2万元分别分给了尹霄和李晓东两个教练。他以身作则，高风亮节，妥善处理利益分配问题，强化和巩固了这个富有战斗力的教练员团体。在厦门基地，课题组成员对男队主教练刘国梁进行访谈，他提到了蔡振华不为名利的优良作风。他说，正是由于蔡振华带出的好头，做到了公平公正，才为他的执教活动提供了团结和谐的良好环境。

不仅如此，蔡振华通过多种方式接济和帮助他人。比如说，长年跟队服务的队医袁大夫在购买福利房时遇到了困难，老伴多年生病，消耗很多，相对便宜的福利房她却没有力量购买。蔡振华得知情况，组织全队开会，号召大家为袁大夫捐助。蔡振华悄悄为她筹到了这笔款项，至今袁大夫念念不忘，赞叹蔡振华，赞美中国乒乓球队。再有，乒乓球队特聘体能教练史鸿范突然生病，住院要做大手术，人在生死之间。蔡振华得知消息，在精神与经济两方面都给予了积极鼓励与帮助，史教练住院疗养期间，继续享受教练员待遇，出院后照旧聘为该队体能教练。

蔡振华教练班子营造了一种互相关心、团结协作的氛围，充分发扬集体主义精神，真正做到心往一处想，劲往一处使，其中最突出的事例是教练员们经常给主力队员进行技术会诊。在正定，本课题组成员亲临现场，多次参加了这样的会诊，教练员们不分你我，毫不保留，尽心尽力地提出自己的意见，其内容之细、环节之多、场面之热烈，令人感动。主力队员时常要接受男女两队教练员班子的共同诊断，不论是身体生理的还是心理思想的甚至是技术战术和临场发挥的，全在教练员的监控之下。这个班子的教练员本来就是世界上最优秀的顶级教练人才，他们充分发挥聪明才智，形成了合力，主力队员当然会在这种"诊断"中最有效地识别自己的问题，寻找自己今后的努力方向。

五、中国乒乓球队教练员管理制度与训练控制

（一）中国乒乓球队教练员管理制度与训练课管理制度

中国乒乓球队为全面高效贯彻训练计划并实施其预先预定的各类战略意图，在制定好教练员的网络计划与教练员之间的分工之后，首要任务必须就是如何实施这一意图。为保证四级教练结构的训练意图的全面实施，他们制定了《中国乒乓队训练课管理制度》。该制度严密、严格，从教练员和运动员两个方面作出了规定。

1. 各队要建立严格的考勤制度，每天有值班教练负责填写教练员、运动员考勤表，每月3日前向本队公布并报送队办公室。

2. 教练员、运动员不得无故迟到、早退和旷课。违者按有关规定处罚。

3. 教练员必须在训练课前5分钟到达训练场地，检查训练器材。运动员必须由值

班教练或队长整队提前 3 分钟进入训练场地，完成训练准备工作。

4. 教练员必须认真备课，写好教案，无教案者不准上课。训练课结束要有小结和讲评。

5. 训练时间教练员、运动员不得接打电话，不得会客。手机、寻呼机不得带入训练场地（因工作需要，总教练、副总教练、主教练可带入使用）。

6. 训练课上，教练员、运动员的服装必须符合要求。教练不允许穿便鞋、皮鞋上训练场。

7. 训练时间，教练员不允许坐着指挥，不许抽烟、聊天及做与训练无关的事情。

8. 各队都要认真贯彻执行"三从一大"训练原则和"两严"训练方针。训练期每周训练不少于 30 小时，全年不少于 280 个训练日。

9. 训练场上，运动员要绝对服从教练员指挥，有问题和不同看法，课后与教练员交换意见，不得与教练员争吵，更不能擅自离开训练场地。对不服从指挥和违反本条规定的运动员，各队可视情节轻重按以下办法处理。

(1) 说服教育；

(2) 全队点名批评；

(3) 书面检查；

(4) 罚款停伙；

(5) 提出行政处理意见。

10. 教练员要做到"训练育人"，对运动员做好耐心细致的思想教育工作，不能简单粗暴，意气用事，严禁谩骂、侮辱、体罚和变相体罚运动员。如有发生，视情节轻重，进行处理。

11. 运动员应不折不扣地完成训练计划，凡没有完成训练计划的要补课。如运动员仍坚持不练，视情节按上述第 9 条规定处理。

12. 训练比赛中，运动员之间应团结互助，相互鼓励，不得埋怨责怪，争吵打闹；不准故意冲撞和伤害他人；凡明知故犯者，各队应根据情节轻重进行处理，有严重后果者，要追究责任（包括法律责任）。

13. 爱护场地设备和器材，训练课结束后及时整理放齐，任意损害和丢失器材者，要按规定赔偿。

14. 每堂训练课前，对使用器材要严格检查，训练中要严格防护措施，防止伤害事故发生，做到安全训练。

15. 训练场馆内严禁吸烟。

由于这一"管理制度"的建立，中国乒乓球队的训练计划和"为国争光"的目标就有了保证，教练员的训练意图得到了制度上的保障，同时也约束运动员必须与教练员进行无条件的配合，共同实现训练计划。

事实上，这一制度在中国乒乓球队的训练过程中都得到了实施。据本课题组的实地观察，教练员完全做到了直立指挥，教学过程中包括主教练在内，没有一个人曾经坐下过，也没有一个人接过手机。细节处如抽烟问题，上课前教练员有人匆匆抽烟，进场之后则再无人抽烟，可谓言行统一，雷厉风行。制度是事业的保证，但是制席如果制定之后不能执行，这制度形同虚设。中国乒乓球队成绩优异，与模范遵守自己的制度也有分不开的关系。

（二）中国乒乓球队教练与队员之间的训练控制与教育学结构

体育运动成绩的提高，涉及的因素很多。其中教练员与运动员之间的"训练控制"过程至关重要。教练员再好的主张与设计，再优秀而领先的技术思想，如果没有教学过程的科学保证，则依旧无法提高训练水平。

中国乒乓球队几十年的优势，诸多因素中不能脱离教学过程或运动训练控制过程的正确与合理。体育运动与人类的教育活动存在密切的关系。虽然竞技运动不完全等同于教育过程，但技能的传授和运动员对某种新技术的掌握，完全可以表明训练过程就是一种教育过程，只不过是一种更为特殊的教育过程而已。在英国，为培养人才，牛津大学和剑桥大学早就实施了"导师制"。英国从18世纪就开始了一对一的"导师制"教育过程。也就是说，一个硕士生所对应的老师原则上讲只能是一个。他们认为只有这种结构才是最合理的，教育质量才能得到充分保证。为此，英国在其300年的现代化过程中，源源不断的人才发挥了重要作用。牛津和剑桥这两所最高级别的大学所培养的高级别的学生功德无量。至今，英国的教育在世界上依旧是楷模与榜样。导师与学生之间如果不能保持最佳的比例，则教育质量无法保证。中国乒乓球队的师生比例关系非常合理，上下信息流通极为通畅，上下左右的信息流及互相控制的过程都比较合理，非常符合高级人才培养的教练学原理。

中国乒乓球队的教练结构采用四级网络制，分别是总教练和副总教练、教练组长、主管教练和助理教练。根据《中国乒乓球队教练员岗位职责和要求》之详尽规定，每一级的教练员都负有各自的责任。比如在有关总教练和副总教练的关系方面，《要求》"第八条"规定："中国乒乓球队是实行总教练负责制的管理体制。总教练全面负责教练员、运动员、工作人员的思想教育，训练竞赛管理、生活管理等方面的工作。副总教练协助总教练工作，侧重抓好女队的各项工作。总教练、副总教练的工作都应侧重抓训练管理，组织实施和督促指导和督促指导教练员履行工作职责。"总教练必须是"业务带头人"。"第九条"规定说："总教练是本项目的业务带头人，要不断学习新知识，研究训练竞赛中的新情况、新信息，全面了解和掌握本项目国内外发展趋势、先进技术、战术训练方法，以及科学选拔后备人才，研究探索训练规律，提出本项目近期和长远的目标和任务。"总教练的工作与任务共有八大项，方方面面，非常清楚。

再下一个层次，主教练或教练组长的职责范围就更加明确："第十六条"和"第十七条"分别规定说："在总教练的领导下，在本队的选材、训练、比赛和管理教育中起主导作用，直接负责把所带的运动员培养成德智体全面发展的又红又专的优秀运动员。""从运动员的实际出发，根据总教练的要求，制定并实施多年、年度、阶段的训练计划，以及周的训练计划和教案。"

教练组分分组长的职责范围在第二十六条和第二十七条中体现得最为充分："在总教练的领导下，在主管教练的管辖下，组织并督促本组教练执行全队的工作计划和训练计划，并组织教练组制定本队的实施意见，检查考核教练的执教情况。""负责本组的训练、比赛、科研等工作，以提高训练质量和技术水平，在世界大赛中夺冠为主要任务，充分发挥教练的积极性和专长。"

第三十三条主管教练的工作任务则是："主管教练承担教练组长对所分配的运动员的训练、比赛、思想教育的管理任务。"第三十四条，"认真观察执行训练计划，并根据所带队员的实际情况，做到精心指导，努力提高技术水平。"

第三十七条，最基础一层的"助理教练"的工作任务与职责则是："在主教练和教练组长统一安排下进行工作，要积极配合与支持教练组长，共同完成各项任务。""助理教练根据教练组长（主教练）的分工和安排，分管其一方面的训练和管理工作，对所分担的训练工作，也要制定计划，写出年度和阶段工作小结。"

如些格局，层层把关，各有分工，教练意图完全可以在组织网络之中得以实施，每一个运动员都会得到行之有效高密度的技术指导。

以男队为例，主教练刘国梁，组教练分别为施之皓、萧战、吴敬平等，其余则为教练员，每一个教练员所带队员为四名。大赛前夕，教练员则又有收缩，会将精力更加集中在主力队员身上。

如此格局，极为合理，使每一个教练员的工作不被其他因素所牵引，都会把精力投放到对运动员的精雕细刻上面。高级运动员与普通运动员的差别不在体型，不在体力，而在整体能力的细微之处。细微之处的产生离不开训练中的精雕细刻。运动训练学称之为控制过程，但这个过程一定是越高级越精细，越原始越做不到。运动训练的初级状态与高级状态的两端差别，主要在这里。

中国乒乓球队教练员与运动员的比例结构见图1。

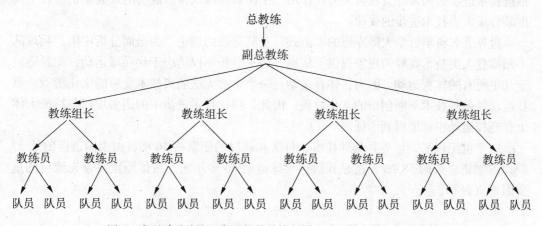

图1　中国乒乓球队国家队教练员控制训练过程的组织结构示意图

巨大的教练阵容，强大的技术力量，合理的资源配置，有效的分工合作，教练员处于"导师"状态，可以对运动员训练过程中的所有细节予以观察与指导，而非眉毛胡子一把抓，责任不清，观察不够，情况不准。

基层训练大多都是一个教练员要管十多个运动员甚至更多，越是基层越是如此。教育过程也是如此，越是高级阶段，导师指导的学生越少。只有这样才能将运动员的天才细节挖掘出来。中国乒乓球队在客观上实现了最佳的人才配置和对客体的有效控制。

在中国，乒乓球的所有技战术训练全部做到了无缝隙连续状态，这是其他项目所难能做到的。主力队员的发球、接发球、单对双等各个环节都是如此。为了奥运会，蔡振华想得最多的就是那四块牌子。为了这四块金牌，一切都要付出。

无论厦门还是正定，乒乓球队都要在这两个基地里进行适应性训练。适应性训练主要在两个方面，一是抗干扰训练，旨在对付场上出现的不可控因素；二是主体对客体的适应训练，如时间训练、负荷训练、温度训练、潮湿度训练等，一切都接近实战，一切都以世界锦标赛和奥运会的实际情况出发，上下午和晚上都有这样的适应性训练。如果没有这样的训练结构及控制过程，没有这样的教练员网络，没有这样的师生比例，则难以想象其训练的有效性。

一队如此，二队的训练也有接近之处。大体来说，二队的教练没有一队雄厚，男队女队各有自己的主教练，然后分为组教练与教练员，每一个教练所带队员的比例一般保持在 1：7 的样子。省市队的情况差别较大，有的能保持在 1：7，有的则在 1：10。比例大的成绩落后，比例小的成绩优异。可见，教练员与运动员的比例关系是一个有关如何最佳传递信息与技能的教育学问题。

六、中国乒乓球队技术进步的科学哲学分析

（一）中国乒乓球的核心力量：技战术创新

乒乓球的所有进步，最后都必须统一在技战术的实战能力的提高上面。50 年来，中国乒乓球队的优异成绩，与大面积的技术进步相关联。

教练员是竞技运动过程中的主要人才内容，但是如果教练员不能与运动员一道共同推进技术进步，则教练员就会失去其作用。中国乒乓球队得以成功的最大秘密就在于高度暗合了人类技术进步的规律。

世界著名科学哲学大师库恩的"范式"及其突破的理论，为全面分析中国乒乓球队不断攀登人类技术高峰的现象提供了依据。这一分析不仅适应于乒乓球运动，而且适应于几乎所有的体育运动。因为，体育运动是一个永远无法脱离技术变革的文化游戏。竞技运动就是新技术不断创新的文化过程。因此，科学技术进步中的诸多规律与特征大体上在竞技运动中都能得到印证。

一个世纪以来，世界乒乓球技术、打法和器材的创新共 46 项，由中国创造的达 27 项，占创新总数的 58.7%，这是我国乒乓球运动 40 多年来一直雄踞世界领先地位的重要因素（表 6）。

表 6　中国人与外国人在乒乓球技术方面的发明比例

中国人的技术发明	外国人的技术发明
1. 容国团的正手转与不转发球（1958）	1. 英国的颗粒胶皮球拍（1902）
2. 容国团的反手急下旋发球（1958）	2. 匈牙利的横拍两面攻（1926）
3. 徐寅生的正手奔球（1958）	3. 匈牙利的横拍削球打法（1930）
4. 庄则栋的直拍近台两面攻（1961）	4. 美国的那卡尔式发球（1931）
5. 李富荣的直拍近台左推右攻（1961）	5. 奥地利的黑色厚海绵拍（1951）
6. 张燮林的长胶直板削球（1961）	6. 日本的直拍单面攻（1952）
7. 王志良的横板转与不转削球（1963）	7. 日本的正反贴黄色海绵拍（1957）
8. 林惠卿的长胶和反胶不同性能削球（1965）	8. 捷克的下蹲式发球（1957）
9. 梁戈亮的长胶和反胶球拍的"倒拍技术"（1971）	9. 日本的弧圈型上旋球（1960）
10. 梁戈亮的横拍削攻（1971）	10. 奥地利的防弧海绵拍（1970）
11. 许绍发的高抛发球（1973）	11. 瑞典的横拍快攻结合弧圈（1971）
12. 刁文元的反手侧上下旋发球（1973）	12. 匈牙利的横拍两面拉弧圈（1971）

中国人的技术发明	外国人的技术发明
13. 李振恃的正手快点技术（1973）	13. 瑞典的横拍换握拍手指发球（1981）
14. 郗恩庭的直拍反胶弧圈快攻打法（1973）	14. 韩国的直拍弧圈结合两面攻（1988）
15. 许绍发的快带技术（1973）	15. 瑞典横板两面冲、攻结合防的全面型打法（1989）
16. 郭跃华的推挤技术（1973）	16. 联邦德国的横拍正反手甩腕弹击球技术（1989）
17. 李赫男的正胶小弧圈技术（1973）	17. 法国的横板凶狠型进攻打法（1991）
18. 葛新爱的长胶削攻推拱结合（1973）	18. 克罗地亚的横板反手盖打弧圈直线（1998）
19. 谢赛克的直板正手盖打弧圈（1981）	19. 奥地利的横板侧身正手右侧旋发球（1999）
20. 曹燕华的反手高抛发球（1981）	
21. 蔡振华的横板防弧进攻型打法（1981）	
22. 邓亚萍的横板反胶与长胶进攻型打法（1993）	
23. 王涛的反胶和生胶的全攻打法（1993）	
24. 丁松的横板削攻结合（1995）	
25. 刘国梁的直板横打（1995）	
26. 孔令辉的横板反手快"撕"技术（1997）	
27. 王楠的横板反手连续快拉技术（1999）	

"创新是一个民族的灵魂，是一个国家兴旺发达的不竭动力。"中国乒乓球队的实践也证实了这一道理。乒乓球运动属于隔网对抗的技能类项目，球拍种类繁多，技术变化复杂，打法多种多样，比赛中充满着适应与反适应、控制与反控制的矛盾。只有不断创造新的技战术，制造新的障碍，迫使对手不适应，才能得分取胜。因此，我国乒乓球界流传一句话：创新才有生命力。

中国乒乓球队的目标是始终占领国际乒坛的制高点，引导世界乒乓球运动的新潮流，因此他们不满足于现状，居安思危，与时俱进，不吃老本，有强烈的忧患意识，有强大的创新动力，不断探求新的技战术。

乒乓球的教练员、运动员善于在偶然中发现必然，紧紧抓住日常训练比赛的偶然现象，加以研究和创造。长胶的打法就是当年张燮林无意中拿来一块废弃的胶皮试打，发现打出去的球比较怪，对手觉得别扭，于是就进一步琢磨并与科研人员和球拍厂工人共同探讨，结果开创了一种新的长胶打法。其他如转与不转打法、高抛发球等都是类似情况在偶然中提取了必然。

乒乓球的创新，有两种类型。一类是在遇到困难和挫折时穷则思变，如我国传统的直板近台快攻受到欧洲弧圈的强劲挑战，终于创造出"直板横打"的新技术。另一类则是，在保持优势的顺境中居安思危。

在对待创新问题上，中国乒乓界一向认为，不要一说创新就是要搞大的东西，要搞"原子弹"，在一些小的技战术上搞一些小的改进，求新求变，也是创新。蔡振华在1996年亚特兰大奥运会囊括四块金牌回来，教练组连续开了半个月的总结会，着重找问题，他在身体训练上采取措施，聘请专职体能教练。对原先"前三板"的技术优势进一步提高，提出"三五板"和"四六板"的衔接，在速度为主的基础上又形成三快：发球抢攻上手快、相持攻防转换快、战术应变快。这些技术的组合，也可以说是一种创新，收到了很好的实践效果。

创新的前提是要破除迷信、解放思想、敢想敢做。中国乒乓球界的高层决策者徐寅生在十多年前就曾设想过："直板打法能不能与横板打法结合起来，球到反手，突然改换横板打，行不行？再一个就是左右手结合，球到左边眼看够不着，就换左手握拍把它打过去，为什么我们不能练？如果几年以后，真的出来一个左右手结合的高水平选手，外国人又要吓一跳了。如果配双打，两个人都会左右手打，再找一对双胞胎，对手就更搞不清了。我们搞创新，首先要敢想，不能整天就是老一套，不动脑筋。"如此相像，开阔了乒乓球界的思路，形成勇于创新的氛围，使新技战术不断在中国乒乓球队涌现。

（二）"进步"的意义在于突破"范式"

国家队的训练控制主要是在运动员的"杀手锏"的锻造上面，而不是简单的技术与战术问题。而"杀手锏"从来就不是一个简单的身体问题，也不完全是个技术组合问题，而是一个在身体素质与技战术条件基础之上，以"心理素质"中的"杀机"和以"杀气"为先导力量的能量爆发问题。运动员在 10∶10 的情况下，敢不敢搏杀，还能否保持自己平时的能力，这似乎才是国家队教练员首要考虑的问题。

从而，运动员的管理就成了主要话题。这个管理不仅仅是严格要求的问题，而应该是资源如何配置以及是否合理问题是流程控制问题。从基层到省市再到国家队，不同层次教练员的主攻任务与性质迥然不同，见图 2。

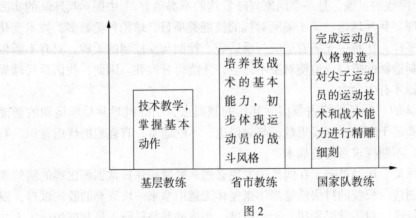

图 2

教练员在教学过程中到底干什么？这是一个颇有意义的理论问题和实践问题。一般来说，教练员的年龄比运动员要大。还有一个特征，越是高级教练员越是在实战中打不过队员，越是基层教练反倒越能在技术实战中打败运动员。

综合而言，教练员从低到高服从着一个规则，那就是越是基础训练，就越是强调"教"的重要性，越是高级教练，就越是突出"育"的作用。也就是说，在整个"教育"过程中，对于高级教练来说，"育人"比"教球"花费的心血要多，而且谁在"育"上下工夫多，下对了工夫，谁的成绩就越大。因为只有"育"才能达到"育人"的目的，才能让人真正变成有用的人，才能让普通运动员更富有为国争光的能力与气质，才能在细微之处把运动员精雕细刻。一个经过全面精雕细刻的运动员就是一个成功的运动员。

因此，教练员在他的教学过程中，提供给运动员的仅仅是"范式"。教练员的价值就是尽可能让新队员打破旧有范式并建立新的范式。用一句通俗的话讲，就是努力打破旧框框建造新框框，全面迎接新挑战。教练员就是通过自己的威望和资历，用自己的理念帮助队员建立一个新的技术体系和新战术格局，实现一种新的战略构想，从而更上层楼，战无不胜。

在这一点上，如果用科学哲学特别是库恩的"范式"理论来衡量的话，就更加看得清楚。人类的科学能力和认知水平之所以不断进步，就是传统的范式在不断被突破。范式就是相对稳定的认识系统和技术格局。以手机为例，以往的手机仅仅是满足通话要求，而且非常昂贵。现在手机则在保证通话的基本条件下，它要在原有基础上附加新的功能，比如短信功能、照相功能、设想功能、网络功能、彩屏功能、移动梦游功能等。每增加一个功能，就意味着原有"范式"被突破一次。结果，在这种反复被突破的过程中，手机也就在不断地进步。也就是说，在原有的框框内，人类给它增加了许多新的东西。

乒乓球运动也是这样。百十年来，人类之所以会在技战术等各个方面不断取得进步，关键就在于以往的"范式"不断被突破，或者相对稳定的范式中不断增加新的内容。每一次"突破"的最终标志只有一个东西，那就是实实在在可以测量可以记录可以使用的"新技术"。中国乒乓球队之所以成就辉煌，"范式"突破是最大的原因。

教练员如何帮助运动员建立"范式"呢？建立"范式"的过程中受哪些条件制约呢？一般来说，受这样一些条件的制约：教练员以往的经验、后来的知识、当前他想要解决的任务、对手的情况以及他所了解的未来的走向与趋势。平庸的教练只有经验，偶有知识，而大大缺乏诸如"任务""对手情况"和"未来趋势"的把握。优秀的教练不仅拥有良好的业绩和资历，不仅拥有丰富的实战经验，而且还拥有丰富的知识、敏锐的方向意识和深厚的文化底蕴以及他的巧妙战略构想。因为有这些长处，所以他教出的队员才能在"范式"上抢得先机，胜人一筹，而不是像某些教练提供的范式是别人淘汰不用的陈旧内容，那样的军队是无法打仗的。毛泽东在领兵打仗的时候，就意识到了这个问题，他说："没有文化的军队，是愚蠢的军队。"军队的本质就是打仗，没有文化的军队之所以"愚蠢"，主要是无法领会自己的战略企图，也不了解敌人的战术格局和战略企图，打起仗来当然是盲人瞎马，夜半临深。当今，人类的战争格局变化很大，发展成了地面、空中和海上的立体化战争，贯穿整个战争格局的是全方位的信息穿透与联络。美国凭借其高科技实现了这种最新"范式"的建造，从而更好地维护和凸现着它的霸权主义。

因此，我们说，运动训练过程中的教练员决不是简简单单的教学老师，而是"灵魂工程师"，是一个在运动员身体与技术基础上进行"人格塑造"和"范式构造"的"工程师"。唯此，才是优秀的教练员；舍此，无法成为优秀教练员。

范式突破的途径有两种，一种是简单扩张式的，一种是复杂内涵加深式的，图3。

简单范式的外在突破　　　　　复杂范式的内涵突破

图3

前一种比较直观，凡是在体积上后来者居上而且还富有很高稳定性的东西都属于这种情况，比如越是后来的楼房就越高越大；越是后来建造的飞机就越来越大，载客越多；后来修建的马路越来越宽而且越来越快。

后一种则缺乏直观性，主要是在功能内涵上发生了变化。最突出的就是电子产品和某些机械结构。手机的体积越来越小，但功能越来越多；汽车的体积没有增加，但功能越来越多；电脑的体积越来越小，但功能却越来越多，速度越来越快。

由此可知，不管是军队的战争还是电器产品的市场营销，不管是一般的科学事业还是体育运动中的训练与教学过程，一定有一种东西非常重要，这个东西直接跟"范式"的理解与控制直接关联，它就是教练员的智力条件。只有拥有相应发达的头脑和充盈的知识，才能对各个时期的"范式"有充分的感悟力、建造力和赶超力。在这个意义上讲，没有文化的教练是愚蠢的教练，没有智慧的教练是愚蠢的教练，没有头脑的教练是不能打胜仗的教练。

长期以来，所有体育项目的训练过程中都有一个特征，就是轻视理论而重视实践。重视实践没有什么不好，但是当实践深化到了人的眼睛无法提供精确情报的时候，便不得不重视理论。谁拥有自成体系的理论，谁建构了行之有效的"范式"，谁就有胜利的资本和进步的依据。

体育项目如此之多，各个项目对于所有体育活动的人们来说，都是平等的，没有先天偏差，但是最后的表现却千差万别。即便是以国家和地区来说，也不尽相同。比如说，篮球让美国人紧紧抓住了最先进的"范式"，成为美国的国球。欧洲与南美则将足球的先进范式牢牢把握在手中，从而几十年来保持先进。中国将乒乓球的"范式"演化到了世界先进水平，几十年长盛不衰。身高也好，种族也罢，经济也好，科技也罢，所有条件都在"范式"之中充当着某些单独的微小力量，真正重大的力量还是通过教练员和运动员反复实践与思考而形成的"智力"方向和有机构成。所谓"有机"就是以教练员"智力"为主的"战略主导"。

由于范式的不断突破，同样是世界冠军，同样是奥运金牌获得者，50年代的世界冠军在技术上肯定比不过80年代的第五名甚至第十名。有些当年的世界冠军，他的技术动作看起来非常落后，甚至难看。这种差别，就是因为"范式"的不同。80年代的第一代手机，与现在的手机完全不可同日而语，不论是体积还是功能甚至形状都是如此。

导致范式被突破的力量只有一个，那就是必将用于战场或比赛场的技术。比赛是最后的社会实践，获胜是比赛的直接目标。因此，任何有利于获胜的技术进步都会得到扶持与强化。当一个旧有的"框架"不能包容这个新的技术时，那么，旧有的范式或框架就必须被突破。80年代末和90年代初，当中国乒乓球队的传统打法不能有效击败欧洲劲旅的时候，也就意味着传统的"范式"大大落后于别人的先进范式，必须突破自己的范式，重新装配新的内容才有可能克敌制胜。蔡振华执掌国家队伊始所说的"创新不够"和"直拍进入了死胡同"就是宣判了旧有"范式"的死刑，必须实现新的技术革命。

（三）所谓进步，就是对"例外球"的注意、发掘与培育

体育运动技术进步的依据是什么？中国乒乓球队不断攀登高峰的核心动力是什么？中国乒乓球队教练员的一代代的辛苦努力和丰硕成果的获得，又符合怎样的"科学规律"？

总结中国乒乓球队教练员队伍的成就与经验就离不开对这一重大问题的思索与归纳。

在这个问题上，必须对照体育运动中的技术进步与人类生产劳动中的技术进步之间的关系。而对生产劳动的技术发展的关注，就离不开对科学哲学中有关人类"科学技术"发展动力的关注。其中，美国科学哲学家库恩的《科学的结构与革命》这部著作，意义非凡。该著作不仅有效揭示了人类科学技术如何不断进步的核心动力，而且有助于阐明其他技术系统的丰富与完善。库恩理论中的一个核心概念就是"范式"的形成与转化，而且认为范式的被突破才是真正的进步。他举了科学上的许多例子来说明这个问题。比如说，所有的鸟都会飞。这就是一个判断，但是这个概念却有一个不足，那就是不能解释不会飞的鸟，哪怕是一只不会飞的鸟。当有关鸟的理论可以解释这种不会飞的鸟的时候，那么，传统的范式就受到了冲击并发生了突破。新的一种有关鸟的范式也就由此形成了。库恩认为，"例外"现象的解释才是科学进步的重要依据。由于总是能对"例外"现象予以成功解释甚至干预，结果，人类的认知"范式"也就不断扩大，从而科学的结构便开始变化，新的科学革命由此而发生。这就是库恩科学哲学思想的要点。

从表现形式上看，科学的发展总是表现为新概念对老概念的取代。伽利略要奠定新的近代物理学基石时，必须对亚里士多德时期所形成的重力与速度关系的概念进行修正甚至取代。当爱因斯坦要推动物理学的新革命时，他不得不向牛顿的传统物理学思想与概念进行挑战。这种挑战与取代，就是"变革"，就是"进步"。在爱因斯坦的一篇自述中，我们读到了他的这种描述。他说："牛顿啊，请原谅我。你所发现的道路，在你那个时代，是一位具有最高思维能力和创造力的人所能发现的唯一的道路。你所创造的概念，甚至今天仍然指导着我们的物理学思想，虽然我们现在知道，如果要更加深入地理解各种联系，那就必须用另外一些离直接经验领域较远的概念来代替这些概念。"

乒乓球其实就是一部"意外"或"例外"的发展史。从直拍与横拍这两种握法就可看出它们分别的作用。都不是为了拉弧圈，而是为了原始的"端球"（横）或"挡球"（直）。世界上的乒乓技术有一个特征，那就是难的技术与动作肯定最后出现。我们把所有乒乓技术都分解出来，一定可以看出这个特征。人类一定是先出现挡的动作，然后才有攻；在攻的基础上，又才有了偶然中的削球；同样，在有攻球的基础上，反手动作的挡，在偶然中又变成了攻，于是出现了庄则栋这样的反手攻。这种攻对于传统打法都是不可能的，但它却发展成了专门的技术。在对付削球的过程中，日本人又将之偶然玩出了"弧圈球"。许绍发又在嬉戏中搞出了高抛球。高抛球一定是一个玩闹中的动作，但人们发现这个玩闹动作发出球的力量与旋转惊人时，就将之发展成了系统技术甚至杀手锏。即使是弧圈球技术，欧洲人和中国人又将之发展出了旋转与速度两种，后来又有一种"暴动"的弧圈。

人类和所有动物一样，总是从最简单动作开始学习的，然后才有比较高级的动作，比如先有坐后有爬然后有走，在这个基础上才能有跑的动作。当有跑的运动之后，基本上就出现了生物界最高级的运动现象了。当然还有将跑步加以组合，改编成舞蹈或其他东西，那样就进入了艺术领域，与实用没有多少联系。所有人类的技术系统的发展都遵循这个道理，都是由简到繁，由粗到精，由小到大。

台内技术的发展与进步也是这样。弧圈球的出现，就像是一种核武器的产生，导致台内技术必须发展，否则大家都会在核武器之下。就因为这个巨大的求生愿望，导致了摆短、快磕、切、挤、撇和撕等台内动作的出现。还是由于弧圈球的出现和压力，发球者一般不发台外球，这一心理压力又带动了台内接发球的另一类小技术的发展，如兜、撂、顶、侧切等技术。所有这些技术的出现都带有偶然性，但是一个高级教练一定是将这些偶然技术给予高度重视，留心各个动作的合理性，如果发现合理而且实用，通过系统发掘与技术栽培则有可能将之发展成一门独立的最新技术。

比如说，中国运动员长期以来注重直拍技术的发展与应用。但是，当欧洲弧圈球的发展到了瓦尔德内尔时代，传统直拍遭受的挑战是致命的。徐寅生和后来的蔡振华在这个时候必然宣布直拍走进了死胡同。在新技术发展的基础上，蔡振华重新确定了新的技术范式。于是就有了刘国梁、马琳和王皓的新式直拍；又有了孔令辉、王励勤和陈玘等人的新式横拍。直拍还是直拍，横拍还是横拍，但技术内容完全已变。结果，中国队再次保持着世界最高水平。这就是"范式"的建立与突破以及带动的技术进步。

不是所有的例外球都是"新技术"的摇篮。相反，"例外球"之中有好坏之分的两类动作，有的非常符合科学原理，有的则非常落后没有道理，至于哪一种"例外动作"会转化为最先进的新技术，这对每一个教练都会提出挑战与考验。教练的工作就是对好坏和错对都有"例外动作"加以合理分析，最后从纷繁复杂的扑朔迷离的"例外"动作中提炼出最为合理的先进技术。

面对所有体育运动的各种项目，人类一开始的动作可能才是最正规的，最起码他认为那是最合适的。但今天看来当初那个动作非常落后，简直不堪忍受。然而，人类在不断的尝试与试错中找到了更为合理的动作，于是动作结构变成了富有攻击力的技术。每一次技术的提高都是动作的进一步改进，都是对例外球或例外动作的注意、发掘和提升。

偶然中孕育着必然，道理好讲，但常常文不对题。这一种看来没有意思的东西，注意提炼其中的合理性，培养其中的适用性，设法使之系统化，这才是偶然中的必然性。直拍反打就是这样一种技术。偶然动作的出现与包容，以及对这个动作的系统发现，就是技术"范式"的建立与"突破"。

在有关"例外球"的发现与培养方面，中国乒乓球队的贡献最多。

大致归纳，可以看出，凡是优势项目，一定是拥有新技术最多的项目。一个项目想要拥有这样的优势，就必须在原有技术条件下突破旧有规范，将别人没有的东西转化为自己拥有的能力或能量。美国的 NBA 篮球之所以长盛不衰，诸多原因之中，就在于那里有一种环境，允许所有酷爱篮球的人们将自己对篮球的理解与贡献，将自己意外之中发现或发展出的新技术应用到篮球训练或比赛之中。

欧洲和南美的足球之所以长盛不衰，也是如此。各种有利于足球发展的技术、战术和人才培养的方法，在那个环境之中都可以得到充分的展现，从而，几十年来几乎所有的足球新技术都发生在那里而不是中国或其他落后地区。

同样，中国的排球时好时坏，也与这种"例外"格局有关。但凡我们又有多种新技术问世，但凡又有人在"抽屉"里为排球出谋划策并合情合理之际，但凡国家队乐意积极采纳这些新技术的时候，中国队便会有不凡的表现；但凡成绩下降，名次落后的时候，一定是技术枯乏、缺乏新意的时候。

俗话说，没有金刚钻，不揽瓷器活。这金刚钻就是新技术。但是当别人也都同时拥有这样的金刚钻时，原有的技术就不再灵便，形势逼迫大家必须从"例外"中发现和培育"新的技术"。新技术积累和应用得多了，便有可能发生质量上的变化，进而导致成绩的提高或上升。

（四）蔡振华教练班子有意识地突破"范式"

中国乒乓球队特别是蔡振华执教的中国男队以来，不断突破旧有"范式"，将乒乓球水平提高到了新的高度。这其中，除以上所说的技术上的突破外，还有与之配套的其他内容的增加，而且是有意识的增加。

技术发展和技术突破显然是乒乓球不断进步中必不可少的重大环节。蔡振华执教以来却是在技术进步方面实现了重大突破。然而，技术进步不是凭空而来的，不仅要有运动员的勤学苦练和心灵手巧，还必须要有良好的体能保障，否则，再好的技术企图也无法实现，再好的训练也不能在实战过程中得到充分应用。

为此，蔡振华首先想到了体能训练。他为此聘请了国家田径队前著名教练史鸿范。史鸿范青年时期就是我国著名跳高运动员，与倪志钦等一起多次参加国际大赛，并获得优异成绩。以后，由于成绩优秀并德才兼备，留任国家队担任田径队跳高教练。

蔡振华执教以来，越发明白技术进步与体能训练之间的密切联系，于是就将行将退休的史鸿范聘请到了乒乓球队。田径教练到乒乓球队担任体能教练，这对于提高乒乓球运动员的体能水平再专业不过。

以往，中国乒乓球队并非没有意识到体能的重要，而且经常用跑万米的方式来锻炼体魄和激励意志。然而，一万米也好，五千米也罢，并不能针对运动员和乒乓球项目的特点作出更科学的安排。体能训练并不能很好地为技术保驾护航。史教练的加盟，系统化地解决了这个问题，将中国乒乓球队的身体素质提高了一大步。

此外，与身体素质训练同等重要的还有心理问题的分析与训练，乒乓球是一项与运动员神经素质密切联系的项目，无论是发球接发球还是相持球中的变化，都需要运动员在最短时间内作出即时性的判断。由于乒乓球球体小，速度快，旋转多，变化不计其数，运动员的心理素质常常成了制约运动技术水平能否正常发挥的关键环节。为此，蔡振华从北京体育大学和广州大学体育学院聘请了心理专家，对运动员之中所经常出现的心理问题予以分析，也试图采取有效方式来引导和训练运动员更加积极的心理状态。

不仅如此，蔡振华还从南京体育学院将前副院长李宗汉先生聘请到国家队，协助领队加强全队的政治思想工作。李先生不仅对全队的业务管理进行规范化和条理化安排，而且在各个时期都要提出相应的思想工作的具体要求。

在中国乒乓球队教练班子的建设上，最近又有新的创举，本着公平、公正、公开、择优的原则，在全国范围内对国家乒乓球男、女一、二队四个主教练岗位进行公开竞聘。颁布了《国家乒乓球队主教练竞聘办法》，组成竞聘评审组，召开有各方面代表参加的竞聘会议，由竞聘人作陈述报告，然后进行民主测评，经过一系列程序，已经确定新一届的主教练人选，以后还将对国家队的一般教练也进行公开竞聘。这一重大战略举措，突破了原来由领导层选择和确定教练人选的"范式"，营造一个公平、民主的环境，为德才兼备的教练员提供一个施展才能的平台，更有利于建设一支作风正、业务精，有知识、年轻代的教练员队伍，更好地去完成2008年奥运会的攻尖任务。

七、中国高层次教练员培养与成长的战略格局

(一) 我国中高级教练员的数量与分布

中国乒乓球和羽毛球之所以长盛不衰，众多原因中，与拥有一批优秀教练员这一事实密不可分。从这两支队伍的教练员结构和比例关系中就可看出某些特征（表7）。

表7　我国乒乓球羽毛球两个优势项目的教练员数量与结构

中国乒乓球教练员分布		中国羽毛球教练员分布	
国家队教练	20	国家队教练	20
省市教练	350	省市教练	109
每省市教练（M）	11.7	每省市教练（M）	3.63

没有一支优秀的教练员队伍，便不可能拥有获得世界冠军的运动员队伍，也不可能在国际大赛上摘金夺银。在我国的优势体育项目中，乒乓球队和羽毛球队都是当之无愧。

多年担任乒羽中心主任的刘凤岩在《加强教练员队伍的建设是保持优势项目可持续性发展的关键》一文中，就中国乒乓球与羽毛球两个项目多年来保持优势的情况，发表过自己的意见，他在文章中明确认为："乒乓球、羽毛球两个项目之所以能够长期在世界上保持领先地位，很重要的一条就是有一支稳定的教练员队伍。"这是一个千真万确的事实。刘先生认为："而教练员队伍的稳定，得益于我国的举国体制。"因为"这些专职教练员都是国家的正式工作人员，有编制、工资、劳保、职称等方面的保证。因此，这两个项目的教练员队伍总体上是稳定的，而这支队伍的稳定和发展，保证了我国乒乓球、羽毛球三级训练网体制的正常运作，为我们国家源源不断地输送优秀的后备人才，确保我们在世界上的领先地位起到了至关重要的作用。"应该承认，这也是一个不容怀疑的事实。如果没有举国体制的支持，我国的教练员确实不会拥有各自稳定的工作、工资和职称，从而也很难拥有相对稳定的教练员队伍和运动员队伍。

然而，我们在同意这一看法的同时，也有新的问题。同样是"举国体制"，同样是在一种体育制度的条件下，为什么其他项目特别是相对落后的那些项目中就不能拥有这样的一支优秀教练员队伍呢？显然，还有一系列的其他原因在起作用。但是，我们也承认，正是缺乏一支类似于乒乓球和羽毛球这样的优秀教练员队伍，落后项目才多年来水平停滞不前。

(二) 优秀教练员的选拔与培养

刘凤岩对我国乒乓球和羽毛球这两个项目长期保持优势的教练员培养与建设问题进行过分析与总结。他认为，这两个项目保持优势的原因固然很多，但"其中最重要的一条经验就是国家体育总局和乒羽中心多年来一直非常重视教练员队伍的培养和建设，造就了一代又一代热爱祖国，热爱事业，无私奉献，业务精湛，勇于开拓，团结

拼搏的教练队伍。"这是实事求是的一个判断。没有一支教练员队伍的培养与建设，则再好的项目也会群龙无首，不能在组织与技术方面为运动员提供管理、训练与教学的保障。

该文进一步总结认为：中国乒乓球队、羽毛球队这两支教练员队伍具有以下几方面的特点。

1. 热爱祖国，热爱事业，有为国争光、为事业献身的敬业精神。

2. 均受过系统的专业训练，取得过较好的运动成绩，对本项目的运动训练规律有较深的理解和认识，有较强的业务能力和训练水平。

3. 绝大部分教练员接受过系统的文化教育，具备大专以上文凭，同时接受过国家体育总局和中心的岗位培训。

4. 在举国体制下，具有全局观念和全国一盘棋的思想，在三级训练网的体制下，各尽其职，各显其能，形成良性的人才生产线。

正因为有了这样的体制，有了这样的教练员队伍，我国的乒、羽两项目训练水平较高，运动员从小就接受系统、规范的训练，因此，打下了良好的技、战术和身体素质基础，形成了强大的后备力量群体，培养了大批优秀的专业人才，保证了两个优势项目的可持续性发展。

德才兼备，又红又专，将打球与爱国紧密联系，并对该项目的训练规律有较高认识，这确实是这支队伍的基本情况。问题是，同样的体育制度，一样的管理模式，为什么乒乓球和羽毛球以及体操举重等若干优势项目能多年来保持先进，而其他一些滞后项目及其管理部门，难道就不爱国，就没有钻研业务，显然，不同的项目之间存在着各种差别，完全归结于体制似乎不如在项目与规律方面寻找原因更为合理。中国乒乓球之所以多年来长盛不衰，既与热爱祖国这样的高尚情操有关，更与最大限度推动了人类在这一项目中的技术发现大有关系。

从管理角度来看，中国乒乓球队的教练队伍之所以生机勃勃，发挥着龙头作用，与管理部门"大胆选拔、着力培养领军人物"有直接关系。主教练负责制，是中国体育人事制度的一项重大改革，是借鉴现代人才思想的重要产物。为全面贯彻这一新的管理制度，为使总教练或主教练充分发挥自己的"领军人物"作用，德才兼备的能人走上领军岗位，便成了必然。中国乒乓球队从一开始就暗合着这一思想主张，容国团、徐寅生、李富荣、张燮林、许绍发、蔡振华和刘国梁等都是英年出任主教练。其中容国团出任中国女队主教练时只有28岁，蔡振华30岁，刘国梁27岁。遍查人类的发明史，天才人物作出最重大贡献的年龄都在25～35岁之间，以后则再无开拓性思路，尽管头脑健全，但错过这个年龄就再也没有独立创造的动力，只有看家本领。中国乒乓球队主教练或总教练员的选拔，年龄上符合人类最佳创造年龄。

不仅如此，1994年以来，乒羽中心还在全国实施了教练员岗位培训制度，力图使教练员的文化素质与业务能力进一步结合，从整体上提高教练员的素质与能力。从1994年到2003年的近十年时间里，乒羽中心先后举办了8期乒乓球高级教练员岗位培训，1期国家级教练员研讨班，1期中级教练员培训班，4期基层教练员培训班。与此同时，还在浙江、山东、江苏和广西等地举办了初级教练员培训。全国350名中级以上职称的乒乓球教练员都接受过最少一期的岗位培训。

为更好地培养教练员人才，有效发现德艺双馨的教练员，让他们尽早走上工作岗位，有关部门建章立制，设立标准，提高教练员的竞争力，使整个教练员队伍在全国范围之内充满活力。他们制定了各级教练员的任职资格标准，实行教练员的双向流动政策。"根据教练员的一贯业绩，在下一级表现突出的教练员作为上一级教练员任用的候选人。"教练员候选人的推荐必须经过民主表决，并接受教练员委员会的监督与咨询。选拔过程做到"公开、公平和公正"（刘凤岩《加强教练员队伍的建设是保持优势项目可持续性发展的关键》）。

由于教练员队伍的建设取得了成功，为教练员的进一步分工合作提供了基础。1994年以来，国家乒乓球队在总教练负责制的基础上，确定了男、女队的主教练，下面还各成立了三个教练组，日常训练比赛和队伍的管理教育，在总教练和主教练指导下，由教练组长负责具体组织实施。本课题组为此而到厦门和正定，在备战第 28 届奥运会和第47 届多哈乒乓球锦标赛以及 2005 年上海乒乓球世锦赛的现场，观察中国乒乓球队的教练员工作情况。一般来说，备战期间，男队在厦门，女队在正定，有时也合在一起。但即使合在一起，男女训练场地也不在一起，教练员根据自己的分工，面对自己的队伍进行"人盯人"的技术指导。总教练、主教练、教练组长和教练职责分明，井然有序，形成了一个团结协作、坚强有力的群体。

（三）一般项目与滞后项目教练员分布与结构及战略发展

当前，中国竞技体育发展中的主要困难在于"119 部队"登陆奥运的力量薄弱，具体表现为人数太少，质量不高。如何提高这支部队的战斗力，途径固然很多，但是不可回避的一条重要途径是要造就一批优秀的田径、游泳和水上项目的教练员。如上所述，教练员是竞技运动中的知识标尺和经验总汇。没有高水平教练员队伍的存在与壮大，便不可能有强大的运动健儿队伍，也不可能有高水平的竞技能力。

自从人类进入"科技"时代的竞技舞台，单凭体力而包打天下创造成绩的时代早已结束，任何一个训练过程的完成与完善都离不开前人的知识与经验。因此，我们认为，中国落后项目的瓶颈问题仍在教练员。中国竞技体育的发展，在今后的战略部署中，同样离不开如何培养一批高级教练员队伍。只有这样，竞技运动才不会出现无源之水和无本之木的格局。

教练员队伍问题中核心内容离不开数量与质量。没有相应的数量，谈不上总体意义的质量；没有高质量的队伍建设，再多的数量也不能有效推动竞技运动的快速发展。

我国竞技体育的发展格局是举国体制下的全国一条龙制度，全国的教练员凭借自己的能力与成绩，享有三种等级的专业技术职称。据本课题从国家体育总局各运动中心获得的数据资料显示，从数量上看，田径等 11 个主要项目的高中初三级教练员的总人数为 15657 名（表8）。这些教练员分布在中央、省市和地市乃至县及乡镇等各级体育机构之中。由于他们的存在，从而保证了体育知识与体育经验的传播，为中国后备人才的培养提供了教育学的人才支撑。

表 8　我国各主要运动项目的三级教练员数量与分布

主要项目	数量位次	高级教练员	中级教练员	初级教练员	合计
田径	1	468	1207	4770	6445
篮球	2	152	357	1471	1980
游泳	3	235	261	909	1405
举重	4	163	287	800	1250
乒乓球	5	172	163	800	1135
足球	6	167	218	664	1049
体操	7	268	136	498	902
排球	8	160	145	299	604
羽毛球	9	136	88	173	397
拳击	10	63	76	146	285
跳水	11	113	17	75	205
总计		2097	2955	10605	15657

　　然而，细看此表，则可以看出问题，教练员的数量多少与运动成绩的好坏没有直接关系。田径、篮球、游泳的教练员人数的绝对量最大，但在全球意义的比赛中竞技水平则不高。相对而言，其中成绩最好的是篮球，但最好成绩也不过中等偏上的样子，成绩与教练员的数量之间并非等比关系（表 9）。相反，体操、排球、羽毛球、跳水以及拳击等各单项运动，其教练员人数都超不过 1000 人，有的甚至连 500 人都不够，但是其运动成绩却能达到世界冠军和奥运金牌的水平。拳击的运动成绩固然不能与上述项目相比，但在 2004 年的 28 届雅典奥运会上却获得过轻量级拳击第三名的好成绩。如此现象充分说明，运动项目各有各的发展规律，成绩的好坏还受其他因素的制约。成绩与教练员技术职称的结构成等比关系的项目非常少。即使有也主要集中在乒乓球和举重这两个项目身上，高、中、初三级比例比较匀称，成绩显赫。

表 9　中国各主要项目的三级教练员的比例关系

主要项目	高级教练员	中级教练员	初级教练员
田径	1	2.58	10.19
篮球	1	2.35	9.68
举重	1	1.76	4.91
足球	1	1.31	3.98
拳击	1	1.21	2.31
游泳	1	1.11	5.44
乒乓球	1	0.95	4.65
排球	1	0.91	1.87
羽毛球	1	0.65	1.27
体操	1	0.51	1.85
跳水	1	0.15	0.66
总计	1	1:41	5.06

由此反观乒乓球项目，几十年来运动水平居高而不衰，除各个时期的教练员发挥了主观能动性，对运动队进行了严格管理，长期保持着技术进步等主要因素外，还与全国一盘棋的教练员人才结构关系的上下合理大有关系。

　　从表9可知，我国竞技运动主要项目的教练员，如果以其专业技术职称的多寡以及比例关系来看的话，除极少数项目明显出现"不成比例"的"偏态"现象之外，大多数都在正常范围之内。如果以乒乓球的教练员结构为最佳比例（1∶0.95∶4.65）的话，那么，其余项目大体上保持在与这个比例非常接近的状态中。从11个运动项目的平均情况来看，总体保持在1∶1.41∶5.06，略比乒乓球的比例关系高一些。

　　值得注意的是，若以奥运会获取金牌和奖牌多少为标准来衡量的话，我国田径运动的成绩长期处在低水平状态，但是我国田径运动教练员的人数在统计表格中却是最多的，而且高、中、初三种级别技术职称的比例关系也很有特点，目前维持在1∶2.58∶10.19的格局。这是当前所有能统计到的项目中比例最高的。至于为何教练员人才比例如此强盛，我国田径成绩几十年来却长期处于落后状态，那要具体问题具体分析。篮球也有这种情况，总体运动水平一般，但教练员人数不少，而且三级教练员的比例与田径相似，维持在1∶2.35∶9.68这样的比例之上。仅从表面来看，田径与篮球的这种高比例关系都是乒乓球的两倍左右，但其成绩却并不能等比例地高于乒乓球两倍的名次与水平。

　　是什么力量在控制、影响着教练员与运动成绩之间的关系呢？尽管这是一个非常复杂的问题，但本文通过调查，发现国家队教练员的人数与省市教练员之间的比例结构，有利于揭示某种内在关系。

　　事实上，任何一个项目都不会只有国家队而无省市队。相反，省市教练甚至地县一级的教练员意义非常巨大，他们保证并延续着该项目的选材与训练工作。特别是省市一级的教练，在中国的体育大厦中一直起着"栋梁"作用。在体育运动的发展过程中，一般来讲，没有一定的普及程度，很难有较高水平的产生；没有一定的人才网络与训练规模，某个项目很难储蓄相应多的运动人才。中国乒乓球队的总体水平之所以较高，与地市、省市一级存在着非常庞大的教练员人才有着密切关系。

　　正因为此，我们将中国乒乓球队的教练员队伍在国家队与省市队这两级人才的分布格局作为理想状态，并以此来衡量其他项目，就会看出某些值得重视的问题。

　　一个项目的水平提高，既需要一定量的教练员的存在，更需要教练员质的保证。特别是在我国，技术职称固然可以反映教练员的水平高低，就像大专院校里的技术职称可以反映该校的教育质量与科研能力一样。然而，多年来，我国的技术职称在"技术"方面的代表性未必最为突出，但"待遇"性质却更为明显，结果，"时间"或"年限"这种熬时间的东西在职称中反倒是主要内容，真正的训练水平未必能通过职称反映出来。高级教练员的产生与标准到底是什么？到底是以培养高级运动员的多少为标志还是以会写论文为条件，这是两种不同质量的要求。

　　一个项目到底需要怎样的教练员与运动员的比例关系才能保障该项目的正常发展？这显然是一个重要的结构问题。不同级别的教练员的多寡就是其中最为核心的内容。然而，教练员的比例关系，这既可以通过"计划"的方式来实现，也可以通过"市场"的方式来解决。只要能满足某项目获取优异成绩的这个根本需要，那么，必要量的教练员的存在就一定是合理的。既然所有项目的奋斗目标都是一致的，也就是说，都是为国争光的，那么，我们有理由认为，所有项目当前分布在国家队与省市队的教练员的人数大体上都是合理的，因为这是几十年来通过"自然选择"而形成的。有的项目甚至不用很多教练员就可以获得优异成绩，有的项目则必须有较多的教练员才能实现这一目标。根据本课题的不完全统计，与中国乒乓球的教练员结构比例关系相比，不论是优势项目、一般项目还是滞后项目，当前我国各主要项目分布在国家队与省市队两级训练网络中的教练员人才都存在结构不合理的问题（表10）。

表10　当前我国若干重要项目分布在国家队与省市队的教练员情况

主要项目	国家队教练员	省市教练员	合计
田径	45	1372	1417
足球	30	265	295
体操	28	261	289
游泳	25	210	235
乒乓球	20	350	370
羽毛球	20	109	129
跳水	16	185	201
排球	14	180	194
篮球	13	64	77
总计	211	2996	3207

几十年来，中国乒乓球队之所以取得优异成绩，除教练员的奉献精神和技术创新以及管理严格等因素外，与乒乓球在全国各地的普及率高、教练员多这一人力资本的存在也大有关系。

如果我们以中国乒乓球队教练员在国家与省市之间的比例关系为最佳比例关系的话，那么，以此衡量其他项目，则其他项目的"结构"问题会非常明显（表11）。

表11　我国各主要项目教练员国家队与省市队的比例关系

主要项目	国家队教练员	省市教练员	比例序号
田径	1	30.49	1
乒乓球	1	17.50	2
排球	1	12.85	3
跳水	1	11.56	4
体操	1	9.32	5
游泳	1	8.40	6
足球	1	8.83	7
羽毛球	1	5.45	8
篮球	1	4.92	9

由上表比例关系可以看出，在所有"优势项目""一般项目"和"滞后项目"之中，我国教练员在国家队与省市队的分布，除田径这一特殊项目之外，保持比例最高的就是乒乓球。如果国家队有一个教练员的话，那么，省市队伍中就会有18个。其他项

目都达不到这个比例。即使是普及性非常高的篮球与足球，在结构上都不能跟乒乓球相提并论。从战略学的意义上讲，没有省市一级教练员的充实与发展，各项目在短期内想要达到世界先进水平是非常困难的。这是项目发展系统性中的结构与功能关系的问题。这是一个是否真正体现"一条龙"制度力量的人力资源如何配置的重大问题。如果省市一级教练员上岗人数不充分，那么，中国的竞技体育就不能称得上是真正的"一条龙"，更无法体现"举国体制"的优越性。

我们再对这一数据进行处理，就更能看出内在关系。如果全国31个省市自治区平均享有这些省市教练员的话，那么，我国中间环节的教练员人数就显得非常薄弱。就我们的统计而知，当前各类教练员中，真正雄厚的依旧是乒乓球（表12）。

表12　我国若干主要项目国家队与31个省市自治区分享的教练员人数

主要项目	国家队教练员	31个省市自治区平均享有教练员人数
田径	45	44.26
乒乓球	20	11.29
足球	30	8.55
体操	28	8.42
游泳	25	6.77
跳水	16	5.97
排球	14	5.81
羽毛球	20	3.52
篮球	13	2.06

如表12，像篮球这样号称也是"国球"的项目，各省市平均拥有的教练员仅仅为2名左右，实在出乎我们的想象。当然，数量并不能直接决定成绩，但缺乏相应的数量，必然会缺乏相应的项目规模以及训练质量，甚至缺乏相应的人才储备。不论是优势项目还是一般项目和滞后项目，今后的首要任务就是省市教练员在数量上要进一步扩充。中国地大人多，无论在国土面积还是人口总量，每一个省市都相当于欧洲的一个国家。当前每一个项目的省市专职教练平均仅为五六名的状态，无论如何不能适应中国竞技体育的全面发展和高水平提升。

当然有人会疑问，明明在上表中，田径运动的教练员，无论在国家队还是在省市队都是最多的，为何在结构与比例上却不是最佳的。这个问题需要认真对待。表面上看，我国田径项目的教练员不论是国家队还是省市队伍人数都为最多。在绝对数方面，它也是最多的。但是，凡是遇到过于超常的现象时，就一定要具体问题具体分析，这是科学研究的基本精神与原则。田径是体育运动的基础，从古希腊开始到近代奥运会，历来都以田径运动为基础。然而，田径运动是一种广泛的概念，表面上它是一个项目，实际上它是一个广泛的体育世界。以奥运会比赛项目与金牌情况而言，田径这一项中就包含有46个小项。田径运动的众多小项之间，训练虽然也有一定的共同性，但差异依旧很大。如果说体育项目之间的差别总是隔行如隔山，篮球教练无论如何指导不了足球，乒乓球教练同样无法指导网球运动，游泳教练同样无法指导跳水运动，这都是千真万确的常识。田径之中的小项，其差别之大几乎达到了体育项目之间的这种"隔行如隔山"的状态。一个中长跑的天才教练员，在投掷方面几乎连话都不敢说。一个成绩优异的跳高教练无论如何不能对投掷项目妄加评述，跑跳项目与投掷项目的差别几乎到了天壤，同样是跑，长跑与中跑以及短跑的关系也不尽相同。因此，每一个小项就是一门独立的学问与技术。正是如此，田径这个项目才需要那么多教练。这也是统计表格中我国田径教练占据多数的原因所在。

田径以外的其他项目就不是这种情况。没有人说，一个游泳教练只懂蛙泳而不懂自由泳，也没有人说篮球教练员内部还有更细致的分工，他只懂得投篮，另一个却只了解防守。因此，如果考虑田径项目中是由最少46个小项组成的这一事实的话，那么，不论是国家队还是省市队，中国的田径教练员不是多了而是太少了。在以上统计表格的基础上，将目前我国田径教练员的人数分别除以46个小项，就会得出每一个小项所对应的教练员的人才储备和人力资本。与此同时，也就得出了真正令人震惊的比例关系数据。中国的田径教练员少得可怜，大大低于其他项目。每个省市的专职田径教练员不到1个人（表13）。不要忘记，每一个小项所获得的金牌，可同样是金灿灿的奥金金牌，与其他项目同等重要，甚至意义深远啊。

表13　46个小项条件下所对应的国家与省市田径队教练员的人数状况

中国田径运动的国家队教练	我国田径运动的省市教练
0.98	0.96

当我们得出田径运动中46个小项所对应的国家与省市两级教练员的人数与比例情况之后，再将之与我国最优势的项目进行对比，就更会发现，田径教练员的人数不是多了而是太少了，分别相差20倍左右。正是由于高级教练人数的严重不足，我国田径运动的总体水平才如此低下。当然，即使教练人数充足，也未必就能马上达到世界田径大国或强国的水平，其中涉及一系列身材、身高、力学特征等具体因素，但是可以肯定的是，那时的田径成绩比现在会更高。因此，我们说不能被表面现象所遮掩，必须对该事物的具体情况进行深入分析才能看出问题的所在。13亿中华民族之中，肯定蕴藏着无数个刘翔这样的天才运动员，关键在于如何去发现、去护理、去培养。所有这一切工作都需要教练去完成，而不可能等待运动员的自我成长。

以上种种提示我们，所有一般项目或滞后项目，都可从田径运动当前教练员的内在结构与人才比例之中获得启示，没有相应量的教练员的存在，便难以有相应的训练质量的保证。在相应量的基础上，才能谈得上质量的提高，才能期望运动成绩的广泛提高。

八、结论与建议

（一）中国乒乓球几十年来长盛不衰，与该项目拥有一支优秀教练员队伍的历史事实密切相关。

（二）中国乒乓球教练员的选拔上岗，几十年来遵守"择优录用"的原则，从而教练员在队伍管理与技术创新两方面长期保持先进性。中国乒乓球优秀教练员的标志就是"德才兼备"，进而成绩优异。

（三）中国乒乓球队的教练员特别是蔡振华执教以来的教练员队伍，把祖国利益放在最高位置，勇于奉献，严于律己，在教练员队伍的建设方面和对运动队伍的管理方面都达到了当时的最高水平。

（四）竞技体育中的绝大多数运动项目的竞技比赛，其核心内容就是技术对抗。中国乒乓球队的教练员在严格管理队伍的基础上，将主要精力用在了技术创新和技术进步，几十年来有 58.70% 之多的新技术和新打法来自中国人。由于技术领先，从而中国乒乓球队长期保持着该项目的绝对优胜。1991 年，中国男子乒乓球陷入低谷，蔡振华临危受命，卧薪尝胆，用四年时间大打翻身仗，成功的多种因素中与其领先世界的技术创新密不可分。

（五）中国乒乓球队的"技术创新"与"技术领先"，其主要动力来源于"例外技术"的培育与发现。中国乒乓队教练员的成长与发展，在两方面吻合了人类进步的主要规律。一是教练员上岗的年龄与人类最佳创造年龄非常接近；二是中国人在乒乓球技术的创新与发明方面与美国科学哲学家库恩所论述的人类技术进步中的"范式突破"完全一致甚至是最佳体现。

（六）中国竞技运动的成绩提高，任重道远。在绝大多数涉及技术对抗的项目中，我国的一般项目与滞后项目的主要问题之一就是严重缺乏技术创新。在所有奥运项目的发展中，如果将中国乒乓球队教练员的技术创新视为"理想状态"的话，其他项目与之相比，确实还有不小差距。技术创新是能否领先的内在依据。

（七）在近期五至十年中，"一般项目"和"滞后项目"的快速发展，首先要在教练员的数量上进行必要的扩充，加强省市教练员的建设，从而解决中坚力量不足的问题。在此基础上进一步提高教练员的创新能力与管理办法才是更为健康的途径。

（八）"119"项目在我国长期落后。以田径为例，在 46 块金牌的激烈争夺的奥运会上，近二十年来，我国田径运动员每次参赛总是只获一块金牌，最好时期也只能拿到两块金牌。原因固然复杂，但国家与省市两级训练网络中严重缺乏教练员是导致水平低下的重要原因。今后，必须在教练总量方面进行扩张，从而为田径运动以及其他"119"项目发展，提供坚实的教育学条件。

（九）为全面提高我国竞技体育水平，要把教练人才的培养提到战略高度，通盘考虑，研究制定各级教练人才培养计划，建议筹建教练员学院，使教练员人才培养列入我国正规的教育序列。

（十）在总结经验的基础上，制定和完善有关教练员选拔、考核、评比、奖惩等各项规章制度，使教练员队伍的建设走向法制化。

（项目编号：735ss04135）

我国竞技体育举国体制的研究

李元伟　鲍明晓　任　海　王鼎华　卢元镇

竞技体育是体育事业的重要组成部分。经过多年的艰苦奋斗，我国竞技体育取得了辉煌业绩。总结其成功的经验，最基本的一条就是充分发挥了社会主义制度能够集中力量办大事的优势，走出了一条具有中国特色的竞技体育发展道路。

一、举国体制的历史沿革

（一）举国体制的形成与历史贡献

体育体制，是在一定历史时期内，从属于社会的政治经济体制，为满足体育发展的内在需求而确立起来的。它的形成、发展、成熟和衰亡都是由体育发展的客观规律所决定的，不以人的意志为转移。20世纪50—80年代，我国体育体制实行的是与计划经济体制相适应的、由政府直接办体育的体制。它的基本特征是，政府以计划手段配置体育资源，以行政手段管理体育，政府既是管体育的主体，也是办体育的主体。这种体制在新中国成立初期形成和发展是必然的，也是合乎逻辑的，它是由革命根据地时期形成的部队体育体制的延伸和借鉴前苏联体育管理体制而形成的。这种体制既受到高度集中的计划经济体制的制约，也是中华民族为了丢掉"东亚病夫"帽子，打破帝国主义政治、经济和外交封锁所采取的一种有效的体育体制。由于当时体育事业整体规模不大，人民群众对体育的需求水平较低，这种体制完全可以适应我国体育事业的发展要求。所以，政府直接办体育的体制在当时的历史条件下是合理的，也是有效的。作为竞技体育组织管理方式的"举国体制"正是在这一体制的支持下才发挥了显著的作用。

举国体制的做法始于1956年我国准备参加赫尔辛基奥运会的组团工作。1959年中苏联合攀登珠穆朗玛峰计划因苏联撤走专家和设备而搁浅。当时党中央对此事件高度重视，刘少奇、周恩来同志直接指示，一定要靠中国人自己的力量完成攀登的计划，并拨出专款在欧洲购买了登山专用设备。在贺龙元帅的亲自指挥下，国家体委集中了全国最优秀的登山运动员和教练员以会战的方式训练、攻关，并终于在1960年成功实现了中国人攀登世界第一高峰的梦想。同年，为成功举办1961年北京第26届世界乒乓球锦标赛，同样在贺龙元帅的直接领导和指挥下，国家体委先后调集全国优秀乒乓球运动员和教练员在四个大区搞分区集训，并在分区集训的基础上，选拔了108名运动员在北京进行赛前集中训练，最后选派70余名运动员参加了世界锦标赛，取得了让国人振奋、让世界瞩目的辉煌成就。从此中国乒乓球走上了长盛不衰的自强之路。在这之后，其他项目也开始按照登山和乒乓球的组织管理模式，由国家体委运用行政手段，按照"全国一盘棋""国内练兵，一致对外""祖国利益高于一切"的指导思想直接组织和管理竞技体育的运作并逐渐成型。1984年，新中国首次参加奥运会一举夺得15枚金牌，也是得益于这一做法。但是，当时在理论上并没有形成"举国体制"这一概念。

课题组经过对国家体育总局部分老同志的访谈，认为"举国体制"的提法大致是在1984年洛杉矶奥运会之后，国家体委着手制定奥运战略，一些同志在分析我国优势项目迅速崛起的原因时提出来的。当时主要是指由"全国一盘棋"和"国内练兵，一致对外"的指导思想，以及在此指导思想下形成的"一条龙"的训练体制、全运会赛制和国家队长期集训制三者构成的竞技体育组织与管理方式。这种在体育系统内高度整合资源的组织管理方式由于类似于"两弹一星"的模式，所以被形象化地称之为"举国体制"。

"举国体制"对于我国竞技体育的发展功不可没。它使我国竞技体育在国力尚不强大的情况下，迅速地确立了在亚洲和世界的领先地位。这对于一个基础薄弱、人口众多的发展中国家而言是没有先例的。中国在进入世界体育"大家庭"后，打破的1054项世界纪录，获得的1498个世界冠军，都得益于这个体制。我国在2000年奥运会上跻身世界竞技体育前列，北京申办2008年奥运会的成功，也得益于这个体制。我国竞技体育的成功对于鼓舞民众的爱国热情，增强民族的自豪感和凝聚力所起的重要作用已经载入史册，而同时应该记录在案的就是"举国体制"的历史功绩。

（二）举国体制在当前运行中存在的主要问题

随着经济转型和社会转轨以及体育事业结构和规模的变化，竞技体育举国体制在实践中遇到了一系列困难和问题，主要表现在以下几个方面。

1. 规模难以扩大。举国体制之所以有效，在于这个系统是闭合的系统，即体育部门包办竞技体育，管理和协调的难度不大，系统运行的效率较高。但这个优点，在新形势下也显示出明显的不足。因为2008年我们要完成双重任务，竞技体育现有的规模远远不能满足任务的要求，必须扩充。但是，由于系统是封闭的，扩大规模所需的资源只能在体育系统内部挖掘。而这种单一的资源供给渠道，一方面难以在短时间内有效地扩大规模；另一方面一味地在系统内扩大规模不仅成本高，而且也会带来比较严重的后遗症，影响2008年以后竞技体育的持续发展。

2. 结构难以改善。举国体制运行中出现的结构问题突出表现在两个方面：一是长期实施奥运战略虽然实现了局部突破、局部领先的发展目标，但也带来了马太效应，优势项目潜力挖尽，几近饱和，弱势项目越来越弱，社会关注的集体项目普遍滑坡。二是新生的职业体育与非职业体育相冲相克，不能融合互补。而在市场经济条件下，职业体育不仅是竞技体育重要的、现实的组成部分，还是吸纳社会资源不可或缺的窗口、桥梁和纽带，关闭这个窗口，增量资源就流不进来，发展就缺乏活力和后劲。

3. 效率和效益呈现递减的趋势。主要表现在三个方面：一是任何一项政策或一套办法，如果不与时俱进地作必要的调整，其政策效力必然是递减的。自20世纪50年代末逐步形成的举国体制一整套做法，延用至今，并没有做大的调整，其实施的效力也日益显现出递减的趋势。二是举国体制在实践中实质上是举体育系统的体制，当前的一些做法甚至表现为是举体育总局体制、举项目中心体制，这就造成整个系统集成度不高，突出表现在分工不够、协同不足，缺乏在国家层面这个大系统整合资源的做法和机制，这也在一定程度上影响了体制运行的效率和效益。三是举国体制系统内闭合带来的是资源配置的范围窄，难以优化。奥运会上要取得突破性成绩，必须把资源配置的范围拓展到全社会，要根据发展目标，利用多种手段，尤其是市场手段，在全国配置体育资源，而目前我们基本上是在系统内配置资源，同时由于奥运战略与全运战略在目标上不完全整合，有时系统内都难以做到优化配置，这也降低了整个体制的运行效率。

4. 利益矛盾突出。中央和地方、体育系统和非体育系统、体育行政部门与体育事业单位及体育社团之间，由于目标不尽相同、价值取向各有差异，利益矛盾突出。整个系统的向心力、凝聚力下降，局部利益与整体利益、短期利益与长远利益时有冲突，在某些环节上还表现得异常尖锐。

5. 组织管理构架不健全。突出表现为：国家体育总局职能错位，中国奥委会缺位和项目管理中心越位与缺位并存。总局职能错位表现为总局在做本应由中国奥委会做的事，而自身作为政府部门应履行的职能却未能很好地行使；中国奥委会缺位表现为作为社团法人的机构不能按照国际惯例规范、有序、独立地运作；项目管理中心越位与缺位突出表现在行为方式上政事不分、事企不分，自身的组织建设严重滞后。

6. 竞赛体制没有理顺。奥运会、亚运会和全运会之间不能有效衔接，全运会与其他全国性竞赛之间缺乏必要的分工和合理的定位，职业赛事与非职业赛事之间存在一定的冲突，难以互补、相融。

7. 专业队体制面临严峻的挑战。专业队是举国体制最重要的组织基础。目前各级专业队，尤其是省市专业队，维系的难度越来越大，成本越来越高，进口与出口两头不畅，军心不稳，斗志不旺，拼搏精神和奉献意识淡薄。

8. 业余训练规模萎缩，质量下降。专业队的困境带来了业训工作的整体滑坡。从全国的情况看，区域社会经济发展水平与业训规模、选材面呈反比，存在梯度逐级退出的现象，真正支撑竞技体育发展的，尤其是完成奥运会任务所需要的业训规模在不断缩小。同时，发达地区参训的生源大多来自欠发达地区，甚至是偏远农村，业训的成本也在不断升高，致使新增的业训投入无法达到扩大业训规模和提升业训质量的目的。

产生这些矛盾和问题的根本原因在于原有"举国体制"赖以存在的社会大环境发生了本质性变化，而现行的竞技体育管理体制及运行机制已经不能适应社会经济的发展和竞技体育自身孕育的改革要求。这些矛盾和问题正在堆积起来，交织在一起，并逐步明朗化、复杂化，长此下去将会阻塞我国竞技体育的可持续发展。解决这些矛盾和问题的根本出路，在于不失时机地、与时俱进地推进体育管理体制和运行机制的改革，主动地适应市场经济的新环境，完善现行的"举国体制"。任何固步自封的想法和做法，都难以让现行体制完成我国竞技体育在新世纪光荣而艰巨的任务。

二、完善举国体制的内涵、思路与原则

（一）举国体制的内涵

什么是举国体制？尽管目前在体育界人们提的很多，甚至在其他行业也开始引用，但是这一概念的内涵是什么，体育行政部门和学术界还没有一个一致的看法。袁伟民同志在 2001 年全国体工会上指出，"我国体育得益于举国体制，改革开放之后又受益于社会主义市场经济综合实力，到国际赛场为国争光。"李志坚同志认为，"举国体制是指以国家利益为最高目标，动员和调配全国有关的力量，包括精神意志和物质资源，攻克某一项世界尖端领域或国家级特别重大项目的工作体系和运行机制。"学术界也有一些同志从不同的角度对什么是举国体制提出过自己的看法。

综合各种提法可以看出，所谓举国体制的实质就是充分发挥社会主义制度能集中力

量办大事的优越性，利用我国土地辽阔、人口众多的特点，把丰富的体育资源挖掘出来并充分利用，通过竞争和协同，提高中国体育的整体实力，实现为国争光的目标。本课题组认为，在社会主义市场经济条件下竞技体育举国体制的涵义应该是：以奥运会等重大国际赛事取得优异成绩为目标，以政府为主导，以体育系统为主体，以整合优化体育资源配置为手段，动员、组织社会力量广泛参与，在国家层面上形成目标一致、结构合理、管理有序、效率优先、利益兼顾的竞技体育组织管理体制。

（二）完善举国体制的基本思路

完善举国体制的基本思路是：高举邓小平理论伟大旗帜，认真贯彻"三个代表"重要思想，紧紧抓住我国加入世界贸易组织和北京承办 2008 年奥运会的历史机遇，以体育社会化、产业化、科学化、法制化为方向，以管理体制和运行机制的改革创新为核心，加快推进体育领域的对内对外开放，建立与社会主义市场经济体制相适应的、符合当代体育发展规律的新型组织管理体制、训练竞赛体制和社会化保障体系，进一步提升我国竞技体育的国际竞争力，使体育事业的整体素质和发展水平在新世纪跨上一个新的台阶。

完善社会主义市场经济条件下举国体制的问题，就是新形势下进一步深化体育体制改革和运行机制转换的问题。而新一轮体制改革的目标就是提高体育资源配置的效率和效益，进一步理顺关系、转变职能，推动体育事业与社会、经济、文化的协调发展。改革路径是体育社会化、产业化、科学化、法制化。检验改革成败得失的标准是能否成功举办 2008 年北京奥运会和实现体育事业的可持续发展。尽管新一轮改革的直接动因是体育系统面临在 2008 年奥运会上全面参与和力争优异成绩的巨大压力，但是改革不应仅局限于竞技体育或备战 2008 年奥运会，而应以此为契机，着力于制度创新，在社会化和产业化的基础上最大限度地整合国际、国内的各种资源为体所用，为中国体育在新世纪的可持续发展做出合理的制度安排。

（三）完善新时期举国体制的基本原则

> 可持续发展原则　　　　　　　　　　　　改革方向

> 盘活存量与扩大增量相结合的原则　　　　资源开发

> 集约化原则　　　　　　　　　　　　　　提高效率、效益

> "全国一盘棋"与兼顾各方利益的原则　　利益整合

> 实施的阶段性原则　　　　　　　　　　　渐进实施过程

图 1　完善新时期举国体制的原则

1. 可持续发展原则

完善举国体制很大程度上是着眼于中国竞技体育的可持续发展，其具体标志是中国竞技体育在 2008 年奥运会上实现新的突破，并在 2008 年后仍能保持强劲的发展势头。可持续发展强调发展的"整体性"和"综合性"，强调从战略的高度来思考并规划体育事业的发展，协调各方利益，追求有质量、有效益的发展。在制定和选择各项改革措施

时，必须恪守此项原则，凡是有损全局利益和长远利益的举措，不论其近期效益多好，局部利益多佳，都要坚决舍弃，力戒急功近利的心态和拔苗助长、竭泽而渔的行为。

2. 盘活存量与扩大增量相结合的原则

由于管理体制上的原因，我国竞技体育资源的使用呈现出明显的分散性、分割性特点。资源共享率低，资源不足与利用率不高并存。同时，我国的体育资源匮乏，与体育发达国家相比，还有较大的差距。面对2008年的艰巨任务，要在近几年迅速扩大增量则是需要认真考虑的问题。因此当我们完善"举国体制"的时候，必须把盘活体育系统内的资源存量与调动、引入全社会的增量投入有机结合，以扩大可利用资源的总量。

3. 集约化原则

竞技体育发展要走出以规模扩张为主线的外延型发展模式。要根据社会经济发展水平，竞技体育发展的内在规律和阶段特征，走规模、结构、质量和效益有机统一的集约化发展道路。要加强管理，强化协同，建立有效的激励约束机制，利用多种手段调整各方利益。要提升科技在竞技体育发展中的地位，提高竞技体育发展各环节的科技含量，以达到节约资源、降低成本、提高效率和效益的目的。完善举国体制的过程很大程度上就是建立和完善竞技体育集约化发展模式的过程。

4. "全国一盘棋"与兼顾各方利益的原则

当前在竞技体育领域已经出现了多种利益关系，如国家利益、地方利益、行业利益、部门利益、单位利益和个人利益等，如果处理不当就会出现目标分散的问题。完善举国体制必须解决好目标的一致性（奥运争光）与利益的多元性的矛盾，既要强调地方利益、部门利益、单位利益、个人利益服从和服务于国家利益，追求整体效益最大化的目标，也要承认和兼顾参与系统运作的各方利益，倡导大局意识和整体利益，努力形成"统而不死、活而不乱、规范有序、各得其所"的良好局面。

5. 实施的阶段性原则

竞技体育体制的改革既具有必要性和紧迫性，也具有长期性和渐进性，试图一步到位是不现实的，因为这既不符合中国经济与社会改革的特点，也不符合中国体育改革发展的实际。所以，完善举国体制的过程必定是一个分阶段、有步骤、积极稳妥的推进过程，任何企图超越阶段的激进式改革都会给我们的事业带来不可估量的损失，这是我们在实施改革的过程中必须时刻牢记的。

（四）需要正确处理的几个关系

贯彻上述原则需要处理好以下几个方面的关系。

1. 政府和市场的关系

政府在体育事业发展中发挥主导作用，是举国体制的本质特征。建立新型举国体制不是要削弱政府的作用，而是要规范和协调政府的作为。新旧举国体制最大的不同在于政府和市场这一对矛盾关系的处理上，旧的体制基本上是排斥和限制市场作用，而新的体制则要主动融合市场的作用，并通过政府的主导作用来引导和规范市场的作为。政府和市场的关系表现为协同和互补。首先，政府要为市场发挥作用创造环境和条件，凡是市场主体可以有作为的领域，政府都应逐步退出来；其次，政府要制定规则，规范市场主体的行为；最后，政府要在市场失效的领域作为，凡是市场做不了或做不好的领域才是政府作为的空间。在一般情况下，市场应是一次调节，政府应是二次调节，政府主导作用发挥的程度要看驾驭市场的能力和挖掘市场潜力的水平。应该看到，随着体育事业规模和层次的不断提高，仅仅依靠政府力量来推动将难以为继，必须把体育的经济价值和市场主体的获利需求与大众自主的体育消费有机结合起来。唯有如此，新世纪的中国体育才能在政府和市场的双重推动下，实现可持续发展。所以新的举国体制必须在体制和机制上解决市场引入的问题。

2. 体育系统与非体育系统的关系

新中国成立之后，我国自上而下地建立起了隶属于各级政府的、管办合一的体育系统。这个系统规模之大、效率之高在当今世界上几乎是绝无仅有的。凭着它，我们实现了体育事业的腾飞，取得了世界上任何一个发展中国家都不曾有过的业绩和辉煌。现在总结出来的举国体制，实际上就是指用行政命令和计划手段在系统内配置、整合资源的制度安排。所谓"一盘棋""一条龙""一贯制"都是对系统内行之有效的做法和经验的总结。但是构建新的举国体制不能仅考虑系统内存量的调整和优化，还要考虑系统外增量的引入和匹配。显然，要在奥运会上完成全面参与和力争优异成绩的双重任务，仅在体育系统内部挖潜难度很大，必须坚持体育社会化和产业化的发展方向，努力扩大竞技体育的社会基础，调动其他行业，尤其是企业和教育部门办高水平竞技体育的积极性，走职业运动项目企业化和公益运动项目院校化的路。从这个意义上讲，新的举国体制必须具有更大的开放性和包容性。只有协调好体育系统与非体育系统的关系，才能做到真正意义上的全国一盘棋，才能更好地完成 2008 年的奥运会任务，才能推动体育事业与经济社会的持续、协调、健康发展。

3. 中央与地方的关系

理顺中央和地方的关系，是举国体制发挥作用的重要前提。在计划经济体制下，体育领域内的中央与地方关系，主要表现为原国家体委运用行政命令和竞赛杠杆对地方体育行政部门的指挥、协调与整合。改革开放之后，体育管理体制为适应市场经济体制的要求做出了一系列的调整，主要的变化发生在两个方面：一是在国家体育总局与地方体育局之间出现了 20 多个运动项目管理中心，总局对地方局的业务指导职能主要通过项目中心来行使；二是随着体育社会化和产业化进程的加速，在体育系统之外出现了企业办商业体育和高校办高水平运动队的格局。旧体制内的中央与地方的关系在系统内和系统外都面临新的挑战。新型举国体制在市场经济条件下要最大限度地整合资源，必须妥善处理好中央和地方的关系，当前需做好三个方面的工作：首先，要在系统内规范项目管理中心与地方体育局的关系。项目管理中心作为总局的直属事业单位只是办事机构，不能直接行使对地方体育局的管理和指挥权，凡涉及对地方人、财、物等各项资源的调配行为，都应呈报总局相关职能部门审定后执行。同时，总局须进一步完善对项目中心的监管机制，规范项目管理中心的行为，加大对违规侵害地方利益的中心和有关责任人的处罚力度。其次，总局要切实行使行业管理职能，主动与相关部委协作，加强对系统外商业体育和学校体育的指导和监管，对系统外办体育的单位和个人要给予系统内的待遇，拓展资源整合的空间，提高资源配置的效率。最后，在财政"分灶吃饭"的体制下，总局要承认并尊重地方利益，在公正、公开、公平、互利的基础上，利用多种手段，尤其是市场经济的办法来规范中央和地方的权、责、利；要制定切实可行的奖励和资助办法，引导地方体育局和非体育系统的单位和个人为国家利益服务。

4. 竞技体育与群众体育的关系

竞技体育的发展离不开群众体育的基础。从发达国家体育事业发展状况看，竞技体育和群众体育在基础层面上是统一的，即覆盖全社会的、公益性与营利性并存的网状组织结构是两者共有的基础。这样的基础使得正确处理普及与提高的关系有了组织体系上的保障，竞技体育与群众体育之间也表现更为协调。尽管我国很早就提出了辩证统一的发展观，决策层也反复强调协调发展的重要性，但实践中却始终未能很好地处理两者之间的关系。究其原因，还是计划经济体制下形成的管办不分、条块分割的体育管理体制没有从根本上打破，与市场经济相适应的竞技体育与群众体育共存的协会制组织体系未能构建。因此，新世纪我们要完成 2008 年的艰巨任务，实现体育事业的可持续发展，就必须重构体育事业的组织体系，坚决推进协会制改革，通过协会这一组织构架来打破部门、地区、行业的分割，构建最具包容性、最能发挥举国体制优势的组织体系。只有这样，竞技体育与群众体育协调发展才有组织保障，竞技体育后备人才青黄不接和群众体育低谷徘徊的局面才能从根本上实现突破。

5. 近期目标与中期目标的关系

当前比较迫切的问题是要处理好 2004 年和 2008 年两届奥运会之间的关系。从改革时机选择上看，如果 2008 年奥运会是一个更重要的目标的话，那么 2004 年奥运会就只能是一个具有过渡性的阶段目标。所以对 2004 年奥运会的实现目标进行战略性调整是处理近期目标与中期目标的关键，调整的内容可考虑三个方面。

一是降低对金牌数的要求。考虑到第 27 届超常发挥的因素和头重脚轻的结构性矛盾，金牌实现数可下调至 20～22 枚；

二是强化对实力目标的要求。获奖牌项目数、获奖牌数以及获前 8 名数分别上调至 14～16 项、60～70 枚和 145～155 人；

三是扩大规模、夯实基础。参赛大项数达到 26 项、小项数达到 180～200 项，参赛运动员人数力争达到 400 人以上。

对 2004 年奥运会实现目标做这样的调整，有两个方面的政策效应，一方面调低竞技体育实力表现目标的金牌预期，可以为体制改革创造一个相对宽松的运作环境；另一方面提高对实力基础目标的要求，使得中国竞技体育可以扩大其自身生存和发展的社会基础，给企业、高校和其他社会力量的进入创造条件。

三、完善举国体制的重点与难点

完善举国体制的过程是一个突破传统的思维方式和行为方式的过程，也是一个权力和利益再调整、再分配的过程，它标志着中国体育改革由此步入攻坚阶段。在这一阶段，20 世纪 90 年代改革中未涉及的一些深层次矛盾和问题将会直接成为深化改革的对象。尤其是竞技体育的改革将会由台后走到台前，以往习惯的管理模式和运作方式将面临挑战。同时，由于新体制的建立是一个"破"与"立"的辩证统一过程，改革初期产生一些震荡也在所难免，因此，从现在开始启动新一轮改革也可能会对 2004 年雅典奥运会的运动成绩产生一定的影响。对此，我们必须有一个清醒的认识。既要看到改革的必要性和紧迫性，不改不行，不改体育事业发展将在不远的将来失去其全局利益和长远利益，又要看到改革的艰巨性和渐进性，对这场改革的成本和必须付出的代价做出客观的估价，正确处理改革与发展之间的辩证关系。只有这样，我们才能真正做到积极、稳妥、有序地推进改革。

完善举国体制是一项复杂的系统工程，确定其中的重点和难点，是高效、有序推进改革的前提和基础。

（一）重点

课题组认为，重点主要是四个方面的内容。

1. 以协会实体化为标志的组织管理体制改革

国家的竞技体育管理系统一般由三个子系统组成，即由体育行政部门组成的决策调节系统、各体育协会构成的合作协调系统和以俱乐部为主体的操作系统。

就其整体结构而言，原有的举国体制中三个子系统有名无实，政府集决策、协调和操作三种角色于一身，原国家体委一套人马三个牌子就是这种状态的缩影。改革开放以来，尤其是在1997年国家体委改组为国家体育总局以来，这种政府一家独角戏的格局开始改变，出现由一个系统向三个子系统的分化，其中最明显的标志就是运动项目管理中心的出现。但是由于计划经济时期留下的深远影响，在这一过渡阶段，我国竞技体育管理实践中出现了大量的系统越位、错位和缺位现象。

由于合作协调系统的组织属性不清，项目管理中心仍多沿用过去的行政手段开展工作，尚未建立自己的工作机制，协会实体化已经成为我国竞技体育组织管理体制改革的一个瓶颈问题，它不仅使决策调节系统宏观的管理与调节不到位，"办体育"的旧习不能彻底改变，管办不分，做了事业单位或社团份内的操作性工作，而且也导致操作系统不能很好地发育起来，阻滞了我国体育社会化的进程。因此，尽快完成项目管理中心向协会制的过渡，实现协会实体化，是本次改革的重点之一。

2. 以全运会改革为龙头的竞赛体制改革

竞赛是竞技体育发展的"指挥棒"，是调整竞技体育资源配置的"杠杆"，它关系到项目布局、后备人才培养和训练体制的改革与调整等诸多方面。原体制中存在的主要矛盾与弊端（如中央与地方的矛盾、人才流动的冲突、体育资源的重复投入等）都与以全运会为核心的现行赛制有直接的关系。因此，竞赛体制改革必须以全运会改革为突破口，并以此来带动其他赛制做相应的改革与调整，只有这样我们才能重新调整和理顺各种利益关系，实现改革的目标。

3. 以专业队改造为核心的训练体制改革

原体制的突出问题是关门办竞技体育和系统内专业队体制难以为继，致使系统内存量资源难以盘活，系统外的增量资源难以进入。我国的专业队体制在全世界已是极少数国家沿用的一种体制，事实证明已经无法适应现代竞技体育的发展要求。而要解决这一矛盾就必须对现行专业队的组织体系进行调整。从一定意义上讲，现行的专业队体制是造成我国竞技体育难以持续发展的主要因素之一，不改造现行的专业队体制，竞技体育的社会化、产业化进程就会受阻，体教结合也会因缺乏动力而难以实施。只有下决心分层次、有步骤地改造专业队体制，才能从根本上解决现行训练体制中积累的深层次矛盾。

4. 以运动员权益为本的保障体制改革

原体制是以运动训练和竞赛为主体，以运动成绩为唯一评价标准，"以人为本"的思想未能充分落实到教练员和运动员身上，一系列保障制度严重滞后和脱节，尤其是优秀运动员的文化学习、工资待遇、退役安置、医疗和就业保险等方面均存在着缺位和不到位的现象，严重影响了训练主体的积极性和创造性。解决这一问题的根本出路在于按照市场经济的办法，走社会化的道路，建立与全社会的大保障体制相适应的体育保障制度。因此，为训练竞赛服务的体育保障体制的改革也应成为此次改革的重点。

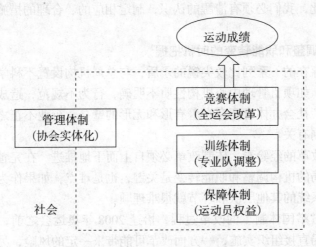

图 2　完善举国体制四方面改革的重点

（二）难点

根据当前我国体育事业发展的实际状况，课题组认为完善竞技体育举国体制的难点主要如下。

1. 认识上的错位和不到位

任何改革都要以观念转变为先导，以认识到位为前提。就完善举国体制而言，课题组认为，当前体育部门存在的一些错误的和不到位的认识是推进改革最大的难点。

观念障碍之一——现在，有很多同志在实际工作中，凡是遇到按照原来习惯的想法和做法不能有效行事时，就高呼要坚持和强化举国体制。举国体制在这里变成了政府包办体育，用单一的行政命令管理和组织体育，以及要求政府给予各种优惠政策继续搞封闭、搞垄断的代名词。显然，在这样的认识基础上，推进新一轮改革，其命运只能是旧体制的复归和体育事业可持续发展能力的丧失。

观念障碍之二——一些同志认为，新的举国体制要推进中国奥委会和单项协会实体化的实现，是自掘"坟墓"的行为，无异于主动向国务院申请"摘牌"。事实上，现在体育行政部门管办不分，整天忙于具体事务的越位、错位和不到位的行为才是存在"摘牌"可能性的最大隐患。推进中国奥委会和单项协会实体化不仅是体育社会化和产业化的实际需要，更是各级体育行政部门职能和行为归位的迫切需要。只有真正实现"小政府、大社会"，体育行政部门切实把自己该做的事做好，作为政府序列的体育行政部门才不会有生存之忧、"出局"之虞。显然，当前体育部门的同志在思想认识上与改革攻坚的要求还有很大的差距，不突破这一难点，改革不仅难以真正启动，即使实施了也不能达到预期的目标。

2. 利益格局调整引起的改革阻力

要改革现行体制，必定要触动既有的利益格局。在系统内外的利益关系调整上，体育系统可能要让出部分利益；在体育系统内部的利益关系调整上，可能要触动某些部门的既得利益。因而，加大了改革的难度。

由于本次改革涉及面广，改革力度大，要重新构建利益格局，因此不可能不影响到方方面面的利益，一些部门或个人会因为自身利益遭到损害而反对改革的进行，从而形成一种阻力。对此，我们必须有清醒的认识，制定相应的、合理的措施，消除阻力，推进改革。

3. 总局机构调整和职能转变的时机把握

现行体制中存在的一系列比较尖锐的矛盾，与总局机构设置不科学、职能转变不到位有直接的关系。如项目管理中心机构性质不明确，行为不规范，造成与省市体育局的利益冲突。目前，社会办体育还存在着有形和无形的壁垒，行业不正之风屡禁不止等现象，都与现行体制有关。

从国家整体改革的经验看，体制改革必须自上而下地推进。在完善举国体制的过程中，国家体育总局的机构调整和职能转变是关键，也是难点，如果作为改革大系统的顶层设计不合理，系统的其他层次和环节就很难理顺。

然而，完善"举国体制"的改革过程，恰逢 2008 年奥运会之前，由于奥运争光计划由国家体育总局直接组织实施，一方面改革可能带来一定的风险，另一方面不改革又会贻误有利时机，影响长远发展。既不能借口有 2008 年奥运会任务而不推行改革，也不能不择时机贸然行事，处于两难境地。因此，把握改革的时机和进程就成为影响全局的关键环节之一。

4. 在市场经济的基础上再建全国一盘棋的整合机制

完善举国体制是一个分化与重新整合的过程。在分化的过程中，首先要尽快补上体育社会化和产业化这一课，使体育真正变成全民族、全社会的公共事业，要利用一切手段鼓励不同所有制的企事业单位办体育，尤其是高水平的竞技体育，最大限度地扩大体育事业的规模，改善体育事业的结构。然而分化不是目的，要在社会化和产业化的基础上创立一种这样的全新整合机制，即当需要举全社会之力来完成国家任务时，能及时、有效地整合资源，发挥集中力量办大事的制度优势。相比而言，推进体育社会化和产业化进程，我们已经有了初步的实践，也积累一些有益的经验，难度会小一点，而在社会化和产业化基础上如何快速、有效地整合资源则是一个全新的实践，因此，后者就是完善举国体制过程中必须突破的又一个难点。

四、完善举国体制的举措

（一）深化竞技体育管理体制改革，加速机制转变

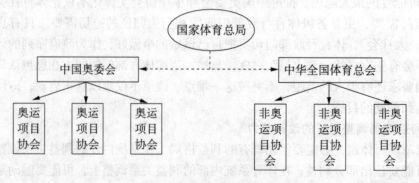

图 3　竞技体育管理体制改革

1. 调整总局机构设置，加速机关职能转变

体育总局及各级体育行政部门要切实把工作重心转移到制定战略、规划、政策、法规和加强对中国奥委会、中华全国体育总会以及各单项运动协会的监管上来。建立新的工作机制，通过政策引导、经费支持、契约订立、效果评估等方式达到宏观管理的目的。

国家体育总局撤消部分业务司局，其职能转由中国奥委会和中华全国体育总会行使。成立体育标准司，以规范各项体育工作的绩效评定，为目标管理提供客观依据和组织保障。组建青少年体育司，以统筹管理我国竞技运动后备人才培养。

2. 加速推进中国奥委会实体化进程

利用当前难得的机遇，不失时机地组建实体化的中国奥委会，使其成为沟通社会各界的桥梁，吸纳社会资源的纽带，开发体育资产的窗口，组织和协调备战奥运会、亚运会各项工作的指挥部。

中国奥委会主管奥运项目及奥林匹克事务，成为独立的社团法人，享有独立的财权、人事权、外事权，享受国家的优惠政策。现阶段，中国奥委会可列为直属国家体育总局的事业单位。中国奥委会理事会由来自政府体育行政部门、与竞技运动有关的体育、教育及产业组织的代表组成，是政府与社会结合的纽带和桥梁。

中国奥委会下设项目协调部、对外联络部、市场开发部、法律事务部、科学技术部、运动员权益部、教练员培训部等机构，分别处理各自领域内的相关事务。以撤消司局的人员为班底组建上述常设机构。中国奥委会要建立新的工作机制，明确职能，各司其职，分工协作。

3. 改革运动项目管理中心

逐步实现运动项目协会的实体化，最终使协会成为自主决策、自主管理、自我约束、非营利性的社团法人。协会在机构设置、干部任免、商业开发、国际交流、经费使用等方面享有自主权。

加强单项协会的自身建设，建立健全组织机构、工作机制和规章制度，改变过去单纯依赖政府、主要依靠行政手段办体育的模式，发展和依托社会网络，按照协会章程开展活动，正确行使职能，承担应负的责任。单项运动协会在全国范围内、跨行业、跨部门地构建自己的组织网络，建立基层运动俱乐部，改变目前大多数协会基层组织发育不良、无个人会员的状态。各协会可以自主制订并实施项目发展规划。

各运动项目协会对本项目的基本情况进行统计调查，制定新的适合当前社会条件的协会章程，建立会员制，制定会员管理办法。制定出项目长远发展规划，充分利用市场进行协会的管理，创造出新的协会经营机制。

根据运动项目与市场的亲合度对项目进行分类，对市场前景良好的项目，如足球、篮球协会运作以市场机制为主，政府支持为辅。对市场需求较少的项目，如田径、游泳等协会运作以政府支持为主，市场机制为辅。在过渡阶段，根据国情和运动项目自身生存发展的条件，将社会基础差的若干项目管理中心合并，以提高管理效率。

政府体育行政部门通过相应政策、法规、契约和经济手段来控制协会的发展方向、目标及过程，行使指导权、监督权和审计权。

（二）以全运会改革为龙头，进一步理顺竞赛体制

1. 明确全运会改革目标

全运会改革的目标是，将省市发展竞技体育的目标、价值取向引导和整合到奥运争光计划上来，将全运会与奥运会彻底并轨。用亚运会、奥运会的参加人数和得分得牌的情况来排列名次，衡量省市竞技体育的成绩，并重奖立功省市，最大限度地调动地方为国家做贡献的积极性、主动性和创造性。

2. 调整运动项目设置

着眼于 2008 年奥运会全面参与和力争优异成绩的目标，调整运动项目设置：一是要稳定大项数，裁减部分投入高、基础差，且中远期尚难以突破的小项；二是在我国优势项目和有希望近期突破的基础项目中增设 21 岁以下年龄组的参赛层次，扩大我国在奥运会上得金、得牌、得分的基础。

3. 改革参赛办法

允许教育部门组团参赛，放宽在奥运会和世界重大比赛中获得优异成绩的运动员参加全运会的名额，放宽我国优势项目和基础性项目参加决赛的人数，鼓励各省市发展自身的优势项目，变局部优势为我国的整体优势。适当限制参赛运动员的年龄。参赛运动员的年龄标准，由各运动项目管理中心根据所管项目发展的实际情况逐项设定，不搞"一刀切"。禁止省市间，尤其是与全运会东道主搞所谓"强强联合"。与奥运会接轨，取消全运会预赛。根据全运会前 3 年各单项的全国比赛的综合成绩来确定参赛资格和席位分配。调动地方在非全运会年增加对训练、竞赛的投入，防止人才交流中的临时租借行为。

4. 改革计分办法

取消冬运会金牌带入全运会的做法。发展冬季项目应把工作重心放在集中精力搞好全国冬季项目运动会上，还全运会夏季项目的本来面目。取消全运会的协议计分。加大奥运会奖牌带入全运会的比重。加大对田径、游泳和水上项目的奖励力度。调整对球类集体项目的奖励计分办法。将球类集体项目根据群众的喜爱程度和在 2008 年奥运会上所承担的任务，分为重点项目和非重点项目，取消对非重点项目的奖励办法，保留对重点项目的奖励办法。

5. 改革和完善人才交流政策

加强对运动员注册管理的监控力度，规范注册程序，建立运动员注册网络化管理体系，同时建立和完善运动员注册争议的仲裁制度。对高水平运动员的交流加以监管，保护人才培养单位的积极性和权益，保护投资者的利益。大力培育竞技运动人才交流市场，规范运动员交流行为，杜绝"暗箱"操作带来的腐败和行业不正之风的问题。

6. 大力加强裁判员队伍建设

在全面抓好裁判员队伍建设的同时，着重抓好奥运会项目，尤其是优势和潜优势项目的高水平裁判员队伍建设。有条件的项目和单位可以推进专职裁判员制度的试点工作，逐步使裁判员的注册、选派、考核、监督等项工作走上规范化、法制化的轨道。

7. 按照国际惯例，规范比赛仲裁工作

在比赛仲裁的设立、仲裁委员会的工作程序、仲裁结果的确定与处置等方面，与国际各项目组织所作的规定接轨。总局制定《竞赛仲裁收费管理办法》，规范各项目管理

中心和竞委会对仲裁费的收支行为。严格禁止在比赛场地内收取仲裁费等影响比赛形象的行为。

8. 从第 11 届全运会开始，全运会的名称不变，但形式和内容改为中国奥林匹克选拔赛，放在奥运会前一年举办

改革后的全运会参赛办法，实行由在各运动项目协会注册的、训练设施和竞技水平达到规定标准的训练实体独立参赛。训练实体的评级工作，由各运动项目协会本着公平、透明、无歧视的原则面向全体会员单位进行。着眼于成功举办 2008 年北京奥运会，检验北京奥运会场馆及其配套设施的功能和效果，锻炼组委会组织大型综合性比赛的能力，建议由北京市承办改革后的首届全运会。

9. 配套改革其他全国性运动会

将全国城市运动会改为全国青少年运动会，同时国家体育总局加强与教育部的沟通与协调，中国奥委会做好对大学生体协和中学生体协的业务指导工作，继续办好全国大学生运动会和全国中学生运动会。全国农民运动会、全国职工运动会和全国少数民族运动会与全国体育大会合并，每年召开一届，每届确定一个主题人群，开展生动活泼的群众性体育竞赛和表演，推动竞技体育与群众体育的协调发展。

10. 积极推进俱乐部赛制的改革与完善

在总结过去俱乐部赛制成败得失的基础上，进一步调动社会力量，尤其是各类市场主体的力量，推进竞技体育的社会化和产业化。鼓励和引导不同所有制的各类法人兴办职业体育俱乐部，开展职业联赛，形成多渠道、多形式地为国家培养高水平竞技人才的格局。国家体育总局要加紧制定职业联赛管理办法和职业俱乐部管理条例，规范职业俱乐部的行为，搞活各类职业联赛。

（三）以 2008 年奥运会为目标，改革和完善训练体制

1. 调整项目布局

按照全国一盘棋的思想，以体育系统为主干，依托全社会调整项目布局。系统内的布局要发挥中央和地方两个积极性，发挥体育大省、强省的作用，组建若干运动项目的协作区，将一些奥运会任务直接交由协作区承担，如以武汉为中心的船艇运动协作区等。同时，充分发挥重点高校和大企业集团的办高水平竞技体育的积极性，将部分旨在扩大参赛规模的项目交由它们承担，扩大备战的项目基础，培育竞技体育新的增长点。

在实行分类管理的基础上，重新调整现有奥运会项目的阶段性管理目标和管理方式，最终建立起结构合理、优化组合、多维支撑的项目布局体系。实行运动项目分级管理、分类指导，建立效益投资体系。

2. 加强运动员管理

在全运会、亚运会和奥运会选拔赛的基础上，组建国家集训队，实施动态管理，采用集中与分散相结合的模式，并引进多强对抗的竞争机制。鼓励并积极支持高校、企业、部队、民间组织培养和训练高水平运动员，给予同等机会，享有平等的权利。

完善对运动员的管理。根据运动项目的成材规律，综合考虑运动员的训练年限、竞技运动水平、发展潜力等因素，对运动员进行分级管理，有序安排分散与集中训练的形式、时间、阶段，提高备战效率。

建立并完善有关法规制度，促进运动员合理流动，简化运动员注册管理程序，形成规范、公正、公开的人才流动格局。

3. 强化后备人才培养

始终把业余训练工作放在重点建设的位置上。进行全国业余训练状况普查，摸清"家底"，召开全国业余训练工作会议，针对 2008 年奥运会进行全国性部署，修订与完善业余训练有关法规、政策。加大对业余训练的投入，实施"后备人才工程"，避免2008 年后高水平运动员"断档"现象的发生，使我国竞技体育在 2008 年北京奥运会后仍可持续发展。

改造现有的业余训练体系，实施后备人才工程，具体措施是：

——以学区为单位，设立俱乐部形式的少年儿童训练中心，以此作为初级层次的训练机构，对中小学的体育爱好者进行"就近就便"的课余训练，可选拔原业余体校的优秀教练和中、小学的优秀体育教师参与指导。训练中心的项目设置除奥运项目外，还要增加一些对少年儿童有吸引力的非奥运项目，以扩大参加初级训练的群体基础。鼓励全社会办业余训练，并给竞赛"入口"。

——将"三集中"的重点体校和体育运动学校，转化为重点体育俱乐部形式的训练基地，作为第二层次，对在初级训练中涌现出的体育苗子进行加工。参训的青少年在附近的普通中、小学就学，保持普通学校的平均文化成绩。

——有选择地将部分国家队和省市专业队放到有条件的体育院校、普通高校等教育机构中去，实现"体、教"结合，增加训练的科技含量，降低无效训练的比例。在对优秀运动员进行训练的同时，完成相应的高等教育，并提供就业指导，拓宽运动员退役后的再就业出路。同时，鼓励和支持有条件的大学和企业自办高水平运动队，给予优秀运动员免试上大学的机会。一般水平的运动员，实施大学特招。对参与专业队改造的高校和企业，给予政策扶持和相应的经费支持。

4. 提高业余训练的质量和效益

要重新修订各运动项目的《训练大纲》，建立业余训练的督学制度，加强对业余训练的指导和管理。要下决心采取措施纠正青少年竞赛中虚报年龄、以大打小、弄虚作假、"借鸡下蛋"等不正之风。要采取坚决果断的措施防止兴奋剂在业余训练中的蔓延。要进一步加大青少年业余训练的管理力度和基本建设的投入力度，制定行之有效的政策和措施，依托中小学和社会体育网点，重建业余训练网络，全面振兴业余训练，保持我国竞技体育持续发展的后劲。

5. 加强教练员管理，提高教练员素质

成立全国教练员协会，加强对教练员的管理、交流和业务培训，不断提高教练员队伍的素质。建立并严格执行教练员岗位轮训制度，以更新教练员的知识结构。设立中华人民共和国功勋教练奖，以奖励有突出业绩的教练员。

6. 加大对竞技体育管理干部的培养力度

要着眼于竞技体育的可持续发展和成功举办 2008 年北京奥运会的实际需要，采取"走出去，请进来"的办法，分层次、分阶段、多渠道地进行全员培训，全面提高竞技体育管理干部，尤其是竞赛管理干部的能力和素质，提高外语水平，强化参与国际体育事务的能力。

7. 建立高水平的训练基地

本着"少而精"的原则，加快对现有训练基地的改造，使之从宾馆、招待所型转变

为科学训练型。针对运动员特殊的训练要求，如高原训练、水上训练等，在已有的训练基地中选择 4~5 个，集中力量投入，建成科研设备先进、生活设施齐备的训练基地，供运动队集训之用。

依托北京体育大学和上海、沈阳、武汉、成都、西安体育学院及清华大学等高校，在各协作区组建一批训练、科研、教学三结合的基地，对条件好、贡献大的基地可命名为"国家奥林匹克训练基地"，给予特殊政策。

在西北省区建立若干人才库基地，选拔有特殊才能的少年运动员进行初级基础性训练，供有条件的训练单位选拔，继续培养。

（四）充分发挥体育科技的先导性、基础性作用，全方位推进科训一体化

1. 做好体育科技信息的采集与分析工作

跟踪国际体育科技前沿，了解体育科研的最新动态，加强国际间交流与合作，拓展稳定的交流、合作渠道，有目的地引进新技术、新方法、新手段，促使体育科技整体水平的提高。

2. 整合系统内外体育科技资源

通过市场手段和必要的行政措施，整合体育系统内外的科技资源。系统内进行结构性调整，组建中国体育科学研究院，以统筹、协调全国的体育科研力量，加强与系统外科技力量的联合，建立新的合作机制。集中组织全国最好的专家从科技创新的角度进行协作攻关，解决影响运动成绩提高的关键领域、关键环节的问题。

增加体育科技投入，增强体育领域的自主创新能力。加强竞技体育的应用性基础研究，紧密结合运动项目特点开展具有实效性和创新意义的科研攻关和服务，加速体育科技成果的推广应用。

3. 发挥体育科技在高水平基地建设方面的作用

建设综合性的训、科一体化的基地。在训练基地建设中，增加科研仪器设备及设施，建立运动现场数据采集、处理、分析和适时反馈系统；建立起教练员、科技人员协同配合的机制；对运动员的体能、技能、战术、心理等重要的竞技能力要素，实施定期检测、监控制度；建立科研攻关与科技服务的工作规范与评价标准，形成科学高效的竞技体育科技服务保障体系。

成立由科研人员、医生、主教练等相关人员组成的综合科技服务组，为训练提供科技支撑。在选材、训练、竞赛的动态调整变化过程中，全面提高运动训练的科技含量。

4. 提高科技人员素质，优化队伍结构

加大引进高水平科技人才的力度，强化现有人员培训，改善体育科技队伍的结构，提高体育科技队伍自身素质，提高科研攻关、科技创新能力和解决运动训练实际问题的能力。

5. 全面提高各类竞技体育人才的科学素养

制定系统的、长远的竞技体育人才的培训计划，将学习、培训、交流等措施作为奖惩机制的重要内容，使管理者学习先进的管理思想、管理方法与管理手段，全面提高竞技体育管理者的知识水平与管理能力。提高教练员、运动员的文化素质和科学素养，重点培养教练员提出问题、解决问题的能力。

（五）加强组织与领导，改革和完善各种保证、保障措施

1. 建立具有中国特色的体育社会保障制度

健全中国竞技体育保障体制，实现体制创新与机制转变，全面提高中国竞技体育的社会保障水平。建立健全优秀运动员保障制度体系，筹建"体育保障基金"，以"运动员伤残保险""运动员失业保险"为重点，结合养老保险、失业保险等社会保障制度，防范在役运动员的职业风险；在保障制度方面既要与社会发展接轨，又要充分考虑竞技体育的特殊性。加强在役运动员的文化教育。实施退役运动员再就业工程，对退役运动员进行职业技能培训与指导，拓宽退役运动员的再就业渠道。

2. 积极探索适应新形势的奖励与分配制度

在竞技体育奖励制度中，要充分考虑运动员、教练员、科技人员在竞技体育发展中的重要作用。在分配制度改革中，要以教练员、运动员工资制度、津贴制度改革为核心，形成适应新形势的教练员、运动员岗位津贴制度，津贴水平与贡献挂钩、与岗位挂钩、与任务挂钩。要改革奖励制度，改变以往单纯的物质奖励的做法，为有突出贡献的运动员提供更多的个人发展的机会——上学、培训、再就业等，形成以奖励制度为主体的激励机制。

3. 建立和完善以国家财政拨款为主的多元化投资和筹资机制

在坚持财政拨款主渠道的基础上，推进多渠道的市场化筹资办法，探索竞技体育产权制度的新形式。对具有市场基础的运动项目，鼓励企事业单位、社团和各类社会资本介入，逐步推行职业体育制度、业余体育制度，形成多元化的产权形式和有效的筹资融资机制。

对优势项目、潜优势项目要在资源投入上有所倾斜，政策上予以保护，作为国家财政拨款的重点投入方向，但也必须进行适应市场经济体制的改革与创新。

4. 充分发挥党、团组织的战斗堡垒作用，全面加强竞技体育的队伍建设

根据江泽民同志"三个代表"的要求，探索新时期优秀运动队思想政治工作的新路子。充分发挥党、团组织的战斗堡垒作用，研究新时期竞技体育发展与竞技体育队伍建设中面临的新情况、新问题，改变单一的思想政治工作方式，对运动员、教练员开展多种形式的思想教育活动，加强竞技体育队伍的道德教育，强化职业道德规范，提高职业道德水平，将优秀运动队建设成为团结奋进的战斗集体。

五、实施建议

鉴于竞技体育体制改革任务的必要性、紧迫性和艰巨性，试图一步到位是不现实的。我们既要从完成 2008 年北京举办奥运会的任务角度出发，又要对 6～8 年后我国经济社会发展的前景有足够的估计，来论证改革的可行性与可操作性，设计改革实施方案和步骤。基于上述考虑，我们建议将改革分为三个阶段实施。

（一）改革的准备阶段（2004 年前）

转变观念，统一思想，制订改革方案，广泛征求体育系统内外的意见，进行可行性论证，为深化改革做好必要的舆论准备、思想准备、组织准备和法制准备。

启动保障体制、科技体制改革，引导高校、企业等系统外的训练单位承担奥运争光

任务，完成训练基地的规划、调整、改造任务，建成 1~2 个国家级的奥林匹克训练基地样板。启动 2008 年奥运会后备力量培养工作，建立新型的业余训练网络。

（二）改革的试验阶段（2008 年前）

推动中华全国体育总会的实体化、非奥运项目协会的实体化、国家体育总局相应司局的调整，选择有代表性的奥运项目作为体制改革试点。

完成体育院校、科研机构、训练基地的改造。

实施全运会改革方案，启动奥运会选拔制度。

（三）全面改革阶段（2008 年后）

国家体育总局机构改革全面展开，实现中国奥委会实体化。全面推行协会制管理模式，各运动项目管理中心完成过渡性任务，完成现行专业队体制的改造任务，形成新的举国体制格局。

（项目编号：296ss01004）

竞技体育资源配置与政府宏观调控策略

陈　融　邱建钰　陈圣平　陈　华　袁广锋

竞技体育资源是指用于扩大参与竞技体育活动的人口和提高竞技运动水平，在物资、资本、人力、时间和信息等方面的投入。竞技体育资源配置是竞技体育资源在竞技体育系统中的各个层次、各个部门的分派和流向，以保证竞技体育各项活动的正常运行和竞技体育资源的最有效使用。

一、竞技体育资源配置研究综述

（一）体育资源配置概念及其内涵的研究

关于体育资源的概念主要有以下两种观点。

其一是任海、王凯珍等学者在《论体育资源配置模式》一文中认为，体育资源是指一个社会用于体育活动，以扩大参与体育活动的人口和提高竞技运动水平在物质、资本、人力、时间和信息等方面的投入，体育资源有人力、资金、体育设施、余暇时间、信息等几种主要形式。赵跃旗在《合理配置体育资源》中认为，"体育资源包括人力资源、投资资源、设施资源、相关产业资源等"。党小兰、刘水林的《论体育经济学的研究对象》一文中指出，体育资源包括体育设施、体育经费、体育人才（教练员、体育管理工作人员及辅助人员、运动员等），从狭义讲主要是人力资源、财力资源和设施资源。

其二是刘可夫、张慧在《论体育资源的合理开发和配置》一文中认为，体育资源不仅是社会资源也应该包括自然资源。其中，体育自然资源是指自然界存在的，可作为体育产品的物质要素及必需的环境条件；体育社会资源包括社会、经济、技术因素中可用于体育服务产品生产的各类要素，主要有体育科学理论、训练技术、体能、道德法规、风俗、经济条件等。从经济学的角度来看，还包括体育品牌和标识、体育名誉和声望、与体育有关的专利权等。邵显明在《关于体育事业发展与合理利用体育资源的几个问题的探讨》提出，"体育资源是指那些有利于增强人民体质，提高运动技术水平的各种社会条件和自然条件的潜在拥有状况"，也将体育资源分为体育自然资源和体育社会资源。

关于体育资源配置的概念，任海、王凯珍等在《体育资源利用的改革与体育资源配置改革的法规平台》中提出，体育资源的配置就是资源的合理利用，其配置的结果是体育有目标，按比例适应社会、满足市场的稳步发展。刘可夫、张慧在《论体育资源的合理开发和配置》中认为，体育资源的配置就是研究如何将短缺的体育资源合理分配到体育生产中去，使资源得到充分利用和合理利用，使人们的各种体育需求得到满足。以上观点共同之处在于如何合理分配和利用体育资源，最后以体育资源流向最适宜的地区、部门，并取得流向的最大效益为其目标。

（二）对体育资源配置内容的分析

一般认为，体育资源配置涉及配置现状、配置方式方面的内容，其中配置方式问题是体育资源配置的核心问题。体育资源配置当前所存在的问题任海等学者认为，我国体育资源配置存在的问题是资源严重不足（体育人才、体育设施、体育经费、余暇时间、体育信息），分散且利用率低，投入渠道单一且量小，资源配置结构不合理，流通渠道不畅，再生能力差。肖林鹏、李宗浩等学者指出，社会转型期中国竞技体育资源在配置上存在的失调现象，主要表现在人力资源缺乏，尚未形成合理有序的供求体系；财力资源未形成多渠道的投资格局，结构存在不合理；科技含量低，科研机构低水平交观重复研究现象突出；在体制资源方面功能尚未充分发挥，还存在种种矛盾与问题；政策法规上缺乏必要的政策保障等。

当前学者分析体育资源配置的方式主要是三类：计划配置方式、市场配置方式、计划与市场配置相结合方式。计划配置方式是指依靠国家行政计划对体育资源进行配置；市场配置方式是体育资源的流向和配置完全交给市场来支配；而两者相结合是以市场作为基本手段，同时采用适度的政府计划干预的配置方式。

学者们较为一致地认为，计划方式存在管办不分、较少考虑配置效益等问题。因此，常常使体育资源配置处于结构失衡的状态，不能实现体育资源的合理配置。而市场配置方式是以利润为前提的，因此资源易于流向最有可图的地方。因此，单纯依靠市场机制势必也产生不足与弊端；然而如果采用市场机制与政府行为相结合的配置机制，通过政府和市场两方面的有机融合，可使体育资源的配置发挥最好的社会及经济效益，最终使体育资源配置合理。

关于这点，国内一些学者如刘可夫、张慧的《论体育资源的合理开发和配置》，肖林鹏、李宗浩等的《社会转型期竞技体育资源实施优化配置之必要性探讨》，张新中、朱富生的《体育资源的市场机制配置和政府宏观调控》，任海、王凯珍等学者的《论体育资源配置模式》中均对此进行了探讨。陈勇军从集中计划经济、转型期经济、市场经济三种不同的经济模式出发探讨了体育资源的配置方式，分析了各模式下体育资源的配置特点，并对其效率做出评价。说明市场经济条件下体育资源配置的效率是相对较高的，从而说明体育的市场化符合体育资源配置效率提高的要求。

此外，任海、王凯珍等学者在《体育资源配置方式的改革与体育资源的开发》一文中介绍了世界上一些国家采用市场机制与政府行为相结合的配置机制。如澳大利亚通过社会集资与政府拨款给体育注入资金，在扩大商业渠道的同时，政府拨款也逐年增长。加拿大奥委会没有政府的拨款，但是加拿大政府却给之以政策性优惠，享有减免税收之利等。

（三）关于政府宏观调控方面的研究

在政府是否有必要介入竞技体育投资领域上，吕予锋等学者认为，在市场机制下现代竞技体育已丧失了对全民的福利性质，政府应当从竞技体育的价值补偿机制中退出，这不仅有利于政府集中财力用于群众体育、学校体育等全民性质的体育福利事业，更有利于竞技体育自身在市场经济中的发展和繁荣。

王爱丰等学者认为，高水平的竞技体育具有公共利益的性质，同时在当前完全依靠市场还很困难，还必须依靠政府的控制和干预，因为只有国家拥有高效的资源动员手段能为它所确立的战略重点动员、整合和分配各种社会资源，提供必不可少的物质保证。因此，投资是政府在竞技体育事业中应该承担职责和任务，并长期起着不可替代的作用。马志和认为，体育产品可分为公共产品、私人产品和混合物品三类，其中例如单项体育协会的公共体育物品在政策上就需要政府的扶持，在资金上给予资助。杨仁争认为，体育产业的特殊性涉及其公共产品的性质、民间投入的不充分等因素导致财政投入需要政府的介入。张新中认为，市场机制使经营者出于自身利益得失的考虑，对巨量投资的大型项目和基础设施建设的风险望而却步，这就需要政府发挥国家财政力量来调整产业结构。王爱莉等学者提出，社会转型期体育投资发展的对策中指出竞技体育的投资要形成三个层次三个主体，其中包含中央财政用于国家队的训练竞赛活动，国际与国内综合性运动会举办、高精尖的体育科研及大型体育场馆的建设；地方财政服务于省、市高水平运动队的训练竞赛及后备人才培养、中小型体育场馆建设等。

上述两类文章都提出政府要从直接行政干预中撤出，但在政府对体育财政投入方面存在一定分歧。吕予锋从市场经济下竞技体育的职业化、商业化出发，认为竞技体育是个追求利润的产业，商业化成了竞技体育在市场经济中求得生存的必然归宿，因此这必然导致竞技体育与全民性福利的价值追求分离，从而政府没有义务用有限的财政收入直接参与其价值实现机制，而是应当逐步引进市场机制，吸引社会资金进入竞技体育的经营活动，最终实现政府财政的退出。而其他几位学者认为，从整体而言竞技体育发展还需要依靠政府的支持，如政府财政投入的三个重点领域之一就是要保证对国家任务完成的投入，重点资助承担奥运会、亚运会等重点国际比赛任务的组织和个人。

任海认为，在体育资源利用的调控方面，政府要注意既重点突出又整体均衡，资源流动既自由又有序，同时建立起体育信息网络。为了使体育资源配置改革顺利进行，需要建立一个相应的法规平台，体育市场的主体要清晰界定，市场行为要有相应的规范。即要强化政府行政法规的宏观指导作用，弱化其对市场具体运作的干预。张新中、朱富生在《体育资源的市场机制配置和政府宏观调控》指出，政府主导体育市场调节体育资源配置的机制主要有：通过制定宏观的体育经济计划，以指导性计划改善市场信息结构稳定市场资源配制的不稳定和失灵；政府制定有关体育市场的法律规范从宏观上调控体育市场的正常运行，使经营者平等竞争资源的配置；政府要发挥国家力量制定和实施相应的产业政策来调整结构。

部分学者对体育某一资源政府的调控进行了研究，如王爱莉对体育投资政府所要采取的对策提出建议，认为首先政府要完善体育投融资机制，建立多元化的体育投资撤出通道，加速投资中介服务组织建设，最后努力营造体育投资的良好环境，包括尽快健全和完善相关法律、建立健全体育投资政策体系的领域。杨再淮认为，对我国竞技体育后备人才市场的宏观调控机制必须通过国家有关法规、政策进行调节。主要体现在：一是健全竞技体育后备人才市场法规和市场体系；二是制定竞技体育后备人才市场发展规划；三是保持后备人才总供求的平衡；四是协调各市场主体的关系。肖林鹏在其文章中对竞技体育人力资源调控的对策中建议到：要健全人力资源调控体系及制度；营造人力资源发展的适宜条件；促进人才资源的合理流动，完善人力资源市场；建立竞技体育人力资源保险机制；加强竞技体育后备人才的培养；调动人力资源的内在动力和进一步扩大运动项目的社会影响。

其他学者也有对政府的宏观调控提出建议与对策，但基本上不是专门研究资源配置方面的，而是从体育的范畴进行阐述的。刘青在《新时期政府在体育事业发展中的角色》中认为，政府应合理确定其干预行为的范围、内容、力度和方式，其主导作用体现在转变职能和精简机构，实现政府自身的变革；培育和完善各类体育市场，形成开放竞争的体育市场体系；持续增加对体育事业的财政投入，确保政府对体育的投入随着财政收入的增长而增加；制定体育事业中长期规划，实施战略管理；制定体育政策，依法加强对违规体育行为的监督和处罚；深化体育管理体制改革，造就社会办体育微观主体。楼丽琴、黄晓春在《论体育宏观调控机制的内容和特征》一文认为，体育宏观调控机制是体育市场经济活动中"看得见的手"与"看不见的手"相结合在体育市场经济活动中发挥作用；其主要内容有经济、政策、法律、行政等调控方式手段。

综观文献报道，我国学者对体育资源配置的研究主要集中在体育资源合理配置中存在的问题、体育资源合理配置的必要性、制约体育资源合理配置的因素、体育资源合理配置的方式或其特点、体育资源合理配置的原则等几个方面，而对竞技体育资源配置作全面深入的研究较少。其次，从政府宏观调控竞技资源配置方面来看，研究成果更为缺乏。可以说，体育界研究资源配置起步较晚，停留于一般性论述较多，尤其是在竞技体育方面研究深度和可操作性都有待提高。当前，竞技体育发展中出现的许多新问题，都涉及资源配置以及政府角色的定位等，尤其是在现阶段竞技体育利益主体多元化的情况下，将资源有效地配置到以奥运会为最高层次的竞技体育发展战略上来，必然成为重点关注的问题，这也是本研究的目的所在。

二、竞技体育资源配置的机制分析

竞技体育资源配置有其自身的运行机制，"机"即机能、功能；"制"即制度、规则和程序。竞技体育资源配置机制是指在竞技体育资源配置的过程中，影响配置运行的各要素、各环节的结构及其相互联系，以及这些因素产生影响、发挥功能的作用过程和作用原理。

（一）影响竞技体育资源配置的因素

竞技体育资源配置机制的实质就是在竞技体育资源投入、利用与流动过程中各要素之间相互联系和作用的制约关系及其各要素组合形成的综合功能。因而，从分析影响竞技体育资源配置的内外因素入手，进而揭示竞技体育资源配置机制具有重要意义。

竞技体育资源配置过程中涉及资源配置主体、资源配置的诱因、资源配置客体等诸多因素，其相互关系见图1。

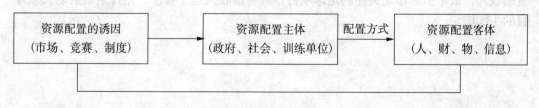

图1 竞技体育资源配置

各个因素之间相互作用构成了竞技体育资源配置的系统运作，并影响着配置的各个环节。揭示竞技体育资源配置的机制，首先就需要在这样一个大系统中分析其影响因素。

1. 竞技体育资源配置的主体

通过图 1 我们可以看出，配置主体是竞技体育资源配置全过程的能动性要素和触发性要素，配置主体能动地发现市场需求，依据竞赛信息选择合适的配置方式。资源配置过程通过配置主体来控制，提高配置主体的能力，充分发挥配置主体的能动作用，从而提高资源配置效率。通过对资源配置主体的专门研究，有利于我们充分把握不同主体在竞技体育资源配置中的作用。

根据竞技体育资源配置中各环节间关系的分析，竞技体育资源配置的主体包括政府、训练单位和社会。而各主体在资源配置中发挥着不同的作用。训练单位是人力、物力、财力资源配置的具体实施者；社会投入不仅是竞技体育资源的重要组成部分，而且也是竞技体育健康发展的保障；政府通过直接提供资源，或通过宏观调控实现竞技体育资源配置优化。

任何一个配置主体在作决策时都会有自己的行为动机，各主体动机的不同将会影响资源配置的方向、手段、政策及达到目标后所能获得的实际收益。在人类社会中，无论是国家还是民族，无论是团体还是个人，对利益的追求是一个永恒的话题，获得利益的最大化还是人们行为的基本出发点和永不枯竭的动力源泉。这是分析配置主体行为动机的基本出发点。

竞技体育资源投入量及投入方式与配置主体对其最终产出的期望有直接关系。由于竞技体育产出既有社会公益性特点，又有巨大的商业开发性，这种双重性的本质特点会带来社会和经济的双重效益，因此，其资源投入有政府和社会（私人）两种渠道。政府对竞技体育的资源投入，主要基于社会的整体利益和长远利益，其资源投入主要期望以社会效益为重；社会（私人）投入多期望兼顾社会效益和经济效益，其中私人投入除了公益性捐助之外，多出于谋取经济利益的考虑。

从政府的角度看，竞技体育的发展战略目标决定了资源配置方向的选择。例如现阶段中央政府集中力量追求竞技体育最高层次的比赛——奥运战略目标，从而在金牌项目予以重点保证的操作理念下，对奥运会重点、优势项目在资源配置上给予重点扶持；而地方政府对资源进行配置时，也有其各种内在动机的驱使。由于中央和地方这两个不同的利益主体在如何对待战略目标的动机上会有不同，存在着全局和局部的关系。从社会投入来看，由于竞技体育具有娱乐与欣赏价值，它创造了市场，有了市场就会有生产者和投资者，其投资的动机主要是受市场利益的驱动。因此，那些可以具有市场潜力的竞技项目势必优先得到社会的关注，如表 1 是国家体育总局各运动项目管理中心 1998 年赞助收入，最早引起市场关注的足球项目，其赞助收入居于首位，是排名最后的武术项目的 135 倍。

表 1　国家体育总局各运动项目管理中心 1998 年赞助收入

中心名称	赞助收入（万元）	国家基数拨款（万元）	赞助收入占国家拨款（%）
足球	6745	143	4716.78
篮球	2008	221	908.6
排球	1420	223	676.77
乒乓球	1032	571	180.73
水上	1000	457	218.82
社会体育	1000	442	272.73
田径	553.96	649	85.35
棋类	345	1811	90.61
体操	240	411	54.42
自行车、摩托车	220	454	48.46
重竞技	122	935	13.05
登山	120	0	
游泳	98	660	14.85
铁人三项	81	120	67.5
冬运	77	486	15.85
网球	74	187	39.57
射击	55	609	9.03
武术	50	1433	4.97
合计	15240.9	6494	234.69

资料来源：刘晓. 关于我国体育赞助的现状及对策研究

2. 竞技体育资源配置的诱因

（1）竞赛机制

竞技体育必然伴随着竞赛，竞赛有其自身的运行机制。竞赛机制是一个具有动力、传动、调节、效应的系统综合机能。竞赛机制运转的内在动力是运动技艺水平的强与弱、优与劣、新与旧、先进与落后的矛盾；传动器是由各种竞赛信息传输通道、竞赛组织、服务等决定的；调节器是指竞赛规程、规则等，它们可称之为"可控变量"，通过对其操作、运用、变更竞赛的约束条件而起调节作用；效应是竞赛机制运转所体现在训练、管理乃至社会生活等各种活动的效果。因此，竞赛机制作为竞技体育资源配置的诱因必将对竞技体育的的微观层次和宏观层次都产生作用。

（2）市场机制

市场机制是市场运行过程各构成要素和各个环节相互联系、相互作用的制约关系以及各要素功能组合形成的综合功能，其基本构成要素主要有竞争、价格、供求。市场机制是通过价格的引导和竞争的压力来实现资源的配置。

（3）制度环境

竞技体育资源配置过程会受到整个社会制度环境与相关制度安排的约束，从而使其自身的配置模式发生改变，有可能改变资源配置的方向、形式和效率。所以，制度环境是影响资源配置的主要因素之一，它包括外生性制度环境和内生性制度安排。通常，制度的作用是对资源配置提供了"一系列的行为规则"，支配特定的与资源配置有关的"行为模式与相互关系"，承担着调整各级组织间、地区间、实体间、法人间和私人间关系的作用。从宏观上看是竞技体育发展应遵循的准则，对于竞技体育资源配置主体而言，无疑起到规范、约束的作用。

制度环境变革开始阶段引起的是资源增量的变化，随着体制改革的深入，不断波及资源存量发生变化，最终以打破原有的利益格局、建立新的利益格局和体制为目标。在我国计划经济体制下，竞技体育由政府集中管理的一套制度规则，一直是我国竞技体育适应国民经济发展的重要制度保证，并构成了决定竞技体育发展的内部制度环境。当制约竞技体育资源配置的外生变量没有改变时，几乎没有人怀疑过依靠集中行政管理的手段，集中配置"最好"的人、财、物及信息，短时间内竞技体育在追赶型的资源配置模式中得到高速度发展。但是这种看似有优势的选择，在市场经济的制度环境则表现出逐步丧失可持续发展的动力，这种变化将通过社会化、市场化程度的提高，直接触动并加快竞技体育资源配置方式的转变，这个改变过程通常也是一个利益调整的过程。

3. 竞技体育资源配置的客体

(1) 人力资源

人力资源包括竞技体育发展所需人员的现实和蕴藏在人身上的能力。有广义与狭义之分，从广义上可以理解为，凡是对竞技体育发展起到直接或间接作用的人员都可以纳入竞技体育人力资源的范畴；狭义地讲，是指构成竞技体育活动基础和投入竞技体育活动的工作者，它以运动员和教练员为最基本的单元，构成人力资源的核心子系统，以此为中心，众多相关人员组成了外围子系统，主要包括体育系统内的各级各类管理人员、科技人员、医务人员、后勤服务人员乃至经纪人等。这里，人力资源既体现为一定的数量，也体现为一定的能力和质量。

(2) 资金

竞技体育的运行需要雄厚的资金支持，提供基本的保障，随着竞技体育的规模和科技含量不断加大，需要的资金就越多。资金的来源主要有以下三个方面。

政府投入，主要指中央和地方的财政支出。在我国，财政投入是竞技体育获得资金投入的主渠道，主要包括：事业费拨款：由上级主管部门根据竞技体育的情况核定的，由中央和地方财政通过预算的形式拨给的事业费；专项拨款：由上级主管部门按照制订的专项任务，用于专门用途的专款，如基本建设投资、大型仪器设备购置经费等。财政支出主要受财政收入状况、财政管理体制、竞技体育目标等因素影响。

社会投入。包括直接投入与间接投入。其中直接投入有：社会资金的投资，包括公司、企业以及个人对竞技体育的投资；集资捐款，包括企业、社会团体和个人以体育基金会、专项奖金等形式向竞技体育捐款。间接投入主要是国家的各种减免税，如规定对国家体育集训队进口体育器材的减免税等。

融资或经营创收。包括向社会发行体育债券、股票等进行融资，或利用自身的条件和各种能力面向社会兴办产业的收入。

(3) 体育设施

体育设施是竞技体育发展中的直接实物条件、投资的物化形式，是竞技体育发展的物质基础。发展竞技体育，取得良好的训练效果需要一定的场地条件和先进的设备器材。

(4) 信息

竞技体育信息资源是指配置主体为保证竞技体育顺利运行而收集、整理和存储的各种知识、情报资源。信息资源的含义非常广泛，包括有关政府的政府政策法规信息、科技信息、竞赛信息、社团组织经营管理信息、商品信息等。

（二）竞赛机制在资源配置中的作用

竞赛机制在资源配置中的作用主要是提供动力和调节功能。竞技体育最显著的特点是竞赛，竞赛提供竞争环境，外在竞争压力会转化成参赛者（训练单位）内在动力，这种源于参赛者追求更快、更高、更强的实现过程，是竞技体育运行的动力，竞技体育资源配置正是为了实现相应的竞赛目标而进行的。通过竞赛所发出的信息使配置主体从其切身利益出发，服从竞赛的运转。在微观层面，各训练单位必须针对竞赛进行资源配置，安排自身的训练、组织和管理，各训练单位资源配置的结果决定了竞技体育资源配置的效率高低和结构是否合理。例如每一次竞赛规则的改变都对技术创新、训练方法和训练过程等有重大的影响；而竞赛项目、规则、周期等的不同，还在宏观层面对资源的配置起作用，表现为竞技体育资源配置、结构、发展格局与速度等方面。

竞赛机制对竞技体育资源配置具有调节功能的原因有两方面：第一，对于参赛者（训练单位）而言，竞赛就是权威，他们必须根据竞赛系统输出的信息，如规程、规则、竞争对手的状况等，来调整自身的资源配置，无论是短期或长期决策和行为，都受其制约和诱导。也就是说，在竞赛机制的调节下，诸多训练单位不同方面作用力的背后，潜藏着一种合力，促成并调节着竞技体育资源配置的格局。第二，竞赛是一种有组织的活动，在竞赛机制形成和发挥作用的过程中，人们的主观能动性起着十分重要的作用，包括根据竞争规律的要求，对竞赛活动过程中各种因素的相互关系所作的合理的、制度化的安排，从形式、内容、规则等方面进行设计。所以，竞赛规程、规则这种"可控变量"构成竞赛机制的内部调节器，人们可以根据预期目标和竞赛的内在规律，有选择地调控"变量"，它随即转化为竞赛机制的自行运动，进而对竞技体育资源配置产生调节作用。从本质上看，它是一种自觉调节。

由此可知，竞赛机制调节竞技体育资源配置的方式有自发调节和自觉调节两种。调节产生效应的启动力都建立在参赛者（训练单位）追求优胜，或者说是对自身利益的关心之上，其作用力直接作用于微观层面而间接作用于宏观层面。

在分析竞赛机制对竞技体育资源配置发挥动力和调节作用的同时，也要清醒地看到可能产生的消极影响。首先，竞赛机制是以承认人们关心和争取自身利益的必然性为出发点的，地方、单位、集体和个人都有追求名次和为本地区、单位争光的积极性，其直接目标是争取优胜，获得相对最优名次。这是竞赛的客观要求，也是很合理的行为准则。再从他们所处地位、环境分析，一般地说，较难事先洞察全局，从整体利益安排自己的活动，极易造成以获取名次为直接目标的微观选择偏离宏观目标的要求，同全局整体利益相悖。在这种情况下，竞赛机制的动力作用越大，则偏离宏观目标也就越远，甚至转化为竞技体育发展的阻力。这些问题在实践中也存在，如为谋求名次而导致行为短期化；不顾本地条件搞"大而全、小而全"等。其次，竞赛机制的自发调节不存在统一的既定方向，带有一定程度的盲目性，它完全依赖于各单位根据局部利益自发作出的决策和行为的总和，不可能完全地反映全局需要的利益。所以，无法实现宏观目标所期望的理想的调节效果，使微观目标与宏观目标和谐，至于为实现目标而必需的战略重点、资源合理配置等，更是自发调节所无力实现的。至此可见，竞赛机制运转不能自由放任，需要给予调控。

（三）市场机制在竞技体育资源配置中的作用

市场机制的基本点是主要的价格和分配决策都是在市场上作出的。由于市场机制以利润和亏损为标准来解决资源配置的各种问题，具有物质利益性、自主性、平等性、竞争性、开放等属性特征，因此，它对资源的利用与开发极有效率，充满活力。

市场导向型的资源配置模式是根据市场"自由竞争、等价交换、优胜劣汰"的法则而形成的。在这种模式中，各种资源根据市场等价交换的原则进行配置，并在各资源间形成特定的互动结构模式。

市场机制在配置资源的过程中具有特殊的功能，主要表现如下。

第一，市场机制可以使经济主体的内在动力充足。面对利润最大化的要求和市场竞争的压力，经济主体必须不断加强管理，深化改革，发展科技，降低成本，提高质量，向新的更高层次迈进，才能有所发展，才能不被淘汰。

第二，市场机制具有资源配置的自组织功能能力，能够打破资源配置的条块分割，在竞争机制、供求机制和利润原则驱动下，按照产业结构优化的原则进行配置。资源增量会按照比较优势原则配置到高效率的部门和优势产业，使有限的资源得到充分运用，并实现社会总体上的资源优化配置。

第三，市场机制具有传递信息的及时性。在市场经济条件下，价格作为资源在各个部门分配状况的一个信号，能够随着资源配置状况的改变及时得到反应，从而给人们提供如何配置资源的信息。

从市场机制角度分析竞技体育资源配置，实际上是将竞技体育运行纳入市场经济运行轨道。由此，竞技体育训练单位并不依附各级体育行政主管部门，而是具有独立产权、自主经营、自负盈亏的实体；配置主体拥有充分的自主决策权，可以在法律允许的范围内自主地作出投资、经营、管理的决策，主要依据所投资项目的市场需求，动力主要来自于对市场效益的追求。所以，配置主体为了实现自己最大的利益，在市场激烈的竞争下，就必然主动地做出配置什么、配置多少、怎样配置等。通过市场需求的信号，使各个配置主体能够按照市场的需求进行调节，避免资源的严重浪费和损失。这样，在市场机制的作用下，竞技体育资源易于流向市场价值高的竞技体育项目，市场需求大的项目得到生存并发展，而不适应市场需求的项目就遭到淘汰，于是资源自动从效益低的竞技体育项目向效益较高的项目流动，尤其是那些竞赛水平高、竞争激烈、观赏性强、民众参与性大的项目将受到市场青睐，从而使资源得到比较有效的利用和配置，提高整个配置效率。同时，迫使各配置主体尽可能地采用先进的管理方法，充分考虑投入与产出，提高资源配置效率。

市场机制是通过供求规律、价格机制和竞争机制来进行竞技体育资源配置和结构布局，是一种具有一定自组织能力的调节方式。遗憾的是，市场配置这种自组织功能虽然能配置资源，但其资源配置格局并不一定是最有效率、成本最低的方式，因为它超出了微观配置主体的认识能力、决策能力和行为能力，即所谓的有限理性的存在。所以，如果将竞技体育资源配置完全交给市场来进行的话，那么其配置过程也将出现诸多的问题，市场机制配置资源的效力将会降低。例如，市场机制可以使配置主体内在的投资动力充足，但是竞技体育除了具有商业价值以外，还具有政治、外交、教育和文化娱乐等多重社会价值，忽视竞技体育的多重价值，只会将竞技体育引入高度商业化；此外，投资主体受到自身利益的驱使，在市场趋利因素下，那些社会效益好但商业价值小的竞技体育项目因缺少市场资源的投入将逐渐出现衰亡；而竞技体育基础设施由于其投资大、风险高，投资主体难以从中获取投资回报。市场能使配置主体达到微观配置优化却难以协调整体宏观的最优化。关于这点，在西方许多市场经济发达国家的实践中也可得到证明，如德国，其国家拨发的体育经费，主要有以下用途：为各单项协会提供财政支持，举办全国性的体育比赛活动，维持国家直属的各奥林匹克训练中心的开支，开展体育科学研究以及支持德国体联制定的发展高水平竞技体育的战略计划，修建体育设施等。

（四）政府在竞技体育资源配置中的作用

政府对竞技体育资源配置的作用，无论在任何体制或制度下都是不可忽视的力量。因为在资源的选择权上，政府具有优先选择的权力与控制选择的权力，由于这种权力的存在，使政府在认为有必要干预和介入时，就会依托制度赋予的法的权力而进入，它可以采取两种资源配置模式，即强制型配置模式与诱导型配置模式。

强制型资源配置模式是以政府强制性地介入资源配置过程为基本特征，资源的分配是由政府行政组织根据其制定的计划强制分配的，这种根据政府的计划配置资源的机制，一般强调体育的公益性，突出体育的社会效益，它可以人为地制造一个环境，直接实施行政干预，通过行政命令将资产无偿地从一个部门转移到另一个部门，甚至采取区域性壁垒等，以维持竞技体育资源流通渠道的通畅。由于行政干预的主观决策性强，因此要使资源配置达到高效率就必须具备高效的管理手段和畅通的信息传递渠道。

诱导型资源配置模式是以政策诱导，引导各配置主体的行为取向，在政策诱导中政府会考虑各配置主体的要求和意愿，并在不侵害其他社会利益集团的前提下，通过一定的制度安排给予政策的支持，但政府会在一定程度上坚持其对资源配置的主导意志。具体表现为各配置主体的抉择和基本取向要纳入政府的总体规划。

政府采用何种具体的配置模式受其经济体制、政府意志、经济发展水平和历史传统等的制约。另一方面，各个国家在不同的经济、社会发展阶段，竞技体育发展面临不同的需求，而且在全球化背景下，国家之间竞技体育发展具有互动性，所以各国资源配置模式必然是动态调整的。

政府对竞技体育资源的配置的作用除非常时期外，主要是解决宏观调控问题，表现在协调资源配置的方向、总量及各方目标，规范系统的行为，维系良好的运行秩序。其调控的对象包括微观层次（各配置主体的具体活动）和宏观层次（目标、规模、结构）。

微观层次的资源配置是一种较为具体的资源配置，以训练单位的运作完成资源的具体使用和组合。由于这一层次的配置以资源的最有效利用为目标，起决定性作用的是训练单位本身对于产出效益的积极性。宏观层次的资源配置是指全社会的竞技体育资源在不同训练单位、不同项目、不同层次、不同地区之间的分配，如后备人才与优秀运动队、奥运项目与非奥运项目、优势项目与潜在项目等。在竞技资源总量一定的条件下，宏观层次资源配置是否合理，会直接影响到微观层次资源的利用效率；同样，微观层次资源配置是否合理，是否具有效率，将直接关系到有限资源的充分利用，从而对宏观层次资源总量分配产生影响。因此，上述两个层次密不可分，构成一个运行的有机整体。

政府要实现有效地配置科技资源，要有有效的调控方式和手段。主要通过政策、制度和财政手段引导竞技体育资源的具体投向，并创造规范、公平的竞争环境和条件。通常以战略与规划、计划与预算来实现有效地配置科技资源。战略规划主要确定目标、重点和措施，是一个国家或地区竞技体育发展的总体部署。不仅影响政府的调控，也影响训练单位及其他单位的行为。计划与预算，这是直接分配政府所掌握的资源的主要基本方式。实施计划，是把资源直接安排到具体项目上，能够较好地保证重要项目的资源需要；预算是通过编制政府经费分配方案来直接分配资源的方式。这些大体上有以下具体方式。

财政拨款。包括中央和地方财政拨款。

补贴。是为了推行某些政策目标，政府直接，或委托基金机构给予的财政支持。补贴是政府对竞技体育进行扶持的重要方式。

财税优惠政策。主要的财税优惠政策包括贷款贴息、税收抵免、准备金、从事风险投资可享受相应的特殊税收优惠、加速折旧等。

政府采购。政府可以通过采购价格、采购数量和采购标准等，来体现资源配置的政策导向。

政府兴办训练基地（队）。政府投资建立训练基地（队），拨款支持和组织实施运动训练，将竞技体育公共化；然后允许社会（企业）去开发这些成果的商业价值。

二、市场经济条件下"举国体制"在资源配置方面面临的问题

"举国体制"主要是指相对集中有限的人力、物力和财力，最大限度地调动国家和社会等各方面办竞技体育的积极性，有效地配置竞技体育资源，在全国上下形成合力，努力提高我国竞技体育的发展水平和国际竞争综合实力。面对竞争日益激烈的国际竞技体育发展态势，力争在以奥运会为最高层次的各类国际竞技体育大赛中夺取优异运动成绩，为国争光是我国竞技体育实行"举国体制"的最高目标；有效地配置资源是"举国体制"的核心内容。从一般意义讲，"举国体制"是在特定时期和资源约束双重背景下，出于某种特殊需要而运用的较大规模的调配资源的组织方式和运行体系，其本质特征是国家利益至上。

"举国体制"产生于计划经济时代，不可避免地要打上计划经济的烙印，在市场经济这一大背景下实施"举国体制"，首先受到来自于经济体制转变的冲击：与计划经济高度集权不同，市场经济是平权型经济，要求在权力和权利的对立中实现国家权力向社会或民间权利的让渡；市场经济又是分权型经济，多元利益格局中的市场主体独立进行着多样化的自主抉择和运营；市场经济还是效益型经济，主体以追求最大效益为目标。这些都使"举国体制"所依托的制度环境发生质的变化。当前，我国正处于由计划经济体制向市场经济体制过渡阶段，存在市场机制不够健全、市场体系尚未完善等问题。所以竞技体育资源配置往往面临着双重问题：不仅需要去弥补或修正市场在资源配置中的固有缺陷，要调节因不完善的市场所带来的不合理状况；还要保留原有"举国体制"集中力量办大事的长处。研究面临的这些新问题及其对竞技体育资源配置提出的要求，对进一步完善"举国体制"有重要意义。

（一）客观分析政府强制型配置竞技体育资源的利弊

资源配置是与一定的体制紧密结合在一起的，经济体制就其本身的规定性看，其实

质就是对资源配置方式的择定。体制决定资源配置，有什么样的体制就有什么样的资源配置。

新中国成立后，在苏联经济模式的影响下，我国于1955年前后开始搞计划经济，建立起高度集权的计划经济体制，在计划经济体制下，国家几乎掌握了所有的社会资源，成为配置社会资源的唯一主体。其基本特征是整个社会活动以政府为核心。政府作为国家行政主体，代表国家执行所有者职能，既是决策者，又是社会活动的组织者和监督者，同时还是直接参加者。

计划经济体制下，体育被看成纯"福利型"的事业，不承认其产业价值，属于非生产部门，但直接或间接为上层建筑服务。对体育的非生产性的定位导致体育活动性质的政治化，造成体育活动与经济活动的分离，乃至将体育看成"上层建筑"的组成部分，甚至被当成"阶级斗争"的工具。这种理论定位使体育的经济功能难以体现，政府独家投入、行政手段调控、管办结合是发展体育事业的必然选择。再加上受我国经济发展水平制约，社会不具备办体育的条件，没有体育经营组织，因此承担资源配置主体的责任和义务必然落到作为全社会利益代表的政府肩上，政府扮演了一个全能的角色，它以强制型配置资源为己任，充当资源配置的主体，并包揽了体育工作的各方面。为了实行对体育事业的领导与控制，从中央到地方都建立起了层层衔接的体育行政机构。政府的体育行政管理机构处于主导地位，政府和各事业单位是所有与被所有、领导与被领导的直接关系，从而事业单位与行政单位一体化。为了展示社会主义制度的优越性，提高中华民族的凝聚力，政府把体育事业的发展重点放在了竞技体育上。在这种社会和历史背景下，形成了我国竞技体育管理体制。其基本特征是政府一方面通过计划手段对竞技体育资源进行配置，承担着从基层业余体校到高层国家队训练的费用；另一方面，在管理上实行高度集权的行政管理体制，由体委独家领导，把行政手段作为主要的管理手段，通过行政管理系统纵向收集供求信息，进行综合分析，政府文件作为最常用的管理信息，并以此渠道通过层层分解下达行政指令和发布政府文件保证资源的流向达到既定目标。从宏观的竞技体育发展规模、目标战略、各体育机构的任务一直到微观的经费投入、设施管理、人才流动、运动训练和竞赛活动等，都由政府体育部门实行直接的指令性计划加以控制。这一模式总的说来就是高度集中的政府配置机制，属于政府强制型配置资源模式。

从实证分析的角度看，政府强制型配置资源模式，并不必然导致政府配置资源低效，政府强制型配置资源模式同其他资源配置模式一样，是一种资源配置的方式，而且也可能是一种积极有效的资源配置方式。与其他模式所不同的是，资源配置的组织主体或称为决策主体的是政府。政府的行政配置具有整体性和长期性，可以从宏观发展战略上把握资源配置，并且协调竞技体育发展不平衡，调整地区、层次间的比例。同时，计划经济体制下行政管理系统依托的是从上到下垂直型的系统，建立了包括国家与省一级的高水平专业队和市级与县级业余体校的"一条龙"训练体制。只要下级得到了上级所传达的信息，通过制定决策，把力量集中起来，使有限的人力、物力、财力集中于主要的方向，来提高我国竞技体育的发展水平。此外，在社会经济总体不发达的环境下，将竞技体育纳入国家计划，进入国家与各级政府的财政预算，服从国家财政管理，对于需要巨额投资的基础设施建设、大型、重点体育项目及重大科研项目而言，能够发挥国家财政力量进行扶持，并在体育资金的运用上接受政府的指导和监督。因而，对于社会经济发展较落后的新中国，这种政府管、办体育的制度具有相当积极的历史意义。从历史角度客观地分析，政府强制型配置资源模式有利于在较短的时间内集聚起有限的资源、举全社会之力发展竞技体育运动，通过统一规划、调配、布置保证部分重点项目的形成优势，起到了积极的作用。它使得中国体育在国际体坛树立了形象，增强了国民的民族自尊心和自信心，增强了民族的向心力和凝聚力。长期以来我国在竞技体育上取得的辉煌业绩也是不争的事实，因此，政府型资源配置模式的形成和发展是一种历史的必然。

但是，我们必须看到计划经济体制下以行政手段配置资源的计划性、强制性特点，决定了它有着难以克服的困难和弊端。

首先，政府要控制竞技体育按既定的计划目标发展，保证资源能够流向最需要的部门和项目，必须满足最基本的前提条件就是政府的计划完全合理，这就要求政府必须对不断发展的竞技体育的资源需求类别具有准确的判断，要求必须投入足够的时间获取完全的信息，进行庞大而繁杂的决策。然而，任何政府机构都不可能掌握如此大量的信息，作出如此繁杂的的决策。政府对资源实行统制，由于权力的过度集中，其中不免隐藏着制度性不公。

其次，行政体制层层下达的纵向化模式，割断了横向的交流和联系，使各类资源只能通过由上而下的方式进行分配，各地区、各行业相互独立，微观活动上受到压抑，缺乏活力，导致竞技体育资源的共享率、利用率偏低，极易出现资源短缺和资源浪费现象。

第三，资源配置渠道单一，基本上排斥和限制市场的作用，竞技体育的产业价值无法体现出来，竞技体育事业难以实现自身的良性循环，这就容易造成竞技体育资源的再生能力差，无法对其进一步地开发，形成资源的快速消耗与老化。

计划经济体制下政府强制型配置资源的模式，对于集中国家有限的人力、物力和财力，有效地配置竞技体育资源，在全国上下形成合力，提高我国竞技体育的发展水平和国际竞争实力，在各类国际大赛中夺取优异运动成绩，在特定的体制背景下有其优势。然而，当我国经济体制由计划经济逐步向市场经济转型，尤其是1992年党的"十四大"提出建立社会主义市场经济体制后，竞技体育资源配置的市场化程度日益加强。1993年4月，国家体委下发的《关于深化体育改革的意见》提出，体育改革发展的总目标是："改变原来在计划经济体制下，单纯依赖国家和主要依靠行政手段办体育的高度集中的体育体制，建立与社会主义市场经济体制相适应、符合现代体育运动规律、国家调控、依托社会、有自我发展活力的体育体制和良性循环的运行机制，形成国家办与社会办相结合、集中与分散相结合的格局，力争在本世纪末初步建立具有中国特色的社会主义体育新体制。"这标志着竞技体育资源配置朝向市场配置的轨道发展。在社会主义市场经济中，市场机制是基础性的资源配置方式，即市场机制可以自主地把资源配置到效益最好的环节中去，优化资源配置，充分发挥市场对资源的配置，充分体现以市场配置为基础的资源配置机制，无疑是一种必然的发展趋势。

目前尽管处于转型期，市场配置资源的力量还较弱，但与计划经济体制相比较，可以说还是一种飞跃。市场配置主体可以依据竞技项目的市场潜力、投资回报率等因素的变动，来决定资源配置方向、规模以及调整所使用的各种资源的组合。市场需求、市场主体对利益的追求等都将对竞技体育资源配置发挥作用。以竞技体育资金来源结构为例，表2是我国竞技体育经费收入情况，由此可知，社会资金介入到竞技体育领域已经扩大到了一定的范围，并改变了以往单纯依靠国家拨款的局面，社会赞助资金及体育产业经营的收入在一定程度上弥补了国家拨款的不足。

表2　竞技体育经费收入情况　（单位：千元）

年份	财政拨款	社会赞助	经营收入	收入合计	经费来源比例
1994	1335154	81830	715576	2132560	16.3：1：8.7
1995	1539585	87630	839206	2466421	17.6：1：9.6
1996	2076529	105280	1049474	3231283	19.7：1：10

资料来源：龚德贵．竞技体育发展现状与可持续发展

我国竞技体育资源十分短缺，完全靠市场还很困难，需要充分发挥政府的干预和调节作用。无论是市场机制还是政府干预，"市场失灵"和"政府失灵"都是客观存在的现实，市场的功能缺陷要靠政府去弥补、纠正；政府干预经济活动，要尽可能发挥市场的作用，通过各种政策对现有体育资源再分配，并促进体育管理部门市场取向的各种改革工作。要打破"政府"和"市场"两个神话，实现政府与市场的优势互补，一方面要以政府的宏观调控优势弥补市场的盲目性缺陷，另一方面要引入市场化机制减少政府缺陷，并且寻求两者的最佳平衡。

（二）正视利益结构形成及存在的方式

在人类社会中，对利益的追求是一个永恒的话题，每个主体要谋生存、求发展，利益是时刻离不开的基础和保证，利益追求便是永恒而普遍的事实，是社会发展须臾不离的动力。利益追求及其动力作用能否真实地发挥、发挥到什么程度，却是因时、因地、因人而异的。社会成员之间以及社会成员与社会之间的利益关系的一定模式，称之为利益结构，利益结构是社会系统的深层结构，它构成社会运行的内在动力。

竞技体育利益结构实质上是社会利益结构的一个缩影。改革开放前30多年间中国社会利益结构呈现出高度的整体性，或者说是一种整体性的利益结构，其基本特征是个体的利益（包括局部的利益）服从整体的利益，同时在整体以国家为代表的协调和控制下，个体之间在利益上平均化。与此利益结构相对应的有三种强控力量：一是以公有制作为社会唯一的利益源泉；二是国家运用行政权力禁止其他利益源泉的存在，并辅以法律和阶级斗争的手段；三是运用意识形态的力量，通过政治性灌输、思想斗争和道德约束等手段进行价值整合。在此社会利益格局下，竞技体育是高度集权管理体制下形成的利益格局，个人和地方各级体委的利益只是国家利益的一个附属，基本上没有独立的利益，政府对竞技体育追求的是政治利益的最大化，地方体委是国家谋求其政治利益的"生产车间"，形成了利益主体的单一和利益层次的明显纵向化。这种竞技体育利益结构，实质是同时期社会利益结构的反映，有其优越性的一面，但也存在人所共知的缺陷。

改革开放推动社会多种利益主体的出现和发展，使个人、单位、地方都具备了相对独立的利益，这从根本上改变了社会利益结构，体现在：利益源泉的多样化，利益单元个体化；行政和意识形态的约束力逐渐减弱；利益意识的觉醒；集团性利益形成等。"利益"原则在社会中得到普遍承认，利益不仅得到了承认，并且还得到鼓励，可以合

法地追求了。但是，利益资源总是稀缺的，为追求各自的利益，相互之间避不可免地产生竞争、碰撞和摩擦，在各种具体的利益问题上，个体与整体之间、各种利益群体之间，必然产生利益的矛盾、利益分化，并最终导致不同利益群体出现。

竞技体育改革发展的经历亦是如此。随着建立社会主义市场经济体制目标的提出，竞技体育资源配置的主体开始出现多元化的趋势，20世纪90年代以来，竞技体育逐步面对一个多主体配置资源的复合结构：运动队被逐步推向市场，商业性质的比赛不断涌现，社会各行业赞助各类体育竞赛及运动队的积极性高涨，社会各阶层兴办的竞技运动项目学校大量涌现，与此同时，体育行政部门让出一定的工作给事业单位和体育社团，大批体育协会实体化，承担起训练、竞赛的管理职责等。这些都表明政府独家办竞技体育的模式正在发生变化，竞技体育资源配置的主体呈现多元化，每一资源所有者都可视为配置的主体。参与主体的多元化，必然形成利益主体的多元化。利益主体各自追求其最大的自身利益，都以其连续性、可预测性，在技术、制度等既定条件的约束中，在主体可控可用的资源的限度内，得以展开和实现。目前既有原计划经济体制下形成的利益群体，又有在新体制条件下包括新旧体制转换过程正在产生的利益群体，利益结构由原来的国家、集体、个人三者利益关系的"直线式"变成了矩阵交叉式的利益格局，地区、行业和部门之间逐渐形成了网络式的横向利益关系，并开始突出地方利益、行业和部门利益，它们都有各自独立的利益和较为明晰的利益边界，从而使得竞技体育的利益结构呈现出多元发展和更加复杂化的格局。

竞技体育资源属于稀缺资源，这些稀缺资源要得到有效的配置，一个最基本前提就是要充分调动不同资源拥有者的内在积极性，特别是要有效地保障这些高水平竞技体育稀有资源拥有者实现不同利益的权利。他们之间的利益除了有共同性和相关性的一面外，还有矛盾和冲突的一面。如果处理不好不同主体的利益关系，就会影响到方方面面参与竞技体育的积极性，也会造成"举国体制"目标的分散。一个最基本的手段就是把各地区、行业和部门以及个人在竞技体育方面的利益最大限度地体现在以奥运会为最高层次的目标上。在充分尊重和承认地方利益、团体利益、个人利益的前提下，把这些不同利益主体的需求和追求有效地统一到以奥运会为最高层次的竞技体育发展战略上来，统一到国家最高利益上来，即建立一种以奥运会为中心的利益实现和分配机制，理顺国家与地方、国家与团体、国家与个人、地方与地方在利益方面的关系，在实现国家利益的天平上都获得自己恰当的位置，形成合力，从而有效地实现竞技体育资源的合理配置。

因此，当竞技体育资源配置主体由单一向多元转变之后，对利益追求及其动力作用与"举国体制"目标之间的互动关系，加以调控总是必要的，通过整合和导向，对现实的利益追求经常进行校正和调整，或者形成正反馈以保持和强化，或者形成负反馈以弱化或改变。从而拓宽体育资源空间，最大限度保证"举国体制"目标的实现。但这种调控必须和利益追求在根本上相一致，否则，违背客观规律的"围追堵截"势必支持乏力，阻力太大，轻则被架空，重则被抛弃。

从上述可见，竞技体育资源配置不单纯是人力、物力和财力的分割过程，而且是人们利益的实现和调整的过程，关键在于平衡利益。平衡的主体就是公共权力。在如何平衡利益这一问题上，不同的国家有不同的价值原则、不同的组织结构、不同的制度安排。不同的国家在平衡利益的形式上的差异取决于公共权力的性质。中国社会权力结构的基本特征是一元性，就是社会权力高度集中在一种政治力量手中，在中国的政治经济体制中，如果有利益被组织起来，它必须进入国家体制。国家对公共空间的垄断降低了个体通过市场推进利益的能力，但是同样由于国家的强大组织性，非组织的个体还是可能通过制度渠道相互联系起来。对于在社会经济生活中产生的社会团体，解决办法是用法律的形式将它们置于行政权力的控制之下，强制性地要求每一个社团必须要挂靠一个行政单位。这样，行政权力便不同程度地渗透到各个社团中来，使这些社团变成准利益集团或准政府组织。它们一方面具有利益集团的性质，另一方面又具有行政机构的性质，即具有代表行政机构对该社团进行管理的职能。这样，在中国，社会团体既是国家的实体，又是社会的实体，是双重利益的代表。在团体间，横向的市场依赖很少，它具有层层向上的联系结构。中国特殊的政治制度，使得在目前的宏观制度中，缺乏利益群体确切的定位，也缺少将利益集团与其他制度要素连接起来的制度安排。这种状况说明，特殊的发展历史，特殊的社会结构和特殊的政治制度，决定了中国与美国多元主义结构下的"利益竞争"模式和欧洲法团主义结构下的"利益调解"模式不同，社会、利益群体和国家之间的关系是一种特殊的结构和模式。

（三）明晰产权是市场配置竞技体育资源的前提条件

用市场手段来达到资源合理配置的目标，是使众多的配置主体在为追求自身利益最大化的过程中，靠市场力量通过自由竞争来实现的。为此，它需要一定条件。一是主体自由竞争，不存在垄断；二是价格灵活变动，由不受干扰的供求关系决定；三是资源通畅流动，没有壁垒或垄断障碍；四是信号灵活传递。这些条件运转的基本前提是产权明晰。

"产权是人与人之间由于稀缺物品的存在而引起的、与其使用相关的关系"，即人围绕稀缺的资源而发生的权利关系。产权作为一种权利，包括有形资产产权（指产权人对实物资产的所有权）和无形资产产权（指产权人对非实物形态的信息、知识等的处置权、拥有权）。产权制度本身是基于私有制以及市场外部性而产生的，但它不是资本主义市场经济的专利，而是反映现代市场经济的一般特性，是其重要的制度内容和规定。产权之所以重要，是因为在任何一个社会中，资源相对于需求而言总是有限的或稀缺的，资源的有限性与需求的无限性，将引起争夺资源的竞争和分享现有资源所引起的利益冲突。如果没有合理的产权制度加以约束或规范，没有明确界定资源的所有权以及在资源使用中获益、受损的边界和补偿的原则，并且规定产权交换的规则来解决在资源稀缺条件下人们竞争性利用资源发生的利益冲突，那么就难以实现资源的合理配置和有效利用，反而会由于秩序的混乱而造成资源的严重浪费，甚至导致资源的消散。最早认识到产权制度在资源配置中的决定性作用的是罗纳德·科斯（R. H. Coase），也就是著名的"科斯定理"。科斯定理认为，只要自愿交易，且交易费用为零，不论产权初始安排如何，市场机制会自动驱使人们进行权利的交易，使资源配置实现最优。如果交易费用为正，产权的初始安排就影响着资源的配置效率，为了使权利交易能够进行，产权应该是清楚的，易于转让的，由此形成产权的激励和约束功能。因此，产权的安排或结构将会直接形成资源配置状况或驱动资源配置状态改变和影响对资源配置的调节。明晰的产权界定是资源进行配置或重新配置的根本，或者说产权的明晰度达到最优，也是资源配置效率最优的基础。

在计划经济体制下，国家包办了一切体育投入，体育产权为国家（或称全民）所有。体育部门国有资产是国有资产不可分割的有机组成部分。根据国家国有资产管理局发布的关于《国有资产产权界定和产权纠纷处理暂行办法》，以及国家国有资产管理局、财政部关于《行政事业单位国有资产管理办法》的相关规定，体育部门国有资产是指体育行政事业单位占有、使用的，法律上确认为国家所有，能以货币计量的各种经济资源的总和。其基本表现形式为：流动资产、长期投资、固定资产、体育无形资产和其他资产。由于体育产权的不可分性和排他性，使得体育产权不能交易和转让，呈现出一种单一的结构，体育要素缺乏正常合理的流动，体育资源配置效率低下是很正常的。随着我国社会主义市场经济的发展，体育运作也已经发生了显著的变化，其中最为突出的是按市场经济发展要求，不断加速体育社会化和产业化的进程，打破传统单一的体育产权模式，建立可自由交易和转让的产权，从而提高体育资源配置效率。从理论上讲，体育产权关系的明晰化是体育体制改革和建立相适应的运行机制的基础。所谓体育产权关系的明晰化，是严格界定财产的归属，以契约或法律的形式划定所有者和经营者，以及在产权诸项权能上的责、权、利。目的是要实现权、责、利的统一。由于长期来受计划经济的影响，加之体育本身所具有的外部性和公共产品的性质，到目前还存在着体育产权关系模糊，成为制约竞技体育资源配置效率的瓶颈。从震撼中国足坛的"中超革命"，人们透过中超联赛运转体制失灵的表象，进一步看到了危机中问题的实质就是各俱乐部与足协之间的产权之争。俱乐部内部也存在着产权问题，以前体委和企业合作产生的俱乐部的所有权及相关权益的归属问题成为俱乐部组建后普遍存在的问题。由于产权不清，就会出现产权主体的虚置和缺位，当资产流失、经营活动失败时，责任就无法落实到具体的单位和个人。政府行政管理职能与市场经营管理职能相混同，导致体育产权交易的行政性垄断；政府直接干预体育产权的交易，进行"拉郎配"式的硬性撮合等。上述现象都可归结为产权不清晰所致。

无论是理论还是市场经济国家的实践都证明，市场机制确实是社会资源配置中作用最为广泛和有效的机制，但是必须明确市场机制是建立在交换的基础上，所谓交换，实质是所有权的交换。所有权是产权一般概念中的一类，按照现代所有权理论，所有权可以区分为最终所有权和经营所有权。公有制经济的产权制度，还包括管理产权制度。资源配置转换过程，实质上就是配置主体产权（配置力量）不断调整与选择的过程。这一过程主要是原有政府管制的资源在一定条件下让渡给其他配置主体，这一让渡与选择的过程充满了多个产权博弈和利益制衡，如果产权不明确，当然无法交换，资源的优化组合和利用就受阻。此外，体育产权关系明晰化，也是实现体育部门政事分开，政企分开的关键，也是体委转换职能，从办体育向管体育转变的必然要求。

三、政府在竞技体育资源配置中的职能定位

政府职能是指政府的职责和功能，是政府对社会承担的责任和法定的管理权限。政府职能实质上是政府想"干什么"或"要干什么"，体现了政府对社会的承诺和担负的义务。政府职能一般由法律予以明确规定，在形式上是宪法或权力机关对政府职责和权限的规定，实际上反映了统治阶级的意愿和要求。政府自产生之日起就通过履行各种社会管理职能来执行国家意志。政府在配置竞技体育资源中承担何种角色，履行什么职能，是完善竞技体育资源配置的一个基本问题。

（一）公共部门经济学理论要求政府对发展竞技体育须承担投入

随着体育产业的兴起，当人们感受到市场的力，看到市场对竞技体育的挑战、震撼和冲击，也使一部分人产生了对应逻辑思维：在计划经济下由国家拨款，国家全包；计划经济下则完全进入市场，自食其力。在这种对应逻辑的导向下，市场取向也产生了一些误区，从一个极端走向另一个极端。所以，有必要从公共部门经济学角度在明确竞技体育属性的基础上来定位政府职能。

社会经济飞速发展使竞技体育融入到了市场经济大潮中，以商品的形式进入市场，但这并不意味着竞技体育可以完全实现市场化，因为只有产品的商品价值（对象化在其中的社会必要劳动时间）不低于市场价格时，才有可能通过市场得以实现。如果商品价值与市场价格不一致，远远高于市场价格，就不能市场化，因为这样的生产不能以市场为中介自负盈亏。按这一基本原理来分析竞技体育，可能有三种情况：第一种是市场价格与商品价值基本一致，就有条件市场化；第二种情况是它的商品价值高于市场价格，但可以通过广告等收入来补偿，在市场中生存与发展；第三种情况是其产品社会价值高，但市场价格却很低，商品价值高于市场价格的部分，应从国民收入再分配中得到补偿，其性质是必须有国家投入，才能支持以后的持续发展。这足以说明竞技体育的市场取向是有条件的，竞技体育只能部分地进入市场。以第 27 届悉尼奥运会为例，比赛共设 28 个大项、300 个小项，而在所有设项中 90%以上的项目是非商业化项目。市场机制所追求的是利润最大化，在利润的驱使下，竞技体育投资易于流向出价高的地区，非商业化奥运项目无利可图或获利微小，何况是投资于竞赛前一系列体系的建立与完善所必须的巨额花费中。从上述可见，在市场经济条件下，竞技体育可以有市场的和非市场的两套价值观念系统，但决不能拿一方来取代另一方。这也提示我们，在由计划经济向市场经济转轨之际，在我们空前重视市场之时，要特别反对简单地以市场功利来衡量一切，片面追求经济利益。因为竞技体育在很多情况下是公共物品或者说是准公共物品，不能通过市场机制来实现资源配置，需要政府投入。

公共部门经济学理论认为，产品一般可以分为公共物品和私人物品。所谓公共产品由马斯格雷夫（Musgrafe，1969）指出，其特性是由一特定群体同时对其共同消费或无竞争消费，即一个人对此产品消费并不会减损其他个人从同样的产品中同时所获得的好处。即公共产品的使用是非排他性的，如国防、广播电视；而私人产品则是指该产品只为购买它的消费者个人单独享有而不产生外在的效益，如服装、食品，其所有权为购买者所有，即所有权的独占性、排他性的特点。由于公共产品和私人产品的供给及资源配置方式不同，因此，公共产品通常由政府通过财政手段来提供，而私人产品则通过市场来提供。在现实生活中，还存在一种准公共产品，它兼有公共产品和私人产品的特征，它需要享用者支付一定的代价，同时又具有外在性，可为社会带来收益，这种准公共产品的供给一般由政府和市场共同调节。作为具有中国特色社会主义的竞技体育根本任务是提高竞技水平，增强社会凝聚力，丰富社会文化生活，展示社会文明程度，为社会物质文明建设和精神文明建设服务。以奥运会为最高战略的竞技体育目标也体现了国家意志，具有典型的社会公益性和显著的正外部效应。按照公共部门经济学理论，这些都是向社会供给公共物品，而不是私人物品。所以，政府有责任和义务对竞技体育进行投入。

但是，随着公共事务的复杂化，政府不可能对所有公共事务进行具体管理，不可能提供所有的公共物品，现实中有些公共物品需求，相对于全社会最基本的公共需求而言，具有一定的超前性，属于一种"超额需求"。满足这类超额需求的公共物品如果继续由政府来供给，显然既有失社会公平，也会造成资源配置的低效率。"政府失灵"造成了政府在许多公共物品供给中的力不从心，因此通过市场机制实现这类公共物品的合理、有效供给，既能够满足"超额需求"，又可实现社会资源的优化配置。所以，政府直接投入并不是排斥市场作用，在以政府直接财政投入为主要来源的同时，要日益强化我国竞技体育资源配置的市场取向，积极推动市场参与资源配置，使之成为竞技体育资源配置不可缺少的部分。

　　以上分析表明，无论从竞技体育的"准公共物品"性质，还是当前我国所处的社会经济发展阶段，政府在竞技体育资源的配置中依然应当充当主导角色，尤其是在实施奥运争光计划中政府财政的直接投入是不可或缺的。

（二）市场失灵、资源配置的帕累托原理要求政府发挥宏观调控职能

　　市场经济的一个重要特征是资源配置以市场为主，但是市场经济又不是万能的。所谓市场失灵是指由于市场机制本身的某些缺陷和外部条件的限制，而使得单纯的市场机制无法把资源配置到最佳的状况。因此，需要政府干预，以调节市场机制，弥补市场缺陷，纠正市场失灵。国家干预社会经济生活的基本手段就是制定和实施政策、法规以及采取必要的行政手段纠正市场失灵。

　　帕累托最优是由意大利经济学家帕累托（Pareto）提出的，按照帕累托最优标准的概念，任何一种改变，只有使社会成员的福利增加，而不使任何一个人的福利减少的时候，社会福利才算真正增加；当经济已处于这样的一种状态，其中任何人福利的增加，都不可避免地造成其他人福利的减少时，经济就达到了资源最佳配置，社会福利就达到了最大。很明显，达到资源配置的帕累托最优非常困难，但同时也是人们所希求的。要实现资源配置帕累托最优必须要在自由的竞争性市场运作下才能实现。在竞争性市场上，消费者、生产者和要素所有者拥有充分的自由选择权，他们从各自的利益出发分散地个别地进行决策，并通过市场交换和竞争达到他们的目的，调整他们的行为。在用帕累托最优标准衡量某一种配置的效率是否达到最优时，可以遵循最简单的逻辑：最有效率的配置就是与帕累托最优境界相对应的。同样，采取某种措施后，如果不减少其他人的效用而使某个人或更多的人的效用增加，这被称为"帕累托改进"。资源配置的帕累托原则，从优化资源配置的角度提出限制政府的权限，政府对竞技体育的管理应限制在合适的范围内，这就决定了竞技体育资源配置一方面要依靠市场调节，另一方则要求政府实行宏观调控，依靠有关法律、法规以及必要的行政手段进行。

　　竞技体育资源的来源主要是政府和社会机构，作为资源的拥有者，其行为方式实际上决定着资源如何配置，客观上，资源的拥有者也是资源的分配者。对于竞技体育资源的配置来讲，社会机构和政府二者的地位和作用并不完全一样。一般来说，社会机构只能通过直接投入参与竞技体育资源配置，而政府除了直接财政投入外，还要承担宏观调控的职能，通过实施计划、制定政策等方式来引导其他配置主体的配置活动，从而影响竞技体育资源配置的规模、结构和效果。我国的竞技体育资源配置完全靠市场同样也会存在市场失灵现象，如公共体育场地建设就很难由市场来提供，不适合电视广告要求的

运动项目也会因资源不足而萎缩。这些都需要充分发挥政府的干预和调节作用。政府可以制定规范各竞技体育行为主体的法律、法规、制度，政府所拥有信息优势，便于统筹兼顾，可运用财政投资等手段，解决市场失灵等不足，通过各种政策对现有资源再分配。随着竞技体育在社会经济发展中的战略地位越来越突出，作为反映社会整体利益的政府，必然要加强对它的宏观调控。

在奥运战略目标已确定的情况下，加强国家宏观调控，发挥地方政府的积极性，促进竞技体育发展。这对于中央政府来说，始终是一对难以解决的矛盾。地方政府作为一个实体是完全有主观能动性的，随着地方自主权的增加，地方政府会以最大化自身利益为目标来配置它所控制的资源。然而，地方政府利益最大化是经济利益和政治利益之和，既有地方的整体利益，更有官员的个人利益。公共选择理论认为，政府也是"经济人"，追求自己的最大利益，而利益主要与政绩相关。这就可能使地方政府的目标及行为与公共利益产生偏离，为了自己的"政绩"，如本地区体育场馆的标志性建筑、竞技体育的奖牌数量、体育产业的产值等，在体育资源配置中会出现较随意、盲目的短期行为。竞技体育资源的稀缺性使中央政府的宏观调控显得更为必要。要求将分散在多个系统和不同地域中的资源进行融合，并联把这些存取出来的资源进行合理的配置，进而保证配置与竞技体育自身发展要求。

加强政府在竞技体育资源配置中宏观调控职能，同维护训练单位自主权也不矛盾。因为按照生产功能的学说，训练单位是有别于经济生产实体的一种非营利组织，它的决策和活动是为了在竞赛中取得最大的综合效益（包括经济效益和社会效益），而不是追求获取最大利润。这种综合效益，表现为训练单位能否满足国家、社会和个人的多方面需求，所以训练单位的自主权又是有限度的，需要国家加强宏观调控，使其能满足社会各方面的需要。而且随着竞技体育对国家、社会的重要性日益突出，国家的宏观调控也必然不断加强。

（三）政府宏观调控竞技体育资源配置的职能定位

中国正在实现计划经济体制向市场经济体制的转轨，中国又是一个发展中国家，市场发育尚不充分，经济尚不发达，这就是中国的最大国情。我国竞技体育资源是在计划经济基础上建立起来的，在走向市场经济过程中，政府与市场是推动竞技体育发展的"两个轮子"。在改期之初，政府的"第一推动力"显得尤为重要，需要政府的参与和扶持，需要这种制度性依托，所以，中国竞技体育资源配置的基本模式仍然表现为一种"政府主导"模式。但需要特别指出的是，在市场经济基本制度的框架中，此时的政府在行使资源配置权利时已不再是计划经济中的政府概念，也不是把计划经济中的一部分政府职能与市场经济中应有的一部分职能的简单相加的概念，更不是超越市场或越俎代庖的政府概念。按照"要明确政府和社会的事权划分，实行管、办分离，把不应由政府行使的职能转移给事业单位、社会团体和中介组织"的要求，政府行政管理者与举办者角色分离，管理的重心是运用各种必要措施和合法手段，为每一个组织、团体和个人参加竞技体育活动制定规则，创造更好的内外环境。理顺政府体育行政部门与体育总会、奥委会、运动项目管理中心、单项运动协会、训练单位以及其他社会体育组织之间的关系，由直接管理为主转向宏观管理、间接管理为主，加强宏观调控职能，运用经济手段、竞赛手段和法律手段，同时通过制定规划和政策指导、发布信息以及规范市场，引导和调控竞技体育资源配置。

调控，就是施控主体按照给定的条件和预定的目标，对受控客体施加影响，纠正偏差的一种行动。宏观调控的特点：一是宏观性和总体性。其着眼点和目的就是宏观结构和总体运行，所实行的措施影响到全局。二是宏观调控措施的促导性。它所采用的方式重在引导和促进。受控客体对于宏观调控措施做出的乃是一种间接反应。

宏观调控竞技体育资源配置，包括调控竞技体育资源配置的方向和结构，规范竞技体育资源市场，为市场配置竞技体育资源创造良好的运行环境等。其目的是提高竞技体育资源配置效率和优化竞技体育资源配置结构，把竞技体育资源有效地配置到以奥运会为最高层次的竞技体育发展战略上来。

在社会经济资源有限的发展约束条件下，追求竞技体育快速发展必须考虑效率问题。效率是一个相对概念，是指在给定投入和技术的条件下，资源没有浪费，或对资源做了能带来最大可能的满足程度的利用。优化竞技体育资源配置是对所投入的竞技体育资源的组合结构中的不合理成分加以调整，以最大限度地提高竞技体育资源运作效益来保证实现竞技体育战略目标。

配置社会经济资源的方式主要有两种：一是市场自由协议，二是政府行政命令。那么，哪一种配置方式更有利于提高效率呢？不论是通过市场配置还是政府行政配置，都存在配置成本。我国竞技体育资源配置长期以来是在计划体制下开展的，政府包办竞技体育事业，运用计划手段调配资源，政事不分、管办合一，社会力量难以介入，同时排斥竞技体育的产业价值，使其经济功能难以实现；组织体系封闭，行政体制呈纵向模式，缺少横向信息的交流，抑制了资源的流动，使体育资源呈现高度分散、高度分割的局面，资源难以流动难以共享，造成资源浪费；各训练单位作为政府的附属，缺少自身独立的利益，只是一味地服从政府的安排，在没有压力、缺乏竞争的环境中缺乏主动性和创新性，导致效率的低下。而市场配置在配置的过程中市场机制的作用也需要一个过程，不可能一挥而就，即存在时滞，同时，对配置主体对市场信号的反应也可能会有波动。市场配置资源中的时滞和波动是影响市场配置成本的两个重要因素。而通常我们在谈到市场对资源的配置作用时，往往忽视了市场对资源配置的时滞性和波动性，从而忽略了市场配置的成本。所以，确定哪一种配置方式更有利于提高效率，不是简单地非此即彼，也不存在一种谁代替谁的简单规则，而应根据目标来选择，当市场配置成本高于政府行政配置成本时，虽然市场配置也是可行的，但其要更高的代价、更长的时间，甚至伴随着很大程度上的资源浪费。尽管近年来政府一直在收缩自身的职能，以实现资源配置的高效率，但收缩需要一定的过程，有赖于市场机制的完善的外部环境；而市场机制能否在竞技体育资源配置中充分发挥主体的作用，很大程度上也取决于体制改革和政府职能转变，取决于政府能否为市场机制的运行创造良好环境与条件。

四、政府对竞技体育资源配置的宏观调控策略

"举国体制"的实质是实现竞技体育资源的优化配置，目标乃是追求既定条件下的有限投入换取客观存在的最大产出。随着市场经济体制建立过程政府行为方式从"管、办"身份合一转变到两者的逐步分离；从对竞技体育进行直接的行政控制到间接控制；从直接参与竞技体育活动向以宏观调控为主转变的情况下，政府应当充分发挥其宏观调控作用，尽量减少有限的竞技体育资源的误配置。

（一）围绕运动竞赛建立以奥运会为中心的利益实现机制

宏观调控是从全局出发对竞技体育配置过程输入的自觉性，避免和克服盲目性，消除各种干扰，保证目标实现。宏观调控的效果主要取决于手段的合理与完善程度。竞赛手段体现了用体育的方法管理体育，在宏观调控中具有其他手段不能替代的功能。在社会主义市场经济条件下，调控对象已不单纯是执行系统，一定程度上具有决策系统的功能，如各省（市）作为资源配置主体相对国家而言也是被控对象，但其有决策权，有自身发展规划和利益取向等。它们在作决策和执行宏观决策时，要受自身利益的限制。国家利益和地方利益这两个不同的利益主体在如何对待奥运战略目标上可能产生一定的矛盾，如教练员和运动员的使用、运动项目布局、运动训练周期安排等。运用竞赛手段可以触动各配置主体自身利益，从而使宏观调控的动力结构由外加型向内在型转变。

运用竞赛手段实施宏观调控具有双重目标系统的统一性。由于竞技体育活动的主体有宏观和微观之分，决定了目标具有等级层次性，既有国家的总体目标，又有地方、单位局部目标以及个人的目标。运用竞赛手段实施宏观调控，承认并鼓励微观主体对自身目标的追求，规范其利益实现方式，使其行为以有利于全局整体利益为界限，并以其为作用点，使得以追求优胜为动力的微观决策和行为按照宏观调节方向运动，使宏观目标和微观目标协调为一个殊途同归的统一体。

竞赛手段属间接调控，其特点在于通过与调控对象有密切关系的中间环节即竞赛，来影响微观主体活动的约束条件和环境，进而达到宏观调控的目的。一般地说，通过竞赛手段发出的调节信号是一种强制力，往往与竞争的激烈程度成正比。这种间接调控所侧重的是行动方向，而不是具体指标，具有一定的灵活性，有利于发挥微观主体的积极性和创造性，依靠微观主体活动结果来实现调控体育资源配置。

上述特征表明，运用竞赛手段可以把国家、地方、单位及个人的利益联结起来，具有向心力的竞赛将不同利益主体的需求和追求有效地统一到以奥运会为最高层次的竞技体育发展战略上来，通过竞赛机制的运转形成一个目标——制导系统，形成合力。

运用竞赛手段建立以奥运会为中心的利益实现机制要注意以下三个问题。

第一，运用竞赛手段的关键在于对规程、规则等可控变量进行调控。可控变量具有体系性，各个变量都有其调节作用和调节范围。如某项目规则的变化主要调节训练行为，侧重于微观；而全运会计分方式的改变则涉及宏观。但任何单一变量都不是万能的，哪怕它的作用极其广泛。因此，要按照系统论的要求来统观全局，从质、量、度等几方面建立起相互配合的变量体系，形成"同向合力"。

第二，要保证规程、规则等可控变量对调控对象具有可控性。所谓可控性，包含两方面意思：一是当这些变量发挥作用时，调控对象难以逃避或转嫁这种作用；二是要同调控对象的名次利益直接相联系。当调控对象可以任意逃避调节或同其名次利益无关时，竞赛手段就会陷于空运转状态，起不到调控作用。

第三，发挥竞赛手段的作用，要有统筹运用竞赛手段的权威机构，要有灵敏、有效的信息反馈体系，且必须提高对信息的处理能力。在具体运用竞赛手段的方法步骤上要把相对稳定和适时调整结合起来。

目前在实际工作中，政府已经把竞赛作为特有的调控手段，国家通过对全运会比赛运动项目的设置和竞赛项目的不同计分办法等政策的调整，保证各个地方的利益，有效地实现了全运会比赛项目与奥运会比赛项目的衔接；为进一步调动各省（区、市）的积极性，实行将奥运会成绩带入全运会的奖励政策；为有利于竞技体育资源的优化组合，实行解放军运动员与相关省（区、市）两次计分、相关省（区、市）之间交流和协议计分等。现实中调控对象有机会逃避或转嫁调控作用的现象，正是由于竞赛制度调整的不到位和执行中的问题，应该说是从反面证明了竞赛手段的调控功能。

（二）以增量资源带动存量资源调整来优化竞技体育资源配置

宏观调控竞技体育资源配置的内在要求之一，是按照最优化原理或合理化原理进行有机的调整组合，形成最优的结构，使之最恰当地对奥运战略目标发挥出效能，构成最大的资源投入与产出效益配比。

竞技体育资源一般有增量资源和存量资源之分，存量资源配置是指对已经形成的资源加以配置。增量资源配置是指可以增配的资源以及对存量资源盘活可供支配的资源所进行的配置。根据市场机制的规律，任何事物都面临成长、成熟到死亡的过程。当资源被具体物化到对象后，随之会发生价值风险的演变。运动员这一人力资源伴随人的进取心和年龄变化；资金投向训练单位就跟随其训练与管理的效果不断面临调整的压力；就连信息技术在科技发展制约下也不断面临升级换代。保持生命力的途径在于资源通过流动性实现吐故纳新，追逐价值最大化形成资源的流动会带来结构的不断变化，促进新的结构形成，增加资源的内在价值和增强资源的活力。

资源的结构性是用于衡量资源分布合理性的尺度。计划经济下旧的管理体制留下的显著特征是由于封闭性所带来的资源结构性不合理。以人力资源配置的区域结构为例，华东地区优秀运动员和专职教练员的人数和比例上均处于第一位，西南地区排倒数第二位，而西北地区则排最后一位。由表3可见，我国竞技体育人力资源在区域分布结构上存在明显的差别，竞技体育人力资源主要分布在东部发达地区，而西部体育人力资源整体都较为匮乏。从各省市比较，我国竞技体育人力资源最丰富的省市主要是辽宁、广东、山东、四川、江苏和上海，基本上都是东部发达的地区，而竞技体育资源最欠缺的省市主要是西藏、宁夏、青海、海南和重庆（表4）。

表3　六大区优秀运动员、专职教练员和裁判员分布情况

大区	优秀运动员		专职教练员		裁判员	
	人数	占全国的%	人数	占全国的%	人数	占全国的%
华北地区	2713	19.18	358	18.81	7100	12.01
东北地区	2133	15.08	311	16.34	7941	13.42
华东地区	3721	26.31	508	26.69	13929	23.53
中南地区	3276	23.16	370	19.44	15637	26.42
西南地区	1626	11.49	224	11.77	9407	15.89
西北地区	675	4.77	132	6.93	5737	9.69

表 4　各省市优秀运动员、教练员和裁判员分布情况比较

省份	优秀运动员		省份	专职教练员		省份	裁判员	
	人数	占全国%		人数	占全国%		人数	占全国%
最高 5 个省市	4824	34.11	最高 5 个省市	1060	55.70	最高 5 个省市	21424	36.19
广东	1263	8.93	山东	128	6.72	辽宁	5296	8.94
辽宁	959	6.78	四川	117	6.15	广东	4528	7.65
江苏	883	6.24	辽宁	114	5.99	四川	4024	6.79
上海	876	6.19	黑龙江	114	5.99	湖南	3995	6.74
四川	843	5.96	河北	114	5.99	山东	3581	6.05

省份	优秀运动员		省份	专职教练员		省份	裁判员	
	人数	占全国%		人数	占全国%		人数	占全国%
最低 5 个省市	494	3.49	最低 5 个省市	70	3.67	最低 5 个省市	1456	2.45
海南	52	0.36	山东	5	0.26	辽宁	69	0.11
宁夏	73	0.51	四川	11	0.57	广东	212	0.35
青海	111	0.78	辽宁	18	0.94	四川	283	0.47
西藏	123	0.87	黑龙江	18	0.94	湖南	357	0.60
陕西	135	0.95	河北	18	0.94	山东	535	0.90

　　竞技体育资源的增量的投入和存量的结构变动不断趋于合理，这是优化竞技体育资源配置的根本途径。增量资源和存量资源对比而言，增量资源的特征是有限性、易控性，容易做到投向相对合理、见效快；而存量资源量大、变数大、结构调整困难。因此，政府宏观调控竞技体育资源配置始终应该将优化存量资源作为重点，调整的方式除了在存量上努力调整外，更多的是通过资源的增量配置方式来达到调整的目的。这是因为：首先，增量调整更具有针对性，更能够见成效。存量资源的相对固定性和低流动性，决定了存量资源配置调整的渐进性和艰难性。这种渐进性和艰难性决定了仅仅通过存量配置调整的方式是难以在数量和速度上达到调整要求的，而在存量调整的同时，加之于增量的调整，则更具有力度。二是增量的调整能够带动存量配置的调整。由于资源各要素之间的不协调，部分资源的效率不高，通过增量资源的配置调整，可以化解存量资源配置的不协调现象，盘活存量资源，使存量资源的调整成为可能。

　　可见，对政府而言，增量资源更具杠杆作用，是极为有效的资源。增量资源配置不可独行，其承担着启动、整合优化存量资源，兼顾发展的预期安排，弥补旧体制运行缺陷的职能。通过建立有效的机制和运用一切的管理手段，把增量资源投放到效率高的地域、项目和训练单位中去，盘活存量资源并促使其流动，以及推进资源的动态平衡应该成为政府利用增量资源加大对存量资源整合效应的重点，也是目前面临的重大课题。

（三）通过制度供给创设良好的资源配置环境

我国竞技体育资源配置受到投入及制度的双重约束，资源短缺的原因往往不仅在于资源的有限，而且在于资源配置的方式不合理，即制度的约束，甚至制度的约束往往大于资源的约束。事实上。竞技体育资源配置（包括微观和宏观）不仅仅是一种状态，而且是各配置因素之间相互联系、相互制约的体系，它不仅涵盖了资源供给结构、组合结构、技术消费结构，又包括了这些结构的组织程序与决策因素（人为选择，即制度因素）。从更细的层面看，竞技体育资源配置的结构、配置的规模形成、区域结构差异、配置的总体效果等，都无不渗透着制度安排的制约。为此，宏观调控必须把制度的因素纳入考虑的范围。制度是影响资源配置的主要因素，资源配置主体的行为都是在一定的制度框架内发生的，制度框架是各种可能行为整合的最基本的参照物，不同制度提供了不同的行为空间和选择条件。制度的作用在于通过内部和外部的强制力和诱导性来约束人的行为、减少不确定性、形成稳定的预期。缺乏时代特征的制度都会对资源配置产生负面影响，导致资源失效；而超越人、财、物以及条件约束的理想化制度，同样会导致资源闲置或浪费。一项好的制度必须满足两项条件：一是能够保证行为主体合理的利益地位；二是能够约束主体效用最大化行为，使行为主体利益行为与公共利益不相违背。因此，制度的本质，是通过对行为主体利益和公共利益的调整，及时有效地解决公共问题。制度实施的结果，不是某个人或某些人利益的最大化，而是整体利益的最大化。

随着竞技体育改革的不断深入，利益主体将越来越多元化、特殊化，利益意识会越来越自觉，利益集团会越来越多，组织化程度也越来越高，利益集团之间的关系会越来越复杂，在竞技体育发展中的影响力也会越来越大。这是一种必然趋势。这种趋势对政府的调控能力等提出了全新的挑战。政府对多元利益的整合、对利益关系的调控、对利益矛盾的协调，只能主要依靠制度。政府作为制度的供给方，是通过一系列的政策和法规的制定，给予制度的规定性，并引导和规范制度的使用者接受该制度的约束。然而，政府在制度的供给过程中同样要接受外部制度环境的约束。这种约束一方面来自制度需求者的接受程度，另一方面则来自与该制度有关的其他制度的安排，即制度之间相融性的约束。中国社会正处于重大的制度变迁中，新制度的创新与旧制度的延续，必然使制度运行过程充满了大量的矛盾。从计划经济条件下的"举国体制"到市场经济条件下的"举国体制"，就是一种制度的变迁，实际是政府为解决社会转型期的一系列问题而做出成本相对小而收益相对大的利益选择。政府在这一制度变迁过程中是一种重要的制度创新的组织者，这是由于政府具有对强制力的自然垄断地位，由它来进行制度创新就具有比较优势。我国政府不仅在政治上居于垄断地位，而且掌握着巨大的国有资产，在经济上居于主导地位，从而可以降低制度创新的成本，在制度供给上占有极大的优势。现阶段，政府主要创设一个体现效率与公平的资源配置秩序，营造吸引各方投入竞技体育的政策条件。

在市场经济条件下，一个有效率的制度要同时具备约束机制与激励机制，约束机制可确保制度的有效实施，而激励机制则有助于主体的行为自觉地与制度取向相一致，降低制度实施的成本。我国社会主义市场经济体制已初步建立，市场在资源配置中的基础作用已初步显现。市场经济是法制经济，市场的完善及健康发展离不开法规的保护与制约，良好的制度环境，是优化各项资源配置的纽带和中枢。近年来我国有的地方已出台了地方性的体育市场管理法规，对该地区的体育经营以至竞技体育资源配置起到一定的作用，但所制定的法规地方色彩较浓、覆盖面也较窄。因此，有关部门还应该尽早出台全国性的体育市场管理法，明确管理部门职责、范围、权限，确定竞技体育投资的行为规范以及有关的权益和责任风险，使竞技体育市场的发展有法可依，以保护和鼓励资源的投入。

竞技体育运行过程充满竞争，竞争越激烈，效率越高。这里的竞争是指合法竞争，如果没有法律约束，人们就倾向于用非法手段获取利益，严重损害社会总体利益。市场经济关注自由，也同时强调法制，因为自由和法制这两者不是对立的，尤其是只有法制，才能维护市场经济的自由，公平的法律政策环境，会使人回到合法竞争的轨道上来，减少无序竞争，使竞争环境更加有序、公平、合理。

我国竞技体育长期以来都是依赖各级体育行政系统来办的，社会力量参与竞技体育的比较少。随着我国经济和社会发展的加快和体育体制改革的深化，社会力量参与兴办竞技体育的积极性日趋高涨，竞技体育单纯由体育系统来办的局面已经打破。充分开发、利用和组织现有资源，通过产权纽带或合同形式将企业、学校、中介机构等联结起来，充分发挥各自的优势，整合成为一个功能协调、目标一致的有机整体，如"体教结合"、社会化竞技体育俱乐部等，均是可行的途径。此时，政府就应该从政策法规的角度加以扶持，排除可能存在的制度性障碍。

以政府法规的形式规范竞技体育资源配置市场体系，从一定程度上树立了社会对竞技体育投资的信心，但是除此之外政府还应当充分发挥经济手段，利用资本市场，为竞技体育资源的配置创造适宜的外部运行环境，以扩大体育事业的投融资渠道，广开门路筹集资金。从某种程度上说，集民间之力的投资，不仅可以解决长期以来由政府投资导致资源不足的局面，而且还可以利用市场竞争机制使资源的配置更加优化。主要措施有提供税收优惠政策；对企业和个人赞助体育赛事或公益性体育设施建设的符合税法有关规定的，国家在税收上给予优惠，或者给予减免；政府还可以运用价格补贴、信贷政策、土地优惠、特许经营权等经济政策来降低投资风险，鼓励社会投资；可通过直接或间接地与企业风险分担的方式来降低投资过程中的不确定性，以吸引各方的关注与投资。

（四）建立竞技体育资源配置效率评价体系

资源稀缺是竞技体育发展中永远存在的矛盾，是否使现有资源创造出尽可能大的效益是效率高低的标志。在习惯中，效率与效益两个词经常被人所混淆。虽然效率与效益是对同一事物运行状态的描述与概括，反映的内容有相通的一面，但二者在比较方式上有所不同，效益是指结果，一般反映在数量上；而效率则指过程，反映在程度上。一般情况下，对于同一主体来说，当该主体有效率时，同时也是有效益的。但我们应该注意到，效率是有相对性的，由于存在诸多的约束因素，当该主体有效益时，不一定就有效率。尤其是存在垄断时，该主体的效率可能整体上低于其他人，但也可能取得效益。这就是效率的相对性。所以，通常状况下效益分析和效率分析可能结果完全一致，但由于存在效益的扭曲，可能导致效率与效益的严重背离，此时，效率分析就远比效益分析重要。

客观、准确、真实地评价竞技体育资源配置效率，是对资源配置目标实现程度的检验，同时也是新一轮资源配置的基本依据。竞技体育资源配置以目标为起点，以效率评价为终点，通过目标与效率的比较，在找寻目标执行差距及原因的同时，为下一轮资源配置政策调整提供依据。因此，在这一过程中，制订科学的效率评价体系，不但是评价资源配置目标实现程度的要求，同时，也是为更好地实现新一轮资源配置所必需。

竞技体育资源配置效率评价对宏观调控对象资源配置行为可起到约束作用。行为的规范必须有准绳约束，宏观调控对象的资源配置是否遵循配置原则、配置的效果是否达到了预定目标、配置行为是否规范、成本是否太高等，都需要通过效率评价的方式，对整个配置行为进行约束性衡量，在衡量纠偏的同时，达到规范行为的目的。对政府宏观调控来说有利于正确引导调控对象的资源配置行为，有助于把握资源配置的薄弱环节，找准优化资源配置的重点。

竞技体育资源配置效率评价主要是通过统计指标及其解释，对竞技体育经费投入和人员投入的规模、数量和结构等进行实证分析，找出我国竞技体育资源配置的特征、模式、现状、效果、症结，提出决策建议。在竞技体育资源配置效率评价中，人力资源和财力资源是我国竞技体育资源配置的两个关键指标，这是由它们自身的性质和我国目前的基本国情所决定的。首先，人力资源是反映竞技体育实力的重要指标。财力、物力、信息资源只是提供了进行竞技体育活动的前提，竞技体育产出的最终效果还取决于人力资源的数量、质量和结构。没有一支高水平、富有创造力的运动员、教练员、科技人员队伍，再好的设施，再多的资金，也难以产生优异的成绩。其次，财力资源的配置在一定程度上可以反映人力、设备、科技信息资源的配置，我国目前的财力投入偏低、配置结构不合理。因此，如何加大财力资源的配置规模，调整配置结构，充分而有效地利用有限的财力资源，在竞技体育发展过程中起重要的支撑作用，就成为政府宏观调控竞技体育资源配置的关键指标。

能否针对竞技体育现状并结合发展战略做出正确的调控选择，关键取决于两个方面：一是信息；二是决策者的认知能力。信息是决策的基础，政府调控离开了全面、准确的信息也注定会出现决策失误和干预低效等。建立竞技体育资源配置效率评价体系，实际上完善了资源配置的信息系统，会直接提高政府宏观调控的有效性和决策的科学性。

（项目编号：550ss03059）

竞技体育管理"重、难、新"问题理性思考及对策研究

孙汉超（执笔）　王　雷　梁亚东　杨丽芳

潘高峰　王　聪　王　姝　王　辉　李惠娟

竞技体育工作能否搞上去，运动技术水平能否提高，涉及的因素很多。目前人们对运动训练与运动竞赛本身的规律的研究很多，成果丰硕；人们以多学科对竞技体育进行了大量的科研攻关和科技服务，成绩也十分突出；人们对竞技体育的保障条件、资源配置的研究也不少，不断提出一些有价值的成果。相对而言，从科学管理的角度，对竞技体育的研究显得比较薄弱，虽然有了一些研究成果，但远远跟不上实践发展的需要。竞技体育管理实践中，反映出很多重要问题、疑难问题以及社会转型后产生的新问题，目前很少有人从总体上去研究这些问题。然而，从总体上对当前竞技体育管理实践中反映出来的这些"重、难、新"问题，寻求解决问题的对策，有着重要的理论与实践的意义。

一、我国竞技体育管理已取得的成绩与经验

新中国成立后，党和国家高度重视体育工作，提出"发展体育运动，增强人民体质"的方针，建立体育组织机构，在积极开展学校体育、群众体育的同时，也积极开展竞技体育，并建立与国际体育组织的正常联系。1979 年 11 月，国际奥委会恢复了中国奥林匹克委员的合法席位，使中国重返奥林匹克大家庭。1980 年，中国第一次派队参加在美国普莱西德湖举办的第 13 届冬季奥运会；1984 年，中国第一次派团参加在美国洛杉矶举办的第 23 届夏季奥运会，中国竞技体育从此步入了"奥运模式"。经过 20 年来的努力，中国竞技体育获得了巨大的进步。

1959—2001 年我国共举办 9 届全国运动会（简称全运会），我国运动员在全运会上超创世界纪录的人次，自进入"奥运模式"以来明显增多（表 1）。

表 1　中国运动员在第 1~ 第 8 届全运会上超创世界纪录情况

届次	田径	游泳	举重	射击	射箭	蹼泳	航海模型	共计
第 1 届		1		1				16
第 2 届			3	3	2			
第 3 届				6				
第 4 届								
第 5 届	2		1					
第 6 届	1		3	1		4	8	65
第 7 届	10				2	25	6	
第 8 届		2						
合　计	13	3	7	11	4	29	14	81

第 1 ~ 第 4 届全运会上运动员在田径等 7 项共超创世界纪录 16 人次，而第 5 ~ 第 8 届全运会上共超创世界纪录 65 人次，比进入 "奥运模式" 前增加 49 人次。

1974—2002 年，中国共参加了 8 届亚运会，从第 9 届起连续六届获得金牌总数第一（表 2）。1980—2004 年，中国共参加了 7 届冬季奥运会和 6 届夏季奥运会，从夏季奥运会比赛成绩看，中国的金牌总数（除第 24 届外）是逐步上升的（表 3）。第 25、第 26 届的金牌总数世界排名均为第 4，第 27 届排名第 3，而在 2004 年雅典奥运会上获得 32 金、17 银、14 铜的好成绩，金牌总数首次超过俄罗斯，位居世界排名第 2。

表 2　中国参加第 9 ~ 第 14 届亚运会获奖情况

届次	时间	地点	金牌	银牌	铜牌	奖牌总数	金牌数排名	占金牌总数的比例（%）
9	1982	新德里	61	51	41	153	第 1	30.7
10	1986	汉城	94	82	46	222	第 1	34.8
11	1990	北京	183	107	51	341	第 1	69.2
12	1994	广岛	126	83	57	266	第 1	37.4
13	1998	曼谷	129	77	68	274	第 1	34.1
14	2002	釜山	150	84	74	308	第 1	73.5

表 3　中国参加第 23 ~ 第 28 届奥运会获奖牌情况

届次	时间	地点	金牌	银牌	铜牌	奖牌总数	金牌数排名
23	1984	洛杉矶	15	8	9	32	第 4
24	1988	汉城	5	11	12	28	第 11
25	1992	巴塞罗那	16	22	16	54	第 4
26	1996	亚特兰大	16	22	12	50	第 4
27	2000	悉尼	28	16	15	59	第 3
28	2004	雅典	32	17	14	63	第 2

55 年以前的中国，竞技体育水平低下，三次参加奥运会，连决赛都未能进入，还被扣上 "东亚病夫" 的帽子。然而，中国从 1984 年第 23 届奥运会上实现金牌 "零" 的突破以来，仅仅用 20 年的时间，在 2004 年雅典奥运会上金牌总数达到 32 枚，比第 1 名的美国仅少 3 枚，超出俄罗斯 5 枚，呈现出中国超俄赶美之势。中国竞技体育的巨大进步是如何获得的呢？因素很多，从竞技体育的科学管理上来分析，我们认为主要有以下五条经验。

（一）体育事业发展纳入国家计划，实行 "奥运战略"

1979 年中国恢复了与国际奥委会正式关系后，中国奥委会与全国体育总会分立，相继成立了一批全国性单项体育协会和行业协会，使中国奥委会的组织体系适应奥林匹克运动发展的需要。

中国政府主管全国体育工作的原国家体委（1998 年改组为国家体育总局）提出了以奥运会为最高层次的竞技体育战略，围绕这一 "奥运战略"，对运动竞赛制度等实行了一系列重大改革。运动项目设置尽可能与奥运会对口，并按照奥运会的设置项目来调整全运会项目设置，使全运会和奥运会的任务一致起来。同时，为了使全运会目标服从于奥运会目标，打破全运会 4 年一届的贯例，将本应在 1991 年举行的第 7 届全运会改在 1993 年（即 1992 年第 25 届奥运会之后）举行，中间相隔了 6 年。并且，20 世纪 90 年代，国家体委先后制定与实施了《1994—2000 年奥运争光计划纲要》和《2001—2010 年奥运争光计划纲要》，两个《纲要》提出的战略目标，为中国竞技体育发展指明了方向。

中国实施"奥运战略"，是以普及奥林匹克运动知识、宣传奥林匹克运动思想为基础的。1989 年，在中国北京成立了奥林匹克出版社，先后翻译出版了《奥林匹克宪章》《顾拜旦论文集》《奥林匹克百科全书》等书籍。1990 年建立的中国体育博物馆，五个展厅中就有一个专门的奥林匹克厅，多次举办有关奥林匹克运动的展览活动。1993 年国家体委组织编写了世界上第 1 本全面系统的《奥林匹克运动》教材，并在全国体育院校作为一门正式课程开设。1994 年在北京体育大学成立了"奥林匹克研究中心"，并招收奥林匹克研究方面的研究生。中国从 1988 年以来，组织学者参加了历届奥运会科学大会的学术交流。此外，北京在成功举办了 1990 年第 11 届亚运会之后，又经两次申办，终于获得 2008 年第 29 届奥运会举办权。以上，均说明中国是积极地为国际奥林匹克各类赛事和国际体育活动承担义务，并做出了应有的贡献。

"奥运模式"的确定，为中国体育事业的发展提供了良好的机遇和广阔的空间；"奥运战略"的实施，是中国竞技体育取得巨大进步的重要原因。

（二）发挥社会主义制度优越性，实行"举国体制"

"举国体制"，可以说是中国的特色。所谓"举国体制"，是指集中全国的力量去办大事的管理体制，这是中国社会主义制度优越性的体现。

"举国体制"，它经历了一个形成、发展的过程。新中国成立初期，新建立的团中央（中国新民主主义青年团中央委员会的简称）为全国体育工作的主管领导，新建立的中华全国体育总会是协助政府，组织、领导并推进全国体育工作的体育组织。后来借鉴苏联的经验，于 1952 年建立中央人民政府体育运动委员会（简称中央体委，1954 年改称国家体委），形成了由国家行政部门、军队和社会组织三大组织系统构成的体育管理体制，中央体委实行委员制，中华全国体育总会实行会员制。1957 年以后，随着国家计划经济的形成与完善，体育社会组织管理系统的功能和作用逐渐削弱，权力逐步集中于国家体委，形成权力高度集中的政府管理型的体育管理体制。进入 20 世纪 80 年代，随着中国经济、社会改革开放的逐步深入，这种权利过于集中所产生的种种弊端开始暴露出来，国家体委针对暴露出的问题，进行了一系列推动体育社会化、科学化，促进体育全面发展和提高的改革，使国家体委由原来独家包办体育，逐步向领导、协调和监督的管、办结合方面转变，并加强发挥中华全国体育总会、体育协会和单项协会的作用。在以上初步改革的基础上，1993 年国家体委又制定并下发了《关于深化体育体制改革的意见》，进一步提出由计划经济体制下的体育体制向与社会主义市场经济体制相适应的体育体制转变，逐步建立符合现代体育运动发展规律，国家调控、依托社会、自我发展、充满生机与活力的体育体制和良性循环的运行机制的体育改革总目标。当然，适应社会主义市场经济体制要求的"举国体制"，今后还需要一个进一步完善的过程。

中国"举国体制"在形成与发展过程中，贯穿了一条管理理念：充分发挥社会主义制度的优越性，保证国家对体育的统一领导、对体育资源的优化整合，并注意发挥中央和地方、国家和社会多方面的积极性。即使在一定的历史时期里，体育工作适应社会主义计划经济体制的要求，为集中人力、物力、财力，通过统一领导、调配、布置，来保证部分重点项目形成优势，取得突破，也起到了积极的作用，其贡献应予以充分肯定。"举国体制"对中国竞技体制取得巨大进步的作用，主要体现在：

——保证《奥运争光计划纲要》的制定与实施。

——利于优化整合全国的体育资源，集中全国体育界的聪明才智，合理进行运动项目布局，保证竞技体育目标的实现。

——利于统一奥运战略目标，理顺中央与地方、国家与社会的各种关系，理顺训练与竞赛的各种关系，理顺训练体系各层次之间的关系。

——易于在较短的时间内，集中全国最优秀的运动员、教练员、科研人员参加奥运会等世界大型比赛。

——在有限的人力、物力、财力的条件下，可以集中优势，保证重点，取得突破。

（三）对奥运项目实行合理布局，进行分类管理

中国根据奥运会的设项，各体育强国优势项目的分布和本国的实际情况，对奥运会项目进行全面调查分析的基础上，确定了由四个层面构成的项目布局结构，并按不同层面、不同项目进行分类管理，拓展了新的"金牌增长点"，取得了良好的效果。

第一层面：巩固和加强传统优势项目。包括乒乓球、羽毛球、跳水、举重、射击、体操、女子柔道等。对其的管理对策是：保证投入，挖掘潜力，扩大优势。从这类项目在第23～第28届奥运会获金牌数统计看（表4），成效是显著的。第23届获13枚，第25届获11枚，第26届获14枚，第27届获26枚。第28届获23枚，比第27届略有减少，一方面说明了世界各国在这些项目上的竞争越来越激烈，要保住1枚金牌已十分不容易；另一方面说明我国这些优势项目在上届奥运会获得的金牌比较饱和了，要增加1枚金牌也是十分不容易的。

表4　中国优势项目在历届奥运会获金牌数的比较

项目	第23届	第24届	第25届	第26届	第27届	第28届
体操	5	1	2	1	3	1
举重	4	0	0	2	5	5
跳水	1	2	3	3	5	6
乒乓		2	3	4	4	3
羽毛球				1	4	3
射击	3	0	2	2	3	4
柔道			1	1	2	1

第二层面：扩大潜优势项目的优势。所谓"潜优势项目"，是指我国曾在奥运会取得奖牌或其他国际大赛上取得较好成绩的项目。我国对该类项目的管理对策是：着眼长远，精心布局，科学规划，加大投入；以培养尖子选手为重点，促其尽快向金牌冲击，带动整个项目的发展，加速向优势项目的转化。该类项目在第28届奥运会上取得了重

大历史性突破，女子跆拳道比上届奥运会增加了 1 枚金牌，共获得 2 枚金牌，由潜优势项目转化为优势项目。女子摔跤实现金牌"零"的突破，进入潜优势项目。击剑在第 27 届奥运会获得了 1 银 1 铜，在第 28 届奥运会上虽然没有获得金牌，但获得了 3 枚银牌，已具有冲击金牌的实力。

第三层面：大力加强金牌多、影响大的奥运"金牌大户"项目，拓展新的"金牌增长点"。奥运会金牌数目达到 30 枚以上的项目，我们称之为奥运"金牌大户"项目，如田径、游泳、水上项目（含赛艇、皮划艇、帆船帆板）。其中田径、游泳是基础大项，普遍认为"得田径、游泳者，得天下"，在历届奥运会中美国是这两个基础大项的最大受益者。我国对这类项目的管理对策是：选择适合我国开展和有较好基础的小项目为重点，加强科研攻关、科学选材和科学训练，力争早日突破。我国在第 28 届奥运会上，这类项目取得了震惊中外的战果，田径首次突破连续三届只有 1 枚金牌的困境，增加了 1 枚分量非常重、影响非常大的、由我国年轻选手刘翔夺得的男子 110 米栏的金牌。水上项目我国双人划艇获得了 1 枚十分难得的金牌，实现了这个项目我国多年盼望的金牌"零"的突破。游泳项目也打破了近年来的"沉闷"局面，由罗雪娟获得了 1 枚来之不易的金牌。

第四层面：认真抓好群众基础好、观赏性强的足、篮、排等球类集体项目。其管理对策是：以女排、女足、女垒、女篮、女曲、女手等项目为重点，力争出现好成绩。我国女子排球队相隔 4 届奥运会，在第 28 届奥运会上重新夺回冠军，引起国内外的极大关注。特别是我国两位名不见经传的女网选手李婷、孙甜甜成为第 28 届奥运会的"黑马"，她们紧密配合夺得女双冠军，提早实现该项奥运会金牌"零"的突破。

在第 28 届奥运会我国获金牌的项目进一步扩大（表 5），证明我国运动技术水平的整体实力进一步增强。第 23 届奥运会上我国获金牌的项目只有 6 项，第 24 届 3 项，第 25 届 7 项，第 26、第 27 届均为 9 项。第 28 届增加到 13 项，新增加了女网、皮划艇、摔跤 3 项。

表 5 中国在历届奥运会获金牌项目统计

届数	项目	项目合计
23	体操 跳水 射击 击剑 女排 举重	6
24	体操 跳水 乒乓球	3
25	体操 跳水 乒乓球 射击 柔道 田径 游泳	7
26	体操 跳水 乒乓球 射击 柔道 田径 游泳 举重 羽毛球	9
27	体操 跳水 乒乓球 射击 柔道 田径 跆拳道 举重 羽毛球	9
28	体操 跳水 乒乓球 柔道 田径 跆拳道 举重 羽毛球 游泳 网球 女排 皮划艇 摔跤	13

（四）对运动员队伍建设实行系统布局，进行分层管理

一个国家或地区运动技术水平的提高，训练目标能否实现，最终都要靠运动员去落实。所以，如何加强运动员队伍建设，加速提高运动员的技术水平和竞争实力，便成为促进竞技体育进步的关键。

国家体委早在 1956 年制定和颁布了《青年业余体育学校章程》（草案）和《少年业余体育学校章程》（草案），仿照苏联模式建立了各级青少年业余体校，成为国家优秀运动员的主要人才资源培养和储备基地，至 1958 年 9 月，全国的青少年业余体校已达 1.6 万多所，在校学生达到 77 万多人。1963—1965 年逐步形成了一个从基层单位业余体校，到重点业余体校、中心业余体校和专业运动队的层层衔接的三级人才训练网络（简称"三级人才训练网"）。到 20 世纪 80 年代，"三级人才训练网" 进一步完善，分为初级、中级、高级，形似金字塔状（图 1）。

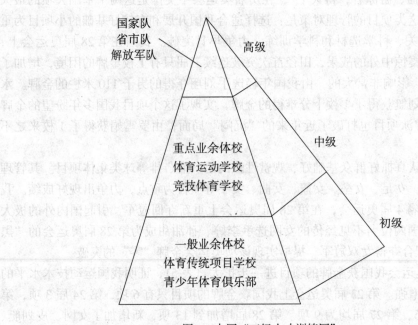

图 1　中国"三级人才训练网"

初级：包括基层单位建立的体育传统项目学校、一般青少年业余体校、青少年体育俱乐部，也包括近些年来民间或私人办的单项体育学校。

中级：地（市、州）一级办的重点业余体校、中专性质的体育运动学校，还包括某些体育院校办的附属竞技体校。

高级：包括国家队，省（区、市）优秀运动队和解放军体工队。目前高级层次的运动队已经突破由国家一家独办的单一模式，形成了行业、厂矿企业、高等院校、职业体育俱乐部等多家组建承办高水平运动队，拓展了竞技体育人才培养的路子。

"三级人才训练网"是一个目标明确、层层衔接的统一整体，然而，每一层面又有自己的目标任务，通过分层管理，下一层向上一层次输送人才，上一层对下一层次进行指导，使"三级人才训练网"的人才流动保持畅通。我国的优秀运动员、奥运选手基本上是通过这一人才训练网络培养出来的。"三级人才训练网"体系中关键在中级和初级，我国优秀运动队的后备人才就是放在这两个层次中进行培养和储备。近些年来，中国乒乓球等先进运动队在"三级人才训练网"的基础上，又采取一种新的训练形式和运行机制来加强后备人才的培养，取得了良好的效果。其做法是：国家队二队（即国家青年队）每年通过单项大赛和两次集训选拔赛，从中级和初级两个层次中选拔优秀苗子，原国家二队队员也参与选拔、公平竞争，这样做，可以保证把全国最优秀的苗子不断地选进国家青年队。根据中国乒乓球等运动队的经验，省（区、市）的优秀运动队同样可采用这种做法，以此类推，可以构建以下"人才链"培养模式（图2）。

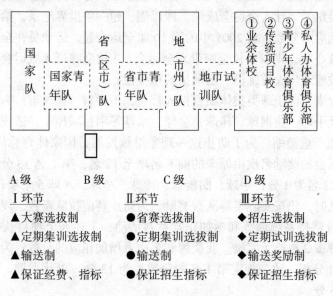

图2　运动项目人才培训层层衔接的"人才链"模式图

"人才链"共分为四级：A级（国家队）、B级（省区市队）、C级（地市州队）、D级（基层队）。级与级之间分别以国家青年队（Ⅰ环节）、省市青年队（Ⅱ环节）、地市试训队（Ⅲ环节）三个环节相衔接，每个衔接点上均要建立完善的运行机制，把上、下两级连接、扣紧，形成一个难以断开的人才链。在国家青年队这个衔接点上，要建立城运会、全国单项赛等大赛的选拔制度，定期由各省、区、市派运动员来进行集训的选拔制度，输送有发展潜力运动员的制度，国家保证指标、经费以及有关政策等，以保证A、B两级人才流动之畅通；在省市青年队衔接点上，要建立省级大赛的选拔制度，定期由各地市派运动员来进行集训的选拔制度，定期输送有发展潜力运动员的制度，政府保证指标、经费和输送奖励等政策，以保证B、C两级人才流动的畅通；在地市试训队衔接点上，要建立招生选拔制度、试训选拔制度和输送奖励制度，政府保证招生指标和有关奖励、升学的政策，以保证C、D两级的人才流动的畅通，这个衔接点是我国目前较薄弱的一个节点，正采取积极措施加以解决。

（五）贯彻"以人为本"思想，正确运用激励机制

竞技运动水平的提高，需要有一支综合素质高、训练经验丰富的教练员队伍，更需要有一批又一批的优秀运动员，当然还需要有大量事业心强、有创新能力的科研人员、管理人员。人是一切因素中最重要、最根本的因素，管理中必须重视人的因素，贯彻"以人为本"的思想，用激励机制调动广大运动员、教练员的积极性、主动性和创造性。

首先，通过竞赛杠杆，正确运用加分激励。在中国实施"奥运战略"的同时，各省（区、市）还有自己的区域战略，即所谓"全运会战略"。如果有的省（区、市）过分强

调自己的"全运会战略"，就会损害全国的"奥运战略"利益。为了防止这一不利倾向，国家体育总局规定，从 1997 年的第 8 届全运会起，运动员在全运会的上一届奥运会上获得的奖牌和分数，计入全运会成绩内；在全运会上创、超世界纪录，按金牌和相应的分数计入代表团总成绩；从 2001 年第 9 届全运会起，运动员在全运会的上一届奥运会上创、超的世界纪录，计入全运会成绩，即每创、超一项世界纪录，给其所在代表团加计 1 枚金牌和相应的分数；从 2005 年的第 10 届全运会起，运动员在全运会的上一届奥运会上获得 1 枚金牌，则以 2 枚金牌带入全运会、3 枚金牌带入城运会。以上措施大大激发了各省市政府及广大教练员、运动员的积极性。

一段时间以来，由于球类集体项目投入较大，不少省（区、市）为了缩短战线，把足、篮、排以及手球、曲棍球、棒球、垒球、水球等项目减掉了，造成这些项目在队训练的运动员人数严重萎缩。为了防止这一现象继续发展，国家体育总局规定，足、篮、排三大球在全运会的奖励名次由原来的前 8 名增至 12 名，第 1 名 13 分，第 2 名 11 分，以此类推，第 12 名为 1 分；手球、曲棍球、棒球、垒球、水球 5 个项目各奖励前 8 名，如参赛不足 8 队时，仍按实际参赛队数奖励。为防止赛前拉队凑数，规定组队时间必须是两年以上，且坚持系统训练和参加正常竞赛活动；上述 8 个项目获得的奖牌翻番计算，即 1 枚金牌按 2 枚给予奖励。获奖牌和名次者增加相应的分数；为了使单项、团队与集体项目的计分相一致，规定第 1 名的分数均为 13 分，以此类推。奖励前 8 名的项目，第 8 名为 5 分。

其次，运用物质激励。 在第 28 届奥运会获金牌的运动员，一般可以获得来自三个方面的奖励：

一是国家体育总局的奖励。每 1 枚金牌的奖励标准为 20 万元，比上一届（第 27 届）增加了 5 万元，比第 26、第 25 届均增加了 12 万元，比第 24 届增 18.5 万元，比第 23 届增加了 19.4 万元。

二是各省（区、市）政府和体育局的奖励。每 1 枚金牌的奖励标准，不同省市均不一样。

三是企业、社会团体的赞助和奖励。

以上的物质奖励，同样大大激励了运动员、教练员和各省（区、市）政府的积极性。

第三，运用荣誉激励。不少省（区、市）政府、体育局以及运动员、教练员所在单位，对获奖的运动员、教练员给予记功，授予荣誉称号，晋级，评为模范、先进分子等。这种精神上奖励的效果，并不比以上的激励方式差。

二、我国竞技体育管理实践中反映出的"重、难、新"问题

（一）重点问题

竞技体育管理中的重点问题，是指我国竞技体育管理实践中重大的、决定竞技体育管理发展方向的、根本性的问题。我们通过对收回的广东、山东、云南、新疆、大连等18 个省（市、区）及单列市主管竞技体育工作局长或竞技体育处处长的 22 份问卷统计，认为"非常重要"的比例达到 50%以上的问题如下。

- 反兴奋剂与规范管理；
- 后备人才的培养与管理；

- 竞技体育的可持续发展；
- 运动项目的合理布局；
- 教练员管理水平的提高；
- 运动员训练作风的培养；
- 竞技体育与教育、科技的结合；
- 竞技体育管理体制与运行机制的创新；
- 奥运战略与全运会体制关系的处理；
- 竞技体育资源配置与市场化。

(二) 难点问题

竞技体育管理中的难点问题，是指我国竞技体育管理实践中重要的、曾多次研究但都没有得到解决的问题。同样通过调查问卷统计，意见比较集中的、认为难以解决的主要问题如下。

- 竞技体育不正之风的规范与管理；
- 运动员的思想道德教育；
- 运动员的文化教育；
- 运动训练体制改革；
- 运动项目协会实体化；
- 竞技体育管理的运行机制；
- 反兴奋剂与规范管理；
- 竞技体育工作绩效的正确评价。

(三) 新问题

竞技体育管理中的新问题，是指我国竞技体育管理实践中新出现的、十分重要的并急需研究解决的问题。通过问卷调查统计，较为一致认为属于这类新出现的问题主要如下。

- 市场经济条件下举国体制的发展与创新；
- 竞技体育管理国际化；
- 现代训练基地的建立与管理；
- 运动员、教练员人才交流与管理；
- 外籍教练员的聘用与管理；
- 外籍运动员的选用与管理；
- 竞技体育竞赛表演市场的管理。

三、对"重、难、新"问题的分析及管理对策

我国竞技体育管理中当前反映出的重点问题、难点问题、新问题，互相关联、互有交叉，但又有类的区别。不同类型的问题，反映了不同的特点，因此，管理中采取的对策也应有所不同。

（一）对"重点问题"的分析与管理措施

1."重点问题"特点

10个重点问题，涉及竞技体育管理理论体系的基本内容，因此，它们构成了竞技体育管理理论体系的基本框架。其中，"概说"犹如给人的整体画了一个速描像，勾勒出竞技体育管理理论体系的概貌；"体制"（举国体制与激励机制）犹如人的大脑，是人体运动的动力之源；"要素管理"（即运动员、教练员的管理；运动项目、训练基地及科技服务管理）犹如人的四肢，不停地进行有力的运动；"后备人才培训与管理"犹如人的心脏，源源不断地为运动训练提供能源；"顽症"（即不正之风）犹如人体产生的废物，必须不断地把它们排出体外；"趋势"与"可持续发展"犹如人前进发展的走向。如果把这些问题都说清楚了，那么竞技体育管理理论体系也就弄清楚了。

2. 管理措施

首先，从整体上对10个重点问题进行全面分析，找出它们的内在联系，建立合理的理论结构体系。

其次，注意对不同类型的问题应采取不同的管理对策。例如，对于围绕运动训练的几个要素的管理，必须作为中心工作，常抓不懈，抓出成效；对于阻碍竞技体育工作正常进行、影响竞技体育目标实现的不正之风，必须坚决反对，严厉禁止，毫不手软；对于涉及竞技体育工作未来走向的问题，必须慎之又慎，要认真分析、认真论证，把准方向，正确决策，稳步前进。

第三，在对10个问题全面分析的基础上，应突出重点，加强管理。例如，对于涉及竞技体育工作动力和能量来源的问题，尤其要高度重视，要花大力气进行管理，并管出成效。

（二）对"难点问题"的分析与管理措施

1."难点问题"的特点

很明显，"难点问题"是属于"难啃的骨头"一类的问题。这类问题是长期来想解决但都未能解决的问题，有的属于重大的、必须解决的问题；有的虽然不属非常重要的问题，但是它已成为正常工作开展的"拦路虎"，不解决不行了。例如，反兴奋剂问题，反大型赛事中的制假、黑哨、执裁不公问题，总是有少数人敢于铤而走险，屡禁不止。

2. 管理措施

对于"难点问题"采取常规的管理对策，显然是不行的。必须更换观念，采取超常措施，进行创新管理才能奏效。有些问题，如运动员的文化教育问题、运动项目协会实体化问题、运动训练体制改革问题等，需要进行专题调查、科学分析，探索出解决问题的新途径。例如，某省前两年在基层业余训练受冲击、呈萎缩时，开展了全面的专题调查，发现该省的业余训练遇到了十大难题：招生受阻，训练受困，经费奇缺，急于求成，选材无序，输送时间无序，输送指标无序，输送手续不严，输送奖励难兑现，安置太难。造成这种局面的原因是：三级人才训练网衔接不畅，体教结合不紧，运行机制不灵，资金紧缺，教练不足。他们采取的管理措施是：坚持和完善举国体制，保证三级人才训练网畅通，加强体教结合，重视教练员和运动员队伍建设，充分运用激励机制等。

（三）对"新问题"的分析与管理措施

1."新问题"的特点

新问题是指近年来新产生的问题，一般是因为经济体制转型和竞技体育国际化而造成的。例如，市场经济条件下举国体制的发展与创新，外籍教练、外籍运动员的管理，竞技体育管理国际化等。对于这一类问题，没有现成的经验可以借鉴。

2. 管理措施

由于这些新问题至今没有现成的解决办法，只有靠我们大胆地去试验、去探索，可以借鉴国内、国外的先进经验，但其基点应放在自力更生上。要认真地调查研究，大胆地设想，敢于"摸着石头过河"，探索一条新路子，创造一种新方法。

四、探索具有我国特色、针对性强的竞技体育管理理论体系

竞技体育管理理论体系的建立，是指导竞技体育实践的需要，也是提高我国竞技体育水平、促进我国竞技体育事业发展的需要。

首先，科学管理是管理理论正确指导实践的结果。认识论告诉我们，理论来源于实践，实践是第一性的，认识、理论是第二性的；同时，理论还必须回到实践，接受实践的检验，经实践检验证明是正确的理论，它会反过来指导实践，从而推动事物的发展，竞技体育管理理论产生于竞技体育管理实践，反过来它又指导竞技体育管理实践，从而推动竞技体育事业的发展，促进竞技体育水平的提高。随着社会的进步，体育事业的发展，我国竞技体育得到了快速发展，但是竞技体育管理实践中显现出来的矛盾和问题也越来越多。有些问题我们有了一定的认识，但有些问题我们还没有很好地认识，或者还没有认识。我们对竞技体育能否实施科学管理，管理水平能否达到较高的境地，则取决于我们对竞技体育管理理论认识的深度和广度。我们对竞技体育管理理论认识越深刻、越广泛，对竞技体育实施的管理将会更科学、更有力。

其次，竞技体育管理的科学化，不仅取决于训练科学化、竞赛科学化，更取决于管理科学化。有人说："竞技体育是现代科学技术的窗口"，这是正确的。今天的竞技体育，科学技术含量越来越高，它综合、融入了众多学科的研究成果。竞技体育水平的高度发展和竞技体育多元功能的充分发挥，其影响的力度和范围，已远远超出了体育的范畴。一个国家或地区的竞技体育实力和发展水平，从一个侧面反映了它的综合国力状况。众所周知，竞技体育水平的提高，离不开训练理论和竞赛理论的指导，认识这一点是十分重要的。反映和概括运动训练规律和方法的运动训练学，在指导和推进运动训练科学化上，发挥了重要作用；同样，反映和概括运动竞赛规律和方法的运动竞赛学，在指导和推进运动竞赛科学化上，也发挥了重要作用。但是，仅仅认识这一点还是不够的，竞技体育水平的提高，同样离不开竞技体育管理理论的指导，反映和概括竞技体育管理活动规律和方法的竞技体育管理理论，在指导和推进竞技体育管理科学化上，具有同样重要、甚至范围还会更宽的作用。对竞技体育的科学管理，不仅不会影响和限制训练理论与竞赛理论作用的发挥，相反还会推进和强化这些理论作用的发挥。综合、协调多种学科理论作用的发挥，整合、优化人、财、物、信息等多种资源的合理配置，正是管理科学的优势和特长。科学管理可以扩大系统的功能，系统理论有一句经典的结论："整体大于各孤立部分的总和"，"整体"之所以能够"大于各孤立部分的总和"，是因

为系统诸要素构成有机整体后，便具有其要素在孤立状态中没有的新质，如新的特性、新的功能、新的行为等，从而使系统的功能放大。系统的规模越大，结构越复杂，这种"放大的功能"就可能越大。这就是有名的"整体效应"观点，它是系统科学的一般思想原则，也是管理科学中系统原理的理论基础。

将要建立的"竞技体育管理理论体系"是一个什么样的理论体系？我们认为必须符合以下原则：第一，在注意吸取国外先进经验的基础上，具有中国的鲜明特色；第二，在注意吸取、借鉴其他学科经验的基础上，具有本学科自己的鲜明特色；第三，当前竞技体育管理实践中反映出来的"重点问题"，作为本理论体系的主体内容，成为本理论体系的基本框架；第四，当前竞技体育管理实践中反映出来的"难点问题"，作为本理论体系的重点内容，并作详尽的分析和论证；第五，当前竞技体育管理实践中反映出来的"新问题"，作为本理论体系的创新点，进行充分的论证和大胆的探索。根据以上原则，"竞技体育管理理论体系"由以下 10 部分内容构成。

第一部分　竞技体育管理概说：概念、资源、理论、意义

一、竞技体育管理概念

讲清三个基本概念，即（一）管理；（二）体育管理；（三）竞技体育管理。

二、竞技体育管理资源

主要包括（一）竞技体育管理因素；（二）竞技体育资源及其合理配置。

三、竞技体育管理基本理论

主要包括（一）竞技体育管理的职能；（二）竞技体育管理的原理；（三）竞技体育管理的方法。

四、竞技体育管理的意义

（一）实现奥运争光计划的基本保证；（二）调动教练员、运动员、科研人员积极性的基本途径；（三）提高竞技体育管理效益的基本出路。

第二部分　竞技体育管理的中国特色：举国体制

一、举国体制的概念

主要弄清：（一）举国体制的由来；（二）举国体制的内涵。

二、中国竞技体育举国体制的特色

其特色主要是：（一）全国竞技体育资源易于整合；（二）中央与地方的积极性便于集中；（三）有限的资源可以办大事。

三、举国体制与奥运战略

必须明确的是：（一）奥运战略及其意义；（二）奥运战略与全运会体制；（三）

举国体制是实现奥运战略目标的根本保证。

四、中国举国体制的未来走向

（一）中国举国体制未来的三个不同走向：举国体制继续加强；举国体制必须改革；举国体制不能适用。（二）中国举国体制必须适应市场经济体制发展的需要。

第三部分　竞技体育管理的能量之源：后备人才的培训与管理

一、竞技体育后备人才管理

弄清竞技体育后备人才的概念、对其管理的意义及体系：（一）竞技体育后备人才；（二）竞技体育后备人才管理的意义；（三）竞技体育后备人才管理体系。

二、我国竞技体育后备人才的培训

其现状是：（一）我国竞技体育后备人才培训的成效；（二）我国竞技体育后备人才培训存在的问题；（三）我国竞技体育后备人才的培训体系。

三、我国竞技体育后备人才培训与管理的改革

应明确：（一）我国竞技体育后备人才培训与管理问题的症结；（二）我国竞技体育后备人才培训与管理的改革措施。

第四部分　竞技体育管理的运行机制：竞争、激励、约束

一、管理体制与运行机制

（一）管理体制；（二）运行机制。

二、竞技体育管理的竞争机制

（一）竞争机制的概念；（二）竞争机制的运用。

三、竞技体育管理的激励机制

（一）激励机制的概念；（二）激励机制的运用。

四、竞技体育管理的约束机制

（一）约束机制的概念；（二）约束机制的运用。

第五部分　运动训练管理的主体：运动员的管理

一、运动员管理概念

弄清运动员管理的三个问题：（一）运动员管理的含义；（二）运动员管理的内容；（三）运动员管理的意义。

二、运动员的科学管理

针对运动员管理中常出现的问题，进行以下几方面的管理：（一）运动员的思想政治教育；（二）运动员的训练作风培养；（三）运动员的文化教育管理；（四）运动员的生活管理。

三、运动员的职业教育

主要明确以下几个问题：（一）竞技体育与教育的结合是历史发展的必然；（二）运动员职业教育的形式与途径；（三）运动员的安置必须与职业教育相结合。

第六部分 运动训练管理的主导：教练员的管理

一、教练员管理概念

主要明确：（一）教练员管理的含义；（二）教练员管理的内容；（三）教练员管理的意义。

二、教练员的管理

针对教练员管理中常出现的问题，进行以下几方面的管理：（一）教练员的思想政治教育；（二）教练员的选聘；（三）教练员的使用；（四）教练员的培训；（五）教练员的考评。

第七部分 竞技体育科技服务的管理

一、竞技体育的科技服务

明确几个基本概念：（一）科技服务概念；（二）"科技兴体"方针；（三）"科、训一体化"。

二、竞技体育的科技服务管理

需要弄清：（一）竞技体育科技服务的条件保证；（二）竞技体育科技服务管理体系；（三）竞技体育科技服务的科学管理。

第八部分 竞技体育的运动项目布局与现代训练基地的管理

一、竞技体育的运动项目布局

弄清以下几方面的管理：（一）竞技体育运动项目布局的必要性；（二）我国竞技体育运动项目布局的合理结构；（三）竞技体育运动项目布局的分层管理。

二、现代训练基地的管理

弄清以下几方面的管理：（一）现代训练基地管理的重要意义；（二）现代训练基地的合理布局；（三）现代训练基地的科学管理。

第九部分　竞技体育管理中的"顽症"：兴奋剂、制假、竞赛不公

一、竞技体育管理中的兴奋剂问题

必须弄清：（一）兴奋剂问题的严重性；（二）严禁兴奋剂的管理措施。

二、竞技体育管理中的制假问题

必须弄清：（一）制假问题的严重性；（二）我国竞技体育制假问题产生的原因；（三）制止竞技体育制假问题的管理措施。

三、竞技体育管理中的竞赛不公问题

必须弄清：（一）竞赛不公问题的严重性；（二）我国竞技体育竞赛不公问题产生的原因；（三）制止竞技体育竞赛不公问题的管理措施。

第十部分　竞技体育发展趋势与管理对策

一、竞技体育的职业化及其管理对策

需要明确的是：（一）竞技体育的职业化趋势；（二）竞技体育职业化的管理对策。

二、竞技体育的社会化及其管理对策

需要明确的是：（一）竞技体育的社会化；（二）竞技体育社会化的管理对策。

三、竞技体育的商业化及其管理对策

需要明确的是：（一）竞技体育的商业化；（二）竞技体育商业化的管理对策。

四、竞技体育的国际化及其管理对策

需要明确的是：（一）竞技体育的国际化；（二）竞技体育国际化的管理对策。

五、中国竞技体育的可持续发展问题

（项目编号：528ss03037）

北京奥运会后我国竞技体育的可持续发展战略研究

李宗浩　叶加宝　张　欣　金宗强

王春香　张运亮　杨晓晨

从 1984 年洛杉矶奥运会短短的二十几年里,中国竞技体育取得了举世瞩目的辉煌成就，创造了世界竞技体育史上的奇迹,更是得到了党和人民群众的高度赞誉和肯定。那么,取得这一成绩有哪些成功的经验? 需要我们进行总结梳理,同时随着时代的变迁,面对国内外政治、经济环境的变化与竞技体育自身的发展,我们的成功经验必然存在一定的历史局限性,这便需要我们未雨绸缪,针对局限性提出创新性的发展思路,特别是针对北京奥运会后如何实现我国竞技体育的可持续发展,为新时期构建和谐体育贡献一剂良方。

一、20 世纪 80 年代以来我国竞技体育发展的成功经验

(一) 制定符合国情的正确的发展战略

20 世纪 80 年代以来的实践证明,科学地决策与制定符合中国国情的体育发展战略,对我国竞技体育保持健康高速发展具有决定性意义。二十多年来, 我国竞技体育先后历经了 80 年代中期的竞技体育优先发展战略 (赶超战略) , 到 90 年代中期的协调发展战略, 再到 20 世纪末开始规划实施中的可持续发展战略, 不同阶段的发展战略符合我国的实际国情, 有效推动了中国竞技体育的蓬勃发展。

中国竞技体育发展战略的演变是在国际国内社会、经济、文化的宏观环境中, 在中国体育系统的中观环境以及中国竞技体育的微观环境中不断发展变化的。我国体育发展战略的演变与调整是适应世界体育发展、积极参与国际竞争的应变之举。中国当代竞技体育与国家政治、经济、社会有着广泛的、密不可分的联系, 竞技体育自身的改革与发展是竞技体育发展战略演变的内因和根据, 同时竞技体育发展战略又推动着我国竞技体育的改革与发展。因此, 根据我国的实际国情, 制定正确的竞技体育发展战略, 对促进我国竞技体育的可持续发展具有重要意义。

而 2008 年奥运会后, 面临的一系列问题, 如竞技系统内部客观上存在着不同运动项目的结构问题, 存在着不同运动项目的内在价值和影响程度不一样的问题, 存在着如何正确处理奥运会金牌的数量与质量关系问题, 存在着夏、冬季奥运会竞技体育项目协调发展的问题, 等等, 面对这些问题, 以及肩负的构建和谐体育的新的历史任务, 迫使我们理性地分析我国竞技体育目前所取得的成绩, 更不能忽视眼下竞技体育所存在的诸多影响新时期和谐体育建设的现实问题, 只有拿出与 21 世纪中国改革发展大趋势及世界体育发展潮流相适应的赋予新内涵的可持续发展战略, 才能使我国竞技体育这艘航空母舰平稳而高速地驶向未来。

（二）发挥"举国体制"的优势

从 1979 年 11 月国际奥委会正式宣布恢复中国奥林匹克代表权那一刻起到 20 世纪末，中国只用了不到 20 年的时间，便完成了由体育"第三世界"跻身于奥运三强的伟业。这一让发展中国家望尘、让发达国家汗颜和让奥运强国震撼的成功跨越，依托于我国"举国体制"的强力支撑。

我国竞技体育的"举国体制"，从本质上来说是社会主义制度优越性在竞技体育上的集中体现。其运作模式就是袁伟民同志所说的"发挥社会主义能集中力量办大事的优越性，利用我国土地辽阔、人口众多的特点，把丰富的体育资源挖掘出来、充分选用起来，通过竞争和协同，提高我国竞技体育的综合实力，到国际赛场为国争光"。（《在 2001 年全国体育局长会议上的讲话》）。早在 1980 年初举行的全国体育工作会议上，《关于 30 年体育工作基本经验教训》的总结报告中就指出，在"我们国家现在还穷，不可能拿出更多的钱来发展体育事业"的条件下，一方面，"在制定体育发展计划时，必须从实际出发"；但另一方面，"在我国，体育纳入国家计划，能够运用社会主义制度的优越性，实行集中统一的领导，调动各个地方和各个方面的积极性，按比例、有重点地分配财力、物力。这样就能在经济比较落后的情况下，使体育上得快一些。"这实际就是我国高水平竞技发展的所依托的"举国体制"的认识依据和制度依据。

在这样的认识基础上，以 1986 年 4 月 15 日国家体委《关于体育体制改革的决定（草案）》出台为标志，我国竞技体育的"举国体制"开始走向制度化，形成了一套具有中国特色的高水平竞技训练竞赛体制和运行体系。其特点是运用社会主义制度集中力量办大事的原则，有效地运用有限的国家资金，优先发展高水平竞技，加强县市业余体校、省级专业队与国家集训队三级"一条龙"培养训练体系，完善具有中国特色的专业体工队训练体制和"全运会"竞赛体制，按"思想一盘棋，组织一条龙，训练一贯制"的原则，加强领导，突出重点，调整布局，强化竞争，以实现"国内练兵，一致对外"。

回顾 80 年代以来中国竞技体育的辉煌成就，再比较世界上其他发展中国家、发达国家以及奥运强国竞技体育发展的水平和速度，事实证明，在我国经济尚处于整体不发达的背景下，依靠社会主义特有的制度优势，制定以"举国体制"条件下的竞技体育发展战略，将有限的人力、财力、物力优先集中发展高水平竞技，在奥运会等重大国际赛事中夺取奖牌，从而振奋民族精神，树立社会主义中国的国际形象，带动整个体育事业的全面发展，是符合我国国情和当代体育运动发展规律的。

尽管在我国计划经济向市场经济接轨的过程中，竞技体育的"举国体制"在运行中必然遇到不少新的问题，这需要通过改革来解决、调整和完善，并在创新中得到发展。

（三）坚持科学训练

当今世界科学技术突飞猛进,给人类社会带来了广泛而深刻的影响。现代科学技术的发展渗透到包括体育在内的人类社会生活的方方面面,为我们认识世界和改造世界提供了巨大的动力。现代的竞技体育已不再是靠经验和体能开发取胜,而是在生理学家、心理学家、营养学家、生物学家、材料学家、运动训练学家等的共同努力下,依靠科技的力量不断增加运动训练的科技含量,改进器材、设备,加强科学管理才能取胜。科技在竞技体育中被广泛应用,成为竞技体育发展的不可缺少的手段和强大的推动力。如今,科技攻关和科技服务已经成为当代竞技体育的一个有机组成部分。

"科技是第一生产力"，竞技体育的科技含量的多少决定了竞技水平的高低。技术创新是竞技体育的灵魂和不竭动力,也是竞技体育永葆生机的源泉。二十多年来我国竞技体育之所以能够在较短时间内获得历史性的飞跃,源于将坚持科学精神、实行科学训练、开展技术创新、坚决反对兴奋剂的原则始终坚定不移地贯穿于整个发展过程中。从1984年召开的全国体育科技工作会议明确提出体育振兴要靠科学技术进步,体育科学技术必须面向体育运动的发展的方针,并建立和健全体育科技组织,到《体育科学技术进步奖励条例》（1985）、《体育科学技术进步奖的奖励范围和评审标准实施细则（试行）》（1985）、《体育科学技术研究成果管理条例》（1987）、《体育科学技术研究课题管理条例》（1987）、《国家体委关于进一步深化体育科技体制改革的意见》（1995）等条例文件的下发落实,再到2005年"备战2008奥运会暨2005冬训动员会"上,刘鹏局长和段世杰副局长再次强调"三从一大"训练原则在竞技体育认识与实践中的重要地位与作用,诸多举措体现出我国对竞技体育科学训练的高度重视。正是一系列强有力的措施下,我国竞技体育管理层和教练员的科技素质有了较大的提高,越来越多的科研成果转化到训练比赛中,训练和比赛中的科学技术含量有明显提高,为我们在奥运会以及其他重大国际赛事中夺取优异成绩提供了强有力的技术保障。

《史康成在全国体育科技反兴奋剂会议上的报告》中,为我国备战雅典奥运会科技工作总结了六条主要经验：（1）坚持科技工作必须面向运动训练主战场的实践导向,加强制度创新,不断改革和完善科研管理方式。（2）坚持以改革为动力,有力促进了备战雅典奥运会科技工作。（3）坚持以训练监控为重点,加强科技服务体系建设,切实做好科技服务工作。（4）坚持科技创新,组织科研攻关,着力解决训练中的关键和难点问题。（5）坚持发挥举国体制的优势,广泛动员各方面力量,做好备战科技工作。（6）坚持反兴奋剂"三严"方针。

毋庸置疑,对科学训练认识的不断深入与诸多措施的落实促进了中国竞技体育的腾飞,但我们必须清醒地看到,原有的粗放型训练在我国竞技体育发展初期收到了较好的效果,但随着经济的发展和社会的进步,我们今后要从提高训练效益的角度出发,向集约型训练转变。同时竞技体育训练与竞赛是一个复杂的系统工程,必须进一步完善和建立包括训练、科研、教育、医疗、营养等在内的综合保障服务体系。

二、北京奥运会后我国竞技体育的功能分析和价值准则

（一）北京奥运会后我国竞技体育的功能分析

竞技体育功能是指竞技体育作为一种文化在满足社会及人的需要时所起的作用。竞技体育只要在社会上存在着,它就必然会发挥其相应的功能。从某种意义上讲,人们对竞技体育功能的价值取向决定着一个地区和国家竞技体育发展模式、战略重点和对策措施。因此,认识竞技体育对社会发展、人民生活的重要价值,从而更有效、更自觉地发挥竞技体育的多元功能,对于完善和丰富竞技体育理论体系,保证我国体育事业在"后奥运时代"健康、持续、快速地向前发展具有重大的理论与实践意义。但是,社会本身是一个不断发展变化的动态系统,植根于社会之中的竞技体育及其功能也必然不断变化和发展。

考察世界各国竞技体育发展过程，我们可以了解到一种十分独特的现象，那就是在世界各国普遍重视、加强本国竞技体育的同时，由于社会制度的差异、社会形态的不同，当竞技体育与特定的社会历史时期相联系时，其功能有所不同或侧重，甚至是超常规性发展。如日本在二次大战后认识到竞技体育在振奋民族精神、提高民族威望的政治功能的巨大作用时，其政府大力发展竞技体育，通过主办东京奥运会及在东京奥运会上取得金牌第四的成绩，一举改变了国际形象，迎来了日本竞技体育发展的高潮（1964—1988 年），同时也掀起了群众体育的发展高潮。韩国自 1986 年和 1988 年承办亚运会和奥运会后，运动成绩由过去的名不见经传一跃进入第二集团，取得社会、经济、运动成绩三重效益。见到成效的韩国政府于世纪之交又掀起了第二次承办大赛高潮，截至 2002 年，举办了世界大学生运动会、东亚运动会、亚冬会、足球世界杯、亚运会等几乎所有世界和亚洲的高水平赛事。通过频繁举办世界级大赛，促使本国的竞技体育始终保持在高水平，仅有 4000 万人口的韩国成绩始终列世界前 10 名和第二集团。

新中国成立初期，由于受当时的国际气候与国内环境的影响，其主导价值观念强调政治行为、政治秩序的重要，全社会都注重政治行为，政治需求成为我国各项工作的主要导向，竞技体育也不例外地将为国家政治服务作为根本目的。竞技体育的首要任务是在竞技赛场上拿金牌，争第一、为国家赢得威望，在国际社会主义与资本主义两大阵营对抗中做出自己的贡献。因此，竞技体育为国争光的政治功能被突出，而其他功能被淡化甚至摒弃，造成竞技体育单一功能的局面。这种以为国争光为主导价值取向的观念和行为与当时占主导地位的政治需求是一致的。但是，在"后奥运时代"，随着我国经济体制改革进程的深入，人民的生活水平的显著提高，社会环境发生了巨大变化，特别是当前国际政治气氛逐渐宽松，社会倡导经济目标，经济需求成为社会行为的主导，势必对竞技体育功能与作用的认识产生重要影响，长期以来以政治需求为主导的价值取向发生了重大变化。显然，依旧按照传统的观念和以政治功能为主的价值取向去发展我国的竞技体育，不仅与已发生深刻变化的社会环境和因素不相适应，也与世界日益重视开发和利用竞技体育多元功能的发展趋势相悖。

我们必须承认，中国竞技体育在过去的几十年来，很好地发挥了政治功能，振奋了民族精神，奠定了东方大国的国际地位；且近年来通过竞技表演业、体育器材制造业、健身娱乐业等不同领域体育产业的发展，在一定程度上发挥了促进经济发展的功能。然而必须看到，我国竞技体育的功能开发还远远不够，难以满足"后奥运时代"构建和谐体育的需要。因为和谐体育的一个突出特点就是拓展体育的多元功能，以满足人们日益增长的多元需求。首先是功能领域不够，其功能应表现出政治功能、经济功能、推动普及功能、教育功能、娱乐功能、促进个体社会化功能、军事功能、健身功能等多元化；其次开发力度不够，与国外体育产业的发展水平相比，我们尚存在较大差距。因此，在"后奥运时代"我们必须吸取日本等国家的经验教训，正确认识和深刻理解竞技体育多元功能及各功能之间的辩证关系。突破长期以来形成的竞技体育单一功能的传统观念和行为模式，正确认识竞技体育在社会发展、经济建设、文化生活、人的发展等多方面的作用，以及竞技体育在整个体育事业发展、推动群众体育的普及、加快体育产业进程等方面的作用与地位。

从我们对大众关于竞技体育功能认知状况的调研结果来看，目前我国大众对于竞技体育功能的认知呈现多元化的特点，认为竞技体育对人与社会应该具有多方面的功能。见表1。

表1　大众关于竞技体育功能的认知状况（n=731）

竞技体育的功能	认知得分	排序
激发爱国主义精神	7.65	1
增强民族自豪感	7.60	2
激发拼搏进取精神	7.47	3
促进经济社会发展	6.95	4
促进和谐社会建设	6.69	5
陶冶情操，满足欣赏需要	6.88	7
加强人际交往	6.58	6
有利于人们排解不良心绪	6.44	8

针对被调查者对竞技体育功能认识程度从性别、年龄、文化程度、职业、居住地、月收入6个指标，运用SPSS15.0加以统计分析，以期分析对竞技体育功能认知重要程度之间是否有显著性差异。

1. 竞技体育可以激发爱国主义精神

表2　不同人群对竞技体育可以激发爱国主义精神的认知

性别	X±S	T值	P值
男	7.61 ± 1.98	1.654	0.001
女	7.71 ± 1.72		

表3　不同人群对竞技体育可以激发爱国主义精神的认知

年龄（岁）	X±S	F值	P值	多重比较
30以下	7.53 ± 2.08			
31～40	7.89 ± 1.53			
41～50	7.75 ± 1.66	0.856	0.490	
51～60	7.52 ± 1.97			
60以上	7.96 ± 1.63			

表4　不同人群对竞技体育可以激发爱国主义精神的认知

序号	文化	X±S	F值	P值	多重比较
1	小学	8.56 ± 0.83			
2	中学	7.34 ± 2.27	3.932	0.020	2/3
3	大学	7.68 ± 1.78			

表 5　不同人群对竞技体育可以激发爱国主义精神的认知

序号	职业	X ± S	F 值	P 值	多重比较
1	学生	7.53 ± 2.14			
2	农民	7.71 ± 1.58			
3	国有企业	7.80 ± 1.61			2/1　2/3　2/8
4	非国有	7.43 ± 2.01	3.088	0.002	2/4　2/7　2/6　2/5
5	教师	8.00 ± 1.35			
6	个体经营	7.91 ± 1.34			
7	管理人员	7.63 ± 1.67			
8	军人	7.56 ± 2.15			

表 6　不同人群对竞技体育可以激发爱国主义精神的认知

居住地	X ± S	F 值	P 值	多重比较
城市	7.65 ± 1.87	14.037	0.000	
农村	7.69 ± 2.01			

表 7　不同人群对竞技体育可以激发爱国主义精神的认知

月收入（元）	X ± S	F 值	P 值	多重比较
1000 以下	7.54 ± 2.07			
1000～2999	7.79 ± 1.57	0.600	0.730	
3000 以上	7.71 ± 1.93			

从以上统计数据很容易看出，在对竞技体育可以激发爱国主义精神在月收入和年龄上没有显著性差异，而在性别、职业、居住地、文化方面存在显著性差异。结果表明不管年龄大小、收入多少，通过观看竞技体育比赛都可以激发群众的爱国热情，振奋民族精神，增强凝聚力。然而在性别、文化、居住地上，爱国主义的精神与文化程度在一定程度上呈正相关，同时城市大于农村。在职业方面，主要是农民和其他职业存在显著性差异，究其原因，无非是农民所受的教育程度相对较少，对体育了解的渠道相对比较狭窄，同时农民在社会一个特殊的地位，使他们侧重于追求物质生活，对精神生活的追求欲望不强，必然导致与其他职业的群众对体育的功能理解有偏差。

2. 竞技体育可以增强民族自豪感

表 8　不同人群对竞技体育可以增强民族自豪感的认知

性别	X ± S	T 值	P 值
男	7.63 ± 1.96	1.763	0.006
女	7.57 ± 1.80		

表 9　不同人群对竞技体育可以增强民族自豪感的认知

序号	年龄（岁）	X ± S	F 值	P 值	多重比较
1	30 以下	7.55 ± 2.01			
2	31 ~ 40	7.89 ± 1.69			
3	41 ~ 50	7.60 ± 1.72	3.313	0.011	1/4 2/4 3/4
4	51 ~ 60	7.32 ± 2.07			
5	60 以上	7.70 ± 2.07			

表 10　不同人群对竞技体育可以增强民族自豪感的认知

序号	文化	X ± S	F 值	P 值	多重比较
1	小学	8.49 ± 0.70			
2	中学	7.33 ± 2.18	9.918	0.000	1/2 1/3 2/3
3	大学	7.62 ± 1.84			

表 11　不同人群对竞技体育可以增强民族自豪感的认知

序号	职业	X ± S	F 值	P 值	多重比较
1	学生	7.52 ± 2.09			
2	农民	7.86 ± 1.39			
3	国有企业	7.80 ± 1.79			2/1 2/3 2/8
4	非国有	7.27 ± 1.88	4.716	0.000	2/4 2/7 2/6 2/5
5	教师	7.61 ± 1.78			
6	个体经营	7.88 ± 1.25			
7	管理人员	7.67 ± 1.76			
8	军人	7.44 ± 2.15			

表 12　不同人群对竞技体育可以增强民族自豪感的认知

居住地	X ± S	F 值	P 值	多重比较
城市	7.62 ± 1.86	15.465	0.000	
农村	7.50 ± 2.16			

表 13　不同人群对竞技体育可以增强民族自豪感的认知

月收入（元）	X ± S	F 值	P 值	多重比较
1000 以下	7.55 ± 2.07			
1000 ~ 2999	7.70 ± 1.66	0.730	0.626	
3000 以上	7.53 ± 2.10			

　　从以上统计数据看出，对竞技体育可以增强民族自豪感方面，除了在月收入上没有明显差异外，其他方面都存在显著差异。在性别、居住地、文化上，文化程度越高，对增强民族自豪感的意识更强，在一定程度上，男性高与女性，城市高与农村。在年龄上，主要是 30 岁以下，31 ~ 40、41 ~ 50 这三个年龄与 51 ~ 60 存在显著性，根据调查结果，51 岁以上的被调查者对竞技体育可以增强民族自豪感的选择率是相对较高，在职业上，主要是农民与学生、军人、国有企业职工等职业之间存在差异，究其原因，无非还是农民，中国一个特殊的职业，他的特殊身份决定他的意识范围，对体育的认识和

理解也局限在某个范围，导致与其他职业对体育功能的认识有差异。

3. 竞技体育可以激发拼搏进取精神

表 14 不同人群对竞技体育可以激发拼搏进取精神的认知

性别	X ± S	T 值	P 值
男	7.58 ± 1.85	2.665	0.000
女	7.31 ± 1.98		

表 15 不同人群对竞技体育可以激发拼搏进取精神的认知

序号	年龄（岁）	X ± S	F 值	P 值	多重比较
1	30 以下	7.42 ± 1.91	4.35	0.04	1/4 2/4 3/4
2	31～40	8.23 ± 1.30			
3	41～50	7.23 ± 1.97			
4	51～60	7.39 ± 2.18			
5	60 以上	7.70 ± 2.11			

表 16 不同人群对竞技体育可以激发拼搏进取精神的认知

序号	文化	X ± S	F 值	P 值	多重比较
1	小学	8.46 ± 0.77	7.526	0.001	1/2 1/3 2/3
2	中学	7.30 ± 2.13			
3	大学	7.45 ± 1.87			

表 17 不同人群对竞技体育可以激发拼搏进取精神的认知

序号	职业	X ± S	F 值	P 值	多重比较
1	学生	7.42 ± 1.95	5.362	0.000	2/1 2/3 2/8 2/4 2/7 2/6 2/5
2	农民	7.61 ± 1.63			
3	国有企业	8.20 ± 1.33			
4	非国有	6.82 ± 2.32			
5	教师	7.51 ± 1.62			
6	个体经营	7.34 ± 1.84			
7	管理人员	7.30 ± 1.89			
8	军人	7.50 ± 2.09			

表 18 不同人群对竞技体育可以激发拼搏进取精神的认知

居住地	X ± S	F 值	P 值	多重比较
城市	7.48 ± 1.87	20.396	0.000	
农村	7.40 ± 2.21			

表 19 不同人群对竞技体育可以激发拼搏进取精神的认知

月收入（元）	X ± S	F 值	P 值	多重比较
1000 以下	7.42 ± 1.91	0.561	0.761	
1000～2999	7.58 ± 1.80			
3000 以上	7.35 ± 2.18			

从以上统计数据可以看出，竞技体育可以激发拼搏进取精神除了在月收入上不存在明显差距外，其他方面都存在差异。在年龄上，主要是 30 岁以下，31～40 岁、41～50 岁这三个年龄与 51～60 岁之间存在显著性，根据调查结果显示，30 岁以下，31～50 岁的被调查者更侧重欣赏竞技体育的拼搏进取精神，在观看比赛的同时，无意间给自己的生活和工作带来动力，让未来充满信心。在文化和居住地方面，小学和大学之间的差异由于教育程度不同，差异较显著，同时，城市高于农村。在职业上，依然是农民与其他职业之间，由于农民所处的地位，精神生活不够丰富，缺乏对体育的更深层次的了解，导致存在显著差异。

4. 竞技体育功能可以促进经济社会发展

表 20　不同人群对竞技体育可以促进经济社会发展的认知

性别	X ± S	T 值	P 值
男	6.93 ± 2.04	1.873	0.11
女	6.98 ± 1.96		

表 21　不同人群对竞技体育可以促进经济社会发展的认知

序号	年龄（岁）	X ± S	F 值	P 值	多重比较
1	30 以下	6.80 ± 2.07			
2	31～40	7.37 ± 1.82			
3	41～50	6.90 ± 2.01	2.924	0.020	1/4 2/1 3/4
4	51～60	7.42 ± 1.91			
5	60 以上	7.39 ± 1.47			

表 22　不同人群对竞技体育可以促进经济社会发展的认知

序号	文化	X ± S	F 值	P 值	多重比较
1	小学	8.17 ± 1.01			
2	中学	6.73 ± 2.15	11.242	0.000	1/2 1/3 2/3
3	大学	6.92 ± 2.14			

表 23　不同人群对竞技体育可以促进经济社会发展的认知

序号	职业	X ± S	F 值	P 值	多重比较
1	学生	6.87 ± 2.06			
2	农民	6.80 ± 2.05			
3	国有企业	7.23 ± 1.88			
4	非国有	6.88 ± 2.12	5.909	0.000	2/1 2/3 2/8
5	教师	7.19 ± 2.01			2/4 2/7 2/6 2/5
6	个体经营	6.93 ± 1.81			
7	管理人员	6.74 ± 2.05			
8	军人	6.75 ± 2.05			

表 24　不同人群对竞技体育可以促进经济社会发展的认知

居住地	X ± S	F 值	P 值	多重比较
城市	6.93 ± 2.02	28.356	0.000	1/2
农村	7.08 ± 1.95			

表 25　不同人群对竞技体育可以促进经济社会发展的认知

月收入（元）	X ± S	F 值	P 值	多重比较
1000 以下	6.81 ± 2.07	0.856	0.518	
1000 ~ 2999	7.11 ± 1.92			
3000 以上	7.02 ± 2.00			

从以上统计数据可以看出，竞技体育可以促进经济和社会发展在性别和月收入上没有显著性差异外，其他都有显著性差异。其中在年龄上表现在 30 岁以下与 31 ~ 40 岁、51 ~ 60 岁之间的差异，41 ~ 50 岁与 60 岁以上的差异，主要是由于所经历的年代不同，所处的环境不同造成的。在文化和居住地上，根据调查结果显示，学历越高，对体育可以促进经济社会发展。众所周知，经济基础决定上层建筑，而上层建筑又会促进经济基础的发展。学历高的调查者，对体育的功能的认识更成熟，同时城市高于农村。在职业上，还是主要是农民与学生、国有企业职工、非国有企业职工、个体经营者等存在差异，主要还是由于农民这个特殊的分工，所处的环境不同，接受信息的渠道狭窄，对于竞技体育对促进经济的发展的变化感触不到造成的。

5. 竞技体育可以促进和谐社会建设

表 26　不同人群对竞技体育可以促进和谐社会建设的认知

性别	X ± S	T 值	P 值
男	6.65 ± 2.16	2.141	0.005
女	6.76 ± 2.14		

表 27　不同人群对竞技体育可以促进和谐社会建设的认知

序号	年龄（岁）	X ± S	F 值	P 值	多重比较
1	30 以下	6.51 ± 2.20	4.048	0.003	1/4 2/4 3/4 4/5
2	31 ~ 40	7.30 ± 1.87			
3	41 ~ 50	6.67 ± 2.16			
4	51 ~ 60	6.90 ± 2.37			
5	60 以上	7.17 ± 1.55			

表 28　不同人群对竞技体育可以促进和谐社会建设的认知

序号	文化	X ± S	F 值	P 值	多重比较
1	小学	7.85 ± 1.24	9.316	0.000	1/2 1/3 2/3
2	中学	6.42 ± 2.28			
3	大学	6.69 ± 2.14			

表 29　不同人群对竞技体育可以促进和谐社会建设的认知

序号	职业	X ± S	F 值	P 值	多重比较
1	学生	6.55 ± 2.19			
2	农民	6.67 ± 2.22			
3	国有企业	7.13 ± 1.92			2/1 2/3 2/8
4	非国有	6.73 ± 2.09	4.765	0.000	2/4 2/7 2/6 2/5
5	教师	7.02 ± 2.13			
6	个体经营	6.57 ± 2.10			
7	管理人员	6.67 ± 2.24			
8	军人	5.75 ± 2.11			

表 30　不同人群对竞技体育可以促进和谐社会建设的认知

居住地	X ± S	F 值	P 值	多重比较
城市	6.70 ± 2.15	22.045	0.000	
农村	6.68 ± 2.21			

表 31　不同人群对竞技体育可以促进和谐社会建设的认知

月收入（元）	X ± S	F 值	P 值	多重比较
1000 以下	6.52 ± 2.19			
1000 ~ 2999	6.92 ± 2.06	0.987	0.435	
3000 以上	6.71 ± 2.22			

从以上统计数据可以看出，竞技体育可以促进和谐社会的建设，除了月收入方面没有明显差异外，其他都有明显差异。在文化和居住地上，对竞技体育促进和谐社会建设的重视程度与文化程度成正相关，同时城市高于农村。在职业上，主要还是由于农民接受教育的程度普遍较低，精神生活的范围太小，导致农民与学生、教师、管理人员、国有企业职工和非国有企业职工在竞技体育促进和谐社会建设方面的重视程度有差异。

6. 竞技体育可以陶冶情操，满足欣赏需要

表 32　不同人群对竞技体育可以陶冶情操的认知

性别	X ± S	T 值	P 值
男	6.88 ± 2.20	0.161	0.228
女	6.88 ± 2.10		

表 33　不同人群对竞技体育可以陶冶情操的认知

序号	年龄（岁）	X ± S	F 值	P 值	多重比较
1	30 以下	6.82 ± 2.16			
2	31 ~ 40	7.06 ± 2.29			
3	41 ~ 50	6.85 ± 2.10	6.966	0.000	1/4 2/4 3/4 4/5
4	51 ~ 60	6.87 ± 2.43			
5	60 以上	7.48 ± 1.53			

表 34　不同人群对竞技体育可以陶冶情操的认知

序号	文化	X ± S	F 值	P 值	多重比较
1	小学	7.66 ± 2.24			
2	中学	6.78 ± 2.20	9.083	0.000	1/2 1/3 2/3
3	大学	6.85 ± 2.13			

表 35　不同人群对竞技体育可以陶冶情操的认知

序号	职业	X ± S	F 值	P 值	多重比较
1	学生	6.89 ± 2.15			
2	农民	6.77 ± 2.13			
3	国有企业	6.90 ± 2.37			
4	非国有	6.69 ± 2.30	4.510	0.000	2/1 2/3 2/8 2/4
5	教师	6.98 ± 2.23			2/7 2/6 2/5 3/4
6	个体经营	6.87 ± 1.92			
7	管理人员	6.88 ± 2.03			
8	军人	6.63 ± 2.00			

表 36　不同人群对竞技体育可以陶冶情操的认知

居住地	X ± S	F 值	P 值	多重比较
城市	6.87 ± 2.16	15.516	0.000	
农村	6.99 ± 2.12			

表 37　不同人群对竞技体育可以陶冶情操的认知

月收入（元）	X ± S	F 值	P 值	多重比较
1000 以下	6.82 ± 2.15			
1000 ~ 2999	6.92 ± 2.19	0.914	0.848	
3000 以上	7.00 ± 2.09			

　　从以上统计数据可以看出，竞技体育陶冶情操、满足欣赏需要在性别、月收入方面没有明显差别，都可以满足不同群体的欣赏需要。而在文化、年龄、居住地、职业方面却存在明显的差异。其中在年龄上，51 ~ 60 岁这个年龄段与 30 岁以下、31 ~ 40 岁、41 ~ 50 岁、60 岁以上，都存在显著性差异；在文化上，小学、中学和大学之间，由于所受的教育程度不同，通过观看体育比赛的精神需求也不一样，必然导致对体育功能认识的差异。在职业上，除了农民与其他职业有显著性差异外，国有企业和非国有企业职工之间也存在显著性差异，究其原因，主要是由于他们所处的地位不同，对体育的需求也不同，故对体育功能的理解有差异。

7. 竞技体育可以加强人际交往

表 38　不同人群对竞技体育可以加强人际交往的认知

性别	X ± S	T 值	P 值
男	6.63 ± 2.33	2.175	0.004
女	6.52 ± 2.34		

表39 不同人群对竞技体育可以加强人际交往的认知

序号	年龄（岁）	X ± S	F 值	P 值	多重比较
1	30 以下	6.55 ± 2.35			
2	31 ~ 40	6.82 ± 2.30			1/3 1/4 1/5
3	41 ~ 50	6.41 ± 2.39	7.994	0.000	
4	51 ~ 60	7.16 ± 2.23			2/3 3/4 2/4
5	60 以上	7.04 ± 1.63			

表40 不同人群对竞技体育可以加强人际交往的认知

序号	文化	X ± S	F 值	P 值	多重比较
1	小学	7.83 ± 1.85			
2	中学	6.40 ± 2.50	16.181	0.000	1/2 1/3 2/3
3	大学	6.54 ± 2.29			

表41 不同人群对竞技体育可以加强人际交往的认知

序号	职业	X ± S	F 值	P 值	多重比较
1	学生	6.56 ± 2.37			
2	农民	6.83 ± 2.14			
3	国有企业	6.58 ± 2.37			
4	非国有	6.78 ± 2.44			2/1 2/3 2/8
5	教师	6.65 ± 2.45	6.992	0.000	2/4 2/7 2/6 2/5
6	个体经营	6.15 ± 2.08			
7	管理人员	6.19 ± 2.59			
8	军人	6.50 ± 2.37			

表42 不同人群对竞技体育可以加强人际交往的认知

居住地	X ± S	F 值	P 值	多重比较
城市	6.55 ± 2.34	16.924	0.000	
农村	6.83 ± 2.28			

表43 不同人群对竞技体育可以加强人际交往的认知

月收入（元）	X ± S	F 值	P 值	多重比较
1000 以下	6.55 ± 2.34			
1000 ~ 2999	6.58 ± 2.33	1.023	0.409	
3000 以上	6.71 ± 2.35			

从以上数据可以看出，竞技体育可以加强人际交往在月收入上没有明显的差异外，其他都存在着明显的差异。在性别、文化、居住地上，文化程度越高，对体育可以加强人际交往这个功能认识更深刻，可以增进了解。在年龄上，各个年龄段都有显著性差异，由于各个年龄段所处的年代不同，所经历的、所接触的都有所不同，必然导致对体育的理解程度有所不同。在职业上，主要是农民与学生、国有企业职工、非国有企业的

职工等其他职业有显著性差异。

8. 竞技体育可以有利于人们排解不良心绪

表44　不同人群对竞技体育可以排解不良心绪的认知

性别	X±S	T值	P值
男	6.48±2.62	0.989	0.401
女	6.38±2.62		

表45　不同人群对竞技体育可以排解不良心绪的认知

序号	年龄（岁）	X±S	F值	P值	多重比较
1	30以下	6.42±2.66			
2	31~40	6.74±2.39			
3	41~50	6.25±2.71	50.88	0.000	1/4 2/4 3/4
4	51~60	6.68±2.45			
5	60以上	7.04±1.90			

表46　不同人群对竞技体育可以排解不良心绪的认知

序号	文化	X±S	F值	P值	多重比较
1	小学	6.44±3.24			
2	中学	6.33±2.74	5.292	0.005	1/2 1/3 2/3
3	大学	6.48±2.53			

表47　不同人群对竞技体育可以排解不良心绪的认知

序号	职业	X±S	F值	P值	多重比较
1	学生	6.33±2.75			
2	农民	6.91±2.04			
3	国有企业	6.71±2.42			
4	非国有	6.61±2.52	2.482	0.012	2/1 2/3 2/4
5	教师	6.39±2.70			2/5 2/6 2/8
6	个体经营	5.88±2.66			
7	管理人员	6.42±2.85			
8	军人	5.56±2.83			

表48　不同人群对竞技体育可以排解不良心绪的认知

居住地	X±S	F值	P值	多重比较
城市	6.41±2.64	9.384	0.002	
农村	6.71±2.44			

表49　不同人群对竞技体育可以排解不良心绪的认知

月收入（元）	X±S	F值	P值	多重比较
1000以下	6.43±2.66			
1000~2999	6.40±2.60	0.485	0.820	
3000以上	6.60±2.55			

从以上数据可以清楚看到，竞技体育有利于排解不良心绪在性别和月收入方面没有明显的差异，表明竞技体育对不同性别、不同收入的调查者都有排除不良心绪的作用，但是竞技体育有利于排除不良心绪在年龄、文化、居住地和职业上存在着明显的差异。在年龄上，各个年龄段由于所处的年代不同，观看比赛的心态也有所不同，因此体育对他们的作用必然有差异。在文化和居住地上，小学、中学和大学，由于教育程度不同，对体育的作用的认识也将不同，在一定程度上，文化水平越高，更侧重通过体育来排除不良的心理，排除生活和工作中的烦恼。在职业上，主要是农民与其他职业在对竞技可以排除不良的心理有显著差异，农民作为社会特殊的群体，他们对体育可以排除不良心理的功能认识不够透彻，必然造成与其他职业有差异。

（二）北京奥运会后我国竞技体育的价值准则

竞技体育（Sport）源于拉丁语，原意是"娱乐、消遣"，即通过一些有兴趣的游戏转移自己的注意力，使"自己高兴"。然而，随着世界竞技体育的发展，现代竞技体育虽然还保留着游戏和娱乐的因素，但更多地则表现在对抗性、竞赛性和功利性等方面，其含义已远远超出游戏、娱乐活动本身的价值和意义，成为一种为了最大限度地发挥和提高人体在体能、心理和运动技能等方面的潜力，以取得优异运动成绩为目的而进行的系统运动训练和运动竞赛活动。北京奥运会后，随着大众需求层次的提高，人们对竞技体育的需求将更加理性，竞技体育的价值准则也将有所变化，我们就这一问题进行了大众问卷调查。

1. 大众观看体育比赛的偏好

在关于是否观看（收看）体育比赛的调查中，表示经常看和一般的占 70.84%，不观看体育比赛的人数仅占到 6.33%。并且在不同年龄、不同职业、不同学历被调查者中，对体育比赛的关注程度没有显著差异。

表 50　大众观看比赛的偏好

	经常看	一般	偶尔	不看
人数	277	238	166	46
百分比（%）	38.10	32.74	22.83	6.33

人们是否喜欢收看体育比赛往往涉及两方面的内容，即喜欢参与和喜欢欣赏。近年来，随着物质生活水平的提高使人们更加注重精神生活的质量，体育健儿在赛场上奋力拼搏所表现出来的力与美、运动员向自身极限发起的一次又一次挑战、我国体育健儿在世界大赛中不断取得的优异成绩都无疑吸引着人们的视线，使更多的人参与到体育中来，激发更多的人了解体育的欲望。并且随着 2008 年北京奥运会的申办成功，全国人民对体育投入了更多的关注。尤其是姚明进入 NBA 打球，刘翔雅典奥运会上"一鸣惊人"后并在最近几年国际（内）大赛上屡屡夺冠，丁俊辉也活跃在世界台坛，他们不仅仅是代表中国，而是代表亚洲在与世界体育强国对抗，他们的成败，关系着中国在国际的地位和影响力，时刻牵挂着全国人民的心，中国 13 亿人民对他们充满期盼，希望他们成长得更快，走得更远，架起中国和世界之间的桥梁。

2. 大众对于不同体育项目的喜爱程度

在最喜欢的五个体育比赛项目的调查中，篮球以总计 15.19% 选率排在第一位，下面依次为足球（15.04%）、乒乓球（9.88%）、田径（7%）、排球（6.92%）。众所周知，我国篮球一直与世界劲旅存在较大的差距，但 2004 年雅典奥运会我国男篮打出第八名的成绩，充分说明我国篮球还有很大的潜力和市场的，尤其随着国内的优秀篮球队员姚明、易建联等加盟 NBA，NBA 的职业篮球使人们再次领略了体育的魅力，激起了国内的篮球爱好者更多的关注我们亚洲的第一中锋，希望他能尽快在 NBA 成长，带领国家队向世界高峰挑战。

足球历来都被称为"世界第一运动"，在比赛中的激烈对抗更体现了体育的内在美，展现队员的勇敢拼搏、自我控制情绪的能力和勇于冒险的无畏精神，故成为世界最具有影响力的运动项目。乒乓球是我们的国球，有着广泛而深厚的群众基础，在世界乒坛长盛不衰，连续两届奥运会包揽全部金牌，人们对乒乓球给予了格外的偏爱。

值得注意的是，我们的田径项目虽然与世界先进水平有不小的差距，但作为各项运动的基础，作为完美演绎着"更快、更高、更强"的奥林匹克宗旨的运动，它仍然受到了人们的喜爱，尤其是雅典奥运会刘翔荣获男子 110 米栏的冠军，再次打破亚洲人在田径项目上与冠军无缘的历史，让国人重新挺起胸膛面对世界。

虽然近年来我国的排球运动持续滑坡，但仍有 7% 的国人将它作为喜爱的运动项目，这充分说明了排球作为三大球的地位，更表明了岁月抹不去"五连冠"的辉煌，人们对中国排球克服困难，重塑辉煌充满了信心。

3. 大众对于奥运会的关注

表 51   大众对于奥运会的关注情况（n=731）

大众对于奥运会关注的方面	平均数	标准差
比赛结果	7.55	2.00
运动员的高超技艺	7.77	1.74
比赛的精彩激烈竞争程度	7.77	1.79
运动员挑战自我的精神	7.17	2.11
比赛所展现出来的体育"美"	6.84	2.26

从调查结果看，我国大众对于奥运会结果关注的同时，更加开始关注奥运会激烈比赛的本身和优秀运动员的自身发挥。

针对被调查者关注的每个方面从性别、年龄、文化程度、职业、居住地、月收入 6 个指标，运用 SPSS15.0 加以统计分析，以期找出观看奥运会比赛比较关注的方面是否有显著性差异。

统计表明，对奥运会比赛结果关注程度在不同年龄，不同月收入的被调查者中无显著性差异；在性别、文化、职业、居住地方面存在着显著性差异，其中学历越高，对比赛结果的关注程度也越高，同时城市的比例大于农村；在职业上，学生与农民、非国有企业职工，农民与非国有企业职工、管理人员，教师与个体经营者，他们之间由于处在社会的角色不同，所关注的对象侧重点也有所不同，因此，对奥运会比赛结果的关注程度也必然存在着显著性差异。

除了月收入对奥运会参赛运动员的高超技艺没有明显差异外，其他方面都存在显著差异。在性别上，在调查中发现，男生较喜欢球类等对抗性项目，女生则较喜欢表现难美性的项目，因此在运动员的高超技艺关注程度上存在明显的差异是理所当然的；在年龄上，由于不同年龄的被调查者所持有的审美观是随着所处的环境不断变化，所造成对待一个事物的态度和立足点也将不同，故而对运动员的高超技艺也会有显著差异是可以理解的；在文化和居住地上，文化水平越高，欣赏体育的审美观也越强，同时城市大于农村。农民作为社会最基础的力量，由于文化素质、思想素质方面都与其他职业有一定的差距，再加上所处的工作环境不同，所接受新理念机会也少。因此，农民在欣赏奥运会运动员高超技艺方面必然存在显著性差异。

统计显示，除了月收入对奥运会比赛的激烈精彩的竞争没有明显差异外，其他方面都存在显著差异。在性别上，由于男女的爱好不同，对欣赏比赛的激烈竞争的关注程度也将有所不同；在年龄上，所表现的是30岁以下的年轻人，虽涉世不深，但所接受的新事物的意念强，欣赏比赛的立足点也比较独特和新颖，必然与其他年龄段的都有显著性差异；在文化程度和居住地上，教育程度高低对欣赏事物的水平起很大的作用，数据显示，教育水平高低与欣赏水平呈正比关系；在职业方面，由于农民文化素质较低，对体育的了解不够，接触外界的渠道相对较窄，在一定程度上，农民往往只关注结果，因此，在欣赏精彩激烈竞争上与其他职业的被调查者存在显著性差异。

在对运动员挑战自我精神的关注程度上，在性别和月收入方面没有显著性差异，其他在文化、职业、年龄、居住地方面都存在明显的差异。在年龄上，30岁以下、31～40岁和41～50岁、51～60岁差异比较明显；在文化和居住地方面，由于教育程度不同，对运动员挑战自我的精神认识也有显著性差异；在职业方面，依然是由于农民所处的工作环境不一样，造成对体育审美观的认识不够深刻，必然导致对运动员在奥运会比赛中表现出来的挑战自我的精神的认识与其他职业的被调查者有一定的差距。

在对比赛所展现出来的体育美在性别和月收入方面没有显著性差异，但在年龄、文化和职业方面的差异性表现的比较显著。在年龄上，各个年龄由于所处的时代和教育程度不同，对体育的认识程度不同，通过体育所展现出来的内在美与外在美的认识也会有新的见解，因此在不同年龄段对欣赏体育美也会有差异；在文化和居住地方面，学历越高，欣赏事物的品位就有所提升，对体育美的认识会比一般调查者较深，同时城市的被调查者普遍高于农村；在职业方面，除了农民和其他职业由于在社会中分工不同，存在着显著性差异外，学生、教师都与非国有企业职工存在显著性差异，究其原因，无非是学生和教师接受新知识的渠道广，对体育的认识相对较深，分析问题的能力强，而非国有企业职工所处的岗位限制，在忙碌追求经济利润的同时，对体育了解的时间相对较少，导致审美观的不够完美。

4. 大众对于我国参加奥运会的态度

首先，2004年雅典奥运会我国体育代表团参赛关注情况调查与分析表明，非常关注的占到35.74%，比较关注占到43.40%，说明国人对我国代表团关注率较高。

数据表明，绝大多数人比较关注体育代表团参加比赛的情况。其原因，一是近年来我国体育健儿成绩显著，在世界大赛上不断夺金掠银，在检验一个国家综合体育实力的奥运会上接连取得优异成绩（第24届除外），跨入了世界体育强国的行列。在我国建设有中国特色社会主义的伟大征途中，这无疑极大地振奋了民族精神。二是媒体的全方位宣传，电视的全程转播，报纸、杂志的跟踪报道，使人们随时随地可以得到信息，扩大了奥运会在人们心中的影响。三是世界体育强国往往也是经济发达国家，作为发展中国家在奥运会上向他们发起冲击，具有更加深刻的涵义。因此，关注我国代表团在奥运会的情况，也就表明心系祖国，流露出强烈的爱国热情和凝聚力。

其次，对2004年雅典奥运会中国代表团取得运动成绩满意程度调查中，表示满意的占到91.08%。

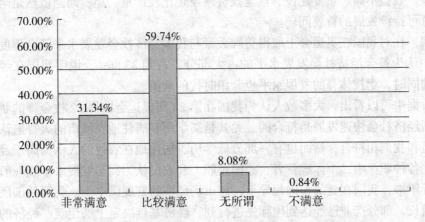

图1　大众对2004年雅典奥运会中国代表团取得运动成绩满意程度

在第28届奥运会上，我国运动健儿顽强拼搏，最终取得世界第二的好名次，比上届的成绩大幅度提高，传统的优势项目全面开花，乒乓球队继上届奥运会后再次包揽了全部4金，非传统项目网球和110米栏也首次实现金牌的突破，特别是运动员在比赛中表现出来的竞争实力和敢打敢拼的顽强作风，远远超出了运动成绩本身，人们对此感到满意。但也应看到，表示非常满意的只占31.34%，比较满意的占59.74%。这表明人们的希望值在某种程度上还要高于所取得的成绩。

第三，在对过去我国为了参加奥运会开展竞技体育活动所进行投入的必要性调查中，其中认为必要的占97.36%，占到被调查人群的绝大部分。

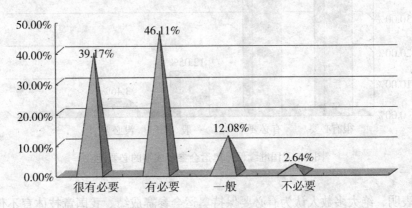

图2　我国为了参加奥运会开展竞技体育活动所进行投入的必要性

从数据中可以看出，被调查的 731 份有效问卷中，绝大部分认为对过去的竞技体育的投资有必要，持肯定的态度。准备和参加奥运会需要大量的资金支持，分析表明绝大多数人对此有比较正确的认识，支持国家投资准备和参加奥运会。我国的生产力状况决定了以政府投资为主的投资体系，近年来，国家财政不断增加对体育事业的投入，但体育事业费占国家财政支出的比例并没有显著提高，有限的财政投入能力与体育事业发展需要之间的矛盾依然突出，投资模式还没有形成多渠道、多层次的投资格局，投资结构不尽合理，效益不高、重复建设、重复投资现象还比较严重。经费问题依然是阻碍我国竞技体育可持续发展的首要问题。

第四，在对我国在奥运会上取得奖牌数量与我国经济社会发展水平符合程度的调查中，其中认为符合经济社会发展水平的占大部分，占到 83.86%，说明我国在经济在快速发展的同时，竞技体育的发展水平也紧跟时代的潮流。

从数据中可以看出，大多数人认为我国在第 28 届奥运会取得 32 枚金牌的骄人的成绩和我国经济社会快速发展是符合的，尤其是高学历、居住地在城市的人普遍认为这样的成绩是和我们相符合，然而也有一部分低学历、居住地在农村的人认为高于经济发展水平。在各种职业中，个体经营者、非国企职工和农民认为高于发展水平或一般的比例较大。近年来，我国在党的正确领导下，在市场经济的宏观调控下，我国的国民生产总值逐年增长，部分产业已经达到国际先进行列，经济基础决定上层建筑，经济的增长必然对上层建筑起到推动作用，对体育产业投入了大量的人力、物力。众所周知，我国历来就是体育大国，在加上体育健儿的顽强拼搏，取得优异的成绩是理所当然的，在现代社会，竞技体育的较量不仅仅是体育本身的竞技，更是综合国力的体现，我国奥运会上的成绩在某种程度更是显示我国综合经济实力，因此，我国奥运会上的成绩和国家的经济社会发展水平是必然联系的，是符合我国的经济社会增长水平的。

最后，关于我国继续保持奥运会参赛成绩的必要性方面的调查。在有否必要保持多哈亚运会总数第一的参赛成绩的调查中，认为有必要达到绝大部分，达 96.54%。

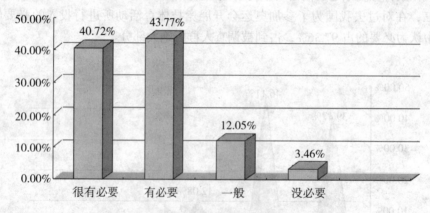

图 3　我国继续保持奥运会参赛成绩的必要性

数据表明，绝大多数人认为有必要保持奥运会参赛成绩。我国竞技体育不仅仅是一个国家和地区体育实力的标志，也是显示一个国家综合国力的极其重要的方面，我国历来就是亚洲的体育强国，保持这样骄人的成绩更能巩固我国在亚洲的体育大国地位，在亚洲地位的保持反映了综合国力强弱，更是振奋民族精神、增强凝聚力、实现我们中华民族伟大复兴的重要组成部分。同时，广大人民群众欣赏到高水平的竞技体育比赛，尤其是看到我国体育健儿在显示一个国家竞技体育实力和综合国力的奥运会中取得好成绩，对于培养审美情操、提高国民文明修养和道德水准、激发群众的爱国热情、振奋民族精神、增强凝聚力具有不可替代的作用。然而，从统计数据中也不难看出，还有12.05% 和3.46%的被调查者认为一般和没必要，表明国人期望值较高，希望能在保持亚运会成绩的同时，冲击奥运会冠军。

5. 北京奥运会后我国竞技体育的价值准则

在"后奥运时代"，我们必须正确认识和深刻理解竞技体育多元功能及各功能之间的辩证关系。突破长期以来形成的竞技体育单一功能的传统观念和行为模式，正确认识竞技体育在社会发展、经济建设、文化生活、人的发展等多方面的作用，以及竞技体育在整个体育事业发展、推动群众体育的普及、加快体育产业进程等方面的作用与地位。

三、北京奥运会后我国竞技体育可持续发展的目标

可持续发展是20世纪70年代人类生存的环境遭到破坏、资源受到困扰时开始被重视的。1972年，在斯德哥尔摩召开的保护自然环境大会上发表了《人类环境宣言》，从此人类与环境之间的协调发展开始受到各国的重视。世界自然保护联盟于1980年制定的《世界自然资源保护大纲》，首次提出了可持续发展。1987 年联合国自然环境与发展委员会以报告的形式出版了《我们共同的未来》，该报告阐述了人类生存环境方面存在的众多问题，并将可持续发展定义为"既能满足当代人的需要，又不对后代人满足其需要的能力构成危害的发展"，强调可持续发展是长期的，并推动人类持续进步的道路。1989 年5 月，联合国规划署理事会通过了《关于可持续发展的声明》，并指出"可持续发展，系满足当前需要，而又不损害子孙后代满足需要之能力的发展，而且决不包含侵犯国家主权的含义。"《中国21 世纪议程》是中国关于可持续发展战略的纲领性文件。中共十四大第五次会议通过的《中共中央关于制定国民经济和社会发展"九五"计划和2010 年远景目标纲要》中，体育被正式列为"实施可持续发展战略，推动社会事业全面发展的内容"，显示了可持续发展理论对体育领域的影响是举足轻重的，并提出竞技体育的可持续发展，是在发展当代竞技体育的同时，还应考虑不影响今后我国竞技体育的持续发展和把我国的竞技体育可持续发展纳入我国可持续发展的整体战略，即我国竞技体育在筹划如何能夺取更多金牌的同时，还必须考虑体育发展的经济指标、社会指标、资源指标和环境指标等因素，从而促进其同步、均衡、协调、全面的发展。

（一）影响我国竞技体育可持续发展的因素分析

1. 青少年运动员后备队伍的建设

社会对竞技体育的认识、人们对竞技体育的态度，完全是由竞技体育的发展现状所决定的。有研究认为，人们之所以不愿意让自己的孩子从事运动训练，主要是因为成材率低、使用药物和影响孩子的文化学习以及未来的出路没有保障等。笔者认为，社会对竞技体育的这种态度是理智的。国家、社会，特别是个人投入那么大，却难以得到应有的回报；滥用药物，损害了青少年儿童的身心健康；文化学习与运动训练的关系处理不当，应验了"四肢发达，头脑简单"的社会形象;竞技运动生涯结束后运动员难以就业。

凡此种种，很难使人们积极主动地投入到这项事业中来，青少年运动员后备队伍建设工作难以开展。没有人参与或很少有人参与，那么竞技体育的发展就成了无源之水、无本之木了，更谈不上可持续发展了。

2. 运动员成材率和运动寿命

我国运动员成材率低是事实，有研究表明，我国竞技体育队伍每年要投入 4000 多名运动员才能产出 1 个世界冠军。在山东省某地级体校中，集体项目达一级运动员水平的只占 3.09%，达健将级的仅为 0.05%；在单项中达一级的也仅为 11.57%，达健将级的为 0.96%。这些数据都足以说明我国竞技体育训练体制的"金字塔"比例失调，竞技运动效益不高和运动员成材率低。然而，这只是事物的现象，其实质在于训练体制和管理机制。在计划经济体制下，多少年来，我国竞技体育的发展一直是一种建立在高投入、低产出、高淘汰率的基础之上的粗放型发展模式。我国竞技体育训练体制"金字塔"的比例失衡，塔基过宽，塔身过大，竞技体育后备人才的训练成材率较低。我国竞技体育运动员的培养主要是一条龙的选拔制度，业余体校—市（县）级体校—省级体校—国家队，在职能高度分化的现代社会里，这种"单线条、平面式"，从小学—体校—高水平运动队训练选拔体制在我国一定历史时期内是非常有效的。但从现代训练多学科发展的综合特点与立体发展的需要来看，这种结构已不能适应现代训练的需要，其弊端是:这种结构"单一性"强，不符合该系统发展的规律"单线条、平面式"，不利于更多优秀人才的发现和培养，造成人才网越来越小；结构层次少，造成竞赛制度的不合理，出现越级培养、拔苗助长的早期专项化训练的错误，运动员的运动生命过短，运动成绩昙花一现。这种高投资、高风险、低成材率的社会存在直接决定了社会和人们对竞技体育的态度。因此，高淘汰率的粗放型发展模式不符合竞技体育在市场经济条件下的运作规律，影响了社会、家庭和个人对竞技体育的积极参与态度，自然也就影响了竞技体育的可持续发展。

3. 体育伦理道德

兴奋剂及其服用方法本身是高科技的产物，但绝非科学训练范畴。倡导科学训练，反对使用兴奋剂，是关系到竞技体育能否持续发展的大问题。兴奋剂除对人体具有很大的副作用外，还可使人体对疲劳程度的辨别力受到干扰，从而使人体机能系统在超高强度下运转，最终导致机体的无序态。滥用兴奋剂，一方面不符合竞技体育公平竞争的原则，另一方面损害人体健康，是不道德的、摧残人的。随着科学知识的普及，随着对兴奋剂认识的逐步提高，运动员是不会自觉自愿地服用兴奋剂的，家长也不会同意，道德规范和社会舆论也是不允许的。兴奋剂是指因违反体育道德和医学道德而被国际体育组织禁用的药物。公平、公开、公正是竞技体育的最根本的竞技原则，而兴奋剂——商业化社会下的产物，从根本上破坏了这个原则，致使运动员之间、国家之间甚至是种族之间的不信任，彻底背离了体育的根本目的，是体育的一种异化现象。可持续发展的中心是人的可持续发展，而兴奋剂使世界上无数优秀运动员生命受到损害、早期具有运动天赋的苗子夭折，是"涸泽而鱼，焚林而猎"式的不可持续发展。全球性的反兴奋剂是人类挽救竞技体育滑向深渊而维系其可持续发展的重要工作。

4. 优秀运动员社会保障体系

这是一个极其现实的问题。一个思维正常的人，都会为自己的前程着想。解决不了这个后顾之忧，很难让更多的青少年儿童真心实意地投入到竞技体育这项事业中来。运动员是一个高风险、高投入的职业，退役以后面临着求学、就业、医疗、养老等诸多现实问题。因此，如何建立健全优秀竞技人才的社会保障体系对于我国竞技体育实现可持续发展具有重要意义。

运动员是一个特殊性质的群体，应该得到充分的社会保障。从运动员"入门"阶段，就面临着文化学习的保障问题；在长期艰苦大强度的训练比赛过程中，又面临着疾病医疗的保障问题；退役以后又遇到求职就业的保障问题；此外，还有伤残运动员的养老保障问题等。然而，目前我国对于优秀竞技人才的保障体系很不健全，各地虽然也有一些应急的办法（主要是退役安置），但缺乏稳定的社会政策层面的保障，很难吸引更多的青少年投身到运动员这个特殊的职业。

（二）北京奥运会后我国竞技体育可持续发展的目标

1. 竞技体育社会化

竞技体育社会化的含义是指竞技体育的发展能够得到社会各方面的支持，实现社会各种力量办竞技体育、竞技体育服务于社会的新格局。努力拓宽和加大社会办体育的渠道和力度，发动全社会广泛参与和支持竞技体育，形成国家、社会与个人共同投入的新机制。这是竞技体育实现可持续发展的重要条件，同时也是可持续发展的重要目标之一。

发展竞技体育、实现竞技体育的可持续发展，是需要一定的经济投入作为保障的。随着市场经济逐步取代计划经济的同时，我国政府经费来源渠道减少，那么以目前我国竞技体育的预算开支将使政府难以为继。竞技体的高度依赖性将在社会主义市场经济条件下暴露无疑，所以我国竞技体育的可持续发展根本的模式就是要走市场化、社会化、产业化的路子。因此，在一定程度上，竞技体育产业化的程度就是竞技体育社会化的标志。

从欧美国家竞技体育发展的成功经验可以看出，竞技体育产业化不仅能够为竞技体育事业的发展提供重要的经济保障，保障竞技体育事业可持续发展，还能够为拉动本国经济、扩大就业做出巨大贡献。

2. 竞技体育科学化

现代科学技术的迅猛发展，对体育产生了前所未有的影响，科学技术已成为当代体育发展水平具有决定意义的重要因素。竞技体育科学化水平直接决定了我国竞技体育的可持续发展的潜力。

竞技体育的竞争，本质上就是科技水平的竞争，体育进步愈来愈依赖科技的发展和创新，体育竞赛是展示科技水平的窗口。这些认识是我们付出了巨大代价而获得的。自从邓小平同志提出科技是第一生产力以后，在体育系统内逐步提高了对体育科技重要性的认识，加大对体育科技的投入，改善了科研的条件，提高了科研人员待遇，实施科技人员奖励办法，调动了科研人员的积极性，实施了"科技兴体"战略。这些举措提高了体育科技人员的科研水平和解决问题的能力，带动了整个体育系统科研意识和科技水平的提高。

然而，在我国教练员队伍中，明显存在科研含量不足的问题，已经成为制约我国竞技体育可持续发展的主要问题之一。经验式的训练模式还在一定范围内流行，"时间战""消耗战"的粗放式训练使得运动员身心疲惫，伤病缠身，对训练缺乏积极性。不仅降低了运动员的成材率，更是严重妨碍了运动员的运动寿命。

因此，运动训练的科学化水平是竞技体育可持续发展的重要目标。

3. 竞技体育法制化

竞技运动可以说是人类最崇尚公开、公正、公平的游戏。但因为荣誉、责任驱使和高额收入的诱惑，体育事业始终笼罩着许多邪恶的阴影。兴奋剂、体育腐败和伪科学等问题，一直是影响体育可持续发展、毒化体育环境、毁坏体育事业的主要因素。21 世纪体育将主要从立法的角度来控制整个内外环境。为了使竞技运动比赛更加精彩激烈，提高其观赏价值，同时也为体育提供更多的商机，更大地拓展市场，在比赛规则和体育环境的法制化方面将越来越多地进行一些更符合于现代社会和市场经济需要的改革。由商业市场支撑的一切社会活动必然为商业市场的需要所左右。在维护人类伦理和体育道德方面，体育法制越来越显示出决定性作用，在反兴奋剂、反腐败、反体育流氓和反对不正当竞争方面，一套系统、完善的法律制度将是 21 世纪整个体育行业必须具备的关系到体育事业生死存亡的首要条件。它是解决体育与人类伦理思想是否同步发展，解决体育文明与人类社会关系问题的社会基础，是决定竞技运动将如何发展的关键所在。

实现竞技体育的可持续发展，不仅是一种新的体育发展理论和思路，也是新旧体育体制和体育运行机制的交替，必然伴随许多摩擦、冲突、真空、错位、扭曲等现象和不同利益集团冲突的发生。为了促进这些矛盾的解决，保证竞技体育体制和体育发展方式转变过程的有序化，就必须健全竞技体育体制和体育社会运行过程的法律保障体系和社会监督体系。健全法律保障体系的目的，是为了使体育体制和体育社会运行过程能够在法律的框架内有序进行，做到一切体育行为有法可依，有法必依，保证宪法赋予公民和法人的体育权利不受损害。当前应特别重视建立健全竞技体育产业化、职业化有关的法律法规，保障运动员各种权利的各项法律法规，保障运动员合理流动的法律法规，保障运动员学习就业的各种法律法规，同时要加大执法和法制宣传的力度，以促进我国竞技体育可持续的健康发展。

四、北京奥运会后我国竞技体育可持续发展的原则

（一）北京奥运会后我国社会经济形势分析与展望

1. 科学发展观是未来中国社会发展的指导思想

在经历了多年的经济快速增长之后，中国政府开始实施全面、协调、可持续的发展战略，旨在取代过去偏重追求经济增长的发展模式，以确保这个世界第一人口大国实现全面建设小康社会的目标。2003 年 10 月召开的中共十六届三中全会在《中共中央关于完善社会主义市场经济体制若干问题的决定》中提出了科学发展观，并把它的基本内涵概括为"坚持以人为本，树立全面、协调、可持续的发展观，促进经济社会和人的全面发展"，坚持"统筹城乡发展、统筹区域发展、统筹经济社会发展、统筹人与自然和谐发展、统筹国内发展和对外开放"的要求。

科学发展观是中国共产党执政理念和执政能力的升华，是解决二十多年经济快速增长与社会发展滞后的矛盾的重要策略，是对中国经济与社会发展终极目标的深刻反思，是被我国国情研究学者称为"符合中国国情和全球发展趋势的中国第二代发展战略，科学发展观的提出，构成了引导和推动中国的发展从不平衡走向平衡、从不协调走向协

调，最终实现相对平衡和协调的强大动力。作为 21 世纪中国全面发展的指导思想，科学发展观将全面应用于指导经济社会、体育等各领域的发展。因此，在对 2008 年后中国经济社会发展的估计上都必须体现科学发展观中"以人为本，全面、协调、可持续"的发展宗旨。

2. 政府机构改革将进一步深化

今后，政府机构改革的方向是转变职能，依法行政，建成服务社会的"善治"政府，使政府转变为公共服务型政府、法治政府，进而真正成为公共产品的提供者、经济社会环境的创造者、人民权利的维护者。落实"以人为本"科学发展观的关键同样在于政府转变职能，真正做到"执政为民"。政府治理改革和职能转变是当前和今后改革的重点。

21 世纪的中国行政体制改革处于市场化、全球化与民主化的时代大背景下，它要求我国行政改革必须坚持市场经济的发展取向、民主化的法治取向、以人为本的民本取向。政府要真正做到像十六届三中全会讲的那样，切实把经济管理职能转到主要为市场主体服务和创造良好的发展环境上来。要把管制型政府转向服务型政府，一是提供公共产品，二是搞好公共服务。

社会公共需求的变化决定着政府的职能、政府的活动范围和政府的发展变化。政府存在的主要目的是满足社会公共需要。当经济发展程度较低时，人均国民收入处于不发达状态时，人们的要求主要是解决衣、食、住、行等基本的私人需要，对于政府的公共需要要求很低。当人均国民收入处于小康社会阶段时，人民基本的生存需要得以满足，开始追求享受的需要和发展的需要，要求增加政府的公共服务。如要求政府提供自来水、供热、供气、绿化、环保、公共交通等城市公共设施建设，学前教育保障、义务教育、高中教育与大学教育保障等基本教育保障，医疗与免疫等基本医疗保障，图书馆与体育场馆等群众设施建设等，人民对政府提供公共服务的要求急剧增长。因此，今后我国政府将继续按照"小政府、大社会"的改革方向，在精简机构的同时，更加注重政府职能的转变，提高政府的宏观指导和监管职能，利用市场经济和社会组织，为人们提供更多的公共服务。

3. 2008 年后中国经济呈现持续稳定的增长前景

未来 5~15 年，我国经济增长完全有可能保持 7%~8% 的年均速度。我们既有巨大的市场需求和发展空间，又有比较充分的发展要素供给条件。居民消费结构由温饱型向小康型升级，创造了新的市场最终需求。产业升级打破原有的结构平衡和供求关系，拓宽了新的增长空间。城市化进程加快，将促进投资需求和消费需求的迅速扩大。改革开放的深化将进一步激发经济活力，提高资源配置效率。生产要素的组合状况比较有利，经济增长具有较强的内源性和较大的回旋余地，突出表现为市场容量巨大、劳动力充裕和居民储蓄水平高。这些都是我国经济持续增长的内在依托，使我国经济在国际竞争中处于比较有利的地位。

投资与消费关系应当逐步得到合理调整，人民群众将从经济增长中得到更多实惠。影响我国投资和消费关系变化的主要因素有：居民收入水平提高和消费结构升级，需要进一步拓展居民消费的空间。国内较高的储蓄率，支撑着我国较高的投资率。我国处于工业化中期，第二产业尤其是重化工业比重将稳定在较高水平。城市化加速期以及第三产业发展的前期和中期，对投资的需求甚至远远大于第二产业。预计"十一五"期间，投资率可能稳中有降，而消费率尤其是其中的居民消费率可能逐步适当上升。后10年继续促进投资率和消费率的合理变动。在投资和消费关系的合理变动中，城乡居民人均收入将持续增长，恩格尔系数将进一步下降，人民生活水平有较大提高，生活质量将进一步改善。

未来15年，城市化进程至少会保持改革开放以来年均提高0.9个百分点的速度。城市化水平预计到2010年可能达到46%（即2001年的下中等收入国家平均水平），到2020年可望达到55%（即超过2001年的中等收入国家平均水平）。随着各地区城市化水平的提高，区域差距扩大的势头有可能放慢。

4. 转变增长方式是我国经济发展的基本方向

尽管我国早在"九五"计划中就明确提出要使经济增长方式由粗放型向集约型转变，也取得了一定成效，但总体看，目前我国的经济增长方式仍然表现出比较粗放的特征。我国重要资源的产出效率不仅大大低于发达国家水平，也低于世界平均水平。2003年我国GDP约占世界的4%，但资源消耗占世界的比重，石油为7.4%、原煤为31%、钢铁为27%、氧化铝为25%、水泥为40%。我国用水总量与美国相当，但GDP仅为美国的1/8；消耗每吨标准煤实现的GDP，仅为世界平均水平的30%。从近年来部分地区频繁发生的"电荒""油荒"中，人们已经强烈地感受到，传统的高投入、高消耗、低产出的老路已经走到了尽头。

不转变增长方式，资源将难以支撑。我国人口众多而资源短缺，未来，资源供给的制约越来越突出，不允许我们继续走粗放增长的路子，否则，经济运行就不可能进入良性循环。

不转变增长方式，环境将难以承受。生态环境的破坏必然带来自然灾害增多，导致社会财富的减少，降低人们的生活质量，影响人的全面发展。

不转变增长方式，国际竞争力将难以提升。进入新世纪，国际竞争日趋激烈，不提高产业和产品的技术含量，我国面临着被发达国家越落越远的可能。

因此，未来我国经济增长方式转换应当取得重大进展。未来5～15年，随着各项改革的深化和技术进步，我国经济增长方式由粗放型向集约型进一步转变，有可能具备比过去更为有利的体制条件和物质技术基础。但任务仍然十分艰巨，除了体制缺陷以外，还会受到所处经济发展阶段等一些客观因素的制约。在后10年有望取得重大进展，在缓解资源环境的约束方面取得重要突破。经过"十一五"期间乃至更长时间的坚持不懈的努力，应当能够使我国经济增长的科技含量、质量和效益有较大提高，经济增长的可持续性有较大增强。

5. "中产阶层"凸现的社会阶层分化

从20世纪80年代初期开始，随着我国各项改革的逐步深入和社会主义现代化建设的不断发展，我国社会阶层结构也处在不断的演变之中。1978年，中国开始实行改革开放。随后，经济体制改革不断深化，所有制结构由单一的公有制转变为以公有制为主体的混合所有制，产业结构发生了深刻的变化，整个国民经济持续稳定，快速增长。随着经济结构的变化，中国的社会结构发生了深刻变化。在此期间，中国经历着经济和社会的转型，由计划经济体制向社会主义市场经济体制转变的经济体制改革，和由传统的农业农村社会向工业化、城市化、现代社会转变的社会变革累进迭加。而在经济改革和社会变革浪潮下，又引发了广泛的社会阶层和结构变迁。根据中国社会科学院"当代中国社会结构变迁研究"课题组的研究，以职业分类为基础，以组织资源、经济资源和文化资源占有状况为根据，现阶段中国社会已分化为由十个社会阶层组成的社会阶层结构。它们是国家与社会管理者阶层、经理人员阶层；私营企业主阶层、专业技术人员阶层、办事人员阶层、个体工商户阶层、商业服务人员阶层、产业服务人员阶层、农业劳动者阶层，以及城市无业、失业和半失业人员阶层。在该结构中，不同阶层所处的等级位序也初步被确立起来。

进入新世纪，中国社会阶层的演变趋势逐渐明朗，随着经济增长和社会发展，中产阶层将成为阶层构成主体。中产阶层是一个综合性概念，包括职业、收入、生活方式和主观认同等方面内容，从职业上看他们都是白领阶层，收入上在社会中处于中上水平，过着带领社会时尚的生活方式，并具有较强的阶层认同。严格地讲，社会中间阶层不是一个社会阶层，而是由整个社会阶层结构中的若干个社会阶层所组成的。在国外由新老中间阶层两部分组成。老中间阶层是指中小企业主和中小农场主，他们都是有产的；新中间阶层是指中小企业经理人员、公务员、专业技术人员、办事人员等白领为主的阶层。

6. 人口老龄化问题将进一步严重

人口是社会发展的主体，人口发展既受社会发展的制约，反映社会发展状况，又有自己内在的发展规律。老龄化是 21 世纪我国人口结构最突出的特征，从人口的年龄结构来看，2000 年左右我国将进入老年型社会。1982—2000 年为人口老龄化前期阶段，老年人口在总人口中所占比重将从 7.63% 上升到 9.81%；2000—2020 年为人口老龄化的发展阶段。在这个期间，老年人口将从 1.27 亿增加到 2.29 亿，年递增率为 3.0%，老年人口在总人口中所占的比重将从 9.81% 上升到 15.53%。人口的老龄化一方面使社会经济负重，社会适龄劳动力比重下降；另一方面必然引起消费水平和消费结构的变化，从而对体育的发展产生重大影响。

（二）北京奥运会后我国竞技体育可持续发展的原则

1. 协调发展

竞技体育的可持续发展首先是要与社会经济协调发展，近年来我国竞技体育事业取得了很大的成就，但是也消耗了大量的资源。

表 52　2000—2005 年我国体育系统优秀运动队经费情况（单位：万元）

年份	财政拨款	财政拨款年增长%	社会投资		社会投资年增长%
			社会赞助	经营收入	
2000	144480	11.9	34640	89280	8.1
2001	162540	12.5	40730	106470	8.3
2002	184170	13.3	47750	112250	8.7
2003	216450	17.5	52500	122060	9.1
2004	257870	19.1	58500	134040	10.3
2005	318530	23.5	64910	146490	9.8

资料来源：2001—2006 年《中国体育统计年鉴》

通过研究我们发现，除中国以外，世界主要竞技体育强国均具有较好的经济发展水平。我们以人均 GDP 作为衡量一个国家的经济发展水平，发现世界主要竞技体育强国均具有较高的经济发展水平，其人均 GDP 排名基本在世界前 20 名以内，韩国略低，排名在 30 名左右，而我国的人均 GDP 排名在 110 名左右（表 53）。

表 53　主要竞技体育强国人均 GDP 比较（单位：美元）

国家	美国	英国	日本	法国	德国	澳大利亚	意大利	韩国	中国
2004 年	37610	28350	34510	2477	25250	21650	21560	12020	1100
世界排名	4	9	5	17	16	19	20	31	109
2005 年	42076	36977	36486	33126	33099	29761	29684	14649	1352
世界排名	7	9	10	16	17	19	20	34	112

竞技体育的发展不仅需要强大的经济基础做后盾，更要依赖于国家对竞技体育的投入。如果把人均 GDP 与每个国家所获得的奖牌或者奖牌的比值叫做金牌或者奖牌人均 GDP 指数，我们会发现无论是金牌人均 GDP 指数还是奖牌人均 GDP 指数，中国与其他主要竞技体育强国均具有较大差距（表 54）。因此，实现竞技体育与社会经济协调发展是实现竞技体育可持续发展的重要原则。

表 54　主要竞技体育强国金牌、奖牌人均 GDP 指数比较（单位：美元／枚）

国家	美国	英国	日本	法国	德国	澳大利亚	意大利	韩国	中国
人均 GDP 与金牌数比	1074	3150	2156	2251	1803	1750	2156	1335	34
人均 GDP 与奖牌数比	365	945	932	750	526	441	673	400	17

2. 和谐发展

竞技体育是当代体育活动的重要组成部分，其发展必须依赖于其他类型体育活动的支持，并共同发展，这也是奥运会上许多国家取得成功的重要经验之一。在一定意义上竞技体育和群众体育是体育发展的两个车轮，不和谐时相互制约，而在和谐时又相互促进。实现竞技体育与群众体育的和谐发展将产生二者互动、双赢的局面。竞技体育对于调动人民群众参与体育的热情具有显著的促进作用。群众体育重在普及，竞技体育重在提高。前者是后者的基础，后者是前者的领跑者。如果单纯地强调其一方面而忽视另一方面，都将使体育的发展走向不平衡状态。

1978 年 12 月党的"十一届三中全会"召开后，我国的体育事业在党的正确方针的指导下，迅速恢复，蓬勃发展。1979 年 11 月中国奥委会在国际奥委会中的合法地位得到恢复，不少单项国际体育组织相继承认或恢复中国有关项目协会的会籍，使得体育开始出现了新的局面。为此，国家体委又重新提出了"普及与提高相结合"这一体育发展的基本指导方针。但由于国民经济较落后、文化教育尚欠发达等原因，"普及与提高相结合"的方针面临许多实际困难，特别是随着国际大赛各国竞争日趋激烈，而对中国人力、财力、物力等资源所限，在群众体育和竞技体育发展的规模越来越大、越来越复杂的情况下，常常是顾此失彼，因而易被忽视和受到影响的往往是群众体育。

因此，在"后奥运时代"，我们应从更高的层次将二者实现一体化，即放在一个大系统内作为两个子系统来和谐发展。如果我们细心观察与思考，当今的竞技体育中开始融入了健身、游戏的成分，同时充满刺激与挑战的各类比赛开始成为群众体育活动的重要内容。古代奥运会进行的项目主要是田径、摔跤等个人项目，那是古希腊城邦的民主政治提倡个性解放时代的必然产物；20世纪的奥运会，则越来越多地增加了各种球类的比赛等集体项目，深刻反映出了工业大生产条件下的一种新型人际关系。

由于国际政治、经济、文化、科技的飞速发展，以现代奥运会为代表的竞技体育，几乎在每十年，甚至每一届奥运会相隔的四年间，都可以看出其新的时代特征（表55）。

表 55　历届奥运会增删项目

届次	项目数量	删除项目	增加项目
24	237	男子柔道无差别级、自由式和古典式摔跤100公斤以上级	女子1000米、射箭男团女团、自行车女子争先赛、男子气手枪、男女50米自由泳、自由式和古典摔跤130公斤级、乒乓球、网球、女子帆船470型
25	257	男子1000米双人划艇、女子四人单桨有舵手、男子100公斤级举重	女子10公里竞走、羽毛球、棒球、皮划艇障碍回转、自行车女子个人追逐赛、女子柔道、女子四人单桨无舵手、女子标准步枪、女子帆船"欧洲"型
26	271	自行车男子公路团体赛、现代五项团体赛、男子单人双桨无舵手、男子四人单桨有舵手、女子四人单桨有舵手、女子标准步枪、男子200米自由泳、花样游泳女单、女双、男子帆船"飞行荷兰人"型	羽毛球混合双打、男子1000米双人划艇、自行车男女公路计时赛、自行车男女山地越野赛、女子积分赛、女子重剑、艺术体操团体、赛艇、男子双多向飞碟、女子小口径步枪、女足、女垒、沙滩排球、游泳接力、花样游泳团体、混合"激光型"帆船
27	300	女子10公里竞走	女子20公里竞走、铁人三项、自行车奥林匹克争先赛、男子麦迪逊赛、男子凯林赛、女子个人追逐赛、男女蹦床、女子撑竿跳、女子多向飞碟、女子双多向飞碟、跳水双人项目4项、跆拳道8个项目、帆船混合49人型
28	301		帆船女子"英凌型"

（注：每届奥运会还有柔道、摔跤、拳击等项目在级别上的变化，因总的项目数没有变化而没有列出）

通过表55我们可以发现，奥运会所设项目从1988年第24届奥运会以来，呈现递增趋势，但在第27届奥运会以后已经趋于稳定。按照国际奥委会的决定，奥运会的规模基本稳定在目前的水平，在不排除微调情况下，比赛项目数不会有较大变化。

分析历届奥运会的项目变动情况我们可以发现，大部分新增项目具有较高的观赏性，并且具有良好的发展势头。例如，第24届奥运会增加的乒乓球和网球，第25届奥运会新设的棒球和羽毛球，第26届奥运会新增的女足、女垒、沙滩排球，第27届奥运会新增的铁人三项和跆拳道项目。这些项目基于自身的观赏性、娱乐性、健身性和竞争性等特点而不断发展的同时，也推动奥运会的影响力和发展，其贡献率甚至高于传统的田径等项目。以这些项目展开的各种联赛和锦标赛，以及开展的各种群众体育活动创造了极大的经济效益和社会效益，推动了社会水平的整体提高。

与此同时，非奥运会竞技体育项目在竞技体育强国的竞技体育政策中占有举足轻重的比重，体育已经成为大家生活的一部分，已经逐渐走向生活化，在奥运竞技项目相对较弱的国家和地区，这些项目的开展如火如荼。这些体育项目虽然没有被列为奥运会项目，但因运动员在参与过程中便显出来的激烈的对抗性、极大的偶然性和高超的技艺性，使其具有了强大的生命力。例如2003年11月18日，国家体育总局宣布电子竞技运动为我国的第99个正式竞技体育项目。虽然是竞技体育家庭的新成员，但是它凭借着虚拟、互动等独特的魅力征服了成千上万的爱好者和职业电子万家，并且已经成为当今社会一种不可忽视的重要体育文化现象。

竞技体育界已不分种族、不分国家、不分信仰、不分政治见解，人们在同一时刻、同一地点为同一事件而激情澎湃，热血沸腾。竞技体育的公开、公平、公正的竞争，示范着社会进步必须遵循的原则；挑战生命、生理极限的行动昭示着社会进步必备的精神；优秀运动员在竞技赛场上表现出力与美的结合、勇与智的对抗、高超的技艺以及顽强的意志，都会作为光辉的榜样和成功的范例而吸引更多的青少年参加体育活动。围绕奥运会和一些世界级的重大竞技体育比赛，以及我国全运会的召开，都会引发群众体育活动的高潮。竞技体育的这些特性一定程度上可视为促进群众体育发展的助推器。因此，无论是从体育的本意还是延伸意义上讲，竞技体育与群众体育的和谐发展将会推动人类自身和社会健康发展，他们可以达到双赢的局面，这也是竞技体育可持续发展必须要遵循的一个原则。

3. 持续发展

以现代奥林匹克为代表的竞技体育，经过百年的曲折和发展，逐步走向辉煌和成熟。奥林匹克赛场已经成为各国和地区显示实力、扩大影响、振奋民族精神的重要场所。在奥林匹克赛场上的竞争也日益激烈，第24届奥运会以来，夏季奥运会（以下简称奥运会）参赛国家和地区不断增加（表56）。随着参赛国家和地区竞技水平的提高，各个国家和地区在历届奥运会上的成绩以及表现出来的奥运会奖牌榜上的位置也在不断变化。

表56　历届奥运会参赛单位与获得奖牌单位格局

届次	参赛单位	获得奖牌的单位数
24	160	52
25	169	64
26	197	79
27	199	80
28	202	71

我们综合第 24 届奥运会以来的五届排名情况，第一集团以金牌 20 枚以上、奖牌 60 枚以上、总分 700 分以上为界，并限定在前八名以内，对各竞技体育强国进行了集团划分（表 57）。

表 57　参赛国家的集团化分表

届次	第一集团	第二集团
24	苏联、民主德国、美国	韩国、联邦德国、匈牙利、保加利亚、罗马尼亚
25	独联体、美国、德国	中国、古巴、西班牙、韩国、匈牙利
26	美国、俄罗斯、德国	中国、法国、意大利、澳大利亚、古巴
27	美国、俄罗斯、德国	中国、澳大利亚、法国、意大利、荷兰
28	美国、中国、俄罗斯	澳大利亚、日本、德国、法国、意大利

通过表 57 我们可以发现，传统的第一集团中的德国的竞争实力有所下降，在第 28 届奥运会上取而代之的是中国。第二集团的竞争比较激烈，以日本、澳大利亚为代表的新生力量开始强势追赶。估计在北京奥运会以及以后的近一段时间内，第一集团的整体情况不会有太大的变化，但集团内部各个国家的排名可能会有一定的变动，当然也不排除德国会在北京奥运会出现竞技体育强势反弹的可能。第二集团的有可能变化较大，除了现有的德国、澳大利亚、日本等国以外，法国、意大利、韩国以及荷兰、匈牙利、保加利亚、罗马尼亚等传统的竞技体育强国仍然具有较强的竞争实力。

因此，后奥运时代竞技体育的可持续发展，首先就是要坚持我国竞技体育的国际竞争力不能出现大幅的下滑。在这一方面，1964 年的东京奥运会后由于日本政府调整了国家体育政策，导致了日本竞技体育出现了大幅度的滑坡的历史值得我们借鉴。

五、北京奥运会后我国竞技体育可持续发展的对策

（一）转变传统观念，发挥竞技体育多种功能

社会事物的产生与存在，必须以能适应和满足社会的某种需求为前提条件，否则便失去其产生与存在的基础与现实意义。同样，社会事物的发展要适应与满足社会的需求，就要根据不断发展和变化的社会需求来改变和调整自身的结构与功能，否则便失去发展的方向。人类社会的历史就是在新的需求不断产生、发展和得到满足的过程中前进的。作为社会文化现象的竞技体育的发展也是如此，其功能的开发与实现也是随着社会的进步、人类需求层次的不断提高而不断地被认识和开发，并呈现出竞技体育的多元功能。

从未来我国社会经济形势发展来看，从我国大众对于未来竞技体育的需求来看，竞技体育的单一功能已经不能满足人们对于竞技体育的全面需求。

发挥竞技体育的多种功能，首先需要我们转变观念，竞技体育不仅仅是"为国争光"的，竞技体育更是"超越自我、挑战极限、战胜对手的自我实现"。发挥竞技体育的多种功能还需要从调整我们的竞技体育发展战略入手，将竞技体育的多种功能的发挥纳入到我们竞技体育整体工作中去。最后，发挥竞技体育的多种功能还需要媒体宣传部门的配合，在社会上努力营造竞技体育和谐发展的良好氛围。

（二）转变政府职能，改革竞技体育管理体制

举国体制是 20 世纪 80 年代以来我国竞技体育取得辉煌成就的重要制度基础。但是，我们必须清楚地看到，举国体制是我国计划经济时代的产物，有其局限性。它的运行机制高度依赖政府的行政职能，并且主要依赖政府拨款来维持其运作。这显然与眼下我国政府职能转变、特别是社会主义市场经济体制的发展是不相适应的。因此，"后奥运时代"我国竞技体育所要解决的最突出的问题，就是既要在高水平竞技上保持举国体制的优势，又要面对举国体制所依赖的计划经济基础最终必然消失和政府职能转变这一无情的现实。而解决这一矛盾的有效途径就是要建立和完善与社会主义市场经济相适应的新型举国体制，即实现微观举国体制向宏观举国体制转变。

而社会主义市场经济条件下的新型宏观举国体制，与原有的举政府力量的微观举国体制相比，无论是从形式到内容、从动力到价值取向，都应有新的突破。它的模式应该是政府职能与市场机制接轨。其运行机制是通过政府主导作用来控制社会的自治状态和调节市场的自主行为，以达到三者的有机结合与协调运转。这种新的模式和机制无疑将给举国体制注入新的活力和赋予新的生机，将在一定程度上有效解决我国竞技体育政府单方经费投入向以社会力量为主体的投入主体多元化转化问题。

同时，建立社会主义市场经济条件下的新型宏观举国体制，不仅是"后奥运时代"中国竞技体育发展方式的必然选择，而且这种选择与当代竞技体育的发展变化趋势存在着必然的内在联系。当代国际竞技体育已经明显的呈现出国际化、职业化、系统化、商业化和科学化的基本趋势。以往举国体制突出了政府在资源调控中的领导地位，而在"后奥运时代"发展过程中要充分调动全社会的力量，整合各方面资源，为我国竞技体育的可持续发展做出贡献。

改革竞技体育管理体制还必须要和转变政府职能结合起来，积极构建服务型政府。

首先，从组织设计的角度，扁平化组织和网络化组织都是服务型政府的基本要求。扁平化组织管理层次减少，管理人员精简；管理跨度加大，迫使领导必须适度授权，有利于开发公务人员的潜能和创造性，削减中间层次，提高信息传递的速度，促进上下级之间的沟通。网络组织提供一种官僚制永远无法提供的东西——横向联系，同时还将权利赋予个人，人们之间相互平等，彼此教育。

其次，扩大权力主体，推动竞技体育社会化，在"有限政府"的前提下，发挥行政作用，提高行政效率，满足多元化的社会需要，成为现代行政面临的双重目标。这一矛盾最终的解决途径是行政分散化，即将竞技体育公共行政的职能分散于多个主体，培养、扶持政府之外的其他竞技体育服务机构，以实现竞技体育管理的分散化与非垄断化，促使竞技体育由单纯的政府行政走向政府与社会共同实施的公共行政，使竞技体育公共行政的主体由原来一元化的政府转变为政府、公民、社会中介组织和市场多元化的主体。在竞技体育公共服务过程中，委托代理、中介行为、自愿者参与、社区群体活动均可广泛介入，但是政府的主导作用不可替代。具体地说，在服务行政中，要坚持以政府为主导，吸纳政府以外的市场主体、社会主体积极参加竞技体育政府公共服务活动实现竞技体育公共服务主体的多元化。

第三，变革管理手段，由主要以行政手段配置资源转变为以经济、法律手段配置资源。服务型政府既是有限政府也是有效政府，作为补救市场失灵的重要举措，引进政府

干预虽然可在社会范围内促进社会资源的合理配置，但如果实施政府干预的同时，无法对政府权力进行有效的监督和制衡，则政府干预对社会经济的长期影响，可能随着权力的无限扩大而出现腐败现象。根据新制度经济学的政府理论，有限政府的体育职能定位意味着对某一项规则的制定与任何修改都必须在体育法规甚至在宪法的基础上，而不是在多数人赞成表决的基础上，在体育法规、政策的制定和执行中要保证政府在参与经济活动、干预，调节体育职业化、市场化的过程中公正有效，政府体育职能机构也必须受到相关法律和司法的制衡才能做到有限。

最后，建立以公众满意为导向的政府绩效评价体系，目前我国政府绩效评估的发展还处于初级阶段，在政府绩效评估制度、机构、程序等方面都存在许多问题，建立以公众满意为根本目的政府绩效评估体系是建设服务型政府的关键环节。针对建设过程中存在的由谁来评估，评估什么，怎样评估等问题，可以通过以下四个方面的措施尽快完善政府管理竞技体育的绩效评估制度。

（1）建立科学的政府绩效评估指标体系。

（2）培育多层次、多元化的绩效评估主体，一方面要加强人民代表大会及其常委会对政府绩效的评估；另一方面，可以让公民个人、社会团体、大众媒体、中介评估机构通过一定的程序和途径，直接或间接地参与政府绩效评估，以保证评估工作的公正性。

（3）推进政府绩效评估法制化，不仅要从法律上对政府绩效评估的范围、内容、方式、程序等加以明确，还要给政府绩效评估机构以足够的法律地位和权限，以确保其工作的顺利展开。

（4）在评估的基础上建立激励约束机制，注重把精神激励与物质激励、团队激励与个人激励相结合。

（三）调整项目布局，向竞技体育大国转型

实践证明，根据我国竞技体育发展的实际情况，对优势项目、潜优势项目及新兴项目的科学划分与发展定位，使我国在 20 年的时间里一跃成为奥运金牌大国。然而，尽管在奥运会上我国获得的金牌数量显著增长，但当前国民心目中分量很重的足球、篮球等集体项目却一直未有较大突破，难以满足民众新时期奥运金牌需求由数量向含金量的转变，更难以完成竞技体育大国目标的实现。而要完成这一转变，"后奥运时代"的我国竞技体育就必须对现有的奥运项目布局进行重新优化。同时，通过分析不难发现，奥运项目布局的重新优化是应对奥运项目世界化和项目设置调整及规则修改、各国加大竞技项目调整力度，进一步强化优势项目，挖掘潜优势项目、我国奥运优势项目与奥运非优势项目发展不平衡等现实问题的明智之举。

首先，奥运项目世界化和项目设置调整及规则修改将对我国竞技体育产生影响。奥运项目世界化是世界体坛的发展趋势。项目世界化对我国产生的影响具有两面性：一方面，有利于项目推广、普及、扩大影响；另一方面，对手会越来越多，我国优势项目称雄一方的局面可能会打破。各国际单项组织加大了竞赛规程规则的修改，特别是规则的变化将影响技术的发展方向，对运动员的基本素质、能力、动作难度和质量提出了更高的要求，比赛的排兵布阵也会受到规则变化的影响。我国的优势项目打分类较多，更易受到规则变化的影响，因此，规则修改对我们弊大于利，未来几年需要密切关注，认真研究、掌握和运用好规则。

其次，继续加大竞技项目调整力度，进一步强化优势项目，挖掘潜优势项目，不断挖掘新的金矿。雅典奥运会美国的优势项目田径、游泳比悉尼奥运会少5金，篮球等传统优势项目亦失去了金牌。未来的奥运备战计划要按照不同奥运周期，制定针对奥运会的项目发展计划。我们国家汲取教训，采取措施，强化优势，同时密切关注动向，及时掌握各国运动项目的变化，有针对性地调整作战方针和应对策略。

最后，我国奥运优势项目与奥运非优势项目发展不平衡。优势项目在较多资源和政策的扶持下，成绩突出，继而导致其获得更多的支持。而非优势项目由于起点低，在短期内难以看到成果，因此，获得的投入和支持也相对不足。投入和支持的不足，增加了这些项目崛起的难度，形成恶性循环。长远来看，我国目前优势项目的发展空间有限。如果我们不在非优势项目有所突破，我国竞技体育就无法进一步拓展空间，难以与美、俄等竞技强国抗衡。

（四）坚持以人为本，关心运动员的全面成长

全面落实科学发展观与构建和谐社会是"后奥运时代"中国竞技体育工作的科学指导方针与时代背景。而"以人为本"是科学发展观的核心，强调人是发展的动力，人是发展的目的，人是发展的标志，社会发展的最终目标是促进人的全面发展。同时，"以人为本"又是和谐社会的前提。而竞技体育活动中体现"以人为本"的关键环节在于运动员管理。因此，"后奥运时代"我国竞技体育的可持续发展必须立足于全面落实科学发展观，实现运动员管理由社会本位向运动员本位转变，促进运动员的全面、协调发展。

以运动员本位的管理活动，强调以调动运动员的积极性、做好运动员的工作为根本。把提高运动员的素质，处理好与运动员之间的关系，满足运动员的需要，调动运动员的主动性、积极性、创造性的工作放在首位，从而突出运动员的主体作用。其核心就是通过运动员的主观能动性的充分发挥取得最大效益。

坚持以运动员本位的管理活动，是现代管理的必然趋势。同时，充分发挥运动员的主导作用是竞技体育取得胜利的关键。在竞技比赛中，良好运动成绩的取得，无疑离不开运动员艰苦努力和艰辛的汗水，可以说运动员是运动训练的主体，运动训练中应该把运动员放在根本重要位置。因此，运动员管理过程中坚持"以人为本"的原则，实现由社会本位向运动员本位这一管理方式的转变有着十分重要的意义。

然而事实上，国内一些运动训练实践中，只强调国家和社会的需要（即从社会本位出发），很少考虑运动训练的主体——运动员的需求。没有真正做到把运动员放在运动训练的首要的中心位置，没有真正做到关心运动员的情感、心理、智力需要，尊重、理解运动员。在我国以往运动员管理过程中以社会本位出发的现象主要体现在以下几个方面。

1. 一些教练员把运动员看做是可以不断改造的生物体，为达到追求名利、追求金牌的短时目标，对运动员进行过大运动量训练，过早拔苗助长，导致运动员起初成绩大幅度提高，而后因伤病不得不过早退役，造成昙花一现的现象。

2. 教练员在管理中忽视对运动员情感、责任感、动机、信念的教育，忽视与运动员情感交流，且在物质利益驱使之下迫使一些运动员不惜牺牲人格、自尊做一些损害运动员道德，违反运动法规的事情。

3. 对运动员再社会化问题重视不足，独立于教育之外的专业训练体制剥夺了运动员受教育的权利，与国家"义务教育"方针政策相背离。尽管一些获得奖牌的优秀运动员可以"挂靠"深造，或在国内、国外当教练，但毕竟是少数，只是金字塔的塔尖而已，但多数运动员在退役后还要有三四十年的漫长道路要走，缺乏良好的知识与技能，他们的后半生将非常艰难。

4. 运动员伤病和退役后的社会保障制度不完善。有关体育组织、教练员、运动员对体育保险认识不足，国家对运动员保险不够普及，我国还有大部分伤病运动员和退役运动员得不到保障。

鉴于上述，尽管我们已经采取了优秀运动员的高校"挂靠"、各种奖励政策等系列措施，但我们必须对目前存在的上述现象引起足够的重视。改变运动员被动从属地位，充分调动运动员参与训练的主动性、自觉性，始终树立"以人为本"的管理理念。真正做到尊重、关心运动员长期生存发展问题，重视运动员人格教育和人文精神培养，让运动员感到自己是自然的主体、社会的人，而不是训练的机器。既要训练与竞赛成绩，也不能忽视学业，促进运动员的全面、协调发展，为其退役后的安置奠定基础。

（项目编号：889ss06021）

奥运奖励政策研究

许宗祥　裴立新（执笔）　张三梅　许　铭
周结友　张雪芹　李满春　王晓辉

　　我国奥运奖励政策在多年的实践中存在着一些问题和矛盾，一是尚未建立起具有中国特色的稳定的长效激励机制，无论是国家或是地方许多奖励政策都具有暂时性特征，内容与办法的随意性较大；二是奖励种类单一，以现金和物质奖励为主，其他形式的奖励尚不多见，一些地方仅仅把奖励理解为奖金，一味攀比，导致奖金数额有越来越高的趋势；三是对奥运有功人员的奖励相对较低，运动训练是一个复杂的系统工程，运动员优异成绩的取得是多种因素共同作用的结果，究竟哪些人属于是应该奖励的有功人员，奖励多少，需要有一个科学的界定；四是奖励实践中还有许多不符合法律规范的地方，一些地方根本没有奖励法规。要使我国奥运奖励政策更加完善、规范，更有效地发挥其激励作用，必须对上述问题进行研究。

一、奥运奖励问题研究

　　现有研究主要涉及以下几个方面的内容：一是基本概念的界定。二是体育奖励制度的研究。三是体育奖励体系形成与发展的研究。四是体育奖励手段研究。五是奥运获奖者奖励力度和奖金数额的研究。六是激励效果的评价。

　　有关我国体育奖励的研究取得了一定的进展，主要表现在：（1）对体育奖励理论进行了一些有益的探索，包括基本概念的界定、体育奖励制度的形成与发展、我国体育奖励的重要特征等，这些研究成果为我们进行奥运奖励政策研究奠定了一定的基础。（2）对我国体育奖励实践中存在的一些问题进行了分析，如物质奖励与精神奖励的失衡、奖励资金渠道不宽、奖励的时效性较短。

　　有关我国体育奖励的学术研究还存在着一些不足：（1）专门针对奥运奖励问题进行的研究还不多。目前的研究集中在优秀运动员、教练员奖励概念的界定，奖励制度的分析，专门对奥运奖励、尤其是对奥运奖励政策进行的研究很少。（2）运用管理学、心理学、经济学、社会学等多学科的视角对奥运奖励问题进行综合分析和研究不够。（3）对运动员、教练员奖励研究较多，对其他相关人员的奥运奖励问题研究不够。（4）对现有奥运奖励政策的激励效果没有进行系统研究。（5）较少对地方奖励、社会奖励及国外奥运奖励进行研究。

二、国外奥运奖励政策概述

（一）国外奥运奖励的几种主要模式

　　根据政府对奥运奖励的程度、奖励的方式国外奥运奖励可归纳为三种模式。

1. 一次性奖励模式

这种奖励模式是将应发奖金和奖品一次发放，今后不再给予奖励，除非再次取得优异成绩。目前采用这种奖励模式的国家较多，如新加坡、澳大利亚、日本、哈萨克斯坦等。但是越来越多的国家已经认识到这种一次性的奖励存在着许多不足，比如，一次性重奖可能导致运动员过早地退役；运动员面对优厚的物质享受变得不思进取；运动员退役后的生活难以得到保障等。

2. 一次性奖励与终身奖励相结合模式

实施这种奖励模式的国家主要有韩国、印度、罗马尼亚、土耳其等。这些国家对奥运获胜者除了给予一次性的奖励外，还以各种形式给予终身奖励，如奖励"终身津贴""养老金、养老保险""终身公务员待遇"等。一次性与终身奖励相结合奖励模式使运动员的终身生活得到了有效保障，为运动员免除了后顾之忧，能够最大限度地激励运动员在比赛中放手一搏。同时，这种奖励模式也能让运动员经常体会到获奖的喜悦，起到一种长效激励的作用。

3. 零物质奖励模式

这是指政府不以官方的名义对奥运获胜者进行直接的物质奖励。有一些国家，比如瑞士和英国，一般不奖励夺金选手，他们认为具有金牌潜质的选手，早是本项目的主宰，他们凭借自己的实力和数年来取得的好成绩，已经具备了让自己过上富足生活的经济实力。在2004年的雅典奥运会，包括新西兰在内的少数国家也表示不会给运动员任何的金钱奖励，夺得冠军只能是一种荣耀。当然，这些运动员可以通过在奥运会上夺冠来扩大自己的知名度，提高其商业开发价值，以获得赞助商和广告商青睐。实施这种奖励模式不会加重政府的财政负担，但是这种模式体现不了公平，而且激励效果有限，因为广告商和赞助商通常只顾及经济利益，不会考虑运动员之间收入的均衡，可能导致一些从事热门项目的运动员的收入很高，而另一些运动员很少。

（二）国外奥运奖励特征

1. 国家奥委会重视与企业建立良好的合作关系，共同奖励奥运获奖者

在国外，负责制定奥运奖励政策和实施奥运奖励的是各国的国家奥委会。国家奥委会在奥运奖励中起着举足轻重的作用。然而，就其性质来说，国家奥委会是一个不以营利为目的民间机构，是非官方机构，国家财政是不予拨款的。那么国家奥委会如何进行奥运奖励呢？很多国家的做法就是由国家奥委会设立奥运奖励基金，奖励基金主要来源于企业赞助，也有政府的少量资助和个人捐赠。由于企业赞助是奖励基金的主要来源，所以国家奥委会重视与企业建立良好的长期合作关系。比如澳大利亚奥委会与阿迪达斯长期合作，设立"阿迪达斯奖牌激励基金（adidas Medal Incentive Funding）"，对优秀运动员、教练员进行奖励。

2. 一些体育强国或大国的政府给予运动员的直接物质奖励较少，但高度重视精神奖励

美国、日本、德国等体育强国或体育大国的政府对奥运获胜者的直接物质奖励不多，运动员主要通过开发自身商业价值来赚钱。但是这些国家高度重视精神奖励。比如，美国奥委会从1968年开始对奥运优秀运动员授予"奥林匹克精神奖"，在美国，这是一种巨大的荣誉。日本的体育界多年来流传一名格言："运动员应该甘于清贫"，强

调运动员淡泊物质享受。日本政府对奥运金牌得主只有象征性奖励，但他们能获得日本首相的接见和日本民众英雄般的欢迎。为了表彰奖励"蛙王"北岛康介给国家带来的荣誉，日本将一列列车命名为"北岛"号，无数市民争相乘坐这趟列车。

3. 欧美国家的奥运奖励资金主要来源于社会，国家财政拨款较少

国外实施奥运奖励的主体一般是国家奥委会、单项运动协会、企业和个人。无论是国家奥委会的奖励，还是单项运动协会的奖励，奥运奖励的资金主要不是来源于国家财政拨款，因为它们是民间组织或企业实体，政府较少对其进行财政拨款。为了筹集奥运奖励资金，很多国家的奥委会设立奖励基金，接受来自社会各方的赞助和捐赠，比如德国的体育援助基金会、日本的奥运奖励基金。

4. 注重对运动员退役后的社会保障的建立，形成长效激励机制

由于竞技运动的特殊性，绝大多数运动员的"运动寿命"是短暂的，因此退役以后的漫长生活能否得到有力保障是每一个从事竞技运动的人最关注的问题。一些国家和地区对奥运成绩优秀的运动员采取"终身津贴"、购买"养老保险"等形式来保障运动员的终身生活，这就从根本上解除了运动员的后顾之忧，同时也对运动员起到了一种长效激励的作用。

(三) 国外奥运奖励给我们的启示

1. 建立具有权威的影响大的国家奥运奖励基金

设立奥运奖励基金，广泛吸纳社会资金对奥运优胜者进行奖励，这在国外已经被证明是一种行之有效的奖励办法。从长远发展来看，我国也应高度重视奥运奖励基金的建立，加强奥运奖励基金在整个奥运奖励中的作用。建立一个具有权威性的奥运奖励基金对奥运优胜者进行奖励，一方面能有效地激励体育工作者，另一方面又鼓励了社会的参与，减轻了政府的财政负担。当然，建立起这样的奖励基金是一个比较长期的过程，不可能一蹴而就。

2. 重视社会奖励在整个奥运奖励中的作用

在国外的奥运奖励中，以政府官方名义进行的奖励不多，社会奖励起着非常重要的作用。鼓励社会对奥运进行奖励，既可以引起社会对国家奥运事业的关注，又可以减轻国家的财政负担。今后，我国在制定奥运奖励政策时，应注意整合各种奥运奖励资源，将社会奖励纳入到整个奥运奖励体系中。

3. 强化精神奖励的作用，创新精神奖励的内容

长期以来，我国始终坚持物质奖励与精神奖励相结合的原则。但最近一些年来，在层层的物质重奖面前，精神奖励的作用有被弱化的趋势。另外，我国精神奖励内容缺乏新意，这也是在今后的奥运奖励中需要好好思考的一个问题。社会在前进，人的精神需求也在变化。我们应该根据人们精神需求的变化，并借鉴国外的一些精神奖励办法，来创新我们的精神奖励内容。

4. 一次性奖励与终身奖励相结合，重视长期保障

运动员是一门较为特殊的职业，当运动员终归要退役，进行人生第二求职就业。退役时，很多运动员已伤病缠身，青春不再，长期的专业化训练又使他们没有达到就业所要求的文化程度，因此求职就业难度较大。对退役后生活的担忧必将影响到运动员的训练和比赛，因此采取措施解除他们的后顾之忧是很有必要的。就奖励来说，应将一次性

奖励与终身奖励结合起来，除给予奖金外，还可从医保、养老保险等社会保障方面进行奖励。

三、我国奥运奖励政策

（一）我国奥运奖励政策的现状

1. 奖励主体

当前我国奥运奖励主体可分为两大类：政府和社会。政府这一奖励主体包括国家体育总局、部分运动项目管理中心、省（自治区、直辖市）政府和体育局、地市政府，甚至包括一些县、乡（镇）政府。社会这一奖励主体主要包括企业、民间团体和个人。另外一些运动员所属的学校有时也会给予奖励。

目前我国政府奖励具有以下三个特点：第一，国家（国家体育总局）奖励最权威、最规范、涉及面最广；第二，各级地方政府的奖励具有地区差异性，由于国家没有对地方政府的奖励做出统一的规定，各地可根据自身的具体情况自行决定奖金数额，因而地区差异性大；第三，运动项目管理中心的奖励在不同项目之间呈现较大的差别性，有的运动项目管理中心对奥运优秀运动员给予重奖（如国家田径管理中心给予雅典奥运110米栏冠军刘翔的奖金高达100万元，水上运动项目管理中心也为该项目雅典奥运金牌得主设立了百万元巨奖），有的运动项目管理中心则对本项目优胜者不予奖励。

社会奖励情况复杂。社会奖励主体以企业为数众多，民间团体和个人对奥运实施奖励的不太多，但有的奖励具有较大的影响力。

企业实施奥运奖励的特点表现在四个方面：一是企业对奥运的奖励大多带有一定的商业目的；二是企业对奥运的奖励绝大多数是临时的、一次性的；三是企业对奥运的奖励主要是物质奖励；四是企业的奖励对象大部分是获得冠军的运动员。

在目前我国实施奥运奖励的民间组织中，"霍英东体育基金会"是成立较早、影响较大、比较长期稳定的民间奖励组织。从1992年的第25届奥运会之后，"霍英东体育基金会"就开始拨款奖励在奥运会上夺得奖牌的内地奥运选手和中国香港选手，奖品包括数万美元现金和一块1公斤重的纯金金牌。另外，成立于1994年4月1日的中华全国体育基金会现已建立了"全国优秀运动员奖学金、助学金""全国优秀运动员伤残互助保险基金""2008年奥运会优秀运动员、教练员奖励基金""国家队老运动员老教练员关怀基金"等多项专用基金，这些基金中包含着对奥运优秀运动员、教练员的奖励。不过，中华全国体育基金会筹集到的资金还不很充足，其在体育奖励中作用和影响力也有待提高。

就个人对奥运的奖励而言，香港爱国人士曾宪梓对奥运的奖励影响较大。

2. 奖励资金来源

我国奥运奖励资金的来源是多渠道的，其中最重要的来源是国家财政拨款。奖励资金的另一重要来源是社会。在社会主义市场经济条件下，一些精明的企业家把眼光瞄准了奥运冠军们，他们慷慨解囊，或赞助或捐赠或直接奖励。另外，来自于海内外的一些爱国人士也以各种形式为奥运奖励提供资金，表达自己的爱国之心。目前，这些来自企业和个人的社会资金已成为我国奥运奖励资金的一个重要组成部分。

3. 奖励对象

我国奥运奖励对象是逐步扩大、日趋合理的。

国家级的奥运奖励对象发生了以下三个变化：一是，由最初仅对比赛的最直接参与者（运动员和教练员）进行奖励逐渐扩大到对比赛的其他有功人员（领队、专职陪练、队医、科研人员等）进行奖励；二是由奖励个人扩展到奖励有贡献的单位；三是由对体育系统内部的奖励扩大到对其他输送优秀运动员的系统的奖励。

就各级地方政府的奖励来说，其奖励对象主要是运动员、教练员、输送单位、体育局等。另外，部分省市对所属的运动项目管理中心、运动队进行奖励。值得一提的是，在各级地方政府制定的奖励政策中，有很多省（自治区、直辖市）明确规定要对奥运其他有功人员进行奖励。

社会奖励的对象则主要是运动员，而且大多数社会奖励只奖励奥运冠军。社会奖励也有奖励教练员的，但对其他有功个人及集体的奖励则几乎没有。

我国各级政府和社会均重视对运动员和教练员（社会奖励更侧重于运动员）的奖励，但在对奥运其他有功个人和集体的奖励方面，政府与社会存在明显的差别。

4. 奖项设置

目前我国奥运奖励政策中针对运动员个人设置的奖项有三项：一是运动员名次奖。一般是奖励取得奥运会比赛成绩前八名的运动员，重点奖励获得金、银、铜牌的运动员，尤其是奥运金牌获得者。二是运动员创世界纪录奖。"运动员在奥运会上创世界纪录，执行奥运会第一名奖金标准的下限"（《运动员教练员奖励实施办法(1996年)》）。三是运动水平奖。《运动员教练员奖励暂行办法》（1987年）规定：运动员在全国及其以上比赛中在田径、游泳的某些项目上达到当年世界水平的，获得运动水平奖。

针对教练员设置的奖项也有三项：一是培训成绩奖。教练员所培训的运动员获得奖励名次或创纪录的，该教练员获得培训成绩奖。二是输送成绩奖。三是启蒙教练奖。对首次获得世界冠军或创世界纪录的运动员的启蒙教练，由全国单项运动协会根据其贡献给予一次性奖励。

另外，国家体育总局针对成绩突出的集体和单位设置了"奥运突出贡献奖"。

5. 奖金分配方式

奖金分配方式主要涉及奖金分配对象和奖金分配比例。我国奥运奖金的分配方式主要有以下几种。

第一种，运动员独得。每届奥运会后，国家体育总局、大部分的地方政府、一些项目管理中心和社会各届都会单独对运动员进行重奖。这与运动员在比赛中的特殊地位和作用有关，其他相关人员的劳动成果要通过运动员的比赛成绩才能体现出来，观众心中印象最深刻的还是在运动场上奋力拼搏的运动员，而不是教练员和其他人员。

第二种，运动员与教练员分配奖金。一些运动项目管理中心和省市的奖金分配方式是运动员、教练员各得一半。

第三种，运动员与其他有功人员之间分配奖金。如1982年国家体委颁布的《优秀运动员奖励试行办法实施细则》规定："获得特等、一等、二等奖励的运动员，由所在单位从其奖金额中抽出适当比例（最高不得超过10%），作为对其他有功人员的奖励。"《运动员教练员奖励实施办法》（1996年）第一章第九条也明文规定："在运动员的奖励名次奖金和创纪录奖金数额内，应主要考虑获奖运动员，同时也要考虑为该运动员获得奖励名次和创纪录作出贡献的陪练等其他有关运动员。"中国铁人三项运动协会制定的《铁人三项运动员教练员奖励实施细则》（2004 年）也指出：在运动员的奖励名次奖金数额内，可提取获奖运动员总奖金的 5% ~ 10% 奖励给陪练运动员。

第四种，运动员、教练员、有功人员及单项体育协会之间分配奖金。我国的《社会捐赠（赞助）运动员、教练员奖金、奖励品管理暂行办法》（1996 年）规定：捐赠（赞助）给参加亚洲及亚洲以上综合性运动会运动员、教练员及有功人员的奖金、奖品，由中国奥委会设立的专门小组接收。捐赠（赞助）的奖金按不低于 70% 奖励运动员、教练员及其他有功人员，其余部分留作单项体育协会发展基金。

第五种，不同级别的教练员之间分配奖金。如中国铁人三项运动协会制定的《铁人三项运动员教练员奖励实施细则》（2004 年）对不同级别教练员之间的奖金分配作了详细的规定。总教练、副总教练之间的资金分配办法是："提取培训成绩奖金的 30% 作为国家队总教练、副总教练奖金。总教练、副总教练之间按照 70% 和 30% 的比例进行再分配"；主管教练员和项目教练员之间的分配办法是："现任国家队教练员奖金的 70% 分配给主管教练员，30% 分配给项目教练员。"另外，该文件还对现任国家队教练员和输送教练员之间的奖励分配也根据双方训练时间的长短及贡献大小制定了详尽的分配比例。

6. 奖金发放方式

奖金发放方式包括由谁发放奖金、何时发放奖金、采取什么途径发放奖金等内容。奖金发放方式在一定程度上影响激励的效果。

由谁发放奖金，应该遵循"谁评奖、谁发放"的原则。在我国过去制定的一些奥运奖励政策中曾出现过"主管部门评审、运动员教练员所在单位发放奖金"的条款，这会导致运动员教练员实得奖金大打折扣，有的单位会以各种理由扣发甚至不发获奖者应得的奖金，大大影响获奖者的积极性。目前，在我国的奥运奖励中，这种"上级部门评审、下属单位买单"的奖金发放方式已经得到改变，"谁评奖、谁发放"的奖励原则得以遵循。

在奖金发放时间方面，应注意把握"及时性"的原则。奖金发放太迟，则起不到应有的激励作用。目前，总体来说，我国奥运奖金的发放是及时的，尤其是对奥运奖牌夺得者，在奥运会结束不久，各级政府、一些社会团体和个人就纷纷兑现重奖承诺。但是，也有一些单位以种种借口推迟发放奖金或少发放奖金，不能兑现先前的奖励承诺，造成很不好的社会影响。

在奖金发放途径方面，应做到"公开、直接"。

所谓"公开"，就是要通过各种途径使获奖者的名单、奖金的数量众所周知，这就需要利用各种传媒手段对各种表彰大会、各类颁奖仪式大力进行宣传报道。这种公开的宣传报道一方面能使获奖者本人产生巨大的荣誉感，另一方面也为广大青少年及其他社会成员树立了良好的学习榜样。目前，我国各类奖励主体在发放奖金时一般都会采取公开的形式，但在公布具体的奖金数量方面还显得有些遮遮掩掩。

所谓"直接"，就是奖励主体要让奖金直接到达获奖者手中，而不需要经过一些有可能让奖金打折扣的中间环节。过去在发放奖金时，常常先把奖金拨到获奖者所在单位，再由单位发给获奖者，有的甚至要经由教练员之手转给运动员。这种发放途径难以保证奖金能够全部到达获奖者手中，因此，单位、教练员、运动员之间就很有可能产生矛盾和纠纷。现在，我国奥运奖金发放一般是由奖励主体通过银行转到获奖者的账号上，这就从发放途径上保证了奖金为获奖者所有，从而使奖励起到应有的激励作用，因而是合理的发放途径。

（二）我国奥运奖励政策的特征

1. 国家对奥运奖励始终高度重视

为了激励奥运健儿刻苦训练、勇夺佳绩，我国政府多次制定并不断完善奥运奖励办法，力求使奥运奖励与社会经济发展状况相适应，力求使奥运奖励发挥最大的激励作用。在不断完善奖励办法的同时，国家对奥运奖励的额度也在不断提高。

表1　历届奥运会国家对获得奖牌运动员的奖金数额表（万元）

	1984年洛杉矶	1988年汉城	1992年巴塞罗那	1996年亚特兰大	2000年悉尼	2004年雅典
金牌奖金	0.8	1.5	8	8	15	20
银牌奖金			5	5	8	12
铜牌奖金			3	3	5	8

2. 各级地方政府越来越重视奥运奖励

在国家高度重视奥运奖励的同时，各级地方政府对奥运奖励的重视程度也在不断提高。各省市结合本地实际情况，纷纷出台奥运奖励措施。尤其引人注目的是，近年来，地方政府对奥运的奖励力度空前加大，有些省市的奖励大大超过了国家奖励。

表2　部分省市对雅典奥运冠军的奖励（万元）

	云南省	陕西省	北京市	上海市	四川省	福建省	辽宁省	广东省
奖金	150	100	50	50	50	50	30	25

从表2可以看出，对雅典奥运冠军奖励最多的是云南省，其奖金是国家奖金的七倍多，其他省份的奖励也都高于国家奖励。另外，上述各省市政府的奖励还有一个特点，那就是一些经济发展水平不高的省市给予奥运冠军的奖励很高，比如云南省和陕西省，2004年这两个省的人均GDP分别为6733元和7757元，但给予奥运冠军的奖金额则高达150万和100万，奖金额大约是人均GDP的223倍和129倍。

地方政府之所以重奖奥运，其原因恐怕主要在于全运会计分办法的改革。长期以来，地方政府重视的不是奥运会，而是全运会，因为全运会是各省市竞技体育实力的大比拼，全运会成绩是考核各地方政府和体育局有关人员政绩的重要指标。但随着全运会计分办法的改革，奥运比赛成绩可以带入全运会成绩，各地方政府及体育局对奥运成绩变得空前重视起来，因此各地方政府重奖奥运也就不难理解了。

3. 社会奖励奥运的热情持续高涨

表3　部分企业、个人对2004年雅典奥运会冠军的物质奖励

奖励主体	奖励的内容	奖励的对象	运动员所在省市
霍英东体育基金	每人1公斤重金牌1枚和8万美元	全体金牌得主	—
沈阳企业	中华轿车一辆	王义夫/张宁	辽宁
温州企业	30万元	朱启南	浙江
广东日生集团	10万元	杨景辉等3人	广东
房地产公司	别墅一套/轿车一辆	郭晶晶	河北
香港三盛集团	价值80万元公寓一套	石智勇	福建
大连房地产商	20万元	唐功红	辽宁

在政府持续提高奥运奖金额度的同时，社会也在逐渐加大奥运奖励的力度。在1992年巴塞罗那奥运会后，霍英东对奥运冠军的奖励为4万美元和一块纯金金牌；1996年亚特兰大奥运会后，奖金提高到5万美元和一块1公斤重的纯金金牌；2004年则为50万元港币。企业对奥运的奖励难以统计，在20世纪90年代初，企业对每名奥运冠军的奖励在几万元左右，而现在奖励价值几十万的汽车或别墅已经显得很平常。分量更重也更难统计的是运动员为企业做广告、形象代言人及从事其他商业开发所获得的巨大收入。一些知名运动员在这方面的收入已达到惊人的数量。

4. 我国奥运奖励手段多种多样

我国奥运奖励在坚持物质奖励与精神奖励相结合的前提下，采取灵活多样的奖励手段。

目前，我国奥运奖励的物质手段主要包括奖金、高档住房、高级轿车、纯金金牌及其他纯金制品（如广东健力宝集团的纯金金罐、健力宝大厦纯金微缩复制品）、大件电器等。政府的物质奖励一般是奖金，社会的物质奖励则五花八门，很多企业根据自身的具体情况来确定给予何种物质奖励。

精神奖励主要来自于各级政府及一些社会团体（如工会、团委、妇联等），其奖励形式一般是授予奖章和各种荣誉称号，比如国家体育总局给获得优异成绩的运动员、教练员个人授予"体育运动奖章"，对集体则授予"奥运会突出贡献奖""奥运会重大突破奖"等。通常被授予的针对个人的荣誉称号有："全国（省）劳动模范""全国十佳运动员""全国十佳教练员""十大杰出青年""新长征突出手""三八红旗手"等。有些省市通常还授予集体各种荣誉，比如，"劳动模范集体""新长征突击队标兵""三八红旗集体"等。另外，有些省市还对有贡献的个人和集体"记功"。

除此之外，我国政府还在升学、就业安置、晋升职称等方面制定了很多针对奥运优秀运动员、教练员的优惠政策。"获得全国体育比赛前三名、亚洲体育比赛前六名、世界体育比赛前八名和获得球类集体项目运动健将、田径项目运动健将、武术项目武英级和其他项目国际级运动健将称号的运动员，可以免试进入各级各类高等院校学习，各级各类高等院校还可以通过单独组织入学考试、开办预科班等形式招收运动员入学"《关于进一步做好退役运动员就业安置工作的意见》（体人字〔2002〕411号）。有些运动员不但可以获得免试就读国内知名高校的机会，甚至还能获得硕、博连读这样的机会；

而奥运成绩突出的教练员则可以破格晋升职称、提拔到领导岗位。

5. 我国的奥运奖励是一次性奖励

我国政府和社会对运动员、教练员和其他有功人员的奖励基本上是一次性的，获奖者一次性得到一笔重奖后，很少再获阶段性奖励和终身奖励。我国也曾尝试过对有突出贡献的运动员实施终身津贴奖励，比如在人事部、国家体委颁布的《体育运动员贯彻＜事业单位工作人员工资制度改革方案＞的实施意见》（1994 年）中就规定："对在重大国际比赛中取得突出成绩并获得体育运动荣誉奖章的运动员，发给突出贡献奖。其中奥运会冠军，每人每月 100 元。突出贡献津贴经人事部、国家体委批准后，从批准的下月起终身享受，运动员退役后其突出贡献津贴由新调入单位发放。"但该奖励办法仅实施了两年。1996 年颁布的《运动员突出贡献津贴实施办法》将"运动员突出贡献津贴改为一次性发放，其标准为奥运会冠军 5000 元"。另外，尽管中华全国体育基金会对过去曾有过贡献、现在生活困难的老运动员、教练员给予一定的资助，但其资助范围窄，资助经费也是一次性发放。因此，总体来说，我国的奥运奖励是一次性奖励。

（三）我国奥运奖励政策中存在的不足

1. 尚未制定和颁布专门的具有长效性的奥运奖励文件或办法

到目前为止，我国还没有制定出专门的、具有长效性的奥运奖励文件，我国的奥运奖励政策散见于体育部门、人事部、教育部等部门从 20 世纪 80 年代到 21 世纪初制定的多个文件中。在实施奥运奖励时，需要从这些文件中查找奖励依据和奖励办法。此外，我国的奥运奖励政策多是暂时的，不具有长效性。几乎在每一届新的奥运会来临之际，相关部门都要忙着制定新的奖励政策，这样常常会引起社会对新奖励政策的种种猜测。另外，政策的不稳定也容易引起运动员、教练员的心理波动，影响训练和比赛。因此，制定出专门的、长期稳定的奥运奖励文件是很有必要的。

2. 政府重奖的法律规范和法律依据还不足

《中华人民共和国体育法》（1995 年）第一章第八条规定："国家对在体育事业中作出贡献的组织和个人，给予奖励"，这是我们实施奥运奖励的法律依据。然而究竟怎么奖、奖多少，目前还没有法律法令对其进行规范和提供有力的依据。我们目前所依据的都是部门规章，没有像《国家科学技术奖励条例》（1999 年）这类上升到法律层次的奥运奖励文件。有的地方政府在实施重奖时，就是由领导临时决定，奖金数量的确定具有较大的随意性，没有多少科学依据和法律依据可言。由于政府奖励用的都是纳税人的钱，随意的重奖容易造成不良的社会影响。

3. 对社会奖励的支持、引导和规范还不够

鼓励、支持社会参与奥运奖励是很多国家解决奥运奖励资金不足的有效方法。目前我国社会各届奖励奥运的热情持续高涨，社会奖励已成为我国奥运奖励的一个重要组成部分。但我国社会奖励中有一些问题需要引起重视：首先，我国的社会奖励还具有一定的自发性、随意性，政府还没有对其奖励行为进行有效的引导。其次，体育部门虽然就我国的社会奖励问题制定和颁布了文件，以对其进行管理和规范，但效果还不太明显，企业与运动员违反相关规定、私下进行商业交易的行为还时有发生。再次，政府对社会奖励，尤其是对参与奥运奖励的企业在政策、媒体宣传等方面的支持力度还不够。

4. 对陪练、科技攻关人员、医务、管理、后勤保障等相关人员的奖励力度比较小

一些文件已经规定：对奥运有功人员的奖励为运动员奖励的 10%左右。从表面上看，奖励力度不算低，但仔细推敲起来，其实是相当低的。首先，有功人员包括的人数比较多，一笔奖金发下来，分到每个人的头上并不多。其次，对奥运有功人员一般不会实施层层奖励，只有一次奖励。最后，陪练、科技攻关人员及其他相关人员都是默默无闻的，社会奖励一般不会奖给他们，他们也无运动员那样的商业价值可以开发。因此，奥运有功人员实际获得的奖励是与他们的贡献不符的，政府应加大对奥运有功人员的奖励力度。

5. 各级地方政府奖励在奖励上存在互相攀比现象，奖励的地区差距大

同样是得奥运金牌，各级地方政府的奖励却有着距大的地区差别。有的省对雅典奥运冠军的奖励达到 150 万，有的省却只奖励了 20 万。更重要的是，有些省份的巨额奖金与其经济发展水平很不相适应，一些经济相对落后的省份给予的奖金数额相当巨大，而一些经济相对发达的省份给予的奖金数额相对较低。巨大的地区差异容易造成攀比之风，导致一些人情绪不稳定、心理不平衡，进而影响训练和比赛。另外，有些地方府随意的重奖也不利于正确引导运动员的思想，容易在运动员中形成享乐主义、拜金主义思想，磨灭掉运动员的斗志和积极进取的精神。

6. 一次性奖励尚未与阶段性、终身性奖励结合起来，难以对运动员产生长效的激励作用

与终身奖励比起来，一次性奖励的激励作用是短暂的。目前世界很多国家和地区在给予一次性奖励的同时，采取灵活多样的形式进行终身奖励，以弥补一次性奖励的不足。实践已经证明，这种奖励方式具有几个方面的优势：首先，可以减少一次性重奖对运动员产生的思想冲击，防止运动员过早地享受优厚的物质生活，从而变得不思进取。其次，可以对运动员的终身生活提供有力的保障，避免运动员在退役或年老后生活陷入困境。再次，可以为运动员提供长效激励作用，国家永远不会忘记他们，抛弃他们。最后，这种奖励形式还可减轻一次性重奖带来的财政重负。

7. 层层重奖、重复奖励，在一定程度上造成奖励资源的浪费

从中央到地方，几乎每一个行政级别的政府和相关部门都要对奥运进行奖励。政府奖完接着就是来自社会各方的奖励。层层重奖、重复奖励实际上是对奖励资源的一种浪费，容易引发社会对奖励的置疑和非议。另外，这种层层重奖的激励效果究竟如何，也是值得思考的。因此，有必要对各种奖励资源进行整合，形成高效的、有序的奖励体系。

（四）我国奥运奖励政策的社会反响及评价

我国的奥运奖励政策实施了二十多年，发生了许多重大变化，也引起过很多的争论。社会对奖励问题争论的焦点集中在三个方面：一是国家对运动员要不要重奖？二是各级政府层层奖励，这是否有必要？三是如何进行奖励比较科学合理？

关于国家要不要重奖运动员的问题，大多数人是持肯定的态度。其理由在于：一是奥运冠军不单是个人的荣誉，也是国家和民族的荣誉，在全世界关注的奥运赛场上夺得金牌，展现了中国国力的日渐强大和中国人的精神风貌，极大地激发了中国人民的民族自豪感和爱国热情；二是奥运冠军们在平时的训练中不仅付出了超乎一般人想象的汗水

和努力，而且还付出了青春甚至健康，给获得奖牌的运动员发奖金，既是对他们为国争光做出成绩的肯定，也为他们退役后的生活提供保证；三是中国不给予奖金，金牌运动员就可能会流失海外。不过，也有部分人认为我国目前重奖运动员不太合适。《球迷》报在 2004 年发表的一篇题为《重奖奥运应当缓行》的文章具有一定的代表性。作者认为，美国对奥运冠军的奖励不过 2.5 万美元而已，德国也只有 2 万多欧元，但是人家的GDP 是咱们的十好几倍。作者还指出，中国奥运军团这次（指雅典奥运会）得了很多金牌，但明眼人都看得出来我们还不是传统意义上的体育强国，毕竟我们的金牌很大程度上是用金钱堆砌起来的，而我们国内体育基础设施还远没有达到和我们金光灿灿的金牌相匹配的标准。目前我们国内需要拨付的项目还有很多，需要资助的项目也不在少数。奖给一个奥运冠军的钱一下子就相当于一个普通工人阶层几十辈子的薪水。据此，作者认为目前我国重奖奥运的行为应当慎重。

关于各级政府的层层奖励，有相当多的人表示明确反对。在 2004 年 9 月 7 日新华网上发起的"奥运冠军，要不要层层奖励"的大讨论中，一些网友的留言很尖锐，对这个问题的分析也比较深入。归纳起来说，其反对的理由主要有如下几个方面：（1）除中央政府外，省政府以下所发的重复奖金方案并没有经过人大讨论通过。如果是个人的私有财产，那他个人说了算。是国家的钱，是全体纳税人的血汗钱，那政府就不能凭某些官员任意说了算，必须合理、合情、合法、合制。（2）据说各个地方给本地金牌得主的奖金不尽相同，这又可能引出两个后果，一是有些金牌得主对当地政府有意见，二是以后各个省市在奖励上互相攀比，越给越多。（3）运动员本人既然选择了这一条路，就应当争第一、夺金牌，这是职责所系；同样，国家花巨额资金培养运动员也是为了争第一、夺金牌，这是国家荣誉所系。（4）实际上，我国所夺的金牌的背后，它的成本是极其高昂的（外国运动员往往可以连续多年参加国际比赛，中国运动员往往"见好就收"）；运动员的训练、生活条件也是极其优越的（外国运动员多是自己掏钱训练，中国运动员只管训练，其他基本就不用操心）。因此，在这样的情况下，给予国家奖励是完全够了，重复奖励确属多余！

也有少数人认为可以重复发，认为地方政府为了激励自己的运动员发点奖金有何不可。但同时又提出，奖金额应一级比一级低（要么国家提高，要么地方降低），根据金牌的分量（如一般、突破、破纪录等），可以拉开差距，但是全国应有统一标准，不然容易造成地方和运动员攀比。

至于如何进行科学合理的奖励，（1）最好以国家和地方政府奖励为辅，运动员广告收入和私企、个人奖励为主的原则，这样一方面可以减少国家财政支出，另一方面把运动员奖励推向市场化运作，有利于我国体育事业长期稳定发展。（2）由社会重奖运动员，政府给予精神奖励就可以了。（3）借鉴韩国的终身奖励形式，对我国运动员进行奖励。

（五）我国运动员、教练员及其他体育工作者对奖励需求状况的调查研究

1. 我国奥运奖励政策的激励效果

显示，多数人对我国奥运奖励政策的激励效果持肯定的态度，认为我国奥运奖励政策激励效果"非常好"和"好"的分别为 24.0% 和 39.5%，两者之和超过了 60%；认为激励效果"不好"和"非常不好"的分别只有 4.7% 和 2.6%，两者之和不超过 10%。

2. 被调研者对不同人员在奥运比赛成绩中贡献大小的认可程度

要明确不同的体育工作者在奥运比赛成绩中贡献的大小并非易事，本研究由被调研者对运动员、教练员、领队、队医等人员按对奥运成绩贡献的大小进行排序，结果显示，71.0%的人认为运动员的贡献最大，排第二的是教练员，第三是领队，第四是队医，然后从大到小依次是科研人员、管理人员和陪练。从调研结果来看，运动员和教练员的贡献得到了较高的认可，这与我国奖励政策中对运动员和教练员的奖励力度最大是一致的。

3. 被调研者对我国奥运奖金额度的看法

目前国家奖励奥运的奖金额度合适吗？

表3　被调研者对我国奥运奖金额度的看法

奖励对象		奖金过高(%)	合适(%)	奖金过低(%)
运动员	冠军	0.4	50.7	48.9
	亚军		43.6	56.4
	季军		43.3	56.7
	第4～第8名		34.1	65.9
教练员		0.9	46.8	52.3
领队		1.8	48.0	50.2
队医		1.8	49.3	48.9
科研人员		2.7	48.4	48.9
陪练		0.5	44.1	55.4
其他相关人员		2.8	49.1	48.1

认为"奖金过高"的人所占比例很小，认为第4～第8名运动员"奖金过低"的人所占比例较大，认为亚军、季军、陪练"奖金过低"的人也较多，其余人员则在认为奖金"合适"和"奖金过低"的人数之间差别不大。

4. 我国现有奥运奖励政策中需要改进的主要方面

调查研究显示，被调查者认为我国现有奥运奖励政策有以下一些方面需要完善和改进。

奖励对象方面：（1）对输送单位和运动员家庭应给予奖励；（2）对前十六名的运动员都应给予一定的奖励；（3）加大成绩提高明显的项目的奖励，特别是要重视奖励潜优势项目，即虽未获得奖牌，但进步较明显的项目。

奖励额度方面：（1）提高奖励标准；（2）第4～第8名的奖励较少，应当提高；（3）团体项目奖金要增加；（4）奖金的等级要层次分明，因人、因项目而有所区别。

奖励发放方面：（1）奖励要及时，奖金要尽快发放，落实到位；（2）一些省市奖励不到位，需要加强；（3）不应扣运动员工资奖金。

四、2008 年及其后一段时期内我国的奥运奖励政策

(一) 制定奥运会奖励政策的原则

1. 物质奖励与精神奖励并重原则
2. 以政府奖励为主导，社会奖励为主体原则
3. 短时激励与持续激励相结合原则
4. 奖励个人与奖励集体相结合原则
5. 与社会经济发展相适应原则

(二) 奥运奖励政策

1. 关于国家奖励政策

(1) 奖励对象

国家奖励的对象分为个人和集体两大类。个人奖励可以分为两个层次。第一层次，运动员和教练员；第二层次，科研人员、队医、领队、陪练、管理人员。集体奖励对象为：优秀运动队、有突出贡献的省市体育局。

(2) 奖励依据

对运动员的奖励以其在奥运会比赛中获得的成绩（主要是指比赛中获得的名次）作为奖励依据；对教练员的奖励以其所训练的运动员在奥运会比赛中获得的成绩（主要是指比赛中获得的名次）作为奖励依据；科研人员、队医、领队和管理人员根据其对奥运比赛成绩贡献的大小作为奖励依据；对集体的奖励以该集体在奥运比赛中的成绩和思想表现作为奖励依据。

(3) 奖项设置

针对运动员的奖项可设置两项：比赛名次奖和破纪录奖，二者可以兼得；针对教练员的奖项可设置三项：培训成绩奖、输送成绩奖和启蒙教练奖；针对集体可设置：优秀运动队奖、奥运突出贡献奖（包括科研、医疗、管理、省市相关单位）。

(4) 奖励形式

2008 年奥运会主要实施一次性奖励。在 2008 年以后，我国应逐步将一次性奖励与阶段性奖励、终身奖励相结合。在我国今后的奥运奖励中，对于获得奥运冠军的运动员，在对运动员在实施一次性奖励后，再以训练津贴的形式对运动员实施阶段性奖励。训练津贴根据运动员的比赛成绩分成几个等级，每月随工资发放，津贴发至运动员退役为止。对于一些在役时间长、成绩特别突出的运动员可给予终身奖励。

(5) 奖励资金来源

在 2008 年奥运会的奖励中，国家奖励的资金仍然全部由财政拨款。在 2008 年之后，奥运会奖励资金应逐步扩大来源渠道，除了国家财政拨款外，应鼓励社会、企业积极捐赠、赞助奥运奖励。在奥运奖励基金建立起来后，要逐步提高基金在奥运奖励中的地位和作用。

(6) 关于奥运精神奖励

精神奖励是我国奥运奖励的重要内容，我国的精神奖励主要是授予优秀个人或集体各种荣誉称号。今后我国可以在精神奖励方面进行一些新的尝试和创新。比如，可以建

立一个奥运优秀运动员事迹展览馆，对所有在奥运会上获得奖牌运动员的动人事迹进行展示，还可以奥运冠军的名字对一些体育场馆命名，如×××体操馆，×××羽毛球馆。

2. 关于社会奖励

对于企业、社会团体和个人进行的社会奖励，一方面要敞开大门，鼓励和支持社会各界对奥运进行奖励，以优惠的政策吸引人，以简便的捐赠程序方便人；另一方面要对社会奖励进行统一的归口管理，由国家奥委会或各运动项目中心统一接受来自社会的奖励，统一对奖励进行分配。运动员个人不能在不经允许的情况下私自接受社会奖励。

五、建　议

（一）树立国家奖励权威，规范地方政府一次性奖励的奖金数额

对各级地方政府的奖励加以规范。在奖金数额方面，国家可以作出统一规定：各级地方政府一次性奖励的奖金数额（指各个名次的奖金数额，不是指总额）不能超过国家奖励的数额。这样一是可以树立国家奖励的权威，以免国家奖励在各级地方政府的一片重奖声中失去其应有的地位；二是可以使各省市之间在奖金数额方面保持大体的一致，减少各省市之间的相互攀比，也可以减少运动员之间的心理不平衡。

（二）地方政府应把奥运奖励的重点放在阶段性奖和终身保障方面

各级地方政府应重点对获得奥运获奖运动员实施阶段性奖励和终身奖励，奖励的力度可以较大。对在役运动员可以训练津贴形式实施阶段性奖励，对退役运动员以每月补贴形式实施终身奖励。同时，还可以奖励运动员医疗、养老等社会保障。对于各级地方政府来说，由于各地获奖的运动员并不多，政府的财政完全可以负担得起这部分的支出。因此，地方政府对奥运获奖运动员实施终身奖励具有可行性。

（三）各级地方政府可适当扩大奖励对象的范围

比如在奖励名次方面，可以奖励前10名的运动员，有的项目甚至可以奖励前16名的运动员，各省市可以根据实际情况自行确定奖励名次的范围；对一些比赛成绩排名较后，但训练刻苦、勇于拼搏、发展潜力大的运动员也应给予适当的奖励。

（四）建立长效激励机制

1. 建立奥运奖励基金

尽管目前我国已有体育基金对奥运优秀运动员进行奖励，但还没有建立起具有权威性、知名度高和影响力大的奥运奖励基金。我国必须高度重视奥运奖励基金的建设，利用媒体宣传扩大基金的影响，吸引一些有势力的企业支持基金建设，尽快使奥运奖励基金能够承担起我国奥运奖励的重任。从长远来看，我国的奥运奖励将会主要由社会去实施，政府部门主要负责制定相关奖励政策，行使管理、监督的职能。

2. 完善优秀运动员社会保障机制

一是对运动员实施阶段奖励和终身奖励，使运动员终身无忧。在对奥运优秀运动员实施一次性奖励的基础上，对成绩特别突出的运动员（如比赛成绩前三名的运动员）可

实施阶段奖励和终身奖励，阶段奖励和终身奖励可以每月特殊津贴的形式发放。

二是建立奥运优秀运动员各种保险制度，如伤残保险、医疗保险、养老保险、失业保险等，切实保护运动员的利益。一方面，对国家规定的运动员应该享有的各项保险政策必须切实贯彻落实；另一方面，可以考虑借鉴国外的做法，对奥运优秀运动员奖励商业性质的养老保险。

三是做好奥运优秀运动员的退役安置工作。针对大部分运动员文化层次低、没有一技之长的现实，可以采取如下措施搞好安置工作：根据市场人才需求及运动员个人兴趣进行职前培训；鼓励运动员上大学，放宽入学标准，实行宽进严出的政策；为其自谋职业提供适当的优惠政策。

3. 关于奥运奖金税收政策

（1）运动员个人所得税

① 省部级以上政府给予运动员的奖金可以免征个人所得税

《中华人民共和国个人所得税法》第四条第一款指出：省级人民政府、国务院部委和中国人民解放军军以上单位，以及外国组织、国际组织颁发的科学、教育、技术、文化、卫生、体育、环境保护等方面的奖金，免纳个人所得税。依据此条款，国家体育总局、各省级（自治区、直辖市）政府给予运动员的奖金免税。在国外，一些国家给予运动员的奖金也是免税的，比如俄罗斯。

② 省部级以下政府机构及社会各界给予运动员的奖金应缴纳个人所得税

我国运动员的奖金除了省级以上政府的奖励外，还有来源于其他渠道的奖金，主要有各地市、区、乡（镇）政府的奖励、运动项目管理中心的奖励、运动员所在单位和学校的奖励、企业甚至个人的奖励等。根据我国的个人所得税法，这部分奖金必须缴纳个人所得税。

（2）企业赞助、奖励奥运的税收政策

从长远来看，我国未来奥运奖励资金的来源将会发生变化，奖励资金除了政府拨款外，企业、社会的赞助、捐赠将是另外一个重要的来源途径。设立奥运奖励基金，吸纳社会资金进行奥运奖励将是未来一种重要的资金筹措形式。为了鼓励企业积极参与赞助和捐赠，可以考虑对其给予税收方面的优惠政策。我国目前已对参与一些重大活动和比赛的社会组织和团体、企业、个人等在税收方面实行优惠政策，比如2003年发布的《财政部 国家税务总局 海关总署关于第29届奥运会税收政策问题的通知》（财税〔2003〕10号）规定：对企业、社会组织和团体捐赠、赞助第29届奥运会的资金、物资支出，在计算企业应缴纳所得额时予以全额扣除；2005年发布的《财政部 国家税务总局关于2010年上海世博会有关税收政策问题的通知》（财税〔2005〕180号）也规定：对企事业单位、社会团体、民办非企业单位或个人捐赠、赞助给上海世博局的资金、物资支出，在计算应纳税所得额时予以全额扣除。可以以现有的一些优惠政策作为参考借鉴，对奖励奥运的企业、团体和个人等给予税收优惠政策。

新时期全运会管理体制
与运行机制研究

王 健 李思民 和 平 于建成 李文柱 王 海 王东峰

翻开中华人民共和国体育事业发展的历史，全运会的举办对我国竞技体育乃至整个体育事业的发展起到了巨大的推动作用。从当代中国体育事业协调与发展的角度看，中国竞技体育的国家利益通过"举国体制"和"全国运动会"得到了充分的表达。全运会，其规模越来越大，规格越来越高。但随着中国经济的市场化进程，全运会的发展已滞后中国大环境，各种矛盾和弊端日渐凸显，参与和见证了中国体育史上这一重要篇章的人们从不同角度对全运会进行着评价与反思。

一、关于全运会的争议与研究

全运会受到全方位的批判质疑，对全运会的研究也成为学者们研究的热点和焦点。争议的焦点基本上集中在以下两方面。

第一，全运会的投入巨大，劳民伤财。一方面指基础设施建设特别是体育场馆建设过于奢华，短期内无法产生社会效益和经济效益；另一方面指全国各代表队为备战本次全运会投入大量的人力、物力、财力等消耗过大。对广大民众而言，直接效益不高。

第二，全运会赛风赛纪问题十分突出。在业内人士看来，平时比赛中出现这样的问题尚属正常情况，但是众多项目集中到了一起，弃权、重赛、错判、服用兴奋剂、弄虚作假、接受贿赂、拒绝领奖、跪求公平等风波不绝于耳，人们无法想象在各利益集团的支持下这些丑陋行为为何白热化到如此程度，可以说把竞技体育公平、公正、公开的形象彻底玷污，让人们对全运会是否需要继续举办下去产生怀疑。另外，过于集中的组织形式削弱了全运会的总效益，现行的全运会体制表现出集中在同一城、同一时间和同一层次对象上。

围绕全运会和竞技体育竞赛改革，学者们在全运会的存在价值、全运会的赛制、竞技体育的可持续发展、体育产业发展、体育后备人才培养、竞技体育举国体制、奥运战略、全运战略等领域和问题上进行了探讨并取得一批较高水平的研究成果。如《全运会，给我一个理由》（郝勤，2002）；《全运会赛制的历史功绩和时代局限》（陈培德，2002）；《借鉴奥运会经验 提高十运会经济效益的研究》(田雨普，2005);《改革开放以来中国体育发展战略的演进与思考》（杨桦，2001）；《进一步完善我国竞技体育"举国体制"的研究》（李元伟，2003）。

这些研究呈现的特点是：对竞赛体制的研究较多，有关全运会与申办城市政治、经济、文化等问题单独的、全面而深入的研究则表现出不足；共时性研究多，历时性研究少，对全运会的研究缺乏整体性、系统性，缺乏对历届全国运动会发展演进过程全景式的探索和纵深的理性分析与多层次的系统研究，而这些研究对于体育事业的健康和可持续发展具有十分重要的意义。

二、我国全运会管理体制和运行机制的调查分析

（一）全运会管理体制的现状分析

我们运用《全运会管理体制和运行机制可持续发展评价指标体系》对全运会的管理现状进行了评价，其存在的主要问题见表1。

表1　全运会管理体制中存在的主要问题

问　　题	比重（%）	排序
现行竞赛体制有缺陷的问题	90	1
投资方式中的经费问题	88	2
人才交流中的政策问题	84	3
竞赛方式中的赛风赛纪问题	80	4
参赛方式中的"雇佣军"问题	75	5
运动员保障问题	72	6

1. 存在问题

问题之一：现行竞赛体制中的冲突问题。

（1）全运会竞赛体制和奥运战略竞赛体制配合不十分默契，有时会产生冲突，牺牲奥运利益。

（2）部分竞赛项目的规模、频度、形式、办法等难以同奥运接轨。

（3）部分竞赛项目难以适应市场经济需求。

（4）部分竞赛项目资金来源单一，经费严重不足。

（5）项目布局的条块分割、区域为主等现象依然存在。

（6）竞赛管理体制中有些政策不够完善。

问题之二：投资方式中的经费问题。

全运会产业化、商业化机制的运行尚缺乏必要的法规保证，加重了承办城市的经济负担，直接影响了全运会的可持续发展。我国以全运会为平台的竞技体育体制产生于计划经济时期，在市场经济中必须得到不断的发展，目前正处于社会经济转轨期，全运会体制已经发生了很大的改变。

计划经济时期全运会是由国家拨款，市场经济体制时期的全运会体制则在寻求更多的资金投入。例如，八运会采取了一系列新的措施，采用场馆多功能设施的开发和利用及利用境外资金、开发运动会指定产品、采用土地置换、滚动开发、出售比赛场内外广告和电视广告等办法筹措资金，推进了体育的社会化，大大扩大了经费的来源，为全运会提供了丰厚的资金基础。九运会在此基础上做出了很大的成绩，进一步拓展了资金的筹集渠道，效果明显得到改善。十运会汲取了以前的经验，让我们看到了全运会在逐步的走向市场化。据不完全统计，江苏省用在十运会场馆建设的资金超过30亿元人民币，加上社会投资各地建设投入以及社会投资，全省体育场馆总投资近100亿元人民币，超过了新中国成立后50年场馆建设投入的总和。

问题之三：运动员交流中的政策问题。

目前，全运会争议最大的是双计分制、协议计分和运动员交流制。在第八届全运会上，运动员流动人数约为800人，第九届2000人，约占全部参赛人数的1/4。第十届全运会，仅江苏就和全国70%的省市进行了运动员交流合作，交流的目的主要是为了给省里增添奖牌，而第十届全运会过程中这一最大的改革措施，演变成了各地方队增金添银的最有利工具。

全运会新的奖励计分办法是将奥运会奖牌计入全运会，集体球类项目双计牌计分，解放军选手双计牌计分，交流协议运动员计牌计分双方各半，三大球奖励名次增至12名等。这些举措，有利于引导各省市、解放军调整项目结构，优化资源配置，调动积极性，落实奥运战略。也存在一些问题与争议。例如，在十运会上出现的假赛、弃权等都与协议计分制和双计分制高度相关。

我国运动员保障工作是按照计划经济时期建立的供给制的办法。统一选材、招收，退役后统一分配，伤病后公费医治，吃饭穿衣也是由单位统一分发，训练、教育都在运动队。相对封闭的运动队管理体制与社会、外部变化的环境存在着很大的差异。主要表现如下。

(1) 运动员保障工作不同步，或同步了不协调。社会保险的原则是保病不保伤。运动员纳入社会医疗保障，交医保费，但运动性损伤医疗保障部门是不负责任的，而运动员很少有疾病，更多的是运动损伤。

(2) 运动员保障工作的经费没有固定来源，现阶段主要采取自助的办法解决一部分。

(3) 运动员的再就业问题难度愈来愈大，尽管这些年来国家体育总局与有关部委出台了有关退役安置的相关政策，但现行体制下运动员的出路问题很难从根本上解决。例如，艾冬梅出售金牌度日；邹春兰以给人搓澡为生就是其中最具代表性的。

全运会要可持续发展必须解决运动员的保障问题。不仅现役运动员要有好的保障，退役后也要有特殊的政策给其更多的人文关怀，使退役运动员成为对社会、对体育事业发展的有用人才。例如，可以使退役运动员再次接受教育获得一定的学历，可以到基层成为体育工作者或者掌握一项体育以外的技能，可以到其他领域去发展等。此外，还要大力培育竞技运动人才交流市场，对高水平运动员的交流要加以监管，防止人才交流中的临时租借行为。

问题之四：竞赛中的赛风赛纪问题。

当前，全运会竞赛中的不良现象大致可归纳为。

(1) 在运动员身上的主要表现为：赛场上打架斗殴，对竞争对手造成了伤害；不尊重裁判，不服从裁判，更有甚者还辱骂、追打裁判；无视竞赛规程或规则的权威性，停赛罢赛；不讲道德风格，搞假比赛；使用违禁药物等。

(2) 在教练员身上的主要表现为：比赛中弄虚作假，给运动员错误的指导；用行贿的手段对裁判员施加影响。

(3) 在裁判员身上的主要表现为：执法不公，结帮成派，徇私舞弊，无视竞赛规程或规则的严肃性，无视法律法规的存在。

(4) 在工作管理人员身上的主要表现为：以权谋私、腐化堕落、吃请受贿。

当今竞技体育领域，由于对物质利益的过度追逐，导致竞技的严重异化，必然会带来"重物轻人""主体迷失"的恶果。因此，健全体育法制建设，加强人员培训，提高运动员、教练员、裁判员的整体素质和思想道德建设，培养智体型的竞技队伍，是抵制人与竞技物化、异化的重要举措。

问题之五：参赛方式中的"雇佣军"问题。

从第八届全运会开始，运动员的异地交流，成绩或奖牌的双计分情况越来越频繁。在九运会上，广东棒球队和上海棒球队结盟组成"广东棒球队"，并以此来抗衡天津队和北京队。在十运会上，东道主江苏队利用运动员交流政策与西部省市联合招募运动员54人，为江苏省赢得十运会金牌榜第一奠定了基础。这种"雇佣军"的出现，使全运会的举办像一条"食物链"一样，使经济发达的省市成为强者，经济实力落后的省市只有充当配角。

2. 改革措施

措施之一：转变指导思想。

全运会的可持续发展要有正确的指导思想，不能盲目。为此，必须着眼于中国体育事业的全面发展，着眼于繁荣社会主义的文化，着眼于深入民众的体育文化教育，着眼于提高中华民族的整体素质。以满足广大人民群众日益增长体育文化需求为出发点，把增强体质、提高全民族整体素质作为根本目标。

全运会作为中国体育发展模式的核心和有效的调控杠杆，不能取消。一旦取消，民众和社会对体育的关注度以及投资力度必将直线下跌，许多靠国家政策拨款生存的中小运动项目也将惨遭釜底抽薪的厄运。如果取消全运会，中国体育必然受到动摇，伤到元气。由此可见，全运会不是取消与否的问题，而是向哪里发展的问题。加快改革步伐，告别计划经济模式，尽快向市场靠拢，才是全运会今后发展的必由之路。

措施之二：转变政府职能。

转变政府职能是指由政府主导转变成市场调节，政府管理为辅上来，即让全运会走市场化道路。新中国成立以后，我国致力于计划经济体制建设并通过国家计划的方式分配所有的资源，全运会就是在这样的背景下举办了两届；70年代后，计划经济体制的优势日益减弱，并于1992年正式决定放弃计划经济体制，全面建设社会主义市场经济体制。

现在，我国社会正处于由计划经济向市场经济转型的关键时期，导致全运会的组织体系还不健全，市场开发的法律法规还有待进一步完善，全运会作为知名品牌的载体还需要我们精心培育。我们相信，2008年北京奥运会后，我国体育部门必将进一步推进全运会的市场化进程，必须加快转变政府职能的步伐。

措施之三：建立健全全运会的竞赛规章制度。

竞赛规章制度的改革是一个非常庞大的过程，涉及多个部门、多个系统，需要各方主管部门不断地去改革，去完善。虽然全运会的宗旨是"国内练兵，一致对外"，但在实际的竞赛过程中，各个省市已经背离了正确的轨道。在各种利益的诱惑下，"为全运会而训练"的观念主宰了众多的运动员。很多运动员表示，全运会的压力要比奥运会的压力还大。

建议有关部门在赛程安排上，制定相应的保障措施，转变参赛观念，健全全运会的激励机制，减小运动员参加全运会的压力，建立健全运动员保障体系，让其没有后顾之忧。

措施之四：改革隶属关系，以国家体育总局为主，省政府为辅。

全运会的举办对各省市的体育局有什么切身利益呢？全运会的去留与它们有何关系呢？全运会是目前国家体育总局能够拿出的唯一有效的利益驱动机制。如果没有全运会，体育局的工作就得不到上级重视，无法得到地方财政的拨款，其业绩考核与升迁也会受到影响。要从根本上改变这种现象，必须改革隶属关系。

地方体育局到底应该由国家体育总局直接领导，还是由省政府领导呢？选择后者，毕竟会导致上述显现的继续发生，要想改变这种现状，笔者建议，地方体育局由国家体育总局领导为主、省政府领导为辅。即在国家体育总局的协调下、在省政府的支持下，让各地区的体育事业得到均衡发展，促进其优势项目的培育与发展。

（二）全运会运行机制的现状分析

我们运用《全运会管理体制和运行机制可持续发展评价指标体系》对全运会的运行机制进行了评价，其存在的主要问题见表2。

表2　全运会运行机制中存在的主要问题

问　　题	比重（%）	排序
组织形式过于集中	93	1
竞赛机制不完善	91	2
保障机制不健全	90	3
管理模式表现为强政府、弱市场	86	4

1. 存在问题

问题之一：过于集中的组织形式，削弱了全运会的总效益。

当前，全运会组织形式中主要表现为：一是举办城市集中，二是参赛对象的层次集中。举办城市集中使运动会只在某一个城市举办，只有举办城市的人民群众直接受益，增强了当地人民群众的健身意识，加速主办城市的全民健身计划的实施，但其效益很难扩展到全国绝大部分非主办城市的人民群众。

全运会参赛的对象基本上是属同一年龄层次的青年或成年优秀运动员，广大青少年选手和普通人民群众很难直接参与到这一体育竞技盛会之中。由于缺少了其他层次的人群的参与，使全运会的举办太过单一化，缺少可观赏性，一定程度上削弱了其在全国人民群众中的影响力。

问题之二：竞赛机制不完善,不正之风继续存在。

近年来，我国体育管理部门已对全运会中的不良现象采取了有力的措施，不正之风的现象有所改变。但受各方面因素的影响，胜负被看得非常重要，助长了各种不正之风的蔓延，一定程度上影响了群众对全运会本身的认可。兴奋剂和裁判执法不公是近几届全运会最突出的问题。此外，"注水成绩"一直存在，很多获胜选手在全运会后就销声匿迹了，有的到了世界大赛就不出成绩。这些都充分说明了全运会竞赛机制的不完善。

问题之三：强政府、弱市场的模式继续运行。

从政府与市场之间的关系看，我国体育赛事的运行模式仍然处于强政府、弱市场的态势，这表明组织、经营和管理体育赛事的市场主体力量相对薄弱。其具体表现如下。

（1）参与体育赛事的大企业少，民营企业少，市场营销手段单一，中介市场发育不成熟，中介组织少而不规范。

（2）参与体育赛事的企业主体没有赛事的充分的决策权、经营权、收益权和监督权。

（3）体育电视转播市场狭小，体育消费市场疲软，体育赛事的市场监管制度不健全等。

上述可以看出，当前我国总体的体育意识还不够浓厚，市场经济观念还不够根深蒂固，政府管理部门在很多方面大包大揽，没有真正起到协调和监督的作用。

问题之四：人才外流现象严重。

人才交流政策是让全运会发挥交流合作、优势互补的良性效应。但受功利性的影响，交流政策的实施给全运会带来了很多负面影响，成为困扰全运会的一道难题。例如，十运会上辽宁籍选手代表其他代表团摘走 25 枚金牌，辽宁代表团在本届全运会中只取得了31 枚金牌。仅赛艇比赛辽宁人就夺得了 11 枚金牌，辽宁省代表团仅获得 2 枚。广东夺得的 4 枚金牌，全部为辽宁籍选手获得的。辽宁田径在本届全运会上出现巨大滑坡，此次全运会马家军只获得了 2 枚金牌，而辽宁选手却为其他代表团夺得了 4 块金牌。

这种人员流动的现象与全运会的运行机制不健全是紧密相关的。可见，建立适合我国竞技体育的发展的人才交流制度是摆在面前急需解决的问题。

2. 改革措施

措施之一：完善动力机制，由单一承办城市向多城市承办转移。

全运会应该由一个承办城市转向由多个城市来承办。其中，有一个城市可作为主承办城市，比赛项目相对集中于该城市，同时可根据运动项目特点增设多个辅承办城市。例如，十运会江苏省把南京设为比赛的主会场，把江苏省的其他几个城市设为分会场。这样就可以充分利用江苏省的总体资源，集江苏省的全部智慧来举办这届全运会。其结果明显扩大了全运会举办的影响力，为江苏省的各项建设做了很好的免费宣传。

江苏举办全运会的宝贵的经验如下。

（1）采用多城市承办全运会，主承办城市布局的比赛项目减少，使每个承办城市的负担(经费、场地设施、交通、组织工作等)减轻，不仅有利于减少投入，同时也有利于提高全运会承办的质量。

（2）有利于调动更多省市的积极性，在不增加甚至减少全运会总投入的情况下，充分利用各省市现有的场地、器材和人才办好每届全运会。

（3）有利于使辅助承办城市通过承办全运会的部分比赛项目，使更多的民众参与到全运会中，扩大了全运会的影响力。

措施之二：加强法制建设，建立权责明确、结构合理的监督机制。

首先，全运会应借鉴奥运会经验，逐步建立完善的法规体系，明确各级政府、企、事业单位，社会团体和公民在全运会中的责任、权利、义务，做到有法可依、有法必依、执法必严、违法必究。

其次，全运会应确立一个的多元化的投资体制，这是全运会能否生存的基本条件。全运会是以社会效益为主，国家不会放弃对全运会的经费投入，同时全运会也必须通过走社会化、产业化和商业化的道路来筹集资金。

其三，逐步建立教练员学历教育、资格认证和岗位培训制度，加强对中青年教练员的培养深造，不断提高教练员队伍的整体素质。

其四，加强裁判员队伍建设，有条件的项目要建立裁判员队伍。要逐步建立健全裁判员培训、晋升、选派和处罚制度，不断提高裁判员的业务水平和职业道德。在保护裁判员合法权益的同时，严肃裁判纪律。

其五，通过竞赛宣传奥林匹克精神，公平公正地进行比赛，提高比赛质量，发挥较高的竞技水平，是体育组织和社会的共同需求，否则将失去市场。

最后，设立全运会仲裁委员会，监督并保证全运会比赛的公平公正。

措施之三：制定限制"不合理"的人才流动措施。

根据我国国情，从大局出发，建立开放、有效的人才交流整合机制，规范人才交流制度，加大执行力度，减少执行过程中的漏洞。例如，运动员违反合同内容，经有关部门确认，应限制其重新注册或参赛，以防止给单位造成损失。必要时，可通过法律程序解决违反合同的行为。

通过人才交流提高运动员的竞技水平，发挥资源共享的优势。运动员通过交流可以吸收一些新鲜的血液，提高自己的竞技水平，同时也可以把自己的东西带到交流单位去。这样有利于高水平运动员成绩的进一步提高，有利于我国竞技水平的提高，为我国备战奥运会做好充分的准备。

措施之四：逐步完善全运会组织管理中的市场运行机制。

全运会组织管理中政府的主导地位和作用，通过政策调控、财政支持和协调沟通来实现，具体措施如下。

（1）税收减免政策。在北京奥组委、赞助商及其他奥运会参与者的营业税、所得税和增值税上，政府应制定相应的减免政策，如部分减免、全部免除等。

（2）土地使用政策。在奥运场馆奥运会相关基础设施建设用地上，政府应制定优惠政策，如低廉的土地价格、较长的使用期、简化土地使用审批手续等。

（3）信贷政策。在全运所需基础建设资金借贷上，政府应制定相应倾斜政策，如较低的利息、贴息贷款、延长还贷日期等。

（4）财政拨款政策。在市政基础设施改造、比赛物质技术条件完善、比赛直接业务费用等方面，各级政府要不遗余力地给予拨款支持。

（5）组织协调政策。在全运会所需人力、物力、财力上，政府要发挥其组织和调控职能，协调各行业、各部门之间的利益关系。

三、全运会管理体制和运行机制的可持续发展分析

（一）全运会管理体制和运行机制可持续发展的影响因素分析

我们运用《全运会管理体制和运行机制可持续发展评价指标体系》对全运会管理体制和运行机制的可持续发展进行评价，其主要影响因素如表3。

表3　全运会管理体制和运行机制可持续发展的影响因素

问　　题	比重（%）	排序
政治	93	1
经济	90	2
文化	76	3
社会需求	70	4
体育内部因素	65	5

1. 政治对全运会可持续发展的影响

体育自产生之日起就与政治存在着密切的联系，政治与体育之间相互作用，相互影响，体育是政治交往的桥梁，也是政治的手段和工具。政治上的每次变革都会影响着体育的发展，历史上的"大跃进""文化大革命"对中国体育造成了很大的危害。自改革开放以来，随着政治环境的稳定，中央出台了一系列政策促进体育事业的飞速发展。如1995年我国出台《中华人民共和国体育法》。

全运会是由国家体育委员会直接领导下的体育赛事，是各种政策出台实践的载体和舞台，是体育改革的先锋，是中国体育的晴雨表，政治对全运会的发展有重要的影响。如新中国成立后的前三届全运会基本上都是全运会搭台，政治军事唱戏。全运会作为中国竞技体育的主战场，为奥运会和很多国际性大赛锻炼和输送了大量的体育人才。因此，在制定全运会改革发展战略时，应更加重视政治对全运会的影响，充分利用政府支持的优势，制定合理有效的发展战略，发挥举国体制的优势，集全国各行业之力，促进全运会更好、更快地发展。

2. 经济对全运会可持续发展的影响

政治是上层建筑，经济是基础，经济决定政治，政治是为经济服务的，这是马克思主义政治经济学的经典。经济不但对政治起决定作用，而且经济的发展直接影响和制约体育发展的程度和规模，经济的繁荣与衰退也会给体育系统带来新的机遇和挑战。经济是基础，一切事物的发展都离不开经济的制约，体育也一样，体育的改革发展必须符合社会主义市场经济发展的要求。

在计划经济条件下形成的全运会，在当今市场经济条件下必然会出现很多不适应，但不能说全运会就没必要举行下去了。在过去的几十年里，全运会在中国竞技体育飞速发展中起到至关重要的作用，在未来中国竞技体育的发展中将发挥越来越重要的作用。

3. 文化对全运会可持续发展的影响

在文化的大背景下，体育文化也在不断地发生着变化。体育价值观开始由单一向多极转变；人们的体育意识正在不断增强，体育消费观念也在转变，福利型体育向消费型体育转变。观看体育比赛已成为社会大众休闲娱乐的重要内容，富有中国特色的体育文化正在逐渐形成。

全运会作为中国最重要的赛事，将成为人们精神文化消费的重要内容，承担着越来越重要的社会责任。因此，着眼于广大人民的精神文化需要，才能使全运会的发展立于不败之地，才能实现全运会的快速可持续发展。

4. 社会需求对全运会可持续发展的影响

随着社会的不断发展，社会需求多元化对体育改革提出了新的要求，社会的改革必然要实现包括体育在内的同步改革。随着全运会规模的扩大，全运会系统不再是一个孤立的系统，而是一个与社会很多行业有千丝万缕联系的综合体，包括企业、服务业、交通运输业、旅游业、餐饮业、建筑业等关系都很密切。因此，全运会要想实现可持续发展，不但要处理好自身系统内部的关系，更重要的是处理好系统外与之相联系的系统之间的关系，充分利用他们的优势与条件，为全运会服务，同时要重视他们的权利与收益，做到责、权、利统一，才能充分调动社会各界的力量参与到全运会的发展中来。

5. 体育系统对全运会可持续发展的影响

全运会所处的环境是个复杂的巨系统，涉及社会的很多方面，不但有体育内部因素的影响，体育系统外部的影响越来越大，并逐渐占据主导地位，因此，在研究全运会竞赛管理体制改革时，应充分考虑到内外因素的影响和制约作用（图2）。运用系统的思想全面考虑体制改革的问题，才能建立科学全面的竞赛管理体系。笔者认为，实现全运会的可持续健康发展，须处理好以下几种关系。

（1）处理好与各省市运动队体育局之间的关系。

充分调动他们的积极性，做到目标协调统一，齐心协力完成好全运会的任务与目标。建立合理的约束和激励机制，使各省市备战全运会的工作有条不紊。

（2）处理好政府与市场的关系。

重视市场经济对全运会的调节作用，并通过政府引导和规范市场的行为，实现政府与市场的协同互补。

（3）处理好全运会组委会与社会组织之间的关系。

理清宏观调控与微观管理的关系，充分调动社会组织的积极性，为全运会的举办与发展做出贡献。

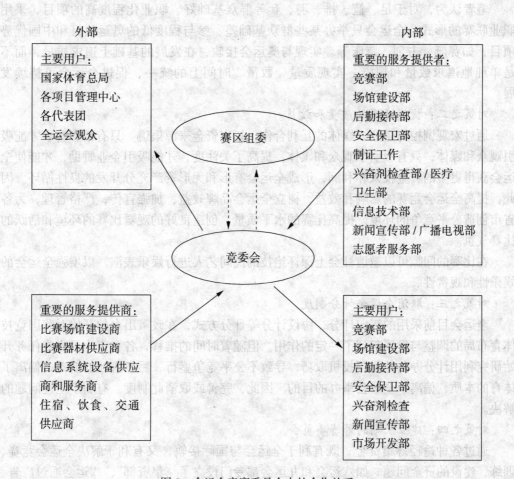

图 2 全运会竞赛委员会内外合作关系

（4）处理好全运会系统与非全运会系统之间的关系。

在系统内存量调整和优化的同时，考虑系统外增量的引入与匹配。

（5）处理好奥运会与全运会之间的关系。

实施以全运会改革为突破口的竞赛体制改革，带动各类赛制作相应的调整，国内练兵一致对外，实现中国竞技体育发展的总目标，实现全运会存在和举办的目的和目标。

（二）全运会管理体制和运行机制可持续发展的对策分析

对策之一：缩小规模，突出重点，充分发挥自身优势。

全运会的优势就在于举全国之力，实现我国竞技体育的快速发展，在国际大赛中取得优异成绩，振奋民族精神弘扬国威，提高民族凝聚力和自信心。但是目前全运会比赛规模过大，比赛项目设置过多，同级别的比赛重复严重，造成了人力、物力、财力上的浪费。因此，全运会应处理好与城运会、农运会、大运会等赛事之间的关系，避免同一水平上的比赛重复浪费，比赛项目达到合理配置，层次清晰，实现资源和效益的协调发展。

笔者认为，对于足、篮、排、羽、乒等群众基础好、职业化程度高的项目，采用职业联赛的形式。全运会只举办某些群众基础差、参与程度低的奥运项目和中国优势项目，如赛艇、击剑、蹦床等。实现与奥运会接轨，在发展的基础上追求质量，而不是单纯地追求数量和规模，实现质量、数量、时间上的统一，促进全运会可持续发展。

对策之二：提高竞赛的质量和效益。

通过宏观调控与企业、媒体的互利合作，拓宽资金来源渠道。只有精彩赛事才能吸引观众和媒体，只有吸引了观众和媒体，提高了关注度，才能吸引企业赞助，才能使全运会获得更多的资金投入和利润，形成全运会有形和无形资产充分开发的良性循环。因此，提高全运会竞赛的影响和效益，树立全运会品牌效益，加强宣传，严格管理，为各省市创造公平竞争的环境，提高比赛的水平质量，创造良好的观看比赛的环境和活跃的比赛气氛。

在比赛的间隙可以邀请社会上深怀绝技的民间艺人进行娱乐表演，以增强全运会的娱乐性和观赏性。

对策之三：取消全运会计分制度。

全运会目前采用的双向计分、协议计分等计分方式，在政策出台的开始对我国竞技体育布局的调整与发展起到了一定的作用。但随着时间的推移，各省市为了完成任务开始研究利用计分办法的漏洞投机取巧，导致不公平竞争盛行、后备人才的缺乏，偏离了体育的本质，偏离了全运会举办的目的。因此，完善或取消此制度，有利于上述问题的解决。

对策之四：建立长期的筹资委员会。

通过各种途径筹集资金，既有利于全运会与国际接轨，又有利于解决全运会竞赛、训练、建设的资金问题。如八运会和九运会都专门设立了"集资部"，八运会通过广告、捐助等营销收入总额为 1.68 亿元人民币，九运会营销收入为 2.02 亿元人民币，大大缓解了举办全运会的经济压力。中国是竞技体育项目的大国，全运会中的很多项目具有世界顶尖级水平。由此，全运会在市场开发上还有很大的潜力可挖，仅靠集资部短时期内的筹集工作是远远不够的。

笔者认为，全运会设立一个由各行业专家组成的筹资委员会，长期研究并执行筹资工作，实现筹资工作科学化和最优化，是解决资金问题的主要途径之一。

对策之五：全运会组织管理的举国体制。

全运会组织管理的举国体制可通过以下途径来实现。

首先，设立全运会攻关课题。以公开招标或委托的形式，吸引和组织全国各部门、各行业的人员参与。其次，设立热线和官方网站。吸引全国人民为全运会献计献策的机会。其三，建立激励机制。被全运会组委会采纳的建议和意见，给予相应奖励。其四，成立专家督导组。负责组织各部门、各行业的有关专家对有关工作进行监督。其五，面向全国广泛招集奥运会志愿者。其六，在组织体制上成立由中央到地方的多级垂直领导体系（图3）。

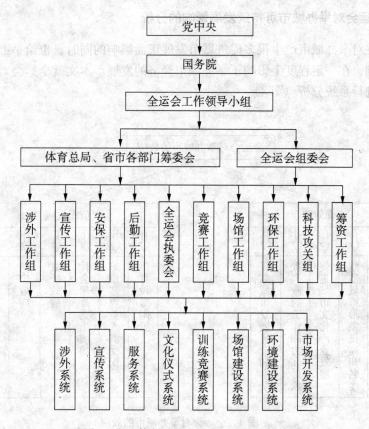

图3 举国体制下的全运会组织管理体制

对策之六： 加强与传媒的互利合作。

全运会通过传媒来扩大影响，大力加强与传媒的合作，尤其是电视媒体的宣传，达到互利双赢，建立互相支持和促进的伙伴关系。如2000年悉尼奥运会电视转播权收入为13.31亿美元，而九运会电视转播权仅有几百万人民币，不到专家推算的1/20 。

全运会与传媒不可避免地会存在利益冲突，因此要充分考虑传媒的权利和利益，运用法律和经济手段去化解矛盾和争端，充分调动传媒的积极性，使其参与到全运会的宣传与报道中来，达到利润最大化。

对策之七：重视对企业的引导与服务。

企业对全运会的信心不足，很多企业转向花高价投资国外的一些体育赛事，如欧洲杯足球赛、美国 NBA 篮球赛、F1 方程赛等国际赛事，导致资金外流，这是很值得我们思索的问题。

全运会应重视对企业的引导，借鉴奥运会产业化运作的经验，如奥运会的（TOP 计划），而全运会在这方面做的显得很草率和随意。因此，全运会应加强对企业赞助策划和实施能力的培养和指导，为其提供更好的策划服务，使全运会成为知名品牌的形象代表，促进销售、支持公益事业的载体，提供更为具体的多样的创新回报，建立与企业进行信息交流的渠道和平台，加强信息交流，维护长期、平等、互利的协作关系，达到互利双赢。

（三）全运会对举办城市可持续发展影响的分析

全运会在对举办城市产生很多促进城市发展正面影响的同时，也给举办城市产生了一些负面影响，在一定程度上影响了举办城市经济的发展。本文就全运会对举办城市的影响效应，进行系统分析（图 4）。

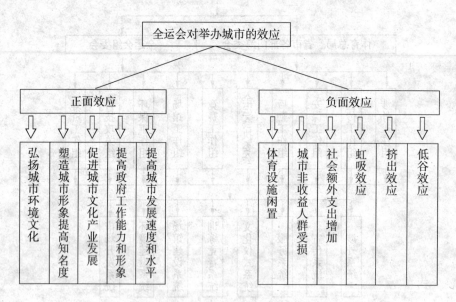

图 4 全运会对举办城市的效应

1. 全运会对举办城市形象的效应分析

（1）弘扬举办城市的传统文化。

所谓城市文化是市民在长期的生活过程中，共同创造的、具有城市特点的文化模式，是城市生活环境、生活方式和生活习俗的总和，包括物质文化和精神文化两个方面。全运会的举办对这两个方面文化的弘扬都是具有积极作用的。

从物质方面来看，全运会的发展会带来城市交通、通讯、园林、建筑等基础设施和健身场馆、体育文化娱乐设施等公共环境的发展。

从非物质方面来看，全运会比赛所带来的职业比赛态度，职业体育意识，参与精神，友谊、团结和公平竞争的精神，不断进取、积极向上的奋斗精神和不畏艰险、勇攀高峰的拼搏精神等将会促使城市市民在精神境界上得到升华。

全运会的举办，不但对挖掘、整理城市文化资源，打造城市文化品牌，提高城市文化品位具有重要作用，而且对弘扬中华传统文化、彰显传统文化的丰富内涵和个性，具有积极而深远的影响。

全运会以传统文化项目为内涵，体现了文化的传承和延续；它以推动城市之间文化交流、促进文化艺术水平的提高作为起点，培育了富有生命力的文化活动特色项目和文化品牌，为区域文化特色的打造创造了优越的条件，奠定了坚实的基础。如山东曲阜利用几千年的文化积淀，创办了国际孔子文化节，将当地已沉睡了几千年的历史遗迹活生生地再现出来，使传统文化焕发了活力。而南宁国际民歌节，不仅把潜藏在民间的艺术活力借助现代传媒展现在人们面前，而且从民歌的优美旋律中，使人们感受到团结、祥和、繁荣、发展的时代脉搏和健康向上的美好气息。同时，通过充分挖掘民歌文化中的审美精神，从中提炼出有益于现代社会和现代人的文化理想和生活理念，营造现代生活的艺术氛围，进而推动了城市精神文明建设。

全运会浓缩了一个民族的发展史，是民族传统文化延伸和发展的主线。它不仅保留和传承了传统的民族习惯和民间风俗，更在培养群众文化特色项目、打造文化活动品牌、形成区域文化特色等方面发挥着重要的凝聚作用，是群众文化繁殖和成长的肥沃土壤。如历届全运会开幕式、闭幕式中的团体操表演，文艺晚会和各种体育文化艺术活动等，充分展现了城市传统文化和中华民族悠久的历史，使人们在欣赏体育精彩比赛的同时，接受优秀文化传统的熏陶，培养高贵优雅的气质和健康向上的品质。

（2）促进举办城市文化产业的发展

全运会大量丰富多彩的文化艺术活动，不仅为全运会营造了浓厚的文化气息，也为举办城市文化的发展带来了无限的生机和活力。全运会如此大的规模，汇聚了全国的精英，得到全国甚至世界关注，随着我国竞技体育在国际上的影响力越来越大，更多的国家开始关注中国的举国体制和全运会。

伴随全运会的举办，全国发达城市的传媒巨子、文化名流、先进的经营管理理念、营销手段、竞争策略、技术设备等，都将汇聚举办城市，从而促进城市文化产业包括广播电视、新闻出版等的发展，提高了城市的文化品位和城市的文化水平，在短期内实现质的飞跃，达到国内先进水平，并逐步实现与国际水平的对接。此外，在全运会举办过程中，城市所积累的经验可以变成程序、形成教程或模式，进行管理输出，这对于进一步密切国内文化交流与合作，促进文化的传承、发展和经济社会全面进步也有重大影响。如举办十运会的南京市是我国最悠久的历史文化名城之一，十运会的举办使人们对南京的历史和文化有了更进一步的认识和了解，有利于促进南京市经济的发展和人们精神文化素养的提高，培养人们热爱祖国热爱家乡和为国争光的民族意识。

（3）塑造举办城市形象，提高城市知名度。

在对外宣传和展示城市形象、提高城市知名度方面，全运会的潜力非常巨大。在全运会举办期间及举办前一年多的时期内得到全国人民的关注，无形中提高了城市知名度，全运会的影响力、辐射力更多地表现为一种无形的、长期的力量渗透到社会各个领域。如赛事转播期间对城市的介绍，再加上举办前城市环境的改善和基础设施的建设，使举办城市焕然一新，媒体的包装和大量宣传对举办城市象形的塑造也是极其有帮助的。

举办全运会，能够对城市主题形象起到很重要的宣传功效。尤其在举办全运会的期间，参加者亦可以全面了解城市的自然景观、历史背景、人文景观、建设成就等内容。全国的观众通过媒体的宣传，也可以间接地了解到举办城市的形象和风貌，从而对城市形象有良好的感性认识，有利于吸引投资和旅游业的发展等。

2. 全运会对举办城市体育资源开发效应的分析

(1) 开发举办城市的体育旅游资源

全运会对举办城市旅游资源开发具有重要意义，不仅可以在赛前和赛中吸引大量的游客，而且具有长期的后续效应。例如，十运会让南京市的旅游资源更加丰富，奥体中心、绿博园、宝船遗址公园、静海寺、天妃宫等新景点的相继开门迎客，给南京城的旅游带来了新的亮点。

全运会在增加游客的同时，也带动了旅游相关产业的发展，比如餐饮业、日用品销售业、纪念品生产业、交通运输业等行业，因此全运会对举办城市旅游业的发展具有隐性持久作用，影响是巨大的、深远的，应充分抓住举办全运会的机会，促进旅游业的发展。

(2) 开发举办城市的群众体育资源

全运会竞赛活动虽短，但对市民的影响较长久深刻。每次全运会的举办都会带来大众健身的热潮，这无疑会促进大众健身运动及其相关产业的发展。比如服装制造业、健身器材制造业、体育俱乐部等行业的繁荣。

大众健身资源开发是城市资源开发最重要的方面之一，它为举办城市体育的可持续发展提供了良好的社会基础，并带动了相关产业的迅速发展、大众健身发展，提高全民素质是体育发展的最终目标，为体育的发展和壮大提供源源不断的动力，为全运会赛事不断完善和健康发展奠定了坚实的群众基础，充分挖掘大众体育资源，促进全运会可持续发展。

(3) 开发举办城市的体育文化资源

全运会的举办不仅是一次综合性的体育比赛也是一场体育文化盛会，是各省市体育文化技术交流的舞台，也是展示举办城市历史文化自然景观的良好时机。大量的宣传和丰富的文艺活动，使全国人民在欣赏精彩比赛的同时，接受着体育文化的洗礼和熏陶。在全运会期间举办的各种体育文化艺术活动、文艺晚会、体育科学大会、体育美术展、体育集邮展、体育摄影展等很多活动，营造了浓厚的文化氛围，使体育与文化意识得到完美结合。

因此，全运会的举办对举办城市文化资源的开发具有重要意义，要提高重视、抓住机遇、努力弘扬体育文化，促进举办地的精神文明建设，提高城市居民的思想道德水平和文化修养，加大对举办地资源开发程度和规模。

(4) 开发举办城市的传媒与通讯资源

全运会的筹办和举办期间，通过网络、电视、报纸、杂志、电子移动网络等各大传媒进行宣传，"十运会"这个名字已经进入到江苏省的千家万户，据调查，江苏省的群众对十运会的知晓度为 98.1%。这与中央电视台等传媒机构对十运会的宣传是分不开的。

全运会的筹办和举办对通讯业的影响也是很大的，这期间大量的信息交流都要借助于通讯设施，通讯业在全运会期间也可以得到宣传，提高了声誉和影响力，实现与全运会的愉快合作，从而达到互利双赢。

（5）开发举办城市的体育设施与环境建设资源

全运会对城市基础设施建设的开发包括道路交通、场馆、通讯设施等。比如江苏省自筹备十运会的 4 年中，新建高速公路长 1423 公里，拓宽 248 公里；改造南京地铁一号、南京铁路新客站、绕城公路、九华山隧道、润扬大桥等道路交通；新建场馆 34 个，维修 98 个，新建场馆分布在南京、苏州、无锡、常州、扬州、连云港、徐州等 12 个城市，为十运会接待近 40000 名的运动员、教练员、工作人员、新闻记者和外国来宾提供了高效、便捷的服务保障，同时也大大促进和提高了举办省市的道路交通建设的速度和质量。

全运会的场馆开发采用政府、社会、高校联办的方式，成绩显著。不但为举办大型的体育赛事创造了条件，改善了城市环境和整体形象，使城市面貌焕然一新，而且为大众健身的发展创造了条件。

3. 全运会对举办城市政府形象效应作用的分析

（1）提升举办城市政府的工作效率，改善政府形象。

全运会的规模大、会期短的特点就对人力资源的调配提出了一种非常态的要求，会前迅速聚集数万名工作人员，会中高负荷工作，会后及时遣散。由于全运会自身的特点，就对政府工作人员的工作能力、工作态度提出了很高的要求。

一方面，政府相关工作人员必将努力提高自身业务素质，全心全意地投入到全运会中去，在各个方面都得到很好的锻炼，促进政府服务水平的提高；另一方面，全运会运作过程中的高效、勤政、廉洁，无疑会提升政府在群众中的形象。

（2）提高举办城市的整体水平，加快发展速度。

举办城市良好的政府形象，才能提高城市吸引力，才能吸引大量的投资，才能吸引大量的优秀人才，才能引进了先进的管理理念和技术，从而提高举办城市的资金和智慧，促进举办城市的快速发展。

4. 全运会对举办城市经济可持续发展效应的分析

（1）全运会对举办城市经济可持续发展的正面影响。

① 教育培训活动的增加。全运会需要管理人员、工程技术人员、志愿者、服务人员等参与，这些人多数是首次接触全运会，需要对他们进行管理知识、体育竞赛常识、风俗、礼仪等方面的培训，提高他们的专业素质和修养水平。

他们是一个城市文明的使者，代表着一个城市的素质和修养，周到细致的服务往往会给人们留下美好的印象，同时也可以带动和感染其他工作人员讲文明、讲礼貌。这些教育和培训还为举办城市留下了大量有素质、有修养的人才，在他们的带动下，整个城市的友好风气可以得到大大改善。

② 促进区域经济的发展。在全运会举办期间，将有数以万计的参赛人员及海内外游客涌入举办地，他们的消费给举办地带来的巨大商机，拉动了经济的快速增长。据专家统计，举办 2008 年奥运会可以推动北京提前 10 年发展，同样举办全运会也可以加快区域经济发展。

③ 推进就业岗位的增长。在全运会筹办期和举办期需要大量的人员，来从事教育培训工作、组织管理工作、工程建设工作、服务工作等，从而增加了短期就业岗位的机会。此外，举办城市的市容环境的改善、流动人口的增加，也刺激了宾馆、交通等服务行业的就业机会，进而提高举办城市的就业率。

④ 促进了旅游业的繁荣。全运会对旅游业的影响是一个由低到高再走低的抛物线形。其基本特征如下。

首先，全运会作为超大型的"人文旅游品牌"，其对游客的吸引力是任何其他超大型活动所无可替代的，其本身就吸引了大量的游客。

其次，媒体的大量报道对举办城市树立旅游品牌形象，具有加速作用，举办期间引起全国甚至全世界的注目，产生巨大的聚焦效应，成为举办省市政治、经济文化发扬和传播的最佳载体。

其三，大幅度增加旅游业的收入，在全运会举办期间，游客无论在住宿、交通、通讯、餐饮、看比赛及吉祥物、纪念品等旅游购物的消费水平都比平时超出数倍，大量的观众和游客吃、喝、住、行、玩等集中消费程度高。

最后，全运会的举办改善了旅游业的软硬件水平，举办全运会所带来的巨大投资规模效应，还极大地改善了举办地旅游基础设施硬件的建设，创造一流城市和旅游环境，旅游服务质量显著提高，带动了旅游行业水平的全面提高，促进了旅游业的进一步成熟与发展。

⑤ 加速建筑业的发展步伐。全运会需要修建场馆、道路、公园、旅游景点等，这些都促进了举办城市的房地产行业和基本建设的步伐。这些别具一格、高质量的设施，成为新的人文景观，促进举办城市的健康可持续发展。

⑥ 拉动了制造业的革新改造。全运会的举办，为与其相关的产品和设备的制造和销售提供了大量的商机。

首先，进行全运会竞赛相关的设施与器材的生产及旧设备的改造与更新，生产制造与新设施相配套的各种设备，以达到比赛的要求。

其次，媒体通讯器材的生产、办公用品的生产，以及与全运会相关的运动服装、健身器材、纪念品、彩票相关的物品都需要制造业的大力支持。

最后，建筑场馆、改善道路交通、改善城市环境、新建宾馆等都需要大量的材料，带动了制造业的发展。

⑦ 无形资产得到开发。全运会无形资产包括名称、历史、广告方式、声誉等的总和，如特殊标志权、特许权、冠名权、电视转播权、彩票开发权等，通过会徽、名称、吉祥物、使用许可、专用产品、冠名权等无形资产的开发，使全运会的主办者得到资金、物质、服务的回报，企业得到知名度、美誉度和产品促销的回报。

(2) 全运会对举办城市经济可持续发展的负面影响。

全运会在对举办城市经济可持续发展产生正面影响的同时，也产生了一些负面影响。笔者认为，其负面影响主要有以下几个方面。

① 体育设施闲置。全运会后，一些高质量的场馆的经营与管理给政府带来了很大的困难，每年要花费大量的资金和人力用于维护，给当地政府带来了很大的压力。这些问题该如何解决？

首先，建场馆时，须经过充分论证并研究该城市未来10年内的体育消费水平，尽量建少建小。

其次，尽量将竞赛项目向周边城市扩散，合理布局。

其三，对一些群众基础不普及的项目，可采用建临时棚舍的方式，降低建设成本和赛后的维护成本，赛后可以拆掉转让给下一届举办者，实现资源循环利用。

其四，对一些群众基础好的项目，场馆通过竞标交给社会组织建设，赛后由他们自主经营，只需收取一定的费用即可。

最后，对于政府自己投资兴建的场馆也可以交给个人或企业去运作，以提高场馆的经济效益和利用率，减少很多麻烦。

总之，解决此问题的原则是：科学规划，降低成本，提高利用率，在保证比赛顺利进行的情况下，尽可能少投资，实现场馆的充分利用。

② 城市非受益人群的生活受损。所谓非受益人群是指全运会的举办不能给他们生活带来任何直接益处的人群。如举办全运会城市中的无家可归的人员，可能因为全运会被驱逐；因大量观众和游客涌入举办城市，部分供低收入人群的消费负担加重；人们的生活节奏加快，生活秩序被打乱，正常的工作娱乐休闲节奏被打乱，交通、治安出现紧张等，这些在一定程度上都将影响举办城市经济的发展和市民的日常生活。

这些问题的解决需要全运会举办地当地政府的高度重视，进行积极的宣传协调教育，并制订一定的方案解决他们的困难和问题，进行积极的、适量的投入，为这些人提供良好的社会保障，创造一定的条件增加就业，提高收入。

③ 社会额外支出增加。为了维持社会的正常生活秩序，保护自然环境、人文遗产，要投入大量的资金，这种叫做直接附加成本。另一方面，举办全运会吸引了大批的外地劳动力进入举办城市，由于他们长期在举办城市逗留，造成举办城市社会人口增加，从而相应地引起住房不足、交通拥挤、学校不足、失业率增加等一系列问题，为了防治和处理问题而投入的费用开支称为间接附加成本。

解决好此问题，政府应该做好前期的准备和宣传工作，鼓励市民在举办全运会期间少开车，自觉做好文明卫生工作，采取措施保证社会秩序井然有序，生活娱乐活而不乱，为全运会营造一个良好的社会氛围。

5. 全运会对举办城市体育事业发展的社会价值分析

（1）振奋民族精神，提高地区声望，促进民族团结，提升民族的向心力和凝聚力，展现城市文明、开放、团结的现代化新形象。

① 振奋民族精神，提高国家声望。全运会的召开显示了国家对提高我国竞技体育运动水平重视，同时展现了中国人民加快建设祖国的决心，鼓舞人心，提升了民族自豪感和自信心。当运动员在全运会上获得奖牌，当鲜艳的五星红旗冉冉升起的时候，他们是多么的自豪和骄傲，这一刻会引起全世界的关注，让世界人民了解中国，认识中国，敬重中国，这不但提高了民族自豪感和自信心，而且也提高了我国政府在国际政治上的声望与地位。因此，全运会在振奋民族精神、提高国家声望方面起到了重要的作用。

② 促进各民族团结，提升民族的向心力和凝聚力。全运会赛事是各省市团体相互交流学习、相互沟通的最佳平台，加强了来自五湖四海体育人才的相互了解，增进了友谊，促进了各民族的团结，展示了我国竞技体育的伟大成就，激发了全国人民的爱国热情，提升了全民族的向心力和凝聚力。

③ 展现举办地文明、开放、团结的现代化新形象。全运会的举办与申办过程中，

所进行的爱国主义、集体主义等宣传教育工作，大型的文艺演出、各种规模宏大的展览，展示了中华民族的伟大历史和改革开放以来的伟大成就，激发了人民的爱国热情，充分调动了人民投身于社会主义现代化建设的积极性，培养了主人翁精神，形成了团结、向上、和谐、互助的社会氛围，为举办地经济社会发展提供一个良好的社会人文环境。

全运会的举办还加强了举办地生态建设和环境保护，加快了举办地城市化进程，推动了举办地的经济发展和精神文明建设。举办地应利用这个机会更加对外开放，从而推动现代化和民主进程，努力改善城市环境和人文社会风貌，努力构建一个开放、文明、民主、和谐的现代化城市。

（2）缓解就业压力，增加就业机会，推动产业结构优化升级，宣传企业品牌。

① 缓解就业压力，增加就业机会。全运会在筹办过程中，要新建、改建及维修大量的体育场馆，新增交通、通讯、服务等设施；在全运会的举办过程中需要大量的服务人员，举办大型体育赛事最直接的经济收入就是出售门票、彩票、纪念品、广告、电视转播、募捐等，这些工作需要大量的销售服务人员，增加了大量的就业机会，虽然创造的这些就业机会是短暂的，等全运会结束这些就业机会就会自然消失。

全运会的后续效应产生的就业机会是长期的，如全运会所需工程建设在全运会结束后，需要专人进行长期的管理和维护；全运会需要大量的工作和服务人员，这些人中很多都是首次接触到全运会的筹办工作，需要进行专门的培训，提高了人力资本，增强了人才竞争力，从而增加了更多就业机会；举办全运会极大地改善举办城市的基础设施和城市环境，提高城市形象，为城市吸引更多的新投资，这些投资将创造新的就业机会。

② 促进第三产业发展，推动产业结构优化升级。举办全运会对城市吸引了大量游客前来观光旅游，从而带动旅游业的迅速发展，同时刺激了与旅游业相关的交通、食宿、购物、娱乐等方面的发展。如在第9届全运会中提出"绿色、科技、文明"的主题，"绿色"带动了环保、生态环境、园林业发展，"科技"推动了高新技术和我国科技产业的发展，"文明"则能带动人文素质，促进精神文明建设，加快第三产业发展。

全运会需要建大量的场馆和辅助设施，在城市基础设施和赛事所需的体育设施方面需要大量的投资，提高了道路交通、通讯、环保等的现代化水平，给建筑业的发展带来巨大的发展空间，建筑业的发展将极大地带动与其相关的设计行业、材料行业、制造业、房地产业的发展，推动了产业结构的优化升级。

③ 宣传企业，提升企业品牌形象。全运会是企业进行品牌宣传的最佳时机，在赛场内外、代表团人员驻地等都进行了品牌的宣传及产品的供应，而且通过广告等形式促进销量，提高了企业的效益。

我国的体育赞助业发展处于刚刚起步的阶段，许多企业欠缺品牌意识和营销技巧，出现了很少有企业在体育赛事中持续赞助的现象。因此，应充分利用全运会这一竞赛杠杆，调动企业积极参与体育赛事赞助的积极性，并通过大型体育赛事提高企业品牌，创造我们中国自己的品牌。

（3）丰富精神文化生活，提高社会道德水平；丰富体育文化内涵、推动体育文化发展。

① 丰富精神文化生活，提高社会道德水平。全运会中，人们不仅从中得到美的享

受，而且从精神上受到鼓舞。人们在参与全运会各个运动项目的过程中，自觉地形成了一种公平竞争、团结友爱、互帮互助、改革创新、实事求是的良好习惯和和谐融洽的社会风气，全运会比赛推动了社会主义精神文明建设。

② 丰富体育文化内涵，推动体育文化发展。全运会是我国竞技体育发展的综合性标志，也是发展和展现我国体育文化的主战场。新中国成立后的第 1 届到第 3 届全运会，我国体育处于刚刚起步阶段，全运会以"发展体育运动，增强人民体质"为中心，代表了这一时期我国体育文化发展的方向；从第 4 届到第 6 届全运会，我国体育开始与国际接轨，在体育管理体制、运行机制、体育竞赛理念、赛事运作模式等很多方面都发生了巨大的变化，其中"国内练兵、一致对外"是这一时期全运会喊得最响亮的口号，也是赋予全运会的最重要使命；从第 7 届到第 10 届全运会，全运会管理体制逐步走出计划经济体制下的管理模式，向产业化、市场化、社会化方向发展。全运会代表了不同时期我国体育文化发展的方向，充当了体育文化身份的符号，不断丰富了体育文化的内涵。

全运会不仅是国内最大型的综合性体育盛会，更是文化的盛会，也是体育文化的一次大交流。历届全运会开幕式、闭幕式中的团体操表演、文艺晚会和各种体育文化艺术活动，以及在全运会期间举办的体育科学大会、体育美术展、体育集邮展、体育摄影展等很多活动，营造了浓厚的体育文化氛围，使体育与文化艺术得到有机结合。全运会对民众竞争意识的培养、民族精神的发扬、经济文化的陶冶、思想道德的教育等方面都有重要意义，推动我国体育文化不断向前发展。

四、全运战略与奥运战略的互动

（一）全运战略与奥运战略的互动关系

1. 全运会战略对奥运会战略的正面影响

（1）有助于提高奥运项目的训练水平。

80 年代至今，为了与奥运战略相适应，全运会做了很多改革，其中最重要的就是设置项目上与奥运会接轨。为了提高运动成绩，在全运会上取得优胜，地方或行业势必想方设法在训练上加大人力、物力、财力的投入，使训练更加科学、系统、全面。从这个意义上说，全运战略的实施有助于提高奥运项目的训练水平。

（2）有助于培养优秀的奥运后备人才。

优秀运动员是我国竞技体育可持续发展的关键因素，挖掘和培养优秀的体育后备人才是我国竞技体育事业的基本要求。四年一届的全运会不但是我国现有经济体育实力的检验，也是对我国竞技体育发展潜力的一种预测。

全运会上的参赛选手都是各地区优秀的竞技体育人才，而他们中有很多不是国家队队员，全运会给了他们一个展示自己竞技实力的平台。很多优秀的奥运会得牌者都是从全运会这个大舞台逐步走向成功的。

（3）有助于提高我国竞技体育的综合实力。

竞技体育综合实力的高低，不仅与运动员及后备人才的多少有关，还与教练员、管理人员、场地、设施、经费、科研水平等密切相关。为了与奥运会全面接轨，全运会改为每四年举行一次，绝大多数竞技项目与奥运会保持一致。

据统计，我国运动员在第 1 届至第 10 届全运会期间，共有 52 人 3 队 42 次破 38 项世界纪录，238 人 4 队 760 次超 77 项世界纪录，27 人 28 次平 23 项世界纪录，1 人 1 次创 1 项世界青年纪录，24 人 42 次破 22 项亚洲纪录，203 人 6 队 561 次超 135 项亚洲纪录，1301 人 86 队 1911 次破 419 项全国纪录，6 队 70 人 200 次打破或创造 94 项全国青少年纪录。这些是运动员、教练员、科研人员及其他竞技体育工作者，以及国家政府、社会共同努力的结果，说明我国竞技体育综合实力的提高，为奥运提供了良好的发展环境。

2. 全运战略对奥运战略的负面影响

(1) 不利于地方体育部门的领导全力实施奥运战略。

各省市在发展本省市竞技体育时都把着眼点放在如何使本省市运动员在全运会上夺取好名次。在项目的布局、运动员的输送与流动等方面均以本省市利益为主，而忽略奥运会战略的需要。为了夺取奖牌数、积分数的优势，很多省市在备战全运会期间会定下自己的奋斗目标，并为此不惜投入大量的人力物力，更有的把全运成绩与上届比，把新一届全运会成绩作为评价体育官员工作绩效的主要标准。

每届全运会结束后，会有很多成绩不好的地区的体育领导者"引咎辞职"，全运会的成绩与领导者本身的利益息息相关，这样势必导致地方体育官员不惜一切加大备战全运会力度，为备战全运会准备一笔不小的开支，而对备战与自身利益不是特别密切的奥运会则不是特别重视。

(2) 不利于运动员最佳竞技状态的调整。

各地方为了自身利益也不惜重金奖励全运会上得牌、得分者，奖励力度不断提高，并且很多地方的奖励力度远高于奥运会。许多运动员为了自己的成名及奖金，或为了退役后有更好的前途，纷纷把全运会视为最高目标，将自己的竞技状态调整到在全运会年，很多奥运会成绩不如全运会成绩，"内战内行，外战外行"的怪现象严重影响奥运战略。

(3) 不利于年轻的优秀运动员的锻炼与培养。

很多地方为提高自己在全运会上的成绩，除了加大投资力度外，还花重金请出已退役的老将，让他们在全运会场上争金夺银。还有的地方在赛前千方百计"购买"运动员，为本地区夺牌。他们的参赛或许能拿到好的成绩，不利于将有限的资金投入到有潜力的年轻队员的系统训练中，这样就违背了全运会"为奥运发现人才、培养人才"的初衷。

(4) 不利于奥运会"兴奋剂"等不文明现象的杜绝。

在很多诱惑的刺激下，"黑哨""假赛""兴奋剂"等不文明因素使得全运会有些尴尬。一些教练员、领导为了取得成功，使得他们在备战奥运时同样存在侥幸心理，这也是在奥运会上出现类似情况的原因之一。

(二) 全运战略与奥运战略良性互动的条件

全运战略和奥运战略是我国关于竞技体育发展的两个重要战略。长期以来，我国竞技体育界的命题是竞技体育如何"可持续发展"，我国竞技体育要可持续发展，全运战略与奥运战略必须"和谐"，而全运战略与奥运战略的良性互动是二者"和谐"所必需的。

1. 坚持"国内练兵，一致对外"的原则

奥运战略是根据我国社会主义初级阶段基本国情和竞技体育发展的实际情况确定的

以奥运会为最高层次的竞技体育发展战略，是中国参与经济体育竞争的合理选择，它适应了中国改革开放和社会现代化建设的要求。

全运战略作为我国特有的竞技体育发展战略，从诞生到现在经历了很多改革，自从1979年我国在国际奥委会的合法席位恢复后，国家把全运会与奥运会的关系界定为"国内练兵，一致对外"，这是在我国竞技体育发展新时期下得出的一条原则。这条原则必须长期坚持，而非将其废除。

2. 处理好利益冲突，以国家利益为主

（1）处理好地方利益与国家利益冲突。

全运会与奥运会产生冲突时，地方有关部门应该以备奥运会为主，加大备战奥运会的投入，抓好后备人才的培养，不能为自己省市的利益忽视奥运战略。为此，有关部门可以通过一些政策或规定来限制全运战略高于奥运战略，激励全运战略为奥运战略服务。

（2）处理好个人利益与国家利益冲突。

现在很多运动员、教练员将运动员的最佳竞技状态调整到全运年出现，而在奥运会上却拿不到好成绩的原因；很多地方将全运会成绩作为升迁罢黜体育官员的主要参考，使得一些地方领导为了个人利益而大搞全运战略。

3. 相关法规的限制与约束

（1）年龄约束。

青少年体育是高水平竞技体育发展的根基和源头，重视青少年运动员的培养，是我国竞技体育可持续发展的重要保证，是提高我国竞技体育国际竞争力的重要保障。

目前，全运赛场上"老将复出"、赛前"购买"运动员等现象严重阻碍了青少年运动员的培养。因此，根据各运动项目成材的周期和规律，有针对性地将参加全运会比赛项目运动员的年龄进行限制，保证参赛选手年轻化，一方面，在一定程度上有利于优秀奥运后备人才的培养，保护"为全运会发现人才、培养人才"的初衷；另一方面还可以将全运会与奥运会从年龄机制上区别开来，有助于奥运战略的实施。

（2）制度约束。

对于全运会上的一些"兴奋剂""黑哨""假赛"等不良现象，有关部门应制定一些行之有效的奖罚制度，加大对投机者的处罚力度，用制度去规范全运会。

4. 同一层次的奖励标准尽量统一

在全运会上，每个运动员在全运会结束后都会得到来自地方的巨额奖励，但因取得的名次不同，奖金高的能得到几十万元，低的则分文没有，奖金额在很大程度上就成为地方上对运动员价值的评判标准。鉴于此，政府应制定同层次上的奖励标准，规定统一项目，同一年龄段的奖励上限和下限，为了更好地为奥运战略服务，这个上限不能超过奥运会同样项目得分的奖励力度。对奖励标准进行规范后，有助于把奥运战略的主要位置凸显出来，使运动员、地方官员及其他竞技体育工作者把主要精力放在备战奥运会上。

（三）全运战略与奥运战略良性互动的策略

1. 加强政府部门的宏观调控

（1）规范地方官员考核制度，避免将全运会成绩作为考核的最主要标准。

地方官员体育方面政绩的评价指标应是多方面的，可以包括后备人才培养情况、科学训练的程度、运动成绩的提高程度、优势及潜优势项目的培养等。

（2）规范运动员、裁判员等人员的管理制度。

我国虽然已制定了《全国运动员交流管理办法》和《开展体育后备人才交流的暂行办法》等相关法规文件，但从客观需求看，竞技体育人才交流问题仍然未从根本上得以解决。如何理顺引进优秀人才和后备人才培养体系的关系，促进优秀运动员、教练员、管理人员和科研人员的交流，全面提高我国竞技体育水平，已成为我国竞技体育发展应解决的问题，更是全运战略与奥运战略良性互动的需求。

（3）规范奖励制度。

对取得优异成绩的运动员、教练员等进行奖励是无可厚非的，竞技体育是一种让人不断超越极限的活动，训练不仅是使运动员身体上感到疲惫，而且也是对其心理的一种考验，是非常辛苦的，此外还常常会出现伤病。必要的奖励是对运动员的一种肯定，但也要对其进行规范。

（4）协调好奥运成绩与全运成绩的关系。

加大奥运成绩带记入全运会的力度，这样能有效促使运动员、教练员及地方领导重视奥运战略。

2. 拓宽体育人才的培养与输送渠道

目前，由于思想观念、管理体制、价值取向、运作方式等方面的问题，体育人才流动仍存在着很大的局限性，主要表现为地区保护、人才封锁以及不依法办事等。为此，我们应该加快训练体制改革拓宽体育人才的培养渠道，加强国家各专项运动员人才交流的管理，为我国竞技体育可持续发展提供后备力量。

3. 合理规划我国竞技体育的竞赛项目布局

我国从 20 世纪 80 年代开始抓的传统优势项目和重点项目在我国奥运史上做出了辉煌贡献，但目前它们的潜力已基本挖尽。同时，我们在奥运会上夺取金牌的优势项目大多数是在世界体育领域影响较小的项目，而在像田径、游泳这两大基础项目及影响较大的篮、足球项目上我们仍处于相对劣势。因此，我们要继续保持奥运金牌总数第二的位置，就必须在积极总结以往成功经验的基础上，围绕奥运会目标对我国正式开展的奥运会项目进行新的合理的结构调整，巩固和提高传统优势项目，整理和挖掘潜优势项目。

4. 建立奥运项目重点训练基地

运动训练基地是指具有一定的训练、科研、生活等物质技术条件，以提高运动技术水平为目的的训练场所。在竞争激烈的今天，世界各国都为奥运会积极准备着，以期取得好成绩来提高自己国家的地位。为了取得优胜，建立奥运项目重点训练基地势在必行。

（项目编号：928ss06060）

我国职业体育制度变迁方式
及路径的制度经济研究

丛湖平　郑　芳　郭　怡　田世昌　徐晓燕

"制度提供了一种经济的刺激结构，随着结构的演进，它规划了经济朝着增长、停滞或衰退变化的方向。"有效的制度安排使得斯密所谓"看不见的手"的资源配置、收入分配等功能得以充分发挥。可以说，没有适当的制度，任何意义上的市场经济都是不可能的。尽管在我国市场经济制度改革不断深入的同时，我国职业体育制度的改革也取得了一定进展，但由于我国职业体育的制度改革是在尽可能避免直接触动既得利益格局的前提下，进行的演绎式的增量型改革，现存的职业体育管理制度仍是一种高度集中的计划管理制度，它严重制约着我国职业体育的制度创新与发展。入世后，我国经济环境的巨大变化，势必对我国现存的职业体育制度产生很大的影响，能否借助我国入世后的契机，打破我国职业体育制度的僵持局面而实施制度创新，对我国职业体育今后的发展尤为关键。

综观近几年来的研究成果，对我国职业体育俱乐部目前发展现状及组织形式等方面的研究较多，但对于职业体育如何突破改革困境，实现制度创新的研究很少，而且没有对职业体育制度改革步履维艰的深层次原因进行系统的全面的分析，仅停留在问题的表面现象上。另外，对我国职业体育现有管理制度问题进行深入研究的也较少，且没有抓住制约我国职业体育制度创新与发展的根本性因素，而过多地局限于俱乐部的内部治理结构问题，而针对入世背景下我国职业体育的制度创新与发展问题的研究则几乎没有。

一、相关理论的回顾

（一）中外职业体育俱乐部比较的研究

由于西方发达国家职业体育俱乐部的发展有着比较成功的经验，因此，在研究之初，很多文章是从比较研究的视角出发，在对国外职业体育俱乐部进行全面介绍的基础上，对中外职业体育俱乐部进行比较分析。有些学者从职业体育俱乐部发展的沿革、社会条件、制度、经费来源和支出、管理制度、运行机制、发展趋势等角度进行研究。如张林等学者从职业足球俱乐部的组织形式、经营、投资、发展、约束等方面，探讨了职业足球俱乐部的运行机制。他认为，职业足球俱乐部运行机制的形成，与其处于相对完善的市场经济制度有密切的关系，并在一定程度上反映了市场经济条件下职业足球俱乐部的运行规律。国外职业足球俱乐部经过一百多年的发展，形成了以职业联盟为枢纽、以市场为导向的依托于社会的行业自律机制，而我国职业足球俱乐部则起步较晚、起点低，加之受到制度、观念、认识水平等因素的影响，职业足球俱乐部运行机制存在着产权模糊、市场主体地位未确立、经营机制不完善、法制建设滞后、激励与约束失衡等缺陷，职业足球俱乐部管理制度、领导机制有待健全。刘民胜等学者从职业足球俱乐部的所有制入手，对国内外职业足球俱乐部的股份制现状进行研究。研究指出，在欧洲一些发达国家中，职业足球俱乐部的股份制改革已取得相当成功，一些职业足球俱乐部正在纷纷上市；在我国，由于目前上市条件比较苛刻，符合上市条件的职业足球俱乐部很少。从国外职业足球俱乐部股份制发展的实践经验来看，股份有限公司是中国足球俱乐部的最终发展理想模式。

（二）关于我国体育制度改革的研究

李艳翎从经济体制与竞技体育体制的关系为出发点，对中国竞技体育体制改革进行研究认为，中国经济体制改革决定着中国竞技体育体制的改革，新时期我国竞技体育体制的改革与经济体制和社会变革相一致，也是一种渐进式的体制改革。而潘键等学者对体育体制改革的过程特征进行研究后认为，我国的体育体制改革过程呈现出体制内推进与体制外推进相结合、自上而下与自下而上相结合、局部推进与整体协调、经济体制改革与政治体制改革相结合等改革特征。谭建湘等学者从我国足球职业化改革的视角对我国体育体制改革进行研究。研究认为，经过几年的体育改革，各种运动项目的职业化发展取得了很大的进展，协会实体化环境有了较大的改善，俱乐部制已基本形成，一些项目联赛已形成规模化的专业市场，商业化经营机制已初具雏形。李卫东等学者进一步指出，由于改革过程中政府角色错位，以及改革受经济体制、体育改革与发展目标认识不清等制约因素的影响，我国体育改革出现了一系列的问题。今后的体育改革如想取得成功，政府角色的重新定位是体育改革的关键所在，政府机构的缩减与调整是我国职业体育进一步改革的出发点和落脚点。未来的改革必须符合社会主义初级阶段的中国国情，必须与整个竞技体育的发展相协调，必须与它所赖以生存的社会环境相融洽。另外，一些学者针对我国当前体育管理制度存在的"管、办、做"合一的问题，提出了国家体育管理体制改革分两步走的战略，即先从举国体制向纵向和垂直分化的国家与社会相结合体制过渡，然后逐步向水平分化的国家管体育、社会办体育的新体制变革。

（三）对我国职业体育管理制度的研究

马志和、郁静等学者认为，我国足球运动经过几年的职业化发展，协会实体化的环境有了较大的改善，俱乐部制已基本形成，足球联赛已形成规模化的专业市场，商业化经营机制已初具雏形。但由于职业体育管理制度改革的滞后，中国职业足球现存管理制度已成为制约我国职业足球发展的首要因素。梁殿乙等学者进一步指出，要使我国职业足球改革实现质的飞跃，必须深化足球管理制度，建立与社会主义市场经济相适应的足球管理制度，使足球改革朝着市场化、制度化、法制化方向发展。而袁野、宋守训等学者则以职业足球管理制度改革的目标为对象进行研究认为，中国足协应从行政事业性实体管理型向纯社团性协会实体管理型发展，与此同时，通过职业足球管理体制的改革建立起以联盟为核心的职业化管理体制。

（四）对我国职业体育俱乐部产权制度的研究

陆元兆、莫君晶、谭建湘等学者在对我国职业足球俱乐部产权制度进行研究后指出，我国职业足球俱乐部当前的产权关系十分模糊。一方面职业足球俱乐部内部的产权模糊不清。在推广职业化之前，我国的职业足球俱乐部基本上属于非经济实体，大部分由企业赞助并冠名，仍按运动队形式由体委实行行政管理，产权关系没有变化。但俱乐部在实体化以后，特别是企业每年向球队投入巨额资金的时候，职业足球俱乐部的产权问题就变得日益突出了。体委和企业合作产生的俱乐部的所有权及相关权益的归属问题成为俱乐部组建后普遍存在的问题。尽管中国足协在 1998 年要求各职业足球俱乐部必须按《公司法》的有关规定，经过国家法定的公司登记机关审核批准后，登记为有限责任公司或股份有限公司，并领取企业法人营业执照，但由于当初合作过程中的不规范行为，俱乐部运动员等无形资产很难进行量化和评估，俱乐部内部间的产权界定成本很高，以及注册把关不严等问题，很多俱乐部的产权关系仍十分模糊。另一方面是职业联赛的产权关系混乱。由各俱乐部和地方协会投资产生的联赛，却不拥有所有权，从而也就不拥有管理权和经营权，而中国足协由于其制度安排的错位，在根本无法代表各俱乐部整体利益、维护各俱乐部利益的情况下，却拥有联赛的所有权。研究还进一步指出，产权制度是市场经济的基础和存在前提，足球要实行产业化、要进入市场，就必须按照市场经济规律建立有效的产权制度。孔庆鹏认为，产权界定应遵循"谁投资、谁所有、谁受益"的原则。而梁进等学者则进一步提出，减少俱乐部国有资产比例，对俱乐部资产进行全面评估，尤其是对运动员人力资本进行评估等措施，从而明晰俱乐部各投资主体的产权界区。

（五）对我国职业体育俱乐部运行机制的研究

张林等学者以我国经济体制、经济发展和体育改革为背景，论述我国职业足球俱乐部运行机制所发生的变化，分析了当前我国职业足球俱乐部普遍存在的主体地位未确立，法制建设滞后和激励与约束失衡等运行机制问题。并在此基础上，提出了俱乐部应建立面向市场的经营机制、"政俱"分开的管理机制、产权清晰的投资机制、权责明确的决策机制、利益协调的激励机制、制度健全的约束机制，以及行业组织的自律等机制。而且还进一步指出，如何建立完善的足球竞赛市场体系是当前的重要工作。

（六）对我国职业体育俱乐部实行股份制改造的研究

刘民胜、戴晨等学者在对中外股份制足球俱乐部发展现状比较分析的基础上，概括总结了国外股份制足球俱乐部的成功经验，提出了股份制经济中的有限公司和股份有限公司是目前中国职业足球俱乐部的理想模式及发展方向的改革思路；同时也提出了股份制改革的相关对策及建议。周挺等学者在职业足球俱乐部的股份制改造研究中还特别强调，股份制改造对俱乐部筹集资金的重要功能。胡斌等学者则进一步强调，我国职业足球俱乐部在实行股份制改造过程中，应注重俱乐部经营机制和配套法规的完善及加大政府的扶持力度。而张向阳、莫君晶等学者则提出，在创立股份制俱乐部的过程中，俱乐部在所有制结构上应坚持公有制经济为主，建立俱乐部的核心是确立包括国家在内的出资者形成的全部法人财产权，使俱乐部真正成为享有民事权利、承担民事责任的法人实体。这样做，不是要改变国家的所有者地位，而是改变了国家对体育资产的管理方式，即由对资产实物形态的管理改变为对资产价值形态的管理。宋守训等学者在《我国职业足球俱乐部的发展模式与对策研究》一文中，明确提出应该在体育法中对此作出明确规定，以保证体委一方为控股单位，对企业等应采取限股办法，以避免企业左右股份俱乐部。

二、概念及其基本假设前提

(一) 相关概念

关于制度，新制度经济学认为，制度是由社会认可的非正式约束、国家规定的正式约束和实施机制构成。诺思认为，"制度是人为设计的各种约束，它建构了人类的交往行为。制度是由正式约束（如规则、法律、宪法）、非正式约束（如行为规范、习俗等）以及它们的实施特点构成的。它们共同确定了社会的尤其是经济的激励结构"。斯考特尔认为，"制度是能够自行实行或由某种外在权威实行的行为规范"。我国学者柳新元认为，"制度是由制度环境、经济体制和具体制度安排构成，由正式约束和非正式约束交互作用，以利益保障、激励、约束与协调为创设本源和核心本质，以提高经济效率和实现社会公平为根本目标的多维的开放的社会行为规则体系和组织机构的总称"。综上所述，本文认为，职业体育制度就是指国家和社会组织管理职业体育的一系列正式的、非正式的规则和确保规则得以运行的各种组织体系的总称。

关于制度创新的观点，目前主要如下。

1. 制度创新一般是指制度主体通过建立新的制度以获得追加利润的活动。

2. 制度创新是指能使创新者获得追加利益而对现行制度进行变革的种种措施与对策。

3. 制度创新是在既定的宪法秩序和规范性行为准则下制度供给主体解决制度供给不足，从而扩大制度供给的获取潜在收益的行为。

4. 制度创新和制度变迁两者的含义基本上是重叠的，新制度经济学交替使用两个概念。制度变迁或制度创新不是泛指制度的任何一种变化，而是指用一种效率更高的制度取代原有制度或对一种更有效的制度的生产过程，是制度主体解决制度短缺，从而扩大制度供给以获得潜在收益的行为。

5. 所谓制度创新是指改进现有制度安排或引入一种全新制度以提高制度效率及其合理性的一类活动。

6. 制度创新也称制度发展。在广泛的意义上，它是指一种组织行为的变化，这一组织与其活动环境之间相互关系的变化，以及支配上述行为与相互关系的规则的变化。

7. 制度创新作为一种经济行为，是一种成本—收益比较后的产物。

综上所述，本文认为，职业体育制度创新就是指行为主体通过对创新的预期成本和预期收益进行比较后，创新者为了获得制度创新的潜在收益而对现存职业体育制度进行变革的种种措施和对策。

(二) 基本假设前提

条件假设之一：人是追求自身"效用最大化"（主观上的效用相对最大化）的理性"经济人"。

条件假设之二：需求偏好的多样性。

条件假设之三：人们具有机会主义行为倾向。

（三）研究思路

外部环境的动态变化隐含着利益关系的变动，从而形成一些在原有制度下无法得到界定、规范和保护的新的潜在利益格局。随着时间的推移，这种与外部环境动态变化相适应的潜在利益格局变化到一定程度后，使制度创新的预期收益超过其预期成本时，制度创新主体作为理性的经济人，便会形成变革原有制度安排的动力，提出制度创新的要求，进而实施制度创新，以获取在原有制度安排下无法实现的潜在利润。本文以此为论文研究的主要逻辑前提，以制度创新的"成本—收益"函数变化为逻辑主线，在对我国职业体育制度安排现状（兼谈国外职业体育制度安排）充分了解的基础上，首先，对我国职业体育制度创新步履艰难的深层次原因进行深入分析；然后，结合入世后我国经济、法律、制度等外部条件的变化对我国职业体育制度创新"成本—收益"预期的影响，及其人们逐利行为的天然性，全面分析我国职业体育制度创新的"动因"；最后，对我国职业体育制度创新的目标、方式及其措施等内容进行具体的研究，最终为我国职业体育的制度创新提供一个切实可行的合理的创新策略及方案，以指导我国职业体育的制度创新实践。

三、国内外职业体育制度设计及运行机制

（一）国外发达国家职业体育制度安排及运行机制

1."社会管理型"的体育宏观管理制度

国外职业体育经过百余年的发展，逐步形成了独特而又完善的国家宏观管理制度。一般而言，在西方发达国家，主要依靠社会组织部门对职业体育实施管理，政府部门主要通过经济、法律等手段进行间接的宏观调控。其宏观调控的主要特征为：（1）主要由协会、职业联盟等职业体育的民间管理机构来协调各俱乐部间的关系，调节职业体育俱乐部与市场、社会之间的关系。如意大利的足球管理就是由意大利奥委会的下属机构足球联合会（足协）根据法律赋予的权力，监督职业体育管理机构和职业体育俱乐部的各项法律实施，并为维护国家足球运动的整体利益而实施必要的调控；而微观方面则由职业联盟负责管理和协调各俱乐部间的事务，并负责制定有关组织机构、转会、竞赛等法规，协调各俱乐部与足球联合会的关系。（2）宏观调控是在充分保证市场调节机制的前提下，通过体育经济政策、法律等相关信息的传递来间接引导俱乐部的市场行为；而俱乐部作为独立的经济实体，为了求得生存和发展，不得不对政府相关政策和信息进行适时的把握并做出灵敏反应，从而使国家宏观调控的目的得以实现。如英国政府1958年曾经通过了《娱乐慈善法案》。根据这一法案，体育组织只要扩大其活动范围，场地设施向社会开放，就可以申请"慈善"身份，从而获得多方面的减税待遇。这样一来，体育组织纷纷表示他们的设施可以向公众开放，并且适合于残疾人、年轻人和穷人，而且表示自己能改变这些特定人群的生活状况。而在西班牙，对于向体育活动提供赞助的公司，国家在税收政策上给予优惠。例如，赞助单位无论提供给运动员个人还是提供给其所在组织的赞助款，均免征公司收入税。（3）政府对职业体育的宏观调控都是以法律为准绳，以竞赛规则为依据，以等级联赛为杠杆实施调节和调控。国家颁布的社会立法、商业立法均适用于职业体育俱乐部和职业体育管理机构。如德国的《卡特

尔法案》就适用于体育俱乐部的经营和体育传媒领域；德国的《劳工法》同样也适用于职业体育运动员。根据《劳工法》中的雇工条款，职业运动员的合同雇用期不得超过 18 个月，且同一运动员在合同中连续固定也是非法的。而震惊欧洲足坛的《博斯曼法案》也进一步充分说明了国家乃至国际的普适性法律也同样适用于职业体育运动员。

2. 以联盟为核心的职业体育管理体系

职业体育联盟作为职业体育俱乐部的一级经营单位，代表各职业体育俱乐部进行联赛市场的开发和运作。其主要任务是：确定俱乐部的数量和合理分布；决定运动员的合理分配、流动；确定比赛规则，决定比赛日程；同全国性的新闻媒介谈判，出售电视、电台转播权，并分享收入；协商门票等收入分配，并制定方案。例如，美国的职业足球联赛领导机构负责一切组织和经营活动，包括经费的筹措、电视转播、球员买卖、收入分配等，俱乐部的权力大为削弱；而且采取平均分配的原则。从根本上说，联盟是"经济上的合资企业、法律上的合作实体"，在其机构设置上通常采用"委员会"的组织形式，其成员由俱乐部业主或代表组成，并成为最高决策机构。委员会推选或聘任主席（或总裁、总干事等）作为代表负责处理涉及俱乐部的各项事务，并根据其管理职责设置若干职能部门或办事机构。如日本职业足球联赛的管理机构为指导委员会，内设裁判、法律等 6 个专门委员会，指导委员会下设商业、球员等 9 个办事机构，指导委员会主席由全体成员推举产生。

3. 以经济利益追求为核心的职业体育运行机制

职业体育俱乐部作为产权清晰、实行独立核算的经济实体，利益追求是其存在的根本。为了充分实现经济利益追求这一核心，俱乐部在其治理结构安排上呈现出以下几方面特征：（1）资本所有者权威的充分体现。决策是企业的核心，美国著名经济学家赫伯特·西蒙说过"管理就是决策"，决策的正确与否是企业成功的关键。为此，俱乐部在其决策权的安排上，均由俱乐部董事会负责其经营决策。（2）俱乐部纷纷上市，走联合经营之路。随着社会经济环境的变化，俱乐部为了最大限度地获取利润，不断寻求适合社会经济环境变化的组织形式，纷纷上市，走联合经营的道路。如在英国超级联赛的球队中，继托特纳姆热刺队、曼联队后，纽卡斯尔、切尔西、利兹、博尔顿等队纷纷上市。（3）约束机制的刚性化。作为产权清晰的职业体育俱乐部，对自身的预期收益十分明确，在逐利动机的驱使下，有充分利用市场机制实现"成本最小化"的倾向，俱乐部有着强烈的内在的成本约束机制。同时，由于市场经济制度的完善，俱乐部面临着市场、法律规范等刚性化的外部约束机制。例如，由于职业体育市场发展十分成熟，已不存在先驱者利润（垄断利润），市场的边际收益已趋于边际成本，加之在一定时期内，市场容量的有限，特别是在整个市场上，球迷数量十分有限，各俱乐部不得不面对激烈的市场竞争约束；而俱乐部传统资源收入的停滞（如门票收入和政府财政投入已停止不前，甚至有下降的趋势）及其运动员等各种生产要素成本的快速上升，则进一步强化了这种约束机制。（4）依托社会的自我发展机制。面对激烈的市场竞争约束和刚性化的成本约束，俱乐部受自身逐利动机的驱使，不得不充分利用市场机制，挖掘现有的市场潜力，通过高质量低成本的赛事服务产品的生产，来满足人们的各种社会需求，提升自身的社会影响力，吸引更多的社会资源和人力资源流入到职业体育俱乐部中，从而形成了依托于社会、服务于社会的一种自我发展机制。（5）俱乐部资源配置的市场化。俱乐部在其经营过程中，由于其产权清晰、市场体系比较健全，各种生产要素能根据市场

"价格"信号的变化进行自由流动和重新组合，从而使每一种资源根据社会需求的变动作出合理的配置。

（二）我国职业体育制度安排及运行机制

1. "国家管理型"的体育宏观管理制度

1992 年 6 月，在北京红山口召开全国足球工作会议之后，我国的体育改革以足球为突破口，进入"以体制改革和机制转换为核心，以协会实体化、俱乐部制和产业化开发为重点"的历史阶段。随后国家体委下发的《关于深化体育改革的意见》提出了体育改革的总目标是："改变原来在计划经济体制下，单纯依赖国家和主要依靠行政手段办体育的高度集中的体育体制，建立与社会主义市场经济体制相适应，符合现代体育运动规律，国家调控、依托社会、有自我发展活力的体育体制和良性循环的运行机制，形成国家办与社会办相结合、集中与分散相结合的格局，力争在本世纪末初步建立具有中国特色的社会主义体育新体制。"从此体育管理制度的改革全面铺开。1998 年 3 月国务院机构改革，国家体委更名为国家体育总局，国家体育总局列入国务院直属机构，是国务院行政机构的组成部分，主管全国的体育工作，依旧行使政府的管理职能。改革后的足球管理制度具有如下几方面的特点：（1）国家仍设置相应的政府管理部门——国家体育总局，并下设足球运动项目管理中心对我国足球运动进行直接的行政管理。如《国家体委运动项目管理中心工作规范暂行规定》第 2 条明确规定：运动项目管理中心是承担运动项目管理职能的国家体委直属事业单位，是所管项目全国单项运动协会的常设办事机构，负责所管项目的各项工作。（2）以行政指令调节为主，政府管理部门为了实现国家的利益目标，对俱乐部的市场运行进行直接的行政干预。如 1999 年为国奥队备战奥运会预选赛，将职业联赛停止一个多月。国家在职业足球的宏观调控上表现出很大的人为性和随意性。（3）突出行政法规的宏观指导性与调控性。在俱乐部的市场运行过程中，主要依靠大量的行政性法规和行业性规范来控制俱乐部的市场行为。而作为国家颁布的一些法律法规如《体育法》《刑法》《民法》《公司法》等普适性法律，却很少被用于维护俱乐部的市场经营管理。而且，一些部门法规还与国家的基本法律相冲突，如《国家体委运动项目管理中心工作规范暂行规定》中的第 2 条："运动项目管理中心是承担运动项目管理职能的国家体委直属事业单位，是所管项目全国单项运动协会的常设办事机构，负责所管项目的各项工作。"就与《中华人民共和国体育法》第 31 条："全国单项体育竞赛由该项运动的全国性协会负责管理"相冲突。大量相对过剩的规定过细的行政法规，在抑制市场机制效能的同时，却使国家由于缺乏必要的法律调控手段，而造成体育资源配置的扭曲。

2. 以"中心"为核心的职业体育管理体系

从 1994 年推行足球职业化改革以来，回首整个改革历程，职业体育管理制度的改革虽取得了一定进展，但没有实质性突破，国家"官、办"不分的局面仍没有根本性改观。首先，改革后的职业体育协会仍是具有行政管理职能的社团法人。如尽管中国足协在法律上是按照《社会团体登记管理条例》在民政部门登记的，是《民法通则》规定的社会团体法人，但事实上，根据《体育法》的授权，中国足协拥有全国足球运动的行政管理权。其次，作为国家体育总局直属事业单位的运动项目管理中心成了职业体育协会的常设办事机构，既对所辖项目行使行政管理，又内设经营开发部，负责其本项目的商务。国家体育总局在赋予运动项目管理中心对运动项目实施全面管理的职能的同时，就意味着职业体育协会除了受中华全国体育总会的领导外，还要受国家体育总局的直接领导。事实也的确如此，如尽管《中国足协章程》规定中国足协代表大会是中国足球协会的最高权力机关，其主要领导是由代表大会选举产生，但事实上仍是由国家体育总局直接任命。而且在《国家体委运动项目管理中心工作规范暂行规定》第22条中明确规定："全国单项运动协会副秘书长以上（包括顾问和名誉、荣誉正副主席）人员的调整……协会法人的变更及其机构设置、变更或撤销，必须报人事司，批复后由协会按照章程办理。"可以说，我国的职业体育协会作为社团法人的民事主体性质只是名义上的，或者说只是为了与国际职业体育协会接轨而设定的，实际上却是一种具有行政管理职能的社会团体，并通过管理中心全权行使其管理职能。

这就使得项目管理中心为了回避改革的风险，通过"租借"新制度的"外壳"，以非官方（协会实体）的角色规避上层意识形态的风险，即对外以中国职业体育名义处理与国际单项组织以及各国各地区协会间的关系和业务往来，对内以中国职业体育协会常设办事机构（中心）的形式，行使原由政府职能部门负责的该项目的全国性管理和业务指导工作。并以特有的权力选择制度安排，用强制性手段来调节既得利益格局，实现自身效用的最大化。例如，足球项目管理中心牢牢并直接地控制着职业足球俱乐部联赛的三大经济来源：商业赞助、广告、电视转播权的出售（尽管中心也让俱乐部拥有一定数量的场地广告经营权，但俱乐部在比赛场地的广告牌的数量、位置、规格，以及与商业有关的主要经营活动都受中心的严格控制）。这一切在以中国足协名义颁布的《中国足球协会关于全国性足球赛事商务管理暂行规定》中得到了充分体现。该规定明确指出，中国足协拥有所有"赛事"商务开发权（包括冠名权、广告权、指定产品或服务权、各种媒体版权等）；有权对"赛事"商务开发权进行全部或部分转让或许可；有权制定因"赛事"商务开发所产生收益的分配方案，并执行分配权；拥有并有权转让因"赛事"产生的其他法定权利和其他可能扩展的权利等。难怪有学者说，项目管理中心实质上不但没有失去固有的行政权力，通过改革风险的回避，反而披上了一件经营实体单位的金色锦袍，通过联赛转播权、冠名权等特许经营权的出售对各俱乐部的产权进行侵蚀，使原本是清水衙门的体育行政管理机构一夜间成为"香饽饽"。而俱乐部却因连年亏损而无法维持俱乐部的正常运行。

3. 职业体育俱乐部的运行机制

（1）职业体育俱乐部的决策机制

尽管我国职业体育俱乐部的决策机制正由行政主管部门集中统一决策向俱乐部独立自主的分散决策机制转变；在其内部治理结构中，由利益各方代表组成的董事会作为俱乐部的最高决策机构，代表俱乐部利益各方全权行使权利和履行责任。但由于职业体育俱乐部在其管理制度上仍受职业体育协会与项目管理中心混合管理制度的制约，俱乐部的决策权很大程度上仍受制于职业体育协会（中心）的控制和政府的干预。如2002年中国足协（中心）取消职业足球联赛升降级一事，无不说明职业足球俱乐部联赛产品的生产与否，以及怎样生产，很大程度上仍受中国足协（中心）的控制。

（2）职业体育俱乐部的目标机制

一般地，作为一种经济实体，其首要目标是通过市场化运作实现自己的经济利益目标。而从国家主动实施足球等运动项目职业化改革的动机看，其主要目的是想通过职业化来发挥社会各方面的作用，解决体育项目长期依赖国家办体育而造成效率低下、活力不足的问题，进而提高我国各项运动技术水平，满足人们日益增长的体育需求。然而由于制度安排的错位，这两种目标之间并没有协调一致。政府有时为了尽快提高体育运动技术水平，会进一步加大对俱乐部的干预力度，作出让市场规律服从体育规律的决策，从而促使职业体育俱乐部的目标效用函数出现了错位现象。如1999年为了备战奥运会预选赛，中国足协将足球职业联赛停赛一个多月。停赛意味着俱乐部赛事产品的减少，相应地也就意味着俱乐部自身经济利益最大化的目标难以实现。

（3）职业体育俱乐部的组织形式

随着职业体育制度改革的深入，俱乐部正在成为真正具有独立法人资格地位的经济实体。目前，尽管各职业俱乐部的组织形式存在许多差异，但基本上是按照公司化管理形式设置组织机构，形成围绕产业开发和利用的组织机构和公司化管理的运行机制。在组织形式主要有：股份有限公司（如山东鲁能泰山足球俱乐部股份有限责任公司、北京国安足球俱乐部股份有限责任公司）、有限责任公司（包括国有独资）（如前卫寰岛足球俱乐部有限责任公司）、社会团体法人制（会员制）（如延边敖东足球俱乐部）。虽然他们的具体组织管理形式存在一定的差异，但基本上按照"董事会—董事长—总经理—主教练"这种形式设置。尽管组织机构的设置与西方的俱乐部管理机构基本相同，但从公司治理结构上看多数俱乐部都是徒有虚名，多数仅仅拥有"公司化"组织形式的外壳，而没有真正意义上的"公司法人治理结构"。如在原武汉雅琪足球俱乐部中，雅琪集团占有70%的股份，湖北省体委占20%，武汉市体委占10%。按照股份制的规则，两级体委的股份加起来也不能使其成为独享决策权的大股东。但是事实是，体委形式人事任免权和行政管理权，并且雅琪的主场比赛，体委要无偿享受700张门票的好处。

（4）职业体育俱乐部的资源配置

随着我国市场经济制度的逐渐完善，及其职业体育制度改革的逐步深入，市场机制的基础性配置作用正在逐步加强。各职业体育俱乐部在一只眼睛盯住"市长"这只手的同时，也不得不一只眼睛盯住"市场"，充分利用市场信号，通过价格机制、供求机制等市场机制的作用，进行资源的配置。尽管如此，但由于职业体育管理制度改革的相对滞后，职业体育市场资源的配置，相当程度上仍存有通过行政权力调节各职业体育俱乐部生产要素资源的流向和分配。如中国足协通过对运动员的注册和转会，教练员的岗位培训和资格认证，以及裁判员培训、考核和注册等制度安排，控制俱乐部赛事产品的生产。并且中国足协在《关于全国性足球赛事商务管理暂行规定》中明确规定："中国足球协会有权组建"全国足球市场开发委员会"并通过该委员会对"赛事"商务活动进行全面和统一管理；中国足球协会拥有所有"赛事"商务开发权，包括冠名权、广告权、指定产品或服务权、各种媒体版权；中国足球协会有权对"赛事"商务开发权进行全部或部分转让或许可"。我国多年的计划经济制度经验已表明，资源配置的行政指令化具有很大的主观随意性，很难对资源进行合理有效的配置。

（5）职业体育俱乐部的动力机制

赛事服务产品是俱乐部赖以生存和发展的根本，赛事服务产品质量的高低将直接影响着俱乐部的生存与发展。一方面，随着人们物质文化生活水平的提高，人们对赛事服务产品的质量（观赏性）要求越来越高；另一方面，随着我国经济的快速增长，用于俱乐部赛事服务产品生产的各种生产要素成本急剧上涨，特别是运动员成本的急剧增长，已成为各俱乐部的一大经济负担。赛事服务产品质量要求的提高及其俱乐部生产要素成本的上涨，使许多俱乐部仅靠传统的经营收入来维持俱乐部的正常运转已变得越来越困难。加之，我国职业体育管理制度安排的错位，使本该由各俱乐部享有的联赛收益，堂而皇之地变成了职业体育协会的合法收益，致使不堪重负的各俱乐部雪上加霜。如到2001 年初为止已先后有 28 家企业退出甲级足球俱乐部的经营。在竞争激烈的环境下，受逐利动机的驱使，俱乐部把这种竞争压力转化为求生存、图发展的外在动力的趋势已有所加强。另外，随着俱乐部市场经营机制的逐步完善，俱乐部的经营水平与经济收益呈现出很大的一致性。俱乐部的发展已很大程度上依赖于俱乐部自身的经营能力和经营绩效。俱乐部作为具有一定独立性的经济实体，为了追求自身经济利益，实现自身利益的最大化，俱乐部将会对市场价格信号的变化有所反应，加大俱乐部球队、赛事、相关产品等有形与无形资产的市场开放力度，以不断提高俱乐部的经营收入。对经济利益的追求倾向，很大程度上便成了俱乐部求生存、图发展的内在动力。

（6）职业体育俱乐部的约束机制

职业体育俱乐部是市场经济的产物，而市场经济的实质是法制经济。法制、法规是职业体育俱乐部市场运行机制的有力规范和保证。首先，由于我国职业体育俱乐部正处于制度转型期，各种法律法规及其实施机制都还不完善，俱乐部缺乏刚性化的外部约束机制。例如，中国足协虽然于 1996 年颁布了《中国足球俱乐部工资制度》。然而，由于执法不严，使得各职业足球俱乐部仍然我行我素，置法规于不顾。1997 年雅琪身处甲 B 时，即使球员的最低月薪 4000 元也超过了规定的 3600 元。其次，由于我国职业体育俱乐部普遍存在着产权模糊及其产权制度不完善等问题，一些俱乐部很容易通过转嫁成本的方式来实现自身的效用最大化。从而俱乐部普遍缺乏节约成本、提高成本利用率的内在约束。我国职业体育俱乐部运动员成本花费的快速上涨，很大程度上就是由于各俱乐部缺乏内在约束机制而相互攀比造成的。

（7）职业体育俱乐部的生存机制

当前，我国职业体育俱乐部的发展仍是一种严重脱离市场，不断依靠企业、政府"输血"的供养机制，俱乐部缺乏依托社会的自我发展机制。据谭建湘对 18 家甲级职业体育俱乐部的调查，大部分俱乐部不是积极地开拓市场，加快形成企业化的经营机制，而是依靠地方政府出面牵线搭桥，甚至直接出资俱乐部。在依靠地方政府扶植的俱乐部中，大多有地方政府领导挂帅，成立专门机构来管理俱乐部，直接参与俱乐部的内部事务，出现了一些俱乐部不找"市场"去找"市长"的现象。俱乐部缺乏适应社会、依托社会的自我发展机制。在俱乐部的经费来源中，依靠企业持续投入为主的占 52%，依靠政府投入的占 19%，有 29% 的俱乐部在逐步通过自身经营开发获得主要经费。换言之，经过几年的发展，目前仍有 70% 以上的俱乐部不能以市场开发与经营为主来维持其生存。而且由于资金供给的不稳定性，在推广职业化的过程中，各俱乐部均有频频更换名称的历史，有的甚至在较短的时间内因合作企业变化而多次更换俱乐部的名称，导致俱乐部发展极不稳定。对俱乐部的正常运行和球队运动技术水平产生极大的负面影响。另外，我国职业体育的管理过分依赖于行业规范。由于行业规范缺乏稳定性和权威性，不能提高未来的可预期性和减小信息的不确定性，从而使各俱乐部很难预期未来收益。一般情况下，俱乐部作为理性的经济人，他们都是风险厌恶者，在高度不确定性的环境下，俱乐部投资行为将普遍短期化。因而，我国职业体育俱乐部的投资者普遍把俱乐部当成一个广告媒体，把自己当成一个广告客户，实现眼前利益，而不愿意根据俱乐部的长远战略开发足球市场，实现未来收益的最大化。

四、政府主导型我国职业体育制度创新约束的经济学分析

随着经济体制改革的深入，我国职业体育制度（规制职业体育主体各类行为的正式和非正式规则的集合）在原有的基础上也做出了相应的调整，并逐步向市场化方向推进。然而，由于我国的职业体育制度调整是以演绎推进式的增量改革为主线，制度调整的触角尚未触及原有体制的根本性问题（我国职业体育体制实质上仍是一种高度集中的"行政管理体制"）。面对这样的基本现实，我国理论界和实际工作领域的学者，从理论或实践方面进行了一些探讨，提出了职业体育俱乐部的股份制、联盟制改革等制度安排调整的思路。这些研究和讨论对我国职业体育的制度调整确有一定作用。但是，当进一步考察职业体育制度变迁的程式和路径问题时，则会发现人们关于我国职业体育制度创新的约束问题仍认识不足。为此本节试图从制度经济学的角度，从理论上分析我国职业体育制度创新的约束问题，为我国职业体育的制度创新与发展提供依据。

（一）意识形态资本的反向拉动

意识形态是指导人们行为的世界观，它通过改变人们的偏好体系，而进入人们的行为成本、收益函数之中，进而影响经济主体的成本—收益计算及其行为选择。根据此观点，当人们在世界观的层面上对某种体制具有心理偏好时，其心理正效用很大，即使该体制给他们的物质利益造成损失，仍会对该体制抱有"合理性"认同；反之，即使制度创新能在物质利益方面给他们带来了补偿，也会因偏好体系的固化，而使制度创新的精神损失（成本）很大，进而使他们对新制度抱有"非法性"认同而阻碍制度创新的实施。

在我国，由于受传统体育制度长期影响，体育政府部门是一切体育的社会、经济活动的主体，控制着一切人权、物权和财权，对体育资源实施直接的计划调控。在微观层面，为了维持缺乏微观激励机制的"举国体制"的正常运行，对传统体育体制的"合理性"进行了大量的政治教育投资，传统意识形态资本大量沉积下来，加之中国历史以来就有注重精神因素、进行道德说教的传统，从而导致意识形态资本的剥出损失过大，使一些人不愿放弃国家包办一切体育事业的传统理念。这种意识形态的印记对我国职业体育制度创新的约束可从如下两方面予以表明：第一，从《中国足协不是出气筒——关于对"戴大洪质疑中国足协"的几点质疑》一文中可以看出，传统体制下形成的"集权思想"的具体表现。文章一方面认为，"飞利浦也好，国际管理集团也好，人家是同中国足协合作，而不是同你某一俱乐部合作。别人看中的是中国足协的牌子、信誉和号召力。不信你几家俱乐部脱离中国足协，另立门户，重组联赛，看有哪家企业会赞助你？"而另一方面，文章又认为，"足球场上不允许'无政府主义'的存在，谁如果想另立门户，不过是'飞蛾扑火，自取灭亡'罢了"。另外文章还认为，"中国足协大可不必为自己拥有既得利益而感到'做贼心虚'……各大洲足协乃至各国足协也都富得流油，可以说都存在巨大的既得利益，其既得利益也不见得有多少人提出异议……说到底，俱乐部与足协、媒体与足协乃至球迷与足协之间的矛盾都是'人民内部矛盾'而

'非敌我矛盾'。因而即使受点委屈也大可不必在那里歇斯底里般地大呼小叫，而应该有话好好说"。文章的字里行间无不渗透着在长期意识形态影响下的"集权思想"的影子。第二，从中国职业体育高层管理者在运动管理条例的制定和实施方面来看，也存在着浓重的传统价值观念印记。各"协会或项目管理中心"通过对职业体育俱乐部的资格认定、参赛许可，以及生产要素（如运动员的注册、转会等）的严格控制，掌握着俱乐部赛事产品的生产。如中国足协在《中国足球协会甲级足球俱乐部工作规范》第五章第四节"公益活动"的管理条例中规定："俱乐部必须无条件服从中国足协或当地政府安排的各项公益活动""俱乐部每年至少组织或参加与一场有益于社会公益事业的义赛，无论义赛方式如何，除运动队基本开支外，不得收取任何方式的酬金。"同时，在俱乐部的赛事经营活动中也充满中国足协直接干预俱乐部经营的"官本位"思想。在《中国足球协会关于全国性足球赛事商务管理暂行规定》中规定："中国足协有权组建'全国足球市场开发委员会'并通过该委员会对'赛事'商务活动进行全面和统一管理；中国足球协会拥有'赛事'的商务开发权，包括冠名权、广告权、制定产品和服务权、各种媒体版权等；中国足球协会有权对'赛事'商务开发权进行全部或部分转让或许可；中国足球协会有权制定因"赛事"商务开发所产生收益的分配方案，并执行分配权。"不难看出，管理者仍采用行政指令直接调控企业的生产经营的集权模式；传统的意识形态仍对我国职业体育的制度创新起着反向拉动作用。

（二）制度创新供给的成本约束

由于制度创新的主体（个人、组织、政府）具有不同的利益格局，他们对创新成本——收益预期均从各自的利益角度有着不同的判断。尽管如此，作为职业体育体制创新的主体——政府和非政府主体（各体育俱乐部）均对制度创新有着"潜在利润"的价值取向，从而使创新主体的利益目标得以实现，以实现自身的效用最大化。

由于我国职业体育的制度调整是以政府主导性方式进行的，其本质是"非帕累托改变"，即每一项改革举措均是以一部分人利益增加的同时，另一部分人的利益受损为基本特征的。因此，制度变迁的供给主要取决于一个社会中各个既得利益集体的力量结构或力量对比。尽管我国体育体制改革一定程度上打破了国家办体育的单一局面，但由于传统计划经济体制刚性影响，政府在对社会的体育资源有着严格管理和控制的情况下，我国的体育体制改革在很大程度上只是一种体制内的权力下放活动，具有"大政府""小社会"特征，既是各职业体育俱乐部作为一种新生的社会组织有制度创新的意愿，也因为其在权利结构或力量对比中的劣势而不具备制度创新的供给能力。又由于制度是一种公共品，通过制度创新所得收益并不能获得专利，其收益具有"外部性"，即每个职业体育俱乐部都可以享用其他俱乐部进行制度创新所带来的收益，而制度创新的成本则又由实施创新的主体承担。所以，作为为追求自身效用最大化的各职业体育俱乐部主体，都不愿自己承担制度创新的成本，而希望其他俱乐部从制度创新后的新收入流中获利，实现"搭便车"之目的。因此，我国现阶段的职业体育俱乐部作为制度创新的主体，由于不具有"规模效应"，既不具备主导制度创新的能力，又存有很难克服的"外部性"等问题，从而使各职业体育俱乐部缺乏制度创新的意愿。

由此不难推断，政府是我国职业体育制度创新主体的逻辑。这是因为对于政府而言，具有暴力上的和规模上的优势，可以以较低的成本实现制度创新。然而，尽管政府具有制度创新的比较优势，但实施制度创新时，必将遇到一个难以解开的"诺思悖论"。即一方面，政府执行者总是想使他们在现行制度下（含经济收益和政治收益）的垄断租金最大化；另一方面，又总想节约交易成本，以促进社会产出最大化。由于政府决策者拥有自身偏好，当实施职业体育的制度创新时，若会损害他们的政治或经济收益时，他们不会轻易地做出损己利他行为，从而会容忍效率低下的职业体育制度构架的继续存在。例如，在各运动管理中心和各单项运动协会组建的过程中，若将政府行政职能从各"项目管理中心及单项运动协会"拨出的话，则利益损失过大，体制改革的社会化目标取向将削弱政府对体育资源的控制。基于此，尽管这种政、民不分的体制结构必将产生很多问题，但为了追求自身的效用最大化，政府在制度创新的利弊充分权衡的基础上，最终仍然以维持高度集中的行政管理体制，容忍现存制度所存在的问题。这种由于利益结构的刚性效能致使我国职业体育的制度创新受到制约。

（三）制度创新有效需求不足的制约

若制度创新和利用新制度的预期净收益为正时，人们就有建立新制度的需求。制度创新需求也会通过对制度创新预期收益的影响而最终形成制度供给者的供给意愿。如前所述，尽管我国现阶段职业体育的制度创新是属于政府供给主导型行为，制度创新的实施与否，最终取决于权力中心，但各职业体育俱乐部对制度创新的需求及公众对新制度规则的态度仍在一定程度成为影响"项目管理中心"产生供给意愿的决策变量。

从制度经济学理论的角度来看，需求结构决定着供给结构。社会对制度创新的需求越是强烈，对制度供给的影响就越大，制度创新就越有可能实现。影响行为主体产生制度创新需求的因素很多，其中由制度创新所带来的增量收益则是最重要的因素之一。由于我国职业体育俱乐部的投资主体大多数是国有企业（如云南红塔俱乐部、北京国安俱乐部、山东鲁能泰山俱乐部等，他们的投资者分别是云南红塔烟草集团、中信国安总公司、山东省电力集团电力等大型国有企业），在现代企业制度尚未完全建立的状态下，国有企业本身处在一个激励约束失衡、成本约束软化及其产权主体虚置的制度环境中，作为国有企业的经营者则缺乏制度创新的强烈需求。因此，尽管现存的职业体育制度构架不能保证各体育俱乐部的利益，但作为俱乐部的经营者也没有必要去甘冒制度创新的风险实现所有者（国家）的效用最大化。基于这样的状况，大多数职业体育俱乐部缺乏对实施制度创新的有效需求，从而难以有力地刺激制度供给者政府主管部门实施制度创新。

作为投资职业体育俱乐部的民营企业，尽管不存在激励约束失衡等问题，尽管有强烈的制度创新需求并获得其应有利益，但由于其在整个职业体育的行为主体结构中的规模及权力份额的绝对弱势，既无力承受制度创新成本，也难以影响政府主体调整制度安排。在现有的职业体育制度环境下，有些民营企业只能通过市场退出的方式来规避风险和损失。虽然市场退出行为在一定程度上会影响政府制度创新供给的意愿，但投资于职业体育俱乐部的私营企业实在是"凤毛麟角"，无法形成规模效应，从而对制度供给者难以造成足够的调整制度安排压力。由此可见，我国现阶段的职业体育市场的各职业体育俱乐部主体，总体上缺乏制度创新的有效需求，从而不能形成有效地迫使各"项目管理中心"对现有制度安排作出调整。

（四）我国职业体育的制度变迁模式的规定性约束

在我国的市场经济体制改革过程中，政府决策者为了追求自身目标效用函数的最大化，在改革起初就确定体制转型以连续性、双轨过渡、温和的改革方式进行。作为体育领域的职业体育的制度变革尽管具有一定的滞后性，但在来自大环境的变革影响和自上而下或自下而上的变革要求的情况下，我国的职业体育体制改革也步入了政府供给主导型的渐进性改革模式。

制度作为一组规则的集合，是对行为方式的界定和规范，其背后是对利益关系的界定和保护。在任何一种制度结构下，都会伴随着一定的既得利益格局。同样，在我国职业体育的准市场化运行机制与各"管理中心"尚属于计划运行机制长期并存的情况下，形成了一种新的既得利益集团。在上述双轨制并存的情况下，由于超经济权力（行政权力）与市场权势交织在一起，为一些人的寻租活动创造了条件，从而出现一些"寻租"（所谓"寻租"是指通过权力所获得的非直接性生产的收益）行为。由于监督约束机制的制度安排供给非均衡，一些掌握权力的人利用手中的权力进行创租活动。如裁判员遴选制度缺损，导致官员受贿行为、裁判员行贿及受贿状态下的"黑哨"行为等创租活动越来越猖獗。同样，一些职业体育俱乐部也充分利用双轨制下的制度真空，通过贿赂裁判员的方式获得效益最大化。制度调整是利益结构的重新分配，当对现存职业体育制度进行调整时，必然会触及这些人的利益，为了维持自身的既得利益，他们会通过各种方式形成一种"逆向行动集团"，以阻止现存职业体育的制度创新，从而增大我国职业体育制度创新的阻力，加大制度创新的成本。

另外，由于职业体育制度变迁的渐进性，改革过程中的职业体育体制呈现出"协会"与"项目管理中心"相互混合的管理型特征。这种管理体制下的"协会或项目管理中心"仍具有超经济的行政权力，在制度创新主体结构中处于绝对优势地位。如前所述，在政府供给主导型的制度变迁过程中，制度变迁的供给主要取决于一个社会中各个既得利益集团的力量结构或力量对比。因而，各职业体育俱乐部尚不能在短期内成为制度创新的主导角色。另一方面，我国职业体育制度的创立是改革初期的增量型改革，随着改革的不断深入增量型改革的余地日益缩小，从而改革将涉及或触及到更多存量部分的既得利益。正如我国学者张曙光所说，渐进式改革主要依赖增量改革，但终究不能回避存量的改革。"存量型"改革是一种"零和博弈"过程，即一个人的收益的增加是另一个人收益的减少。因此，我国职业体育制度新一轮变迁性质，决定了改革必然对现存的制度安排进行重新定位，从而导致由权力资本的重新分配和转移而加大制度创新的成本支出，增加我国职业体育制度创新的难度。

以上从四个方面讨论了我国职业体育制度创新的约束及产生的原因。尽管如此，当我们以动态的视角来审视职业体育制度变迁问题时，将会发现：（1）随着整个社会形态转型的不断深入，全球化所带来的文化流动性碰撞的加剧，人们由意识形态影响所形成的传统价值观的变动成本会大大降低。（2）随着由职业体育的制度供给不足所产生的各种矛盾积累所导致的"延误成本累积效应"，必将加大制度创新的有效需求。（3）随着各体育俱乐部的投资企业的现代企业制度的不断完善，必将使各职业体育俱乐部的成本—收益约束趋于刚性化，从而促使职业体育的产权及相应的分配制度得以调整。总之，我国的职业体育制度会随着各方面情况的变化，在矛盾运动中不断进行调整，同时制度安排的每次调整均会构筑一种新的制度环境，其又会引至下次的制度创新。

五、我国职业体育制度创新动因的经济学分析

尽管政府主导型的职业体育制度（规制职业体育主体行为的正式、非正式规则的集合）变迁方式存在着意识形态资本的反向拉动、制度创新的较高供给成本、制度创新有效需求的不足和职业体育制度变迁模式的规定性等约束，但从动态的角度看，我国职业体育的制度创新活动终将在社会经济环境变化所带来的各利益主体格局的不断调整的过程中逐渐演进；同时在制度非均衡的环境下，的确存在着通过制度创新实现潜在利益的内在激励动因，而这种动因又是在内、外支持要素变动的情况下得以显化，最终实现制度创新。为此，本节在对未来内外环境变化发展预期的基础上，从制度经济学的理论角度分析我国职业体育制度创新的支持要素。

（一）经济全球化提供职业体育制度创新的有效环境

我国的入世将进一步加剧与世界各国的贸易和生产要素流动的自由化。由于不同制度系统有着不同的交易成本，当资本所有者考虑生产要素移动的跨国界定位时，必将在各种制度系统间作出选择。"全球化将导致制度竞争"，其结果必将对参与竞争国的制度构架和内容调整产生影响，并会营造制度创新的有效环境。

第一，从改革的逻辑上讲，中国的入世必须按照国际惯例参与国际交换与国际竞争。我国学者张霖认为，"对中国这样一个由计划经济向市场经济转轨的国家来说，'入世'的意义不仅仅是开放市场、引入竞争，而是在经济体制转轨关键阶段的一次'制度移植'，一次强制性制度变迁，从而建立起规范的市场经济体制"。尽管我国政府在入世议定书中对体育服务业没有作出任何具体的承诺，但中国已在商业存在的市场准入限制上承诺，允许外商投资企业（包括外商独资企业和合营企业）存在于中国服务行业的各部门。这就意味着外商投资企业可以进入我国的职业体育行业，职业体育市场将会由于市场结构的逐步调整而吸引更多的国外资本。2002年5月20日，号称全球最富有的足球俱乐部——英国曼彻斯特联队俱乐部正是宣布进入中国市场；与此同时，纽卡斯尔俱乐部宣布与大连实德俱乐部合作，进行"东北—远东"开发计划。今后国外职业体育俱乐部的大量涌入必将加大市场竞争，并对我国职业体育的制度调整产生有效影响。

第二，在某一制度结构中，制度安排的实施是彼此依存的，某个特定制度安排的变迁，将对其他制度安排产生影响；市场经济法制化决定体育必须迈入法制化轨道。'入世'加快了我国市场经济法制化的进程，使我国职业体育的法制环境约束朝着刚性化、透明化方向发展。根据 GATS（服务贸易总协定）第3条的要求，各缔约方应当立即公布所有与服务贸易有关的或者对服务贸易产生影响的措施，包括有关的法律法规和行政命令、条例、习惯做法，以及参加有关国际协定等。而且，透明度条款，属于 GATS 中的"一般义务和纪律"，即适用于每一缔约国的所有服务贸易各部门，而不论是否已经承诺开放这些部门。因此，尽管我国政府没有对我国的体育服务业作出具体的承诺，但作为我国体育服务业之一的职业体育行业同样适用上述规则。在国际经济运行规则的影响下，给我国职业体育的制度创新提供了很好的支持环境。

第三，尽管意识形态、观念等非正式制度的创新滞后于正式制度的创新，但意识形

态的创新跟正式制度的创新一样，人们对新的价值观念、道德和习俗的接受完全取决于创新所带来的收益与费用的计算。"在经济全球化的大背景下，当制度调整所带来的预期收益足以抵消潜在费用时，人们会努力地逐渐接受新的价值观而不管原有的规则看上去是如何的根深蒂固。"因而，在全球化各类资源高流动性的前提下，人们较容易放弃传统制度安排并接受新的制度安排。

上述三个方面的论述反映了在经济全球化的大背景下，我国的职业体育的制度创新活动有着较好的环境支持。

（二）延误成本"递增效应"促使职业体育的制度创新

由于我国职业体育的制度改革的渐进性特征，在制度转型的过程中逐渐形成了准市场化体制和计划体制并存的格局。在实际的运行过程中，不同体制所形成的制度安排必将产生制度安排的结构性错位，由此所引致的矛盾冲突将会随着时间的推移，累积制度创新的延误成本；当延误成本的累积水平超过人们的承受阈限时则必将促使制度创新。

在制度创新的成本上，我们把打破原有制度建立新制度的各种成本称为改革的"调整成本"，用 C_1 表示。而把维持原有制度，不及时进行制度创新所造成的各种制度损失称之为制度创新的"延误成本"，用 C_2 表示。当由于制度创新而进行制度调整时，成本将迅速增加，成本增加到一定程度后开始下降，其形状呈倒 U 型；一般情况下，延误制度创新的时间越长，由制度缺陷所带来的损失就越大，延误成本就越高。尽管对这些成本进行计算是非常困难的，因为他们既没有明确定义的概念，也不容易测算。但是，在某种形式上，可以估计它们的变化趋势。可在同一个图上表示调整成本和延误成本的变化趋势。如图 1 显示了调整成本曲线和延误成本曲线，水平轴表示时间，纵轴表示成本。

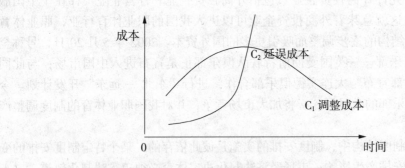

图 1 调整成本和延误成本变化趋势

从图 1 中可以看出，最初的净转型成本是正的，因为调整成本在短期内高于延误成本。随着时间的推移，延误成本将急剧上升，最终超过调整成本，使净转型成本为负值，即通过制度创新的净收益为正。在此情况下，由于制度创新主体逐利行为的天然性，创新主体最终会实施制度创新，进行制度调整。依据该理论提示，越是推迟制度的创新，其总的延误成本就越大；相反，制度创新得越早，净转型成本就越高。随着时间的推移，制度变迁的延误成本"递增效应"，终将使我国职业体育制度的创新收益超过其成本，从而使制度创新成为历史发展的必然。

（三）制度变迁需求的"累增效应"导致职业体育制度创新

新制度经济学理论认为，社会对制度创新的需求越是强烈，对制度创新供给的影响就越大。在我国职业体育行业中，尽管目前的制度创新需求没有足够的强度，但随着经济制度市场化目标的确立及其改革的不断深入，人们逐渐会对职业体育的制度安排结构及内容产生变动的需求，并且随着时间的推移，"需求累增效应"将导致制度创新。

一个制度的创新不仅取决于参与制度创新主体对制度创新成本—收益或损益的主观评价，而取决于他们的判断能力和适应效率。最初可能只是制度规制系统中的行为主体能捕捉到制度创新的潜在获利机会，但随着人们之间相互影响的加深，以其现存职业体育制度种种弊端的暴露，越来越多的人会认识到制度调整的必要性，从而呈现两个方面的变化，即一是对原有制度实施调整的需求主体数量大增；二是需求主体的创新愿望也将呈现"累增效应"。这种"需求主体"数量增多和"需求累增效应"的放大趋势，将提高职业体育管理部门维系现存制度的成本，并逐步改变决策部门制度运行的成本收益函数，使制度安排的调整成为可能。如由于制度缺陷所产生的"黑哨"问题，已引起全国人民的广泛关注。从人代会、中央主管领导到普通百姓以及媒体，已强烈要求中国足协处理行业中的黑哨问题。在全国人大九届五次会议上，46位人大代表提交议案《呼吁司法介入足坛打假扫黑》；最高人民法院常务副院长祝铭山也表示，"一旦有'黑哨'这样的案件，确实构成犯罪的，将坚决依法惩处"。全国人民的关注及其司法的介入必将加大中国足协维系现存制度安排的风险和成本，迫使中国足协对我国职业体育的现存管理制度作出调整。因此，随着时间的推移，制度创新需求主体数量及其需求愿望的累增，将最终改变中国职业体育制度的结构和内容，实现制度创新。

（四）资源效率的"损失效应"诱发职业体育的制度创新

市场经济作为平等交易的经济，交易的公平性要求作为交易内容的财产权利是单纯的或纯粹经济性质的权利，任何超经济性权利的进入，将会对市场经济形成根本性的排斥。由于我国职业体育制度改革的滞后，现存制度安排出现了严重错位，管理层集经营和管理于一身。在此情况下，管理层为了实现自身的效用函数，必将利用各种行业规制权力，对各职业体育俱乐部的业务发展和市场进入作出种种限制和干预，并形成了具有超经济性质的权力中心；同时又由于职业体育管理者的行政任命制度的存在，各单项协会的全国代表大会只是一种虚设，从而导致权力监督机制的虚置，出现了大量的权力寻租活动，抬高了交易成本，使现存的各类资源效率损失，无法实现价值最大化意义上的"效率"。这种资源利用的"损失效应"将反向诱发职业体育制度创新的动力。

第一，在我国职业体育俱乐部行业中，俱乐部的投资主体大多是国有企业，其成本约束软化的问题确会进入职业体育行业。尽管成本约束的软化在一定程度上可以容忍资源配置低效率问题，但这种容忍度仍是有限度的。国有职业体育俱乐部的经营者必须考虑资源使用的低效率与个人政治风险的均衡容忍点，否则经营者必将承担政治或经济责任。在基于自身利益、风险责任，国有职业体育的经营者也会与职业体育管理层在制度安排（制度安排结构决定了利益结构）结构方面进行真实的讨价还价，力使实现双方利益均衡。然而，目前我国的职业体育制度构架决定了管理层在垄断一切体育社会资源，权力仍没有进行社会转移；而同时则把"办"职业体育的大量责任通过社会化的方式转移给社会（各职业体育俱乐部）。而俱乐部作为"赛事"产品生产的投资者和生产者，却不享有分配收益的权力。俱乐部作为市场交易主体，在权力与责任不对称，利益得不到相应保障的情况下，资源的利用的低效率则成为必然。据2000年的调查显示，在现行的制度结构中，国内的20个甲级足球俱乐部，有14家报亏损，6家因未报情况不明，而且报亏损的俱乐部基本上是连年亏损，资源的效益损失严重；与此同时足协却有很大的收益。事实上，在中国足球圈里，由制度环境与结构引起连年亏损的职业体育俱乐部非常多，其中不乏有民营企业选择退出市场的方式以规避风险和损失的案例；国有的职业体育俱乐部也因高成本（前几年不惜代价人为地抬高运动员的身价，职业足球运动员的收入超出我国城市居民平均收入的80～100倍）运行所带来的严重亏损，使资源使用的低效率与个人政治风险的均衡容忍度逐渐逼近临界水平。经营者为了降低自身的政治风险和经济责任，必然选择与管理层就现行制度安排调整的问题进行讨价还价的行为。

第二，由于现行职业体育的制度供给不足（如权力监督机制的虚置等），在我国职业体育行业中，存在着大量的寻租活动（所谓寻租是指非直接性生产的获利行为）。寻租活动不仅提高了市场交易成本，而且还会极大地扭曲市场交易的公平性，使资源的使用效率低下。管理层为了维系自身的寻租利益，甚至出台与国家的基本法律相冲突的保护性制度。如中国足协在《中国足球协会甲级足球俱乐部工作规范》第8章第79条明确规定："无论俱乐部还是个人对中国足协管辖范围内的各项事务的申诉，都只能向属地协会或中国足协诉讼委员会提出而不得提交法院"（此规定明显与我国现有法律规定"经济民事纠纷的最终裁决权是人民法院"相悖）。另一方面，由于寻租活动所产生的效应，使一些法规形同虚设。例如，《中国足球协会赛区裁判工作管理规定》中对裁判员工作的违纪行为有明确的惩罚规定，但在执行过程中由于存在寻租利益驱使下的关系网，常常无法真正到位，以致裁判员违纪行为屡禁不止。由寻租需要形成的制度规则及其实施机制，通过扭曲市场交易公平性降低了资源使用效率，仍会导致经营者与管理者之间就调整现行制度安排讨价还价的行为。

由此可见，我国职业体育制度构架会产生市场交易和利益分配的非公平性，由此引至资源利用的低效率；由这种低效率又会导致民营资本退出市场和国有职业体育俱乐部经营者的政治风险和经济责任不断提升，从而形成经营者与管理者之间就调整现行制度安排讨价还价的行为，由此诱发职业体育的制度创新。

(五) 产权规制的预期收益激发职业体育的制度创新

产业组织理论表明，产权是以资本为载体的一组资本权益，靠市场交易来实现其收益；排他性是产权得以发挥激励作用的前提条件；若他人能分享产权所界定的效益和成本时，产权就会有很大的"外部性"而处于模糊状态，使内在化的激励功能扭曲。我国职业体育产业部门多数在政府部门的参与下，通过改造形成的。尽管职业体育的管理部门要求职业体育俱乐部以股份有限公司或有限责任公司的形式构建，但由于初期组建时在产权切分上的模糊性，以及后续完善方面的滞后性，使得大多数公司化后的职业体育俱乐部仍属无清晰产权的经济实体。从而产生由于产权切分不明晰的预期收益混沌现象，市场价格机制难以起到资源有效配置的激励作用。但是，从产权制度环境不断变动的角度来看，产权制度安排的不同，人的行为选择便不同。在我国经济制度逐渐适应国际经济制度的过程中，市场经济制度将会逐步完善，国有企业产权关系也必然会进一步明晰，从而会造就真正的市场经济条件中的利益主体。在上述环境条件下，企业的成本约束制度趋于"硬化"，行为主体很难通过成本"外部化"的方式实现自身的效用。当我国职业体育的产业部门在成本约束制度逐步"硬化"的过程中，他们将从产权关系决定的预期收益角度，全面修正对制度创新"成本—收益"评价结果，并选择相应的行为方式，以获取最大利益。基于此，各职业体育的产业部门会对通过制度调整以保证其产权利益产生强烈的需求。若制度环境无法保证职业体育的产业部门的利益需求，作为理性经济人的职业体育的俱乐部老板将会利用市场退出机制，或通过资本的转移方式来保护自身的利益。在此情况下，我国的职业体育投资市场会因缺乏资本注入而崩溃；同时，中国职业体育管理层也将面临控制权的损失的严重威胁（中国职业体育管理层收益的实现方式主要靠控制权，失去了控制权就意味着失去垄断租金，失去了一切），这种结果是中国职业体育管理层不愿看见的。

由此可见，职业体育制度变迁在意识形态、制度创新成本、制度创新需求和规定性等方面存在较强约束，但经济全球化提供的有效环境、制度变迁延误成本"递增效应"对行为主体的刺激、制度变迁需求的"累增效应"不断提升、资源效率的"损失效应"承受阈限降低、产权规制的预期收益的不断提高，将成为我国职业体育制度创新的推动要素。随着现代企业制度不断完善，各职业体育产业部门的成本约束制度趋于"硬化"，经营者与职业体育管理层必将形成利益分配制度调整上的博弈格局，从而迫使职业体育管理层在利益方面做出让步，实施制度创新。

六、我国职业体育制度变迁的路径、方式的经济学分析

（一）职业体育制度创新的方式、路径的选择

任何一种改革，其目标定位制约着改革的方式，即一旦改革目标定位明确后，必将对改革方式的选择产生重要影响。对于改革的路径选择来说，改革目标又成为核心问题。离开了改革目标，改革的成本—收益计算方式的选择就失去了意义。根据改革的方式或路径来看，一般情况下，有两种可供选择的方式：一是激进式改革，又称"大爆炸式"或"休克疗法"，其特征是一揽子总体推进的过程；二是渐进式改革，即由局部的改革向全面改革逐渐演进，其基本特征是逐步展开的过程。我们认为，我国的职业体育制度变迁将采取渐进式方式进行；其路径为初始阶段的职业体育制度调整必将以政府主导型方式展开；当创新主体的利益和权利格局发生调整后，制度变迁会过渡为混合型方式；当市场机制成为资源配置的主要动能时，需求诱致型方式将会主导我国职业体育的制度变迁。

1. 职业体育制度创新的方式问题

在对职业体育制度创新方式进行分析时，所需考虑的制度创新成本（代价）主要有两类：一是调整成本（也称震荡成本），即打破旧制度建立新制度的成本。调整成本有三种情况：（1）制度摩擦成本，即为克服创新阻力所引起的摩擦而支付的社会代价或

风险；（2）制度实施成本（即建立新制度的成本），任何新制度的建立都要经历设计、试行、不断完善的过程，这都是要支付成本的；（3）在创新过程中新制度一时难以建立和完善，而旧制度已打破，这一时期必须付出代价。二是延误成本，即旧制度弊端已暴露无余，已严重阻碍了生产力的发展，而这时不进行调整，不推进制度创新，结果延误了创新，这时社会所承受的各种代价之和就是延误成本。

一般情况下，改革的摩擦成本是改革激进程度的增函数。因此，从改革阻力引起摩擦的社会成本来看，渐进式改革明显优于激进式改革。但从改革的实施成本、中间成本和延误成本角度看，制度创新的实施成本又是改革激进程度的减函数，即一次性建立新制度的成本（实施成本）比逐步建立新制度的成本要节省得多。改革推进的速度越快，改革的中间成本越低；延误（改革或转型）的时间越短，该成本越小。若从改革的预期收益角度加以考察的话，渐进式改革方式在一定程度上避免了迅速消除旧制度所引起的信息成本和组织成本的损失，同时能减少来自改革阻力方面的摩擦成本或社会震荡成本，但渐进式改革方式由于很少触动既得利益集团，许多深层次问题与矛盾需要一定的时间和制度不断调整加以解决，在这个过程中需要承受原有制度所带来的延误成本。从成本分析的角度看，渐进式改革方式在于摩擦成本支付的"分期付款"方式上优于激进式改革。

从理想状态的角度看，渐进式改革方式的总成本有可能比激进式改革更高，其资源在配置效率、激励效率和交易费用方面的改革总收益有可能不会超过激进式改革。但由于我国整个社会形态变迁选择了渐进式方式，又由于我国职业体育俱乐部作为制度创新主体的缺弱和政府利益格局的固化及规定制度安排的权利优势的现实，无论整体的制度环境要素，还是制度创新的动力结构，均无法支持我国职业体育制度创新采取激进式改革方式，也无法承受由激进式改革所带来的巨额震荡成本。我国政府决策者在已往改革创新的过程中，始终坚持稳定压倒一切的改革方针就充分说明了这一点。因此，在我国职业体育制度调整过程中，选择稳定和可控的渐进式改革方式便是政府创新主体行为方式的逻辑起点。从改革的容易启动性和改革的利益调整所引起摩擦的社会成本来看，渐进式改革是目前我国职业体育制度调整的一种最优的改革方式，它有着比较优势。

2. 职业体育制度创新的路径问题

当我国职业体育制度创新以渐进式改革方式作为首要选择的时候，必然会涉及推动制度调整的主体和改革的切入点，以及由此导出的制度调整路径问题。从我国职业体育发展的背景和目前各利益主体在制度安排方面的权利结构来看，在职业体育制度调整的初级阶段，政府作为制度创新主体的逻辑完全成立的，这是因为政府不仅具有制度调整权力和规模的优势，而且可以在实现制度创新的过程中支付较低的成本。从初始阶段我国职业体育制度调整的切入点的选择来看，有两种可供选择的方案。

第一，通过政府主导型制度调整，松动现存制度安排，允许各职业体育俱乐部在不影响各协会（中心）的"联赛""杯赛"等赛事产品生产的情况下，通过完全市场运作的方式进行商业性职业赛事的开发，进行"计划外"的赛事产品生产。这是增量型制度调整的选择。

第二，政府主管部门对各运动项目的甲级赛事以及与之相关的各项权力维持现有的制度安排，而对乙级及其以下等级的职业赛事和与之相关的要素市场的运作仅采用宏观政策调控，同时允许各职业俱乐部组建乙级及以下等级的职业联盟，并由这些职业联盟具体实施赛事产品的生产。这是存量型制度调整的选择。

在上述两种方案中，笔者更倾向于第二种方案。尽管从改革的摩擦成本来看，第一种方案使各利益主题间的摩擦成本最小，最容易启动，但由于该方案是在完成政府主管部门组织的"联赛""杯赛"等赛事产品生产的情况下进行的，这种"计划外"的赛事产品生产可能会造成体育资源的浪费（体育赛事服务产品是非基本生活需求的产品，其具有较大的需求弹性，"计划外"赛事产品的生产致使赛事过于频繁，从而降低观众对体育赛事的欲望强度，可能会出现赛事产品供大于求的局面，造成体育资源的浪费）；而且由于增量性改革的预期收益较小（此种改革方式是在维持中国足协既得利益格局的基础上进行的）。尽管第二种方案的摩擦成本要高于第一种方案，但制度调整的触角已伸入原有制度的存量部分，是一种具有存量改革性质的制度创新，它不仅具有较大的社会影响力，而且存有较高的预期增量收益。据此，我们认为，在我国职业体育发展的初始阶段，以上述第二种方案作为制度创新的切入点是一个好的选择。

然而，在我国职业体育发展的初始阶段，尽管政府具有制度创新的比较优势，但在实施制度创新时，必将面临"诺思悖论"，即一方面，政府执行者总是想使他们在现行制度下（含经济收益和政治收益）的垄断租金最大化；另一方面，又总想节约交易成本，以促进社会产出最大化。选择了第二种方案作为制度调整的切入点并不意味着可以解决职业体育的市场配置资源的核心问题，制度调整本身是用错误少一点的制度去替代错误多一些的制度的过程。政府主管部门在"诺思悖论"的约束下动态地寻找均衡点，其他利益主体也在制度变动的过程中越来越多地寻求自身利益，而每次获得的利益都将成为期待制度调整带来更大利益的激励。可以说，我国职业体育制度创新是伴随着各利益主体矛盾冲突和利益均衡再出现新的矛盾再次利益均衡的过程中实现的，与此同时将催生出新的制度变迁形式——混合型制度变迁形式。

职业体育的混合型制度变迁形式指的是政府主管部门与职业体育的各利益集团在制度调整的权力和规模基本均衡的前提下，通过协商或讨价还价的形式共同调整制度安排，以维系各利益集团的利益均衡的方式。可以说，混合型制度变迁形式是我国职业体育制度变迁的第二个阶段。在讨论这个阶段的制度调整问题时，除了政府主管部门这个利益主体外，还需要明晰另一个利益集团——职业体育俱乐部。职业体育俱乐部作为生产赛事服务产品的特殊企业，在生产上有别于其他产品的生产主体，其基本特征是必须在多个职业体育俱乐部共同参与下才能进行体育竞赛，即生产一个共同的产品——赛事。基于此，它们更多的是在合作中求竞争，并由此形成协调、合作、制约等关系。从制度安排对利益主体获益程度的影响角度来看，各职业体育俱乐部在特定制度安排下的利益敏感度具有等价性，据此可以看到它们对制度这种非直接性生产要素的需求是相同的，在这个层面上各职业体育俱乐部自然形成一个利益一致的利益集团。这个阶段的职业体育制度的矛盾冲突主要体现在政府主管部门和职业体育俱乐部之间，并且随着第一阶段制度调整的到位以及由制度调整所带来的增量收益的激励，职业体育俱乐部这个利益主体总会首先对制度调整产生新的需要，而这种需求又会在两大主体调整已有制度的权力基本均衡的情况下体现在外显行为上。上述两大主体为了维系各自的利益将在制度是否调整或如何调整等问题上产生矛盾冲突，这种矛盾冲突常常通过协商、相互妥协的方式在已有制度安排进行微调、实现基本均衡的情况下得以暂时解决。我国职业体育第二阶段的制度创新是伴随着各利益主体矛盾冲突和制度调整至均衡——再出现新的矛盾冲突再次调整制度至均衡的过程中实现的。我们不可否认的另一个事实，即各利益主体矛盾冲突和制度调整至均衡的行为，不仅实现了制度创新目的，同时还不断地震荡人们的原有观念，使人们逐渐地意识到产权所有者应该具有的利益和管理者应该担当的角色，两大主体之间既互相依存又相对独立。当我国职业体育发展到这个阶段的时候，职业体育的制度调整方式将让渡为需求诱致型制度变迁形式。

由于经过混合型变迁形式阶段，人们尝到了通过制度创新带来增量收益的甜头，继而进一步激励职业体育俱乐部的创新动力；又由于职业体育俱乐部在前一阶段的制度调整的过程中逐渐建立了相对明晰、排他性的产权制度，并且拥有各类体育赛事产品的生产要素，是直接的生产者，因此在后混合型制度变迁阶段，职业体育俱乐部的主体地位会逐渐凸显出来。需求诱致型制度变迁形式的产生就是在政府主管部门的管制（能否生产）与自发形成的职业体育俱乐部是否接受管制（要不要按规定的方式生产）的博弈中形成。需求诱致型制度变迁形式指的是由生产要素的产权所有者的自发需求而形成的共同确定产品生产的数量、类型、价格、运作方式及利益分配等制度安排，以维系每一个职业体育俱乐部产权利益，并试图实现"帕累托最优"的制度创新方式。在需求诱致型制度变迁形式作为我国职业体育制度调整的背景下，由于政府主管部门不具有生产体育赛事产品的真正产权，它仅仅担当制定宏观政策，以维持市场秩序的管理者，而不具有分享体育赛事产品市场交换所得利益的权利。

（二）实现职业体育制度创新的相关问题

当我们选择了我国职业体育制度创新以渐进改革的方式展开的时候，除了对制度变动的路径予以逻辑演绎外，还有一些相关问题必须进行讨论。

1. 制度创新的目标模式及相应方案

目前，我国职业体育的各运动项目都采取由项目协会（中心）实施管理的组织形式。尽管国家体委在1993年下发的《关于深化体育改革的意见》中已提出体育改革的总目标即"……建立与社会主义市场经济体制相适应，符合现代体育运动规律，国家调控，依托社会，有自我发展活力的体育体制和良性循环的运行机制"；并且在1997年第八届全国人大四次会议通过的《国民经济和社会发展"九五"计划和2010年远景目标纲要》中又进一步提出："……进一步改革体育管理体制，有条件的运动项目要推行协会制和俱乐部制"等改革目标。由于改革的渐进性，政府主导型的制度调整阶段的各体育项目管理制度仍没有突破计划经济条件下的体育管理模式，与真正的社会型协会还有相当地差距。"制度决定机制，机制决定活力"，中国职业体育高度集中的行政管理制度已严重阻碍了职业体育的发展。

由于制度创新方式的决定性，第一阶段的制度调整是需要支付成本的。为了改革的顺利进行，可供选择的方案是：最高决策部门在充分利用意识形态方面的变动趋向的强化，使体育主观部门认识到制度调整的不可逆性，从而在观念上做好制度调整准备，继而果断地采取强制的政策性手段，迫使体育主管部门让渡部分垄断权利；同时适当地进行政治利益的补偿，以降低震荡成本。通过这种"大棒加胡萝卜"的方式推进第一阶段的制度创新，逐步逼近改革目标。

2. 职业体育俱乐部内部制度的调适及方式

资本和权益是一个企业合约的两个方面：从物的角度看，企业合约表现为资本实体；从权力关系的角度看，企业合约又表现为一组界定权益的规则。表面上看，资本化是一条持续不断的收益流，实质上资本化所反映的是企业以资本为纽带，充分体现资本所有者所享有的权益而形成的各种资本权益关系的动态调整。职业体育俱乐部作为生产体育赛事产品的企业，其经营本质与一般企业没有什么不同，同样追求投资的回报和资本的增值，这是由职业体验俱乐部的本质属性所决定的。因此，建立资本化企业制度是我国职业体育俱乐部内部制度调适的目标，由此实现职业体育俱乐部所有制形式和组织形式的多元化。目前，一些学者提出，我国职业体育俱乐部应走股份公司制的发展道路，并普遍认为，股份制有迅速筹集资金、克服俱乐部短期行为，实现"政俱"分开，促进资金流动提高资金使用效益等功能。从资本和权益的角度看，将职业体育俱乐部的股份制改造仅仅作为筹集资金的方式，并没有真正把握内部制度调适的本质。股份制改造的目的在于通过职业体育俱乐部产权制度的建立和完善，建立有效的公司治理结构，从而转换经营机制，强化企业管理，使职业体育俱乐部的各种要素资源通过资本市场进行有效的资源配置。

第一，产权界区明晰的前提价值。市场虽可能通过价格手段有效的配置资源，缓解商品的稀缺，为经济主体提供信息和激励，但市场的有效性从根本上取决于产权的界定和交易成本的高低等制度因素。产权关系的明晰会帮助人们形成与他人进行交易的合理性预期，作出正确的成本—收益计算，引导并激励人们将外部性很大程度地内在化，从而使人们能够在正确的经济刺激下作出决策。职业体育俱乐部的资本所有者也不会例外，在产权明晰的前提下，出于维护和增进自身利益的需要，无论在选择管理者，还是选择经营方式等方面，都会考虑权利与责任的统一，从而形成良好的产权激励。另外，产权界区的清晰，意味着成本边界也将明确起来，从而抑制通过机会主义形式来转嫁成本的行为。在这种情况下，职业体育俱乐部的成本约束将变得刚性化，致使其在作出经营决策时，受逐利动机的驱使而不得不对各种交易行为的成本收益进行比较，作出最优的行为选择。职业体育俱乐部的产权清晰界定将有利于减少交易主体之间的摩擦，一方面使产权更容易在市场交易中流动，实行产权的保值、增值，另一方面由于交易摩擦的减少而节约交易费用，有助于资本所有者实现自身的效用最大化目标。

第二，产权保护有效性的保障价值。即使职业体育俱乐部的产权界定是清晰的，若产权保护的有效性不高，即缺乏完善的法律制度规则或缺乏有效的制度实施机制，则职业体育俱乐部的产权利益仍无法保证。规则的不合理会导致行为主体"理性"的从事"不合理行为"。一种制度的实施机制是否有效或强制性，主要视违约成本的高低，强有力的实施机制将使违约成本极高，从而使任何违约行为都变得不划算，即违约成本高于违约的收益。因此，在职业体育俱乐部产权界区明晰的同时，需要同步建立职业体育俱乐部产权、市场收益权的法律规定，以杜绝行政特权进入市场，强化俱乐部的成本约束制度。

第三，产权交易的价值化。产权的界定和保护虽然是我国职业体育俱乐部制度创新过程中的必要条件，但却不是充分条件。要实现职业体育俱乐部内部制度的调适，不仅明晰产权、保护产权，更重要的是使产权结构能在市场交易过程中分解、转让、重组和优化，以确保产权能够在市场竞争中实现其价值最大化。从经济学的视角看，产权所包括的一系列权利都是以资本为载体的一组资本权益，欲将其在市场上交易，只有转换为价值形态的资本权益，即只有采取债权或股权形式才能在市场交易关系中实现资本权益的让渡和转换，从而实现资本的保值和增值。另外，由于价值形态的资本权益具有易流动性和易分解性等特点，能减少市场交易过程中的交易费用，有利于实现资本所有者的效用最大化。因此，在对我国职业职业体育俱乐部的产权制度实施创新时，应通过市场评价的方式，进行资产评估，使投资主体的实物资产形态转换为价值形态的资本权益——债权或股权，以更好地适应制度转轨过程中实物经济向货币经济的转变。

（项目编号：568ss03077）

我国田径运动的困境与出路

张贵敏　高健　金帆　刘平　杨丹　李继辉　刘建

体育界有一句名言，"得田径者得天下"，这不仅仅因为田径运动是所有其他运动项目的基础，而且在目前受国人所瞩目的全运会、奥运会中，田径项目的金牌数所占比例也最多，拥有奥运会 46 块金牌的田径场历来是竞技体育大国的必争之地，中国田径能否有更大作为，将是我国竞技体育全面突破的关键。

一、中国田径现状分析

（一）中国田径竞技运动水平现状分析

1. 最近 20 年我国田径成绩进展分析

在过去的 20 年里，我国田径运动整体上有了较大的发展，世界大赛上的一系列优异的成绩基本是在这一时期取得的。为进一步探讨 20 年来相对于 20 世纪 80 年代初运动成绩整体进步情况，本文以 5 年为一个基点，对我国田径运动成绩增长速度进行了统计，并与世界成绩做比较研究。

成绩增长幅度数据说明我国田径运动正在逐步缩小与世界水平的差距，见表 1、表 3 及图 1、图 2。但由于我国田径运动在 70 年代以前一直处于较低的发展水平，虽然最近 20 年成绩有了相对较大幅度的增长，但与世界水平相比仍有相当大的差距。以男女 100 米成绩为例，中国男女定基增长比分别高于世界 1.9 和 5.1 个百分点，但应当看到由于中国田径成绩的起点过低，至 2000 年与世界水平的差距缩短为 0.44 秒和 0.50 秒，仍有较大的距离，见表 2，我国男女短跑运动员至今无法在世界大赛上进入前 8 名。由于起点过低，我国田径运动以此速度增长，赶上世界水平还需要很长的时间。特别是在 1995 年以后，定基、环比增长率均在下降，表明近几年我国田径成绩与世界成绩的差距在扩大，运动水平在滑坡。

表 1　中国和世界田径成绩定基增长速度统计表

	男子	女子	男女平均
中国	0.03558	0.06056	0.04807
世界	0.01880	0.02937	0.02409
差值	0.01678	0.03119	0.02398

表 2　中国和世界女子 100 米成绩进展对比表

	中国男	世界男	与世界差值	中国女	世界女	与世界差值
1980 前 10 名（秒）	10.77	10.12	0.65	12.19	11.05	1.14
2000 前 10 名（秒）	10.41	9.97	0.44	11.42	10.92	0.50
成绩增长值（秒）	0.36	0.15	−0.21	0.77	0.13	−0.64
增长定基比（%）	3.343	1.482	−1.861	6.317	1.176	−5.141

表 3　中国和世界田径成绩环比增长速度统计表

	男子	女子	男女平均
中国	0.02132	0.03283	0.02708
世界	0.01945	0.02479	0.02212
差值	0.01678	0.03119	0.02087

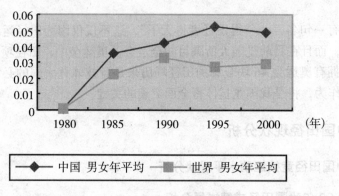

图 1　中国世界成绩定基增长趋势图

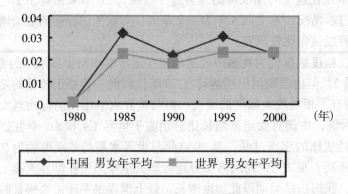

图 2　中国和世界成绩环比增长趋势图

（二）我国运动员参加奥运会田径赛成绩分析

我国田径项目在奥运会上从无到有，实现金牌"零"的突破并能持续拿到世界最高级别田径比赛的冠军，说明我国田径运动在不断发展，总体实力进一步增强，在个别项目上已具有世界最高水平。但从成绩总体进展来看，近两届奥运会我国田径项目的奖牌数、前 8 名数、得分数、参赛人数逐次减少，见图 3、图 4。80 年代末和 90 年代初有多人多项排进奥运会前 8 名，但到了 90 年代末期，成绩普遍下降。综合分析近几届奥运会成绩可以看出，我国田径项目在奥运会上所占席位已越来越少。

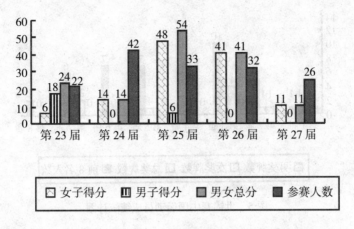

图 3 历届奥运会中国运动员得分及参赛人数统计

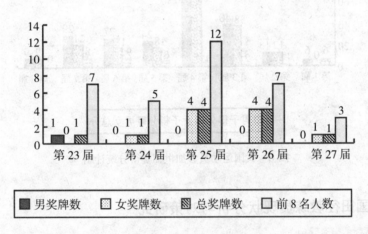

图 4 历届奥运会中国运动员名次统计

（三）我国运动员参加田径世锦赛成绩分析

90 年代初正是中国田径的鼎盛时期，1992 年奥运会之后世锦赛上又传捷报，女子中长跑、投掷项目集团优势大放异彩。然而事实并没有沿着人们期望的轨迹前进，中国田径成绩在经历了前四届世锦赛节节上升之后，是直线下降，见图 5、图 6。男子项目一直没有起色，女子多数项目连续退步，2000 年奥运会的成绩也说明了这一点。2001年是中国的全运年，如此差的成绩与运动员更重视全运会、没有积极准备世锦赛有一定关系。但只有在世界大赛上的表现才能提高我国田径运动在世界上的位置。多参加世界大赛，积累经验、弥补不足、寻找突破，为参加奥运会田径比赛做积极准备，才是正确选择。

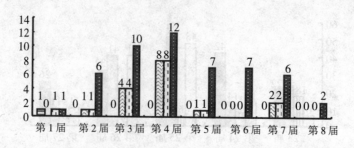

图5　世锦赛中国运动员成绩统计图

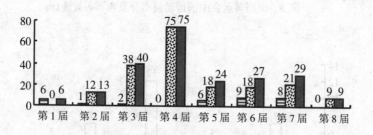

图6　我国运动员参加世锦赛得分统计图

二、中国田径教练员现状分析与对策研究

（一）现状分析

1. 我国田径教练员现状分析

此次调研中，对北京、广东、黑龙江、湖南、吉林、江西、辽宁、上海、山东9个省市的139名教练员进行了问卷调查。

表4　我国教练员知识结构情况一览

学　历	频数	百分比（%）
大　专	61	43.9
本　科	54	38.8
大　学	19	13.7
硕　士	5	3.6
总　计	139	100

从表4中可以看出，我国田径教练员的学历结构是以专科、本科和大学为主，分别占总体的43.9%、38.8%和13.7%，而具有硕士学位的教练员仅占3.6%。所以说，我国田径教练员的学历水平处于较低的状况，尤其是具有高学历的教练员的比例太小，这就

造成了我国田径教练员群体的文化素质程度不高，严重影响了他们对科学的训练方法、手段、技术等的掌握和理解。当今的运动训练无不渗透着科学的成分，没有良好的文化基础和科学的知识水平，是很难搞好运动训练的，训练也只能停留在经验训练的基础上，攀登世界体育高峰那只能是一句空话。所以提高我国田径教练员的学历结构和知识结构势在必行。

每年只有极少数的高学历体育专业人才充实到我国田径运动的训练实践指导工作中，不能不说是一种人力资源的极大浪费，这也是困扰我国田径运动发展的一个重要因素。学历情况在某种程度上客观的反映了他们的体育专业及相关领域知识的掌握程度，高学历的体育专业人才如果能与训练实践第一线教练员紧密结合，相信会对田径运动的发展起到积极的推动作用。

表5　我国田径教练员的来源情况一览表

退役运动员	频数	有效百分比（%）
是	97	70.8
不是	40	29.2
总数	137	100

表6　我国田径教练员作为运动员期间的运动成绩情况一览表

运动等级	频数	有效百分比（%）
国际级运动健将	10	9.2
国家级运动健将	48	44.0
国家一级运动员	41	37.6
国家二级运动员	10	9.2
总计	109	100

调查中我们发现，我国田径教练员的来源大多为退役的运动员，并且运动成绩比较突出。

长期的运动员生涯使他们中的大多数人对田径运动训练，对技术动作都有其切身体会，并积累了一定的经验。然而，他们的理论水平和知识水平却非常低，虽然他们中的很多人都有大专甚至本科文凭，但有的却连小学文化程度都没有，读报纸都很困难。所以，知识的学习、掌握和再提高是困扰这些教练员的一大难题。

2. 田径教练员学习进修与培训情况

（1）对田径训练指导思想的认识现状

田径项目是一个体能主导类项目，影响体能主导类项目运动成绩的主要因素是运动员的身体形态、运动素质和身体机能水平。其中一个显著的特点是，在技术基本稳定的情况下，运动成绩的高低主要依靠运动员的身体机能水平及俗称"体能"。因此目前的训练指导思想就应该在运动员技术稳定的前提下，加强体能训练，深入贯彻落实"三从一大"的训练原则，从专项竞技的需要出发，以提高运动员的专项竞技能力和比赛能力为重点，全面提高运动水平。在我国有许多外籍教练执教国家队，如女子曲棍球教练、女子手球教练，在2002年韩国釜山亚运会上都取得了优异的成绩，他们在成功经验的总结中一致认为，"三从一大"的训练指导思想对他们指导运动队训练并取得优异成绩起到至关重要的作用。

本次研究的问卷调查结果显示，我国田径教练员对"三从一大"的训练指导思想认识情况，占总数59.1%的教练员认为非常重要，30.7%认为较为重要，8.8%认为不太重要，只有1.5%认为不重要。由此可见，我国大部分田径教练员对"三从一大"的训练指导思想是有较为清醒的认识的，但也有相当一部分的教练员还没有充分认识到这一训练指导思想的重要意义。教练员应在充分认识、理解这一训练指导思想的深刻内涵的基础上，重视在训练实践中坚决贯彻执行，这样才会取得理想的训练效果。

中国田径界长期陷入一种悖论：一方面埋怨参加比赛太少，导致比赛经验不足、心理素质差；另一方面以唯恐参加国际大赛打乱的运动员的训练周期，并认为训练是积累、比赛是消耗。这些观点是不科学的。体育的产业化发展客观上需求比赛的市场开发，国际田径联合会（IAAF）每年举办的大奖赛和黄金联赛，几乎贯穿全部赛季，世界许多优秀选手和新秀都在频繁地参赛，在比赛中完善和提高自己的竞技水平。国内也有许多成功的例子，如女子撑竿跳高选手高淑英，110米栏选手刘翔、李彤，女子铅球选手黄志红等。他们都以自己的切身经历驳斥了大赛前不宜参加国际大赛的旧论。"以赛代练"这一训练指导思想是一种科学的备战手段。

（2）现代田径训练理论、方法手段及训练信息获取途径

田径这种体能主导类项目的单项与集体项目与技能主导类项目不同，各个单项的技术和训练有比较明显的区别，相互之间的必然联系也不是非常紧密，各教练组可以各自独立训练，这就使得项目之间的交流减少。在激烈的竞争体制下，教练员之间很少互相交流训练与比赛的经验与体会，相互保密的现象日趋严重，出现了"内战内行、外战外行的现象"。这使得教练员的训练信息来源不畅，更导致了无法实现"国内练兵，一致对外"的训练比赛指导思想。我国田径教练员训练理论、方法和手段的来源情况见表7。

表7　我国田径教练员训练理论、方法和手段的来源情况

来　源	累积频数	百分比（%）
传统经验积累	110	38.95
学术期刊或书籍	74	26.10
国内外专家讲座	85	30.00
互联网络	14	4.95
总　计	283	100

我国的教练员在指导实践过程中的理论来源，主要依靠他们曾经从事运动员期间经验积累及"师傅"的传授，约占总数的38.95%，这种经验式的训练方法制约了运动员竞技水平的提高。约占总数的26.1%的教练员，正通过阅读学术杂志或书籍或国内外专家讲座获取知识，这一点非常令人鼓舞，说明我国教练员正在通过一些有效途径提高自身的理论水平。但令人遗憾的是，体现当今高度发达的科技信息化的国际互联网络，却只有极少数教练员采用，仅占总数的4.95%。国际互联网络可提供大量、丰富、快捷的国内外体育训练信息供教练员参考。教练员的业务学习情况见表8。

表 8 我国田径教练员业务学习情况一览

情　况	累积频数	百分比（%）
经　常	74	53.20
偶　尔	64	46.00
从未读过	1	0.70
总　计	139	100

通过本次调查结果显示，我国田径教练员 53.20%正加强自身的理论学习，但仍有相当一部分教练员 46.00%没有充分重视理论学习的重要意义，在高度发展的知识经济社会里固守传统的经验，不能及时、有效提高自身的知识修养及专业理论水平会影响他们训练指导水平，进而影响运动员成绩的提高。运动员退役后将会有相当一部分人从事教练员工作，如果沿袭他们"师傅"的传统训练方法、手段，并且仍然不加强学习，将会直接导致中国田径运动水平的长期徘徊不前。

通过本次的调查研究及其他相关研究中，我们发现，我国教练员正在逐步认识到获取训练信息的重要意义，但影响他们获取信息的原因是多方面的，究其原因是我国的教练员还不能充分认识互联网的价值，同时信息来源的渠道少、缺少教练员之间的横向和纵向联系、知识层次及文化水平不高、外语水平差也制约了他们及时获得第一手国外先进训练信息。本部门竞技体育领导和管理者对于信息工作的认识和重视程度等都影响了教练员的信息获取。这些因素无遗影响了教练员的训练指导水平的提高。

有研究表明，教练员对许多信息都非常渴望获取，如先进的训练方法、手段，专项运动发展趋势和技术动态，体育科研成果在训练中的应用，体育体制改革，体育产业，规则、规程的变化对运动员技术的影响，专项训练和比赛器械的研制及运动队的现代化管理信息等。

如何建立有效的信息传播途径，并加强现代高科技手段与体育实践的结合将是我国相关体育管理机构需要认真考虑解决的关键问题。

（3）我国田径教练员培训现状

本研究对教练员是否定期接受本部门或上级部门的专业指导进行了调查，表 9 的统计结果显示，我国约有 66.20%的田径教练员没有定期接受相关部门的专业性培训指导，单存依靠教练员自身是很难改善现有教练员的专业知识水平的。目前我国田径管理中心举办了多次的各种形式的国外专家讲学或进修班，如 2002 年 11 月 6 目田径管理中心聘请了西班牙著名教练兰达给予中国的中长跑教练们在北京集中授课等。但只有一少部分教练员能有机会接受培训，而且相关领导也明确指出，许多教练员把业务进修当成学历进修，把职业教育当成"形式"教育，没能发挥培训的积极意义。

表 9 我国田径教练员培训情况一览

情　况	频数	有效百分比（%）
经　常	33	24.30
偶　尔	90	66.20
从未接受指导	13	9.50
总　计	136	100

教练员应进一步加强对培训的认识，并珍惜接受教育的机会，同时国家相关部门也应重视对基层教练员的培养工作，尽快形成合理、有效的培训体系。

- 国外先进的培训体系

目前一些体育发达国家如加拿大执行"教练员资格证明"（NCCP）制度，由五个级别组成。

前三个级别（省级以下运动队教练员）由本省负责组织和管理，每个级别有以下三个方面的要求。

（1）理论水平：了解运动科学的一些基础知识。

（2）技术水平：具有相关的运动知识。教练员应对运动技术有一定的了解，其次便是对某一特殊项目的运动体验。

（3）实践水平：省级的运动组织要求他们具有某一特定运动项目的执教经历。

第四、第五个等级将通过进一步的学习来完成，这部分由国家统一进行管理，可以在国家教练培训学院的全日制授课中完成。由于时间的限制，只有一少部分人能完成全部课程，更多的人是通过利用业余时间，通过某些特殊的培训才能完成这一任务。

3. 目前田径教练员奖励与激励机制

田径运动项目有其自身的训练和比赛特点，如无法显现出表现类项目的优雅、对抗类项目比赛那样激烈，在比赛中无法让观众体会到足球的进球、篮球的得分那样激情澎湃，新闻媒体也没有像关注足球等其他项目一样关注田径运动的训练和比赛。

目前许多专家和学者认为，我国的田径教练员在训练中缺少激情和自信心。但有效的奖励和激励机制将会对教练员产生积极的影响。

表 10　导致我国田径教练员对训练缺少激情的原因

原因情况	累积频数	有效百分比（%）
工资收入太低	72	39.13
奖励办法存在问题	67	36.41
运动员身体素质差	18	9.78
管理者指导不利	27	14.67
总　计	184	99.99

由表 10 的统计结果显示，导致我国田径教练员对训练缺少激情的原因是多方面教练员在训练工作中缺少激情有其主观原因，也有其客观原因。我国教练员应加强敬业精神的培养，树立为祖国、人民争光的思想，乐于奉献，积极地投入到运动训练工作当中。但在市场经济体制下，合理、有效的奖励机制将对教练员的工作起到积极的促进作用。

表 11　我国田径教练员对奖励办法认同情况一览

奖励办法	累积频数	有效百分比（%）
随所指导优秀运动员升入上一级运动队	45	21.43
根据所指导的运动员的成绩发放一定数额的奖金	73	34.76
根据指导运动员的成绩，作为评定职称的主要依据	45	21.43
应结合教练员对运动队所做出的综合贡献	47	22.38
总　计	210	100

（二）对策

1. 建立健全田径教练员三级培训体系

当前我国教练员整体业务水平不高，缺少优秀的年轻教练员后备人才，是困扰我国田径运动发展的一项重要问题。"选拔年轻、懂管理、懂科学、懂训练的教练员充实到田径运动训练中，是提高我国田径运动水平的关键（冯树勇，2002）"。建立合理、有效的培训体系是提高我国教练员整体素质水平，加强后备人才培养的一项关键性环节。本文认为我国应建立以中国田径管理中心为核心的三级培训管理体系。

第一级：以中国田径管理中心为核心的国家级培训。

第二级：以省级田径管理中心为辅助的省级培训。

第三级：以市、县级体委为补充的培训体制。

在每一级的培训体制中都应有明确的培训目标（如理论水平、业务水平等），明确规定培训时间、内容、人员，处理好当训练与培训发生冲突时的解决办法，处理好培训与解决实际问题相关程度，并能够及时与上级主管部门取得联系，把培训工作落到实处。

目前影响我国田径运动发展的资源配置情况还不能与国际经济发达的国家相比。面对有限的资源条件，我们最大的优势是"举国体制"。如何发挥"举国体制"的优越性是当前亟待解决的一项问题。为此应充分调动地方积极性，发挥中央的宏观调控职能。省级、市县级体育局或体委应加强对基层教练员的培养和经济投入，为上一级运动队及时输送优秀教练员及运动员队伍。中央部门应及时了解基层的反馈信息，为基层教练员的培训工作创造有利条件，如定期选派国内、外著名教练员、学者深入基层指导，及时发现问题、解决问题，以便于提高我国田径运动的整体水平。

2. 完善教练员的奖励和激励机制

在实际的管理工作中，管理者对教练员的奖励办法主要采用本次调查的前三种办法，教练员对此也比较认同，实践证明是一种有效的办法，但其中的量化比例如教练员与运动员对奖金的支配比例、所指导运动员的比赛成绩在评定职称中具有的权重系数等有待于进一步研究。本次研究提出了一项隐性指标即奖励办法应结合教练员对运动队所做出的综合贡献，如培养后备运动员的数量等因素。本文认为，中国田径运动的发展是一项长期的系统的工程，应加强对体育后备人才的培养与储备，如果各级行政部门都对教练员要成绩，势必使教练员对青少年运动员的培养急功近利，拔苗助长，使得运动员在升入到上一级运动队之后出现后劲不足的现象，影响其运动潜能的发挥。本研究结果显示有22.38%的教练员对此观点持认同态度。

管理者如同指挥官，奖励办法犹如指挥棒，如何发挥指挥棒的导向作用，是当前体育管理者应该注意的一项重要问题。

3. 进一步完善管理体制，提高管理者的管理水平

目前我国各级体育主管部门都制定了各项制度和措施加强了对运动队的管理工作，在实践中有经验也有教训，相信管理体制会通过不断的积累和学习逐步得到提高和完善。但本研究结果显示，教练员中11.1%的人对管理者的业务水平非常满意，57.8%的人比较满意，26.7%的人不太满意，4.4%的人非常不满意。由此可见，在强调提高教练员专业水平的同时，提高管理者的业务水平也是一项值得关注的一个问题。

三、中国田径运动员后备人才选拔与培养现状分析及对策

(一)我国田径运动项目后备人才基本现状

1. 从事田径运动项目后备人才的数量情况

从表12、表13可以看出1996—1998年我国田径运动项目后备人才数量情况,培养的主渠道仍是"三级训练网",以国家体育总局系统的一线为高水平运动队,二线为省体校和竞技体校,三线主要为重点业余体校、体育中学和普通业余体校。二线人数和三线人数都处于相对的稳定增长,保证一线队伍高水平运动员的来源。呈现一个外观十分完美的"金字塔"结构,每一层次的训练后备人才基础雄厚。

表12 我国田径运动各训练层次人数情况

年份	一线人数	二线人数	三线人数
1996	1529	11136	90142
1997	1564	11415	90610
1998	1586	11329	95004

表13 我国体校、竞技体校田径班学生人数基本情况

年份	在校学生	一年级	二年级	三年级
1996	11136	3780	3945	3411
1997	11415	4001	3754	3660
1998	11329	3938	3715	3676

然而,此次调查发现,与几年前相比,选择田径训练的人数在减少,形势严峻,不容乐观。

表14 选择田径项目人数(与几年前相比)调查情况

很多(%)	一般(%)	很少(%)
6.5	44.2	49.3

当然,这与目前从事业余训练的青少年人数在下降这一大环境有关。另一项调查结果见表15。

表15 在训运动员家庭对子女从事田径项目训练态度调查情况

支持态度(%)	一般态度(%)	不支持态度(%)	其他(%)
30.4	59.4	9.4	0.8

从社会的总体环境看,有人做过调查,64.3%家庭不愿意孩子进入体校怕耽误学习。更耐人寻味的是,体育家庭反而更不愿意子女从事运动训练,这个比例家庭竟占

70%以上。

2. 田径运动项目后备人才输送率、成材率基本情况

从调查结果（表16）我们知道，《田径教学训练大纲》是从事田径运动训练工作的法规和依据。然而，有的教练员（占2.2%）竟对《大纲》内容不了解。有许多训练单位（二、三线）只有一套或根本没有《大纲》指导书。

表 16　田径运动员选材过程中，执行《田径教学训练大纲》情况

很好（%）	一般（%）	不好（%）	其他（%）
20.3	67.4	10.1	2.2

表17、表18、表19的调查结果也从各个角度反映出我们在后备人才的培养、输送、选拔过程中存在者训练的盲目性，选材缺少科学性，输送渠道不畅，成材率低，质量差，即使进入一线训练，成绩不易提高或运动寿命很短。

表 17　是否应该实行有偿输送调查情况

应该实行（%）	无所谓（%）	不应该实行（%）
90.6	6.5	2.9

表 18　对训练工作缺少激情的原因调查情况

工资收入太低（%）	奖励办法存在问题（%）	运动员身体素质太差（%）	管理者专业水平低、指导不利（%）	其他（%）
37.11	34.48	9.28	13.92	5.21

表 19　您的运动员送到国家队而不是主教练，所担心的问题调查情况

自己的队员是否被重视（%）	是否适应主教练的训练方法（%）	生活适应情况（%）	其他（%）
30.86	64.20	4.32	0.62

3. 田径运动项目"人才流失"现象

我们走访了一些教练员、改行运动员及本人家长。普遍反映，认为从事田径项目训练"没有出息"，不如其他项目，比如球类，不仅收入高，容易出成绩。还有一些好苗子，练到14～16岁，离开了体育，改行从事"模特"或其他行业，认为同样吃"青春饭"比干体育强，不但收入高，而且显得"有文化"。反映体育界文化素质低的文盲现象。

（二）田径运动项目后备人才目前面临的主要问题

1. 从事田径运动项目训练的人数在日趋减少

田径项目的选材正面临着面窄、生源少、质量低的严重局面。无论是一线从二线选拔，二线从三线选拔还是从最基层（社会）。特别是最基层，根据我们调查结果显示，

近几年，从事田径项目训练的人数回答"很多"的只占总比例的 6.5%，72 位基层教练员只有 1 人。而我们调查的范围基本覆盖全国，田径项目开展好的和差的都有。那么，全国范围内从事竞技体育训练的人数又有多少呢？有人统计，我国体育传统项目学校中经常参加运动训练的学生人数和以校队形式参加业余训练的学生人数全部相加的总量与占全国人口百分比分别为 470 万人和 0.391%，而美国为 730.23 万人和 4.3%，前苏联为 1000 万人和 4.4%，德国为 175 万人和 10.4%。显然，我国与世界体育强国相比差距相当明显。随着我国计划生育政策逐年深入，"独生子女化"现象在城市及经济发达地区已形成，不愿意子女从事体育训练的家庭占大多数。那么，在少数家庭同意自己女子从事体育训练中，只有 6.5% 的家庭同意自己子女从事田径运动训练呢。经济较发达的省份和地区，有天赋并愿意从事田径训练的人数非常有限，这些教练更是苦于没处选材。而经济欠发达的省份和地区，所选拔的队员，由于历史、环境和遗传因素的影响，其发展潜力又有限。不仅如此，这些地区由于经费欠缺，有些运动员根本无法承担自费参赛的费用，各层次教练又缺少沟通和联系，所以有些苗子很难被发现。一旦发现，如获至宝，"绞尽脑汁"利用各种办法，把孩子留下。我们的基层教练甚至自己掏腰包，赞助运动员训练，更有甚者，我们的教练，背着家长，把其子女"骗"到体校，"偷偷地"训练一段时间，把孩子的学习成绩"搞"下降，待家长知道，"生米已煮成熟饭"只好"同意"孩子留在体校上学，当然，这种不是办法的"办法"只能带来恶性循环，越搞越糟。所以，我们的教练千方百计也只达到这 6.5%。造成这一局面，首先是人们的思想观念，中国有"万般皆下品，唯有读书高"的传统观念。怕孩子吃苦，地位低，收入低，就业路子窄。除此之外，田径成材率低，出成绩慢。而且，兴奋剂问题等都有较大影响。还有就是多数家长反映，孩子在体校几年变"坏"了，不但运动成绩没出来，文化学习成绩也非常差，所以从侧面反映我们体校文化学习氛围差、学生的素质低等一系列办学问题，应该值得重视和思考。

育"才"首先得有"材"。选材方面真正执行《田径教学训练大纲》并落实到实处的很少。研究结果表明，执行好的只占 20.3%。当然《大纲》指导书的普及度还不够。但在我国的海南省开办的田径教练员培训班上，《大纲》首次进入学校。特别是对中小学体育教师今后在业余训练工作中，起到一定的指导作用。我们的一项调查显示，运动员早期哪些情况对成材影响较大，60.34% 的教练认为，学校的专门田径训练影响大，田径课、体育课外活动，其他体育活动的影响，分别为 17.24%、17.82% 和 4.6%。中小学是我们选材的最基层，多数运动员都来自于此。所以，加强体校系统和教委系统之间的合作，拓宽选材渠道，发挥社会整体功能的效益应当引起有关部门的重视。

另外，从 2000—2002 年全国少年锦标赛了解到，田径各项目的发展很不均衡。短、跨、跳远的成绩相对较好，可能与从事这些项目的人数相对较多有关，而跳高、撑竿跳高，男子三级跳远、铅球，这些曾经是我们的优势项目，不仅目前水低非常低，而且从事这些项目的人数也有限。比如，撑竿跳高教练员人数，全国各地区加起来也不过十几位。有些地区由于场地器材等问题，干脆就不搞这个项目，全国就那么几个地区，而且还都是老面孔。女子撑竿跳高更是可怜，就那么几个运动员。其他项目也有类似现象。

2. 培养田径运动后备人才的各层次衔接不畅，成材率低

众所周知，培养后备人才就是为未来输送和选拔出更多的高质量的高水平的运动员，在国际大赛上有所建树，并能保持较长运动寿命。有人统计，已获得世界性大赛前8名作为成材率标准，我国田径后备人才成材率仅为3.44%。相关资料表明，对人力资源的受益率为10%左右。我们的成材率相当低，和投入不成比例，远大于产出，造成人、财、物的浪费。因此，如何输送和选拔高质量的人才，是我们面临的首要任务。

目前，我国现行的田径运动竞赛制度对不同层次的训练对象所起到的作用基本相同。全运会、城运会及各省、市、县运动会，各级领导们只追求名次、成绩，并与教练员的工资、奖金、晋升等挂钩，多数体校和运动学校往往把本省、市、区、县运动会作为目标，一切都要围绕这个目标服务，如果没有成绩将面临下岗的危险。比赛以大打小、四处借队员、兴奋剂等不正常现象屡屡发生。所以导致一些教练员一味追求成绩，过早强化专项训练、成人化，致使许多具有发展前途的少年运动员早衰和夭折，造成后备人才匮乏，质量低劣。《田径教学训练大纲》名存实亡，成了一纸空文。

在人才培养体制上，各训练层次、上下级之间缺少协调、合作，相应的法规、政策不能得到充分体现。研究发现，下一级向上一级输送队员，90.6%的教练认为应该实行有偿输送。我国田径运动还没有进入市场，还在计划体制下运行，缺少社会支持和赞助，教练员和运动员的工资、奖金、待遇方面还很低，从这一角度看，实行有偿输送制度，也是对教练员工作上的回报和肯定，更能激发教练员们的训练热情。同时也可使运动员合理、合法流动，人、财、物合理使用。

另一值得关注的问题，研究中发现，向上一级输送运动员，30.86%的教练员担心自己的队员能否被重视，64.20%的教练担心能否适应主教练的训练方法。不难看出，"地方利益"相当严重，尤其到全运会年，国家队运动员大多数回地方队训练，使国家队教练无法按国际大赛的训练计划执行。所以，这些运动员也很难适应国家队教练的训练，至使在国外比赛时成绩总是不如在国内。国家队教练有名无实。另一值得我们认真思考的是下一级对上一级教练员的信任程度，有的基层教练说："我已送几名运动员了，没有一个练出来，不是受伤被淘汰，就是被队里开除。"反映出我们的教练员的业务水平，队伍的管理水平的有待提高，应该具备全面育人的能力。所以在我们调查中有41.15%的调查对象回答，影响运动员训练的直接原因是教练员水平。另一项调查表明，只有24.3%的教练经常接受本部门或上级部门的专业性指导，66.2%的教练员偶尔接受类似的指导，而9.6%的教练员从来接受过专业性的指导或学习。为保证我国田径运动项目后备人才的输送率、成材率，把我国田径运动搞上去，没有一支事业心强、业务水平高的教练员队伍怎么能行，有千里马还得有伯乐。应加强专业性的指导、学习，不仅可使自己的业务水平有所提高，统一思想，更新观念，尽快适应现代田径运动发展趋势。

我们调查了解，优秀运动员大多数来自城市的干部、教师、军人等从小受过良好教育的家庭，而像来自农村或是文化相对落后地区的运动员，成为优秀运动员的很少，而且运动寿命也不长。在他们的思想中，转正成为专业运动员，有工资，而且还能得到一张"文凭"，就已满足了。懒散、训练积极性不高，缺乏职业道德，没有把自己从事的体育项目作为一项真正的事业，一切向"钱"看，更谈不上为国争光。表现了文化素质、体育道德修养极低。

随着现代科学技术的发展，竞技体育不仅是竞技场上的对擂，其背后更是现代科学

技术的较量。在选材上更是多学科的综合利用。在总结经验选材的基础上，加强科学选材。我们研究发现，在选材和训练过程中，拥有或使用现代化高科技监测仪，选择"没有"占62.7%。进一步调查中，"没有"的原因，58.5%为训练经费不足，32.2%缺乏科研人员。据了解，在体校一级的田径项目的选材和训练中，能进行生理、生化指标监测的单位很少，三线单位基本没有。体育科研机构有些地区在发挥作用，也只是在一线队伍里。而二线、三线的训练的训练队伍中，在选材方面也只是测一个骨龄，平时训练很少使用。

3. 我国田径运动项目后备人才"改行""流失"现象日趋严重

计划经济向市场经济转型时期，人才的合理流动，转行已是必然趋势。培养后备人才就是为未来输送和选拔出更多的高水平运动员。人才流向见图7。

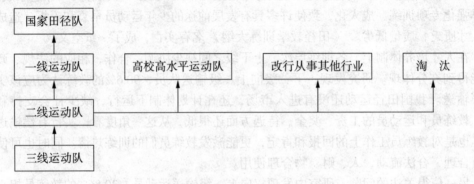

图7　田径项目后备人才流向示意图

此次调查中发现，有很多优秀苗子中途改行。回答"很多"或"有一些"两项之和达69.5%。在当今田径运动项目基础训练人数日趋减少的情况下，又有这么多的运动员改行或从事其他行业，那么真正从事田径运动项目训练的人数还能有几个？进一步调查发现，上述现象主要是由于"正常转队"占15.6%，"待遇低"占33.3%，"前景不好"占21.9%，"为了就业"占29.2%。还有很多现象，也是我们常见的，某些非田径项目的教练员在一起议论，"某某运动员真好，以前是练田径的"。这些教练经常到田径队里选材，而且，"选材率"很高。

"正常转队"问题。田径项目周期相对较长，出成绩较晚。如果运动队里仅以运动成绩作为转正条件或标准，势必造成突出成绩，强化专项训练，过早成人化的短期行为。所以，教练员应该与相关科研人员一起对运动员进行"会诊"，预测未来发展前途，不能只顾眼前利益，"葬送"或"毁掉"一个好苗子。

"待遇低"问题。田径运动项目运动员工资、奖金等，的确不如其他一些项目的运动员的收入高，据调查，国家队运动员月工资在1000~2000元，省市队运动员月工资在1000~1500元。经济来源主要是比赛奖金。由于我国田径水平和职业化，市场化的限制，田径运动员经济收入处于较低水平。所以，当前还得依靠政府扶持。应给予相应的政策，给予地方、基层一定的"自主权"和"灵活性"。

"前景不好，为了就业"问题。这个问题应该统一起来辩证地看，不仅田径项目的运动员退役后，面临着就业难、找工作难的问题，而是整个体育界普遍存在的现象。这条路实际是我们自己走出来的。换句话说，给你某项工作，未必能够胜任。多数的运动员不像以前，现在都能进入到大学里学习，除了体育院校，其他综合大学也不少。可以说，这四年学习，为今后就业创造了多少机会。目前，国家提出奥运争光和全民健身计划，及举办2008年奥运会，实际上就业机会相当多，前景非常好，关键是我们自己能否抓住。另外，田径项目还不像其他运动项目那么单一，人最基本活动能力的提高，以及其他体育项目的体能、素质的提高，要依靠田径运动项目中的很多训练方法和手段。许多运动项目的专业队，俱乐部都配备了相应的田径体能教练，这是田径运动项目特点决定的，这就是"田径"。所以，田径人要充分认识自己、相信自己。

高校办高水平运动队，这一新兴的田径人才培养训练"基地"，为国家节省人力、物力、才力，扩大田径运动知名度，提高影响力的同时，培养优秀运动员，是其真正的目的和意义。据了解，优秀运动员挂名于高校是普遍现象，被录取的运动员不继续训练也是普遍现象。

（三）对策

1. 扩大选材范围，提高选材质量

转变思想，更新观念。重新确立并引导运动员及家长们的田径运动项目的价值取向。改善训练条件，美化训练环境，加强管理，使体校和各中小学校田径训练队成为广大青少年更加向往的地方。加强体委系统和教育系统的联合，还要依托各地区从中小学校，田径重点校吸引更多的少年、儿童参与到田径运动项目的活动中来。加强九年义务教育，解决好训练和学习之间的矛盾，以学促训，共同提高，为今后成材打好基础。建议在各级各类特别是少年、儿童的田径比赛中，增设文化学习测试内容，使运动员从少年儿童时期得到全面发展。各地区、基层单位，成立专门选材小组，加强选材过程中的科技含量，以保证选材成功率，避免误人子弟。

改革少年、儿童田径竞赛制度。在项目的设置和比赛办法方面，应有利于后备人才的发现与选拔。同时增设输送奖，尤其对基层教练员，启蒙体育教师应给予表彰和奖励，激励其工作热情，从而更加安心地从事田径项目的基础训练。利用体育学院，加强对基层教练员、中小学体育教师的业务培训。《田径教学大纲》应普及到基层训练单位及中小学校，统一训练思想，明确训练目标和任务，训练工作中做到有章可循，有法可依。

2. 树立"全国一盘棋"思想，理顺各训练层次的关系，使输送、选拔渠道更加畅通

严格执行《田径教学训练大纲》，以完成各阶段训练目标、任务为重点，淡化成绩与名次思想。改革城市运动会，青少年运动会，省、市、县区运动会的竞赛制度和办法，以发现和选拔人才为目的，从而杜绝以大打小、兴奋剂等不良现象，确保一条龙式的全面、系统发展。加强运动员思想、文化、职业道德教育，严格管理，训练水平不断提高的同时，文化素质、道德修养也得到提高。

进一步完善各级教练员培训制度，不断提高理论水平，科学训练的意识。严格管理，建立教练员竞争机制，科学合理、正确地评定教练员的业绩，实行合理的分配奖励制度，建设一支思想过硬、业务能力强、爱岗敬业的教练员队伍，使这支队伍更加充满激情和活力。

3. 建立、完善田径后备人才培养体制，避免人才"流失"

建立全国性田径运动项目人才信息网络，严密跟踪调查。国家体育总局相关部门，对田径优秀苗子尽早实行联网登记、注册，并与运动员及家长，运动员所属单位及教练员签订必要的协议（上一级应有一定的保障措施），在运动员培养训练的全过程中，双方承担一定比例的责任，使运动员健康稳定的发展。

充分利用各地区训练单位的人力、物力、财力，不同年龄的运动员集中在某一地区，形成某一田径项目的训练集团或群体（基地），相关的教练员、科研人员、文化课教师组成联合训练组，严格执行《田径教学训练大纲》，完成各自阶段训练目标和任务。教练员和运动员相互学习，相互促进，共同提高。直接隶属于国家体育总局田径管理中心，便于管理、便于协调，使人、财、物更加集中地有效使用和管理，避免浪费。

高校高水平运动队，作为优秀运动员继续训练、学习的"基地"，充分发挥高校的科研、场地设施、教练员等有利条件，营造良好氛围，打造名牌学校，使其健康持续发展。

加强运动员思想政治工作，树立为国、为田径事业争光的拼搏精神。妥善处理好运动员训练、学习、退役后的安置和就业、伤残保证等问题，并尽快出台相关政策和法规，解决后顾之忧。

四、对影响我国田径运动发展政策的研究

（一）完善市场经济条件下的"举国体制"

1. 深入理解市场经济体制下"举国体制"的含义是我国体育体制改革的前提

"举国体制"是 20 世纪 80 年代以来我国竞技体育取得辉煌成就的重要制度基础。但是我们也清醒地看到，我国现行的"举国体制"是计划经济时代的产物。其运行机制几乎完全依赖政府的行政职能，主要表现为：第一，政府在对体育的发展进行宏观调控的同时行使几乎全部的管理权，主要指国家体委和地方各级体委以及各自下设的司、局、处和科等，完全代替了体育总会、奥委会和各级协会等社会组织，代表他们行使管理权。第二，国家几乎承担了所有体育事业的经费支出。现阶段的中国经济改革正在完成由计划经济向市场经济过度的伟大历史任务，经济制度的变革会导致整个社会系统的变革，体育系统作为一个相对次要的随动系统，必须随经济的发展和社会的变化而变化。也就是说，竞技体育体制的改革必然要从中国社会的经济关系、经济结构、经济运行方式和经济利益的历史变革中寻找自己最佳的依附方式和支点，只有这样，才能保证竞技体育体制改革朝着正确的方向健康地发展。因此，深入理解市场经济体制下"举国体制"的含义是我国体育体制改革的前提。

2. 竞技体育新型"举国体制"的实质

市场经济体制的最基本特点是，市场在资源配置中起着基础性调节作用，在体育体制当中，政府主要承担着政策投入、宏观调控、监督和公益体育事业的发展。在这种转变过程中，中央体育政府部门要放权于地方体育政府，体育政府部门放权于社团组织，真正做到"小政府，大社会"和"政府是管体育而不是办体育"。真正把体育推向市场，推向社会。因此，市场经济体制下的竞技体育"举国体制"的真正含义是举全国之力，集全民之智的体育事业管理形式。在这种组织管理形式当中，政府把握全局、宏观调

控，在承担部分经济支出的同时，要充分利用市场机制调动全社会的力量来确保"奥运战略"的实施。

3. 进一步完善市场条件下田径运动的"举国体制"

田径运动是竞技体育的极其重要组成部分，由于田径运动的特殊性，决定了田径运动的"举国体制"具有特殊的含义。

（1）国家田径管理中心转变职能，为田径运动的最终社会化和职业化开辟道路

田径运动具有自身的特点和规律，目前我国的田径运动的决大部分项目和足篮排、小球等项目相比，社会化程度较低，市场化程度不高，职业化向实体化转变还有相当大的难度。故此要想使田径运动的发展完全依托于市场和社会的时机尚未成熟，因此在相当的一段时间内，对田径运动的"举国体制"的理解应该是，国家和各级政府在推进田径运动发展的过程中仍然起主导作用的同时，尽可能地动员社会力量，加大田径运动的市场开发，从而增加社会对田径运动的物质支持和精神支持，为田径运动的彻底社会化和市场化创造条件。

（2）发挥"举国体制"的优势，拓宽田径运动的经费来源

谢英对专家的竞技体育投资主体的态度的调查结果表明，有56.5%的专家认为竞技体育的投资主体应为政府与社会并重的形式为主，有39.1%的专家认为应以政府投资为主。竞技体育的发展趋势告诉我们，田径运动必须走市场化和职业化的道路，并将职业化逐步向实体化过度。因此现阶段我国田径运动的经费投入的主体应以政府投入为主，同时还要建立部分项目依托于社会并由政府宏观管理的模拟市场机制，充分发挥"举国体制"的优势拓宽经济来源。

（3）发挥社会主义的制度优势，搞好大型社会募捐活动

随着商品经济和市场经济的发展，要激发全国人民的爱国主义和对体育事业的爱心奉献精神，倡导企事业和有关爱国人士对体育事业（尤其是田径事业）的热情捐赠和赞助活动。同时国家能否给田径事业以特殊政策，在借鉴足球彩票的成功经验的基础上开辟田径运动的集资渠道。

（4）借鉴国际田径运动市场开发与运作的先进经验，初步建立田径运动的市场化模式，从而增加田径运动的经济来源。

由于成功的经营运作彻底改变了国际田联的经济状况，使原本贫穷的国际田联发展成目前仅次于国际足联的第二大国际体育集团，凭借雄厚的经济实力支持，由国际田联组织举办的国际田径比赛备受世人关注，比赛高额奖金吸引了众多田径明星参加，比赛精彩激烈，大量的新闻传媒的炒作为体育开辟了巨大的商业市场，从而许多跨国公司纷纷踏入田径市场，这些企业通过田径运动的广泛的影响力获得了巨大的广告经济效益，促进了企业的发展。国际田联也因此获得了丰厚的经济回报。

根据国家体育总局机构改革的目标要求和自身发展的需要，面对新的社会发展环境与形势，国家田管中心及地方田径管理部门，在运动训练管理、运动竞赛体制、运动员选拔体制方面进行了相应改革，为田径运动的健康发展提供了政策保障。在我们为这些成绩感到高兴的同时，我们也必须对一些社会"不正常现象"进行理智的思考。例如全国数十家体育用品的生产商，大部分企业都选择著名的歌星和影星来做自己产品的代言人，在为数不多的体育代言人中，田径运动员更是寥若晨星。当然导致这些现象的原因是多方面的，有社会方面的原因，也有我们自身的诸多原因。这些因素相互影响，形成

了一个闭合的恶性循环系统（图8）。要想改变这种恶性循环，我们必须从改革田径运动竞赛体制入手，田径运动竞赛体制的改革要以人为本，改革后的赛制既要有利于运动员提高成绩，又要有利于提高比赛的激烈程度，从而提高比赛的观赏性，同时又要便于观众的观赏。这样才能形成一个闭合的良性循环系统，进而完成田径运动和企业实体的嫁接。增加田径运动的资金来源。

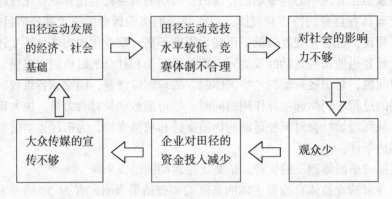

图8　田径运动竞赛与大众传媒及企业实体之间的恶性循环图

（5）我国的田径运动的社会化、市场化及职业化向实体化转变的过程是一个渐进的过程

我国在完成计划经济向市场经济转变过程中采取了"渐进"方式，这又从另一个方面规定了我国的竞技体育体制的改革不能采取"激进"的方式来完成。另外，竞技体育作为一种特殊的社会系统，其自身的特点（竞技体育所包含的项目多样性和项目自身的特性）也决定了竞技体育的体制改革也不可能采取"激进"的方式来完成。

（二）完善田径运动训练管理体制

1. 现行的田径运动训练管理体制

从训练管理体制上讲，90年代中期以前田径运动的训练管理主要为"集中型"管理，即在国家常年设立国家队，由国家体委统一组织，进行集体的系统训练。培养了一大批的世界级运动员，创造了多个世界纪录，诞生了一批世界冠军，同时也造就了一批像黄健、阚福林等著名教练员，实践证明"集中型"的管理体制在当时是有效的。但是"集中型"训练管理体制无疑忽视了地方的积极作用，随着竞技体育体制变革的深入，为了适应田径运动发展的需要，为了更加充分地发挥"举国体制"的优势，充分调动地方的积极性，挖掘地方田径潜力，又诞生了中央和地方联合承担国家田径队训练任务的集中型与分散型（所谓分散型是指，不设常年国家队的项目，可由条件较好的地方分别承担国家队的训练任务，代表国家参加比赛）相结合的"联合型"训练管理体制。实践证明，"联合型"的训练管理体制确实能够发挥地方的优势，部分地区都形成了自己的优势项目；部分项目还出现了"竞相争艳"的良好势头。这些事实都充分体现了"联合型"训练管理体制的优越性。

2. "本位主义"是阻碍"联合型"训练管理体制发挥优势的桎梏

每当世界大赛前，国家田径管理中心都要选派各个项目的优秀教练员和运动员进行集训。但在实践中被选派的国家队教练员基本上是各带各的运动员，即使有其他省市的运动员参加集训，也不会得到重视，基本上充当"陪练"的角色。相反部分应该参加集训的运动员，教练员却以种种借口不支持运动员参加集训。正是由于教练员的这种"本位主义"造成国家人才资源的浪费。国家田径管理中心为了避免这种"本位主义"现象，只好允许应该参加集训的运动员和不应该参加集训的教练员一起参加集训，这无疑造成了财力资源的浪费。

能够发挥教练员集体智慧是"联合型"训练管理体制的一个优点，然而又恰恰是因为教练员的"本位主义"和传统的狭隘思想影响了集体智慧的发挥。训练方法保密、教练员之间相互猜疑和不良竞争使教练员集体彻底失去了集体战斗力。田径管理中心应该针对这些现象制定相应政策，采取有效措施进行疏理，使应该参加集训的运动员参加集训，真正做到集中最优势的力量进行集训，使得参加集训的教练员成为一个有机整体。教练员之间相互沟通，相互协助，共同研究、制定对策。只有这样我国的田径运动的训练水平才会有较大进步。

3. 国家队组建的公开化和竞争化

国家队的组织形式体现了我国竞技体育的基本运行机制。国内有调查显示，71%的专家赞成采用国家与分散地方相结合的形式组建国家队 24.7%赞成分散地方办国家队，4.3%赞成国家集中办国家队。有 92.4%的专家提出要加强分散地方的机制，强调国家队组建中竞争机制，肯定了竞争机制在竞技体育发展中的作用。

专家们的选择反映了当代社会对所有项目国家队组建的期盼。就田径运动而言，本身有包含走、跑、跳、投四大类 30 多个小项，如果全部由国家集中承担国家队的组建和训练管理，其难度之大就不言而喻了。何况部分省市都形成了自己的优势项目，积累了许多训练和管理的先进经验，部分项目还出现了"竞相争艳"的良好势头。在这种大好环境下，国家更应该通过各种有效途径进一步调动地方的积极性，为广大教练员和运动员提供公开竞争的机会，并通过公平竞争，选出最优秀的教练员和运动员承担代表国家参加训练和比赛的任务，同时也避免了竞技体育"近亲繁殖"现象的出现。

（三）优化田径运动的资源配置，促使田径运动的可持续发展

李路路等人认为，资源是那些可使人们满足必要且重要的经济、政治、社会以及与此相关的各种需要的东西。竞技体育资源是满足对竞技体育发展需要的因素，竞技体育资源是实现竞技体育发展的必要条件，在众多的资源当中，最为主要的因素是竞技体育的人力资源和财力资源。资源配置是指"根据组织目标和产出物内在结构要求，在质和量等方面进行不同配比，并使之在产出过程中始终保持相应的比例，从而使产出物成功产出"。竞技体育资源优化配置是"举国体制"的本质体现。资源优化配置是社会转型期竞技体育改革的核心问题。

1. 人力资源管理

（1）对现行运动员的流动法规有关问题的探讨

① 对现行《全国运动员交流管理办法》的分析

1998 年国家体育总局发布的《全国运动员交流管理办法（试行）》，是迄今为止有关运动员流动管理的最权威的法规性文件，为优化运动员资源配置起到了重要作用。但是随着形势的发展，特别是体育人才市场日趋活跃和规范、运动员培养投资形式的多样

化，这一管理办法也出现了一些有碍运动员流动的地方，另外目前的规定存在与《劳动法》相悖之处。

管理办法的第二章第五条指出，运动员交流必须在与原注册单位协议期满或终止协议后方可进行。然而运动员的交流并不都在真正的协议期满或终止协议后进行的，而可能发生在协议期间或终止协议之前，运动员培养单位为了使运动员及时参加流动，而在终止协议前开始与引进运动员单位进行暗箱协商，在达成协议后才终止与运动员的协议，然后根据与引进人才单位达成的协议进行交流。因为如果协议期满，就意味着运动员有权重新选择，使原投资方可能没有收益。另外，这一规定不利于运动人才多、培养运动员水平高的地区和单位发挥特长，为国家培养更多的体育人才。

第六条规定，"正式办理退役手续的运动员，须在退役两年（满24个月）后才能凭退役证明与新单位签订协议并重新办理注册，不再向原单位支付交流费用"。两年对于运动员意味着什么？一名运动员的寿命十分短暂，两年期间运动员在哪训练？怎么参加比赛？如按此执行，势必使部分运动员从此结束运动生涯，造成国家竞技体育人才的浪费。

第三章第十条规定，"运动员交流时，接受运动员的单位必须向输送单位支付交流费用，原则上不低于运动员培养费的50%"。与第五条联系起来可以解释为：运动员在协议期满后，参加流动仍须支付培养费用。我国1994年颁布的《中华人民共和国劳动法》第一章第三条规定，"劳动者享有其就业的选择职业权利"，这就意味着劳动者在没有协议约束条件下有权重新自由择业，运动员应享有同等权利，即在没有协议约束的条件下，运动员可以自由流动，而不应受到时间限制和收取任何费用。由于《全国运动员交流管理办法》所作的质的规定，因此在职能部门的干预下，运动员合同期满后，在原单位未获得培养费用时，他们两年之内无法享有就业的权利。而原单位在解除协议后，有权不负责继续保留运动员的任何待遇。很多运动员由此流动困难，特别是优秀运动员无法投入正常训练和比赛，有可能出现夭折。

② 完善《全国运动员交流管理办法》的设想

• 完善交流协议条款，尤其是明确运动员和培养单位在协议期的责、权、利

训练单位与运动员双方签订的合同是具有法律效应的文件，合同中应该十分明确的规定双方的权利与义务，尤其应该明确培养单位引进人才的目的，应该明确运动员在什么阶段应该完成什么样的任务，达到什么样的标准，享受什么样的权利，培养单位训练期间的不同阶段应该为运动员训练和比赛提供什么样的训练条件，享受什么样的权利。

• 关于运动员流动交流费用问题

如果是协议期满进行的交流，不应该收交流费用。如果是在协议期内进行的交流，根据终止协议的日期以前，运动员的训练和比赛任务的完成情况来确定交流费用，如果完成了协议规定的阶段性任务，培养单位提出终止协议，培养单位就无权获得所谓的培养费；由运动员提出终止协议的，培养单位和引进人才单位协商解决交流费用问题，一般不超过培养费用的20%。如果由于运动员原因没有完成协议规定阶段任务，原培养单位和引进人才单位协商解决交流费用问题，一般不超过培养费用的50%。由于培养单位原因而没有完成协议规定的阶段性任务，运动员交流不因此收取交流费用。

• 实行一次性退役制度，退役后不予再次注册

为了保证培养单位的利益，避免运动员为逃避向原注册单位交纳交流费用而假装退

役，同时也为运动员切身利益考虑，实行一次性退役制度，退役后不予再次注册制度。

③ 运动员流动现状

运动员的流动是完成运动员资源配置的最基本手段和途径。从我国体育人才的交流现状看，一些省市根据各自的需要，与其他省市进行了竞技体育人才的交流活动，并取得了一些效果。尽管这种活动是自发的、局部进行，而且存在较多的矛盾和问题，但也形成了一些被人们普遍接受的人才交流类型和形式，主要包括免费交流、有偿交流、协作交流、互换交流等类型。主要交流形式包括水平流动和垂直流动。垂直流动中包括向上和向下流动、自然流动和非自然流动等形式。就田径运动员的流动而言，主要表现以下特点。

• 流动中的经济因素增加，政府对流量的控制缺乏力度

体育人才的社会流动是市场经济特征的反映。在竞技体育的逐步走向商业化的今天，运动员的竞技能力作为一种特殊商品被推向市场，既然是一种商品，那么其流动就必然遵循商品流动规律，也就是说，商品的生产者（指运动员和运动员的培养单位）尽可能使自己的商品卖尽可能高的价格。运动员这种特殊商品的使用价值是竞技运动能力，这种使用价值具有动态特性，需要通过系统的运动训练来维持和提高，而维持和提高这种使用价值仍然需要必要的物质条件。如果没有必要的物质条件做基础，运动员商品的使用价值就会降低或消失，因此运动员在选择流动地域和地点时要同时充分考虑待遇和训练条件两方面因素。

经济发达地区具有得天独厚的物质条件，表现为训练条件好、待遇丰厚等，对参加流动的运动员来说具有较强的吸引力，在经济因素的作用下实现了资源的"优化配置"。但是如果运动员过多地涌向经济发达地区，使得经济发达地区的人才资源过剩。因此关键在于流量的控制。目前政府对流量的控制不够。

• 垂直流动中的向上流动缺乏动力

垂直流动是指体育人才在人才链上的向上或向下流动。向上流动是体育人才选拔的必然结果（如省队队员由于运动成绩提高而被输送到国家队就是垂直流动中的向上流动）。目前基层向上一级输送人才基本实行无偿输送政策，由于基层的基本利益得不到保护，因此基层对后备人才培养的积极性不高，导致了垂直流动中的向上流动缺乏动力。

• 田径运动员的非自然流动和结构性流动增加

在体育人才流动速度加快过程中必然要伴随许多不健康的流动方式，特别在竞技体育领域由于功利主义的驱动，出现了许多与资格作弊相关的非自然流动和结构流动的现象，如职业运动员参加大学生比赛等。

• 区域之间的协作交流较为普遍

协作是当今社会发展的一个显著特点，它给社会各个领域的工作带来了极大的凝聚力和推动力。目前，协作在我国竞技体育发展领域普遍存在，例如，辽宁女子竞走队和中长跑队利用青海多巴高原基地进行训练，在六运会和七运会上多人打破了世界纪录。实践还证明，通过不同地区的运动员和后备人才之间的协作交流，可以使不同地区之间优势互补、资源共享，从而使竞技体育人力和财力资源的配置得到优化。

• "官本位主义"严重影响运动员流动的合理性

我国竞技体育运动以奥运会为最高战略，省、自治区和直辖市以全运会为最高战

略，县级以省、自治区和直辖市的全运会为最高战略，在这种体制下，不同地区的政府之间存在一种必然的竞争关系，其竞争结果具有较强的政治色彩。为了在竞争中击败对手获得胜利，部分地区的领导的"官本位主义"开始限制运动员的流动，或者把交流作为一种战术安排，使得本应该参加交流的运动员不能参加交流，不应该参加交流的运动员却加入了运动员流动的行列，严重影响了竞技体育的发展。

• "暗箱操作"的现象普遍

田径运动员流动的"暗箱操作"现象主要出现在后备力量的流动过程中。田径运动员的培养是一个长期的系统工程，培养一名优秀的田径青少年运动员，需要付出很多的政策代价和经济代价，运动员培养单位要通过运动员交易来获得回报，就出现了以获取经济利益为目的的运动员流动，然而国家规定只有参加注册的运动员才能参加运动员流动，所以上述培养单位采取"注册作弊"的手段，使运动员的交流在"暗箱"中进行。

④ 对策

• 树立人才流动的正确观念

由于受管理体制的影响，体育界的人才流动意识比较薄弱，突出表现在心理方面，认为不同地区、单位的训练条件和管理都相差不多。因此造成了我国运动员社会长期处于相对封闭和僵化状态。在过去的相当一段时间内，认为要求合理流动者是"无组织、无纪律"，认为引进人才者是"挖墙脚"。在市场经济的今天，要使竞技体育人才资源得到合理的配置，首先要树立正确竞技体育人才流动的社会意识，营造良好的社会环境和心理环境。

另外，体育主管部门的领导集体要提高自身的"整体观念"，从国家竞技体育事业的大局出发，积极主动地推动运动员进行合理流动，为我国竞技体育资源的合理配置作出贡献。

• 运动员合理流动的政策、法律保障

国家为了控制运动员的流动，相继出台了1996年和1998年全国运动员交流管理方法，使得中国的运动员流动逐渐走向法制化，但是由于其他管理体制的限制，使运动员的流动仍然处于相对不健康的发展状态，运动员交流的暗箱操作、运动员交流过程经济因素仍起主要作用等，因此国家管理部门应该针对具体情况制定相应具体的法规政策，对运动员流动过程中的不正常现象加以抑制。

• 成立田径运动员交流中心，完善人才交流市场，对各级运动员进行网络化管理

在科学技术高度发展的今天，"网络化管理"是现代体育管理的必然选择，尤其是对运动员资源采用网络化管理已是势在必行。运动员流动的网络化管理可以避免许多不良流动现象的出现，例如，减少"暗箱操作"的可能性。同时可以从一定程度上抑制运动员非自然流动的比例。

网络化管理就是要建立全国各类各级田径运动员资源库，国家通过资源库了解全国田径运动员的分布情况，对运动员的流动进行宏观控制，并实行严格的全员注册制度，避免运动员过多流向经济发达地区和"暗箱操作"的现象出现。

• 实行宏观调控交流方式和市场交流方式相结合的运行机制，同时加大对运动员流动的宏观调控力度，抑制不健康流动的发生

宏观调控是体育政府部门在经济体制转型期的主要职能形式之一。宏观调控交流的最大优点是有利于国家集中有限的人力和财力，保证重大竞技体育计划决策和重点运动

项目的布局及目标的实现，能够迅速调整竞技运动水平的发展速度，及时调整运动项目及优秀运动员和后备人才的合理布局。目前，部分田径运动项目在全国形成了"竞相争艳"的良好势头，造就了一批全国知名的教练员。同时，由于田径项目的多样性和田径竞技运动在全国各地开展的广泛性，为我国田径运动的进一步发展储备了后备力量。不同地区都具有出现不同项目最优秀运动员的可能性，使最优秀的运动员接受最优秀教练员的指导，最终实现人才资源的合理配置，为奥运争光计划服务。宏观调控方式主要适应于高水平运动员的流动。

随着我国市场经济体制的确立和体育体制改革的深化，加速了我国体育市场的形成和发展，建立体育人才市场体系已经是我国体育管理体制和人事制度改革的重要任务。各地根据自身优势将体育人才推向市场，同时将自身的人才需求投向市场，通过市场的调节作用实现资源的合理配置，做到优势互补。市场型交流可以采用人才互换、有偿转让、区域合作交流等多种有效方式。主要适用于后备人才的交流。

宏观调控与市场调节有机的结合能够充分发挥市场在人才流动中的作用，同时有效的宏观调控制又可以弥补市场的不利因素，扼制运动员在经济因素的作用下过多流入经济发达地区，造成资源的相对过剩。

● 实行运动员有偿输送，增加运动员向上流动的动力

在对广大教练员进行的调查结果显示，有90.6%的教练员对基层运动员输送到国家队，应该实行有偿输送的观点持认可态度（表17）。这也反映了广大教练员的普遍心声。过去由于实行无偿输送政策，部分省市对优秀的田径运动员或优秀田径苗子采用不注册的手段，致使很多有实力和潜质的运动员不能及时为国家的奥运争光计划服务，造成运动员资源的"隐性浪费"。

另外，由于少年性比赛的功利心理和政策原因，地方的少年训练成人化，"拔苗助长"的现象普遍存在，造成很多优秀的少年田径运动员的成绩过早出现，严重影响了成年后运动水平的进一步提高。因此应该制定相应的政策，改革青少年训练和比赛的利益趋向，评价基层训练好坏的标准应该向保证基础训练、提高基础训练水平和输送人才的数量和质量方面靠拢。同时实行基层运动员有偿输送、增设选材输送奖，制定基层优秀教练员的奖励制度（特别注重对优秀苗子的启蒙教练的奖励），从而保障基层教练员的利益，也从根本上解决"拔苗助长"。

（四）完善运动员分配与激励机制，提高训练的积极性

1. 现行的运动员的分配和激励机制分析

田径运动员的收入水平受工作年限、运动成绩、获得的荣誉的级别和次数等方面条件的限制。据估计，国家队运动员的月工资在1000~2000元。省市队运动员月工资在1000~1500元。运动员的主要经济来源是赛后的奖金。由于我国的田径水平和职业化、市场化的水平的限制，田径运动员同足、篮、排等项目运动员的经济收入相比，处于较低水平。另外我们针对优秀田径苗子的改行情况对教练员进行调查（表20），有57.2%的教练员表明有部分优秀田径苗子的改行的现象，有32.6%的教练员认为是田径运动员的待遇差的原因，占改行原因的首位（表21）。由此我们不难看出，为了田径运动的可持续发展和健康发展，如何增加田径运动员的经济收入已经是一个不容忽视的问题。

表 20　优秀田径苗子改行情况的调查统计（n=139）

	选择频数	有效百分比
A. 改行的较多	17	12.3%
B. 有一些改行	79	57.2%
C. 没有改行	42	30.4%

表 21　优秀田径苗子改行原因的调查统计（n=139）

选项	选择频数	有效百分比
A. 正常转队	14	15.2%
B. 待遇低	30	32.6%
C. 前景不好	19	20.7%
D. 为了就业	25	27.2%

前面我们已经提到，运动员的主要经济来源是靠赛后的奖金。表 22 列出了运动员对奥运会和全运会前三名奖金的期望值。从数据可以看出，我国运动员对赛后奖金的期望值明显高于实际奖励金额（第 25 届奥运会冠军奖金为 8 万元人民币），虽然运动员的期望在我国目前的经济和社会发展条件下无法得以满足，但确实反映了广大运动员的心声，也就是说广大运动员对目前的奖励持不满意的态度，这或多或少地影响着运动员的训练和比赛的激情。

表 22　运动员对取得奥运会和全运会前三名的奖金期望值（单位：万元人民币）

项目	金牌	银牌	铜牌
奥运会（n=189）	44.23 ± 32.35	27.25 ± 19.07	16.72 ± 13.38
全运会（n=458）	9.92 ± 10.65	5.97 ± 6.91	2.98 ± 1.61

资料来源：张忠秋. 对我国高水平运动员实施奖励的原则及评价方式研究

2. 对策

根据我国国民经济发展速度和社会人均收入水平的变化，对运动员的工资和奖金进行动态管理，适当增加运动员的经济收入，使高水平运动员群体的收入水平处于城市居民收入的中等偏上水平，使他们在能够满足自己生活所需的同时，还能有一部分积蓄，为退役后的生活和再就业奠定一定的经济基础。这是解决运动员后顾之忧的一条有效渠道。

提高运动员收入的主要途径有：提高运动员的工资标准和根据运动员的成绩不同程度地提高运动员的训练补助等。

（五）建立优秀运动员的社会保障体系，解决运动员的后顾之忧

随着我国体育体制改革的不断深化和社会保障体系的不断完善，建立优秀运动员的社会保险体系已经是社会主义市场经济发展和体育社会化的必然趋势，优秀运动员社会保障体系的建立，不仅能够促进体育人才资源的合理流动和优化配置，更能保障运动员

的合法权益，充分调动运动员运动训练和比赛的积极性。

1. 退役运动员的安置

（1）现状分析

优秀运动员的安置问题始终是困扰我国竞技体育发展的一个顽疾，随着社会主义市场经济体制的建立和体育体制改革的不断深入，退役运动员的再就业难度越来越大，据统计全国在役运动员 14000 人，正常年度待分配的运动员有 3000 人，遇到奥运会、亚运会和全运会的结束年份，退役待分配的运动员达到 5000~6000 人，虽然各级政府为退役运动员的再就业做了大量工作，但仍有一大批退役运动员滞留在队，严重影响了队伍的稳定，同时也影响了竞技体育可持续发展。

虞重干等人对影响运动员再就业的因素的调查结果显示，社会群众体育不够普及的项目的运动员的安置更为困难。田径运动中除了跑类项目以外的决大部分项目的社会普及程度不高，因此田径退役运动员的安置问题更显突出。

（2）对策

① 拓宽退役运动员的安置途径

计划经济时代，退役运动员的安置途径比较单一，主要以组织分配为主，在以商品经济为主体的市场经济的初级阶段，社会各行各业下岗人员显著增多，就业形势严峻，组织安排的力度已经明显削弱。当务之急就是拓宽退役运动员的就业途径，建立以组织安排与自谋职业相结合的就业体制。组织安排应分为指令性安排和中介性安排，指令性安排主要针对一些对国家有特殊贡献的退役运动员，在中介性安排过程中国家在退役运动员和用人单位之间起到媒介作用，并对接收退役运动员单位提供适当政策。目前退役运动员自谋职业的比例正逐年增加，不久将来，自谋职业形式将完全取代政府的组织安排。因此，政府部门要对退役运动员自谋职业进行有效疏理，制定相关政策，为退役运动员的自谋职业创造有利条件。

② 建立以"货币安置为主"的政策体系

"货币安置"的前提是退役运动员选择自谋职业，这种安置办法在行政安排手段逐渐失效的情况下具有较强的实用性，政府根据运动员在役期间的表现和贡献向退役运动员提供一笔资金资助退役运动员去自主择业。

③ 积极倡导退役运动员到体育院校求学深造

运动员是体育事业特殊资源，由于我国训练和管理体制的制约，运动员群体的文化素质普遍偏低，但是他们却在过去长期的训练和比赛当中积累了许多实用经验和知识，如果能够在具有实践知识经验的基础上，进行理论充实，那么退役运动员对竞技体育的价值是不可估量的。据虞重干等人对 1993—1996 年 7 省市的退役运动员去向统计，只有 11.8% 的运动员选择了求学深造，而选择体育院校的占 8.77%。可见比例之小。因此国家应该积极倡导退役运动员到体育院校求学深造，并为退役运动员的求学深造开辟合理畅通途径。

④ 退役运动员的安置需要全社会的关注与支持

退役运动员的安置问题的涉及面广、难度大，因此除了相应的国家政策的支持外，还需要全社会的关注和支持，虽然退役运动员的数量不小、难度较大，如果将退役运动员的安置问题置于全社会，那么就是十分容易解决的问题，关键在于如何引起全社会对运动员安置问题的关注和支持。

2. 优秀运动员的社会保险

（1）现状分析

在我国，一名优秀的运动员一般都经历了业体校、少体校、省市专业队、青年队或行业体协再被选入国家集训队的经历，运动员只要练出成绩即可一步步升入国家队。他们是由国家出钱培养，有了伤病由国家出钱看病报销，一般很少涉及保险，几乎没有保险意识。

运动员的社会保险是运动员社会保障体系的主要组成部分。目前，我国优秀运动员的社会保险主要包括养老保险、医疗保险、失业保险和伤残保险四类。其中养老保险、医疗保险是社会保险体系的基础，优秀运动员的这两种保险的保费由运动员所在单位或组织来承担。养老保险、医疗保险、失业保险的建立为运动员退役和再就业提供了保障。但是运动员退役后，其保费就由新单位来负担，同时出现了待业的退役运动员的养老保险、医疗保险和失业保险保费由谁来承担的问题。

运动员的伤残保险是运动员群体所独有的险种，运动员伤残保险本着自愿参加，个人缴费团体投保的形式。田径运动属于体能类项目，同难美类和同场竞技类项目相比危险性相对较低，因此决大多数田径运动员在某种程度上存在着不愿意投保的意向，或根本不参加伤残保险的投保。

（2）对策

① 提高优秀运动员的保险意识

保险意识差不仅是运动员群体突出特点，也是全社会的普遍现象。过去由于从小在计划经济体制下成长，养成了一切靠国家的心理倾向。但是随着市场经济体制的逐步建立与完善，国家的各种福利和保障措施推向社会已经是大势所趋。作为一种基本社会保障制度的社会保险已经开始发挥作用，过去那种一切依靠国家的做法将逐步退出历史的舞台。因此对于社会保险我们必须树立正确的观念，逐步养成积极的参保意识。

② 制定相关政策，将待业的退役运动员养老保险、医疗保险、失业保险纳入地方社会保险体系

由于待业的退役运动员的人事关系不能得以明确，因此待业运动员的养老保险、医疗保险、失业保险保费不能得以落实。当务之急就是明确退役运动员的人事关系，制定相应政策确保将退役运动员养老保险、医疗保险、失业保险纳入地方社会保险体系。

③ 针对田径运动员的职业特点，适当减少伤残保险的份额增加对失业保险的投入

由于田径运动项目的危险性不高与田径退役运动员就业难度大同时存在，因此应该适当减少对运动员伤残保险的投入，增加运动员失业保险的投入。

（六）运动员后备资源的管理

前些年，在我们集中精力完成重大比赛任务时，严重的忽视了后备力量的培养，当第一线运动员退役以后就出现了断档的现象。不是因为我们缺乏一些项目的人才，而是没有抓好后备人才的培养。

就我们的青少年训练而言，急功近利、短视的做法直接影响了运动员达到更高的水平，也影响了项目水平的提高。比如在 1998 年世界青年田径锦标赛上，我们获得 7 枚金牌、6 枚银牌、3 枚铜牌，金牌数和奖牌数都名列第一。可是我们在同年的世界田径锦标赛上却连一枚奖牌都没有拿到。其中的原因是多方面的，但是可以肯定地说，与我

们整个青少年的训练体制有直接关系。因此当务之急就是要以改革青少年的训练和竞赛体制，并且改革的价值取向为有利于提高青少年的基础训练水平和为高水平运动队输送人才为最高目的。

今后对于条件好、有前途的运动员应该统筹安排，有计划、有步骤地进行训练，扎扎实实地逐步达到高水平。因此除了组建好国家田径一队外，还应该增设国家田径二队，形成以一队带二队、以二队促一队的梯队培养模式，真正把后备力量的培养落到实处。抓好后备力量工作不仅是田径管理中心的工作，更需要全国各个单位的支持和帮助，只有这样才能共同连续培养出优秀的田径运动员。

（七）特殊人力资源的管理

我国的女子 20 公里竞走、女子中长跑、女子跳远、女子铅球、女子链球、女子撑竿跳、女子短跑和男子 110 米栏 8 个小项是目前在国际田坛中具有一定的竞争力。这部分运动员和教练员是我国田径运动的特殊人力资源，因此要制定特殊政策，实施特殊管理。

（八）加大对田径项目的投入，改善训练条件，为科学训练提供坚实的物质基础

1. 政府对田径投入现状分析

本课题对部分省市对田径运动的投入状况进行了调查（表 23、表 24），结果显示不同地区的投入情况的差异较大，主要与田径运动训练水平和本地区的经济发达程度有关，经济发达或田径运动训练水平较高的地区的投入较高。此次的调查还发现，目前政府对田径运动项目投入占整个事业经费的比重明显低于 1991—1997 年优秀运动队经费占体育事业经费的比重（表 25），说明近年来政府对田径运动的投入明显降低。

表 23 部分地区对田径项目的资金投入情况 （单位：元/平均每人每年）

地区	北京	广州	上海	辽宁	黑龙江	湖南	山东	江西
投入	10900	25000	36000	29000	11000	30000	5166	4800

表 24 部分地区的田径资金投入占整个训练经费的比例

地区	北京	广州	上海	辽宁	黑龙江	湖南	江西	平均
百分比（%）	34.3	12	25	35	36.7	30	7.7	21.53

表 25 1991—1997 年优秀运动队经费占体育事业经费的比例情况

年度	1991	1992	1993	1994	1995	1996	1997	平均
百分比（%）	22	24	25	30	32	34	30	28.14

［资料来源］詹建国，等. 2010 年中国竞技体育发展趋势的研究

在对影响田径运动员训练因素的调查中发现，有 41.7% 的教练员认为教练员的水平因素有较明显的影响，而有 58.3% 的教练员认为政府的投入对田径运动员训练起关键性作用（表 26）。由于运动训练的经费不足，导致了训练方法和手段的落后，训练的创新性和实效性不高。因此训练经费不足是阻碍我国田径运动训练水平的严重缺口。

表 26　对影响田径运动员训练因素的调查

因素	频数	百分比
教练员水平	93	41.7%
经费	80	35.87%
场地	27	12.10%
器材	23	10.31%

2. 对策

（1）增加对田径的资金投入

为了进一步提高我国的田径运动水平，能够使田径在 2008 年北京奥运会上有突出表现，国家出台了"119 计划"。为了使"119 计划"最终得以实现，政府必须加大对田径项目的投入。

（2）在增加资金投入的同时，加强资金管理，做到资金投入的"真正意义上的增加"

在增加对田径资金投入的同时，更应该加强对资金的管理和使用，把有限的资金用在"刀刃上"。针对困扰田径运动发展的主要问题，建立若干专项资金，专款专用，确保困扰田径运动发展的主要问题得以解决。

高水平运动员的训练和比赛专项资金。主要用于改善运动员的训练条件，改善提高运动员和教练员待遇，完善运动员和教练员的激励机制，调动运动员和教练员的积极性。

后备力量培养专项资金。用于后备力量的培养和田径运动员的梯队建设，构建健康有序的人才培养模式，做到可持续发展。

重点项目基地建设专项资金。用于重点项目基地建设和改善重点项目训练条件的改善。

科技攻关专项资金。用于训练和比赛中出现的技术问题、体制问题和反兴奋剂等问题的科技攻关。

退役运动员安置专项资金。用于退役运动员的"货币安置"，解决运动员的后顾之忧。

特殊问题专项资金。针对田径运动发展过程中出现的特殊而又重要的问题，可以启动特殊问题专项资金。

各种专项资金的管理和使用应该依法进行，因此当务之急就是制定各种专项资金使用和管理条理，将资金的使用和管理纳入法制化轨道。

五、田径市场运作的对策与建议

（一）我国田径市场开发运作的现状

根据体育市场划分的方法，田径运动市场可分为田径竞赛表演市场、田径培训咨询市场、田径健身娱乐市场、田径无形资产市场、田径文化活动市场和田径广告市场。目前，我国在田径竞赛表演市场和田径无形资产市场两个方面已进行了开发运作，田径培训咨询市场在个别省市以短期培训的方式存在，田径健身娱乐市场和田径文化活动市场及田径广告市场基本是空白，属概念市场。本文主要从竞赛表演市场和无形资产市场两方面介绍我国田径市场运作的现状。

1. 田径竞赛表演市场的运作情况

（1）竞赛产品的种类及其运作情况

我国田径赛事主要有北京国际马拉松赛、全国田径锦标赛、全国田径系列大奖赛、全国青年田径锦标赛、全国竞走锦标赛和全国竞走大奖赛等。另外，还有一些根据市场需求，由田管中心和其他单位共同组织策划的商业性比赛和群众性比赛。在这些赛事中，北京国际马拉松赛是运动水平、经营推广较好的赛事。它从1997年以来赞助收入逐年增加。2001年它和传统赛事全国田径大奖赛、全国田径锦标赛等已获得奥克塔根公司的赞助。2000年和2001年全国竞走大奖赛得到河南新郑烟厂和上海奥林匹克花园房地产有限公司的赞助。2002年全国竞走锦标赛和全国田径锦标赛在辽宁朝阳和本溪获冠名赞助。但总的看来，这些赛事都没有相对稳定的赞助商，仍需要政府大量拨款以维持其赛事。

此外，1998年中国田径协会和四川组委会等单位联合开发运作了"四川女飞人"大赛；2003年4月12—14日，在江苏扬州成功举办了"招金杯"2003全国竞走锦标赛——黄金大奖赛，这是中国田径史上第一个黄金大奖赛。但是在这些比赛较成功运作的背后，也有很多不尽如人意的地方。此外还有各年龄段的选拔赛，基本上完全由政府拨款举办。

（2）产品生产经营者的认识情况

一个好的竞赛产品的产生需要众多人共同努力才能完成，这其中不仅包括运动员、教练员、体育管理人员、体育科研和医务人员，赛场的体育官员、工作人员，这些主角人物，而且还有介入田径市场的合作对象，如赞助商、社会服务人员和媒体记者等。其中运动员、教练员、体育管理人员等对比赛的水平起重要作用。他们对竞赛产品的目的认识，直接影响到赛事的质量。本研究对全国9个省市教练员进行问卷调查，结果见表27。目前竞赛产品的经营者对竞赛目的认识还停留在计划经济下的选材、出成绩和为国争光这三大目的上。

表27　竞赛目的排序及主要目的情况表

竞赛目的	目的之一（%）	第一目的（%）	竞赛目的排序
促进成绩提高	95.52	36.6	1
选择运动员	85.07	31.3	2
为本省、市或国家争光	83.58	25.4	3
给人们提供参赛机会	69.40	3.7	4
给人们提供观看比赛的机会	69.40	2.2	5
给媒体提供报道机会	62.69	0.7	6
给商家提供赞助的机会	61.94	0	7

（3）各种观众对田径赛事的关注情况

一个赛事产品被大众消费者关注的情况将直接影响其商务消费者的关注和消费投入情况。因此，无论是赞助商还是各种媒体都很重视比赛的现场上座率及收视率。以我国田径赛事中市场运作较好的马拉松比赛为例，列出马拉松比赛的现场观看率及通过电视收看率。

表 28　不同地区观众观看体育比赛情况

地区	样本数 电视/现场	通过电视（%）观看					现场观看（%）				
		足球	篮球	乒乓球	马拉松	滑冰	足球	篮球	乒乓球	马拉松	滑冰
北京	1005/554	69.4	43.2	54.6	24.1	20.3	26.9	7.6	2.9	4.3	0.4
上海	1013/1004	70.6	42.6	42.4	11.1	9.9	13.4	2.2	0.8	0.1	0
广州	1033/1015	55.0	37.8	33.7	5.6	10.7	7.0	4.3	1.8	0	0.3
重庆	621/603	65.9	38.0	44.3	12.9	16.1	22.2	2.3	0.3	0.2	0
武汉	624/615	70.2	38.1	53.8	14.9	18.1	15.3	2.8	2.4	0.3	0.2
西安	599/600	61.3	35.6	36.6	6.5	11.0	14.0	4.5	1.8	0	0
沈阳	597/596	73.9	56.6	53.1	19.9	22.6	16.6	6.4	1.0	0	0

注：此表从《2000 年消费行为与生活形态年鉴》整理

从表 28 可以看出，各城市电视观众（暂且把通过电视观看比赛的观众）观看足球、篮球、乒乓球比赛的情况基本一致，观看足球比赛的观众在 60%～70%，观看篮球比赛的在 40% 左右，观看乒乓球比赛的在 30%～50%。与上述三个项目相比，各城市观看马拉松比赛的电视观众则很少。北京最高为 24.1%；沈阳其次为 19.9%；而广州最少为 5.6%。滑冰作为冬季项目其各地区电视观众在 10%～22% 波动。由此可知，马拉松项目作为田径中市场运作较好的项目，其电视观众也是不多。

相比之下，马拉松项目现场观众就更少了。马拉松比赛现场观众北京最多，也仅为 4.3%，广州、西安和沈阳现场观众为 0%，其他几个城市现场观众 0.1%～0.3%。相对而言，足、篮、乒乓球的现场观众较多在 1%～10%，其中仍是足球现场观众最多。这反映出田径赛事不受关注的一面。

（4）各种媒体对田径新闻、赛事等报道情况

在市场经济条件下，田径运动作为一项基础项目，其生存和发展更需借助媒体的力量。在报刊杂志类、电视台、电台及网络这三类媒体中，对体育的市场运作起重要作用的是电视媒体，其次是报纸和近几年来崛起的网络。

表 29　各电视台对国家级以上田径比赛转播情况表

内　容	百分比（%）	原　因	百分比（%）
全转播	5		
只转播高水平赛事	30		
只转播本省举行的赛事	10		
不转播	55	有些比赛不知道	40
		比赛成绩太低	30
		没有经济效益	30

表 30　各电视台对国家级以上田径比赛报道情况表

内　容	百分比（%）
所有比赛均进行全面报道	5
我们知道熟悉的比赛进行全面报道	70
比赛成绩好时才报道	20
很少报道	5

表 31　《中国体育报》对田径有关内容的报道情况

内　容	百分比（%）
专版	0
专栏	5
只用条块方式报道重大比赛和重要新闻	90
很少报道	5

从表 29、表 30、表 31 我们不难发现各级电视台对国家级以上田径比赛的转播以及有关赛事报道都不理想。例如，《中国体育报》作为体育类的专业报纸，对田径运动的报道也基本局限于以条块方式报道重大比赛和重要新闻，没有重大比赛时，基本没有见过田径专栏或专版报道田径运动相关内容。而《中国体育报》中的足球、篮球专版已开设多年，而且大有增版的趋势。此外，过去常见的《田径报》近几年也难觅踪影，这些都反映了各种媒体对田径运动宣传力度不够。

2. 田径无形资产市场的运作情况

田径无形资产的价值主要取决于竞技运动水平的高低和田径群众运动规模的大小。在我国田径竞技运动水平不高的情况下，我国的田径无形资产市场还需培育开发。田径无形资产的开发经营主要分为以下几方面：第一是田径比赛、田径有关活动和各田径队冠名权的开发运作；第二是田径比赛、各田径队的标志以及田管中心专用产品权的开发与运作；第三是田径赛事转播权的转让；第四是田径协会中心及各田径队以及运动员名誉肖像权的投资经营和广告活动。目前在田径比赛的冠名权，专用产品权这两个方面已进行了开发运作，而其余各方面仍是有待开发的处女地。

（1）田径比赛的冠名权运作

北京国际马拉松赛和全国竞走大奖赛等单项赛事的运作相对而言较好。表 32 和表 33 是近几年来北京国际马拉松赛和全国竞走大奖赛的逐年赞助收入情况。北京国际马拉松赛作为传统赛事，其开发运作已有六七年历史了，它以水平高、参赛人数多等特点颇受中外人士关注，其经验值得其他项目借鉴。

表 32　北京国际马拉松赛逐年赞助收入情况

年份	金额（万元）
1997	30
1998	300
1999	200
2000	400
2001	350
2002	500

表 33　全国竞走大奖赛赞助收入情况

年份	金额（万元）
2000	40
2001	50
2002	10
2003	70

竞走项目一直以来是我国奥运夺金强项，水平较高。但其开发是近几年的事，而且还没有形成较为稳定的赞助商群体，赞助收入波动也很大。全国竞走锦标赛由山东招金集团冠名赞助，这对中国田径来说无疑又注入新的活力。

（2）田径专用产品权的运作

田径协会专用产品是利用田径协会良好的声誉和形象开发的无形资产。目前田径协会已开发专用产品企业 15 家，分别生产不同的田径器材和运动装备产品，收入也逐年增加，但是田径专用产品不应以扩大专用产品企业数量来增加收入，而要在培养田径专用产品的名牌，提高专用产品的知名度和市场使用率上下工夫。

（3）田径俱乐部的运作

在国内其他项目已进行俱乐部制运作几年之后，田径界仍在讨论其运作的可行性。与此同时，国内也有个别企业开始出资以各种形式组建田径俱乐部，目前国内正式注册的田径俱乐部包括昆明卷烟厂赞助的云南田径队，营口的鲁冰花田径俱乐部，以及中国田径界第一个国际合作项目——山东铃木田径俱乐部等在内的五六支俱乐部。这个数字与国内众多田径队相比是微不足道。但这毕竟是中国田径界进行商业运作的先驱者。而近期我们对国内 9 个省市田径队的调查表明，部分教练员、管理人员认为中国田径不能进行俱乐部制运作，至少现阶段不能，而有 65.2% 的人认为能进行俱乐部运作。另外，田径队作为进行俱乐部运作的载体，从现阶段它的社会赞助情况也可反映一定的问题。具体情况见表 35。

表 34　我国田径管理中心专用产品开发情况

年份	金额（万元）
1999	31
2000	51
2001	59
2002	65

表 35　田径队赞助情况表

内容	百分比（%）		百分比（%）
无赞助	75.9		
赞助较少	21.1	一次性赞助	81.5
		赞助一年	11.1
		多年赞助	7.4
一般	3.0		
较多	0		

由表可知，目前能得到赞助的田径队很少，仅约 21.1%，有 75.9% 的队无任何赞助。在有赞助的田径队，赞助也基本是短期的一次性合作占大多数，为 92.6%，可以说绝大部分是一槌子买卖，长期合作的甚少。

（二）田径市场运作中存在的主要问题

目前，我国田径进行市场运作主要为了解决生存问题。解决生存问题的关键是资金，而我国现有的体育体制是极具中国特色的，资金来源主要依靠国家拨款这一单一渠道。国家对田径进行市场运作缺乏政策上的倾斜扶持。田径进行市场运作融资渠道比较单一，仅在赛事运作和无形资产开发两方面略有成效。总体来看，只有北京国际马拉松运作较好，其他赛事仍没有相对稳定的赞助商，而且在这些赛中仍缺少精品赛事。作为市场运作的核心代表——田径俱乐部，我国仍处于起步期，有很多认识和管理上的问题仍需加强、改进和提高。中国田径走俱乐部制应该是必然的发展趋势，但还需要时间和条件。田径无形资产的开发还处于基础阶段，没有自己的真正名牌。但这几个方面运作的好坏又与竞赛产品的质量、经营管理及各方面的支持与关注有密切的关系。

1. 竞赛产品的问题

田径竞赛产品是构成田径市场的要素之一，也是进行市场运作的核心，其产品的特性决定着田径市场的运作规律，产品的质量影响着运作的结果。

（1）田径竞赛产品的特性

体育竞赛表演属于体育服务业的一部分，它所产出的商品具有与一般商品共性的东西，但也有其自身的生产和销售的特殊运动规律。田径竞赛产品与其他运动项目竞赛产品相比，更有其自身特点。

第一，田径比赛结果直观性差。

"田径运动是由田赛和径赛、公路赛、竞走和越野赛组成的运动项目"。其中径赛、公路赛、竞走和越野赛是在相同的比赛场地同一时刻开始竞技，比赛过程中名次变化以及比赛结果的胜负变化基本都一目了然。而田赛仿佛是田径比赛的幕后演员，只有最后上领奖台那时才能露面。在比赛过程中，虽然知道每个人的成绩，但其每次试跳、试投在全场比赛的名次就不太容易知道了。这样观众对田赛比赛的竞争情况就难以了解，观众也就难以融入比赛中。因此，田赛的直观性差影响了观众观看的效果。

第二，田径比赛与其他球类项目相比观赏性差。

目前，市场上运作较好的项目一般都是观赏性、竞争性、对抗性强的项目。田径是属于那种主要根据变化不大的场地器材情况，特别是运动员内部的本体感受器所介入的反馈来进行调节，很少根据竞争对手的情况进行直接迅速的反复的调节的闭锁式技能。而拳击、足、篮、排球等项目是属于开放性技能，它们主要是在迅速多变的环境因素中要准确预测对手动向，及时根据对手变化确定和实施动作方式。在集体项目中，还要参照同伴的情况进行决策行动。因而这些项目本身就具备竞争性、对抗强性，所以具有很强的观赏性。相比之下，田径运动没有直接的身体对抗，缺少激烈争夺的场面，因而其观赏性差，它主要靠运动员的运动水平和技术水平来增加观赏性。

第三，田径比赛情绪煽动性差。

体育产品具有情绪煽动性是指体育比赛对于观众和体育迷情绪和情感的影响。观众和体育迷对于体育项目的热爱使得他们将自己的情绪和情感寄托于运动员和运动队身上，他们会把自己视为这些项目和这些运动队中的一员，把自己对于某一体育项目的热爱变为他们生活的一部分，这些观众和体育迷会把自己的情绪和情感化为忠贞不渝的行为，他们自身就变成为体育产品的一部分。除了欣赏比赛过程，观众和体育迷们还通过掌声、欢呼声表达他们的情绪和建议，烘托着气氛，鼓舞着参赛运动员，同时愉悦着自己。这种情绪煽动性需要运动员和观众互动来实现。而这种互动需要时间来培育。田径比赛一般每个组次或轮次的比赛时间很短，胜负在瞬间就出结果，这无形中缩短或失去了情绪煽动的过程。而且由于运动项目的特点，运动员一般在比赛前很少与观众进行沟通。因此，减弱了田径比赛的情绪煽动性。

第四，田径比赛的场地大、规模大、项目多、运动员多带来的不利条件。

田径比赛项目多、参赛运动员多，则意味着比赛的时间长。事实也表明，我国的田径比赛少则两三天，多则六七天。在现代竞争激烈的社会，能有多少人耐着性子看上这么长时间的比赛，而其他项目的比赛最多两三个小时就完成一场比赛，与之相比，田径比赛的劣势顿显。这种竞赛体制限制了田径进行市场运作，加大市场运作的难度，影响运作的效果，所以我国田径赛制有待改革。田径比赛场地大、规模大，使比赛看点分散，同时赛事直播转播的难度也大。当赛场同时进行跑跳投三类比赛时，需要多部摄像同时工作，及时抓住运动员的精彩表现，这个工作的难度是很大的。人们在观看大型田径比赛转播时，常会发现镜头频繁转换，一会儿是径赛的起跑，一会儿是投掷，一会儿可能是跳高，在这种切换中要求电视转播工作人员对现场比赛的情况了如指掌，不然，很容易漏掉某个精彩片断，因而一般规模的电视台是不能胜任大型田径比赛的直播的。

第五，与其他项目相比，大型田径比赛更多地运用现代化的裁判仪器设备。

现代化的裁判仪器设备在大型比赛中被大量应用，不仅提高了比赛的公平、公正性，而且大大缩短了比赛时间。同时也为观众更好地观看比赛提供了条件。发令员使用的起跑监测仪；径赛项目比赛时场内四角大量使用电动时间显示牌和终点摄影计时仪；田赛远度项目成绩丈量大量使用的激光测距仪以及撑竿跳高比赛中使用的激光高度测量仪和电动撑竿跳高升降架等，这些仪器设备在其他项目比赛中很难同时见到。

(2) 田径竞赛产品的质量

产品能否立足于市场，质量是根本。影响田径竞赛质量的相关因素主要如下。

A. 比赛最终结果。比赛结果是否是正常或超常发挥了运动员的水平，并达到或近期各类纪录成绩；

B. 比赛各方实力相当，竞争激烈，结果不可预测；

C. 赛场上有自己崇拜的田径明星；

D. 比赛过程中运动员高超的技术表现；

E. 赛场观众的气氛；

F. 裁判员的水平及裁判设备器材；

G. 赛场休息时的表演或与观众沟通的各种活动；

H. 赛场环境布置及地点；

I. 比赛之外的其他服务活动。

田径运动更强调更快、更高、更强，所以比赛的结果——运动员的运动水平是否得到充分发挥并取得好的成绩是影响田径竞赛质量的关键因素。

近年来，我国田径运动水平一直处于低迷状态，偶尔个别项目星光一现后也就不再辉煌。田径项目缺少一个或几个能持续保持较高水平的项目和运动员，也缺少一批水平较好的运动员及后备力量，更缺少田径明星。所以，较低的运动水平是影响制约田径运动市场运作的首要因素之一，也是亟待解决提高的问题。

一个赛场好的观众气氛应该是由一大批热爱田径的"田径迷"和参赛运动员共同营造的。而我国尽管田径运动开展得很普及，但在失去某些"压力"后，真正欣赏喜欢田径运动的人，实在是不多。加之田径比赛本身情绪煽动性差，所以，那些热爱田径的观众们大多是独自欣赏，难以形成其他球类比赛观众那种热烈、动人的赛场气氛。

大型田径比赛庞大的裁判员队伍和现代化的仪器设备是其他各类比赛难以相比的，但是这一优势我们没有充分利用。

至于赛场服务、赛场布置及其他服务是田径比赛的附加服务，这些服务的提高改进是田径比赛的催化剂，能更快、更易提高比赛的质量。这几个方面我们的表现也明显不足，但同时这也是通过加强管理运作最易改进提高的。

由此可见，田径赛事产品在"先天"运动水平不高的情况下，其他影响赛事质量的"后天"因素也没有被充分重视，所以导致田径竞赛产品质量的下滑。

2. 经营管理的问题

（1）经营管理者的认识存在误区

在体育市场中，经营者、体育迷和竞赛是决定市场发展的最为重要的因素。其中经营者又是体育市场中各因素的主体，是最积极、最能动的要素。他们的认识存在误区，将对体育市场的发展起到严重的阻碍作用。通过问卷调查，我们发现经营管理者主要在两个方面存在认识上的不足。一是对体育功能的多样性认识不足。体育是有着多种功能的社会文化形态，其基本功能是健身、娱乐和教育功能，其派生功能有促进个体社会化、情感、政治和经济功能。但是其各种功能发挥的程度却由于社会条件不同而呈现出巨大差异。不同国家的社会经济、政治和文化背景总是在强化体育的某些功能的同时弱化另一些功能。过去，我国一起处于计划经济体制下，对竞技体育的功能认识局限在为国家、本省、本市树立形象，增强凝聚力上。而对体育的娱乐、健身、观赏和经济功能等认识不足。体现在田径竞赛上表现为，经营管理人员对竞赛的目的认识不足。对竞赛目的的认识仍停留在计划经济体制下的选材、提高成绩和为国争光等政治功能上。认为竞赛的主要目的依次是促进成绩提高（占95.52%）、选择运动员（占85.07%）和为本省市和国家争光（占83.58%），而给人们提供娱乐的机会和商家企业进行商业运作的机会均在60%左右。这表现出管理者对竞赛的经济功能认识不高。二是管理者对田径比赛服务的商品性认识不足。这和长期以来我们习惯于将体育仅仅当做一项社会公益活动，为国家、为社会无偿或低偿提供体育服务，是社会主义制度优越性体现，而对体育潜在的巨大的经济效益未予注意。

另外，我们对教练员和部分管理人员进行的"田径不能进行市场运作的原因"的调查（表36），不能进行市场运作的主要原因是田径运动自身特点，占66.92%；各层次领导观念尚待转变占62.31%。同是田径运动，国际田联可以将其运作得如火如荼，而我们就不行，这反映出领导观念需要及时转变。教练员作为运动员直接的管理者，他们的认识对田径进行市场运作也很重要，我们对教练员对2003年进行赛制改革的影响进行调查，结果见表37。在田径界大声疾呼改革赛制的情况下，部分教练员的认识仍不到位。

表 36　田径不能进行市场运作的原因

不能运作原因	原因之一（%）	第一原因（%）	不能运作原因排序
田径运动自身特点的约束	66.92	26.92	1
各层次领导观念尚待转变	62.31	23.08	2
运动水平低无法运作	54.61	11.54	3
缺乏优秀的管理者运作	58.46	11.54	4
中国缺乏田径运动爱好者	54.61	11.54	5

表 37　赛制改革对田径进行市场运作的影响

内容	百分比（%）
有利于田径进行市场运作	70.8
对田径市场运作到什么效果，但影响运动员出成绩	17.6
不利于田径进行市场运作，也不利于运动员出成绩	11.6

经营管理者认识误区还表现在对赛事的相关基本因素重视不够。赛事仅仅被看做是体育竞赛，为选拔运动员、为提高运动成绩等竞赛的核心价值工作，而忽视了赛事进行市场运作的基本因素，即竞赛、观众、媒体和赞助商。

（2）缺少专业的经营管理人才

目前，田径运动管理的最高机构——田径协会从事经营开发工作的只有 3 人，其中 1 人还是临时借用的，而且他们都没有经过专业的经营管理学习，靠的是多年经营开发工作的经验和为田径振兴的一腔热血。省市地方一级的经营管理者大多数也是学体育教育专业的，仅有的 1～2 个专业人才，真可谓凤毛麟角。这相对于有 46 块金牌的大项目——田径运动来说，实在是不相称。

（3）我国缺乏田径运动的文化氛围，缺少田径爱好者

体育作为一种文化它不能独立存在，而需要一定的文化氛围做基奠。

田径运动产生于人类生存与生产劳动，是由人类基本技能所演化发展而来，且无需专门练习就能开展的运动，加之其受场地、器材环境等制约小，所以便于普及、推广。田径是我国中小学乃至大学广泛开展的是必修内容，应该说有广泛的群众基础，但是实际情况却相反。1996 年，国家体育总局对我国城乡居民喜爱的余暇活动进行调查，在被调查的总人数中，喜欢体育活动的居民仅占 12.6%，在如此小的比例中喜欢田径运动的又能占多大比例呢？另外，在影响我国城乡居民进行体育活动的主观因素的调查中，缺乏兴趣排在第一位，占被调查总数的 45.9%。兴趣是一切活动的基础，缺乏体育活动的兴趣将直接影响居民体育活动偏好的形成。学校体育的培养目标中有增强体质培养各种体育兴趣爱好、技能。但是从效果上看，学校体育对我国居民体育健身爱好形成作用很不理想，据调查，我国 16 岁以上居民参加体育健身锻炼中途中断者，20 岁以下占中断者总数的 50.7%。而 16～20 岁正是学生从初中或高中刚毕业的时候。可见，我们的学生有相当多的人离开学校也就离开了体育活动。所以，导致我国的体育人口少，体育爱好者少，田径运动的爱好者也就更少了。这一点从田径运动中市场化运作较好的马拉松比赛的观众情况一见分晓。见表 28。

"世界女飞人大赛"是中国田径市场化运作较成功的典范之一。这次大赛无论从赛

事水平，还是媒体宣传、赛事包装各方面都做得很好。可即使这样，20元一张的门票却很少有人问津。组织者最后不得不采用赠送和临时免费发放的方式来吸引观众。但就是这样，现场观众仍很少。而悉尼奥运会主场进行的田径比赛，12万人的体育场座无虚席；在欧美举行的田径大奖赛，观众更是趋之若鹜。这与中国田径赛场仅有运动员拼搏的冷清场面形成巨大的反差。这些都反映了我国缺少田径爱好者，缺少田径迷。

（4）缺少与媒体及各方面关系的沟通和服务

田径比赛作为一个产品，它主要服务于两类消费者，即商务消费和大众消费者。大众消费者是通过各种形式观看比赛的观众，他们是体育产品的直接和最终用户。商务消费者包括赞助商和媒体单位等。他们尽管不直接消费体育产品，但由于他们的购买、流通和转换，增加了大众消费者，同时他们自身也获得利益。他们之间的关系如图9所示。

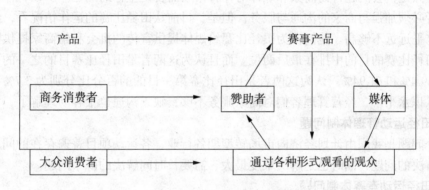

图9　赛事产品消费关系图

所以，一个竞赛产品的成功运作必须在自身高质量的前提下，通过加强和媒体的联系与合作，以吸引更多的大众消费者，从而得到赞助商的青睐。赞助商的投入又能够使赛事产品不断从各方面提高质量，吸引更多的媒体和大众消费者，这样就形成了一个良性循环渠道，从而也加速了资金的流通，也增加了赛事资金的来源。

目前经营者在与媒体的沟通和服务方面及在对赞助商的服务方面做得都不理想。

① 经营者缺乏与媒体的沟通和服务

媒体是用来交流传播信息的工具，其本身为传播而存在。但其传播有一定的选择性，当要进行一次体育比赛时，这对新闻媒体是一个社会事件，是一次宣传报道的机会。但这个机会媒体是否利用，就在于媒体和经营者方面的沟通与合作。我国新闻媒体对田径有关情况报道很少。其原因是双方面的。一方面是经营者对媒体的服务和信息交流不够，主要表现在媒体对田径赛事有关情况把握不准，对体育组织教练员、运动员有关情况不甚了解，对田径运动的历史、功能、裁判等缺乏认识等。这些需要经营者长期的、经常性地给媒体提供有关资料和信息。另一方面是媒体单位在宣传过程中过分看重宣传的经济效益，忽视宣传的社会效益。

另外，目前影响田径赛事电视转播权开发的困难问题还表现在以下几方面：

从外部环境看，我国社会经济发展水平，人们生活水平还不够高；

围绕赛事电视转播权的各种内在法律和经济关系还不明确，认识还不统一；

现有的相关体制和电视台管理体制限制了开发活动;

中介机构不健全;

不能严格遵循市场经济规律办事,没有引进先进的市场营销技术和方法。

② 经营者缺乏与商家的沟通和服务

现代市场理论认为,体育市场中的体育先后属于关系市场的范畴。在这个关系市场中,体育组织、赞助商和新闻媒体这三个合作伙伴共同合作,并以赢得大众情感支持和实际参与为共同发展目标。

关系市场中所强调的那种为了保障各自的商业利益而与关键商务伙伴建立起长期稳定的合作伙伴关系的实际含义是:如果没有体育市场,商家会失去一个与大众消费者情感连接的机会;如果没有体育运动的发展,媒体会失去个好的新闻和节目题材;而如果没有商家和媒体的支持和介入,体育市场则根本没有出路。由此可见,体育市场对于商家和媒体只是机会问题,而商家和媒体对体育市场而言是生存的问题。所以,体育市场的经营者必须加强与商家的沟通与服务。但是,目前从田径比赛的运作情况看,经营者的认识水平远远不够高。他们认为田径比赛给媒体提供宣传的机会和给商家提供赞助的机会在田径比赛的目的中排在最后两位。而且认为这两者是田径比赛目的之一的百分比分别为 69.4% 和 61.94%。认为这两者是田径比赛第一目的的百分比分别为 3.7% 和 0%。在这种认识水平下,经营管理者们对商家服务不够,缺乏沟通也很容易理解了。

3. 田径运动管理体制问题

这个问题是我国由计划经济向市场转型期各行业、各运动项目普遍存在的问题,也是亟待解决的问题,同时也是解决难度最大、需要长时间解决的棘手问题。

4. 田径运动竞赛体制问题

竞赛体制决定着比赛这种产品推销的推销形式与营销理念。以往的竞赛体制存在不利于田径运动发展的因素,应该进行适当改革,以竞赛体制改革为先导初步建立田径运动的市场化模式,逐步将田径运动推向市场。

(三) 田径市场运作的对策分析与建议

1. 从各方面大力提高赛事产品的质量

(1) 提高赛事产品质量的首要因素是提高运动水平

我国申奥成功,全国上下齐心协力为 2008 年能保持第二集团首位而努力,而田径成绩被列为排序的关键,这是机遇也是挑战。我们必须抓住机会大力提高我国田径运动的水平,尤其是我国传统的强项如竞走、女子中长跑、女子跳远、三级跳远、女子铅球、男子 110 米栏等项目。而且要加大这些项目后备人才的培养,形成人才梯队,做到"吃着碗里的,看着锅里的,还想着田里的",从整体上提高田径运动的水平。

(2) 提高质量的第二个因素是整体塑造运动员的形象,培养田径明星

由于田径运动艰苦,所以从事田径的大多是农村孩子。他们做了运动员之后文化课学习几乎中断,造成各方面素质相对不高,尤其是人文素质,这就需要他们在自我形象、社会交往等方面要注意行为得体,注意与媒体保持良好的关系,在赛场与观众友好。

(3) 注意赛事环境布置和地点选择

地点一般要选田径氛围浓的城市。加强裁判员队伍管理,提高裁判的规范性,并充分利用和发挥田径裁判的优势。田径裁判仪器设备的科技含量和现代化水平恐怕是其他

项目难以比拟的，同时随着科学进步还不断改进。这对田径爱好者、体育迷及普通观众来说都具有一定的吸引力。根据情况恰当安排表演活动和个别设备器材的展示与介绍，将会增加赛事的吸引力。另外，田径比赛时间的安排应和足球、篮球、排球、乒乓球等热门项目错开。

（4）在规则和条件允许的情况下，适当增加比赛的项目或道次，以提高比赛的参与性和吸引力

从吸引消费者对体育观赏性产品进行消费的角度说，运动水平的高低是一个基础因素。正所谓"皮之不存，毛将焉附"。但运动水平又不是唯一的决定因素，运动项目的表演性、娱乐性，体育高于生活的文化氛围，运动员的激情表现和对参与者情绪的驱动等，对于消费者来说，往往具有更大的吸引力。例如，乒乓球比赛可以创造机会，让小球迷和孔令辉、王楠等国手较量。田径比赛也应仿效。如百米比赛时，第9、10道让现场随机抽到的观众上场比赛，观众起跑线适当前移，终点不变，并设置鼓励奖或参与奖，以此提高比赛的观赏性和参与性，应该会有较好的结果。

2. 加强田径运动文化内涵的研发推广，包装田径项目的运动"明星"、名牌运动队、名牌教练员、名牌赛事，提升无形资产价值

体育市场推广的技术手段和策略都非常重要，但更重要的是吸引那些热爱体育运动，愿意保持住体育运动的灵魂和精髓并使之发展的企业家，记者及各类社会群体。因此，体育市场推广的重要原则是对体育价值观的推广。所以，必须加强田径运动文化内涵的研发推广，提高田径运动的社会认同感。同时创造各种机会宣传田径项目的优秀运动员、运动队、教练员及比赛，使之成为明星或名牌的产品，提高田径各种无形资产的价值。其中，宣传的重点是对田径赛事的宣传，另一个重点是田径场地器材的发展状况的宣传，提高社会、企业对田径的认知和支持。

3. 加强为商家的服务意识，加强与媒体的沟通

体育组织、商家和媒体的合作是以发展一种长期的有效的、相互忠诚的合作关系并以共同利益为目标。所以体育组织要做长期的准备，从各方面加强与商家和媒体的沟通与服务，如赛前为他们提供有关材料，赛中提供包括门票等各项服务，赛后提供反馈信息等。在没有比赛的时候为媒体提供各种宣传材料。在电视、报纸上开辟田径专栏。专栏内容可以以田径健身、各种比赛消息、田径项目来源、介绍过去优秀运动员和现在优秀运动员、运动队和教练员及其他花絮等，也可以将田径比赛裁判器材、场地等列在其中。

4. 培养自己的田径爱好者、田径迷

通过各种形式观看体育比赛的体育爱好者、体育迷等其他观众是赛事产品的直接和最终用户，这些最终用户的壮大使得赛事能成功运作。

我国目前有58万所中小学校，2.3亿左右中小学生，他们在校期间都必须学习田径，注意对学生田径运动兴趣的培养就是中小学教学的重点之一。我国在队的从事田径训练的队员和多年来培养的各级田径运动员是一个不小的数字，加之多年来我国田径运动普及开展中培养的广大群众，这么庞大的群体，用什么方法调动起来使他们成为真正的田径运动的消费者，是一个有待解决的问题。

5. 改革竞赛体制

我国田径运动自身竞赛体制已严重制约了田径市场的开发。竞赛体制改革势在必

行。目前，田管中心已对 2003 竞赛体制进行了一些改革，主要体现在大奖赛系列赛和总决赛上，包括：项目设置打破了大而全的状况，改为设置奥运重点项目或成绩好的项目，同时，参赛选手也因成绩的限制而变得少而精，还加强了奖励的力度，中国田坛也出现了运动员分享金砖的场面。但这些与国际田径赛场相比，我们还有很多方面不够成熟。国际田联的黄金联赛主要考虑市场要求来设置比赛项目，根据项目尖子的情况来确定每年的比赛。这是目前我们还做不到的。

6. 注意市场调研，适时开拓田径的其他市场

田径竞赛表演市场的成功运作会带动其他市场的发展，因此要注意进行市场调研，适时激活其他市场的发展。

7. 加强法治化、规范化管理，加强相关理论建设是促进中国田径市场化的重要保障

目前，关于体育市场的管理尚缺乏高层次的立法，虽然全国各省市均发布了地方性体育市场管理法规或政府规章，但在实际体育市场管理中权限的划分、执法程序的统一、法律责任的认定等都有待进一步明确。另外，有关行业管理标准的制定问题尚属空白。因此，尽快进行高层次立法和制定相关的行业管理标准也是加快中国田径市场化步伐的当务之急。

六、我国业余田径训练体系的现状及未来发展对策的研究

(一) 我国业余田径训练的发展历程及主要经验

新中国成立以后，我国竞技体育的运动训练形式基本是模仿原苏联的训练体制，实行的是一种举国体制。目前我国运动训练体系呈一种分层形式，即县、区形式的普通业余体校、体育传统项目学校等组成了田径训练的三线队伍；二线队伍包括市、地级的业余体校、体育中专和专项业余体校、竞技体校，它们是三线队伍的输送目标；建立在二线基础之上的是最高形式的一线队伍，由国家集训队和省、市的运动技术学院或体工队组成，由此形成人们俗称的"金字塔"型结构。这种训练体系层次分明，容易管理，有利于向高一级输送优秀体育人才。长期以来，这种举国训练体系为我国竞技体育的发展做出了重要的贡献，一大批有田径天赋的好苗子就是通过这样的层层选拔，成为优秀的田径运动健将。然而，令人遗憾的是，由于种种原因，20 世纪 90 年代后期开始，这一体系发生了很大的变化，在一定程度上削弱了举国体制的优越性，影响了田径项目的整体实力，这是我国田径运动技术水平下滑的一个重要且非常直接的原因。虽然有些个别项目或个别队，在一段时间内取得了很好的成绩，但并没有形成大的气候，只是昙花一现。加上体育进入市场经济，田径的分层训练体系也受到了很大的冲击，多形式、多渠道、多类型的训练体系纷纷出现，如企业办队、俱乐部办队、普通高等院校办队、体育学院附属的竞技体校办队等。所有这些办队形式的出现，都是对我国业余田径训练的一种补充，在一定阶段和时期内对田径的训练工作起到了积极的推动作用。这几种办队形式是在体育进入市场后所出现的全新的训练形式，还处于尝试阶段，如何办好，也还是新的课题。然而，从实践来看，无论哪一种训练形式都不能离开举国体制这一大的前提，我国的竞技体育离开了举国体制就不可能有大的发展。目前，国家体育总局重新提出，竞技体育必须实行举国体制，这为我国的田径运动训练指明了正确的方向。

（二）目前我国业余田径训练体系的现状、存在的问题和根源

1. 关于业余训练的管理体系

通过调查了解到，目前我国各省、市体育局都有自己独立的行政机构，各市体育局依托于市业余体校或田径项目管理中心，统筹管理全市的业余田径训练工作，总的来看，分工比较明确、隶属清楚。而作为业余训练的最基层单位，即县区一级的业余训练工作却面临着严峻的考验。由于县区体育局和教育局或文化局合并后，成立了文体局，工作的重点不是放在体育上，而是以教育部门或文化部门为主，在一定程度上削弱了体育的功能和应有的地位，缺乏对体育的有效管理和足够的重视，阻碍了县区业余训练工作的发展。

在调查中我们还发现，有些已经被国家体育总局命名为全国田径业余训练先进单位或全国田径之乡的县区，竟然没有一套成型的有关田径业余训练的管理体系和规章制度，田径的业余训练根本无人问津，连一块像样的田径场地都没有。为了一点点的经济利益，甚至把田径训练场地出租出去变成集贸市场等，田径的业余训练以处于瘫痪状态。另外，管理机构上下不对口，管理不得力，使一些传统项目学校和网点校逐渐萎缩或减少，加之经费严重不足、场地设备陈旧落后，致使县区的业余训练工作在极度困难的夹缝中进行。在这种情况下，基层的业余训练开始尝试或已经开始实行自费制或有偿训练制。这种情况的出现必然导致基层单位招生困难、选材困难，既保证不了生源的数量，也保证不了生源的质量。再加上田径不像足球、篮球、乒乓球等热门项目的运动员，出成绩后能有丰厚的经济回报等因素的作用，更使得田径的业余训练举步维艰。

综合以上种种情况，田径要上新台阶，国家必须给予田径更多优惠的政策支持。理顺田径业余训练的管理体制，上下一致，保证田径专项资金的到位和使用。而各县区也应采取积极的措施，寻求自身发展的新办法、新模式。例如，有的县区已开始走训教结合之路，依托省、市传统项目学校，把一定的资金投到这些学校中去，在学校中搞田径业余训练，值得借鉴。

2. 我国业余田径训练的运动员队伍

运动员后备力量是否充足，是一个运动队和一个运动项目能否长盛不衰的关键。新中国成立以后，党和政府非常关心人民群众的身体健康，广泛开展各种形式的全民健身运动，田径运动由于不受场地、器材的限制，而且易于普及，所以深受广大群众的喜爱。尤其是1957年郑凤荣以1.77米的高度打破了女子跳高世界纪录后，全国各地的田径业余训练更是如火如荼地开展起来。田径的运动成绩也有了长足的进步，涌现出了一大批如郑凤荣、倪志钦、陈家权、胡祖荣等一批平或超世界纪录的优秀运动员。成千上万的少年儿童加入到业余田径训练中来，使得田径训练的二、三线队伍极大地壮大，有利地推动了我国田径运动的向前发展。然而，改革开放以后，随着市场经济的发展，田径的业余训练工作受到了极大的冲击和影响，受经济利益的驱动，很多具有田径天赋的好苗子转到了足球、篮球等一些热门项目去了，这种现象极大地削弱了田径的基础训练体系（表22）。

在调查中发现，从事业余田径训练的运动员中，来自农村、贫困家庭、偏远山区的占有相当大的比例。由于基层训练单位具体条件的限制，绝大多数的县区和部分市级体

校都实行有偿训练制（表38、表39），使很多家庭困难的子女没有条件进入体校训练，使很多条件好的田径苗子被挡在了体校大门之外，造成人才的严重流失。

表38   田径运动员交纳训练费情况一览表

训练费	频数	有效百分比（%）
交纳	51	39.2
不交纳	79	60.7
总数	130	100

表39   田径运动员交纳伙食费情况一览表

伙食费	频数	有效百分比(%)
交纳	103	77.4
不交纳	30	22.6
总数	133	100

目前，大部分家庭都是独生子，孩子就是家庭的未来和希望，家长把孩子送到体校练体育，唯一的心愿就是希望他们的孩子能在体育领域中找到前途和出路。然而在现实中受到经济状况和其他因素的制约，影响了运动员更好的发展，使很多家长和孩子感到练田径没有出路，前途渺茫。同时，各市、县区体育管理部门对运动员文化教育和训练育人方面的措施不得力，有的地区只抓训练，不抓教学，或根本就没有文化课教学，造成了普遍的运动员综合素质低、文化基础差，加之田径运动员退役后的就业和安置困难等问题，这就使得很多运动员家长和运动员本人都不愿意从事田径训练，所有这些因素都给田径的业余训练带来了极大的困难。田径运动作为基础大项，又是奥运会的金牌大户，对青少年运动员的吸引力如此之小，不得不引起我们的高度重视，田径要打翻身仗，这种局面必须改变。

3. 训练条件和场馆设施问题

场馆设施是进行日常训练的基本条件，它的好坏直接影响到教练员和运动员训练的热情和训练的质量，影响训练方法、手段的实施。完善的体育场馆、设施、器材是进行业余训练的最基本的物质保障。在本次调查中发现，经济发达的地区在这方面基本能保证田径业余训练的要求，如沈阳、广州、哈尔滨、北京、上海等。而绝大多数县区的业余训练普遍存在训练条件非常差的情况，有的既无场地又无器材，有的虽然有场地、设备，但条件和质量都很差。

4. 训练经费问题

在本次调研中，我们发现由于各地受经济发展状况的影响，业余田径训练的投入很少或根本就没有投入，运动员自交的伙食费和训练费，每年从1000元到6000元不等，大部分家庭对培养孩子感到吃力，有的家庭干脆就不把孩子送到业余体校，导致业余训练招生难、选材难。虽然有的市县对有培养前途且家境十分困难的运动员采取少交或不交训练费的办法，但也还是杯水车薪，解决不了实质问题。有的市县是靠缴来的运动员的学费维持业余训练，还有的市县靠创收、自筹资金来维持训练。更有甚者，有的基层单位竟要求教练员要选够多少人才能保障他们工资的全额发放，从而造成在某种程度上，只要运动员有钱什么材料都可以选来进行田径训练这种局面，这不仅违背了业余训练的规律和宗旨，同时也将会造成我国业余训练后备人才的基础越来越薄弱。在调查的139份问卷中，教练员对主管部门对田径资金的投入感到不满意的达到86.4%。由于我国田径运动的整体水平不高，再加上媒体宣传的力度不够，社会赞助田径项目的资金很少，即使个别单位有赞助，也是偶尔现象，并不是长期行为。从表40、表41中可以看到，田径队无社会赞助的占75.9%。而且个别有赞助的单位也是一次性的，占81.5%。由此看出，经费问题是困扰我国田径业余训练的一大障碍。

表 40　田径队接受社会赞助情况一览表

社会赞助	频数	有效百分比（%）
没有	101	75.9
较少	28	21.1
较多	4	3.0
总数	133	100

表 41　田径队接受社会赞助数量情况一览表

数量	频数	有效百分比（%）
一次性	22	81.5
一年	3	11.1
多年	2	7.4
总数	27	100

目前，我国的经济已从计划经济转到市场经济上来，体育也已推向市场，国家已不可能拿出大量的资金投入到业余运动训练上来。那么，在市场经济体制下如何搞好运动训练，尤其是基层的业余训练，是摆在我们体育工作者面前的一个亟待解决的难题。这个问题解决不好，将严重影响我国竞技体育的发展。

5. 我国业余田径运动的竞赛体制问题

目前很多地区现行的竞赛管理体制不利于培养和发现人才，原因主要有以下几个方面：第一，政策多变，忽视运动周期，竞赛杠杆的作用；第二，各地区打的都是"省运会"战略，都存在着为金牌而练的思想，没能形成全国一盘棋的思想和竞赛体制；第三，赛场上存在着严重的不正之风问题，受局部利益的影响，比赛时存在的外引、外借、冒名顶替、以大打小等现象突出，形成了"造船不如买船，买船不如租船，租船不如借船"的趋势和导向。为了地区的局部利益不惜摧残运动员的身体，个别地区出现严重的兴奋剂现象，使比赛结果不公正。这些都极大地挫伤了领导、教练员、运动员的积极性，造成业余训练处于极端不利的局面。

（三）我国业余田径训练未来发展对策的研究

1. 选好人才，留住人才，重用人才

竞技体育要求运动员要具有从事某一项目的天赋，选材是运动训练的非常关键的重

要环节，如今的田径比赛竞争日益激烈，有时胜负之差仅有百分之一秒，因此，如何选好那些优秀的田径运动员苗子，使那些具有田径天赋的少年儿童都来参加田径训练已成了当务之急。目前我国优秀运动员的培养仍然依赖于一、二、三级训练制度，这种举国体制涉及省、市、县（区）各个单位的自身利益，基层教练员的积极性直接影响着业余训练工作的好坏。基层教练员辛辛苦苦培养的优秀田径运动员苗子，向上一级输送理应是有偿输送，这样才能充分地调动他们训练的积极性。否则，必然打击基层教练员的训练热情，影响训练的质量和向上一级运动队输送运动员。

2. 处理好人才与经济效益的关系

我国竞技体育训练的举国体制，也称为金字塔型体制，其比例失调，表现为塔基过宽，塔身过大，而真正成为拔尖优秀运动员的人数太少。这种金字塔体制的基座越宽，意味着国家的投入过大，竞技体育的投入与产出比越大，产出效率越小。针对这种情况，首先应把好选材关，防止塔基过宽的弊端，做到投入与产出的最佳比例，以免造成不必要的浪费。国家应拿出一定的专项资金，重点扶持业余田径训练。在全国建立一批重点田径网点学校，在一些训练条件较好并且田径基础雄厚的市、县级业余体校，建立业余田径训练的基地。对这些网点学校和业余体校每年都拨给固定的经费投入，以保证他们的业余田径训练能正常进行。建立专项基金或专项拨款，对那些确有田径天赋的好苗子，减免学费、训练费、伙食费等。在全国建立业余田径训练的评估及奖励政策，对成绩突出的业余体校和优秀的田径苗子给予相应的奖励，调动他们的积极性，使更多的基层训练单位愿意抓业余田径训练工作，使更多的运动员都愿意参加业余田径训练，在全国范围内掀起业余田径训练的高潮。

3. 处理好训练与文化课学习的关系

现代社会是知识竞争的社会。竞技体育虽然有其自身的特点，但如果完全忽略运动员的文化课学习，对国家和运动员本身都是不合理的。因为运动员的运动生涯毕竟是短暂的，退役后仍将回到社会，而不是游离于社会之外的。一个没有文化知识的人走入社会，将举步维艰。另外，学习文化知识对学习、掌握运动技术，理解教练员的意图、战术安排以及培养自己良好的心理素质等都很有帮助，也是必不可少的。国家应该对运动员的文化课学习应该建立起一整套的制度，使每个适龄的青少年都有进行九年义务制教育的机会和权利。因此，运动员训练的同时，也应学习文化知识，处理好训练和学习之间的关系。

4. 做好人才流动和运动员的退役工作

目前，我国的竞技体育各项目之间的人才流动是处于一种无序化的状态。由于种种原因，田径项目对很多运动员并不具吸引力，很多优秀的田径运动员转到如足球、篮球、排球等其他项目去了，严重地影响了田径运动的发展。对此，国家应采取切实有效的措施，保护田径这一基础大项的正常发展。

竞技运动是青春的事业，如果优秀运动员感到运动生涯结束后，没有就学和从业的保证，必然会选择相对有利的时机，即竞技状态的高峰期退役，以作为谋求理想出路的条件。因此，合理安排好优秀运动员退役后的就学或从业，解除他们的后顾之忧，有利于运动员安心从事训练和比赛，延长运动生命。所以，国家、各省市应制定有效的相关规定，安置运动员退役后的工作与学习，建立健全运动员医疗、保险的政策和法规，彻底解决运动员的后顾之忧。改善运动员自身的从业水平和条件，增加对文化教育的相应投入，重视并组织好优秀运动员的高层次教育，以发挥其最大效益。

5. 建立健全业余田径教练员的培训体系

目前，我国的业余田径教练员队伍的学历水平、知识水平和业务水平都较低，尤其是业务水平，有的教练员从来就没有过业务进修的经历，仍然延用自己当运动员时教练员的训练方法和手段或已经过时了的训练方法和手段。所以国家应该制定出一套切实可行的有关业余田径教练员的进修和培训体系，使这种进修和培训形成制度化，并和教练员的职称评选、奖励等挂钩，从行政的角度督促教练员进行业务学习，以提高他们的业务水平。在这方面，各省、市地的田管中心等相关部门应该高度重视，建立健全业余田径教练员的培训体系，以适应当今现代化运动训练的需要。

6. 增加和拓宽基层田径训练单位资金的投入和来源

根据我们国家现实的经济情况以及市场经济的客观要求所决定，运动训练不可能指望国家的全额拨款，也是不现实的。所以，客观现实和市场经济要求业余训练的资金问题必须是两条腿走路。一方面，国家应根据奥运会的战略目标和田径的实际情况，增加对田径的投入力度，建立专项资金，专款专用，对田径运动开展的较好的地区或全国的田径之乡、重点体校、田径的网点学校等给予重点支持；而另一方面，田径的业余训练必须进入市场，努力谋求自身发展的路子，建立自身造血的机能，以自费养公费，以一般养重点等，建立一种国家投入和训练单位自筹的双轨机制。

（项目编号：431ss02038）

对我国竞技体操"金牌教练"成材规律的社会学研究

俞继英 魏旭波

竞技体操金牌教练是体育领域的特殊高级人才,是指亲自训练和直接指挥我国运动员在奥运会、世界锦标赛和世界杯赛的体操比赛中夺得金牌的教练员。竞技体操是我国的传统优势项目之一,在历届世界大赛中多次为国家取得优异的运动成绩。中国体操队涌现出张健、高健、黄玉斌、陆善真、钱奎等一批金牌教练。

一、研究综述

(一)关于金牌教练的研究

通过对国内外有关教练员的文献资料研究发现,在国内外体育科技文献中,尚未见有关针对"金牌教练"进行专门研究的资料。有资料显示,金牌教练最早出现在体育人物报道中。如"金牌教练"袁伟民(黄稚文,1987);金牌教练祝达飞(李浙东,1989);黄玉斌培养了多名世界冠军,被人们誉为金牌教练等。当前教练员研究的重点主要是教练员整体,也有部分研究将视角定位在"好的教练员"(张健,1999),"高水平教练员"(陈小蓉,1995),"优秀教练员"(周学荣,1995;尹军,2000;阳云,2001),但其研究对象为教练员整体,即包括业余体校、省、市专业队教练员和部分国家队教练员在内的全部教练员,没有对教练员进行进一步的区分,因而不能反映"培养世界冠军的优秀教练员"(王君侠,2000)即本研究所指的金牌教练的特征。

(二)我国有关教练员的研究

随着我国体育事业的蓬勃发展,我国的体育教练员研究逐步丰富和成熟起来,并取得了一定的成果,为我国体育事业的发展起到了积极的推动作用。我国有关教练员的研究主要涉及了教练员的重要性、教练员应该具备的基本素质和条件、教练员心理、教练员的岗位培训、教练员与运动管理等方面。

1. 教练员的重要性

现代竞技体育的发展,已经由过去靠单一的专项知识和能力来提高运动技术水平,逐步发展到多学科参与、高新技术综合作用的新局面,人们越来越认识到教练员在运动训练中的关键作用。有专家认为,一个国家能培养出多少世界冠军,首先要看这个国家拥有多少培养世界冠军的教练员。多年来,中国乒乓球队、中国女排、体操队、跳水队在世界大赛中夺取了许多世界冠军、奥运会冠军,正是因为这些运动队拥有一大批培养世界冠军的优秀教练员(王君侠,2000)。教练员是运动训练科学化的设计者和执行者,是运动训练科学化系统管理的工程师,是决定运动训练水平的主导因素(郎佳磷,1992)。影响我国竞技体育人力资本和人才资源存量的主要因素之一是教练员,尤其是教练员的培养制度和体制（虞重干，2001）。

2. 教练员的素质与能力

有专家认为，一个专职教练员，既要具备本专业所要求的基本能力，更要具备在专业实践活动中不可缺少的高效率的特殊能力，如敏锐的观察能力、丰富的想象力与创造力、果断的应变力及沉着镇定的指挥能力等（吴历雄，1983）。教练员是运动员的教育者、运动训练的组织者、运动竞赛的指挥者（韩毅，1983）。教练员以身作则，会起到无声的作用（年维泗，1983）。教练员必须是一个通情达理、知识丰富的人，是一位善良、公正、守纪律的人，一位强有力的鼓动者、卓越的领导者（李晋京，1984）。

有学者将教练员的素质概括为德、学、才、识四个方面（徐婉吟，1987）。教练员必备的素质，即强烈的职业责任感、丰富的专业知识和实践经验、熟练掌握教育学和方法学技能、勇于探索和大胆创新、高尚的道德情操、高度的政治觉悟（过家兴，1991）。还有学者认为，创新能力（陈小蓉，1995）、创造性（范元复，1994）、高智能（范存生，1999）都是教练员必备的条件。

也有一些著名的教练员提出了自己的看法。著名体操教练张建认为，一个好的教练员应具备以下两个方面的素质，即思想素质和业务素质（张建，1999）。在思想素质方面，强调教练员要讲政治、讲奉献,要有强烈的事业心和责任感,教练员必须具备多种能力。著名教练员蔡振华结合中国乒乓球队的工作实际情况指出，教练员是整个运动员的领导核心，教练组团结与否，是否有敬业精神、创新精神和坚定的信念，能否以身作则，对运动队的成绩影响很大；要重视创新。创新是我们取胜的根本（蔡振华，1999）。

3. 教练员的心理研究与分析

对竞技运动训练过程进行心理学研究是当代竞技体育领域的重要课题之一。与教练员有关的研究主要体现在两个方面：一是根据运动心理学的基本原理研究与教练员有关的心理过程和个性心理特征；二是结合专项研究教练员在运动训练、运动竞赛过程中所要解决的心理问题。

运动队中的教练员就是一名领导者、一个教练员如何使运动员或运动队达到既定目标，取得最后成功，除了与教练员本人的心理和行为特征有关外，教练员与外部环境的相互作用也是一个很重要的方面（季浏，1995）。当今优点训练科学化程度越来越高，竞技场上的竞争日趋激烈，要求教练员具有超人智慧、良好的思维品质（周学荣，1995）。也有人对创造性思维做了专题研究，认为创造性思维是教练人才的灵魂（杨嘉志，1988）。还有研究证明，教练员的精神素质和心理素质是运动队力求取胜的重要保证之一（彭飞，1995）。精神素质表现为冒险精神、创新精神、竞争精神和敬业精神；心理素质包括洞察力、直觉、勇气、自信心、感召力（威信）、意志力六个因素。

近年来，一些学者较多地关注了对教练员人格、个人影响力的研究。在体操训练的长期过程中，起关键主导地位的应是教练员的人格力量。教练员人格文化是其训练风格形成的心理基础，是训练风格的重要因素之一，对训练风格的形成起着决定作用（刘玉金，2001）。教练员的人格力量来源于人生立志、个性特点及文化素养（王玉琴，1998）。要提高教练员的个人影响力，关键在于提高非权利性影响力，因此，广大教练员要不断地提高自我修养，更新知识结构，才能将影响力发挥到最佳状态（李卫平，1998）。

4. 教练员的岗位培训

所谓岗位培训是指完成了某一教育阶段的人在参加工作后重新接受一定形式的教育。我国从 1987 年进行教练员培训工作的改革，开始试行教练员岗位培训制度，在国家体委的指导下，选定田径项目率先作为试点进行实践和研究，逐步使我国的教练员岗位培训和教练员队伍的建设进入规范化、制度化的轨道。1991—1995 年，召开了全国第一届教练员岗位培训工作会议，以 18 个奥运会重点项目为对象，建立制度框架，推广实施培训，逐步形成了我国教练员岗位培训的构架体系，包括 18 个奥运会项目在内的 41 个项目已经开展了教练员培训，已经有 17 个项目制定出了教学大纲，9 个项目出版了正式教材。有单位对参加了田径教练员岗位培训的教练员调查结果表明，在运动成绩、输送人才、科研意识等方面培训过的教练员比未培训的教练员分别高 18%、32%、11%。对岗位培训试点项目田径教练员的追踪调查显示，70% 的学员感到收获是大的（朱咏贤，1993）。

5. 教练员与运动管理

所谓管理就是为了实现系统的目标，不断提高系统功效而进行的计划、组织、控制等一系列综合活动。体育管理是为了实现体育事业或体育工作的目标，不断提高体育工作的功效所进行的计划、组织、控制等一系列综合活动。在研究教练员与运动管理要涉及两个方面的问题，即对教练员的管理和教练员对运动队、运动员实施管理。

（1）对教练员的管理

教练员的管理属于体育人才管理范畴。体育人才是指具有一定体育学识水平和技能，并在体育领域的实践活动中已经或可能做出创造性贡献的人，既包括竞技场上的一定人才，也包括其他方面从事体育工作的人才。体育教练人才即从事一定训练工作，培养运动员的专门人才。任何一个组织其管理行为的目标只有一个，即通过对管理对象的最佳组合，充分调动劳动者的主观能动性，实现其组织活动最佳效益。在体育管理活动中，教练员的管理策略直接影响整个运动队的成绩和水平（陈小龙，2000）。要实现对教练员管理的最佳效果，应该注意以下几个问题：① 激发教练员的成就动机。成就动机指个体内在的一种期望，这种期望成为一种强烈的动力驱使个体在某一社会群体中努力取得成功。② 树立教练员强烈的责任心。③ 尊重教练员的自尊。④ 加强管理中的情感投入。

（2）教练员对运动队运动员管理的实施

影响运动队管理最优化的因素是多种多样的，但其主要因素之一是直接管理者——教练员自身的素质。教练员的专业理论知识水平、职业道德水平、训练能力、向高一级运动队的输送率以及所取得的运动成绩是影响教练员自身素质的主要因素（庞敏，2001）。运动员要求教练员民主合理水平、协调人际关系能力较高；当教练员与运动员之间建立了真挚的感情、取得了运动员的信赖，运动员就会自觉地严格的要求和严格的管理（张林，1995）。

（3）教练员的人际关系

竞技运动训练是以运动员为核心，以教练员为指导的一个大系统，与之相关的其他管理人员、辅助人员、科研人员、医务工作者等都对这个系统有着密切的联系。这其中任何一个环节出现问题，就有可能给训练和竞赛带来不可弥补的损失。

教练员与运动员的关系是从事竞技体育的社会群体中最基本的关系。任何包括两人以上的社会结构关系，可以多方面进行剖析：认识方面、成员关系标准方面、实质界限方面、感情方面、目标定向方面和分层方面（丁学良，1989）。借鉴这种方法来观察、解剖、理解教练员与运动员的关系，对于我们更好地处理教练员与运动员的关系是有意义的。王广虎对此作出分析（王广虎，1995）：在运动技术训练的初级阶段，教练员可以用传统的方法来严格要求、严格管理运动员，构成一个关系稳定的整体。但当运动员的技术水平有了大幅度的提高，认识水平也会随之改变，加强教练员与运动员关系理性的认识才是科学训练和科学管理的正确方法。一视同仁，人人平等是在处理教练员与运动员关系中避免人为地产生和激化训练体制所固有的矛盾的行为准则。还有学者强调沟通，认为沟通是双方联系的最主要形式（连佩运，2000）。

教练员还应该保持与体育科研人员的合作。现代竞技体育的竞争已经不仅仅是运动场上的竞争，而是一个国家综合实力、科技发展水平的较量。用科学的理论、观点、方法来指导运动训练，将最新的科技成果应用于运动训练，是竞技体育持续发展的必由之路。我国1997年颁布的《奥运争光计划科技工程》明确指出："科技成果只有通过训练部门，特别是教练员，才能直接作用于训练和比赛过程，因此，他们是训练与科技相结合的主体。提高教练员和训练管理人员的科技意识、文化素质和对科研成果的理解、吸纳、开发能力，发挥其主体作用，是实施本工程的关键。"张萍认为，要"加强体育科研人员与教练员、运动员之间的相互沟通和密切联系的渠道"（张萍，1995）。教练员、运动员要加强自身的科学修养，摒弃那种"不搞科研照样拿金牌"的观念，尊重科技人员，积极、主动与他们合作，一旦教练员、运动员的专业训练经验与现代化的科技手段结合，将会取得训练、竞赛的突破。

（三）国外关于教练员研究的主要观点

国外教练员研究集中在教练员的能力和素质、教练员评价、心理训练方法和教练员培训等方面。

1. 体育教练员应具备素质和能力

探讨体育教练员应具备什么样的能力和如何做一个好教练员一直是体育教练员研究的重点。美国有学者撰文提出：若想成为一名优秀的教练员，不但要学习和懂得运动学、生物力学、解剖学、运动外伤学、体育教育学、体育社会学、运动医学、运动生理学、运动心理学，懂得专项训练规划、技战术训练、身体素质训练、专项训练方法、运动能力测定、训练和比赛的检查测定、运动医学检查、训练与比赛时的教育、心理和医务监督及比赛的专项理论，还要成为一名教师、管理人员、心理学者和启发者（美，查克·史密斯，乔金根编译，1981）。荷兰杨·突尼森认为，作为一个教练员，对队员一定要有感染力，要热情地帮助队员，善于出点子，想办法将整个队带动起来（荷兰，杨·突尼森，瞿煜忠，1981）。由认识能力、教学能力、组织能力、交际能力、计划能力等组成的复杂的系统制约着教练员教育活动的成效（苏联，依·纳·加拉克季奥诺夫，詹建国译，1987）。训练计划十分重要，有了好的训练计划和组织才能通常能改进训练效果（美国，约翰·伍德恩，王家宏译，1987）。

成功的教练员都是技艺高超，并具有丰富经验的教师（美国，埃德·扎隆，王卫康译，1983）。还有学者认为，教练员必须具备学术能力：善于培养自豪感；组织能力；教练员的语言；道德标准；诚实；自我控制；坚持信念的勇气；正确的判断力；言行一致；公正；想象力；幽默感；事事有计划（美国，萨勃克·拉尔夫，辛兵译，1988）。在所有品质当中，按照保证获胜的需要，最重要的是如下四种：组织能力、评价人才的能力、激励小青年的能力和熟知种种方法的能力。

2. 关于对教练员如何进行评价

在当今世界上，对教练员如何进行评价引起了许多人士特别是体育界人士和体育爱好者的兴趣和关注。

美国学者丹尼尔·西洛认为，一个杰出的教练员首先并且永远是一个杰出的教师，其明显的日常标志是那些有利于课堂教学的品质——渊博的学科知识、丰富的专业实践经验、严谨的教学态度及对学生的满腔热忱。正是这些质的而不是量的东西在支撑着，使得训练还有可能进行下去。教练员和运动员必须互相信任，形成一种默契，就像教师讲课即兴表演时，学生们立刻明白所讲的内容一样，当教练员示范时，运动员应马上心领神会（美国，丹尼尔·西洛，1995）。美国有调查显示，教练员有五种优点最受运动员表扬：他们真正懂得他所教的内容；促使大家努力，使队的水平提高，他在场上下都关心我们；他了解我们的问题所在，帮助我们改进；当我们有错误时，他耐心向我们解释（华加译，1983）。

在运动队集体中，由于运动员的兴趣、爱好、个人特点不同，经常会出现各种各样的矛盾。有苏联专家认为，教练员不应该害怕矛盾，在发生矛盾的时候，要找出一些办法，在解决矛盾的同时，利用这些矛盾去提高运动员的成绩。不仅鼓励运动员个人之间的竞争，而且利用小组与小组之间的矛盾，达到同样的目的。对个别运动员，采用认为地制造矛盾的办法，也是有效的（苏联，戈麦尔斯基，兰燕生译，1983）。

3. 教练员应该如何进行心理训练

对运动员进行心理训练是运动训练的重要内容之一，教练员可能扮演双重角色，既是专项技术指导者又是运动心理学家。不同的教练员具有不同的运动心理训练技能的基础和经验，如果能够增加教练员的运动心理的理论基础，将有助于他们在运动队实行运动心理训练项目（爱利克森，布朗，1990）。史密斯等人认为，应鼓励教练员增强运动心理训练的技能。"双重角色的主要冲突来自临床运动心理问题，而不太可能在教育运动心理方法学上产生冲突"。如果教练员同时也是运动心理学家，则他在实施最佳的心理技能训练项目时就不会有任何阻力，可以在任何必要的时候实施心理技能训练，由于教练员经常和运动员在一起，他能够更准确地判断出某个运动员需要哪些方面的心理训练，有助于教练员更好地关心、信任并移情于运动员。这种关系将促进运动员运动成绩的提高，而不至于产生相反的结果（史密斯，1992）。因此，当一名教练员同时又是运动心理学家的时候，将有助于运动员的心理训练。因此，应该提供给教练员更多的教育运动心理学的训练（丹尼尔·史密斯，邱宜均，2000）。

国际运动心理学界对教练员的个性划分有不同的类型。美国的勒温等人把教练员分为专制、民主、放任等三种类型进行研究；美国的亨德利把教练员分为有成绩、无成绩两类进行个性差异研究；日本的竹村等人把教练员分为高压的、温性的、柔和的三种进行研究。

4. 关于教练员培养的问题

世界体育教练员岗位培训的内容大致都涉及体育科学理论、专项运动知识及教练实践三个方面，采用实践与认识相统一的原则，力求反映现代统一的新成果（陈作松，

1998)。各国都设有指导教练员培训的专门机构，负责制定各级教练员上岗标准和培训计划，英国、德国和中国将培训置于体育学院或其他院校之中，充分利用学校的教育设施和师资力量进行规范性培训，提高了培训的实效。日本的教练员培训由日本体育协会统一领导，各单项协会具体实施本项目的教练员培训计划。澳大利亚的教练员培训则由澳大利亚全国教练员委员会负责制定计划并实施（陈宁，1996）。美国的教练员培训计划（ACEP）始于1976年，经过多年的扩展和完善，已经得到广泛的采用（邓小芬，1993）。

目前，世界范围内的教练员岗位培训已经成为各国体育发展的一个重要措施。国际教练员培训委员会（I.C.C.E）业已成立。在国际教练员培训委员会瑞士理事会及特殊代表大会上，教练员职业道德标准与教育、培训的实效性、注重教练员的能力的培养这三项被评议为最重要的挑战。这些问题给未来教练员培训工作指明了发展的方向。

德国培训方法的优点在于这些教练员学生在当教练员之前就掌握了作为一个教练员应具备的经验，同时在教练员学院培训时有机会把学到的知识用于实践工作。先学理论，完成学业后才从事实践工作是不能适应竞技体育需要的。具有运动员或教练员的经验是从事竞技体育教练员工作的重要前提条件。竞技体育中的经验和特殊情况是无法用理论作介绍的。因此，培养竞技体育教练员的正确途径是在多年教练员经验基础上，最好还有自己当运动员的经验，再接受各种科学知识（赵浚，1988）。

从文献研究中还发现，已经有学者注意到教练员是如何成材的问题。如丁冰的研究认为，在我国优秀篮球教练员成材过程中起促进作用的因素可归纳为两大类。第一类是内在因素，指在教练员成材过程中起决定性作用的因素。其中"政治思想因素""心理品质""专项业务能力""知识结构"占主要地位。第二类是外在因素。其中"人际关系""基础条件"对教练员的成材起着举足轻重的作用（丁冰，1997）。但是，在有关教练员成材方面的研究甚少，尚未见到"金牌教练"成材问题的研究。

现有文献资料研究表明，国内外学者对教练员的重要性有一定的认识；对教练员的能力和素质进行了探讨；在教练员岗位培训方面，形成了较为成熟的模式，积累了一些经验。但在其他方面缺乏全面、系统、深入的研究。对教练员人才特点，成材规律的研究、尤其是以培养出世界冠军运动员的金牌教练为对象进行的研究比较欠缺，这种局面与现代竞技体育的发展，与我国实现奥运争光计划的战略目标是不相适应的。因此，进一步研究教练员的特殊群体——"金牌教练"就显得尤为重要。

二、金牌教练成材的内在因素分析

毛泽东同志指出："事物发展的根本原因，不是在事物的外部而是在事物的内部，在于事物内部的矛盾性。"人才成长的内在因素指人才主体的内在素质。内在因素是人才成长的根据，因为任何外部因素只有通过人才主体内在因素的评价、选择、控制内化成为人才主体的内部属性时，才能对人才成长起作用。人才成长的内在因素包括德、识、才、学、体五个因素（王通讯，1985）。在这些因素的共同作用下，金牌教练具有深厚爱国主义情感，确立了正确的人生观、价值观，逐步具备了超强而全面的能力，掌握了丰富的知识，形成了独特的个性，从而成长为我国竞技体育领域的优秀人才。

"德、识、才、学"对人才的成长，起着非常重要的作用，这四者是对人才素质的基本要求，它们相互联系，而又不可或缺。从总体上来看，体操金牌教练具备了人才内在因素的基本要求。从具体情况来分析，体操金牌教练人才的内在因素主要表现在以下几个方面。

（一）深厚的爱国主义情感和强烈的事业心

德为道德，是调整人与人及人与社会之间关系的行为规范的总和。包括个性心理品质、伦理道德和政治品德（王通讯，1985）。道德是由一定的社会经济关系决定的，依靠社会舆论、传统习俗和人们的内心信念来维系的，表现为善恶对立的心理意识、原则规范和行为活动的总和（唐凯麟，2001）。在人才政治品德中，爱国主义是一项重要内涵。

列宁指出："爱国主义就是千百年来固定下来的对自己祖国的一种最深厚的感情。"爱国主义情感包括热爱自己的民族，热爱自己祖国的语言、文化、民族优良传统和风俗习惯，关心祖国人民的命运和前途等。基于这种深厚的情感，使人们自觉地承担对祖国应尽的义务和责任，忠于祖国的团结和统一，献身于祖国的繁荣和富强。爱国主义的核心是对自己祖国和民族的自信心和自尊心。

金牌教练对祖国有着深深热爱，这种热爱使他们在对待个人利益同国家利益、民族整体利益的关系时有一个根本的价值准则，即把国家或民族的利益摆在首要地位，并认定个人生命活动的意义和价值只能体现为国家或民族利益而奋斗、奉献的过程中。只有在这一过程中才能实现个人素质的提高、个人能力的发展、个人品格的完善。祖国是他们无悔的选择。

历史告诉我们，人一旦将自己的人生与国家的需要、民族的命运相连接往往就能够激发出巨大的热情，创造出惊天动地的业绩。宋代岳飞说过："以身许国，何事不可为？"他以"精忠报国"的豪壮情怀，怒发冲冠，激昂抗虏，成为令人敬仰的抗金名将。法国著名生物学家巴斯德说过："科学没有国界，但是科学家有他自己的祖国。"谁不属于自己的祖国，他就不属于人类。在新中国成立前后，一大批爱国的仁人志士放弃在国外较为优厚的生活条件，克服各种政治阻挠和困难，毅然回归祖国，投身于新中国的建设事业。华罗庚从美国经香港回国途中曾经发表文章说："为了抉择真理，我们应当回去；为了国家民族，我们应当回去。"周恩来同志在 12 岁时就气势磅礴地宣告："为中华崛起而读书！"

所有的金牌教练都曾经在个人发展与祖国需要之间进行过选择。在众多的诱人条件面前，他们毫无例外地选择了祖国。拒绝国外的高薪聘请，留在国内报效国家。在对金牌教练进行的调查中了解到，所有的被访金牌教练都曾经有过国外俱乐部、体育协会或国家队发出的邀请，但他们都选择留在国内为中国效力。有的教练员谈到，做短期讲学、进行交流是可以的，但长期工作不可以。分析促使他们选择在国内工作的原因，首先是事业心，中国国内的环境有利于干一番事业。其次是金牌教练愿意为中国效力，因为国家和人民需要（表1）。国家的需要，人民的希望使他们感到是在进行一项神圣的事业。同时，对队员负责，队员渴望在教练的指导下成长也是促使他们留下来的原因之一。

表 1　体操金牌教练在国内工作原因调查结果

	国家和人民 需要我	家人阻拦	我愿意为 中国效力	国内环境有利于 干一番事业	对方提供的 工资太少	队员 需要我
百分比（%）	22	00	63	78	00	17
人数	3	0	9	11	0	2

1958 年，张健刚刚成为一名体操运动员的时候，还是个 15 岁的孩子。那一年，我国运动员第一次参加世界体操锦标赛，男子团体仅仅取得第十一名。中国运动员受到冷遇，比赛时，裁判不住地"嘭嘭"拔开瓶塞，傲慢地喝着咕咕冒泡的汽水，根本不看中国运动员的动作，然后捻起手指随便打个分数。在他们眼里，体操王子只应该是清一色的金发碧眼的欧洲人，中国人被放在无足轻重的地位。那"嘭嘭"作响的刺耳声音，经老一代体操国手的讲述，深深埋藏在张健的记忆中（肖复兴，1986）。作为中国国家队的教练，张健始终记得这段屈辱的历史。民族的尊严、国人的形象，就像一团烈火，燃烧在他的心中。他同五代体操人共同发奋努力，为改变中国人的形象，中国体操的地位，历经 30 年苦苦修炼，终于在 1983 年布达佩斯 22 届世界体操锦标赛上，取得了成功。中国男子体操队以 0.1 分的微弱优势战胜了苏联队。这是自 1903 年举办第一次世界体操锦标赛以来，整整 80 年的历史，中国人第一次夺得男子团体冠军。全场 8000 名热情的观众为中国人欢呼。赛后，外国朋友敬佩地"嘭嘭"打开香槟酒，前来祝贺。在蒙特利尔，意大利裁判，加拿大教练对张健讲："现在的体操比赛，如果没有中国参加就不精彩。"

黄玉斌是体操新生代教练员的典型代表，早在 1989 年八一体工队的李世铭教练就为黄玉斌写过这么一段话："孜孜不倦的精神，来源于他对祖国荣誉的责任感，来源于对体操事业的无限热爱……"从 1979 年起，10 年来我国培养的 8 个体操世界冠军，只有黄玉斌一个留在了体操训练的工作岗位上。难道说国外的别墅、汽车、大把的"绿钞票"黄玉斌看不见？心不动？但是，当组织上动员他留下，说明了工作需要他，国家需要他，他义无反顾地留下了。一个伟大的哲人曾经说过，对于人来说：最可宝贵的是生命，另一个最可宝贵的是事业。黄玉斌有他的事业，他有两块标志着他辛勤劳动的、浸透着他血汗的、响当当、世人为之起立致敬的世界冠军金牌（世铭，1989）。

体操金牌教练具有献身祖国的体操事业、为国争光的强烈的事业心。事业心是指人为实现一定的理想而献身于具体事业的强大动力和坚强决心。一个有强烈事业心的人，会竭尽全力把所承担的工作做好，将全部的精力、智慧、心血，必要时甚至不惜自己宝贵的生命，投入到事业中。研究表明，一个人对所从事的事业爱得越深，钻研就越勤奋，成功的可能性就越大；一旦在自己从事的领域取得成功，反过来又进一步强化爱的程度，甚至会达到"入迷"的境界。"热爱——钻研——成功——热爱"往往会形成良性循环，达到螺旋式上升的目的。正如歌德所说"天才所要求的最先和最后的东西都是对真理的热爱"。体操金牌教练周济川身患癌症却直到拿了奥运会金牌才进医院，高健指导颈椎里嵌着一块胯骨还在保护运动员攀登高峰（李世铭，1989）。运动员、教练员只有热爱专项运动，将自己的青春和汗水奉献给事业，才能克服这些常人所不知道的困难。

高健指导对此有着深刻的体会，他认为金牌教练有两种压力，一是教练员职业本身的压力，另一个是对祖国热爱的责任心，那种经常在国外比赛，所产生的民族自尊心，不希望自己战胜过的对手再反过来把我们打败。"如果我们现在被日本人赢了，不用被别人责备，我们自己心里面就受不了，我们这些人意志非常坚强，经过这么多大赛，并不怕别人责备，最怕自己的责备，所以这个压力是一个教练员必须承受的。1992 年巴塞罗那奥运会上，李小双以'三周'拿下了自由体操金牌。那段时间我们几夜没睡好，经常是到了半夜 3 点我就带着黄玉斌去外面散步，繁星满天，我们就一直蹓跶到天亮。

决赛前，我们住 24 楼，黄玉斌往下看，我想分散他的注意力，说大黄想什么呢？他说：'高指导，我想如果我现在跳下去，能换得晚上一块金牌，我马上就跳。'我对他说：'咱俩要跳的话，我先跳，我年龄大干的年头比你多。'可以想想，在什么状态下人会有这样的想法，拿命换金牌？"

体操金牌教练对事业专注、投入，心无旁骛，能够克服艰难困苦、经受得起挫折的考验，甚至可以拿命换金牌。他们以事业为生命的寄托，以事业为无上的乐趣，以事业为神圣的职责，以事业为执著的追求。这种深厚的爱国主义情感和对体操事业执著追求的精神构成了他们成功的内部动力。

（二）具有把握专项运动发展趋势的见识

见识指见闻、知识，是人才对客观事物的本质属性及其相互关系的判断和预见。从本质属性来划分，见识包括对客观世界的认识和对主观世界的认识。认识客观世界主要有三个方面：一是能看得准时代前进的方向，善于驾驭各种环境；二是抓得准业务领域内的具有关键意义的课题；三是有较高的审美能力、鉴赏力、辨别力。认识主观世界主要指对主体各种状况的分析判断。从空间结构划分，见识包括对宏观事物的把握和对微观事物的把握。宏观事物包括影响社会运行的政治、经济、军事、科技教育等领域的体制、制度、政策等；微观事物一般指与人才个体直接相连的具体事情。

院士王梓坤指出："有识，才能看准方向，选好道路，不走大的弯路和犯大的错误；有识，才能正确处理各种关系，在各种环境中，乘风破浪而不为风浪所淹没；有识，才能登高临远，思想开朗。"忽视"识"的作用，是很大的缺陷，因为"识"往往处于战略性的重要地位。

竞技体育作为体育运动的一个重要内容对体育的发展起着领导潮流的作用。体操运动项目也随着社会的发展、科学技术的进步不断发展和变化。了解专项运动的现状才能跟上发展的潮流，预见和把握专项运动发展的趋势，才能走在世界专项发展的最前列，才能在激烈的竞争中立于不败之地。

体操金牌教练在预见和把握专项运动的发展、变化趋势上有着清醒的头脑和敏锐的眼光。他们的见识主要表现在能够从现实预见体操运动发展的大趋势；能够捕捉各个单项技术动作，特别是难新动作、高难动作连接发展的潮流；能够提早预测到体操规则的变化，早做准备；能够具有战略眼光挖掘新人，提前一至两个奥运周期培养后备队伍。

在 1984 年奥运会后，张健教练就居安思危，提出了中国体操有可能出现青黄不接的局面。袁伟民同志当时也指出"李宁、童非之后怎么办"的问题。张健、高健二位指导及时预见到世界体操运动将进入以高难取胜、以绝招取胜的时代。因此在力争保持老运动员的高水平的同时，加强了后备力量的培养，选拔了一批尖子队员，如李敬、李春阳、杨波都是这个时期进入国家队的。在对策上，提出立足于赶超苏联、培养新人、很抓规格、大胆创新的方针。在训练指导思想上，坚持"三从一大"。在训练具体实施过程中，很抓了高难动作的创新，要求练出"绝招"，如女队樊迪的高低杠"分腿前空翻抓杠"采用了男子技术完成，是世界上唯一能够以高于杠面 1 米的高度完成这个动作的女运动员；李敬在双杠上完成了"倒立前倒转体 360° 成支撑接团身前空翻两周成支撑"的高难连接，李春阳在单杠上表演了"屈体前空翻两周越杠"的超级难度动作。

张健、高健指导科学的预见，良好的战略眼光和有效的实际工作很快扭转了汉城奥运会的颓势，在1989年第25届世界体操锦标赛上，李敬、李春阳、杨波三人为中国队夺取了三枚宝贵的金牌，捍卫了中国体操的尊严。

体操金牌教练十分善于捕捉规则发展变化动态，利用新规则，抢占"制高点"取得成功。

国际体操联合会以奥运会为周期，在每一届奥运会后都会对体操竞赛规则进行修改，以指导体操运动的发展方向。在1996年亚特兰大奥运会后，体操规则做了空前的大手术，就评分方面而言，降低了动作的起评分，压缩了高难动作分值，动作连接的难度要求更高。金牌教练、当时的国家体委训练局副局长张健与当时的国际体操联合会技术委员会委员李宁以战略眼光捕捉有关信息，使中国体操协会从多种渠道截获定盘子的"手术"方案。亚特兰大奥运会一结束，厚厚的一本1997—2000新规则就翻译出台，全国性的专业会议与训练班也紧锣密鼓进行，1996年12月，新规则就在全国铺开。高健指出，二战以来的体操竞赛规则已经改过9次，数这次变化最大，各国都不熟悉，处在同一起跑线。我们要反应快，找足加分因素。强调要"最短时间掌握规则，最大限度利用规则。"中国体操队利用中国人富于聪明才智的特点，充分发挥举国体制的优势，在短短半年时间里，创编了近百套适合自身条件的高分动作。根据新规则的特点，黄玉斌指导摒弃了一些难度极大但容易失误的动作，将重点放在一些新颖的、富于灵巧性的高难动作连接方面，如自由体操的"直体前空翻接直体前空翻转体360°接直体前空翻转体540°"一串动作就可获得0.5的加分；单杠发展了"扭臂握类的正、反掏转体连接"这类既能够获得加分又不容易失误的动作。1997年的洛桑世锦赛中，中国男队亮相的大部分动作都是10分起评，而传统体操强国俄罗斯队情况就十分尴尬。他们在单杠上多人拿出3~5五个"飞行"动作，得分却在8~9分。名将涅莫夫鞍马的托马斯转体180°再接托马斯的确漂亮，但因动作价值有限，起评分只有9.60分，最后得分也不过9.225分。最终中国男队以领先白俄罗斯4.549分、领先俄罗斯5.435的大比分问鼎，这在0.001分可定胜负的体操比赛中，不啻是天文数字（黄伟，1997）。

世界冠军范红兵也认为，"中国队能够以4分多的优势夺得团体冠军，就得益于黄指导能够预见技术发展动向，及时把握先进的东西。黄指导重点抓了编排，在动作起评分上占了很大优势。如在单杠上采用了扭臂的掏、吊、转体这一类的高难连接，使全队都达到了10分起评，而别的队仍用飞行动作，起评分大多只有9.2~9.4，运动员不可能做七、八上十个连续飞行动作，难以练，危险不说，也容易失误。事实证明，黄指导和中国队的指导思想、战略眼光是超前的，正确的。"在这次比赛前没有把中国队列入对手名单的俄罗斯队教练不得不公开承认，中国队走在了规则的前面。这次的胜利很大程度是依仗对规则的透彻理解和研究，提前发展高难动作连接技术，在成套动作起评分方面领先世界各国，把握了机遇，抢占了"制高点"。

（三）全面突出的能力

竞技体育的内容主要包括运动选材、运动训练、运动竞赛和运动管理。竞技体育教练员的工作涵盖了这四项工作的每一个方面。因而，一个好的教练员必须具备多种能力。我国著名体操教练员张健将教练员的能力构成概括为下述体系。

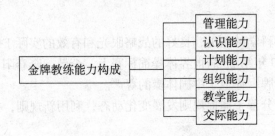

图1　金牌教练能力构成示意图

体操金牌教练人才的能力特点主要体现在全面性和超强性。这种专业能力是以一般能力为基础，能动地发挥智能结构和技能结构中的各个因素的综合作用，结合长期运动训练实践的探索和总结，从而形成的一套行之有效的独特方法。

1. 眼独具的选材能力

良好的选材是成功的一半，选材是开展竞技体育工作的第一步。所谓选材是指通过一定的方法、按照一定的要求把具有某种天赋、适合从事某一项运动的人挑选出来，进行系统的运动训练的过程。传统的运动训练学理论认为，选材主要包括运动员早期选材和优秀运动员选材。优秀运动员选材指从经过较为系统的初级，中级训练的运动员中，选拔出复合优秀运动员能力特征模式的佼佼者参加高级训练。各个项目的优秀运动员能力特征模式的具体内容不尽相同，其总体要求包括下述几个方面：① 具有良好的心理特征。优秀运动员的心理特征集中体现在他们具有适宜的神经类型，强烈的进取心，顽强的意志品质和良好的自我控制能力。② 具有符合专项运动特点的、高度的身体发展水平。③ 较高智能发展水平。优秀运动员具有较强的学习和自我学习能力，善于理解复杂的运动技术，战术理论，能够独立分析问题，解决问题。④ 高超的技术、战术水平。优秀运动员不仅熟练掌握专项的各种基本、技战术，而且能够把握先进的专项技、战术，形成个人风格。

体操金牌教练的选材工作主要集中在优秀运动员的选拔方面，他们所面临的大多是经过了多年系统训练，在省队具备了相当的技术、战术基础，在青少年比赛中取得过较好成绩的运动员。他们除了注重上述选材的要求，还摸索和总结出独特的选材方法，从而能够看得清，挑得准，成功率高。

金牌教练选材的具体特点：

(1) 注重运动员所具备的在某一方面高度发展的特长

教练员在选材过程中，很难找到十全十美的苗子，每一个选手既有其优势的地方，也有一些缺陷。金牌教练很善于全面分析运动员的优势与缺点，在衡量、比较和取舍之间，从不轻易放过运动员在某一方面独有的长处，以独特的眼光发现、选拔运动员。

体操运动员黄力平在青少年比赛中并不是成绩最好的选手，但他的动作协调性非常好，动作虽然难度不大，有一种独特的润味和优雅的艺术气质，高健和黄玉斌二位教练认为这是一棵值得培育的好苗子，将黄力平选入了国家队。经过精心设计、精心雕琢，黄力平的技术实力得到很大的提高，并且形成了独特的个人风格。他在鞍马、双杠、单杠上的动作轻盈、飘逸、美观，每一个动作都十分合理、到位，整套动作有一种张弛有度、快慢有节的韵律感，任何人都能够从他的表演中得到体操运动美的享受。黄力平以他独有的风格摘取了世界锦标赛双杠冠军和男子团体冠军，也是有史以来最能够反映体操运动的艺术价值的运动员，用黄玉斌指导的话来说是"一件精美的艺术品"。

(2) 注重运动员的意志品质

意志是人们为了实现确定的目的而支配自己的行动并在行动时自觉克服困难的心理过程。每个人的意志品质是不尽相同的，有的人表现出坚忍不拔的特点，能够独立、果断地采取行动。有的人则表现优柔寡断、缺乏斗志。坚强的意志品质是克服困难、完成各种实践活动的重要条件。金牌教练在选材过程中，十分注重运动员所表现出来的意志品质特征，对一些其他条件并不是特别突出，但意志品质十分坚强的运动员能够给予机会，造就了许多具有"钢铁般意志"的优秀运动员。如高健选李月久，王群策选罗莉等就是比较典型的例子。李小双曾经被评价为"身材不好，基本技术、姿态不美"而断定"没有前途"的运动员，在国家队几进几出，后被黄玉斌选进了冠军组，黄玉斌看中的是李小双那种不服输、不信邪、不要命的气质和坚强的意志品质。在进入国家队试训期间，李小双手皮经常破，一破就感染犯脉管炎，发了炎的血管就像一条红线从手腕一直延伸到上臂，只好没完没了地打青霉素，屁股都打出碗大的肿块。但李小双从不叫苦，也从未因此耽搁训练，有几次还因为疯狂地"要练"同当时的主管教练产生矛盾。这一切未逃过黄玉斌和几位领导的眼睛，李小双终于在1989年底被选入黄玉斌的"冠军组"。在黄玉斌的指导下，李小双坚强的意志品质促使他取得了成功。

"团三周"（团身后空翻三周半）是自由体操中的一个高难动作，最早是跳水运动员在跳台跳水中使用的动作。人体从距离水面10米的跳台上落下，完成时间为1.7秒。在12平方米的自由体操场地上，运动员利用有限的助跑距离，靠自己的双腿把身体弹向空中，在约0.9秒的时间内完成腾空、翻转三周和落地站稳的动作，不仅难度大，而且非常危险。加速度造成的巨大冲击力，极易使运动员受伤。当时世界上还没有运动员在世界大赛中使用这个动作，1990年12月，李小双向"团三周"发起冲击。有一次，在训练练完"团三周"接着练习"团身360°旋"时摔倒，当即昏迷过去，医生诊断为脑震荡，要卧床休息一个月，但小双只躺了几天就恢复了训练。黄玉斌和李小双的努力没有白费，在1992年巴塞罗那奥运会上，李小双以震惊四座的"团三周"夺得了自由体操的金牌（李小双，1997）。

人的意志能够产生巨大的力量去克服重重困难，体操运动是一项充满危险和疼痛的项目，没有坚强的意志是不可能坚持到最后的。李小双不具有完美的身材，但他具有超人的意志品质，这是成为一个优秀体操运动员最重要的因素，黄玉斌教练发现了这一点，才造就了李小双在中国体操史册上辉煌的篇章。

(3) 注重运动员表现出的对专项的热爱

童非从小就跟着张健指导练习体操，14年的风风雨雨，张健知道，童非的成功饱含着他对体操事业的热爱。在童非很小的时候，有一次违反了训练纪律受到张健指导的批评，童非交给张指导一份检查"张老师，我错了。我要吃苦，要好好练，才能为国争光。"童非将检查工工整整地抄写在日记本上，张指导写上了评语"相信你一定能实现自己的宏愿"。从此，童非干劲更大，训练水平有了迅速的提高。在第四届全运会上，童非在做自由体操是颈部着地，倒在了比赛场上，但他没有被吓倒，而是在张指导的训练下努力拼搏。

"童非深知时间的宝贵，从不轻易放弃一堂课，哪怕是身体有病、半夜发烧，第二天仍然不声不响地坚持完成计划，几乎每次都是我察觉了后他才被迫减量或休息。这从小养成的坚持精神，保证了他在巴黎大奖赛的车祸之后，发着高烧参加锦标赛仍能夺得金牌！童非对自己所从事的体操，不仅爱得深，而且理解得深。难与美高度统一是体操的灵魂，为了练就高超的技艺，他总是以最快的速度克服自己的不足，并充分利用课后及星期天认真比划各个部位的徒手亮相，各种姿态的静止动作。为攀登技术高峰，童非向来敢冒风险，不论是无名小卒之时，还是成为体坛精英，他始终锐意进取。在1983年世界体操锦标赛团体决赛上，中苏之战达到白热化的程度，两队的团体总分差距始终在0.1～0.2。中国队最后一项是惊险刺激又容易失误的单杠，意外的情况发生了，一个选手失手从单杠上掉了下来，全队的目光一下子集中在童非身上。童非是全场最后一个上场的运动员，也是中国队最后的希望，中国队能否登上从未问津的世界团体冠军宝座，就看童非的表现了。当童非的双手刚刚抛开杠面，身体还在空中翻转时，我已经意识到童非成功了，中国队胜利了，激动的心情使我和童非紧紧拥抱在一起，泪水不禁从我们眼中流出。平日的千锤百炼，此时显示神通。外电评论：童非有钢索般的神经。而我则更清楚这钢索般的神经是建立在雄厚的物质基础之上，为此，童非付出了许多许多……"（张健，1986）。

可以说张健指导是看着童非长大的，童非从小所表现出的对体操的喜爱到长大后对体操的热爱是张健指导选择并刻意培养他的内在原因。

2. 务实细致的组织实施训练能力

（1）计划能力

运动训练是一个长期的过程。只有在系统、科学、周密的计划指导下，才能取得训练的成功。运动训练计划包括多年计划、年度计划、月计划、周计划和课计划。金牌教练员在制订和执行训练计划方面有其独到之处。

金牌教练能够依据运动员的特点来量身定制训练计划，体操运动员较其他项目具有更显著的个性化特征，对于性格各异的运动员没有统一的、一成不变的训练模式和计划安排，必须要求教练员视不同的运动员设计不同的训练方案，始终围绕发挥运动员的优势，尽可能弥补缺陷的指导思想来进行；金牌教练通常依据大赛的需要来全盘考虑训练计划，训练的目的是为了比赛，训练计划的制定和执行也必须以世界大赛为核心，只有围绕这个核心开展各种训练活动才能取得明显的收效；金牌教练还善于根据国际专项运动技术战术发展变化来修订和调整计划；他们既严格执行计划，又能够灵活地进行微调。

运动训练中的训练安排是取得良好训练效果的前提，科学、合理的安排能够使训练进程按照训练目标的需要有效进行。训练安排包括训练内容、时间、负荷、方法、次序等因素的有序组合。金牌教练在训练安排上，能够结合长期、中期和近期目标，全面而又具体地综合考虑，从而取得良好训练效果。对训练课前做好的计划，金牌教练又是采用既严格执行，又能够针对具体情况及时调整，以达到最佳的训练效果，避免了一般教练员的盲目训练和生搬硬套。

以黄玉斌指导训练邢傲伟的两次训练课为例，一次为跳马，黄指导十分严格甚至强迫性地执行了训练计划。另一次为自由体操，黄指导根据运动员的实际情况和可能出现的问题灵活地调整了计划。

严格执行计划。

训练项目：跳马。内容："踺子转体180° 前手翻直体前空翻转体540°"登陆。

运动员邢傲伟的"踺子转体180° 前手翻直体前空翻转体540° "完成得不是很稳定，以前曾经登陆过，但为了纠正技术，最近又安排他在海绵坑中练习。为准备下周的阶段性测验，今天必须要让邢完成登陆练习，从心理上消除顾虑，否则，测验时他会心里发虚。登陆练习开始了，在第一、二次试跳中，邢明显信心不足。由于从海绵坑到登陆，他没有完全放开，动作明显有点"拿"着做和发力不充分。根据对邢的了解，单纯通过说教来克服他的心理障碍难度是很大的，时间也不允许。因此，黄玉斌决定在对他进行引导的同时，必须强制性地胁迫他解决。黄玉斌说："大汉（邢），你今天不放开做，你练到几点我陪你到几点，就是不睡觉你也得给我把动作做出来。"由于在平时训练中就是说到做到的，邢深感不完成好，今天是没完了，与其那样，还不如拼了。由于邢这一思想上的变化，反而减轻了他的心理负担。在后面的三次试跳中，一次比一次好，发力到位，感觉清楚，动作节奏感强、质量高，对此，邢自己笑了，自信心大增，同时也为之后的测验做好了思想准备。

及时调整计划

项目：自由体操。内容：成套练习。训练情况：第一套，开场动作"直体后空翻两周转体360° "出现坐地失误；第二套出现向前的技巧价值串失误；第三套直体后空翻转体900° 过早，向后的技巧串"快速后手翻接直体后空翻转体540° 接直体前空翻转体540° "出现失误。

黄指导迅速对邢敖伟的情况进行了分析，自由体操是其强项，很少连续出现大的失误，今天的失误可能与状态不佳有关；邢有个特点，一旦对动作感觉出现偏差，就会出现连续失误；邢的年龄小，心理承受能力尚未发展到与其技术水平相当的程度，出现了失误，一方面他会担心教练员的批评，不经过冷静的思考就急急忙忙地进行弥补；另一方面，对于自己已经定型的动作出现失误没有思想准备，脑子会出现"空白"，无法把注意力集中到动作技术上，有可能造成更大的失误。根据这个情况，黄指导决定调整训练计划，暂时中止邢敖伟的自由体操训练，改练其他项目。后来的训练进行得十分顺利，黄指导在必要的时候调整计划，避免了邢傲伟可能出现的受伤和心理障碍。

（2）组织、实施训练的能力

运动训练还是一个十分复杂、十分艰苦的过程，要取得运动训练的效果，必须具备良好的训练组织能力和实际操作能力。金牌教练在组织实施训练工作中，主要在下述几方面有独到之处。

善于掌握运动员的特点，突出运动员的个性化训练。体操运动项目多、动作多，训练内容繁杂、千头万绪。如果教练员不能够分清主次、胡子眉毛一把抓，就很可能陷入什么都练，但什么也练不好的尴尬境地。金牌教练在运动训练过程中，十分善于掌握运动员的特点，分析影响运动员的主要矛盾，寻求解决矛盾的办法，找出运动员的优势所在，对运动员进行个性化的训练。

优秀体操运动员刘璇在从事体操事业的道路并非一帆风顺，在1994年获得世界锦标赛团体第四名后，成绩一直徘徊不前。特别是在1996年亚特兰大奥运会后，她一度情绪低落、沮丧，加上多年的伤病缠身，使她产生了退役的念头。在领导的关怀、教练的鼓励及关注她的人们一如既往的支持下，她又重新燃起了希望的信念。刘群琳指导认真地分析了刘璇的情况，刘璇的优势在于：一是个性特征中的情绪稳定性和适应能力好；二是意志品质坚强，尤其是她具有超常的坚韧性；三是比赛心理能力优秀，其坚韧性、自我实现欲望、自信心、战术策划均达到最高分 10 分，获胜欲望和镇静专注能力比较突出；四是具有世界一流的技术水平，尤其在平衡木项目上有竞争金牌的实力。刘璇的劣势在于：多年的训练和比赛产生了心理疲劳，年龄偏大身体素质能力下降，伤病较多，难以承受大运动量训练（刘群琳，2002）。根据刘璇的情况，刘指导肯定了刘璇多年来为我国体操事业所做的努力和贡献，指出了她今后努力的方向，激发刘璇为国争光的责任心和荣誉感，希望她作为老队员和队长起到稳定军心和带头作用。刘指导还将教练的训练方案、计划和指导思想同刘璇一起探讨，取得共识。在训练中，控制刘璇的运动量，最大程度减轻老伤的恶化和新伤的产生。在重点上突出主项，带动副项，以平衡木为主攻方向，其他三项协调发展，通过这样的安排，刘璇训练的积极性越来越高，训练效果也格外地好，在奥运会前进入了一个稳定的最佳状态。在 2000 年悉尼奥运会平衡木比赛中，刘璇是八名参加决赛的选手中最后出场的一个，前面已经有两名俄罗斯选手得到了几乎难以逾越的高分，但刘璇不负众望，表现出了良好的自控能力和精湛的技艺，完成了全套动作，并且下法落地稳稳地站住不动，夺得了冠军。

有针对性的训练取得了巨大的成功，刘璇的事例表明，高水平训练不能够一刀切，一定要实事求是，因人而异，充分分析、了解每个运动员的特点和劣势，发挥特长才能有好的效果。

金牌教练能够有意识地变换训练形式，根据要解决的问题采用不同的组合。当需要激发运动员的团队精神、提高全队士气时，采取全队集体行动或大组训练；当需要解决某个技术难题时，又采取小组攻关，有时甚至盯住某个运动员的问题，重点突破；对运动员的优势项目，可能拿金牌的单项在训练中经常利用各种机会，让运动员在特殊的条件下进行表现，培养运动员顶住压力、发挥水平的能力。

例如在备战悉尼奥运会的训练中，体操教练员就有意识地安排了男女对成套动作对抗训练。方法是由女队员主动点将，一对一上场，以成功论胜负。一对男女运动员都失败了，以补成套动作进行惩罚；若一人失败，则失败方以零用钱相罚，交给成功了的对手。这种临时的男女配对对抗，增加了紧张气氛，提高了运动员的抗干扰能力和表现能力，特别是有利于锻炼以前比赛发挥不够稳定或有弱项的运动员，使他们逐步形成心理稳定性和积累实战经验。

体操金牌教练还经常变换训练节奏，增加训练的趣味性，在训练课中增加游戏内容，播放音乐，给运动员适当的自由度，增加室外的活动，参加社会公益活动如义演、企业赞助活动等以及非竞技性挑战赛等。通过这些主动的、形式多样的训练变换，有效地调节了运动员的心身状态，为中国体操队备战奥运会起到了良好的作用。

金牌教练善于调动运动员的情绪、激发运动员的积极性。长期的大运动负荷训练，单调、枯燥的运动员生活，很容易使运动员产生体力疲劳和心理疲劳。在这种情况下，消极、被动的训练不仅不能取得良好的训练效果，还会加深疲劳，使运动员产生烦躁、厌倦的心理感觉。金牌教练重视的是训练效果，高健指导经常谈到，体操训练不能够搞长时间磨的疲劳战术，要讲究"训练的效率，提高有效训练时间的比例"。在有些情况下，运动员要取得突破、上新台阶，必须战胜疲劳和伤病才能够实现目标。这时就要采取鼓励甚至高压的办法来调动运动员的情绪、激发运动员的斗志，使他们突破生理和心理的极限，战胜困难完成任务，从而进入到更高的境界。

金牌教练有一双"火眼金睛"，能够敏锐地发现运动员的微小错误，及时纠正错误，用张健指导的话来说就是要做到"三勤",即眼勤、嘴勤、手勤。眼勤是指教练员要始终以运动员为观察的焦点,善于捕捉和发现运动员出现的各种问题,即使是微小的错误也不放过;嘴勤是指教练员要勤于对运动员进行语言指导,讲解动作要领、分析动作关键、指出动作错误等;手勤是指教练员要勤于动手、保护和帮助运动员完成动作。体操是典型的操作技能要求高的项目,运动员的动作都是在教练员的手上托出来的,金牌教练不仅勤于动手,而且具有很高的动手操作能力。

3. 合理有效的大赛指挥能力

所谓比赛指挥是指教练员根据运动员在比赛中所遇到的问题,采取应对措施,引导运动员继续参加比赛的活动。比赛指挥包括赛前指挥和赛中指挥。比赛指挥的形式包括语言提示、表情提示、动作提示。

大赛指挥包括赛前指挥、赛中指挥。赛前指挥,指教练员在比赛前夕对运动员如何参加比赛所进行的周密、细致的安排。包括准备会、小组谈话、个别谈话。其目的是做好战前动员,鼓舞士气,激发斗志;安排作战方案,布置作战方针;做好可能出现的各种情况的应对预案。赛中指挥,指教练员根据赛场上的复杂形势,对运动员所做的临时指导。赛中指导一般在比赛的间歇时间进行,如轮次、项目转换间期、轮次轮换时间等。

金牌教练高超的比赛指挥能力主要表现在指挥的全面性、合理性、及时性等几个方面。

(1) 全面性

面面俱到,周密细致。

(2) 合理性

把握运动员的心理特点,运用的方式、方法有效得当。

中国体操队的教练员在多年的大赛实践中总结出一些成功的经验,指导运动员上场时"只想要领,不想结果",上器械时要"有信心、想好要领、放开做"。"有信心"是指导思想层面,指运动员要相信自己经过充分的训练准备,有能力和实力来完成比赛动作,用积极自信的状态来进入比赛;"想好要领"是技术操作层面,指要求运动员将注意力集中到动作技术环节上来,排除比赛场上的各种干扰,将裁判、观众、对手统统抛到一边,进入无我无他的镇定状态;"放开做"是意志和精神层面,指要求运动员必须以大无畏的英雄主义精神,敢于发挥,敢于表现自己的技术水平,放开手脚,正常或超常完成比赛动作。

(3) 及时性

把握指导的时机,在运动员最需要的时刻给予指导,在比赛的关键时刻进行指导。

4. 严格大胆的管理能力

体操训练、竞赛工作的好坏与运动管理有着密切的联系。运动管理是其他各项工作的保障。运动管理的主体是教练员和管理人员,运动管理工作的对象主要是运动员。本节所讨论的运动管理主要指对运动员的管理,即管理者(教练员)对运动员进行组织、领导、教育、控制,以达到保障训练工作、促进训练效果的过程。

竞技体育是一个特殊的行业,教练员所面对的是运动员这种特殊的群体。运动员既要完成作为普通青少年成长所必须的教育学习任务,更多的时间是用在为提高运动成绩而进行的运动训练之中。有专家认为,竞技体育运动员培养,三分靠训练、七分靠管理。管理心理学研究认为,任何一个组织其管理行为的目标只有一个,即通过对管理对象(这里指人)的最佳的组合,充分调动劳动者的主观能动性,实现其组织活动最佳效益（陈小龙，2000）。

金牌教练的管理能力主要表现在下几个方面。

（1）建立明晰的管理制度

中国体操队根据国家体育总局所颁布的运动员守则、教练员守则,结合体操队的特点就制定了国家体操队运动员、教练员管理条例,宿舍管理条例,运动员外出管理条例等一系列规章制度,提出与训练目标相一致的、严格的行为要求,而且要求教练员、运动员做到的,主教练、干部、党支部成员要带头做到,严明了纪律,强化了管理,赢得了大家的信任。

（2）启发运动员的自觉性

在管理问题上,黄玉斌总教练是这样认为的：没有规矩就不成方圆,在制订管理条例的时候,既要严格规范,还要根据现在年轻人的特点,根据时代的特点,给他们空间。过去没有电视,有了电视以后,当时规定不准看电视,把电视收回来。现在我们不这么做,但你要自觉,因为你第二天还有超负荷训练,如果你完不成训练就是你自己的事情。到了像李小鹏他们这样的运动员,他们有自觉性了,知道自己的位置,宁可今天不看电视也不消耗体力,怕明天完成不了任务,所以在教育之下,很多事情要靠自觉,自动去做。

（3）严格执行制度

钱奎指导认为,定好规矩就要严格执行,带头作用十分重要,教练带头,队长带头。体操队很多教练都是两地分居的,不管在周末还是任何时候,不允许在房间打扑克,玩麻将,如果发现,会进行处罚。曾经有个外省队来国家队训练,队长比完赛喝啤酒,10点以后还不睡觉,跟同屋说话,一会儿把别的屋人也叫醒了,最后跑到女孩儿楼上去跟老乡聊天,破坏纪律。第二天让他看规定,他说我违反了第三条规定,到10点要睡觉,运动员不该喝酒,怎么办？他说任罚,但这还不行,因为在男队和女队都犯了错,必须在这个范围公开检讨,队长说宁可被罚款也不检讨,后来支部通过做工作他想通了,做了检讨,这对大家是很好的教育。是队长,又是党员,他都做了检讨,那么其他人就不会这样去做。体操队在这一点上是很坚决的,纪律要么我们就不定它,制定了就要执行。

（4）注重思想工作的及时性

中国体操队每次大赛前有战前动员、战中动员,还有战后总结,重点是做好每一个运动员的思想工作,解除运动员的心理压力。如在悉尼2000年奥运会的时候,体操队有很大的压力,但也有很大的动力。一定要在2000年奥运会上,用实力来战胜俄罗斯,夺得团体冠军。这始终是体操界、体操人的希望,不想把这个期望移到21世纪。整个中心,包括整个队,尤其是男队确实是斗志昂扬,精神非常饱满。但是在第一场比赛的时候,由于大家太想好了,有时候往往是欲速则不达,跳马出现了失误,在预赛上暂时输给了俄罗斯,当天晚上总局局长袁伟民召集各中心主任、副主任,还有总教练去汇报,做政治思想工作。第二次出场比赛的时候,他们的精神状态跟前一天不一样,前一天压抑、紧张,这次恰恰相反,大家有一种战胜对手的勇气,俄罗斯被我们的气势打下去了,最后获得男团冠军。这都是总局、体操中心、体操队注重思想工作的结果。

(5) 敢于管理尖子运动员

体操队有一个特别的奖罚条例，如果是队领导，或者世界冠军、奥运冠军犯错误要加倍处罚。因为作为领导，或者是冠军，其影响力是非常大的。因此，对于尖子运动员的管理和要求更加严格。

三、金牌教练成材的外在因素分析

我国体操金牌教练的成长，得益于新中国成立以来所形成的繁荣、安定的社会环境，得益于我国社会主义体育事业的蓬勃发展，也与专项运动队环境以及家庭环境有着密切的关系。

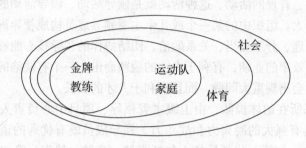

图 2　金牌教练成材环境

（一）繁荣、安定的社会环境

在第 23 届洛杉矶奥运会结束后，世界各国就中国体育所取得的巨大成就进行了讨论。纽约的一家报纸指出："体育反映国力，没有良好的政治领导、安定的社会环境、富足的生活水平、健全的组织，就不可能出现较好的体育成就"（张彩珍，1986）。回顾现代体育发展的道路，可以看到，体育的发展与社会政治经济的发展是密切相关的。现代竞技体育已经成为一个国家和民族的政治、经济、文化及科技等综合实力的"橱窗"。没有强大的综合国力、没有稳定的社会环境，就不可能使体育得到真正意义上的发展。

（二）欣欣向荣的体育环境

新中国成立后，党和国家对体育事业的开展给予了高度的重视和大力支持，使我国的体育事业在旧中国一片空白的基础上，迅速成长起来。正是在这样的良好体育环境下，竞技体育金牌教练就像一颗颗种子在肥沃的土地里生根发芽，茁壮成长。

（三）团结进取的运动队环境

运动队是培养和训练运动员最主要的场所，是运动训练管理最基本的单位。也是金牌教练开展工作的地方。从人才成材环境结构来看，运动队属于小环境。小环境是人才经常工作和生活的场所。在运动队环境中，金牌教练因工作需要而经常接触的人员主要包括领导人员、其他教练员、运动员和后勤工作人员等。在对金牌教练的调查中发现，金牌教练认为坚强的领导核心、开拓远见的领军人物、刻苦上进的运动员队伍、协作竞争的教练员群体和齐心协力的后勤保障是他们成功的重要环境因素，团结进取的运动队为金牌教练的成功提供了一个良好的客观环境。

表2 金牌教练的运动队环境因素

	领导核心	领军人物	运动员队伍	教练员群体	后勤保障
人数	11	10	8	9	9
百分比（%）	78.5	71	57.1	64.2	64.2

1. 有一个德艺双馨、德才兼备的领导核心

在任何一个组织、团体或单位内，都存在运用合法权力，统御、指引其他人为实现特定目标进行组织、管理的活动。这种活动就是领导活动，领导活动的指挥者、组织者就是领导者或领导人。组织中的某一个或几个主要领导成员构成领导班子，也称为领导核心。一个结构合理、分工妥当、关系融洽、团结协作的领导核心能够率领组织沿着正确的方向，取得高效率的业绩，有利于人才的脱颖而出。一个有缺陷的、内耗型的领导班子不仅在工作上会出现重大问题，而且不利于人才的成长。

体操金牌教练所在的体操队，由上级主管领导、项目中心负责人、总教练、领队组成的领导核心具有强大的凝聚力和战斗力，领导成员既有优秀的道德品质，又具备了良好的业务能力。如第一代领导核心包括张健、高健、钱奎，第二代领导核心包括高健、黄玉斌、叶振南等。领导成员之间既建立了高效率的工作协调关系，又建立了亲密无间的人际情感。正是有这样一个德才兼备的坚强领导核心，才造就了一大批金牌教练。

体操项目领导核心的作用主要表现在他们能够从战略高度领会和理解国家体育运动发展的方针、政策；能够从宏观上把握专项运动发展动态和前沿；能够从组织上协调好项目队伍的构成、搭配，形成合力；能够在项目发展的关键时刻发现问题，敲响警钟，作出决策。

体操项目的领导核心成员绝大部分曾经是优秀的运动员和金牌教练。在走上领导岗位后，他们始终保持与体操运动的经常性接触，坚持战斗在专项运动的第一线，对国际体操的风云变换了如指掌；他们重视队伍的管理和教育；头脑清醒，居安思危，具有强烈的"忧患意识"；在训练的组织实施和竞赛的排兵布阵上起到核心作用；并且善于选拔领军人物，如在黄玉斌退役去北京体育大学学习后，张健、高健力选他进入国家体操女队任教，后又及时调到男队主持全队的训练，使黄玉斌成为体操的领军人物，带来了中国体操新一轮高潮。

2. 有一批有能力、有魄力、开拓创新的领军人物

正确的决策必须有优秀的实施者，而领军人物是至关重要的。领军人物是指负责项目组织、训练实施、队伍管理的具体决策人。一般是指总教练、主教练或领队。中国体操队成功的关键因素是任用、造就了一任又一任出类拔萃的总教练、主教练。他们有许多共同之处：事业心强，全身心投入，开拓创新，敢想敢干，尤其在大赛的用兵布阵、临场指挥方面足智多谋，常常出奇制胜，带出一批又一批驰骋国际体坛的世界冠军。

体操领军人物在专业上有自己独特的思想和理念，看得准方向，抓得住重点或关

键；他们有魄力，能够控制局面；有热情、有激情，善于团结同志、调动各方面的积极性，善于做思想工作，发挥每一个人的才能；既能够严厉批评，又能够富有爱心，关心教练员的生活，关心运动员的成长；他们对自己要求严格，带头敬业，一心扑在事业上；能够顾全大局、利益分配公道。

现任总教练黄玉斌将张健、高健这两位前任总教练、著名的领军人物称之为"当家人"。两位领军人物长期以来对中国的体操事业的发展做出了巨大的贡献，特别是起到指引和方向性的作用，全面保证了中国体操向着正确的方向发展。他们都是经验丰富、身经百战的著名教练员，有着极强的自我调节能力，做事光明磊落，对人坦诚相待，勇于承担责任，懂得让步和容纳不同意见。在工作中他们全面、周到、细致的工作作风，利用合理的决策，避免了许多无谓事情的发生，做到了防患于未然。长期注重建立高标准的绩效规范和群体规范。

3. 有一个精诚团结的教练员群体

所谓群体是由两个或两个以上的相互作用、相互影响、相互依赖的个体，为实现某一特定的目标而组成的人群集体（周健临，1999）。一般来说群体具有以下几个特征：一是成员之间存在心理上的相互依存；二是成员之间在行动上彼此直接接触，相互影响；三是各成员之间具有团队意识，具有归属感；四是有一定的组织和角色分工定位；五是成员有共同的目标。良好群体成员能够见贤思齐，看到周围有的同志才能比自己高，就虚心地向他学习，争取赶上、超过他，在多为人民、民族、为国家做贡献上比高低；不良群体成员与这种态度相反，有时妒火中烧，有时设置障碍，使绊子，到头来既害人又害己，损害了整体的利益。

我国国家队教练员队伍的设置一般是项目总教练——男、女队主教练——各组主管教练或教练。金牌教练所在的群体环境包括各组教练员，还包括其他相关人员，如队医、科研人员、后勤人员等。金牌教练的成功，与他们所在的优秀教练员、工作人员群体氛围是分不开的。国家队教练员群体能够团结一致，相互协作，相互补台，共同承担压力，为共同的目标努力；教练员们富有集体观念、集体荣誉感，在利益问题面前，以国家、集体为重；他们还有集体攻关的良好习惯，在技术问题上进行探讨和研究；同时，教练员们不回避竞争，有一种良性竞争气氛；在教练员群体中注重学习，不断更新知识，把握最新信息成为一种自觉的行动准则。

其他人员同样齐心协力地为训练服务，默默无闻地做出贡献。国家体操队的队医安广林同志在50年代中期，为了祖国的体育事业的发展，毅然放弃每月上千元的优厚收入，投身于体育医疗事业之中。为了给运动员治伤，他胸装起搏器，常常连续工作十几个小时。每次给运动员按摩，都是累得汗水淋淋。1981年11月19日，离第21届世界体操锦标赛只有三天多的时间，李宁在鞍马训练时，右脚严重扭伤，眼看就要影响比赛。安广林大夫根据他家祖传秘方配制的药和麝香等调和在一起，敷在李宁的伤处。麝香是一种名贵药材，起到镇痛、消肿作用。出国前，体操队没有领到这种名贵药材，安大夫便将一位华侨朋友送给自己，珍藏了多年一直不舍得用的一点麝香用上了，并将剩下的部分也带在身边，以备不时之需。李宁的伤缓和了，比赛中又不负众望，获得了好成绩，看到这些，安大夫由衷地笑了（李道节，1983）。

4. 有一支刻苦上进的运动员队伍

国家队或国家集训队的运动员都是从地方队经过严格的选拔进来的，他们不仅在身体素质、技战术储备方面有较大的发展潜力，而且在思想深处有远大的理想——为中国的体育事业做出贡献。金牌教练所在运动员队伍的理想，就是要成为世界冠军。正如一位教练所说的，"不想拿世界冠军就别进国家队的大门"。中国体操队的体操房里设立了一个世界冠军榜，在世界三大赛上取得了金牌的运动员的大幅相片悬挂在冠军榜上，每一次出现新的世界冠军都举行隆重的登榜仪式。运动员们都以世界冠军为榜样，以登上世界冠军榜为奋斗目标。因此，国家体操队的运动员都能够以实际行动进行刻苦训练，攻克一个个技术难关，努力攀登世界体操技术高峰。体操运动员队伍具有坚强的意志品质，克服了常人所难以想象的困难。他们不服输、不满足，虚心地向教练学习，能动地接受教练的指导。这是一支有理想、有抱负、有上进心，能吃苦、舍得流汗流血的运动员队伍。金牌教练的成功，也是因为有这样一支特别能战斗的队伍。

（四）全力以赴支持事业的家庭环境

通过对金牌教练进行问卷调查，结果显示，95.1%的金牌教练得到了家庭全力以赴的支持。

金牌教练在为祖国的体育事业奋斗的过程中，不仅自己全身心投入，家人也在关注、在帮助、在支持他们的事业。金牌教练的成功，离不开家人创造的良好家庭环境，正如一首歌曲所唱的那样："军功章里，有我的一半，也有你的一半！"

每个人的家庭情况不同，金牌教练的家人也是用不同的方式来表示他们的支持的。有的家人为了支持金牌教练的事业放弃了自己的事业；有的家人默默地承担起繁杂的家务、抚养子女，创造一个宽松的环境让教练放开手脚干工作；有的家人对教练给予充分的理解；有的家人不仅支持、鼓励教练搞好训练，自己也努力工作，取得了爱情和事业的双丰收。

1982年，张健从江西来到国家队任教已经整整三年了，他的队员在思想上、技术上都有了很大的提高，可他的家至今还安在办公室里，但这些对他来说无关紧要，他的心思没有放在家里。10岁的女儿在作文里写道："有一天，我在家里等着爸爸回来，可我等了又等，却连个人影也不见。我生气了，心里埋怨爸爸不爱我。我一个人看着书，闷闷不乐。又过了很久、很久，爸爸终于回来了。我假装不理他，爸爸看出我的心情，抚摸着我的头说：'我回来晚了，你别生气，我得先把要运动员学会的东西教给他们啊，因为他们要去为国争光啊！'我的气消了，心里对爸爸产生了一种敬意。"

金牌教练高健的妻子罗学莲为支撑高指导的工作做出了极大的牺牲，她认为，"要爱一个人，就要处处为他着想"。罗学莲曾经是国家女篮队的队长，担任后卫，投篮是绝招，组织进攻很有一套。后来，罗学莲调到公安篮球队，当教练兼运动员，一直打到31岁。和高健结婚有了孩子后，她一周回家两次，有时半年不归。高健里外一通忙，白天训练，夜里带孩子，人瘦了一圈，一声不吭。小罗心中隐隐作痛，终于有一天这种痛感凝聚成了一句话，"我下来吧！""我能坚持，孩子两岁半上托儿所，我就熬出来了。""不要两岁半，几个月你就垮了。"小罗知道，丈夫正带李月久、黄玉斌，怎能再让他受家室之累？她虽是体操界的"槛外人"，但她深信：凭高健的事业心，凭高健的能耐，他可以培养出世界冠军。小罗流着泪走出了篮球场，承担了全部家务。个中滋味，难以言表。可是，每当高健拿着新的金牌，深情地对她说："快摸摸它吧"，她的苦、累顿时烟消云散。高健不只让她怀着希望，而且让她满足希望。恰恰是心灵的融合，使小罗离开了篮球队。她的退役，既不是淡泊功名的恬退隐逸，也不是见好就收的急流勇退，而是为了解除丈夫的后顾之忧的退出。这种极其简单、不具个性的退出，是否代表一种自我牺牲？对此，她至今认为，值（潘力，1989）。

中国体操队有一对教练夫妻，他们是潘辰飞和鲍献琴。潘指导是个沉默的汉子，有威信，能镇得住队员，做起事来有条不紊，具有南京人的细腻。鲍指导则热情、伶俐，对事业十分专注。夫妻二人一心扑在事业上，配合默契、协调、不存在什么矛盾。他们对运动员像对女儿一样关心、爱护，他们设计的平衡木动作在世界锦标赛亮相后，被国际体操联合会命名为"杨波跳"，他们指导的著名运动员杨波在1990年10月世界杯体操比赛上获得平衡木冠军。这一对体操夫妻把家搬到体操馆，把爱带进运动场，在事业和爱情上均得到了丰硕成果。

四、体操金牌教练成材的途径

所谓途径，是指路径，通道；也指道路、方法。金牌教练的成材途径是指金牌教练在奋斗直至成功的过程中所经历的特殊道路。他们大多是从小接受多年、较为系统的专项训练，打下了良好的专项基础；在接受专项训练的同时，他们在有限的时间内学习文化知识，形成了特殊的知识结构；在他们走上教练员的工作岗位后，得到了老一辈教练、领导的支持和指点；而且他们战斗在运动训练实践的第一线，积累了经验，掌握了规律；竞赛是检验运动训练效果的首要方法，金牌教练在世界大赛中经受了考验、得到了锻炼。

（一）相应的专项水平

社会需求不同类型的人才，不同类型人才的知识结构和专业基础是不一样的。竞技体操运动员、教练员都是对技能要求高、操作性强的职业，对从业者的专项基础、专项水平就提出了特殊的要求。

1. 接受多年、较为系统的专项训练

我国竞技体操的金牌教练大部分接受了长期、较为系统的专项训练。本研究的数据显示，有78.6%的金牌教练取得过全国比赛前三名及以上的成绩（表3）。

表3　金牌教练运动员时期成绩统计

名次	人数	百分率（%）	累计百分率（%）
世界比赛前三名	3	21.4	21.4
亚洲比赛前三名	1	7.1	28.6
全国比赛前三名	7	50.0	78.6
省级比赛前三名	2	14.3	92.9
其他	1	7.1	100
总计	14	100	

注：其他回答为业余训练、成绩一般和未经训练

根据有关专家对我国运动员奥运成材周期的研究结果（表4）及我国运动竞赛实际情况，取得全国比赛前三名及以上的运动员一般为专业运动员，经历了10年以上的系

统训练。说明大部分金牌教练在运动员时期接受了长期、系统的专业训练，只有13.0%的人训练水平较低或未经训练。

表4 我国运动员的奥运成材期

项 群	男	女
表现准确性项群	14.8	14.5
表现难美性项群	16.5	12.4
隔网对抗性项群	14.5	14.3

（陈兵、田麦久，1992）

调查还发现，有68%的金牌教练认为系统的专业训练使他们对专项运动有了亲身感受和直接的体验，63%的金牌教练认为这种训练使他们对专项产生了深刻的认识，51%的金牌教练认为系统的训练使他们在教练员工作中能够把握专项运动的制胜规律，34%的金牌教练认为系统的专项训练使他们在教练员工作时期缩短了成功的周期（表5）。

表5 运动员时期系统训练的作用

	对专项有深刻的认识	有亲身的体验和感受	能够把握制胜规律	缩短了成功时间
人数	9	12	10	9
百分比（%）	64	86	71	64

这种系统的专业训练使他们对专项运动的基本规律有较深刻的理解，对技术、战术有全面的认识，对专项运动有切身的体验。这些为他们以后的教练员生涯打下了良好的基础。

2. 取得了优异的运动成绩

在本研究所调查的金牌教练员中，有37.0%取得世界比赛前三名，13.0%取得亚洲比赛前三名，37.0%取得全国比赛前三名。可见大部分金牌教练在运动员时期取得过优异的运动成绩，是当时的佼佼者。

金牌教练运动员时期取得优异运动成绩的经历，在两个方面对他们日后成为金牌教练产生积极的意义。第一，建立了强烈的自信心。第二，确立了较高的起点。

（二）求知好学、注重成效的知识积累

1. 具有强烈的求知欲望，多渠道增长知识

竞技体育运动训练与文化学习始终是一对不易调和的矛盾，作为儿童少年的一部分，运动员同样是我国社会和经济建设的接班人，接受文化教育是一种义务和责任。1957年2月，毛泽东在最高国务会议第十一次扩大会议上指出："我们的教育方针，应该使受教育者在德育、智育、体育几方面都得到发展，成为有社会主义觉悟的有文化的劳动者。"但是，参加运动训练需要大量的时间和精力，如果不能合理地分配，有所侧重，就难以实现运动训练的目标。我国从20世纪50年代初期就陆续建立了运动员制度，组建了一部分项目的国家队（乒乓球、游泳、羽毛球1954年，体操1955年）。从

1956年起，开始在全国建立青少年业余体育学校。为了保证运动员既能够接受必要的文化学习，又能够很好地参加运动训练，我国竞技体育领域采取了一些独特的方法。在业余体校、运动技术学校和专业运动队采取了"亦训亦读，两条腿走路""抓主干课程，部分时间学习"的办法。具体的学习时间安排见表6。

表6 我国不同阶段运动员文化学习与训练时间安排

类别	文化学习时间段	运动训练时间段
业余体校	上午，下午5、6节，晚上	早操，下午7、8节
运动技术学校	上午，晚上	早操，下午
省市专业队	周二、四上午，部分晚上	早操，部分上午，下午
国家队	部分上午，业余时间	早操，上午，下午

随着运动训练阶段的发展和水平的提高，运动员参加文化学习的时间逐渐缩短，这种状况并没有阻碍金牌教练的成功，他们通过其他途径获得知识。这些途径包括。

① 抓住了主干课程的学习。所谓的主干课程包括语文、数学、政治等。主干课程的学习保证了运动员获得阅读、写作、运算等基础知识和技能。

② 写训练日记和生活日记。作为训练的一部分，运动员都被要求写训练日记或生活日记。长期写日记大大提高了运动员的写作能力，同时也提高了运动员的自我分析、自我评价能力，这对于运动员设定目标、自我激励有重要的作用。

③ 结合运动训练学习知识。在运动训练过程中，需要运动员的心智活动参与训练。运动员必须开动脑筋，体会动作要领才能更好地领会和掌握动作技术。对竞赛规则的学习、训练状态的分析、伤病的防治等都有利于运动员学习专业知识和生活常识。

④ 运动员走南闯北，见多识广。运动员经常要参加在各地举行的各种比赛、访问、集训。他们可以参观名胜古迹，领略风土人情；他们经常受到新闻媒体和体育爱好者的关注，比其他群体的同龄人有更多增长见识、扩大眼界的机会。

2. 参加继续教育，得到进一步提高

金牌教练在全力以赴搞好运动训练工作的同时，还十分注重学习和提高，参加各种形式的成人教育，通过继续学习来提高业务水平。他们参加的学习有：各个项目的教练员岗位培训班；高级教练员短期培训；体育院校的本科、大专学位课程；体育函授课程；其他大学的有关学位课程；国际专项教练员短期培训等。经过学习，金牌教练大部分取得了大专以上的文凭（表7）。

表7 体操金牌教练受教育程度

	人数	百分比（%）	累计百分比（%）
本科	2	14.3	14.3
大专	11	78.6	92.9
中专	1	7.1	100

3. 见缝插针地进行自学，补充、更新知识

体操金牌教练还十分注意利用点滴时间见缝插针地进行自学。他们结合专业需要，结合工作需要，在实践中边探索边学习，及时补充和更新知识。在访谈了解到体操金牌教练通过自学掌握的知识包括有关运动员急性损伤的救护、病理知识、运动心理、运动管理、运动解剖学、运动生理学、音乐舞蹈知识、体操专业英语等。通过不断的自学，提高了金牌教练的知识水平，为搞好训练工作提供了科学的翅膀。如有一次李小双在参加奥运会的测验赛时脚踝压了一下，小双以为伤得很严重不能参加测验，急得流泪，高健指导根据所掌握的运动医学知识和积累的经验，检查后告诉小双只是骨骼的脂肪垫轻微压伤，问题不大，以前李月久也曾经受过类似的伤，坚持一下是可以继续的，李小双果然坚持下来，在测验中有突出的表现。女队主教练陆善真指导对把握女运动员的生理、心理特点和变化有着丰富的经验，能够根据女运动员的实际情况安排照常训练、减量、调整、休息，及时做好思想工作等，陆指导认为这些方面的知识大多是平时结合训练需要通过自学得到的。

（三）得到"名师"的指导

在许多行业里都有这样一种现象，即著名的师傅带出优秀的徒弟。这种师徒相承、人才连续出现的关系就是"人才链"。在古代中国多称师傅与徒弟，其实就是老师与学生的关系。师徒型人才链的特征是师傅与徒弟的才能类型基本一致，才能与贡献都得到社会的承认。在技能学习、知识传承的过程中，学徒的德识才学得到经验丰富的师傅的指导、点化，从而使他们比其他人少走弯路，能够较为顺利地成长。正因为在职业岗位上老师的指导对人才的成长具有十分重要的意义，所以"师承效应"被人们称之为人才走向成功的奥秘。美国曾经有研究表明，一半以上的诺贝尔奖获得者曾经跟随高明的老师学习过，而且跟随高明老师学习的人比跟随一般老师学习的人获奖时间平均提前七年。师承效应是促使人才走向成功的奥秘。在诺贝尔医学奖多人合作获奖者中，不乏师承效应的例证，如美国的约瑟夫·兰格、赫伯特·加色，师生两人合作研究，推动了电神经生理学研究的发展，获得了 1994 年度诺贝尔医学奖。

作为徒弟或学生，重点不是学习老师的知识，而是学会真正能够解决问题的方法，在工作标准、思维方式上学到精髓。有的科学家认为，这一过程远远超出了通常意义上的教育或训练，是一个被称之为"社会化"的过程。跟随老师学习，最重要的是学会辨别有价值的研究方向，研究课题。高明的老师不是无休止地在细节上手把手地教，而是指明在什么地方可以做出重要的事情，并且善于将复杂的事情简明化，进而使学生将精力重点放到问题的主要因素或实质部分。

在竞技体育金牌教练的成长过程中，都得到了老师（教练员）的指导，他们成功之后，又带出了新一代接班人。形成了项目的人才链，从而保证了人才荟萃、人才辈出的良性发展。以下是体操项目主要教练员人才链：

宋子玉——张健、高健——陈雄、黄玉斌

周济川——钱奎——陆善真、鲍献琴——刘群琳、刘桂成

在竞技体育领域中，并不存在传统意义上的师傅与徒弟的契约关系，也没有高等教育系统中规范的导师制度。在体操金牌教练的成长过程中，名师实际是指有经验的老教练、懂业务的领导、总教练、主教练、取得突出成绩的教练等。接受指导的过程和形式

也是多种多样的。

1. 在各类培训课堂上学习

岗位培训是提高教练员业务能力、获得上岗资格的一个重要途径。体操项目建立了较为规范的教练员岗位培训体系，制订了教学大纲、出版了岗位培训教材。岗位培训的形式为脱产、半脱产、函授、电化教学、自学与面授相结合等。在岗位培训中，请著名的教练、权威学者亲自授课。张健、高健都多次在教练员岗位培训班上讲课，使参加培训学习的各级中青年体操教练员有机会当面接受这两位著名体操教练的指教。此外，由体育总局每年举办的高级教练员研讨班、高级人才培训班也是金牌教练进行学习、交流、提高的重要途径。

2. 在业务活动、专题讨论、经验介绍中得到教益

体操项目有一个良好的传统，就是定期或不定期对业务工作进行检查、总结。国家队的教练员们以总教练、男女队主教练为首组织业务活动，对技战术问题、发展方向问题、有时甚至是某一个队员的个别问题进行研究和讨论。请有经验的老教练、有突出特色的教练介绍经验。有时针对某些问题展开讨论。在这些业务活动中，金牌教练学到了自己所需要的东西。

3. 在训练、竞赛的实际工作中主动向名师请教

教练员的工作千头万绪，选材、训练、竞赛、管理必须面面俱到，不能有任何疏漏。如何在工作中减少失误，提高工作效率，金牌教练特别注重在实践中向有经验的教练员请教。

4. 在实践中通过观察，借鉴和模仿名师的方法

实践性强是竞技体育从业人员的工作特点，金牌教练还十分善于在实践中"偷师学艺"，通过观察、借鉴和模仿世界各国优秀教练员的言行举止，学习好的方法应用到自己的工作中。有时甚至其他行业、其他项目的专家或教练员的先进经验，金牌教练都能够学习并且应用到训练工作中。如为了解决运动员纵轴转体的技术问题，就学习和借鉴了跳水队转体的技术和训练方法。

（四）主持高水平的运动训练实践

竞技体育的一个显著特点就是运动成绩的表现性。运动员通过训练不断提高的竞技能力只有通过运动竞赛的形式，规范地、公平地、公开地表现出来，才能得到社会的承认。教练员的工作成效在很大程度上是通过其所训练和指导的运动员在运动竞赛中的优异成绩来间接体现。运动员的成功就是教练员的成功，这种成功必须建立在长期的运动训练实践的基础之上。竞技体育金牌教练的成材是通过高水平的运动训练实践实现的。所谓高水平运动训练是指教练员所负责的运动员处于高级训练阶段，具体指专项提高阶段、最佳竞技阶段和竞技保持阶段。

运动员在接受了 4~6 年的系统专项训练后，机体能力已经得到了较为充分的发展，能够熟练掌握运动技术，具有参加艰苦训练与激烈比赛所必需的心理品质，各方面都臻于成熟，竞技能力接近或达到高峰，进入最佳竞技阶段。运动员进入最佳竞技阶段并不等于优异运动成绩，必须进一步加强训练，参加运动竞赛，在适宜的条件下创造优异运动成绩，这是一个十分艰苦、复杂的过程。这一阶段训练的效果，决定了运动员运动生涯是成功还是失败。国家投入了大量的人力、财力、物力，个人付出了多年艰苦的奋

斗，付出了心血和汗水，理想和目标能否实现，能否有一个合理的回报，都取决于这个阶段。同样，当运动员取得了一次优异运动成绩后，如何保持竞技能力的持续发展、尽可能延长运动寿命也是这样的过程。金牌教练在这个过程中起到了十分关键的作用。

1. 金牌教练是运动员训练的主要指导者

金牌教练指导的对象是国内最具有潜力的优秀选手，这些选手通过各种途径被选拔到国家队，在金牌教练的指导下参加高级训练。运动员的高级训练通常是以准备参加一次或一系列重大国际国内比赛为周期进行规划和组织、实施的。国际重大比赛一般以四年或两年为一个周期，运动员的训练要依据比赛的要求来进行准备。在这一阶段里，教练员必须是运动员的直接指导者。

其一，教练员只有在长期的训练过程中对运动员进行接触、观察、了解，才能全面地把握运动员的特点，发现运动员的优势，从而设立切合运动员实际的目标，制定出切实可行的训练计划。

其二，只有通过具体的训练活动，才能使教学双方相互磨合，找到适合运动员个体的最佳训练模式，发掘最大潜能。

其三，教练员通过卓有成效的指导，可以在运动员心目中形成权威，建立威信，从而在运动员需要时及时给予心理支持。从运动员方面来说，运动员对教练员的尊敬、佩服、爱戴往往是保证训练持续进行的重要条件，如果一个教练员得不到运动员的认可，那么训练活动就不可能有效进行。在运动员遇到技术问题或处于极度疲劳时，教练员的威严可以激发运动员的潜能，突破极限，取得飞跃；当运动员出现心理问题时，教练员的情感又是化解运动员的顾虑、解决思想包袱的有效武器。

教练员的权威性是心理训练顺利实施的重要保证。由教练员实施心理训练，能取得更为理想的训练效果（张云贵，1994）。教练员实施心理训练的有利条件还表现在，教练员很了解运动员生活及训练中所存在的问题，能及时发现并找出问题的关键所在。教练员对专项技术的深入研究，能很好地将心理训练与技术训练有机地结合在一起，能把心理训练渗透到技术的时间、空间、节奏、力量和美感等各个环节之中，从宏观上可对技术动作进行调节和控制，从微观上可使技术细节得以完善和提高。因此，由教练员具体实施心理训练方案可以避免心理训练不能直接渗透到技术训练过程中的不足，也可以避免心理训练不能对技术性极强的动作细节进行调控的弊病，因而可以取得理想的训练效果。教练员树立威信、建立情感不是也不可能一蹴而就，需要时间，需要在长期的训练实践活动中积累、发展。过于频繁地更换教练员不利于运动员的顺利成长。

运动员从选材、基础训练到高级训练一般要经历业余体校、省市专业队再到国家队这样一个过程。体操运动员的成长通常也要更换多位教练员，但金牌运动员的产生主要是金牌教练具体训练、指导的结果。如童非、李宁是在少年时期就跟随张健指导训练，陆莉是熊景斌指导从选材开始，一直训练到国家队成为世界冠军。由于种种原因，地方队运动员的技术水平还不足以和世界各国高手抗衡，因此，运动员从地方队选拔到国家队后，需要一个全新的、高层次的训练过程才能进入竞争世界冠军的行列。在这个过程中，金牌教练的训练指导思想、训练目标设计、训练规划和计划的制订、训练的安排和实施都通过具体的每一次训练课、每一个动作中实现、完成，金牌运动员的成功凝聚着金牌教练多年的心血和汗水，刘璇在采访中就说道，她的成功要归功于陆善真和刘群琳两位教练多年的指导，"他们不仅教给我技术，还告诉我许多做人的道理。"

2. 金牌教练对运动员的训练有独到之处

(1) 金牌教练追求创"精品"、出"绝招"

体操金牌教练对体操运动的制胜规律有着深刻的认识，他们的理念是"人无我有、人有我精、人精我绝"，黄玉斌就经常要求运动员必须出精品、极品，有绝活。所谓的精品和绝活就是中国运动员的动作要有自己的特点，要比其他国家运动员的动作高一个档次，做出别人完成不了的难度，表现别人没有的风格。在抓精品动作方面，金牌教练着重抓动作的规格质量、成套动作的成功率和落地稳定性。在大赛前的训练中，黄玉斌就特别重视准备活动结束后第一套动作的成功率，对成套动作成功并且落地站稳的运动员给予表扬和奖励，如果出现失败就进行惩罚并要求补上。正是这种"精品意识"，使我国体操选手在世界大赛上表现出动作优美、气质高雅、成功率高、稳定性好的特点。如童非的自由体操、黄力平的双杠、陆莉的高低杠、杨波和刘璇的平衡木就是精品的典型。在出绝活方面，金牌教练突出了难度的创新，有敢为天下先的勇气和胆略。只有做出了其他国家运动员没有的或者没有勇气在比赛中使用的动作，才能征服裁判和同行，夺取冠军。体操比赛中有一个规律，只要拿出高难动作，在比赛时做得干净漂亮，冠军就十拿九稳。在黄玉斌刚刚到男队当教练时，他决定从"一招鲜"入手，针对每个队员的具体情况，安排在各自的强项上发展难新动作。李春阳在单杠上练成了"反握大回环屈体前空翻二周抓杠"，李敬在双杠上完成了"希里夸尔接前空翻二周挂臂"。这两个动作在当时是独一无二的。在1989年德国斯图加特世界锦标赛上，李春阳和李敬分别获得了单杠和双杠的世界冠军。在巴塞罗那奥运会上，李小双用震惊世界的"团身后空翻三周"夺得自由体操的冠军；中国男队鞍马全旋技术身体直、重心高、幅度大、节奏流畅，成为领导鞍马潮流的队伍；中国女队的高低杠技术难度大、连接巧妙复杂、动作规范轻盈，是世界上最具竞争力的项目。

(2) 金牌教练能够处理好突出特长与技术全面的关系

特长是运动员战胜对手的杀手锏，是取胜的法宝。体操金牌教练在训练中，很好地处理了特长与全面的关系，既要突出特长，又要顾及全面。突出特长是第一位的，但是它与全面技术之间的差距不能大，只能形成第一与第二的关系，不能形成特长与特短的关系。中国体操队在处理特长与全面的过程中主要考虑以下几个关系：一是团体与单项的关系。在中国体操水平还比较落后的阶段，在注重整体实力的前提下，金牌教练将突破点放在单项上，中国体操首先取得世界性突破的是女子高低杠、男子吊环。在单项突破成功后，才在1983年首次取得团体冠军。在中国体操队成为世界强队后，夺取团体冠军则是主要目标，队伍的配备、运动员的选择首先要服从这个目标，然后再考虑单项的争夺。团体冠军是整体实力的集中表现，近年来，中国体操男队连续在世界锦标赛、奥运会上夺得团体冠军就是这种王者之气的体现。二是全能与单项的关系。近年来，由于体操规则的变化，允许运动员只参加单项比赛，在许多国家出现了一些"单项"运动员，即有些运动员放弃大部分项目，只专心训练一两个项目。我国比较典型的是天津运动员董振，他的吊环是世界一流水平，其他项目则相对较差。在国家体操队十分注重运动员的全能实力，在全面发展的前提下，突出单项。李小双在1996年亚特兰大奥运会上战胜俄罗斯运动员涅莫夫夺得全能冠军，这块金牌就有着极重的分量。现役国家队运动员如杨威、黄旭、邢傲伟、腾海滨等都是具备了很强全能实力的选手。全能型选手代表着整体实力，在参加世界大赛中，能够首先在气势上压倒对手，同时也有利于排兵布阵，发挥每个人的特长，从而在各种比赛中夺得大面积的胜利。三是单项技术全面与绝招的关系。在具体的单项中，同样存在全面与特长的问题。这里的全面是指技术类型的全面，即必须达到和满足规则规定的技术类型，不能形成弱点，在成套动作的起评分方面要达到 10 分起评。在此基础上，鼓励运动员有自己的独创性绝招。

（3）金牌教练注重基本功训练

身体素质和基本技术是基本功的主要内容，是运动员发展高难动作、冲击世界前沿的基础。金牌教练在训练中特别注重打好运动员的基本功。在打基础的训练安排上，舍得花时间，敢于下力气，能够处理好基本功训练与高级技战术训练的关系。

首先，他们在认识上超越了急功近利的思想，把目标锁定在世界最高水平，将对手定位在各国优秀选手。因此他们对有发展潜力的青少年苗子不急于让他们冲击高难度，不急于让他们出成绩，在基本功打好之前，能够顶住压力，潜心修炼。一般说来，运动员进入国家队后的主要任务是取得优异的运动成绩，但鉴于基层训练与国家队训练的指导思想存在一定的矛盾，入选国家队的年轻选手技术上仍然存在不同程度的缺陷。这种缺陷在眼前看不出多大的问题，但在技术发展到一定的高度时，就会成为阻碍运动员继续提高的"瓶颈"，在与世界级对手的抗争中就会落于下风。因此在国家队经常看到运动员不厌其烦地训练一些基本技术，如鞍马的全旋、双杠的摆浪、单杠的前后大回环、自由体操的踺子后手翻后空翻、前手翻前空翻、高低杠的大回环等。其次，金牌教练在进行基本功训练的具体实施过程中，对技术抓得细致、严格，一丝不苟，不放过任何微小的错误。还特别强调技术的规范性和熟练性。张健、高健指导特别注重体操运动员的基本姿态和基本技术的正确性，对体操动作的主要错误归纳为"钩、曲、分、动、擦、碰、停、掉"，其中大部分是必须在基本功训练中解决的问题。李敬在双杠上是强项，动作难度大、姿态好，曾经获得过双杠的世界冠军，但在训练中，高健和黄玉斌两位指导仍不放松对李敬双杠的严格要求，他们有一个特点就是对运动员的强项尤其抠得细。有一次训练课上，高指导又盯住了李敬，专门盯他爱分腿的毛病。李敬在双杠上有时有一种优越感，就算一点小毛病也是"过得去的"，但高指导就偏偏不放过这点小毛病，对李敬的不在乎，一贯和蔼可亲的高指导将一杯酸奶摔在地上，严厉训斥他"对0.1的扣分认识不够"。正是这种充分认识、珍惜每一个"0.1 分"意识的指导，才训练出了中国体操动作规范、正确，姿态优美的风格，才能在世界大赛中屡夺金牌。

（五）经过世界大赛的锤炼和考验

运动竞赛是竞技体育工作的最后一环，也是检验运动训练成效的终极手段。运动员的竞技能力通过比赛来得到承认，教练员工作也必然要通过比赛来得到证明。毋庸置疑，金牌教练能够成功地指导运动员的训练和竞赛，然而，金牌教练的成功之路也不全是一帆风顺的，也要经过各种大赛的考验和锤炼。

体育竞赛按照重要程度可分为一般比赛和重大比赛。世界大赛包括亚运会、世界杯赛、世界锦标赛和奥运会。随着比赛重要程度的增加，社会各界对本国选手的关注程度也不断上升，运动员所要承受的压力也必然增加。另外，世界大赛聚集了来自世界各地的顶尖高手，竞争的激烈程度也远远大于一般比赛。这些因素无疑加大了运动员在比赛中发挥平时训练水平的难度，教练员在竞赛中的指挥对运动员的发挥有着重要的影响。

按照动作结构特点进行分类，体操属于多元动作结构固定组合类项目，这类项目要求运动员在比赛中完整地"再现"训练中千百次重复练习的动作组合，即成套动作。由动作难度、动作编排等构成的起评分是物质基础，这些物质基础还必须通过比赛发挥来表现出来，得到裁判员的评判。这类项目比赛要以我为主，稳定的发挥是关键。

1. 周到、细致的赛前准备

运动员参加世界大赛的目的是要将平时的训练水平在比赛中发挥出来，取得良好的成绩。然而，任何一个细小环节上的疏漏，都可能影响比赛的发挥。金牌教练特别重视在赛前做好各方面的准备工作，减少非竞赛因素造成的影响。

（1）培养运动员对竞赛环境的适应能力

比赛场上的气氛与平时的训练是大不相同的，可能出现许多平时从来不曾遇到或想到的事情，如果运动员准备不足，就会临时惊慌失措，方寸大乱。金牌教练十分注意在平时的训练中，特别是在赛前准备过程中运用多种手段，有时甚至故意出难题来锻炼运动员适应比赛场环境的能力。

运动员需要面对的赛场环境包括赛场的场地、器材的摆设、方向、灯光、风向、声响、观众情绪、裁判行为、赛程压力等。

● 金牌教练提高运动员对赛场环境适应能力的主要做法

加压和减压训练。有意识地在训练中对运动员施加压力或减轻压力，以达到提高运动员承受压力的能力。如黄玉斌指导经常对中国体操男队运用加压和减压办法来提高运动员的抗压能力。

改变环境训练。包括到一个陌生的场地训练或测验；变换器材摆放的方向和布局；变换训练时间等。

模拟竞赛环境训练。人为创造接近比赛的情景，提高运动员的抗干扰能力。如体操教练经常采用播放国际大赛的现场录音、组织敲锣打鼓制造噪音、邀请有关人士观看测验等手段。

在参加美国加州阿纳海姆第37届世界体操锦标赛前两个月，中国男子体操队的一切工作都在针对男子团体预赛的抽签结果上。中国队抽到一个下下签，于上午9点第一场比赛出场，早场比赛，队员难以进入状态，裁判刚刚开始工作，没有其他比赛队作为参考，给分手很"紧"。男队的做法是：把每天的训练重心从下午调到上午9点，要求队员进场就能兴奋；上场前不做准备活动，甚至要求队员刚从体操房二楼下到一楼，就要立刻上场完成整套动作，还要保证成功率；不断变换训练场地和器械，学会在"生地"比赛也能保持良好的竞技状态。想到美国观众的"热情"会制造出惊人的"噪音"，国家队特意录制了"噪音磁带"在训练中播放，为队员营造比赛气氛。这种方法有效地提高了运动员的抗干扰能力，为比赛的正常发挥起到了很大的作用。

增加难度训练。要求运动员不做专项准备活动就直接进入常套，对第一套的成功与失败进行特殊的奖励和惩罚。就一套动作与运动员进行打赌，培养运动员的取胜欲望。在有领导视察、客人参观、家人来访时，利用机会让某个运动员"来一套"，培养运动员的表现意识。在备战2000年奥运会的一次训练中，李小双来到体操房观看训练。黄玉斌不失时机地抓住这一机会，有意识地把训练情况，特别是正在进行的单杠以较大的声音（有意让队员听见）告诉小双，李小双马上心领神会，就问全体运动员："怎么样，敢赌一把吗？"黄指导也马上说："大家听到了吧，师兄发出了挑战，你们敢不敢应战？拿出点样子来！"（以此激励运动员的表现欲望）对此，全体运动员反应了极强的应战情绪，纷纷击掌、呐喊，接受挑战。李小双是运动员心目中的英雄，威望很高，他的到来本身就是对运动员的鼓舞，黄指导抓住机会又给运动员提出要求，使运动员在心理压力加大的情况下进行训练，这一加压训练对锻炼运动员的比赛发挥能力是具有良好作用。

(2) 在日常生活中提出要求，培养运动员对生活环境的适应能力

运动员在参加比赛的过程中，除了竞赛环境有关键影响外，生活因素也会对运动员产生很大影响。运动员有一大部分时间是在比赛场外度过的，比赛场外的行为也会影响比赛的发挥。金牌教练在生活上也十分注意培养运动员的适应能力，主要在吃西餐、倒时差、治病用药、个人习惯等几个方面加以特别的关注。

2. 充满智慧的排兵布阵

参加世界大赛，运动员必须具有相当的实力才能有取胜的基础。但是，如何合理地发挥每一个运动员的优势与特长，在竞赛中产生群体合力，与教练员的用人方略、布阵技巧有直接关系。

我国自古以来就有许多通过合理排兵布阵，巧用谋略而取胜的史实。如春秋战国时期著名的"田忌赛马"，就是典型的事例。金牌教练在大赛的用人、排兵布阵方面花费了大量的心血，表现了超人的智慧和胆识，取得了无数可圈可点的成功战例。体操金牌教练在排定如何用人、难度的使用和增减、每一项谁打头炮谁排在后面等问题上也有很大的学问。

● 中国体操队的用兵方案

1983 年 10 月，在匈牙利首都布达佩斯体育场旅馆 317 房间里躺着三位中国教练。他们都吃了安眠药，但是仍然翻来覆去不能入睡。这是第 22 届世界体操锦标赛举行的日子。张健、高健、杨明明三位教练员从到达的第一天起，无论在房间、餐厅还是在其他场合，他们总是形影不离。参加一次国际大赛有许多重大问题需要考虑、反复研究。为了能够争取更多的时间在一起商讨问题，原来住在隔壁的杨明明教练干脆把被子抱过来，三个人挤在一起。

排出一份参加团体赛的理想名单使他们费尽心机，此刻出场名单有了，出场顺序该怎么排？既要从运动员的技术情况出发，又要分析他们的临阵状态，还要讲究策略……任何一个细小环节稍有疏忽，就有可能影响大局。

在团体赛中，被排在第一个出场的运动员，在分数上肯定要吃亏。从过去比赛的情况看，裁判给第一个人的评分往往比较低。但是，在考虑谁打头炮的关键时刻，三位教练员一切从打好团体仗的大局出发，通盘考虑。李月久是高健的队员，高健却建议让李月久跳马打头阵，理由是：跳马是中国队的弱项，却是李月久的强项，只有用强项的运动员去打头炮，才能提高起评分，为后面的运动员"开路"。团体赛的出场名单，谁排在中间、谁排在最后，都有文章。第三、第四个出场的运动员，要挑起承上启下的担子。他们的成败，在分数上和精神上，对后面的同伴影响极大。三位教练经过反复研究，大胆地让新秀许志强挑起这副担子，有四项安排他第三个出场。名将李宁、童非技术水平高、知名度大，基本上被安排在第五、第六的位置。他们的任务是唱好"压轴戏"，夺取每一项的高分。

果然，李月久的头炮打响了。一般第一个运动员的得分最高在 9.6 分，他却得了 9.8 分，随后的李小平也得了 9.8 分。许志强和楼云越比越自信，自选动作做得更好。

李宁和童非也沉着冷静地完成了动作。最后，以 0.1 分的优势，有史以来第一次战胜世界劲旅苏联队，夺得世界锦标赛男子团体冠军，实现了历史的跨越。

1953 年苏联体操队访华后，中国有了体操项目，可以说苏联队是我们的老大哥。三十年的学习和努力，几代体操人的奋斗，终于有了成功的果实。我们能够站在领奖台的最高处，升国旗、奏国歌，是教练员、运动员刻苦训练、勤奋拼搏的结果。周到慎密的思考、细致反复的研究带来了合理的安排，这其中蕴含着金牌教练的大智慧，体现了金牌教练的过人胆识，也反映出教练员们心向祖国、顾全大局、默契配合的高尚情操。

3. 临危不乱、承受压力，为运动员做出榜样

在世界大赛上，教练员始终是运动员目光的中心，教练员的一举一动都对运动员有很大影响，如果教练员表现得六神无主、坐立不安，那么运动员心里就开始紧张、急躁、丧失信心，而对手就会士气大振。如果教练员精神振奋、安稳自信，运动员就会感到心里踏实、不慌不忙。这也会给各路高手一种压力。金牌教练深知在世界大赛的赛场上教练员的行为、动作，甚至是一个眼神、一个面部表情的重要性，因此，尽管他们同样承受着巨大的精神压力，但他们却能够很好地控制自己，临危不乱，给全体队员做出良好的表率。

在美国加州阿纳海姆第 37 届世界体操锦标赛的赛前训练中，滕海滨在单杠上做"直体特卡切夫腾越"一只手没有抓住杠，摔了下来。一般情况下这种失误司空见惯，不会有事，但这次却出了问题，滕海滨左膝关节髌骨脱臼。临阵折将乃兵家大忌，高健和黄玉斌的心一下子被提了起来："赛前训练最怕队员受伤，更何况伤的是滕海滨！"滕海滨是新人，他的技术要领正确，没有大的缺陷，是全能型选手，年龄虽小，但比赛沉稳。让他参加世界锦标赛是体操队的一招"重棋"，目标是要争取明年奥运会的参赛权，他的状态如何，直接关系到体操队整体战役的部署。体操房内一时一片寂静，大夫为滕海滨做紧急处理，教练员、运动员脸色凝重。高健不露声色地示意照常训练，中国体操队开放式训练，有很多人参观，他知道其中必有主要对手美国队的"密探"。按照安排，晚上体操队全体去著名的迪斯尼乐园附近观看"世界巡回马戏团"的表演，这个表演场地正是比赛的场地，代表团的考虑是既要缓解全队的紧张气氛，又要让队员熟悉场地。

临出发前，黄玉斌征求高健的意见，："高指导，我就不去了吧？"滕海滨是大黄的爱将，他受伤，黄玉斌哪里还有心思去看马戏。高健说："大黄，全队都在看着我俩，你一定要去。"黄指导立刻明白了，换上休闲服，带领队员看马戏去了。坐在看台上的高健和黄玉斌，脸上带着微笑，似乎被精彩的节目吸引住了，其实他们一眼都没有看进去，脑子里一直在高速运转，怎样安抚队员，减小滕海滨受伤对全队的影响，防止不测，争取最佳的结果？要不要立即从国内补充一个新的人选补充实力？

高健和黄玉斌作为代表团的领导和总教练在临赛出现突发事件的严峻形式下，仍然表现得镇定从容，极大地稳定了全队的军心，将负面影响减小到了最低限度，对中国队在后面的比赛中夺得男子团体冠军，获取五枚金牌起到了重要作用。

4. 善于控制和调节运动员的心理状态

体操比赛中运动员要在众目睽睽之下，独自一个人上场完成动作，其心理压力之大是其他项目运动员所难以体验的。运动员最紧张的一段时间就是上场前的几分钟，在这段时间里控制运动员的心理状态，减轻运动员的心理压力，使运动员尽可能不受干扰，

正常发挥是金牌教练取得成功的又一个重要因素。控制和调节的方法主要有环境隔离、信息回避、信心激励、自我暗示和肌肉放松。

环境隔离是指在比赛上场前将运动员安置在一个相对脱离比赛的环境里，使运动员暂时与赛场脱离，不受比赛环境的影响。如运动员可以到更衣室、看台背后或听音乐等。熊景斌指导就长期要求陆莉在上场前不看比赛，不听比赛的声音，在后场进行默念。

信息回避就是指要求运动员不要打听比赛的分数，不计算成绩，不观察前一个运动员发挥的情况，对比赛进程不过多去了解，将注意力集中到自己的动作要领上。

信心激励是金牌教练在运动员临上场前对运动员给予的最后鼓励性指导，一般是"我相信你能行""放开做"等，也有时是针对运动员的动作关键进行简短的提示。如在 1992 年巴塞罗那奥运会男子自由体操决赛中，决定李小双要用超高难动作"团身后空翻三周"，练习时李小双这个动作稍微有点问题，上场前，黄玉斌指导没有多说什么，拍拍小双的肩膀，说了六个字："敢起、敢转、敢站！"黄指导的指导语言简短有力、切中关键、富有激励，使李小双获得了精神力量和技术支持，从而成功地完成了"团三周"，获得了奥运会冠军。信心激励有时也可以是无声的动作，如拍拍肩膀、击掌，帮助运动员上器械后在腰侧拍一拍等，都有助于运动员增强信心。

自我暗示是指要求运动员默念动作要领，脑海里回想自己完成的最好的一套动作的详细过程（也称过电影）。自我暗示必须在平时训练中经常进行，使运动员养成习惯，形成严格、熟练的模式，这样在比赛中才能受到良好的效果。熊景斌教练在训练中就经常要求陆莉进行自我暗示，并且用秒表测量陆莉实际成套动作时间和默念时间，设定最佳完成时间高低杠为 26 秒钟 ± 2 秒钟，平衡木为 1 分 17 秒 ± 3 秒钟，自由体操为 1 分 23 秒 ± 4 秒钟，默念时间也必须达到这个要求。通过这种特殊的训练，陆莉由原来被认为心理素质差的一般运动员成长为优秀运动员，她的高低杠曾经连续五次在全国比赛中套套成功，五次夺冠，在巴塞罗那奥运会上，她完美无缺地完成了成套动作，六名裁判同时亮出 10 分，夺得奥运会高低杠冠军。

五、金牌教练的创造性实践

（一）人才成长与创造性实践

人才成长的创造性实践是指一种开拓、创新性的实践活动（叶忠海，2000），其实质是人才的创新活动过程。

创造是指"做出前所未有的事情"。一般说来，我们可以对创造的含义作这样的理解：创造是人类为了探索未知领域的奥秘制造出具有新颖的、前所未有的物质产品或精神产品的实践活动，是人类主动地改造现实世界、建立新生活、获得新价值的开拓性活动（叶忠海，1993）。

创造性实践并非是带有模仿、重复性的实践活动，这是由人才的本质属性——创造性所决定的。人才成长内、外诸因素的相互作用，取决于创造性实践活动为中介；人才的类型和层次取决于创造性实践活动的领域和水平；人才成长的发展方向和进程，取决于创造性实践活动的方向和程度；人才成功与否，又取决于创造性实践活动的参与和检验。创造性实践制约和决定着人才的成长。创造性实践对人才成长具有决定性的意义，没有创造性实践，就没有人才及其发展，人的发展就永远停留在一般人群的发展水平上。创新是人才的本质和标志。江泽民同志指出："创新是一个民族进步的灵魂，是国家兴旺发达的不竭动力。"

创新就是创造前所未有的具有社会意义的新颖思想和新颖事物（贺淑曼，1999）。创新包含两个含义，即首创和再创。创新的结果可以是物质的，也可以是非物质的。物质的创新主要指产品的创新，非物质的创新如社会制度、社会关系、精神产品的创新。

日本学者伊藤隆二将人的创造性归纳为三大特征(胡又牧，2001)：一是不受一定框框的限制，充满冲破这些框框的热情；二是不受时间的约束，埋头一件事，想要考虑透彻或干出名堂；三是不害怕失败和失误，课题越难越是果断地与之挑战。

竞技体操金牌教练的成长自始至终伴随着创新活动，正如徐寅生同志所说"创新才有生命力"。教练员的创新能力，决定着其训练的最终效益。关于创新，徐寅生同志的看法是，创新就是要有一点新意。大到某种器材、指导思想，小到某种技术、战术、准备活动等，都可以创新。比如日本的海绵球拍是一种创新，给乒乓球技术带来了革命，带来了飞跃，几十年来至今还在产生深远的影响，这是大的创新。

黄玉斌认为，创新是体操的生命力，也是教练员在艰苦的训练工作中，解决问题、克服困难必备的制胜钥匙。一名富有创新精神的教练员，能够带领运动员不断地从成功走向成功；而一名守旧缺乏创新意识的教练员必然会一事无成。

（二）体操金牌教练创新的特点

1. 长期性

金牌教练创新活动是一个长期的过程，始终伴随着金牌教练运动训练的每一次课、每一个项目、每一个运动员、每一个安排都随时会有创新。但一个创新完成，下一个创新已经开始，只有这样长期保持积极的创新状态，才能训练出精湛的技艺，培养出高水平的金牌选手。

2. 时效性

即指金牌教练的单个创新活动具有时间限定，在一定的时间范围内必须取得成功。这是因为世界体操运动发展十分迅速，一个完整的创新活动，其结果必须拿到世界大赛上亮相才能得以检验。而奥运会、世界锦标赛、世界杯这样的世界大赛都是有一定的周期，创新工作必须根据这些周期来完成。如1996年亚特兰大奥运会上单杠冠军的一套10分起评的动作，按照新规则的标准只有9.3分。中国男子体操队正是抓住了新规则的特点，在很短的时间内创造出了"不容易失误的高难动作连接"这样一类新技术，从而一举占领了制高点，夺得了1997年洛桑世界锦标赛男子团体冠军。

3. 艰苦性

金牌教练的创新活动要克服许多困难，经过大量的实践和练习才能取得成功，有时还要付出血的代价。1978年底的一天，张健用绳子把自己拴在单杠上，保护童非练习一个新动作。童非重心偏了，眼看他就要磕在旁边的跳马上了，为了避免运动员受伤，张教练用力将童非推到垫子上，童非安全了，可由于用力太猛绳子断了，张健从高凳上摔下来，右眼正磕在一块跳板的尖上，顿时血流满面，鼻梁青肿。童非和其他队员吓坏了，张健却安慰他们："不要紧。"没几天，张健指导蒙着一只眼又来训练了。童非心里难过极了，他暗下决心，一定要练好这个动作来回报教练。张健的两肢胳膊肱二头肌均断过，右臂为了保护李宁，左臂为了保护杨岳山，左臂的肌肉一直没有缝合，肌肉下垂，皮紧贴着骨头，弯臂都困难，那时离洛杉矶奥运会只有一个月，他哪里肯去住院，硬挺到现在。

4. 合作性

金牌教练在创新过程中要通过运动员的合作，有时需要其他教练的合作才能完成。金牌教练的创新活动必须通过运动员的成绩来反映，因此，创新过程也是一个合作的过程。

（三）体操金牌教练的创新实践

1. 金牌教练具有良好的创新意识

意识是人脑的功能，是客观世界在人脑中的反映。早期的心理学曾经被认为是意识的科学，实质上，"意识是一个包括多种概念的集合名词，其含义系指个人运用感觉、知觉、思考记忆等心理活动，对自己的身心状态（内在的）与环境中的人、事、物变化（外在的）的综合觉察与认识（张春兴，1997）。人的意识不仅仅反映客观现实，而且还通过实践反作用于客观现实，按照人的意志在一定程度上能动地改造世界。

意识是与社会发展程度和个人经历密切相关的。当人类物质生产与自然环境发生冲突时，人类就会有环保意识；驾驶员有强烈的安全意识、艺术家有独特的审美意识。这种与个人的生活、工作、职业密切相连的意识体验可以理解为焦点意识，即个人全神贯注于某种事物时所得到的清楚明确的意识经验。在竞技体育领域中，也大量存在与职业和专项有关的意识，如优秀体操运动员有良好的体操意识、中国优秀乒乓球运动员有强烈的发球抢攻意识。在金牌教练成材过程中，他们表现出一个共有的特点，就是具有不断在运动训练实践中进行创造性实践，他们具有强烈的创新意识。

创新意识是与创新有关的一切思维与活动的起点，它是指创造的愿望、意图等思想观念（冯培，2001）。具有创新意识的人时时、处处、事事想到创新，能够将创新的原理与技巧化作个人的内在习惯，变成一种自觉的行为，永葆创造的欲望和勇气。金牌教练的创新意识主要表现在以下几个方面。

（1）善于发现问题的意识

发现问题并提出一个或几个新鲜而深刻的假设，对传统的学说、观念、理论进行大胆的质疑、推敲、检验，往往是建立新学说的开端。创新始于对问题的发现。创新意识源于对问题的发现。爱因斯坦说过："提出一个问题往往比解决一个问题更为重要。因为解决问题也许仅仅是一个数学上或实验上的技能而已。而提出新的问题，新的可能性，从新的角度去看旧的问题，却需要有创造性的想象力，而且标志着科学的真正进步。"创新意识并不是人的头脑中自然固有的。相反，人类意识结构中存在着一种追求稳定、保持平衡的倾向。人在生理上的平衡是维持生命不可缺少的条件，人在心理上的平衡状态也是保持健康的重要因素，但人在意识方面的长久平衡状态对创新却极为不利。它使人墨守成规、安于现状、屈于规范、缺乏朝气，犹如死水一潭。因此，要自觉地打破意识上的这种固有的平衡状态，睁开警觉的眼睛，培养习惯性的发现问题的意识。

● 发现问题的途径

从偶然的现象中发现问题。一个新技术、新训练手段或新器材的出现，有很多是在偶然当中发现，从而得到启发的。关键是要善于从偶然现象中敏锐地发现问题，注意到它的重要性，找到它的必然规律。例如，托马斯全旋就是在运动员分腿的情况下，干脆将腿分得大一点出现的新动作类型。在一次鞍马训练中，童非学习"俄式转体"时偶尔可以越过两个环子到另外一个马端，张健指导发现后鼓励童非进行尝试，并加以思索和研究，通过多次努力终于完成了马端正撑全旋隔两环挺身转体180°成另一马端正撑的动作，这个动作后来被国际体操联合会命名为"童非大移位"。

从训练的细节中发现问题。体操是一项追求完美的项目，教练员的眼里容不下任何错误和缺陷，哪怕是一个手臂的位置，一个脚尖没有绷直。因为激烈的赛场上，小数点后三位数就能够分出冠军和亚军的高下，下法落地的一小动就足以使金牌旁落。金牌教练通过算细账，从细小的动作姿态入手，创造了抓基本姿态、抓落地稳定性的许多方法。

从运动员的角度发现问题。运动员是训练实施的对象，也是训练的主体，运动员对动作过程中的感觉可能因人而异，教练员必须善于与运动员沟通，从运动员的角度来审视教学，从中发现问题，往往导致新事物的出现。我国有一个运动员在训练"特卡切夫"过程中总是出现腾空高、向后腾越不够而完成不了动作，教练员根据运动员的感觉和其动作所具有的特点，有意识地设计了在空中加一个前空翻动作，在完成前空翻后再握杠，从而出现了一个崭新的动作"肖瑞智空翻"。

从对手的角度发现问题。创造力丰富的人，观察事物具有独特的细微和敏锐性，能注意到别人注意不到的地方，具有与别人不同的意见，而这个不同点往往是很重要的。头脑多被空想和设想所占据，良好的创新意识促使金牌教练不断拓展体操训练的新领域。在男子吊环训练中，曾经一直强调倒立下浪时含胸，很多运动员都叫腰疼，黄玉斌在当运动员时也有这种体会。有一次黄指导观察到苏联队运动员下浪时是顶肩展胸，他在脑海里仔细琢磨，在实践中让运动员尝试后发现，适当展胸有利于运动员的沉肩振浪，不会因砸浪而腰疼，从此就推行男子吊环下浪"亮胸"的新技术，运动员再也没有叫腰疼的了。

（2）敢于突破传统的意识

人的思想意识如果被传统的观念、知识和行为模式所束缚，就永远也跳不出老一套的东西。金牌教练能够做到既传承传统的经验方法中积极的方面，又具有敢于突破传统的胆识。如黄玉斌训练樊迪练习高低杠向前大回环分腿前空翻抓杠动作时，按照当时一般教练员的想法能够完成动作，抓住杠子就行了，但他有一种意识就是不能按老的标准来要求，跟在别人的后面追，一定要有新的做法。为此他将男子单杠的技术要领移植到女子高低杠上，使樊迪的空翻在高出杠面一米的高度完成。在1989年世界锦标赛上，樊迪又高又飘的动作赢得了各国教练员、运动员的喝彩，征服了裁判，夺得了冠军。如果没有这种创新的意识，是不可能有创新的实践的。突破传统的意识包括对传统的否定意识、求异意识和扩充意识等。

（3）追求领先一步的意识

体操金牌教练力求在动作技术上、在成套动作编排上有自己独特的创意，即便是人人都能够完成的动作也要练出特点来。人无我有突出一个"新"字，人有我精，突出一个"绝"字。如刘群琳教练训练刘璇的平衡木就充分挖掘了东方女孩轻灵、机巧的特色，在富于东方韵味的舞蹈动作中揉进高难的技巧动作和连接，使人在领略体操的惊险之余，感受到美的体验。这种追求特色、领先一步的意识是金牌教练创新的源泉。

2. 金牌教练具有强烈的创新动机

动机是指直接推动个体从事某种活动以达到一定目的的内部动力，是行为的直接原因，是引起个体活动，维持已经引起的活动，并促使该活动朝向某一目标进行的内在作用。动机具有两个方面的作用：一是对行为产生推动作用，表现为对行动的发动、加强、维持直至终止；二是它具有选择性，表现在确定方向上，一旦选择的方向与社会发展方向同步，其行为就对社会发展有积极意义，动机就更加强烈。凡是能够引起个体动机的外在刺激（包括人、事、物、情景等）称为诱因。构成个体行为动机的因素事实上有两大类：一类是内发的，包括失衡、需求、驱力等，亦可称为内推性因素；另一类是外诱的，各种外界刺激均属诱因，也称为外拉性因素。

创新动机是指推动人们进行创新活动的内部动力，是产生创新行为的直接原因。社会学、心理学和行为学的研究与大量的实践证明，从主观上看，个体的活动能否取得成功，取得怎样的成功，取得多大的成功，取决于动机与能力两个因素。用公式表示为：活动成效＝动机×能力。这两个因素缺一不可，但是，动机是驱动和保证个体明确目标、明确实现目标的意义并始终获得抵御一切障碍的内部支持力量。从这个意义上来说，动机是第一位的。如果说创新意识源于对问题的发现，那么创新动机则是产生创新行为的直接原因。

（1）动机来源

动机产生主要来源于两个因素，一是个体的内在需要；另一个是外界的刺激。需要是个体对生活和发展条件的稳定的要求。人类所进行的各种创新，都在一定程度上满足了某种需要。金牌教练的创新动机来源于提高我国竞技体操水平，培养出世界一流体操选手的主观需求。祖国人民对体操教练员、运动员创造优异成绩，为国争光的要求和各国健儿激烈竞争的客观现实也是金牌教练刻意求新的动力来源。

黄玉斌指导就谈道："（1991年）我心中一直有一个强烈的愿望，要让我的队员拿到奥运会的金牌。我的学生樊迪、李敬、李春阳都拿过世界冠军，我自己也拿过世界冠军，唯独没有奥运会冠军。我觉得应当有，应当拿个大满贯。"体操运动的一个明显特点就是难与美的表现性，在世界体操运动飞速发展的今天，难新动作层出不穷，各国选手水平日益接近。全球网络化、信息化使得各国没有秘密可言。高科技在运动训练中得到广泛应用，任何难新动作在赛场上一经出现，立刻会被各国研究、学习，很快就成为众多选手的拿手好戏。在比赛中，如果尾随别人的脚步，没有新的东西就很难得到较高的分数，没有创新就拿不到金牌。因此，创新是体操教练员、运动员成败的关键，要战胜对手必须创新，要想夺得冠军就必须创新，在金牌教练的内心深处，夺取冠军的欲望是促使他们不断创新的动力源泉。

（2）动机状态

金牌教练对运动员的技术动作就像雕刻艺术品一样充满着期望与信念，在这种状态下，金牌教练才能激发出强烈的创作欲望和成功的信心。

（3）创新动机的激发

动机不是人类先天固有的本能，而是人类个体在社会生活中形成和获得的，从这个意义上来说，任何一个人有志于进行创新都是有可能的。先是要有创新的需要，再由创新需要产生和激发创新动机，金牌教练创新动机的激发与他们对体操运动倾注情感有直接关系。

情绪与情感是心理活动和发展的重要内容，也是进行创新的必要因素。列宁说过："没有人的情感，就没有也不可能有人对于真理的追求。"需要是创新动机产生的基础，而情感又是人对客观事物是否符合自身需要而产生的态度体验，因此，情感与创新动机是有密切关联的。情感过程包括心境、激情和热情。激情是强烈而又短暂的情绪体验，它通常是由社会或个体生活中具有重要意义的事情引起的。许多艺术家在激情的驱动下，进入创作的最佳状态，把澎湃的心潮和激荡的情感，化作作品表现出来。人在积极的情绪状态下，会自觉地调动身心的巨大潜力，在相对短暂的时间内迸发出来，去克服困难、战胜阻碍，取得成功。这种心理过程是体操金牌教练进行创新活动时经常出现的体验。

热情是一种强有力、稳定而深厚的情绪体验，具有持续性和行动性的特点。一个人有了热情往往历久不衰。热情所产生的力量，是人类向前发展的重要动力，也是个体智力表现与创新发展的必要条件。古今中外人才成功的一个基本心理条件就是热恋事业，爱之入迷，具有矢志不渝的持续热情。创新者只有对自己所从事的事业倾注全部的爱，具有积极昂扬的情绪状态，才能驱使它全神贯注，从而产生不同凡响的创新成果。体操金牌教练在创新活动中之所以能够同运动员一起克服各种困难，走过多次失败，正是这种创新热情作用使然。

3. 金牌教练永不停步的创新实践

创新是体操运动的生命力。我国体操金牌教练对创新有着深刻认识和成功的体验。在体操运动"三性"时代（惊险性、独特性、熟练性），我国体操的指导思想是"难、新、美、稳"，重点突出了动作的高难和独创。通过研究发现，体操运动的稳定和能力占主导地位，金牌教练又创造性地提出了"稳、力、难、新、美"的指导思想；后来进一步实践和研究苏联体操的特点看出，力量和能力在现代体操运动中起着决定性的作用，又将指导思想革新为"力、稳、难、美、新"，特别注重运动员能力和力量的训练。如在训练中基本部分开始先练力量，在一堂课中安排多次力量训练，教育运动员"有劲、练劲、长劲快"；在选材过程中，"从能力强的孩子中挑身体条件好的"。

金牌教练在创新方面比较突出的尝试表现在：对技术的创新；高难动作方面的创新；成套动作编排、连接方面的创新；训练手段、方法的创新。如中国男子体操队在创新方面就有许多好的实例。采用统一的指导性计划与针对性的个体计划相结合的"双计划"方式——训练课计划创新；每次课都有 1~2 套的完整架子套训练，强调第一套在不进行专项准备活动的前提下的成功率，对失败套必须补上——赛前训练创新；2 小时完成 6×2 套的完整套强化训练，项目轮换不休息——负荷安排创新。教法手段创新方面有：向前技巧串的连接技术要求运动员在脚着地以后再发力，利于控制节奏；单杠"特卡切夫"以"先后转肩"的感觉来发力；跳马推手以"扒""拨"马的技术完成；双杠"后空翻挂臂"动作的下浪要立肩、出胸、展髋、留腿，以克服发力过早和屈髋的毛病等。

运动训练中常见的创新技法主要有逆向法、递进法、组合法、复合法、移植法、综合法、智力激励法、仿生法。体操金牌教练在创新方法上的体会是：方向思维开眼界，细微之处见真功，借鉴、移植最有效，敢于尝试才是真（黄玉斌）。

重视创新和鼓励创新是我国体操界多年来探索出的宝贵经验，我国体操金牌教练曾经有过多次因创新成功而取得重大胜利的事例。国际体操联合会有一个传统，在世界大赛上首次使用某个难新动作的运动员，这个动作就以他的名字命名。就像以天文学家的名字命名他发现的新的星座一样。对于一个体操运动员来说，能以自己的名字命名某个动作，是一种极高的荣誉。对于训练和指导运动员完成新动作的教练员来说，这又何尝不是一件备感欣慰的事呢！这正是辛勤劳作、努力创新的结果，我国已有众多的中国运动员专有命名动作。

六、竞技体操金牌教练成材的基本规律

金牌教练的成材从宏观上是符合人才成长的一般规律的。即金牌教练的成长是在各个内、外因素相互作用和影响下，通过运动训练实践为中介逐渐成熟、成材的。这进一步说明，体操金牌教练人才的出现是社会进步和发展的必然结果，是人才在竞技体育领域展示其特有价值的典型代表。从微观角度来看，体操金牌教练的成材又有他们独特的地方。体操金牌教练人才的成长带有明显的行业特征和项目特征，作为竞技体育难美表现性项目的从业者，体操金牌教练人才离不开社会所提供的良好大环境和历史机遇，也必须有国家、政府部门对体育的支持和投入；金牌教练能够将个人的发展同国家、民族的需要有机地结合，从而寻找到一个人才成长的最佳发展方向；金牌教练的成材与他们个人所具备的专项基础、业务能力以及努力的程度有密切的关系；金牌教练还要通过一些特定的成材途径才能走向成功；金牌教练的成材与他们积极、主动进行创造性实践有密切的关系。

（一）社会进步、体育发展为金牌教练的成材提供了良好的环境和机遇

回顾我国竞技体操运动的发展历程，是随着国家的社会主义建设和改革开放的深入而逐渐形成、发展、成熟的。国家稳定的社会主义民主制度，不断增强的经济实力，政府对体育事业的重视和大力投入，人民群众对竞技体育的喜爱客观上为体操金牌教练的出现营造了一个良好的大环境。在这样一个环境中，体操金牌教练顺应了历史发展的潮流，将国家、社会、人民对体育事业的要求与个人需要有机结合，抓住了历史赋予的有利时机，以他们的勤奋努力和聪明才智实现了个人能力的最大发挥和个人价值的最佳体现。

在一定的社会历史背景下会产生特定类型的人才，在社会发展的不同阶段，人才成长的速率也是不同的。体操金牌教练人才的积累阶段是在新中国成立后的社会主义建设时期。从1953年苏联体操队访华起，我国体操运动开始了形成和探索，体操从无到有，水平从低到高，老一代金牌教练正是这个时期开始接触和认识体操。如宋子玉、周济川等第一代探索者及后来带来体操腾飞的张健、高健等都是这个时代的佼佼者；体操金牌教练人才的成熟阶段是在党的十一届三中全会后，我国实行改革和对外开放时期。1979年马燕红获得第一个体操世界冠军，开启了我国体操运动的腾飞之门。金牌教练在这一时期如雨后春笋般出现，截至2003年，我国体操金牌教练共培养了39位世界冠军，夺得了76枚世界大赛金牌。体操金牌教练人才的大量出现，正是国家社会、政治、经济迅猛发展的缩影，是我国体育事业发展的具体表现。

此外，国家队和体操中心坚强的领导核心、开拓进取的领军人物、团结协作良性竞争的教练员群体、勤奋上进的运动员队伍为金牌教练的成材创造了适宜的小环境，没有

这样的小环境，金牌教练成长的道路会十分艰难，金牌教练成材率会大大降低。金牌教练的家人对他们事业全力以赴的支持也是他们顺利成材不可忽视的重要因素。

（二）爱国主义精神和对体操事业的执著追求是金牌教练成材的动力

体操金牌教练的成材与他们个人的世界观、价值趋向有直接关系。金牌教练能够将国家的需要、人民的要求放在第一位，将个人发展目标与国家荣誉紧密联系。崇高的爱国主义精神是体操金牌教练成材的内部动力，献身祖国的体操事业，对体操事业执著追求的强烈事业心构成了他们成材的持久动力。我国体操在世界上是强国，许多国家都高薪邀聘我国教练员去执教，但体操金牌教练都一一拒绝了，拒绝的理由是，国内环境有利于干一番事业；我愿意为中国效力；国家和人民需要我。

体操金牌教练就是因为有这样的责任心和奉献精神，有顽强拼搏、以命换金牌的决心，才获得了强大的精神力量，才能够长期奋斗在艰苦的运动训练第一线，用心血和汗水谱写一曲人才奋斗成长之歌。

（三）良好的专业素养和出众的执教能力是金牌教练成材的业务基础

黄玉斌是目前唯一的一个世界冠军金牌运动员工作在中国国家队的金牌教练。十多年来，黄指导已经为我国培养了众多的世界冠军，十几次夺得了世界大赛金牌，成为能够"点石成金"的"大户"金牌教练，黄玉斌的成功与他在运动员时期高水平的经历有直接关系。在研究中还发现，金牌教练培养世界冠军所需要的成功周期与他们在运动员时期的成绩存在一定的关系。即运动员时期的成绩越好，所需周期越短。在某种程度上，这个结果可以理解为高水平的运动员经历有利于教练员快出成绩，系统的专项训练为日后成为教练员培养了专业素养。

诚然，高水平运动员经历并不是金牌教练成材的唯一基础，体操金牌教练中也有原来体操技术基础较低的，通过工作中的学习、实践获得成功的事例。即便是金牌运动员也不见得就一定是一个成功的金牌教练。可见，金牌教练成材的另一个基础条件是必须具有全面、出色的执教能力，包括在选材、训练、竞赛和管理等各个方面所要求的管理能力、认识能力、学习能力、教学能力、计划能力、组织能力、交际能力等。

（四）从世界水平的高度把握前沿是金牌教练成材的必备条件

人才成长的最终结果与他们所设立的目标有很大关系。体操金牌教练成材的一个十分重要的因素是，金牌教练所设立的目标是世界冠军。运动员不想成为世界冠军就不要进入体操房，教练员将培养和训练出冠军作为自己的天职，他们思考的问题是同世界列强的竞争，他们选择的对手是世界一流的选手，他们表演的舞台是世界大赛的竞技场。因此，他们能够从世界体操运动前沿的高度来把握运动训练中的操作方案、从世界体操运动发展的大趋势来控制运动训练中的宏观决策，甚至要领先一步，走在规则的前面。追求世界一流的要求，培养世界冠军的目标是金牌教练的专项境界。

（五）求知好学、名师指导、主持高水平训练、经受大赛洗礼是金牌教练成材的主要途径

分析体操金牌教练成长道路可以发现，强烈的学习愿望，对自己要求严格，虚心好

学，善于学习是金牌教练成材的途径之一。通过学历教育和继续教育，金牌教练获得了主干知识，大部分金牌教练取得了大专以上的文凭。金牌教练能够主动、自觉地弥补知识缺陷，结合运动训练实践，边干边学，不断提高知识水平、拓展知识结构；金牌教练在执教的运动训练实践中，得到了有水平、经验丰富的众多名师的指导，通过向有丰富实践经验的专家和有深厚理论水平的学者学习，金牌教练获得了运动训练理论和实践的知识、方法、手段。名师的指导给金牌教练架起了通向成功道路的梯子，使金牌教练少走弯路、沿着正确的方向发展，缩短了成功所需要的周期。因此，名师指导是金牌教练成材的一条重要途径；金牌教练是高水平运动员的主要指导者，他们和运动员一起，长期战斗在运动训练实践的第一线。通过金牌教练卓有成效的训练，运动员才能逐步提高训练水平和竞赛能力，才能具备到世界体坛上参加竞争的实力。金牌教练也必须身体力行地参与高水平的训练实践，才能将自己的训练思想、能力、方法手段运用到实际工作中，最后通过运动员得以实现自己的奋斗目标和人生价值。可以说，离开高水平运动训练实践，金牌教练就失去了施展本领的舞台，主持高水平运动训练也是金牌教练成材的一条重要途径。此外，金牌教练的努力必须通过运动员作为载体在世界大赛上展示，只有在世界大赛中使运动员表现出自身的实力，正常发挥水平，夺取胜利才能证明他们的成功。并不是第一次参加世界大赛就一定能够成功，也不是每一次大赛都能够成功，这不符合辩证唯物主义的发展观。金牌教练的成功是需要在国际大赛中多次锻炼、总结经验、吸取教训之后，才由一次到多次、从偶尔到必然获得胜利。从这一角度来看，经受世界大赛的洗礼也是金牌教练成材的必然途径。

（六）不断创新、开拓进取是金牌教练成材的关键因素

社会是不断发展、变化、进步的，发展、变化、进步来源于人类不断的探索和革新创造。人才的成长也正是在创造性实践中得以完成。竞技体育代表着人类自强不息、挑战自我、挑战自然的精神。这种永不停步的求新精神在体操金牌教练的成材过程中得到了完全印证。对于体操金牌教练来说，"创新就是生命"，没有创新就没有成功。每一次大的创新，都会出现良好的运动成绩，出现世界冠军，都带来了我国体操运动的一次大幅度提升。创新造就了金牌运动员，也造就了金牌教练。在体操运动的一切活动中，时时处处充满了金牌教练的创造性实践。金牌教练在创新方面比较突出的尝试表现在：对技术的创新；高难动作方面的创新；成套动作编排、连接方面的创新；训练手段、方法的创新。金牌教练具有良好的创新意识，强烈的创新动机，他们在创新活动上从未停止过探索的脚步。

七、结论

（一）体操是我国优势项目之一，已经有 39 人成为世界冠军，为我国夺得了 76 枚世界大赛金牌。体操金牌教练的成材与他们所处的环境有关。我国开明的社会主义民主制度、不断增强的综合国力、安定的社会秩序、人民群众对体育的喜爱以及政府对体育事业的大力支持和投入为金牌教练的成才提供了良好的大环境和历史机遇；国家队和体操中心坚强的领导核心、开拓进取的领军人物、团结协作良性竞争的教练员群体、勤奋上进的运动员队伍以及全力以赴支持他们事业的家庭为金牌教练的成材创造了适宜的小环境。

（二）崇高的爱国主义情感和对祖国体操事业的执著追求、"以命搏金牌"的英雄气概是金牌教练成材的内在动力。

（三）体操金牌教练具有把握世界体操运动发展前沿的远见卓识，具有全面、突出的业务能力，包括慧眼独具的选材能力、务实细致的组织实施训练能力、合理有效的大赛指挥能力、严格大胆的管理能力。

（四）相应水平的专项训练、好学求知与注重实效的知识积累、得到名师的指导、主持高水平运动训练实践、经受世界大赛的洗礼是体操金牌教练成材的途径。

（五）创新是体操运动的生命力，创造性实践是体操金牌教练成材的关键因素。金牌教练的创新表现出长期性、时效性、艰苦性和合作性的特点。每一次重大的创新成功，都会促使我国体操运动水平得到提升。金牌教练在创新方面比较突出的尝试表现在：对技术的创新；高难动作方面的创新；成套动作编排、连接方面的创新；训练手段、方法的创新。金牌教练具有良好的创新意识，强烈的创新动机，创新是金牌教练永不停止的脚步。

（项目编号：367ss02033）

竞技游泳人才培养的浙江现象及思考

李云林　厉丽玉　张亚东　朱志根

何新中　曹士云　余保玲　胡烈刚

近年来浙江竞技游泳人才辈出，如 2002 年釜山亚运会上浙江籍选手获中国队全部 20 枚金牌中的一半，2003 年浙江游泳队共获得 5 个世界冠军和 39 个全国冠军，特别是 2004 年雅典奥运会上罗雪娟为中国体育代表团贡献唯一的一块游泳金牌，杨雨也在女子 4×200 米接力中收获一枚银牌。浙江游泳运动员在国内外竞技舞台上稳定的持续的优异表现，显示了浙江竞技游泳人才培养的崭新模式，这就是广为人们关注的"浙江游泳现象"。

改革开放，凭借"自强不息、坚忍不拔、勇于创新、讲求实效"的浙江精神，浙江一跃而成 GDP 总量第四、城镇居民人均可支配收入和农村居民纯收入居全国前列的经济强省。我们不能否认浙江精神对浙江体育强烈的辐射作用，它现实地影响着浙江游泳人的社会生活，影响着浙江游泳人自我意识的活动规律及其自觉地应用于把握认识的自身与客观规律的主观能力，浙江游泳的价值也正是在浙江精神文化构成的人文基础上孕育和成长起来，它深刻地积淀于浙江游泳人的自我意识中。所以，我们试图寻找这种引领浙江游泳全面崛起的浙江游泳文化，我们可以明确的是浙江游泳文化不是一种超现实的体育理想，而是指导浙江游泳发展的制度、措施、规则、习惯、态度、价值观和行为规范的总和，它追求游泳人生涯中的自立与公正，并由此升华为对游泳个体德性的改造。我们把浙江游泳现象植根于浙江改革开放的文化背景中，为的是通过器物层、制度层和精神理念层三个层次内容的解析，以准确把握浙江现象精神的脉搏。

一、浙江游泳发展的简要回顾

正合乎了一般事物发展的规律，浙江游泳也经历了由小到大，由弱变强的发展过程。

(一) 草创和起步阶段：1952—1966 年

为了组队参加华东区游泳比赛，浙江省文教厅和团省委在 1952 年 8 月 17—18 日举办第一次全省游泳比赛，从此开始了浙江竞技游泳的艰难起步，但直至 1960 年，浙江省游泳队才正式成立，其间陈效芬成绩突出，在 1965 年第二届全运会上获 400 米混合泳金牌和 100 米自由泳第二。遗憾的是，由于众所周知的原因，1966—1970 年浙江游泳队解散，初露头角的浙江竞技游泳又全面陷于沉寂。

(二) 恢复和攀升时代：1970—1994 年

1970 年，浙江游泳队恢复训练，训练水平有所恢复和提高。1973 年，潘维成和蔡放鸣分别打破女子 100 米仰泳和 200 米仰泳全国纪录，并获得全国大赛冠军。作为男女中长距离等项目国家体委重点布局的浙江队在 1978 年之前并没有室内游泳池，无法冬训，所以 1970—1978 年的 9 个冬季里，游泳队都像候鸟似的远赴安徽黄山等地冬训。但此后整整 20 年，浙江队再无太出色表现。我们将从 1984—1993 年 12 月这 10 年间浙江游泳队在全国大赛中的前八名成绩作了统计，见表 1。

表 1　浙江游泳队 1984—1993 年全国、世界大赛成绩状况

	冠军赛	锦标赛	短池锦标赛	世界杯短池系列赛	六运会	七运会
第一名人次	3	5	5	1		
第二名人次	6	11	9	2		1
第三名人次	8	9	14			1
第四名人次	11	8			1	
第五名人次	13	19			1	
第六名人次	13	10			1	2
第七名人次	2	2			2	3
第八名人次	1	5				1
合　计	57	69	28	3	6	9

粗略计算，这十年间全国大赛共约发生了 1200 个前八名，浙江队只取得其中的 1/69，但其间刘碧纯的仰泳、孔群的混合泳和楼霞的蛙泳曾取得过较好成绩。

（三）崛起和"浙江现象"：1994 年起至今

1994 年浙江游泳队在一系列队伍调整、教练管理方式改革措施之后，开始了一轮从未有过的全面崛起，而不是零星突破，其标志是陈桦在 1997 年 10 月获八运会女子 400 米自由泳铜牌。此后陈桦一路高奏凯歌，一举成为中国女子自由泳 400 米、800 米和 1500 米金牌最有力竞争者。陈桦之后，浙江相继涌现一批游泳高手，李燕、张艳、郑静、汤景之、杨雨等中长距离自由泳，阮怡的蝶泳、罗雪娟的蛙泳，杨帆的仰泳等，男子项目也因为王国军、汪海波、于诚、吴鹏的出色表现而成为中国男子游泳的亮点。浙江游泳崛起的高潮期分别出现在 2001 年的九运会（4 金）、2002 年的釜山亚运会（10 金）、2003 年巴塞罗那世界游泳锦标赛（4 金）和 2004 年雅典奥运会（1 金）。这十年间浙江游泳队在各种国内外大赛中取得 1047 个前八名，还不包括亚洲游泳锦标赛、世界短池游泳锦标赛等赛事上取得的成绩。这一成绩，相比于前十年的 172 个前八名，对浙江游泳用"腾飞"比喻实不为过。

表 2　浙江游泳队 1994—2003 年全国、世界大赛成绩状况

	冠军赛	锦标赛	短池锦标赛	世界杯短池系列赛	八运会九运会	四城会五城会	世界锦标赛	亚运会
第一名人次	45	31	54	33	4	19	5	10
第二名人次	39	32	46	21	3	14	1	6
第三名人次	27	23	64	19	4	5	3	5
第四名人次	32	26	56	10	4	2	1	4

	冠军赛	锦标赛	短池 锦标赛	世界杯 短池系列赛	八运会九运会	四城会 五城会	世界 锦标赛	亚运会
第五名人次	39	24	24	14	2	4	1	1
第六名人次	31	22	22	36	2	6		
第七名人次	25	20	20	11	6	3		
第八名人次	20	22	22	9	3	8	6	
合　计	258	200	308	153	28	61	17	22

二、竞技游泳人才培养"浙江现象"的文化积淀

有一组数据或许可以说明浙江游泳发展的基本依托，见表 3。

表 3　　　　浙江游泳队运动员及教练员人数状况　　　　单位：人

	1994 年		1995 年		1996 年		1997 年		1998 年		1999 年		2000 年	
	队员	教练	队员	教练	队员	教练	队员	教练	队员	教练	队员	教练	队员	教练
浙江	16	8	26	8	29	8	35	7	36	8	41	8	38	7
全国平均	32	10	37	11	36	10	36	10	42	9	43	9	46	9

注：1.据 1995—2001 年国家体育总局《体育事业统计年鉴》

　　2.各省市优秀运动队（游泳）人数不足 5 人的不在统计之列

1994—2000 年，浙江游泳队的运动员人数并无太大的变化，运动员人数始终不及全国平均水平，队内除了老教练退休，教练员至今仍基本保持 1994 年的格局，甚至简陋的 5 泳道游泳馆也维持原状。那么，究竟是什么支撑起浙江游泳 10 年的快速发展并引领一度处于低谷期的中国游泳复苏？本课题以为，究其深层原因，是在于一个处在社会经济飞速发展的浙江热土上的，具有强烈的成长欲望、坚韧性格、创新意识和踏实作风的、聪明勤劳的、庞大的浙江游泳群体协力营造的、并与当今游泳运动发展有机结合的浙江游泳文化。

什么是文化？作为一种社会现象，文化伴随人类而生。我国语言中，"文化"一说大致始源于《易·贲卦》中的记载：观乎天文以察时变，观乎人文以化成天下。"此后古今中外文载对文化概念的描述无数，也多与"人类在社会实践过程中所获得的能力和创造的成果"有关（《中国大百科全书·哲学卷》）。杨适教授在《中西人论的冲突》一书中指出的"文化的中心是人本身。一切文化现象都是人的现象"就道出了"文化"即"人化"的本质，即在认识、改造客观世界和主观世界的实践过程中人类理性精神的外化或普遍化。

所以，本研究将浙江游泳文化界定为，从事游泳工作的浙江游泳人在浙江游泳建设和发展过程中逐步形成的，并为其成员所自觉遵守和奉行的制度、措施、规则、习惯、信念、价值观、伦理道德、行为规范的总和。浙江游泳文化首先是一种主体参与文化，它集中了浙江游泳人在游泳运动中的精神、意识、观念、智慧和情感，及对周围环境的反应；其次，浙江游泳文化是一种包含团队意识、公平、公正、竞争等运动家精神和道德的文化；第三，浙江游泳文化还是一种有着广泛因果联系的文化，它与游泳参与主体

所在环境的文化现象发生着广泛的因果联系，其中价值观、信念是文化的核心和基石。

游泳池恰似一面镜子，反映着浙江游泳这一特定群体的心理，更重要的是，它又反过来刺激游泳群体的心理，成为惊醒、反思、改变、推动的契机（为了与以健身、休闲、娱乐为主要目的的大众性游泳运动区别开来，本文的浙江游泳文化特指我国举国体制下的浙江竞技游泳文化）。

文化人类学认为，文化最终会沉淀为集体人格。那么，当这种集体人格以竞技体育最壮观的比赛方式集中，强烈、震撼地呈现在人们面前的时候，恰恰是文化的一重爆发状态。有学者认为，医生查病人最好是在病情爆发期，同样，文化也只有在爆发状态下最能展示自身的本性。所以，当 2003 年巴塞罗那世锦赛上罗雪娟、杨雨获 50 米蛙泳、100 米蛙泳和 4×100 米混合泳接力金牌时，当罗雪娟在雅典奥运会上高奏国歌时，当年仅 17 岁的少年吴鹏取得 200 米蝶泳最好成绩并获中国男子游泳运动员最好名次时，浙江游泳的坚韧态度、沉着性格和必胜信念也一一展示在世人面前。

关于科学训练，张亚东教练说，什么是科学训练，那就是用最少的时间、最小的运动量，去获得最好的训练效果。

关于教练员，朱志根教练说，教练员的水平不仅仅体现在训练方面，为训练服务、为训练打基础的管理必须跟上，才能在比赛中收获成绩，收获金牌。

关于成材模式，何新中教练说，训练实践走在前面，这种做法不免粗糙，但简单实用，如果假以时日以深思熟虑的理论和制度设计去引领实践，则是完美的。

关于后勤服务保障，邵金杰领队说，队干部一心一意服务一线教练员和运动员，想他们之所想，以身作则，身体力行，就能带动整支队伍团结向上。

语言是思维的工具，也是思维方式本身。浙江游泳教练在游泳理论和游泳实践基础上发展起来的针对游泳的思维模式，反映了他们对游泳运动的独到理解，这便是一种游泳哲学，一种建立在长期游泳存在方式之中的游泳理念。所以，我们看到的不仅是浙江游泳物化的崛起，而是游泳文化的升腾！如果没有文化的支撑，浙江游泳即使成功，也只是零星的短暂的。浙江游泳文化在加强举国体制，进一步发扬竞技体育的激励、扬威作用，确保 2008 年北京奥运会我国体育代表团金牌排位的今天，意味着浙江游泳文化注定会成为中国游泳运动发展的借鉴经验和宝贵财富。

（一）游泳馆建设营造人才培养平台

竞技游泳必须依附游泳池的存在而存在，可作长年训练之用的室内池是竞技游泳发展的物质前提，也是聚集游泳人才的根据地。但历史上，浙江室内游泳池数量无多，直至 80 年代出现的室内池建设高潮。

1982 年因为嘉兴一名游泳教练卞风岗的成功策划，用 2 万元启动资金（当时嘉兴市体委的全年经费仅 3 万元）建成 25 米×7 米的室内游泳池，省体委有关部门立即抓住此事开小游泳池建设的现场经验交流会，浙江游泳人对有一个属于自己的训练场地的炽热情感因这场现场交流会而爆发。据统计，整个 80 年代浙江体委系统新建游泳馆 18 座，其中建于 1982 年之后的 25 米馆就有 16 座。这些馆池无一不成为区域游泳训练活动中心，这在经济只居全国中游水平的 80 年代浙江不能不说是一大壮举，它使得一大批有志培养游泳后备人才的基层游泳教练员能够固守一池阵地而营造浙江游泳的基础氛围，浙江业余游泳训练从此拥有了坚实的物质基础。浙江人的实干冒险精神也在游泳场馆建设中毕现，如温州市郊黎明村农民自筹资金30万元建造了中国第一家农民办"东瓯游泳场"。

整个80年代浙江小游泳池（馆）建设高潮迭起，并随浙江社会经济的进一步发展而延伸至整个90年代。到2003年，仅杭州市就有大小游泳池共计38个。说遍布浙江各地的游泳池点燃浙江游泳发展的星星之火并不为过。

表4　1995年前浙江室内外游泳池建设状况

时间	室内池	室外池	总计
80年代之前	3	22	25
1980—1989年	18	35	53
1990—1995年	21	43	64

注：据《浙江省体育志》有关数据编制

（二）制度创新夯实业余训练基础

1. 调整布局，浙江业余游泳获得新生

（1）首次布局，业余游泳初具规模

1960年浙江游泳队成立后，陈效芬、邱梅英在混合泳上的出色表现进一步激励了基层游泳运动的发展。从1973年开始，浙江的男女中长距离、女子仰泳、蝶泳、男女个人混合泳等成为国家体委重点布局项目。1979年浙江首次对共12个竞技体育项目进行了项目布局，其中游泳分设重点班、普通班和训练点，总布点人数为650人。首次布局使浙江少儿游泳训练初具规模，它使业余训练工作能够建立在广泛的学校基础之上，并与高级形式的优秀运动队训练相衔接，形成了一个全省性业余训练网络。

（2）调整布局，业余游泳队伍进一步壮大

1986年，浙江省体委、省财政厅又联合下发《关于调整全省业余训练网布局和一次性补助经费的通知》，在全省进行了30个竞技项目的布局调整，游泳共获重点班590人、普通班605人的名额，同时取消训练点。千余人的业训规模使浙江游泳事业的发展进入了一个新的历史阶段。

2. 制度创新，夯实游泳发展基础

（1）出台"分片冬训"，提高全年系统训练人数

如果说布局还仅仅是一种纸上规模，那么制度确立则成了让规划走向现实的桥梁。

1979年，浙江仅有杭州、宁波两个游泳馆可供业余训练，全省能够坚持全年系统训练的真正称为游泳后备队伍的只有240人。在这种情况下，省体委训练处干部黄容轩等在1980年12月适时推出了一个富有创建性的制度"分片冬训"。"分片冬训"就是根据地理位置的远近，将游泳布点学生划片就近到室内馆冬训。"分片冬训"从每年的11月中旬开始，直至次年6月中旬结束，全部组织工作由省体委训练处协调，训练单位发扬社会协作精神，免费提供住宿，受训队员则按当地体校学生标准交伙食费，并由所在体校配备文化教师，每天按正常课程安排组织教学，冬训结束后接受省体委的统一文化考试。这一举措彻底改变了大部分学生"夏训冬眠"窘况，并使当时很多经济条件相对落后的，如淳安、三门等地学生也能接受全年的系统训练。"分片冬训"制度推出后深受欢迎，第一年就有19个单位、754名学生参加，极大活跃了基层游泳训练，而

更深层的意义在于，"分片冬训"促进了地方教练业务学习和交流，较先进的训练思想、方法、手段迅速在全省普及推广，由此促进了基层游泳训练质量的提高。"分片冬训"直至1988年因各地市均能自行解决冬训问题而完成历史使命。

（2）创建冬季"迎春杯"赛事，激发基层训练热情

竞赛是体育工作的杠杆，竞赛的目的就是为了推动体育运动的发展，检查训练成果。浙江业余传统赛事都在夏季，"分片冬训"成功运作使得冬季赛事"迎春杯"的创建变得顺理成章。"迎春杯"定于每年学校放寒假后、春节前的时段，目的在于检验基层冬训质量。首届"迎春杯"少年儿童游泳比赛于1981年1月底推出，共有10支队伍、159名运动员参加。尽管最初两届杯赛设置的项目比夏季少，且每人限报三个单项，但却因"分片冬训"落到实处而成全、巩固了全年系统训练体制。由于经费保证，"迎春杯"比赛一直延续至今日。2004年的"迎春杯"比赛共有24支代表队430余运动员参加角逐，赛事设男、女10岁以下组、11岁组、12岁组、13岁组、14岁组共10个组别的比赛，每位运动员需分别选择自由泳、仰泳、蛙泳、蝶泳中任一泳式为主，进行50米主项、100米主项、200米混合泳、400米（800米）自由泳四个单项的比赛。

24年的漫长"迎春杯"为浙江业余游泳提供了展示训练成效的独特舞台，也见证了历代游泳新人的崛起。

①比赛增测身高、臂展两项形态指标，引导基层游泳选材

基层训练最基本的任务是"选好苗子，从小培养，打好基础，系统训练，积极提高"。1980年初国际泳坛优秀运动员的形态特点已引起业内人士的广泛注意，因一次比赛中浙江选手在领奖台上普遍的"萝卜头"现象引发了当时的训练处管理者对改革赛制的思考，于是1983年在全国率先提出少儿比赛加测身高、臂展指标、形态加分的竞赛规则，具体为身高达标且进入前八名者加分，臂展超过身高（达标者）再加分，并增设选材团体奖。在极大的争议中，这一颇具先知先觉的赛制还是坚持下来了，却引领了一个注重形态指标选材的时代。1986年全国游泳大纲实施后，浙江更是明确提出游泳选材要求，即身高超过大纲"良好"等级以上，臂展必须超过身高。

形态仅仅是游泳选材内容的一个方面，对运动员的形态要求与队员比赛成绩挂钩或许有失合理，但在80年代浙江业余游泳环境中这无疑是一个简明、有效的风向标。1983年过后浙江各地市代表队中的高个子选手普遍增多。

②设置全能比赛，及时纠正少儿早期专业化训练

为顾及地方利益，儿少训练过多导入专项无氧训练比重的现象屡见不鲜。为及时遏制急功近利的训练思想，又一个具鲜明导向性的赛制在1987年"迎春杯"比赛中率先使用：采用400自（12岁以下）或800自（13岁以上）、200混、100主项、50主项的全能比赛，比赛只计3块金牌：400自或800自一块，用以反映队员的有氧能力；200混一块，用以检验队员的基本技术；第三块金牌是上述四个项目的总分。

这一赛制的独到之处在于用比赛杠杆强化了业余训练的实质，在专业内涵上有别于通常的全能比赛计5块金牌的做法，实实在在地促使基层体校重视科学选材，重视全面训练。

③允许自费参赛，进一步扩大选材面

1988年浙江开始允许地方自费组队参加杯赛，所有参赛队均一视同仁，根据最后比赛成绩，将包干经费作为鼓励奖给成绩较好的代表队，并设机动名额，不再平均分

配。这种做法不仅扩大了选材面，而且将竞争机制引入比赛，无论对先进还是后进都有激励作用。

3. 全面实施游泳训练管理条例，强化业余游泳训练的持续发展

（1）协调招生年龄，理顺一、二线招生环节

多年来游泳一线、二线招生年龄一直各自为阵，一线招生年龄越招越小，导致二线招生困难时有发生。1996年省体委制定并试行了《浙江省游泳训练管理条例》，由游泳办公室牵头汇同体训一大队、省体校组成的一、二线联合选材招生小组投入运转，统一组织招收的一线集训队员分别进入省体校、杭州陈经伦体校进行有保障的、系统的文化学习和专项训练，由此理顺招生环节，不同层次的训练有了系统化保证。

（2）实施有偿训练，促进业余训练社会化

业余训练社会化是竞技体育必然的发展趋势。为了保证有偿训练措施的落实，管理部门强调"冬、夏季比赛中实施有偿训练的必须达到参赛人数的50%，否则将停发该队比赛选、育材全部补贴"。强制性有偿训练冲击了人们长期形成的国家包办"吃皇粮"意识，在一定程度上减少训练单位的经费压力，增强受训人员的责任感，这为业余训练的长期可持续发展迈出了重要一步。

（3）出生年龄一查到底，维护比赛的公正性

为杜绝运动员报名年龄的弄虚作假，维护比赛的公正，1997年省体委游泳办公室在浙江省公安厅的大力支持下，专门组织力量对所有注册的1100名游泳运动员的出生年龄进行细致的核查，核查一查到底，直至镇、乡、村等运动员的出生地。核查工作繁浩、艰苦，却营造了一个公平、公正的竞赛环境，也为优秀运动队后备人才的选拔、为业余训练质量提高创造了有利的条件。

（4）鼓励培训创收，浓厚游泳氛围

基于让每一个游泳馆池都成为人才培养基地的设想，1984年浙江省体委就发出了关于《包学会、包安全小学生游泳训练班组织方法（草案）》的通知，全面发动组织小学生游泳"双包"培训。此后5年平均每年有15个馆池举办培训，受训学员5761人，学会游泳的学生5461人，进入当地体校苗子班200人，培训收入169520元。到了90年代及21世纪，游泳培训的社会效益和经济效益更是与时俱增。仅以杭州陈经伦体校为例，2001—2003年仅游泳一项就有1591人受训。"双包"培训不仅增加了教练员的收入，更重要的是培训效益还大大改善了训练条件和训练环境。目前杭州陈经伦体校不仅成为全国最优秀的游泳人才培养基地，还因出色的培训组织工作而成为杭州城群众性游泳的首选品牌。

如今，"双包"培训成为体育培训产业的先行者。它不仅丰富了少儿暑期生活，大大增加了游泳人口和三线队员选材面，而且有效缓解业余训练经费不足矛盾，同时，也给群众性的游泳运动带来勃勃生机。

4. 设计"月月积分大奖赛"，打破常规加速后备人才的培养

经历了1992年全国二青会5块金牌、女子团体第二、男子团体第七的历史最好成绩，一种新的人才培养制度又在1997年面世：由省体委游泳办公室协调省队、省体校关系，以用最少的费用为各层次游泳运动员提供最多的比赛锻炼机会，促进全省一、二、三线游泳教练员、运动员的专项业务交流，及时发现、选拔优秀苗子为出发点，举办"月月积分大奖赛"。比赛地多为省队训练池，年末根据每名运动员在参加全年规定

的 6 次大奖赛中选择 5 次（项）最好比赛成绩给予计算积分、排列名次和奖励，比赛不作任何附加仪式，外地队员当天往返。赛制推出当年就有近 2000 人次参赛。这种低成本、经常性的比赛制度不仅提高了运动员竞赛能力，还使一批具有良好专业潜质的业余运动员迅速进入专业队教练视线。

（1）品牌效应造就游泳人才的聚集

杭州市陈经伦体校是一所专门培养竞技体育后备人才的体育学校，自 50 年代成立以来游泳就一直是体校的重点项目，游泳队也为国家源源不断地输送了一批批一流选手，从 80 年代的楼亚萍、李洁，到 90 年代初的孔群、楼霞，从 90 年代中期的单莺、瞿颖，到 90 年代后期的陈桦、张艳、汤景之、于诚，特别是获得雅典奥运会金牌、银牌和男子最好名次的罗雪娟、杨雨和吴鹏，等等。有道是中国游泳看浙江，浙江游泳看杭州。2002 年釜山亚运会上，中国游泳队共获 20 枚金牌，却有整整 10 枚收归杭州籍运动员名下；2003 年长沙五城会 78 个城市争夺 32 枚金牌，杭州凭一城之力卷走其的 10 枚!冠军群体为体校赢得了巨大的市场声誉，杭州陈经伦体校无愧游泳人才培养的第一品牌。在一些游泳队还为生源困惑时，陈经伦体校已坐拥丰富的优质生源。当然，品牌塑造绝非一时之功。体校游泳队数十年营造市场形象的过程恰恰是十分尊重人才培养规律的过程。

（2）制定实用有效的初步选材标准

多年实践中陈经伦体校已摸索出一套实用有效的初步选材标准：形态上要求小头、宽肩、窄髋，比较符合流线型特点，水中阻力较小，肩关节灵活，可以保证游泳动作舒展到位，踝关节曲伸度则直接关系四种泳姿技术的优劣，踝关节曲好者，一般可认定蝶、仰、自的打腿效果较好，踝关节伸好者则是蛙泳的关键。

（3）积极走进校园寻找人才

每年 3—4 月，陈经伦体校的游泳教练分片按各自负责的指定区域走进幼儿园、学校寻找形态上符合要求的儿童，特别是对那些有良好遗传素质，如身材高，有家族运动史的孩子以特别关注；5 月在媒体上广做宣传，营造"明星效应"；7 月对通过初选的儿童进行水上培训，并开设包学会、包安全的"双包"夏令营，扩大选材范围，其基本过程见表 5。

表 5 杭州市陈经伦体校游泳选材过程

时间	培训人数	培训人员构成比率
7 月	1000 人左右	小学生 30%，学前 70%
8 月	600 人左右	小学生 30%，学前 70%
9 月	100 人左右	小学生 20%，学前 80%
一年后	50 人左右	小学生 5%，学前 95%

1. 明确训练标准

体校的任务是在人才启蒙训练阶段打好坚实的专业基础。系统训练是成绩稳步提高的根本保证，稳步上升的成绩是成为优秀运动员的必备条件。陈经伦体校对每一个有潜质的游泳苗子在训练的前几年都有一个成绩规划，尤其是对 7～10 岁阶段的 200 米混合泳和 400 米自由泳有一个明确的指标，具体见表 6。

表6 陈经伦体校游泳运动员成绩增长标准

	7岁	8岁	9岁	10岁
200米混合泳	3:55.00	3:20.00	2:50.00	2:40.00
400米自由泳	7:50.00	6:35.00	5:20.00	4:50.00

实现上述标准的前提是长期的系统训练。只要达到这个标准，一般可以在省级少儿比赛中达到前三名水平。

2. 风格鲜明的阶段训练

体校对7～8岁儿童的游泳训练以技术为主，配合一定数量的腿的练习，主要任务是提高个人的游泳技术，培养个人的技术风格；而9～10岁阶段则以专项能力为主，突出有氧能力训练，强调四种泳姿的打腿能力，提高学生在混合泳中泳式的转换能力，并着重培养学生的速度感觉。

表7 陈经伦体校9～10岁儿童典型周训练计划

星期一	星期二	星期三	星期四	星期五	星期六	星期日
1. 准备400米200手腿	1. 同星期一	1. 同星期一	1. 同星期一	1. 同星期一	1. 同星期一	1. 准备400 200手腿
8×25米四式	2. 2×800自	2. 800混	2. 1000自加速	2. 1200混	2. 4×400混	6×25四式
2. 3×400自	3. 300米腿	3. 400腿变速	3. 放松300手腿交替	3. 400划手	3. 600四式手腿	2. 2000混速
3. 200米蛙腿	4. 6×200自	4. 6×200混合	4. 3×400	4. 8×100混	4. 20×50四式	3. 4×50接力
4. 3×400自	5. 放松100米	5. 16×50四式	5. 放松200	5. 放松200	5. 放松100	4. 4×25出发游
5. 放松200米	6.16×25自腿技	6. 放松200	6. 12×50自	6. 6×8×50自		5. 放松100
6. 2×6×50包干	7.放松		7. 放松	7. 放松		
7. 放松50~100						
总量4000米	4400米	4200米	4200米	4300米	4100米	3400米

（三）齐心协力催化浙江游泳的腾飞

1. 危机意识和成长愿望推动制度更新

直至90年代初，浙江游泳队的成绩仍未见起色。运动队平庸表现的背后是松散的队伍管理和涣散的教练员斗志。张亚东教练从北体游泳专业毕业回家乡执教，正值意气风发又少年轻狂的年龄，"好苗子我是拿不到的。1989年我带的4名选手在二青会上拿了2金5银4铜，整个浙江最高，可回来后4名学生又被分给了别人。"从那时起至1992年，馆内年轻的教练因不被信任而热衷馆外的事物，泳道中新队员因受队内"规矩"压力不敢超过老队员，于是馆外的游泳好苗子也纷纷流向军区游泳队。1987年分别进入省、市少体校的贺慈红、单莺等就同在1990年加入广州部队，1991年、1992年她们就开始在国内、国际泳坛大放异彩，从而吸引了更多有潜质选手的目光。一时间后备人才外流成群，甚至，运动队内部也有人主张浙江队只须走"分杯羹"的便道。

任何文化现象都是由人创造的，而人创造力的大小或优劣，则与创造者赖以生存的环境密切相关。身处浙江经济发展潮头中的浙江游泳队终究不能阻挡馆外汹涌的改革浪潮。后继无人的危机给了游泳队以棒喝，1993年年轻教练对成功的渴望形成了一股自下而上的改变现状的创造力和推动力。

（1）为彻底扭转队内风气，对 1978 年以前出生的队员实行一刀切退役。

（2）实行独立教练负责制，包括年轻教练在内的所有教练独立带训 6 名队员，只要当年有带训队员进入全国前三就增加一个带训名额；连续两年无队员进全国前八就减少一个带名额直至停训。

（3）每两年冠军赛成绩与教练工资基数挂钩，并以全年三次大赛中（仅游泳队）取其中两次的最好成绩作奖励依据。

这是一个以激发教练积极性为中心的全新制度，教练员身上固有的对游泳的天然热情被重新激发出来，从此，一个全新的浙江游泳队面貌开始展示在世人面前。

2. 中药煎煮积淀浙江游泳队的集体人格，重塑团队面貌

转机中的浙江游泳亟需一个热点汇聚众人信心，不期然，队干部朴素的后勤服务措施成就了这一契机。1994 年游泳队新领队邵金杰配备到任，怀着"吃喝中药营养料、汤肯定对训练恢复有好处"的朴素想法，队干部从 1995 年冬季开始，每天上、下午两次炖乌骨鸡、鸽子、当归、西洋参、鹿茸等中药营养汤，冬吃热，夏吃凉，春天还要变花样。此举一发而不可收拾，直至 2000 年悉尼奥运会前，浙江游泳队始终弥漫在一股浓香的中药味之中，曾堆积在墙角的 6 个烧坏了的电饭锅见证了队干部齐心协力服务训练的全过程。

我们以旁观者的身份审视长达 5 年有余的中药煎煮过程，分明感觉到中药气息产生的实际效果已经远远超越单纯的为运动员"增加血色素，提高恢复能力"的功能，它像一条无形的纽带，将教练员、运动员、科研人员和队干部安顿在只有 5 条泳道的 50 米简陋游泳馆中，并积淀成游泳队的集体人格。从游泳队发展过程，我们可以窥视其中的人文特征，一是务实的价值取向，即不作形式上的规章条款的罗列，始终追求"经世致用"原则，用则追求效益的最大化，所以才有为了提高每一堂训练课的训练质量而千方百计千辛万苦；二是调和锦标与道义的关系，摒弃那种体能项目唯"药"是举的错误想法；三是有效改善教练员与运动员、运动队与队员家长之间的人际关系，增进了情感和友谊；四是重塑了游泳队自觉自律、勤学苦练的风气。

用长期的功力和定力，按正确的方向做正确的事情，荣辱不惊，才形成了浙江游泳队成熟和健康的心态。

根据中国奥委会网站，1994—1998 年的游泳世界冠军共有 27 个，覆盖的项目如表 8 所示。

表 8　　　1994—1998 年中国游泳世界冠军项目分布状况

项目	女 100 蝶	女 200 蝶	女 100 仰	女 200 仰	女 50 自	女 100 自	女 400 自
获世界冠军数	2	2	3	1	2	3	2
项目	女 200 混	女 400 混	女 4×100 自	女 4×200 自	女 4×100 混	男 200 蛙	
获世界冠军数	2	2	3	2	2	1	

3. 找准女子中长距离为突破口，带动浙江游泳整体水平的提高

可以看出，我国游泳好手多集中在女子短中距离项目上，而当时历史上中国游泳在女子中长距离上尚未出现过一名世界级选手。现实让浙江 游泳的突破口天然地定位在女子中长距离项目上。

1995 年长得敦敦实实的陈桦出现在朱志根教练面前。陈桦身高并不理想，但她的

水感好，心肺功能极佳，臂力充足。几经周折，陈桦才于1996年3月正式成为浙江游泳队成员，并历史地承担起女子中长距离的突尖任务。

国家提倡的大运量训练思想对80年代的浙江游泳影响至深，已20年落后的浙江游泳虔诚地奉行超大运动量的训练作法以求突破，每天两堂训练课，分别连续4小时，训练量累计达2万米。这么大的运动量，在今天看来或许有些盲目，但正是从那时候起，浙江新一代游泳人开始了对长距离有氧训练方法、手段的探索。恰恰是因为陈桦的刻苦，冲破了浙江游泳队长期对有氧训练规律摸索的瓶颈，使浙江多年在游泳训练项目上的积累从量变发展到了质变。经过两年多超常规训练，陈桦在1998年5月获全国游泳冠军赛女子400米、800米自由泳和女子4×200米自由泳接力3个项目的金牌，8月在全国游泳锦标赛上再次夺得女子400米和800米自由泳金牌和4×100米混和泳第一，12月又在曼谷亚运会勇夺400米、800米和4×200米自由泳金牌，次年还成为世锦赛800米自由泳金牌得主，成为浙江游泳史上第一位世界冠军!陈桦的成长极大激发了浙江游泳人的士气，同池训练的队员因为伸手可及的榜样而发奋刻苦，才有了后来的整体提高。男队效仿女队当年的做法，把目光锁定在1500米自、400米自等项目上，而正是这几个项目，最终在九运会上获得了丰厚的回报。"如果每个训练组有一两位成绩名列前茅的选手在，这个组的整体成绩就会上来得很快，同样，如果一个队有几名尖子选手，就能把整个运动队的成绩提上去。找突破点的意义就在这里。"

4. 训练理念成就一代金牌教练

教练员是运动训练过程的主要设计者，是训练活动的主要组织者，也是训练管理工作的重要决策者。正因为有了金牌素质的教练，才造就了金牌水平的运动员。在浙江游泳崛起的过程中，充满睿智的训练理念成就了一代金牌教练。

(1) 发展的实质是创新，学习就是不断否定自己的过程

训练的特殊性要求教练必须不断地否定自己，用已知的理论去探索未知的领域。可以说，这个性质决定了教练总是处于一个无知的境地，唯有不断地学习，才能突破原来的理论和经验，才能有所创新。在各队集中的高原训练或比赛期间，经常可以看到浙江队教练采用各种方式与他人交流，博采众长学习成功者的经验为己所用，不拒绝一切先进的理念和方法手段，并结合自己的专长特点去发挥，最终形成富有特色的训练方式。

高原训练是重要的训练环节。高原训练的实质是通过缺氧刺激机体从而增强无氧代谢能力。高原条件下运动员的血乳酸值很容易达到5~8mg分子/L，而在平原环境中却很难达到。何新中教练对高原训练从怀疑，到初步认识，到"三周最佳时间"理论形成，一直在进行着孜孜不倦的学习探索，随时根据运动员变化了的情况，不断否定自己固有的认识，在训练管理中增添新的内容。

(2) 训练过程是教练员和运动员全面互动过程

任何时候，运动员都是训练工作中的主体。竞技体育系统中的一切成效都集中地表现于运动员的参赛成绩之中。因此，教练员和运动员的全息沟通程度往往成为决定训练质量好差的关键。在朱志根教练的训练工作中，有一环是必不可少的，那就是在每周日队内例会上，将下一周的训练内容、强度控制等都明明白白地告诉队员，让队员非常清楚本周主要的训练目的，同时队员也要把一周的训练心得反馈给教练以让教练对运动员的竞技状态始终把握在一个可控范围。"如同拍电影，同样一个地方要拍10多个镜头，

这个镜头可能跨越 20 年。演员可能不明白，但导演把整个片子连起来后，演员一看就明白了。所以事先让演员读一下剧本，了解一下全过程，就会对理解某个镜头有帮助，就会表现得更好。训练如同一部电影出台。"沟通才能产生默契，教练员与运动员之间才能有心灵的交流，表现在训练中，就是让队员游多少强度队员就能精准地游出多少强度。

（3）成功的训练需要悟性和灵感，张弛有度方能持续提高成绩

教练工作介于科学性艺术性之间，很难在训练中做到精确的定量。训练计划可以复制，但世界上却不存在完全一样承担计划的运动员。因此成功的训练更需要教练员的悟性和灵感，而投入和经验可以培养教练员对专项训练的感觉。所以教练工作有两重性，一是继承，站在前人的基础上，具有吸纳各家所长的能力；二是创新，求新求变，在变的过程中掌握训练规律，其中对运动员训练的调整成为关键一环。"农村用柴烧饭，在饭快熟时，应该用慢火慢慢烧，这样煮出来的饭才香糯。"大概有过用柴烧饭的经历，朱教练用这样的比喻说明训练调整的重要性。

（4）"良药可以不苦口"，多变的方法和适宜的时机可以实现快乐游泳

"多年训练计划必须要有新的思路、新的手段，因为运动员每个阶段的身体素质、心理状态都在发生变化，但新的方法手段务必在运动员状态良好时采用，让队员能看到自己的进步，由此形成良好的情绪体验，愉快地接受你的思路、方法。"张亚东教练如是说。

（5）训练是一个动态的整体过程，有机地取长补短可以全面提升队员的竞技能力

运动员的体能、技术、战术、心理是有机联系的整体，任何一方面的训练不足都会影响运动成绩的提高，正如木水桶，教练员都能认识到水桶容量的大小取决于最短桶板的高低，在训练中有意识寻找弱项以补上差距，这样做是必须的，却不是最佳的。最佳的办法是抓住运动员竞技能力各项要素的"长项"，在"扬长"基础上"补短"，以达到不至于限制全局发展的程度，而且教练员还要站得更高，不只是从水平面上来看邻近木板间的关系，还要俯视所有木板间的关系，在补齐最短板的同时，也要看到第 2 块，第 3 块板间的关系。

（6）中药汤剂调理可以养身，中医辨证论治可以养性，游泳训练莫过于身性合一

中华传统医学对浙江游泳人的影响至深，从队干部到教练员都深信中药对运动员身体机能的调理。正得益于难以计数的中药滋补，才有能够承担大负荷训练的机体能力。中医的"辨证"就是把"四诊"（望诊、闻诊、问诊、切诊）所收集的资料、症状和体征，通过分析、综合，辨清疾病的疾因、性质、部位，以及邪正之间的关系，概括、判断多种性质的症。论治，又称"施治"，即根据辨证的结果，确定相应的方法。当今科学训练的重要贡献就在于争取多种有关因素的综合集结，及提高它们集成化的程度。"辨证论治"让教练员能从整体上全面把握运动员的训练状况，用辩证的观点分析各因素在运动训练中的作用，以灵活运用，使具体方法和手段与运动员有机体和谐对应，真正成为科学训练的主体。

5. 小周期、快节奏、高强度、重恢复、重技术的训练方法打造精品工程关键一环

浙江游泳人充分吸取"超大"训练量的经验教训，采取小周期、快节奏方式，将运动量从每天的 20000 米减少到 8000 米至 10000 米，并通过对训练时间的严格控制，结合对泳姿泳程的巧妙安排，提高负荷强度，从而提高训练质量，同时又大胆地把技术训

练放在第一位。

技术的变化是一个逐渐成熟的过程，因人而异。罗雪娟的素质特点是划手速度、腿的蹬夹效果和蹬腿速度较好，因此采用减小身体起伏但腰利用较充分的技术，表现在收手强而有力。技术的基础素质是力量，力量训练与专项训练的有机结合则是关键。张亚东教练将收手速度看做运动员潜力的标志，因此所制定的力量训练中常常有前臂屈和卧推，另外还在等动练习器上俯卧交叉拉力练习蛙泳手，用橡皮条拉力练速度，每组不超过1分30秒钟。罗雪娟的水上技术练习最长的400米，最短的15米，手法多样个性化极强。

6. 生理生化监测护航科学训练

生理生化指标能够提示训练引起机体变化的原因，并以此为依据来防止运动性疲劳质变性发展，加速恢复，提高运动能力。浙江游泳队最常用的指标有心率、血色素、血乳酸和血睾，用以了解队员的机能状态、安排训练的负荷强度，分析训练计划的合理性，并预测运动成绩。九运会周期中，浙江队坚持每两天测试血乳酸等，九运会前游泳队累计上高原100余天，全程科研跟踪。科研介入为浙江游泳队最后获得4金5银6铜成绩提供坚实保证。

1998年12月陈桦在亚运会上创下800米自由泳8分38秒的好成绩，但以后整整两年多时间，800米成绩始终在40秒左右徘徊，1999年4月冠军赛41秒46，1999年9月四城会上39秒43，同年10月锦标赛上44秒94。在次年2月经过深入分析八运会前后血乳酸的测试数据和相应训练计划之后，科研人员提出：（1）侧重发展陈桦途中游能力；（2）改进陈桦出发技术；（3）变换陈桦的呼吸方式。调整训练内容之后的陈桦，800米成绩在济南冠军赛上就恢复到37秒02，赛后一周跟进高原训练，共两次，最终在悉尼奥运会上虽然只获第6，但成绩却提高到30秒58，创历史最好水平。

7. 运动员刻苦训练，共创"浙江现象"

在浙江竞技队伍中，游泳队是最具拼搏精神的队伍之一。

身体形态并不理想的陈桦进队后拼着命练，仅三个星期就超过所有队友。为进一步提高成绩，她跟着男队员一起练，男队员做什么，她照样完成。超常规的训练负荷锻造了浙江队艰难起步的里程式成绩：一枚八运会800米自由泳铜牌，这个成绩也向所有的队员传递这样一个信息——勤能补拙，天道酬勤。九运会前夕云南高原训练，运动量有增无减，于诚因极度疲劳而头撞池壁，但次日仍然坚持着，最终游进九运会，游出两块金牌。

陈桦，对浙江游泳队已经是一种象征，象征着进取和希望。陈桦们的训练也已成为价值和意义的符号行为，它直接或间接影响着其他队员的行为表现。

正是队员们无数的汗水和泪水才换来今天的辉煌，一支技术过硬、作风顽强、战之能胜的队伍创造"中国游泳看浙江"的"浙江现象"。

8. 持续投入和优厚的奖励制度为浙江游泳腾飞助力

投入是发展的前提。表9反映的是1994—2003年10年间浙江省体工队对游泳队的经费投入状况。

表 9　浙江游泳队 1994—2003 年 10 月经费投入情况

	工资、伙食、服装、奖金比赛训练等合计投入（万元）	游泳队投入占全部运动队比例（%）	游泳队奖金占全部奖金比例（%）
1994	41.76	9.65	14.0
1995	58.32	9.75	3.37
1996	103.64	11.68	32.15
1997	165.11	11.38	10.47
1998	113.62	11.09	2.85
1999	117.87	10.04	8.93
2000	171.47	10.82	32.18
2001	397.78	14.76	36.64
2002	547.29	22.66	52.47
2003	246.58	18.77	71.83

注：统计的体工队运动队数 1949—1997 年共 13 个，1998 年 15 个，2002—2003 年 13 个。

我们看到，体育局对游泳队投入基本上呈持续增长态势，从 1994 年的 41.76 万元，提高到最高峰期的 547.29 万元，增长了十余倍，而且，还有全大队近 2/3 的科研经费也投向游泳队。另外，奖金分配制度也对游泳队"情有独钟"。在当时整个优秀运动队中，只有游泳队可以在三次年全国大赛中挑选两次作为年终奖金测评的依据。种种照顾，种种优惠都为游泳队的腾飞创造了最宽松最适宜的环境。

三、浙江游泳现象的人文精神剖析

在现代比赛条件下，即使是个人比赛项目，运动员的成功也凝聚着团队集体的智慧。实践证明，一支优秀运动队，它不但要求运动员具有优良的运动天赋和高水平的竞技能力，还要求运动员所在的团队能为他们提供充分挖掘和表现运动才能的环境和条件。

在浙江游泳成长过程，首先伴随着教练员、运动员的超越自我、战胜自我、克服困难、勇击对手等重要的个体行为和道德内容，这些个体行为品格的充分发育经由一次次的制度创新，由一锅锅的中药煎煮，一个个的测试针头而整合凝聚成全体成员的公平竞争（fairplay）、光明磊落（sportship）和团队意识（teamwork）等极为重要的社会行为和道德内容，成为团队共同的信念和追求，形成团队心理和团队气氛所具有的强大感应力，这感应力又反过来约束全体成员的行为。我们看到，这种约束力，有时比强力所完成的"硬控制"更为持久和强烈，并发挥"硬控制"所难以起到的特殊效果。所以透过浙江游泳的团队文化，我们可以感受到闪烁着的人文思想的光辉，那就是创新图治，实干图强。

浙江是一块神奇的热土，自然资源贫乏，人均仅半亩地，1952—1978 年的 26 年里，国家在浙江的投资人均仅 410 元，只及全国平均水平的一半！然而，在社会主义市场经济大潮中先行一步的浙江人创造了一个又一个奇迹。有人说，浙江每一寸土地都有铜板在跳动，每一个头脑都在为致富而畅想。商品经济有一种特殊的天然能力，它要求每一个社会成员必须历史地懂得和学会一种行为方式，这种行为方式就是竞争。经济社会中的竞争，其实就是人与人的竞争。竞争意识必然会变成商品行为中的人伦准则和道德规范。竞技游泳的"更快、更强"的教化，无疑会极大地推动这种伦理品质的培养，最起码说，商品经济下的伦理准则和竞技游泳教化下的行为准则是完全一致的，是互相促进和相得益彰的。事实上，浙江游泳人恰恰是承袭了"自强不息，坚忍不拔，勇于创新，讲求实效"的浙江精神，以创新的意识推动制度创新，以制度引导人们实干的行为。

四、浙江游泳崛起的历史性机缘

浙江游泳经历 40 余年默默无闻的苦干，从单纯的超大运动量训练，到训练与营养、恢复、管理并重的整体训练，浙江游泳走过的是一条注重游泳训练规律的踏踏实实的训练道路。天道酬勤，恰恰是 20 世纪 90 年代后期中国游泳环境的大整治，给了浙江游泳展示其竞技实力和训练内涵的机会，幸运的是浙江游泳以诚信和聚集的状态把握住了这次天赐良机。一颗孕育生命活力的种子，伴随中国游泳的决心和勇气而破土，是中国游泳有福了，也是浙江游泳之幸事。

五、浙江游泳持续发展中的问题

科学的本质是创新，发展的核心是可持续性。浙江游泳历经几度曲折，几代人的努力，直至造就新世纪的奥运冠军，是以人为中心的浙江游泳文化托举浙江游泳的升腾，也给中国游泳铺洒下一片希望。所以，文化，从器物层到制度层的创新，仍是浙江游泳持续发展所面临的，也是必须解决的问题。纵观浙江游泳发展过程和现状，我们主要提出以下问题：

（一）人才激励机制需与时俱进

在自然界所有的生命母态中，人是最积极的，但同时可能是最惰性的。激励的目的和最大课题就是把人积极的潜力释放与调动出来，其途径不外乎有三：一是给做事的人以充分的权力；二是给做事的人提供成就感满足的机会；三是给有功者提供必要的物质满足。当初，浙江游泳因为心存强烈的成长愿望，而 90 年代中期浙江游泳新的运行制度又助长并满足了这一愿望，才有后来的全面崛起。今天，在浙江游泳成为中国游泳制高点的时候，适用于起步阶段的固有制度就应该调整和充实。张维迎在关于世界 500 强的讨论会上指出，"竞争的核心不是资金和人才，因为资金和人才都可以流动，也不是技术的竞争，而是制度的竞争。"先进的制度可以孵化人才，合理的制度可以挽留人才。所以，我们即使是解决了成就感满足、物质分配这样的激励问题，我们还要解决一个至关重要的问题，那就是责任体制。浙江游泳对社会的责任是提供鼓舞人心、振奋人心的精神产品，对教练、队员等游泳人的责任是提供成长的机会和舞台，改善生活，提高生活质量；游泳人对浙江游泳的责任是用最小的成本，取得最大的产出；游泳人之间，游泳部门之间的责任是把困难留给自己，把方便让给别人。我们深信，只有责任体制才可以有效解决物质力所不能及的问题，有人承担责任的事业才是长长久久的事业。

（二）场地条件钳制队伍规模扩张

多年来浙江竞技体育能稳居于全国中上游水平，走的就是集约式高效模式，主要资源集中应对于优质资产的运作。但任何一种增长方式总是与某一特定时期相对应，在浙江经济总量占全国第四的时候，浙江竞技游泳的增长方式也应该与变化了的环境相适应，而首当其冲的"适应"项目就是竞技队伍规模的扩大。但浙江游泳队目前使用的游泳池是 1978 年因陋就简建造的，期间经过几次整修仍无法掩盖它的窘迫，5×50 米泳道再也不能容纳更多的选手训练，见表 10。

表 10 1997—2000 年浙江与其他游泳强省（市）一线队伍人数比较

	1997 年		1998 年		1999 年		2000 年	
	运动员	教练员	运动员	教练员	运动员	教练员	运动员	教练员
辽宁	69	11	69	12	73	12	93	11
上海	61	14	108	15	103	13	96	13
江苏	68	3	32	9	33	12	34	12
广东	69	17	91	20	101	23	100	20
浙江	40	7	36	8	41	8	38	7

注：据国家体育总局《体育事业统计年鉴 1998—2001》

所幸的是一座全新的游泳馆主体工程已在杭州萧山浙江体育训练基地内落成，该馆投资约 1.2 亿元人民币，总建筑面积 17756 平方米，馆内分游泳比赛池、花样游泳池、跳水池三个区域，省游泳队编制也随之扩大，场馆不足和编制不足问题应该会成为历史。

（三）人才培养环节有待调整

浙江游泳人才培养体系因为杭州陈经纶体校人才培养的超常规模式而使省中心体校陷入尴尬，一方面是制度赋予中心体校后备人才培养的衔接功能，另一方面是地方体校"咄咄逼人"的育材模式，而且浙江游泳后备人才资源较为充裕，尤其是近些年业余少体校在训人数居全国游泳强省（市）前列，见表 11，但大批学生中一些有潜质的人才因省队极有限编制而不得不外流，某种程度上说这并不符合浙江利益。所以如何理顺人才培养环节，为有潜力、有天赋的选手脱颖而出创造最有利条件是我们在面临如何继续保持发展势头时必须考虑的问题。最佳选择是用发展的办法解决前进中的问题。目前正准备实施的组建省队二线队或许是解决这一问题的良方。

表 11 浙江及游泳强省（市）体委系统业余体校在训游泳运动员和专职教练员比较

	1997 年		1998 年		1999 年		2000 年	
	在训运动员	专职教练员	在训运动员	专职教练员	在训运动员	专职教练员	在训运动员	专职教练员
辽宁	1589	61	1320	61	1372	66	1582	68
上海	1374	108	1472	102	1305	105	2575	93
江苏	1196	68	1435	65	1131	67	1222	65
广东	2313	98	2761	93	2589	99	1777	98
浙江	1113	55	1076	56	1957	61	2698	59

表 11 反映了一个全运会周期中我国游泳强省三线队员及教练员状况。如果我们进一步剖析，我们还将发现浙江专职游泳教练员工作量繁重或教练人数不足的现实，见表 12。

表 12　浙江及游泳强省（市）体委系统体校专职教练员与在训游泳运动员比例

	1997 年	1998 年	1999 年	2000 年
辽宁	1：26.1	1：21.6	1：20.8	1：8.6
上海	1：12.7	1：14.4	1：12.4	1：27.7
江苏	1：17.6	1：22.1	1：16.9	1：18.8
广东	1：23.6	1：29.7	1：26.2	1：27.5
浙江	1：20.2	1：19.2	1：32.1	1：30.1

（四）一线队伍梯队建设堪忧

城运会是四年一次检验城市竞技体育后备综合实力的盛会。长沙五城会浙江游泳以杭州、温州、宁波三地组队参赛，结果杭州市代表队在所有的 32 块金牌中获得 10 块而独占鳌头，成为城运会游泳比赛的最大赢家。但杭州的一枝独秀并不能掩盖浙江游泳未来发展的潜藏问题：

1. 比赛奖牌分布面较窄

我们细数五城会奖牌归属，遗憾地发现，浙江奖牌基本上都集中在现役国家集训队员上，具体见表 13。

表 13　　五城会浙江游泳队奖牌分布

	杨雨	吴鹏	罗雪娟	汤景之	郑静	于诚	张长	夏晨莹	男女接力	合计
金牌	4	3	1						2	10
银牌	1	2	1	2	1		1		3	12
铜牌								1	1	2

城运会游泳比赛的目的是检验各地市游泳后备队伍状况，比赛奖牌或进前八名的总数，某种程度上可以反映地方后备队伍总体实力的强弱和厚实程度。本研究统计，广东队（广州队和深圳队之和）以 51 人出战，其中有 11 人获奖牌 24 枚，辽宁队（沈阳队和大连队之和）共 36 人参赛，有 7 人获奖牌 15 枚，相对于 30 人队伍、却有 8 人获 24 枚奖牌的浙江队来说，浙江显然更具产出效益，杨雨、吴鹏、罗雪娟三人垄断全部个人项目金牌，两块接力金牌中他们更是当然的功臣！较高的金牌产出率也是浙江竞技体育发展的特点，但一枝独秀不是春，群雄纷争、新人辈出才能带来持续的繁荣。在浙江的产出效益发挥到极致的时候，规模和效益矛盾关系又发生了转变。现实是，恰恰是规模不足钳制了浙江游泳的进一步发展，这一点，我们还可以从各单项前八名运动员的年龄分布中得到印证。

2. 单项比赛前八名运动员年龄分布面临"断档"困境

我们以五城运会游泳奖牌数居前的广东、辽宁队、上海队及十届全运会举办省江苏队作对比，结果见表 14。

表 14　五城会游泳比赛个人项目前 8 名年龄分布（单位：人次）

队员生年	1983	1984	1985	1986	1987	1988	1989	1990	1991
辽宁队	3		5	6	5	8	6	4	1
上海队	2	5	3	3	2	2	6		
江苏队			3	4			5	2	
广东队	3	4	1	19	1	4	1	1	
浙江队	4	2	5	3	14				

广东、辽宁、江苏等获奖牌总数大大落后于浙江，却均有新人在比赛中崭露头角，显示了四省市游泳发展的后续实力。反观浙江队，奖牌遥遥领先但同时又陷入前八名运动员年龄分布失衡的尴尬，1988—1991 年，甚至 1992、1993 年龄层次断档，可能预示了浙江游泳在未来一定时期内将以保持、提高年轻的"老将"竞技状态作为训练管理工作的重点，而源源不断的"新人"恰恰是继续"浙江游泳现象"的根本前提。这意味着，浙江游泳仅在城运会获奖牌运动员的年龄结构方面就已显现后续问题。

3. 单项比赛前八名运动员分布呈不规则的断层倒金字塔形

金字塔形分布具有最稳固的力学结构特点，常常被用来比喻竞技队伍建设的常规模式。但浙江城运会单项游泳前八名分布却独具形态，具体见表 15。

表 15　五城会游泳单项比赛前 8 名分布状况（单位：人次）

	第一	第二	第三	第四	第五	第六	第七	第八
辽宁队	2	6	7	7	6	7	4	5
广东队	4	5	12	8	6	5	5	1
浙江队	10	12	2		2	1	7	4

显然，浙江不同于广东的纺锤状，也不同于辽宁的近似金字塔状，而是呈独特的断层倒三角形。仅有尖子选手并不能满足持续发展，庞大的能够变成尖子的中间群体才是发展的基础，而更庞大的竞技游泳队伍更是浙江游泳发展的保障。

4. 优势项目面临挑战

优势项目面临挑战首先表现在五城会各项目前八名结构上。以目前具有绝对优势的女子 100 米蛙泳为例，1984 年的罗雪娟之后，紧随其后的是 1988 年的广州选手、1990 年的山西选手和 1989 年的上海选手，杨雨的 200 米自由泳目前国内也无人能出其右，但杨雨之后则多为 1987 年的其他省市的选手，展示的是浙江尖子奇锐，却厚势不佳状况。如果说罗、杨二人尚能稳坐头把交椅，那么吴鹏的 400 米个人混合泳则遇到了实实在在的威胁，比赛中来自辽宁的刘维佳始终紧随其后，比吴鹏的成绩仅慢 0.048 秒。2003 年 7 月城运会预赛，刘的 400 米混合泳成绩仅为 4 分 28 秒 83，短短 3 个月便提高了 8 秒之多，令人惊叹。五城运会上他还获得 200 米个人混合泳铜牌、200 米蛙泳和 200 米蝶泳两项第四，1500 米自由泳第五。来自合肥队的赵涛 200 米混合泳位居吴鹏之后，却也同时取得 100 米、200 米仰泳冠军。北京的张琳夺得 200 米、400 米自由泳两块金牌，我们可以预期他将在男子自由泳领域集聚更大的能量。对此，浙江面临的挑战将是严峻的。

（四）短距离项目亟待突破

长沙城运会共设包括接力在内的 32 个男女项目，其中长距离项目有女子 800 米自由泳和男子 1500 米自由泳。浙江前八名选手的成绩分布依然承袭了浙江传统的项目分布状况，见表 16。

表 16　浙江队城运会前八名运动员个人项目分布状况（单位：人次）

	第一	第二	第三	第四	第五	第六	第七	第八
短距离	2	4						
中长距离	5	4	1		1	1	2	2
长距离	1	2			1	1		1

浙江游泳首先是在长距离项目上实现突破的，长距离项目已经形成教练员的经验优势和后备人才储备优势，但 34 项奥运比赛项目中有 26 项为短（中）距离项目，短距离项目大面积突破会给团队创造更多效益，而且国家游泳规则也限制每支队伍长距离项目的报名人数。提倡长短距离项目协调发展的深层含义在于从运动员选材到教练员训练方法的充实和突破。

（六）接力布局失衡

接力项目反映了一支队伍的整体实力。浙江获得九运会女子 4×100 米混和泳接力银牌的成绩并不能掩盖接力人才奇缺的窘迫，女子蝶泳在阮怡退役后已露颓势，仰泳仗仰已过高峰期的杨帆一人苦苦支撑。蝶泳、仰泳是浙江弱项，长沙城运会成绩表明弱项的弱势格局依然存在。100 米、200 米仰泳选手在预赛中就遭淘汰，100 米蝶泳无人报名，200 米蝶泳郑静以 2 分 25 秒 20 的成绩获第八，但前有 1990 年出生的大连选手以 2 分 12 秒 63 获第二。与浙江相反，沈阳选手却在 200 米仰泳项目上游出 2 分 12 秒 19 的冠军成绩，并超过该项目奥运会 A 标。200 米蝶泳也新人迭出，山东选手就以新人新姿态战胜崔丽、张添翼两名世锦赛选手而夺冠。此消彼长，毫无疑问，浙江女子在仰泳、蝶泳后备人才方面的缺乏和其他省市选手成绩的大幅提高，给经浙江队带来的不仅仅是项目成绩的差距。

（七）不同层次教练员使用的矛盾显现

其一，浙江游泳的崛起，得益于几代游泳人的共同努力，但一个不容忽视的问题是，省队三名金牌教练上调至国家集训队，肩负代表国家参加国际比赛重任，这决定了三位教练的主要精力和训练中心必然围绕国家集训队正选队员，不可避免地削弱其他带训队员训练的针对性，况且这些队员在较低训练水平阶段就把较高训练水平阶段的训练手段用尽，也不利于日后新的训练适应的产生。其二，队内年轻教练因为缺少金牌教练的手把手传帮带而延长掌握游泳规律的时限，增加人才培养成本；其三，队员家长缺乏对年轻教练的完全信任而影响训练成效。所以在金牌教练充实到国家队之后，队内对年轻教练的培养和使用已成为浙江游泳队面临的迫切需要解决的问题。

（八）儿童运动员主项成绩增长之快令人担忧

现在业余体校游泳水平越来越高，特别是 10～11 岁年龄组的成绩令人瞠目，几乎要赶上成年人的水平。表 17 显示的是浙江 1998、2002 年两届省运会 10 岁年龄组男子前六名成绩状况。

表 17　　1998、2002 两届省运会游泳比赛 10 岁年龄组男子前六名平均成绩比较

| | 1998 年省运会 | | | | 2002 年省运会 | | | | |
	第 1 名	第 6 名	$\overline{X}$	S	第 1 名	第 6 名	$\overline{X}$	S	P
50 自	31.77	34.49	33.6250	1.0840	29.43	34.83	32.12	2.3514	
200 混	2:44.16	2:47.59	2:45.1817	1.3416	2:30.13	2:40.98	2:36.1483	4.1739	**
400 自	5:02.99	5:12.38	5:09.0350	3.2943	4:38.06	4:58.25	4:52.4667	7.5565	**
爬泳全能	280.7	254.5	270.533	9.707	296.8	275.9	277.783	17.129	
仰泳全能	280.4	262.7	271.300	6.621	293.9	270.3	280.817	11.102	**
蛙泳全能	285.4	249.5	268.200	14.725	292.0	260.3	278.850	12.875	**
蝶泳全能	285.0	266.8	277.717	7.818	305.7	238.6	2783.00	25.616	
4×50 自接力	2:07.35	2:21.15	2:14.5850	4.8686	1:59.47	2:18.25	2:0.73317	6.9371	**
4×50 混接力	2:20.75	2:42.81	2:30.4650	9.0180	2:13.26	2:38.28	2:22.4600	9.1555	**

表 17 表明 10 岁男子成绩较 1998 年省运会都有较大幅度的提高，除了 50 米自由泳、自由泳全能和蝶泳全能以外，其他各项成绩差异均达显著性水平。

儿童成绩增长过快原因很多，但根本原因只能专项训练，无论是时间，还是强度，抑或训练手段，都比以往大大增加。目前普遍表现出来的 11 岁以后的年龄组成绩增长缓慢已印证了我们的判断。这一情况令人担忧。

1993 年诺贝尔经济学奖得主道格拉斯.C.诺斯认为，制度变迁能否成功或者说制度变迁走什么样的道路，取决于两个因素的共同制约：一是复杂的信息不完全的市场，二是制度在社会生活中给人们带来的"报酬递增"。我们在提炼抽象浙江游泳故事而汇成研究报告时，我们发现，决定浙江游泳走向的制度创新实实在在地出现了诺斯所说的"偶然变迁"，我们希望再现"报酬递增"。改革造就浙江游泳的初步成功，初步成功浙江游泳支撑着改革的继续深入，深入的改革又造就浙江游泳的进一步繁荣。

（项目编号：532ss03041）

中国竞技体育人力资源调控与可持续发展研究

肖林鹏 李宗浩 张 欣 唐立慧 孙艳丽 孙荣会

一、中国竞技体育人力资源概论

(一) 人力资源

1. 资源与人力资源的概念

资源是人类赖以生存发展的物质基础，任何社会活动的开展和活动目标的实现，都是人、财、物等资源投入的结果。资源内涵有狭义（小资源）和广义（大资源）之分。前者仅指自然资源；后者则是多元复合概念，是指在一定科技条件下可转化为社会财富的自然、经济、社会条件，是一个包含复杂结构的、有数种子资源构成的、具有强大整体性功能的资源体系，包括自然资源、经济资源、人文资源、人力资源、政治资源和制度资源六大既相互独立又相互联系的子资源系统。王子平等认为，"资源是指一定的社会历史条件下存在的，能够为人类开发利用，在社会经济活动中经由人类劳动而创造出财富或资产的各种要素。"有学者则更进一步提出"泛资源"的概念，认为资源是对人类或非人类有用或有价值的所有部分的集合，包括自然资源、人力资源、信息资源、科技资源、时间资源、空间资源、社会资源（如权力）。因此，我们认为，资源是指为人类社会发展所需且能够经由人类劳动创造出财富或资产的物质、能量和信息的总称。资源是自然界和人类社会中可以用以创造财富的客观存在，一切有利用价值能够为人类所用的自然、经济、社会条件及要素都属于资源范畴，现实中的资源是一个复杂的系统存在。

对于什么是人力资源，目前学术界尚无较统一的定义。伊凡·伯格（Ivan Berg)认为，人力资源是人类可用于生产产品或提供各种服务的活力、技能和知识。雷西斯·列科（Rensis Lakere)认为，人力资源是企业人力结构的生产力和顾客商誉的价值。内贝尔·埃利斯（Nabil Elias)认为，人力资源是企业内部成员及外部的人可提供潜在服务及有利于企业预期经营的总和。也有人认为，人力资源是具有智力劳动和体力劳动能力的人们的总称。本文认为，人力资源是指在一定时空条件下存在的、能够推动经济和社会发展的劳动力的现实和潜在的禀赋（所谓禀赋即指人所具有的智力、体魄等素质）。"人力"的最基本方面包括体力和智力，如果从现实的应用形态来看，则包括体质、智力、知识和技能四个方面。

2. 人力资源的作用

一言以蔽之，人力资源是社会经济发展的根本源泉，社会经济发展归根到底取决于人的发展。进而言之，现代社会中所面临的各种竞争与挑战，归根到底是人才的竞争和挑战。人力资源是一种居于主体地位的、能够推动物质资源并主动适应物质资源的能动性资源。它是技术进步的载体，并且是具有能动性的载体。人力资源实质上是一种人的劳动能力，是人类用于生产产品或提供服务的体力、智力、技能和知识。人力资源的载体是人，人具有自然和社会属性。因此，人力资源不仅是一种自然力，又是一种社会力。人力作为自然力，它与风力、水利、机械力一样是有限的，但他们组成特定的社会组织，使每一个成员在组织中发挥各自的作用，组织对其活动加以协调，这样便产生一种合力，使个体的能力变成群体的能力，转化为社会力量。

以美国为例，据丹尼森（Denison）用经济增长因素分析方法的估计，1929—1957年间，美国学校教育对经济增长的贡献超过了物质资本的贡献，经济增长中约有23%～33%来源于教育。西奥多·舒尔茨（S·shureze）通过教育投资收益分析方法测定，美国战后的农业增长，只有20%是物质资本投资引起的，其余的80%主要是教育以及与教育密切相关的科学技术的作用。舒尔茨通过计算还证实，美国从1900—1957年，物质资本增加约4.5倍，由此获得的利润增加3.5倍；对劳动力进行教育和培训的投资增加约8.5倍，相应增加的利润达17.5倍。这些都说明，人力资源作为一种生产要素对美国经济增长的贡献超过了其他一切形态的资源，资本积累的重点应当从物质资本转移到人力资本，即对人力资源的投资。

3. 人力资源的特点

人力资源是一种特殊而又重要的资源。一般而言，具有以下几个主要特征。

（1）人力资源具有生物、社会双重属性

人力资源存在于人体之中，是一种"活"的资源，与人的生命特征、基因遗传等紧密相联，具有生物性。但人力资源更重要的是体现出社会属性。从一般意义上说，人口、人力资源、劳动力，都是人类社会活动的结果，又都是构成人类社会活动的前提。从社会经济运动的角度看，人类劳动是群体性劳动，不同的人一般分别处于各个劳动集体之中，这就构成了人力资源社会性的客观基础。从宏观上看，人力资源是处于一定社会范围内的，它的形成要依赖社会，它的配置要通过社会，它的使用要处于社会经济的分工体系之中。所以，从本质上讲，人力资源是一种社会资源，受一定的社会经济状况与社会生产方式的制约，受经济基础和上层建筑等社会制度的制约。

（2）人力资源形成的条件性

一个国家或地区的人力资源在其形成过程中，往往要受到时代条件的制约。人一生下来就会遇到既定的生产力和生产关系的影响。当时的社会发展水平就会从整体上影响和制约着人力资源的禀赋，即只能在时代提供的现有条件和前提下，才能发挥人力资源的作用及价值。一个国家和地区社会经济发展水平不同，形成人力资源素质的基础也就不一样。任何人力资源的形成都不可能摆脱当时社会文化水平的制约。

（3）人力资源的时效性

人力资源的培育、开发、配置、利用是作为一个完整的过程存在的，而这些环节要受时间的限制，要讲究时效性。从当代医学、生物学角度看，人有生命周期，不能长期储而不用，否则会退化、荒废。人能从事劳动，能被开发利用的时间又被限制在生命周期中的一段。在这一段又要视人才类别、层次的不同，有其才能发挥的最佳期及最佳年龄段，期间还有其才能发挥的最佳年、月乃至日等。在人力资源客观最佳的状态没有被很好地有效配置也就造成了人力资源的浪费，"用当其人""用当其时"就体现了人力资源完整过程的时效性特征。

（4）人力资源的开发具有持续性

一般的物质资源只有一次开发或二次开发，形成产品使用后，不存在继续开发的问题。人力资源则不同，开发使用之后可以继续开发，使用过程同时也是开发过程。尤其是新技术革命的推动下，知识更新周期不断缩短，人在得到一次开发、二次开发并工作之后，还必须继续提高人力资源的质量。

（5）人力资源的可再生性

这是人力资源的本质特点之一。人力资源的这种再生性是基于人口的再生产和劳动力的再生产，并通过人口总体内个体的不断更替和"劳动力耗费——劳动力生产——劳动力再次耗费——劳动力再次生产"的过程得以实现的。当然，人力资源的再生性不同于一般生物资源的再生性，除了遵守一般生物学规律之外，它还受人类意识的支配和人类活动的影响。

（6）人力资源增值的持续性

物质资源、财力资源在生产过程中转化成新的产品形态，产生新的功能后便实现增值，而且是一次性增值。以后随着产品使用时间的延长，其原有价值会逐渐递减。而人力资源在开发、使用中能实现持续增值。例如，技术人员在开发新产品的过程中，每开发出一项新产品，其本身价值就增值一次，而且这种开发可持续进行，不断地创造出新的财富，实现新的价值。另一方面，人力资源的增值还与激励机制成正比，激励越大，人力资源的价值系数就越大。所以说，人力资源是世界上唯一取之不尽、不断增值的特殊资源。

（二）中国竞技体育人力资源

1. 竞技体育人力资源的概念

体育资源是能够满足体育发展需求的各种自然、经济、社会等要素或条件。竞技体育资源是体育资源的下位概念，能够满足竞技体育发展所需的各种自然、经济、社会等要素或条件则称之为竞技体育资源，竞技体育资源是包括人力资源、物力资源、财力资源等资源类型在内的资源系统。所谓竞技体育人力资源是指对竞技体育发展有直接推动作用的人员的现实及潜在禀赋的总和。这些人员的现实及潜在禀赋主要包括人的素质、知识和能力等方面。资源、体育资源、竞技体育资源及竞技体育人力资源的关系可如图1所示。

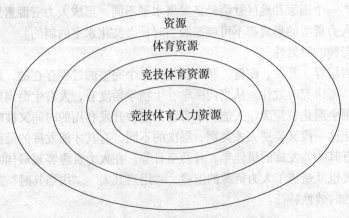

图1 资源系统内部关系示意图

近年来，经过对素质一词的多方探讨及素质教育的广泛实践，大多数人对这一概念所得到的普遍认同是：素质是在人的先天生理基础上，经过后天教育和社会环境的影响，由知识内化及其他实践活动的作用而成的相对稳定的心理品质。素质包括思想道德素质、文化素质、业务素质、身体心理素质等。一般地说，知识是属于人的一种对象性的具有客观内容（信息）的意识形式，知识是主体对人类社会实践经验的概括与总结。从心理学的观点来看，知识是储存在头脑中的信息。就个体所掌握的知识来说，每人都是基础知识、专业知识和其他知识的统一体。

能力是人顺利完成某种活动所必需具备的心理特征之一。人的能力包括基本能力和专门能力两大部分。一般来说，知识是属于表层的东西，但它是基础，是能力和素质的载体；能力是在掌握了一定的知识基础上经过培养训练和实践而形成的，属于里层；素质是把外在获得的知识技能内化为人的身心，升华成稳定的品质和素养，属于内核，是三者的核心；从表现形式上看，知识作为属于人的一种对象性的具有客观内容（信息）的意识形式，作为人类精神的产物，不只限于理论形态而且大量地以经验形式存在，并且在某些方面带有人类个体的特征。

就人类认识客观世界而积累下来的现有知识而言，存在的方式和形式也有所不同，它以实物、理论、观念、规范等不同形态存在，有时知识表现为事物的感觉、知觉，有时表现为事物的表象或观念，有时表现为事物的概念或法则；能力是个体完成某活动并影响活动效率的本领。它内化于人的身心，是人的本质力量，是通过人的活动来表现，通过活动完成的快慢和活动取得的成果多少及质量高低来体现，它没有独立的存在形态；素质是一种相对稳定的内在品质，是以人的知识和能力为表现载体，通过外在形态的人的言行来体现的。

2. 竞技体育人力资源系统

竞技体育人力资源是竞技体育发展所需的且有直接联系相关人员的现实及潜在禀赋的总和，因此，不同层次、不同领域的众多人员组成了竞技体育人力资源系统。

由于竞技体育的竞争结果（成绩或水平）必须要经由运动员的训练过程并通过有效参赛才能表现出来，运动员又主要是在教练员的调控下完成这一任务的，因而竞技体育人力资源系统的最基本单元是由运动员和教练员组成的有机结构，运动员与教练员构成的系统为竞技体育人力资源系统的核心子系统，以此核心子系统为辐射，众多相关人员组成了与竞技体育发展密切相关的外围子系统，主要包括体育系统内的各级各类管理人员、科研人员、裁判员、医务人员、教学人员、后勤服务人员、外事工作人员、经营人员乃至体育中介人员等（图2），不同人力资源子系统之间并不是孤立的，而是有着紧密的联系且它们均对竞技体育的发展发挥着不同层次、不同水平的作用。

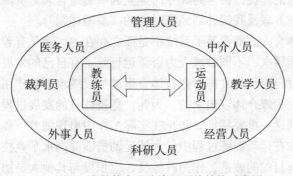

图2 竞技体育人力资源系统结构示意图

据俄罗斯学者统计，影响"提高运动成绩"的因素达 150 多项，包括体能、机能、智能、心理、技术、战术及许多社会因素，对这一现象的研究涉及人体形态学、遗传学、解剖学、组织学、生理学、生物化学、生物力学、营养学、医学、心理学、教育学、管理学、经济学、信息学等几十门学科。上述任何一个领域都是以人力资源为载体而存在的，在特定时期任何一个系统都可能成为影响竞技体育的致命环节。因此，对竞技体育人力资源重要程度的判断必须以辩证的动态观点去认识，必须依据各国或地区竞技体育的实践状况，在与周围国家或地区竞技体育对比中，发现自身的不足，及时调整人力资源的配置，发挥人力资源的整体功能以实现对竞技体育发展贡献的最大绩效。

上述竞技体育人力资源子系统是竞技体育系统内部的组成部分，是与竞技体育发展有着直接联系的竞技体育人力资源形态。而对竞技体育发展起到间接作用的人员如经常锻炼的体育人口、体育积极分子、体育志愿者、体育爱好者等群体也对竞技体育发展起重要作用，甚至作为一般的社会群体都对竞技体育的发展起一定作用。这是由于，在竞技体育竞争日趋激烈的当代，竞技体育竞争已经超越了单纯的生物学范畴，社会学、生物学、心理学三大领域众多要素都可影响到竞技体育竞争的最终结果。如独生子女家长对子女从事竞技体育的态度问题已成为我国竞技体育后备人才的重要影响因素，显然这一问题已不是单纯的生物学范畴，而是有着广泛的社会心理因素在内。因此，竞技体育作为一种复杂的社会文化现象，必然要受到社会人文大环境的影响，而每一层次的系统功能都取决于更上一层系统的作用；另外，对竞技体育发展起间接作用的人力资源也最有可能成为与竞技体育发展直接相关的人力资源。为此，为避免对竞技体育人力资源概念的泛化理解，我们界定竞技体育人力资源的范畴是与竞技体育发展有直接作用的相关人员。

3. 竞技体育人力资源系统的特点

竞技体育人力资源具有作为人力资源的一般特征，与其他类型人力资源相比，竞技体育人力资源系统还具有以下显著特征。

稀缺性。相对于人类的需求而言，资源在客观上都是稀缺的。竞技体育人力资源的稀缺尤为如此。竞技体育人力资源的稀缺是就竞技体育人力资源与竞技体育发展的需求而言的。竞技体育是一种大规模的社会文化实践，人是位于其核心的要素。但由竞技体育实践的特殊性——少量"精英"参与就决定了竞技体育人力资源客观上存在着稀缺——并不是人人都可以成为世界冠军。当今世界各国竞技体育的竞争之烈，更加剧了人力资源的宝贵与稀缺，是否拥有一支优秀的教练员、运动员及相关人员的参赛队伍很大程度上影响着该国在世界体坛的地位。为改变竞技体育人力资源的稀缺状况，各国无不高度重视人力资源的建设，甚至为此专门建立起一套适合人力资源培养的管理体制及运行机制体系（如前苏联及我国计划经济时期的"举国体制"）。

目标性。竞技体育人力资源各子系统不是孤立存在的，而是有着相互影响、相互作用的紧密联系，不同层次、不同领域人力资源运行除了有自己的发展目标外，其最根本的外部目标在于通过自身贡献发挥对竞技体育运动员成绩水平的作用。个体局部的目标及利益是通过运动员为媒介体现出来的。为此，竞技体育的发展过程中，各级各类人力资源必须充分认识到这一重要特征，防止在实际工作中出现偏差，要特别重视以运动员为"目标"载体，如在运动训练过程中，为使运动员适应高水平竞技比赛的需要，需要对运动员身心进行有目的的改造，作为教练员，应积极与其他人员协作，有针对性地以运动员为中心，充分考虑运动员的人性特点，对运动员进行积极"改造"。

整体性。竞技体育人力资源的"水桶效应"说明，竞技体育参赛需要集众多人员的智慧，充分发挥"智囊团"的作用，实现"1+1>2"的效应，这就是竞技体育人力资源的整体性特征。从竞技体育人力资源发展的演变来看，大致经历了人力资源参与数量由简单的运动员——教练员系统发展到各方人员广泛参与，人力资源质量由水平不高发展到具有高超竞技水平的过程。现代竞技体育的竞争，体现出了众多人员的高度合作，通过近几年我国在奥运会上取得的成功经验中可以看出，在管理人员、科研人员、信息服务人员、后勤准备人员、医务监督人员等的协调作用下，我国运动员竞技能力及参赛水平得到了最大程度的发挥。因此，可以说，任何一个运动员的成功无不是凝结了各方面人员的智慧，这无疑是一种整体性行为。

调控性。竞技体育人力资源的调控是指为实现既定的目标，运用各种政策、制度、法规等手段对竞技体育人力资源的运行过程进行的调节和控制。竞技体育人力资源的运行过程发生在一定时间及空间域内，在调控上便体现为对人力资源的培育、开发、配置及利用等重要环节及内容。实现竞技体育人力资源的最大利用效益是竞技体育发展的根本目的，作为兼有社会与自然双重属性的人力资源无疑是最难控制的"系统"，对各类人力资源的控制实行过分干预或任由发展的做法都是不可取的，为使各种类型的竞技体育人力资源发挥出各自的最大价值，就必须采用合适的方法手段达到此目的，一方面，激励人力资源自觉发挥其内在动力；另一方面，又必须通过一系列的计划、行政、经济、法律等手段，必须建立一系列合适体系制度等来引导人力资源的发展。事实上，这些内容恰恰是本文进行研究的题中应有之意。

4. 竞技体育人才

一般认为，凡具有一定学识水平，并且在社会实践中做出创造性贡献的人都可称之为人才。体育人才是指在一定的社会条件下，以其创造性的劳动，对体育事业的发展、人类进步、国家利益做出了某种较大贡献的人。1994年全国体育科技工作会议上，曾把体育人才划分为运动员、教练员、管理人员、后勤人员、科研人员、教学人员、党政工作人员、体育经济人员、群众工作人员、外事工作人员和官员12类。可见，体育人才并不是特指某一领域的人，任何一个领域只要有突出的创造性贡献的人都可称之为人才。

我们认为，竞技体育人才是具有一定体育学识和技能，能在竞技体育领域做出创造性贡献的人。显然，竞技体育人才属于竞技体育人力资源，而竞技体育人力资源却不都是竞技体育人才。竞技体育的发展需要大量竞技体育人才，而依据人才的智能搭配原理，光有人才是不够的，还需要大量的在各自岗位上做出奉献的普通人员。

竞技体育领域的体育人才主要分为运动型人才、科教型人才、管理型人才三类，这就包括了竞技体育领域内具有专业知识、具有熟练的运动技术、较高的竞技水平、科学的经营管理水平和那些在体育教育、运动训练、科研、医务监督、信息服务方面造诣较深、为发展竞技体育事业做出一定贡献的人。区分竞技体育人才和非竞技体育人才的标准是看他能否在体育工作或竞技比赛中进行创造性的劳动和做出贡献。体育专业知识水平越深，运动技术水平越高，创造能力越强，工作成绩越大，人才的层次也就越高。

当前，我国竞技体育处于改革与发展的关键时期，适应于社会主义市场经济体制的竞技体育体制尚在构建之中，新一轮奥运争光计划也正在启动之中，如何进一步提高我国在国际体坛的地位和国际影响，如何谋求我国竞技体育的可持续发展等已成为我们必须面临解决的实际问题，这无疑需要大量竞技体育人才，需要稳固的竞技体育人力资源支持系统。为此，我们需要提高竞技体育人力资源的素质，改善人力资源的结构，大力培养竞技体育人才。而竞技体育人才的培养和大批人才的涌现，有其自身的规律，它是一个多因素影响、作用的结果，并不是单纯的身体、技术战术训练的结果，而是一个既纵向连续作用（包括才能诱发、家庭启蒙、学校教育和激发等），又横向交错影响（包括生物、心理、社会、经济、文化等）的综合结果。因此，发挥人力资源对竞技体育发展的价值，就必须实施有效的人力资源调控。

二、中国竞技体育人力资源系统现状分析

充分了解中国竞技体育人力资源的现状是实施中国竞技体育人力资源调控的必要前提。为此，下面针对我国竞技体育人力资源系统的几个基本组成部分进行分析。

（一）竞技体育后备人才资源

竞技体育的发展规律告诉我们，竞技体育后备人才是竞技体育发展的源泉与根基，舍此基础，竞技体育就是无源之水、无本之木。我国竞技体育后备人才系统呈现以下特征。

后备人才总量与分布。传统计划经济体制下，我国竞技体育后备人才体系培养模式为"金字塔"型。各省、市、区、县层层有体校，大量的竞技体育后备人才分布于祖国各地。随着国家经济体制转型，引起了业余训练的变化，很多业余体校由于办学质量不高、经费不足、招生渠道不畅等原因，无法生存而自行解体。在校人数大为减少，据有关资料统计，我国竞技体育后备人才1996年有308282人，1999年为153508人，减少了154774人数（约占50%）。在新旧机制转换时期产生的混合的而且在某种程度上被扭曲的培养机制造成了当前我国后备人才严重匮乏，如在某些地区出现篮球后备人才培养的真空状态。据高瞻等对我国职业篮球俱乐部现状调查发现，被调查的六支俱乐部的二线队员仅有96人，几乎没有三线队伍。又如我国田径项目高水平后备严重匮乏，特别是我国的优势小项后备人才奇缺，2000年参加全国青少年比赛的运动员中，16~17岁组只有53人达到一级运动员标准，被认为是2008年奥运会我国优势小项的后备人才数量更是少得可怜，竞走、中长跑等优势项目仅有9人。通过对1999年《体育事业统计年鉴》有关资料的统计分析可以看出，竞技体育后备人才的分布与自然区域人口呈现不平衡。我国的竞技体育后备人才主要集中在山东、广东、四川、辽宁（20000人以上/省），其次是河南、河北、江苏、云南（15000人以上/省），湖南、浙江、黑龙江、广西、福建、陕西、安徽、上海（10000人以上/省、市）。后备人才的分布不均对我国体育事业的发展是不利的，但从客观上又为后备人才进入人才市场，进行跨区域的交流创造了条件。因此，作为体育管理部门如何因势利导、疏通渠道则显得尤为重要。

后备人才结构。竞技体育后备人才数量和质量是相辅相成的两个方面。就对竞技体育发展的贡献而言，后备人才质量的意义要远远超过它的数量。目前，我国体育界对于竞技体育人才梯队配置的观点主要有两类：一是"金字塔型"，大多数专家、学者认为，这种形式比较适合中国的国情，有利于一线、二线、三线运动队的衔接和群众体育的开展；二是"大厦型"，这是近年来有关专家提出的新观点，比较赞同把有限的财力、物

力、人力集中投入到竞技体育的优势项目上，未必把竞技体育的摊子铺得太大，以保持世界的领先地位。而实际状况是，我国竞技体育的一线、三线运动员相对较少，而二线运动员则相对较多，一、二、三线运动员的配置处于失衡状态（表1）。

表 1　我国一线、二线、三线运动员配置

类　别	一线	二线	三线
优秀运动队	13849		
省体校（运动班）		38571	
市重点体校		78831	
体育中学			14338
普通业余体校			21768
合　　计	13849	117402	36106

注：引自 2001 年全国体育发展战略研究会文集. 205.

以输送率为定量指标进行统计分析（表2），属于三线队伍的普通业余体校、体育中学的输送率明显地高于省、市重点体校二线。省、市重点体校一直被认为是培养后备人才的重要基地，可实际情况并不尽如人意。由于招生监督机制不健全、过分强调经济效益（招收师资班、自费生、私自收费）等原因，导致"灰色"招生现象严重。有相当一部分无体育特长的青少年进入了体校，反而一些有体育天赋的青少年，因家庭经济状况等原因未能如愿。很多竞技体育后备人才就这样白白流失，给国家造成了资源的浪费。

表 2　我国二线、三线体育后备人才输送率

类　别	青少年运动员人数	输送给一线人数	输送率（%）	P 值
二　线	117402	2298	1.96	<0.01
三　线	36106	2202	6.10	

注：引自 2001 年全国体育发展战略研究会文集. 205.

后备人才市场。后备人才市场的开发和利用程度直接影响着后备人才的培养和供给。我国竞技体育后备人才市场作为人才市场的一个组成部分，起步相对较晚，地区之间的发展不平衡，市场体系、市场法规和运行机制也不尽完善，存在着后备人才的自由合理流动与地方保护主义的矛盾、短期效益与长期发展的矛盾、供给与需求的不平衡等，后备人才市场自身的调节则显得软弱乏力。这可能导致三方面问题的出现：竞技体育后备人才市场短缺，使整个人才市场运行处于非均衡状态之中，从而使人才资源无法得到有效配置；后备人才市场的供求失调、人们的价值取向变化、非法中介、信息不畅等引起竞技体育后备人才市场失灵，市场自身处于无力调节的状态；后备人才市场地域差异、市场信息调整存在"潜伏期"、人才培养的系统性与长期性以及区域人才市场之间的不公平竞争，导致后备人才市场调节的局限性。

后备人才培养模式。目前，我国竞技体育人才的培养模式正处于新旧交替阶段，根据不同项目的开展情况，培养模式具体表现不同。从后备人才培养的总体来看，主要是"以政府为主，市场为辅"的模式。这与市场经济发达的国家相比还有较大的差距，但可喜的是，这种局面开始被打破，有些地区或项目已经开始尝试"以市场为主，政府为

辅"的培养模式。如足球、篮球、武术、摔跤、乒乓球、排球等项目。这种模式仍处在探索和起步阶段，还没有形成后备人才培养的主流。另一些在国内开展并不理想的项目，其人才培养模式单一，人才输送渠道少，后备人才严重不足。还有许多项目处于两种体制夹缝中，但大多数项目的人才培养仍以过去的模式为主。另外，由于教育结构改革，使中专体校招生困难，面临挑战。我国大多数竞技体育项目过去形成的业余体校（包括重点中学）——运动学校——体工队——国家队的"一条龙"式培养体系，在实践中取得很大成绩，但由于不同的利益矛盾造成了衔接上的不协调，业余阶段青少年训练一味追求成绩忽略了基础训练，违背人才成长的规律，致使许多有发展前途的青少年昙花一现，早熟早衰。

（二）高水平运动员资源

多年来，我国竞技体育系统已形成了一支不同层次的优秀运动员队伍。1995 年，我国竞技体育系统内优秀运动队在队运动员为 13265 人，国家级运动健将 982 人，国际级运动健将 165 人；1998 年，我国竞技体育系统内优秀运动队在队运动员 13849 人，国家级运动健将 885 人，国际级运动健将 97 人。1995 年我国一、二、三线运动员总数达到 309901 人，其中等级运动员 40500 人。1998 年我国一、二、三线运动员总数约为 349795 人，其中等级运动员 46212 人。1998 年我国一、二、三线分别为 13849 人、38571 人和 297375 人。

当前，我国高水平运动员队伍仍存在下列问题。以国家队为龙头的高水平训练群体尚未形成，适应社会主义市场经济体制的集中与分散相结合，多强对抗与竞争的国家队运行机制尚未建立；高水平运动员人才流动的相关法规制度尚不健全，适合中国国情的俱乐部的各项法规、制度正在建立和完善，运动员转会章程并不完备，导致运动员转会不能按章程顺利进行，运动员转会目前在我国并不能真正实现自由流动。如中国足球是国内最早施行职业运行机制的项目，中国自 1994 年实行职业联赛后，也和足球发达国家一样在每年的赛季结束后，允许球员转会，并制定了一系列的转会细则。1998 年针对前些年出现的球员和俱乐部之间的幕后交易、巨额签字费等不法行为，又发布了《关于严格履行转会程序的通告》，但从几年的实践结果看，我国的转会制度存在着许多与转会本意相违背的问题。如 1999 年第一次转会摘牌成功率仅为 21%，球员无法转向个人理想的俱乐部，一些著名国脚因无人摘牌而面临失业；而另一方面，大批俱乐部却无意培养后备力量，而在随意廉价的购买"毛头"球员。

目前我国经济正处于转轨时期，社会上一些不良风气和消极现象对运动员影响很大，有些队伍认为仅靠金钱就可以管好队伍，放松了思想政治建设，缺乏正面教育，不重视党团活动，使过去一些好的经验、好的优良传统逐渐消失。由于一些俱乐部对运动员文化学习和思想政治教育不够重视，运动员极易受到腐朽思想的侵蚀，罢练、罢赛、泡吧、围攻裁判、打球迷等事件时有发生，社会反映极差。由于俱乐部每一场比赛都与经济利益挂钩，使得裁判员、运动员和俱乐部始终处在浓厚的市场氛围中，在联赛中打"假球"、吹"黑哨"的事件时有发生，引起了全社会的强烈愤慨。这些都是我们需要在今后的发展战略中需要认真对待并解决的问题。

（三）优秀教练员资源

竞技体育的长足发展需要一大批高水平的优秀教练员，他们毕生致力于竞技体育运动员人才的开发与培养工作，他们既是传统意义上的体育教育人才，又是社会化、职业化的人才市场的荐贤者。目前，我国体育系统已经形成了一个以学历教育为基础，以教练员岗位培训为重点，包括各类短期培训和信息服务等多种形式的教练员培训体系，为提高教练员素质和教练员接受终身教育创造了条件。经过多年的艰苦努力，全国共培训了 1.2 万人，教练员的文化素质得到了很大提高（图 3）。但仍有超过半数的教练员尚未参加过岗位培训。尤其是能适应国际大赛指挥的高水平教练员人数还不多。有些项目目前还缺乏高水平的教练员，有些项目教练员年龄偏大，存在老化现象，个别项目教练员还不能适应国家队教练岗位的素质能力需要，关键时刻工作不到位。

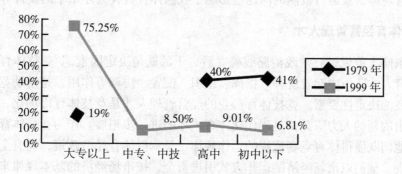

图 3　我国优秀运动队教练员文化程度情况

在教练员制度建设方面也存在一些问题。一是许多规定没有严格执行；二是有关政策的制定实施涉及体育总局的不同单位和部门，涉及不同省市，但缺乏系统整合，相互之间不配套，从而影响了教练员队伍建设和整体素质的提高。我国教练员队伍的科学文化素质仍普遍较低，许多教练员不仅缺乏主动而科学的研究、解决实际问题的能力，而且理解借用别人成果的能力也比较差。这种现状成了阻碍中国竞技水平提高的重要障碍。李富荣副局长在 2000 年全国教练员培训工作会议的讲话中指出，我们在教练员培训工作中还存在着不少问题和困难。具体来说，教练员培训还没有形成像公务员、财务人员、医务人员那样规范化和制度化；培训工作有效的监督和激励机制还没有建立起来；还有大约 3/5 的专职教练员没接受过培训，培训与使用相结合的政策还没有完全落实。

（四）体育科研人才

竞技体育发展的实践表明，优异运动成绩的取得不能单靠教练员的力量，还必须要有通晓古今中外体育史、体育运动规律或专项竞技技术的体育科研人才，特别是对当前国内外科学训练方法、竞技体育体制以及政策分析等方面有着科学的见解和系统研究的专业人才。科技对竞技体育的影响越来越大，因此，科研人才的作用显得十分重要。

我国体育事业经过 50 多年的发展，体育队伍不断壮大，全国体育系统现有专业技术人才约 45000 人（不包括非体育总局系统专业技术人才密集的高等院校）。国家体育总局系统有各类专业技术人才 5000 多人，占体育总局职工 12000 人的 42%，其中高级技术人才有 1400 人，占专业技术人员总数的 28%。经过几年的努力，专业技术人才年龄老化的状况得到一定的改善。但据统计，在 1400 名高级专业技术人才中，55 岁以上的有 475 人，占 34%。但是，体育专业技术人才断层的问题还没有得到根本的改变，有些学科专业人才还非常缺乏，近年来除了相当一部分高级专家退休外，人才外流在一些学科专业中还很突出。我国竞技体育科研人力资源也存在一些普遍性问题，如一流体育科技人才严重匮乏，体育队伍科技文化素质普遍不高，科研人员的待遇普遍较低等。据国家体育总局科研所等单位的问卷调查结果，科研人员、医生和管理人员对奥运会、全运会成绩的贡献率约为 23%，运动员、教练员贡献率约为 77%。据司虎克等人的研究成果分析，在 1991—1996 年的 6 年中，我国竞技体育的产出平均每年增长率为 15.02%，体育科技进步率为 3.27%，体育科技对竞技体育的贡献率仅达到 21.74%。而由于一些管理体制及运行机制的问题也影响了我国体育科技人才水平的发挥等。

（五）体育经营管理人才

毛泽东同志曾说过："政治路线确立后，干部就是决定因素。"竞技体育管理人才在竞技体育人才队伍中起着统帅、指挥、组织、配置、协调等作用，是推动竞技体育系统运行发展的决定性要素。竞技体育产业的经营管理人才是竞技体育市场化、职业化进程中涌现出的新的人力资源，是现代化体育人才的进一步拓展。作为竞技体育产业的管理人才，他们既懂得体育竞赛流程的运作规律，又掌握体育经济政策，拥有全新的体育事业发展观。他们以市场经济的运作方式引进资金，按市场经济的基本规律来组织、运作、发展体育，从而实现体育经营创收向经济功能开发和产业化方面转化，这些条件是我国竞技体育可持续发展的重要保证。

总体来看，我国竞技体育系统的各类管理人才资源数量普遍不足。以足球为例，足球俱乐部是一种经营渠道广、收入门路多、可以灵活经营的特殊企业形式，国外职业俱乐部经营开发的收入已经成为俱乐部重要的经济支柱和收入来源。而目前国内除少数足球俱乐部的投入产出基本持平或稍有盈余外，绝大多数甲 A 俱乐部均"血本无归"。另外，国内一些俱乐部中许多教练员直接参与合同管理过程，在开发经营和筹集经费方面耗费许多精力，结果导致球队水平下降，队伍涣散。由于俱乐部中懂足球、善经营、会管理的人才短缺，在经营操作上，时常出现重大失误，最显而易见的失误是在国外球员引进上浪费了大量的资金，在足球产业开发方面存在严重不足。

我们目前 29 所体育学院和各大师范院校体育系，没有哪一所设有体育经济学专业。我国的财经、经济、商学等院校更没有设体育经济专业。体育经济学也只是一部分体育类专业的选修课程；更不要说这方面的硕士、博士等高级专业人才。而我国的运动项目管理中心、职业俱乐部、体育中介机构、从事健身娱乐经营的企业等却需要大量的体育经济型人才。

目前，我国在一些有影响的国际体育组织中担任主要职务的还较少，特别是在奥运重点项目中任主要职务的不多，如在 55 个亚洲体育组织中担任主席的仅有 4 人；在 52 个国际体育组织中担任主席的仅有 5 人，121 人为一般成员；在国际奥委会认可并列入奥运会项目的 35 个国际单项体育联合会中，我国仅在其中的 16 个国际单项体育联合会中有代表成员，除羽毛球、田径和垒球外，其他 13 个国际单项体育联合会的中国代表均为一般成员。

综上所述，我国竞技体育人力资源系统处于社会转型期的特殊历史阶段，呈现出较为明显的过渡型特征，较为稳定的竞技体育人力资源系统及结构尚未形成，竞技体育人力资源系统的整体功能输出不强。竞技体育人力资源系统内部普遍存在结构失衡、配置不合理、培育开发不足、利用不当等问题，因此，对中国竞技体育人力资源有效调控以实现中国竞技体育的可持续发展业已成为当前必须要重视的课题。

三、中国竞技体育人力资源调控与竞技体育可持续发展

竞技体育人力资源是竞技体育可持续发展的重要支持条件，而要发挥人力资源的最大价值则必须通过对其进行有效的调控过程，即竞技体育人力资源有效调控是中国竞技体育可持续发展的必要条件。为此，就有必要明确竞技体育可持续发展的内涵，以及竞技体育人力资源调控与竞技体育可持续发展之间的关系。

（一）竞技体育可持续发展

1. 可持续发展

马克思说过："每个原理都有其出现的世纪。"一种思想理论的核心观念往往是它的时代精神的凝结。90 年代以来，可持续发展思想及理论在国际上广为传播，各行各业都在联系实际，结合可持续发展的基本理论，重新审视自身的发展之路。1992 年，183 个国家 102 位政府首脑参加的世界环境与发展大会通过了《21 世纪议程》，这表明可持续发展已成为全人类面向 21 世纪的共同选择。中国是世界上最大的发展中国家，基本国情是：人口基数大、人均资源相对紧张、经济发展和科学技术水平较为落后、环境污染比较严重、生态环境脆弱。我国于 1993 年提出了可持续发展战略，确立了走可持续发展的基本国策，并于 1994 年正式通过了《中国 21 世纪议程——中国 21 世纪人口、环境与发展的白皮书》，标志着可持续发展已成为中国既定的发展战略。党的十四届五中全会正式提出了"在现代化建设中，必须把实现可持续发展作为一个重大战略"。1996 年，我国八届人大四次会议通过的《中华人民共和国国民经济和社会发展"九五"计划和 2010 年远景目标纲要》，把"实现经济与社会相互协调和可持续发展"作为我国跨世纪经济和社会发展的重要方针之一，明确地把"实施可持续发展战略，推进社会事业全面发展"作为战略目标。

可持续发展的理论史历经中国古代朴素的可持续性思想、近代西方古典与新古典经济学家关于资源稀缺性的观点和现代可持续发展理论等几个阶段。无论是从中国古代朴素的可持续性思想，还是到近代西方古典与新古典经济学家关于资源稀缺性的观点，以及现代可持续发展理论的产生，这些问题的发轫都源自于对资源的认识，资源问题始终是可持续思想及观点的核心议题，由于可持续发展理论已将资源内涵拓宽到生态、经济和社会层面，因此，中国竞技体育实施可持续发展战略已成为顺乎逻辑的时代选择。

（1）竞技体育的本质

近代以来在"小体育"向"大体育"演进过程即体育的社会化过程中，为满足人们通过观赏竞技表演获得特殊审美享受的需要，产生了以竞技运动表演为谋生手段的职业，由此开始了体育的分化过程。随着职业体育俱乐部这种体育服务生产组织的出现、职业体育组织国际联系的形成、现代奥林匹克运动的兴起，终于在现代体育中形成了一

个满足人们通过观赏高水平竞技表演，获得一种为一切其他表演艺术不能取代的审美享受和刺激的功能特异化的组成部分，即竞技体育。因此，本文认为，竞技体育是运动员通过向观众提供高水平竞技表演，满足人们高级审美刺激等需要的社会实践活动。只有充分发挥竞技体育的本质功能，为社会、群众提供高水平欣赏服务，竞技体育才能实现依托社会，自我发展，才能具有生机与活力，才能实现其可持续发展的目标。

新中国成立后，我国竞技体育逐渐形成了"举国体制"，竞技体育肩负着国家、民族的尊严与价值，这在很大程度上是以社会、国家的价值取向为基础的。历史在发展，人类社会在进步，改革开放以来，社会各界包括体育学术界开始对中国竞技体育的发展战略及其价值进行了反思。有学者认为，中国体育肩负着过于沉重的政治和社会压力，"中央要金牌""老百姓要金牌"，始终是我国体育假定的社会需求，金牌数量成为衡量各级体委工作的主要尺度。在追求金牌数量的价值导向下，中国竞技体育从内容到形式严重脱离人民大众的需求，成为中国体育改革攻坚过程中的"堡垒"。体育界早在90年代已经对中国竞技体育改革目标进行过这样论述：实现计划经济体制下的体育体制向社会主义市场经济体制相适应的体育体制的转变，逐步建立符合现代体育运动发展规律，国家调控，依托社会，自我发展，充满生机与活力的体育体制和良性循环的运行机制。这段文字已经描述了未来中国竞技体育发展的方向，更为重要的是，这在很大程度是体现了竞技体育本质的回归。

(2) 竞技体育可持续发展的内涵

竞技体育的本质规定了竞技体育系统的运行过程及目标——不管是西方的职业体育还是东方的竞技体育，不管是社会主义社会还是资本主义社会，概莫能外。同时，竞技体育的本质也决定了竞技体育发展的最基本动力乃是充分满足群众的体育需求。这是由于，现代体育的结构从经济学角度来看已经形成了体育服务的生产系统与体育服务消费系统的对立统一的结构（图4），竞技体育是提供体育服务的生产系统。虽然竞技体育需要国家力量的大力扶持，而客观上国家的财政投入往往是有限的。从过去中国竞技体育的发展历程看，国家"包办"竞技体育是以不计资源成本投入的方式，所达成的目标忽略了经济效益，造成社会效益与经济效益的严重不平衡。事实表明，这种发展模式已受到了社会主义市场经济的严重挑战，遵循竞技体育的本质规律，谋求多方力量的共同参与到竞技体育中来已逐渐成为各国发展竞技体育的共识。这同时就意味着竞技体育如果没有高水平的竞赛表演，不能为群众提供高级审美享受的特殊服务，即便是以往的金牌项目，如果该项目不能为广大群众所熟悉、喜爱并接受，也会变成无水之源、无本之木，不可能实现竞技体育的可持续发展。

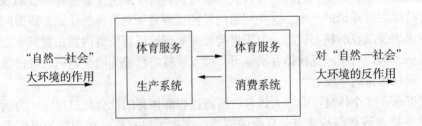

图4 体育系统基本结构（袁旦，1998）

一般而言，为国际社会广泛接受和认可的可持续发展的定义是布伦特兰夫人的"既满足当代人的需要，又不损害后代人满足其需求的能力的发展"的论述。这一定义强调，要将当代的发展与未来的发展结合起来，要以未来发展的可能性作为制定当代发展战略的前提。也就是说，要瞻前顾后，要有远见和前瞻性，而不能以牺牲未来、牺牲下代人发展为代价，求得一时的满足。而回答竞技体育可持续发展的问题一方面在吸收可持续发展思想的同时，另一方面必须从竞技体育的本质去寻求答案。对可持续发展思想及理念的态度，重要的是借鉴而不是生吞活剥，认为仅加上体育二字就会变成体育可持续发展。

　　因此，本文认为，竞技体育可持续发展是指竞技体育能充分满足社会的体育需求，且竞技体育系统内部各子系统之间及系统与其他体育系统及外部社会、经济环境之间协调发展基础上的发展模式。理解这一定义，有必要解释两点。

　　第一，社会体育需求是实现竞技体育可持续发展的根本动力。

　　按体育需求的主体不同，体育需求可分为三个层次：国家体育需求、社会体育需求和个体体育需求。三个层面的体育需求既有共性又有不同。一般而言，国家的体育需求较多从政治层面予以考虑；个体体育需求又千差万别；社会体育需求则交汇了国家和个体的体育需求，代表了较为先进的且主流的需求方向。由竞技体育本质所限，竞技体育是一种"服务"产品，运动员只有通过提供高水平表演服务才能满足社会的审美刺激等需要。同时观众在欣赏竞技体育表演服务的过程中，会产生强烈的审美体验，并以自身的实际行动参与到竞技体育的发展中，或现场观赏比赛，或购买相关体育产品，或形成体育人口发挥体育项目"普及"的功能等，而这些又恰恰为竞技体育的可持续发展造就了重要的社会环境条件。而如果产品质量太差，社会是不买账的，如2002年的世界女排锦标赛上中国女排获得第四名，据媒体报道，在与希腊、韩国队比赛过程中，教练授意队员进行了故意输球的假球比赛，结果这一意为夺金牌而战的做法立即遭到了社会各界暴风骤雨般的谴责。这应该引起体育界的深刻反思，为什么在过去为金牌而战的"惯例"在今天受到了挑战？我们至少应该得出这样的结论：打假球愚弄观众是对竞技体育产品服务的打折，必定会失去竞技体育发展的市场环境，竞技体育最终会变成无人问津的尴尬场所。

　　第二，竞技体育系统内部以及系统与其他体育系统社会环境之间的协调发展是竞技体育可持续发展的重要保证。

　　竞技体育系统内部的协调发展要求各种竞技体育资源合理配置、高效利用，走集约化发展的模式。计划经济时期为实现某一目标而高投入、低产出或不计产出的运行机制，随着社会主义市场经济体制的逐步完善也日益穷途末路，新时期建立与社会主义市场经济体制相适应的竞技体育管理体制及运行机制逐渐明朗；竞技体育与群众体育的关系问题历来是我国体育的重点及难点问题，如何协调好二者的关系不仅直接关系到各自的发展，同时还关系到我国体育事业的整体发展；从竞技体育与社会经济的关系来看，随着社会经济发展，人民生活水平提高，人民群众对健身、休闲、娱乐体育的需求迅速增长，群众的迫切要求与群众体育工作相对薄弱的矛盾日益突出了。竞技体育发展如果不顾社会发展的需要及社会、经济的承受能力，一味追求项目扩展和高指标，势必直接影响到中国竞技体育的可持续发展。因此，中国竞技体育的可持续发展一方面必须以社会经济发展为参照；另一方面，应积极谋求社会的支持，依靠社会力量的扶持走上健康发展的轨道。

2. 竞技体育可持续发展的"人本"内涵

（1）竞技体育可持续发展是以人为中心的发展

可持续发展思想的酝酿和形成经历了相当长的过程，它是人类社会实践和认识水平不断提高的产物，更是人类以沉痛的代价换来的认识成果。这一思想的内核在于首次将人的发展提升到战略高度。1994 年 9 月在埃及召开的"世界人口与发展大会"上就已指出"可持续发展的中心是人"。社会是人的社会、人是社会的人，社会的发展即人的发展，"重物抑人"的发展模式使人类的物质文明发展到极致，而人类在享受改造自然、社会获得的丰厚物质回报时，同时也在吞咽着自酿的苦果——资源耗竭、环境破坏，人类的生存环境受到挑战。在客观世界缓慢而有节奏的运动过程中，人类为某一个阶段成就的沾沾自喜，而对于整个人类历史长河而言实在是微不足道。可持续发展思想及其理念的提出，恰是对人类过去发展模式的当头一喝，重新认识历史及未来，重新认识人类发展模式的选择，已经成为人类别无选择的选择。

诚然，世界范围内的竞技体育领域正发生着一场史无前例的变革。现代奥林匹克运动的兴起，为展示人类实现价值的触角提供了充足的空间，"更快、更高、更强"的理念激励着一代又一代人在奥运赛场角逐争鹿，社会以其巨大的热情将现代奥林匹克运动视为宠儿，各国为竞技体育的发展倾注了巨大的资源。然而，随着商业化、职业化对竞技体育的渗透，这把双韧剑也展示了其锋芒，竞技体育的异化充斥纯洁的竞技赛场，奥运冠军圣洁的光环时有被玷污变暗。无疑，这是涉及人的异化的问题，而失去以"人"为中心的竞技体育内核，竞技体育的可持续发展之路无疑会罩上一层可怕的阴影。

竞技体育以"人"为中心具有双重意义，其一是要以竞技体育的最终表现者——运动员为核心。竞技体育的发展必须朝着有利于运动员与社会和谐发展的方向演进。不能只要求运动员的运动成绩，而对运动员的全面发展置之不管。国际奥委会委员何振梁指出，"奥林匹克对职业运动员开放可能导致奥运会失控。""过度的商业开放带来了现实和潜在的威胁……滥用兴奋剂的根源是商业化（或政治）的考虑。它对奥林匹克起着消极的作用。它违背了体育的根本目的，损害了运动员的健康。"

其二是以竞技体育的"欣赏者"为中心。因为竞技体育是以提供优质竞赛表演服务为"生"的社会实践活动，一旦失去社会的支持，就会失去发展的根本动力。纵观世界竞技体育的发展模式，可以发现，竞技体育发达国家无不是将竞技体育置于社会的沃土中并最终取得了可持续发展的有利条件。恰如袁旦（2002）先生在洞察美国体育发展的历史及现状后敏锐地提出，"一部美国的体育史在很大程度上就是美国体育产业产生、发展和壮大的历史。近代以来，美国体育始终是在市场经济制度中依据市场逻辑发展的或者说是与现代市场经济一起发展起来的。"一言以蔽之，竞技体育如不以人为中心谋求发展，必将使竞技体育失去社会的支持，竞技体育承载人类美好愿望的载体也将成为空壳。

（2）人力资源是竞技体育可持续发展的决定性要素

竞技体育可持续发展的中心是着眼于人的发展，这同时也就意味着竞技体育可持续发展的决定性要素是人。由于竞技体育可持续发展是充分满足社会的需求且竞技体育系统内部各子系统之间及系统内部与外部社会、经济环境之间协调发展基础上的发展模式，因而，竞技体育为满足社会这种审美刺激等需求，必须在相互竞争中提供高质量的表演服务，这有赖于竞技体育系统内多方人力资源的协调合作并最终将智慧的结晶凝集于运动员的身上。如就竞技体育的参赛系统而言，运动员的选材、训练计划的制定与实施、发展规划及目标的设计、比赛过程的控制等都需要不同领域、不同层次的人力资源发挥重要作用。竞技体育系统保持与其他系统的协调发展也需要人为进行规划与调控。因此，人力资源构成了竞技体育可持续发展的决定性要素。

（二）中国竞技体育人力资源调控与竞技体育可持续发展

1. 竞技体育人力资源调控

所谓竞技体育人力资源调控是指为发挥竞技体育人力资源的最大效益，促进竞技体育可持续发展的目标，而综合运用经济、法律、行政等手段，对竞技体育人力资源系统进行的调节和控制过程。

竞技体育人力资源调控是一种有目的的规划及行为。计划经济体制下，我国竞技体育人力资源完全受国家控制，且在调控方法手段上以行政手段为主。早在 1949 年 10 月，中央人民政府就设立了中华全国体育总会；1952 年设立国家体育运动委员会；1998 年国务院机构改革时，将国家体育运动委员会改组为国家体育总局。国家体育总局与中华全国体育总会"一个机构，两块牌子"，是国务院主管体育工作的直属机构。此外，不同层次、不同系统的竞技体育行政管理部门以及具有行政管理职能的部门、机关、单位，如运动项目协会、社团、俱乐部等则属于不同层次的竞技体育人力资源调控主体。而随着体育事业向市场化、产业化方向发展，政府干预体育事务的行为将大大减少，社会性的管理、参与与调节将占主导地位。作为中央政府主管体育工作的直属机构，国家体育总局将只负责研究拟定体育工作的政策法规和发展规划并监督实施；研究拟定体育产业政策，发展体育市场，指导和推动体育体制改革；制定体育发展战略，编制体育事业的中长期发展规划；协调区域性体育发展，实施国家体育锻炼标准，开展国民体质监测；组织参加和举办重大国际体育竞赛；组织体育领域重大科技研究的攻关和成果推广；制定体育经营活动从业条件和审批程序；负责全国性体育社团的资格审查等。当前，我国经济体制改革正向社会主义市场经济体制的目标深化，国家体育总局职能也适应这一趋向发生了一定改变，已经将部分职能转交给了不同实体及社会部门，而主要行使宏观调控的职能，发挥政府监督的作用。

2. 国外竞技体育人力资源调控

美国政府对体育的调控主要是通过法律手段实现的，如民法、宪法中都有与业余体育有关的条款。1972 年的联邦立法中规定：体育是教育的一个部分参加教育活动是任何一个美国公民的权利。美国的业余体育市场主要是由专门的社会组织和私人企业依照1978 年颁布《美国业余体育法》协调业余体育的市场运行。美国业余体育联合会是负责管理青少年体育的社会组织。美国的竞技体育运动以学校为中心依靠学校的业余训练市场来培养后备人才。中学是培养青少年运动员的摇篮，大学则是培养优秀运动员的高级阶段。学校体育在美国体育中扮演着极其重要的角色。美国人从小学开始便培养孩子们对体育的浓厚兴趣，小篮球、小棒球、小橄榄球比赛十分普及，到了高中，许多项目的校队已具有相当高的水平。美国没有中国那样的省市体委所属专业运动队，没有体育运动学校等多级训练网，但美国许多高水平的大学校队实际上和我们的专业队差不多，小学、中学、大学体育也是一条龙。有体育特长的学生进入大学校队后享受奖学金待遇，不但不用支付昂贵的大学学费（平均一年 15000 美元），还有不低的生活零用金补贴。美国大学体育联合会（NCAA）每年都组织不少全国性大学生体育比赛，较知名的有大学篮球、大学橄榄球联赛等。

联邦德国的体育体制是由官方的体育管理和体育自治两大部分组成。体育的自治机构在国家和公众面前代表其成员的利益，制订体育方针、政策、发展规划及目标；政府只对体育的政策、措施提出建议，并对那些与国家事业有关的体育活动提供资助。根据德国的联邦结构，体育运动的官方管理机构分为联邦、州、乡镇三级。不同水平的管辖权分配是依据基本法规定的职权范围秩序进行。联邦政府主要承担那些对德国有重要意义的、各州不可能单独承担的任务，尤其是促进高水平体育运动的发展，如资助训练和竞赛计划，支付体协主要官员和各名誉教练的工资，运动员的健康保险，派员参加奥运会的费用，资助高竞技中心和联邦基地的建设，特定地区的大众体育和高校的运动设施建设。联邦政府有 11 个部参与体育的管理，各部处理与本部门相关的体育事务。青少年、家庭、妇女健康部对青少年的体育工作的发展扮演主要资助角色，而残障人康复体育的经费则主要由工作、社会秩序部承担，内政部协调所有体育管理措施。联邦议会中的体育运动委员会由各党派的代表组成，共同处理重大体育问题。德国的体育宏观政策的主要原则来源于宪法。政府的体育政策是一种具有综合意义的社会政策涉及健康、教育、青少年、生态、社会等方面。宪法允许俱乐部和体育联合会有组织上的自治确定了"独立"和"自我负责"的基本原则。德国体育联合会是德国体育的代言人。政府通过多种形式制定各种宏观政策为体育的发展创造条件如为优秀的青少年运动员提供免费进入高等学校学习的机会。德国 2000 年体育促进计划已把体育后备人才的培养放到了重要位置。

英国政府于 1975 年发表了"体育运动和娱乐白皮书"，强调体育有助于人们的身心健康，减少青少年的堕落和犯罪以及加强体育后备人才培养的重要意义。1994 年正式确定了以广大青少年为重点的"全国初级体育计划"，计划宗旨是在各级体育组织的支持下，建立各级青少年训练网络，为青少年提供更多的体育参与机会，培养他们的体育兴趣逐渐形成终身体育的习惯，同时发掘和培养体育后备人才。英国制定了 1998—2002 年的体育发展战略，其中有组织的体育活动（至 2002 年）战略目标是：（1）使 16 岁以上接受过体育指导员和教练的指导的人口数量增加 10%（依据 1998 年的基线数据）；（2）使 16 岁以上俱乐部会员的人数增加 10%（依据 1998 年的基线数据）；（3）使 16 岁以上参加竞技体育的人数增加 10%（依据 1998 年的基线数据）。

日本的体育由文部省进行宏观管理，主要围绕着 1964 年颁布的《体育振兴法》展开。日本政府把竞技体育建立在群众体育的基础上，在大力开展国民体育的同时也培养了大量的竞技体育后备人才。少年团是培养竞技体育后备人才的重要基地，由日本体育协会具体负责体育少年团的运行，政府以宏观政策和部分资金支持体育少年团的活动。

韩国政府为促进竞技体育的发展鼓励运动员训练的积极性，教育法（1972）规定：为优秀运动员提供免试上大学。韩国法律（1986）开始对优秀运动员实行免服兵役制。国民体育振兴团从 1975 年开始为优秀的青少年后备人才支付特别奖学金，这些制度对体育后备人才培养起到了积极的作用。

3. 竞技体育人力资源调控与竞技体育可持续发展

（1）从公共财政学理论来看

根据公共财政学理论，社会产品可以分为公共品、私人品以及介于二者之间的准公共品。由于公共品的操作成本高、效率低，因此这类产品一般由政府为代表的国家机构出钱来办。而准公共品和私人品则可以由国家、社会及个人单独或共同来办。竞技体育提供了一种社会精神产品，国家发展社会公益体育事业可以满足社会成员的体育需要，提高民族的身体素质与健康水平，有利于提高国家体育运动整体水平，振奋民族精神，增强国家与民族的凝聚力，塑造良好的国家形象，提高国家声誉，扩大国际影响，从而促进国家政治、经济、科技、文化、外交及其他各项事业的全面发展。因此，属于公益体育事业范畴的领域可以由国家来提供，但这并非排除了由社会或个人形式来提供竞技体育的可能性，因为以后者提供的形式也可以达到前者提供的目的。

长期以来，我国竞技体育是在特殊的历史条件下，由政府通过行政手段发展起来的，它适应了一定时期社会的政治要求，是一种寄附在国家机体上、完全靠国家供养的超社会发展的特殊系统。进入社会主义市场经济后，由于体育消费主体多元化，使得竞技体育产品发生分化：一部分操作成本高、经济效益不强、个人或组织难以发展的竞技体育项目继续保留了公共品的特质，而另一部分社会效益、经济效益具佳的竞技体育产品则进入了市场，并完全可由个人、企业或组织来承担，因而，社会主义市场经济条件下，就竞技体育产品性质而言已经变成了"准公共品"。不论是对仍停留在公共品范畴的竞技体育产品，还是已过渡到准公共品范畴的竞技体育产品，都需要由行政部门继续出面进行组织与配置，并采取调控的方式来保证竞技体育系统的运行。政府主要做好体育领域的基本公共服务，基本公共服务以外的领域都要逐步实行产业运营。政府对体育事业的管理方式，总体上要从直接、微观管理向间接、宏观调控转变，承担公益性体育和有影响的重大竞技体育项目的发展任务，同时要引导市场发展方向，规范市场主体行为。竞技体育人力资源属于竞技体育系统的一部分，目前，我国竞技体育人力资源主要集中在各级国家培养负责的专业队、依托市场发展的职业队、依附于各类高校的高水平运动队等实体，而不管是对于哪一类型的运动队，都必须遵照我国整体发展竞技体育的需要谋求发展，国家必然要对这些不同人力资源实体进行调控。

（2）从我国国情来看

当前，我国实行的是积极政府和强政府的模式，这是由于，第一，中国是一个现代化发展比较晚的国家，现代化的进程决定了中国政府应当发挥积极的作用。世界上较早开始现代化进程的欧美各国，由于缺乏社会发展模式的先例，对政府发展目标也缺乏认识，而且认为政府是一种无可奈何的"恶行"，所以其现代化的过程多半是"自动"和"自发"的过程，政府没有发挥积极的作用。与发达国家不同，中国的现代化进程起步较晚，社会经济文化相对落后，现代化建设任务十分迫切和艰巨，在走向现代化的进程中，为了推动经济和社会发展，必须依赖政府的主导作用。目前，中国对未来社会的发展目标已经有了足够的认识，而且西方发达国家的现代化经验和模式已经为中国提供了充分的参照，因而使中国的现代化过程成为一种自觉的、有计划的过程。在这个过程中，政府作为现代化的发起者和组织者，就不能作为一个消极的旁观者，仅仅承担一种维持秩序的功能，而应当发挥更大的作用，积极进行制度创新和政策创新，推动现代化进程。第二，中国目前处于传统社会向现代社会转变的时期，转变时期的特征决定了中国政府应该是一个强有力的政府。一般说来，处于重大转变过程中的社会是一个较多变动、较不稳定的社会。在转变时期，新旧观念、新旧力量、新旧模式之间的斗争、冲突、较量异常激烈，各种利益要求都试图得到表现和实现，社会政治、经济、文化事业需要大力改进和发展、这种状况要求政府更加强而有力，以便克服一切阻力，实施其社会发展计划，开展政治经济改革，应付各种突发事件。因此，转型时期的社会发展要求中国政府应当是个强政府，对外提高洞察能力、判断能力和应变能力，对内加强宏观调控、强化自身管理能力，即政府在实际运行中的效能必须得到强化。鉴于以上国情，体育系统应从属于社会发展的需要，我国竞技体育人力资源必须为国家调控，并要为竞技体育的发展发挥支持作用。

(3) 从国际竞技体育发展态势来看

当前，各国更重视奥运成绩和排名，并采取多种措施，促进竞技体育水平不断提高并不断强化政府和体育管理部门对竞技体育的管理。如 1995 年新组阁的希拉克政府在青年与体育部部长之上设置了总统体育特使，以加强总统府同青年与体育部的联系，这对法国 1996 年奥运会取得优异成绩起到了极大作用。又如澳大利亚，自 1993 年赢得奥运会主办权后，澳大力加强其政府主管部门——体育委员会，从 1994 年起，环境、体育与国土部除履行一些法律和监督职责外，其他行政职能全部移交体育委员会，这一措施强化了澳竞技体育的宏观管理，使澳近年来无论是竞技体育成绩还是奥运会的准备都有了长足的进步；通过制定各种行之有效的推动计划，有重点、阶段性地推动竞技体育发展战略的实施和总体目标的实现，同时配合资金保障，取得了很好的效果。法国青年与体育部推行的长达 10 余年的"体育复兴计划"，历经 5 任部长而不辍，终使法国体育在世纪之交有了长足的进步。美国奥委会为保持竞技体育成绩，从方方面面作出了保障：为准备奥运会实施的"奥运主队计划"、为选材推出的"社区奥林匹克发展计划"以及为保证运动员全身心投入训练而推行的"运动员奖学金计划""就业计划"等。另外，还有中国的"奥运争光计划"等都取得了非同寻常的效果。从以上情况可以看出，不论是当今竞技体育市场发达的国家，还是一般的发展中国家，为在国际竞技体育竞争格局中谋取一席之地，都对竞技体育人力资源实施了调控。

(4) 从我国竞技体育体制改革来看

我国体育体制改革的目标是形成国家宏观调控，国家、行业、社会各界参与竞技体育的良好局面。随着社会主义市场经济的建立和发展，过去以行政手段来集训运动员的办法必将为人才流动和竞争机制所代替，原有的专业集训队也必将为运动协会所替代，运动员的物质待遇和职业的自由选择将得到提高和改进。在国家经济制度发生变化的前提下，竞技体育再也不可能躺在计划经济的摇篮里高枕无忧了。新体制的建立是对旧体制的扬弃，在当前我国经济发展水平还不高，国家和人民对竞技体育要求和期望却很高的情况下，政府控制竞技体育的职能不能削弱。另外，市场经济虽然具有计划经济不可比拟的优越性，但也存在着市场调节的局限性以及市场失灵等自身难以克服的缺陷。如目前我国的人才市场体系还不健全，市场机制不够完善，竞技体育后备人才市场仍处于初级阶段，而离开了政府的宏观调控，完全由市场自身进行调节，不利于后备人才市场的发展。为此，就必须发挥政府在后备人才市场上的宏观调控、法规保障、信息传播职能及中介机构的桥梁作用等，这样才能使后备人才市场平稳发展。因此，实行竞技体育人力资源调控是我国竞技体育发展的必然趋势。

（4）从当前我国竞技体育面临的形势来看

当前，我国竞技体育面临着一系列重要任务与挑战，未来几年是我国竞技体育发展的关键时期，我们要在备战 2008 年奥运会和残疾人奥运会的同时，还面临 2004 年雅典奥运会、2006 年冬季奥运会的考验。面对这种情况，我们必须确定科学合理的奋斗目标，制定具体可行的实施方案，力争取得优异成绩。要围绕奥运战略、科学规划、科学管理、科学训练，进一步调整结构、完善布局。而优化人力资源配置、发挥人力资源的最大价值是所有这些工作中的重中之重，无可置疑，这必须有赖于对人力资源实施有效调控。

四、中国竞技体育人力资源调控

我国竞技体育人力资源的有效调控是实现竞技体育可持续发展的关键，对中国竞技体育人力资源进行调控需要确定调控的目标及任务，需要运用一定的方法及手段，需要建立合理的运行机制以及明确调控的重点等，这些内容就构成了中国竞技体育人力资源调控的基本框架。

（一）中国竞技体育人力资源调控的目标与任务

1. 中国竞技体育人力资源调控目标

目标是行为的起点和最终归宿。竞技体育人力资源的调控必须有一个明确的目标。竞技体育人力资源调控目标是一个目标体系，既包含整个竞技体育人力资源系统为之奋斗的总目标，也包含着为实现总目标而在不同阶段、不同时期制定的战略目标，同时，还包括不同类型竞技人力资源的目标。由于不同时期竞技体育发展所遇到的具体问题各不相同，因而调控目标各有差异。但说到底，各个时期的调控都是为竞技体育人力资源系统的总目标而服务的。

当前，我国对竞技体育人力资源调控的总目标可表述为，根据我国竞技体育可持续发展的要求，通过对竞技体育人力资源进行有计划的规划，发挥出人力资源对竞技体育发展的最大作用及价值。

2. 中国竞技体育人力资源调控的任务

（1）保持人力资源供给与竞技体育可持续发展需要之间的平衡

竞技体育可持续发展的中心是"人"，同时，竞技体育可持续发展也需要大量的竞技体育人力资源，特别是高水平竞技体育人才。现实中的资源都是稀缺的，中国竞技体育人才的稀缺更是不争的事实，而我国大量竞技体育人力资源却不能有效发挥其自身最大价值，"昙花一现""急流勇退"现象的背后是国家人力资源的巨大浪费。只有通过对中国竞技体育人力资源的有效调控才能实现这种需求与供给的矛盾。如青少年运动员资源的供给与社会需求的相对平衡是后备人才市场健康发展的重要条件，但后备人才总需求量是后备人才市场本身无法解决的问题，虽然我国的竞技体育后备人才的总量在减少，但仍然是处于供大于求的状况。要解决这类问题，必须依靠政府部门（体育、教育、经济等部门）的宏观政策，及时调整或协调需求总量，保持后备人才总供给与总需求量的动态平衡，以最大限度地满足后备人才资源的供给，拉动后备人才市场的发展。

（2）促进人力资源在竞技体育生涯的良性发展

多数竞技体育人力资源的生涯过程是在竞技体育系统度过的，从发展时序来看，大部分人力资源都经过了培育、开发、配置及利用等过程。而现实中高淘汰率、文化学习的荒废、就业的艰难等问题一直存在于竞技体育人力资源系统，并且往往由于某一个环节的失误给相关人员造成终生伤害的例子很多。如我国每年都有大量优秀运动员苗子由于过早接触专业强度过高的训练造成身体损伤而失去继续发展的机会。原因是多方面的，而其中一个重要原因即在于各级训练网之间的关联断裂，每一个环节都在做着"竭泽而渔"的事情。竞技体育人力资源调控的重要任务就是确保各种人力资源能充分发挥自身在竞技体育生涯过程的最大潜能，而不致造成资源的浪费甚至被损害。为此，要充分尊重人才成长规律，不应为实现某一个阶段性的目标而使人力资源可持续发展的能力受到损耗；还需要创造适宜的条件，促使人力资源的数量的持续增长及质量的不断提高。

（3）优化竞技体育人力资源配置

长期以来，受计划经济体制的影响，我国竞技体育人才统分统配，一岗定终身，人才为部门单位所有，造成了许多单位、许多人才或者专业不对或者人多事少，发挥不了自身价值。这种由于配置障碍造成的人才闲置和浪费现象很普遍。尽管我国已实行了人才流动，但合理的人才流动市场尚未形成，尤其是我国高水平运动员人才流动的相关法规制度尚不健全。由于改革尚处于启动阶段，地缘色彩严重，运动员与地方仍保留有行政隶属关系，人才流动的渠道远没有通畅，转会还远不能适应竞技体育职业化发展的需要，合理的运动员转会市场发育缓慢，运动员的转会仍然在很小的范围内进行。如中国足球是国内最早施行职业运行机制的项目，中国自1994年实行职业联赛后，也和足球发达国家一样在每年的赛季结束后，允许球员转会，并制定了一系列的转会细则。但从几年的实践结果看，我国的转会制度存在着许多与转会本意相违背的问题。1999年第一次转会摘牌成功率仅为21%，球员无法转向个人理想的俱乐部，一些著名国脚因无人摘牌而面临失业。随着社会资源由计划配置逐渐转变为由市场进行优化配置，竞技体育人力资源也正由以国家计划进行调配为主的配置方式向以市场调配为主的方向转变，通过流动实现人才资源的优化配置的前提是必须对竞技体育人力资源实施有效调控。

（4）促进竞技体育人力资源与社会的协调发展

长期以来，由于体制性原因，我国竞技体育人力资源的终身职业完全由国家包办，职业角色转换基本在竞技体育系统内完成。随着人们就业观念的转变以及竞技体育系统人员需求的不断饱和，许多人力资源不同程度面临再次择业的问题，特别是每年大批高水平运动员的退役安置问题已成为我国竞技体育系统的大包袱。我国大批运动员的文化素质普遍不高，除了"体育"一无所长，也造成了就业的困难。为此，一些学者提出了不少对策建议，诸如"体教结合""小学、中学、大学"一条龙式训练体系等，这些构想不失为解决人力资源再择业问题的钥匙。只有通过对竞技体育人力资源的有效调控才可能较好地解决这一问题。

（二）中国竞技体育人力资源调控原则

1. 优势互补原则

竞技体育人力资源禀赋是指人力资源现实及潜在素质及条件，并且以人力资源的结构、数量、质量、分布等体现出来。不同区域的竞技体育人力资源禀赋有所不同。客观上，不同区域竞技体育人力资源禀赋存在着相对优势及劣势，如我国西部少数民族地区青少年的某些生理机能指标较之内地往往具有先天优势，而这种优势是先天的。2001年国家体育总局首次把加大对西部体育开发写入全国体育局长会议的工作报告，报告中指出，应当看到西部也有西部的优势，有些运动项目的人才培养、高原训练条件，西部有自己的特点、自己的优势。例如，我们可以实行中东部分地区教练员支援西部地区，这对于加强东西部人才交流、资源共享、发挥潜力、促进西部地区体育发展意义重大，特别有益于解决西部地区教练员缺少和东部地区富余的矛盾，同时对东西部人才的优势互补也有好处。今后应调整中国体育项目的布局，从综合国力、中国人的特点等方面考虑，突出重点，选择那些过去取得过好成绩、有经验的项目发展。短道速滑、花样滑冰、自由式滑雪、空中技巧和女子冰球是我国冬季项目的重点项目，可有计划地在黑龙江和吉林等地搞一些滑冰学校，抓后备力量培养。另外，还可考虑"北冰南移"，在南方一些经济发达省份建一些冰场，选择一些好苗子进行培养。

2. 优化配置原则

资源及其配置是任何组织赖以生存与发展需要考虑的首要问题，"每个组织所拥有的资源尽管在数量、质量、种类上都不尽相同，但一定是有限的。"资源的有限性不仅对每个组织而言是正确的，而且实际上对整个人类社会而言也是正确的，也正因为如此才会有"可持续发展"的议题。组织所拥有的资源尽管在数量、质量、种类上都不尽相同，但一定是有限的。竞技体育人力资源禀赋的结构包括智力结构、年龄结构、经验结构、学历结构等方面，为发挥人力资源整体功能的最大化，需要对人力资源的结构优化配置。我们不仅要面对还要充分利用国内、国外两个市场、两种资源。因此，必须统筹规划、明确目标，对竞技体育人力资源实施优化配置。又如，目前一些单位在全运会战略上或只有男子，或只有女子，或两者兼有，即便两者兼有的单位发展重点也不同。因此，要对重点发展女子项目的单位鼓励和扶持，对只重视男子的队要加以引导。在现有队伍规模基础上保持全面发展的同时，要充分发挥政策、经济、竞赛三大杠杆的作用，进行人才资源的合理配置，把全国的力量适度集中到重点发展女子项目上来，保证我国女子重点项目人才的数量和质量，为实现奥运目标做好充分的人才准备。

3. 以人为本原则

以人为本是管理学的重要理论原则，同时也是开展任何与人相关工作所依据的基本原则。竞技体育人力资源调控的重要目标是为竞技体育的可持续发展服务，而"可持续发展的中心是人"，这种发展观的实质可以认为是"以人为本"，即以促进人的全面发展为出发点和归宿，促进人的个性的全面发展，促进人的各种潜能的发挥，促进人的个性的丰满，促进人的德、智、体、美等方面全面发展。

因此，从以人为本的根本理念出发，要处处尊重人力资源的合理需求，善于运用激励机制，激发人力资源的内部动力。大力创造条件，积极引导，还要充分满足人力资源的各种合理需求。要以培养人、教育人为根本，使竞技体育人力资源充分认识到自身的价值，认识到发展竞技体育实为一项利国利民的千秋事业。

4. 系统整合原则

首先，竞技体育人力资源是一个复杂的系统，对其进行有效调控就必须要关注到人力资源的方方面面，不仅要对不同人力资源类型进行规划，还要在不同人力资源的不同发展阶段进行有效规划，这往往涉及人力资源的培育、开发、配置、利用、人身保险以至人力资源的再就业、社会保障等方面，都要予以规划，任何一个环节的忽略，都会影响到人力资源整体效益的发挥。其次，要在人力资源调控方法上进行系统的整合。计划经济时期，我国竞技体育人力资源调控以计划、行政手段为主，而随着社会主义市场经济的发展，就必须综合运用行政、计划、宣传、法律、经济等多种方法对竞技体育人力资源施加调控。

（三）中国竞技体育人力资源调控的对象及内容

如果从竞技体育人力资源调控的对象及内容来划分，竞技体育人力资源调控可分为横调控与纵调控（图5）。竞技体育人力资源的横调控，即对竞技体育人力资源的不同类型如运动员、教练员、管理人员等的调控；竞技体育人力资源的纵调控，即对不同类型竞技体育人力资源在培育、开发、配置、利用等环节的调控，另外由于运动员资源的特殊性，其竞技体育职业人身保险、退役再就业等方面也属于纵调控的内容。

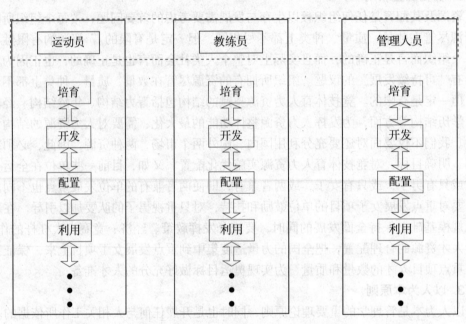

注：虚线表示横调控，实线表示纵调控，"⇕"表示具有内在联系

图5 中国竞技体育人力资源调控示意图

不同类型竞技体育人力资源存有一定差异，但在不同类型竞技体育人力资源纵调控的过程上，基本都包含资源培育、开发、配置及利用等环节。事实上，竞技体育人力资源横调控过程中包含着纵调控，竞技体育人力资源纵调控中也包含着横调控。只有把握住竞技体育人力资源的纵、横调控，使竞技体育人力资源调控环环相扣，才能最终实现竞技体育人力资源调控目标与任务，从而为竞技体育可持续发展提供巨大支撑动力。

1. 中国竞技体育人力资源横调控

当前，中国竞技体育人力资源横调控的重点对象及内容是加强"四类人群"的工作（图6）。

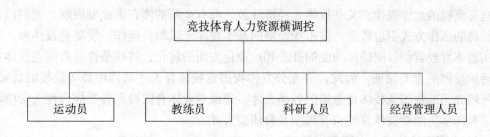

图6 竞技体育人力资源横调控对象

(1) 优秀运动员队伍建设

我国竞技体育要在社会主义现代化建设中发挥重大作用，必须高度重视运动队伍全面素质，尤其是思想素质的提高。而要实现竞技体育的可持续发展，也必须加强对运动员队伍全面素质的培养。要积极探索"体教结合"的模式，建立适于我国基本情况的"小学——中学——大学"的运行机制；各高校要成为培养竞技体育优秀运动员的重要基地；要重视吸取当代科学技术成果，科学地培养运动员人才，提高其成材率；建立健全竞技体育后备人才的社会保障体系，根据竞技体育的特点，重点加强后备人才意外伤害保险，实行国家、培养部门和个人共担的机制。

(2) 优秀教练员队伍建设

一是提高其思想政治素质。引导他们大力弘扬"为国争光、无私奉献、科学求实、遵纪守法、团结协作、顽强拼搏"的中华体育精神，树立教练员强烈的事业心、责任感。二是提高教练员的专业技能水平。要引导他们牢固树立"科学技术是第一生产力"的思想，自觉加强科学理论的学习。同时，要积极制定教练员培训的整体计划安排，并公布实施的具体时间及标准要求，给予教练员国内外不断学习、提高的机会。通过多种方式，努力提高其科学选材、科学训练、科学管理的技能水平。三是提高教练员的社会活动能力。每一个教练员，都面临有偿训练、竞赛市场参与、竞技人才交流等社会活动。要为教练员创造机会，使更多的教练员成为职业化、专业化等各方面的专家。四是要建立健全单位内部的竞争激励机制，鼓励教练员以多种方式开展就业后的继续深造，强化他们的终生教育观念。

(3) 优秀科技人才队伍建设

要改革科技人才管理体制，选优汰劣、优化组合、重点培养，创造一个人才成长的新体制，造就一批经验丰富、学识广博、能够进行多学科理论研究的体育科技拔尖人才；要研究现有科技资源的整合问题，包括直属科研机构、体育院校、体育科学学会等，组建松散的或紧密的科研实体，形成体育科研的集团优势，与其他行业的科技力量及省、市体育科研所形成结构合理、层次分明、分工明确、联合协作的科技网络体系，激发科研人员的积极性，共同承担攻克重大体育科技项目的攻关课题；积极拓宽高级竞技体育科技人才的途径，竞技体育科技人才的培养要与全国重点院校、科研机构联合培养，鼓励非体育行业科技人员积极参与到竞技体育科研攻关上来。

(4) 竞技体育产业经营管理人才队伍建设

竞技体育产业的经营管理人才是竞技体育市场化、职业化进程中涌现出的新的人力资源，是现代化体育人才的进一步拓展。作为竞技体育产业的管理人才，他们既懂得体育竞赛流程的运作规律，又掌握体育经济政策，拥有全新的体育事业发展观。他们以市场经济的运作方式引进资金，按市场经济的基本规律来组织、运作、发展竞技体育，从而实现体育经营创收向经济功能的开发和产业化方面的转化，这些条件是我国竞技体育可持续发展的重要保证。为此，要充分发挥我国竞技体育人才培养中高等院校的优势，积极培养当前我国竞技体育急需的各类人才。建议专业体育院校和各类综合性大学应联合培养高学历的竞技体育经营管理型及科研型人才。

2. 中国竞技体育人力资源纵调控

（1）竞技体育人力资源培育

资源的培育是指人类运用科学技术措施去改变环境条件或资源内部的功能结构，以达到不断改善和提高资源生产的能力的有力手段。也有学者将资源的培育以"培植"取代，认为资源的培植就是指"人为地创造一种条件，促进资源的生成，从而增加资源的存量的活动过程"。实际上，资源培育是针对于资源存量增加而言的，而使原有"资源提高质量"则属于资源开发的范畴。我们认为，所谓资源培育是通过一定的方法手段，增加资源存量的过程。显然，这一过程更侧重于资源从无到有的生成过程。竞技体育人力资源的培育则是指通过一定的方法手段，创造适宜的条件及环境，使竞技体育发展所需的人力资源存量增加的过程。竞技体育人力资源培育过程促进了人力资源存量的增加，竞技体育人力资源存量增加为竞技体育可持续发展提供了必要的人力资源支撑基础。因此，竞技体育人力资源培育的目标是培育出大批合格的符合竞技体育可持续发展需要的相关人员及高级人才。

一般而言，竞技体育人力资源的培育具有以下特征。

基础性。就整个竞技体育人力资源调控体系而言，竞技体育人力资源培育是竞技体育人力资源开发、配置、利用等环节的前提和基础，没有人力资源的培育也就没有人力资源的开发，从而也就不可能有人力资源的配置与最终利用。竞技体育人力资源的培育、开发、配置与利用构成了人力资源竞技体育职业生涯中"四位一体"的系统结构，并在一个完整过程的结束后又从更高层次的起点开始下一个过程，即对人力资源的投资与培育贯穿了职业生涯的整个过程，终身教育、终身体育等思想的提出同此意类似，这体现了客观事物循环往复、不断提高的发展过程。

目标性。客观世界的文明都可以"人化"的烙印而存在，而在"人化"的过程中就赋予了客观对象以人的主观目的性。竞技体育人力资源的培育是一种有明确目标的行为——创造适于人力资源生长的条件，促其存量增加，为竞技体育的可持续发展提供支撑作用。

条件性。竞技体育人力资源的培育要求具备一定的条件，适宜的条件会促进人力资源的生成。反之，竞技体育人力资源所要求的条件不具备，竞技体育人力资源则很难存在并发挥作用。

时间性。竞技体育人力资源的培育需要一定的时间与过程，急于求成不顾时间的限制而急于利用资源，则只能使竞技体育人力资源的利用寿命缩短，很难取得预期的效果。

（2）竞技体育人力资源开发

①竞技体育人力资源开发的内涵、目标及特点

开发就是使隐藏着的和未被人了解的显露出来，资源开发既包括对现在已有的尚不

能完全利用的潜在功能的挖掘，也包括对目前已经能够利用的资源的未知功能做进一步的深度挖掘，从而提高资源的可利用程度。通过对资源的开发，不仅可以使现存的潜在资源转化为可以直接利用的现实资源，并可以使目前能够利用的资源的横向使用范围扩大，纵向使用范围加深。人力资源开发是指为实现人力资源的最大价值，达到充分利用人力资源的目的，而采用一定的方法手段对竞技体育人力资源的现实及潜在功能进行挖掘的过程。竞技体育人力资源的开发是对竞技体育人力资源的现实及潜在功能进行充分挖掘，从而发挥出人力资源在竞技体育可持续发展过程中的最大价值。

竞技体育资源开发的根本目标是为实现竞技体育可持续发展而有效挖掘人力资源的价值及潜能。在备战奥运会的科学训练中，各国都重视以高科技手段辅助高水平运动员的训练，最大限度地开发出人体生理和心理的极限潜能。可以说，未来奥运赛场的竞争，除超强度的刻苦训练之外，也是国家与国家体育科学技术水平与人心凝聚的综合大比拼。主要体现在高科技手段对体育的介入程度，科技与训练的结合方式，教练员的科技意识和科学训练水平，训练基地等的科技保障条件，先进器材设备的研制开发能力，多学科、多手段的综合科技支持力度和规模等。国家体育科技水平的高低和应用程度将是决定该国在未来国际体育竞争和世界体育总格局中地位的重要因素。无疑上述这些方面都与人力资源的开发密切相关。

一般而言，竞技体育人力资源开发具有以下特点。

双重性。按照竞技体育人力资源开发的综合性程度，可以把竞技体育人力资源开发划分为局部开发与整体开发两大类。竞技体育人力资源的局部开发是指对某种类型竞技体育人力资源进行开发。但一个国家或地区如果仅注重对某一种类型的竞技体育人力资源进行开发，而忽略其他人力资源，往往会使竞技体育的可持续发展受到影响；如只注重对运动队的建设与开发，忽略科研人员的作用，其结果只能是竞技体育水平不能有效提高。竞技体育人力资源的整体开发有两种含义，一种是对一种人力资源的多种功能进行开发，另一种可以是同时对多种竞技体育人力资源进行综合开发。

成本性。竞技体育人力资源的开发是一种有目的的人类活动过程，在资源的开发过程中，为了达到开发目标就必须有一定的资源投入，这些投入要素就形成了资源开发的成本代价。人们需要投入必要的人力、物力、财力等资源去换取另一种资源的获得。由于人力资源开发成本的客观存在，就迫使我们不得不考虑对竞技体育人力资源开发的规划设计及运行过程，尽可能以较小的代价获取最大的收益。

效益性。所谓资源开发效益，就是指反映因某种资源开发而给开发单位或社会带来的整体效益。对竞技体育人力资源的开发所产生的效益可以分为经济效益与社会效益两大类。通过竞技体育人力资源开发，可以促使竞技体育市场的形成及竞技体育产业的发展，带来竞技体育可持续发展的经济效益。而对不同类型竞技体育人力资源的综合开发，促进了人力资源的全面发展，无疑也会产生良好的社会效益。

中介性。竞技体育人力资源调控的完整过程包括对人力资源的培育、开发、配置及最终的利用。竞技体育人力资源的培育是一个"从无到有"的过程，而竞技体育人力资源的开发则是一个"从有到优"的过程。竞技体育人力资源开发是在竞技体育资源培育基础上的规划与行为，同时它又是开展竞技体育人力资源有效利用的必要前提，竞技体育人力资源开发程度直接关系到各国或地区竞技体育资源的利用程度，并最终对竞技体育的可持续发展有直接影响，因而，竞技体育人力资源开发在竞技体育调控资源体系中处于"承上启下"的重要环节。

持续性。作为物质资源一般只有一次开发，二次开发、形成产品以后就不存在开发的问题了。人力资源则不同，使用过程中同时也是开发的过程，而且这种开发具有持续性、终身性。

能动性。自然资源在开发过程中完全处于被动地位，人力资源则不同，它在被开发的过程中具有能动性。对其能动性调动如何，直接决定着开发程度，为此，在竞技体育人力资源开发过程中要特别注意运用适合的方法手段，充分研究"人"的行为特征及管理规律，积极创造外部动力并调动人力资源的内在动力实现人力资源的最大程度开发。

②北京奥运人力资源开发策略

在北京奥运面临的诸多问题中，人力资源短缺将是最根本、最紧迫的问题之一。未来几年，北京要上马许多大工程，要开发应用多项国内外先进的科学技术，更多的外资将进入，金融、IT等领域都将需要大批的科研人员和管理人才，这对北京人力资源开发管理提出了更高的要求。特别是对于竞技体育人力资源而言，北京奥运提供了难得的实践锻炼的机会和场合。为此，针对人力资源开发应从以下方面进行调控。

第一，营造良性循环的人力资源开发环境。要倡导重视人力资本，构建合理的投资回报机制，提供启动资金和制定鼓励投资于人力资本的政策，包括改革工资报酬制度和分配制度，构建合理的人力资本投资回报体系，鼓励多种投资主体参与人力资本投资等，一旦这种信息传达到社会和个人，会激发起投资的积极性，就可以形成良性循环。

第二，优化调整人力资源结构。科技奥运工程浩大，除新建60%的场馆外，还有为准备奥运会而必须进行的地铁、公路等道路建设以及信息系统建设等。这些项目对技术和管理的高标准要求，需要大批懂建筑技术、懂项目管理的复合型人才。首都现有的专业高科技人才条件相对优越，拥有中国1/3的高级计算机软件人才、近1/2的高级智能系统集成人才、一半以上的半导体专家；65所大学大都设立了电子信息专业，在校学生达3.2万人，在培的信息及相关专业的博士、硕士生为4400人。首都较为缺乏高级科技管理人才和高素质技术工人，必须改善现有人力资源开发、培训机构的层次问题，优化人力资源结构，在提高教育与培训效率；加强由基础教育形成的一般人力资本以外，积极培养特殊人力资本，特别是具有企业家素质的科技管理人才和高素质技术工人。

第三，实现人力资源开发产业化。为实现科技奥运工程，人力资源开发需要引入企业化的运作，在教育中引入竞争机制，允许和鼓励个人和社会投资办学，这不仅有益于开发教育投资的资金来源，而且可以提高现有教育体系的管理和运作效率，使教育与社会需求相呼应，充分挖掘现有体系蕴藏的潜力。

第四，创造合理的人才流动机制，吸引全球范围内的科技人才。科技奥运将对科技研发提出更高要求，需要更多的高科技人才，需要专门的高素质人力资本。创造人才流动机制，通过人才流动和流动中的竞争，可使人力资源得到充分开发。科技奥运工程应给人才流动创造良好的条件，采取灵活多样的方式引进人才，包括借用、阶段性聘用、兼职、有偿服务等临时性引进智力的途径，以吸引全球范围内的科技人才。

（3）竞技体育人力资源配置

人类的生存和发展依赖于资源，人类要改善自身存在状况，并使之朝着理想的方向发展，则要对众多资源进行科学、合理的配置。资源配置不仅是一个经济问题，而且也是一个与人类生存、发展和价值目标追求密切相关的社会问题。我国著名经济学家厉以宁认为，"资源配置是指经济中的各种资源（包括人力、物力、财力）在各种不同的使用方向之间的分配。"芮明杰认为，资源配置是"根据组织目标和产出物内在结构要求，在量、质等方面进行不同的配比，并使之在产出过程中始终保持相应的比例从而使产出物成功产出"。于法稳等认为，"资源配置是指一定社会经济条件下，按照一定比例将各种资源实行组合和再组合，生产和提供各种产品和劳务以满足各种社会需要的经济活动。"我们认为，竞技体育资源配置是指为满足竞技体育发展所需的资源，而对竞技体育资源在各种不同的使用方向之间的调配过程。竞技体育人力资源配置则是指按竞技体育可持续发展的要求，对竞技体育人力资源进行合理组合与调配，从而在不同时间、区域、数量及质量上对人力资源进行的分配过程。竞技体育人力资源配置分为宏观配置与微观配置。宏观竞技体育配置包括竞技体育人力资源在不同地区、不同实体单位之间的配置；微观竞技体育人力资源配置主要是在具体的竞技体育人力资源使用部门的配置。

资源配置的目的在于如何合理地把各种资源分配到不同的经济领域、不同的用途上去，且用较少的资源创造出更多的社会财富。一个社会的经济要发展，社会财富要迅速增长，关键是要看该社会中稀缺的经济资源能不能得到最有价值的运用。简单而言，"资源配置的总目标就是利用有限资源取得最大效益"。因此，竞技体育人力资源配置的根本目标是通过合理调配人力资源，实现人力资源的有效分配，最大限度地开发其价值，使人力资源的利用取得最大的社会及经济效益。

一般而言，竞技体育人力资源配置具有以下特点。

选择性。对于竞技体育人力资源合理配置可以根据组织目标和产出物内存结构的要求，对人力资源在量、质等方面进行不同的配比，并使之在产出过程中始终保持相应的比例从而使产出物成功产出。人力资源配置的时间、空间和数量是构成人力资源配置的三个基本要素，当得知一种资源在不同的时间、地点或部门使用的数量后，就确切地知道了一种资源配置的状态。同时，我们也可以根据实际情况，有选择地将人力资源在时间、空间和数量上进行配置。

系统性。竞技体育的可持续发展意味着不仅要实现竞技体育系统内部的协调，还要处理好竞技体育系统内部与外部系统的协调。因而，竞技体育人力资源的配置不仅要实现竞技体育系统内部的合理分配与协调，还要求实现竞技体育人力资源与外部系统的沟通与协调，以及较长时间内的协调发展。例如，我国高水平退役运动员的安置问题，已经成为影响我国竞技体育可持续发展的一个棘手问题，这些群体不可能都在竞技体育系统内部安置，必须寻求到与外界沟通的突破口，解决现役运动员的后顾之忧，实现退役运动员的合理安置。

方向性。由于高级人力资源是一种宝贵的稀缺资源，为使人力资源做到"人尽其才"发挥自身最大价值，必须将其配置到最适宜的方位上，不合适的配置只能导致人力资源价值实现不能达到最大化，造成人力资源的巨大浪费。

非均衡性。均衡配置是指凭借国家行政力量，利用"统包统配"形式将人力资源均衡配置到经济发展水平不同的行业和地域。这种做法虽然在一定时期内有效，但由于生产资料与人力资源不能有效结合，最终导致人力资源的浪费。我国改革开放以来的经济发展证明，"重点突破"比"齐头并进"更容易加快改变落后面貌。这是由于，人力资源并不是为存在而存在的，必须与其他资源相互配合，才能进行有效的经济活动；其次，即使已经开始进行的经济活动也有轻重缓急之分，均衡论并不有利于整个事业的发展。有专家计算出，专业技术人力资源经济效益系数在我国东部、中部和西部分别为1.29、0.85和0.65。也就是，素质基本相同的一个人配置到东部，可抵1.29个人使用，创造的经济效益比为1.29；而配置到中部或西部，则效益大大下降。我国竞技体育人力资源的配置也必须遵循非均衡配置的要求，必须考虑到人力资源的发展及能力要与周围资源条件有效结合，按市场经济发展规律允许人才合理流动。

（4）竞技体育人力资源利用

资源利用是指将现实形态的资源投入到社会经济中去，发挥出所具有的资源功能，最终创造出社会财富的一种社会活动。竞技体育人力资源的利用可理解为将竞技体育人力资源投入到竞技体育发展中，为实现竞技体育可持续发展发挥作用的过程。不言而喻，竞技体育人力资源利用的根本目的在于发挥人力资源的价值，为竞技体育的可持续发展提供支持。

一般而言，竞技体育人力资源的利用具有以下特点。

综合性。竞技体育人力资源的利用可分为三种类型：对单一竞技体育人力资源的利用；对各种不同竞技体育人力资源的利用；对本区域竞技体育人力资源与本区域外竞技体育人力资源的利用。在竞技体育人力资源利用的过程中，往往是同时存在着上述三种类型的综合利用过程。

效益性。随着我国经济改革的深入发展，价值工程的研究与运用已逐渐扩展到更为广泛的领域，竞技体育人力资源的利用具有典型投入—产出的社会实践活动，为达到竞技体育人力资源的有效利用，需要投入必要的财力、物力、科技等资源，而人力资源利用的结果具有社会效益和经济效益的双重特征。

时效性。矿产资源一般都可以长期储存，不采不用，品味不会降低。人才资源则不同，储而不用，才能就会荒废、退化。无论哪类人才，都有其才能发挥的最佳期、最佳年龄段。运动员一般在15~30岁之间成绩最佳，而体育科技人才一般在30岁以后研究成果最多。一个人的才能不能长期储存，应该及时发挥，这是人才开发、智力开发的重要环节。

（5）竞技体育人才流动

经过几代人的努力，我国竞技体育逐渐形成了自己的优势项目，并加强了与世界上其他国家竞技体育人才的交流，这不仅吸引了各国家的优秀体育人才来我国，帮助我国发展体育事业。同时我国的一些优势项目的人才也开始流向国外，逐渐形成了一个人数越来越多的庞大的"海外兵团"。据1993年的一份统计材料表明，中国体育界的海外兵团已达数百人之多。截至1991年，中国已先后向世界上89个国家和地区派出乒乓球教练员453人次。

①竞技体育人才流动的意义

由于我国社会经济发展水平、地理环境、人种等方面的差异，出现了有钱的地方缺人才、有人才的地方缺钱的现象，这种左倾右斜就必然出现流动，这种流动是必然的不可阻挡的。这种激烈的人才竞争，使过去那种运动员处于各单位内自给自足的封闭模式，受到了日益强有力的挑战。加之体育的社会影响越来越大，各大企业公司、高等学校对体育人才的需求成倍增长，体育人才的流动已成为多层次的社会需要。竞技体育人才流动的意义表现在以下方面。

第一，建设竞技体育强国的根本措施。从竞技体育发展的要求来看，人才流动是实现全国范围内的优化组合和取得最佳社会效益及经济效益的必由之路。通过人才流动，可以促使人才不断追求自我价值的提高，这对于改善体育队伍的整体素质极为有利。因此，必要的合理的体育人才流动，是建设体育强国必须的根本措施之一。体育是没有国界的，国际间的体育人才流动有利于进一步提高人类整体的体育运动水平。从国外引进体育人才，有利于把我国的一些薄弱项目（如足球、拳击、田径等项目）搞上去。同时我国也派一些教练员出国执教（主要是我国强项如乒乓球、羽毛球、体操等）。这种国际间的体育人才交流，不但可以取长补短，互相促进，而且也能增进友谊，并为国家创汇。可以预测，随着社会主义市场经济的发展，现代体育社会化、职业化、商业化的步伐将大大加快，竞技体育人才的竞争将日益激烈。人才竞争必然引起人才流动，而体育又是竞争性很强的行业之一，竞技体育人才流动完全有可能比其他行业更快更猛。

第二，促进竞技体育可持续发展。近年来，我国的体育竞赛不断向职业化的目标挺进，各省市、各行业体协之间运动员的转换，使我国的竞技体育出现了生机，竞技水平有了很大提高，据对第八届全国运动会成绩的统计，两次计分和协议计分的运动员拿到名次的有 26 个大项 118 个小项的 177 名运动员和 7 支球队，他们分布于 30 个代表团，共获得了 22 枚金牌、19 枚银牌、17 枚铜牌，得分逾千分，并破一次世界纪录。我国体育和世界的交往越来越频繁，我国的教练员、运动员向国外流动，国外的教练员、运动员流向我国，使我国的体育界能不断地吸收国外的先进的理论知识和科学技术、先进的训练方法等，为我国的竞技体育向世界水平冲击打下了坚实的基础，这无疑能促进我国竞技体育的可持续发展。

②竞技体育人才流动的调控

第一，明确调控目标。对竞技体育人才流动的调控，既要有人才流动调控的长期目标，又要有人才流动的短期调节手段。为了避免短期调节手段背离长期目标，就应该找到短期调节手段和长期发展目标的结合点，这是非常重要的，这是我们制定竞技体育人才流动政策的出发点。人才流动的活跃程度和人才商品化程度成正比，在制定长期发展目标时应明确分析阶段的人才商品化的目标。各级人才主管部门应始终把握住实际发展目标的全过程，按系统工程的方法去实现最后的战略目标。竞技体育人才流动绝非权宜之计，各级主管部门应当制定一系列符合战略目标的配套政策，保证宏观上有效控制，而不能只注意短期行为，导致人才流动宏观失控。体育人才流动是体育部门深化改革的内容之一，须确立近期、中期、长期目标，分段制定不同时期的政策。确实搞好竞技体育人才流动的宏观控制和微观调节，才能使竞技体育人才流动健康发展。

第二，建立健全竞技体育人才市场。建立和开放竞技体育人才市场，在人才流动领域中引入市场机制与竞争机制。目前，进入竞技体育人才市场的主要成分是运动员、教练员，随着竞技体育社会化、科学化的发展，竞技体育科技人员和管理人员的比例将不断增加。从我国实际出发，人才市场建立后，不能放弃管理而任其自流。在打破现行体育人才部门、地方所有的封闭式管理制度之后，仍将实行以计划管理为主，以市场调节为辅的新体制。建立这种新体制就必须实现体育人才所有权和使用权分离，而所有权和使用权分离的先决条件是实现体育人才商品化。在国家实行公务员制度以后，体育部门的公务人员不应当进入市场。体育科研人员、教练员与其他行业的科研、教学人才具有较多的相似性，基本上可参照有关政策流动。但优秀运动员、优秀后备人才进入市场有其特殊性：一是人才的流动具有强烈的时效性。这是因为运动员人才的运动寿命是有限的，必须在特定的时期内实现合理的流动。二是因为我国的竞技体育发展受国内竞赛体制的制约。奥运会、全运会、省运会已成为不同层的各级体委、各级训练网的"最高战略"。如果不顾训练单位同意与否，单靠金钱就可以随便雇用现成的运动员或"挖走"别人的运动员，那将极大地挫伤训练单位的积极性，甚至会瓦解合理的训练体制，使本来就少的体育人才变得更少。这样对体育人才的流动也是不利的。

我们必须采取有效措施，例如建立全国统一的运动员资格注册管理制度、体育立法等，保证人才流动的活力。体育人才的流动应有利于多出人才、快出人才、出好人才，应当有利于调动各级训练单位的积极性。这就必须从根本上维护他们的经济利益，使他们有可能维持正常的投入和产出，并不断提高自己"产品"的质量。政策应符合价值规律，体现商品要求，对体育人才的使用要确立"有偿使用""有偿转让""按值论价"的原则。要杜绝无政府状态，加强管理，建立正常的流动秩序。政府部门对体育人才的流动只须用市场机制进行宏观控制，而不必直接干预微观运行，人才流动由社会供需双方自行调节。政府主管部门的主要精力要放在强化立法、政策引导和反馈监督方面。采取走出去、请进来的方法，创造条件使个别优秀运动员到欧美先进国家去训练，或请国外优秀教练来讲课或执教，以尽快提高技术水平。同时将国内教练员送到国外去学习，增加与国际上的交流与协作。

五、中国竞技体育人力资源调控实施对策及建议

社会文化分层理论及人的需要理论（任何类型的社会文化整体，必然包含表层的器物结构，核心的价值观念结构及在二者之间起重要作用的制度结构；而人的需要也是分层的，只有低层次的需要得到充分满足，高层次的需要才会出现）对于中国竞技体育实施人力资源调控具有重要的启发意义，在中国竞技体育可持续发展的战略框架内，我们把竞技体育人力资源作为一种系统化的社会文化活动进行调控，为此，需要遵循社会文化的层次结构及人的需要理论的基本理念。这就需要先从改善人力资源的内部结构入手，充分调动人力资源的内在机制，满足其合理的需求，同时还要为人力资源创造出各种适宜的社会舆论氛围以及制度条件等外部机制，引导人力资源向调控目标发展。

因此，中国竞技体育人力资源调控需在充分满足人力资源合理需要的基础上并从三个方面予以重点实施：一是加强人力资源发展需求的硬件建设，这是保证人力资源调控实施的必要条件；二是健全人力资源调控的制度建设，这是实施人力资源调控的必要保证；三是加强人力资源发展的价值观念建设，主要包括人力资源的个人层面及社会文化层面。具体而言，包括以下方面。

（一）建立健全人力资源调控体系及制度

竞技体育人力资源调控体系是对与不同类型人力资源在培育、开发、配置及利用等密切相关的一整套管理体系和制度的统称，这一调控体系是由决策管理系统、协调系统、操作系统、监督系统、反馈系统等部分组成，同时还需要建立一整套合理的调控制度体系。政府主管部门要不断加强宏观调控、政策引导、行政监督、组织协调的水平，应当健全法制，明确政府权限，确立有限政府的原则，将其权力干预限定在适当的范围之内。并要转变政府职能，强化其服务、协调、监督、指导的能力，逐步改善直接的行

政调控为间接的综合调控。要在人力资源的培育、开发、配置、利用等方面进行重点投入，要面向现代社会和竞技体育发展的需要，培养大量合格竞技体育人才。体育部门还要会同教育、财政、劳动、人事等部门密切配合，制定切实可行的方案，确保竞技体育人力资源的可持续发展。

要对竞技体育人才进行科学分类，根据不同人力资源特点，建立和完善人力资源的选拔、任用、培育、考核、注册、上岗、晋升、流动、待遇等制度，从制度上保证各种类型人力资源的素质与水平；针对我国竞技体育人力资源发展中一些亟待解决的问题，着手制定一些关键性法规，如运动员转会制度、后备人才培养制度、运动员待遇制度、退役运动员退役保险与就业制度等，进一步健全并充分发挥监督、激励、评估等机制，促使人力资源的才智充分发挥；要充分发挥竞技体育人力资源利用效益，实现以产业俱乐部运转为主体、以人才自由流动为条件、以等级联赛为杠杆、以体育市场为基础、以政府宏观调控为纽带的良性循环机制。

（二）营造人力资源发展的适宜条件

人力资源发展的条件包括人力资源所处的工作、生活等条件，这些条件既有物质的层面也有精神的层面。由于这些环境条件都是可控的，这就为人力资源营造适宜的环境提供了可能。为此，要多从"人本"的角度出发，考虑各种类型人力资源的合理需求并予以最大程度的满足。要建立体育人才数据库，统筹兼顾，科学安排，并逐步解决体育人才的进修、升学、晋职、留学、住房、就业等问题，为人才的发展创造良好的外部环境，从而激发他们的事业心、责任感和敬业精神；要合理使用人才，要使体育人才在选材培养的基础上，做到"人尽其才、才尽其用"，不积压、不浪费、不屈才、不抑才；要研究体育人才的最佳年龄段、最佳运动期及最佳竞技状态出现期，研究其活动过程中的心理因素；还要大胆使用人才，要改变过去的传统观念，进一步解放思想，发现人才就大胆使用，克服"论资排辈""求全责备"等思想。

（三）实行人才资源的合理流动，完善人力资源市场

竞技体育人才市场是人才市场的一个重要组成部分，政府部门对体育人才流动要用市场机制进行宏观控制，而不必直接干预微观运行，人才流动由社会供需双方自动调节。政府主管部门的主要精力要放在强化立法、政策引导和反馈监督方面；政府部门要确立人才流动的近期、中期、长期目标，分段制定不同时期的政策，切实搞好体育人才流动的宏观控制和微观调节，采取特殊政策，鼓励优秀人才向欠发达地区逆向流动。作为长期流动的补充，可采取定期流动和短期服务等多种形式，以加快人才流动的速度。健全体育人才交流工作的管理机制，严格执行各项有关规定，要向保证有出有进、来去自由、吸收人才的方向发展。

合理的人才流动，离不开人才市场管理，建立人才市场是实现宏观控制的重要手段。应引进市场机制，建立体育人才市场。根据不同类型竞技体育人才市场的发展变化，作出相应的预测，并结合我国竞技体育发展的宏观需要，制定人才市场发展的长远战略和目标。建立全国统一的人才市场体系，完善国家宏观调控体系和地方中观调控体系，特别是加强人才市场中介机构、社会保障体系和教练员培养体系的建设。在完善运动员进入、培养、退出机制和国家给予一定的经济补偿的条件下，鼓励退役运动员自谋

职业，逐步通过人才市场来解决和安置退役运动员。建议由国家体育总局牵头，建立起由上而下的全国各省竞技体育人才的计算机管理网络系统，以便于全国竞技体育人才的管理、使用和交流。

（四）加强竞技体育人力资源保险

建立良性的运动员社会保险基金的筹集、管理及投资运营机制，构建竞技体育保险的需求约束机制，加强保险供给方的责任监督机制，强化对优秀运动社会保险制度的运作监管，还应注重竞技体育保险中介业的发展。要全面深刻地认清竞技体育保险的发展趋势，因势利导，在各方面采取相应措施，帮助运动员、运动队参加投保，尽快统一管理体制，成立统一的地方体育政府"竞技体育保障委员会"；应明确国家、单位（俱乐部或运动队）、运动员个人三方承担责任；要建立资金来源多渠道、保障方式多层次、权利与义务相对应、管理和服务社会化的完整的社会保障体系；不断提高竞技体育保险的地位，多渠道积累体育保险基金，尽快扩大竞技体育保险的覆盖面；借鉴国外运动员保险的先进经验，结合国情尽快拟定、建立竞技体育保险法律体系；除了国家体育总局负责国家级运动员的保险外，各地方体育政府机构根据自身的经济实力，自身需求，与国家级保险公司地方分支机构建立保险业务，采取由体育总局下放到各级体育政府机构分级风险责任制，逐级分保，运动队在寻求赞助的同时特别要把保险作为一项重要内容来处理。

（五）加强和重视竞技体育后备人才培养

竞技体育部门要与教育部门密切配合，通过与大、中、小学校的合作，采取优势互补的方式坚持走"体教结合"的道路。在加强和深化体育改革（包括学校体制改革）的同时，政府要加大对学校体育工作的领导力度，要在财力、物力和政策上给予一定的倾斜，保证学校体育教育顺利开展，与此同时尽可能争取更多的社会资助，借助企业的力量走联合办各类高水平运动队的道路，真正把学校办成国家培养高水平体育后备人才的主要基地。我们应总结以往高校办高水平运动队的经验，力争在运动队伍的层次结构、年龄梯队和水平梯队的衔接、运动训练的组织形式、运动员的文化学习和学籍管理等方面，探索一条既符合体育发展规律，又符合教育规律的"体教结合"的新路子；在后备人才的培养方面，要着眼于体育事业的长足发展，树立对后继人才的投资观念。加强各级竞技体育后备人才基地的建设和教学管理，把有限的资金用于人力资本的增值，合理缩短人才的培养周期。

（六）充分调动人力资源的内在动力

调动人力资源的内在动力的关键在于采用适当的手段方法，通过对人力资源的有效激励，发挥各种人力资源的主观能动性，从而实现各种人力资源对竞技体育发展的最大贡献。当前，要重点加强运动队伍的政治思想教育工作，要加强对运动员进行爱国主义、集体主义和社会主义教育，树立"祖国培养意识"和"普通公民意识"，培养其高尚、健全的人格。积极弘扬"为国争光、无私奉献、科学求实、遵纪守法、团结协作、顽强拼搏"的中华体育精神，弘扬"重在参与""更快、更高、更强"的奥林匹克精神和理想，使竞技体育中蕴藏的丰富精神内涵成为宝贵的社会教育资源，成为社会主义精神文明建设的鲜活教材；还要加强对体育干部、教师、教练员、科技人员和优秀运动员的人文素质主要是思想道德素质的教育；同时还要对严重违背体育精神，破坏体育秩序，败坏社会风气，违反体育组织行业规范，违反党纪政纪的，进行严肃处理。

（七）进一步扩大运动项目的社会影响

抓住我国竞技体育社会化、职业化发展的大好时机，通过广泛的宣传和政策调动，利用电视、广播、报刊等媒体宣传竞技体育，使更多的人了解、喜爱、参与、支持和赞助中国竞技体育；不同竞技体育项目要积极开展多种形式的群众性体育活动，体育行政部门要与地方体育、教育部门及其他社会各个方面密切配合，调动他们的积极性，在他们的支持下，广泛动员社会各界，因地制宜地积极开展以学校青少年为主、社会各界广泛参与的多种形式的群众性体育活动，为培养大批竞技体育后备人才及取得广泛的社会舆论支持奠定基础；充分发挥协会的社会性功能，利用协会组织的特点，广泛开展群众性普及工作；通过协会组织的工作，将各级训练单位和训练点紧密吸引和团结在协会的周围，利用协会的管理职能和组织竞赛的职能，引导和促进训练工作的发展；开放竞赛市场，通过招标、申办、拍卖等形式，多渠道筹措资金，鼓励社会各界积极承办各类赛事，集社会和企事业的资金发展竞技体育项目。

（项目编号：377ss02023）

我国竞技体育职业化人力资本产权问题研究

许永刚　宋君毅、王春阳　王恒同、陈新键

随着我国市场取向改革的深化，各种矛盾和利益交织在一起，这些矛盾和利益的冲突以及冲突程度的不断加深，同样也体现在我国竞技体育职业化过程中。近来出现的一系列引起人们广泛关注的事件则更使这种冲突表面化：如 2002 年 CBA 奥神俱乐部的"马健事件""王郅治滞美不归事件"、奥神俱乐部与篮球管理中心之间的"孙悦事件""田亮被退出国家跳水队事件"等。所有这些表面冲突的背后，其实质则是在经济转轨过程中对于竞技体育这一特殊行业中的特殊资本——高水平的教练员、运动员人力资本的产权界定、分割、归属、运作以及利益（包括有形的资金、各种奖励和无形的名利如政治资本等）的支配和争夺（即对竞技体育人力资本的所有权、支配权、处置权和受益权的争夺）。上述问题的症结主要集中在竞技体育领域内稀缺资源——高水平运动员人力资本及人力资本产权问题上。

一、竞技体育人力资本产权特征

竞技体育人力资本产权既具有与一般财产权利相似的属性，比如排他性、有限性、可交易性和可分解性等，又具有自身的独特性。

（一）竞技体育人力资本产权的一般属性

1. 排他性
竞技体育人力资本产权的排他性，实质上是竞技体育人力资本产权主体——运动员的对外排斥性或对特定权利的垄断性。

2. 有限性
竞技体育人力资本的所有者——运动员并不能够自由地、任意地使用其拥有的人力资本。如运动员在比赛中，尽管主观上可以通过赌博公司或赌球集团为其人力资本索取高价，或者尽量"偷懒"以节约其人力资本的支出，但是当他真正决策时却不得不顾及其行为的可能后果（如声誉的损失、接受司法部门调查、受到比赛组织委员会的处罚等），从而理性地选择与他人合作。

3. 可分解性
指运动员人力资本产权的各项权能可以分属于不同主体的性质。当运动员行使人力资本产权的全部权能时，他也独享产权的全部利益。当产权在不同利益主体之间进行分解时，所有者只享有所有权或归属权，而其他主体可以行使运动员人力资本的使用权。运动员人力资本产权的分解为运动员的流动、配置和使用等创造了条件，将大大提高人力资本的使用效率。运动员人力资本产权的分解要求准确界定各主体之间的产权关系。运动员人力资本产权的分解过程总是与运动员产权的交易过程联系在一起的，其结果便是：原来完整的运动员人力资本产权分解为所有者产权，归运动员所有；经营者产权，归俱乐部所有。运动员人力资本交易过程就是运动员人力资本产权的分解过程。

4. 可交易性

竞技体育运动员人力资本产权的可交易性，是指运动员人力资本产权可以在不同主体之间转手和让渡的性质。与一般财产权利相比较，运动员人力资本产权的可交易性是有限制的。运动员人力资本产权的交易只能是部分交易，因为人力资本的所有权是不能转让或交易的，只能属于人力资本载体个人所有。同样，人力资本产权的交易只能是有限期让渡，即相应的产权（人力资本使用权）只在契约期内让渡，契约期满，又合法地回到所有者手中。运动员人力资本产权的可交易性是运动员人力资本流动的必要前提，而人力资本的流动具有重要意义。在自利目标的驱动下，人力资本载体会自动流向能够更有效、更充分发挥其人力资本作用的地区和部门，从而实现人力资本的最佳配置效率。人力资本产权的可交易性不等于实际的产权交易，后者还要取决于经济的需要，以及文化、制度的许可。比如，在实行职业化以前，没有运动员的转会市场，也不允许运动员自由流动。统包统配的选拔、训练和退役安置模式，使运动员一旦被挑选到专业队，就产生了某种程度的锁住效应，加上严格的户籍管理制度，运动员根本无法自由流动，运动员人力资本的产权交易也就无法实现。

（二）竞技体育人力资本产权的基本特征

1. 承载者占有人力资本的天然性

竞技体育人力资本存在于承载者专业运动员或职业运动员的身体之中，与人体不可分离，不能脱离承载者而独立存在，这是竞技体育人力资本与其载体（运动员）天然的生理关系。与一般财产权利不同，竞技体育人力资本即运动员的知识、技能、运动技术、体能、竞技状态、健康、形象、声誉、经验等不能脱离其载体而独立存在。因此，竞技体育人力资本只能由其承载者天然地独自占有。

表明了运动员是人力资本的唯一所有者。在运动员是唯一投资者，既投入知识、技能、健康、机会成本、时间等，又投入货币资金等物质资本时，人力资本载体——运动员是人力资本的唯一所有者。这时，人力资本所有权（狭义）、占有权、使用权、收益权、处置权等权能均归属于承载者。当运动员人力资本有多个投资者，人力资本载体只是投资者之一时，运动员人力资本占有权也仍然归属于承载者，其他投资者都不可能拥有人力资本占有权而只能名义上的部分所有者。

如果运动员人力资本与其所有者可以分离，那就不存在激励问题、代理问题，也不存在奈特意义上的"不确定性"问题。

由于运动员人力资本与承载者不可分离，人力资本依附于承载者的身体而存在，而且还必须是有特殊运动技能承载者，所以，运动员人力资本占有权的存在与否、存在的时间长短，以及存在的质量如何等，都与承载者运动员的思想状况、精神状况和身体状况等有密切的相关性。即如果运动员的思想混乱、精神状况不佳、意志不坚强，心理不稳定等，或身体受伤等，则运动员人力资本占有权行使也将受损。

占有权与承载者运运动员的身体不可分离，使承载者也具有了责任性和风险性。享有占有权，就必须承担相应的责任，即要保证自身的安全、维护自身健康、保持良好生活习惯、避免无谓受伤，保持良好竞技状态，尽量延长运动寿命。只有保证承载者的安全，人力资本才能存在，人力资本占有权才能体现；只有为承载者提供必要的和良好的生活环境与发展环境，人力资本才能正常、创造性地发挥效能；在人力资本发挥效能的周期内，只有实现和保障人力资本承载者的健康和尽可能地提高人力资本的使用价值，人力资本占有权才最有价值和意义。

人力资本占有权与承载者不可分离，使货币资金等物质资本投资者承担着巨大的风险，因为运动员人力资本投资期较长，而且即使在投资回收期内，也仍然存在很大的不确定性和难以控制性。这种风险不能规避，只能通过科学训练、科学管理和制度制约而尽可能减小。为了将风险降低到最低水平，人力资本使用者不得不承担额外成本，即要承担人力资本占有者的生活费、医疗费、养老保险费等。对于这种风险，在制度不完善时，可以通过谈判来减小或规避；但是，在法律法规健全的条件下，这种风险是难以减小或规避的，因为法规已对双方的责权利进行了公平、合理的安排和界定。如果企业违规强迫人力资本所有者进行不公平的交易，则法律法规将给予纠正。

2. 竞技体育运动员人力资本实际使用者的唯一性

在人力资本交易和使用过程中，会出现两种使用权的概念。

第一种：竞技体育运动员人力资本法权使用权。即运动员人力资本非承载者通过人力资本产权投资或交易等合法手段获取的在一定时期内支配运动员人力资本载体使用人力资本的权利。由于是通过合法手段获取的，并履行了法权化的自由交易、双向选择、自愿签约等程序，所以是受法律法规保护的。通过人力资本产权投资或交易的形式所获得的竞技体育运动员人力资本法权使用权，是一种支配性权利，而不是一种操作性权利。这种人力资本法权使用权是一种法权权利，即法律赋予非载体投资者依法支配人力资本承载者（运动员）将其人力资本付诸使用的权利；同时它也是一种间接权利，因为承载者（运动员）占有人力资本的天然性使人力资本与其载体不可分，因此人力资本法权使用权享有者不能直接使用人力资本，而只能通过人力资本承载者（运动员）来实现使用人力资本的目的。人力资本非承载者虽然享有人力资本法权使用权，但却不能真实使用运动员人力资本，所以，这种使用权可以称为人力资本名义使用权。

名义使用权与投资和交易相联系。在投资的情况下，如果运动员人力资本的投资是由承载者和非承载者共同完成的，则人力资本的名义使用权归属取决于双方谈判的结果。谈判结果可能有三种：一是名义使用权完全归属于人力资本非载体投资者；二是名义使用权归属于人力资本承载者（运动员），这时，人力资本实际使用权和名义使用权合二为一；三是名义使用权归属于双方共同所有。在交易的情况下，人力资本名义使用权的归属将出现两种情况：其一是非承载者全部拥有人力资本名义使用权；其二是交易双方共同拥有人力资本名义使用权。

第二种：竞技体育运动员人力资本实际使用权。人力资本与承载者不可分离，使人力资本承载者成为天然的占有者，享有天然的、独一无二的占有权。这种天然的、独一无二的占有权，又使其成为人力资本的唯一实际使用者。这里，人力资本的占有权派生出人力资本实际使用权，这种使用权是一种真实、具体、实际使用人力资本的权利，所以它又可以称为人力资本真实使用权。由于人力资本法权使用权只能通过人力资本实际使用权来实现，所以，人力资本实际使用权的承载者才是人力资本效能发挥的决定因素。

3. 竞技体育运动员人力资本产权的"残缺"性

完备的运动员人力资本产权是由所有权（狭义）、占有权、使用权、收益权、处置权等权能构成。对于非人力资本产权而言，投资者享有完备的产权，即享有所有权（狭义）、占有权、使用权、收益权和处置权等全部权能。但是，对于人力资本产权（设有载体和非载体两类投资者）来说，投资双方所享有的人力资本产权都是不完备的，即发生了"残缺"。载体投资者（运动员）只享有所有权（狭义）、占有权、实际使用权、收益权和实际处置权；非载体投资者只享有法权使用权和法权处置权。

4. 竞技体育运动员人力资本使用权的不确定性和激励问题

同其他交易过程一样，信息不对称的普遍性存在于竞技体育运动员人力资本产权交易过程中。信息不对称是交易过程中的一种普遍现象，在非人力资本的市场交易中也存在信息不对称问题。在人力资本产权交易中，信息不对称问题更加严重。人力资本是以知识、技能等形式存在于所有者身上的无形资本。运动员人力资本的难以度量，即缺乏一个统一的标准进行衡量。一般而言，人力资本所有者对自己的人力资本大小所掌握的信息要多于其他人。但买方（雇主）要对人力资本的实际存量进行评价却是很困难的。

这样，在运动员人力资本产权交易中，人力资本所有者运动员可能隐蔽自己的私人信息，反而凭借提供不真实的信息来增加自己的福利和价值，从而导致逆向选择行为。如可能隐瞒自己的受伤经历和身体某些方面的不适，或夸大自己以往的运动成绩等。在高水平竞技体育俱乐部经营选运动员过程中，这种逆向选择可能会给俱乐部经营带来严重后果。为了减少由信息不对称造成的逆向选择，雇主往往利用市场竞争机制，通过市场对雇员运动员人力资本的评价来判定其价格。信息不对称的另一个表现是，运动员的人力资本实际运用量是难以观察的。运动员本人清楚自己是在偷懒还是在勤奋工作，知道其人力资本作用发挥的程度，但是其他人则不具备这方面的信息，因为工作努力难以观察，或者即便能够观察到，也很难被第三方证实。因此，容易引发道德危机。为了减少签约后的道德危机问题，俱乐部一般会采用报酬激励机制，并设计监督制度来约束运动员的行为。当然，道德危机不仅会出现在运动员一方，在雇佣合同签订以后，俱乐部也有可能出现机会主义行为，通过各种手段增加对运动员人力资本的使用强度，还有可能在人力资本具有了专用性和退出困难之后，不兑现初始承诺。

运动员人力资本的使用权可以与所有权相分离，分属于不同的主体，即人力资本所有者在保留所有权的前提下，将人力资本的使用权在一定时间内交给其他主体支配。一般财产在所有权与使用权分离的情况下，获得使用权的主体可以在权利许可的范围内随意使用财产，其使用权发挥作用的效果与财产的所有者本人没有什么关系。但是，运动员人力资本的使用权与此不同。在使用权转让的契约达成以后，从形式上看，运动员的使用权归俱乐部（雇主）所有，俱乐部有权支配、安排运动员人力资本的使用，而运动员也要听从雇佣者的指挥与调度。但是，人力资本是无法脱离其载体而独立存在的，其使用权的行使也必须经由所有者本人来实行。也就是说，无论转让与否，运动员人力资本的实际控制权都掌握在所有者手中。人力资本使用权的这种特征，决定了即使在契约达成以后，人力资本的使用仍然存在不确定性。即人力资本的实际运用量是不确定的。人力资本所有者控制着其能力的发挥程度和所付出的努力的大小，其意志和行为直接制约着人力资本使用权的实现。要想充分发挥人力资本的作用，就必须考虑其所有者的意愿和要求，即人力资本的使用只能通过激励以调动积极性，而不能依靠强制和命令。否则，可能会事与愿违。而且，越是高水平的运动员人力资本，这种特征就越明显。多次发生的中超俱乐部队员罢训事件就是运动员在感觉到自己人力资本产权没有得到应有的保护和取得应有的利益时，对人力资本产权部分权能的关闭。如果违背人力资本所有者的意志，使其产权权利受到了损害，那么，人力资本产权就有可能发生"残缺"。在这种情况下，人力资本会发生贬值，人力资本所有者甚至会选择将人力资本关闭起来，使其价值荡然无存。

二、竞技体育人力资本产权权能界定

高水平竞技体育人力资本是通过对运动员长期有计划、系统地进行人力、物力、资金等投资而形成的，投资主体多呈二元和多元化。所以，运动员由一般的体育人力资源成长为高水平竞技体育人力资本，大多都有两个以上的投资主体，一类是载体投资者，另一类是非载体投资者。由于人力资本与其载体不可分离，所以，形成的人力资本产权的权能与非人力资本产权的权能有所不同，即人力资本产权的构成要素发生了变化。

（一）竞技体育运动员人力资本所有权权能界定

竞技体育人力资本所有权，是运动员对其投资所获得的人力资本的实际拥有权，是人力资本最根本的、最核心的权能，是其他产权权能实施的前提条件。当人力资本有两个以上的投资者时，对人力资本所有权的归属问题理论界有两种截然不同的观点。一种观点认为，人力资本与其承载者不可分离的特点，决定了人力资本"天然"地属于人力资本载体，即人力资本产权绝对私有。第二种观点则认为人力资本是投资形成的，应遵循谁投资谁所有的原则，所以人力资本所有权应归属于不同的投资者。本研究认为，在分析竞技体育运动员人力资本的所有权归属时有两个因素是至关重要的：一是运动员人力资本的投资主体结构；二是特定的社会经济关系和社会制度。

第一种因素即人力资本的投资主体结构

本研究认为，人力资本"天然""独一无二"地属于其承载者所有的观点是值得商榷的。"谁投资，谁所有"的经济原则同样适用于对人力资本所有权归属的分析。两种观点实际上是没有区分清占有权与所有权的关系。从目前我国高水平运动员人力资本形成来看，应该说投资主体是多元化的：政府、家庭和企业都可能成为同一人力资本的投资者。传统的"三级训练网、一条龙训练体制"模式上，对运动员人力资本的投资大部分由政府承担，随着我国市场经济取向的经济体制改革推进，高水平竞技体育运动员人力资本的投资主体越来越多元化，并且各投资主体在总资本投资中所占的比例也相应地发生了较大变化：家庭投资比例大大增加，社会投资比例有所增长，而政府投资比例则明显下降。有些高水平竞技体育运动员人力资本在早期和中后期投资完全是由家庭或社会投资（比如我国优秀台球选手丁俊辉的成长模式，完全民营化的体育俱乐部培养高水平运动员模式），而政府的投资仅仅是在运动员运动技术水平和竞技能力达到一定程度后代表国家队训练和比赛阶段的部分投资，即为运动员提供更高水平教练员和更好的训练条件以及高水平比赛机会所进行的投资。即便是这样，政府投资也是在对运动员人力资本产权的几乎无偿的使用基础上进行的。在这种情况下，投资者都应拥有人力资本的部分所有权。同一人力资本可能有多个所有者，但其承载者总是最主要的所有者，并且其与该人力资本的其他投资主体（所有者）的关系通常表现为一种类似契约关系的观点。因为人力资本载体是一个重要的投资主体，而且人力资本的形成要靠个人的后天努力、进取心和精神状态，同样的投资在不同的载体上所形成的人力资本是有差别的。当然，对于每一个投资主体应该拥有多大份额的所有权，不好从法律上进行确定，也不能采取股份的形式（虽然有学者主张采用股份的形式分割人力资本产权），至于依据所有权所享有的企业剩余的多少，则应由市场或人力资本所有者和非人力资本所有者通过谈判来确定。

第二个因素是特定的社会经济关系和社会制度

西方人力资本理论诞生于完全私有化的语境中，其运动员人力资本投资主体基本上不涉及政府与国家，几乎完全由家庭和私人进行投资，产权权能界定与纠纷也相对简单得多，而我国则处于由传统计划经济向社会主义市场经济转轨过程中，体育管理体制与机制也正发生一系列变化，新旧体制并存，旧的体制没有分完全打破，新的体制正在逐步推行。新旧体制并存与新旧观念的冲撞与交融，多个投资利益主体的争夺，使对正在推行市场化和职业化的竞技体育运动员人力资本产权的研究变得较为复杂。

我国竞技体育人才有其特殊性，过去他们参与体育活动主要是为国争光，振奋民族精神，增强国家凝聚力，并没有过多地考虑他们的社会经济价值及个人的经济利益。因此，忽略了他们的人力资本产权的界定和分割，导致了目前体育界出现了许多经济纠纷，对国家个人等各个方面产生了冲击，这也是由当时特殊的社会经济关系决定的。产权这一概念描绘的是一种社会关系，而不是一种物质属性。所以，人力资本产权束中的所有权概念也应该是特定历史阶段的法律或社会规范意义上的一种对于人力资本所有关系的描绘。人力资本所有权首先是一种社会关系，其随着历史发展、社会条件变化相应发生改变，而并非是历经任何历史阶段都不改变的完全私有。即使是在所谓自由社会中，由于劳动就业市场总是并非完美，劳动者的就业、流动、职业培训等和实现其人力资本相关的活动也并非是不受任何条件局限的，由于受要素稀缺程度的影响，特别是当物质资本稀缺时，人力资本在谈判中处于劣势地位，这时人力资本所有者经常要放弃部分的或一定程度上的对其自身人力资本的所有权。因此，人力资本所有权会部分地和其物质载体相分离。

鉴于上述分析，运动员与其投资者权利分配具有二元归属，即投资者进行运动员人力资本投资获得的权益，主要由人力资本的部分使用权、收益权、处置权构成。由于运动员拥有其人力资本的所有权，所以也拥有人力资本的使用权、收益权和处置权。因此，运动员人力资本的使用权、收益权、处置权的归属具有二元性，既属于运动员又属于投资者。

（二）运动员人力资本使用权界定

人力资本使用权是指人力资本产权主体在权利允许的范围内以各种方式开发、利用、管理并取得收益的权利，是人力资本产权的法律体现。使用权权能是人力资本产权中最重要的权能，人力资本的价值和价值增值完全是通过人力资本使用权来实现的。非承载者之所以要对人力资本投资，最重要的目的之一就是为了获取人力资本使用权。非载体投资者是否拥有人力资本使用权以及拥有的人力资本使用权是否完全是至关重要的，因为它直接关系到对人力资本的投资能否收回以及投资收益的大小。人力资本使用具有唯一性，即人力资本只能唯一地由其载体直接使用，但这并不意味着其他主体不能间接地使用人力资本。如当国家、地方体育部门和个人是体育人力资本的共同投资者时，国家和地方体育部门对人力资本也有使用权，但这种使用权的获得不是直接的，而是通过人力资本载体（运动员）间接地进行。因而在这种情况下人力资本的使用事实上归国家、地方体育部门和人力资本载体共同拥有。国家或政府或俱乐部拥有的这种人力资本使用权我们称之为"投资型使用权"。国家、地方体育部门和人力资本载体共同拥有人力资本使用权的情况，不只是投资形成这一条途径，人力资本载体还可以通过市场交易转让的方式使国家、地方体育部门、俱乐部等在一定时期内拥有部分的人力资本使用权（当体育人力资本的投资者是私人时）。比如运动员临时转会和协议交流或与俱乐部签订短期临时用工合同或契约等。

随着体育产业化的发展，当运动员签约某一体育俱乐部时，体育人力资本的使用权是由其载体直接使用，而俱乐部会对运动员继续投资，这样就同时拥有"投资型使用权"和"合约型使用权"，我们称之为"混合型使用权"。

运动员人力资本使用权是指具体安排、组织运用运动员人力资本的权力。投资者与运动员拥有的人力资本使用权有本质的区别：投资者的人力资本使用权是一种通过与运动员达成协议获得的在有限的期限内间接使用人力资本的权力；运动员的人力资本使用权是一种直接的、在其职业运动生涯始终拥有的权力。投资者拥有的运动员人力资本使用权实质上是一种支配运动员的权力，即支配运动员发挥其运动水平、知名度等人力资本，取得运动成绩和荣誉，使投资者获得投资收益。由于投资者的人力资本使用权是一种间接的权力，只能通过运动员实际使用人力资本来实现，在激励机制缺乏或不合理的情况下，运动员"出工不出力"将使投资者的人力资本使用权大打折扣，对此投资者可用相应的制度安排加以限制。

(三) 运动员人力资本收益权界定

运动员人力资本收益权是指人力资本产权主体享有由人力资本使用而产生的经济利益的分配权。人力资本收益权不是被某一单一主体所占有，而是由个人、企业、国家共同拥有。运动员人力资本收益权是指运动员和投资者根据其人力资本投资份额，或人力资本使用各方的相关协议以及国家有关法规，取得相应人力资本收益的权利。运动员人力资本投资主体的多元化决定了收益权的内容和形式都呈现出多样化的特征。对运动员来说，工资并不是人力资本收益权的表现。按照马克思的观点，工资只是劳动力价值的表现形式，分享利润才是其人力资本收益权的核心内容。运动员的人力资本收益权具体体现在有权参与媒体报道、广告、赞助等商业活动并分享收入，有权获取津贴、奖品和奖金等方面。不同项目、级别的运动员依据其稀缺程度和贡献度的不同，获得不同的收益。政府作为运动员人力资本投资的主体之一，投资源于税收，故为集体、为国争光，丰富人民文化生活等是运动员应尽的义务，也是政府收益权的主要内容。应该明确的是，运动员人力资本的形成和不断增值也是运动员付出时间、精力和体力、天赋以及机会成本等的结果。因此，在运动员的意志服从政府或集体安排的同时，政府也要考虑到运动员的个人需求，加快建立完善合理的运动员人力资本收益分配制度、运动员人力资本交易制度，以保障各方的权利、激活竞技体育人才培养与竞争，促进运动员人力资本的合理利用。

部分学者根据"企业是人力资本与非人力资本（物质资本）的特别市场契约，人力资本同非人力资本一起共同创造了企业财富，物质资本所有者享有的收益权——剩余索取权，人力资本所有者也应同样享有，这样，企业和人力资本的载体就共同拥有人力资本的收益权——剩余索取权"逻辑推理，就运动员是否可以或者应该分享所在企业的剩余索取权进行了探讨。本研究认为，由于运动员人力资本与其他一般人力资本比较，有具自身特殊的特点。

第一，收益时间短暂。运动员的运动生命周期不同于其他人力资本。普通运动员与世界冠军级或奥运会冠军级的运动员所面临的风险有很大的不同。获得世界冠军的运动员由于获得了较丰厚的奖金，同时还能获得商业赞助，收益比较可观，即使在退役后其人力资本也具有很高的商业价值，还能在相当长的一段时间内，为其所有者带来收益。可以说，他们的人力资本收益的时间与其他行业的人力资本收益周期特点基本上是相同的。因此，其特殊的社会影响和地位可以作为稀有的人力资本，参与企业的投资，分享企业的剩余索取权，如奥运会体操冠李宁的从商之路便是一个鲜活的例证。但是绝大多数没有获得过世界冠军的运动员，他们的人力资本收益周期与其他行业的人力资本收益具有很大的差异。高水平竞技体育运动员从成材到退役，不同项目可能有较大差异，比如射击冠军王义夫的竞技状态可以保持到四十多岁。但就大多数依靠高强度技术、体能、心理对抗的运动项目来说，其巅峰期保持时间较短，一般在十年以下，一般在30岁之前进入衰退期，普通运动员在退役后，其原有的体育人力资本多数迅速贬值，不能够给他们带来收益。

第二，运动员人力资本具有极强的专用性。按照人力资本发挥作用范围的不同，通常将人力资本分为通用性人力资本和专用性人力资本。通用性人力资本是指人力资本可以在提供培训以外的企业或领域发挥同样的作用，而专用性人力资本则只能在提供培训的企业或领域发挥作用。这种通用性和专用性是相对的，极端的专用性人力资本是极少的，每个人拥有的人力资本基本都是二者的结合，只是专用性的程度不同。但是运动员人力资本具有高度的专用性，可以说是纯粹的专用性。一旦退役，他们自身原有的人力资本到其他领域几乎派不上用场，即出现所谓的人力资本失灵，不能够再给其所有者带来收益。运动员退役后基本很难找到能发挥他们体育技能的工作。这实际上是我国现存的举国体制的一个必然结果。

因此，从企业所示者或管理者角度来看，如果没有相关法律的强行约束，出于人的"有限理性"思维，是否愿意把普通运动员人力资本作为企业（俱乐部）的运营资本，参与企业（或俱乐部）的剩余索取权来激励其发挥人力资本效能的手段。所以，上述观点在理论上虽然符合逻辑，但在实践过程中却难以实现。

从人力资本产权的角度看，人力资本既然是投资的产物，而投资的目的是获得未来的收益，作为人力资本的所有者，自然就有权凭借其人力资本所有权参与收益分配，即有权分享企业剩余。但是"应然的产权"与"实然的产权"是不同的。前者完全是一种理论假定，而后者是实际达到或实现的状态。在现实中，人力资本所有者要凭借所有权参与剩余分享存在种种困难。首先，人类社会有史以来的大多数时代，物质资本（包括金融资本）是资本的一般形态，是生产过程中起支配作用的生产要素，而劳动力则处于附属于资本的地位。而且长期以来，劳动力的异质性没有受到应有的关注，人力资本作为资本的属性还没有得到人们的广泛认可。其次，人力资本的价值及贡献都很难衡量，在剩余分享中缺乏一个统一的标准。物质资本通常应用的等量资本获取等量利润的原则，在人力资本的情况下无法应用。迄今为止，人们为了度量人力资本价值所做的种种努力收效甚微，人力资本参与剩余分享还只能靠一对一的谈判，具有很大的不确定性。最后，在人力资本的形成过程中，许多主体都进行了投资。虽然人力资本承载者个人拥有其人力资本所有权，但是人力资本投资的收益却应该在不同投资主体之间进行划分。比如，当一个国家的高等级人力资本主要是由福利性质的投入而形成的，并且只是少数社会成员可以得到这种人力资本投资时，虽然从所有权角度看，人力资本的所有权属于社会成员个人，但是这部分人力资本投资的收益却不能完全归个人，而应通过某种形式返还给社会。而且在人力资本形成过程中，企业往往也进行了投资，如各种形式的培训等。怎样确定人力资本投资收益的划分比例，才能既保障国家、企业等投资方的利益，又保证人力资本所有者权益的实现，迄今还是一个难题。

（四）运动员人力资本处置权界定

运动员人力资本处置权是指运动员和投资者在各自权利所允许的范围内以各种方式处置人力资本的权利，主要包括以下权利：改变人力资本存在地点的权利；改变人力资本存在方式的权利；改变人力资本内容的权利。产权主体可以对运动员人力资本进行再投资(即训练和提供高水平比赛等)，以提高运动员人力资本的存量。通过以上权利，运动员人力资本处置权能够使运动员人力资本处于最佳市场位置和最佳使用状态，从而达到运动员人力资本使用效率最大化的目标。按照这一定义，人力资本处置权属于人力资本的天然载体——个人。现实中，运动员人力资本投资主体按照契约和法规完全有权辞退或交易一位拥有人力资本运动员。辞退或交易运动员的权利若不是人力资本使用权的内容，那么它只能是人力资本处置权的内容。由此可以推论，政府或俱乐部也拥有某些人力资本的处置权，这与人力资本处置权定义相矛盾。因此，人力资本的处置权也不能仅仅划归运动员个人、政府或国家等某一单一主体，这些主体都部分地占有人力资本的处置权。总之，人力资本各项权能的界定是比较明晰的，但其在各主体间的分配比例是不好量化的，加上人力资本价值本身的难衡量性，人力资本主体间的权能分配一般需要经市场或各方协商来确定。如果在整个处置过程中，出现多方或双方利益明显的冲突，则很可能导致运动员人力资本的贬值，从而影响到社会效益和经济效益。

例如，2005年国家跳水队"辞退"奥运冠军田亮事件，就是双方在对其人力资本处置权问题上产生冲突而导致的不利结果。

2005年1月26日上午，国家体育总局游泳运动管理中心召开新闻通气会，宣布"由于田亮近期的一些行为，违反了体育总局的规定以及队纪队规，他将不再是国家跳水队的一员，关系调整回陕西队"。中央电视台著名新闻评论员白岩松说："这不是一次属于娱乐的狂欢，几乎可以预言：这将是中国体育发展过程中一次标志性的事件，甚至是导火索或者转折点。"

2004年雅典奥运会后，田亮频繁地活跃于社会商业活动，2004年10月国家跳水队进入集训，田亮提出身体疲劳，请假半年调整身体，获得批准。在此之后，田亮的时间花在了商业活动上。有媒体统计，过去一段时间内，田亮几乎参加了30多项商业活动。

2005年1月2日，田亮赶赴马来西亚拍写真，并随后与英皇唱片公司秘密签约，并以"英皇"旗下艺人的身份参加了香港十大中文金曲颁奖典礼的活动。而田亮参加这些商业活动事先并未通知国家体育总局和中心，事后也未按国家体育总局规定比例缴纳商业盈利。

在此之后，国家体育总局游泳运动管理中心曾几次提醒过田亮甚至提出过批评。

2005年1月26日上午，在当天国家体育总局新闻发布会上，国家游泳运动管理中心主任李桦把他的行为定义为："严重违反了国家体育总局的规定，违反了队纪队规。对跳水项目和队伍的管理造成不良影响，对2008年备战造成了负面影响，在社会上造成了负面影响。我们觉得田亮不再适合国家队。"

国家体育总局于1998年6月19日下发的体计财产字〔1998〕222号文件明确规定："国家队、国家集训队在役运动员（以下简称在役运动员）未经组织许可，不得自行直接或间接参加经营活动。"换言之，运动员的商业活动必须由总局统筹安排，经纪人或者经纪公司的介入都会被视为违规。而在当前的中国体育圈里，一个公开的秘密是，绝大多数明星人物都有自己的经纪人，只不过他们大多身份暧昧，不会走到前台，真正对外公布有经纪人的仅田亮一人。

"但这并不意味着默许"，国家游泳中心人士说，坚决不能容忍田亮私自请经纪人打理自己的事务，这是公开地与相关规定对抗。但田亮显然并没有意识到对抗的后果。

2005年1月2日"写真"事件曝光，也是事件的另一导火索。而此后其经纪人又宣布田亮以3000万与"英皇"娱乐公司签约。

按照国家体育总局的规定，运动员从事商业广告的收益，由运动项目管理中心接受并参照《社会捐赠、赞助运动员、教练员资金、奖品管理暂行办法》（见原国家体委令第二十三号）分配，资金按不低于70%奖励运动员、教练员及其他有功人员，其余部分留作单项体育协会发展基金；运动员以其名义和技术投资入股合资、合作经营的收益，由运动项目管理中心提出收益管理分配意见，报国家体育总局批准实施。但在田亮的签约方案中，有关收入分配以及上缴这个敏感问题并没有涉及。

田亮事件之后，舆论更多地将发生在体育界的一系列事件联系起来。有评论认为，田亮是一个如此合适的标本——僵化管理模式与现实利益诉求的冲突集于一身，时代之赐与时代之惑集于一身，而将上述事件整体联系出来可以反映出中国体育产业正陷入不同价值观的冲突。

北京体育大学一位教授认为，对于中国的优秀运动员来说，从业余体校到省体工队再到国家队，是一条龙的一元化体制，整个运动训练的管理和成长体制决定了在运动员自身产权的明晰上远远不够，比如运动员到底应该交多少给培养他的机构？更重要的是，这些运动员由于目前没有理清产权关系，不具备到市场上自由交易的资格，所以很多人认为产权明晰是运动员商业价值开发乃至于从事体育经纪业务的一个前提条件。

国家体育总局的有关人员承认，目前对于运动员产权的界定无法做到清晰，"大家只能按照惯例理解，国家花大钱培养运动员，自然这些运动员也要回报国家，不仅仅是成绩，还包括他的商业效益"。

田亮事件之前，姚明登陆NBA时所引发的争议，同样印证了这个事实。按照之前有关规定，姚明至少要将全部收入的50%上缴中国篮协、国家体育总局和上海体育局，其余才能跟教练和俱乐部分成。最终，通过多方协商，NBA和姚明艰难赢得了胜利。姚明说："篮协只拿到了我收入的很小一部分。"姚明亦成为"是年中国对美国的最大单件物品出口"。

就是从那次事件之后，已经有很多人注意到，对运动员的价值和产权认定，将会是未来中国体育产业面临的最大挑战。

田亮事件的背后，反映出中国的运动员管理体系历来缺乏人性化成分，与体育商业化的冲撞更是表现得越来越激烈和不可调和。随着商业和竞技体育结合得越来越紧密，必须以市场化原则下的严格契约来管理运动员商业行为，而不是只依赖于有关管理中心的解释。

根据国家游泳中心确认，目前尚无法对运动员的个人商业行为进行契约化管理——"产权都不清晰，怎么界定？就拿田亮来说，他生在重庆，在陕西省游泳队成名，国家队也培养他成为奥运冠军，他的产权怎么分成？属于谁？"

即使产权能够明晰，放弃对运动员的控制权也是一件异常艰难的事。学者们普遍认为，这跟中国体育目前采取的是举国体制有关——在每一个奥运冠军背后，都有无数人成了铺路石，"国家不会抛弃那些为体育事业做过贡献的人，无论他的成绩如何"。

几年前，国家乒乓球队曾经试行过个人明星风险制——球员可以自己找经纪人，自己拉赞助，自己出去打比赛，奖金等收入的90%归个人所有。但试行一段时间后发现"弊大于利"。因为除了像孔令辉、刘国梁等顶尖选手外，大多数不出名的年轻球员根本无法养活自己，甚至连出国打比赛的机票钱都掏不出来——出于种种考虑，国家体育总局很快中止了该项试验，重新将乒乓球队拉回到现实之中。体育商业化跟举国体制之间冲突在短期内还将继续存在，并且会有激化的可能。

目前田亮已经感受到了除名决定对他所造成的负面影响。他刚刚签订的康师傅的形象代言广告，对方已经作出了推迟付款的决定。

市场经济导向的我国竞技体育体制改革，追求个人、集体和国家利益的最大化是合法的，也是应该鼓励的。但投资者和运动员在追求自身利益最大化的同时，不可避免地会产生利益纠葛，而不适当的处置使双方都无法继续获益。近年来，相关事件屡见不鲜，运动员被国家队开除后会迅速失去无形资产开发的价值。而运动员失去代表国家队参加世界大赛的机会，则使运动员和国家队都蒙受更大的损失。因此，正确界定、处理运动员和投资者之间的责、权、利的关系是非常重要的，而这正是长期以来体育界和理论界关注的关键问题。明确双方权利关系的性质，是正确处理运动员和投资者之间的权利关系的第一步。在此基础上，对双方的利益分配的帕累托改进、投资者作为债权人应当获取多少份额的投资回报、运动员应该尽多大的义务等问题，均待进一步探究。

（五）人力资本产权权能界定的意义

对竞技体育人力资本产权权能界定问题的研究，既符合现代产权经济理论的要求，也是对实现商业化、职业化的竞技体育运动员人力资本进行有效管理的现实需要。运动员人力资本产权权能界定的意义在于完善运动员人力资本各产权利益主体的相互关系，便于更好地发挥竞技体育人力资本的作用，最大限度地开发运动员人力资本的商业价值和社会价值。

运动员人力资本产权权能界定有利于动员社会资源增加对竞技体育人力资本进行投资。激发社会资源对竞技体育人力资源进行开发，扩大现有竞技体育人力资本存量。

在我国现阶段体育管理和运行机制中，高水平的竞技体育运动员人力资本的投资主体主要是国家、企业、学校和个人，投资主体是多元的。对于这一比较稀缺的人力资本这一能够不断增值的要素，只有较好地界定其所有权、使用权、处置权和收益权，才能保护各投资主体的利益，并调动其投资的积极性，引导大量社会资源参与竞技体育人力资源的开发:个人和家庭会投入更多的时间、精力和金钱去进行锻炼和训练；企业会主动与竞技体育部门合作共建高水平运动队，或自己组建高水竞技体育俱乐部，参加全国区域性洲际竞赛，或通过设立不同级别训练俱乐部进行后备人才培养；各级政府会积极主动增拨竞技体育训练管理经费，社会力量也会积极开办各种青少年体育训练俱乐部进行竞技体育人力资源的开发。

竞技体育人力资本产权权能界定是建立竞技体育人力资本激励制度的前提。高水平运动员人力资本是一种主动性资产，其价值只有在运动员参加竞赛过程中使用后才能实现，因此只有建立科学合理的运动员人力资本激励制度，才能充分发挥人力资本载体运动员的主动性，激发其进取、拼搏、奋斗、争先的斗志和激情取得优异成绩，同时，也给观众带来精神和理想层面的愉悦与提升，从而实现运动员人力资本价值的最大化。而明确界定运动员人力资本各权能的归属，特别是明确人力资本主体拥有对高水平竞技体育运动员人力资本的收益权，是对运动员人力资本进行产权激励、设计激励机制的前提条件。

对竞技体育运动员人力资本产权权能界定能够为引入市场机制配置人力资源提供基础。根据科斯的产权理论，只要资源的产权得到明确界定，总可以通过谈判进行交易（假设交易成本为零）使资源最终得到有效率的配置。因此，只有对运动员人力资本产权进行明确界定以后，运动员人力资本才能通过人力资本产权交易市场实现有效率的配置，既包括运动员人力资本在产业部门间的有效配置，也包括在区域间的有效配置，以充分发挥高水平竞技体育运动员人力资本在我国体育产业快速发展过程中的经济增长中的要素功能，促进体育产业的快速、可持续发展。

三、竞技体育运动员人力资本投资风险

（一）竞技体育运动员人力资本投资风险的种类

运动员人力资本的形成是通过对运动员的体育天赋进行较长时期的投资培训而形成的，这种投资除具有一般投资所具有的风险外，还有其特殊性，运动员人力资本的风险包括如下内容。

1. 意外风险

意外风险是由于自然现象和意外事故所致体育设施、体育资源、运动器材和运动员伤亡的风险，尤其是对抗激烈、欣赏性较强的竞技体育项目，由于其不断挑战体能、技能极限的客观发展规律，从而潜伏着相当大的危险性，对运动员的心理和生理都造成了巨大的压力。在这种情况下，长期违背人体生理活动能力变化规律的高强度训练，极易造成运动员的身体损伤。频繁多次损伤，将导致运动员竞技能力和竞技状态下滑，其人力资本存量将萎缩和贬值。有些意外事故和伤害将会使运动员丧失使用价值。

2. 体育社会风险

体育社会风险是由于社会政策、体育组织管理措施或运动员个人素质等过失、疏忽、侥幸、恶意等不当行为所致的损害风险，如美国 NBA 球员工会的罢工等。其中运动员退役与转业问题是我国最主要社会风险之一。我国运动员平均每年的淘汰率为15%,如果遇到全运会年,淘汰率将会达到 40%左右。我国在进行市场经济改革后，20世

纪 90 年代前的运动员退役安置就业的制度难以实行，普通运动员面临退役后就业难的风险。再如，2005 年清华大学跳水队为几名出走队员打官司一案，就是缘于管理体制问题，一是清华大学队员无法获得足够多的参加高水平比赛的机会和资格，队员得不到入校前的承诺和希望；二是队员与地方体育局和清华大学三方的合同不够完善。体制内与体制外多种因素，导致此事件的发生。

3. 违约风险

竞技体育运动员人力资本是一种"活的资本"，运动员有思想、有意志，不仅易受利益因素驱使而产生流动性意愿，而且发挥作用时的不确定性也较大。在外界环境的影响和主观因素的作用下，人力资本承载者的思想、意志、目标等可能会随时发生变化，到合约执行期时，可能会出现不履约现象。一方投入人力物力或资金对运动员进行培养，在即将成型或技术水平提高后另投他处，脱离投资这种现象便是最典型的人力资本投资中违约风险的例证。例如 2005 清华大学董贞杨等四名跳水队员在清华队没有被照会的情况下被各省市队注册，王鑫等三名队员被家长擅自带回家并被其他省市队注册。

4. 价值风险

非人力资本载体投资者投资获得运动员人力资本使用权，目的是利用高水平运动员人力资本获得利润。这就要求运动员人力资本具有较高的价值和使用价值。但是，高水平竞技体育运动员，其人力资本形成一般需要 6～10 年的时间，人力资本产权投资在先，价值体现在后，而且人力资本的价值和使用价值又难以准确度量，只能通过实践检验。因此，即使所投资的人力资本承载者在人力资本形成后如期履约，在其使用价值发挥作用的过程中能否实现预期的人力资本投资的目的也还是具有很大的不确定性。人力资本的价值可能达到或超过投资的预期，也可能低于或大大低于投资的预期，后者显然会使投资者遭受损失。

(二) 运动员人力资本风险规避

1. 改革现有体育管理体制

进行市场化改革，加快体育产业化和职业化的步伐，使运动员的供给和需求主要由市场机制来决定，降低运动员人力资本投资的人为风险。大力推进体育运动和体育竞赛的职业化。率先对商业价值较大的运动项目进行职业化改革，进而逐步过渡到完全靠市场机制来运作，为职业体育的发展创造更为宽松的环境。建立与市场经济相适应的体育管理体制，成立职业联盟作为管理职业联赛的组织机构，加强行业自律。政府只在宏观上进行调控，减少行政手段的运用，一方面建立完善的法律体系，用法律手段规范职业体育的发展；另一方面，运用经济手段，遵循经济规律，克服举国体制的弊端，使体育人才培养能与社会需求相适应，降低运动员人力资本投资的风险。

2. 建立健全市场化的体育保险体系

一方面增加体育保险的供给，提高供给的质量，降低经营体育保险的门槛，拓宽资金来源渠道；增强对体育保险品种的更新，丰富体育险种，扩大体育保险的风险覆盖面；提高体育保险从业人员的业务水平，加快体育保险人才的培养，提高体育保险服务的质量。另一方面，增加体育保险的需求，大力培育体育运动参与各方的保险意识，提高运动员的主动参保意识；以法律的形式，要求俱乐部为运动员保险；建立体育社会保险体系，成立专业的体育保险机构，设立体育保险基金。

3. 设立体育风险基金

设立体育风险基金，对退役的运动员人力资本进行再就业培训，提高他们再就业的能力。基金会采取国家、企业和民间组织多方出资的形式，也可以在现有的中华体育基金总会中设立一个再就业培训专项基金，专门用来对即将退役的运动员进行培训，以便在原有人力资本失灵后，及时对运动员的人力资本进行更新，为运动员未来的职业生涯提供帮助。

四、我国竞技体育高水平运动员人力资本要素市场化分析

1993 年国家体委在《关于培育体育市场、加速体育产业化进程的意见》中提出"培育和发展体育市场是实行体育产业化的根本途径"。十多年来，在积极推进职业化、产业化进程中，我国体育市场体系建立并不完善，市场发育也不均衡，突出表现为体育要素市场特别是人力资本要素市场的发育远远落后于商品市场的发育。现代市场经济对要素市场的发育有着很高的要求，要素市场发育完善与否是衡量现代市场经济体制对资源配置程度的重要标志。党的十六届三中全会报告《中共中央关于完善社会主义市场经济体制若干问题的决定》中提出"建立归属清晰、权责明确、保护严格、流转顺畅的现代产权制度"。产权流转顺畅是各种资源有效配置、充分发挥其效率的关键。竞技体育运动员人力资本产权顺畅流动，是运动员人力资本要素市场化的前提和基础。

（一）我国竞技体育高水平运动员人力资本要素市场化现状

在竞技体育市场化进程中，作为竞赛表演市场最重要的生产要素——运动员人力资本要素，其市场化程度远远落后于竞技体育商品的市场化。可以说，运动员人力资本要素的配置仍然停留在"计划为主、市场为辅"的我国经济体制改革的初期阶段，对运动员人力资本管理仍然是"行政管理＋市场调节"模式。各俱乐部运动员大部分拥有俱乐部所在省份体育局事业编制名额，具有专业运动员和职业运动员的双重身份，有的甚至还拥有当地国有企事业单位职工的身份。运动员人力资本市场化程度很低，各俱乐部之间高水平运动员的流动十分有限。俱乐部以行政垄断方式限制本俱乐部高水平运动员的流动，少部分进入转会市场的运动员，要么是在本俱乐部度过了个人竞技状态高峰期，在本队技战术体系中再难以发挥较大作用，要么是本俱乐部竞技实力雄厚，难以获得比赛锻炼机会，以暂时租借的方式进入市场流动。由于各球队之间的实力过于悬殊，致使比赛的可观赏性差，观众上座率呈徘徊或下降趋势。这种状况，严重削弱了运动员人力资本在体育竞赛表演市场中应发挥的作用，使竞赛表演产品质量和数量难以提高。高水平竞技运动员进入要素场进行合理流动，各俱乐部可以根据本队实际情况、教练员的执教理念和风格，选择所需的运动员，来完善本队阵容、丰富战术体系，使联赛呈现出风格多样、特点更加鲜明的技战术打法，进一步提高竞赛表演产品的观赏性和娱乐性。同时，教练员本身面对不断变换的队员，需要及时调整自己的执教方式和方法，不断更新充实自己技战术知识储备，不断完善和更新执教理念和风格，促进提高执教水平；从运动员本身来讲，在经历不同的教练员指导、与不同队友进行磨合的过程中，体验了不同的训练方法，经历了更多的战术体系，在由原来已适应的战术体系和打法向另一战术体系转化过程中，增加了对比赛的感悟能力、阅读能力和适应能力，这一过程可以放大在"干中学"这一提升运动员人力资本价值和优化运动员人力资本结构途径的效用。运动

员人力资本结构得以优化的过程，也就是整个比赛水平提高的过程。

资源的流动性是经济社会的重要特征，而流动性本身将增加经济资源的价值，作为经济资源之一的人力资本也不例外。运动员人力资本是不断自我增值的价值，其生命力在于不断运动，在运动中实现价值增值。运动员人力资本的流动必然伴随着人力资本所有者———运动员的流动。目前我国运动员人才流动市场尚未建立正常秩序。尽管我国已实行了运动员注册和交流制度，但合理的人才流动机制、运动员人才资源配置和良性供求体系还未形成，尤其是我国高水平运动员人才流动的地缘色彩严重、运动员与地方仍保留有行政隶属关系，带有浓重计划经济色彩的中国运动员注册制度在很大程度上保障省市地方利益，运动员人力资本的自由流动在中国还有待时日。

在区域壁垒限制之下，运动员流动的灰色交易大量存在，致使基层培养单位的多年投入转入私人囊中。为使全运战略与人才交流相协调，某些改革办法后患无穷。孙福明让赛风波即是一个典型的案例，根源就在于一个典型的制度隐患，是解放军、辽宁两大利益集团为追求自身利益最大化、利用规则的不完善发起对社会公德和奥林匹克精神的公然挑衅，违反体育的公平竞争精神，损害了奥运冠军和全运会的社会形象并严重侵犯第三方利益，以及客观上形成对观众的欺骗，这与中超联赛"假球"性质无异。失去观众，对竞赛表演产业的发展将是毁灭性的打击。

(二) 中美两国竞技体育运动员人力资本产权流动管理比较

由于垄断对自由竞争的限制、干扰和排斥，在西方完全市场经济国家，对经济性垄断一直是反垄断法所普遍规制的。然而，由于职业竞技体育的特殊性，自职业体育作为产业经济的一个部门出现以后，得到了政府特别关注，特为其立法，准许其享受特有的"反垄断豁免权"。从表面上看，中美两国的职业体育都存在较大程度的垄断经营成分，职业运动队都是在不完全的市场中经营，即俱乐部在不完全的产品市场中出售服务，在一个不完全的资源市场中雇用运动员。职业体育联合会或职业体育联盟（我国尚无明确的称谓）对运动员的选拔和雇佣规则强化和巩固了俱乐部成员共同拥有的垄断力量，使各俱乐部对它的球员具有了"买方垄断权"。

但是仔细分析比较，两者却存在着本质差异。首先，从垄断主体来讲，我国竞技体育垄断运动员资源的主体是各俱乐部、地方体育行政管理部门和国家体育总局各项目管理中心等行政机构。而在美国则是一个完全的市场主体——各职业联盟。其次从垄断形式来讲，美国职业体育联盟对运动员人力资本的垄断管理是在每个项目联盟内依照一系列劳资双方经过多次博弈后所达成的共同遵守的契约下进行的。而且这种契约是在遵循联邦政府颁布的《反垄断豁免法》《劳工法》的基础上达成的。在一个契约社会里，契约一经双方同意，任何违约行为都将受到相应法律的约束与制裁。因此，这种垄断实质上是一种联盟框架内的经济垄断。它用一系列的经济手段保证了运动员在各俱乐部之间有序的流动，进一步缩小各俱乐部之间竞技水平差异，保证了职业联赛持续稳定发展，同时又使劳资双方的利益在某一点上达到暂时的稳定均衡。

我国目前已实行职业化或准职业化联赛的项目，对运动员人力资本产权流动的管理上则处于一种行政垄断的状态，所出台的一系列转会"方法""规定"，都完全是由"项目管理中心"（或项目协会，实际上是两套班子一套人员）单方制定依靠行政权力强制执行。虽然在"政策"出台之前，也征求了各俱乐部的意见，但由于其特殊的身份和地位，运动员以及俱乐部不具备与其同等的话语权。在利益关系上，与美国的职业联盟各俱乐部之间是同一经济体相比，由于"管理中心"或"协会"所拥有政府身份和职能，经济利益上它可以进行"权利寻租"，与各俱乐部争利；政治利益上它可能会为完成自身的职能而过于强调体育的政治功能从而牺牲俱乐部的经济利益，与以追求利润最大化为目的的竞赛表演市场主体——俱乐部之间存在着较大的利益冲突。

当前我国竞技体育市场存在的垄断具有明显的"计划"和"行政性"特征，主要表现为：（1）由于各种计划"指标数""政策"的限制，产生对其他企业（俱乐部）的不公平。如 CBA 职业联赛中的"八一双鹿俱乐部"，由于其特殊的身份和政策，它可以从各军区选择优秀队员，而各军区又是从地方上挑选队员入伍培养。八一队实际上是在全国范围内进行人员选拔，这也是其整体实力明显强于其他俱乐部的主要原因之一。对于其他俱乐部来说实际上造成不公平竞争，这既违背了体育"公平竞争"的基本精神，更违背了"公平竞争"的市场交易规则。（2）利用种种"审批制度"限令其他"企业"或俱乐部的经营活动。（3）依靠行政权力直接干预企业或俱乐部的经营活动。

两国在上述运动员人力资本管理和资源配置方式上的差异，取决于两国职业体育存在的经济环境、市场结构以及制度安排的差别。

（三）我国竞技体育运动员人力资本要素市场化阻力分析

1. 利益集团的利益驱动

在社会转型期，不同的利益集团随着政治体制和经济体制的变革，都在极力维护和争取各自的既得利益，在我国竞技体育职业化进程中这种情况亦不例外。从我国竞技体育领导的最高层来讲，既得利益集团是"中央政府"；从竞技体育的管理层来说，既得利益集团是"国家体育总局和运动项目管理中心以及各省市体育局和项目中心"；从竞技体育职业化实施的过程来说，既得利益集团是"职业俱乐部"。作为竞技体育市场主体，为追求自身利益最大化，必然要对高水平运动员、教练员人力资源这一稀缺资源展开激烈争夺和保护，谁拥有一流水平的职业竞技体育人才，谁就成为职业竞技体育运动特殊领域稀缺资源的垄断者，无论是各俱乐部、各省市体育管理部门还是各项目管理中心，都想拥有对这一特殊资源进行独占，独占其控制权、支配权以及剩余索取权。在由传统体制向新体制转换过程中，不同利益集团围绕这一稀缺资源产权展开斗争，进行讨价还价，限制了竞技体育运动员人力资本要素市场化速度和深度。例如，2005—2006赛季，国家体育总局篮球运动管理中心要求各俱乐部新赛季要拿出 10 名球员进入转会市场，遭到俱乐部的强烈抵制，后来减为 8 名，但俱乐部仍不同意，后经多次反复，最后定为 5 名，这样各俱乐部基本保存了其原来的主力阵容，而推上转会市场的基本都是替补或部分二线队员。

2. 我国运动员人力资本市场化制度变迁的路径依赖

任何社会的制度变迁除发生革命以外，大都是建立在旧制度基础之上的，因而旧制度所规定的社会运行范式对制度变迁的方向与速度具有"锁定"的作用，无论是"供给主导式"还是"需求主导式"的制度变迁，都会受到利益集团之间权利结构分布和社会偏好的结构分布影响。对于我国这样一个具有集权与计划传统的国家，制度与组织具有明显的计划性特征。我国现行的政治经济体制下，还没有完全实现市场经济的体制，计划经济的一整套管理体制在当前的各个领域中仍然不同程度地存在，因此，在一定时间内，我国竞技体育的体制还不能完全抛弃传统的建立在举国体制基础上的专业竞技体育体制。转轨中计划与市场共容于一个社会，必然遇到政治经济与文化上的障碍。因此，在瓦解计划制度组织与建立新的制度与组织之间无可避免地存在漫长的时间滞延。正如中国乒协负责联赛事务的袁华在向媒体阐述运动员流动问题时所言："传统体制下，运动员是归属传统意义上的省队的。新创立的这些俱乐部手里没有资源，基本上用的都是引进的运动员。""联赛实际上是从一开始就面临着交流运动员的问题。双轨并行下，一边是传统体制下的省体育局，他们手里有世界冠军、优秀人才；另一边是商业操作下的联赛俱乐部，而且并不是所有的省都有俱乐部。如何进行有效的人员流动是我们一直都在探索的问题。"这是中国特殊的体育人才培养机制留下的大课题，是许多联赛发展中不得不面对的最大难题。

3. 全运会制度影响运动员人力资本正常流动

源于特殊背景下的"全运会"，在奥运战略指导思想下已演变成为"国内练兵一致对外"的举国体制的基石和外在表现之一，在发掘和培养竞技体育人才、参加国际大赛为国争光方面发挥了巨大作用。但同时也应看到，这一体制对正在推进的竞技体育职业化产生着一定的负面影响，特别是对运动员的合理正常的流动。各省市体育局为了完成既定的"政治任务"，不惜重金，加大投资，从其他省份"引进"具有潜质或基本成熟和已成熟的运动员。除了"协议交流"的人员外，作为政府行政部门的各省市体育局从其政治利益（可为其带来相当大的经济利益，如升迁、机会、奖金、住房等）出发，是不会轻易允许高水平运动员人力资本这种稀缺资源进入市场流动到其他省市和俱乐部的。

4. 我国特殊的社会组织形式和计划经济体制下的思维定势影响运动员资本要素正常流动

单位是我国城市社区普遍采用的一种特殊的社会组织形式，是我国社会结构的基本单元。建构了一种特殊的社会动员和社会整合机制，形成了一种特殊的生荐模式，使人力资本成为公共单位人的产权。在传统计划经济社会环境中，对于社会个体来说，单位身份是值得珍视的稀缺资源。获取这种身份，是一切体制外的人梦寐以求的最高理想，而剥夺这种身份，则是对单位人最严酷的处罚，因而人们通常无法做出退出单位的选择。单位所控制的资源不仅包括以货币和实物体现的生活资源，而且包括无形而重要的"制度性资源"，如机会、权利、社会身份等。单位通过对社会资源的严密控制和分配，通过垄断单位成员发展机会以及他们在社会政治、经济及文化生活中所必需的资源，形成了对单位成员的支配关系，最终有效地控制了单位内每一个成员的全部社会生活，造成了单位人以自己对单位的全面依附，以接受单位对自己的全面控制为代价来换取生存与发展所必需的资源的生存格局，以这样"保护——束缚"的双重机制，将单位人的人力资本产权变成公有产权。

随着我国竞技体育职业化的进行，职业化或"准职业化"俱乐部纷纷成立。在足球和篮球两大职业联赛里，虽已明确规定各俱乐部必须是在工商部门注册的"有限责任公司"。但囿于传统体育机制模式以及思维定势，这些俱乐部从人员组成到管理模式，都与"归属清晰、权责明确、保护严格、流转顺畅"的现代企业制度的要求想去甚远，是一种"变种"俱乐部。比如，CBA现在俱乐部组成复杂，有军队体制、公私合营、私企独占等各种形式的俱乐部。球员的归属错综复杂，合同样式千奇百怪，即便是刚成立的"八一富邦"篮球俱乐部，从主要管理人员到运动员仍是部队编制。各俱乐部多数球员无论外在隶属关系还是其内心情感归属，都仍属所在省市体育局或行业协会，这些都是运动员转会的难点。

（四）我国竞技体育运动员人力资本要素市场化途径

目前，我国竞技体育高水平运动员人力资本要素市场化突出的问题是既缺乏要素所有者的市场交易主体，又缺乏反映需求变化的市场交易价格，更缺乏市场竞争秩序所必需的规则与监管，由此导致我国竞技体育运动员人力资本要素市场发育缓慢与竞争无序并存的局面。要素市场建立和发育的最大困难在于两个方面：一是长期制度性障碍，使各个要素无法进行公平合理的竞争，从而形成统一的市场价格机制；二是公有产权制度改革滞后，限制了要素流动。因此，要形成要素的市场化配置，关键还是建立统一运动员人力资本要素市场，既确保资源的流动，又要建立反映其价值的市场信号系统。

1. 明晰和保护运动员人力资本产权，形成真正的产权交易市场主体

判定一种产权制度是否有效果，最终要看实际运作中能否优化资源配置。达到优化资源配置最主要的途径就是通过产权明晰来实现。对竞技体育来说，合理的运动员人力资本产权制度能清晰各个产权主体权能，从而实现有效激励和约束，并且保障运动员能合理顺畅流动。

由于我国竞技体育运动员培养的特殊体制，高水平运动员人力资本的投资主体呈多元化特点，既有政府投资，又有企业（俱乐部）和个人（家庭）投资，并且个人和家庭投资的比重越来越大，这对于运动员的培养是件好事，充分利用了社会资源，但由于制度设计缺陷，对运动员人力资本的使用权界定不清，出现不同投资主体争夺使用权。同时，也导致作为卖方主体运动员和既作为买方又作为卖方主体的俱乐部的市场主体地位的缺失。运动员人力资本处于相对静止状态，大大降低了本已稀缺的该资源的效用。

在我国当前的情况下，明晰产权归属必须考虑两个原则。一是谁投资、谁得益。目前，投资主体有四类，即自然人、政府、企业和社会团体。对于竞技体育人才，一定要了解究竟有哪些人投了资，那么，凡是投资的均可以得益。第二个原则是必须明晰产权关系内部各种利益主体的关系。这是由投资主体的多元化所决定的。在具体的个人身上，上述各类投资主体也许不止一个，如中央政府和地方政府同时投资，这些利益主体间究竟应按怎样的形式和比例来收益，必须明确。其次，要在现实中落实上述两条原则，这中间特别要注意两点，一是从投资行为一开始就要通过合同和契约等形式将投资主体的各方相互关系明确下来，特别是政府的有关部门，如项目管理中心、体育局、少体校、专业运动队等，绝对不能用行政的手段解决这一问题；二是要充分考虑人才本身的占有权，以及在投资过程中个人和家庭所付出的努力。这就是说，要尊重人才，充分考虑本人的意愿，特别是在实现所有权转移时，要与个人协商，而且应让其得到应有的利益。只要这些方面做好了，人才的合理流动完全有可能实现，姚明的转会就是一个证明。为了保证上述方面得以实现，必须加强维护产权的立法建设。尽快立法，依法投资，依法转会，依法得利，这对促进我国竞技体育人才市场快速发展将起着重要的作用。

2. 政府职能的转变

对于要素市场的成长来说，降低交易费用的重要规则是确立和保护市场主体的财产

权利。从本质上讲，要素市场交易是市场主体权利的交换。对财产权利的保护可以产生一种激励效应，使市场主体建立起稳定的预期。但不幸的是，在竞技体育要素市场中所看到的，却是政府在寻求自身利益最大化的同时，不仅没有相应地为市场主体提供必要的财产权保护，反而与运动员和俱乐部争利，由此抑制了市场主体的健康成长。

政府部门逐步退出市场，即作为权力部门的"各运动项目管理中心"和相关省市体育局在竞技体育职业化过程中由"办体育"逐渐过渡到"管体育"，摒弃其现有作为市场主体的角色和功能，而从宏观调控角度，用一系列政策、法规、法律等来管理、约束各俱乐部和运动员，激活运动员人力资本要素市场，赋予运动员对其人力资本使用权的法权权利。

3. 强化强制性制度变迁的作用

政府部门逐渐退出竞技体育市场，并不意为着政府不干预市场。体育管理学者劳伦斯·查里普认为："美国政府不仅成为美国职业体育的宏观调节者，而且还是职业体育联盟与职业运动队之间、职业体育中的劳资双方之间的最高仲裁者。"正处在社会转型期的中国竞技体育职业化，政府更应强化对市场的管理。

以行政手段推进市场化进程是转型国家必须经历的一个过程。从计划经济转向市场经济是一个基础性的制度变迁过程，这个过程需要国家的参与，能够以行政力量对抗行政力量对市场化进程的阻挠。转型国家推进市场化进程肯定会受到来自行政力量的逆向干预，这些干预力量，或者是出于维护既得利益，或是源自旧有的思维方式。以强大的行政力量为市场发育扫清制度障碍，是转型国家市场化进程的必然选择。在转轨过程中，诱致性制度变迁的幅度与速度都是非常有限的。制度创新来自国家而非市场组织，政府必须主导制度变迁，因为国家在强制性方面具有比较优势，为实现对资源的控制而尽可能地使用强制性。国家的强制性，使政府不会面临搭便车的行为，可以将制度创新推广，并促成人们遵从。当社会经济决策主要由市场自主决定、政府的职能主要不是经济发展职能时，行政力量作为市场化进程保护者的角色才会明显淡化。鉴于体育行政管理部门自身的利益驱动，我国竞技体育市场化进程中深层次的改革必须由体育行政管理机构以外的高一级政府机构强力推进，路径上则应采取同我国经济体制改革相适应的渐进式改革。

（项目编号：936ss06068）

运动员职业生涯规划与管理研究

张锐铧

运动员退役安置问题的研究由来已久，但随着市场经济体制的不断完善，随着中国体育改革与发展的加快，运动员退役后的就业研究与实践应该引入新的理念，采用新的方法。本研究在分析运动员职业特点的基础上，提出运动员职业生涯规划与管理的概念，并通过比较研究，系统地提出构建运动员职业生涯规划与管理体系的结论及实践建议。

一、职业生涯

(一) 职业生涯的概念

本研究中的职业生涯是指一个人一生在职业岗位上所度过的、与工作活动相关的连续经历，它不仅表示从事职业活动时间的长短，而且内含着岗位变更、职业转型的经历和过程，同时包括人们一生中与职业活动相关的职业兴趣、职业价值观等一系列心理因素发展和变化的过程。

职业生涯具有独特性、发展性、阶段性、整合性、互动性等特性。

(二) 职业和职业生涯的联系与区别

从字面上看，职业与职业生涯都与职业活动相关，即都是人们在社会分工中从事的专门的有一定目的性的社会活动。

从区别上看，职业是一个职业社会学的概念，更加偏重于从客观上分析这种社会活动本身的发展变化规律，而且职业是可以进行分类的，是随着社会经济、政治和文化的发展不断调整和变化的；职业生涯是一个职业心理学的概念，主要研究个体行为特征，它研究人们在从事某种职业的社会活动中的价值观、兴趣、技能等心理活动。

同职业活动一样，人们的职业生涯也与生产力发展水平、科学技术的发展密切相关；但与职业不同的，职业生涯活动多是个性化的特别化的心理过程，因此，更受个人的生命周期、年龄阶段、职业活动周期或不同阶段的影响和作用。

(三) 职业生涯规划和职业生涯管理

职业生涯管理是指组织在协助个人职业生涯规划的基础上，对员工个人的职业发展、职业生涯目标等进行设计，并使之与组织发展的目标相契合的管理过程。职业生涯管理理论是在职业生涯规划理论基础上发展而来的，更加强调组织的职责和义务。"从组织的角度对员工的职业生涯进行管理，集中表现为帮助员工制定职业生涯规划、建立各种适合员工发展的职业通道、针对员工职业发展的需求进行适时的培训、给予员工必要的职业指导、促使员工职业生涯的成功。"

职业生涯规划与职业生涯管理两个概念经常被结合起来使用。两个概念是相互联系的。首先，职业生涯规划与职业生涯管理具有基本相同的理论基础；其次，两个概念都涉及个人的职业生涯发展过程；最后，两个概念都强调职业生涯过程的可控性和可塑性。

但两个概念也有所区别。职业生涯规划更加注重对个人职业生涯过程的操作层面，如测评职业兴趣、职业性向，进而达到"人职匹配"的目标等；而职业生涯管理更加注重组织与个人之间在职业生涯规划内容与方式、手段设计、评估、执行、反馈、修正等的过程，更加注重职业生涯规划的物质保障、组织保障等基础性工作。

本研究将职业生涯规划与职业生涯管理两个概念合并使用，简称"职业生涯规划与管理"。

二、运动员职业生涯

本研究的运动员职业生涯规划与管理，适用于各类职业运动员、各类专业运动员、各类业余参加训练取得一定运动技术级别的运动员。

但由于研究力量有限，同时考虑到研究的针对性，本研究将重点放在专职从事运动员职业活动的运动员上，但有些原理及技术适用于兼职或业余从事运动员职业活动的人。

（一）运动员

1. 运动员

"运动员在运动队管理中的角色定位。运动员是运动队管理工作的主要对象。运动员是运动训练工作中的主体。运动员是运动队管理工作的积极参与者"。也有的学者从运动员的管理方式维度来区分，"运动员是指竞技体育领域里在全国单项体育协会注册的运动员，而非广义上的运动员范畴。"

现代汉语词典中对运动员的定义为：参加运动训练和竞赛的人。这个定义是从通用的运动员活动的内容及训练和比赛的角度谈的。

2. 运动员职业的属性

（1）社会属性

由于各地区招收运动员进入优秀运动队的渠道有所不同，因而全国各地对运动员身份/职业的分类问题始终没有一个明确的说法。1998年之前，对优秀运动员的分类是按照排他法进行的，即"关于优秀运动员在职工分类中是算作工人还是算作干部的问题，我们认为，在一般情况下，不能不加区别地讲优秀运动员都算作工人或者都算作干部。在某些统计中，如果需要对优秀运动员进行统计时，应将优秀运动员包括在职工总人数以内。在职工分类中可列入'其他人员'，或者单独列出'优秀运动员'。""至于在吸收在职职工参加优秀运动队时，可按其原来从事的工作性质，分别按工人或干部办理调动手续。同样，在分配专业的优秀运动员作其他工作时，也可按所分配的工作性质，分别按工人或干部办理调动手续。"

在我国劳动与社会保障部、国家质量技术监督局、国家统计局会同国务院等四十个行业主管部门联合制定并于1998年正式颁布出版的《中华人民共和国职业分类大典》八个大类的社会职业中，将运动员职业归属于专业技术人员大类中的体育工作人员，与教练员、裁判员并列为一种职业类别（表1）。

表 1　运动员职业分类表示

大类	中类	小类	细类
专业技术人员	体育工作人员	体育工作人员	教练员
			裁判员
			运动员
			其他体育工作人员

这一分类与传统意义上的专业技术人员有非常大的区别。因为在我国专业技术人员系指具有由人事部管理的 29 个专业技术序列职称的人员，比如教练员就属于按照一定的程序和标准评定的专业技术人员，是分等次的。而运动员并不是这个 29 个序列范围内的专业技术人员。

本研究采纳我国职业分类大典中的分类方法，将运动员社会属性归纳为利用专业技术工作的人员。

（2）经济属性

从事运动员职业活动的个体又称为运动员，这是将运动员作为一种人力资源的概念而言的。人力资源开发理论认为，人力资源作为一种经济性资源，它具有资本属性，又与一般的资本不同。它作为一种资本性资源，与一般的物质资本有基本的共同之处。资本的共同属性表现在：①它是投资的结果；②在一定时期，它能获取利益；③在使用过程中也有损耗或磨损。人力资源同样具有这三种属性。运动员人力资源与其他各种人力资源一样，是投资的结果，如果没有专业化的运动训练、高水平的竞赛活动，运动员的潜在能力不可能得到激发，也就不能创造出优异的体育成绩；其次，运动员资源的资本属性表现在社会发展的不同阶段，其获取的利益虽表现形式不同，但都能够产生社会效益和经济效益。第三，运动员资源与其他人力资源一样，在资源转化为生产力的过程中，使用了自身的智力资源、技能资源、身体资源，必然带来知识更新、技术改造、身体健康等多方面的诉求，从某种意义上说，也是一种损耗，因此，需要大量的再投资进行弥补。

同时，人力资源虽然具有资本的属性但又不同于一般资本之处在于这个资本是可以重复使用的，在进行教育投资和技术培训等开发活动的基础上，这种资本的回报效率是递增的。这就是美国著名的经济学家、诺贝尔奖金获得者西奥多·舒尔茨的"人力资本投资不再符合边际效益递减规律，应该是边际效益递增"的理论。运动员资源开发即训练培养是对运动员作为一种人力资本的再使用和再生产，同时运动员所从事的各种竞赛、比赛活动又因其表演性获得广泛的社会认知度。这种再生产的过程就是对运动员无形资产的开发过程。尽管这个过程需要资金的投入，但绝不仅仅是消费，更应该视为一种投资。这种投资的经济效益远远大于物质投资的经济效益。因而运动员职业虽然消耗了大量的社会资源，但也带来了无限的社会回报性和可观的经济回报性。

3. 运动员职业的特殊性

运动员职业的特殊性主要体现在以下几方面。

（1）主客体的同一性

运动员职业的主体，即从事运动员职业活动的人就是运动员；而运动员职业活动的客体，即职业活动的对象也是运动员本人。运动员所从事的专业运动训练是一种调动身体、心理各项机能，发现并运用人体各部分机体的运动规律，并以各体育项目竞赛为外显形式的专业化劳动。这种劳动因其涉及人体、心理、器械等因素，因而具有专业性和复杂性，但它不同于医生等专业化程度高的职业之处就在于其主客体是同一的。

（2）系统性和暂时性

运动训练是一种对人体机能的开发过程，竞赛活动展示了人体运动潜能的激发和团队协作能力。运动员职业的主客体的复杂性要求必须进行系统性的训练和培养，往往需要持续一定的时间，一个运动员的成长大体上要有8~10年的系统训练。而在系统性的训练和培养期间，人力资本、物力资本投入与运动员运动技术水平的提高并不呈现必然的正向关系。同时，与其他职业可以终身性从事不同，由于运动训练的主体运动员的身体机能的有限性、其外显形式竞赛和比赛的残酷性，运动员从事专业训练必然是阶段性的，运动员不可能是终身职业。运动员由于身体、心理、社会、偶然事件等因素的影响，从事运动员职业的时间长短有很大区别。

（3）运动训练与文化学习的周期重叠性

随着现代竞技运动的发展，运动员开始从事专业运动训练的时间越来越早，呈现低龄化的倾向。与此相适应，运动员往往是个人职业生涯早期所扮演的第一个职业角色。从事运动员职业的低龄运动员正在成长阶段，应该接受正规的文化教育，但由于现代竞技体育竞争的残酷性和现代科学技术对体育运动的促进作用，使得运动训练必须早期化，个别项目还要求低龄化，这使得运动训练与文化学习周期重合，相互干扰，甚至产生冲突。

（4）公益性与营利性兼顾

所有的职业活动都具有经济回报性，人们从事某项职业是为了获得稳定的收入来源。运动员职业有对运动员无形资产开发带来的满足人们观赏娱乐精神需求、塑造社会表率作用等社会效益，体现了其公益性；同时运动员职业也带给从事这个职业的人们固定的工资收入、福利保障。社会化程度和市场化程度高的项目，还可以通过商业化的运作给运动员创造更多的参与职业体育活动的机会，带给运动员更多的收入，实现对自身无形资产的充分开发，兼顾公益性和营利性。

正因为运动员职业活动的这些特殊性，在运动员的职业分类上，虽然中国职业分类大典将运动员纳入专业技术人员的类别，但却对从事这个职业的人员又往往单独列为"运动员"；而且在运动员的选材、训练、管理和退役安置问题上，国家往往制定了不同于其他职业的政策，如在用工年龄上对《劳动法》中十六岁大原则的突破，对运动队的管理体制采取了以政府主导型的管理为主，市场主体投入职业体育发展为辅的"举国体制"，而对进入优秀运动员队伍，从事专业化运动训练和竞赛活动的运动员在退役职业转型时，国家也曾经给予过一系列优惠政策，如组织分配工作或安置等。"由于运动员必须承担较高的训练量，体力消耗较大，创造优异成绩一般在很年轻的时候，运动员不是终身职业，这些特点，给运动员生活管理带来一系列的特殊问题。""试行运动员等级制度，按照运动成绩，授予相应的等级称号。运动员工资级别的调整，每年进行一次，可比职工升级面略宽一些。从事运动员的时间应计算工龄。运动员享受国家规定的伙食营养补助、训练和比赛的运动服装供给，医疗和其他福利。"

(二) 运动员职业生涯

1. 运动员职业生涯的定义

按照狭义的职业生涯概念理解，运动员职业生涯是指一个从事运动员职业活动的人在这种专业化的社会活动过程中，职业价值观、职业兴趣、职业技能等心理因素、素质和能力、技术、岗位等因素的发展变化过程。简单地说，就是从事过运动员职业活动的个体一生中与运动员职业活动及退役后的职业活动相关的各类工作经历及职业心理发展变化的过程。而且从事过运动员职业的人在一生的职业生涯发展全过程中都受到前一职业的重大影响。因此，研究倾向于将运动员从事运动员职业活动前后的职业生涯过程作为完整的对象进行研究。研究过程中将运动员从事运动员职业的行为称为"运动员职业行为"；将运动员结束运动员职业后再就业所选择的职业行为称为"后运动员职业行为"；相应地，将运动员职业生涯周期的两个阶段分别称为"运动员职业生涯阶段"和"后运动员职业生涯阶段"。

2. 运动员职业生涯的组成

运动员职业生涯是一种复杂的现象，由职业态度（职业心理）和职业行为（工作经历）两方面组成，同时也是不断变化和发展的过程。具体如下。

（1）职业心理发展过程：包括职业兴趣、职业价值观、职业满意度等因素的发展变化。

（2）运动员职业行为及发展过程：包括对运动员职业的选择、运动训练等技能培训及运动技术等级的获得、接受文化教育、参加各类比赛竞赛、从事社会兼职或商业开发活动、获取工资奖金等薪酬或其他福利保障、其他技能的学习或学历教育等；此外，在运动员职业期间还有职业转型的准备及退役过渡期的再就业准备等职业行为。一般情况下，运动员职业期间的职业行为还包含对伤病乃至伤残的预防和诊治。

（3）后运动员职业行为及发展过程：包括运动员退役后通过各种渠道取得再就业的岗位，在新的职业生涯阶段的一系列职业行为，主要有新职业技能的习得、文化教育的补偿、岗位的聘任、绩效考核和考评、获得新的经济收入及各项福利保障等。后运动员职业的职业行为往往受运动员职业期间的伤病或伤残经历的影响。

3. 运动员职业生涯周期

运动员职业生涯周期，指从事运动员职业的个体职业生涯中行为与态度的发展变化过程，持续的时间从运动员步入运动生涯到运动员退役后再就业、直至退休的全过程。按照所从事的职业类别及阶段性目标的不同分类，运动员职业生涯周期由运动员职业生涯阶段—职业转型探索过渡期—后运动员职业生涯阶段组成。前后两个阶段可以按照职业发展目标的不同划分为不同的子阶段，并通过职业转型探索过渡期衔接和过渡。

运动员职业生涯周期中职业生涯与生物生命周期、家庭生命周期的互动性更加明显。比如，运动员职业生涯长短受年龄影响较大。同时，如果运动员在运动训练职业生涯周期中出现严重的伤病，必然面临二次职业选择。而且，由于运动员职业活动封闭性、高度集中型性的特点，运动员的家庭生命周期往往开始较晚。由于运动员职业的主要劳动对象为生物意义上的人体，从生理变化的角度看运动员的职业生涯发展，其特征为单向性和不可逆性，即运动员个人从事运动训练的过程是不可以重复的，这个阶段的发展符合职业生涯周期的普遍规律；但因为运动员不是终身职业，所有的运动员必然面临退役的选择，重新开始一个可能与体育毫无关系的职业生涯，这与其他人群的职业生涯周期有所不同。在运动员职业生涯结束后，从事过运动员职业活动的个体，将再次步入普通的职业生涯发展阶段，重新开始另一个封闭的职业生涯周期。运动员职业生涯周期模型如图1所示。

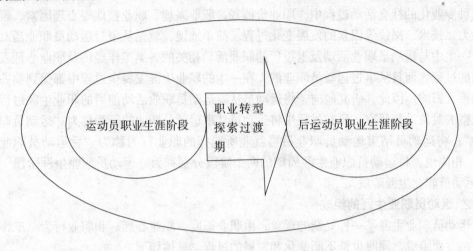

图1　运动员职业生涯周期模型

（1）运动员职业生涯阶段

①探索阶段

不管是由于家庭原因、教练选材原因而进入业余体校或体育俱乐部进行专业训练或试训，都可以算作进入运动员生涯的探索阶段。在这个阶段，个人包括体育组织都以发现和培养个体的运动天赋和能力为目标。

②教育培训阶段

不管处于义务教育年龄阶段的运动员是否在职业生涯的探索阶段还是其他发展阶段，都要接受义务教育。对于超过义务教育年龄阶段的运动员，还要进行其他形式的文化学习，包括高中阶段教育或中等专业技术教育，甚至高等教育。运动员必须接受以运动训练为主的体育职业技能教育或培训，掌握体育技能，参与运动竞赛活动。教育培训阶段可能与其他阶段并行，也可能在运动员退役后或退役过渡期单独完成。

③建立和维持阶段

通过探索阶段的尝试能够顺利进入优秀运动队的运动员，就建立了一种与体育组织的职业关系，职业生涯也进入了建立和维持阶段。在这个阶段，运动员的主要任务是通过不断接受体育职业技能培训/训练，激发自身潜能，参加各种竞赛活动，获得成绩，取得成功。各种运动项目的运动员成才规律有所不同，因此这个阶段的持续时间也有所不同，通常情况下，这个阶段将有8~10年，职业目标是发挥最大潜能，取得各种比赛竞赛的成绩。

④衰退期和提前退休/退役阶段

在运动员身体出现伤病、运动潜能达到极限的时候，运动员职业生涯进入衰退期，个人和组织都会考虑提前退休或退役。这属于运动员职业生涯中的自然衰退现象，属于客观原因。而另外还有一种人为或主观的衰退现象，即运动员受到各种因素影响，在职业兴趣、职业价值观方面发生变化，主观上要求终止运动员职业生涯，或体育组织从事业发展角度、人才队伍流动更新角度考虑，要求运动员终止运动训练，提前进入退休阶段。"随着训练年限的延长和技术水平的提高，运动员付出的精力、时间、汗水都比以前多，但成绩的提高幅度却比以前小，而且外部回报也与其支出不相符。"

（2）职业转型探索过渡期

这个时期是在运动员进入衰退期，面临提前退休/退役职业转型，向运动员职业生涯之外的职业过渡的时期，主要的任务是通过教育培训或后运动员职业探索，重新评估自身的优势和劣势，分析面临的机遇和环境，进一步发展自身的职业技能，并进行再就业过程中的职业决策，完成从运动员职业向新职业的转换。

在这个阶段，运动员职业的环境和条件、职业生涯的目标发生了很大的变化。主要体现在管理方式从集中封闭到松散开放，生活方式从集体生活向家庭生活变化。处于职业转型的运动员从主要承担社会责任，关注竞技运动的状态转向主要承担家庭责任，更加关注自身的职业转换能力；这个阶段，运动员所拥有的组织上的帮助将逐渐减少，而更多的责任由运动员全面独立的承担（表2）。

表2　运动员职业生涯转型过渡期面临的主要变化

管理方式	集中封闭	——→	松散开放
责任主体	组织帮助	——→	个人承担
关注内容	竞技状态	——→	职业转换
生活方式	集体生活	——→	家庭生活

职业转型探索过渡期是运动员职业生涯阶段向后运动员职业生涯阶段转换的关节点，是关系到从事过运动员职业的个人能够顺利进入新的职业生涯阶段的重要阶段，关系到运动员个人、体育组织乃至社会和谐发展。对运动员职业生涯的规划与管理应以这个阶段为重点。

（3）后运动员职业生涯阶段

后运动员职业生涯的建立和维持阶段。通过职业转型探索过渡期，对于运动员职业生涯之后的新的职业生涯进行适应，转变职业角色，重新建立新职业要求的职业价值观、兴趣和动机，不断调整行为和态度，取得后运动员职业生涯的成功。在这个阶段中，有些人将获得组织的永久成员资格，例如公务员、事业单位工作人员、企业永久雇员等，并通过努力，获得较高的职位。

后运动员职业生涯的衰退期和退休期。在这个时期，个体要不断调整心态，面对职业技能的衰退、年龄的衰老等因素，寻找接替人选并顺利离开职场，步入生物生命周期的老年阶段。

（三）影响运动员职业生涯的因素

1. 影响运动员职业生涯的内在因素

（1）职业心理因素。包括职业价值观、职业需要、职业兴趣、职业效能感、气质类型、职业性向（人格类型）、职业锚。

（2）生理因素。包括年龄、性别、身体状况。

（3）资历与学历。包括受教育程度、职业技能、所从事运动项目及成绩。

（4）能力因素。包括语言表达和文字处理、沟通交往、团队协作能力。

2. 影响运动员职业生涯的外在因素

（1）社会因素。包括社会经济发展水平、政府公共管理及公共服务水平、科技发展水平、文化及传统、体育管理体制。

（2）环境因素。包括社会关系、运动员群体就业环境、所在体育组织管理状况、政策环境。

（3）偶然因素。偶然因素主要表现为各类意料外的生活事件或工作事件等。

（四）健康的运动员职业生涯

1. 健康的运动员职业生涯

健康的运动员职业生涯是指运动员能够适应社会生活环境、职业环境的心理状态，主要包括对自然环境、运动队生活工作环境、运动训练环境、竞赛竞争环境的心理适应。同时，对于退役后的职业转型有充分的认识，把握和利用影响职业生涯的各种因素，有计划地进行职业转型的准备，并顺利进入后运动员职业生涯。

2. 健康的运动员职业生涯的特征

（1）职业心理健康，自我效能感高

职业心理健康主要表现在职业兴趣浓厚和职业满意度高。职业兴趣是一个人对某种专业或职业的喜爱程度，是一个人对职业生涯投入程度的内在动机，是内在动力。职业兴趣是可以随着对所从事的职业的认知和了解培养的。职业满意度是指所从事职业对个人的各种需求的满足程度，是个人对职业的主观判断和认可。职业满意度将促进职业兴趣的培养，职业兴趣将增加个人对职业的满意度。

健康的运动员职业生涯在职业心理方面的主要表现就是运动员对于体育职业活动的兴趣浓厚，认可体育职业对自身物质需求和精神需求的满足程度，并对后运动员职业生涯充满自信。自我效能感是指人们对自身完成某项任务或工作行为能力的信念，使自己对能否利用所拥有的技能去完成工作行为的自信程度。健康的运动员职业生涯表现在运动员自我职业效能感高。但他们感到个人表现与职业目标有差距时，会更加努力，力争创造更大的成就。

（2）能够科学规划职业生涯

健康的职业生涯除了在职业心理方面的表现，还表现在个人自己及在组织的帮助下，对职业生涯进行科学的规划和管理。健康的运动员职业生涯也必然表现在运动员本人掌握了一定的职业生涯规划技能，在体育组织的支持下，对自身职业生涯进行管理，能够衔接运动员职业生涯和后运动员职业生涯，成就更多的职业理想，为社会做出更大的贡献。

（3）顺利进行职业生涯各阶段的转换

运动员职业生涯的特殊性之一在于运动员期间和后运动员时期职业生涯之间的转换，即退役后的职业转型。健康的运动员职业生涯表现在运动员能够把握职业转型的过渡期，不出现再就业困难，同时也不出现盲目就业等问题。相反，能够在运动员职业生涯的基础上，充分利用运动训练的职业经历，将其转化为后运动员职业生涯的优势，成功进入新的职业阶段。

三、我国运动员职业生涯发展现状

调研结果显示，我国运动员职业生涯发展基本是健康的。

（一）职业心理健康

有关学者通过对广西自治区优秀运动队的调查研究表明，"优秀运动员渴望从事运动员职业，并对其所从事的职业比较感兴趣，同时对自己的职业能力表示肯定"。以下是该研究对运动员职业心理的六个维度的研究数据（表3）。

表3　运动员职业心理发展状况

职业需要	职业兴趣	职业效能感	职业态度	职业信念	职业动机
82.5%	81.9%	73.1%	68.2%	61.3%	49.4%

1. 绝大多数运动员参加运动训练的积极性较高，职业动机和职业需要强烈。大多数运动员认为运动员职业是自己所需要的，能够某种程度地满足自身需求。

2. 运动员职业兴趣浓厚、训练积极性高的主要原因是喜欢这个项目。

3. 运动员的职业效能感较高。即对于创造运动成绩的自信心较强。这有利于运动员设定较高的职业目标并能够尽最大努力提高自身运动技术能力，创造更好的成绩。

4. 多数运动员职业态度端正，认可并坚信运动员职业的社会价值。但受各种因素影响，运动员的内在动力稍显不足。

5. 多数运动员能够较为顺利实现后运动员职业生涯的职业转型。

（二）运动员职业生涯发展过程中存在的主要问题及其成因

在我国，由于运动员职业生涯发展的内外因素发生了非常大的变化，运动员职业生涯发展中也存在着一些问题，主要有以下几个方面。

1. 运动员群体产生了职业生涯障碍和职业不适应现象

尽管绝大多数运动员因为职业兴趣高、职业生涯自我效能感较高，对体育事业的热爱程度越来越高，但仍有部分运动员产生了职业生涯障碍，职业兴趣低下，职业生涯自我效能感低，出现了对运动训练的不适应。研究过程中对教练员、管理人员的调查问卷中"您认为您所在单位的运动员在训练中，积极性很高吗？"这个问题，29 %的答案是"否"。在分析原因时，87%人选择"没有好的前途"这个选项。这说明运动员的职业兴趣和职业动机不强。

此外，运动员的职业意识不强，也成为运动员职业生涯中的障碍因素。"大部分运动员不知道自己是事业单位的职工，不知道自己可以依法享受各种社会基本保险，对运动员的身份是属于工人还是属于干部问题等更是一头雾水，甚至连自己的工龄及计算起始时间都不清楚。"

2. 目前运动员伤病情况比较普遍，而且呈多样化趋势，严重影响了运动员的职业能力和职业转型的能力

伤残率及伤残程度较高。湖北省2005年受伤运动员中，达到六级伤残1人、九级伤残3人、十级伤残17人、十一级伤残64人。不仅如此，由于韧带拉伤、骨折、骨质增生、跟腱断裂等运动队常见伤病的影响将会在运动员职业生涯整个周期内反复出现，影响运动员的职业投入程度和工作业绩。

3. 运动员对于职业生涯发展前途渺茫，缺乏科学规划

不能够将运动员职业生涯的经历转化成为后运动员职业生涯的优势，很多运动员再就业时运动员职业生涯反而成为其实现职业转型的障碍甚至阻碍。"运动员对退役的认识不到位影响了他们的就业安置。首先，对全社会的就业形势缺乏了解和全面的认识。有些运动员队安置存在较高的期望值，而且不考虑自身的素质和能力，有些运动员片面强调对国家的贡献和运动训练的特殊性，提出超越社会接受能力的较高期望。其次，对社会就业的认识定位不准确。有些运动员认为只有到了政府机关和事业单位才是就业，而进入企业和私有企业等就不是就业"。安徽省对已选择自主择业的退役运动员进行了跟踪调查，发现从 2000 年至今除该省体育局系统留用外，全省仅有 7 名退役运动员正式调入基层体育单位从事体育工作，从事与体育有关工作的仅 17 人，占总人数的7.3%。

4. 运动员职业生涯向后运动员职业生涯的职业转型出现了渠道不畅通

随着经济社会的不断发展，我国的劳动力市场供求关系也发生了巨大的变化。计划经济时期的"统一分配"制度，即由政府以行政性指令的形式对新生劳动力进行统一调配的做法，已经被市场经济条件下，市场在配置资源中起主动性作用所取代，"自主择业、双向选择"已经成为新增劳动力的主要就业方式之一。除了极少数职业如部队转业人员仍然以政府安置为主以外，绝大多数劳动力都走向了市场。退役运动员群体也不例外。每年都有大约15%左右的退役运动员滞留运动队，影响了运动队伍的新陈代谢和运动员个人的发展，造成了社会资源的极大浪费。

不仅如此，在运动员选择参与市场竞争，努力实现职业生涯转型过渡期的探索过程中，往往因为职业素质不高、职业能力不过关而无法顺利过渡到后运动员职业生涯。

造成我国运动员职业生涯的特殊性问题。如运动员职业生涯发展环境过于封闭，运动员缺乏主动性、自主性；运动员的基础教育不够扎实，综合素质不高；运动队保障水平低，运动员权益得不到保障等。

现代运动队管理的难度增加，运动员职业生涯受社会因素等外在因素的影响较大，在社会转型期，我国经济发展水平决定的社会保障体系不健全，运动员没被完全纳入社会保障体系中来，因此在养老、失业、医疗、工伤等保险方面存在盲区；二是对竞技体育竞技性结果的过于看重，带来的"千银不如一金"的功利化追求，牺牲了运动员的很多合法权益，如文化教育权、职业培训权、休息权、充分就业发展权等；少数退役运动员就业情况不好，不可避免地感染了社会上的浮躁心理，缺乏职业成就感和安定感，在社会上产生了负面影响，降低了整个运动员群体的职业效能感及就业期望值，不利于其长远发展。再是由于运动员培养机制中投入主体以国家为主，造成了运动员市场意识不强，就业观念陈旧，"等、靠、要"错误思想严重，缺乏主动的职业意识、就业意识等，都是产生运动员职业生涯障碍，造成不健康的职业生涯的原因。这与我国社会转型时期的特殊性有关。

四、运动员职业生涯规划与管理

（一）运动员职业生涯规划与管理的概念

运动员职业生涯规划与管理是将运动员从事专业运动训练的过程作为其职业生涯的开端，进行专业化咨询和指导，激发运动员对自身职业的兴趣和职业动机，同时帮助运动员树立良好的职业态度、提高职业决策水平，强化退役意识，使运动员能够树立正确的职业生涯阶段观，为退役后的职业转型做好积极的准备，顺利实现职业生涯各阶段的衔接和过渡，从而将社会需要、家庭生活需要和个人价值观更好地结合起来的过程。

运动员职业生涯规划与管理是运动队管理工作的有机组成部分，是针对运动员进行的职业教育，是我国职业教育体系的题中应有之义。

（二）运动员职业生涯规划与管理的目标

1.提高其职业成熟度（"职业成熟度是一种能力，这种能力使你作出合适的职业生涯决策"）。

2.提高运动员在训期间的工作效能；提高运动员人力资源开发的效率，延长优秀运动员的运动员生涯。

3.促进运动员向后运动员职业生涯过渡和转型。

4.促进其全面发展，成为社会优秀人才。

（三）运动员职业生涯规划与管理的特征

运动员职业生涯规划与管理以培养运动员职业价值观为主要内容，以塑造健康的运动员职业生涯为目标，以实现运动员职业生涯向后运动员职业生涯的平稳过渡和成功转型为核心，是一个关系运动员终生发展的工作。运动员职业生涯规划与管理具有以下特征。

1. 战略性

运动员职业生涯规划与管理包含了对个人从事运动员职业活动期间的职业生涯进行规划和管理，同时还包含对后运动员职业生涯发展目标、实施措施和路径的设计及规划，因此具有较强的战略意义。

2. 长期性，持续性

从时间跨度看，运动员职业生涯规划与管理从运动员正式入队开始，到运动员退役过渡时期，包括运动员职业转型后的职业发展跟踪与反馈，是一个长期的、持续性的过程。

3. 时效性

运动员职业生涯各阶段非常明显，因此职业生涯规划与管理要有比较强的针对性，就必须针对每个阶段进行不同的设计及管理，设定的目标及方法步骤要适时、适度。

4. 系统性

从运动员职业生涯规划和管理工作内容上看，既要有对运动员职业生涯发展的宏观计划和规划，又要有实现这些职业目标的具体方案；从形式上看，既要有整套组织、服务、支持体系，又要有课程体系、师资队伍的保障，因而具有系统性。

5. 过程与结果导向的动态性

运动员作为人力资源，不同于物质资源和信息资源，是一种"活"的资源，是个发展的过程，因此在进行职业生涯规划与管理工作中，随着运动员训练年限的增加、运动成绩的变化、身心健康水平的变化，在职业态度、职业兴趣、职业效能感等很多方面都会发生变化。因此，职业生涯规划与管理的重点、方式方法等都应该随之发展和变化。

(四) 运动员职业生涯规划与管理的功能

体育既有限制人的全面发展的可能，也有促进人的全面发展的可能。运动员职业生涯对于运动员的作用同样如此。开展运动员职业生涯规划与管理工作，就是要使运动员职业生涯既有利于运动员个人的全面发展，又能够促进体育组织管理水平的提高，使其具有双赢的效应。

1. 对体育组织的管理水平的促进作用

运动队管理应该体现以人为本的现代管理理念，运动员职业生涯规划与管理关系到运动员从入队到退役乃至其终生职业发展的全过程，关系到运动员的切身利益，把握了这项工作的主动性，则满足了运动员群体最深层次的需求，能够提高运动员主观能动性，调动运动员的积极性和创造性，激发运动潜能；有利于体育组织提高运动队管理水平，创造出更好的运动成绩。

2. 对运动员人力资源开发的促进作用

有利于提高体育组织对运动员人力资源的管理和开发水平，避免人才资源的浪费，也避免过度开发。有利于团队建设，取得高成就实现运动员生涯的最大化开发，将运动员生涯转化为职业转型过程中的优势，确保运动员职业生涯发展的有效性和可持续性。

3. 对运动员全面发展的促进作用

有利于提高体育组织的凝聚力，稳定运动员队伍，减少运动员在运动训练期间的焦虑和情绪波动，有利于全身心投入训练和比赛；有利于其顺利实现职业转型，向退役后生涯过渡。不同于其他人群，运动员职业生涯因其部分封闭性，带来其获取外部世界信息渠道的不畅通。"那些结束长期运动生涯的人可能会发生问题，尤其是那些除了运动没有其他身份，或者缺少所需的社会和物质资源以转入其他职业和社会安置的人"。运动员职业生涯规划与管理提供了运动员与自身职业活动及社会其他职业之间沟通交流的桥梁，提供了参照系，运动员可以站在新的角度看待自身职业活动，更加客观地认识自身能力和素质。

(五) 组织实施运动员职业生涯规划与管理

1. 组织实施运动员职业生涯规划与管理的定义

组织实施运动员职业生涯规划与管理是指运动员所在的体育组织及实现职业转型后的用人单位从有利于事业发展和员工个人发展的双赢目标出发，对员工的职业生涯发展过程进行干预，主要表现形式为提供职业生涯规划指导和服务，通过专业化、全程化、全员化的辅导和管理，提高人力资源开发水平，促进运动员无形资产的开发和增值，提升其人力资本，提高工作效率，实现组织工作目标和个人全面发展。

2. 组织实施运动员职业生涯规划与管理的主要方法

运动员职业生涯规划与管理是运动队管理的一部分，应与运动队的日常管理相结合，特别是与文化教育、思想政治工作等结合起来，在运动员退役转型过渡期，还应该作为主要工作来抓。运动员职业生涯规划与管理可以通过以下形式实现。

（1）普遍指导：提供专业教育培训课程，提高运动员职业素质、职业技能水平

①职业意识教育：选择的运动员职业生涯的运动员，从其入队起就应该树立职业意识，要充分认识到运动员从事体育运动职业的职业素养要求，同时要为职业转型进行前期准备。因此，在运动员日常管理中通过提供专业化的职业教育培训课程，帮助运动员树立职业理想、培养职业兴趣、树立职业价值观。

②职业技能教育和培训

为运动员提供各种职业培训的课程，提高其职业技能水平。对于"运动员职业技能培训对退役运动员的安置是否有必要？"86%的教练员认为非常有必要，但令人遗憾的是，这些教练员并不知道有针对运动员的职业技能培训，说明针对运动员的职业技能培训的宣传还有待于进一步加强。

③指导职业转型通道——拓宽就学、就业渠道，提供信息服务

通过实施运动员职业生涯规划与管理，帮助运动员确定职业发展阶段；在退役职业转型期，指导运动员进行职业选择和决策。运动员职业转型通道，是指运动员在结束运动员生涯后选择的职业发展路径，并在这个新的职业发展路径上由低到高的发展过程。

④提供资金帮扶

● 自主择业经济补偿：这是当前我国运动员职业生涯规划与管理中对运动员退役就业提供普遍指导的一种工作创新制度，主要形式是对那些不需要组织进行政策性安置的运动员根据在役期限、所取得的运动成绩等给予一定的货币进行补偿。选择自主择业经济补偿的运动员与所在的体育部门签署退役协议书，与体育组织脱离所属关系。因此这笔经济补偿金的性质属于退职费，不应缴纳个人所得税。

● 奖学金、助学金：这是对运动员文化学习的补偿金，主要是对符合条件的运动员参加文化学习、学历教育、职业技能培训进行奖励。

● 创业基金：当国家各项事业的发展还不能满足劳动力充分就业的需求时，鼓励创业成为实施劳动力职业生涯规划与管理的手段之一。对于运动员来说，创立一个鼓励创业的基金或帮助其申请有关劳动与社会保障部门设立的创业基金，取得个人创业小额贷款也是资金帮扶。

● 特困帮扶基金：提供困难帮扶，扶持个别项目就业困难，职业生涯规划有障碍的运动员。对于那些身体有伤病、就业技能极其低下，处于失业状态，生活特别困难的运动员，除申请社会保障中的最低收入保障金外，按照其伤病程度，提供特困帮扶经费，能够减轻其家庭经济负担，帮助其树立再就业信心。

（2）个性化服务：实施职业素质测评，职业心理测试，职业兴趣测试，职业心理咨询辅导

运动员职业生涯规划与管理的个性化、差别化服务主要表现在帮助运动员了解和把握自身的职业素质，通过专业的测评工具和技术，帮助每个运动员了解自身的职业心理状况，把握自身的职业兴趣、个性和气质。在运动员出现职业生涯发展方面的困惑和问题时，通过职业心理咨询提供帮助和个性化的指导。

五、国外实施运动员职业生涯规划与管理的主要特点及启示

(一) 国外实施运动员职业生涯规划与管理的主要特点

1. 具有强大的社会职业生涯辅导的背景

各国开展运动员职业生涯规划与管理，与各国开发各种教育和经济计划，促进充分就业的追求相适应，更与各国职业指导工作的完整性相适应。随着经济社会的发展，特别是信息技术的不断进步，人力资源的开发手段趋于多样化，主动性增强了。以往个体在从事某种职业过程中往往处于被动选择的地位，而目前主动劳动力市场的培育取代被动劳动力市场。

在发达国家，职业指导已形成了国家、社会、学校、企业、家庭网络化格局，指导内容涉及面广，指导政策呈现配套性、系统性的特点。这些都是各国开展运动员职业规划的基础和前提（表4）。

表 4　发达国家社会职业指导体系对比

	学校	政府	社会
美国	联邦政府：教育总署指导与人事服务司 州：州与地方校区的指导与人事服务处 各类学校：专门的职业指导机构，独立于教学工作，聘任专职指导咨询人员	国家职业情报协调委员会及各州职业情报委员会：提供就业信息，建立职业供求的数据结构	全国性的职业指导组织
前苏联	国家教育部及各联盟共和国教育部：青年职业定向教学法委员会 各类中学：职业定向教育机构，职业定向教育法研究室：培养职业兴趣，专业思想的教育及职业选择的指导	各级政府系统设有相应的组织，职业技术教育委员会下设协调委员会	社区职业定向工作中心 企业：职业定向办公室
日本	各级学校：出路指导部或出路指导委员会	文部省：颁发文件指导出路指导工作《初中、高中出路指导手册》	公共职业安置所 职业指导协会
法国	主要由校外机构实施	教育部：职业指导部和全国教育与职业信息委员会 地区信息与指导委员会	信息和指导中心

2. 拥有专业性的运动员职业生涯规划与管理机构，并开展了多样化的交流活动

美国奥委会设立了运动员职业生涯服务部；而澳大利亚体育学院专门设有运动员就业培训和择业服务处，由国家竞技运动委员会直接管理，经费主要由政府支持。

英国、美国、澳大利亚、新西兰等国家成立了"Steering Group"国际组织，旨在帮助运动员就业。2006年2月，在都灵奥运会期间，专门召开了研讨会。

3. 与专业化人力资源公司开展合作，形成了强有力的支持体系

与国际化人力资源公司的合作，是各国在运动员职业生涯规划与管理方面的共同特点。其中，瑞士阿第克（Adecco）公司是开展退役运动员职业转型服务工作最主要的企业之一，与国际奥委会、西班牙、意大利等很多国家签署了合作协议，为运动员职业生涯规划提供服务。

此外，在提供职业生涯规划与管理的方法和手段上，法国和澳大利亚等采用了高科技含量的技术手段。比如法国体育部为运动员开展多媒体远程教学，通过互联网进行远程培训。

在师资力量上，除了专业化的职业生涯发展顾问介入运动员职业生涯规划与管理全过程，还将运动员职业生涯规划与管理纳入运动队管理的过程。如澳大利亚要求：教练组由教练员、运动生理专家、职业及教育方面的顾问、运动保健按摩师、营养师和基础训练（力量、体能、恢复）等方面的专家共同组成。以利于达到运动员人才资源全面开发的目的。

各国还通过政府支持、奥委会筹资、商业赞助等多种形式运作筹措运动员职业生涯规划与管理的经费。如德国的体育援助基金组织。德国共有4000名A、B、C级的运动员，体育援助基金每年为其中3800名运动员提供援助。援助标准根据不同成绩确定，最高每月可获得850欧元的援助，最长时间为10年。援助经费主要来源于个人捐资和彩票公益金。A、B、C级运动员都要与相应的体育联合会签订合同，合同中有退役就业方面的内容。

（二）国外运动员职业生涯规划与管理实践的启示

随着经济的发展，社会的进步，人本化管理程度不断提高，职业生涯规划与管理在国外已经上升到更高的理念和层次，更加重注个体发展与社会和谐的关系。同时，职业生涯规划与管理理论也在不断推动着实践的发展。各国体育行政管理部门、奥委会及国际奥委会对于运动员职业生涯规划与管理的实践对于我们实施运动员职业生涯规划与管理有一定的借鉴作用，特别是在形式、方法、途径等方面。但正如竞技体育人才培养模式的形成根植于某种教育理念或文化价值观一样，运动员职业生涯规划与管理也是一项系统工程，同样要根据本国文化传统与体育价值取向选择合理的模式，不能盲目攀比或简单复制。

六、我国运动员职业生涯规划与管理

（一）我国运动员职业规划与管理工作的发展历程

1. 运动员职业生涯规划与管理的萌芽阶段（从20世纪50年代到改革开放前）

这个阶段我国实行的是计划经济体制，对劳动者实行计划招收、统一调配的政策，高校毕业生实行由国家统一分配政策，还没有严格意义上的职业生涯规划与管理。但在体育界逐步明确运动员身份的同时，也渐渐意识到运动员职业生涯的特殊性，并提出了"妥善安置运动员的出路，是一项重要的经常性的工作，必须采取严肃认真、负责到底

的态度。"制定了一系列妥善安置运动员的政策。

（1）运动员分配的重要性和原则。"离队运动员的分配，应从有利于工作和对本人负责出发，务使各得其所。"对离队运动员的思想工作要做深做透，认真帮助他们解决实际问题。

（2）运动员退役分配的主渠道是体育系统内部。

（3）选送到有关院校培养和深造，学习以后再由国家或原单位分配工作。

（4）伤病运动员的处理。因伤病而影响从事其他工作和学习的，应在他们恢复一定的工作能力后，再行分配。因伤病而丧失工作能力的，按国务院有关规定妥善安置。

（5）需转作其他工作的，应与劳动部门联系，作为国家职工，统一安排工作。

2. 运动员职业生涯规划和管理获得初步发展，初步向市场经济转轨阶段（改革开放后到90年代）

改革开放后，我国实施了人事制度改革，用人单位自主权不断加大，劳动力就业市场初步建立，推动了运动员招收和分配工作的改革与发展。在运动员的招收和选择上，进一步进行了规范：将招收运动员人数与工资纳入国家的劳动工资计划，并规定各省、区、市调整运动员时，按照15%的比例调整。

在运动员退役后的职业转型问题上，提出了经济补偿的概念，并初步进行了尝试。

在运动员进入高等学校学习的途径上，提出了"免试入学"的政策。

3. 运动员职业生涯规划与管理进一步向科学化、规范化方向发展，提出了"运动员就业指导服务工作"等概念（90年代至今）

（1）政府支持

2002年，中央编办、国家体育总局、人事部、财政部、教育部、劳动和社会保障部等六部局联合印发《关于进一步加强退役运动员就业安置工作的意见》，第一次在国家文件中提出退役运动员就业安置概念，并从加强职业教育、技能培训、文化教育、鼓励运动员自主择业等几个方面制定了相关的政策规定；2003年《自主择业经济补偿办法》的出台，标志着我国退役运动员就业保障工作进入到一个新的阶段。截至2006年12月，全国共有18个省区市制定了具体的实施细则。平均补偿标准约为4万~5万元/人。个别省区市通过实施这个办法，一次性解决了困扰多年的待安置运动员滞留运动队的问题。

2006年，劳动保障部、财政部、国家体育总局制定《关于进一步加强运动员社会保障工作的通知》（体人字〔2006〕478号），全面系统地阐明了运动员依法所享有的保障内容及有关要求。国家体育总局《十一五人事工作规划》《体育人才队伍建设规划》等文件提出，开展运动员就业指导服务工作。"加大退役运动员就业指导力度，引导退役运动员通过市场自主择业。针对运动员特点，研究运动员职业生涯规划体系建设的理论与方法。"

（2）社会探索

中国运动员教育基金会的探索。2001年3月，李宁、蔡振华、李永波、许海峰、周继红、黄玉斌、张蓉芳、熊倪、李小双、李春阳等一批前世界冠军或奥运冠军们作为信托人，共同发起并设立了中国运动员教育基金，在中国香港注册成立。基金会2004年1月正式运作，其资金大部分来自李宁公司，其余为企业赞助。基金会总干事为香港星岛日报体育部主管陈宁。基金会旗下有专门的经纪公司，负责打理运动员从读书到商业活动的一切事务，基金会还为每个运动员度身定做个性化的职业规划，并根据他们的表现随时调整发展方向。还为现役运动员提供外语技能、体育管理、创业知识等基础的谋生技能，让他们在退役后能够很快地找到自己在社会中的位置。现有学员都是冠军级，120名左右。这个民间组织面向顶级运动员开展职业生涯规划与管理的做法，是政府、协会、企业、民间组织共同运作运行模式的有益探索。

（3）人性化个性化的服务

国家体育总局人事司多年来主管运动员免试进入高等院校学习工作，在2002年以来，先后与北京第二外国语学院、中央财经大学等院校建立合作关系，推荐符合条件的运动员免试进入英语本科、体育经济与管理专业本科学习。并指导人力资源开发中心拓展此项业务，向全国各大院校推荐优秀运动员，开展就学指导工作。

2006年，在国家体育总局人事司指导下，人力资源开发中心还编制了《运动员就学就业工作指南》，为运动员及体育组织规划和管理运动员职业生涯提供了依据。

（二）我国运动员职业生涯规划与管理中存在的主要问题及成因

1. 观念陈旧，缺乏现代职业生涯规划与管理的主体意识
2. 现有运动员职业生涯规划与管理层次偏低，内容与形式比较单一
3. 现有运动员职业生涯规划与管理工作还比较被动，在运动队管理工作中属于从属性的工作，不受重视
4. 运动员职业生涯规划与管理体制不完善
5. 运动员职业生涯规划与管理工作队伍建设不够完善

七、运动员职业生涯规划与管理体系建设

运动员职业生涯规划与管理体系是整个社会就业体系的一部分，因此在实施的依据、履行的法律法规、享受的社会就业服务等方面，与社会其他成员的职业生涯规划与管理有相同之处；同时运动员职业生涯规划与管理体系又由于对象的特殊性，具有相对的独立性。

（一）运动员职业生涯规划与管理的法律法规及政策体系

开展运动员职业生涯工作要在国家的法律法规前提下，结合体育职业活动和运动员职业的特殊性，制定相应的规章和政策制度，使这项工作有法可依，同时将此项工作纳入法制化的轨道，更有利于保障运动员的权益，提高工作的针对性和实效性。

1. 关于运动员职业发展权利的有关规定

《劳动法》第三条、第十五条、第二十八条。

2. 关于运动员职业发展途径的有关规定

《劳动法》第十条、第十一条。《国务院关于进一步加强就业再就业工作的通知》。

3. 关于加强运动员职业培训工作的有关规定

《劳动法》第八章《职业培训》中第六十六条、第六十八条、第十四条。《职业教育法》第十七条。国家体育总局、中编办、教育部、财政部、人事部、劳动保障部等部委联合签发《关于进一步做好退役运动员就业安置工作的意见》第四条、第五条。

应以国家体育总局与劳动保障部、教育部等部委联合发文的形式，在全国体育系统及职业教育系统就加强运动员职业生涯规划与管理工作提出指导性意见。

（二）运动员职业生涯规划与管理的组织体系

运动员职业生涯规划与管理的组织系统，是实施运动员职业生涯规划与管理的工作主体，是运动员职业生涯规划与管理工作得以实施的保证。在组织体系中，政府、社会团体、运动员个人等因素通过承担不同的职责和发挥不同的作用，形成相互作用、优势互补、协调发展的完整系统。

1. 政府是运动员职业生涯规划与管理组织体系中的主导性力量

目前，我国实行政府主导下的国家队、省市运动队（体育运动职业技术学校）、业余体校三级训练网络的管理体制，在运动员培养和管理上，实行的是政府投入为主，社会投入为辅的投资体制，因此，政府对于运动员的招收、管理、训练和培养、退役安置等负有主要责任，应该成为运动员职业生涯规划与管理的主导性力量。

政府的主导性力量作用主要体现在几个方面：

一是政府要通过社会管理的手段和形式发挥作用，就是要以行政强制为基础，以法律为保障，对运动员就业工作中的体育组织、社会团体、企事业单位和运动员个人等社会关系进行调整和约束。通过制定社会政策和法规，依法管理和规范社会组织、社会事务，化解社会矛盾，维护社会公正、社会秩序和社会稳定。这既是弥补"市场失灵"的必然要求，也是协调各种矛盾与冲突的必要前提。

二是政府要通过高效率的公共服务，大力发展各项教育、科技、文化、卫生、体育等公共事业，为社会公众参与社会经济、政治、文化活动等提供保障，同时也为运动员实现其就业权益提供保障。特别是要针对体育产业发展的实际需求，大力发展体育产业，特别是体育服务业、竞赛表演业、体育技能培训业，提高体育产业对国民经济发展的贡献率，为运动员创造更多的体育产业就业机会。

此外，还要强化政府的职能作用，建立和完善自主择业退役优秀运动员就业指导服务机构"自主择业退役优秀运动员的管理、安置、就业指导是个复杂的系统工程，具体、琐碎而又十分重要，没有专门机构、专门人员负责很难做好。各级政府体育部门应该尽快建立和完善自主择业退役优秀运动员就业指导服务机构，明确职责，开展工作。"

政府在运动员职业生涯规划与管理组织体系建设中的作用可以通过以下形式实现：

（1）成立各级体育行政部门对运动员职业生涯规划与管理工作的领导机构。

为进一步加强运动员职业生涯规划与管理工作的领导，完善相关的工作机制，可以从国家体育总局到省区市体育局分别成立运动员职业生涯规划与管理工作领导小组，组长由各级体育行政部门"一把手"担任，明确领导小组的职责为运动员职业生涯规划与管理的领导，制定有关政策，指导相关部门和组织开展运动员职业生涯规划与管理工作等。领导小组由运动队管理部门、竞技体育管理部门、人事部门、政策法规研究部门、体育经济部门、科教部门等组成，明确各部门的责任和义务。

（2）指导建立运动员职业生涯规划与管理中的政策法规体系。

修订和完善《体育法》，将运动员职业生涯规划与指导工作以法律文本的形式确定下来。赋予各级体育行政部门行政权，督导运动员职业生涯规划与管理工作的执行情况。

制定相关的考核制度。明确各级体育行政部门及运动队管理机构的行政义务，建立运动员职业生涯规划与管理的激励和约束机制，调动各部门的积极性，同时明确各部门的义务。

建立运动员职业生涯规划与指导的标准化体系，明确运动员职业生涯规划与管理工作中的"全程化、全员化"工作原则，落实具体的实施细则。

构建政府人事人才公共服务体系，为运动员提供专业化的指导和服务。

政府在构建人事人才公共服务体系，指导体育人事人才工作的过程中，要尤其注重运动员人才的指导和服务工作，防止这个群体成为社会就业过程中的"弱势群体"。

●帮助和促进运动员群体实现就业或成功创业

●构建人事人才公共信息服务平台，为运动员顺利渡过体育生涯和后运动员职业生涯提供人事人才公共信息服务

●开展人事人才政策、法规宣传和咨询服务，特别是运动员管理、保障、退役安置方面的特殊政策解析

●为运动员提供各类职业技能培训机会，指导运动员办理就读、就业各类手续

●为运动员提供体现体育行业特色的职业技能鉴定工作和各类职业资格考试的指导和服务工作

2. 事业单位、协会、企业是运动员职业生涯规划与管理的组织实施机构

在我国，大部分运动员仍属于体育事业单位的职工，而运动员所在的事业单位应该为运动员提供必要的以职业生涯规划与管理为主要内容的就业服务。"政府或财团资助的公共机构就要起到安全网和减震器的作用，为这些人（不得不离开组织的人）提供新的教育和培训机会。换句话说，下岗工人应当至少得到二至三年经济上的保障，使他们有机会重新定义自己的职业并学习新的技能。技术的迅猛发展也使建立这样的机构成为越来越重要的事情"。

此外，已经实行了实体化改革的运动项目协会，承担了管理运动员和为运动员服务的职能。运动员的职业生涯发展状况直接决定了运动项目的普及程度和长远发展，决定了协会的社团组织提供公共服务作用的发挥，因此，也应该具体组织实施这项工作。

而在职业体育发展中拥有了运动员的产权，通过体育俱乐部形式直接经营运动员的无形资产的企业，对职业运动员的职业生涯规划和管理工作投入的越多，运动员在职业体育市场上的产出越多，对企业的回报也就越多，将形成企业发展与运动员个人发展双赢的局面。

3. 充分市场在运动员职业生涯规划与管理中提供的就业服务、配置资源等基础性作用

运动员的就业是社会就业体系中的有机组成部分，其发展符合市场就业机制发展的规律；也应该享受市场就业机制在市场主体、运行规则、中介服务等方面的现有成果。目前，各级政府部门推出一大批专门的职业服务机构，对于高校毕业生、转业军人、农民工这三类职业群体提供了带有优惠性和导向性较强的职业生涯规划和管理措施。运动员的职业生涯规划与发展工作应该参照这三类特殊群体，特别是转业军人群体，享受更多的专业化的社会服务。

不仅如此，体育行政管理部门还应该积极支持各类社会机构和团体以社会捐助、商

业赞助的形式为运动员的职业生涯发展提供帮助和扶持。中国运动员教育基金会的运作就是这样应运而生的。

（三）运动员职业生涯规划与管理的课程体系

课程体系是指围绕运动员职业生涯规划与管理的主要内容，即运动员健康职业心理的培养、确定运动员职业生涯发展目标、设计运动员职业生涯发展策略，并提供各类保障措施，在提高运动员职业能力的过程中设计的指导开展运动员职业生涯规划与管理工作的大纲和开发的教育与培训教材。好的运动员职业生涯规划与管理体系需要好的课程体系支撑，没有好的课程体系，运动员职业生涯规划只能流于形式，甚至无法实现。开发运动员职业生涯规划与管理的课程体系，侧重点应当放在运动员的学习能力上，即将运动员培养成为学习型的人才。

在设计运动员职业生涯规划与管理课程体系时，应坚持以运动员为中心，以市场需求为导向，以运动员终身发展为视野的原则，在政策法规引导、思想政治教育、职业生涯心理咨询和辅导、就业信息服务等几个方面着手。同时为提高课程体系的质量，还要建立评估体系，使课程体系成为动态发展的系统，能够随着经济社会的发展而发展。课程体系要有利于运动员掌握一整套"核心工作技能"，"例如沟通、解决问题、团队合作、领导技能，提高自己的就业能力，为在这个以知识和技能为基础的社会中工作做好准备。"同时要有利于体育组织顺利将课程体系转化为实际的工作内容，具有可操作性。

1. 设计指导全国运动员职业生涯规划与管理工作的纲要（大纲）

明确政府、协会、省市、运动员个人四位一体的工作体系的主要任务和职责，实现运动员入队适应期、运动员生涯黄金期、退役过渡期全程职业生涯规划与管理，目标为：在运动员职业生涯发展过程中由体育组织提供全程化、全员化、专业化的职业生涯规划，使运动员个人特点与所从事的运动员职业及后运动员职业特点相结合。

目前我国职业辅导大多集中在职业介绍、职业信息的提供上，运动员职业生涯规划与管理工作纲要的侧重点要在职业介绍和职业信息服务方面进行拓展。主要包括职业辅导课程、运动员个人职业发展通道定位与设计、运动员职业生涯发展中的思想政治工作、运动员职业素质与能力测评、职业技能培训的设计与提供、职业生涯转型过渡期的服务等。

2. 开发运动员职业生涯规划与管理的相关课程

目前，在大部分高校中都开设了就业指导课程。就业指导课的主要内容是以就业为目标，以求职知识和技巧为手段，以调整就业心态为主线，使学生充分认识当前我国的就业形势，转变落后的就业观念，处理好个人与社会、理想与现实、主动与被动等关系，掌握求职就业的一些基本知识和技巧、自谋职业的方法和途径，在摸清当地经济特点和就业市场的情况下，根据自己的实际做出职业决策，尽快地适应社会，转变角色，找到自己的职业位置。在运动员职业生涯规划与管理的课程开发方面，既要考虑到与其他职业群体共性的知识、技能，更要体现运动员群体的特殊性。

比如，在中国运动员教育基金会的运作过程中，为避免冠军们因为文化知识的匮乏无力"再就业"，向他们提供外语技能、体育管理、教育进修、创业等知识培训。基金会根据每个运动员的情况，个性化地制定。

表5　体育专业人才的素质要求

人员类别		体育教师	体育经营管理人员	体育营销人员	企事业单位对体育工作人员的素质要求
素质要求	体育教学能力	教学组织	敬业精神	营销人员的可信度	讲解能力
		动作示范、讲解	协调合作能力	敬业精神	与服务对象亲和力
		教学计划设计	社会交往能力	意志力	基本运动技能
	课余训练能力	训练方法	创新能力		示范能力
		训练计划	决策能力	社会交往能力	对不同性别和年龄的人指导能力
		训练成绩	市场分析判断能力	一般营销知识	服务态度
		项目选择	一般营销知识	产品推销能力	服务规范
	管理能力	团结能力	价格定位能力	创新能力	协同意识
		组织能力	市场调查能力	市场策划能力	事业心
		管理方法	意志力	市场调查能力	竞赛组织能力
		器材管理			管理能力
	科研能力	科研选题			器材使用与维修能力
		科研态度			竞争意识
		科研成果			开运动处方的能力
		科研工作量			社交能力
	人文素质	为人师表			经营能力
		事业心			创新能力
		语言能力			科研能力
		创新能力			文字能力
		协同能力			
		竞争能力			
		社会交往能力			
		写作能力			
	工作态度	认真			
		积极			
		安心工作			
		服从管理			

　　基金会同样担任着运动员心理辅导老师的角色。除了加强运动员的文化素质，基金会还会对每个运动员的未来做出最好的规划包括他们的商业前途。

　　本研究过程中的调研就曾经涉及开发和组织实施运动员职业生涯规划与管理的相关课程与运动员运动训练和比赛之间的关系。调查中，69%的教练员同意"在国家运动队开设短期的职业或就业培训是运动员职业技能培训的一种积极的探索形式"。20%的国家队教练员认为职业技能培训与运动训练和比赛冲突不大，而60%的教练员认为虽然有一定的冲突，但可以通过一些相应的措施，把培训和训练有机的结合起来，就不会产生太大的负面效应。至于培训的内容，教练员普遍认为，可以培训和运动项目相关的内容，尤其是一些社会上流行的有着良好市场前景的运动项目。

　　当问到若在国家队运动员中开展短期的培训，应设置哪些课程，"英语学习"占到调查总数的 24%，说明由于国家队国际交流的机会多，运动员对英语的学习热情高涨；而"如何设计职业生涯，怎样应对社会竞争"和"计算机"紧次之，分别占到调查总数的 19% 和 18%，说明运动员最关心的还是今后退役后的人生发展方向。在运动员职业转型向体育系统外的职业过渡方面，总局曾经推荐了几届优秀运动员参加外语、体育产业、体育管理、运动训练等本科专业的学习，但是在调查中，当问及运动员愿意参加以下哪些专业学习时，48% 的教练员认为新闻采编是运动员的首选，其次是法律（20%），接下来依次是人力资源（13%）、影视表演（8%）、播音主持（7%）、财务（4%）。

本研究提出课程体系的参考性框架如下。

（1）共性课程

必要的职业技能培训

创业必备知识（主要考虑及现有条件）：在就业指导开展相对较早的毕业生就业指导领域，中国高校对学生的就业教育，大多只在学生毕业前进行一些相关培训，如怎样写简历、面试技巧、就业政策等，创业教育几乎就是空白。而创业教育对于运动员来说有特别的意义。首先，运动员属于有职业经历的群体；其次，运动员大多有一定的经济收入，有创业的条件和基础。但关于运动员创业必备知识课程的开发是一个过程。短期内可以借鉴或引用现有的国内外创业教育现有教材，再逐步开发适合运动员群体的创业教育教材。比如，联合国青年就业网络和国际劳工局实施了大学生创业教育项目。并已将这个项目引进中国，在中国的部分高校为毕业生开设了创业基础课程《大学生创业基础》。教材涉及如何组建一家企业、怎样撰写商业计划书等创业知识和技能。再比如，中国青年创业国际计划是共青团中央、中华全国青年联合会、中华全国工商业联合会共同倡导发起的青年创业教育项目。该项目参考总部在英国的青年创业国际计划（Youth Business International）扶助青年创业的模式，动员社会各界特别是工商界的力量为青年创业提供咨询以及资金、技术、网络支持，以帮助青年成功创业。该项目以"培养创业精神，提高创业能力，提倡企业社会责任，促进经济与社会协调发展"为目标，并通过接受社会捐赠和资助，建立青年创业专项基金，为符合条件的青年创业者提供无息启动资金和"一对一"导师辅导等公益服务。

（2）运动员特色课程

①职业角色定位和职业发展通道

职业意识

职业价值观

职业道德

职业规范

②时间管理与人生规划

如何利用退役安置过渡期

训练竞赛与商务活动

③职业转型过渡期的心理调整，如何开始新的职业生涯

④理财

⑤基本才艺训练：书法、口语表达、计算机技能等

⑥礼仪训练：社会规范，言谈举止

（3）咨询服务

①职业生涯过程中的心理辅导

②素质测评服务

③政策咨询

（四）运动员职业生涯规划与管理体系中的支持系统

1. 确保运动员职业生涯规划与管理工作的经费来源

（1）《职业教育法》第四章中对职业教育的保障条件规定共有十三条，是开展运动员职业生涯规划与管理工作的法律依据

（2）体育彩票基金和其他公益类基金是运动员职业生涯规划与管理经费的有益补充

（3）引导社会资金投入运动员职业生涯规划与发展事业

（4）运动员个人有义务分担个人职业生涯规划中的经费

2. 运动员职业生涯规划与管理中的师资队伍建设

（1）建立复合型的教练团队

（2）在管理人员中培育兼职职业生涯规划和指导员

（3）建立专业咨询师或辅导员制度

3. 引进高科技手段，建立运动员职业生涯规划与管理网络

（项目编号：1025ss06157）

我国运动员商业活动中的法律问题研究

董小龙 郭春玲 陈 岩 王 瀚 刘丹冰

丁 军 魏鹏娟 张恩利 郑 璐 李国华

运动员商业活动是体育运动发展与市场经济发展相结合的产物。进入20世纪90年代以来，随着我国经济体制改革的进一步深化，体育市场的高度商业化，运动员商业活动进入了新的发展阶段。由此带来的运动员商业活动的频繁，公众对体育明星的追捧，体育经纪行业的推波助澜，引发了运动员管理及商业价值开发等方面一系列亟待解决的法律问题。从法律社会学的角度而论，表现出了经济结构与社会法律现象之间存在的现实而又极为密切的复杂关系。

一般来讲，运动员参与商业活动大致有四种：一是运动员与用人单位（如俱乐部）之间形成劳动关系，提供劳动，获取劳动报酬的活动；二是运动员以劳务的形式参与具有商品属性的体育竞赛、体育表演等活动；三是运动员利用自身的价值参与其他行业的商业活动，如作商业性的广告、形象代言人、主持人等，通过市场交易行为，直接为自己赚取回报；四是在役运动员自己直接投资经商活动。今天，运动员的商业活动使体育与经济从未像现在这样被紧密地结合在一起，如何保证运动员的商业活动与运动训练的协调发展？如何使运动员商业活动有序开展，什么利益关系才是平衡的、公正的？如何使社会财富能够在法律规定的范围内合理分配？在今天利益多元化的社会，这些问题显然是十分重要而且极其现实的。

一、概念界说

在体育市场化、产业化、商业化高度发展的背景下，运动员作为一个特殊的社会群体的社会地位发生了较大的改变，其社会影响正不断扩大，越来越成为现代社会公众和传媒的聚焦点。在日益活跃的运动员商业活动中，其行为十分复杂，影响因素众多，表现形态各异，其作为体育公众人物，商品化使得他们直接或间接地换取金钱，甚至毫不掩饰地明码标价出售，基本形成了为产品的生产、发布和消费的完整体系，在一定程度上对活跃我国商品经济和体育市场起到重要作用。运动员的商业活动的目的性很强，实际上就是一种营利性活动。

关于运动员商业活动的概念，目前国家相关法规政策性规定中均未作出明确的解释，理论界和实务部门也没有形成统一的认识。我们认为，运动员商业活动应有广义和狭义之分，广义的运动员商业活动是涵盖了所有体育运动内容，因为体育本身就是一项巨大的商业活动载体。我们仅从狭义层面对运动员商业活动尝试作如下界定：运动员商业活动是指法人、社会组织、个人（自然人）利用运动员的自身特定身份和社会影响，在运动员职业范围外进行的营利性活动。

具体表现为如下四个方面的特征。

1. 主体广泛性

参与运动员商业活动的主体可以是法人、社会组织和个人（包括运动员自己）。凡具有权利能力和行为能力的自然人都可以从事商业活动，无民事行为能力人或限制民事行为能力人从事商业活动应由法定代理人代理。依法成立的有从事经营性活动资格的法人均能成为运动员商业活动的主体，如一些企业法人（公益性除外）、甚至一部分事业法人。国家是国有资产的所有者，依据法律规定，由其授权投资机构和部门投资于企业，从而获得主体身份。

2. 利用运动员特定身份和社会影响

身份一般是自然人在亲属关系以及自然人、法人在亲属法以外的社会关系中所处的稳定状态地位，并且给予该地位所产生的与其人身不可分离的某种利益。民法意义上的身份具有以下属性特征：特定性，是特定社会关系中的地位表现；稳定性，是相对稳定的社会关系中的地位表现；利益性，表现为某种利益，即某种支配性利益，不同的身份意味着不同的利益。身份权是民事主体基于特定的身份关系所产生的，为维护民事主体的特定身份利益所必需的人身权。随着人类社会的进步，文明程度的提高，身份权的范围越来越广泛，包括以平等为基础的配偶权、亲权、亲属权。近些年来，随着知识产权制度的发展，亲属法以外的其他身份权产生，身份权突破了原来的范围。我国《民法通则》《著作权法》《专利法》《商标法》等法律对公民、法人所享有的著作权、专利权、商标权等知识产权作了较为系统的规定。作为一类民事权利，知识产权具有双重属性，一方面，知识产权是一种财产权，通过转让、出版、生产等环节获取经济上的利益；另一方面，包含人身权的内容，这种人身权的享有，以创造知识产品的人的特定身份为基础，属于身份权的范畴。身份权是运动员商业活动的主要载体之一，具体属性表现为权利主体的特定性、程序性、地域性，如运动员的肖像权、姓名权、荣誉权等人格权。

运动员可以靠其社会知名度和社会影响力（运动成绩、活跃度、知名度、美誉度等要素的集合）参与商业活动，尤其是明星运动员因其在体育领域的巨大贡献产生的社会影响极大，靠个人的名气和光环效应具有特殊的社会影响力和信任度，公众通过对明星运动员的喜爱而选择他们做广告或代言的产品，产生巨大的商业利益。今天运动员的知名度和社会影响力是运动员从事商业活动的主要支点。

3. 从事营利性活动

所谓营利性，是指行为主体的行为目的在于营利，而非公益或其他，营利性可以说是商业行为的出发点和归宿。商业活动的根本特性就是在于营利性，实际上就是通过商事交易而谋取超出投入资本利益及追求资本升值的目的性。营利目的以公司形式最为典型，公益机构、宗教机构、政治组织都可能从事经济活动，但都不得以营利为目的，因而其行为不是商业行为，所从事的活动不属于商业活动。营利目的就是区别商业行为与非商业行为的关键。营利目的属于行为主体的内在意思，从理论上看，商业行为作为一种以营利为目的的行为，着眼点在于行为目标，仅指该类行为主体的一般行为目的，而不在于行为的结果。而事实上能否实现营利并非判断商业行为成立与否的依据。因此，运动员商业活动的行为目的就是营利，不表现为指导人们如何利用运动员营利，是否能够实现营利结果，而在于以法律制度构建自身营利的统一有机体，或者以法律制度规范以营利为动机的商业行为。

4. 职业范围外

这里的职业是指运动员与运动队、俱乐部的职业劳动关系。劳动关系的"职业"与职业体育中的"职业"含义不同，后者是与运动员的专业技能、运动成绩紧密相连的，前者主要是指运动员与用人单位之间建立的一种劳动关系或雇用关系（劳务关系）。依据我国《劳动法》的规定，劳动关系是指劳动者与用人单位之间，为实现劳动过程而发生的一方有偿提供劳动力，另一方有偿使用劳动力的社会关系。劳务雇佣关系是受雇人利用雇用人提供的条件，在雇用人的指示和监督下，以其劳动行为为雇佣人提供劳务并获取报酬的社会关系。2003 年 12 月 4 日，最高人民法院《关于审理人身损害赔偿案件适用法律若干问题的解释》中指出，体育雇佣关系在本质上也是一种劳动关系——在运动员（受雇方）、用人单位（雇用方）之间由运动员提供竞技能力或运动成绩，用工单位则以工资、酬金等形式支付报酬。

运动员商业活动中的行为主要是指在运动员与用人单位的劳动关系的职责以外，利用运动员从事商业活动或运动员自己直接从事商业活动的行为。其所涉及的职业范围排除了劳动关系，如运动员作为运动队或者俱乐部的员工代表运动队或者俱乐部对外从事营利性的体育比赛、体育表演等商业活动；也排除了运动员作为商事主体直接参与企业、公司的经营与管理，从事经营性的商业活动。这类行为属于商事行为，由商法、公司法、企业法等法律规范管理，是典型的商法范畴。

二、我国运动员商业活动的发展进程

（一）十一届三中全会以来，运动员商业活动初显端倪

改革开放以前，我国由于实行高度集中的计划经济模式，产业结构单一、生产力水平较低，为了发展经济，稳定社会，增强全国人民的凝聚力，在体育管理体制上实行的是"举国体制"，这一时期运动员的管理完全是按照国家的有关政策性规定执行。十一届三中全会召开，实行改革开放以来，国家在经济体制改革的同时，也对传统体育事业管理体制进行了探索性的改革，但是举国体制依然是我国体育事业发展中的基本体制，体育产业的发展受到一定的影响和限制，传统的体育管理模式仍然是对运动员的全权代理，运动员的培养费用由国家承担绝大部分，相应地国家对运动员也就享有了绝大部分的支配权，国家在体育事业发展中居于最高的权威地位，具有主体的唯一性。

这一时期，随着改革开放，体育对外交往和体育赛事越来越频繁，由此，运动员的商业价值凸现，运动员的商业活动初显端倪。为了规范管理，作为体育最高行政管理部门的国家体育总局（原国家体委）在此方面制定发布的相关法规、规章有 5 项（至今依然有效的有 4 项），各运动项目管理中心又结合各自项目的发展与管理情况具体制定了相关办法，地方性相关管理法律法规几乎为空白。由于体育体制性因素，以及体育发展的实际，国家凭借其在这一事业中的权威主体地位，对运动员的商业活动管理极其严格，运动员要从事商业活动，必须征得国家主管部门的同意。如，1989 年国家体委发布了《关于国家体委各直属企事业单位、单项体育协会通过体育广告、社会赞助所得的资金、物品管理暂行规定》，该文件对体育广告的内容范围、各直属企事业单位均做出了明确规定，对通过体育广告、赞助等获得的收入，该文件第 4 条规定如下："凡直

属公司、企事业单位和国家体委各司、各单项体育协会合作，向国内外组织的重大赞助、广告活动，以收抵支后的纯收入，按5：5分成。特殊情况的，双方另作协商。"第10条规定，"个人从体育广告、赞助活动中获得一般性奖励和劳务性收入的，应按《中华人民共和国个人收入调节税暂行条例》的规定处理。"此项规定实际上已经对运动员获得商业活动的收益做出了比较具体的比例分配。同时也应该看到，国家对运动员的商业活动也开始积极引导，并注意运用相应的法律法规来进行适度调节，在一定程度上促进了运动员商业活动的发展。

（二）党的十四大确立社会主义市场经济体制，运动员商业活动快速发展

1992年，邓小平同志南巡讲话后，党的十四大确立了社会主义市场经济体制的改革目标。1993年，党的十四届三中全会通过的《中共中央关于建立社会主义市场经济体制若干问题的决定》引领中国经济体制改革进入一个新的阶段，我国的体育事业发展从此进入崭新的发展时期。1993年4月，国家体委在《关于培育体育市场，加快体育产业化进程的意见》中指出，培育和发展体育市场是实行体育产业化的根本途径，提出体育要面向市场、走向市场，以产业化为方向。继而"举国体制"的内涵由单一的"计划"向"计划与市场"相结合的多元化方向发展。随着我国竞技体育的产业化进程加快，运动员从事商业活动的内容主要集中在作广告或冠名产品等方面。例如，1993年，马家军为"中华鳖精"作形象代言人，带动了保健品市场的上升；1997年6月，范志毅为阿迪达斯拍了一个广告片，得到了13万美元；1998年，郝海东的广告收入已达300万元人民币；90年代末，乒乓球运动员王楠出任金莱克品牌形象代言人；1999年，安踏聘请了乒乓球世界冠军孔令辉作为品牌形象代言人；2000年，杨晨共接了5个广告，可口可乐、彪马运动服、雪花啤酒、三元牛奶和吉利金霸王；伏明霞作的广告包括营养液、手机、运动鞋和饮料，其中以雪碧广告的影响最大。到2000年底，随着国家初步建立社会主义市场经济体制，公有制为主体、多种所有制经济共同发展的基本经济制度的确立，全方位、宽领域、多层次的对外开放格局的基本形成及其实践，我国体育市场发展问题成为一个热点。随着市场经济体制改革的纵深发展，运动员的商业活动得到了快速发展。

这一时期的体育事业发展为运动员的商业活动提供了更大的机遇，从国家的一系列法规及政策性管理文件中，我们可以看到国家对运动员商业活动管理思路的变化。国家体委于1996年先后发布了《社会捐赠（赞助）运动员、教练员奖金、奖品管理暂行办法》《加强在役运动员从事广告等经营活动管理的通知》，其中在《加强在役运动员从事广告等经营活动管理的通知》中特别规定：在役运动员的无形资产属国家所有。这两个相关规范性法律文件的出台，旨在规范和引导运动员商业活动中的行为，加强运动员商业活动管理。1998年，国家体育总局又发布了《关于重申加强在役运动员从事广告等经营活动管理的通知》，对运动员从事商业广告的收益分配又做出了重新调整：经营收益按不低于70%奖励运动员、教练员及其他有功人员，其余部分留作单项体育协会发展基金。在上述几个规范性文件规定中，从运动员的无形资产归国家所有，到对运动员经营收益分配比例由1989年的直属公司、企事业单位和国家体委各司、各单项体育协会各50%调整到不低于70%奖励给运动员、教练员及其他有功人员，这样的变化实际上是国家对运动员商业活动的有力支持的体现，为运动员从事商业活动提供了优惠

条件，为运动员的个人发展、国家体育事业的发展带来了活力。

在运动员商业活动快速发展过程中，由于运动员参加商业活动频繁，获取的收益大幅度提高，产权不清问题暴露出来，出现了不规范的运作及由此引发了一些争议。主要根源在于市场主体利益最大化需求与旧的管理制度不协调，运动员商业活动中出现的利益碰撞越来越突出，国家对运动员的活动进行全面管理，运动员一旦进入国家队便在某种程度上成为"国有资产"，运动员与国家的关系千丝万缕。国家通过这样的规定实际上旨在获得运动员无形资产的产权，实现对运动员的人格标识的商业利用，最终获取国家利益的最大化，这样做主要是从国家是竞技体育中的唯一投资主体的背景考虑。但市场经济价值取向引导运动员积极从事商业活动，追求个人的最大利益，逐步成熟的市场环境也为运动员商业活动提供了巨大的平台。个人利益和国家公共利益的平衡发展是这一时期国家与社会广泛关注的问题。

（三）2001 年加入世贸组织，运动员商业活动国际化发展

2001 年 12 月，中国正式加入世界贸易组织。从争取加入世贸组织，到加人之后遵守其规则，从政企分开、转变政府职能，到打破垄断、鼓励民间投资，其中的每一个理念、每一项措施都推动了中国经济体制向市场化迈进的步伐。我国体育事业的发展在这样的进程中不断推进。在与国际体育组织的紧密交往中，我国运动员商业活动的内容、模式等正逐步向国际化发展。2002 年 11 月，党的十六大提出了全面建设小康社会的宏伟目标，并把建成完善的社会主义市场经济体制作为实现这一目标的重要内容。在这一要求下，体育市场的繁荣和发展为运动员从事商业活动提供了条件。运动员商业收入的来源更广，呈广告代言、赞助、商业比赛奖金、商业活动出场费、运动员个人品牌投资收益等多样化趋势。

在这一时期，国家对运动员的管理作了进一步规范，国家体育总局于 2001 年发布的《国家体育总局关于运动项目管理中心工作规范化有关问题的通知》中，做出进一步调整：原则上按运动员个人 50%、教练员和其他有功人员 15%、全国性单项体育协会的项目发展基金 15%、运动员输送单位 20% 的比例进行分配。运动员基本上可以获得其商业收入的 50%，其余部分由管理中心、教练员、地方体育部门也获得了一定比例的分配收益，运动员个人的收益分配比例得到了更大幅度的提高，应该说这一分配制度兼顾了各方的利益，考虑到了我国运动员的运动寿命问题和运动伤病的现实情况。可以说国家体育总局在关于运动员从事商业广告的收益分配上已尽可能地关注和均衡各方利益，但对于上述文件中的分配比例，以及获得收益的主体多元，目前依然存在争议。

入世后，随着我国体育文化对外交流与合作的广泛发展，运动员商业价值开发无论给个人，还是给国家、社会均带来巨大的效益，伴随而来的争议增多，对运动员的商业价值开发出现了四种模式。

（1）协会打包

中国体育行业协会全权负责，费用来源于国家财政的全力支持——运动员的商业开发纳入中国体育行业协会管理的范畴。运动员个人没有经纪人，其商业活动全部由协会全权代理。协会由此扮演了组织运动员竞赛和充当运动员商业活动开发经纪人的双重管理角色，包括代言产品、拍商业广告等活动。以三方协议的形式规范运动员行为，包括商业利益的分配原则和方案，也包括很多限制性的条款，如出现兴奋剂、毒品和道德问

题等其他负面影响后的问题解决，协议既兼顾了各方利益，又考虑了运动员的商业利益最大化。

（2）自主经营

费用主要来自于家庭和固定的商业赞助，具体商业活动由经纪人代理，在收益分配方面也是简单地由运动员与经纪人约定分成比例。

（3）共同培养

出资人与项目中心签订共同培养运动员的协议，获得比赛奖金、广告收入的同时，向国家有关部门交纳一定的管理费用并接受管理。

（4）团队管理——典型的市场化运作

费用主要来源于工资加广告费，由专业性团队进行专门管理。

这四种模式是当前我国运动员参加商业活动的主要模式，鉴于举国体制是中国特色，协会打包模式对于运动员参加商业活动有着积极的借鉴意义。自主经营模式有其自身的特殊性，而且其培养成材道路也具有一定的偶然性，因此其推广的意义和空间是有限的。团队管理模式无疑为将要踏入国际舞台的中国运动员提供了一个很好的范例，在这种模式下，运动员的合法权益将会得到更大程度的保障。

在体育运动国际化发展的今天，在规范运动员的商业活动中，也出现以下几个方面的问题。

（1）体育经纪人的选择权问题

体育经纪人是一个专业性很强的工作，一个经纪人要了解相关的法律，熟悉谈判以及最后签订合同的整个流程，还要考虑对运动员形象的影响，同时，还要遵循国际规则。目前，国家体育管理部门没有建立完善的体育经纪人制度。在我国，由于运动员的商业价值大部分与国家队的商业价值是重叠的，哪些应该归国家队所有，哪些可以由运动员自行使用，具体操作的方法和程序是什么，现在很多运动员，包括各运动项目管理中心都不是很清晰，这就需要体育经纪人来完成相应的工作。北京体育大学任海教授认为："管理中心本身是一个负责培养运动员的行政机构，如果让他们既要管理运动员，又要负责运动员的商业开发，这势必会在监督机制、利益分配等方面产生问题。奥运冠军们需要一个相对更加独立的机构对其商业价值进行专业化开发。"由于我国运动员身份的特殊性，使得体育经纪人制度在我国推广还需要一个过程。以国内最早开始实行职业化改革的初步建立起足球经纪人制度的足球项目为例，已经有数十人通过中国足球协会足球经纪人资格考试，取得足球经纪人执业资格，对足球项目的健康发展起到了推动作用。由于受到我国足球竞技水平不高的制约，足球职业联赛在球员转会等方面实行摘牌制度的影响，运动员转会的自主性较低，球员在俱乐部间的流动性减小，无形中压缩了足球经纪人的业务市场，运动员的商业开发价值较低，足球经纪人的工作重点主要集中于中国球员的留洋事宜和为国内俱乐部提供外籍球员。可以看出体育经纪人在运动员商业活动中的作用没有发挥出来。

那么，国家能否充当运动员商业活动经纪人？运动员能否自行选择经纪人？不管是国家出台的体育法还是相关法规政策性文件均未做出明确的禁止性规定。在市场经济和法治化发展进程中，既然依据宪法精神没有明文禁止，运动员自主选择经纪人就应有其合理性。但不论是个人充当运动员经纪人，还是国家、社会组织投资的机构或部门充当运动员经纪人，均需要在监督机制、利益分配等方面建立相应制度，使经纪人代理运动员商业活动规范化、透明化，避免双方产生不必要的争议。

(2) 运动员不平等工作合同问题

在实践中，运动员与工作单位之间签订的工作合同中往往规定，俱乐部拥有运动员集体及个人肖像、电视、新闻采访、音响、服装广告等传播媒体的权利，但是在合同中却没有支付运动员人格标识使用费用的规定，而且合同规定运动员须服从俱乐部的安排，在任何情况下不得违背此合同的规定。可见，俱乐部通过自己的优势地位，与运动员签订合同时的不平等，甚至是违法的，不符合我国民法和劳动法等的相关规定，侵害了运动员合法权益，与依法治体精神是背离的。

(3) 运动员商业活动的统一管理问题

到目前为止，国家体育管理部门关于运动员商业活动的相关文件内容，主要集中于对运动员参加商业广告活动的规定。事实上国内运动员的商业活动除广告外，还包括出席商业仪式（剪彩、发布会等）、商业慈善活动，参加商业比赛，出席商业性娱乐节目（颁奖晚会、歌友会、娱乐访谈节目等），加盟影视歌娱乐界等诸多内容，国家体育有关部门对于运动员参加这些活动并没有出台具体的管理办法和规定，对运动员商业活动的监督管理上存在着空白和漏洞。由于缺少统一规范的管理办法，各运动项目管理中心在对待运动员参加上述商业活动时的态度并不一致，由此产生不同的处理结果，从而使得一些运动员感到无所适从，无规律可循。

三、国内外运动员商业活动比较研究

(一) 国外运动员商业活动现状

1. 国外运动员商业活动的概述

运动员商业活动与体育商业化是密不可分的，特别是职业体育形式的出现更使运动员商业活动表现得日趋复杂和多样化。因此，我们必须先从体育的商业化开始，逐步发现运动员商业活动的历史演进。

国外对运动员商业活动的界定是明确的。从目前的相关资料看，主要是指，凡是合法登记注册的运动员（包括业余运动员和职业运动员）所从事的任何商业活动（不论是否与体育有关）都可被看做是运动员商业活动。这里，一般认为参加职业比赛和商业比赛是当然的运动员商业活动内容，包括职业体育活动和利用业余时间从事的一切商业活动。

国外运动员商业活动的内容、范围十分广泛，几乎涉及整个社会各个领域商业活动的方方面面。具体包括：(1) 广告（代言、肖像权的许可）；(2) 商业赞助；(3) 商业仪式（剪彩、发布会等）、商业慈善活动；(4) 体育商业比赛；(5) 出席商业性娱乐节目（颁奖晚会、歌友会、娱乐访谈节目等）；(6) 加盟影视歌娱乐界等（涉足歌坛、影坛）；(7) 职业体育比赛（转会、租借、训练）(8) 经商；(9) 投资入股、炒股；(10) 自身比赛广告、经营代理授权等。可见，运动员商业活动涉及了体育、经济、文化等领域的各个方面，通过经营、代理等多种形式直接或间接从事营利性的活动，体育商业化十分显著，商业活动十分活跃、自由。

2. 国外运动员商业活动发展背景

一般认为，在西方国家，体育作为一项产业起源于英国，而美国是目前世界上体育商业活动最为发达的国家。因此，有必要以这两个国家运动员商业活动为研究对象，重点探讨西方发达国家运动员商业活动的发展规律与开发模式。

就英国而言，真正的大众体育商业活动在公元16世纪之前仅仅是贵族等上流人士以私人赞助的形式支持业余体育俱乐部从事体育运动。从16、17世纪开始，随着商品经济的发展，新兴的资产阶级推动生产力空前发展，人们有更多的财力、时间追求更高层次的娱乐消费。在一些商人的推动下，体育表演作为一种商品进入市场，进行交换，原来的"乡村体育"和"绅士体育"逐渐转变成了商业性体育。进入19世纪后，社会大众通过消费来赞助体育逐渐取代了过去私人赞助比赛（私人慈善事业），意味着规模化和组织化的商业比赛大量产生。这一时期，商业体育俱乐部大量出现，职业运动员产生了。由于市场经济的相对不成熟，社会需求不大，媒体宣传不发达，广告仅仅局限于报纸杂志等平面媒体，不太可能突出运动员个人魅力，这一时期主要是靠销售门票维持俱乐部运转和保障运动员的收入，商业体育尚不发达，运动员的商业活动受限制。20世纪以来，巨大的市场需求推动体育职业化的迅速发展，体育比赛从商业化进入到成熟职业化阶段，吸引大额赞助成为职业体育比赛的最重要的收入，企业家也看中了体育广泛而有效的广告效应，纷纷利用明星运动员的特殊魅力代言其产品广告，借助多样的现代发达传媒手段，特别是电视广告出现，有力地推动了体育与商业的融合，从而获得巨大的经济回报，运动员的商业活动正式走上商业化的舞台。

美国的体育商业化发展也经历了同样的过程，即乡村体育(农村体育、民间体育)——商业化体育（城市体育）——职业体育（资本体育、电视体育）。可以说在西方资本主义国家，几乎所有的体育运动项目都可以进行商业化运作和管理，其中职业体育是商业化运作的最高和最普遍的形式，运动员的商业活动在这时得到了最大限度的发展和丰富。

总之，从英国和美国的运动员商业活动的发展来看，无论是商业体育还是职业体育，他们的发展都是建立在高度市场化的商品经济基础之上，在社会对体育有着巨大消费需求的同时，必然促进体育商业活动的大发展，作为体育运动中最重要的活动主体之一——运动员必然无可替代地成为这场商业化革命中最耀眼的明星。

3. 国外运动员在体育活动中的商业作用

现代高水平竞技体育赛事已经成为企业商品营销和形象宣传的绝好机会，而参赛运动员本身就是现代商业运作的最好载体，特别是一些优秀运动员由于受到观众和传媒的关注，在参赛过程中引人注目，从而成为各种赞助商和广告商的"宠儿"。事实上，我们经常在比赛中看到的就是运动员服装上各式各样的商标和印有冠名赞助商家的广告。由于现代体育涉及面广，传播速度快，震撼力强，具有其他社会现象难以抗衡的魅力，对人们生活产生着越来越深刻的影响。特别是体育与传媒的紧密结合，极大地增强了竞技体育的观赏价值和体育明星的榜样力量，也带动以体育竞赛和运动员为核心的体育广告业和体育赞助业的迅速发展。电视的巨大作用显然不止是几何式扩大了比赛的受众面，更重要的是利用电视的特殊传媒手段将运动员塑造成为比赛场上的英雄，这些优秀运动员作为最受社会关注的公众人物，其形象、业绩和社会声誉具有极佳的宣传效应，少数体育明星甚至成为体育迷心目中的偶像，其言行举止都受到崇拜者竞相效仿，运动员在体育活动中通过电视、广告等媒体带来了巨大的商业价值。

4. 国外运动员商业活动的开发

(1) 商业开发主体

一般来讲，国外职业运动员在自身商业开发中占有主导地位，具备相对独立的法律地位。大部分运动员自己投入、自己收益，即便是现役运动员也可以在劳动合同许可范围内自由地参加各种商业活动，并对所得合法收益具有自主支配权。这主要是因为国外运动员培养体制采用的是市场占主导的社会化运作机制：运动员利用各种社会资源对自己的生活、训练、比赛、商业活动负全责，包括聘请教练、租用训练设施、参加比赛和寻找合作经纪人各种支出等，都由运动员自己负担，运动员理所当然地取得了各项收益的支配权。也有一部分运动员是在大学、俱乐部，经纪人或经纪团体等法人及社会组织的挖掘和培养之下，结合个人的卓越天赋和后天的艰苦努力逐渐成名获利。换句话说，这些社会组织也参与了运动员培养的运作过程，也是投资主体之一，自然也要求相应的收益回报。对收益的分配方式应主要由当事人谈判协商，最终在当事人自愿的基础上通过签订合同来约定解决。该合同不得是违背当事人意愿的不公平的格式合同或终身合同，否则将受到法律的严格审查甚至被判定为无效合同。由于这部分运动员多是学生或业余运动员，与社会体育组织相比处于明显的弱势地位，因此国家和体育管理组织特别注意通过法律条款来保护他们的合法权益，使得合同到期后运动员能够取回自身收益的主导地位。

总之，国外运动员在体育商业活动中占有主导地位，有着较强的自我开发、自我管理、自我收益的市场经济意识，同时也在不同阶段和不同条件下受各种社会体育组织的影响与制约。

(2) 体育经纪人的作用

运动员的商业活动大致主要分为自身无形资产开发和有形资产的经营，其中绝大多数运动员依靠体育经纪人进行专业化的市场运作，对自己的无形资产进行完整、科学、可持续的商业开发。以美国为例，成功运动员的背后往往有优秀经纪人或经纪人团队的支持，凡是与该运动员相关的商业开发项目都由其具体负责。由于运动员与体育经纪人完全是私人代理关系，在运动员的合法授权范围之内，体育经纪人可以代理运动员的工作合同，帮助运动员管理繁杂的比赛日程、赛事收入、转会谈判、财务收支、社会活动、运动员形象开发、广告制作等事务；甚至帮助解决纠纷，参与解决体育活动和交往中出现的经济、法律等方面的事务，或提供咨询，同时他们将会从运动员的所得收入中获得相应比例的提成。值得注意的是，经纪人围绕运动员所进行的商业活动开发不能影响运动员的正常训练和比赛，这是一条非常重要的代理原则。运动员与自己聘任的体育经纪人在根本利益上是一致的，他们必须相互信任合作，以取得优异的竞技成绩为中心，合理高效地开发运动员的商业价值。由此看来，国外体育经纪人在运动员商业活动开发中往往扮演了最为重要和策划者的角色。

(3) 运动员商业价值开发的主要影响因素

①竞技体育成绩

从运动员所具备无形资产的价值看，无形资产的产生和市场价值的大小，从根本上取决于运动员的社会影响力和宣传效应。而其社会影响力和宣传效应主要是由运动员的运动成绩决定的。一般来说，个人的运动成绩愈优异，其拥有的无形资产的价值总量、市场开发的潜力以及交易的成功率也会愈大。所以，经纪人围绕运动员所进行的商业开发活动要以运动员参加的竞技比赛为核心，不能影响运动员的正常的运动训练和体育比赛。国际管理集团负责高尔夫球员市场开发的经理格尔·科尔说："我们的球员之所以能吸引商家，首先是因为他们的球打得精彩。我们的商业开发工作首先是要保证他们能保持良好的竞技状态，一切都要围绕这一目标，不能与之矛盾。"这点并不难理解，实践中最为多见的就是在举世瞩目的世界大赛中获得优异成绩的运动员占据了商业广告代言的主要阵地，从飞人乔丹带领美国篮球"梦之队"多次蝉联奥运会和世锦赛冠军到F1常胜将军舒马赫，无一不在各自体育领域中创造了史无前例的非凡成绩。他们的优异表现为其商业活动的成功开发奠定了坚实的基础，必然是广告商家竞相追逐的最大卖点。

②个人魅力（包括职业道德、社会声誉、商业形象等）

体育精神是运动员所应具有的职业精神和道德素养。敢于拼搏、不断进取、永远追求"更快、更高、更强"是奥林匹克精神的最高境界，而"公平竞争"则是竞技场上最起码的道德底线，两者相辅相成，有机统一。如果说运动员竞技成绩的优异充分体现了个人进取的职业精神，那么公平竞争则是运动员的基本道德要求。伴随职业道德而产生的职业声誉作为运动员一项特殊的无形资产必定会对运动员的商业活动产生影响。如果运动员的职业声誉受损，其无形资产就会迅速贬值，如1998年世界职业拳击争霸战中，拳王泰森因为咬对方的耳朵而被取消比赛资格，结果许多广告商当即决定中止与他的合同。至于服用兴奋剂等严重违反职业操守的违纪行为对于运动员的商业开发则是毁灭性的打击，可谓身败名裂。除此之外，运动员还必须想方设法建立和维护良好的社会声誉，从而获得相当的知名度和美誉度。在美国NBA打球的中国篮球明星姚明不仅会经常到当地的孤儿院和养老院看望、帮助儿童和老人，而且非常配合慈善机构的公益活动；我国非典时期，姚明以个人名义带动国内外体育明星和吸引来大批商家募集到大笔款项，全部回报给祖国和人民。毫无疑问，大众的审美价值观是商业广告不得不考虑受众的影响因素，像英国足球明星贝克汉姆和俄国网球女选手库尔尼科娃有着与生俱来的明星气质形象，必然是炙手可热的天然的广告代言人。

③自身的商业兴趣与经营头脑

运动员除去聘请体育经纪人全权代理自己的商业活动以外，还会根据自己个人的爱好和兴趣主动参与到商业开发经营中去，从而获得更高的商业投资回报。澳大利亚游泳超级明星索普就不满足于商业广告代言，而是亲自参与了自己品牌内衣的设计和营销，并想方设法地利用一切公开场合不失时机地宣传其产品。在商业发达的美国，著名NBA篮球明星乔丹甚至在更早时期就凭借个人敏锐的商业嗅觉与著名体育服装厂商耐克公司签订了开发乔丹品牌系列运动鞋的合同，为此乔丹也成为了拥有个人运动鞋品牌的第一人，并成为当时世界体育界最为富有的运动员之一。

④体育经纪人的选择

对于运动员来说，选择职业素质超群的经纪人团队是其商业活动成败的关键因素。经纪人和团队都会凭借自己敏感的商业智慧为运动员制定安排合理科学的商业活动计划。《纽约时报》记者史蒂芬·杰瑟利透露，部分著名运动员甚至拥有几支不同的经纪人团队，他们分工明确，并为运动员制定严谨的商业和社会活动计划。总的来说，美国体育经纪人的业务活动从最早代理运动员谈判薪酬合同开始，到负责运动员的大小事务进而转向大型商业比赛的组织运作，包办企业有关体育投资的策划和管理，代理经营范围越来越广，因而产生了不同形式而各具特色的体育经纪人。姚明在美国的"姚之队"经纪人团队为其安排商业活动煞费苦心，并取得了良好的经济社会效益。该团队的主要负责人章明基说："我们必须得做一些市场调研才行，这样才能决定什么'牌'最适合姚明，以及姚明将以怎样的面目和形象出现在商业广告中。"那些希望通过与姚明签约来开发美国和亚洲市场的公司可能会在"姚之队"的严密把关之下望"姚"兴叹，"因为对于姚明来说，个人的形象显然比短期内很快获得一些商业收益更为重要。"在这里我们可以看到一个优秀的经纪人团队对于运动员的商业活动有着多么重要的意义。

⑤相关法律法规的管理规范

任何个人或团体都无法脱离法律规范的制约，运动员商业活动也不例外。众所周知国外市场经济发达的一些国家，政府干预运动员的商业活动是较少的，运动员的商业活动主要依靠体育市场自我调节，自我规范。当然，国外一些体育发达国家的运动员商业活动也不是疏于管理，而是有序进行、有序开展的，已经形成一套完备的适应市场经济体制的法律规范和管理制度，其内容涉及了众多的法律领域，例如金融法、劳动法、商标法、税法、联合会法、证券交易法规、反垄断法、破产法、许可证法和公司法等，对商业活动起到了切实的保障作用。此外，相关的体育法规体系也比较完善，例如1890年7月美国国家联邦的反垄断法《谢尔曼法》正式生效，1914年新的反垄断法《克莱顿法》、1932年《诺里斯—拉加蒂法》、1935年《联邦劳工关系法》、1961年颁布的《体育反托拉斯转播法案》、1998年国会通过的《柯特·弗勒德法案》等。

⑥社会道德习俗和公共利益

运动员作为社会关注的公众人物必须时刻注意自己的一言一行，因为他们不仅作为偶像受到青少年的崇拜和模仿，并时刻受到大众的监督与评论，更重要的是运动员自身行为在接受社会道德习俗检阅的同时，也与自身商业活动的开发有着密切联系。例如运动员作广告时应当考虑到社会评价的道德底线，拒绝一切违法犯罪行为，同时也不能与社会价值观相违背，否则可能被世人抛弃，运动员作为社会的公民，应自觉维护国家利益、民族利益，一切违背公共利益的行为是不允许的。

⑦特定群体的期望

这一影响因素较为少见，但是非常具有代表性。亚洲国家无论是足球运动员还是篮球运动员都以能加入欧美发达国家的职业联赛为荣，本国本地区的人民也因此而倍加关注这些国家的职业联赛，从而带动起世界范围内的体育广告赞助业。一位体育营销专业人士说："姚明非常适合成为那些希望打开美国华人市场的美国公司的形象代言人，同时对于那些希望借他来将触角伸向中国，以打开中国市场的公司来说，姚明也是非常理想的人选。"事实上，姚明加盟NBA就是该联盟打开中国乃至亚洲市场的绝佳棋子。日本的足球明星中田英寿因为在英超表现非凡，而为本俱乐部创造了巨大的商业利润。同时也正是在这种国人的特别期待之下，运动员自身的商业价值自然也是成倍递增。

（二）国外运动员商业活动的特点

1. 通过媒体建立和强化公众形象

运动员的声誉及宣传效应不能自发地起作用，必须通过大众传播媒体，与媒体联动，才能实现潜在的商业价值。在进行运动员的无形资产开发时，电视、报刊、杂志等媒体的宣传是必不可缺少的前提条件。通常媒体越先进，影响面越广，宣传效应越强，体育与其联动，创造的无形资产的产值就会越高。许多体育明星的经纪人都要定期为自己的委托人精心设计和制造与传媒接触的机会，以维持他们的明星效应。在美国，一些体育经纪人甚至在运动员刚刚开始其职业运动生涯时，就会教育运动员们如何建立良好的公众形象，并且积累与媒体有效沟通的经验。英国大陆足球经纪公司的总经理安德列·米尔斯说："在运动员经纪活动中，最关键的环节就是帮助运动员通过媒体建立公众形象。对运动员来说，媒体是一座蕴藏巨大潜能的矿山，需要我们这些经纪人和运动员一起去挖掘。"

2. 运动员与企业建立良好的伙伴关系

运动员无形资产的生命力在于资产能否有效地应用于企业经营，给企业带来良好的声誉，提高企业的知名度，创造超额利润，从而取得最佳的社会经济效益。从事运动员无形资产的经纪活动必须是让运动员与企业双方以支持和回报交换为中心，以支持换回报，以回报换支持，两者进行等价交换。双方必须是互惠互利、共同受益的关系。双方只有平等合作，精诚团结，同舟共济，才能实现双赢。耐克公司与乔丹的合作就是一个成功的范例。从1984年开始，美国篮球"飞人"乔丹就开始在国际篮坛崭露头角，耐克公司决定邀请乔丹作为公司的形象代言人，结果，这一创意取得了空前成功。尽管乔丹的球衣号码先后改过五次，每次相应号码的球衣售价不菲，但无一例外成为市场上的抢手货；自从他穿上了耐克公司的运动鞋之后，耐克运动鞋立马走俏，在美国运动鞋市场的占有率高达40%。耐克公司的销售额从1984年的7亿美元飚升到1997年的70亿美元，乔丹个人的经济收益也是逐年增加。

3. 奥委会积极面对运动员商业活动

发达国家的运动员培养大多是走个人投资、个人收益的路子，他们在进行商业活动的时候很少对国家负责，收益也很少和国家分成。以美国为例，奥委会工作的一切出发点和目的都是围绕运动员的。美国奥委会积极为运动员创造与企业合作的机会，鼓励赞助商在商业活动中更多地运用优秀运动员形象来展现体育运动魅力；认可运动员个人肖像权属于本人，在每届奥运会前，通过签署协议的形式，同意将其形象用于非商业用途，比如公益宣传。如果美国奥委会的赞助商希望使用运动员肖像进行宣传，必须征得运动员本人的同意，并支付一定的肖像使用费。当然，奥委会也对运动员参与奥林匹克商业开发做出了严格规定：所有运动员的任何商业机会必须由相应的单项运动协会和美国奥委会进行审查。如果不经事先的审查和许可，将会影响其当前和未来的参赛资格。所有这些保护和限制又都是为全体运动员和奥委会的整体利益服务的。在美国，除了职业运动员，其他国家队的运动员都由运动员营销部进行统一的商业开发和管理。有了这样一个专业的商务开发的机构，运动员的训练不仅没有受到不良影响，其商业开发也得到了进一步的规范。

4. 运动员商业活动内容广泛

国外运动员商业活动涉足领域十分广泛，只要不触犯法律，违背公共秩序和国家利益等基本原则，国家法律基本上不作特殊限制。主要活动形式包括：（1）产品广告。广告商利用体育比赛或体育活动直接宣传自己的产品或者在有关体育的传播媒介中做广告。这是体育领域中最常见的广告形式，一般多为生产与体育用品有关的产品的企业所采用。但随着体育步入人们的日常生活，与体育无直接联系的产品也开始借助体育大做广告。（2）体育赞助。体育赞助流行起来是在 70 年代以后，尤其是 1984 年洛杉矶奥运会以后，国际大型体育比赛筹集资金的一个主要手段就是广泛征集赞助商与合作伙伴。1992 年巴塞罗那奥运会获得的赞助近 5 亿美元，加上出售电视转播权的收入，一起构成了奥运会资金的最主要来源。（3）经营体育俱乐部。一些有实力的企业或企业家通过直接经营一家高水平的体育俱乐部来提高自己企业的知名度，从而达到广告宣传的目的。（4）冠名权及商业赠品。严格来说，这两种形式都可归结为体育赞助，但有一定的区别。前者是由一家广告商对某项体育赛事的名称进行独占，冠以广告商指定的名称，从而增强广告的效果，当然这种广告形式耗资也相对较大；后者是企业将自己的产品以免费的形式提供给运动员或体育团体使用以达到广告的目的。

5. 运动员商业活动具备完备的法律规范

国外，一些市场经济发达国家的体育发展经过长期的孕育和激烈的市场竞争，逐步地进入了市场化和商业化阶段，已经形成与市场经济相适应的完善法律法规体系，保障和促进了运动员商业活动的规范发展。以美国体育经纪人的法律规范为例，22 个州相继出台了内容、形式各具特色的法规对体育经纪人的行为实施有效的法律监管，例如《加利福尼亚米勒——阿亚拉运动员经纪人法案》《得克萨斯运动员经纪人管理条例》和《阿巴拉马运动员经纪人管理条例》等。美国各州的民事法规也从不同角度对运动员商业活动行为问题进行规范管理。有的州还为受到损害的学生运动员、学校提供此类案件的专门诉讼保护，宣告经纪合同无效、撤销经纪合同、要求损害赔偿等。

（三）国外运动员商业活动中常见的纠纷及解决

1. 运动员商业活动中的代理纠纷

现代社会分工正在趋向高度的专业化、复杂化，国外运动员职业生涯中相互支撑的训练、比赛和商业活动等大量的庞杂内容已不是个人能够轻易解决的问题。运动员本人只能专注于运动训练和比赛，对于商业活动的开发和运作，将不得不交给专业的体育经纪人代理，这样既保证了运动员的训练比赛的完整和效率，又拓宽了收入的来源，反过来又能支持运动员在训练比赛中的精力投入。事实上，国外体育经纪人活动已经开始全面渗透到运动员生活、训练、比赛、商业活动等方方面面，运动员与经纪人已经形成了密不可分的利益同盟。主体利益的高度关联性和交织范围的广泛性，必然容易导致纠纷的产生。国外常见的情况是体育经纪人利用自身掌握的市场信息资源，故意误导、欺骗自身法律知识欠缺的运动员签订不平等协议或不公平条款，从而损害运动员的合法利益。

2. 运动员商业活动中的合同纠纷

在运动商业活动开发中，合同是主体之间进行利益分配、相互履行约定的正式承诺，具有法律约束力。各方真诚有效地合作才能保证商业活动的双赢或多赢，无论运动员还是企业本身都有义务去积极履行合同约定的各项条款。运动员应该积极配合企业或商家做好商业推广、形象宣传等活动，保持良好的宣传形象，对企业负责；企业也要维护运动员正面健康的社会形象，不得在合同范围内侵犯运动员的商业利益。运动员与企业合作的商业纠纷多是发生在商业合作中的不切实履行合同的违约纠纷。

3. 运动员商业价值开发中的侵权纠纷

一般来讲，国外运动员与体育管理组织之间的商业纠纷较为少见，即便有纠纷也比较容易解决。因为国外运动员与体育管理组织之间的产权关系比较明晰，这是由成熟的市场经济条件决定的。在国外，运动员与体育管理组织通过签订比赛合同代表国家参赛，在完成比赛任务后得到国家相应的经济补偿和奖励。运动员代表国家比赛，并具有了国家队员的特殊身份，作为一种稀缺的资源，将会提升运动员的商业价值，因此国外运动员愿意代表国家出赛更多的是看中国家队由于吸引巨大的公众注意力所带来的商业价值。当然体育管理组织也需要借助运动员的商业价值，吸引更多广告赞助来维持该组织的生存与发展。体育管理组织与运动员一般是通过契约形式让渡彼此的权利，最终各取所需，实现双赢。实践中，运动员与体育管理组织之间经常出现的纠纷多是无形资产的侵权纠纷：既有运动员盗用体育管理组织的特殊标识不当得利，也有体育管理组织未经授权滥用运动员的肖像权、名誉权等。

4. 运动员商业活动中的收益分配纠纷

就国外大部分国家而言，在运动员商业活动中，充分尊重各当事人的意思自治，所得收益基于投资主体多元化，在分配上自主性强，主要是以平等协商契约关系为调整对象，主要原因是国外体育人才培养机制多元化。但实践中运动员身份的多重性，也出现一些纠纷。以美国为例，整个国家的竞技体育人才以学校培养为主：中学是培养优秀运动员的摇篮，大量的中学生通过多种形式，自发地开始早期运动训练，大学则是培养运动员的高级阶段，大学校园拥有良好的训练设施和高水平的教练员，为大学生运动员取得优异成绩奠定了物质基础。美国奥运代表团 80% 的运动员是从大学直接选拔出来的。这些优秀运动员兼备了明星和学生双重身份，在被动的商业开发中必然要遭遇高校体育组织的干预和管理，由此也引发了一系列商业活动纠纷。在美国，学生运动员不仅依靠学校的训练设施和教练科研人员进行训练，而且还有大学每年颁发的数额不菲的奖学金，凭借这笔钱运动员可以顺利完成学业和弥补日常的生活费用。由此看来，大学在运动员培养上支付了很大的投入。学生运动员在校期间进行商业活动应该经过学校的同意，并给予学校一定补偿。实践中，对于学生运动员与体育经纪人或企业私下组织的商业活动，学校限于相关法律规范的不完善，一方面是不赞成学生运动员参与该类商业活动，另一方面也站在保护学生的角度上避免运动员签订不平等的商业合同。

四、我国与国外运动员商业活动管理比较的法律分析

（一）国内外体育管理体制对私权的影响

1. 国外体育分权型管理体制对私权影响

一个国家的体育管理体制是实现体育总目标的基础，国家体育管理体制的差异直接导致了运动员商业活动管理思路和管理手段上的不同。现代社会中，体育领域内的权力和利益通常归政府或社会（以各种社会体育组织为代表）所有，或者由二者分享。权力和利益的归属，直接决定了体育管理体制的性质和形态。目前世界各国体育管理体制以权力的集中程度为标准大致可分为集权与分权两大类，具体表现为三种形态：即政府管理型、社团管理型和准行政机构管理型。

80 年代末尤其 90 年代以来，世界一些国家积极地推进体育管理体制改革，改革的重点是调整政府在体育管理中的职能以及承担的任务，理顺政府与其他体育组织的关系，政府积极转变自己在体育管理中的角色，在管理方式上发生了根本性的转变。政府

采取的最主要的改革措施就是将决策与执行分离，政府将管理的重点放在强化政策投入、法规调控以及宏观监督管理的职能上，将执行的任务和其他管理职能尽可能地转移给体育社团。为此，政府积极培育体育社会团体，充分挖掘和发挥体育社团在体育管理中的创造性与积极性，形成了政府与体育社团密切合作的结合型管理体制。在管理任务上，中央政府将主要的政府拨款集中于能够在国际大赛中取胜以提高国家形象的竞技体育，其他任务主要由地方政府和体育社团承担。在西方发达国家体育管理体制改革过程中，大多数国家的中央政府仍然保留了体育行政机构，但规模大大缩小。90年代以来，国外体育管理体制改革呈现殊途同归的现象，目前，政府侧重宏观管理和政策投入，体育社团承担事务性工作。政府与体育社团协会相互合作、相互协调与支持的结合性体育管理体制，是国外体育管理体制改革的基本方向。在这种管理体制中，政府将决策权与执行权分离，其职能是"掌舵"，而不是"划桨"。政府一方面将自己不该管、管不了也管不好的职能移交给体育社团，另一方面则强化了法制化管理和宏观调控的职能。具体而言，政府的侧重点放在政策法规与体育发展战略的制定与实施、对体育的发展过程进行监督与调控、在不同的体育组织之间进行沟通与联络，体育的执行任务以及事务性工作则完全交由体育社团承担，形成了一个统分结合、各尽所能的高效率的体育管理机制，私权得到了充分的尊重与保障，并极大地促进了运动员商业活动。

2. 我国体育管理体制对私权的影响

所谓政府管理型体育管理体制是指中央政府设置专门体育管理行政机构，对全国的体育事业进行全面的调控和管理，在体育政策的制定和实施以及体育资源的配置上起主导作用，事务性工作主要由社会团体承担的体育管理体制。需要指出的是，几乎所有的国家，政府都在体育管理中发挥一定的作用，只是作用的程度以及作用的方式有所不同。这种体制的优点是政府在体育政策的制定和实施方面起主导作用，集中体现国家意志，整合一切社会力量，服务于政府总体体育政策目标的实现，有利于体育公共服务事业的推动；缺点是易于造成行业垄断，容易阻塞社会团体参与体育管理的渠道。在国外政府管理型体育管理体制中，体育的诸多重要管理领域往往分散于不同的政府机构，造成管理资源的浪费。在我国，政府管理型体制是中国特色。"举国体制"的发展与强化使得政府权力高度集中，政府直接采用行政方式实施从宏观到微观各个层次的全面管理。各种社会体育组织的作用发挥不够，成为政府管理部门的附属，政府习惯于采取指令的方式实施管理，常常把竞争看成是一种浪费和重复。政府对体育事业的垄断降低了体育服务的质量，不能满足公民多层次的体育需求，也容易滋生腐败和官僚主义。同时政府过多地介入体育事务性管理，容易限制体育社团参与体育管理的积极性和创造性，并造成其在经费上对政府的依赖。这种状况使得体育社团容易丧失自我生存、自我发展和自我造血功能，最终将严重限制体育的社会化发展。特别是在我国由计划经济向市场经济转变过程中，由于旧有管理思维的惯性，使得我国政府在体育管理中容易排斥市场机制，易于陷入大量不该管、管不了也管不好的事务性工作，使宏观管理职能受到严重的削弱。意识到这一点，我国体育行政管理部门于1986年正式开始了一场自上而下的管理体制改革，其改革的目标方向是建立一种政府与社会体育组织合理分权的结合型管理体制，实现国家与社会共管的新局面，从改革的实质看，是一种政府占主导地位的政府管理型体育体制。它的进步之处在于分权管理，即政府还自治权给社团组织，实现社团的自我管理。

3. 国外分权型体育管理体制对我国体育管理体制改革的启发

国外仍有为数不少的国家采用了以社会占主导为主要特征的准行政机构管理型和社团管理型体制。准行政机构管理型体育管理体制是指国家体育管理职能主要由准行政机构及体育社团承担的体育管理体制。尽管采用准行政机构管理型体制国家的政府也可能设立体育行政机构，但它只承担准行政机构主要领导人的任命和财政资助的职能，其他管理职能完全由准行政机构承担。所谓准行政机构是指由政府为完成特定管理任务而创立或接收的非常设机构。这类机构主要由政府提供经费去完成政府想完成又不便直接介入的管理事务。在管理上，政府一般制定专门的法规，明确规定这些机构的管理目标、责任、权力、工作任务等，属于此类体育管理体制的国家包括澳大利亚、英国、新西兰、西班牙、新加坡等。这种管理体制的特点是：第一，能够充分地体现政府意志。第二，由于采用了公司化的管理方式，有效地提高了工作效率。第三，准行政机构能够更有效地与各类体育组织沟通和合作。第四，准行政机构可以开展一定的体育经营活动。准行政机构管理型体制是对政府管理型体制的大胆革新，进一步分割政府管理的权力，以非政府常设机构的形式，建立起政府与社团管理权限的联结纽带。从这个角度上理解，我国现有的运动项目管理中心正是应该发挥这样一个联结作用。我国的特殊国情和对体育属性的不同认识使得这样的机制创新依然不能摆脱浓厚的行政色彩。

在社会团体管理型体育管理体制中，中央政府除对有关体育社团给予一定的经费支持外，不设立专门的体育管理机构，基本不干预体育的管理事务，充分保证体育管理的自治。国家体育政策的制定和实施、体育资源的配置以及体育管理工作完全由体育社会团体承担。属于此类管理体制的国家包括美国、意大利、德国、瑞典、挪威等。这种体育管理体制的特点是：第一，社团管理型体育管理体制根植于人们的体育兴趣与爱好，易于得到社会的广泛支持，有利于动员广泛的社会力量参与体育事务，充分发挥社会各界的积极性，真正体现社会各界的意志。第二，这种管理体制有利于促进体育产业的发展。社团管理型体育管理体制采用市场化的运行机制，使体育资源能够依据市场的机制得到合理配置，这最终有效地促进了体育产业的发展。第三，社团管理型体育管理体制在决策中体现了高度的民主。第四，在社团管理型体育管理体制中，管理工作主要由志愿者承担，这有助于培养国民的奉献精神。这种管理体制存在的明显不足是：由于各体育社团组织分别代表了特定的利益群体，再加上沟通与协作方面不够协调，很可能在体育管理的收益分配方面发生争端。应该看到采用社会管理型体育管理体制的国家均是市场经济高度发达的国家，自身又拥有良好的社会组织基础。由于市场经济高度发达，体育社会团体依靠市场手段可以基本满足体育发展的经费需求，更重要的是，国外的体育社会团体对体育实施高度自治的管理具有悠久的历史，已经形成了相对完善的管理体制及运行机制。而我国目前正处于经济体制转轨的过程中，市场经济迅速发展，各种法律法规制度不完善，经营管理理念和方法相对滞后，体育社团本身的生存和发展都是一个很大的难题，更何况促进体育发展、满足社会的体育服务需求。而另一方面，这种管理体制的形成也与各国的社会文化传统、历史背景及政治体制有关。在一些西方发达国家，体育被认为是个人的志趣和爱好，这种公民的私权利应该通过民间自治机构得以维护，而不应当受到政府的行政干预。为此，国外大多数市场经济国家都非常注重通过加强法律制度的建设保护公民的体育权利。立法的主导精神应是保护公民私权利，监督政府公权力的行使。防范政府公权力的滥用，主要依靠法律制度明晰政府权力范围，规范管理行为；同时政府自身也较少介入和干预体育的具体事务管理，主要是利用市场机制，通过政策法规和宏观调控等管理手段间接引导。

总的看来，相对于社会管理型体制而言，改革后的我国体育管理体制仍然表现出较为明显的集权特征，体育行政部门垄断了绝大部分体育资源——运动员、教练员的注册与流动，体育设施的建设和使用，高水平赛事的批准和筹办，甚至是各种国际体育交流等。体育行政部门下属的事业单位掌握了本应属于体育社会组织的体育事务管理权力。这种组织结构的设置是对体育民间自治的变异，是"大政府，小社会""强权力，弱权利"，使社会也失去了对体育事务的主导和参与，取而代之的是行政权力对社会生活的广泛渗透和控制。值得深思的是，运动员商业活动的难题在社会管理型体制下较少出现，即使有也能得到合理的妥善解决，这是因为他们认为体育来源于社会，服务于社会，其发展与变革是社会变迁的生动体现。体育社会化是体育的本质，是体育生存与发展的必由之路。在这种思路下，社会理所当然地获得体育管理的主导地位。一些国家的政府部门之所以被赋予体育管理职能，是由于国家是人民利益的总代表，代表人民行使管理体育的职能。从根本上说，国家行政权力源自于公民部分私权利的合法让渡。在此基础上，政府公权力的行使必然是以维护公民的合法权利为前提。国家与公民管理权利让渡的契约正是法律制度的起源认识之一，因此法律制度成为国家与社会权利义务分配的"协议书"，法律是解决一切纠纷的基础和最终保障。

（二）国内外体育管理组织体系比较法律分析

1. 国外体育管理组织体系法律分析

国外体育发达国家出于历史和文化的原因，特别是伴随市场经济的成熟发展，体育社会团体不仅有着坚实的社会基础，而且自身也有着很强的生存发展能力和较为完善的管理体制及运行机制。体育社会组织理所当然地取得了体育发展的主导地位。由于体育团体是合法登记的社团法人组织，其民间性便是国外体育管理的最大特征。体育社会团体不但可以具体地经营和管理体育商业活动，更容易作为市场经济的主体与其他平等主体一样遵守市场规律，依法推动体育事业社会化和市场化的顺利发展。在国外，运动员商业活动是一个纯民事的行为，牵涉到的相关利益主体也大多是平等法律地位的个人、企业、社会组织等，他们之间的利益纠纷完全可以在法律框架内解决。政府一般不会干预具体体育事务的管理，本质上这也是法律划定行政权力的行为禁区。针对政府与体育社会组织权力分割的困境，国外的成功经验是始终坚持法治化管理，运用合同形式实现分权。80年代中期以来，西方发达国家在向地方政府和体育社团分权的同时，努力调整中央政府与地方政府以及政府和体育社团的关系。目前在大多数西方发达国家，中央政府与地方政府的关系、政府与体育社团的关系都是法律关系，而不是直接管理关系，这种关系的重要标志就是政府侧重国家体育发展目标的确立，政府往往围绕自己的主要政策目标与体育社团签订协议，体育社团只有达到政府的政策标准，实现了政府为其规定的任务，才能获得政府的经费资助。这使得体育社团及其他体育组织能够充分发挥自己的优势与创造性，提高体育管理的整体效能。

2. 我国体育管理组织体系法律分析

我国的体育管理组织系统是由政府体育管理系统和社会体育管理系统两个子系统组

成的。政府体育管理系统是以各级体育行政部门为主体，政府其他行政部门下设的体育管理机构共同组成的行政管理系统。如各级体育局、教育部下设的体卫艺司等。社会体育管理系统是由从事体育管理工作的社会组织构成的。包括中华全国体育总会系统、中国奥委会系统、体育科学学会系统以及"工青妇"等群众性组织下设的体育管理部门。如此看来我国体育管理体制似乎具备了结合型管理的特征。实际上我国专门从事社会体育管理的组织机构不具备实质性管理职能，仅仅是以社会团体的形式挂靠在国家各级体育行政部门，其内部工作人员都是由国家指派的行政管理人员，这是典型的"一套班子，几块牌子"。体育体制改革以来，我国体育管理观念开始发生转变：政府由"办体育"向"管体育"转变，开始走向宏观管理。社会体育先行一步，政府部门实行部分权力转移，积极鼓励和引导民间社会团体自我发展，自我管理。与之相反，竞技体育的职能转变则较为迟缓，直到20世纪90年代以后，我国竞技体育的宏观管理体制发生了较大的变化。以运动项目协会实体化为目标，将以前有名无实的各单项协会逐步改组为具有法人资格的社会团体并负责各自项目的发展和主要业务管理。值得我们深思的是，所谓运动项目协会实体化并不应该仅仅是走表面的法律认定程序，自认为在民政部门独立注册获得社团法人资格，而管理权力没有发生转移或是变相收回的做法并不是解决问题的正确办法。《中华人民共和国体育法》第40条规定，"全国性的单项体育协会管理该运动的普及与提高工作"，如此看来，体育协会管理体育运动是得到了我国立法机关合法授权，作为行政机关必须依法将管理权力移交给体育社团自主行使，尽快减少运动项目管理中心存在的过渡时期。

3. 启示与思考

很明显，国外通过协议化这种法律形式来划分政府与社会的体育管理权力是值得我们学习和借鉴的。依法治国已经成为我国的基本治国方略，法律是我国社会主义市场经济发展的有效手段。我们不能总是习惯用行政的思维干预一切社会活动，包括像运动员商业活动这样的具体事务。发展体育事业不仅是国家的任务，更是社会的权利与责任，体育社会团体正是代表着社会的授权与期望，相信他们完全可以解决好内部成员的商业活动纠纷。

（三）国内外运动员商业活动管理行为法律比较

1. 国外运动员商业活动管理行为分析

现代体育和谐发展有赖于竞技体育和社会体育的有机统一，二者相互促进、相互发展。对于成熟的市场经济国家，体育产业化已经是一种普遍的社会现象。

国外由于不存在国家包办体育的历史，在运动员商业活动的管理方面基本采取不干预的态度。但是在代表国家队参加诸如奥运会等世界大赛时会与运动员签订赛事期间的商业活动管理协议，这是因为奥运会等大型赛事的主赞助商坚持的是广告排他性原则，当运动员个人的商业广告与赛会广告发生冲突时，运动员必须选择妥协，否则将不能参赛。尽管这只是赛事期间的暂时协议，但运动员也经常会因为陷入两难境地而发生纠纷，因为毕竟在世界大赛曝光是运动员最闪光也是最有商业价值的机会。虽然国内体育管理组织会给予一定经济补偿，但这与运动员长期以来的自我投入及企业商家大额的赞助费是不能成正比的。为了保护和平衡各方的利益，诸如美国奥委会就在其组织结构内下设一个运动员奥运会期间商业活动的经营和管理部门，它的主要任务是帮助运动员合法开发奥运会期间的商业价值，一方面通过专业的商业经营管理，与运动员联合开发奥运会的无形资源，为个人和奥委会双方带来双赢的利益；另一方面也可以解决运动员与奥委会各自在奥运商业开发中的经济纠纷和侵权纠纷。很简单的办法是双方签订协议，约定各方的权利义务，在合同有效期限内，共同努力，争取双赢。以上是国外在面临运动员与体育管理部门商业活动纠纷时解决问题的思路之一。重要的是合同协议的各方必须是地位平等，自愿签署。由于国外市场经济发达，发生的运动员商业活动纠纷多与职业体育的管理有关，因此在相关法律规范更多的是体现在专门的职业运动立法之中，以及与此相关的反垄断法。除此之外，更多是大量的规范体育经纪人的法律法规，而这正是国家通过立法对运动员商业活动规范引导的正确方向。分析国外体育管理部门现有的运动员商业活动管理行为，我们会发现除了国家的管理体制直接决定了管理的思维和模式外，体育管理部门设身处地为运动员着想，通过平等协商，进行体制内的机制创新和管理思维的转变也是很重要的。国外体育管理部门平等自愿的契约化管理理念是我国体育管理部门应该积极借鉴的。

2. 我国运动员商业活动管理行为分析

运动员商业活动在我国的发展非常迅速。由于社会各界对这一现象的不同认识，导致了体育管理部门在处理类似问题上面临着诸多的困难和巨大的压力。目前国内已经出现的几个运动员商业活动管理的典型纠纷，不但引起了社会的广泛关注，而且深深地击中了我国体育管理体制改革的要害，不积极妥善解决这一问题，未来的体育事业发展将面临一定的影响。

当前我国体育行政管理部门对于国家队运动员从事商业活动基本上采取的是不鼓励的态度，担心运动员因商业活动而耽误专业训练，影响比赛成绩，认为运动员从事商业活动必须经过运动项目管理中心和所在运动队的批准同意，而且运动员的体育经纪人只能由管理中心指定或代理。不容许运动员私下签署任何商业活动协议，否则将取消其国家队队员的资格。

目前体育管理部门大多针对国家队运动员的商业活动进行严格管理，一方面是因为这些运动员具有商业价值，更重要的是他们的一举一动关系到国家利益的实现。一般来说，国家队运动员的身份和使命决定了其必须将国家利益置于首位。什么是运动员对国家利益的贡献？一般人认为应该是运动员在世界大赛上取得优异成绩，为国争光，这也是世界各国对于体育实现国家利益的理解，各国体育行政部门基本上把这一目标作为管理活动的基本价值基础。我国体育管理部门一边要为国争光，实现国家利益；一边又陷入运动员商业活动管理纠纷之中。政府包办培养运动员与市场经济中多元投资主体、市场配置资源的法律关系不协调是问题症结所在。

五、我国运动员商业活动中若干法律问题分析

（一）运动员商业价值开发主体的法律地位问题

随着我国社会主义市场经济体制的建立与发展，以及现代商业活动对体育的渗透，越来越多的运动员开始走向市场，运动员的商业价值日益凸显，对运动员的商业价值开发已经成为必然趋势。特别是，随着我国运动员在国际赛场上的成绩突飞猛进，运动员尤其是明星运动员在市场中的商业价值充分体现出来，成为商业市场的稀有资源。但是

从总体而言，我国运动员的商业价值开发仍然停留在低水平阶段，众多的体育运动明星身后暴露出商业价值开发的巨大潜力，运动员的商业价值开发远没有实现社会利益与个人利益的最大化。这不仅是因为与市场经济同步的体育商业活动在我国尚处于发展的初期，同时也在一定程度上折射出由于法律规范的缺失，导致在有关商业价值开发的许多基础问题上存在着严重的障碍，影响了运动员商业价值的有效开发，减损了体育的社会效益和经济效益。

遵循市场经济规律和体育运动发展规律，研究探讨运动员商业价值开发中的相关问题，明确运动员商业活动中各利益主体的法律地位是弄清产权关系、管理体制和责任的基本点，也是实现我国运动员商业价值最大化的基本前提。运动员商业价值开发就是将附着在运动员身上的具有商业价值的特定资产通过市场进行交易的活动和过程。从法律角度来看，任何市场交易行为的前提条件是所交易的财产具有明确的产权归属，因此，正确认识国有财产、法人财产、私人财产具有平等的法律地位，不管是政府直接投资，还是社会投资，均应按照"谁投资、谁决策、谁收益、谁承担风险"的原则，对于理顺投资产权关系，确定合法的主体地位，优化投资资源配置，科学界定权利主体对物（利益）的支配标准和范围，解决由此产生的利益纠葛将有着积极的作用。目前，基于我国运动员的商业活动特点和体育管理体制现状，从不同的产权形态分析主体法律地位，对于厘清运动员商业活动管理，进行有效的商业价值开发是有现实意义的。

1. 不同产权形态对运动员商业价值开发主体法律地位的影响

（1）国有产权

新中国成立以来，与一些国家体育完全商业化的不同，我国实行的是专业运动员由国家集中培养的"举国体制"，体育事业一直被视为纯公益事业，在计划经济体制之下，体育高水平运动员的诞生一般都要经历这样一个过程：展现运动天赋→进入业余体校或者传统体育项目学校→进入省市体工队→成为国家队成员→在国际比赛中取得好成绩。大部分运动项目中，运动员的培养和训练依靠的仅是国家财政，他们的比赛、训练、装备、吃穿住、工资补贴等均由国家负担。一个国家投入大量人力、物力、财力培养出来的运动员，他的行为必然要服从于国家和社会的利益和需要，运动员接受了国家的培养投入，必然就要对国家、对社会承担相应的责任和义务，用运动成绩回报国家与社会。这一时期，运动员从事商业活动的现象非常鲜见，运动员的商业价值几乎无从体现。进入市场经济后，尤其是当运动员的优异成绩和由此产生的社会知名度作为一种无形资产产生经济效益时，国家及其他相关部门作为这种资产的主要投资者，完全有理由获得运动员商业活动带来的经济利益，国家和运动员个人之间的"利益分配"成为运动员商业价值开发时必须事先明确的问题。在权利与义务一致的原则下，基于运动员国家培养的事实，其商业活动带来的商业价值归属是明确的，国家在一定时期内对运动员的商业活动有控制与支配权，有对其商业活动产生的收益进行合理分配权，国家是当然的开发主体。

（2）混合所有制产权

改革开放以来，特别是社会主义市场经济体制的建立，我国对体育运动的投入也开始从一元化走向多元化。除了代表国家的体育运动项目管理中心，大学、体育俱乐部、企业，甚至个人投资办高水平运动队、培养高水平运动员的现象不断涌现。竞技体育的投入已经从单纯依靠国家的局面逐步转变为以国家为主导、社会各界积极参与的新的投资格局，调动了社会各界的积极性，大大减轻了国家负担。在这种多元主体投资格局下，围绕运动员商业价值开发的产权问题也出现新的类型。如90年代初以足球为突破口，我国竞技体育进行了重大改革，开始对部分项目进行职业化的尝试。1992年，全国足球工作会议后，各种形式的足球俱乐部在我国纷纷出现，我国竞技体育职业化的发展进入了一个重要阶段，同时也推动了篮球、乒乓球、羽毛球、排球等项目纷纷走向职业化道路。目前，我国职业俱乐部大多数由投资企业和有关体育管理部门采用不同的投资方式依照合作协议确定相应的投资比例，并以此为基础确定各自在俱乐部中的责权范围和法律地位，建立起了融合国家投资与其他投资方式的混合所有制产权投资形态。在这种形态下，基于投资方式和投资额度的不同，运动员商业价值开发主体共同行使开发权，共担风险，共同享受运动员商业价值的开发收益，并根据各自所占投资份额按比例进行收益分配。在这种产权形态下，国家体育管理部门与运动员商业活动的其他投资主体之间享有平等的法律地位。

(3) 法人或个人产权

市场经济条件下，社会力量投资办体育的模式日益凸显，除国家培养以外，社会、学校、家庭力量等投资出现的法人产权或个人产权形态呈现明显的增长态势。在实践中，正逐步打破传统"举国体制"的单一体育人才培养模式，由单纯的国家直接培养、国家投资培养向依靠社会力量投资培养，由专业培养向专业和业余结合、体教结合的方向发展。近几年，尤其是依靠社会力量投资培养运动员形成的法人产权或个人产权组织将是今后体育投资、运动员商业活动开发的主要形式。获得世界职业台球中国公开赛冠军的丁俊晖就是家庭投资体育取得成就的典范，在获得冠军之前，丁俊晖参赛、训练、生活、文化学习等所有费用均取自其家人与亲戚，属于社会力量投资竞技体育(包括家庭投资体育型)的发展模式。依市场规律，利用社会力量投资办体育，按照"谁投资，谁所有，谁受益"的原则，在运动员的商业价值开发中，各投资开发主体的法律地位是平等的。

2. 存在问题的原因分析

由于我国当前整个社会转型背景下的特殊情况，运动员商业开发所面临的产权形态类型多样，差异悬殊，特别是国有产权和混合制的产权形态下，由于投资主体的多元化，投资体制复杂化等历史原因，致使产权主体法律地位不明确，多个产权主体之间利益纠葛不清，从而引发一系列问题。这些问题的解决，不仅有待于我国政治、经济体制改革的进一步深入，也有赖于依法治体，建立与全面建设小康社会和体育国际化接轨的管理体制。

一方面，管办不分、产权不清，是主体法律地位不明的主要原因。

长期以来，我国竞技体育的组织系统表现为国家投资和国家管理的浓厚的行政色彩，高水平运动训练和竞赛由国家或地方政府体育职能部门统一管理，形成了几十年来我国竞技体育由国家包办的运作机制。虽然随着社会主义市场经济体制的建立，我国也在进行体育管理体制的改革，逐步弱化体育行政部门的干预，利用市场机制对体育资源进行重新配置，培育体育组织适应市场竞争环境的驾驭能力。但由于短时期内，我国体育行业还无法完全摆脱计划经济体制的影响，体育管理体制在构成上依然是两种体制并存，即一半是社会化的市场经济体制，一半是计划色彩浓厚的行政管理干预过多的体制。政府仍然掌握着大量的竞技体育资源，职业体育的发展对政府还有很强的依赖性。

国家各级行政管理部门建立的各级运动项目管理中心就是集管理与服务于一身的半政府、半社团性质的组织机构，各中心既对政府存在强烈的依附性，又承担所管项目的商业化运作，形成了新的政事不分。因此，在这种管理体制下，体育管理组织缺乏按市场规律主动开发运动员商业价值的意识和传统，在实践中也明显缺乏整体的长远的战略考虑，不少运动员的商业价值得不到合理、有效、及时的开发。而且由于与市场经济体制相适应的体育法律体系尚未健全，围绕运动员商业价值开发的产权问题没有得到清楚的界定，运动员个人的商业价值大部分与投资者的商业价值是重叠、交叉的，哪些商业价值应该归国家或其他投资者所有，哪些商业价值可以由运动员自行使用，具体操作的方法和程序是什么？不仅运动员，而且体育管理部门也存在模糊认识。这种投资主体不清、开发主体不明确、主体法律地位不平等的事实，必然引起社会广泛关注和争议。

另一方面，忽视市场经济规律和正当竞争原则、平等主体之间的契约缺失、管理手段滞后是运动员商业价值开发低水平的主要原因。

在市场经济成熟、经济发展与体育发展水平均较发达的一些国家里，运动员的投入主要是来自个人、家庭或社会组织，但是如果运动员在成长过程中接受国家的投入时，代表国家投资的体育组织或部门将通过契约的形式对运动员进行管理。按照当事人双方事前的合同约定，运动员个人会自愿放弃将来功成名就后可能获得的部分经济权益，更重视尊重市场规律和正当竞争的市场规则，平等协商，而不是由国家强硬地规定国家收取的比例，各投资开发主体地位平等性明显。

我国长期以来主要依靠行政手段对运动员实施管理，对运动员在服役期间应对国家承担的具体义务完全由主管部门说了算，对其从事商业活动如何进行规范，以及由此而产生的收益如何支配规定不具体，而且也只是主管部门单方面的规定，与市场经济的规则是不协调的。应该说，受市场的冲击，运动员除了具有竞技体育价值还具有商业价值，这一点，国家体育管理部门并非完全没有意识到，目前，大部分运动项目管理中心都设立了自己的市场开发部，积极进行运动员商业价值的开发，但它与国外的体育经纪机构有着极大的不同，因为在运动员商业推广过程中，运动项目管理中心市场开发部所起的作用首先是对运动员商业活动的监管作用。国家对运动员商业活动的管理主要还是依靠行政命令，有关运动员商业活动的制度性规定都是各运动员所属单位自己掌握，或是内部规定，在适用效力和普遍性上存在着很大局限性，这也是实践中难操作，容易引起国家、社会、运动员个人等利益主体纷争的主要原因之一。同时，各运动项目管理中心的大多数员工缺乏媒体协调、公共关系、品牌塑造、品牌营销等一系列市场运作的专业知识和经验，也缺乏对运动员的品牌管理意识，运动项目管理中心实际上是国家体育机构行政管理职能的一种延伸，远远不能起到最大限度开发运动员商业价值潜力的作用。

在实行职业化改革的足球、篮球项目中，大多数俱乐部在此方面并无专门的规定，运动员参加商业活动也无统一的规定，有些俱乐部在与运动员签订职业合同时，将运动员参加商业活动的相关内容和规定也写入合同中，并以此对运动员参加商业活动进行管理，运动员参加商业活动时更多的是与俱乐部进行口头协商。在实际操作中，运动员对自己身份认识模糊，对自身享有的权利认识不清楚。而作为管理部门虽然也开始尝试采用签订合同的方式对运动员的行为进行管理，但由于对运动员参加商业活动的管理方面缺乏前瞻性认识，往往在与运动员签订合同时忽略此方面内容。而且由于缺乏专业人员在充分了解市场规律的基础上具体负责运动员的商业开发，在目前运动员商业价值开发中仍存在着很大的盲目性，低水平开发、过度开发、滥开发的现象比比皆是。这种运动员商业价值的无序开发状态不仅影响了我国体育事业的健康稳步发展，造成许多不良影响，也引起许多不必要的争议，更忽视了运动员作为商业开发主体之一与国家具有平等的法律地位。

3. 明确主体法律地位是实现运动员商业价值的基本思路

(1) 转变政府职能，实现管办分离，明晰产权关系

市场经济成熟国家的成功经验表明，国有投资应逐步退出一般性竞争行业，因为在该领域内它是低效率的，将造成社会资源的极大浪费。随着计划经济向市场经济的转型，我国国有投资正在进行重要的战略性调整，体育领域也在加快职业化改革的步伐，对于那些能够通过市场运行方式提供的社会产品，国家应鼓励社会和民间力量的投入，并通过国家的宏观调控促使体育组织充分利用自身的管理系统，培育自我生存与开发市场的能力。

目前，我国政府职能和机构改革进一步深入，经济社会发展水平已显著提高，特别是入世的重大契机，使我国社会迅速从以强调集体权威为特征的义务本位社会向以强调公民自决为特征的权利本位社会转型，公民的权利意识高涨，各种维权诉讼案件日益增多，体育行业发展和运动员管理规范也应适应这样的社会发展背景。因此，充分引入市场机制，大力推动我国体育事业的发展，增强我国体育自身造血功能，是我国体育体制改革的目标方向。根据我国建立社会主义市场经济体制和社会主义民主政治的总体改革目标，需要对体育行政管理的政府职能重新定位，真正实现由政府"办体育"到政府"管体育"的转变，逐步改变国家体育管理部门对体育事务大包大揽的管理方式，逐渐退出培养教练员、运动员的领域，而应集中精力服务好公众和对体育进行宏观管理。体育行政管理部门应充分发挥市场机制的作用，将运动员的商业开发权分离出来，市场机制内能够解决的问题尽量不去干预，以实现政府职能简约高效。体育市场的参与者包括运动员真正找到自己在市场中合适的位置和角色，彻底分清各方的利益边界，明确产权关系，确立平等的主体法律地位，形成运动员商业价值的市场开发的良性机制。

(2) 完善的法人治理结构是运动员商业价值开发的有效路径

在市场经济条件下，挖掘和发挥运动员的商业价值，不仅要依靠市场的推动，更现实地取决代表国家投资的体育实体、具备敏锐市场眼光的俱乐部，积极主动地挖掘体育潜在的商业价值。这就要求政府在转变职能的基础上，进一步推行体育组织的改革，使体育组织形式逐步向着适应市场经济的现代企业过渡，彻底改变俱乐部或体育实体性质不明、产权关系不清、政企不分、法人治理结构不完善、法律制度不健全等缺陷，把职业俱乐部或体育实体真正建成适应体育市场发展需要的法人实体。通过界定各方的产权，实现各出资人共同分享收益和共担风险，实现国有体育资产的合理流动和资源优化配置，使我国的体育事业最终步入依托社会、自我管理、自主经营、自负盈亏、自我发展的良性运行机制，在这种权、责、利相统一的状况下，它们必然产生追求运动员商业价值最大化的强大动力，不仅有助于各方主体齐心合力地开发运动员的商业价值，也是解决运动员商业价值开发中利益纠葛的根本。

(3) 与市场经济体制相适应的契约化管理是实现平等主体法律地位的科学选择

由于短时期内，我国体育投资的多元化格局还将持续，对于完全或主要由国家投资

培养的运动员来说，其所凝聚的具有商业价值的无形资产，也是国有资产的重要组成部分。既然是国家的财富，如果任其荒废而被得不到充分挖掘，也是一种国有资产的流失。应当承认，运动员开发个人商业价值的意愿有其正当合理性，市场经济条件下，竞技体育的"举国体制"需进一步完善，走到讲究经济效益和尊重个人价值的轨道上来。从某种意义上说，能否承认并尊重个人价值是衡量一个社会文明程度的重要标志。在经济发展和商业对体育的渗透过程中，运动员的商业价值、竞技体育的商业价值都在日益凸显，开发运动员的商业价值既有利于解除运动员的后顾之忧，也有利于增强竞技体育自身的造血功能，减轻国家负担，这也是有益于体育事业发展的积极趋势。

由于运动员的商业价值是一种特殊的衍生品，在实际的商业开发中还涉及一系列具体的法律关系，在国家队、地方体育部门、运动员等多个产权相关主体之间，以什么样的方式明确相互的权利义务也直接关系运动员商业价值开发的成效，也是避免各利益主体纠纷的主要方面。要恰当地解决这个问题，相关体育部门应该以法治理，制定出更加规范、合理的分配和管理机制，兼顾各方面利益，调动各方面的积极性，不论是代表国家行使国有产权的体育管理部门或授权指定部门，还是社会力量投资者都应在平等的基础上，承认并尊重运动员的个人价值。在商业开发问题上，以我国的民法、合同法为依据，与运动员之间建立契约化的新型管理模式，以合同形式取代行政命令的方式来确定各方的权利义务。

（二）运动员商业活动管理的法律问题

随着体育事业的发展，体育社会影响力的不断增强，运动员的价值日益受到重视，运动员已介入到越来越广泛的商业活动中，出现了许多新的商业活动形式。可以肯定地说，运动员的商业活动是与我国市场经济体制相伴随的，作为体育与市场相结合过程中产生的一种市场行为，应遵循市场活动的一般规律，即由独立的市场主体按照价值规律和供求规律从事具体的商业活动。然而，现代市场经济又是一种需要国家干预和调控的经济，各个市场主体为追求自身利益的最大化，也会出现一些直接或间接损害国家、社会及其他市场主体合法权益的现象，引发一些法律问题，政府有责任和义务采取措施积极预防和主动解决这些市场运行中出现的问题，为市场主体的自由和公平竞争提供良好环境。而作为市场的主体，也应自觉遵守国家所制定的宏观调控政策和市场管理法规，在政策和法律的框架下实现自身利益的最大化。所以，在现代法治社会，遵循市场规律，对运动员商业活动的管理应采用间接管理的方式，特别要重视法律制度的作用，通过相关法律的完善对运动员的商业行为予以合理和必要的规范，将其纳入法治化的轨道。

我国运动员商业活动管理所面临的问题主要表现如下。

1. 垄断，尤其是行政垄断阻滞了运动员商业开发的市场化程度

受运动员的管理体制、产权不清等根本性问题的影响，特别是行政垄断的存在，严重制约了运动员商业开发程度，阻碍了运动员公平、自由地参与市场竞争，实现个人商业利益的最大化。

我国整个社会转型的大背景是行政垄断存在的根源。众所周知，我国的市场经济尚不成熟，正处于由计划经济向社会主义市场经济的过渡转型时期，是一种由政府推进型的市场经济。在体育领域，虽然市场经济的因素在不断增长，单一的"举国体制"也在逐步进行改革，行政垄断（包括地区垄断、行业垄断）作为我国计划经济遗留下来的特有现象对体育的影响深远，以行政为主导的管理模式还没有得到根本改变。运动员的商业活动本应是一种市场机制下的民事活动，却受到来自一些掌握垄断权力的部门的不当干预，运动员作为独立市场主体的合法权益的实现是困难的。如国家体育行政机关下设的各大运动项目管理中心和体育行业协会，其设立初衷是为了促进体育产业由政府主导向社会自治转变，从法律性质而言，运动项目管理中心是非政府机构，但事实情况却复杂得多，它们一方面在资源配置上享受着计划体制的便利，具有浓厚的行政色彩，另一方面又通过市场开发部和下设的公司直接从事体育产业的经营性活动，直接垄断运动员的商业开发权，造成以权力接管市场、权力经商等明显有违市场规律的现象。受各自部门利益的驱使，这些组织原本所担负的社会公益职能被极大地弱化，它们凭借"行政权力"，以及无偿占用社会资源的优势，在市场中利用垄断地位与体育赛事资源优势，不仅严重剥夺了其他市场主体公平、自由参与市场竞争的机会，也扰乱了体育市场自由竞争的公平秩序。这种管办合一、政企不分的管理不仅对运动员的商业活动管理毫无益处，在一定程度上甚至抑制了我国体育的产业化与体育中介行业的发展，限制了我国运动员尤其是优秀运动员在商业价值开发的程度，造成运动员商业价值利用的低水平和低效益。

市场垄断是制约运动员商业活动的又一重要因素。除了目前已引起社会广泛关注的体育行政垄断之外，在体育市场秩序还不规范的状况下，运动员商业活动也将受到来自市场垄断的阻碍。由于我国还缺乏适应市场机制的独立的运动员组织，运动员相比较职业俱乐部和其他市场组织而言，是松散的，在市场中处于弱势地位，因而出现一些组织或单位利用垄断的强势地位，与运动员签署不平等的合同或不平等的条款，非法侵占运动员的合法权益，剥夺运动员的合法权利，也是阻滞运动员商业开发程度的又一原因。

针对此状况，要使运动员商业活动在有效竞争的市场中形成公平竞争的秩序，就必须既有效地清除行政垄断行为，又能有力地规范和遏制市场垄断行为。特别是由于我国当前行政垄断的成因中兼有体制性原因和非体制性因素，需要采取体制改革措施和反垄断法措施并举的对策，通过经济体制改革来消除行政垄断赖以存在的条件的同时，并将其纳入即将出台的反垄断法的规制范围。

2. 体育经纪人制度薄弱，对运动员商业活动中介市场的发育是不利的

体育经纪人作为实现体育商业目的的重要中介，在运动员商业活动中有着无可取代的作用，这些市场专业开发人员的素质、管理状况也直接影响着运动员商业活动的深度、广度和开发成效。与我国现行的体育体制相关联，体育经纪人制度立法滞后，与运动员商业活动紧密相关的这一中介服务市场发展水平低，管理中存在诸多问题，不仅无助于运动员的商业开发，反而产生负面的影响。

由于没有全国性的统一的体育经纪人管理法规，实践中，不同地区、不同项目的体育经纪人的从业资格和职业标准不一，而且在缺少专门管理机关的状况下，管理松弛，存在着大量"灰色经纪人"，他们中的一些人缺乏基本的职业操守和法律意识，一味追求经济利益，盲目甚至不合法地介入运动员的商业开发，容易损害国家、运动员和其他主体的利益。其次，由于体育行业管理对体育经纪人的行为无明文规定，一些经纪人在交易过程中出现乱收佣金的现象，加之受到商业利益的诱惑，甚至出现体育经纪人操纵运动员的违法违规行为。第三，体育经纪合同缺乏规范性，这也为一些不法者留下了漏洞，一些人可能订立虚假合同损害当事人利益，或采取胁迫、欺诈、贿赂和恶意串通等手段促成交易，容易造成运动员商业活动的无序状态。而且由于缺乏专门的开发管理组织，特别是专业中介组织的指导策划，还出现运动明星涉嫌烟草等国家明令禁止的产品广告，被国家工商管理部门禁播的情形，在社会中引起了非议，既直接影响到运动员价值的商业化开发与运作的成效，也贬损了体育在公众中的良好形象。第四，管理上的漏洞也使体育经纪人在收取佣金时存在偷税漏税现象，不利于国家正常的经济秩序发展。

因而，完善体育经纪人的相关管理法规，加强对这一市场中介的监督、管理，促使其依法从事中介服务活动，也是保证我国运动员商业活动纳入法治化、规范化的一个重要方面。

3. 市场管理的法律保障不健全，运动员商业活动的无序状态未得到改变

现代社会，商业活动已渗透到社会的每个角落，运动员商业活动的形式也随市场经济的深入呈现多样化趋势。运动员商业活动中的利益纠纷也趋于复杂化，当前我国市场秩序的无序状态，虽然从深层次上受到个体道德水平、文化素养以及社会价值观念等的影响，但是也不能忽视法律作为外在规则的规范和保障作用。然而由于我国的体育市场从整体而言尚处于发展的初期，专门性的市场管理法规存在空白，运动员的商业活动缺少具体、明确的规则，从而导致诸多不规范状况的出现。如社会广泛关注、正呈现蓬勃发展趋势的运动明星广告市场，体育明星做广告成为一种新的广告形式，打破了传统广告业表现形式的局限，拓展出一个崭新的广告市场，为运动员展现自身的商业价值提供了广阔的发展空间与平台。但与此同时，在这一新兴市场中也出现一系列问题，突出地表现在企业滥用明星形象进行虚假宣传，一些运动明星为了一时的经济利益，在缺乏深入了解的基础上盲目代言产品、误导消费者，造成市场混淆等一些损害市场健康秩序的不正当竞争行为的发生。

这种种现象的出现与市场经济发展的不成熟有关，但具体法律、法规的不完善也是影响运动员商业活动的有序开展的重要方面。要严格规范运动员的商业活动，就需要有关部门密切配合，建立健全相关市场管理的法律、法规。首先，有关行政部门要尽快制订一套在新形势下对运动员商业活动进行有序管理的更加完整、合理、详细的规章制度，为运动员的商业活动提供依据，使运动员的行为有章可循。其次，在管理上，体育行政部门应变直接管理为间接管理，由微观管理转向宏观管理，为体育市场的健康和稳定发展提供有效的配套政策和服务机制，为体育市场进一步发展创造良好的外部环境。最后，相关管理部门还要严格依法行政，对运动员所从事的商业活动进行及时的指导、帮助和监督，积极主动维护运动员的良好形象和合法权益，提高运动员的商业开发效益。

（三）运动员商业活动各主体利益间的冲突与碰撞问题

商业活动作为体育活动在市场中的延伸，大大扩展了运动员的活动领域，在纷繁多样的商业活动中，运动员以另一种形象出现在公众的视野中，与国家、企业以及社会公众之间发生新的联系，在体育活动之外与这些社会主体形成各种新的复杂的社会关系，也自然产生新的利益冲突。由于利益主体不同，主体欲求不同，各类不同主体之间的利益不可能完全一致，利益纷争是一种现实的状况。由于运动员身份的特殊性，在商业活动中的利益冲突表现十分突出且复杂，涉及转型期我国经济、法律乃至道德等多层面的

问题，这些问题更易引起社会的关注，产生的社会影响更大，需要综合运用国家政策、法律规范、道德准则等各种有效的调整机制加以解决。而现代法治社会中，相比较其他调整方式，法律有着无可取代的优势，因而，规范和调整运动员商业活动，平衡在这一活动过程中各方主体的利益关系，不能忽视法律的调整功能。

1. 运动员与国家之间

由我国运动员特殊的培养模式所决定，特别是在一定时期还将居于主导地位的"举国体制"的竞技人才培养机制下，国家仍将是体育事业的主要投资主体，这种产权关系决定了运动员个人与国家有着千丝万缕的联系，运动员的成功与国家培养和个人努力密不可分。国家和运动员之间存在的这种紧密而复杂的关系，使得运动员的个人利益与国家利益紧密地交织在一起。

具体到运动员商业活动中，这种利益交织的状况表现得更为复杂。目前，国家作为体育事业的主要投资主体，以发展社会公益事业和进行社会主义精神文明建设为目的，追求的是国家整体形象的提升和全体国民利益的最大化，商业利益不是国家追求的首选。而受到市场经济的影响，运动员借助于在体育领域获得的影响力介入商业活动，追求个人经济利益是其首选目标。在这样的不同利益取向引导下，表现出了国家与个人之间利益目标的不完全一致，出现了运动员个人利益与国家利益的不协调局面。这与人们对我国社会主义市场经济认识不清，对现代法治社会要求的实现人的全面发展的基本观念缺乏深入理解有着直接关系。

在传统观念下，人们普遍认为，国家投入巨大的人力、物力和财力培养的运动员更应以国家和社会利益为重，而不应只追求个人的经济利益及社会效益，因为他们所从事的职业不光代表其个人，还代表着国家，如果运动员一味地追求个人利益而忽略国家利益，必然会受到社会的谴责。但是，在我国社会主义市场经济条件下，在今天国家倡导科学发展观，以人为本，实现人的全面发展，强调维护国家利益，并不意味着排斥运动员个人的正当利益，因为两者之间是一致的，是一个行为的两个方面，运动员在实现国家利益的同时，也必然带来个人的最大利益。运动员作为独立的法律主体，其享有一切正当的合法权益，包括个人的商业利益和社会利益。从表面来看，我国运动员商业价值开发与回报中似乎存在某些不协调的地方，利益纠纷的焦点也主要集中在运动员（国家队运动员）人格标识，特别是明星形象商业利用的归属与收益分配问题。但通过分析不难发现，运动员的商业价值与国家利益需要是紧密相连的，从国家的角度而言，运动员的成名与国家对其投入分不开，国家有权利获得相应的利益回报，不论是社会公众还是运动员本人都不否认这一点。从运动员个人的角度看，按照我国民法规定，姓名权、肖像权是公民民事权利中人格权的一种，作为基本的民事权利，是法律赋予每个公民应该享有的权利，不因年龄、收入、家庭出身、社会地位的差异而有所不同，也不因公民隶属于不同机构、组织、团体而有所改变。这一权利是与生俱有的，既不可被他人剥夺，也不得由本人放弃，但可以依法自己使用或授权他人使用并获取商业利益，国家应当承认运动员享有独立的人格权，也应保障其依法获得人格标识商业利用的收益。但鉴于我国的运动员培养体制，国家对运动员的成长、成功进行了巨大的物质和精神投入，运动员的成功和成名决不是单单的个人努力的结果，国家基于公共利益的需要可以在一定范围内合理地分享运动员的商业价值开发所获收益，即分享运动员商业活动所带来的利益回报。否则，如果完全无视我国的现实国情，否认其他社会主体分享运动员商业活动所带来的商业利益是很不公平的，也有悖于民法的平等原则。

那么，对于围绕运动员这些基本权利而产生的国家和个人的利益关系，如果能够在充分尊重运动员个人合法权益的基础上兼顾国家利益，改变生硬的行政管理方式，通过双方平等的协商，以契约的形式，在征得权利人同意的情况下事先就国家与个人之间的权利义务做出明确约定，在合同中具体明确分配方案和份额，将能有效避免各方主体利益的纷争。此外，基于同样理由，国家还可以合理地使用运动员的肖像权、姓名权等人格标识，但应以运动员同意为前提。如国家在为了推广体育项目或为开展公益活动而需要使用运动员的肖像权和姓名权时，在事先征得运动员的同意和许可的情况下，可以约定不支付或少支付使用费用。

运动员个人与国家之间的利益关系是运动员商业活动中应着力处理好的关系。可以肯定地说，在符合市场经济规律的前提下，鼓励运动员参与商业活动，开发运动员的商业价值，既是运动员个人利益实现的一条有效途径，也能为体育事业的发展提供更广阔的资金来源和拓展市场，既实现运动员的个人利益，也能更大限度地实现国家利益。通过公平与理性的法律调整机制，有效地解决利益纷争，就能够实现商业活动中运动员个人利益和国家利益一致的双赢目标。

2. 运动员个人利益与社会公共利益之间

随着体育影响的扩大，运动员作为一个特殊群体，受人关注的已经不再是单纯的比赛成绩，他们在自觉或不自觉之中已经进入社会的经济生活和流行文化领域之中。体育明星以其特殊才能、成就和表现，是公众瞩目的焦点，具有较高的社会知名度和广泛的社会影响力，成为社会的公众人物。在信息时代的今天，运动员身上聚集着宝贵的注意力资源，因而也承载着一个社会的价值观念，在追求个人商业利益的同时也要注重社会的公共利益。

运动员的商业活动，从外表看，似乎是一种单纯的个人行为，但从实质而言，运动员作为以展现个人竞技体育才能为职业的特殊社会群体，是一个多元的社会角色。不同社会主体基于自身主观的需求会对运动员产生不同的价值期待，其中，社会价值和商业价值是运动员所体现出的两种最主要的价值。一般而言，运动员所承载的社会价值主要体现在两个方面，一是让人们享受到高水平的体育竞技所带来的审美愉悦；二是让人们从作为社会公众人物的运动员的言行中，感受到社会所崇尚的拼搏进取、积极向上、挑战人类极限等价值观念。而运动员的商业价值则指运动员借助其社会影响力和宣传效应，与市场相结合，所体现出的可被商业利用，可带来商业利润的性能。由于其身份的特殊性，尤其对于国家耗巨资培养出的国家运动员来说，不论是体育领域还是商业领域，其一言一行、一举一动都在一定程度上代表着国家的形象。所以，运动员在商业活动中，也要有一定的社会责任感。其所参与的商业活动必须符合社会基本的价值准则，符合遵守社会公共利益的基本法律原则，这是个人利益服从于社会公共利益的体现，也是避免整个社会过度经济化的一道防线，特别是对构筑社会主义下的现代社会文明将发挥重大作用。

运动员商业价值和社会价值的冲突虽是一种非常态的社会现象，但是在中国目前社会整体转型的背景下，传统观念与新的商品、市场观念交织在一起，伴随市场而产生的许多新的理念对社会的冲击是前所未有的，社会的价值观念正处于新的形成和变革之中。在此背景下，运动员商业价值和社会价值的冲突显得尤为引人注目。法律作为社会的基本行为准则，是重要的社会价值坐标，以法律的调整方式规范运动员的商业活动，是解决运动员商业活动中社会价值和商业价值冲突的基本方式。

首先，针对运动员的各种商业活动，相关管理部门应出台相应的规范化管理制度和措施，保证运动员的商业行为以社会价值为导向，体现健康向上的体育精神，符合社会的公共利益。从各体育运动项目发展的角度考虑，可以通过法律法规规定或合同的约定方式，要求运动员从事一定数量的社会公益活动，或通过法律法规、政策性规定从运动员的商业活动收益中提取一定比例或数额的收益金作为该运动项目的发展基金，这既是对运动员后期个人发展提供的保障，也是对该运动项目整体利益的满足，更是对社会公共利益的实现。

其次，协调社会利益与个人利益的冲突，应在充分尊重运动员个人价值追求的基础上，采取法治化的管理手段。在市场经济条件下，运动员参与商业活动，追求个人的商业价值，是无可厚非的。体育与市场的紧密结合，运动员引起人们的广泛关注，是市场经济下体育发展的必然趋势。从尊重价值规律和公民合法权利的角度看，国家以及相关管理部门应当采取符合市场规律和法治原则的法律手段，加强对运动员商业活动的管理。对于由国家培养、隶属于国家队或国家管理部门的运动员可以制定相关规则对其行为直接进行规范，要求其商业活动符合社会公共利益，体现社会价值，防止过度商业化影响运动员正常的训练和比赛。而对于由社会或个人投资成长起来的运动员，国家则需要通过间接的手段进行宏观调控，通过对市场的适度干预，借助价格、税收等手段，不断完善国家宏观调控和市场管理法律法规，来引导和规范作为市场主体的运动员的商业行为。

最后，在运动员商业利益的分配上也要尊重各利益主体的意愿，对于举国体制下国家培养出的运动员，也应从尊重运动员个人的劳动和智慧的基础考虑，尊重运动员在商业活动中收益的主要主体地位。

3. 运动员与其他平等社会主体之间

当前，运动员自身所蕴涵的巨大商业价值已越来越充分地显现出来，作为具有广泛社会影响力和吸引力的一个特殊群体，运动员的健康和积极向上的精神风貌成为企业形象或产品质量良好的宣传载体，不仅有效地实现了个人的商业价值，也体现了一定的社会价值，进一步扩大了体育在社会生活中的影响，达到了经济效益和社会效益双赢的结果。

运动员之所以能广泛地从事商业活动，最根本的推动力在于企业利用运动员的明星效应，通过商业包装和宣传，来树立企业形象、扩大影响、促销产品、拓展市场。运动员的商业价值也正是体现在能否将个人可供商业利用的人格标识有效地应用于企业经营，给企业带来良好的声誉，提高企业的知名度，创造超额利润，从而取得最佳的社会经济效益。因而，运动员与企业两者之间是一种等价交换、互惠互利的关系，双方的利益从根本而言是一致的。

但是，实践中一些企业受利益驱动，看到运动明星所带来的社会效应，便以各种不合法的方式随意利用运动员的姓名、肖像等人格标识，侵犯运动员合法利益。特别是随着互联网技术的发展和我国信息化进程的加快，商业广告宣传变得更方便、更普遍，侵权案件的发生也更多，如大部分网站都少不了体育报道、以运动员为形象代言人的广告，其中一些未经授权的使用就侵犯了运动员的形象权。另外，网络技术的发展还带来了更复杂的侵权形式，如利用知名运动员的肖像、姓名、动作、代表性服饰等制作网页、图案，申请域名、商标等形式。在此方面，我国现行的民法、合同法作为市场交易的基本法律规则，为运动员维护自身的合法权益提供了法律依据。同时也要求，运动员商业开发者在介入具体的商业活动前，应具备基本的法律知识，以合同形式明确与企业的权利义务关系，在法律的基本框架下实现共赢。然而实践中一些具体的问题，也反映出现行法律的局限性和需要立法创新的地方，如著名运动员王军霞诉昆明卷烟厂案，以侵犯肖像权为由要求侵权人支付巨额赔偿金一案的判决中存在的法律问题，即肖像权属于人格权，而人格权是平等的，并不能因为王军霞是名人就享有比别人更多的权益。实际上，最终的赔偿额(80万元)是根据非法利用名人形象因素所获得的利益来确定的。当前，法学理论界已有学者主张借鉴英美法系商品化权的概念，解决人格利益商业化利用中出现的一些法律问题，如果法律能确认这一权利，那么对于商业活动中明确运动员的权利、切实保障运动员的利益都将是极为有益的，而且让公众了解这类权利，并在法律上给予明确的指引和评价，也才能引导市场主体行为规范化。

在实践中，由于我国体育经纪市场发展的不完善，精通法律和运动员商业活动运作的专业化机构和人员匮乏，而运动员、俱乐部或有关管理组织由于职能的限制，并不擅长商业活动中的法律事务，因此，引入专业的经纪人，发挥其市场中介的作用，按照法律和市场的规则协调运动员一方与企业一方的利益，也是减少纠纷和损失的一条较好的途径。

六、规范我国运动员商业活动的思考与建议

(一) 增强法治观念是运动员商业活动规范化的基本理念

在国家体育总局新近发布的我国体育事业发展"十一五"规划中，依法行政、依法治体成为我国体育事业发展"十一五"时期应当坚持的基本原则，即在依法治国基本方略的指导下，提高法律意识和增强法制观念，进一步加强体育法制建设，提高运用法律手段管理体育事务的能力和水平，重视和发挥法律法规在调整体育社会关系、建立和维护体育发展秩序、处理体育发展的矛盾和纠纷过程中的主导作用，把体育工作纳入法制轨道，促进体育事业健康、持续发展。

党的十五大提出的"依法治国，建设社会主义法治国家"的要求，并将这一要求作为国家的治国方略写入了宪法修正案，为我们加强对运动员商业活动的规范化管理提供了基本的思路。对体育事业而言，就是依法行政，依法治体，努力树立法律意识，增强法治观念，形成一套与社会主义市场经济相适应的法律运行机制，对保障体育事业的协调发展，加强对运动员的规范化管理将起着基础作用。国家体育管理部门和管理人员首先必须树立和落实科学发展观，在对国家体育事业的发展和运动员的管理方面做到以人为本。在对运动员商业活动的管理问题上，应把国家利益与运动员自身的合法权益统一起来，不能将两个方面的利益关系割裂开来，既要实现运动员为国家服务，为国争光，又要满足运动员个人的正当合理需求，并帮助运动员实现个人的全面发展。

针对我国的国情和体育发展的实际，加强体育管理人员、运动员、教练员等体育管理与从业人员的法制教育，应重视以下观念的培养。

1. 遵纪守法观念

遵纪守法是每个公民应尽的义务，所有的社会行为都必须符合法律的精神。我国社

会生活中，正式制度化的行为，尤其是组织化的管理行为，更依赖组织内部的规章制度。这种正式行为制度本身的非规范性因素，形成了规范人们行为标准多重化的现实。法律至上则能够既维护中央和国家统一领导的权威，又能使每个人享受到法治社会的自由。在体育事业发展，运动员商业活动中的各方利益主体的法纪观念的培养，是避免运动员商业活动纠纷的基本理念。

2. 权利本位观念

权利本位是指在国家权力和人民权利的关系中人民权利是决定性的、根本的；在法律权利与法律义务之间，权利是决定性的，起主导作用的。社会主义国家是人民当家作主，国家是为人民服务的形式。国家权力之所以必须是有限的，就在于它来源于人民。作为国家体育管理部门，最大限度地保障运动员的个人权利，就是切实维护人民的利益，为人民服务。

3. 自由平等观念

权利平等是指全社会范围内人们的权利是平等的，就是承认所有的社会成员法律地位平等。也就是说，作为管理者的国家体育管理部门和作为被管理者的运动员们，其在法律面前处于平等地位。

作为国家体育管理部门和管理人员，要坚持依法行政、依法治体的基本原则，应自觉加强对我国民商法、行政法（包括《行政许可法》）、国际私法等法律知识的学习，学会运用法律知识和手段来管理体育事务，也就是说，体育管理部门及管理人员在今后的对于运动员商业活动的管理上要逐渐减少依靠行政手段进行干预的情况，而是通过运用法律规范来解决相关问题。同时，作为体育管理部门，还应在平时为管理人员和广大运动员创造提供学习法律知识的条件和机会，帮助和鼓励运动员在参加商业活动时维护自身的正当权益。同样，作为运动员也应重视法律知识的学习，自己学会在参加商业活动的过程中通过运用法律手段维护自身的正当权益，避免因法律知识的缺乏而在商业活动中受到损害。同时运动员还应树立遵纪守法意识，在参加商业活动后依照我国相关法律规定自觉主动的依法纳税，树立自身良好的公众形象。

（二）用合同形式明确各主体之间的权、责、利

就现代社会发展而言，利用民事手段，通过签订合同的方式来明确各主体之间的权、利、责关系已经成为人们从事商业活动的必要手段。在我国现有的体育管理体制状况下，国家体育管理部门应在体育行业范围内加强法律知识教育，树立合同意识，在各运动项目管理中心及地方体育主管部门大力推广由运动队（俱乐部）与运动员签订合同的管理模式，通过订立的合同内容来明确双方的权利、义务关系，对运动员参加商业活动的规定既可以在工作合同中进行约定，即运动员参加商业活动的所经程序、获得的收益分配问题等，也可以单独订立关于运动员从事商业活动的单独合同，根据自愿原则利用合同关系规范运动员的商业行为。

在举国体制下，国家和地方各级运动队中，运动员参加商业活动基本上以两种形式进行。一种是运动员个人直接参加商业活动，一种是由运动项目管理中心统一管理参加商业活动。基于上述两种运动员商业活动的不同形式，对运动员的管理，国家有关体育管理部门仍握有主导权。作为运动员，首先应将参加商业活动的有关情况与工作单位及体育管理部门进行沟通。同时，运动队、工作单位和有关体育管理部门应予以支持。针

对具体的运动员商业活动的管理措施，在运动员自己直接参与商业活动的情形下，运动员与工作单位、相关体育管理部门本着平等协商的原则，可以利用合同关系明确各自的权、责、利。另一方面，由运动队将运动员商业活动上报体育行政管理部门进行备案。若由运动项目管理中心安排运动员参加商业活动，则运动员应服从安排和有关纪律要求，同时有关体育管理部门要加强对运动队的管理。

在市场经济体制下，运动员参加商业活动的形式是多样化的，对运动员商业活动的管理形式主要应考虑适应市场规则，采用多元化的办法和措施，合同形式是适应这一要求的最佳选择。明确各方主体的权利义务关系，实现对运动员商业活动的规范化管理，才是保证我国体育事业健康、快速、可持续发展的有效途径。

我们认为，不论哪一种体制下的哪一种运动员商业活动形式，由国家体育管理部门尽快出台关于运动员参加商业活动的标准合同范本。具体做法包括：（1）同运动员签订商业开发合同，协调国家及其他人员与运动员的利益，确定运动员参与商业经营活动的规则等。（2）记录运动员参与商业经营活动的情况，协调、安排运动员同签订商业开发协议的组织之间的具体合作时间，保证运动员不因参与商业经营活动而影响正常训练。（3）对具体从事运动员商业开发的组织和个人进行认证和监督。虽然运动员参与商业活动时拥有选择合作伙伴的自主权，但国家有必要实施认证和监督，以防止出现因经济利益而对运动员产生的不当引导，保护国家利益和运动员利益不受损害。

在实际操作中，有的职业俱乐部在与运动员的工作合同中规定，俱乐部拥有球员团体及个人肖像、电视、新闻采访、音响、服装广告等传播媒体的权利，运动员须服从俱乐部的安排，在任何场合不得有损害此条款的行为。但是在合同中却没有支付运动员人格标识使用费用的规定，俱乐部通过自己的优势地位，与运动员签订不公平的合同，从而取得利益。这样的做法实际上违反了我国民法和合同法的相关规定，已经形成了对运动员合法权利的侵犯。对于这类情况，国家体育管理部门应在出台的统一合同范本中，明确对于运动员人格权的保护，禁止俱乐部利用自身优势地位擅自无偿使用运动员人格标识，或利用自身优势地位，迫使运动员签订显失公平的合同。职业俱乐部与运动员所签订的合同，应遵循市场经济规律，合同内容应尊重运动员的合法权益，对于俱乐部欲使用运动员人格标识的问题，俱乐部在签订合同过程中应通过平等协商的方式与运动员进行沟通，在获得运动员本人的同意后方可使用运动员的人格标识，并且应支付相关费用给运动员，这一点也应在俱乐部与运动员所签订的合同中予以明确表述。

在运动员参加商业活动所获得收益分配问题上也应对各方面有所回报，由单独一家参与运动员商业活动的收益分配是不合理的，应通过平等协商的方式，由各投资方和运动员本人按照各出资方在运动员培养过程中的投入比例决定其所获得运动员参加商业活动的收益分配比例，和谐多赢，从而兼顾各方利益。

（三）完善法人治理结构，实现运动员商业活动的市场化管理

改革开放以来，由于我国市场经济体制的逐步确立，市场在资源配置中起基础性作用。这种状况使我国传统的二元社会结构正在逐步分化，使得单位对国家、个人对单位的依赖性日趋弱化，进而使国家、单位和个人在权利和利益上相对分离。这种分离使不同社会组织和个人在更大的范围内和程度上支配自己的行为，获得更多行为的自主权和较大的自由度。这种分离的结果有利于社会资源的优化配置和重组，有利于社会组织和

个人充分发挥创造力，实现自身在社会发展中的价值，显然这是一个巨大的社会进步。运动员利用自身的优秀运动成绩和社会影响力获得利益回报，是自己在更大程度上自我支配，实现自身的社会价值和经济价值，也使国家、社会都在更大范围上实现了更高的社会效益和经济效益，对我国体育事业的发展起到一定推动作用。

我国体育实行的是"举国体制"，一直以来，人们的认识是运动员参加商业活动所获得的收益应该由国家进行统一分配。然而，就现代社会发展而言，运动员参加商业活动是一种市场化的行为，作为对市场化行为的规范和管理，最佳的办法是遵循市场的规则、规律，运用法律手段来进行调节、约束。面对复杂多变的市场状况，运动员在参加商业活动中可能会遇到各种各样的情况和问题，对运动员的商业活动进行有效的管理，仅仅依靠国家体育行政管理部门的干预还不足以解决问题（并且行政干预时常缺乏灵活性和效率）。因此我国体育行政管理部门应简政放权，适应我国体育体制改革"小政府、大社会"的发展要求，进一步转变职能，由管理职能转变为服务职能，建立健全与社会主义市场经济体制相适应、更加开放、更具活力的体育管理体制和运行机制，努力实现政事分开、政企分开、管办分离，逐步建立办事高效、运转协调、行为规范的体育行政管理体制。在运动员商业活动规范化管理的问题上从国家行政管理转变为市场化管理，通过市场规律对运动员商业活动进行规范和调节，为运动员参加商业活动提供必要的支持和帮助，从而使运动员的商业活动逐步走向规范化，实现国家和运动员在既得利益上"双赢"，促进体育事业健康、协调、可持续发展。

当前，体育管理部门应会同国有资产管理部门在清产核资的基础上，进一步对各运动项目管理中心现有场馆、设备器材和运动员无形资产等进行资产评估，以国有股形式注入俱乐部或其他单位、企业，形成国家、社会、个人以不同的股东形式共同出资组建股份制企业，确立俱乐部拥有包括国家在内的出资所有者形成的全部法人财产权或将国家队直接改组为国有法人企业，使其成为享有民事权利、承担民事责任的法人实体，并按照现代企业制度的要求，完善法人治理结构，减轻其对政府的依赖性。通过界定各方的产权，实现各出资人共同分享收益和承担风险，实现国有体育资产的合理流动和资源优化配置，使我国的体育事业最终步入依托社会、自我管理、自主经营、自负盈亏、自我发展的良性运行机制，在这种权、责、利相统一的状况下，它们必然产生追求运动员商业价值最大化的强大动力，不仅有助于各方主体齐心合力地开发运动员的商业价值，也是解决运动员生产力和商业价值开发中利益纠葛的根本。

（四）正确认识经纪人制度在运动员商业活动中的积极作用

十一届三中全会以来，随着改革开放的进程加快，人们在对经纪人及其活动的认识上发生了巨大改变，由过去的蔑视、排斥到赞成、支持，甚至积极参与。虽然国家体育管理部门目前尚无正式的体育经纪人制度，但也没有明文限制运动员自主选择经纪人，各运动项目管理中心对运动员选择经纪人的规定尺度并不统一。而运动员在商业活动中选用经纪人已成为世界潮流，作为发展中的中国体育也不应例外。

1. 建立体育经纪人制度的必要性

随着国家体育事业的发展和新的形势需要，我国体育主管部门正逐步对现行体制中不适应经济发展和体制不完善的地方进行改革，部分运动项目协会已经实施运动员转会制度（如足球、篮球、乒乓球项目）；俱乐部之间的竞争更加激烈；媒体的进一步介入及整个社会对体育的极大关注；运动员职业化、市场化力度加大，体育竞赛的国际化、社会化、产业化逐步升级等都亟待体育经纪人的介入和运作，呼唤体育经纪人在中国的体育市场中发挥出积极作用。

（1）维护公平竞争

发展体育产业必须面向市场，而行政职能部门往往由于行政干预过多而造成不公平的行业竞争，导致国有资产的浪费。体育经纪人作为市场中介，其公平、公正、客观的运作有助于规范体育市场行为，促进良好市场秩序的形成。

（2）为合作双方搭建沟通平台

目前，中国的体育市场已经发展到一定规模，体育资源（项目、竞赛、运动员、教练员、体育组织等）和社会资金并不缺乏，只是双方还没有找到结合点，多数处于盲目寻找状态。体育经纪人可凭专业服务和行业信誉为体育市场的各个主体牵线搭桥，为合作双方提供订约机会，从而促进体育的社会化和产业化。

（3）有利于科学决策

由于体育市场的主体多而杂，变化快，且竞争激烈，因而增加了主体决策中不确定因素。体育经纪人可通过信息的收集和分析、市场调研和预测等科学手段，降低成本，加快速度，使供求双方均获得最大利益，从而促进体育资源的优化配置。

（4）提高交易效率

市场交易是繁琐复杂、谨慎严密的经济活动。由运动员或体育组织自己去处理这些事务，必然费时费力，难以达到预期效果。因此，将有关事务委托给体育经纪人完成，既简化了交易程序，又加快了交易速度，对运动员和体育组织来说均不失为上策。

（5）开发体育的无形资产

随着体育职业化和商业化的"升温"，运动员、体育组织、体育竞赛也随之升值。我国蕴含着丰富的体育无形资源，但缺少开发渠道和途径。体育经纪人作为市场流通专业组织，尤其擅长资产评估和市场开发，因而最能有效地开发和利用体育无形资产。

（6）增进国际交流，促进体育发展

就举办体育赛事而言，世界上有许多国际体育组织规定，凡要组织他们认可并授权的比赛，必须首先领取其颁发的体育经纪人执照；同时，运动员若要以个人名义参加国际比赛，往往由经纪人代理报名、确定出场费、奖金等事宜，因此，体育经纪人在国际体育交流与合作中是必不可少的。

2. 建立体育经纪人制度的建议

（1）建立体育经纪人制度应遵循的原则

①支持发展的原则。对发展体育经纪人应当持鼓励态度，采取"先放后导，边发展边规范"的方针，一手抓繁荣，一手抓管理。通过制定某些优惠政策给体育经纪人以宽松的环境，使他们能尽快进入角色。欢迎国外体育中介机构进入中国市场，尤其是有信誉、有实力、有经验的大公司；帮助和扶持国内人士进入体育经纪人行业及设立经纪公司；对获得主管部门认定及通过工商部门审核的合法经纪人要予以保护；广泛宣传体育经纪人的政策和法规，使其遵守职业道德，在发展中逐步规范体育经纪行为。

②市场规律的原则。经纪人是市场经济的产物，因此应根据市场经济规律，依据市场需求和通过市场约束机制，逐步建立和完善法规制度对其实施管理；而非采用行政命令手段，强求发展，更不宜滥用权力，实行行业或项目垄断，要保护公平竞争，形成良

好的市场秩序。

③宏观指导、监督原则。管理部门应通过加强管理，制定和完善法规制度，强化监督机制等措施促使体育经纪活动逐步走向繁荣和规范，而非越俎代庖，亲恭行纪，这样反而不利于对体育经纪人的宏观管理。

④重点推进的原则。在制定发展规划的基础上，有重点、有步骤地加速推动体育经纪人和体育经纪活动的发展。由于各地区经济发展的不平衡，特别是各个运动项目社会化、职业化程度的差异，在发展步骤上应优势项目先行。比如足球项目就已经培训出了十余位国内的足球经纪人，这些经纪人在获得中国足协认可的资格后，已经开始在国内参与运动员转会和运动员商业价值的开发；同时试点发展体育行情看好的省市，如北京、上海和广东等省市可以先行一步。

(2) 建立和完善法规体系

目前虽有部分运动项目管理中心及部分地方体育行政部门已将体育经纪人纳入到体育市场管理范畴，但由于对体育经纪人缺乏足够的认识，管理缺乏针对性和实效性。因此，制定全国统一的体育经纪人管理法规十分必要。

我国经纪人管理的专门性法规是 1995 年 10 月由国家工商行政管理局发布《经纪人管理办法》，此外，还有经济管理和市场规范方面的一系列法规。《中华人民共和国经纪人法》已形成草案，即将出台，这是体育经纪人管理须依据的基本法规。在此基础上，应根据体育行业的特点和实际情况，并参考其他特殊行业的经纪人管理办法，建立和完善体育行业经纪人管理办法和规章制度，制定《体育经纪人管理条例》，明确体育经纪人资格、业务范围及其监管机制等，把体育经纪人这一职业通过法律途径来进行约束和调整。各省、自治区、直辖市应着手制定地方性法规或规章，建立形成一个完整的调整体育经纪人经纪行为的法律体系。

(3) 我国体育经纪人的管理体系和机构

根据我国即将出台的《经纪人法》（草案第二稿）第 7 条规定，从事经纪活动，要接受国家有关机构的管理和监督；同时第 8 条规定，经纪人可以组织经纪人协会，进行自律管理。此处所说的"国家有关机构"是指"各级工商行政管理机关"（第 48 条）和"各行业经纪人的主管单位"（第 50 条）。因此，体育行业的经纪人和经纪活动应当由国家体育行政管理部门以及工商行政管理部门共同管理。同时，在条件适当时，还可成立体育行业经纪人协会协助管理。

当然，国家体育行政管理部门对体育经纪人的管理应分层次、分职权分别进行。主要应分为总局（职能部门）、项目管理中心、具体操作部门三个层次。对体育经纪人主要进行资格审定管理、经纪过程的法规管理、经纪行为的监督管理，以及经纪人的教育和培训。

作为职能部门，国家体育总局应该从宏观角度全面负责体育经纪人的管理，具体内容如下。

- 组织制定和推行相关政策法规；
- 直接或授权有关下属部门负责体育经纪人的资格认定和签发体育经纪人资格证书；
- 指定体育经纪人培训和考试部门并指导培训和考试的实施；
- 委托有关部门对体育经纪活动进行监督和对出现的纠纷进行仲裁；

- 扶持成立有关组织，如体育经纪人协会；
- 对各项目管理中心的体育经纪人工作进行统筹管理和协调等。

运动项目管理中心是国家体育总局对本项目经纪人和经纪活动实施管理的授权部门，负责对本项目经纪活动的全面管理，承担总局委托的具体工作和职能。

- 制定本项目经纪人管理制度和规章，特别是对运动员转会、代理、形象开发以及本项目无形资产代理开发等制定出明确的管理规定和办法；
- 组织本项目经纪人的教育、培训和考核；
- 对行业经纪人的行为进行监督管理，保护公平竞争；
- 创造条件开发培育经纪人市场，推动本项目经纪人事业的发展等。

运动项目管理中心的职能和责任应随着体育经纪人制度的不断完善而逐渐扩大，伴随着各项目的职业化和商业化发展程度不同，各项目对经纪人管理的程度也应有所区别。

具体操作部门受国家体育总局或项目管理中心委托，由教育或培训单位、法律或仲裁机构、信息部门以及体育经纪人协会等事业单位或社会团体进行体育经纪人的培训和考试、经纪纠纷的仲裁、自律性规章制度的制定、信息的收集和交流等工作。在适当条件下，参照国际惯例建立全国体育经纪人协会，建立起自我监督、自我管理、共同提高、共同发展的良性行业自律管理机制。体育经纪人和经纪公司营业执照的登记管理、行纪检查则应由工商行政管理部门负责，并接受税务、审计等有关部门的监督管理。由此形成工商行政管理部门，业务主管部门、行业协会、行政事业单位及司法、物价、审计等各类监管机构职责明确、互为衔接的科学而有效的管理体系，充分发挥国家的宏观调控作用。

综上所述，体育经纪人制度的建立和实行，对于我国运动员商业活动的规范化将起着极其重要的推动作用，希望我国体育主管部门能够正确认识到这一制度的优点，结合我国国情，早日出台我国的体育经纪人制度。

（五）建立健全法律法规体系，规范运动员商业开发市场

体育事业的发展和体育新体制的建立，必然要求有一个与之相适应的完备的体育法律法规体系，因此加强我国体育法制建设极其重要。体育法制建设的指导思想是：以邓小平理论和"三个代表"重要思想为指导，按照"依法治国、建设社会主义法制国家"的要求，贯彻执行《中华人民共和国体育法》（以下简称《体育法》），加快体育立法，强化体育执法，使体育工作全面纳入规范化、法制化的轨道，开创依法行政、以法治体的新局面。具体而言，要将运动员的商业活动规范化，就必须走依法行政、依法治体的道路。要解决当前运动员商业活动中出现各种问题，就必须健全相关法律法规体系。

加强体育法制建设、健全相关法律法规体系是一项复杂的系统工程。既要适应建立社会主义市场经济体制的需要，又要考虑体育的行业特点；既要借鉴国外先进的体育管理经验和办法，又要从中国国情出发；既要有总体规划，又要重点解决困扰体育工作和体育改革的一些难点问题；既要加强对体育立法的宏观指导，又要调动各省（区、市）和各部门的积极性，使体育法制工作走上健康的发展轨道。

首先，应对我国现行的《体育法》进行全面修改，增加有关运动员商业活动方面的相关内容，明确运动员商业活动过程中各方主体的权、责、利，为各级体育主管部门

依法规范管理运动员的商业活动提供法律依据。

其次，加快配套立法，建立健全体育法规体系。《体育法》规定了体育工作的基本方针和发展体育事业的基本原则，明确了各级政府、企业事业单位、社会团体和公民在发展体育事业和参与体育活动方面的基本权利、责任和义务。我国是一个地域辽阔、社会经济发展水平差异较大的国家，各级体育行政管理部门要根据《体育法》的规定，结合本地区、本部门的实际，针对体育改革和体育事业发展中的重点、难点问题，加快体育法配套立法工作。国家体育管理部门和地方体育行政管理部门，应结合实际条件，尽快出台我国《体育法》的配套法规，使得体育法规体系日趋完善。

第三，体育行政管理部门要依照我国现行民法、劳动法、合同法中的相关法律规定（特别是关于个人权利方面的内容）出台本部门管理运动员商业活动的政策或办法，避免部门所制定的行政法规与现行法律相悖或不符合现行法律所推崇的法律精神。

第四，参照国际惯例，借鉴国外体育立法经验，与国际接轨。

（六）建立多元化纠纷解决机制，保障各利益主体合法权益

对于运动员在参加商业活动中出现的纠纷，我们不能仅依靠体育管理部门依据相关法律、法规、政策来予以解决，而应通过多种方式和途径来解决纠纷，维护各方的正当权益。

首先，体育行政管理部门和运动员个人应重视通过调解途径来解决运动员商业活动中的纠纷。从国际惯例来看，调解作为一种替代性纠纷解决方式发展较快，国际体育界对这样的替代性纠纷调解机制（ADR）定义如下："任何通过当事人之间的协议，而不是通过法官和仲裁员来解决纠纷的程序。"它的优点是：快捷、节约费用、保密性、可控制性和灵活性、商业开拓性、保持友好的交易关系、独立性。我国体育管理部门在规范运动员商业活动时可以考虑尽可能运用调解的方式，尊重运动员的个人意愿，这是实现体育科学发展，以人为本的管理的基本要求。

虽然国内目前已有运动员通过诉讼手段维护自身合法权益的成功案例，但这仅仅限于屈指可数的几位明星运动员，而对于更多的运动员来说，通过诉讼方式来维护自身在商业活动中的合法权益往往需要投入大量时间、精力、财力，甚至自身的整个运动生命。因此，需要诉讼以外的其他权利救济方式来为运动员提供帮助，调解正是其中的一种。作为一种权利救济方式，调解与诉讼等其他方式相比具有经济、快捷的优势，并且调解不影响其后的纠纷解决程序——当事人双方不用担心他们将失去什么，他们的权利不会受到影响。这种方式无疑有利于运动员商业活动中的纠纷的迅速解决，并且可以使双方能够在彼此满意的情况下达成协议，有利于双方继续保持良好的关系。

其次，国家应尽快建立专门体育仲裁机构，为解决运动员商业活动中的纠纷提供解决途径。建立专门体育仲裁机构的目的在于建立科学畅通的解决纠纷渠道，解决一切直接或间接与体育相关的纠纷。《体育法》第33条规定："在竞技体育活动中发生纠纷，由体育仲裁机构负责调解、仲裁。体育仲裁机构的设立办法和仲裁范围由国务院另行规定。"这就说明我国体育法提倡通过采用调解和仲裁的机制来解决体育纠纷。然而在实践中，我国体育法所规定的体育仲裁机构目前尚未建立起来，从而导致体育纠纷出现后，当事人无法通过专门的体育仲裁机构寻求救济。其实，在筹划建立专门的体育仲裁机构时，可以借鉴国外如美、德、瑞士等一些国家的成功经验。有的国家设立专门的

体育仲裁机构，有的国家在国内体育协会内设立仲裁机构，有的国家规定由国内仲裁机构处理体育纠纷，并通过法院裁决承认和执行体育仲裁裁决。以美国为例，美国仲裁协会是美国最大的也是最著名的仲裁机构。它的仲裁范围包括体育以及与体育有关的各种各样的纠纷。美国仲裁协会解决纠纷主要有三个方面的依据：一是体育协会内部的规定。尽管美国四大职业体育运动联盟为解决运动员对其的不满以及薪金问题而设立了它们单独的内部仲裁机构，但还是有若干体育协会规定了由美国仲裁协会裁决纠纷，如美式橄榄球联盟的运动员格式合同规定，除某些具有开创性的特殊纠纷外，作为合同当事人的运动员和联盟之间的所有纠纷由美国仲裁协会仲裁解决。二是当事人签订合同自愿将纠纷提交美国仲裁协会解决。三是美国业余体育法和美国奥委会章程的规定，它们均规定了由美国仲裁协会仲裁某些种类的纠纷。美国仲裁协会为了解决体育纠纷而于2001年专门成立了体育仲裁小组。这个仲裁小组目前由来自全美国的123名精选的中立仲裁员组成，其中20%是妇女。有相当数量的仲裁员曾经参与处理过涉及奥运会和泛美运动会的案件，其中一部分仲裁员是设在瑞士的国际体育仲裁院的仲裁员，还有一些仲裁员受到了美国仲裁协会的美国田径兴奋剂仲裁项目组的培训。该专门仲裁小组的成立将解决涉及运动员合同、赞助、薪金以及其他运动领域特有的问题，就像亚特兰大奥运会组委会的副主席所讲，运动员对有关体育组织的不满以及日益增多的反兴奋剂问题是不得不建立全国性的解决体育纠纷的仲裁机构的原因。

第三，结合我国体育发展实际，建立健全体育纠纷的诉讼解决方式。由于我国目前尚未建立体育仲裁制度和仲裁机构，运动员在商业活动中出现的纠纷大多是通过调解或诉讼程序予以解决。实际上，我国的一些运动员已经采用了诉讼手段来解决其在商业活动中出现的纠纷，如王军霞诉昆明卷烟厂侵权案、姚明诉可口可乐侵权案等。虽然相比调解、仲裁的纠纷解决机制，诉讼机制存在耗时长、投入大等不足，但法院的判决是以国家强制力作为其执行的后盾，因此通过诉讼机制取得的判决结果可以有效地保护双方当事人特别是运动员的合法权益。

（项目编号：782ss05045）

竞技体育伦理问题的实质及其解决策略

——对当前典型体育赛事理念和制度的伦理审视

刘雪丰 李 彬 谭咏梅 刘 霞

竞技体育的伦理关涉，在典型体育赛事理念和制度中体现最为明显，奥运、NBA、中国全运会和意甲等国内外重大体育赛事的理念设计和制度安排中，我们既可以看到其道德进步的表现，也能集中审视其中蕴涵的竞技体育伦理问题。当然，不仅仅是以上所列赛事，每一赛事毕竟都有其自身的特点，因此，我们的视野虽立足于此，但更应该是一个开放的体系。

一、奥 运

(一) 奥运何以兴盛

1. 全球盛会——奥运会

奥运会是奥林匹克运动的典范，今天它已经成为全人类的盛会。奥运会已经远远走出了体育运动竞技的界限，将竞技体育运动演变成为一种人类的生活方式、交往方式和存在状态。

如果说有什么运动会已经吸引了全球的目光，那就是奥运会。

奥运会的历史曲曲折折、波澜壮阔，有诸多里程碑式事件。

打破性别歧视：从男人专有到男女共有；

否定种族歧视：从白人独占到所有人共享；

突破身体和智力限制：从冬夏两季到残奥会和特殊奥运会；

跨过国界与洲界：从两大洲到五大洲，从 13 国到现在比联合国的会员国还多的国家和地区……

体育电视转播最早出现在 1936 年的柏林奥运会上。由于技术条件的限制，这届奥运会转播的范围仅限柏林及周围地区，播出时间共 138 小时，观众 16.2 万人，虽然受众很少，但开创了电视转播比赛的先河。60 多年后，2004 年 8 月雅典奥运会期间，全球有 39 亿人至少观看过一次电视转播，电视观众的总人次达到了 400 亿。

我们不能不思考一个问题：奥运何以能成为全球盛会？

现代奥林匹克运动历经百余年，只有奥运会得到了充分的发展。出现这样的结果，很大程度是因为：奥林匹克主义中唯有奥运会是一支有章程、有组织的社会力量，是一种社会实体，其余则难以把握；奥运会集天下运动技术精英于一场，进行激烈竞争，为人们提供了难得的、十分壮观的观赏娱乐机会；奥运竞技直接和间接地吸引了数亿观众的注目，成为政治显示、广告宣传和文化传播的最佳方式；奥运竞争所产生的冠军、金牌，是世界公认的最高荣誉，也是国家、民族的荣誉，社会制度和政治领导的荣誉，所以各国家民族都愿意参与争夺。

我们认同以上的理由。奥运会之所以成为全球盛会，或许还有很多理由，但其中最关键的是理念设计和制度安排，而理念始终具有优先性和决定性，制度是对理念的明确诠释和有力维护。

2. 宗旨、主义及其他

我们审视奥运理念：一是以《奥林匹克宪章》为指导的各种奥运规章；二是奥运创始人和各届奥委会成员尤其是负责人的重要言论；三是历届奥运会的主题。

奥林匹克运动的基本理念包括奥林匹克运动的宗旨、奥林匹克主义、奥林匹克精神及奥林匹克格言等。其中奥林匹克主义是整个奥林匹克运动思想体系的核心。这些基本理念在各部介绍奥林匹克运动的书籍中都有引用和解释。

《奥林匹克宪章》是奥林匹克理念的结晶，现行的《奥林匹克宪章》是国际奥委会于 2000 年 9 月 11 日在悉尼举行的国际奥委会第 111 次全会上批准生效的，分 6 部分，共 74 款。《奥林匹克宪章》对奥林匹克运动的宗旨、奥林匹克主义、奥林匹克精神等作出了界定。

（1）奥林匹克主义

"奥林匹克主义"是现代奥林匹克运动的先驱者顾拜旦提出来的，但他却未给这一术语下一明确的定义。在国际奥委会罗马尼亚委员西波科的提议下，经过多年的讨论。奥林匹克主义的定义终于出现在 1991 年 6 月 16 日生效的《奥林匹克宪章》中。现行的《奥林匹克宪章》基本原则部分第一款对其定义如下："奥林匹克主义是增强体质、意志和精神并使之全面均衡发展的一种生活哲学！奥林匹克主义谋求体育运动与文化和教育相融合，创造一种以奋斗为乐、发挥良好榜样的教育作用并尊重基本公德原则为基础的生活方式。"

（2）奥林匹克宗旨

《奥林匹克宪章》（2000 年版）"基本原则"第三条对此作了明确的说明："奥林匹克的宗旨是使体育运动为人的和谐发展服务。以促进建立一个维护人的尊严的和平社会。"

"基本原则"第六条指出：奥林匹克运动的宗旨是，通过开展没有任何形式的歧视并按照奥林匹克精神——以互相理解、友谊、团结和公平比赛精神的体育活动来教育青年，从而为建立一个和平而美好的世界做出贡献。

（3）奥林匹克精神

《奥林匹克宪章》指出，奥林匹克精神就是相互了解、友谊、团结和公平竞争的精神。

（4）奥林匹克格言

"更快、更高、更强"。

"参与比取胜更重要"……

（5）口号

在现代奥林匹克运动会百余年历史中，历届奥运会的主办城市都拥有各自的举办理念，而口号则是每届奥运会举办理念的高度概括和集中体现。口号将理念浓缩为一句简短有力、容易记忆的话，它往往具有较强的视觉表现能力，富有强烈的情感色彩，并能被不同文化背景的人士广泛接受。举办城市为一届奥运会提出口号的做法在 1984 年洛杉矶奥运会之前并不普遍。"在历史中扮演你的角色"是洛杉矶奥运会组织者为鼓励当地居民而在宣传活动中使用的口号。从这届奥运会开始，口号作为一届奥运会的重要内容，越来越受到国际奥委会和举办城市的重视。1992 年西班牙巴塞罗那奥运会响亮地喊出了"永远的朋友"，这一口号强调了奥林匹克精神中友谊与和平的永恒主题，表达了全世界人民所共同的期盼与心声，赋予了巴塞罗那奥运会荣耀的历史地位。悉尼奥运会"分享奥林匹克精神"的口号令人叹服的是，从悉尼申奥开始，这一口号就几乎成了悉尼奥运的精神引领，为悉尼奥运会整体形象的塑造做出了巨大贡献。

1995 年，美国盐湖城获得了 2002 年冬季奥运会的主办权，但很快便陷入了申奥丑闻之中。"点燃心中之火"的口号就是在这种背景下走上舞台的，"圣火"是正义与纯洁的象征，而燃烧在内心的"圣火"当然也就暗喻了这届冬奥会正义的内在心灵。在2004 年举办的雅典奥运会上，希腊人热情而自豪地喊出了"欢迎回家"的口号。这其中不仅包含了雅典奥运会对全球奥林匹克大家庭所有成员最诚挚、最热烈的欢迎盛情，而且充分表达了希腊作为奥林匹克发祥地对奥运会重归故里的喜悦和自豪。

奥运举办城市的举办理念，一方面是对奥运基本理念的承袭，另一方面又是对奥运基本理念的充实、丰富和升华。

奥运理念和制度的形成与完善是一个过程，这一过程并非一帆风顺，一马平川，一蹴而就，而是充满了争论，争论主要围绕下述重大问题展开。

问题之一：职业运动员能否参加奥运会。

从现代奥运会诞生那一天起，业余原则就被确定下来。顾拜旦十分欣赏与崇拜古希腊奥运会的业余性质，认为古希腊奥运会对获胜者的奖励只限于棕榈枝编就的花环，代表了一种最纯洁最伟大的理想，即体育竞赛是一项高尚的运动，与金钱与物质利益无关。顾拜旦将这条原则写进了 1894 年的《奥林匹克宪章》："凡职业运动员，除击剑以外，不得参加所有其他奥林匹克比赛项目。"在该宪章的附加条款中，关于业余运动作了以下说明："以运动为业者，以及曾经或现在靠运动获取金钱者不得参加运动会。为此，奥林匹克运动永远不设金钱奖，只设荣誉奖。"

布伦戴奇更是个业余原则的极端推崇者。他对职业运动问题十分敏感，甚至敏感到神经质的程度。他不能容忍任何有关这一问题的不同看法，在墨西哥奥运会上，布伦戴奇发现有的田径运动员穿着带钉跑鞋，便怀疑他们得到了制造商的报酬，于是大发雷霆，规定所有运动员都应统一穿白色的跑鞋。慕尼黑奥运会开幕式前，当布伦戴奇看见运动员使用的旅行包上有汉莎、英航等航空公司的标志时勃然大怒，一边大骂一边冲上去将这些包扔出窗外，使那些不明就里的孩子们不知所措。

萨马兰奇主政后，从国际奥委会第 84 届全会开始，上述情况发生改变，这一改变是机智的、策略的、渐进而有序的。具体做法如下。

第一，将奥运会参赛运动员资格的审定由各国际单项体育联合会负责修改为由各国际单项体育联合会与各国国际奥委会共同负责。

第二，在奥运会参赛运动员资格审定的原则中，淡化直至取消有关"职业"与"非职业"的身份规定，以及与身份规定融合在一起的"业余消遣和不图名利思想"的要求，取而代之为能保证"忠实和重视公平竞争"，"不得使运动员的健康蒙受损害或使其在社会或经济上处于不利地位"，"必须遵守奥林匹克宪章和经国际奥委会批准的相应的国际单项体育联合会的章程，而且必须由运动员所在国的国家奥委会派出"。

然而，上述改革并没有完全改变奥林匹克运动的性质，现在奥运会仍然不对获奖运动员进行物质奖励，这是区别于其他比赛，特别是大奖赛的一个重要特点。

问题之二：奥运经费如何解决。

国际奥委会长期执行一条与商业对立的封闭政策。1984 年以前的奥运会以政府为主要力量，奥委会自己并没有稳定的收入，这造成经济上捉襟见肘的局面，以致申办 1984 年奥运会的城市只有一个，甚至还遭到市民的反对，最后只好交给私人打理。萨马兰奇认为，"商业化是使体育运动适应现代社会最有力的因素"，他主动将商业经营和市场开发引入奥林匹克运动中来。洛杉矶奥运会巨大的商业成功，使国际奥委会开始了主动的商业经营。依靠奥运五环的品牌，充分利用电视媒体的作用，掌握出售电视转播的大权和实施 TOP 计划，使国际奥委会从中获得了稳定丰厚的经济收入。奥运会所带来的直接经济效益，最主要来自三方面，即电视转播权的销售、指定赞助商的赞助和门票收入。根据《奥林匹克宪章》第 49 条规定："经国际奥委会批准。该权力（电视版权）由组委会出售，并依照国际奥委会的指示对收入进行分配。" 2002 年以来，电视版权收入的 40% 分配给国际奥委会，后来为了使更多的经费用于促进奥林匹克运动的发展，国际奥委会决定将提取率上升到 51%。1995 年 6 月以来，国际奥委会已与美国、澳大利亚、日本、中美和南美、中东、欧洲地区签署了至 2008 年的 51 亿美元的电视转播合同。这就解决了奥林匹克运动发展的经济困难，为国际奥委会、国际单项体育联合会、国家奥委会供了足够的经济实力，保证其自身运转和进一步发展，摆脱了制约国际奥委会发展的瓶颈。

问题之三：奥运与政治的关系。

顾拜旦坚持奥运是独立的，远离政治，既不受政治的影响，也不借助依靠任何政治力量。奥林匹克的创始人奉行不与政府打交道、独立于政治之外的路线。诚然，奥林匹克运动本身不是政治，但从诞生之日起，便与政治结下千丝万缕的联系，从未摆脱过政治风云变幻的影响，萨马兰奇一针见血地指出："把政治和体育分开是不可能的。"他认为国际奥委主席必须十分了解世界政治的动态，因为世界政坛几乎任何一项决定都会以不同方式对国际奥委会产生影响。德国体育史学家米默尔深刻地说："体育与政治永远分不开，体育运动最有兴趣的地方，也就是政治家最感兴趣的地方，谁要从事体育运动，谁就摆脱不了政治影响。"历史告诉我们，国际奥委会成立至今，政治在其整个奥林匹克运动过程中无处不在。第六任国际奥委会主席基拉宁任职八年，他遇到的"95%的问题都涉及国内和国际政治"。

面对冷战笼罩下的国际关系，国际奥委会打破了自己原来一直奉行的非政治原则。自国际奥委会建立起，它始终坚持体育脱离政治的原则，反对奥运会成为主权国家扩张其政治目的的工具，这在布伦戴奇身上表现得尤为明显，但历史证明，独立是不可能的。1980 年萨马兰奇任国际奥委会主席，上述局面开始改变。外交经验告诉他，奥林匹克运动不能脱离国际政治，必须采取措施破解困扰奥委会大半个世纪的政治难题，消除因政治原因而产生的抵制，并积极谋求与政府间国际组织建立联系。

正确认识和妥善处理体育和政治的关系，是避免政治负面干预的重要因素，实行开放政策，主动与各国政府打交道，是萨马兰奇一贯的主张。此外，他还主张国际奥委会在与各国际组织、各国政府领导人合作协调的同时，应保持自己的独立性，不依附任何政治力量。他认为，由于奥林匹克运动的国际性，国际奥委会"不能接受任何一个国家的指挥，要不然就必然会陷入相互冲突的境地"。

问题之四：国际奥委会的地位与保障。

与顾拜旦将奥运定位于民间组织与活动不同，萨马兰奇一上台就把谋求与联合国的密切合作作为自己的重要任务。联合国是当今世界处理国际事务、维护世界和平的最重要的国际组织。萨马兰奇的这一努力，一方面是为了通过奥林匹克运动促进国际间的相互了解，另一方面是为了巩固国际奥委会的地位。他从 1981 年开始，多次努力试图将奥林匹克运动纳入联合国大会的议程，以联合国决议或宣言的方式获得国际社会对奥林匹克运动的价值、自主性的承认，并确立国际奥委会非政府组织的社会地位，扭转国际奥委会形象日益下降的局面。

1992 年 7 月，萨马兰奇向联合国呼吁在奥运期间实现"奥林匹克休战"。在奥运 100 周年之际，他又请求联合国宣布"1994 年为国际体育与奥林匹克理想年"。经过萨马兰奇大量的工作，第 48 届联大通过了国际奥委会提出的以上两个呼吁与诉求。这既是萨马兰奇对奥林匹克运动和对世界和平事业做出的贡献，同时也客观上巩固了国际奥委会的组织地位，标志着奥林匹克运动获得了国际社会的公认，提高了其历史地位。目前，国际奥委会与若干联合国分支机构——联合国教科文组织、难民事务高级专员公署、开发计划署、粮农组织、国际劳工组织和儿童基金会签订了合作协议，并且与国际红十字会、世界卫生组织和欧洲理事会等国际组织建立了联系。

前联合国秘书长加利称赞说："服务于和平及国际人民的行动中，联合国、国际奥委会结成了宝贵的联盟。"1998 年 6 月 21 日，联合国秘书长致函国际奥委，赞扬萨马兰奇"通过体育运动和奥林匹克理想致力于世界和平事业，对联合国的工作提供了积极的支持，双方的合作卓有成效"。"联合国为能够和奥林匹克运动一起为实现如此高尚的目标，感到庆幸"。另外，在联合国成立 100 周年时，萨马兰奇代表国际奥委会在大会上发言，更表明联合国对他的尊重和肯定，对奥林匹克事业的表彰和感谢，树立了国际奥委会的威信。

围绕上述重大问题的争论，我们可以清晰地看到奥运理念与制度变化的轨迹与主线。奥运会是奥林匹克运动的重要组成部分，也是奥林匹克理念得以体现与发扬的载体。正是由于奥林匹克主义所提倡的生活方式、生活哲学深得人心，奥林匹克运动才得以复兴，奥运会才得以兴盛。

（二）丰硕的成果

奥运一直在追求。奥运的追求是美好的。美好的追求结出了丰硕的成果。这些成果尤其是道德进步的成果，对人类的行为和生活产生了巨大影响。

1. 促进了人的全面发展

奥林匹克运动的核心思想是促进人的全面发展。人的发展既涉及人的解剖结构、生理机能等物质形态的改善，更涉及人的内心世界的完善。现代奥林匹克运动的创始人顾拜旦曾经指出，奥林匹克运动"并非只是增强肌肉力量，它也是智力与艺术的"。奥林匹克运动不仅作用于生物的人，而且也同时作用于社会的人。奥运的功能不仅表现于人有形的物质形态，对人的精神状态、精神境界和精神风貌也有相当影响。人们在奥林匹克运动中看到了超越进取的精神、顽强拼搏的精神、公平竞争的精神、团结友爱的精神、爱国主义和国际主义的精神以及由此带来的音乐、美术和文学繁荣等。奥林匹克运动所蕴含和培育的精神是多种多样的，没有精神活动参与的、纯粹的身体运动在奥运中是不存在的。

2.加强了体育和文化、教育的融合

顾拜旦和萨马兰奇都奉行奥林匹克的教育原则。顾拜旦认为，一般说来，国家最大的问题可以归结为教育问题，在民主国家尤其如此。这也是他倡议复兴奥林匹克运动的重要动机。也正是在他的倡导下，现代奥运会自1912年开始设立文学和艺术比赛，将奥林匹克的文化艺术性落到实处。他本人的《体育颂》就是一首被奉为经典的奥林匹克文学作品。国际奥委会主席萨马兰奇将奥林匹克运动与文化艺术的关系概括为"奥林匹克主义是体育运动与文化的结合"。《奥林匹克宪章》规定，组委会必须制定文化活动计划，该计划应为促进奥运会的参加者和其他与会人士的和谐关系、相互了解和友谊服务。萨马兰奇也对教育极端强调，在他的提议下，国际奥委会专门成立了文化委员会、教育委员会，要求举办奥运会的城市在奥运会期间举办文化艺术展览活动，提倡各国奥委会在本国开展奥林匹克的雕塑、绘画等活动，奥委会总部就收藏有世界各国优秀的奥林匹克文学艺术作品。

3. 培养了人在竞争中求快乐的"骑士"风范

体育竞争中的"骑士风范"，在现代奥运中已不仅仅是战胜对手后对对手的尊重，而是在战胜对手前对对手的培养，一个国家的智慧秘籍，绝不是只供一国长期独享的专利，而应是值得人类共同分享的巨大财富，如果哪个国家希望通过保留而不是进步来取得胜利，要么是失去观众，要么是失去对手。当年中国观众对"叛国"乒乓球国手的厌恶甚至唾骂，还清晰地留在人们的记忆中，但中国球员会师比赛时越来越空荡的看台，却让人们意识到，中国的国球绝不能中国一家玩，否则这项运动最终只能死亡。交流和融合推动着人类整体向自身的体能和智慧极限挑战的更高水平。中国乒乓球总教头蔡振华说得好，中国十多年来每一项乒乓球技术的创新，都是国外选手在中国培训之后向我们挑战的结果，就连蔡振华这位名教头，也是在中国被国外挑战逼得走投无路的"乱世"中闯荡出来的。

4. 倡导了对基本公德的遵循和对良好榜样的学习

树立"奥运选手的榜样"是教育青年的一种重要方式。顾拜旦有一段广为传诵的话：为了吸引100个人参加体育锻炼，必须有50个人从事竞技运动；为了吸引50个人从事竞技运动，必须有20个人接受专门训练；为了吸引20个人接受专门训练，必须有5个人具备创造非凡成绩的能力。奥运选手实际上也起到了激励大众特别是青少年的示范作用，美国的田径明星刘易斯、中国的邓亚萍、郎平等都是青少年的偶像，对青少年的成长提供了鲜活而良好的楷模。已故著名田径运动员杰西·欧文斯说得好：在体育运动中，人们学到的不仅仅是比赛，还有尊重他人、生活伦理、如何度过自己的一生以及如何对待自己的同类。

5. 推动着建立一个维护人尊严的、和平的社会

奥林匹克运动以富有人文情怀的体育运动作为实现自己宗旨的路径，在世界各国青年间建立起友谊的纽带。正如国际奥委会第四任主席埃德斯特隆所说："奥运会无法强迫人们接受和平。但是它为全世界的青年人像亲兄弟一样欢聚一堂提供了机会。"事实的确如此，如在伊拉克和科威特战争结束仅一年后举行的巴塞罗那奥运会上，伊、科两国的运动员就同时出现在赛场上。当南非的政治局势开始发生变化时，国际奥委会马上向南非派出了一个考察组，结果国际奥委会成为第一个重新接纳南非的国际组织。当不同肤色的南非运动员出现在巴塞罗那奥运会上时，国际奥委会向全世界证明，一个新时

代开始了。

（三）必要的反思

现代奥运理念与制度的道德成就背后，依然还存在几大伦理难题，这是我们不应该也不能回避的。

1. 从拒斥商业到形成商业依赖的冲击

商业依赖对奥运的影响是全面的，就其对奥运本身而言，有两点尤其应引起警惕：其一，对奥运项目的设置尤其是奥运比赛过程的干扰；其二，对奥委会委员们道德底线的侵蚀。

我们已经熟知奥运赛场诸多因为屈就商业赞助而带来的体育悲剧，如优秀运动员因为受电视转播限制，热身不够而造成的伤残等。我们没有预料到的是，面对日益发展的国际经济一体化和市场经济全球化，国际奥委会打破了原来一直奉行的非商业化的原则，将市场经济引入到国际奥委会的主要活动——奥运会中，对此进行商业开发，扩展其集资方式。通过 TOP 计划与很多享誉全球的跨国公司建立联系，使国际奥委会获得了财政的独立。但这同时也引出了国际奥委会进入激进变革后面临的最大冲击，盐湖城丑闻事件的爆发就是一例。该事件带来的危机从外部讲是信任危机，从奥林匹克自身讲是一场道德危机，其原因可归结为奥运会引入了市场机制，商业化使奥运会成为了一架庞大的赚钱机器，随着申办竞争的加剧，申办活动中出现了恶性竞争。为取得成功，各申办国不惜花费重金，玩尽花样，部分禁不住金钱诱惑的国际奥委会委员成了他们利用的工具。在 1999 年赫尔米克事件后，萨马兰奇等人制订的所谓周密措施，就没能堵住行贿受贿的浊流，一系列的丑闻在不久后被已辞职的奥委会委员披露。尽管确认 2002 年的冬奥会申办城市盐湖城申办贿选后，国际奥委会的工作更细致，如建立了道德委员会，也禁止今后国际奥委会委员和举办申请国发生非奥委会规定的联系等，但事态的发展还有待观察。

2. 从去政治化到成为政治武器带来的困惑

萨马兰奇 1980 年上台以后，第一个难题就是如何解决政治抵制给奥运带来的恶劣影响。1976 年蒙特利尔奥运会政治抵制风波记忆犹新，莫斯科奥运会的政治抵制又接踵而至。1980 年夏天，莫斯科奥运会即将召开，东西方两大超级大国冷战对峙，美国总统卡特抓住苏联入侵阿富汗，号召其他国家一起抵制莫斯科奥运会，结果 140 个会员国中，有 65 个参加抵制。莫斯科奥运会经历了体育史上规模最大的一次抵制，整个赛事陷入了严重的危机。为此萨马兰奇开始主动寻求政治庇护，以阻止未来可能的抵制行为。而他自己可能也没想到的是，奥运和国际奥委会的发展以及世界形势的变化，在整个国际政治体系中，作为像国际奥委会这样的非国际行为主体也开始发挥作用，各个主权国家已不太可能再直接控制国际奥委会的内外行为，并把奥运会作为它们扩张其政治目的的工具。首先，由于国际关系不再仅仅是国与国之间的关系，而具有了跨国、跨政府的特征，国家对外部决策的敏感性日益加强。由此，作为具有跨国性的国际奥委会，也必然会在新的国际关系中发挥比以前更重要的作用。因为一方面国家政府必须严格遵守成员规定，另一方面面对电视转播权以及特许经营权的诱惑，政府行为越来越受到国际奥委会决策的限制。第二，由于国际格局呈现出了多极化的特征，世界意识形态的差别不再像以前那样明显，市场的力量在"赞助"国际体育赛事中发挥了重要的作用，国家行为的范围与作用日益减小。第三，国际奥委会有了由巨额收益支撑的自治性。由于国际奥委会从电视转播权等项目中获得了颇丰的收入，一举成为了一个富有而独立的组织，政府越来越不能像以前那样控制像国际奥委会这样跨国组织的活动，反过来是举办奥运会对各国政府有着巨大的吸引力。

奥运会不再是哪个国家的政治武器，却成了国际奥委会的政治武器。奥运有推动世界和平的使命和任务，但不是以政治的方式，尤其不能以体育命名的政治方式，而在现实中，我们看到，一个国家是否获得国际政治地位，能否参加奥运会已经成为它努力的政治方向之一。国际奥委会是否接纳有争议的地区作为独立部分参加奥运，也成为一根牵动世界的敏感神经。

莫斯科奥运会上，法、德等国的奥委会就顶住了政府压力，派代表团参加了，其国家奥委会的行为一时传为美谈。世界政治应该为奥运体育提供良好保障，奥运也应该为世界和平努力，但体育的方式肯定不同于政治的方式，奥运体育不应该为世界政治做仲裁。当奥运成为了国际奥委会的政治武器，在与联合国的政治合作中，如何保持其中立性并服务于全世界，作为一个非常严肃的政治伦理问题，摆到国际奥委会的面前。

3. 从为荣誉而战到金钱所驱造成的担忧

业余原则反映了以顾拜旦为代表的社会精英维护体育纯洁性的理想与热情，但在实践中却确实遇到不少问题。最关键的问题是职业运动和业余的区分。尤其是 20 世纪 50 年代苏联等社会主义国家参加奥运会后，运动员都靠政府资助，本质上是以运动为职业。西方国家一直指责这是违背了业余运动原则。而苏联等国家也反驳说西方国家许多运动员获取体育奖学金和其他资助，同样有违《奥林匹克宪章》有关规定。

业余原则另一个备受争议的问题是它实际上将奥林匹克运动变成了富人的运动会。因为在现实社会中，只有富有阶层才有财力个人承担体育训练和比赛的不菲费用。关于这一点，连顾拜旦也有所认识。1913 年，他在一篇文章中不无忧虑地提到了所谓"绝对业余身份问题"，他指出"按照这一概念，只有百万富翁才可能在不背离教义的前提下从事竞技体育"。

第三个问题则是，在职业运动日益发达的背景下，坚持业余原则也使奥运会很多项目的水平相形见绌，奥运会作为世界体育最高形式的代表性与影响力由此受到质疑。

在职业运动员进入奥运赛场之前和之初，许多运动场上的精英似乎还一点也不懂得金钱和利益之类的东西，体育精神和国家荣誉是他们比赛的全部目的和动力，而后来，运动员们的经济头脑似乎在沉睡之后慢慢苏醒，并导致他们的向心力发生了改变。在金钱的刺激下，他们的价值判断也出现了失衡，经济利益成了第一要素，荣誉感反而淡化了，这也是导致兴奋剂丑闻、假球丑闻等屡见不鲜的主要根源所在。因此，奥林匹克精神必须接受前所未有的严峻考验。1996 年的那届商业味盖过体育味的奥运会就已经给人们敲响了警钟，利用奥运会加速主办国家和城市经济发展固然无可厚非，但如果本末倒置就不是主办者也不是全世界的观众们愿意看到的事情了。我们在肯定奥运经济对奥林匹克运动积极作用的同时，也应该清醒地认识到，毕竟奥林匹克精神才是奥林匹克运动的最高主宰，只有这样奥林匹克运动才能健康持久地发展下去。

二、NBA

(一) 神奇的 NBA

NBA 是呼唤个性彰显、英雄辈出的篮球赛事，也是娱乐性和商业化结合得十分完美的运动类型。

NBA 将篮球运动由原来简单的球类游戏演变成一种内涵丰富、形式精彩、对抗激烈的现代体育运动。NBA 比赛过程中，胜利是球队和球员追求的，但决不是唯一的目标，享受篮球带来快乐的不仅是观众，也包括球员。NBA 球员奇妙的传球技术、高超的投篮动作、娴熟的运球技巧、天衣无缝的战术配合，使比赛精彩绝伦，变化莫测，尤其是那些不可重复再现的身体动作语言及充满悬念的比赛过程等，吸引着观众的眼球，愉悦着球员的心情。

NBA 又不仅仅是娱乐性的，它还是商业化的。经过几十年的发展，NBA 从一个单纯的娱乐健身领域成长为一个庞大的体育产业。NBA 现已发展成为全球性的"娱乐公司"，一个"体育版"的迪斯尼，它在满足全球观众精神娱乐享受的同时，创造出了巨大的财富。NBA 一个赛季的境内转播权的售价就为数亿美元，是美国国内继棒球、橄榄球、冰球的又一收入巨大的体育经济项目。值得一提的是第四任理事会长斯特恩，他革新 NBA，将它打造为一个全球性超级品牌。现在，NBA 源源不断地从海外获得了实实在在的收益，见证着 NBA 的商业化急剧扩大的进程。

围绕着联赛的生存与发展，NBA 经过不断的冲突与妥协、竞争与磨合，从球队建制、组织管理、竞赛体制、市场运营、法规保障到后备队伍的培养已形成了一套完善的运作体系。正是凭着这一运作体系，第一，保证了 NBA 联盟对高水平职业篮球运动员的独占，只要运动员通过选秀或转会进入 NBA 联盟后，运动员就要受其所签订合同的控制，在合同期内不能随意流动；第二，均衡了 NBA 各支球队的竞技实力，避免了球队间的实力过于悬殊而影响了 NBA 产业核心市场——竞赛表演市场的观赏性；第三，缩小了各支球队之间的收入差距，扼制了富者越富、穷者越穷的畸形现象的发生；第四，缓解了劳方与资方的利益冲突与直接碰撞，建立了劳方与资方的平等对话平台——劳资谈判制度。劳资谈判主要就球队老板与运动员在收益分配及权力划分这两个方面进行协调，十分详尽地规定了劳资双方收益分配的比例和权力行使的范围。

通常人们认为世锦赛美国男篮的连续失利是 NBA 商业化运作的恶果，其实不然，NBA 的商业化推动了 NBA 的全球化，使世界各地的篮球天才们都可以进入最高水平的篮球殿堂，激发世界各地人们对篮球运动的热爱，同时也改变了大型竞技体育运动常常只注重胜负结果的价值观。2007 年 NBA 的常规赛 MVP 诺维茨基不仅不是美国公民，而且季后赛表现并不好，但他在常规赛中表现很好，这就够了。不是一支球队赢球就精彩，而是两支球队对抗才辉煌，这就是 NBA 的评判。

从大卫·斯特恩上台时说的话，我们就能感觉到 NBA 的核心理念是要制造并推销一个商品。斯特恩上任时，有人讽刺斯特恩对篮球是个不折不扣的外行，根本不配做 NBA 的总裁。但是斯特恩毫不介意，他说："汽车公司的总裁没必要去组装汽车，石油公司的总裁也不需要懂得如何开采石油。NBA 的总裁与他们没有不同，为何我就需要会打篮球呢？"《今日美国》甚至评价说，"NBA 就是一个庞大的经济体，这里存在的只有交易，斯特恩把最好的商品提供给世界，世界回报给他丰厚的利润。NBA现在就是一架印钞机！"

商品要想源源不断地卖出去，必须符合几个要求：其一是高质量的品牌，其二是能满足顾客需要，其三是占领广阔市场。NBA的经营者深知商品生产与销售的内在要求，以此不断改革NBA制度。

● 建立高质量的品牌

高质量的品牌既要有内涵，又要有形象。在斯特恩就任前，NBA吸毒泛滥，球场暴力盛行，形象不良。20世纪70年代是美国毒品大泛滥的年代，尤其是体育界，更可以说已经泛滥成灾。据《洛杉矶时报》统计，75%的职业篮球运动员都是毒品吸食者。这报道一出来，立即被全美各大小报争相引用，再如不时传出NBA球员因吸毒被捕甚至因为过量吸毒而死亡的消息，NBA的形象立即在美国公众心目中大打折扣。

为了扭转NBA球员吸毒成风的恶劣形象，斯特恩一反过去对球员吸毒睁一只眼，闭一只眼甚至还为他们遮遮掩掩的被动袒护做法，主动向毒品宣战，并成为美国所有职业体育联盟中第一个制定出严厉反吸毒规定的组织。在斯特恩主持下，NBA规定，如果任何NBA球员主动承认自己是瘾君子，联盟将协助他找到戒毒方法和戒毒医院，直到他完全治愈，并且不向有关部门检举（在美国，吸毒是犯罪行为，一旦发现，将有牢狱之灾）。如果发现再犯，他还能享受一次同样的待遇。但是如果第三次被发现仍在吸毒，那么该球员将被永远开除出NBA。NBA这种既给出路，但同时态度坚决的反毒政策收效奇大。自此以后，虽然不能说NBA球员中已经完全杜绝了吸毒行为，但确实将这个危害美国社会的严重问题在相当程度上清除出NBA，并从正面重新树立了NBA的模范形象。

斯特恩上任后，还铁腕处理球场暴力。1977—1978年球季，火箭队明星球员汤加诺维奇在比赛中与湖人队球员华盛顿发生肢体冲突，汤加诺维奇下巴被击碎，当场人事不知。事后，华盛顿仅获NBA低额罚款和禁赛六十天的惩处。2004年11月19日，NBA球员在奥本山宫殿再次上演了武斗大片，阿泰斯特、杰克逊和小奥尼尔在场上展示拳击。这次的处理就完全不同了，事发不到三天，斯特恩就宣布了以主角阿泰斯特为首的9人禁赛143场，这是NBA历史上最重的一张罚单，在整个体育史上都将留名。

此外，斯特恩对球员中服饰的Hip-Hop风格也进行了坚决抵制，并为此颁布了"限衣令"，要求球员在比赛的八个月里必须保持NBA的公众形象。

高质量品牌主要体现在NBA的运动水平上，但必要的包装也是不可或缺的。为打造高质量品牌，斯特恩在注重抑制负面形象的同时，十分注重正面形象的塑造，其策略之一，就是不断地推出明星。伴随着约翰逊、伯德等球星的加盟，NBA开始引起人们的广泛关注。20世纪80年代NBA总冠军的龙争虎斗将篮球比赛带入一个艺术的境地。那种精湛绝妙的技巧、灵活多变的战术、扣人心弦的场景和运动员坚韧顽强的意志，给广大球迷一种令人陶醉的精神享受。20世纪80年代是NBA群星灿烂的年代，老将贾巴尔与约翰逊的配合出神入化，伯德所在的波士顿队光彩四射，乔丹、奥拉朱旺、托马斯、马龙等球星的加盟，更使得NBA生机勃勃。乔丹两次创造了NBA的历史纪录，演绎成为当今NBA的神话。斯特恩包装球星作为形象代表，从而对市场产生视觉冲击。NBA最成功的形象代表应该说是飞人乔丹，迈克尔·乔丹从耐克的广告中就拿到500万美元，而在这之前，NBA即便超级明星约翰森、伯德或者贾巴尔等做广告，充其量也就是数万美元一年的收入。乔丹因为走红而带发了耐克，耐克又为了生意经更加着意打造乔丹，耐克的飞人球鞋在全世界赚得盘满钵满，乔丹也从此红得一发不可收拾，一举一动甚至影响到华尔街！大明星和商品市场结合，最后两获其利。那些原先默默无闻的球员在斯特恩的造星攻势下横空出世，让全世界的球迷为之疯狂。NBA 的球星们不仅仅会打篮球，而且多才多艺，这使 NBA 更添魅力，前圣安东尼奥马刺队"海军上尉"罗宾逊自幼便受钢琴的熏陶，大学时已达到专业水准，能出色地弹奏贝多芬奏鸣曲的第8~13 部，而当今世界能圆满演奏该乐曲的不足千人。

● 满足顾客需要

顾客需要有原本就有的，也有被刺激产生的，凡是经营有方者，都是激发和引导顾客需要的有道者。欣赏体育比赛不一定看 NBA，但看 NBA 就一定可以欣赏到体育比赛。为开创欣赏体育比赛非看 NBA 不可的局面，NBA 自成立之初，就开始探索和完善游戏规则。为提高比赛的观赏性和增进比赛的对抗性，多次进行竞赛规则修改。例如，1946—1947 赛季：改联防为盯防；1954—1955 赛季，规定 24 秒完成进攻；1979—1980赛季：制定 3 分球；1994—1995 赛季，3 分球区域缩短至 22 英尺。这一切的目的只有一个，即满足观众对比赛不断提高的观赏水平。为了让对橄榄球疯狂的美国人感受篮球的魅力，斯特恩不仅仅要求 NBA 要有技术，更要有"表演"，哪个队胜利不重要，重要的是让观众喜欢。

NBA 的经营者还抓住了观众对欣赏体育比赛的最大需要，那就是激烈而优美的对抗以及由此形成的比赛结果的不确定性。当世界各国的足球不断形成豪门的时候，NBA始终坚持球队实力均衡原则，为此在选秀制度、球员转会制度上做了诸多规定，如上赛季成绩较差的队有优先选秀权，这使克利夫兰骑士这样的弱队能选到詹姆斯，而詹姆斯居然就把骑士队带进了总决赛。联盟还集中资源分配，共享联盟利益。联盟集中控制联盟标识、专用产品使用权、平台资源等的使用与开发，使之价值最大化，对于在赛季全国性媒体购买的转播权，以及转播时段要求，联盟实行捆绑销售，保护小城市俱乐部利益，并在联盟收益的分配上向弱小俱乐部倾斜，保证弱小俱乐部有足够的经济实力与一流球员签约。这种分享机制表现为竞技水平高、经济实力雄厚的俱乐部扶持弱小俱乐部，从保持经济实力上的平衡到实现比赛实力的均衡，确保满足观众对赛事的要求。

NBA 在激发和引导顾客需要方面，一个典型的例子就是对中国球员的引进。斯特恩对中国文化和中国人的心理十分了解，如果简单地将 NBA 推到中国来，可能没几个人去看，但有中国明星在里面就不同了，姚明掀起了中国的 NBA 篮球旋风，中国的年轻人不仅接受了 NBA，还开始主动寻找它所制造的各种品牌商品，至少现在可以看到，在有购买力的青少年中，篮球场上不穿耐克鞋的已经成了少数。

● 占领广阔市场

顾客基数越大，商品的销售总量就越大，这是个简单的道理。但如何扩大并占有市场可不那么简单。NBA 首先是解决了国内垄断市场的难题。NBA 成为运动卡特尔——垄断职业运动联盟始于 1975—1976 赛季 NBA 和 ABA 的合并，所谓卡特尔系资本主义垄断组织最普遍的形式，即生产同类商品企业为垄断某一特定市场而组织的联盟。参加者共同签订协议，要求共同的价格政策和生产政策。对特定商品的生产销售以及劳资等都有一定的限制。它使每个个体以整个公司组织的利益去行动。在美国这样的自由社会，职业运动却享有运动卡特尔的特权。所谓运动卡特尔指在职业运动公司之间限制对运动员的竞争，并分配市场以及综合管理开发市场的组织。职业运动卡特尔是职业运动联盟，而不是各个运动队，它是各个职业运动公司的总代表，与职业运动公司的利益完全一致。运动卡特尔又不完全等同于其他的卡特尔。总体而言，职业运动的经营不在正常的商业考虑之内，他们的商业原则和行为不像一般的商业那样受政府的严格审查。

在国会的支持下，NBA 联盟很快获得了梦寐以求的"反垄断豁免"等政策。为保证垄断优势，NBA 限制俱乐部竞争，严格控制俱乐部成员数目，否决升降级制，对新成员加入设置壁垒，对加入者的运动水平、市场前景、经济实力等严格审核，并收取高额接纳费。如 1993 年 NBA 接纳加拿大两支篮球俱乐部，分别收取 1.25 亿美元，分配给原有俱乐部成员作为加盟而影响其他成员收益的补偿，此外，联盟狠抓章程，规定各个俱乐部的专属区域，避免俱乐部间的竞争，保护俱乐部在本区内享有绝对市场优势。

至此，NBA 终于完成了对美国职业篮球从人才、资金到市场营销的全部垄断，然后就开始把视野投向全球。

1984 年，上任未久的斯特恩与 FIBA 的秘书长斯坦科维奇会晤，商定在 1987 年开始共同举办一个篮球比赛，NBA 奏响海外进军曲。1988 年麦当劳赛在西班牙的马德里进行，NBA 球队第一次走出国门。后来，这一赛事发展成世界男篮俱乐部冠军杯赛。

除了这项比赛之外，NBA 从 1990 年开始，每逢偶数年便派两支球队到日本进行新赛季开始的两场常规赛，这在美国所有职业体育项目里是绝无仅有的。在日本举行联赛的成功使 NBA 欣喜万分，他们决定把更多的比赛直接带到各国球迷面前。1992 年 10 月，NBA 向北把比赛带到加拿大，向南把比赛带到墨西哥；1993 年又把比赛安排到了伦敦。伦敦之行令 NBA 对欧洲市场更加充满信心；1994 年 10 月，NBA 派球队到法国、西班牙、意大利、墨西哥、加拿大和波多黎各等地进行热身赛，他们紧接着又来到了中国，所到之处，无不引起轰动。为扩大影响，获得市场，NBA 每年还在南美、欧洲、澳大利亚等地召开球迷大会。

NBA 的全球化不仅自己走出去，还把别人请进来。从 1989 年起，NBA 里开始有了外国球员，南斯拉夫中锋迪瓦茨是 NBA 的第一个外籍球员。从他开始，来自澳大利亚的朗利、来自荷兰的施密茨、来自南斯拉夫的库科奇等，都渐渐成为全球所熟知的名字。NBA 发展至今，国际球员人数越来越多。在 2002—2003 年赛季初时，NBA 共有 68 名分别来自 35 个不同国家及地区的国际球员。在 2003—2004 赛季，又有 73 名分别来自 34 个不同国家和地区的国际球员加盟 NBA。在 2005 年的全明星赛上共有 6 名国际球员被选入。由于 NBA 培养了众多的国际球星，使我们在 2004 年雅典奥运会上看到，当今 NBA 已形成"世界打美国"的新格局。看到这样的局面，身为 NBA 总裁的大卫·斯特恩恐怕将会是最为高兴的了，因为对于他而言，NBA "一统江湖"已是指日可待。

（二）未完成的思考

在商业道德上，应恪守"君子爱财，取之有道"。俗话说：无商不奸。这既说明了商人的精明算计，还暗示着商人为了利益的不择手段。马克思批判资本家的时候说过，有 300% 的利润，资本家可以不顾一切。而 NBA 虽然是赚钱机器，但对赚钱途径的正当性十分讲究。首先是通过提供高质量的商品来获得高收益的回报；其次，对高收益的分配，参与各方权利平等，劳资平等，各资方也平等，有钱大家一起赚。职业篮球是一桩生意，必须赚钱才能玩下去。而要想赚钱，就必须让大家都赚钱。这里所谓的大家并不仅仅是球队老板，而是所有与 NBA 有关系的人——NBA 联盟、NBA 球员、广告赞助商、电视台以及包括零售商在内的其他任何与 NBA 做生意的人。把生意做大，这样大家都能从中分红获利。

劳资关系从有资本家以来就一直是一对最紧张的矛盾，为了保障球员的利益，斯特恩除了使已经存在的自由球员制度更加灵活之外，还史无前例地规定球员的薪水占整个 NBA 联盟年总收入（包括出售球赛电视转播权和 NBA 专卖产品，如印有 NBA 标志的球衣、鞋、帽以及纪念品等）的 53%，NBA 收入越高，联盟给球队的钱就越多，而球队投注在薪资上限之内的钱也就越多，球队就可以拿出更多的钱来与球员签约。这样，球员不再是作为对立面出现的"被剥削对象"，他的利益与球队以及整个联盟的利益紧紧联系在一起。

在职业操守上，坚持规则面前没有特权的底线，追求事业卓越的理想。NBA 的领导者们非常看重游戏规则，不管是在外部得到支持还是在内部进行管理，NBA 的规则十分完备，更重要的是在规则面前一视同仁，NBA 的球员不管是什么国籍，什么种族，什么身份和背景，以及由此带来的个性和行为方式差异，只要能把 NBA 发扬光大，为 NBA 吸引更多观众，他就是 NBA 欢迎的人。但是，任何人不能违反联盟的规则，即使是乔丹这样的球星或莱利这样的教练，也只能在规则的范围内活动。"飞人"乔丹是 NBA 的超级巨星和票房力量，当年我们在欣赏公牛队比赛时，也常常看到乔丹飞跑到主裁判跟前，摊着双手、瞪着眼珠对裁判大声嚷嚷。此时此刻，裁判要么跟他说两句扭头而去，要么判乔丹一次技术犯规。有记者为乔丹叫屈，说他是队长，《NBA 规则》第 3 条第 3 款 b 项规定："在某队所叫的常规暂停和 20 秒暂停期间，该队的指定队长是唯一能与裁判说话的球员。"但记者只记住了该规定的一半，而忘记了该规定的另一半，"可以与裁判讨论对规则的解释，但不能讨论裁判判决的是非问题。"

主教练的权利，在球场上还不如手下的大将——队长。队长在本队叫暂停时还能和裁判"讨论对规则的解释"，主教练就不行。《NBA 规则》第 3 条第 4 款 b 项规定："在任何一次暂停时，教练都不允许与裁判说话。"当然队员兼教练就更是手中无权，d 项规定："队员兼教练没有任何特殊权利，他的行为表现必须与其他任何队员没有区别。"《NBA 规则》对教练的位置也有讲究，规定他们不得超过 28 英尺的标线，越雷池一步就要被罚，除非裁判将其叫过去。所以，脾气急躁的教练如莱利等，常常由于在比赛时或暂停时冲裁判大喊而被判技术犯规。

当然，在联盟活动范围和联盟规则之外，球员和教练的行为不归联盟管，爱怎么样就怎么样，所以罗德曼可以去拍电影，和女星闹绯闻，还客串摔跤，赛场上经常作怪异的发型和文身，但是，只要一回到比赛中，他就不得不把他最喜欢的种种饰品摘下来。

在坚守职业伦理底线的同时，我们还可以看到 NBA 球员对成就卓越的理想追求。2004 年 NBA 组织了一个"最坚韧球员"的评选活动，通过球迷们的投票来决定"最坚韧的球员"的排列名次。"最坚韧球员"这个称号不仅仅是对于球员坚忍不拔精神的肯定，也体现了运动员职业道德在球迷心目中的影响。最后投票结果，艾弗森排第一位。奥尼尔称呼艾弗森为"最顽强的球员"，为什么？艾弗森身高仅仅 6 英尺，体重才 165 磅，却每天晚上同奥尼尔 7 英尺 340 磅的身躯一样冲入内线厮杀！从一些媒体报道来看，艾弗森的伤病足够报废一位球员的职业生涯，可是他还是没事儿一样，常常浑身带着绷带冲向对手的篮筐，连对手都不得不被他的精神力量所折服。艾弗森自己也曾经说过："像一支和陡峭的悬崖搏斗的狂奔的激流，你应该纵身跳进那茫茫的、不可知的命运，然后以大无畏的精神战胜它，不管前面有多少困难向你挑衅。"艾弗森的这句话，说明了他对人生的追求与渴望，这也是我们应该追求的品格。

NBA 的球员尤其是球星们用自己的行为表达了一系列的优良品质，如决不言败的勇敢、永不放弃的坚韧、团队高于个人的信条，对裁判"零忍耐"的绝对服从等。可贵的是，NBA 在商业进程中也时刻不忘自己的社会影响力应负载的社会责任。NBA 经常组织由当红球星参加的各种慈善义赛，为此奥尼尔还和职业拳击手进行比赛，虽然是慈善比赛，不致抬出去，受伤却是不可避免的。在 NBA 球星中，个人为社会做慈善事业的比比皆是，纳什、莫宁、艾弗森等都是榜上有名的慈善人物，穆托姆博更立志要作慈善家。球星们并不缺钱，所以希尔主动去做义工，他们的家人也不甘落后。热队五名球员在 2006 年 3 月的热队家庭节上成功地举办了一次拍卖活动，拍卖活动筹集到 150 万美元，捐献给了医院、戒毒中心等社会机构。

当然，我们也应该看到，纯商业化了的 NBA 要像前工业化时代的天空一样纯净，显然不再可能，优秀的理念和完备的制度总是只能起外部作用，受商业利益驱动的还有不良的个人动机，一旦个体把持不住，丑闻就伴随而来。NBA 赛场的坏孩子也不少，丑闻更是此起彼伏，就是艾弗森还有吸食大麻、结交损友等诸多问题，而裁判"作弊"更远比 NBA 明星的花边私生活严重得多。2007 年的裁判赌球丑闻就让斯特恩、NBA 和整个美国震惊。FBI（美国联邦调查局）宣布，他们正在调查有着 13 年 NBA 执法经验的裁判蒂姆·多纳吉。这位裁判在过去的两个赛季多次下注赌博 NBA 赛事，其中有一场更是他亲自执法的比赛。此人目前已经从 NBA 辞职。NBA 一直采取高薪养廉策略，然而高薪在多纳吉这儿，非但没能养廉，反而养成了他奢侈的生活习惯。多纳吉在费城远郊一座乡村俱乐部附近有自己的一处房产，最近还购置了一部宝马汽车。联赛中的"多纳吉"只有这么一个吗？答案只能等 FBI 的最终调查结果出来后才知道。但是无论结果如何，NBA 一直树立的公正、清廉的形象已经开始受到了质疑。

三、意 甲

（一）豪门盛宴

意甲是豪门的盛宴，这盛宴是权力和金钱的会聚。在意甲，中小球会的生存是很艰难的，降级的幅度可能从甲级直落丙级。

意大利足球联盟早就为各级别联赛制定了严格的财政准入制度，意大利各支球队在工资、税务等方面必须达到要求才能获得参赛资格，每年的 7 月 15 日就是财政审查的裁定日。2005 年共有 29 家俱乐部没有通过财政审查，"7·15 会议"成为胃口决定这些"穷鬼"命运的宣判台。意大利足球联盟主席加利亚尼在大会的激烈讨论后宣布，许多俱乐部在经营和财务上的问题非但没有弥补，反而有日益扩大的趋势。除了墨西拿和都灵将被禁止参加下赛季的意甲联赛，佩鲁贾和萨勒尼塔纳将被禁止参加下赛季的意乙联赛，最终导致财政审查不过关的原因就是这些小球会已经入不敷出，经济窘迫。以墨西哥为例，他们在上赛季的表现不俗，获得联赛第 7 名并由此取得了参加下赛季欧洲联盟杯的资格，但是过去一年的投入过大让他们背负了沉重的债务负担。根据职业联盟的评估，他们的财政状况并不适合参加新赛季的甲级联赛。

而刚刚升上甲级的老牌球队都灵在经济上更是举步维艰，债台高筑的俱乐部高层不惜通过做假账隐瞒了 180 万欧元的债务，但是在意大利反腐机构的一次突击检查中，都灵俱乐部的舞弊行为东窗事发，使得他们不但面临被取消甲级联赛参赛资格的处罚，同时还得为自己的欺诈行为埋单。

在此之前的 2002 年，意甲已经上演过佛罗伦萨的降级和联赛的推迟，2002 年 8 月 1 日，上世纪 90 年代的"意甲七雄"之一佛罗伦萨队在意大利足协注册失败，不得不沦为丙级球队。此前，各界人士为了挽救这个具有悠久历史的老牌强队而四处奔波。佛罗伦萨市市长莫梅尼奇亲自给职业联赛和足协高层领导写信，希望他们考虑佛罗伦萨的历史地位而从宽处理。就连职业联赛主席加利亚尼也在足协顾问会前向媒体说："佛罗伦萨是意大利足球的财富，在遵循规则的前提下，我们要尽一切努力拯救佛罗伦萨。"但是，拯救佛罗伦萨需要注册费 2200 万欧元。虽然佛罗伦萨主席切奇·高里信誓旦旦地对佛罗伦萨球迷称他有钱，可是直到 8 月 1 日这笔注册资金仍然没有到位——佛罗伦萨降入丙级，在丙级联赛中以"佛罗伦萨 1926"重新注册。

更坏的消息是，意大利职业联赛正式向媒体宣布，新赛季意甲将由 9 月 1 日开幕推迟到 9 月 15 日。

2002 年意甲联赛被迫推迟，问题也出在"钱"上。受到欧洲几家大型传媒公司破产的影响，一向财大气粗的意大利足球顿时陷入了经济危机之中。意大利国家电视台和几家最大的付费电视台又在转播费用上进行了下调，无疑更是雪上加霜。大部分中小型俱乐部主要是依靠电视转播收入来维持球队的正常运转，没了这笔可观的电视转播费用，他们就无法运转。为了维护自己的权利，亚特兰大、布雷西亚、切沃、科莫、恩波利、莫德纳、佩鲁贾和皮亚琴察 8 家俱乐部组成了联合行动，集体与电视台对抗。

在球员的培养上，大牌俱乐部不仅可以引进优秀球员，还可以建立完备的年轻球员培养体系，尤其是通过长线投资，买进一些有潜力的小球员，然后租借给中小俱乐部在联赛中培养，成名后再收回或者卖出，这不能不说是一种极具商业头脑的做法。对于中小俱乐部来说，强队租借来的球员往往能够起到奇兵的作用，帮助球队取得比较好的成绩，或者保住甲级的地位，但是一旦这些球员被收回去，受伤害最大也是这些中小俱乐部，2002 赛季的佩鲁贾就是一个例子。2001 赛季，依靠尤文图斯租借来的米科利，佩鲁贾着实火曝了一段，凭借米科利的出色发挥，主场接连斩下 AC 米兰等强队，扮演了巨人杀手的角色。佩鲁贾的雄起把米科利推向了球星的行列，2002 赛季开始前，尤文便迫不及待地将米科利召回，联赛仅过半程，佩鲁贾就像霜打的茄子，窝在降级区里。

（二）聚焦"电话门"事件

意甲 2006 的"电话门"事件，是意甲种种问题的集中爆发，它几乎囊括了足球场上的所有罪恶，并把意甲带入了前所未有的危机之中。

"电话门"的导火索是 2006 年 4 月 30 日意甲联赛第 30 轮的一场比赛。在与锡耶纳的客场比赛中，尤文图斯只用了区区 5 分钟，就将 3 比 0 的胜利收入囊中。一支球队被如此肆无忌惮地侮辱，激怒了锡耶纳前队长斯蒂法诺·阿尔吉利，这名 33 岁的老将称，尤文图斯总经理莫吉控制了整个锡耶纳队，所以每次都是锡耶纳输球。一石激起千层浪，尤文图斯的多场蹊跷比赛，随即引发了人们的种种猜测和联想。《米兰体育报》

刊登了 2004 年 9 月 1 日莫吉与帕伊雷托的几段对话。现年 53 岁的帕伊雷托曾担任国际级裁判，1999—2005 年七年间担任意甲联赛裁判指定员，在任用裁判方面有生杀予夺的权力。被刊登的两人对话，几乎达到了让人触目惊心的地步。在《米兰体育报》所公布的两人的电话录音中，随处可见诸如"给我安排这个裁判""我不会亏待你""我对这个裁判不满"等无法无天的字眼。虽然这一次公布的电话文字记录是两年之前的旧事，但《米兰体育报》的意图十分明显——既然尤文图斯在欧冠赛场上都能易如反掌地操纵裁判，那么在意甲赛场上，他们想要受到裁判的照顾，更是"瓮中捉鳖，十拿九稳"。

自从莫吉电话记录被公开后，一场号称足坛"9·11"的电话门事件席卷整个欧洲足坛。随着对莫吉审讯的深入，越来越多的足坛黑幕被挖出。从意大利足协到各支豪门球队，从意甲联赛到欧洲足坛，无不受到牵连。让人意外的事情远不止于此。尤文图斯总经理莫吉幕后操纵裁判员安排工作，直到 2006 年 5 月初，才由《米兰体育报》等媒体将消息透露出来。身为意大利足协主席的卡拉罗，自然难逃"不作为"的罪名。5 月 10 日，意大利足协副主席马济尼宣布辞职。三天后，尤文图斯董事会宣布集体辞职。

就在 AC 米兰队老板加利亚尼对莫吉的"电话门"事件频频发表评论，表示自己的清白和对对方的鄙夷时，麻烦正在悄悄降临到他的身上。

2006 年 5 月 15 日，意大利《晚邮报》首次将 AC 米兰俱乐部涉嫌安排裁判的电话窃听摘要公之于众。其中"你们不能再出错了""下一场一定要给我们安排几个听话的裁判""你怎么能把那个进球吹掉"等对话内容让人瞠目结舌。

而此前号称自己绝对没有问题的罗马、国际米兰等俱乐部也纷纷被牵扯进来。电话录音记录证明，前者曾在 2004 年的意甲联赛中涉嫌打假球，而后者也曾在 2004—2005 赛季欧冠联赛中涉嫌操纵裁判，当时至少有两场比赛的主裁判受到了国际米兰方面的控制。此后，意甲的佛罗伦萨、拉齐奥、乌迪内斯、锡耶纳、梅西纳，意乙的阿雷佐、科罗托尼和阿维利诺也纷纷被曝光曾经参与打假球和赌球，如果事实成立，其中至少有三支球队将会受到降级的惩罚。至此，意大利各支球队几乎已没人能证明自己是绝对清白的了。

鉴于此次"电话门"丑闻越演越烈，已远远超出意大利足协所能控制的范围，那不勒斯检察院以"集团舞弊罪"向涉嫌该事件的 41 名球界人士发出传票，令其出庭聆讯。据那不勒斯检察院透露，意大利足球黑幕下掩盖着一个"真正的犯罪集团"，这个集团内部存在着一个类似黑手党"库波拉"的领导核心。意全国足协副主席英诺森·马志尼，尤文图斯俱乐部总经理莫吉和执行经理吉劳多，国际裁判桑蒂斯，意甲裁判指定员佩雷托和贝加莫 6 人就是这个足球"库波拉"的成员。检察院在调查中发现，他们不仅通过舞弊、欺诈、威胁等各种手段操控了整个意大利的足球赛事，还涉嫌通过一些经纪公司操纵队员转会、伪造账目，并与非法足球赌博团伙勾结，颠覆足球市场规则。

无数痴情的尤文图斯球迷面对冠军奖杯，痛心疾首地责问："像莫吉、吉拉乌多、布冯这样的人，他们一年的收入顶上我们一辈子挣的钱，他们应该去干最脏最累的活儿，拿最低的工资，甚至拿最低的救济金生活！他们剥夺了我们纯净的足球梦想，他们凭什么这样做？"

冰冻三尺，非一日之寒，意甲"电话门"事件的发生绝非偶然，它是政治压力、经济诱导、职业化冲击和狭隘功利追求的必然结果。

其一，政治权力对意甲的压力。米兰暗有大主子国家总理幕后支持，明有足协主席加利亚尼坐镇，在当今回报率低下的足坛，贝卢斯科尼家族仍持续着对俱乐部的不懈支持，显然并不仅仅是因为他们对足球的热爱，而是通过成绩，总理可以获得选民的支持。球队如此贵气逼人，比赛中如何保持公平。上赛季，切沃在圣西罗2∶1领先步入加时，眼看米兰即将主场蒙羞，主裁毫不犹豫地给出了7分多钟的补时，直至米兰扳平比分。

随着对"电话门"事件主角莫吉审讯工作的进展，越来越多的政治内幕被揭示出来。据莫吉提供的材料，2006年5月19日，在那不勒斯检察院长达6个小时的审问后，莫吉的防线彻底崩溃，他承认了自己贿赂足协官员及裁判、操纵转会的全部罪行。让人大跌眼镜的是，为莫吉提供帮助的不仅有相关球队与足协官员，还有意大利体育部的诸多官员，甚至一些欧盟国家的警察、政要都曾为其献计献策，大开绿灯。

在2005年冬季的转会过程中，他曾帮助他们青睐的西班牙籍球员非法搞到签证。同时罗马警察厅也报告说，莫吉与一些罗马警员有着不同寻常的关系，都灵警察厅不断为他提供庇护。菲乌米季诺机场的两名海关人员曾在他的示意下做出过违反法律的事情。这两名"关键人物"曾帮助尤文图斯中场大将埃莫森的助手拉伊奥拉"巧"渡难关。当时，拉伊奥拉因为签证问题在达·芬奇机场被海关人员截下，拉伊奥拉立刻给莫吉打电话，请求他帮助解决问题。莫吉打电话告诉拉伊奥拉他在海关内部"朋友"的电话号码，使他最终得以顺利离开。"电话门"所代表的不仅仅是一个体育事件。正如前欧盟委员会委员马里奥·蒙蒂所指出，意大利足球界的问题从根本上说是缘于意大利政治。

其二，经济利益对意甲的诱惑。1998—1999赛季后冠军杯进行了扩容，比赛的强度得到了更大的加强，要突围到八强就必需经过12场小组循环赛事。球队的收入对那些意大利豪门来说当然是求之不得的，然而如果那些意大利豪门为了两线都取得好成绩从而在板凳上都塞满球星，势必会加重财政负担。两难之中，他们只好另辟蹊径。由于球员们必须有体力作为保障，所以意甲球队中球员使用兴奋剂也就见怪不怪了。到了2003—2004赛季结束后，更是传出了球队和球员打假球的消息。2004年8月18日，意大利足协法庭在米兰正式对涉嫌赌球的34名球员和俱乐部经理进行开庭审理，涉及的甲、乙、丙级俱乐部达19个，因此，意大利足协不得不把联赛首轮的开赛日期由8月29日推迟到9月12日进行。无独有偶，2005年7月17日，意大利足协又宣布，经过对上赛季意乙联赛最后一轮热那亚和威尼斯队比赛的调查，获得该场比赛胜利并借此加冕意乙冠军的热那亚队以及威尼斯队的部分官员和队员已经被指控有体育欺诈行为，如果罪名最终由法院裁定，热那亚队将会受到降入意丙的处罚。

其三，高度职业化对意甲的冲击。意大利足协则是高度职业化的。虽然说这个管理机构的创立，是为了服务整体足球运动，可是在管理意大利近17000家俱乐部时，意甲的利益永远是第一位的。英国著名记者西蒙·库珀曾在他的名著《足球之敌》里一语概括："意大利的足球管理者，就是要教育孩子们如何踢好足球，如何让球队取得更好成绩……而英国足球管理者呢？他们在传授良好的社会价值观，要让你做一个更好的人。"据维亚利自己的亲身经历，即便是他小时候参加的一个业余足球学校，"训练的方式也是高度职业化的"。

其四，狭隘功利追求对意甲的破坏。在英国，足球的思想根源仍是一项强健体魄、增强团队意识的集体游戏，可是在意大利，足球就是为了胜负。假如你不是超级前锋，你就进不了球；假如你是超级前锋，那就把你的腿铲断。于是在意大利人钢筋混凝土式链式防守面前，巴斯滕被迫提前告别绿茵场，外星人罗纳尔多被踢成易碎的玻璃人，差点断送职业生涯，英超世界最优杀手亨利在尤文图斯时被意甲铁卫们扼杀得丧失自信，博伊基诺夫刚刚崭露头角就被列入到了伤病名单里……然而他们还都是幸运的，毕竟干出一番事业，相比之下，一些还未成名就被迫离开的年轻球员就更惨了。防守还是进攻对于球队来说都是可以选择的战术，但一旦只求胜负，强队就可以站着踢球了。反正弱队攻不进去，而强队凭几个队员的表现就可以 1∶0 了事，所以意甲成了观赏性最差的联赛之一。

在"电话门"集中暴露了意甲的丑闻后，我们看到了意甲联赛的变化，对此《欧洲体育》也给予了高度关注。"如果你在电视转播时关掉声音、不看屏幕上的字幕，你会怀疑这是不是一场西甲或者法甲的比赛，而事实上，这确实是意甲联赛。意大利人变得更有创造性，而不是一次次把对手放倒，这也许是'电话门'带来的为数不多的好处吧。"

除开奥运、NBA、中国全运会、意甲之外，国内外赛场上还有英超、苏迪曼杯羽毛球公开赛、环法自行车赛、迪拜汽车拉力赛、温布尔登网球公开赛、莱德杯高尔夫赛、斯诺克温布利大师赛、三星杯围棋赛、世界大学生运动会、世界女排大奖赛、乒乓球世锦赛、体操世锦赛等这样或那样的国际与国内的重大典型赛事。对上述国际国内典型的重大赛事所折射出的体育理念和制度进行分析，并通过这种分析，对竞技体育运动的市场取向何以可能、是否应当；职业化何以可能、是否应当；举国体制何以可能、是否应当等重大问题作出回答，正是体育伦理学的重要任务之一。

四、进一步研究的对策与建议（"以人为本原则"的详细研究成果与其他原则的纲要）

我们的对策与建议集中在对竞技体育伦理原则应该变革的思考上，应用伦理学的一个重要功能就是要能对当前具体领域的伦理问题提出标准，从而使大家能对一些似是而非的问题有较明确的判断。

（一）以人为本

1. 基本内涵

一般而论，以人为本指本体上的"人是主体"、价值上的"人是目的"、目标上的追求人的基本保障和全面发展。

以人为本作为体育伦理原则，其基本内涵如下：体育已经成了现代人的基本生存方式。以进行体育锻炼、开展体育运动、欣赏体育比赛为主要内容的体育权是一种基本人权，这一权利必须予以承认、尊重和维护。体育事业的进步，要有利于这一权利的普遍实现。

体育作为现代人的基本生存方式，是在人的生产实践、社会交往和生活方式中体现出来的。体育之所以成为现代人生存方式的一部分，其一是因为运动是人的本能，其二是现代人对体育的迫切需要。

生命在于运动，运动也有助于生命，是生命本能的展开。人的生物运动本能给了体育运动原动力，而人的自觉又给这种运动本能找到了更有效的方式，那就是体育。

随着生产工具的不断改进和生产者智力水平的不断提升，现代生产已经发生了巨大变化，由传统的以体力劳动为主，发展为脑力劳动为主，在体力劳动中，耗费的通常也只是部分肢体的运动，其他部分却被机械取代了。这就造成了人的肌体的运动不足或"运动饥渴"。在高强度的体力与脑力劳动中，人们的竞争也日趋激烈，心理压力急剧提升。这一切被称为"现代文明综合症"。

"现代文明综合症"在现代社会普遍存在。1995 年，美国人排在前 5 位的死亡致因分别是心血管疾病（32%）、癌症（23%）、脑血管疾病（7%）、慢性肺病（4.5%）、意外事故（3.8%），美国流行病学专家认为，这些死亡致因与环境污染和心理紧张感加剧密不可分。在美国，由于缺乏运动，每年至少使 30 多万人丧失了生命。如果说年轻的时候我们还靠身体扛得住，随着机体自然生命免疫力的减退，由于缺少运动而百病缠身时就悔之晚矣。

这对于个人来说是一种痛苦，而对于一个国家来说则是沉重的负担。1995 年，日本 65 岁以上的老年人占总人口的 15%。当年日本国民的医疗保健费用为 267000 亿日元。据日本厚生省预测，到 2000 年，日本国民的医疗保健费用将达到 380000 亿日元。1990 年和 1996 年，美国 65 岁以上人口占总人口的比例分别是 12.2% 和 12.8%。在这两年中，美国政府付出的医疗保健费分别占国民生产总值的 12.6% 和 14.8%。1996 年美国政府用于国民医疗保健上的费用竟达 10000 亿美元之巨。

以此为背景，西方各国的政要们无一例外地把目光投向了体育。澳大利亚文化、体育与观光部 1988 年公布的报告指出，当国民有规律地参加体育活动的体育人口增加 10% 时，可给澳大利亚社会增加 5.902 亿澳元的经济效益；增加 40% 时，可带来 23.608 亿澳元的经济效益。美国前总统卡特指出"体育活动是最可期待的抵押性投资"，前总统克林顿指出"健康是 21 世纪的通行证"。韩国前总统金泳三则提出了"为提高生活质量振兴国民福利体育"的口号。

与此同时，由于生产力水平的提高，人们有了更多的闲暇时光，为补偿运动不足和缓解心理压力提供了时间上的便利，此外，也有条件生产出更多更好的体育用品。于是，各种各样的体育运动形式应运而生，并不断生发出新的形式来满足不断增长的人类运动的需要。"请人吃饭不如请人出汗"就是现在很多旅游风景区和运动地带的广告语。

《奥林匹克宪章》明确指出："参与体育是一项人权。"为了使作为人权的体育权得以有意义地普遍实现，首先要在观念上使体育权乃基本人权成为人们的普遍共识；其次要重视进行体育锻炼、开展体育运动、欣赏体育比赛的物质条件建设，包括体育场馆、体育器材等体育设施建设；第三要保证人们的业余时间，可自由支配的时间越多，人们进行体育锻炼，开展竞技体育运动和欣赏竞技体育比赛的时间才越多；第四要大力加强体育知识的普及教育，提高人们的体育参与和体育欣赏水平。

体育是一项基本人权。为了使作为人权的体育权得以有意义的普遍实现，当前，我们在重视竞技体育运动，尤其是高水平竞技体育运动并着力提高其水平的同时，尤其应重视以强身健体、休闲娱乐等为目的的大众体育运动的开展。第 28 届奥运会，中国取得的金牌数世界第二，这的确让我们的民族自信心得到极大满足，正如在有学者所指出的，它从人种学的高度证实，我们这个民族决不亚于任何其他民族。但在享受金牌所带来的喜悦之余，我们又不得不思考这样的问题：作为金牌大国的中国是不是一个体育大国，我们的国民在体育锻炼、身体素质上是不是比那些金牌小国强？答案不言自明！我们在游泳、跳水、羽毛球、网球等项目上都拿了金牌，可我们的普通百姓是否也有在这些项目上一试身手的条件和权利？不用说人口占大多数的农民，即使城里人也只是少数。一方面是资源短缺，一方面是价格不菲，老百姓只能望而却步。

据有关资料介绍，加拿大政府很有钱，但他们的钱不是用在养少数体育尖子，而是花在纳税人身上，打造先进的、遍及各个角落的公共体育场所和设施，让全体国民，特别是一般公众，有资格享受各种运动，享受空气、阳光和绿茵。在那里，体育不是展现国家强大的工具，而是日常生活的一部分，一般在国民生活中不可缺少的、实实在在的一部分。

这一点许多其他国家都相似，例如美国，美国几乎所有获得奖牌的运动员的训练和参赛费用都是由私人机构赞助的，或者自己的工作和广告收益维持，无需纳税人负担。这样，政府就可以将纳税人所承担的这笔资金用在百姓的体育锻炼上。

当然，毕竟我们不是加拿大，更不是美国，国情差异，不能同日而语，但指出正确理解发展体育的真谛，正确处理体育的普及与提高的关系，给予普通百姓体育锻炼之现状更多关注，并为他们参与体育锻炼提供更多的机会，创造更好的条件之要求、之呼吁，则无可非议。

2. 几个相关问题

为了在体育中有效贯彻以人为本的原则，必须正确认识与处理好以下问题。

（1）性别与种族歧视

在体育运动中，性别歧视和种族歧视具有同一性，都是以人体的生理特点的区别来划分不同的等级，将女性和深色人种列为运动的低能儿，无视其所能取得的成绩，并剥夺其运动条件的文化观念。

在古希腊，女性是不能参加体育比赛的，连观看体育比赛也是被禁止的。古希腊杰出的雕塑家为我们留下了不少栩栩如生的女竞技者的英姿，当我们看到这些四肢匀称、体魄强健的女竞技运动员时，无不为之惊叹，但在古奥运会上，希腊妇女是被严禁参赛的，古希腊曾有一条严厉的法律，凡属私自参加运动会圣典的妇女必须处以死刑。这种死刑的残酷在于，按照规定，犯罪的妇女先被倒悬，然后扔下提派阿斯悬崖；或将犯罪妇女载过阿尔菲斯河凌迟处死，当做祭神牺牲。在古奥运会上只出现过两个女人，一个是为优胜者戴花冠的姑娘，另一个便是看台上的德米特女神——古希腊人为这位妇女的代表永远留下了一个空位。

奥林匹克宪章第3条明确规定：大会对任何国家或个人，决不因种族、宗教信仰、政治观念不同而区别对待，但是，在1896年举行的第1届奥运会，妇女仍被禁止参加比赛。

顾拜旦和当时主要由贵族组成的国际奥委会依然要维护古奥运会的传统。顾拜旦就曾说过：他并不反对妇女参加体育运动，但奥运会是男子的运动会。妇女出席奥运会，无非是让她们为获得优胜的男选手戴戴桂冠而已。1896年的奥运会上，一个名叫梅欧特波尼的希腊姑娘向大会递交了参加马拉松比赛的申请书，当参赛申请被拒绝后，这位倔强的希腊姑娘以一种特殊的方式表达了广大妇女对奥运会章程的抗议和蔑视，她用4个半小时独自跑完了从马拉松到雅典的全程，成为奥运史上的一段佳话。

第2届巴黎奥运会虽然列入了高尔夫和网球两个女子比赛项目，但田径场依然是妇女运动的禁区。不过，理由不再是传统而是"生理"和"美学"的原则。奥运会组织者们认为"田径运动大部分是需要耐力的项目，而这种能力是先天赋予男性的，女性则不具备这一天生的能力"。国际田联主席普兰德基说得更为直率，"我厌恶搞田径运动的女性。她们的女性魅力不但没有因为田径运动有所增加，反而会受到损害。"

提到种族歧视，人们总会想到美洲或非洲那些辛勤劳作而得不到温饱的黑人。在相当长的时间里，种族歧视似乎和体育沾不上边。然而，19世纪，随着体育运动在世界范围内的传播，带有殖民主义色彩的种族歧视政策也开始渗透到这个领域。在非洲、亚洲、澳大利亚，欧洲殖民者制定出种种带有侮辱性的歧视政策，将有色人种排斥在体育运动大门外：有色人种不准进入运动场，有色人种不得与白人同场竞技，甚至有色人种不得和白人一起观看比赛。1936年第11届奥运会在德国柏林举行，坚持"雅利安人种优越论"的法西斯头目希特勒因为拒绝给黑人选手颁奖、握手而让全世界震惊。1960年拳王阿里因不满美国的种族歧视政策，将自己的罗马奥运会拳击金牌抛向了俄亥俄河。

在标榜最民主的美国，种族歧视在体育领域同样存在。棒球在美国被称为"三大国球"之一，它于1839年由道布尔戴发明，1845年美国人卡特·奈特为其制定出最早的比赛规则，1860年开始出现职业运动员，而在1867年，全美棒球联赛代表大会制定的全国联赛规程上便明确规定，"为防止全民族感情上的分裂，引起政治上的动荡不安，联赛禁止黑人选手参赛"。这一荒谬的章程竟成为一条恪守不渝的传统，许多优秀的黑人运动员被俱乐部拒之门外。著名的棒球选手弗利和瓦尔克兄弟后来参加全国棒球联赛时竟遭到暴力威胁。

看着那么多优秀的黑人选手不能参加全国大赛，精明的美国人为获得票房价值，特地在1887年组织了一场对抗赛，由纽约的一支黑人球队对垒芝加哥队。纽约黑人队中拥有曾赢得35场球赛的投手乔治·斯托维等一大批才华横溢的优秀球员。赛前大家预料，两强相遇，必有一场精彩比赛，出乎意料的是，被认为当时最优秀的白人选手安德雷恩当众宣布，不愿与斯托维交手，离开了球场，成为轰动一时的新闻。20年后，底特律的白人球星科伯再次重演了这一幕，发誓说"绝不和黑人球员比赛"。

体育界就是一面镜子，它从一个侧面反映了当时美国的种族政策。1904年第3届奥运会在美国的圣路易举行，现代奥运会创始人顾拜旦在他的《奥林匹克回忆录》中写道："圣路易奥运会有两天时间禁止黑人、土耳其人、叙利亚人、菲律宾人和其他有色人种参加比赛，这是完全违背奥林匹克原则的。"

在各参赛国和国际奥委会的压力下，奥运会组委会被迫取消了原来的规定，但宣称"这些低等民族"是不可能战胜白人的。

除了奥运会有两天禁止一切有色人种参加任何比赛外，一批有色人种运动员还被诱惑甚至被强迫参加同期在圣路易举行的万国博览会的"人种表演"，组织者让运动员扮演非洲矮人、日本虾夷人、菲律宾莫洛人、美国印第安人等，进行爬杆、打斗和射箭表演。这种没有竞赛规则的庸俗杂耍和低级文化猎奇活动显然是与奥林匹克精神相悖的。

产生歧视的根源并不在于体育，体育只是它的一个载体，歧视是社会发展不平衡的副产品，尽管歧视有着不同的外在表现，依据也各不相同，有的基于人的生物属性（如年龄、性别、种族），有的基于人的社会属性（如宗教、阶级、阶层、教育程度、经济地位、政治态度等），但是一切歧视在本质上是相同的，即否认人的平等，以人的某种差异为由剥夺了人应有的权利。因此，不同类别的歧视具有同源性，这就是不尊重人的价值，蔑视人的尊严。这也正是奥林匹克运动将"促进一个维护人的尊严的和平社会的发展"作为该运动宗旨的原因。

破除性别种族歧视是一项艰难而复杂的系统工程，其中也离不开运动员自己。当美国黑人运动员杰西·欧文斯在柏林奥运会跳远资格赛只剩最后一次机会时，是当时世界纪录保持者德国运动员鲁兹·朗来到了他的身边，"你和我一样，都必须坚定地干下去"。鲁兹·朗的鼓励让杰西·欧文斯很快放松了紧绷的神经。朗还蹲下来，分析欧文斯助跑中的问题所在，告诉他重新测量步点的方法，并把一条毛巾放在跳板旁作为明显的起跳标志。

多年后杰西·欧文斯回忆说，是鲁兹·朗帮助他赢得 4 枚金牌，而且使他了解，单纯而充满关怀的人类之爱，是真正永不磨灭的运动员精神，所有已创的世界纪录终有一天会被继起的新秀突破，而这种运动员精神永不磨灭。

为了在体育中有效贯彻以人为本的原则，性别与种族歧视必须被打破。

（2）弱势群体

对于弱势群体，很多学者作了深入研究，大概有以下几种代表性观点。

观点之一：社会弱者是一个在社会性资源分配上具有经济利益的贫困性、生活质量的低层次性和承受力的脆弱性的特殊社会群体。

观点之二：弱势群体是指那些依靠自身的力量或能力无法保持个人及其家庭成员最基本的生活水准、需要国家和社会给予支持和帮助的社会群体。

观点之三："弱势"不是指人的主观方面的条件有什么低下或缺陷，而是指在权力和权利方面、发展的机遇方面、生活的物质条件方面不具有任何优势的人们。

观点之四：弱势群体的弱势既是经济意义上的，也是社会意义上的，更是政治意义上的。在经济意义上，弱势群体的弱势体现为市场竞争力低，收入低，就业和收入不稳定；在社会意义上，弱势群体的弱势体现为被歧视，合法权益被侵犯；在政治意义上，弱势群体的弱势体现为无法参与、影响政策的制定。

弱势群体是一个相对概念，在体育领域和一般社会领域不同的是，它不能以人数的多少来划分，体育伦理视野中的弱势群体，指对体育资源的拥有和利用的实际可能性较少的人和团体。比如，古埃及曾经有专门的军事学校，在这个学校里教授的是射箭、划船、跑步、驾驶战车以及驯养战马方面的知识。这里的学生全部都是统治阶层的子弟，社会普通人尤其是奴隶根本无法跨进校门，即使是一般的体育活动，下等人也被排斥在外。当时的狩猎活动就典型的体现了上层社会的体育特权，广大的民众都是体育弱势群体。

现代社会里的体育弱势群体还很多，我们试举其中几个典型。

其一，青少年。

青少年通过体育运动，提高身体素质，具有多重意义。对国家来说，青少年的身体素质关系着国家的未来、社会的前途；对于个人来说，健康的身心是立足社会、获得更大发展的基础。联合国儿童基金会等国际组织早已提出，体育、娱乐和游戏是学习价值观和课程的有趣方式，并且可以持续终生。它们促进友谊和公平竞争；它们培养团队合作、纪律、尊重和确保儿童长大后关心他人的必要技巧；它们帮助年轻人做好准备迎接挑战。而在中国偏偏就是青少年成了体育弱势群体。

据了解，很多青少年因沉重的课程所累，不是上课、晚自习，就是参加各种学习班，体育锻炼活动的时间非常有限。每天都参加晨练的一位家长表示，自己的孩子一个暑假下来，体重猛增，身体虚弱，"这种状态对孩子的成长十分不利"。

从1985年开始，中国进行了4次全国青少年体质健康调查。调查显示，我国青少年的体质在不断滑坡，青少年的肺活量、速度、力量等体能素质持续下降。超重及肥胖的检出率呈上升趋势。令人担忧的是，在肺活量、速度、力量等体能素质持续下滑的同时，中国青少年的身高、体重、胸围等形态发育指标却持续增长。

中华医学会会长钟南山认为，之所以出现这种情况，归根结底是因为生活环境急剧变化的同时，生活方式没有相应调整，产生了"时间差"。与从前不同，现代化的生活方式中，上楼乘电梯，出门坐汽车，家务劳动电器化。与此同时，目前的应试教育更多偏重智力教育，导致学生学习时间过长，从体育锻炼中挤时间就成了必然。

为了改变这一局面，2007年5月25日，中共中央、国务院发布《关于加强青少年体育增强青少年体质的意见》，并召开电视电话会议，强调各中小学要确保学生每天锻炼1小时。其中小学一、二年级每周4课时，小学三至六年级和初中每周3课时，高中每周2课时。没有体育课的当天，学校必须在下午课后组织学生进行1小时集体体育锻炼并将其列入教学计划。

最近，有记者在走访中得知，北京市内的许多中小学校在暑假里依然"安安静静"。在北京市某中学，记者看到球场上空无一人。前述《意见》并没有改变青少年的体育弱势，对此，钟南山教授说的不无道理："现在我们谈得比较多的是从体育的角度就事论事，比如改善体育设施、要求每天锻炼1小时，我认为这些措施不能从根本上解决问题。以分数和考试作为指挥棒的教育体制，永远不可能很好地改善学生体质。"

另外的原因在于，之所以这样，主要是学校在暑假期间不对外开放，而且学校也没有举行过什么活动和比赛。

类似的情况在北京市的中小学校中并不少见。在记者走访的十几所学校中，除了丰台区某中学在暑假里组织过几次活动和比赛外，其他中小学在暑假里很少开展体育活动。大多数的中小学校在暑假里大门紧闭，校外人员和本校学生一律不准进入。我国目前大部分的体育场馆设施都分布在大中小学里，是学生进行锻炼的主要场所。一旦在假期内关闭，将在很大程度上影响学生的身体锻炼。

在国内的许多大中城市，除了管理比较规范的一些高校之外，其余中小学校的体育场馆假期都不对外开放。青少年学生要想锻炼，只有去经营性的体育场馆。而这些场馆基本都是价格不菲。如北京地坛体育中心的篮球场收费是每人每个小时5元，足球场更是达到了每小时10元。还没有独立经济来源的青少年，肯定没有经常去这些场馆进行体育锻炼的消费能力。

其二，农民工。

我国城市农民工是介于城市和农村之间的双重"边缘人"，由于这种强烈的边缘化特性，使他们的诸多权利经常得不到保障，为此，劳动和社会保障部社会保险研究所所长何平把城市农民工划入弱势群体的范畴。据清华大学人文社会科学院院长李强估计，我国城市农民工已达到了1.4亿～1.5亿人。这么庞大的人群，很容易造成各个需求层面的"粥少僧多"局面。新华网2005年2月2日报道，逾八成城市农民工，主要靠睡觉、闲聊打发工余时光。近六成农民工对文化生活状况表示"不满意"或"很不满意"。

对农民工而言，不论是丰富的精神文化生活，还是身心健康，都有很重要的现实意义。然而，我国城市农民工的体育锻炼活动还很滞后，基本上处于一种以超强的体力劳动来代替体育锻炼的现状。

造成农民工体育弱势群体的原因是多样的，既有农民工自身体育观念上的原因，也有外在的各种客观条件的限制，其解决不是一蹴而就的，但提出这个问题本身很有意义，因为人们往往先关注比较基本物质生活需要的满足，而把其他需要的满足放在无关紧要、可有可无的地位，如果我们也顺着这种思路去解决问题，永远只能跟在问题后面跑，结果总是因缺失先见之明而难以未雨绸缪。

除开青少年、农民工之外，这样的体育弱势群体还有残疾人、老年人等，这里就不一一论及了。

为了在体育中有效贯彻以人为本原则，弱势群体必须得到切实保障。

(3) 环境保护

全球环境恶化，促成 20 世纪 50 年代以来，环保运动在世界各地此起彼伏，可持续发展理念的深入人心。正是在这种背景下，以奥林匹克运动为代表的体育运动开始关注自身对环境保护的作为。

体育，尤其是现代体育，作为人类的一种特定实践活动，无论是在个体层面，还是在群体和国家层面，尤其是在群体和国家层面，都可能对环境产生负面影响，已是一个不争的事实。例如举办运动会对环境的污染包括水污染、空气污染和固体废弃物污染，再例如体育场馆和配套设施造成的资源、能源消耗及其环境破坏等。

几十年前，著名登山家希拉里和诺尔盖登上珠峰，给人们留下的是对他们勇敢无畏精神的敬意。几十年后的今天，只要支付 6.5 万美元，凡具有登山热情并受过基本的登山训练者，尼泊尔的旅行社和导游就可以保证你能登上珠峰，于是蜂拥而来的人群，使登峰之路变成了垃圾通道。据报道，日本登山队在尼泊尔的一次活动中就清扫 2.2 吨垃圾，其中包括用过的氧气瓶、空罐头盒等。

……

综上观之，体育运动与人类发展和环境保护的矛盾已然成为一个不容忽视的问题。体育如何减少、避免对环境产生的消极影响，如何促进对环境的改善，是我们面临的重大课题与严峻挑战。

国际奥委会开始行动起来，1996 年的《奥林匹克宪章》中将保护环境列为自己的任务之一："举办奥运会应当显示对环境问题的关心，并在其活动中采取体现这种关心的措施。教育与奥林匹克运动有关各方理解可持续发展的重要性。"

许多国家也开始行动起来。在 1988 年，汉城完成规模巨大的美化城市计划，采取一系列综合治理环境的措施，降低大气中粉尘和二氧化硫含量，改善水质，对汉江进行维持长达 8 年的治理。

1992 年巴塞罗那，提出"无烟运动会"的口号，发布了《环保职责宣言》，将城市环境作为该城市再次发展计划的核心。

1994 年利勒哈默尔（冬奥会），组委会与环境保护组织、当地居民密切合作，旨在树立绿色形象。场馆修建，火炬设计，奖牌材料选择均以环保为取向，被喻为奥运会史上"最环保的一届盛会"。

……

绿色体育理念的延伸，在充分考虑环保、节能、实用、交通、文化等诸多方面赋予奥林匹克以新的内涵。

1996 年亚特兰大努力贯彻环保政策，奥林匹克场馆设计与自然保护融为一体；奥林匹克公园以自然公园形式建成。

1998 年长野（冬奥会）为了国家森林公园的环保，放弃修建速降跑道；为使冬奥会与自然高度和谐，推出不会造成白色污染的餐具。

2000 年悉尼关注节能节水节材，重复使用，把废物和污染降到最低水平；第一个将"绿色奥运"作为举办承诺，提出"环境保护主义这一新的奥林匹克精神"口号……

这里，我们不可不提到北京，北京迎奥堪称环保典范。"绿色奥运"与"科技奥运""人文奥运"构成 2008 年北京奥运的三大主题。中国政府在申办奥运会的过程中就提出了"绿色奥运"计划，得到全民的响应。"绿色奥运"是中国向世界的承诺。这一承诺主要包括两部分。一部分是筹备奥运期间，按"绿色"方式办事，减少筹备奥运对环境的不良影响；第二部分是促进城市的环保，促进城市的可持续发展。

俗话说："一诺千金。"中国为践行承诺积极努力，并取得了明显效果。具体表现如下。

承诺的第一方面：在场馆建设中，北京奥组委编制了"绿色环保指南"，要求竞赛场馆必须使用"绿色材料"，在场馆设计中必须贯彻绿色方针。比如对赞助企业提出要求，要当北京奥运的赞助企业，必须达到环保要求，要进行环保宣传，不能有违反环保法规行为。对签约的饭店也制定了环保要求，必须节约用水，夏天要节约能源，温度不能低于指定标准，在卫生间要减少和不使用一次性产品。几年来，这些要求已在 120 家签约饭店执行。北京组委会还制定了《餐饮服务环保指南》，所有为奥运提供餐饮的企业，都必须使用环保产品。在交通服务方面，奥组委制定了《交通服务环保指南》，要求观众乘坐公交去场馆，每一个车辆都必须在环保上达标。其他如体育比赛的环保标准等，都是"绿色奥运"计划的组成部分。

承诺的第二方面：在使用清洁能源和节约能源，减少排放上，2006 年北京天然气使用已经达到 38 亿立方米，优质能源比率达到 78%。北京有 1.6 万台 20 吨以下烧煤锅炉，这些锅炉在燃烧过程中会产生粉尘污染和一氧化碳，2007 年 10 月已经有 1.5 万台锅炉使用清洁能源。

奥运会各项工程中也大力使用了可再生能源。例如，在奥运村给运动员居室提供的供热和制冷，采用了活水温差技术，通过采集邻近的清河活水处理厂的温差，补充了"运动员村"的取暖资源。在各比赛场馆广泛使用太阳能的光伏技术。北京还在北部建立了第一个成规模的风力发电厂。此外，"绿色奥运"不仅是一项投资行为、技术工作，也是一种生活方式，要加强教育。为此，北京奥组委已经和国家环保总局，联合国环境署签订协议，加强对公众环保意识的教育，公众的环保意识得到了增强。我们相信，北京将使"绿色奥运"各项承诺全面实现。

环境保护是一项利己利他、利国利民的阳光事业，是一项惠及全人类、造福子孙的善举。为了在体育中有效贯彻以人为本的原则，环境保护必须高度关注并落到实处。

（二）规则公平原则

体育比赛应该遵循的是规则公平，而不是实质的公平，在规则公平的前提下，竞技体育恰恰在实质上是不公平的，而且正是这种实质上的不公平，推动着竞技体育不断提高竞技水平。

1. 竞技体育比赛中欠公平状况的实例

公平是竞技体育比赛的基本精神之一，正由于此，我们不能对竞技体育比赛中的欠公平状况熟视无睹。

实例一：为了保持最佳运动状态，运动员比赛前应该吃什么？

实例二：为了取得更好的运动成绩，运动员应该穿什么？

实例三：为什么我们的运动员 30 岁不到就退役，美国的运动员 30 岁正当年？

实例四：我们的运动员为什么"阴盛阳衰"？

2. 竞技体育比赛中欠公平状况的产生

竞技体育不仅仅是体育的竞争。现代竞技体育的竞争是综合实力的体现，竞技场上的竞争可能从运动员开始进入这个领域就已经开始了。

竞技体育不仅仅是个人的竞争。

竞技体育不仅仅只有一种公平。

体育比赛的目的对公平的超越。

人们对体育的特殊感受和理解，也在一定程度支持着竞技体育的欠公平状况。

3. 竞技体育比赛欠公平状况的合理性评判

竞技体育比赛的欠公平状况之所以长期存在，是有其合理性的。

体育是一种运动，更是一种载体，作为比赛的体育所展示的不仅仅是运动的力与美、速度与激情，而是多重因素的激烈碰撞与强烈对抗。

人的理性是有限的。人的有限理性决定了裁判的判决总是很难完全公平。

欠公平状况的合理性对公平的历史理解有关。

竞技体育的休闲娱乐功能也使欠公平状况被人们所接受甚至暗暗期望。

（三）有限伤害原则

1. 确立有限伤害准则的必要性

首先，有限伤害准则的确立是竞技体育自身的要求。其次，有限伤害准则的确立基于对人类自我修复和再生能力的肯定。再次，有限伤害准则的确立是竞技体育伦理发展的要求。在竞技体育领域，如果确知某种伤害不仅具有身心上而且具有道义上的含义，就要对究竟在身心上伤害到何种程度才可以在道义上被接纳这一问题进行更深层次的探究。

2. 确立有限伤害的边界

对任何竞技体育运动而言，伤害都不应该成为目的，而作为手段，也不能应用于得到不当的利益。这是有限伤害准则的基本要求。我们强调伤害的有限，是希望给正当的伤害也设定一个边界，从而尽可能减少伤害带来的损失。

首先，竞技体育造成的伤害必须限于一定程度。其次，竞技体育造成的伤害限于竞技体育的特定场合。再次，限于特定手段。最后，有限伤害应受制于特定权力。

3. 有限伤害的突破可能及其预防

虽然我们力图保证伤害的有限，但有限伤害偶然被突破是完全可能的。

首先，不可抗力总是与竞技体育最高潮的部分相伴随。其次，运动员本身的疏忽。

最后，还有对对手和自己承受力的高估。超过自己的体能负荷，高估自己能力，做出超出体能极限的动作很容易导致受伤。而在直接对抗的竞技体育比赛中，因为对对手承受力估计过高而伤害对方的情况就更突出。

有效地减少竞技体育中的无谓伤害，我们首先要致力于体育大环境的改善。其次是培养运动员的比赛规则意识和加强体育道德修养。第三，体育器材和场馆的建设与维护也是必不可少的。最后，要加强对裁判员素养的培养。

（项目编号：999ss06131）

新中国优秀运动队思想政治工作的轨迹与走向的研究

赵炳璞　　曹士云　　薛　炼　　李云林　　王　军
曾玉华　　白　莉　　王大伟　　单　毅

竞技体育运动作为社会主义精神文明建设的一个"窗口"和"标志"，其思想政治工作有着不同于其他行业的特殊性和重要性。优秀运动员和教练员是"社会公众人物"和新闻媒介关注的"焦点人物"，他们在赛场上的精湛技艺或出色的表现被誉为爱国主义、集体主义、民族精神的反映和体现。一些体育明星被人们视为民族的英雄和骄傲，是广大青少年崇拜、模仿的对象。这就对优秀运动队的思想政治工作提出更高的要求。

加强优秀运动队思想政治工作的实践与理论的研究，旨在继承和弘扬中华体育精神，在新的历史时期开创思想政治工作的新局面，构建和完善优秀运动队思想政治工作的理论体系、目标体系和管理体系。在改革开放和发展社会主义市场经济的进程中，充分发挥思想政治工作的优势，激励广大教练员和运动员无私奉献、为国争光，为开创我国体育事业新局面做出更大的贡献。

进一步促进思想政治工作的科学化，适应社会主义现代化建设的需要，具有重要和深远的意义。这就迫切需要在实践的基础上进行理论概括，在理论的指导下再实践。如此循环往复，不断加深。既要重视认真总结已有的丰富经验和以往成功的东西，更要研究新的历史条件下的新情况、新问题、新经验，探索其规律，改进和完善优秀运动队的思想政治工作，形成以训练为中心的思想政治工作新格局，在实践中逐步形成具有中国特色的优秀运动员思想政治工作的科学体系。

实事求是地、认真地、系统地总结五十多年来优秀运动员思想政治工作的经验，并且随着形势的发展，在实践中不断总结新的经验。经验有正面经验和反面经验之分，不可轻视对失败教训的研究，因为它能够从反面提高我们的认识水平。通过成功和失败两方面经验的研究，进行科学的概括和抽象，可提炼出一系列相关的概念、范畴、规律、原理和原则，并从内涵和外延上赋予它们以确切的意义，然后借助它们去把握丰富而生动的优秀运动员思想政治工作的各种经验和材料，达到从本质上全面地认识和掌握这个领域的规律，形成理论体系。

优秀运动员思想政治工作是体育社会科学领域内一门综合性的应用科学。运动员在成长过程中，主要受到训练和竞赛对他们的影响，同时又受到社会、家庭各方面的影响。他们的思维、情感、理智、性格都会反映复杂的社会现象，同社会的经济活动、政治生活、文化活动、道德风尚等紧密联系。这就需要运用多种相关学科的知识，吸取国内外的科学研究成果，坚持不懈地进行研究和探索，从不同侧面揭示和深入地洞察优秀运动队思想政治工作的规律性。

一、新中国优秀运动队思想政治工作轨迹的回顾与思考

（一）注重基本理论的研究，确立思想政治工作的地位和作用

注重优秀运动队思想政治工作教育的基本理论的研究，运用马列主义、毛泽东思想关于思想政治教育的基本理论，指导和探索优秀运动员思想政治工作的过程及其规律，正确认识和处理思想政治工作与训练竞赛之间的相互关系，确立优秀运动队思想政治工作的地位和作用。1964年8月，国家体委颁布的《运动队思想政治工作条例》，就运动队思想政治工作的意义、目标和任务作出明确阐述：政治是灵魂，是统帅。思想政治工作是我国竞技体育工作的"生命线"，思想政治工作应贯穿、渗透到优秀运动员的训练竞赛各项工作中去，也是做好运动训练工作的根本保证。优秀运动员担负着创造优良的运动成绩、为国争光的责任，经常面临国内和国际比赛的考验，不断加强运动队的思想政治工作，培养他们具有顽强拼搏的意志和良好的体育道德，从根本上认识训练的意义，加强政治责任感是十分重要的。通过思想政治工作，使运动员热爱体育事业，坚持勤学苦练；使他们在高度自觉的基础上经常保持高涨的训练情绪，以正确的态度对待训练中的各种问题，千方百计地保证搞好训练和比赛，促进训练水平和运动成绩的提高，保证队伍不断地出成绩、出人才、出经验，更好地为祖国和集体争取荣誉。

五十多年来伴随在我国社会主义建设的各个时期，许多优秀运动队十分注重思想政治工作。例如中国女排坚持思想领先，思想政治工作做得生动有力，有声有色，各项工作上去较快，积累了许多好的经验。她们以攀登世界高峰为自己义不容辞的奋斗目标，高标准，严要求，解放思想，苦练技术，努力提高运动员的思想觉悟，把思想政治工作真正渗透到运动员的训练、竞赛、学习、生活等领域中去。1981年12月1日，国家体委《关于授予中国女子排球队勇攀高峰运动队称号和向中国女排学习的决定》中指出，学习中国女排高度的爱国主义思想和勇攀世界高峰的雄心壮志。女排把祖国的荣誉、人民的利益放在第一位，胸怀远大的理想，立志夺取世界冠军，以强烈的革命事业心和献身精神，为社会主义祖国作出了贡献。

运动员、教练员要从女排的胜利和经验中汲取力量，从本项目和自己的实际出发，制订出勇攀高峰的奋斗目标和计划，坚持严格训练、严格要求、严格管理，努力提高运动。都要以女排为榜样，振奋革命精神，树立崇高理想，发愤图强，艰苦奋斗，同心协力，团结一致，调动一切积极因素，发挥各方面力量，把三大球搞上去，把薄弱项目搞上去，促使我国体育事业有一个新的发展，为社会主义现代化建设，为创造社会主义精神文明，作出新的贡献。

五十多年来我国优秀运动队充分运用思想政治工作的优势，根据社会主义现代化建设的要求，紧密结合训练和竞赛的实际，通过与时俱进的思想政治工作，使运动员成为"有理想、有道德、有文化、有纪律"的优秀人才，在"爱国、拼搏、成材、奉献"的道路上勤学苦练，为国争光。充分发挥思想政治工作在推动有中国特色的竞技体育健康发展中的地位和作用，初步形成具有时代特征和体育特色的思想政治工作体系，使运动员成为思想坚定、技术过硬的优秀群体，最大限度地调动运动员的积极性和创造性，勇攀竞技体育的高峰，确保《奥运争光计划纲要》的实现。

（二）结合新中国体育事业的辉煌成就全方位开展以爱国主义为中心的思想政治工作

新中国成立以来，体育事业始终受到党和政府的高度重视。中央为发展体育制定了一系列的指导方针，其根本目的是着力于改善和提高全民族的健康水平，着力于迅速攀登世界体坛高峰；着力于促进社会主义精神文明的建设，使体育事业为建设社会主义现代化强国服务，并通过体育界的国际交往，增进各国运动员和人民之间的了解和友谊。新中国体育事业的辉煌成就，是在党的正确领导下取得的，是体育战线坚决贯彻"为人民服务"的最高宗旨、坚持为党的中心工作服务所结出的硕果。

新中国成立以来，体育事业和其他各项社会主义事业有了很大发展，国民体质状况得到了根本改善，人民的平均寿命比中华人民共和国成立以前延长了将近一倍即70岁。1995年6月，我国开始实施《全民健身计划纲要》，动员和组织广大人民积极投入各种形式的身体锻炼，增强体质，改善民族素质，具有重要的社会意义和显著的国际意义。多年来，我国运动员不仅全部刷新了新中国成立以前各种运动项目的全国纪录，而且创造和夺得了上千个世界纪录和世界冠军使中国走向世界体育强国。1984年，在洛杉矶奥运会上，中国运动员实现了"零"的突破；1990年，成功地举办了北京第八届亚运会；1996年2月，在哈尔滨举办了第三届冬亚会。2000年在悉尼奥运会上中国运动员取得历史性的突破，夺得28枚金牌、16枚银牌和15枚铜牌，在199个参赛国和地区中名列第三位，实现了历史性的突破，充分展示了我国竞技体育发展水平，展示了改革开放时代中华民族的精神风貌。特别是北京获得2008年奥运会主办权，向世界展示了我国政治稳定、经济发展、社会安定的新面貌，对新中国体育事业的发展将产生极其深远的影响，是中国在提高国际地位方面所矗立起的一座里程碑，是中华民族伟大复兴历程中的一大盛事和巨大的荣耀。

结合新中国体育事业的辉煌成就，对各级运动队特别是高水平国家优秀运动队进行以爱国为中心的思想政治工作，提供了极其丰富的、立体的、全方位的途径和方法。例如，中国乒乓球队长期以来始终要求队员有较好的思想素质，一切与此相悖的思想和作风他们都要求在做好思想政治工作的基础上加以克服困难，决不允许歪风邪气的滋长，干扰队伍的健康成长。自1996年以来都要利用新年联欢晚会和春节联欢晚会，进行"祖国在我心中"的爱国主义和集体主义教育。多年来中国乒乓球队以爱国为中心开展多种形式的思想政治工作，激发了全队的爱国热忱和敢于创新和拼搏奉献精神，促进技术战术水平的不断提高，为争取优异成绩提供了最有力的保障，在世界三大赛中共取得124.5块金牌，其中三次大满贯；技术创新27项，占世界乒坛技术创新总数的58.7%；创造了几十个经典战例；培养了80多位世界级的体育明星。可以说爱国主义集体主义精神是中国乒乓球队50年来保持长盛不衰的法宝。

又如，1999年备战悉尼奥运会的冬训前，为了进一步增强集体的凝聚力战斗力，中国体操队进行为期4天的以大力弘扬爱国主义教育为主题的军训。通过军训，教练员、运动员的思想境界上升到了一个新的高度，爱国主义、集体主义和民族精神大大增强。

（三）"爱国与奉献"是新中国优秀运动队思想政治工作的主旋律

五十多年来"爱国与奉献"的精神始终贯穿于优秀运动队思想政治工作之中，引导和激励运动员团结拼搏、勇攀竞技体育高峰，为祖国争取荣誉。对此，中国体操队总教练黄玉斌深有体会地认识到："要登上运动生涯最辉煌的顶点，天赋和刻苦训练是基础，但作为中华儿女，把我们托上世界冠军奥运冠军领奖台最大的动力却是满腔的爱国主义热情。"优秀运动队参加比赛特别是重大国际比赛，运动员思想活动多，心理状态变化快，情绪起伏大，直接影响运动技术的发挥。应加强爱国主义、国际主义教育，加强对外政策的教育。无论参加国内比赛或国际比赛，都应鼓足干劲，力争上游，"打出风格，打出水平"，创造成绩，为国争光，表现出新中国人民高尚的精神面貌。

我国体坛健儿在五十多年来争先夺标的征程中，捷报频传，英雄辈出。同时孕育出一系列倡导先进文化的警句、格言、故事和激人奋进的口号。"冲出亚洲，走向世界"这一响亮口号，代表了全国人民的心声，表达了我国运动员的雄心壮志——赢得世界冠军，夺取世界第一。"人生能有几回搏！"这句简练而有力的壮语，出自我国第一位获得乒乓球男子单打世界冠军的容国团之口，表达了他的爱国之情、报国之志。"为升五星红旗，豁出去拼了！"这是栾菊杰拼命训练，发誓为国争光的豪言壮语。"为国争光，不畏强手，团结协作，顽强拼搏"的女足精神。"宁失一球，不伤一人""创造最佳精神，发扬最佳精神""创新才有生命力""赢球又赢人，输球不输人"等，表达了我国广大教练员、运动员和体育工作者满腔的"爱国与奉献"的热情。

经过几代人的努力和实践，凝聚而成"为国争光、无私奉献、科学求实、遵纪守法、团结友爱、顽强拼搏"中华体育精神，这些在实践中提炼出的思索和理念，在体育范畴内带有先进文化的丰富内涵和科学特征，得到党和人民的赞扬，被人们经久传颂，成为社会共有的精神财富，激励着广大教练员和运动员无私奉献为国争光。

爱国奉献是基础，团结遵纪是要求，求实奋斗是保证，拼搏争先是目标。各优秀运动队不失时机地结合中华体育精神，开展有体育特色的"爱国与奉献"的思想政治工作。2000年7月，李志坚同志在国家体育总局加强和改进思想政治工作研讨会上的讲话中指出："体育界创造的思想政治工作的警句、格言和经验，已经成为整个国家精神文明宝库总的璀璨明珠，也体现在通过广泛的群众体育活动为全社会的思想政治工作扩大了阵地，提供了有利的方式和手段。"

（四）结合优秀运动员的成材之路有针对性地开展"祖国培养意识"的思想政治工作

党的十一届三中全会以来，我国实行了对外开放政策，我国社会主义建设事业进入一个新时期。随之涌入而来的各种科技信息、学派思潮、股市行情、高新科技产品等，在人们的眼前展现出一个瞬息万变的世界。加之国家队承担着大量的出访比赛表演任务，与外界尤其是西方意识形态有频繁的接触。伴随着我国经济的发展和社会的进步，从计划经济转向市场经济的过程中，运动员得到了很多实惠，同时也不可避免地滋生出一些拜金主义、享乐主义、功利主义的倾向，如个别运动员不切实际地追求高额报酬或巨额奖金，也有个别运动员片面认为自己在国外身价会更高、收入会更多。

在建立社会主义市场经济体制这样的社会转型的特殊历史时期，各级运动队伍管理都会遇到这样那样的新问题。特别是年轻一代运动员面对竞争日趋激烈的社会现实，他们在思考、判断、吸收；他们需要指导、帮助、鼓励。采用生硬的、孤立的、口号式的简单说教对运动员其进行思想政治工作，显然是行不通的。这也反映和决定了优秀运动队思想政治工作内容和形式上的特殊性。需要在训练与竞赛、学习与生活的各个环节中有针对性地进行思想政治工作，才能促进优秀运动队思想政治工作水平的提高。

优秀运动员成材过程一般要经历 8～12 年的不断提高、逐步成材的五个阶段，即启蒙阶段、基础阶段、提高阶段、发展阶段和成熟阶段。这一成材发展的阶段性规律表明，一名优秀运动员成材，需要国家投入大量的经费和教练员的毕生心血。中国乒乓球队教练蔡振华针对个别主力队员的"功利"心态，明确指出："你们现在的资本是怎么来的？从幼儿园、小学开始打乒乓球到进国家队，你们交过场地费、教练费、服装费、陪练费、差旅费吗？这些钱是国家给你们出的，在你们成材之前，国家已经为你们付出了太多，目的就是让你们去拿世界冠军，为国争光。"采用"算账"的方法有针对性地强化队员的"祖国培养意识"，在经济转型过程中努力把各种干扰降低到最小化，让运动员自觉地接受高标准、严要求，这是一种无法估量的巨大能量，也是中国乒乓球队在强手如林的世界乒坛一次次创造奇迹的"法宝"。

对国家集训队的乒乓球、体操、游泳、田径、足球、篮球、垒球、曲棍球、柔道、举重、花样滑冰 11 个项目中的 219 名优秀运动员（有 36 人次曾获得世界冠军或奥运会冠军）参加比赛的动机结构的调查。结果显示，现阶段我国优秀运动员的动机结构所表现的"自身价值"仍服从于整体利益和国家利益，有 62.1% 的运动员树立了以社会的高层次间接性动机（为国争光、为集体争荣誉）为主导和决定性作用，以个体的低层次直接性动机（个人爱好、兴趣、名次和奖励等）为辅助作用的多种因素多层次结构的比赛动机。

（五）结合我国近代体育史开展"从'东亚病夫'走向体育强国"的系列性思想政治工作

半封建半殖民地的中国，国贫民弱，国人被称做"东亚病夫"。中华民族的一批胸怀"体育救国"之志和热心体育的有识之士，为发展中国体育，丢掉"东亚病夫"的屈辱进行了长期的斗争。因此，我国近代体育史记述着中华民族从沉沦到崛起，体现着无数体育健儿热爱祖国的高尚情操和光荣传统。结合我国近代体育史开展"从东亚病夫走向体育强国"的系列性思想政治工作，着眼点在于以史鉴仿，坚定社会主义方向，增强社会主义信念和爱国主义的意识。

优秀运动队中以年轻的教练员和运动员居多，他们一般都像江泽民同志所指出的那样"缺少对党的优良传统和中外基本历史的深刻了解，缺少驾驭复杂局面、解决复杂问题的能力，缺少严格的党内生活锻炼和群众工作的考验"。所以，结合我国近代体育史开展"从东亚病夫走向体育强国"的系列性思想政治工作，能受到事半功倍的效果。例如，备战悉尼奥运会前，各参赛队伍组织观看《新中国外交风云录》和《新中国体育50 年》等系列片。通过对比新旧中国两个政府对发展体育的不同态度和体育事业发展的不同结果，深化对体育与兴国、强国关系的认识；通过对比新旧中国大型运动会主办权的变化，深化对体育与政治、国家地位关系的认识；通过对比新旧中国体育场馆、设施的发展与规模，深化对事业发展速度与社会制度关系的认识。

通过"从东亚病夫走向体育强国"的系列性思想政治工作，有助于引导运动员将体运兴衰与国运兴衰相联系，体育发展与社会政治制度、国家经济基础相联系。极大地激发运动员的爱国热忱，提高了民族自信心，更加坚定为国争光和献身我国体育事业的决心。进一步明确了高水平国家优秀运动队所肩负的特殊使命，就是通过长期系统的运动训练，最大限度地挖掘和发挥个人或集体在体能、心理、智力等方面的潜力，为在国际体坛创造优异成绩努力拼搏，以升国旗奏国歌为己任的最高价值追求，以振兴中华提高国际威望为奋斗目标。

（六）结合榜样的示范作用开展丰富多彩的早日成材的思想政治工作

一个人思想品德的形成，受到各种因素的影响，思想品德的教育可以有目的、有意识地采取各种方法，而树立榜样、发挥榜样的示范诱导作用，则是其中最基本、最有效的教育途径与方法之一。在我国社会主义思想政治工作实践中，曾先后树立了雷锋、焦裕禄、蒋筑英、张华等一系列先进典型，这对帮助青年运动员树立正确的人生观、价值观起到了积极的作用。同时，五十多年来中华体育健儿屡屡在世界体坛为国增光，涌现出一串串光辉的名字，激励着人们以更高的热情投入到改革开放的大潮。国家体育主管部门和宣传部门，及时撰写我国运动员在国际体坛上勇攀高峰、为国争光的优秀事迹，作为传统的思想政治教育的教材并大力宣传，使运动员学有榜样、赶有目标。

当代青少年运动员在生理上迅速趋向成熟而形成的主导积极性，又存在着心理上成熟的滞后性而产生的消极性，加之生活环境，所受从事运动项目及实践活动的不同，随着市场经济的发展，运动员的自我意识、主体意识日益增强。他们对舆论宣传中高起点的、理想人格化的英雄人物敬而远之，而对身边的人和事则表现出越来越大的兴趣。他们对"社会关注的焦点人物"优秀运动员和教练员表现出越来越大的兴趣。特别是一些体育明星被人们视为民族的英雄和骄傲，更是广大青少年运动员崇拜、模仿的对象。运用优秀运动员和教练员的成材之路和典型事迹，教育和影响青少年运动员，更具感召力，更富有现实意义和深远意义。

榜样的力量是无穷的，而用身边的先进人物、典型事迹教育和影响运动员特别是少儿年龄段的小运动员，则更具有现实的说服力和感染力，更富有实效。例如，中国体操队经常邀请一些老运动员为年轻运动员回顾体操队的光荣历史和艰苦创业史；请老世界冠军现身说法，讲述一个个为国拼搏的感人肺腑的故事。体操馆里有一排具有至高荣誉的光荣榜，许多运动员都梦想有朝一日能成为世界冠军被永远载入史册。每年一次的新世界冠军登榜仪式已经成为队里重要而传统的爱国主义教育。光荣榜里的35位世界冠军，在奥运会、世锦赛和世界杯三大赛上勇夺61枚金牌。许多刚进队的小队员就是从身边的世界冠军成材之路和典型人物的先进事迹中，吸取了无穷的力量，立下为国争光的抱负。

（七）结合奥林匹克运动开展不断进取和公平竞争的思想品德教育

"更快、更高、更强"的奥林匹克格言充分表达了奥林匹克运动所倡导的不断进取、永不满足的奋斗精神。虽然只有短短的6个字，但其含义却非常丰富，它不仅表示在竞技运动中要不畏强手，敢于斗争，敢于胜利，而且鼓励人们在自己的生活和工作中不甘于平庸，要朝气蓬勃，永远进取，超越自我，不断战胜自我，向人生的极限冲击。

相互了解、友谊、团结和公平竞争的奥林匹克精神。其目的就是为奥林匹克运动提供了一种必不可少的文化氛围和精神境界。只有在公平的基础上竞争才有意义，各国运动员才能保持和加强团结、友谊的关系，奥林匹克运动才能实现它的神圣目标。正如已故美国著名黑人田径运动员杰西·欧文斯所说："在体育运动中，人们学到的不仅仅是比赛，还有尊重他人、生活伦理、如何度过自己的一生以及如何对待自己的同类。"

　　不断进取和公平竞争是运动员、教练员、裁判员、其他体育工作者以及一切体育活动爱好者，在参加比赛和体育活动时，应遵循的行为规范和准则。运动队的领导者和教练员在比赛中必须严于律己，对于违反体育道德的事情，必须当场批评制止，决不能放任纵容。良好的体育道德的养成，是青少年运动员不断自我完善的过程。在运动训练和体育竞赛中应时时注意对运动员进行体育道德教育。在参加训练和比赛中，要培养运动员养成"讲文明、讲礼貌、讲风格"，还要养成"三尊重"即尊重裁判、尊重对方、尊重观众的好习惯。例如我国运动员，在世界比赛中，"打出了风格，打出了水平"。"赢球又赢人，输球不输人"的体育道德，体现了将身心和精神方面的各种品质均衡结合起来，并使之得到提高的一种人生哲学，将体育运动与文化教育融为一体的奥林匹克主义。

（八）充分运用思想政治工作的优势加大反兴奋剂教育

　　运动员使用兴奋剂已成为现代竞技体育的"癌症"，奥运会上不断爆出的服药丑闻与奥林匹克精神背道而驰，这一问题不可避免地给奥林匹克运动蒙上一层阴影。兴奋剂是目前违禁药物的总称，另外还包括电刺激疗法、自血疗法、妊娠疗法等提高运动成绩的非正当手段。科学实验证明，某些药物确有提高成绩、推迟疲劳出现和掩盖服用药物的作用，但滥用药物会损害运动员健康，甚至造成死亡，尤其对女性危害更大。据前国际运动医学联合会主席普罗科普估计，仅第二次世界大战以来，至少有 120 名世界著名运动员死于滥用兴奋剂。

　　《奥林匹克宪章》明确规定，国际奥委会"反对运动中使用兴奋剂的行为"。国际奥委会为维护体育的纯洁性，始终不渝地进行反兴奋剂的斗争。但兴奋剂背景比较复杂，涉及政治、经济、科技和伦理道德诸多因素。自 1968 年奥运会开始进行兴奋剂检查以来，虽稍有收敛，但屡禁不止，因此反兴奋剂的斗争将长期继续进行下去。为了禁用兴奋剂，国际体育组织和许多国家不得不投入大量人力、物力进行研究和检查，耗资惊人。据报道，目前每年仅检查费用就要耗资近 1 亿美元。使用兴奋剂是一种欺骗行为，违反奥林匹克精神，如任其发展，则高水平竞技体育有堕落为药物竞争的危险，运动员将为此作出巨大牺牲。因此从根本上说还得从教育来解决，特别要宣传奥林匹克运动的宗旨。为保护运动员的身心健康，维护体育道德，弘扬奥林匹克精神和国际体育运动的健康发展作出更大的贡献。我国充分运用思想政治工作的优势加大反兴奋剂教育。中国的反兴奋剂工作坚持以"预防为主，教育为本"，注意加强思想政治工作，教育广大体育工作者正确认识兴奋剂的危害，"拿不到金牌也不用兴奋剂"，建立起自觉抵制兴奋剂的坚强防线。1989 年 5 月 3 日，我国正式提出对兴奋剂问题要实行"严令禁止、严格检查、严肃处理"的方针。5 月 19 日，国家体委颁发了《全国性体育竞赛检查禁用药物的暂行规定》。同年 12 月，中国兴奋剂检测中心通过国际奥委会资格考试，正式投入使用。从此，中国的反兴奋剂斗争全面展开，进入了一个新的历史阶段。在社会科学、软科学和心理学方面，近年来先后组织了关于反兴奋剂管理体制、政策措施、运动员对兴奋剂的认知和态度等问题的研究及社会调查，已取得的成果为有关部门的管理决策和反兴奋剂教育提供了重要的咨询建议。反兴奋剂教育的基本对象是广大运动员和教练员，包括医生、科研人员和管理人员，同时面向社会公众。反兴奋剂教育的基本内容包括常识教育、健康教育、道德教育、法制教育和政治教育。反兴奋剂教育的基本形式包括召开各种类型的反兴奋剂会议，举办培训班、讲座，出版各种形式的印刷品和录像带，在体育院校和教练员培训中开设有关课程，利用新闻媒体进行宣传教育等。初步形成具有中国特色反兴奋剂体系并在实践中不断完善。许多国际人士也给予了充分肯定和高度评价。国际奥委会主席萨马兰奇曾说，中国的反兴奋剂工作是世界上做得最好的国家之一。

（九）优秀运动队思想政治工作的对象主要是运动员

运动员处于不同的年龄阶段、项目特点、社会地位、训练条件和生活环境等因素，他们的思想和行为的变化、发展具有自身的特点和规律，这决定了对于运动员的思想政治工作也有与之相适应的特殊的原则、方法、过程、组织形式和活动形态，形成了独立的实践领域和研究领域。

加强党团建设，充分发挥党支部的战斗堡垒作用和党的先锋模范作用，特别注意发挥尖子运动员和教练员中党员的模范作用和骨干作用。重视和加强团组织的建设和领导，充分发挥团组织的助手和突击作用，团的工作应适合青年的特点。有利于加强和改善对优秀运动员思想政治工作的领导，建立健全优秀运动队思想政治工作的管理体制、规章制度、思想政治工作队伍的建设等。

1991 年 12 月 8 日，全国体育系统思想政治工作研究会成立，其主要任务是研究优秀运动员思想政治工作的领导和管理，优秀运动员思想政治工作与训练竞赛相互关系和相互作用。定期开展研究工作，及时总结经验，探索运动队伍思想政治工作规律。1992 年 12 月，全国体育系统思想政治工作研究会，组织召开了首届全国运动队思想政治工作论文报告暨研讨会。

由于运动队成员差异很大，要充分注意区别对待。既要针对普遍性的问题进行一般教育，又要针对个人特点，加强个别教育工作。尤其是对于成绩突出、掌握尖端技术的运动员，要看到他们是攀登世界运动技术高峰的骨干，在社会上，运动队中影响较大，必须重点做好他们的思想工作。为使他们正确对待成绩和荣誉，充分认识党和人民以及集体对他们的培养和期望，力戒骄傲。在不同的历史时期国家体委制订和颁布了有关条例和守则，以指导优秀运动队思想政治工作。如 1963 年 3 月 31 日，国家体委《关于试行运动队伍工作条例（草案）的通知》；1964 年，国家体委关于《运动队思想政治工作条例》（试行草案）；1981 年 4 月 4 日，国家体委《关于颁布运动员守则、教练员守则的通知》。这些条例和守则等，从政治思想、训练比赛、学习生活和道德风尚等方面，提出了运动员和教练员共同遵守的准则。既有明确方向，又有具体要求。只要认真加以贯彻执行，提高广大运动员、教练员的思想政治觉悟和运动技术水平，对树立良好的道德风尚、建设社会主义精神文明，都将发挥积极作用。

（十）优秀运动队思想政治工作的薄弱环节与成因

随着优秀运动队伍社会主义精神文明建设的加强，许多运动队伍的精神面貌和赛场纪律有明显好转。但是在实行对外开放的新的历史条件下，我国社会主义建设事业进入一个新时期。随之涌入而来的各种科技信息、学派思潮、股市行情、高新科技产品等，在人们的眼前展现出一个瞬息万变的世界。加之国家队承担着大量的出访比赛表演任务，与外界尤其是西方意识形态有频繁的接触。伴随着我国经济的发展和社会的进步，从计划经济转向市场经济的过程中，运动员得到了很多实惠，同时也不可避免地滋生出一些拜金主义、享乐主义、功利主义的倾向，如个别运动员不切实际地追求高额报酬或巨额奖金，也有个别运动员片面认为自己在国外身价会更高、收入会更多。由于放松思想政治工作，预防和抵制资产阶级腐朽思想措施滞后，在一段时间内有些运动员包括有的尖子运动员受到较严重的精神污染。胡娜事件的发生，是一个十分深刻的教训。这一事件的发生并非偶然。除去存在社会上对体育队伍的精神污染以外，思想政治工作上的软弱无力是一个重要原因。必须尽最大努力改进和加强思想政治工作，尽可能避免类似事件发生。

在深化改革过程中，把体育推向市场，其结果必然给人们的思想观念、价值取向、行为方式和人际关系等方面带来深刻的变化，使思想政治工作出现许多新情况，带来许多新问题。有相当数量的运动队和单位特别是在向体育职业俱乐部的转制或调整过渡过程中，没有把思想政治工作放在应有的位置上。一些地区的社会环境不利于青少年运动员健康成长；一些教练员的思想道德素质和职业道德建设亟待加强；思想政治工作的保障措施不够有力，体制、机制、队伍建设和经费投入等政策措施不到位。有主管部门的领导往往陷于日常事务，在工作中光抓业务措施，不抓或很少抓思想政治措施，有时也抓一下思想政治工作，却往往流于形式，隔靴搔痒。而对于形形色色的不正之风和精神污染则不敢批评，不敢坚决斗争，甚至有的领导干部自己就不干净，既断送自己的美好前程，也给家庭、集体和国家造成重大损失和极其不良的影响。

随着体育系统工资的改革和优秀运动员奖励条件的公布，许多运动员的思想进一步稳定，积极性得到了很好的发挥。但是由于思想教育工作没有跟上，社会上"一切向钱看"的腐朽资产阶级思想也相当深地侵蚀到运动队伍里来了。个别运动员不能正确对待个人和集体、个人和祖国的关系，对思想政治提高和技术提高的关系缺乏认识，自恃甚高、优越感浓厚，过分追求个人物质利益和待遇。有的尖子运动员竟向党伸手，傲视一切，稍不满足，怨天尤人。极少数人走上了违犯法纪的犯罪道路。从计划经济体制下形成思想政治工作的内容和方法，还不能很好地适应市场经济和社会生活的新变化，思想政治工作方法与手段滞后，针对性和实效性不强，不能适应青少年运动员身心发展的特点和需要。一度出现对思想政治工作有些削弱、忽视的现象。所有这些思想政治工作上的缺点都必须认真克服。要求运动队思想政治工作换脑筋，将思维方式转变到社会主义市场经济观念上来，正确认识市场经济的基本规律，妥善处理好人们的经济利益关系，学会用经济手段推动社会主义体育事业的发展。

二、新时期优秀运动队思想政治工作的走向与创新

（一）注重优秀运动队思想政治工作的理论创新，在新的历史时期开创思想政治工作的新局面

21世纪人类社会发展到知识经济时代，工业化和科学技术的迅速发展，以其巨大的力量推动着全球经济一体化和社会进步。同时我国也进入了全面建设小康社会、加快社会主义现代化建设的新的时期。江泽民总书记指出，"做好新时期的思想政治工作，必须从国际和国内、历史和现实的角度，深刻分析新形势下对广大干部群众的思想活动

发生作用的客观环境及其基本特点，正确审视和解决那些影响干部群众思想活动的重大理论问题和实际问题，为我们进行新时期的思想政治工作提供一个根本的比较切合实际的基础。"江总书记在《在庆祝中国共产党成立八十周年大会上的讲话》中进一步指出："促进全民族思想道德素质和科学文化素质的不断提高，为我国经济发展和社会进步提供精神动力和智力支持。"这些科学论断对思想政治工作给予了科学定位，同时也向思想政治工作提出了新的更高的要求。

思想政治工作实践性很强，社会实践是它存在的条件和发展的原动力。新时期优秀运动队思想政治工作必须贯彻执行党在社会主义初级阶段的基本路线，以马克思列宁主义、毛泽东思想、邓小平同志理论，特别是江泽民总书记关于"三个代表"重要思想为指导，要以与时俱进的思想观念和奋发有为的精神状态，主动适应我国体育体制改革和运行机制转换的总方向，加强对思想政治工作的理论研究和理论创新，实现优秀运动队思想政治工作研究的新突破，以高质量的理论研究成果来推动和开创优秀运动队思想政治工作的新局面。因此，遵循优秀运动员成材之路和身心发展规律，结合优秀运动队伍的实际情况，掌握教练员、运动员的思想脉搏，大力开展社会主义、集体主义和爱国主义教育，指导和帮助教练员、运动员树立正确的人生价值观，确定正确的政治立场、观点和思维方法，陶冶高尚的道德情操，为他们身心健康成长和全面发展奠定较高的思想品德基础。使运动员成为思想坚定、技术过硬的优秀群体，最大限度地调动运动员的积极性和创造性，勇攀竞技体育的高峰，确保《奥运争光计划纲要》的实现。

（二）继承和弘扬中华体育精神推动有中国特色的竞技体育健康发展

在经济全球一体化背景下现代社会错综复杂，唯有爱国主义才能最大限度地团结可以团结的一切社会力量，找到在种种利益冲突中大家都可以接受的某种共同点、结合点。所以，加强爱国主义教育就不约而同地成为当代世界各国思想政治教育的主旋律。国家意识才是核心。爱国主义历来是鼓舞中国人民团结奋斗的一面旗帜，是中华民族生生不息的强大精神支柱。千百年来，中国人民的爱国主义精神和英勇豪迈的爱国壮举，谱写了中华民族历史上最动人心魄的伟大史诗，也是人类历史上的伟大奇观。

针对体育队伍的实际情况，掌握教练员、运动员的思想脉搏，大力开展社会主义、集体主义和爱国主义教育，指导和帮助教练员、运动员树立正确的世界观、价值观和人生观。在"爱国守法、明礼诚信、团结友善、勤俭自强、敬业奉献"的基本道德规范基础上。突出抓好爱国主义教育，弘扬振兴中华的民族精神。优秀运动员在世界体坛和奥运赛场奋力拼搏，为国争光，升国旗、奏国歌，使其本人和亿万观众同时接受了一次最生动的爱国主义教育。经过几代人的努力和实践，凝聚而成"为国争光、无私奉献、科学求实、遵纪守法、团结友爱、顽强拼搏"中华体育精神，丰富了思想政治工作的内容，有力地促进了思想政治工作的发展，推动和促进社会主义精神文明的建设。

（三）充分利用现代网络技术加强和改进优秀运动队思想政治工作

21世纪初我国加入WTO后，思想政治工作环境随之发生新的变化。在信息化、法治化和多元化的社会背景下，现代传播方式特别是信息网络技术的迅猛发展，将为开展思想政治教育提供现代化手段，极大地拓展思想政治教育的空间和渠道。江泽民总书记在中央思想政治工作会议上指出："互联网已经成为了思想政治工作的一个新的重要阵地。"近年来我国众多高校都成立了由学校党政领导和有关部门负责人参加的网络工作领导小组，开设"红色网站"利用网络开展思想政治工作，在开展思想政治工作方面进行了有益的探索，积累了一定的经验。优秀运动队思想政治工作应尽快适应因特网等现代信息传播手段的发展，积极利用现代信息网络技术拓展思想政治工作领域。为此，建议国家体育总局借鉴高校"红色网站"的成功经验，主动迎接互联网对优秀运动队思想政治工作提出的新挑战，加速建设优秀运动队党建工作和思想政治工作网站，开展网络体育道德教育，营造良好的优秀体育网络文化氛围，充分利用现代网络技术加强和改进优秀运动队思想政治工作。

（四）加强优秀运动队思想政治工作队伍建设和目标管理体系

在经济全球一体化的背景下意识形态的斗争获得新的表现形式，从政治层面走向社会层面，手法不断翻新，而且越来越隐蔽化，越来越具有欺骗性。特别是信息与通讯、技术的发展，使人们逐渐陷入网络虚拟化的社会生活中，其重视商业价值、追求感官享乐、个人主义等价值观导致一些教练员、运动员价值观念、功利目的和生活理念也随之发生变化，将会淡化一些运动员和教练员的理性关怀和集体观念，弱化他们的国家意识和爱国情感。优秀运动队思想政治工作实践中要不断研究新形势，解决新问题，总结新经验。大力加强思想政治工作的队伍建设，进一步健全和完善优秀运动队思想政治工作目标管理体系，努力探索新时期优秀运动队思想政治工作的规律。

（五）实事求是地开展优秀运动队思想政治工作

思想政治工作是以研究人为对象的，它本身就是一门高层次的科学。思想政治工作的科学化就是遵循人的认识规律和思想规律，按照实事求是的思想路线和工作方法，采用一切有利于教育人的科学知识，开展思想政治工作，从而端正人的思想政治观念，改革人的思维方式，提高人的认识水平，增强人们改造客观世界和主观世界的能力。优秀运动队思想政治工作的对象多为青少年运动员，他们的思想和心理活动在训练和竞赛的反映是有一定规律的。毛泽东同志曾经把人的认识运动规律表述为从物质到精神，又从精神到物质；从实践到认识，又从认识到实践；从特殊到一般，又从一般到特殊；从群众中来，到群众中去这样的过程。这些过程是一个统一体，它如同事物的发展过程一样，都遵循辩证法的基本规律。一切思想政治工作；都必须符合这样的认识规律，才能取得成效。若不从实际出发，超越现实的历史条件，超越运动员和教练员的接受程度，搞"一刀切""齐步走"，一味追求思想教育的先进性，那么思想政治工作就会变得空谈，起不到宣传、教育和动员群众的作用。

（六）建立健全系列规章制度为优秀运动队思想政治工作提供保障

在建立社会主义市场经济体制这样的社会转型的特殊历史时期，社会情况发生了复杂而深刻的变化。既拓展了优秀运动队思想政治工作的空间和渠道，也给优秀运动队思想政治工作提出了一系列新的挑战。因此，全面分析和研究新时期优秀运动队思想政治教育环境的变化及其对思想政治教育的影响，并针对社会客观环境的变化提出对策研究具有十分重要的意义。建立和健全一系列规章制度，用法规去约束人们的行为，用执行纪律进行民主管理，就显得更为重要。

目前，我国优秀运动员思想政治工作规章制度的建设亟待完善，仅在 1964 年 8 月，国家体委下发了《运动员思想政治工作条例》（试行草案）；1981 年 4 月，国家体委下发了《关于颁布运动员守则、教练员守则的通知》。事过多年，我国的经济生活和社会形势已发生了很大变化，需要做较大的修订才能适用。在新的历史条件下为了进一步贯彻党的思想工作精神，改进和完善优秀运动队的思想政治工作，形成以训练为中心的思想政治工作新格局。中共上海市体委党委在 1998 年 12 月 28 日提出《关于进一步加强优秀运动队思想政治工作的若干意见》；2002 年 2 月，安徽省体育局在全国体育系统推出《安徽省体育优秀运动队领队、教练员、运动员职业道德规范》，以新时期优秀运动队伍建设和发展，培育"四有"新人，提高竞技体育水平，进一步推动优秀运动队伍建设。为此，建议国家体育总局组织专门班子，吸收部分省、自治区、直辖市体育局同志参加，专门重新修订有关运动员思想政治工作条例和职业道德规范等规章制度，有助于增强运动员的法制意识和法制观念，使他们养成遵纪守法的良好习惯，指导和帮助运动员树立正确的择业观、创业观，培养良好的职业道德素养。

结束语

新中国优秀运动队思想政治工作，经过多年的实践和探索，积累了十分丰富的思想政治工作的经验，逐步形成了一系列观点、原则、方法、条例。为建设和完善优秀运动队思想政治工作奠定了深厚基础。必须正确处理继承和创新的关系，在继承和发扬优良传统的基础上，认真研究、积极探索新形势下优秀运动队思想政治工作的特点和规律，探求新办法，总结新经验。在继承和弘扬中华体育精神的基础上，加强体育队伍的思想政治工作，以推动有中国特色的竞技体育健康发展。

总结历史经验，充分运用思想政治工作的优势，更好地弘扬中华体育精神，充分发挥思想政治工作在推动有中国特色的竞技体育健康发展中的地位和作用。必须坚持在党的领导下，充分调动社会各方面的积极性，形成职责明确、齐抓共管、覆盖全社会的工作机制，共同做好青少年运动员思想教育工作。

当前我国正处在改革的攻坚阶段和发展的关键时期，社会情况发生了复杂而深刻的变化，影响着青少年运动员的价值取向，国际国内意识形态领域的消极腐朽思想给青少年运动员带来了较大的负面影响。在新的历史时期要针对体育队伍的实际情况，掌握教练员、运动员的思想脉搏，开创思想政治工作的新局面，大力开展社会主义、集体主义和爱国主义教育，指导和帮助教练员、运动员树立正确的世界观、价值观和人生观。

优秀运动队思想政治工作是一个需要不断深入研究的广阔领域，有效的思想政治工作，是优秀运动队管理的重要组成部分。认真地系统地总结新中国成立以来优秀运动队思想政治工作经验，把握和丰富优秀运动队思想政治工作的各种经验和材料，更深刻的认识和揭示其内在的规律，逐步形成和完善优秀运动队思想政治工作的理论体系、目标体系和管理体系。

中美大学竞技体育竞赛
体系的比较研究

池 建

美国是世界第一体育强国，大学生运动员的运动成绩在全世界有目共睹，整个国家的竞技体育体制以学校为中心，是美国竞技体育体制最显著的特点。中学是培养优秀运动员的摇篮，大量的中学生通过多种形式，自发地开始早期运动训练，为发展竞技体育奠定了人才基础。大学则是培养优秀运动员的高级阶段，大学校园拥有良好的训练设施和高水平的教练员，为大学生运动员取得优异成绩奠定了物质基础。美国奥运代表团基本上是以大学生运动员为主体构成的，80%以上的运动员从大学中直接选拔出来。著名篮球运动员乔丹、田径运动员刘易斯等一大批闻名遐迩的体坛天才，都是通过大学阶段的培养，最终步入职业体育，并取得辉煌成绩的。

美国发展竞技体育的成功经验有许多值得我们借鉴。体育与教育的有机结合，保证运动员在思想品德、学术水准和竞技水平方面全面发展，为竞技体育寻找到可持续发展的道路。美国大学体育联合会宪章特别强调，"不允许把运动员视为获胜的工具，必须保证运动员的学业，保证运动员的身心健康，运动员享有接受大学教育的任何权利、享有应有的待遇，参加体育运动、接受体育教育只是大学教育经历的一个组成部分"，为发展大学的竞技体育奠定了法律依据。

一、美国大学竞技体育管理状况研究综述

（一）以往的研究首先主要对美国大学竞技体育的体制展开

金玉在《美国大学校际体育竞赛管理的启示》一文中认为，美国大学校际体育竞赛活动之所以得以发展和完善，重要原因之一是大学校际体育竞赛已被纳入学校教育之中，学校把开展校际体育竞赛看做是向学生及教职工提供参与和观赏体育竞赛的一种文化娱乐途径。同时，学校也把校际体育竞赛当做提高学校声誉、吸引学生与资助的一个重要方面。

石磊在《国外体育体制概览》一书中写道，美国的竞技运动体制以学校为中心，依靠学校的课余训练来提高运动技术水平，中学是培养奥林匹克冠军的摇篮，大学则是培养优秀运动员的高级阶段。

丁玲娣认为，"美国的高教体制虽有较强的松散性，各高校都有制定本校政策的权利，但在人才体系上却又具有很强的系统性和单一性。它的竞技体制是以学校为中心，依靠小、中、大学的业余训练来形成整个训练的一条龙体系。"由此得出结论，我国现有的竞技体制和教育体制在很大程度上制约了高校竞技体育的发展，只有两者高度统一，将具有独立体系和职能的独立型体育管理模式融入高校体育中，才能真正提高我国高校的竞技水平。

（二）研究的视角集中在美国高水平运动队演变和形成进行的

王波在《中美高等学校高水平运动队外部领导和内部管理体制的比较研究》一文中认为，"美国的高校竞技体育十分发达，在国内的竞技体育体系中占主导地位。可以说高等学校是绝大多数运动员攀登世界体育高峰的必由之路，各俱乐部的后备人才也从高校选拔。但相比之下社会各行业培养高水平竞技人才却显得十分薄弱，以至于美国青少年如不能进入高校也就没有运动前途可言"。他在另一项研究成果中把美国大学竞技体育的成功经验归纳为以下几个方面：健全的组织管理机构，运用法律手段，通过规章制度管理大学生体育；利用奖学金吸引优秀体育人才；重视对运动员比赛能力的培养，大学体育竞赛制度十分健全；实行浮动学分制，加强学习管理，直到修完规定的学分；美国大学的竞技体育体系是一个开放系统，注重与社会各界的交流，商业化和社会化的程度比较高。

钟赋春在描述美国大学体育的发展演变进程时写道，"大约在本世纪初，体育正式进入大学体育计划，学生自发管理的体育运动队开始移交给校方。校方雇用教练并提供报酬，安排比赛及其费用，建运动场，提高大学体育的整体水平等，经过近百年的发展，形成了今天这样巨大的规模"。

（三）以我国试办中的具体问题着手

栾开封在《我国优秀运动队目前存在的若干问题及其对策》一文中提出了"逐步实现优秀运动队学校化或学院化"的观点，"为了解决运动员低龄化、文化水平低和再就业问题，学校化或学院化是一个十分有效的途径，问题在于如何提高质量，坚定办学方向，切实把运动员培养成为一专多能的优秀人才，为运动员解决后顾之忧。"

20世纪80年代中期出台的"关于普通高校试办高水平运动队的试点工作"时，有相当数量的研究结果对这项工作持怀疑态度。戴湘浦认为，"竞技体育人才基础在少年儿童，基地主要在中小学，而我国的基础教育乃至高等教育长期以来受应试教育的束缚，重视智育的发展而轻视体育的发展是不争的事实""在我国的竞技体育体制下，这十分有限的人才资源绝大部分分布在各级体委系统和体育院校，非体育类高校还能有多少高水平运动员可招"。王克达在《对试办高水平运动队现存问题的剖析》中一针见血地指出了试点工作存在的问题，特别是在领导管理体制方面"以校长为组长的高水平运动队领导小组基本上是一个虚设，实效性极差，一年召开一次会议，许多应准备的材料基本上是一个空白，临时现凑现编自欺欺人"。

史康成在《关于"科技兴体"的基本情况、基本任务与基本对策》中指出，"体教结合问题的重要意义不仅在于解决运动员的文化教育问题，实际上涉及我国训练体制如何进一步深化改革，涉及我国竞技体育如何健康发展、持续发展和快速发展的根本性问题""随着教育改革的不断深入，体育部门单独、封闭式办学体制质量和效益不高的问题日益突出，为优秀运动队服务的办学体系面临生存和发展的挑战"。

高雪峰认为，"科学的优秀运动员文化教育体系应是一个既能有促进运动员竞技水平的提高，又能切实保证其进行系统文化学习，真正提高文化教育水平的体系，为此基础教育纳入教育体系，由竞技与教育的分离变为统一，高等教育实行多向分流，充分发挥运动技术学院、体育院校和普通高校的作用。"高雪峰还认为，"优秀运动员文化教育的问题，是中国乃至世界范围内竞技体育发展中的一个常见而又十分棘手的问题，关乎竞技体育可否持续发展的大事，也与优秀运动员能否全面发展、形成全社会对竞技体育强力支持的良性循环有着直接关系。"

宋继新认为，"中国竞技运动面向未来求发展，必须重视建立竞技体育与教育结合集约化的优秀运动员培养体制，国外的竞技体育与教育结合经验表明，高水平竞技运动体育与教育结合形成以夺标育人为中心，以训练和教育为侧支柱，以管理体制改革为横梁的培养优秀运动员的新体制是可靠、可行的"。

20世纪80年代以来，随着我国全面的改革开放和体育事业的发展，这种体制越来越显露出它的局限性。突出表现在运动竞赛的发展与国家有限财力之间的矛盾上，不利于充分发挥竞赛的多种功能，使运动竞赛的发展失去了活力。

（四）国内学者更多地注重我国试办中的问题，但是在解决问题的思路上却往往不可操作

在评价我国竞赛体制方面，张江南等人认为，"政事不分，管办一体，统得过多，管得过死，从而抑制了社会办竞技体育的积极性""如果说在计划经济条件下这种管理体制还有其存在的社会经济基础，那么伴随着改革开放的进程和我国社会主义市场经济体制的确立，它赖以生存的社会经济基础也随之消失，这样，竞技体育管理体制终将无法承受对它的重负，竞技体育管理体制的改革就是势所必然，无从回避的了。"

胡鞍钢在《我国体育改革与发展的方向》一文中认为，"经济体制决定体育体制，经济体制的转轨方向也决定了体育体制的转轨方向""从管理模式看，从政府直接管理型向社会管理型过渡，就是要从行政式的指令管理变成依照法律通过各种体育社团的社会管理"，在涉及优秀运动队建制办法方面提出了"在以往体工大队、运动技术学院、运动训练基地及体育院校、体工队联办运动队等多种办队形式基础上，进一步向分散型的社会化方向发展"。

张春华在《对我国竞技体育可持续发展的外在因素之思考》一文中，从社会学的角度分析了影响我国竞技体育可持续发展的外在因素，其中包括教育因素，提出了"应加强竞技体育教育经费的投入，对竞技体育人口进行全面的素质教育，培养创新能力和提高实践能力，提高优秀运动员文化素质"的学术观点。

1983年，在《国家体委关于进一步开创体育新局面的请示》中指出，现行的竞赛体制矛盾较集中、尖锐，应很好地改革。要使国内比赛与重大国际比赛衔接好，国内各级各类比赛衔接好，优秀运动队比赛与体校比赛衔接好，逐步做到社会化、多样化、制度化。

卢元镇教授在《中国体育系统机构改革若干问题的设想和论证》中概括性地描述了我国竞技体育体制的改革方向，"中国体育系统，今天基本上是按照国家福利型事业部门构造的，有一个自上而下的政府行为管理体制，以及按照各级政府体育主管机构的计划自上而下实施体育的运作机制，它的基本特征是市场外运作。近年来，在计划经济向社会主义市场经济体制过渡过程中，开始了体育服务产品的商品化过程，同时出现了管理体制和运作机制的一些市场化的变化，但这一变化距市场经济的要求还有很大差距。"

二、美国大学竞技体育管理体制

（一）美国大学竞技体育组织结构与职能

1. 美国大学生体育联合会（NCAA）

美国大学生体育联合会（National Collegiate Athletic Association，简称 NCAA），成立于 1906 年，1950 年后逐步发展壮大，有 600 多所大学、联盟和单项协会加入 NCAA 联盟，目前在美国有 1200 多所大学、联盟和单项协会加入，成为美国规模最大、职能最广、会员最多的体育管理机构。联合会在 22 个项目中设冠军 81 个，每年大约有 25400 名男女运动员参加各个项目的比赛。如今的 NCAA 已发展成为招收、管理大学生运动员，对校外资助、奖学金、电视转播、学术资格等一系列涉及大学生运动员的事务进行管理的非营利性实体。

NCAA 在美国具有广泛的影响力。由于社会体制背景的差异，美国政府的各个部门没有专门负责管理体育的机构，所有体育组织均属社会群众团体，美国的体育分为职业体育和业余体育两大部分，职业体育由俱乐部管理，如美国职业足球、篮球、棒球和冰球四大运动项目，分别由各自的俱乐部负责管理，与政府没有关系。大学体育则属于业余体育的范畴，由大学体育联合会管辖。所以用社会办体育来形容美国对体育的管理，特别是对竞技体育的管理非常贴切。由于美国政府中没有负责管理体育的职能部门，因而，大学体育联合会也就成为美国全国规模最大、职能最全、会员最多的体育管理机构，从性质上既不属于政府职能部门，也不能划入类似于我国的事业单位，在美国它的性质被定义为非营利性的社会团体。

2. 美国大学生体育联合会组织结构

大学生体育联合会负责组织全美大学生体育运动。其基本目的是"全国体育竞赛计划从根本上讲是教育体系的一部分。联合会的主要目的是使校际体育运动纳入教育体系之中，使体育运动真正成为大学生活的一部分，从而使大学体育竞赛与职业体育完全分离"。该组织既不隶属于各级政府，又独立于美国奥委会和各单项职业协会之外。鉴于美国是一个普及大学教育的国家，大学体育联盟在组织全国比赛中发挥了重大的作用，从某种意义上讲，就其规模和社会影响方面，大学体育联盟在美国的影响力并不亚于美国职业联盟的单项协会和美国奥委会，美国大学开展的校际体育是美国高等教育中不可缺少的一个方面，它具有独特的魅力和不可替代的地位。美国大学生体育联合会组织机构框架如图 1 所示。

3. 美国大学生体育联合会职能

美国大学生体育联合会下设执行委员会，负责联合会的具体工作。执行委员会下设 I 级领导委员会、II 级主席联盟和 III 级主席联盟，分别管理各级别的具体工作。联合会内部还设有管理纪律、规则等事务的分会。美国大学生体育联合会的主要职能如图 2 所示。

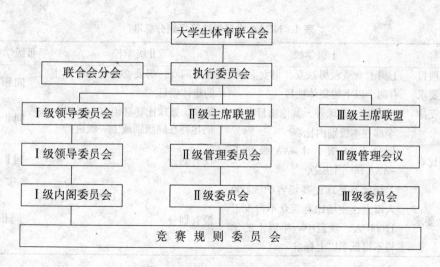

图1 美国大学生体育联合会组织机构框架图

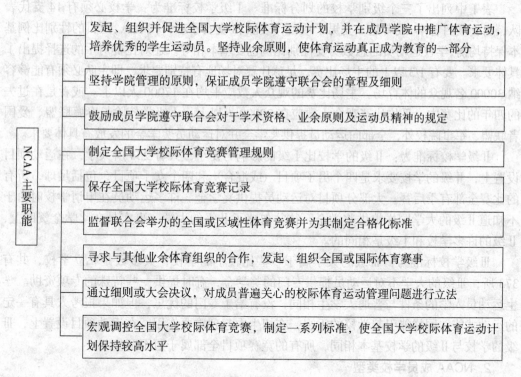

图2 美国大学生体育联合会主要职能

（二）NCAA 成员学校等级划分标准和类型

1. NCAA 成员学校等级划分标准

为了避免不同规模和档次学校的同场竞技。NCAA 划分三个级别，我们通常所提到的 NCAA 比赛，一般指Ⅰ级的比赛，Ⅰ级由全美306所规模较大的大学组成。Ⅰ级还根据美式足球运动水平划分为Ⅰ-A、Ⅰ-AA 和Ⅰ-AAA 三个级别。NCAA 对各级别学校的标准有严格的规定。

表 1   NCAA 成员学校等级划分标准

内容	Ⅰ级学校	Ⅱ级学校	Ⅲ级学校
运动项目设置要求	七男七女或六男八女，男女必须有两个以上的集体项目	四男四女，男女必须有两个以上的集体项目	同Ⅱ
竞赛安排	除足球、篮球外，其他项目必须全部在本级别内比赛	足球、篮球比赛必须有50%以上的比赛在同级别或上一级进行	同Ⅱ
足球比赛	划分Ⅰ-A级、Ⅰ-AA级和Ⅰ-AAA级三个层次	没有划分	同Ⅱ
观众要求	主场比赛足球比赛场容纳30000人以上，主场比赛观众不得少于17000人，联盟中一半以上的学校不得低于以上标准	没有划分	同Ⅱ

表 1 中列出了三个级别学校的划分标准。Ⅰ级学校标准为：学校必须有 14 支代表队，男女项目各半，或者是 6 支男子项目代表队、8 支女子项目代表队，项目的性别比例基本保持均衡，学校运动员的总数男女性别比例也要基本相等。还对比赛对手的选择提出了具体要求。要有 1/3 以上的主场比赛，足球比赛对场地有特别要求，即主队必须有能够容纳 30000 名观众的体育场。主场比赛的观众人数应平均在 17000 人以上。或者是在过去的四年的比赛中，平均比赛观众人数应在 20000 人以上。Ⅰ级学校除长春藤联盟、爱国者联盟、军事院校外，全部向运动员提供奖学金并对运动员奖学金的发放有具体要求。

Ⅱ级学校标准为：Ⅱ级的学校比Ⅰ级的影响力要小，共有 254 所大学，在运动项目设置上，Ⅱ级的学校要求是四个男子项目（或混合）和四个女子项目，包括足球，所有的比赛全部有季后赛。大部分项目对运动员提供奖学金。许多运动员在申请学校时由于不知道Ⅱ级的大学同样提供奖学金，往往忽略了Ⅱ级的大学，事实是在奖学金资助上，Ⅱ级的许多学校和Ⅰ级是相同的。

Ⅲ级学校标准为：Ⅲ级的大学属于一些比较小的学校，大多数是私立学校，共有 373 所，Ⅲ级的大学不对运动员提供专门的奖学金，有时提供一些特殊的专项资助。学生运动员入学的条件与普通大学生相同，没有给予专门的优惠，但如果报考人具有一定的运动才能，同样能引起学校的重视，在招生中起到重要作用。在运动项目设置上，Ⅲ级的学校与Ⅱ级的学校基本相同，所有的竞赛项目全部属于冠军赛。

2. NCAA 成员学校类型

美国大学生体育联合会（NCAA）由 1200 多所美国大学组成，加入联合会的成员学校，根据其在联合会内部的地位分为正式成员、临时成员、成员联盟、附属成员和通讯成员五类。

正式成员。四年制的大学或学院以及两年制的高级学院，通过条款中的常规程序，经当地联合会办公室批准可成为正式成员。正式成员可以参加全国锦标赛，具有法规订立的投票权及其他一些联合会章程或细则规定的权力和义务。运动联合体指一个成员学院与另外的成员学院或非成员学院的联合（不得超过一个非成员学院），经管理委员会 2/3 以上成员批准即可。联合体的学生运动员，只要符合联合会的要求，即可参加联合会的锦标赛或其他赛事。

临时成员。四年制的大学或学院以及两年制的高级学院经过适用于正式成员的当地的联合会办公室批准，成为正式成员必须先成为临时成员，临时成员可以定期收到联合会的印刷品及宣传品，并可以享受到章程及细则所规定的一些权力。临时成员的任期为4年。

成员联盟。指几个成员学院结成联盟，并在联盟内部组织一项或多项锦标赛（竞赛规则可依据联合会的比赛规则）。成员联盟除了不能够参加全国锦标赛外，享有与正式成员相同的权利。只有一些适用特别标准的成员联盟在权利及立法方面有所不同。

附属成员。属非营利组织，它在联合会内部的作用和目的直接与锦标赛相关。条款对附属成员进行了详尽的规定。它在联合会会议中不具有选举权，但享有章程和细则规定的其他一些权利。

通讯成员。属非营利组织或联盟，它不具有成为正式成员、成员联盟、附属成员和临时成员的条件，但希望能够收到联合会的出版物及宣传品。通讯成员除收取联合会出版物外，不具有任何联合会规定的成员的权利。

3. NCAA 成员学校地理区域划分

由于美国地域辽阔，东部和西部地理位置相差甚远，即使同一级别的大学，因距离原因也很难经常性的在一起比赛。为此，三个大级别根据大学所在州的地理位置，又划分出了 8 个地理区，即地理 1 区、地理 2 区、地理 3 区、地理 4 区、地理 5 区、地理 6 区、地理 7 区和地理 8 区，每个地理区平均 6 个州，最少的地理区有 3 个州，最多的地理区有 11 个州和 1 个特区。成员学校地理区域划分见表 2。

表 2　NCAA 成员学校地理区域划分

地理区	州		
地理 1 区	Connecticut (CT) 康涅狄格州	Maine (ME) 缅因州	Massachusetts (MA) 马塞诸萨州
(6 个州)	New Hampshire (NH) 新罕布什州	Rhode Island (RI) 罗德岛	Vermont (VT) 佛蒙特州
地理 2 区	Delaware (DE) 特拉华州	New Jersey (NJ) 新泽西州	New York (NY) 纽约
(5 个州)	Pennsylvania (PA) 宾夕法尼亚州	West Virginia (WV) 西弗吉尼亚州	
地理 3 区	Washington (D.C.) 华盛顿特区	Alabama (AL) 亚拉巴马州	Florida (FL) 佛罗里达州
(11 个州	Georgia (GA) 佐治亚州	Kentucky (KY) 肯塔基州	Louisiana (LA) 路易斯安那州
1 个特区)	Maryland (MD) 马里兰州	Mississippi (MS) 密西西比州	North Carolina (NC) 北卡罗来纳州
	South Carolina (SC) 南卡罗来纳州	Tennessee (TN) 田纳西州	Virginia (VA) 弗吉尼亚州
地理 4 区	Illinois (IL) 伊利诺伊州	Indiana (IN) 印第安纳州	Michigan (MI) 密西根州
(6 个州)	Minnesota (MN) 明尼苏达州	Ohio (OH) 俄亥俄州	Wisconsin (WI) 威斯康星州
地理 5 区	Iowa (IA) 衣阿华州	Kansas (KS) 堪萨斯州	Missouri (MO) 密苏里州
(7 个州)	Nebraska (NE) 内布拉斯加州	North Dakota (ND) 北达科他州	
	Oklahoma (OK) 俄克拉何马州	South Dakota (SD) 南达科他州	
地理 6 区	Arkansas (AR) 阿肯色州	New Mexico (NM) 新墨西哥州	Texas (TX) 得克萨斯州
(3 个州)			
地理 7 区	Arizona (AZ) 亚利桑那州	Colorado (CO) 科罗拉多州	Idaho (ID) 爱达荷州
(6 个州)	Montana (MT) 蒙大拿州	Utah (UT) 犹他州	Wyoming (WY) 怀俄明州
地理 8 区	Alaska (AK) 阿拉斯加州	California (CA) 加利福尼亚	Hawaiian (HI) 夏威夷州
(6 个州)	Nevada (NV) 内华达州	Oregon (OR) 俄勒冈州	Washington (WA) 华盛顿州

不同地理区由于所包含的州的数量不同，地理面积不同，所拥有的大学数量也各不相同，如表3所示，地理1区有大学104所，地理2区有大学229所，地理3区有大学219所，地理4区有大学166所，地理5区有大学74所，地理6区有大学70所，地理7区有大学36所，地理8区有大学78所。

表3 不同地理区域学校数量

学校	级别Ⅰ				级别Ⅱ	级别Ⅲ	各区总数	全部总数
	Ⅰ-A	Ⅰ-AA	Ⅰ-AAA	总数				
地理1区 (CT,ME,MA,NH,RI,VT)	1	14	5	20	14	70	104	
地理2区 (DE,NJ,NY,A,WV)	9	34	17	60	48	121	229	
地理3区 (AL,DC,FL,GA,KY, LA,MD,MS,NC,SC,TN,VA)	31	34	22	87	80	52	219	
地理4区 (IL,IN,MI,MN,OH,WI)	23	7	14	44	26	96	166	
地理5区 (IA,KS,MO,NE,ND,OK,SD)	9	6	6	21	33	20	74	
地理6区 (AR,NM,TX)	14	14	6	34	24	12	70	
地理7区 (AZ,CO,ID,MT,UT,WY)	13	6	2	21	14	1	36	
地理8区 (AK,CA,HI,NV,OR,WA)	14	7	10	31	24	23	78	
合计	114	122	82	318	263	395		976
临时	0	0	3	3	31	28		62
学校总数								1038

（三）NCAA 执行委员会（Executive Committee）组织结构与职责

1. NCAA 执行委员会（Executive Committee）组织结构

执行委员会负责具体管理，执行委员会Ⅰ级委员代表由Ⅰ级领导委员会指派，执行委员会Ⅱ级委员代表由Ⅱ级主席联盟指派，执行委员会Ⅲ级委员代表由Ⅲ级主席联盟指派。执行委员会成员的任期，由本部门推荐时申请，如有意外，均由各级别委员会自行解决。执委会主席在执行委员会成员中选举产生，执委会主席任期2年。执行委员会人员构成如图3所示。

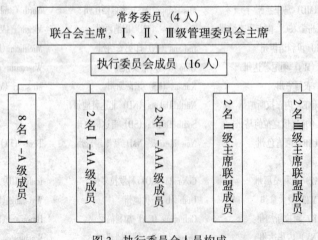

图3 执行委员会人员构成

执行委员会由 20 名委员组成。联合会主席，Ⅰ级、Ⅱ级、Ⅲ级管理委员会主席 4 人为执行委员会的常委，负责日常事务工作。其余 16 名委员需投票选出。执行委员会的 16 名委员分别来自：8 名Ⅰ–A 级领导委员会的成员；2 名Ⅰ–AA 级领导委员会的成员；2 名Ⅰ–AAA 级领导委员会的成员；2 名Ⅱ级主席联盟的成员；2 名Ⅲ级主席联盟的成员。

执行委员会组织机构如图 4。

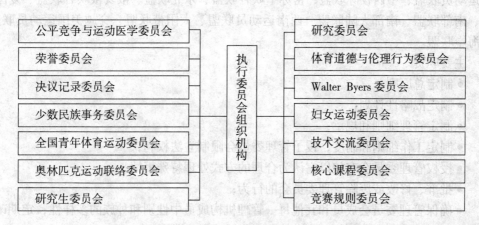

图 4　执行委员会组织机构组成

2. 执行委员会主要职责　如图 5 所示

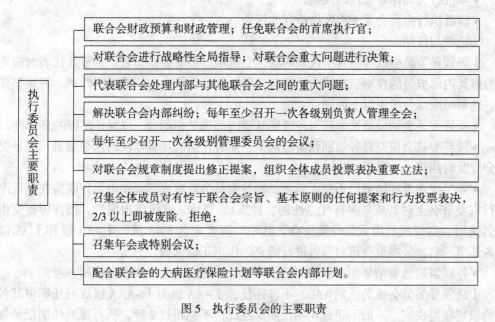

图 5　执行委员会的主要职责

（1）Ⅰ级领导委员会（Division Ⅰ Board of Directors）

Ⅰ级管理机构下设领导委员会，由 18 名成员组成（其中 1 名首席执行官）。为了确保Ⅰ级领导委员会成员组成的性别和种族的相对平衡性，领导委员会的成员中，至少包括 1 名少数民族人士和 1 名女性代表。成员组成情况如下。

以下 11 个联盟各 1 名首席执行官。大西洋海岸联盟、大东方联盟、大十联盟、大 12 联盟、大西部联盟、US 联盟、中部联盟、西部区联盟、太平洋 10 联盟、东南联盟、西部运动联盟。

以下 20 个联盟中，选出 7 名首席执行官。美国东部联盟、大西洋 10 联盟、天空联盟、大南部联盟、殖民地运动员联盟、常春藤联盟、大西洋运动员联盟、中部联盟、中东运动员联盟、中西校际联盟、密苏里峡谷联盟、东北联盟、俄亥俄峡谷联盟、爱国联盟、南部联盟、南部大陆联盟、西南运动员联盟、太阳带联盟、穿越美国运动员联盟、西海岸联盟。

主要职责

- 制定总原则；
- 制定战略性计划；
- 制定管理细则和规章；
- 制定工作细则和制度，授予管理委员会限制立法权利；
- 授权管理委员会有权以它认为合理的方式处理特殊事情；
- 批准、修改或废除管理委员会的行为；
- 确保管理委员会成员和其他每一管理机构成员中性别和种族的多样性；定期改选其内部各机构成员以达到性别、种族的平衡，成员人数不变；
- 批准年度预算；
- 审批联合会内部开支与工资发放的规则；
- 审批有关锦标赛管理的规则；
- 监督执行委员会关于首席执行官的任免。

②选举与任期

Ⅰ级领导委员会成员由其所代表的联合会选出，委员会在提名、选举其代表时应充分考虑其内部成员的性别、种族的平衡。为保证领导委员会内部成员的性别、种族多样性，选举时应综合考虑以下原则

- 领导委员会的成员选举应与各级别联盟内部选举相配合，以保证足够的多样性。
- 领导委员会应监督各级别联盟的选举，如有任何破坏多样性的选举结果，领导委员会应及时纠正。
- 如二次选举的结果仍不令人满意，领导委员会应责成其级别内部各联盟在其首席执行官委员会上对其成员多样性（性别、种族）、资格、意愿作出报告。报告应提交由四名选出的高级成员组成的分委员会，其中，两名来自Ⅰ-A级，Ⅰ-AA级和Ⅰ-AAA级各选出一名。分委员会将对报告进行研究，作出正确选择。
- 各联盟的选举结果和过程均应记录在案，为将来的选举提供借鉴和参考。

Ⅰ级领导委员会成员任期 4 年，不许连任，Ⅰ-AA 级与Ⅰ-AAA 级成员任期由其各自的级别联盟决定，一般不超过 4 年，如需连任，不能超过 2 年。所有成员任期记录每年应提交联合会，并在全国大学生体育联合会年鉴上刊出。各联盟有权在一个任期内替换其领导委员会代表。Ⅰ级领导委员会的主席人选，应从其成员中选出一名主席，任期 2 年，不得连任。

（2） I 级管理委员会组成结构（Division I Management Council）

I 级管理委员会由 49 名成员组成，其中应包括运动管理人员（教练、助理教练、高级妇女管理人员、联盟管理人员）、教职工运动代表、学院主管体育运动部的行政人员，负责行政监督、预算、选举监督、制定战略规划等任务。在管理委员会人员构成中还应注意保持种族、性别的多样性。其成员应至少包括 20% 的少数民族和 35% 的男性或女性。I 级的管理机构如图 6 所示。

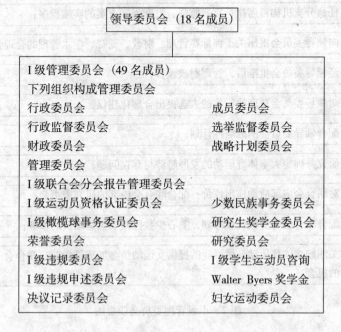

图 6　领导委员会成员图

①选举与任期

管理委员会成员由各联盟选举产生，联盟提名并选举其在管理委员会的成员代表。I-A 级成员任期 4 年，不得连任；I-AA 级、I-AAA 级代表任期由其各自的联盟掌握，一般不超过 4 个连续年，4 年期满后，不得连任超过 2 年。所有任期记录均应上报领导委员会，并在联盟年鉴与新闻上发布。I 级管理委员会选举过程中应充分考虑成员的多样性。选举程序如下。

● 各联盟在选举管理委员会成员时应与其他联盟相互交流、配合，以确保管理委员会成员的多样性。

● 领导委员会对选举过程应进行监督，如有违背多样性的结果，应予以纠正，责成其再选举，监督其结果。

● 如再次选举的结果仍然违背多样性的原则，领导委员会应在这一年度内在这一级别的联盟中指定 4 位管理委员会代表，其中应包括 1 名妇女代表，1 名少数民族代表。

● 所有联合会的选举过程与结果均应记录在案，以备总结出最注重多样性的联合会，以及最积极争取多样性的联盟。这一记录对各联盟将来所获得的选举机会产生影响。

②Ⅰ级管理委员会的主要职责，如图 7 所示。

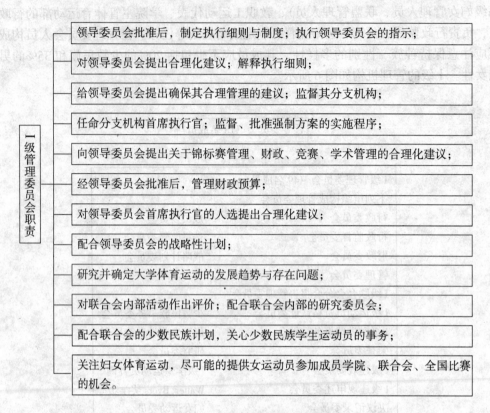

图 7　Ⅰ级管理委员会职责图

Ⅰ级内阁委员会（Division Ⅰ committees & cabinets）

Ⅰ级内阁委员会（Division Ⅰ committees & cabinets）由 26~34 名委员构成，Ⅰ级内阁委员会包括若干个专门委员会，其中规则委员会和体育运动委员会受内阁委员会的直接领导，Ⅰ级内阁委员会接受管理委员会的领导，管理委员会受董事会的监督。内阁委员会的主要职责是制定发展战略、了解学业进展情况、负责大学生运动员的资格审核和运动员申诉、财务管理、接受企业赞助和组织冠军赛。

三、美国大学体育联盟

（一）"大学体育联盟"的定义

"大学体育联盟"是以地理位置为界，由学校规模相等、学术水平相当的若干所大学组成的，以比赛为主要活动的竞赛联盟。根据美国大学体育联合会宪章规定，大学体育联盟必须有 6 个以上的学校参加，不足 6 个成员学校的体育联盟，不被美国大学生体育联合会承认。美国大学体育联合会共有体育联盟 85 个，其中Ⅰ级的大学有 23 个联盟，Ⅱ级大学有 35 个联盟，Ⅲ级的大学有 27 个联盟。联盟是组织美国大学校际比赛的核心部分，大学校际竞赛绝大多数是在联盟内部进行的。

"大学体育联盟"的立法和规章制度必须与大学生体育联合会的宪章保持一致性，各联盟在不违背联合会宪章的前提下，可以根据各自情况，通过立法和制定规章制度，对本联盟所管辖的学校的比赛进行管理，通过投票表决确定赛事的组织方法。有些联盟的规定比联合会宪章更为严格苛刻，如长春藤联盟，由美国东北部的哈佛大学、哥伦比亚大学等美国超一流的名牌大学组成，因为重视学术声誉，为了确保学生质量，该联盟明确规定，成员学校不能对大学生运动员提供奖学金，这也是在美国超一流的大学并没有表现超一流的运动成绩的原因所在。

（二）"大湖区十强联盟"

美国"大学体育联盟"的各个联盟只是由不同的学校组成，但在联盟的性质、组织结构、工作内容和竞赛安排上则大同小异，笔者对"大湖区十强联盟"进行剖析，旨在能更进一步了解"大学体育联盟"的全貌。

"大湖区十强联盟"是美国 I 级内部大学体育联盟之一，联盟成立于 1896 年，迄今为止已有一百多年的历史，由美国中部、中西部 11 所全美著名的大学组成，它的成员共同承担科研任务，研究生、大学生的教育和职业培训，并共享一切公共服务及设施。校际间体育对整个联盟起到了重要的作用。十强联盟建立以来，始终坚持以公平性、竞争性以及严的学术要求对待大学生运动员，并强调学术水平的首要地位。

"大湖区十强联盟"不仅在美国大学范围内，乃至在美国整个社会都具有广泛的影响。十强联盟每年一度的橄榄球比赛，吸引了无数的观众，每次比赛观众少则 5 万人左右，多则达 10 万人，如果没有亲临现场，比赛的火爆程度简直令人难以置信。我国目前竞赛活动组织较为成功的是足球甲 A 联赛，观众的上座率远远不及十强联盟内部的年度比赛。以下本文以"大湖区十强联盟"为例，对美国大学的体育联盟的组织结构进行简单的剖析。

1."大湖区十强联盟"历史沿革

1895 年 1 月 11 日，中西部的 7 所大学校长在芝加哥集会，讨论校际体育运动的管理及规则。这次集会是在 Purdue University 普渡大学校长詹姆士·斯马特的召集下召开的，并确立了校际体育联盟的制度与原则，这也就是后来所说的十强联盟。在那次会议上，基本勾画出了体育联盟的蓝图，并对学生运动员的学术要求作了严格规定。

那次会议的确缓解了很多当时的问题，尤其是缓解了学生运动员参加职业比赛的尖锐矛盾。这为今后的大学生体育联合会的业余原则奠定了基础。11 个月之后，7 所大学的代表隆重集会，正式成立了"校际体育运动代表联盟"，即"大湖区十强联盟"。

7 所大学就是以上所提到的芝加哥大学、伊利诺斯大学、密歇根大学、明尼苏达大学、西北大学、普渡大学和威斯康星大学。印第安纳大学、衣阿华州立大学于 1899 年加入，俄亥俄州立大学于 1912 年加入。芝加哥大学在 1946 年退出。三年后密歇根州立大学加入，形成现今的十强联盟。1990 年 6 月 4 日，经主席委员会投票通过，Penn State University 大学正式加入十强联盟。现在"大湖区十强联盟"由以下 11 所全美著名的大学所组成。

表4　"大湖区十强联盟"成员表

英文名称	中文名称	英文名称	中文名称
Illinois University	伊利诺斯大学	Indiana University	印第安纳大学
Iowa University	衣阿华州立大学	University of Michigan	密歇根大学
Michigan State University	密歇根州立大学	Minnesota University	明尼苏达大学
Northwestern University	西北大学	Ohio State University	俄亥俄州立大学
Penn State University	潘司州立大学	Purdue University	普渡大学
Wisconsin University	威斯康星大学		

　　早在1906年，联盟就针对学生运动员规定了严格的入学资格审查制度、转学的具体要求以及代表学院参赛的资格认证。1900年之前，橄榄球和棒球是联盟内最受欢迎的项目，而且在其锦标赛上也都曾取得过很好的成绩。如今，十强联盟已拨款6300万美元用于资助7000名学生运动员参加25项锦标赛，其中男子12项、女子13项。既包括校园流行的橄榄球和篮球，也包括拳击等项目。

　　2."大湖区十强联盟"比赛项目设置

　　"大湖区十强联盟"设置的主要比赛项目见图8。根据项目特点和季节的变化，分别在秋季、冬季和春季举行。

秋季	冬季	春季
越野赛	篮球	棒球
曲棍球	游泳和跳水	高尔夫球
橄榄球	健美操	曲棍球
足球	室内田径	赛艇
女子排球	摔跤	垒球
		室外田径
		男子排球
		橄榄球

图8　"大湖区十强联盟"项目设置

　　3."大湖区十强联盟"赞助商

　　十强联盟合作伙伴所发起并资助的计划有：十强联盟城内阅读计划、国外篮球旅行、赛季后锦标赛或联赛。所有的计划或活动都采用十强联盟标志进行推广、在所有的十强联盟的出版物及赛事门票上做广告。十强联盟当今的合作伙伴有COOPER TIRES, SCUDDER INVESTMENTS, 7–UP, WORLDSPAN, GATORADE。

　　4."大湖区十强联盟"经营商品

　　"大湖区十强联盟"经营的商品种类繁多，有T恤、帽子、文具、运动装、宠物玩具等。在这些商品表面都有各个大学的校名或标志，或者是"大湖区十强联盟"的名称和标志。也有纪念各个学校取得冠军的各种小纪念品，这些商品设计新颖、别致，有很强的纪念意义，非常吸引顾客的注意。

四、美国大学生体育联合指导原则与立法程序分析

美国大学生体育联合会为了加强对会员学校的宏观管理，促使大学校际体育竞赛和体育运动沿着健康的轨道发展，通过制定指导原则来管理和约束大学校际体育运动，每个加入大学体育联合会的院校，凡参加美国大学生体育联合会组织的各项活动和比赛，都必须遵循这些原则，会员学校应根据这些原则开展体育运动，共同实现联合会的宗旨。会员学校必须遵照联合会的章程管理校际体育运动。会员学校的校长负责该校参加全国大学生体育运动的经费预算、参赛计划、各项支出等方面的审批和管理。会员学院负责校际体育运动计划的执行，包括对本学院体育运动的相关人员及其他能够促进校际体育运动发展个人或团体的管理。

（一）指导原则

1. 全面发展原则

为了保证大学生运动员在思想品德、学术水准、竞技水平方面得到全面的发展，会员学院应保证学生运动员享有接受大学教育的权利、享有应有的待遇。参加体育运动、接受体育教育只是大学教育经历的一个组成部分，学生运动员的名称意味着学生的职责是第一位的，应该把学业放在首位。美国大学生体育联合会宪章特别强调，不允许把运动员视为获胜的工具，必须保证运动员的学业，保证运动员的身心健康，使学生运动员与教练员、工作人员和普通学生之间保持公平、公开、公正的良好关系，应保证学生运动员能够参与到与他们生活相关的各种事务中。

2. 男女平等原则

会员学院应遵守联邦和各州有关男女平等的法律法规和相关规定，在录取学生运动员、修建体育运动场馆设施和招聘体育运动部员工时，充分考虑文化的多样性和男女平等。

3. 体育道德和伦理行为的原则

大学校际体育运动应尽可能地提高高等教育的整体性，并全面提高社会、学生运动员、教练员及一切与体育运动计划相关事物的文明程度，使之遵守以下基本的道德规范：尊敬他人、有礼貌、公平、公正和责任心。这些道德规范不应仅仅体现在体育运动中，更应着眼于体育运动计划更广泛的各个方面。

4. 学术水平等同性原则

大学校际体育运动是教育密不可分的一部分，学生运动员是全体学生的一部分，因此，学生运动员的录取政策、学术水平标准都应与其他所有学生一致。美国大学生体育联合会章程中特别强调，运动员的毕业率必须与全校学生毕业率一致；运动员的学习统一由学校的学业管理部门来管理，与体育管理部门无关；运动员的课程选择权由专职指导教师负责，运动员必须选修有关写作、辩论、数学、艺术等课程。

5. 遵守制度原则

在校际体育运动中任何会员学院都必须遵守联合会的章程。如有任何与联合会章程相冲突的行为和规定，都应与联合会密切配合并按照联合会制度改正。任何会员学院的教职员、学生运动员、相关个人和团体均应执行联合会章程，会员学院负责监督。联合会应全力支持会员学院，促使所有学院遵守联合会规章制度。如发生违反联合会制度的行为，应公正地解决，达到制度依从。会员学院出现任何违反联合会制度的行为，联合

会有权对其作出裁决。

所有的校际体育运动应遵循联合会的立法及法规。全国大学生体育联合会、区域领导委员会、管理委员、大学联盟会均应以联合会的法规作为其行为准则，并与联合会的宗旨和基本原则相统一。联合会成员均应认同联合会的宗旨、基本原则、规定、细则；级别内部的立法也不应违背常规和级别的基本原则，级别内所有成员应遵守。

立法和纪检委是全国大学生体育联合会中两个重要部门，立法部门负责制定和解释联合会的规章制度，立法咨询服务部门的助手，绝大多数是律师出身，他们精通法律，懂得如何利用规则、解释规则。纪检委负责监督联合会在执行法规制度时，是否有违纪现象，对违纪现象进行调查取证，收集有关的数据，根据违纪程度做出相应的处罚。

6. 业余性原则

在校际体育运动中学生运动员是业余运动员，他们参加校际体育运动仅仅是一种业余爱好，是为了从胜利、心理和受教育程度上进一步提高自己，排除任何社会利益的考虑，不参加职业运动和商业比赛，推崇公平竞争，向会员学院和学生运动员提供校际体育运动的公平竞争的机会。运动员参加校际比赛应尽可能小地影响其接受正常的教育，保证学生运动员的正常文化学习不受干扰，杜绝职业或商业比赛。

为了真正贯彻业余性原则，保证运动员在校学习期间，有一定的时间做保证，NCAA章程强调，不允许把运动员只当做获胜的工具，必须保证运动员的学业，根据章程的指导思想，章程对一些具体问题作了十分明确的规定。

美国各大学为了能够保证运动员的学习质量，真正以学为主，只能把训练安排在下午，上午学习的黄金时间全部让位于文化课学习，保证学生以充沛的精力进行学习。规定比赛场数，美国高校的竞技体育十分重视运动员实际比赛能力的培养，比赛和训练有机地结合在一起，大学生的比赛活动十分频繁，除了大学体育联合会的比赛外，各州、县、市、地区也经常性地组织各种名目的比赛，通过比赛检验训练水平。为了使学生的学习得到保障，NCAA章程规定了不同运动项目每年参加比赛的最多竞赛场次。

7. 运动员录取和资格认证原则

在美国招收大学生运动员必须符合以下录取条件。

录取条件之一。报考大学生运动员的人必须是高中毕业，与普通高中生报考大学的要求完全相同。大学教育在美国被视为普及教育,必须要是高中毕业，没有完成高中学习，未取得高中毕业证书的学生是不能被NCAA联盟的大学录取的。

录取条件之二。高中期间必修课程的数目和成绩合格，大学招收中学生运动员的第二个条件是对中学生在中学学习期间的平均最低分数有严格要求，达不到最低平均分数的同样不能被大学录取。这同样也是保证学生运动员进入大学后能有一个较好的学习成绩。

录取条件之三。核心课程的成绩要达到一定的标准，高中阶段核心课程的成绩要取得C或2.0以上的成绩。

录取条件之四。必须参加SAT考试或ACT考试，亦称学术倾向测试，美国大学生体育联合会规定SAT的分数为700分。

学生运动员资格认证的规定是为了确保正确的教育目标，提高竞争的平等性，禁止损害学生运动员利益的行为。在招收学生运动员的过程中，应全面衡量考生的体育特长、他们的教育学院及联合会的会员学院。联合会的招生规则的制定应旨在促进各会员学院招生过程中的平等，避免考生在文化教育及运动能力上的过度的压力，绝大多数项目的运动员 25 岁以后不能代表学校参加联合会组织的比赛。

(二) 立法分类与程序

立法是美国大学体育管理的重要组成部分，所有的校际体育运动应遵循联合会的立法及法规。全国大学生体育联合会、区域领导委员会、管理委员会、大学联盟会均应以联合会的法规作为其行为准则，并与联合会的宗旨和基本原则相统一。立法的条款分为关键条款、区域关键条款、一般条款和联合条款。

1. 条款分类

(1) 关键条款

关键条款是十分重要的条款或规定，它适用于所有成员，关键条款的制定需要在联合会每年一度的全体会议或特别召集的会议上，由全体成员投票且执行委员会 2/3 以上的成员同意才能通过。关键条款修正提案也需要在一年一度的年会和特别召集的会议上提出。关键条款的修正案需由执行委员会提出，关键条款的再修正案也需由执行委员会提出，修正案允许对不改变原来含义的措辞和印刷中的错误进行修订。提案提出后，在每年 7 月 15 日至 9 月 15 日之间，可以再改动。一旦超过 9 月 15 日，只有在修正结果与原条款没有实质性改动的情况下，才能再一次提出修正申请。

关键条款的修正案可以由执行委员会在每年 9 月 1 日的例会或特殊召集的会议前 90 天提出，如果特别召集的会议在 9 月 1 日之后召开，需经执行委员会 2/3 的成员投票通过。关键条款的再修正案，执行委员会必须在 9 月 15 日下午 5 点之前，以书面形式提交，除非再修正案与修正案相比没有根本的变化。任何再修正提案必须在例会召开前的 11 月 1 日或特别会议前的 60 天提交，执行委员会可以不按照常规程序在会议中提出再修正案，只要执委会 2/3 以上的成员出席并通过，并在事务会议上发布再修正案即可。

(2) 区域关键条款

区域关键条款指适用于本区域所有成员，十分重要的条款或规定，区域关键条款的制定需要在每年一度的级别全体会议，或特别召集的级别会议上全体成员投票并 2/3 以上的成员同意才能通过，区域关键条款修正提案需在一年一度的年会和特别召集会议上提出。提案提出后，在 7 月 15 日到 9 月 15 日之间，可以再改动。一旦超过 9 月 15 日，只有修正结果与原条款没有实质改动的情况下，才能再一次提出修正申请。

区域关键条款的再修正提案要求级别内部年会或特别会议全会的半数以上成员出席并表决通过。区域关键条款的投票有特殊要求的规定，全国校际锦标赛应由所有级别参与管理组织，具体的规则、标准在联合会细则中有明确规定；区域锦标赛领导委员会半数以上成员同意方可举行，具体规则要求在细则中有明确规定。

(3) 一般条款

一般条款指适用于一个级别以上的法规制度，所有适用这一条款的级别均应遵守，由级别内部通过各级别的立法程序制定。

(4) 联合条款

联合条款指由联合会内部一个或一个以上的级别或各级别下属机构采用，分别通过各级别自己的立法程序制定。这种条款仅仅对采用它的机构产生效力。

2. 会议制度

(1) 会议形式

年会。联合会应在每年 1 月的第 2 个星期或执行委员会安排的时间召开年会，执行委员会有权召集特别会议。

全体委员会会议。年会和特别委员会一旦由会议委员会一旦确定召开后，一般应包括一个全体事务会议，即三个等级的联合会议，来进行关键条款的制定。

分区会议。会议计划还应包括各级别的分区会议，分区会议的职责是讨论级别成员兼顾联合会法规与级别内部法规；讨论成员的权利问题；按照级别成员标准行事。

（2）会议表决投票方法

会议中常常采用的选举办法有呼声表决、键盘表决、举手表决、无记名投票。各种投票方式需遵循以下程序。

呼声表决——主席有权决定是否采用呼声表决。如有任何疑问或有任何级别对参与投票的人员的资格提出疑问，则应通过键盘表决重新表决。

键盘表决——主席有权决定是否采用键盘表决。如有任何疑问或有任何级别对参与投票的人员的资格提出疑问，则应重新进行表决。

无记名表决——只有在大多数成员出席并投票时才采用无记名投票表决。

举手表决——仅仅在II级、III级的主席管理联盟任命的事务及I级有疑问的事务时才采用此方法。

具有投票权的正式成员与成员联盟，拥有1票的投票权利。成员学院与成员联盟指定1名男性和1名女性成员作为投票代表和候补代表，在这种情况下，有权指定4名官方学院代表；其他情况下，最多仅能有3名代表名额。成员学院、非成员学院以及相关团体组织均享有列席资格，但不具有投票权。

3. 立法的检查实施

管理委员会负责检查、解释、取消和修改法规和条例。学院委员在管理委员会上提出要求，委员会要立即给予答复，这个要求必须由学院最高执行官或全体运动员代表或体育运动领导提出的书面请求。管理委员会对请求按程序处理。管理委员会的决定是最终的，并且学院委员此后不再有请求的机会。

成员学院可在其所属的级别内部申请加入合适的委员会，联合会要对其申请作出决定，在决定过程中联合会要对学院成员所有的申请材料进行检查与评定，最终确定其是否有资格加入某一委员会，级别主席联盟也将对此申请过程记录在案，并每年向联合会全体成员通报。

4. 项目设置

美国大学校际间的比赛分为冠军赛和联盟内部的常规赛两大赛。冠军赛一般属于全国性质的比赛，各个项目通过联盟内部的选拔，联盟比赛中获胜的队有资格代表联盟参加更高一层的比赛，直至参加全美大学生的决赛。橄榄球、篮球、冰球每年都举行这种性质的比赛，每年度决赛阶段的比赛在全国范围影响很大，关注对象不仅局限于大学生，而是整个社会。联盟内部的常规赛是每年在各个联盟内部的比赛，虽然是年度的常规赛，同样受到广泛的欢迎（特别是美式足球的比赛）。

（1）项目设置与人数

● 联合会项目设置

美国大学生体育联合会的比赛按照运动项目的季节特点，把比赛项目分为秋季项目、春季项目和冬季项目三大类，根据项目的季节特点合理安排全年竞赛日程。

秋季	冬季	春季
越野赛	篮球	棒球
曲棍球	击剑	高尔夫球
橄榄球	健美操	长曲棍球
足球	冰球	赛艇
女子排球	射击	垒球
男子水球	滑雪	网球
	游泳和跳水	室外田径
	室内田径	男子排球
	摔跤	女子水球

图9 联合会竞赛项目设置图

从图9可以看出，美国大学生体育联合会共设置24项竞赛，其中秋季的比赛项目6项，冬季的比赛项目9项，夏季的比赛项目9项。考虑到竞赛市场的要求，有些项目因性别不同被划分到不同的季节中，如排球，女子排球属于冬季项目，而男子排球则属于春季项目。有些项目的比赛因场地的不同，同样被划分到不同的季节中，如田径，室内田径属于冬季项目，而室外田径则属于春季项目。

此外，各大学在运动项目设置上，主要依据自己学校的特点和传统而定。一般将运动项目划分为三类，橄榄球属于第一类，橄榄球在美国大学竞技项目中享有独尊的地位，大学体育收入的80%来自橄榄球，这就是为什么在Ⅰ级内部根据橄榄球项目，进一步划分Ⅰ-A级，Ⅰ-AA级和Ⅰ-AAA级三个级别的原因所在。篮球、棒球、冰球属于第二类，这类项目在校园内很受欢迎，有很好的市场，处于自身赚钱养活自己的地位。最后一类观赏性不高，但为了满足项目设置的数量要求，或者应付教育法关于性别比例的需要而设置，如联邦9号法令关于男女平等的规定，大学运动队男子运动员的人数和女子运动员的人数要相等，因此，项目布局上必须考虑这一要求，这类项目依靠自身难以生存发展。

● 联合会参赛人数

美国大学体育非常发达，参与大学体育竞赛的各级别运动员人数众多。其中Ⅰ级学校有男子运动员85494人，女子运动员60570人，运动员总数为146064人；Ⅱ级学校有男子运动员47501人，女子运动员30549人，运动员总数为78050人；Ⅲ级学校有男子运动员78278人，女子运动员57683人，运动员总数为135961人；三个级别中男子运动员共211273人，女子运动员148802人，运动员总数为360075人。

五、美国大学竞技体育管理体制实证分析

（一）斯坦福大学（Stanford University）

1. 大学简介

斯坦福大学是美国最著名的大学之一，建于1885年，原名小李兰德·斯坦福大学。

位于加利福尼亚的硅谷地区。校园及周边大得惊人的绿化，使斯坦福大学的环境美得在欧美大学中屈指可数。斯坦福大学在校生约有 1.5 万人，研究生就有 8000 人，教职工加起来约 1 万人。斯坦福大学是私立大学，与哈佛等著名大学一样，属于美国的"非营利性组织"。

学校对校际体育运动和竞赛十分重视，是大学体育联合会的成员学院。各种运动项目都能在斯坦福校园内找到。刚落成不久的体育中心有 26 个网球场、2 个体育馆、1 个 18 洞的高尔夫球场和 4 个游泳池。

2. 项目设置表

表 5　斯坦福大学竞赛项目设置表

	男子（10）	女子（12）
设置项目	篮球、足球、棒球、赛艇；游泳和跳水、越野跑、击剑、网球、橄榄球、高尔夫球、田径、排球、体操、水球、航海、摔跤	足球、篮球、垒球、赛艇、越野跑、击剑、游泳和跳水、花样游泳、曲棍球、网球、田径、高尔夫球、排球、体操、长曲棍球、水球、航海

3. 奥运会成绩

表 6　斯坦福大学近几届奥运会奖牌榜

	1992 年	1996 年	2000 年
金牌	10	16	5
银牌	4	1	2
铜牌	5	1	2
总计	19	18	9

从表 6 可以看出，斯坦福大学在奥运会上取得了优异的成绩。如果斯坦福大学代表一个国家参加巴塞罗那奥运会，在世界排第 13 位。

（二）密歇根大学（University of Michigan）

1. 大学简介

密歇根大学（以下简称密大）属男女同校的州立大学，建于 1817 年，拥有校友超过 40 万人，是全美最大规模的校友会组织，是美国十佳综合性大学之一，也是世界上主要的研究性大学之一。大学总院设在安纳堡（Ann Arbor），学生总数有 37000 人；位于 Dearborn 及 Flint 的分校则有 15000 名学生。该大学每学期共开办 5600 种学士及研究学位的科目，课程选择富有弹性。密大校园占地 2842 英亩，其中安纳堡本部占地 2600 英亩，有学生 35000 人，200 多幢建筑物，600 多万册藏书，9 个博物馆，7 家教学医院，几百个实验室及研究所，以及 1.2 万台微机。根据《美国新闻杂志 2000 年》的报道，密歇根大学不仅是美国中西部 10 大名校中排名第一的大学，也是美国名列前茅的公立大学。在大学体育运动方面也很突出，是大学体育联合会的成员学院。

2. 项目设置

表7　密歇根大学竞赛项目设置表

	男子（10）	女子（12）
项 目 设 置	篮球、棒球、越野跑、橄榄球、高尔夫球、体操、冰球、足球、游泳和跳水、网球、田径、摔跤	棒球、越野跑、曲棍球、高尔夫球、体操、划船、足球、垒球、游泳和跳水、网球、田径、排球、水球

（三）加利福尼亚大学洛杉矶分校（University of California at Los Angeles）

1. 大学简介

加利福尼亚大学洛杉矶分校建于1919年，位于加利福尼亚州的洛杉矶，是一所世界闻名的美国公立高等学府。洛杉矶分校共设有13个学院，有23个科学研究机构，有一流的科研教学设施，聚集着一批在国际上享有很高知名度的知名学者，同时每年还有大批访问学者来到这里，是一个名流汇集、科研成果层出不穷的地方。学校设有近100个本科专业，半数以上可以授予硕士、博士学位，其中人类学、艺术、化学、土木工程、古典文学研究、计算机科学、经济学、电气工程、英语、地理学、德语、历史学、语言学、数学、机械工程、音乐、哲学、西班牙语、心理学、生理学、统计学、动物学等学科具有极强的实力，在美国大学相应领域排名中均居前20名。在大学体育运动方面也很突出，是大学体育联合会的成员学院。

2. 项目设置

表8　加利福尼亚大学洛杉矶分校竞赛项目设置表

	男子（10）	女子（12）
项 目 设 置	棒球、篮球、高尔夫球、越野跑、足球、橄榄球、网球、田径、水球、排球	篮球、越野跑、高尔夫球、体操、划船、足球、垒球、游泳和跳水、网球、田径、排球、水球

3. 奥运会成绩

表9　加利福尼亚大学洛杉矶分校近几届奥运会奖牌榜

	1992 年	1996 年	2000 年
金牌	8	12	8
银牌	2	2	5
铜牌	6	7	4
总计	16	21	17

六、美国大学竞技体育内部管理体制结构分析

（一）美国大学竞技体育内部体制

美国大学竞技体育的管理体制分为独立型的管理体制和非独立型管理体制两种。独

立型的管理体制由校长或主管副校长直接管理，非独立型的管理体制则由分管竞技运动的系主任负责。独立型的管理体制和非独立型的管理体制在组织机构、横向关系、评价标准和经费管理上均存在着差异。

1. 独立型管理体制和非独立型管理体制构成

表 10　　美国高校高水平运动队课余训练内部管理体制表

类型	独立型的管理体制	非独立型的管理体制
领导	由校长或副校长直接管理	由分管竞技运动的系主任负责
组织机构	由许多运动队共同组成校内的竞技运动体系，有人称为"大学体育局"	有单独的竞技运动管理机构，聚集多方面人员共同管理，如竞技运动理事会
与学校其他部门的关系	自成体系，与其他学术团体和体育教学毫不相关，有较大的独立性	将竞技运动作为一个学术团体，与其他学术部门和学科有同等或平级的地位
制定目标依据和评价标准	运动成绩是衡量运动队最有效和制定目标的最重要指标	运动成绩不作为对运动评价的唯一标准
经费的管理	独立型的高校，其高水平运动队活动经费大多数能依靠比赛来维持，有较大的经费控制权	一方面由运动的比赛收入来解决，另一方面由校方的教育经费来解决

从表 10 可以看出，独立型管理体制和非独立型管理体制是美国大学管理竞技体育的两种主要方式。在独立型的管理体制中，学校的竞技体育受校长或副校长的直接领导，也就是我国大学管理体制的流传术语"直属机构"；非独立型管理体制由分管竞技运动的系主任负责，两种体制的不同，反映了学校对竞技体育的重视程度，重视竞技体育的学校一般都采用独立型管理体制，相反则选择非独立型管理体制。

2. 独立型管理体制和非独立型管理体制设置与评价

在管理机构的设置上，独立型管理体制由许多运动队共同组成校内的竞技运动体系，有人称为"大学体育局""校代表队"，国内的学者有时还译成"运动系"，独立型管理体制的管理机构自成体系，与其他学术团体和体育教学毫不相关，有较大的独立性。非独立型管理体制虽然也有单独的竞技运动管理机构，聚集多方面人员共同管理，如竞技运动理事会，但总体上给人的感觉是管理机构比较松散，管理人员的配备采用专职和兼职相结合的办法，只是将竞技运动作为一个学术团体，与其他学术部门和学科有同等或平级的地位。

运动成绩是评价独立型管理体制工作最重要的指标，这类学校十分重视学校代表队的参赛成绩，有些学校形成了自己的传统优势项目，如印第安纳大学的篮球队、犹他大学的游泳队、休斯敦大学的田径队，这些队的比赛都会引起全校师生乃至毕业校友的关注，每当校队取得好成绩时，校园内就会出现节日般的热闹场面。在非独立型管理体制的学校中，运动成绩不作为评价的唯一标准，因而，学校对代表队运动成绩的关注程度也就大打折扣了。

3. 独立型管理体制和非独立型管理体制经费管理

在经费管理方面，独立型管理体制的学校，其高水平运动队活动经费大多数能依靠比赛来维持，有较大的经费控制权。一般规律是，七成以上的学校，靠橄榄球项目赚钱，篮球和垒球项目也能获得一些利润，但远远比不上橄榄球，其他项目基本上是不能赚钱或赔钱的。非独立型管理体制学校的经费来源，一方面由运动的比赛收入来解决，另一方面由校方的教育经费来解决。独立型管理体制和非独立型管理体制的管理体制分别见图 10 和图 11。

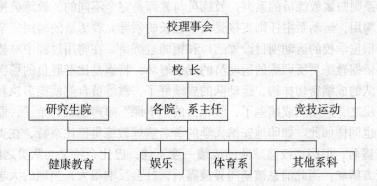

图 10 美国高校高水平运动队的独立型内部管理体制

资料来源：王波. 西安体育学院学报 ［J］. 1997，14（1）：26-31.

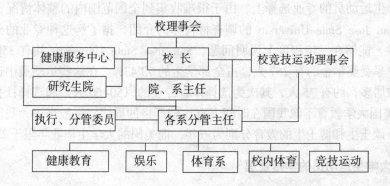

图 11 美国高校高水平运动队的非独立型内部管理体制

（二）运动系与体育系设置分析

国内学者，在介绍美国体育时，较为流行的译法是将 Athletic 译成运动，Athletic Department 译成运动系，美国各大学的网站也将 Athletic Department 作为自己学校的主要机构，在网页的第一项或者第二项进行介绍。准确地讲，Athletic Department 所译的运动系，与我国目前高等体育院校设置的运动系是完全不同的两个概念。美国大学的 Athletic Department 的准确含义，应该是我国大学目前的"校代表队"。而体育系的英文名称种类更多，在美国大学没有统一规范的要求，最新创造的被认为"学术味"很浓的英文提法是 Kinesiology，密歇根大学的体育学院英文名称是 Division of Kinesiology。圣何塞州立大学（San Jose State University）体育系是 Department of Human Performance，俄亥俄大学体育系英文是 College of Health and Human Services。总之，"运动系"的译法只有一种，而体育系的译法则多种多样。

从以上的解释中，我们可以知道运动系和体育系是两个完全不同的概念。每个优秀大学基本上都有运动队。即使是有体育系的大学，体育系与运动队也是完全分开的。不仅表现在是两个独立运作的系统，各自行使着自己的职能，就是在业务上也基本上处于隔绝的状态。体育系的教师是教学轨道，业务上接受系主任的领导。系主任、学院院长和主管副校长这一条线是行政和业务管理的主线，职称上通行的是助教、副教授、教授。

运动系则归属教练员的系列，教练员与教师是完全不同的，教练员接受运动系主任的领导和聘用，运动系主任则直接受大学校长的领导。教练员的聘用完全是运动系主任的权力，根据学校的运动项目设置选择和招聘教练员。在聘用过程中对教练员的评价标准，主要依据教练员所训练的运动员的成绩好坏，特别是比赛胜负的场次。教练员的聘用与运动队的成绩密切挂钩，运动队的成绩好了，教练员自然就能多执教一段时间，待遇也高；反之，运动队成绩差了，教练员的"下课"呼声也就开始了，即使是名气很大的教练员也同样如此。如印地安纳大学的著名篮球教练员巴比奈特，在美国乃至世界篮坛都享有盛名，但因该校篮球队的成绩一度不佳，巴比奈特又与队员之间发生了冲突，因此被校方解雇。当此消息被新闻界披露后，社会反响很大，当地的大学联名呼吁印地安那大学留下巴比奈特，但是校方决心已下，已经成为不能挽回的事实。因此，许多高校在与新聘教练员所签订的聘用合同书上往往没有具体的任期年限，这几乎成为了一种惯例。

在大学生运动员的专业选择上，由于很难收集到全国范围内的整体情况，笔者暂以自己所在 San Jose State University 的调查材料作为介绍，据了解这种专业的分布带有一定的普遍性，能够在一定程度上说明问题。San Jose State University 共有 350 名学生运动员，其中享受奖学金的有 257 人，占全部学生的 73.43%。在这些运动员中选择商业性专业的人数居多，约有 75 人，其次为选择体育专业的（50~60 人）和选择社会学专业的（30 人）。美国大学教育不像我国在时间上有比较严格的界线，一般来讲，我国的本科教育是四年，硕士生和博士生的教育分别为三年，而美国的大学生毕业年限千差万别。

（三）大学生运动员的学籍管理

作为一名美国大学生体育联合会（NCAA）的大学生运动员，一旦被大学录取，他们在上大学、修学分的学习过程中，与其他的普通专业的学生在要求上完全相同，学校不会因为他们是运动员，或是优秀运动员而在学习标准上给予任何优惠。如果说这些大学生运动员与普通大学生相比有所不同，其唯一特殊之处就是学校为运动员配备了专门的文化学习指导教师，以帮助运动员解决学业上的问题。文化学习指导教师的职责是，根据运动员入学时的文化程度、所修专业的特点和参加比赛的时间，指导他们的课程选择；对于普通大学生而言，课程选择的主导权完全由学生自己决定，每个学生完全可以依照个人的兴趣、爱好和需求进行选课。而运动员则必须在文化课指导教师的督导下进行学习。严格的学籍管理主要体现在以下几个方面。

1. 运动员与普通学生的毕业率一致

根据 NCAA 章程的规定，运动员的毕业率与该校普通大学生毕业率必须基本一致，招收运动员的学校应能保证运动员的毕业率，运动员与普通学生在毕业率上不能存在差别。当学习和比赛发生冲突时，校方对学生的解释是，大学生运动员的身份应把大学生放在首位，运动员的身份次之，因为从他们身份的称呼上已经表明了这一点，大学生在先，运动员在后。从运动员的成材走向上可以更进一步认识大学生运动员，大学生放在首位，运动员身份次之提法的科学性。

表 11　2001 年 NCAA 大学生毕业率统计表

| 学生来源 | 男　　　性 | | | | 女　　　性 | | | |
| | 所有学生 | | 大学生运动员 | | 所有学生 | | 大学生运动员 | |
	N	%	N	%	N	%	N	%
印第安人	1604	38	42	45	2041	44	33	61
亚裔	18136	62	107	61	19588	70	132	70
黑人	25578	34	2782	43	37543	45	949	60
西班牙人	14656	46	290	46	18193	53	170	65
白人	186975	59	5630	59	213316	64	4931	72
外国人	5528	58	445	58	3745	63	311	63
其他	5082	54	184	48	5496	60	136	65
总数	257559	56	9480	54	299922	61	6662	69

从表 11 中可看出，美国男性大学生的总体毕业率是 56%，而男性大学生运动员的总体毕业率为 54%；美国女性大学生的总体毕业率是 61%，而女性大学生运动员的总体毕业率为 69%。这说明，美国普通大学生的毕业率和大学生运动员的毕业率非常接近，也说明美国大学生运动员的身份首先是大学生，学习是非常重要的。

表 12　高中校际竞赛级别以上运动员人数

学生运动员	男篮	女篮	橄榄球	棒球	男子冰球	男子足球
高中学生运动员	549500	456900	983600	455300	29900	321400
高中毕业班运动员	157000	130500	281000	130100	8500	91800
NCAA 学生运动员	15700	14400	56500	25700	3700	18200
NCAA 一年级注册运动员	4500	4100	16200	7300	1100	5200
NCAA 四年级学生运动员	3500	3200	12600	5700	800	4100
NCAA 优秀的学生运动员	44	32	250	600	33	76

表 13　高中和 NCAA 运动员进入更高级别竞赛的比例

学生运动员	男篮	女篮	橄榄球	棒球	男子冰球	男子足球
高中进入 NCAA 的%	2.9	3.1	5.8	5.6	12.9	5.7
NCAA 进入职业联盟的%	1.3	1.0	2.0	10.5	4.1	1.9
高中进入职业联盟的%	0.03	0.02	0.09	0.5	0.4	0.08

从表 12、表 13 中可以看出，在美国高中阶段参加体育训练的人数众多，各个项目的后备人才非常多，高中阶段男子篮球运动员人数为 549500 人，女篮人数为 456900 人，橄榄球人数为 983600 人，棒球人数为 455300 人，男子冰球人数为 29900 人，男子足球人数为 321400 人，每个项目的后备人才都在几十万人。这样 NCAA 就能从这些众多的后备人才中选出优秀的运动员进入大学联赛，进入 NCAA 的男子篮球运动员为 15700 人，占总数的 2.9%；进入 NCAA 的女子篮球运动员为 14400 人，占总数的 3.1%。进入 NCAA 的橄榄球运动员为 56500 人，占总数的 5.8%；进入 NCAA 的棒球运动员为

25700 人，占总数的 5.6%；进入 NCAA 的男子冰球运动员为 3700 人，占总数的 12.9%；进入 NCAA 的男子足球运动员为 18200 人，占总数的 5.7%。通过选拔进入大学的运动员运动水平都较高，这就保证了大学竞赛的激烈性，吸引观众到现场观看或收看电视转播。

通过大学联赛的培养，NCAA 中男子篮球运动员进入职业联盟的人数占 NCAA 总数的 1.3%，女篮为 1.0%，橄榄球为 2.0%，棒球为 10.5%，男子冰球为 4.1%，男子足球为 1.9%。高中为 NCAA 打下了坚实的人才基础，而 NCAA 又为职业联盟打下了坚实的人才基础。

此外，根据对 San Jose State University 的抽样调查，大学生运动员的毕业年限一般为 5.6~5.8 学年，高于普通大学生完成学业所需要的年限。这一点可以被理解，因为运动员在学校期间都要参加训练和比赛，在学业上不能降低要求，所以只能延长学习时间。在这里再次强调，美国大学对运动员没有任何的特殊照顾，这是一个法制非常严格的国家，处事必须依法办事。大学生运动员必须与普通学生一样取得合格的学分，方可完成大学本科学业。每个学分的考试成绩要达到一定的水平。

2. 规范奖学金发放

运动员的奖学金主要由学校支付，各大学招募运动员主要依靠体育奖学金吸引优秀的体育人才，但美国大学生体育联合会在政策上对学校奖学金的颁发进行宏观的控制，对大学各运动队队员提供奖学金有严格的规定，每个项目运动员获得奖学金的人数有具体的规定，防止因奖学金的多少，造成运动员流向的失控，运动项目的竞争出现失衡的现象。对橄榄球和篮球两个最有影响的项目，运动员获得奖学金的人数定额最高分别为 95 人和 15 人，田径项目虽然涉及 40 多个小项，但奖学金的定额只有 20 人，其他项目的定额情况见表 14。

表 14 不同运动项目的运动员获得奖学金的人数标准

运动项目	人数标准
篮球	15
橄榄球	95
女子网球	8
男子网球	5
田径	20
棒球	13

运动员可分为享受奖学金与不享受奖学金两类，一流的公立大学均设有运动奖学金，吸引具有运动才能的运动员，代表本校参加各种比赛，为学校争得荣誉。私立大学则根据学校的不同状况，对待体育奖学金发放采取不同的态度。斯坦福大学利用运动奖学金吸引了大批优秀运动员，使该校的运动成绩在美国超一流大学中名列前茅；长春藤联盟的大学则不允许设立运动奖学金。

奖学金分为享受全奖、享受半奖和甚至更少的范围。划分依据是学校对不同项目的重视程度，学校的重点项目，奖学金的投入力度大；学校的一般项目，奖学金的投入力度次之；有些项目则不设立奖学金，如水球、游泳、高尔夫球等项目，由于自身不具备商业价值，商家投入的热情不高，但属于学校开展的项目，运动员愿意自费参加。据统计，一般大学约有 70% 的运动员享受奖学金，I 级大学运动员享受奖学金的几率，高于 II 级和 III 级大学运动员享受运动奖学金的几率。

3. 统一的学分要求

运动员必须是正式注册的全日制学生，每学期选修课课程的学分不得少于 12 学分，运动员的学籍管理被纳入学校的总体管理之中。统一的学分要求包括三层含义。

第一，运动员必须完成 NCAA 规定的获得比赛资格的学分，运动员在校的学年成绩不能低于所在学校普通学生的平均成绩。

第二，对运动员代表学校的参赛时间做了具体的规定，I 级学校的运动员只能代表学校参加 4 个赛季的比赛，并且必须在 5 个学年之内完成。

第三，运动员要达到攻读学位所要求的学分，才能获得毕业证书。运动员因参加比赛所耽误的学习，全部由本人自己解决，即便是一名十分优秀的运动员，在比赛中为学校争得过荣誉，同样不能享受特殊待遇。

4. 严格训练时数

为了真正贯彻以学为主的方针，保障大学生运动员的学习，NCAA 章程强调，不允许把运动员当做获胜的工具，必须保证运动员的学业。根据章程的指导思想，章程对一些具体问题作了十分明确的规定。运动员在校学习期间，每天参加训练的时间和其他用于体育活动的时间不得多于 4 小时，每周的时间不得多于 20 小时；每周必须保证一天的闲暇，学校不得安排任何与训练和体育活动有关的事情。

美国各大学为了能够保证运动员的学习质量，真正以学为主，只能把训练安排在下午，上午学习的黄金时间，全部让位于文化课学习，保证学生以充沛的精力进行学习。根据一项对东部常春藤联盟的调查（IVY LEAGUE），"该联盟高校平均训练时间和次数分别为 3.65 小时 / 天和 5.3 次 / 周。

5. 规定比赛场次数

美国高校的竞技体育十分重视运动员实际比赛能力的培养，比赛和训练有机地结合在一起，大学生的比赛活动十分频繁，除了大学生体育联合会的比赛外，各州、县、市、地区也经常性的组织各种名目的比赛，通过比赛检验训练水平。为了使学生的学习得到保障，NCAA 章程规定了不同运动项目每年参加比赛的最多竞赛场次，如 I 级、II 级、III 级会员学校，参加棒球比赛每年不得超过 56、56、50 场，田径比赛每年竞赛的天数不得超过 18、18、22 天。

表 15　NCAA2002—2003 学年 I 级各项比赛的最多场次和天数规定

项目	比赛场次	比赛天数
女子射箭		15
女子羽毛球		15
棒球	56	
篮球	28	
女子保龄球		26
越野跑		7
女子马术		15
击剑		11

项目	比赛场次	比赛天数
曲棍球		
冠军赛	20	
其他竞赛		5
橄榄球	11	
高尔夫球		24
体操		13
冰球（男子、女子）	34	
男子长曲棍球		17
女子长曲棍球		
冠军赛		17
其他竞赛		5
射击		13
女子赛艇		20
滑雪		16
足球		
冠军赛	20	
其他竞赛		5
垒球	56	
女子软排		15
游泳		20
女子花样游泳		15
女子手球		20
网球		
团体		25
单打和/或双打		7
田径（室内和室外）		18
男子排球		
冠军赛		28
其他竞赛		4
女子排球		
冠军赛		28
其他竞赛		4
水球（男子、女子）		21
摔跤		16

（四）体育竞赛财务状况分析

体育竞赛营销是体育产业的重要组成部分，是美国大学竞技体育持续发展的基础。体育与商业的依存关系，奠定了美国大学生体育商业化的特点。1996 年 NCAA 收入与支出的报告显示，在Ⅰ级、Ⅱ级、Ⅲ级中，只有Ⅰ-A 级能获得一定的利润，年平均为120 万，利润将各大学对体育的投入计算在其中，如果在计算中扣除大学的投入部分，即便是Ⅰ-A 级也会出现赤字，年均赤字大约在 237 万美元，其他各级别即使不扣除各大学的投入，亦会出现赤字。

企业资助是大学体育资金来源的一个重要渠道，特别是在Ⅰ级企业赞助尤为重要，在Ⅰ级的各联盟中，每个联盟都有4~8个数目不等、相对固定的赞助商，如八强联盟（Big eight Conferences）就由饮料（Seven Up）等商家赞助，八强联盟（Big eight Conferences）内部的密歇根大学（University of Michigan）与耐克公司之间的协议，协议期限为7年，赞助资金700万美元，赞助项目包括为密歇根大学22个球队提供运动鞋和运动服装；为体育系赞助75000美元现金，为体育新闻专业的学生提供为期一年的奖学金；为两个女子项目设立奖学金等。

各大学通过注册大学商标和标识，销售各自的商品。据报道，1996—1997年美国大学生体育联合会的专利费收入高达1390万美元。1988年美国大学足球协会所属的63所会员学校与美国两家转播体育比赛比较有影响的电视台，CBS和ESPE电视网签订了为期四年，金额达7100万美元的转播合同，NCAA与CBS签订了三届大学生体育联合会篮球冠军赛的转播合同，每年CBS向NCAA提供5530美元的电视转播费。

1. 财务收入

根据NCAA 2002年8月31日至2003年8月31日财政收入预算统计，电视转播收入高居榜首，费用达370000000美元，占总收入的87.63%；第二项大的收入是锦标赛，总收入38233,000美元，占全部收入预算的9.05%。授权或转让、调查、销售、服务等收入全部加在一起，只占总收入的3%左右。具体财政收入见表16。

表16　NCAA 2002年8月31日至2003年8月31日财政收入预算表

收入	2002—2003年财政收入预算	占总收入的比例（%）
电视转播	370000000	87.63
锦标赛		
Ⅰ级男子篮球	25400000	6.02
Ⅰ级其他项目	12128000	2.87
Ⅱ级锦标赛	440000	0.10
Ⅲ级锦标赛	265000	0.06
锦标赛总收入	38233000	9.05
授权或转让	3300000	0.78
调查	7240000	1.71
销售、服务、相关费用	3460000	0.82
NCAA总收入	422233000	100

2. 财务支出

表17　NCAA 2002年8月31日至2003年8月31日财政总支出预算

支出	2002—2003年财政支出预算	占总支出的比例（%）
Ⅰ级总支出	297378000	70.43
Ⅱ级总支出	18452000	4.37
Ⅲ级总支出	13427000	3.18
大学生运动员福利、青年计划和各项服务总支出	18739000	4.44
成员学院的计划和服务总支出	36205500	8.57
非常规支出	7000000	1.66
管理、委员会支出	4032000	0.95

表 18　Ⅰ级学校财政支出预算

Ⅰ级分配及支出	2002—2003 年财政预算	占总支出的比例（%）
分配给Ⅰ级的成员：		
成员学院的体育运动计划	195000000	46.18
大学生运动员计划	44209000	10.47
联盟计划	5817000	1.38
Ⅰ级成员学院支出总数	245026000	58.03
锦标赛分配		
男子篮球		
比赛费用	5460000	0.29
交通费用	10411000	0.47
其他项目		
比赛费用	8160500	1.93
交通费用	26860500	6.36
Ⅰ级锦标赛支出总数	50892000	12.05
Ⅰ级其他计划		
篮球辅导	550000	0.13
锦标赛推广	910000	0.22
Ⅰ级其他计划总支出	1460000	0.35
Ⅰ级总支出	297378000	70.43

表 19　Ⅱ级学校财政支出预算

Ⅱ级分配与支出	2002—2003 年财政预算	占总支出比例（%）
锦标赛支出	2232000	0.53
锦标赛交通费用	9925000	2.35
推广资金	3900000	0.92
计划及其他支出	2407000	0.57
锦标赛及计划支出	214200	0.05
Ⅱ级储备资金支出	226200	−0.05

Ⅱ级学校支出预算超出拨款的 0.05%，这些费用由Ⅱ级储备资金支出。

（五）美国大学生运动员的招募方法

美国大学生运动员基本上从中学招收，为了能招到具有运动天赋的中学生，一流大学均设立奖学金吸引学生，一名优秀的运动员会受到各个大学的普遍关注。

根据宪章规定，"招收学生运动员的过程中，应全面衡量考生的体育特长、他们的教育学院及联合会的成员学院。联合会的招生规则的制定应旨在促进各成员学院招生过程中的平等，避免考生在文化教育及运动能力上的过度压力。"

同时，为了确保正确的教育目标，提高竞争的平等性，禁止损害学生运动员利益的行为，对学生运动员的资格认证提出了明确的要求。规范化的招收大学生运动员的资格认证制度和录取制度，是保证美国大学体育沿着健康、可持续发展轨道上前进的先决条件。

1. 录取条件

美国录取大学生运动员除本人必须具备良好的运动才能之外，还应包括以下四个条件。

录取条件之一。报考大学生运动员的人必须是高中毕业，与普通高中生报考大学的要求完全相同，大学教育在美国被视为普及教育，必须是高中毕业，没有完成高中学习，未取得高中毕业证书的学生是不能被 NCAA 联盟的大学录取的。

录取条件之二。高中期间必修课程的数目和成绩合格。

录取条件之三。核心课程的成绩要达到一定的标准，高中阶段核心课程的成绩要取得 C 或 2.0 以上的成绩。

录取条件之四。必须参加 SAT 考试或 ACT 考试，亦称学术倾向测试。

2. 录取参考条件

录取参考条件是在录取大学生运动员过程中，中学和高中阶段的运动经历也是录取过程中考虑的重要因素，在中学和高中阶段参加过重大比赛，取得过优异成绩的学生，在录取过程中被优先考虑。就像美国一流大学在录取学生过程中，注重学生在中学阶段参加的社会活动一样，在其他条件相同的条件下，参加社会活动多的学生一定会被优先录取，让学生尽早接触社会，加深对社会的了解，步入大学后对于社会已经有一定的感性认识，这种美国特色的录取方法，符合人的成材特点，很值得我们借鉴。

3. 破格录取办法

破格录取办法是在录取过程中，对于有一定运动天赋或运动才能的运动员来说，上述四个条件应该讲还是比较苛刻的，优秀的运动员往往很难在文化学习上达到标准，特别是对黑人运动员。

为此，如果不能达到上述四个条件，只有部分条件合格，如 GPA 和 SAT/ACT 考试成绩尚未达到最低标准，但运动成绩十分突出，也可以从其他三个条件进行弥补，在特定的条件下被大学录取。但此时被录取的大学生运动员还不能视为一名正式注册的大学生运动员，与正式注册的大学生运动员相比，还要受三个方面的制约：第一，入学后的第一年，不能代表所在学校参加美国大学生体育联合会举办的任何比赛，以确保大学生运动员的入学质量；第二，不能享受运动员奖学金，因为大学生运动员奖学金非常优厚，具有很大的诱惑力，获得大学生运动员奖学金的学生，除了可以免除昂贵的学杂费、提供医疗保险和咨询服务外，每年还可以获得 1 万 ~2 万美元不等的奖学金，当然，奖学金的多少与学校对体育运动的重视程度、运动员的运动水准，以及运动员参加的运动项目有直接关系；第三，可以利用大学校内的体育设施进行训练，但在训练时数上有严格的要求。到了二年级后，只有经过补习，重新参加考试，直到各种条件全部具备后，才能被所在学校正式注册为大学生运动员，才有资格代表所在学校参加美国大学生体育联合会举办的比赛。

4. 招募程序的四个阶段

经过资格审查的准大学生运动员可以根据联合会全国办公室发布的成员学院的招生人数及每年的毕业率，在联合会的宏观控制下，准大学生运动员与成员学院会面、评价，直到最后的意向书及经济赞助协议的签订，完成整个招募过程。一轮完整的招募程序应分为四个阶段：A. 接触阶段；B. 评价阶段；C. 安静阶段；D. 封闭阶段。整个过程中有关于参观、交通、娱乐、毕业率提供、媒体参与、夏令营、经济赞助等方面的具体规定和限制。成员学院和准大学生运动员必须严格遵守，否则将会影响到双方的资格。

(1) 接触阶段。这一阶段成员学院负责招募的人员有权在校外亲自与准大学生运动员进行招募会面及评价。

(2) 评价阶段。成员学院招募负责人在这一阶段应对准大学生运动员的学术资格及运动能力进行评价，不得与准大学生运动员在校外继续会面。

(3) 安静阶段。这一阶段成员学院招募负责人可与准大学生运动员在成员学院校内会面，不得在校外会面并评价。

(4) 封闭阶段。这一阶段成员学院招募负责人不得与准大学生运动员进行任何校内外的会面或接触，不得有任何评价行为，准大学生运动员不得再参观成员学院校园，但准大学生运动员如果作为某个团队的成员参观成员学院校园是允许的。成员学院负责招募的人员不得参观准大学生运动员的毕业院校，不得在有准大学生运动员参加的集会、晚会等活动中做主持人并发言。但在这一阶段，成员学院负责招募的人员可与准大学生运动员通过电话或信件联系。

七、我国竞技体育竞赛管理体制

(一) 我国竞技体育竞赛管理体制演变进程

竞技体育是通过训练和竞赛，在全面发展运动员身体的基础上，最大限度地挖掘和发挥其在体力、心理、智力等方面的内在潜力，提高专项运动技术水平，创造优异运动成绩的社会活动。竞技体育的发展水平是一个国家体育运动发展水平的重要内容，运动竞赛是竞技体育的核心。为适应社会环境变化和不同时代的政治经济发展的客观要求，我国的竞技体育管理体制和竞赛体制也不断发展完善，大致经历了以下几个阶段。

1. 竞赛体制的初步形成阶段

新中国刚成立中央人民政府就把发展体育事业摆上了议事日程，提出了建设"新体育"的要求，明确规定"中华人民共和国的文化教育为新民主主义的，即民族的、科学的、大众的文化教育"。新中国成立初期的体育竞赛大多由中华全国体育总会负责组织，承办的体育大赛有全国篮、排球比赛大会（1951.5），这是新中国举办的第一次全国性运动会；在天津召开的全国足球比赛大会（1951.12），是新中国诞生后举行的第二次全国性的比赛大会；1952 年在广州又举行了全国游泳比赛大会，在北京举办的全国乒乓球比赛等。当时组织这些竞赛的目的是争取在各地区建立篮、排、足球运动的基层组织，使体育运动成为经常的群众性的活动，以此加强祖国的国防与生产建设力量。

1952 年 7 月，中国体育代表团参加了在赫尔辛基举行的第 15 届奥运会，在这届奥运会上首次参赛的苏联代表团总分与美国并列第一，这对中国代表团刺激很大，回国途中中国代表团考察了苏联的体育运动，回国后，当时任中华全国体育总会秘书长的荣高棠同志上书党中央，建议成立全国性的体育领导机构。在小平同志的部署下于 1952 年成立中央体委（国家体委的前身），由其负责全国的体育工作，并把举行第一届全运会作为其成立之初的主要任务之一。这是"举国体制"形成的组织基础和主观原因。

我国竞技体育的比赛活动作为比赛制度稳定下来。1956 年，国家体委公布的《中华人民共和国运动竞赛制度的暂行规定》（草案）是新中国比赛体制的雏形，其中规定：在我国实施竞赛制度的运动项目共43个，各项设全国"单项锦标赛"，其中22个项目每年每项举行一次锦标赛，篮、排、足实行联赛和升降级制度，全国设"综合性运动会"每4年举行一次；综合性运动会中包括的项目，当年不再举行单项的全国锦标赛。另外，此举还将地方的省市各级竞技体育比赛活动纳入到统一规划中。1959年9月，在北京召开第1届全国运动会，全运会的体制由此诞生，并一直延续至今。

这一时期，体育部门的主管机构也几经变化。1949年，共青团中央（当时叫青年团）受党中央和中央政府委托召开了"全国体育工作者代表大会"，推选了108人组成"中华全国体育总会筹备委员会"，但实际工作仍由共青团中央负责。1952年2月，刘少奇提议，团中央与中央军委组建以开展军事体育项目为主的"中央国防俱乐部"，在组织上与即将成立的"中华全国体育总会"合一。1952年6月，冯文彬提出"体育工作由团中央领导不合适，建议由教育部门领导"，教育部部长马叙伦兼任中华全国体育总会主席，朱德为名誉主席。1952年11月，第15届赫尔辛基奥运会后访问了苏联，根据苏联经验，建议在政务院下设体育运动委员会，同年11月15日决定成立中央人民政府体育运动委员会。1954年，政务院改为国务院，中央人民政府体育运动委员会也相应改为中华人民共和国体育运动委员会。

这一时期体育竞赛的特点是：（1）竞赛体制尚在形成过程中，主要以单项运动为主，多属于表演、测验或冠军赛之类；（2）通过举办竞赛加强引导群众性组织活动，参加面较广；（3）选拔参加国际比赛的选手；（4）促进单项技术水平的提高。

2. "举国体制"基本形成阶段

1956—1966年，我国开始进入全面大规模的社会主义建设时期，由于在政治领域中开展了"反右运动"和经济领域的"大跃进"活动，我国经济形势遇到了前所未有的困难，同时国际反动势力对我国采取封锁、孤立政策，使我国对外交往困难，我们只能在有限的物质条件下优先保证竞技体育的发展，优先保证竞技项目中的几个重点项目的发展，以实现重点体育项目的突破。为抓好优秀运动队的整顿工作，适应群众需要和优秀运动员训练工作的需要，需要适当举办一些单项的运动竞赛，提高竞赛水平，明确提出了运动竞赛是提高运动技术水平，以达到取得和保持较好运动成绩的目的，要求各运动队树立"国内练兵，一致对外"的思想。这表明这一时期国家组织竞赛是为了扩大体育宣传，推动群众体育，然后才是提高运动技术水平，而60年代组织的竞赛活动，明确提出就是检查和保持优秀运动队的运动技术水平，从而使我国竞赛活动的目的性在思想认识上发生了变化。这是"举国体制"形成的经济基础和客观原因。

这一时期，尽管我国的政治形势出现了动荡，经济发展受到了严重的冲击，但我国的竞技体育发展还是取得了较大的成绩。1959年9月，在北京召开了第1届全国运动会，大型综合性的全运会体制由此诞生，并一直延续到现在。

在第1届全国运动会上，共设比赛项目36个，7名运动员在游泳、跳伞、射击和航空模型项目中4次打破世界纪录；664人844次打破106个单项全国纪录；数以千计的运动员刷新了本省、市、区的纪录，运动成绩获得了大面积的丰收。1960年5月，中国登山队在人类历史上第一次登上了世界最高峰——珠穆朗玛峰。1961年4月，在第26届世界乒乓球锦标赛上，中国队夺得男子团体、男子单打、女子单打3项世界冠军和4个项目的亚军。

3. "十年浩劫"时期的竞技体育

"十年浩劫"使我国社会发展处于停滞、倒退状态，各行各业都遭受了巨大的损失，我国的竞技体育首当其冲地遭到了严重的摧残，整个竞技体育的管理制度和训练、竞赛体系完全崩溃。但这一时期，体育为政治服务的功能得到了充分的体现，1971年开始的"乒乓外交"，打开了封闭多年的中美关系大门，为70年代末的中美建交奠定了基础。正是由于"乒乓外交"的效应，随后中日邦交正常化，为我国外交事业的发展做出了巨大的贡献。但仅就竞技体育而言，可以说由于"十年浩劫"的破坏，进一步拉大了我国与世界先进水平之间的差距，以1976年为例，这一年国内只举行了4个项目4次重大比赛；全年仅有9个项目的代表队被邀请来我国进行访问比赛；我国仅派出了16个项目的代表队出国参加比赛，其中绝大多数的比赛属于访问性质的友谊比赛，比赛地点以第三世界国家为主。

(二) "举国体制"的完善与稳步改革

党的十一届三中全会以后，在体育外环境改革逐步开展和深化的影响和挑战下，在体育内环境弊端日益显露的情况下，国家体委在总结以往几年体育改革的历史经验和教训基础上，经过长时间的酝酿讨论和调查研究，于1986年4月15日下发了国家体委《关于体育体制改革的决定（草案）》，草案包括10个方面53条改革措施。其中在竞赛体制改革方面，强调了在竞赛体制方面的制度化、多样化、社会化改革，强调要继续缩短战线、突出重点，调整运动项目布局，突出奥运会项目和单项金牌数较多的运动项目。草案系统分析了体育体制改革的必要性和迫切性，确立了以社会化为突破口、以竞赛和训练改革为重点的改革思路，确立了"以革命化为灵魂，以社会化和科学化为两翼，实现体育腾飞"的战略指导思想。

我国的竞技体育自80年代以来取得了巨大的成绩，标志性事件是，在1984年的第23届奥运会上，中国体育代表团金牌总数名列第四，极大地振奋了民族精神，并在全国掀起了一场前所未有的"体育热"。在这种形势下，国家体委作出了关于进行体育体制改革的决定。在改革思路上，确定了以竞技体育为先导带动体育全面发展的战略方案。改革的重点是进行训练体制和竞赛体制的改革，促进体育的科学化和社会化，确保竞技体育的快速发展。

进入80年代以来，现代体育发展迅猛异常，以奥运会为中心的竞技体育猛烈的冲击着我国的体育运动，要提高我国的竞技运动水平，就必须改革竞赛制度。80年代竞赛制度改革的基本思路是：调动各方面办体育的积极性，多形式、多渠道、多层次造就大批优秀运动人才，推动体育运动的普及与提高。在竞赛制度改革方面，采取了以下的具体措施。

1. 将运动竞赛细分，实行分类管理与分类指导

50年代我国开展运动竞赛的主要任务是宣传、组织群众参与体育锻炼。60年代根据当时的实际情况，调整为体育运动竞赛安排要有利于提高运动技术水平。改革开放以来，适应"面向世界，走向世界"的战略调整，体育竞赛活动特别是国家性的体育竞赛活动的安排，进一步突出了"国内练兵，一致对外"的要求，立足于出人才、出水平、练队伍。80年代中期，在竞技体育迅速发展的同时，群众体育需求也日益高涨，为了协调各类体育竞赛活动，国家体委在竞赛改革中注重了对体育竞赛的分类管理、分类指

导。国家体委将全国性体育比赛分为三类，由其进行宏观调控。一是全国综合性运动会，包括全运会、城运会、青少年运动会，由国家体委直接管理；其次是全国单项比赛，包括锦标赛、冠军赛、杯赛等，主要由各单项协会管理；第三类是各系统、各行业的全国性运动会，由各主管部门和行业体协管理。

2. 理顺赛制，实行分级比赛

以奥运战略为目标，将全国综合性运动会组成"一条龙"，在项目设置、参加对象、计分办法、时间安排等方面，进行统筹考虑，侧重目标、人物相互衔接、相互补充。全国性比赛按运动技术水平分级，青少年比赛按年龄分组。逐步实行集体项目的全国比赛，由各省冠军队参加，省级比赛以各市冠军队为参赛单位；市级比赛以厂矿企业大专院校等基层组织为参赛单位。省一级单项比赛，重点放在青少年；中等水平以下的比赛，基本上限制在省内或行业系统内。采取分层分级比赛的赛制，有利于加速后备人才的培养，保证全国比赛的高水平，达到"练兵"的目的。

3. 扩大参与主体，促进竞赛社会化

80年代，商品经济以不可阻挡之势进入体育领域，并显示出强大的生命力，给体育竞赛带来活力。首先，参与主体社会化。长期以来由于"左"的思想束缚，人们把体育商品化视为禁区，把体育竞赛引入体委独家经营的死胡同，但随着商品经济的发展，改革、开放、搞活方针的贯彻，人为的禁区被冲破，"民办"和"自办"的比重加大，使竞赛参与主体的范围明显增大。竞赛参与主体的社会化过程中还扩大了参与竞赛管理的范围，做到了统筹规划，统一政策，协同运作，动员群众，极大地调动了社会各方面的积极性。

其次，竞赛资金来源的社会化。进入80年代，我国的体育竞赛日益表现出资金密集的特点，竞赛次数、规模的扩大要求经费的投入猛增。而国家财政可承担的实际供给能力则无法与需求保持同步增长，同时企业又需要利用体育做媒介，赛场为窗口，使商品渗透到社会和家庭，占领消费市场，提高产品的知名度。因此，竞赛经费来源的社会化成为体育界和企业共同得利的一件新生事物。在80年代除充分调动国家、社会、参赛者的积极性，合理负担竞赛经费和发挥竞赛宣传功能和感召力，引进项目实体，创造经济价值外，还鼓励竞赛与企业挂钩，成立体育竞赛与企业联合体，提倡体育竞赛与经营活动联合进行，形成了"内引外联"，"体育搭台、经贸唱戏"的社会特色。

再次，促进了竞赛管理水平的不断提高。为了加强竞赛的管理，提高效益，确保竞赛顺利进行，80年代，国家体委印发了一系列有关竞赛管理的法规性文件。这些竞赛规章制度的完善，使我国的竞赛管理工作有章可循、有法可依，并逐渐达到了制度化。

经过竞赛体制的改革，各级各类竞赛逐步走向制度化。全国综合性运动会，除全运会和城运会由国家体委主管外，大中学生运动会由国家教委主管，工人运动会由全国总工会主管，少数民族运动会由国家民委主管，残疾人运动会由民政部主管，农民运动会由中国农民体协主管，分工明确，各负其责。竞赛社会化也逐渐提高。"举国体制"是适应计划经济的一种竞赛体制，它的形成和发展有其必然性，其特点是：①以集中领导、举国体制为核心的中国竞技体育竞赛体制，能发挥全国的优势，集中各方面的力量，发展优势项目，取得立竿见影的效果，在竞技体育的发展和腾飞中，发挥着极其重要的作用。②随着社会政治经济的发展，举国体制也暴露出很多自身难以克服的缺陷，政事不分，管办一体，统得过多，管得过死，抑制了社会办竞技体育的积极性，造成资

金投入渠道单一，加上条块分割，力量分散，宏观调控不利。随着我国各项事业的发展，竞赛体制本身的缺陷更为突出，制约了竞技体育的发展。

4. 社会化、产业化竞赛体制的形成

虽然80年代中国体育的改革取得了一定的成就，但很多人认为与整个改革的发展相比，80年代的体制改革基本上还是属于浅层次的，一些深层次矛盾并未得到根本解决，特别是原有的在计划经济体制下形成的举国体育体制和运行机制，还没有得到根本转变。这种体育体制不适应时代要求的问题暴露得越来越突出。

出于解决上述各种矛盾和问题的迫切需要，从理论上讲，高度集中的体制由于宏观调控而拙于灵活反应，加之我国体育体制在较长时期内过于僵硬，管得过细过死，未能很好地适应我国体育发展的变化，这就使原有体育发展模式自身隐含的弊病逐渐暴露并日益严重。从本质上看，80年代前期的以发展竞技体育为重点的调整是对计划经济体育体制的强化，80年代中期以后进行的体育改革实际上是对计划经济体育体制的一种进一步完善，即企图在不触动原有体制和运行机制的情况下，对其不足之处进行一些补充、改善。通过80年代的体育改革，原有体制的优势和缺陷都相当突出地表现出来，使人们对计划经济时代形成的体育体制与当代中国社会发展不相适应的情况有了更为深入的认识。80年代的体育改革，也是为了要改革不适应发展的方面，但由于主要不是着眼于对体制和运行机制的转变，因而只能在原有的基础上进行一些补充和完善。

（三）社会主义市场经济环境下的竞技体育管理体制

社会主义市场经济环境下的竞技体育管理体制确立与深化改革

90年代体育改革的基本思路和总目标，就是要改革现有的体育体制和运行机制，逐渐实现两个根本转变，即实现由计划经济体制下的体育体制向与社会主义市场经济体制相适应的体育体制的转变，逐步建立符合现代体育运动发展规律，国家调控，依托社会，自我发展，充满生机与活力的体育体制和良性循环的运行机制。由于竞技运动的特殊影响和地位，同时也由于对竞技运动的管理是体委最主要和核心的职能之一，因此，竞赛也是体育体制的重要组成部分。

1992年以后，在邓小平同志南巡讲话和党的十四大精神的影响下，引发了一轮新的更加深刻、更为广泛的体育改革。当体育发展到一定阶段后，这种由于政治因素带来的发展张力必然逐渐减少，其继续发展也必然越来越依赖于能否适应体育发展的内在规律。在80年代改革的基础上，90年代又对运动竞赛进行了一些重要的改革。

全国运动会是中国最高水平的比赛，规模大、对体育发展起着导向作用。在原来主要依靠外延扩张的体育发展模式下，我国开展、设置的运动项目越来越多。到1993年，全国开展的运动项目已有83个，战线过长，直接造成了投资效益不高。80年代随着我国体育全面走向世界，国家实施奥运战略以来，全运会赛制与奥运会战略脱节，省市为了争国内的总分名次，项目设置大而全、投入多，而效益差，也不利于培养更多的优秀人才。而且全运会的名次升降已成了衡量省市体育工作的最重要的，甚至是唯一的标准，压力过大，迫使各地一切为了全运会，没有更多精力抓群众体育和增强人民体质。因此，全运会的改革也就成为了竞赛改革的中心环节，对整个体育改革影响极大。

根据深化体育改革的总体设想，足球被选为体育改革的突破口。从1992年到1998年，足球改革取得了明显的成效，足球改革的成功经验被推广到整个体育领域和各运动

项目，篮球、排球、乒乓球等项目陆续进行改革，推动了整个体育体制改革的深入进行。

除了上面提到的几个运动项目以外，网球、围棋、自行车、拳击等也先后组建了职业俱乐部，有的也开始举行了主客场制的全国联赛。初步看来，这些改革都取得了良好的效果，对这些项目的发展和体育市场的形成，都产生了积极的作用，但也表现出一些问题和不足，例如俱乐部体制不够健全、产权关系和管理尚未完全理顺、还没有完全形成能适应市场经济的运行机制、相关的体育市场发育程度还比较低等。这些问题的最终解决，有待于体育改革的进一步深入和宏观环境的进一步改善。

这一时期竞赛体制的特点是：（1）竞赛管理由适应计划经济型向市场经济型转变；（2）竞赛管理由国家办向国家办与市场办相结合转变；（3）竞赛由管办合一向管办分离转变；（4）竞赛由多头管理向集约化、专业化、系统化管理转变。

现阶段我国正处于社会转型期，由计划经济向市场经济过渡，期间会出现很多预料不到的、没有遇到过的情况。同样体育体制改革尤其是竞赛体制的改革会遇到新情况和新问题，需要在实际工作中加以克服。作为竞技体育的核心竞赛体制是关系到竞技体育发展成功与否的一个关键环节，需要进行更深入的研究。

（四）我国竞技体育管理体制分析

1. "举国体制"的社会基础受到冲击

纵观我国竞技体育的发展历程，我国的竞技体育取得了举世公认的辉煌成就，中国的竞技体育用了不到 20 年的时间，实现了奥运强国的梦想，体育行业率先步入发达国家的行列，主要依托于我国竞技体育举国体制的强力支撑，从本质上来说是社会主义制度优越性在竞技体育上的集中体现。举国体制充分利用了我国土地辽阔、人口众多的特点，把丰富的体育资源挖掘、利用起来。早在 1980 年初举行的全国体育工作会议上，《关于 30 年体育工作基本经验教训》的总结报告中就指出，"在我国，体育纳入国家计划，能够运用社会主义制度的优越性，实行集中统一的领导，调动各个地方和各个方面的积极性，按比例、有重点地分配财力物力。这样就能在经济比较落后的情况下，使体育上得快一些。"

十四大确立的社会主义市场经济，今后相当长的时期内，发展经济将是国家工作的主要任务，一切工作都围绕着发展经济，工作中心集中在经济方面，把工作重点转移到国家建设的轨道上。在计划经济向市场经济接轨的过程中，竞技体育的"举国体制"受到了严重的冲击，"举国体制"赖以生存和发展基础的计划经济已经消失，竞技体育受到的影响是全方位、多层面的。举国体制下的竞技体育优先发展已退让到次要的地位，让步于经济发展建设。在计划经济的体制下，体育部门仅是一个由国家出资为社会提供服务的事业性机构，给社会提供的服务基本是福利性的，中国体育系统基本上是按照国家福利性事业部门构造的，有一个自上而下的政府行政管理体制，以及按照各级政府主管机构的计划自上而下实施的体育运行机制，它的基本特征是市场外运作。进入市场经济后，体育地位的性质发生了变化，体育系统正在成为一个为全社会体育服务的专门劳动组织构成的整体。建立和完善与社会主义市场经济相适应的新型的举国体制是体育系统面临的主要问题，既要在高水平竞技上保持"举国体制"的优势，又要面对"举国体制"所凭借依赖的计划经济基础最终必然消失和政府职能转变这一无情的现实。

1992 年以后，在邓小平同志南巡讲话和党的"十四大"精神的影响下，引发了一轮新的更加深刻、更为广泛的体育改革。当我们的发展到达一定阶段以后，这种主要由于政治制度变革带来的发展张力必然逐渐减少，其继续发展也必然越来越依赖于能否适应体育发展的内在规律。从理论上讲，高度集中的体制由于宏观调控而拙于灵活反应，加之我国体育体制在较长时期内过于僵硬，管得过细过死，未能很好的适应我国体育发展的变化，这就使原有体育发展模式自身隐含的弊病逐渐得以暴露并日益严重。

2. "大型综合运动会" 面临挑战

举办大型综合性运动会是我国竞赛制度的主要特征，从 50 年代以来，我国逐渐形成了以全运会为中心的国内竞赛体制，1958 年国家体委颁布了《中华人民共和国体育运动竞赛制度草案》对各类运动会的举办程序和办法作了初步的规定，以后根据体育事业的发展情况多次进行修改和补充，逐步形成了比较固定的竞赛制度，为竞技体育的竞赛组织管理奠定了基础，这也是 "举国体制" 在我国竞赛体制上的具体表现。

80 年代至今，为了与奥运战略相适应，我们对国内竞赛制度进行了一系列的战略性调整，包括全运会设项与奥运会接轨等等。其运作特点是以地方行政区划和一些大的行业参赛，靠地方政府财政和行业（实际还是 "国家"）拨款来提供其训练竞赛经费，为 "地方" 或行业争夺奖牌。这一竞赛体制虽然在一定时期内有利于调动地方和行业参与高水平竞技的积极性，但在社会主义市场经济打破地方行政分割、政府职能转变的新环境下，这一国内竞赛体制的弊端就逐渐暴露出来，已与我国体育走向社会化、市场化、产业化、职业化以及实施 "奥运战略" 不相适应，全运会与国家奥运战略的冲突，以及投入与产出不成正比的结果应该引起我们的高度重视。

目前，在我国的综合性运动会当中规模最大、涉及面最广、运动成绩最高的当属全运会，有中国的奥林匹克运动会之称。1983 年以后，为推动全国各地体育运动的发展，对全运会举办方式做了重大调整，举办地点由过去单一的首都北京扩展到上海、广州主办和成都、秦皇岛协办，通过举办全运会检阅运动成绩，加大各级政府对体育的投入。为了更好的贯彻实施奥运战略与奥运会相衔接，从第七届全运会起，将全运会改为每届奥运会后一年举行，以利于集中精力，在奥运会上取得优异成绩。

除此之外，在我国先后组织过的大型综合性运动会还有全国工人运动会、全军运动会（1979 年第四届全军运动会后被取消）、全国农民运动会、全国大学生运动会、全国中学生运动会、全国民族传统体育运动会、全国伤残人运动会、全国青少年运动会以及为了发展非奥运项目而设立的全国体育大会。

城运会、农运会、大运会等运动会虽然在一定程度上调动了各方面搞体育的积极性，但由于未能设计和找到适合于特定身份（市民、农民、大学生等）参与者的比赛项目，同时又没有明确而严格的选手资格和身份认定，这样就使得同样一批运动员今天参加城运会、明天参加农运会、后天参加大运会的现象十分普遍，既劳民伤财又无助于我国群众体育的普及和竞技运动水平的提高，还挫伤了参赛单位的积极性，完全背离了搞这些运动会的初衷。

举办大型综合性运动会是我国社会主义体制下一项有效的措施，它能够调动全社会关注体育运动、调动广大群众参加体育活动的积极性，加大各级政府对体育事业的投入，普及体育活动，促进运动成绩的提高，发挥了重大的作用。诸多的大型综合性运动会，一方面推动了竞技体育的发展，调动了全社会关注体育事业，关心体育比赛，但同时出现了和市场经济极不和谐的现象，主要表现如下。

（1）大型综合性运动会主要由政府主办，与体育事业改革发展的方向相违背，没有体现出社会的参与，调动全社会办体育的积极性，随着社会主义市场经济的不断建立与完善，政府最终将会划清其职能，管办分离是必然趋势。届时，大型综合性运动会的竞赛制度能否继续生存，人们拭目以待。

（2）大型综合性运动会不计成本，缺乏效益，发展空间受到了限制。由于大型综合性运动会由政府主办，属于政府行为，参赛的各省市自治区、行业体协、解放军代表团也代表各级政府，同样属于政府行为，各级政府对于本部门的运动员都给予了高度的重视，为准备参加大型综合性运动会，财政预算都要拿出相当的资金投入到相关的工作中去。尽管各省市自治区、行业体协、解放军等系统对于本地区、本行业的资金投入有限，属于低水平的范畴，但从全国范围内来讲，每个地区、行业的低水平投入全加在一起即可以称为高水平的投入。高水平的投入没有高水平的产出，这种违背经济规律的做法，与社会主义市场经济要求出现了严重的不和谐现象，只是由于目前我国在行政管理运作方面还具有强大的支配能力，能够依据行政手段化解许多问题，也是不和谐的现象依旧能够维持下去的主要原因所在。

（3）省市的"全运战略"与国家的"奥运战略"不一致，阻碍了举国体制下实现竞技体育强国的战略目标。各地区均重视局部利益和荣誉，希望本地区运动员能够在全运会上取得优异成绩，为地区争光，没有把国家的"奥运战略"放在首要的地位。

（4）全运会以外的其他大型综合性运动会，运动员的身份真伪也成为了一大问题，以大充小、以假充真在每次大型综合性运动会，特别是青少年运动会、城市运动会和大学生运动会上表现的尤为突出。政府花费大量的人力、物力和财力组织运动会，还要有相当一部分的精力投入到运动员的资格审查当中，发现了问题，由于法制建设的滞后，解决这些问题同样使管理部门棘手。

3. "三级训练网"的培养体系支撑困难

"思想一盘棋，组织一条龙，训练一贯制"的三级训练网体系，是我国举国体制成功办竞技体育的优势所在，这一体系为我国竞技体育的发展作出了巨大的贡献，它培养了一批又一批为国争光，在奥运赛场上取得优异成绩的运动员，从第 23 届洛杉矶奥运会到第 28 届悉尼奥运会，我国运动员所获得的金牌，95%以上的运动员，经历过三级训练网的初级培养，他们在进入专业队之前，全部接受过业余体校的训练。由此可见，业余体校层面的基础训练，对我国的竞技体育发展起到了如此巨大的作用。中国竞技体育的人才结构是金字塔形状的，这座象征培养竞技人才的金字塔基座，就是星罗棋布在全国各地的数以千计的体育运动学校。

成功培养体育人才的模式是发挥举国体制的优势，集中有限的人力、物力和财力完成对运动员的系统培养。但随着社会体制的变革，特别是社会主义市场经济的全面引入。这种培养运动员的三级训练体制的基础环节受到了严重的冲击，业余体育学校因不适应时代的发展已趋于瓦解。

首先，业余体校的招生工作困难重重。以往各地体校的招生具有很强的诱惑力，这种现象已不存在。"以前各地体校招生都是非常诱人的。每到招生季节，学校门庭若市、车水马龙，录取的比例往往是十里挑一，甚至百里挑一，这足以说明其火爆程度"。学生进入体校后，经过四年系统的学习和训练，一部分运动成绩优异的学生顺利的进入省市专业队或招入各类高校，其余的学生也都能由国家统一分配到中小学当体育教师或做行政工作，成为国家干部……学生的出口顺畅，决定了学校的吸引力，形成良性循环。

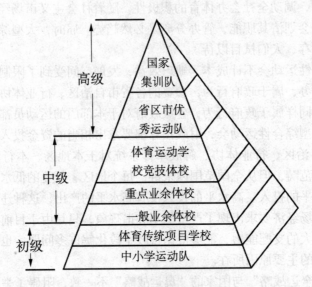

图 12　我国运动训练管理体制结构模型

资料来源：林志超，任景岩. 中国高校体育改革回顾与展望［M］. 北京：北京体育大学出版社，2001:239.

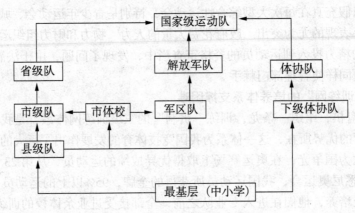

图 13　　我国竞技体育的选材途径

资料来源：林志超，任景岩. 中国高校体育改革回顾与展望［M］. 北京：北京体育大学出版社,2001:239.

　　供需之间的不平衡是招生日趋困难的主要原因之一，按照供需概念的解释，供应一方是全国数以千计的业余体校，每年招收数万名体校的学生；需求方主要是省市专业运动队，目前，国家只对全国省市自治区一级的体育主管部门、解放军及部分行业系统下拨招收专业运动员的名额，在全国范围内，符合招收专业运动员条件的单位只有数十家，招收数千名专业运动员，数以万计的供给与狭窄的接受，使绝大多数体校学生毕业后无法找到合适的单位，面临着毕业等同于失业的尴尬窘况。近年来，虽然也有部分高校开始在省市体校招收学生，但国家对于高校试办高水平运动队的政策只局限于为数很少的试点学校，没有优惠政策为依托，绝大多数的高校还无法从体校招收学生。他们在四年中所学的师范类中专的十几门专业课程与高考的科目完全不同，文化课的水平与普通中学也差距甚远，无法达到每年一度的高考标准。据笔者的调查，目前我国在县一级还能够正式办体校的为数极少，即使是地区一级甚至是省级的体校也处在维持阶段，看不到有任何发展的迹象。长期下去，体校的命运如何也就可想而知了。

其次，大量的体育特长生流入普通中学。体校的招生困难，必然导致大批有一定体育特长的学生流入普通中学。全国各中学为了能吸引体育特长生，更是八仙过海，各显神通。纷纷出台名目繁多的优惠政策，如免试入学、降低录取分数线、减免学杂费、任意选班等。体校与普通中学彼此之间展开的生源大战，使条件好的体育特长生纷纷流入普通中学，经过普通中学的筛选，体校的招生质量也就不言而喻了。

进入普通中学就为步入大学提供了前提条件。"千军万马过独木桥"的应试教育，在短时间内还难于克服。具体地讲，只要供大于求，大学教育不能成为普及性的教育，这种应试现象就无法克服。尽管我国教育主管部门已认识到了应试教育对培养人才的负面效果，但无奈于国情所限，在相当长的一段时间内，应试教育不但不能减弱，而且还会持续升温，直到我国的高等教育发展到一定的程度，大学成为一种普及性的教育。上大学具有相当的诱惑力，按中国人传统价值观衡量，绝大多数家长把子女能否考上大学，接受高等教育，作为衡量他们是否成材的唯一标准。当业余体校与普通中学发生招生冲突时，衡量的天平倾向后者也就不足为奇了。

解决这一问题的方法之一是竞技体育的管理，要从体育管理部门向教育部门过渡。

（五）运动员退役后的安置无法解决

退役运动员的就业安置直接关系到每一个运动员的切身利益，影响到运动队伍的稳定与发展，多年来一直受到各级政府和体育行政部门的高度重视。在发展竞技体育的过程中，我国运动员训练时间之长，文化学习时间之少，在世界上实属罕见。即便是优秀的运动员，退役后依旧从事体育工作的只是很小的比例，绝大多数运动员无专业可言。这就要求运动员除了掌握运动技能外，必须要有其他的一技之长，才能在退役后有立足于社会的本领。

据调查，我国很多退役运动员长期安置不出去，有的虽已安置，但很快下岗、失业。根据优秀运动员邓亚萍在十届人大会议提出的议案表明，目前我国运动员退役安置状况十分紧迫。河北省待安置的退役运动员积压了 170 人，占在训人数的 20%。湖北省分配不出去的有 300 多人，占在训人数的 30%。不少亚洲和全国冠军退役后不得不看大门、看自行车棚，或干脆找不到工作。邓亚萍说，专业竞技体育对人体健康在某种程度上是种摧残。调查显示，我国 90% 以上的运动员是从少儿开始投入专业训练，常年超负荷和向极限挑战，致使绝大多数运动员留下不同程度的伤病。以山东为例，60 岁以下的田径选手死于心脏病的占总死亡人数的 56.26%、排球为 62.53%、举重为 67.12%，而40~60 岁的退役足球运动员心脏有疾患的达到 100%，这些数字大大高于常人的比例。100 个专业运动员中可能 99 个都成不了世界冠军，退役后的运动员安置不好，会使独生子女的家长不愿意送孩子进入专业队，这个问题对竞技体育的影响越来越大，会直接导致竞技人才危机。

为适应改革和发展的需要，解决运动员的后顾之忧，各级政府和体育行政管理部门制定了许多解决运动员退役后出路问题的地方法规性文件。根据国家体育总局人事司 1998 年的统计，全国 30 多个省市、自治区、直辖市政府和体育行政部门，近年来制定了各种有关退役运动员就业安置的办法和规定。主要包括"运动员退役期间的管理，退役后运动员的文化学习、继续教育及退役后再就业时工资的重新确定等方面的内容"。

以上海市为例，上海市在安置运动员退役后就业问题属于比较妥当的，但也未从根本上解决这一问题。上海市政府办公厅、市体委、市人事局和市劳动局，自 1989 年以来先后联合或分别出台了 8 个关于解决运动员退役问题的相关文件，文件具体名称、颁布时间和文件编号依时间顺序依次如下：①《上海市人民政府办公厅转发市体委、市人事局、市劳动局关于本市退役运动员安置工作的意见的通知单位的暂行办法》沪府办发【1989】70 号；②《退役运动员享受培训费的暂行办法》沪体人【1989】第594号；③《关于优秀运动员退役后继续进行文化学习的若干意见》沪体人字【1993】第587 号等。

《2001—2010 年体育改革与发展纲要》第 41 款也指出，"建立和完善运动员就业和医疗伤残保险制度。国家将建立退役运动员再就业培训基金和运动员待业基金，进一步完善运动员退役安置政策，拓宽退役运动员安置渠道，退役运动员工作安排实行国家分配与自主择业相结合，高等院校要扩大退役运动员的招生名额。建立运动员就业和医疗伤残保险体系，提高运动员伤残赔付标准。"

国家体育总局、中央编办、教育部、财政部、人事部和劳动保障部六部委又联合下发了《关于进一步做好退役运动员就业安置工作的意见》，可以说该文件是迄今为止关于解决运动员退役安置工作最具有权威性的文件。

上述文件的出台，既反映了各级政府和体育行政管理部门对运动员退役后就业安置的重视，同时也反映出妥善解决运动员退役问题的紧迫性与重要性。为了解决运动员退役后的出路问题，我国体育界曾进行了不懈的努力。田麦久委员在全国政协会议上提出了解决退役运动员安置问题的专门的提案，呼吁全社会都来关注这一问题。但解决运动员的退役问题，已经成为全社会的问题，需要综合治理，仅仅依靠体育部门是无法解决的，是一个需要全社会共同协办的问题，而这一基础又完全取决于运动员自身的状况。如果运动员在大学期间学的是计算机专业、商务或其他社会急需的专业，那么他根本不存在出路问题，可能在从事运动中已经被多家公司或企业录用。

如何解决这一问题，必须打通基层培养的人才归宿这一渠道。正如前文所提到的，过去基层培养的运动员主要输送渠道是专业运动队，在我国由于专业运动队都是以奥运战略和全运战略为指导方针进行缩编，走内涵式的发展道路，三大球的兴衰最能证明这一现象。过去我国省市一级的体工队基本上都有篮球、足球和排球专业队的编制，现在这种状况已经不存在了。边缘区三大球基本上处于一刀切的局面，全部取消了。竞技体育发展好一些的省区，全部保留三大球项目的也为数不多。

综上所述，要从根本上解决这一矛盾，必须从体制上进行变革。必须打开接纳运动员的另一条渠道。即大力发展高等院校办运动队，就像美国目前的做法，竞技体育在大学开展的十分活跃。95%以上的一流大学有运动队，三大项目（美式足球、篮球、棒球）是一流大学必配的项目。大学间的校际比赛开展的十分活跃，既丰富了社会文化生活，又为今后大学生毕业后步入职业体育奠定了基础。

八、中美竞技体育体制比较分析

（一）中美竞技体育体育与教育的融合程度分析

体育的发展离不开教育，特别是在青少年成长过程中显得尤为重要。西方经济发达的国家，往往也是竞技体育强国，他们成功的经验之一就是有一套完备的培养优秀青少年运动员的体制，这一体制的最大特点就是把教育和体育有机地结合在一起，使青少年在成长过程中既能得到文化知识的教育，又能根据个人的特长，不失时机地挖掘自身的运动才能，在运动领域实现自己的价值。

竞技体育与教育有着千丝万缕的联系，现代奥运会的创始人皮埃尔·德·顾拜旦体育思想的重要组成部分就是将体育与教育结合在一起。顾拜旦出生于贵族家庭，就读于著名的巴黎政治学院，志向是把自己的名字和伟大的教育改革联系在一起，他对法国在1870年的普法战争失败感到十分的痛心，把战争失败归结于法国青少年体质不够强大，由此悟出只有教育改革，把竞技运动列入学校体育的课程中，使学生在体育锻炼中培养刚毅、果断、尚礼、勇敢、遵守纪律和公正无私等品格才是救国之道。

在顾拜旦看来，19世纪英国工业革命的社会高速发展，英国人的自信心与活力主要来自英国推行一种以古典教材、竞技运动和伦理道德为基础的德、智、体全面培养的教育体制。在这一体制中，竞技运动充当重要角色，其价值在于可同时收到身体训练、道德教育和社会活动能力的功效。萨马兰奇曾讲过，奥林匹克运动就是体育加文化、体育加教育，把体育和文化教育结合起来进行考虑，而不是就体育论体育。他为《奥林匹克宪章》作序时指出："1894年当国际奥林匹克委员会成立之际，讨论的主题即为教育的价值。"

时至今日，历届奥林匹克代表大会在体育运动的教育方面倾注了大量的时间，"离开了奥林匹克主义的教育价值，奥林匹克运动就不能达到崇高的目标"。综观古今奥林匹克运动会的兴与衰，古代奥运会的消失，是因为在其后期，竞技运动出现了远离教育、过度职业化和商业化的问题，再加上罗马教皇反异教活动的政治干预。现代奥运会的复苏的主要动因是追求人的全面发展，只有把体育和教育有机地结合在一起，才能把人的全面发展落在具体的行动中，过分地强调竞争，过度的职业化和商业化，必然导致奥林匹克异化现象的出现，如使用兴奋剂等。

1991年最新版的《奥林匹克宪章》指出，奥林匹克主义是增强体质、意志和精神并使之全面发展的一种生活哲学。奥林匹克主义谋求把体育运动和教育融合起来，创造一种乐于付出努力，发挥良好榜样的价值并遵守基本公德为基础的生活方式。

竞技体育与教育的结合是历史发展的必然趋势，奥林匹克运动作为人类灿烂文化的重要组成部分，对人类文明事业的发展发挥着积极的作用。她的兴衰史告诫我们，竞技体育只有与教育的结合才能真正地体现出竞技的魅力，表现出顽强的生命力。否则，竞技体育的发展将会受到始料不及的冲击，路越走越窄，最终被时代抛弃。西方竞技体育发达国家的实践经验已经验证了这一点。

由于我国竞技体育具有一套十分完备的组织管理体系，竞技体育部门的发展过于强大，使得我国高等院校的竞技体育难以正常的成长，发育十分不健全。高校的竞技体育不仅没有竞赛市场，也没有培养出优秀的竞技体育人才，处于可有可无的尴尬窘况。同时我国的高教体制又长期受计划经济的影响，高度统一、高度集中，使得从属于高教体制的高校体育只适合于开展体育教学、课外活动、业余训练等，竞技体育的发展无法寻求自身的增长点，高校的竞技运动长期只是处于业余水平。

体教结合问题的重要意义不仅在于解决运动员的文化教育问题，实际上涉及我国训练体制如何进一步深化改革，涉及我国竞技体育如何健康发展、持续发展和快速发展的根本性问题，1989年，根据李铁映同志关于"解决好竞技体育和教育两个体系的结合"问题的指示，当年的全国体委主任会议提出在继续办好成人教育的运动技术学院的同时，有条件的省市可试点将年龄处于义务教育阶段的运动员纳入普教系列。1990年，国家体委提出了"两结合"要"以中等体育专业教育为主体，向两头延伸"的基本模式及具体措施，建立基础教育、职业教育、成人教育、高等教育统筹安排，多形式、多层次、多规格的办学体系。

目前，我国高等教育体系与高水平竞技运动的结合，主要分为以下四种类型，①国家体育总局直属的一所体育大学即北京体育大学和全国15所地方体育学院，以及由军队管理的解放军体育学院，从性质上与前面提到的基本相似，只是管辖系统的不同。②全国范围内近百所师范院校办的体育系（科）及少数综合性大学办的体育院系。③教育系统的高等院校。④由体育部门主办的成人教育，包括"运动技术学院"和"进修学院"两种形式，属大专层次的教育。

以上四种类型的结合方式，虽然在一定程度上，解决运动员的文化教育问题，提高了运动员的文化素质，但距离解决我国竞技体育健康、持续和快速发展的根本性问题，还有相当大的差距。上述的结合只能是组织形式上的结合，是表层次的结合，并没有达到真正意义上的结合。从客观效果分析，运动员虽然获得了大学生的身份，取得了相应的学位，但是否达到相应高等教育水准，不能以运动员获得大学学历作为评价结合效果的标准，而应以运动员的实际学习成绩来评价。此外，高等院校虽然也涌现出过优秀运动员，但数量很小，观其成长过程，真正由大学自己培养出的优秀运动员，人数就更少了。从组织形式来解析，我国目前采取的高等教育体系与高水平竞技运动结合的措施，无非是通过体育系统办教育(如体育系统办大学)或者教育系统办体育(如高等院校试办高水平运动队)，试图通过这两种结合方式，实现高等教育体系与高水平竞技运动结合的目标，这种体教的结合方式，只能是在组织形式上的结合，亦可以称之为借助于外力的结合，借助于政府管理权限的结合，缺乏内在的凝聚力，一但外力解除结合也就自然解体。

(二) 我国竞技体育与教育结合方式初探

为了探索教育体系与体育体系的有机结合，提高我国大学生的体育运动水平，为国家培养全面发展的体育人才，1987年国家教委颁布了《关于部分普通高校试办招收高水平运动员工作通知》，确立了51所试点学校可以在全国范围内招收高水平运动员。高等院校试办高水平运动队（以下简称试办工作）是我国建立多层次、多渠道培养优秀运动员人才梯队建设的战略举措，旨在为我国培养更多的高水平运动员开辟一条新的途径。为进一步贯彻、落实《学校体育工作条例》和实现国家教委、国家体委制定的《关于开展课余体育训练，提高学校体育运动技术水平的规划》，努力提高我国大学生的体育运动水平，以逐步实现由国家教委组队参加世界大学生运动会的目标，1995年国家教委办公厅再次颁布了《关于部分普通高等院校试办高水平运动队的通知》，在全国确定了

53 所高等院校为试点院校，运动项目的设置比重最大的为田径项目，其他依次为篮球、排球、足球、乒乓球、游泳。部分省市同时也确立了自己的试点学校。以山东省为例，确立了 14 所高校为试点学校，其中 11 所为省级试点学校。1995 年 8 月 29 日，第八届全国人民代表大会常务委员会第十五次会议通过的《中华人民共和国体育法》第二十八条明确提出，"国家对优秀运动员在就业或者升学方面给予优待"。

十多年来，试办工作在探索中取得了长足的进展，在摸索中不断提高，为提高我国大学生的竞技水平做出了一定的贡献，部分实现了由"教育部组队参加世界大学生运动会的目标"。1996 年，复旦大学、天津纺织工学院男子排球队，南开大学、东南大学女子排球队代表中国参加世界大学生运动会，虽然比赛成绩不尽如人意，但毕竟是一支真正由大学生组成的代表队参加国际大学生的比赛。但高校试办高水平运动队试点工作在实施过程中，也暴露了许多问题，其中有些矛盾属于深层的，难以用修修补补进行整合。但是如果这些问题得不到及时的解决，试点工作也就背离了初衷，不利于高校竞技体育的发展。

(三) 竞技体育与教育融合分析

1. 与美国相比我国的体制结合未能培养出优秀运动员

李鹏同志在第二届全国大学生运动会主席团会议上指出："从世界各国的规律看，优秀运动员还是从高校产生。"学校体育既是体育教育的基础，也应该是发展我国竞技体育事业、提高我国竞技运动水平的依托。高校办高水平运动队的试点工作，一开始就定位于培养高水平运动员。国家在制定政策时，决不仅仅是为了能使享受优惠政策的大学生运动员，进入高校后，代表所在学校参加高一层次的比赛，或参加省市级、全国性的大学生运动会，也不可能满足于参加全国比赛获得好名次，而应该是代表国家参加洲际比赛和世界大赛，甚至参加四年一度的奥运盛会，在举世瞩目的奥运赛场上，取得优异成绩，为国争光。

现实是，尽管我国在奥运赛场上成绩越来越好，但我国体育取得优异成绩的运动健儿中，几乎没有高校培养出的运动员。试点院校在项目设置上既没有与我国奥运战略紧密衔接在一起，突出我国在奥运会上能够获得金牌的项目或潜在的金牌优势项目；也没有体现出竞赛市场需求的特点，按照我国目前竞赛市场状况，田径、排球、乒乓球、游泳等项目很难开拓市场，走市场化的内涵式发展道路。此外，高校办高水平运动队的"高水平"究竟高到何处？从近几届代表大学生运动最高水平的全国大学生运动会的成绩已经得出了明确答案。

答案一：1988 年在南京举行的第三届全国大学生运动会上，各省市为了创造优异的成绩，夺金牌为本省市争光，于是将目光盯住了许多退役的优秀运动员，甚至现役运动员，许多观众熟知的面孔出现在南京大学生运动会的赛场，不断地打破大运会的纪录，成绩大幅度地提高，但距全运会的标准尚有较大差距，与奥运会的成绩更是相差更远。

答案二：鉴于 1988 年在南京举行的第三届全国大学生运动会上，各省市招收退役优秀运动员、甚至现役运动员的现象，国家教委明文规定"入学前属于体工队正式队员者均不能参加全国大学生比赛"。转眼之间各高校又把招生的目光转向省市体育运动学校的学生，为备战 1992 年在武汉举行的第四届全国大学生运动会，体校学生又成了抢手货，一时间"洛阳纸贵"，许多高校频出高招，"统招""联办"等形式脱颖而出。

答案三：为强行完成教育部组队参加世界大学生运动会的战略目标，在 1996 年的第五届全国大学生运动会上，再次出现了许多退役乃至现役的优秀运动员，观众熟知的面孔重新出现在赛场上，只是在竞赛组织上进行了技术性的处理，按照普通高校组成的甲组和高水平运动队试点校和体育院校组成的乙组分别进行比赛。甲、乙两组的编排方法，使得入学前属于体工队正式队员的优秀运动员合理地步入大运会赛场，以前曾经颁布的"入学前属于体工队正式队员者均不能参加全国大学生比赛"的规定也就自然失效。

答案四：2000 年在四川举行的第七届全国大学生运动会的总结中"纵观本届大运会，竞技水平明显上升，体育成绩大幅提高，显示了我国高校体育的丰硕成果。田径比赛中，运动健儿们共改写了 15 项大运会纪录和 1 项全国纪录，并有两人超 1 项亚洲纪录"（引自《解放日报》，2000-09-12）。如此的盛会也只是改写了一项全国纪录，超一项亚洲纪录而已。

2. 竞技体育与教育融合中面临的约束

运动员的来源问题是高校办高水平运动队是否成功的关键，大学、中学、小学即大中小学一条龙的办队模式是"高校试办高水平运动队"理念中的主要生源，"拓宽基础层，发展中间层，突出高峰层，有目的地进行选材和培养，给中小学拓宽了输送渠道，保证高水平运动员具有一定的文化素质"，是高校试办高水平运动队的初衷。

我国目前的高考制度已比较完善，每年一度的高考被比喻为"千军万马过独木桥"。这种科举式的高考制度，完全按照考生的成绩，进行严格的筛选，成绩达不到入围标准的，难于进入高等院校的门槛。但对于体育考生，国家确实网开一面，给予了足够的重视。首先，专业体育院校的运动系，在招生过程中可以单独命题，被录取的考生可以视同为与每年参加全国统一考试的学生享受同一待遇。据悉，这种优惠的政策与待遇，在我国只有体育院校能够享受这一殊荣，艺术类院校和军事院校尽管在录取分数上可以进行照顾，录取分数大大低于普通高校的录取分数，但国家教育部却没有给予他们单独命题考试、单独提前录取的权力。

其次，就是在高校办高水平运动队政策的指导下，1986 年国家教委依据我国在历史上，主要指解放初期有过大学培养优秀运动员的先例，当时的国家足球队和国家篮球队的运动员，大学生占有相当大的比例。同时借鉴西方发达国家开展竞技体育的成功经验，充分挖掘高校中高智力群体的人才优势，决定在我国普通高校进行体育高水平运动队的工作，迄今为止，这项试点工作已经进行了 16 个年头。国家教委于 1995 年 5 月 29 日颁布了《国家教委办公厅关于部分普通高等院校试办高水平运动队的通知》，宗旨进一步贯彻、落实《学校体育工作条例》和实现国家教委、国家体委制定的《关于开展课余体育训练，提高学校体育运动技术水平的规划》，努力提高我国大学生的体育运动水平，为国家培养全面发展的体育人才，以逐步实现由国家教委组队参加世界大学生运动会的目标。

无论是理念中的主要生源基础，还是试点工作的初衷，均具有十分浓厚的理想主义色彩，在实际操作过程中，难以把它变为现实。生源渠道的不合理是制约我国高校办高水平运动队的致命因素之一。以美国大学生运动员的生源情况为例，在 NCAA 注册的运动员，全部由高中毕业生组成，不会有其他的生源渠道。而我国自实行高校办高水平运动队政策以来，运动员的生源构成比美国和西方发达国家要复杂得多。大体可以分为以下几个途径。

第一，省市专业运动队退役或准退役的运动员。退役运动员在含义上比较容易理解，即不再从事专业体育运动，已从专业运动队退出，正在寻求新的职业。

根据我国目前的现状，这种现象一般在四年一度的全运会后的当年和第二年出现的频数最高。而准退役运动员则是运动员本人由于种种原因，如年龄、自身条件、伤病等诸多因素的限制，已不再适宜从事某项运动，这类运动员在省市专业队中也占有相当大的比例。

第二，省市专业运动队的二线队员。这些运动员由于在竞技能力上不足，不能进入一线队继续从事体育运动，因而是高校招收运动员的主要生源，他们的运动水平虽然不能适应专业运动的需要，但可以胜任大学生运动员的资格。

第三，有一定运动能力的高中毕业生。美国的大学生运动员主要由这部分人组成，但在我国确只占一小部分，根据对参加第五届全国大学生运动会的 90 名田径和排球运动员的抽样调查，各部分人员构成的比例状况见表 20。

表 20　第五届全国大学生运动会的 90 名田径和排球运动员构成

生源	人数	占总人数的百分比（%）
专业队退役或准退役运动员	13	14.44
省市专业运动队的二线队员	67	74.44
高中毕业生	10	11.11
总数	90	100

从以上分析中可以看出，为了能在短时期提高运动技术水准，绝大多数有资格办高水平运动队的学校，招收的学生不是从高中生中运动成绩的优生中进行选拔，而是从省市专业队中的二、三线队伍或者是一些即将退役或已经退役的优秀运动员中招收。虽然短时期内看这些运动员是要比高中毕业生招收的运动员运动技能要高，但是他们进入大学后，由于各自的背景相差很大，入学动机也存在着很大的不同，很难集中精力完成大学的学业。有些年龄较大的运动员，因常年从事专业训练，文化程度不及普通的中学生，让他们在大学特别是一些名牌大学，与那些天资聪颖、刻苦勤奋的学生坐在同一课堂，接受同一程度的教育其难度自然可想而知。

由于在学业上存在着巨大的压力，许多以学生运动员身份招入大学的学生，或者放弃了参加校代表队的训练，专心致志地投入到学习中；或是对学习产生了巨大的恐惧，进而放弃了学习，反过来训练搞不好，进一步提高运动成绩，保持高水平的运动技能只能是一句空话。同时这些运动员进入大学后，如果管理不当，还会给整个校园的氛围造成不良的影响，使普通大学生对学生运动员产生一种偏见，没有实现学校培养人、教育人的目标。

缺乏人才储备，这是一个人才培养机制的误区造成的。一方面，中国大学生受到的都是应试教育，形成了只重智育、不重体育的现象，这就对在大学生中选拔体育人才造成不利的影响。另一方面，由于中国较为特殊的体育环境，许多体育特长生很早就进入了各级运动队，文化素质方面很难达到进入大学门槛的要求，这也造成了大学校园中体育人才的匮乏。中国的人才培养应当朝着素质教育的方向发展，这是提高大学生整体竞技水平的基础。发展中国的大学生体育事业，要逐步完善中国的教育体制，为体育运动培养后备力量。

此外，由于试办工作，在招收运动员中有特殊的优惠政策，优惠政策缺乏统一的标准，具有很强的灵活性和伸缩性。各个高校在特招运动员过程中具有相当大的自主权利，招生的透明度不够，国家对运动员招生的质量难以有效地控制，招生工作的"暗箱"操作方法给特招工作蒙上了一层阴影。在招生过程中，利用国家对高等院校试办高水平运动队的特殊政策，作为学校招生的创收来源之一，赞助费交纳的多与少，成为能否被录取的主要条件，因为国家对这一部分的招生，在文化分数上几乎是完全放开，招生学校稍稍进行一些"技术上"的处理，就可以完全避开外界的监督。更有甚者，特招政策为某些个人营私舞弊提供了极大的方便，社会中目前流传的招生"一带二""一带三"和"一带多"的现象，再也不是骇人听闻的故事，而是发生在人们日常生活中的见闻。这种现象如果得不到有效的控制，不进行严格规范的管理，高校特招政策势必引入歧途。

当时的初衷是将我国的普通大学变为我国优秀运动人才的输送渠道，着眼于奥运战略，提高大学生运动员的竞技水平，同时，活跃校园文化生活，解决运动员退役后的后顾之忧。但是，这种做法是否达到了预期的效果，依笔者之见，它没有发挥出政策的导向作用。

3. 两者的融合过程没有实现协同配合

在计划经济的体制下，我国行政机构设置是按条条块块两个方面设置，体育部门行政机构的组成部分之一，理所当然地被纳入政府的职能部门。国家设有国家体委，省市一级全部设有体育运动委员会，地、县一级基本也有体委，完成行政垂直管理的原则。80年代以来，几次大的机构调整，基础的体育管理机构受到了严重的冲击，首先是解散地县一级的体委，有的地方把体育管理职能划属到文化管理部门，还有的把职能划属到教育管理部门。这一层次的体委能够挂上体委或体育局牌子的数目与先前相比大大缩减。由于地县级体育管理的专职机构已经撤销，依附于体委管理的业余体育运动学校的不复存在也就在情理之中了。

如果我们能够改变目前基层培养体育人才的归宿问题，就能够重新发挥基层办业余体校，培养体育后备人才的问题，即使是在县、地级体委撤销的情况下，县地级业余体校依然可以存在与发展，广大家长把自己的子女送到业余体校参加业余训练，就像目前家长把子女送到音乐班、美术班一样，他们希望子女能够掌握一些技能，成为对社会有用的人。但这一做法成立的前提条件是业余体校不再是为专业运动队培养后备人才，而是为他们能够进入大学做准备。这样能大大拓宽基层业余体校培养体育人才的出路问题，大大缓解目前的状况。在现阶段我国大学的数量远远高于业余体育运动队的数量，以北京地区为例，大学的数目就超过百所。北京一个地区大学的数量就比目前全国各省市自治区、解放军系统、行业体校等全部加在一起的数目要多。

经过多年的发展，我国基层的体育设施建设有了长足的发展，尽管与西方发达国家相比还有很大的差距，但依据我们目前的国情基础体育设施还是一笔十分宝贵的物质财富。更重要的是，还有一大批热心从事基层业余训练的人士，他们在这一岗位上工作了十几年甚至数十年，有着丰富的培养青少年运动员的经验。这种潜在的人才优势和物质条件是我国进一步搞好业余体育训练的重要条件。

当然要实现这一转变，道路还是十分崎岖的。首先要能得到各级教育主管部门的支持和帮助，让他们把培养体育人才作为自己职能的一个组成部分，使受教育者真正能够在德育、智育和体育三方面得到全面协调的发展，而不是目前只重视学生智育的发展与忽略体育的发展，在智育和体育培养上出现严重的失衡状态。

4. 我国的融合过程打乱了竞赛市场平衡

竞赛是训练的杠杆，只有培育出良好的竞赛市场，才能调动各个方面的积极性。目前我国有些政策的出台，不仅没有发挥政策的导向作用，反而对于培育良好的竞赛市场还产生了不良的影响。如国家教委办公厅1995年5月25日颁布了《关于部分普通高等院校试办高水平运动队的通知》，通知指出："为进一步贯彻、落实《学校体育工作条例》和实现国家教委、国家体委制定的《关于开展课余体育训练，提高学校体育运动技术水平的规划》，努力提高我国大学生的体育运动水平，为国家培养全面发展的体育人才……"

通知共包括招生院校、名额及范围，招收对象，招生办法，教学与管理，其他及附件六个部分。我们姑且不对前五个部分进行剖析，只对附件"部分普通高等院校试办田径等重点项目高水平运动队院校名单"进行分析，在这一名单中，以政府机构权威性红头文件的形式，人为地规定具体学校的优势项目，北京大学试办项目为田径；清华大学试办项目为田径、国防体育；中国人民大学试办项目为篮球（男）、足球（男）；北京航空航天大学试办项目为田径、排球（男、女）；北京科技大学试办项目为田径、篮球（女），青海师范大学试办项目为田径、篮球（女）……

文件的颁布效果，我们可以用"二正、二负"进行表述。

其一，正面效应是调动了个别高校办高水平运动队的积极性，负面效应是挫伤了我国绝大部分高等院校办高水平运动队的积极性。原因非常简单，能够被列入普通高等院校试办田径等重点项目高水平运动队院校名单的只有53所，而我国有逾千所的高等院校得不到政策上的照顾。被列入的学校不到全国高校的1/20。

其二，正面效应是提高了高校运动水平，负面效应是失去了竞赛市场。体育比赛的魅力就在于比赛结果的不确定性。没有任何新闻媒体会对一些没有悬念的比赛产生兴趣，企业的赞助和商家的支持同样是这种态度。被列入普通高等院校试办田径等重点项目高水平运动队院校名单之一的天津纺织工学院，试点项目是男子排球，据该校主教练介绍，利用特招的政策优势，学校从辽宁省青年队招收了全部主力队员，组成了天津纺织工学院男排的主力阵容，俗称把辽宁青年队全盘端来了。从此，学校男排在天津市高校处于绝对的霸主地位，受到了校方的大力宣传与表彰。但天津市大部分高校却失去了继续办男排的积极性，天津市高校男排比赛参加队数锐减，观众数量更是少得可怜。2001年在北京科技大学举办的北京市大学生田径运动会，观众人数不及运动员、工作人员的一半，如此场面的比赛，企业和商家哪里会有积极性。

各高校为了尽快地出成绩，还纷纷制定了一系列的奖励措施，以刺激本校运动成绩的提高。如北京航空航天大学奖学金条例中"优秀运动员奖"分为五等：特等奖1200元，一等奖800元，二等奖400元，三等奖200元，四等奖100元，并对申请者条件进行了界定。

我国的大学体育的竞赛市场正在培育的过程中。目前，除了四年一度的全国大学生运动会和近年来兴起的CUBA全国大学生篮球比赛形成一定的规模和影响外，其他的比赛影响力非常小，由于缺少有感召力的竞赛市场，大学校际间的竞赛活动不够活跃也就属情理之中的事了。因此在我国要想提高大学的竞技运动水平，必须抓住培育大学竞赛市场这一关键，以规范大学体育比赛为切入点，调动全国各大学办高水平运动队参加体育比赛的积极性；通过建立一整套完善的大学校际间的比赛，推动大学比赛的发展，以解决青少年运动员的培养、发现高水平的运动人才进一步深造等多方面的问题。

九、我国高校竞赛市场的培育

（一）建立我国大学体育的组织管理机构

建立全国大学生体育指导委员会，负责在全国大学之间开展校际体育竞赛，把大学的体育活动完全纳入教育体系之中，使体育运动真正成为大学生生活的一个重要组成部分，大学体育竞赛与专业体育和职业体育完全分离。全国大学生体育联合会从管理体制上讲，既不隶属于各级政府，又不从属于各单项运动协会，领导机构的成员组成由参与学校选举产生，在教育部和国家体育总局的双重指导下开展工作；从性质上看既不是政府职能部门，也不能划归于事业单位，应定义为非营利性的社会团体。

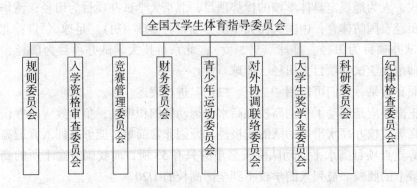

图14　全国大学生体育指导委员会组织机构图

全国大学生体育指导委员会在全国范围内由若干大学体育联盟组成，每个大学体育联盟由 8~12 所大学构成。依据我国目前的华北、东北、西北、西南、华东、华中地理位置，划分六大地理区域。大学体育联盟不同地理位置内规模和学术水平相当的大学组成同一大学体育联盟。规模较大、学术水准较高的大学为甲级联盟；规模较小、学术水准一般的大学为乙级联盟。

为了把联盟的概念形象化的表现出来，依据学校实际情况，借鉴美国大学体育联盟的成功经验，笔者设计了华北地区甲级联盟，该联盟由规模基本相当、学术水平基本一致的大学组成。"八强联盟"示意图如图 15 所示。

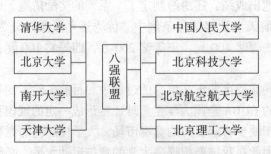

图15　华北地区甲级联盟示意图

（二）统一入学标准

学校体育既是体育教育的基础，也应该是发展我国竞技体育事业，提高我国竞技运动水平的依托。对我国招收高水平运动队的高校设立全国统一的大学生运动员资格标准，既有运动成绩，又要有文化成绩的要求，达到标准，就有资格成为准大学生运动员。打破以学校和省市为界限的招生制度。对招生的过程有统一的标准，规范优秀运动员的招生办法。招生过程要不影响学生的学习，保证招生的公平性。对招生的细节要有严格的规定和限制。

（三）加强学籍管理

作为一名在全国大学生体育联合会注册的大学生运动员，一旦被大学录取，他们在上大学、修学分的学习过程中，必须与在校的普通专业的学生要求完全相同，学校不能因为他们是运动员或是优秀运动员而在学习标准上给予任何优惠。严格的学籍管理主要体现在以下几个方面。

1. 大学生运动员应与普通大学生的学习要求一致

实行完全学分制，不能对运动员采用改变教学计划和安排，降低学习难度来解决学习与训练之间的矛盾，更不能将运动员在比赛中所获得的名次折合成学分，将学习成绩和运动成绩捆绑在一起，用来提高学生的毕业率。对大学生运动员的学习要求应与普通大学生的要求一致。据我们对部分试点学校的采访，目前，以优异运动成绩被大学录取的学生，学校基本上保证其毕业。

2. 规范成绩标准

运动员必须是正式注册的全日制学生，每学期选修课课程的学分不得少于规定学分，运动员的学习成绩管理被纳入全国大学生体育联合会和学校的双重管理之中。运动员毕业年限一般可以略高于普通大学生完成学业所需要的年限，但需要制定出在校学习的最高年限。

3. 严格的学分要求

严格的学分要求，包括两层含义：一是运动员在校时，每学年的学习成绩不能低于所在学校普通学生的平均成绩。为此，运动员所在学校要建立完善的运动员学习的档案，每个运动员的学习成绩都清楚的记录在档案之中，每学年开始时，将运动员的学习成绩与全校学生的平均成绩进行比较，不符合要求者取消其比赛资格，不能代表学校参加全国大学生体育联合会组织的各种比赛。二是运动员要达到攻读学位要求的学分，才能获得毕业证书和学位证书。运动员因参加比赛所耽误的学习，全部由本人自己解决。即使是一名十分优秀的运动员，在比赛中为学校争得过荣誉，同样不能享受特殊待遇。对大学生运动员严格要求，不能因为训练比赛而影响学业成绩，放松对运动员的要求。这样做不仅能维护学校的学术声誉，对运动员本人也是一个很好的促进，去掉他们头脑中的任何幻想，把全部精力投入到学习中。

4. 严格的训练规定

为了真正贯彻以学为主的方针，应保证运动员在校学习期间，有一定的时间作保证。

5. 对优秀运动员实施特殊的"宽进严出"政策

对优秀运动员的招募是否可以尝试"宽进严出"政策，在录取审核中采取"一校两制"的招生办法，对以优秀运动员身份招入大学的学生，采用"特殊记录，专门立案"的特殊学籍管理。运动成绩优异、有一定运动特长的学生可以放宽入学标准，但透明度一定要大，防止滋生新的不正之风。学习年限可以适当延长，但考核标准不能降低，目前我国大学生在大学的学习年限一般是4年，对优秀运动员可以放宽到5~6年，甚至更长一些。"宽进严出"开始实施阶段可能要有相当一部分优秀运动员不能正常完成学业，毕业后拿不到相应的文凭，但只有这样才能使大学招收运动员步入正规的轨道，沿着良性循环的机制发展下去，"宽进严出"的宗旨使大学生运动员在德、智、体三方面得到全面发展，力争塑造一个合格的大学生。

6. 弱化体育系统的管理职能

过去我们绝大多数优秀的运动苗子全部被专业运动队录取，步入专业运动的轨道，培养了一大批优秀的运动员。但是这种做法的负面影响也越来越大，一是家长不愿让子女在接受文化教育的年龄放弃学习，过早地踏入专业运动的道路，运动员选材面越来越窄。二是有一定运动天赋的人才全部吸收到了专业运动队，势必影响大学招收运动员的积极性。理想化的运动员培养机制应该是：今后专业运动队不在高中阶段招收运动员，而是从大学毕业后招收运动员，类似美国的职业队，职业运动员主要来源于大学，高中生只占很小的比例，大学生运动员毕业后再踏上专业运动队的道路。三是在市场经济的新环境下，利益优先的原则已经非常现实的摆在了人们的面前。过去被专业队录取，家长认为不仅解决了就业问题，与其他行业相比待遇不薄。但如今这一切已经不复存在了，在物质上专业队已经没有了吸引力，而且还低于某些其他行业，就其解决就业出路而言，不需要把子女送到运动队以达到就业的目的。

(项目编号：708ss04108)

国外反兴奋剂发展趋势
和机构设置研究

郑 斌　白 玲　赵 健　袁 虹　侯海波　陈 琳

1999 年国际奥委会召开洛桑世界反兴奋剂大会，通过决议建立世界反兴奋剂机构（WADA），掀开了世纪之交国际反兴奋剂斗争发展的新篇章。近年来，随着 WADA 成立后推出的一系列新举措的实施，以及 2001 年罗格出任国际奥委会主席后领导的对反兴奋剂政策的全面改革，国际反兴奋剂斗争出现了前所未有的新变化。分析研究国外反兴奋剂发展趋势和世界主要体育强国进行反兴奋剂机构改革的成功经验，结合我国国情制定相应的对策、建立与国际接轨的管理体制和机构，对于提升我国的反兴奋剂管理水平，具有十分重要的现实意义。

一、近年来国外反兴奋剂政策改革发展趋势

（一）实施独立和统一的管理模式

自 1999 年世界反兴奋剂机构（WADA）成立和 2001 年罗格担任国际奥委会主席以来，国际体坛的反兴奋剂斗争翻开了新的历史篇章。通过研究分析近年来国际反兴奋剂斗争的发展潮流和趋势，不难发现，"独立"和"统一"已成为国际反兴奋剂管理的改革主旋律。

首先，WADA 的建立，本身就体现了国际奥委会经过长期的反兴奋剂斗争实践，总结经验后提出的"一个独立的管理全球反兴奋剂事务的机构"的构想。实践证明，这一理念得到了各国政府以及各种国际体育组织的普遍认同。

其次，WADA 在 2003 年哥本哈根世界反兴奋剂大会上推出了《世界反兴奋剂条例》，终于在历史上第一次实现了对所有国家和所有运动项目执行统一的反兴奋剂规则的目标。由此可见，实施统一管理也是发展的大趋势之一。

（二）反兴奋剂进入法制化和国际标准化时代

20 世纪 60 年代初，国际奥委会为保护运动员的健康和捍卫奥林匹克运动的价值观，率先吹响了奥林匹克反兴奋剂斗争的号角。如今，历经四十多年的风雨历程，各国政府和各国际体育组织在反兴奋剂问题上已达成共识，开展全球合作，建立专门的机构和统一的反兴奋剂法规，推行法制化和国际标准化的统一管理模式，业已成为近年来国际反兴奋剂斗争新的发展趋势。

迄今已召开过两届世界反兴奋剂大会。1999 年，国际奥委会在瑞士洛桑召开了第一次世界反兴奋剂大会，发表了《洛桑宣言》，通过了《奥林匹克运动反兴奋剂条例》，确定由国际奥委会出资创建世界反兴奋剂机构（WADA）。

2003 年 3 月，由 WADA 领导召开的第二届世界反兴奋剂大会发表了《反对使用兴

奋剂哥本哈根宣言》，并一致通过了作为全球反兴奋剂斗争基本纲领和法律准绳的《世界反兴奋剂条例》。2005年10月，联合国教科文组织（UNESCO）大会正式通过了《反对在体育运动中使用兴奋剂国际公约》。国际反兴奋剂管理的法制化趋向已初露端倪。

当前，在IOC和UNESCO强力支持下，在世界各国政府、国际体育组织和各国体育组织的积极参与下，由WADA统一领导和监管的全球反兴奋剂工作已完全走上正轨。WADA每年公布的国际标准《禁用清单》，以及近年来陆续推出的《国际兴奋剂检查标准(ISO ISDC)》《国际实验室标准(ISO/IEC 17025)》和《国际治疗用药豁免标准(ISDC TUE)》等一系列统一的国际标准化反兴奋剂规则和系统已付诸实施，并取得了良好的应用效果。涉及反兴奋剂管理的禁用物质与禁用方法清单、检测指标和规则程序的国际标准化，也已成为新的改革动向。

（三）加大科技和经费投入，扩大检查规模，提升兴奋剂检查的威慑力

1. 加强科研，不断采用新的检测方法和尖端设备

1998年，IOC和欧盟出资300万美元，启动了促红细胞生成素（EPO）和生长激素（hGH）检测方法的研究计划。1999年，为加强悉尼奥运会的兴奋剂检查，澳大利亚政府也为澳兴奋剂检测实验室拨款300万澳元进行兴奋剂检测研究。美国反兴奋剂局自2001年以来，每年拨款200万美元用于新检测方法的研究。从2001年起至今，WADA已拨款2800万美元进行反兴奋剂研究课题招标，鼓励全世界的研究人员申请研究基金。

1996年亚特兰大奥运会采用了价值60万美元的新型光谱仪，可检测出3个月前的用药痕迹。2000年悉尼奥运会推出了最新研发的"血检与尿检相结合"检测促红细胞生成素（EPO）的方法。2002年盐湖城冬奥会禁用可激增携氧血红细胞的高压舱（hyperbaric chamber）和高原帐篷（altitude tent）；并可成功检测第二代EPO，即Darbepoetin。2004年雅典奥运会更是推出了一系列新研发的检测方法，不仅首次对生长激素（hGH）、新型合成类固醇THG、基于血红蛋白的携氧制品（HBOCs）和经修饰的血红蛋白制剂进行了检测，还推出了尿检EPO的新方法。此外，雅典奥运会还配置了每台价值100万美元的最新检测仪器，可以检测出5个多月前的用药痕迹。

如此加大科技投入的效果十分明显，兴奋剂检测水平迅速提高，国际奥委会医学委员会主任帕特里克·沙马什（Patrick Schamasch）证实，1968年奥运会，能检测的禁用物质只占5%；但是到2004年雅典奥运会和2006年都灵冬奥会，实验室已分别能检测出95%和99%的禁用物质，在极大程度上提升了兴奋剂检查的威慑力。他认为这是国际奥委会在反兴奋剂斗争中打胜的主要一仗。

2. 大幅度增加兴奋剂检查数量、经费和工作人员

自世纪之交以来，兴奋剂检查规模不断扩大已成为一种发展潮流，国际奥委会和世界反兴奋剂机构以及各国反兴奋剂组织都以此作为遏制兴奋剂泛滥的主要措施之一。

1996年亚特兰大奥运会共进行了1923例兴奋剂检查，在参赛运动员总数基本不变的情况下，2000年悉尼奥运会（2359例）和2004年雅典奥运会（2815例）兴奋剂检查总量分别增长了23%和19%。而2006年都灵冬奥会兴奋剂检查总量更是比上届陡增74%（参赛运动员总数仅增长10%）。

检查规模的扩大还直接导致了参与检查的工作人员数量增加，悉尼奥运会兴奋剂检查工作人员为400人；雅典奥运会则剧增至620人，增加了55%。

奥运会兴奋剂检查经费的增长幅度也十分惊人，例如雅典奥运会兴奋剂检查经费提高至 470 万美元，比悉尼奥运会的 361 万美元增加了 30%。

世界各国每年的兴奋剂检查也体现出了这一发展趋向。1998 年，世界各国总共进行了 105250 例兴奋剂检查。2005 年，全球总共完成了 183337 例兴奋剂检测，其中属于奥运会项目的 139836 例（占 76.3%），非奥运项目 43501 例（占 23.7%）。与 1998 年相比，2005 年世界各国兴奋剂检查总数量增加了 74.2%。

二、国外反兴奋剂机构设置

自 1999 年国际奥委会召开洛桑世界反兴奋剂大会，通过决议建立一个独立的世界反兴奋剂机构（World Anti-Doping Agency，WADA）监管全球反兴奋剂工作以来，世界各国尤其是一些体育强国，纷纷仿照这一模式积极变革，紧跟潮流，相继建立了本国的独立反兴奋剂机构，加强对反兴奋剂工作的统一领导和计划实施，以适应国际体坛反兴奋剂斗争新的发展形势的需要。

（一）成立独立的反兴奋剂机构乃大势所趋

在国际体坛反兴奋剂领域，最早建立国家级独立反兴奋剂机构的是澳大利亚。1989 年，由澳政府立法成立了澳大利亚反兴奋剂总署（ASDA）。该机构于 2006 年 3 月 14 日正式改名为澳大利亚体育运动反兴奋剂管理局（ASADA）。由于 ASDA 有国家的特别立法支持和政府划拨的专门经费，其反兴奋剂管理工作成效显著、独具特色，多年来在国际体坛声誉卓著，已成为国际奥委会（IOC）和世界反兴奋剂机构（WADA）的主要合作伙伴。

自 20 世纪 90 年代中期以来，国际反兴奋剂斗争形势异常严峻，国际体坛运动员服用违禁药物成风，奥运会等世界重大比赛中不断爆出兴奋剂丑闻。面对日益严重的滥用药物现象，世界各国在总结经验教训的过程中，发现以前由双重或多重管理部门（如政府机构或部门、国家奥委会、体育联合会、体育总会、各项目体育协会等）协同管理或交叉管理反兴奋剂事务存在诸多弊病和问题，如机构重叠、权力分散、计划难统一、经费无保证、专职人员不足、不利于开展国际交流等。于是，一些政府非常重视反兴奋剂工作的国家开始对本国的反兴奋剂组织机构进行调整和重组。

在世纪之交成立独立反兴奋剂机构的改革浪潮中，加拿大、美国、德国、日本、芬兰、荷兰、法国等国行动迅速，纷纷建立了国家级反兴奋剂机构。据统计，在雅典奥运会金牌榜前六名国家中，目前只有中国和俄罗斯尚未成立独立的反兴奋剂机构；而第七名法国也在 2006 年 4 月 6 日通过立法正式成立了国家反兴奋剂总署。

表1　一些国家成立反兴奋剂机构概况

国　家	机构名称	机构性质	成立时间	经费来源及经费数额	正式工作人员
美　国	美国反兴奋剂局（USADA）	独立，非营利性机构	1999 年	政府专项基金，1088 万美元	44 人
澳大利亚	澳大利亚体育运动反兴奋剂管理局（ASADA）	独立，国家立法支持	1989 年	政府专项经费拨款，约合 790 万美元	55 人
德　国	德国国家反兴奋剂机构（NADA）	独立，非营利性机构	2002 年	德国体联、德国奥委会、体育基金会、企业赞助，约合 165 万美元	

国　家	机构名称	机构性质	成立时间	经费来源及经费数额	正式工作人员
法　国	法国反兴奋剂总署（AFLD）	独立，非营利性机构	2006 年	国家预算约合1208 万美元	
日　本	日本反兴奋剂机构（JADA）	独立，基金会	2001 年	政府拨款，企业赞助，约合102 万美元	
芬　兰	芬兰反兴奋剂总署（FINADA）	独立，非营利性机构	2001 年	政府和教育部拨款，约合228 万美元	38 人
荷　兰	荷兰反兴奋剂中心（NeCeDo）	独立，基金会	1989 年	政府拨款约合75 万美元	
加拿大	体育道德中心（CCES）	独立，非营利性机构	1997 年	体育道德储备基金，合作投资，收费服务，项目合作经费等约合632 万美元	

注：

①为便于对比，表中的其他货币已按近期汇率折算为美元。

②新成立的法国反兴奋剂总署因合并了法国国家兴奋剂检测实验室，经费预算额度超过美国反兴奋剂局而上升为世界第一。

据最新统计（参见 WADA 网站世界各国反兴奋剂组织机构名单），除美国、澳大利亚、德国、日本、加拿大、芬兰、荷兰、法国等国家外，挪威、丹麦、卢森堡、立陶宛、印度尼西亚、新西兰、罗马尼亚、苏丹、苏里南、土耳其、乌兹别克斯坦、乌干达等国也都相继建立了本国的国家反兴奋剂机构。这样，越来越多的国家拥有独立的专门管理反兴奋剂事务的实体机构，非常有利于建立对话平台和沟通渠道，开展国际交流，而进行国际交流与合作已成为当今国际反兴奋剂斗争的重要手段和组成部分。

（二）创建国家反兴奋剂组织协会（ANADO）

加拿大、澳大利亚、挪威等国反兴奋剂机构早在 2002 年就提出创议，要建立一个联合各国反兴奋剂组织机构的协会，通过对话和论坛交流信息与经验，解决各国反兴奋剂管理方面的问题，提高反兴奋剂领域工作人员的专业技能和职业素养。

2003 年 4 月 28 日，一个"非政治性、建立在非政府成员基础上"的国际组织——国家反兴奋剂组织协会（ANADO）成立，创始成员包括 17 个国家的反兴奋剂组织机构。2003 年 11 月 5 日，ANADO 的第一次年度代表大会在法国的斯特拉斯堡举行，有 26 个国家的反兴奋剂组织派代表参加，WADA 也派代表出席了会议。截至 2004 年 10 月，ANADO 已拥有 32 个成员组织和 2 名观察员。

由于该组织在我国尚未参加的情况下吸收了台湾，并在其网站的组织成员名录下"国家"一栏中使用"Taiwan"，而非"Chinese Taipei"，建议我国尽快提出严正交涉，解决此问题后申请加入，在国际反兴奋剂舞台上维护中国的合法地位和话语权。

（三）美、澳等国反兴奋剂机构运作模式分析

美国、澳大利亚等国国家反兴奋剂机构的建立，实际上体现了"独立"和"统一"

这一当代反兴奋剂管理改革的发展方向和模式，它们的一些改革实践和成功经验，值得我们进行认真分析和研究，也可供我国有关管理部门参考借鉴。

1. 反兴奋剂机构的性质与定位

● 美国反兴奋剂局（USADA）

USADA 是全权代表国家处理奥林匹克反兴奋剂事务的独立反兴奋剂机构。《美国公法》（107-67，第 644 条）明文规定："USADA 为管理美国奥运会、泛美运动会和残疾人奥运会项目的正式反兴奋剂机构。"USADA 有权为美国的反兴奋剂政策制定指导方针，制定国家反兴奋剂计划，有权强制处罚任何使用兴奋剂的违禁行为并主管裁决事务。

● 澳大利亚体育运动反兴奋剂管理局（ASADA）

ASADA 是根据国家立法——《澳大利亚体育运动反兴奋剂管理局法案 2006》和《澳大利亚体育运动反兴奋剂管理局法规 2006》——成立的一个独立的、专门致力于体育运动反兴奋剂的政府机构。ASADA 对内对外都具有代表国家的权威性，有权对涉及体育运动中使用兴奋剂的事务进行一元化的管理。

● 德国国家反兴奋剂机构（NADA）

NADA 是独立的反兴奋剂机构，全权代表国家掌管国内外的体育运动反兴奋剂事务。NADA 的成立，是在经历了长达 30 余年的有关优化德国反兴奋剂工作讨论后走出的关键一步，世界反兴奋剂机构（WADA）的创建推动了 NADA 的成立。

● 法国国家反兴奋剂总署（AFLD）

AFLD 是根据法国政府 2006 年 4 月 6 日新颁布的《反兴奋剂与保护运动员健康法》成立的国家级的独立性公共权力机构，拥有独立于政府以及体育界其他机构之外的管理反兴奋剂事务的权力。其前身是法国国家预防及反兴奋剂委员会。

● 日本反兴奋剂机构（JADA）

日本反兴奋剂机构（JADA）是日本整个反兴奋剂体制的中心，对全日本（包括日本奥委会、日本体育协会、日本职业体育协会及其他体育团体）所有有关反兴奋剂的工作进行统一管理。JADA 的地位是独立的和中立的，它与日本的兴奋剂检测机构（目前是三菱 BCL 下属的兴奋剂检测实验室）没有直接的隶属关系，这样的体制下能够保证 JADA 站在中立的立场对检测结果进行一体化管理。

● 芬兰反兴奋剂总署（FINADA）

FINADA 接管了原芬兰反兴奋剂委员会的工作，是个代表国家行使反兴奋剂事务管理权力的非营利性独立机构。

分析上述国家反兴奋剂机构的性质和定位，可以发现一个共同点，即在管理反兴奋剂事务方面具有代表国家的权威性和独立性，其优点是在制定反兴奋剂政策、计划和实施管理时可以不受其他权力部门的制约和干扰，便于进行高效率的统一管理。

2. 反兴奋剂机构的职能与任务

● 澳大利亚体育运动反兴奋剂管理局（ASADA）

ASADA 接管了以前由澳大利亚体育运动委员会（ASC）履行的制定政策、审批计划和监督管理职能，并接管以前由澳大利亚反兴奋剂总署（ASDA）承担的实施兴奋剂检查、开展反兴奋剂教育和信息传播等职能，以及原澳大利亚运动药物医学顾问委员会（ASDMAC）的咨询指导职能，并且为适应形势发展的需要增加了一些新职能。因此，

ASADA 具有组织进行兴奋剂检查、案件调查、证据陈述、政策研究、咨询服务以及宣传教育等一系列全面的反兴奋剂职能。

为完成国家立法保护的管理职能和任务，ASADA 拥有以下权力。

·有权为澳大利亚所有的运动项目，确定一个符合《世界反兴奋剂条例》的执行政策的标准框架。

·有权将某个运动项目协会是否充分履行了其应尽的反兴奋剂义务通知澳大利亚体委，澳体委据此决定是否划拨国家体育组织资助基金，以及是否提供其他支持。

·有权践行世界上调查处理体坛药物违禁事件的最佳方法，保证为涉嫌违禁者举行公正的听证会，其所有的工作程序都将是公平和公正的。

·有权依照《世界反兴奋剂条例》中列出的兴奋剂违禁条款，对所有受到指控的违规运动员和运动员辅助人员等进行震慑和侦查，并负责向国际体育仲裁法庭（CAS）和其他体育法庭提交关于涉嫌违犯反兴奋剂规则的当事人的案例报告，提供案件举证。

·拥有实施反兴奋剂管理的权力，澳国内各单项运动协会和体育组织必须遵守《国家反兴奋剂计划》中规定的各项反兴奋剂义务，其中就包括必须承认和服从 ASADA 的这一管理权，以此作为获得澳大利亚政府基金资助的先决条件。

·有权接受、使用和披露澳大利亚反兴奋剂政策规定的信息，以及对外公布兴奋剂检查结果。

● 美国反兴奋剂局（USADA）

USADA 按职能划分主要负责以下四个方面的工作。

·药物检查——制定兴奋剂检查计划，管理赛内检查和不事先通知的赛外检查的检样收集和检测工作，增加赛外检查次数。负责选拔、培训和任命兴奋剂检查官员。

·科学研究——由于研究是制定有效的反兴奋剂计划的基础，USADA 每年分配 200 万美元用于有关禁用药物检测的研究。这一研究投资超过了世界上任何一个国家反兴奋剂机构的研究费用。USADA 加强了同世界反兴奋剂机构（WADA）的交流，与 WADA 科学委员会协调研究任务。

·教育——除为优秀运动员制定强化体育道德和健康教育的计划外，还为美国参加体育运动的青年人制定反兴奋剂教育计划。教育计划重点宣传使用禁用药物违背伦理道德和对健康造成的损害，USADA 希望尽早告知运动员使用提高成绩药物的危险和后果。

·裁决——USADA 致力于裁决程序的公平和可信任，该裁决程序不允许美国各运动项目的全国管理机构参与制裁自己的运动员。经过简化的程序减少了通常上诉的时间和经济负担，它依靠美国仲裁协会修改过的有关规定和国际体育仲裁法庭（CAS）的有关规定安排仲裁听证。

● 德国国家反兴奋剂机构（NADA）

NADA 的主要任务目标是推动德国体育运动的发展，采取适当的教育、医学、科技、公益和体育措施促进公平竞赛。NADA 的具体职能如下。

·在国家层面上促进和协调反兴奋剂运动，建立一套赛内和赛外的兴奋剂检查体系。

·进一步发展兴奋剂检测体系，制定和实施检查程序、分析程序、兴奋剂禁令、制裁目录和惩戒诉讼程序。

·与从事反兴奋剂工作的科学界、政界、体育界和其他各界的组织机构合作，提供反兴奋剂咨询服务。

·推动反兴奋剂领域的国际合作，增进与其他反兴奋剂机构的交流，为没有能力建立反兴奋剂机构的国家提供咨询和援助。

·制作和分发体育反兴奋剂领域的宣传、教育材料。

·建立和维护体育仲裁法庭。

·为运动员和各体育运动协会提供有关兴奋剂问题的咨询服务。

● 法国国家反兴奋剂总署（AFLD）

AFLD 的工作职能主要以三个方面为中心：①管制打击贩卖兴奋剂的行为；②开展广泛的预防宣传工作，对运动员进行反兴奋剂教育；③实施纪律处罚。

与原国家预防及反兴奋剂委员会相比，AFLD 又增加了以下职能。

·负责制定反兴奋剂检查计划和实施兴奋剂检查（原是体育部的职能）。

·负责兴奋剂检查样品的检测分析（国家兴奋剂检测实验室并入 AFLD）。

·发布处罚决定，有权改变国家单项体育协会的有关处罚决定。

·发布国家级比赛用药豁免清单。

·对参加体育比赛的动物实施兴奋剂检查。

● 日本反兴奋剂机构（JADA）

JADA 的主要职能包括：制定反兴奋剂政策；实施兴奋剂检查；对兴奋剂检查官进行培训和资格认证；反兴奋剂宣传教育；建立反兴奋剂网站和数据库；反兴奋剂信息研究；其他必要工作。

● 芬兰反兴奋剂总署（FINADA）

FINADA 的职能是根据签订的国内和国际反兴奋剂协议，同体育组织和反兴奋剂组织进行合作，推动反对在体育运动中使用兴奋剂的斗争，全面负责芬兰的反兴奋剂管理工作。

芬兰反兴奋剂总署的主要职能和任务如下。

·兴奋剂管理政策的研究和实施。

·反兴奋剂教育和信息传播。

·组织建立芬兰的兴奋剂检测程序。

·研究发展高质量的兴奋剂检查体系。

·反兴奋剂国际交流与合作。

·开展反兴奋剂科学研究。

·对国家反兴奋剂立法施加影响。

除上述主要职能和任务外，该总署还负责同芬兰海关、警察局和卫生健康机构合作，协助处理与兴奋剂有关的其他问题。

分析以上六国反兴奋剂机构的职能与任务，可以发现，制定反兴奋剂政策和计划、组织实施兴奋剂检查、反兴奋剂宣传教育、检测结果管理和信息数据库、国际交流与合作是各国公认的共同工作职能。而因国情不同各具特色的职能则是：美国反兴奋剂局特别重视开展反兴奋剂科学研究，并且独揽裁决处罚权——不像别的国家那样由各项目协会对违禁运动员进行处罚；澳大利亚体育运动反兴奋剂管理局特别强调国际合作与交流、对体育组织履行反兴奋剂义务的评估、信息咨询服务、案件调查取证；德国国家反兴奋剂机构的建立和维护体育仲裁法庭；芬兰反兴奋剂总署明确规定的对国家反兴奋剂立法施加影响，以及与海关、警察局和卫生健康机构的合作；法国国家反兴奋剂总署新增加的兴奋剂检测分析。

3. 反兴奋剂机构的经费来源及额度

● 澳大利亚体育运动反兴奋剂管理局（ASADA）

澳大利亚历来以在国际反兴奋剂斗争中担任领导角色而自豪，并且坚信要想维持一个世界级反兴奋剂机构的有效运转，必须保证其有充足的经费来源。澳政府拨给澳大利亚反兴奋剂总署（ASDA）的专款几乎逐年增加，1996 年为 327 万澳元，1997 年为 330 万澳元，1999 年为 461.5 万澳元。

进入新世纪后，澳政府更是大幅度增加了反兴奋剂经费。2004—2005 年度（2004/07/01—2005/06/30），ASDA 全年总收入为 904.77 万澳元，其中政府拨款为 762 万澳元（占 84.2%），其余为自主经营的提供兴奋剂检查服务收入。

2005—2006 年度，ASDA 全年总收入为 1342.7 万澳元，几乎比上一年度翻了一番，其中政府拨款为 1046.7 万澳元（占 78%）。2005 年 6 月，澳大利亚政府宣布准备成立澳大利亚体育运动反兴奋剂管理局（ASADA），同时承诺将在未来四年内为新机构追加 587 万澳元支持经费。

● 美国反兴奋剂局（USADA）

USADA 作为一个由独立的董事会领导的非营利性机构，主要接受美国政府的专项基金拨款和美国奥委会的项目合同经费，另有一部分自主经营的投资回报。

为改变多年来在国际体坛上留下的对反兴奋剂工作监管不力的形象，目前美国政府对 USADA 的经费支持额度已大大超过澳大利亚政府对澳反兴奋剂总署（现改名为澳大利亚体育运动反兴奋剂管理局）的拨款总额。USADA 每年获得的政府划拨经费在世界各国反兴奋剂机构中名列前茅——2002 年 1009 万美元，2003 年 1065 万美元，2004 年 1109 万美元，2005 年 1088 万美元。

除得到美国政府的专项拨款外，USADA 还同美国奥委会签署兴奋剂检查合同，执行"奥林匹克反兴奋剂计划"并接受美国奥委会相应的经费支持。例如 2002 年初，美国奥委会为准备盐湖城冬奥会，专门为 USADA 拨款 1480 万美元，用于实施冬奥会前的药物检查。

● 德国国家反兴奋剂机构（NADA）

NADA 成立时的资本由联邦政府、各联邦州、波恩市、德国电信和德意志银行筹措，NADA 基金会的专项基金现为 670 万欧元。

2004 年 NADA 105 万欧元预算的主要来源是：基金利息 20 万，德国体联、德国奥委会和德国体育援助基金会资助 40 万，各运动协会支付兴奋剂检测费用 30 万，阿迪达斯、德意志银行和德国电信赞助 15 万。

2005 年，NADA 的年度预算为 130 万欧元。德意志银行法兰克福总部总经理赫尔兹当选 NADA 董事会主席后，表示需要获得更多的国家拨款才能更好地履行 NADA 的反兴奋剂职责，而要确保 NADA 的独立性也必须有更多的经费，至少应在目前基础上再增加 100 万欧元。

● 法国国家反兴奋剂总署（AFLD）

AFLD 的工作经费根据法律规定，将建立独立的预算体系。其收入来源包括：国家资助、服务性工作收入、其他经营收入、捐赠和遗赠。

AFLD 成立之初运转经费主要由国家补贴，但并不影响其财政自治和行政上的独立性。此外就是开发自身资源产生的收入。这主要涉及为运动项目协会、国际比赛组委会或为外国实施兴奋剂检测服务的收费。另外 AFLD 还可以争取其他经费支持，例如世界反兴奋剂机构的研究经费，私人或公共机构合作的资助等。

根据原法国国家预防及反兴奋剂委员会 2005 年度的工作报告，法国国家反兴奋剂总署（AFLD）2006 年的经费预算为 900 万~1000 万欧元（因国家兴奋剂检测实验室并入 AFLD）。

● 日本反兴奋剂机构（JADA）

JADA 的经费来源主要依靠日本文部科学省划拨的专款，加上其他来源共由五部分组成：①基本财产金；②捐赠金；③资产经营收入；④事业收入；⑤其他。2004—2005 年度，JADA 的总收入为 1.2 亿日元（约合 102.4 万美元）。JADA 认为，兴奋剂问题已成为一个世界范围的社会问题，而不仅是体育界的问题，因此，国家有必要从社会全局的角度考虑给予更多的经费补贴。

● 芬兰反兴奋剂总署（FINADA）

芬兰政府支持反兴奋剂工作的经费近些年来增长迅速。1998 年，芬兰教育部拨给芬兰反兴奋剂委员会的经费比上一年翻了一番。2002 年，芬兰反兴奋剂总署的经费又上升到接近原芬兰反兴奋剂委员会经费的两倍。

2002—2004 年，FINADA 每年得到国家教育部 120 多万欧元的经费支持，而 2005 年又增加至 135 万欧元。除此之外，FINADA 每年还通过实施兴奋剂检查和出版反兴奋剂教材、信息资料及录像带等活动另外获得芬兰教育部 44 万欧元的项目经费。由于是独立的机构，FINADA 对经费的分配和使用拥有自主权。

从上述六国反兴奋剂机构的经费来源可以看出，各国反兴奋剂机构都不同程度地直接获得国家财政的支持，此外再加上服务收费、项目合作和机构自主经营的收入，以维持职能规定的反兴奋剂工作的正常运转。其中以新成立的法国国家反兴奋剂总署年度预算最多，高达每年 1208 万美元；美国反兴奋剂局 2005 年直接获得的政府专项拨款则达到了 1088 万美元；运转经费最少的日本反兴奋剂机构年度收入也有 102 万美元。总之，在世界各国统一执行《世界反兴奋剂条例》，联合国教科文组织大会正式通过了《反对在体育运动中使用兴奋剂国际公约》的当前国际形势下，反兴奋剂已成为各国政府义不容辞的责任，国家财政直接为反兴奋剂机构提供经费支持已成为必然的发展趋势。

4. 反兴奋剂机构的部门设置和人员配备

● 澳大利亚体育运动反兴奋剂管理局（ASADA）

近年来，ASDA 的业务部门几经调整，人员规模迅速扩大。2003—2004 年度，ASDA 雇用的全职工作人员为 55 人，其中包括 11 名全职兴奋剂检查官（2004 年 6 月 30 日统计）。除此之外，另有相当于 11 名全职药检采样人员的工作量，聘用非全职工作人员来完成。以下是 2006 年 3 月 14 日前 ASDA 的组织机构图（ASADA 的组织机构图尚未公布）。

成立澳大利亚体育运动反兴奋剂管理局（ASADA）后，预计全职工作人员总数将继续增加。ASADA 理事会的成员都具有高度熟练的专业技能和丰富工作经验。副主席利维具有法律和商务背景，他目前是一家跨国投资银行的首席执行官。桑多博士则具有

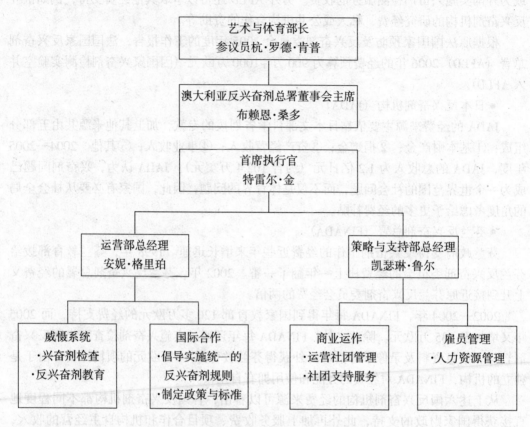

图1 澳大利亚反兴奋剂总署（ASDA）的组织结构

医学和科学背景，曾担任澳反兴奋剂总署（ASDA）主席，他还是澳大利亚奥委会医学委员会主席。利文斯通女士曾在1985—1996年期间代表澳大利亚国家游泳队参加国际比赛，退役后任职ASDA理事会。克拉克女士是一家金融公司的顾问，曾在澳大利亚体育运动委员会、澳大利亚体育基金会和ASDA理事会任职。麦克拉克伦博士的专业为药剂学，主要研究领域为药物代谢动力学和药效学，是制药业和医疗器械管理局的顾问、前ASDA理事会成员。布莱克是昆士兰州前参议员，曾任澳参议院运动药物调查委员会主席，曾经领导建立了澳大利亚反兴奋剂总署并成功构建了澳大利亚运动药物检测体系。

● 美国反兴奋剂局（USADA）

USADA董事会共有12名成员，其中许多都是拥有医学博士学位的专业人士，或是担任过管理官员，或是具有从事过体育运动的背景。USADA目前共有44名专职工作人员。

USADA设首席执行官（CEO）1名，并为其配备了2名顾问、1名特别助理和2名高级管理官员，下设8个行政管理和业务技术部门，各部门有主管官员、经理和协调员负责具体业务工作。USADA各部门的名称及人员配备见图2。

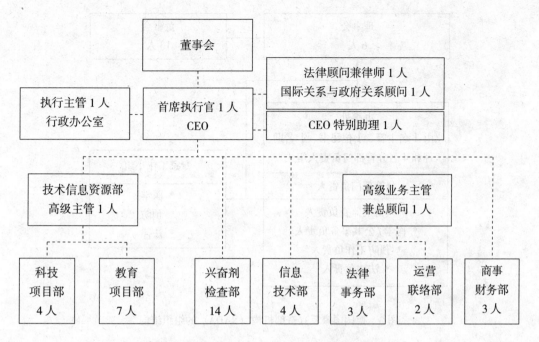

图 2　美国反兴奋剂局（USADA）的组织结构

●法国国家反兴奋剂总署（AFLD）

AFLD 具体的机构组建模式目前还没有详细的资料。根据原法国国家预防及反兴奋剂委员会 2005 年提交国民议会的工作报告，该机构实际上是将国家预防及反兴奋剂委员会与国家兴奋剂检测实验室合并。机构设置将根据内部规定的细则来确定，部门划分和人员配备的原则大致如下。

·一个可以行使特权的核心组（成员共 9 人，均为行政管理、法律、药理学、运动医学专家及体育界资深人士），其中包括 AFLD 的预算机构。

·根据法律行使权力的主席 1 名。

·在主席领导下负责各部门工作运转的秘书长 1 名。

·兴奋剂检查部主任 1 名。

·兴奋剂检测部主任 1 名，同时主持化验部门的科研和技术工作。

此外，AFLD 还计划设立在秘书长领导下的行政部、财务部、医学部、预防部和纪律惩罚部。原国家兴奋剂检测实验室的全体人员划归 AFLD。法律规定，AFLD 可以招收公法合同雇员和私法工薪人员。

AFLD 的兴奋剂检查部主任和检测部主任在工作运转方面是独立的，在行使职责的范围内可以不接受任何命令。这两个部门的主任面向社会招聘。他们要在主席的支持下，在秘书长的行政管理之下独立实施工作任务。主要负责组织、管理和协调在法国本土进行的反兴奋剂检查；建立大区级反兴奋剂联络网；协调抽样人员的初学和继续培训；管理随从人员和医生的酬金。根据与大区级机构和运动项目协会的协调，向 AFLD 核心组建议全年检查计划并负责实施。通过相关国际体育联合会参与在法国举办的国际比赛的兴奋剂检查工作。

●德国国家反兴奋剂机构（NADA）（图 3）

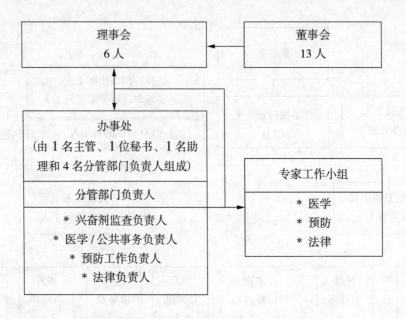

图 3　德国国家反兴奋剂机构（NADA）的组织结构

• 日本反兴奋剂机构（JADA）

JADA 最高设评议员会，由数名评议员组成，主要接受理事会的咨询，协助会长作决议；下设事务局和理事会，理事会负责制定事业计划书和收支预算书。JADA 理事会设会长、副会长、理事长各 1 名，理事 17 名，监事 2~3 名。现任理事中有日本体协、日本奥委会、国立体育科学中心体育医学研究部的负责人，以及有关的医学和法律学专家。现任会长黑田善雄是东京大学名誉教授，副会长冈野俊一郎是国际奥委会委员，理事长河野一郎是筑波大学教授。

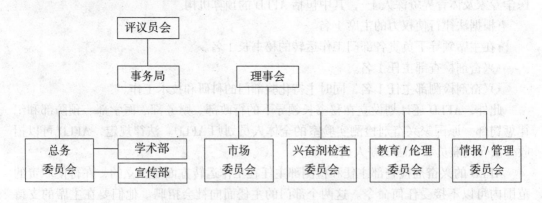

图 4　日本反兴奋剂机构（JADA）的组织结构

• 芬兰反兴奋剂总署（FINADA）

FINADA 董事会设正、副主席各 1 名，主席奥里·庞蒂拉是芬兰奥委会的资深律师，副主席是芬兰教育部官员。13 名董事中包括医生、律师等外聘常任专家，分别来自芬兰体育联合会、芬兰奥委会、芬兰运动医学学会和芬兰教育部。

2004年，为适应国际反兴奋剂形势发展的需要，FINADA进行了大规模组织机构调整和人员扩充，下设1个监察管理部、1个办公室和3个业务部门，共聘用了38名全职工作人员。另外，还培训、考核和任命了40名兼职的兴奋剂检查官。FINADA正式工作人员具体分布为：监察管理部（4人）、办公室（10人）、研究项目部（7人）、信息交流部（8人）、教育项目部（9人），参见图5。

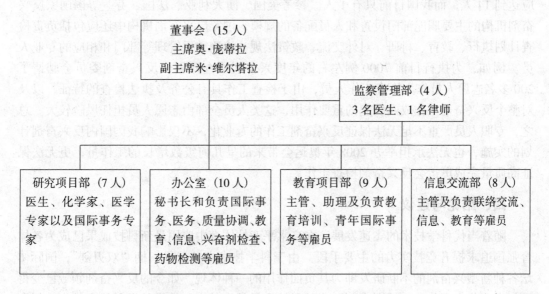

图5　芬兰反兴奋剂总署（FINADA）的组织结构

在以上六国反兴奋剂机构中，美国、澳大利亚和芬兰都是规模相当大的实体机构，正式工作人员分别为44人、55人和38人。法国国家反兴奋剂总署由于合并了国家兴奋剂检测实验室，人员规模按年工作量估计至少应在40人以上。德国和日本的反兴奋剂机构更近似于委员会式的管理模式，正式工作人员应少于上述四国，一些具体工作需要以签订合同的方式实行外聘外包。

六国反兴奋剂机构的部门设置根据本国反兴奋剂工作的职能范围和任务目标合理划分，任命和聘用的首席执行官和各业务部门的主管官员，一般都拥有管理反兴奋剂机构所需要的法律、医学、药物学、管理学等学术背景或从事过体育运动的经历。各部门招聘的正式工作人员也都经过专业技术培训，具有能胜任本职工作的专业知识和技能。

三、我国反兴奋剂管理现状和存在的主要问题

我国目前的反兴奋剂管理架构和机构设置状况是，反兴奋剂工作由国家体育总局统一领导，由中国奥委会反兴奋剂委员会具体负责，该委员会挂靠在国家体育总局科教司综合处（国家机关），而反兴奋剂委员会办公室主任由国家体育总局科教司司长兼任。另外，国家体育总局运动医学研究所（事业单位）下设兴奋剂检查处和兴奋剂检测中心。体育总局机关和运动医学研究所分别位于北京崇文区体育馆路和朝阳区奥林匹克体育中心，相距较远。这种协同管理、交叉负责、机构重叠、权力分散、人员经费分属不同单位的状况，不利于有效开展工作，很难胜任2008年北京奥运会和残奥会的反兴奋剂重任。

目前，国家体育总局全职从事反兴奋剂管理工作的仅6~7人，其他人员均为临时聘用的志愿人员。作为一个有效的国家反兴奋剂机构，根据世界反兴奋剂机构（WADA）的测算，仅负责制定兴奋剂检查计划的人员就应按照每500例检查需要1人的比例来配备，否则，检查计划的质量及效益将受到严重影响。按此比例计算并参考我国年度兴奋剂检查应达到的规模（7000~8000例/年），仅负责制定和实施检查计划的人员就至少应达到14人，而我国目前只有1人。参考美国、澳大利亚、法国、芬兰等国国家反兴奋剂机构的主要职能部门设置和人员配备的规模，国家反兴奋剂机构中还应包括负责检查计划执行、教育、科研、对外交流、政策法规、检测结果管理等部门和相应的专业人员。例如，为执行目前7000例左右的年度兴奋剂检查计划，反兴奋剂委员会聘请了200多名志愿人员作为检查工作人员，由于检查工作具有公务及执法检查的特征，以及对整个反兴奋剂工作成效所起的重要作用，这类人员全部由志愿人员担任风险较大。总之，专职人员严重不足无法保证反兴奋剂工作的专业化，不仅影响我国国内反兴奋剂计划的实施，也无法承担举办2008年奥运会带来的呈几何级数增长的工作量，更无法保证高质量完成奥运会反兴奋剂检查工作。

四、结论与建议

随着当代科学技术的飞速发展，在高水平竞技体育中应用最新科技成果已成为各体育强国追求提升竞技实力的主要手段。由于科学技术本身就是一柄"双刃剑"，国际体坛各种新型兴奋剂的不断研发即为其负面作用的一种体现。如今的反兴奋剂领域已变得更加专业化和现代化，反兴奋剂工作的科技含量越来越高，涉及的学科越来越多，耗资越来越大。

世纪之交，在以1999年世界反兴奋剂机构（WADA）的成立和2001年罗格出任国际奥委会主席为标志的新一轮国际反兴奋剂改革浪潮中，出现了"独立"和"统一"的管理改革趋向。开展全球合作，建立专门的世界反兴奋剂机构（WADA）和统一的反兴奋剂法规（《世界反兴奋剂条例》），制定有关《禁用物质与禁用方法清单》、检测指标和兴奋剂检查规则程序的一系列国际标准，推行法制化和国际标准化的统一管理模式，通过不断扩大兴奋剂检查规模遏制兴奋剂的泛滥，各国政府加大反兴奋剂经费投入，建立独立的国家级反兴奋剂机构，业已成为近年来国际反兴奋剂斗争的发展趋势。

作为21世纪新崛起的体育强国和2008年奥运会的举办国，尽管近年来我国的反兴奋剂工作有了长足的进步，但为了适应国际反兴奋剂斗争发展形势的需要，尤其是面临未来奥运会的反兴奋剂重任，我国确有必要对现存的反兴奋剂管理体制和机构设置进行调整和重组，顺应发展潮流和趋势，与国际体系接轨，由国家投资，尽早成立一个配备足够专职工作人员的国家级反兴奋剂专门机构。

为此，提出以下关于建立我国反兴奋剂机构的建议。

建议我国政府和体育管理部门考虑大幅度增加反兴奋剂专项拨款，成立一个按照国际惯例组建的国家反兴奋剂机构，或称"国家反兴奋剂中心"（按国际惯例，英文名称为China Anti-Doping Agency），统一领导和规划我国的反兴奋剂工作。根据我国的实际情况，反兴奋剂机构目前还不宜完全独立于国家体育总局，在运行模式上可挂靠在国家体育总局内部并具有行政管理职能，对外则相对独立。因为中国奥委会与国家体育总局目前仍是"一个机构，两块牌子"，该机构不仅对外有必要冠以"国家"名义，还应相对独立于我国体育组织，以体现该机构的权威性及独立性。

反兴奋剂机构对内作为国家体育总局下属事业单位，该机构具有政策研究与发布、制定全国反兴奋剂计划、组织实施兴奋剂检查、领导反兴奋剂科学研究、组织开展反兴奋剂信息传播和宣传教育、负责进行国际交流等全面的管理职能。

考虑到我国国情，国家反兴奋剂中心成立后的主要任务应包括如下内容。

• 负责研究和制定反兴奋剂政策。根据国际反兴奋剂斗争的形势和发展动向，广泛搜集、分析国外成功的反兴奋剂政策和管理经验，结合我国国情，研究制定适合我国政府和体育管理部门采用的反兴奋剂政策及管理措施。

• 协助北京奥组委制定 2008 年奥运会的兴奋剂检查计划，提供技术支持和专家咨询服务。协助北京奥组委组建奥运会兴奋剂检查部，协同招聘雇员，组织实施奥运会兴奋剂检查工作人员的业务培训及考核。

• 负责制定并实施有连续性的统一反兴奋剂规划。根据国际体育组织的规定和我国实际需要，制定国家兴奋剂检查计划。统一组织管理在中国境内举办的所有国际、国内比赛的赛内、赛外检查的样品收集和检测工作。组织、培训和派出持有（国际）审查资格证书的独立取样兴奋剂检查官，以及其他反兴奋剂管理人员。

• 负责制订我国的反兴奋剂科研规划，领导并组织兴奋剂检测方面的高新技术与方法研究，以及社会学、伦理学和心理学等社会科学方面的反兴奋剂研究。

• 组织开展各种形式的反兴奋剂信息传播和宣传教育活动，如维护、管理我国反兴奋剂机构官方网站，进行对外和对内宣传，设立"运动药物信息热线"开展反兴奋剂知识咨询服务，编辑出版《反兴奋剂动态》《反兴奋剂教育手册》，举办各种类型的反兴奋剂知识讲座和反兴奋剂展览，组织各种反兴奋剂"主题教育"活动等。

• 负责监督全国各单项体育协会、社会体育团体、运动员和运动员辅助人员的管理单位反兴奋剂政策和相关处罚措施的适宜性和可用性，保证对兴奋剂违规人员按规定实施应有的惩罚。协调建立体育仲裁机构，负责安排听证会，并协同裁决有关兴奋剂违规的裁定和上诉。

• 负责同国际奥委会（IOC）、世界反兴奋剂机构（WADA）、国际单项体育联合会（IFs）、国家反兴奋剂组织协会（ANADO）以及各国反兴奋剂机构的工作联系与沟通，组织进行国际反兴奋剂合作与交流。

根据实际工作需要，对国家反兴奋剂中心部门设置和人员编制的建议如下。

根据上述职能和工作任务，经中国奥委会反兴奋剂委员会测算，国家反兴奋剂中心应至少有正式编制 40 人左右。反兴奋剂中心配备主任级管理官员 5 名（1 正 4 副），下设 4 个职能部门：行政处（7 人）、结果管理教育处（6 人）、计划管理处（9 人）、兴奋剂检查处（13 人）。

各部门的职责和日常工作大致如下。

1. 行政处（7 人）

·负责组织协调、督促检查中心机关政务。

·负责协助中心领导处理日常工作。

·负责文秘、信访、局机关事务和机关财务工作。

·负责管理中心机关的人事及干部管理工作。

·负责编制事业经费预算、专项补助经费计划并监督实施。

·负责后勤保障和服务工作。

·负责兴奋剂重大案件的组织调查工作。

·负责承办机关党委的日常工作。

·负责研究反兴奋剂事业的发展方针、政策和法规草案。

·负责研究国际反兴奋剂合作的方针、政策及有关规章、制度。

·负责组织实施政府双边和多边及有关国际组织之间的反兴奋剂合作计划等外事工作。

·负责与世界反兴奋剂组织、联合国教科文组织、国家反兴奋剂机构协会、政府间反兴奋剂合作组织及其他国家反兴奋剂机构等交流与合作工作。

·负责国内实施《反兴奋剂国际公约》涉及有关部门协调工作。

·负责审核与协调各省市反兴奋剂合作交流项目。

·研究制定反兴奋剂科研规划、计划。

·负责协调、管理及审核质量控制体系工作。

·负责办理相关外事手续。

2. 结果管理教育处（6人）

·负责制定国家反兴奋剂的教育规划并组织实施。

·负责反兴奋剂宣传和新闻发布工作。

·负责研究、发布兴奋剂目录。

·负责组织开展反兴奋剂的学术活动和技术培训、讲座。

·负责组织开展国际反兴奋剂教育项目的合作。

·负责官方网站的建设与维护。

·负责反兴奋剂教育咨询热线的建设与维护。

·负责各类出版物管理工作并编印年度报告。

·负责兴奋剂检测实验室的协调与沟通。

·负责兴奋剂检查及检测结果管理。

·负责治疗用药豁免的管理。

·负责兴奋剂违禁案件调查工作。

·负责组织召开听证会。

·负责监督、审核协会对运动员的处罚。

·负责协调治疗用药豁免委员会、听证委员会和兴奋剂仲裁委员会工作。

3. 计划管理处（9人）

·负责制定年度兴奋剂检查计划和经费预算草案。

·负责制定年度兴奋剂检查分布计划。

·负责制定兴奋剂检查分月实施计划。

·负责提出全国综合性、大型运动会的兴奋剂检查计划和经费预算草案。

·负责提出在华国际比赛兴奋剂检查的计划。

·负责世界反兴奋剂组织、国际单项协会在华赛外检查计划协调。

·负责与国内体育社会团体沟通与协调工作。

·负责兴奋剂检查信息系统维护、管理工作。

·负责各类统计及数据分析工作。

·负责兴奋剂检查计划评估工作。

4. 兴奋剂检查处（13人）

·负责制定兴奋剂检查工作规范和标准。

·负责运动员行踪信息管理工作。

·负责收集整理使用兴奋剂的信息工作。

·负责组织实施赛外兴奋剂检查工作。

·负责组织实施各类体育竞赛兴奋剂检查工作。

·负责兴奋剂检查器材、设备管理工作。

·负责制定收样人员招募及管理工作规范及标准。

·负责制定收样人员招募计划并组织实施。

·负责组织收样人员培训、考核及评估工作。

国家反兴奋剂中心的组织结构框架如图6。

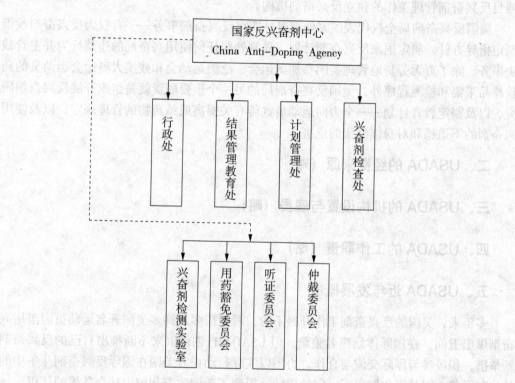

图6　中国国家反兴奋剂中心的组织结构

综上所述，尽快成立国家反兴奋剂中心既符合国际发展趋势，便于与国际接轨及开展国际合作与交流，又有利于避免机构重叠，强化统一管理，保证经费合理使用、提高人员的专业化素质；总之，可以大幅度提高反兴奋剂工作效率，集中人力物力更好地开展工作，提升我国反兴奋剂管理的整体水平，为顺利完成2008年北京奥运会的反兴奋剂任务做好全面准备。

国家反兴奋剂机构中的后起之秀

——重视科学研究和拥有裁决处罚权的美国反兴奋剂局

由美国奥委会建议并经美国政府批准，美国反兴奋剂局（United States Anti-Doping Agency,USADA）最初成立于 1999 年 10 月。2000 年 10 月 1 日，USADA 正式投入日常工作运转。

一、USADA 的机构性质

USADA 总部设在科罗拉多州的科罗拉多斯普林斯，是专门承担美国奥林匹克运动项目反兴奋剂管理工作的独立反兴奋剂机构。

美国反兴奋剂局全权代表国家处理奥林匹克反兴奋剂事务——有权为反兴奋剂政策制定指导方针，制定国家反兴奋剂计划，强制处罚任何使用兴奋剂的违禁行为并主管裁决事务。除了责无旁贷地管理美国参加奥运会、泛美运动会和残疾人奥运会运动员的药检样品采集和检测程序外，美国反兴奋剂局的另一个重要职责就是组织开展反兴奋剂研究，以及制定教育计划——全力向运动员宣传有关提高成绩药物的管理规定，以及使用兴奋剂的不道德和对身体健康的危害。

二、USADA 的经费来源（略）

三、USADA 的机构设置与雇员（略）

四、USADA 的工作职责（略）

五、USADA 近年发展概况

多年来，美国的反兴奋剂工作开展不力，漏洞很多。许多美国著名运动员因滥用兴奋剂爆出丑闻，在国际体坛声名狼藉。但 USADA 自创建以来不断推出自己的反兴奋剂新举措，积极参与国际交流与合作，力图以实际行动提升美国在国际反兴奋剂斗争中的地位和形象，因其工作取得了一定的成绩，得到了美国政府和国内社会各界的认可。该机构近年的发展和主要工作情况如下。

（一）被美国国会承认为正式的国家反兴奋剂机构

2001 年 12 月，美国总统和美国国会承认 USADA 为美国奥运会、泛美运动会和残疾人奥运会项目的正式反兴奋剂管理机构。USADA 首席执行官马登说，"鉴于 USADA 被国会确认为奥林匹克项目的国家反兴奋剂机构，这使我们在国内和国际反兴奋剂斗争中增强了力量，提升了形象。"

此前刚通过的《美国公法》（107-67，第 644 条）称美国反兴奋剂局为"美国奥运会、泛美运动会和残疾人奥运会项目的正式反兴奋剂管理机构"。对 USADA 的承认也被写入了美国《2002 年国库及总政府拨款法案》，由总统乔治·布什签字后成为《美国公法》。

（二）制定计划实施兴奋剂检查

由于美国奥委会财力强大，不用为兴奋剂检查经费发愁，所以多年来美国奥林匹克项目的检测数量一直居世界前几名。1992—1996 年间，美国奥委会共计支出了 600 万美元，用以支持每年约 6000 例的兴奋剂检查。USADA 成立后，2000 年兴奋剂检测为 458 例（不完全统计）。2001 年兴奋剂检测总量为 4728 例；2002 年为 5697 例；2003 年为 6795 例；2004 年为 7630 例。

USADA 成立前，美国反兴奋剂工作的另一大问题是缺少无预先通知的赛外兴奋剂检查。USADA 成立后，这一问题逐渐有所改观：2001 年，无预先通知的兴奋剂检查（赛外检查）占检查总数的 29%；2002 年占 42%；2003 年占 49%；2004 年占 52%；2005 年占 56%。

美国反兴奋剂局网站 2006 年 4 月发布的 2001—2005 年兴奋剂检查统计数据见下表。

美国反兴奋剂局 2001—2005 年兴奋剂检查结果统计

年 份	训练营检查 Camp	赛内检查 In-Competition	赛外检查 Out-of-Competition	总计 （例）	阳性 （例）
2005	378	2995	4302	7675	22
2004	516	3183	3931	7630	45
2003	568	2897	3330	6795	30
2002	481	2839	2377	5697	43
2001	335	3011	1382	4728	24

注：其中赛外检查为事先无通知的检查。

（三）开展国内、国际交流与合作

美国反兴奋剂局成立后，曾协助盐湖城组委会（SLOC）准备 2002 年冬奥会和残疾人冬奥会的兴奋剂检查。美国反兴奋剂局其他的合作伙伴还包括美国白宫毒品管制政策办公室、世界反兴奋剂机构、欧洲委员会、加拿大体育道德中心、澳大利亚反兴奋剂总署等。

1. 同加拿大签订反兴奋剂双边协议

2001 年 8 月，USADA 同加拿大体育道德中心（CCES）签订了旨在加强体育反兴奋剂斗争的双边协议。签字双方是 USADA 的首席执行官特里·马登和 CCES 的首席执行官保罗·梅利亚，两个机构决定，将共同致力于创建更具有体育道德的国际体育环境。协议允许两国的兴奋剂检查人员在得到对方同意或自行决定的情况下，对在本国境内训练和比赛的对方运动员实施兴奋剂检查。此外，协议还同意在药物检测程序、运动员服务和反兴奋剂教育方面进行技术、知识和专家评估交流。

2. 同澳大利亚签订反兴奋剂双边协议

2001 年 10 月，USADA 的首席执行官特里·马登又与澳大利亚反兴奋剂总署（ASDA）

的首席执行官约翰·门多萨共同签署了两国间的反兴奋剂双边协议。该协议的性质和模式同 8 月与加拿大签订的协议一样，允许双方随意进行兴奋剂互检，并同意在反兴奋剂领域的各个方面进行交流与合作。

3. 开展反兴奋剂科学研究

美国反兴奋剂局（USADA）自 1999 年 10 月成立以来，一贯非常重视开展反兴奋剂科学研究，这可以说是它区别于其他国家反兴奋剂机构的一大特色和立足之本。USADA 从 2001 年起，每年拨专款 200 万美元，用于它所设立的各类反兴奋剂科研项目的资助。世界各国有兴趣承担 USADA 科研计划中所设研究项目的机构和个人，都可以自由申请 USADA 资助的课题经费。

美国反兴奋剂局（USADA）的科研计划目前主要集中于以下研究领域。

· 对外源性生长激素（hGH）及其类似物、模拟物和促分泌素的检测方法。

· 对可提高氧运输能力的物质和手段的检测方法。

· 对合成的蛋白同化类固醇的检测方法。

· 提高对自然生成的化合物的检测技术。

· 关于竞技运动中使用兴奋剂的伦理学研究。

· 其他反兴奋剂研究。

为了杜绝体育运动中的使用兴奋剂现象，保护运动员的身体健康，USADA 在 2005 年第四季度再次拨款 165 万美元，用作以下反兴奋剂项目的研究经费：

● USADA 已拨款 120 万美元资助康奈尔大学布雷纳教授（Tom Brenna）的一项为期三年的研究项目，该研究旨在利用"气相色谱/氧化/同位素比质谱"（GC/C/IRMS）的分析方法提高对人体自然生成的类固醇的检测能力。尽管获得 WADA 认证的兴奋剂检测实验室近年来已成功采用这一技术，但布雷纳教授的研究将通过研发可靠的参照物以及组合一系列精密测试，进一步提高该项技术的检测水平。

● USADA 还为休斯敦卫理公会医院研究所的医学博士常（Jeff Chang）和两位教授赖斯（Larry Rice）、阿尔弗雷（Clarence Alfrey）为期一年的研究项目提供了 14.8 万美元的资助，该项目研究的是检测血液作弊的方法。"新细胞溶解"（Neocytolysis）现象，最初是由阿尔弗雷和赖斯研究外层空间飞行状态下血红细胞数量变化时发现的，据此可研发出一种揭露当前使用的几种血液作弊手段的检测方法。

● 澳大利亚悉尼科林医学研究所的巴克斯特（Rob Baxter）教授为期一年的研究项目，也得到了 USADA 资助的 9.1 万美元研究经费。该项目研究的是可用于检测生长激素滥用的一种新的标记物。在给志愿者施用生长激素后，应用蛋白质组技术（Proteomic Techniques）进行鉴别，发现血液中出现了一种新物质。这项研究将证实，这种新标记物是滥用生长激素所特有的痕迹。如果课题组初始阶段的研究被证明是有价值的，那么当前使用的验证滥用生长激素的一组标记物中就会添加这一新标记物。

● 西班牙巴塞罗那医学研究所的两位教授塞古拉（Jordi Segura）和古铁雷斯（Ricardo Gutiérrez）的一项为期一年的课题，获得了 USADA 资助的 19 万美元的研究经费。该项目将研发一种检测生长激素促分泌素（Growth Hormone Secretagogues）的方法。使用生长激素促分泌素（GHS），也是运动员使用的一种增加血液中生长激素含量的作弊方法。

● 其他获得 USADA 研究经费资助的项目还有：塞伯斯多夫奥地利研究中心格迈纳

博士（Gunter Gmeiner）关于禁用物质来曲唑(Letrozole)的检测参照物的研究；以及澳大利亚国家计量研究所为两种新的兴奋剂检测参照物提供国际标准化组织（ISO）证明的研究。

从以上 USADA 资助的研究项目来看，确实都属于反兴奋剂领域中最受关注的创新检测方法与尖端检测技术。USADA 成立以来对反兴奋剂科学研究的重视和投资，公开资助的这些吸引各国专家参加的高水平研究课题，逐渐确立了它在国际反兴奋剂科研方面的领先地位。

4. 举办反兴奋剂研究峰会和国际论坛

在大力支持开展反兴奋剂科学研究的同时，USADA 还定期邀请世界各国知名的运动药物学家、反兴奋剂管理专家和兴奋剂检测实验室主任等举办反兴奋剂国际论坛，促进反兴奋剂学术交流。

2000 年，来自加拿大、法国、英国、瑞士和美国本土的 50 多位科学家和研究人员参加了在丹佛举行的首次美国反兴奋剂局研究峰会。

除举办反兴奋剂研究峰会外，USADA 还以本机构的名义开展其他学术交流，例如 2002 年 10 月 4—7 日，USADA 在亚特兰大举办了其首届专题研究国际论坛，主题为："增强人体氧运输能力的制剂与方法"。举办该专题论坛的目的，是讨论使用"增强氧运输能力"这一违禁方法背后的科学机制、建立一套检测体系的可能性以及如何制订研究计划和日程表，以便更有效地开展科学研究，并使检查更具法律效力。参加专题国际论坛的有各有关学科的专家、国际奥委会认证实验室的科学家以及许多来自美国国内和国际组织的科学家。科学家们除对红细胞生成素（EPO）进行广泛讨论外，还讨论了其他形式的提高氧输送的作弊手法，其中包括注射血红细胞以及使用诸如合成血红蛋白和血浆膨胀剂等血液替代品。

2003 年 USADA 在洛杉矶举行了第二届反兴奋剂专题国际论坛。2004 年和 2005 年则分别在达拉斯和芝加哥举行了第三届和第四届专题国际论坛。USADA 举办的国际论坛受到了世界知名的科学家、反兴奋剂专家以及其他相关专业人士的大力支持，推动了国际反兴奋剂科学研究的发展。

USADA 成立以来历年召开的国际反兴奋剂峰会和国际论坛概况如下。

时　间	地　点	反兴奋剂国际论坛研讨专题
2005 年 9 月	芝加哥	涉及使用兴奋剂的肌肉增长与肌肉痊愈
2004 年 4 月	达拉斯	滥用生长激素的检测方法
2003 年 8 月	洛杉矶	"气相色谱／氧化／同位素比质谱"兴奋剂检测分析法的应用
2002 年 10 月	亚特兰大	增强人体氧运输能力的制剂与方法
2000 年 10 月	丹佛	USADA 反兴奋剂研究峰会

5. 协同美国奥委会实行披露药检结果新规定

2001 年 10 月，在 USADA 同美国奥委会进行磋商后，美国奥委会执委会通过了一项决议，决定在收到 USADA 复审委员会认定运动员兴奋剂违禁并安排举行听证会的通知 30 天后，由美国奥委会公开宣布该运动员涉嫌药检阳性或已涉嫌构成其他兴奋剂违禁。

根据这项新规定，如果运动员的违禁事件无法在 30 天内定案，美国奥委会就将发布一条简短消息，向外界披露该运动员姓名及检查出的阳性物质或其他违禁行为，并需说明该运动员是否正在起诉和要求就 USADA 的裁定进行仲裁。

6. 处罚药检阳性运动员并公布名单

在宣布新规定后，USADA 网站即毫不留情地公布了美国药检阳性及受处罚运动员的名单，目前任何人都可上网浏览查看。这样做无异于将这些运动员"钉在耻辱柱上"示众——在历来标榜尊重"隐私权"的美国，这样做已经相当不容易，USADA 的决心和魄力可见一斑。

为药检阳性的运动员举行听证会、作出裁决并实施处罚，而不是交给各单项运动协会去处理，是 USADA 区别于各国反兴奋剂机构的不同之处，这也特别显示出了它所具有的集中管理权力。在对违犯反兴奋剂规则的运动员进行纪律制裁方面，USADA 依法办理、绝不留情，处罚相当严厉，很快便在美国树立起了国家指定机构独一无二的权威。

2001 年，属于 USADA 管辖的美国奥林匹克运动项目共有 18 名男女运动员因药检阳性受到处罚，其中最轻的被公开警告，最重的被终身禁赛，其他人则分别受到从 1 个月到 4 年不等的禁赛处罚。2002 年，有 32 名运动员受到处罚；2003 年有 27 名运动员受到处罚；2004 年则创造了最高纪录，共有 41 名运动员分别受到公开警告和从 3 个月到 8 年不等的禁赛，甚至终身禁赛的处罚，其中包括许多世界著名的田径明星，如 J.卡佩尔、J.扬、K.怀特、T.爱德华兹等世界田径锦标赛冠军；2005 年，共有 21 名运动员受到处罚，其中有 17 名运动员被禁赛 2 年，2 名运动员受到公开警告，被停赛 3 个月和 10 个月的各 1 人。

7．创建反兴奋剂网站和药物咨询热线

2000 年，USADA 正式投入运转后即创建了自己的网站。该网站致力于对外宣传美国的反兴奋剂方针政策，树立政府的反兴奋剂形象；对内开展反兴奋剂教育，提供运动员需要了解的药物知识、传播国际反兴奋剂信息、公布禁用物质清单等。经过几年来多次改版，目前该网站内容越来越丰富，页面越来越精致，数据资料系统而完整，信息更新速度很快，基本上起到了可全面反映美国反兴奋剂工作情况的"橱窗"作用。此外 USADA 网站还提供在线咨询服务，2005 年在线咨询禁用药物问题的访问量创下了 26768 人次的新纪录。

为广泛传播反兴奋剂知识和解答运动员提出的各种有关服用药物的疑难问题，USADA 成立后就配备具有专门医药知识的专家提供服务，回答热线电话提出的问有关反兴奋剂的所有问题。2005 年，专题热线共接到并回答了 2653 个电话咨询，还根据需要增加了掌握相关科学知识的专业人士提供咨询服务。

IOC 和 WADA 多年来的重要合作伙伴

——管理体制与实践经验领先国际的澳大利亚体育反兴奋剂管理局

2006 年 3 月 14 日，澳大利亚艺术与体育部部长、参议员杭·罗德·肯普宣布，澳大利亚体育运动反兴奋剂管理局（Australian Sports Anti-Doping Authority, ASADA）正式成立。该机构的前身是多年来在国际反兴奋剂斗争中做出过很大贡献的澳大利亚反兴奋剂总署（Australian Sports Drug Agency, ASDA）。

一、原澳大利亚反兴奋剂总署简介

澳大利亚反兴奋剂总署由澳大利亚政府成立于 1989 年。随后澳大利亚议会通过了《1990 澳大利亚反兴奋剂总署法令》（Australian Sports Drug Agency Act 1990），以立法形式确定了该机构代表国家管理执行反兴奋剂事务的地位和性质。

澳大利亚反兴奋剂总署是独立的国家反兴奋剂机构，也是政府法定的权威机构，主要经费由政府提供，并由澳大利亚艺术与体育部部长负责领导，该部长的权力在《1990 澳大利亚反兴奋剂总署法令》中有明确的规定。

澳大利亚的反兴奋剂管理工作成效显著、独具特色，多年来在世界各国中居领先地位。澳大利亚反兴奋剂总署（ASDA）自成立以来做了许多开创性的工作，多年前就已成为国际奥委会（IOC）和世界反兴奋剂机构（WADA）在国际反兴奋剂斗争中的主要合作伙伴。

二、澳大利亚反兴奋剂工作的组织体系

澳大利亚反兴奋剂总署的任务，是同以下组织机构共同执行、维护和改进澳大利亚的反兴奋剂工作：

- 澳大利亚体育运动委员会（ASC）；
- 澳大利亚运动药物医学顾问委员会（ASDMAC）；
- 澳大利亚运动药物检测实验室（ASDTL）；
- 澳大利亚全国各体育项目组织。

注：由于澳体育运动反兴奋剂管理局全面接管了原澳反兴奋剂总署的权力与职能，原有的方针政策、管理体系和工作任务基本保持不变，在介绍澳反兴奋剂管理体系、组织机构时，若无新公布的资料（新机构的组织结构图尚未公布），以澳大利亚官方公布的原有相关资料为准。

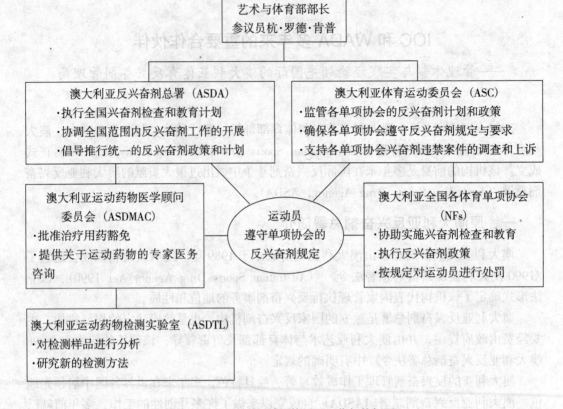

艺术与体育部部长
参议员杭·罗德·肯普

澳大利亚反兴奋剂总署（ASDA）
·执行全国兴奋剂检查和教育计划
·协调全国范围内反兴奋剂工作的开展
·倡导推行统一的反兴奋剂政策和计划

澳大利亚体育运动委员会（ASC）
·监管各单项协会的反兴奋剂计划和政策
·确保各单项协会遵守反兴奋剂规定与要求
·支持各单项协会兴奋剂违禁案件的调查和上诉

澳大利亚运动药物医学顾问
委员会（ASDMAC）
·批准治疗用药豁免
·提供关于运动药物的专家医务
咨询

运动员
遵守单项协会的
反兴奋剂规定

澳大利亚全国各体育单项协会
（NFs）
·协助实施兴奋剂检查和教育
·执行反兴奋剂政策
·按规定对运动员进行处罚

澳大利亚运动药物检测实验室（ASDTL）
·对检测样品进行分析
·研究新的检测方法

澳大利亚反兴奋剂管理体系及工作架构框图

三、澳大利亚反兴奋剂总署的组织结构（略）

四、澳大利亚反兴奋剂总署的工作目标和任务

从 ASDA 历年的工作报告看，它在反兴奋剂方面主要完成了以下任务：

（一）协助澳体委执行国家反兴奋剂政策

在澳大利亚，澳体育运动委员会为全国的体育组织制定反兴奋剂政策的样板，并根据全国各体育项目组织执行反兴奋剂政策的情况——是否达到了规定的标准，向各体育项目组织划拨资助款项。澳大利亚反兴奋剂总署的主要工作目标和任务，就是协助澳大利亚体育运动委员会执行国家的反兴奋剂政策。

（二）制定并执行全国兴奋剂检查计划

以兴奋剂检查为例，ASDA 在 2001—2002 年度完成了 6869 例兴奋剂检查，这是有史以来在单一财政年度中规模最大的检查数量，比上一年度增长 11%。在政府出资的检查（3849 例）中，无预先通知的检查占 2/3（2527 例）。客户付费检查为 3020 例。调查结果表明，有 88% 的澳大利亚运动员认为 ASDA 的兴奋剂检查是有效的。以下是 ASDA 历年兴奋剂检查统计结果。

表 1　澳大利亚反兴奋剂总署 1989—2005 年兴奋剂检查统计

年 份	赛内检查		赛外检查		总计	客户付费检查		政府出资检查	
	数量（例）	占总数%	数量（例）	占总数%	数量（例）	数量（例）	占总数%	数量（例）	占总数%
1989/1990	739	60	496	40	1235	183	15	1052	85
1990/1991	1581	60	1075	40	2656	490	18	2166	82
1991/1992	1206	49	1238	51	2444	696	28	1748	72
1992/1993	1386	48	1491	52	2877	743	26	2134	74
1993/1994	1354	48	1448	52	2802	872	31	1930	69
1994/1995	1414	45	1694	55	3108	1005	32	2103	68
1995/1996	1517	46	1779	54	3296	957	29	2339	71
1996/1997	1587	45	1912	55	3499	1365	39	2134	61
1997/1998	1706	40	2607	60	4313	2159	50	2154	50
1998/1999	1705	36	3096	64	4801	2380	50	2421	50
1999/2000	2452	43	3293	57	5745	2424	42	3321	58
2000/2001	1758	28	4436	72	6194	2702	44	3492	56
2001/2002	2486	36	4383	64	6869	3020	44	3849	56
2002/2003	1960	31	4303	69	6263	2707	43	3556	57
2003/2004	2443	37	4172	63	6615	2819	43	3796	57
2004/2005	1741	28	4393	72	6134	2285	37	3849	63
总 计	27035	39	41816	61	68851	26807	39	42044	61

说明：

（1）兴奋剂检查总数量（例）从 1989 年的 1235 例，增至 2002 年的峰值 6869 例，增长了 456%，而后又有所回落，2005 年为 6134 例。

（2）赛内检查数量从最初的占总数 60%（739 例）降至 2005 年的 28%（1741 例）。

（3）赛外检查的数量从 1989 年占总数的 40%（496 例），升至 2005 年的 72%（4393 例）。

（4）政府出资检查的数量从 1989 年占总数的 85%，降至 2000 年悉尼奥运会前的最低值 50%，后又有所回升，2005 年为 63%。

（5）客户付费检查从 1989 年占总数的 15%，增至 1998 年的峰值 50%，而后又有所回落。

表 2　澳大利亚反兴奋剂总署 1989—2005 年兴奋剂检查阳性结果统计

年 份	国内阳性（例）	国际阳性（例）	检查总数（例）	国内阳性%	总阳性%
1989/1990	54	0	1272	4.25	4.25
1990/1991	76	13	2656	2.86	3.35
1991/1992	40	0	2444	1.64	1.64
1992/1993	52	1	2877	1.81	1.84
1993/1994	38	0	2802	1.36	1.36
1994/1995	33	0	3108	1.06	1.06
1995/1996	34	0	3296	1.03	1.03
1996/1997	35	4	3499	1.00	1.11
1997/1998	36	0	4313	0.83	0.83
1998/1999	43	0	4801	0.90	0.90

年　份	国内阳性（例）	国际阳性（例）	检查总数（例）	国内阳性%	总阳性%
1999/2000	34	6	5745	0.59	0.70
2000/2001	25	0	6194	0.40	0.40
2001/2002	25	5	6869	0.36	0.44
2002/2003	34	3	6263	0.54	0.59
2003/2004	23	1	6615	0.35	0.36
2004/2005	16	3	6134	0.26	0.31
总　计	598	36	68851	0.87	0.92

说明：澳大利亚国内的阳性率，自澳反兴奋剂总署开始兴奋剂检查以来持续下降，从1989年的4.25%(54例)下降至2005年的0.26%(16例)。

（三）反兴奋剂教育与信息服务

澳大利亚反兴奋剂总署（ASDA）自成立以来，非常重视反兴奋剂教育和信息服务。该机构于90年代初开始出版《运动药物最新动态》（Drugs in Sport Update）季刊，重点报道国际最新反兴奋剂动态，并以开展反兴奋剂教育为目的，介绍反兴奋剂法规、药物知识、药检程序、禁用药物的危害、药检统计结果等信息。此外，还出版了专门为运动员编写的《运动药物手册》（Drugs in Sport Handbook），普及介绍运动药物知识。据统计，仅1998年，该书的需求量就增加了21%。

1997年，澳大利亚反兴奋剂总署在各国反兴奋剂机构中率先创建了机构网站（AS-DA Website），利用国际互联网宣传澳大利亚的反兴奋剂立场和方针政策，公布最新兴奋剂检查统计资料。近年来，该网站经过多次更新改版，页面设计更加精美，内容丰富，信息更新周期短，在世界各国的反兴奋剂网站中独树一帜，享有较高声誉。开建仅一年，1998年该网站的访问量就超过了100000人次，宣传、教育和服务效果极为显著。

为了帮助澳大利亚运动员和教练员及时而方便地了解运动药物知识，迅速获得最新反兴奋剂信息，澳大利亚反兴奋剂总署开辟了建立在一个医药数据库基础上的免费"运动药物热线"（Drugs in Sport Hotline）服务，并在国际互联网上公布了其运动药物热线服务电话号码，欢迎任何需要帮助的人随时进行电话咨询。仅在1998年，该热线就回答了6000多个匿名咨询电话。

为了更好地提供反兴奋剂咨询服务，澳反兴奋剂总署后来又改进了答复运动员有关各种药品问题的运动药物数据库。这是世界上第一个这种类型的数据库，它可以缩短反兴奋剂工作人员回答对方提问的时间，以便能及时查询并答复匿名电话中提出的问题。此外，还增加了运动药物热线电话服务的时间：周一至周五为9:00—21:00；周末和公共假日为9:00—17:00。

为了更及时地发布药物检查统计资料，澳反兴奋剂总署现已将原来每半年公布一次药检统计结果改为每季度末在网上公布药检阳性统计结果。

澳反兴奋剂总署还根据国际体坛反兴奋剂斗争中出现的新情况，及时对运动员进行反兴奋剂教育，有针对性地提供信息服务。近年来还增加了在线反兴奋剂信息咨询服务，有专家负责及时解答运动员和公众的问题。

（四）参与反兴奋剂工作评估

ASDA 和澳大利亚体育运动委员会共同建立了"全国体育组织反兴奋剂工作评价"体系，对澳大利亚全国各体育项目组织的反兴奋剂计划按照规定的标准进行评估，以决定澳大利亚体委是否对该体育组织给予拨款资助。这样的评估每两年进行一次。

（五）开展国内与国际反兴奋剂合作

2000 年悉尼奥运会，澳大利亚反兴奋剂总署负责向悉尼奥运会组委会提供兴奋剂检查技术支持和专家咨询服务。澳反兴奋剂总署是悉尼奥运会组委会反兴奋剂分会的成员，它协助悉尼奥运会组委会起草并实施了 2000 年悉尼奥运会和残奥会兴奋剂检查计划。该计划包括以下几方面的内容：

1. 配备兴奋剂检查工作人员和仪器设施的要求。

2. 所需经费预算。

3. 兴奋剂检查官的赛前补充招聘和培训。

4. 悉尼奥运会前，在测试比赛中进行兴奋剂检查，以试验药检仪器设备、检查组织系统和考核工作人员。

作为澳大利亚政府支持 2000 年奥运会和残奥会承诺的一部分，澳反兴奋剂总署和悉尼奥运会组委会签署了一份《协议备忘录》，确认了双方合作的范围以及在反兴奋剂方面的相互支持。协议具体规定了参与奥运会和残奥会兴奋剂检查官员的培训计划、奥运会前由政府出资在一些比赛中进行兴奋剂检查，以及与澳大利亚兴奋剂检测实验室磋商，为提高实验室的检测水平提供支持和帮助等条款。

除进行国内合作外，澳大利亚反兴奋剂总署还积极进行国际合作，并发挥了重要作用。澳大利亚政府承认澳反兴奋剂总署为代表澳大利亚进行反兴奋剂国际合作的权威机构。

为了共同反对和禁止在体育运动中使用兴奋剂，澳大利亚、加拿大、英国、新西兰和挪威等国于 1996 年签署了《国际反兴奋剂协定》（International Anti-Doping Arrangement）。按照《协定》的工作安排，1998 年完成了基于 ISO 9000 标准的《国际反兴奋剂协定质量规划》，以此作为国际反兴奋剂检查标准。澳大利亚反兴奋剂总署曾在1997—1998 年期间负责秘书处的工作并派人出任主席。秘书处负责组织和召开《协定》筹划指导组会议、制定和监督这两年行动计划的贯彻执行，并对实现战略目标的成效进行评估。《国际兴奋剂检查标准》后来被收编在《国际反兴奋剂协定质量手册》中。各成员国也信守承诺，开始在国内执行该标准。这一国际标准后来在 2004 年世界反兴奋剂机构（WADA）制定《世界反兴奋剂条例》的一系列标准化反兴奋剂规则中成为重要参考依据。

（六）参与国际兴奋剂检查服务

ASDA 还为一些国际大型赛事提供兴奋剂检查服务。例如曾为 2001 年友好运动会提供兴奋剂检查服务，总共完成了 382 例检查，其中包括 24 例血检，从而确保这一受到世人关注的国际体育大赛得到了强有力的反兴奋剂系统的监控。

ASDA 还积极参加同加拿大和挪威反兴奋剂机构签定的国际协议（DFSC）的所有各项活动，包括为 WADA 的兴奋剂检查计划建立法律框架。这项工作是国际运动员兴奋剂检查方面的重大进展，它为世界各国所有的运动员建立起公平的竞技舞台。

（七）为 WADA 和其他体育组织机构提供信息咨询

ASDA 在 WADA 起草制定《世界反兴奋剂条例》的过程中发挥了重要作用，特别是在建立条例框架和提供资料方面。这个由世界反兴奋剂机构（WADA）主持的项目，已经为世界范围内的反兴奋剂活动建立起法律、政策和工作程序的一系列统一架构。

ASDA 还负责为澳大利亚各体育项目组织提供关于《世界反兴奋剂条例》的信息咨询，为澳大利亚艺术与体育部部长和其他有关各方提供有关《世界反兴奋剂条例》的常规咨询服务。

ASDA 还曾为美国反兴奋剂局（USADA）的成立提供了重要帮助，特别是美国反兴奋剂局采纳了 ASDA 建立药物检查数据库的建议。ASDA 的技术支持帮助美国反兴奋剂局迅速在美国实施了有效的兴奋剂检查计划。

（八）支持 WADA 的"运动员药检护照"计划

ASDA 为 WADA 发起建立运动员药检护照系统做出了重要贡献。这个以 ASDA 管理药物检查计划的专用技术为基础的网上药检护照系统，可以使运动员更好地证明自己支持反对在体育运动中使用兴奋剂的斗争。

在 2002 年美国盐湖城冬奥会上，ASDA 协助 WADA 启用了该系统，当时有 700 名运动员注册进入该药检护照系统。

五、ASDA 与其他组织机构的工作关系

澳大利亚反兴奋剂总署同澳大利亚体育运动委员会紧密配合、协同工作，确保国家反兴奋剂计划的有效实施。

澳大利亚体育运动委员会负责监督体育反兴奋剂政策的适宜性及其应用，并保证对使用兴奋剂的运动员进行有效的惩罚。

澳大利亚反兴奋剂总署在反兴奋剂方面处于领导地位，负责协调全国的力量——联邦和地区政府组织、澳大利亚体育联盟及其他体育组织机构。澳大利亚反兴奋剂总署还为澳艺术与体育部部长提供体育兴奋剂问题的政策咨询服务。

由澳大利亚政府分析实验室下属的澳大利亚兴奋剂检测实验室为澳大利亚反兴奋剂总署提供尿样分析服务。

六、ASDA 的工作人员及经费开支

澳大利亚反兴奋剂总署的工作经费主要来自国家拨款，20 世纪 90 年代约占总经费的 75%，与 WADA 及其他国际体育组织签订的兴奋剂检查服务合同收入仅占其经费来源的 25%。该机构人员和经费的基本情况如下。

20 世纪 90 年代中期，澳大利亚政府就为自己树立起非常重视反兴奋剂工作的形象。1996 年，澳政府为支持澳大利亚反兴奋剂总署开展反兴奋剂工作，拨款 327 万澳元（当时约合人民币 1720 万元）。1997 年的资助仍维持这个水平。因为要想保持一个

世界级的反兴奋剂机构的正常运转，必须保证其经费来源。

澳大利亚反兴奋剂总署 1996—1997 年度雇用的工作人员为 35 人（1997 年 6 月 30 日统计），其中包括临时工作人员。该机构 1996—1997 年度的实际支出费用为 378 万澳元（当时约合 233 万美元）。

在 1997—1998 工作年度中，澳大利亚反兴奋剂总署为其反兴奋剂计划共耗资约 400 万澳元（约合人民币 2100 万元），其中约有 330 万元为政府拨款。其余经费大部分来自同一些体育组织签订的反兴奋剂合同——实施兴奋剂检查的收费。向澳反兴奋剂总署付费要求进行兴奋剂检查的包括澳式足球联盟、澳全国篮球联盟，以及一些国际单项体育联合会和一些大型比赛的组织者。

从 1998 年开始，因为筹办悉尼奥运会，澳大利亚政府给澳反兴奋剂总署的拨款逐年增长。2000 年奥运会前，澳政府在当年的经费支持之外又紧急增补 100 万澳元专用于在奥运会期间对运动员进行 EPO 血检。

进入新世纪后，澳政府对澳反兴奋剂总署的经费支持几乎翻了一番，该机构的工作人员也大幅增加。

2003—2004 年度，澳反兴奋剂总署雇用的全职工作人员为 55 人，其中包括 11 名全职兴奋剂检查官（2004 年 6 月 30 日统计）。除此之外，另有相当于 11 名全职药检采样人员的工作量，聘用非全职工作人员来完成。澳反兴奋剂总署 2003—2004 年度的收入总计为 809.72 万澳元，其中政府拨款为 603.7 万澳元，而实际支出费用为 814.37 万澳元。

2004—2005 年度，澳反兴奋剂总署全年总收入为 904.77 万澳元，其中政府拨款为 762 万澳元（占 84.2%），其余为自主经营的提供兴奋剂检查服务收入。

2005—2006 年度，澳大利亚反兴奋剂总署全年总收入为 1342.7 万澳元，几乎比上一年度翻了一番，其中政府拨款为 1046.7 万澳元（占 78%）。2005 年 6 月 23 日，澳大利亚政府宣布准备成立澳大利亚体育运动反兴奋剂管理局（ASADA），同时承诺将在未来四年内为新机构追加 587 万澳元支持经费。

七、关于新成立的澳大利亚体育运动反兴奋剂管理局（ASADA）

澳大利亚体育运动反兴奋剂管理局（ASADA）于 2006 年 3 月 14 日正式成立。由澳大利亚政府任命理查德·英斯（Richard Ings）担任主席，任命杰弗里·利维（Geoffrey Levy）为副主席。创建 ASADA 这一专门的反兴奋剂管理机构，体现了澳大利亚对《世界反兴奋剂条例》和联合国教科文组织《反对在体育运动中使用兴奋剂国际公约》的充分理解和积极回应。

澳大利亚艺术与体育部部长、参议员肯普认为，ASADA 的建立将提高澳大利亚作为世界反兴奋剂斗争领导国的声誉。通过这一新成立的专门机构的管理和协调，将提升澳大利亚处理体育运动中兴奋剂违禁事件的反应机制。

（一）机构性质

新成立的澳大利亚体育运动反兴奋剂管理局（ASADA），是根据国家立法——《澳大利亚体育运动反兴奋剂管理局法案 2006》和《澳大利亚体育运动反兴奋剂管理局法规 2006》成立的一个独立的、专门致力于体育运动反兴奋剂的政府机构。这个新机构对内对外都具有权威性，将代表国家对涉及体育运动中使用兴奋剂的事务进行一元化的管理。

（二）目标与任务

ASADA 的目标，是净化澳大利亚的体育环境，保护真实的运动成绩，捍卫公平竞赛的体育精神。ASADA 的任务，是通过致力于消除使用兴奋剂的现象，维护澳大利亚体育的纯洁性。

（三）工作职能

ASADA 接管了以前由澳大利亚体育运动委员会（ASC）履行的制定政策、审批计划和监督管理职能，并接管了以前由澳大利亚反兴奋剂总署（ASDA）承担的实施兴奋剂检查和开展反兴奋剂教育等工作职能，以及原澳大利亚运动药物医学顾问委员会（ASDMAC）的咨询指导职能，并且为适应形势发展的需要增加了一些新职能。因此，ASADA 具有组织进行兴奋剂检查、案件调查、证据陈述、政策研究以及开展教育等一系列全面的反兴奋剂职能。

（四）机构权力（略）

（五）理事会人选（略）

（六）ASADA 成立后的新行动

2006 年 4 月 27 日，ASADA 宣布已建立了一条新的反兴奋剂电话举报热线以及电子邮箱，以方便举报者向 ASADA 调查员提供有关澳大利亚体育运动中药物违禁的情报和信息。

ASADA 已经建立了一条电话号码为 1800 645 700 的保密电话热线，以及一个网址为 stampoutdoping@asada.gov.au 的保密电子邮箱，因此任何人都可以匿名向 ASADA 举报澳大利亚体育运动中发生的任何使用违禁药物的情况，为调查人员提供调查取证的线索。

无论任何人，凡是知道有关澳大利亚体育界发生的任何使用违禁药物的信息，现在都可以匿名打电话或发电子邮件举报，ASADA 的专职调查员会亲自接听电话或收发电子邮件。

德国国家反兴奋剂机构简介

2002 年 7 月 15 日，德国国家反兴奋剂机构（NADA）在波恩成立，掌管德国反兴奋剂事务。德国国家反兴奋剂机构是德国首家独立的反兴奋剂机构，原属德国体联和德国奥委会共同管辖的反兴奋剂委员会同年解散，其承担的任务移交德国国家反兴奋剂机构负责。

德国国家反兴奋剂机构的成立，是在经历了长达 30 余年的有关优化德国反兴奋剂工作讨论后走出的关键一步，世界反兴奋剂机构的成立也对成立相应的国家反兴奋剂机构起了推动作用。

一、NADA 的组织结构

德国国家反兴奋剂机构是私立的基金会，下设一个董事会和一个理事会。董事会由 10~20 人组成，除了体育界和政界的代表，还有企业界代表（不得超过 10 人）。董事会每年开会一两次，其任务是为理事会出谋划策，监督理事会的工作。理事会负责业务领导，代表德国反兴奋剂机构。理事会的成员必须首先符合一定的专业和个人条件，定期由董事会任命。目前德国国家反兴奋剂机构理事会设有主席、医学理事、教育学理事、法学理事、体育理事和经济理事 6 个职位。

德国国家反兴奋剂机构的合作伙伴是德国内政部、波恩市政府、德国体联、德国奥委会、德国体育援助基金会、德意志银行、德国电信和阿迪达斯公司。

二、NADA 的目标和主要反兴奋剂措施（略）

三、NADA 的经费来源（略）

四、成立 NADA 的原因

德国人认为，成立国家反兴奋剂机构有利于更好地开展反兴奋剂工作，原因如下。

◇成立国家反兴奋剂机构有助于联合反兴奋剂的各方力量。实践证明，鉴于反兴奋剂工作的复杂性，集中执行反兴奋剂任务能够获得更好的成效，节约开支，保证工作专业化，确保对运动员执行统一的、相同的标准，保证德国在国外的利益。

◇成立德国国家反兴奋剂机构能够使反兴奋剂工作远离机构利益矛盾。德国国家反兴奋剂机构是一个独立的机构，独自承担反兴奋剂责任，因而不必接受体育运动协会、经济团体和国家的指示，有自己的财政来源。

◇德国国家反兴奋剂机构的组织结构灵活，能够适应今后反兴奋剂任务变化的需要。

◇德国国家反兴奋剂机构可以联合所有追求基金会目标、在保持体育社会和文化作用方面有兴趣的社会力量。

◇德国国家反兴奋剂机构有自己的财政来源，从而保证反兴奋剂工作能够持续、有效地开展。

◇德国国家反兴奋剂机会有机会独立参加法制和经济交往，从而能够快速、有效地履行反兴奋剂任务。

五、德国的兴奋剂检查体系

执行比赛和赛外兴奋剂检查是德国国家反兴奋剂机构主要的工作任务之一。比赛检查将根据各单项运动协会的规章和与国家反兴奋剂机构的约定进行。赛外检查的范围，是所有有可能参加全国和世界锦标赛的运动员。

德国国家反兴奋剂机构每年年初确定各单项协会分摊到的接受赛外兴奋剂检查人数。在确定人数时运动协会的规模是主要衡量标准之一。各单项运动协会需及时将比赛和训练的相关信息传递给国家反兴奋剂机构，即各单项运动协会应在前一年的12月底之前把来年第一季度的所有主要训练规划，以及在2月15日之前把年底前的所有训练规划以书面的形式递交国家反兴奋剂机构。

在训练开始前10天，德国国家反兴奋剂机构必须得到所有参加训练的运动员名单以及旅馆和训练地点的准确地址（如果可能还应写明旅馆和训练地点的电话和传真号码）。除德国国家反兴奋剂机构之外，国际单项运动协会和世界反兴奋剂机构也要进行比赛和赛外的兴奋剂检查。

德国国家反兴奋剂机构与其他独立于体育之外的外部组织密切合作，实施比赛和赛外的兴奋剂检查，比赛和检测人员由国家反兴奋剂机构选定。承办者将负责通知检测人员、取样和送样工作。样品分析将在世界反兴奋剂机构（WADA）指定的实验室进行，目前德国有两家符合要求，德国科隆体院的生化研究所和位于克莱沙的兴奋剂分析和运动生物化学研究所。

德国是世界上少数几个对顶尖选手到后备人才都进行监控的国家。德国国家反兴奋剂机构起初只进行赛外检查，现在也逐渐开始承担比赛的兴奋剂检测工作。德国反兴奋剂机构现注重深化与世界反兴奋剂机构的合作，并已与其签订协议，今后将承担其在德国境内比赛的兴奋剂检测工作。

NADA公布的2005年工作报告显示，德国在2005年总共完成了8998例兴奋剂检查，其中67例检测结果为阳性，阳性率约为0.75%。而在2004年的兴奋剂检查中，检查总数为8885例，阳性共72例，阳性率约为0.80%。

六、德国国家反兴奋剂法规

除进行兴奋剂检查外，德国国家反兴奋剂机构也负责将《世界反兴奋剂条例》转化为德国体育法。德国的国家反兴奋剂机构法规（NADA CODE）既收入了WADA《世界反兴奋剂条例》的必要条款，也有德国国家反兴奋剂机构成立前原反兴奋剂委员会制定的反兴奋剂条例。截至2004年12月初，德国已有15家运动协会通过签署训练检查协议的形式，承认了国家反兴奋剂机构法规，并将其纳入协会章程。德国国家反兴奋剂机构希望其他运动协会也都能尽快签署训练检查协议。

对于是否制定反兴奋剂法的问题，当前德国国内意见不一。支持制定反兴奋剂法者的理由是：首先人们可以借此收集所有与兴奋剂作斗争的理由，帮助人们运用法律武器，增加透明度；其次，有了反兴奋剂法就对允许和禁止的行为有了明确的规定，表明了政府和议会的态度，此外这项法规也会填补德国法律的空白。反对派则认为不应该通过严厉的法规为运动员定罪，德国正确的反兴奋剂政策应当是掌握运动员的行踪，增加赛外检查的数量，改进德国境内的两家获得 WADA 资格认证的实验室的设备。

德国内政部长朔伊布勒表示要强化反兴奋剂法规。目前德国内政部正打算与司法部和德国奥林匹克体育联盟密切协作，研究出台反兴奋剂的一揽子措施，但具体细节尚未公布。朔伊布勒认为："我们必须竭尽全力建立和维护体育运动的公信力。"他透露，正在考虑加强对职业走私销售兴奋剂团伙的违法行为的惩处力度。

德国奥林匹克体育联盟主席巴赫此前已经呼吁国家制定更严厉的反兴奋剂法规，其中包括药品商标注明违禁药物、废除兴奋剂自由流通的法令、禁止兴奋剂寄发贸易以及加强对职业贩运兴奋剂团伙的处罚力度。

七、NADA 未来几年的工作重点

预防将是德国国家反兴奋剂机构未来几年的工作重点之一。2005 年该机构已经启动了具体的预防计划。预防工作的重点将是为青少年撰写宣传材料，对教练员进行反兴奋剂培训，为记者开办反兴奋剂研讨班，筹备建立配备药品数据库的咨询总部以及加强国家反兴奋剂机构与队医、药剂师和理疗师的合作。新当选的国家反兴奋剂机构董事会主席赫尔兹呼吁联邦政府、各联邦州文化部、体育协会和体育俱乐部积极参与兴奋剂预防工作。德国联邦政府已经许诺投入 40 万欧元作为一部分预防工作的资金。

此外，德国国家反兴奋剂机构未来的工作重点还包括确保经济独立，在不断变化的德国国内体育政治环境中发挥作用。董事会主席赫尔兹认为，国家反兴奋剂机构只有资金雄厚、经济独立才能完成好反兴奋剂任务。

法国反兴奋剂机构及反兴奋剂立法

法国的反兴奋剂工作涉及到许多部门：青年、体育与社团生活部、国家预防及反兴奋剂委员会、各运动项目协会、预防及反兴奋剂医务工作队（全国共计 23 个）以及运动医生等。

2006 年，法国的反兴奋剂机构及反兴奋剂法都发生了重大变化。一方面，国家预防及反兴奋剂委员会自 2006 年第一季度起改为国家反兴奋剂总署。另一方面，新的《反兴奋剂与保护运动员健康法》发布实施。

法国于 1999 年建立了独立的反兴奋剂机构。当时法国青年与体育部（现为青年、体育与社团生活部）部长是马丽－乔治·布菲女士，她在主持青体部工作期间，制定了《保护运动员健康和反兴奋剂法》。根据这部法律，1999 年 6 月 23 日"国家预防及反兴奋剂委员会"在巴黎圣－多米尼克大街 39 号正式挂牌。2006 年 4 月 6 日，法国政府颁布新的《反兴奋剂与保护运动员健康法》。根据这部法律，国家预防及反兴奋剂委员会改为国家反兴奋剂总署。

一、反兴奋机构在性质上的变化

法国国家反兴奋剂总署的前身是国家预防及反兴奋剂委员会。根据法律规定，国家预防及反兴奋剂委员会是一个独立的行政权力机构，其独立性主要通过两方面的条件得到保障，一方面是委员会成员的任命形式，所有成员都是由共和国总统通过法令任命。另一方面是自治的运转模式。

从国家预防及反兴奋剂委员会到国家反兴奋剂总署，最大的转变在于性质上的变化，是从简单的独立的行政权力机构转成为具有法人资格的独立的公共权力机构。这一转变表明，国家反兴奋剂总署拥有独立于政府以及体育界其他机构之外的权力。当然，与国家级各运动项目协会和国际各运动项目联合会的协调关系是不变的。

具有独立的法人资格是为了保证国家反兴奋剂总署在经费方面的顺畅运转，更好地履行其职责和义务。但是具有了独立的法人资格，这个机构就必须面临纳税的问题，而原来的国家预防及反兴奋剂委员作为一个行政权力机构是不存在这类问题的。

二、国家反兴奋剂总署的组成形式

法国国家反兴奋剂总署具体的组成形式目前还没有详细的资料。根据法国国家预防及反兴奋剂委员会 2005 年提交国民议会的工作报告，这个机构实际上是将国家预防及反兴奋剂委员会与国家兴奋剂检测实验室合并。组成形式与原国家预防及反兴奋剂委员会是一样的，机构设置将根据内部规定的细则来确定，组织形式的大原则是根据新颁布的法律来确定的。

（一）组成原则

1. 一个可以行使特权的核心组，其中包括反兴奋剂总署的预算机构；

2. 根据法律行使权力的主席1名；

3. 在主席领导下负责各部门工作运转的秘书长1名；

4. 兴奋剂检查部主任1名；

5. 兴奋剂检测部主任1名，他同时主持化验部门的科研和技术工作。

此外，国家反兴奋剂总署还计划设立在秘书长领导下的行政部、财务部、医学部、预防部和惩罚部。原国家兴奋剂检测实验室的全体人员划归国家反兴奋剂总署。法律规定，国家反兴奋剂总署可以招收公法合同雇员和私法工薪人员。

（二）核心组的组成形式和任期

国家反兴奋剂总署核心组成员的组成形式和任期与原委员会是一样的，也是由法律规定的。目前我们能提供的资料是原国家预防及反兴奋剂委员会的组成形式和任期。

委员会由9人组成：主席、副主席及其成员。所有成员均要宣誓就职。这9名成员主要来自司法行政界、科学研究和体育界三个方面。

1. 3名享有行政和司法审判权的成员：

——由行政法院副院长任命的国家顾问兼主席1名；

——由最高法院总检察长任命的最高法院参事1名；

——由最高法院院长任命的最高法院代理检察长1名。

2. 药理学、毒理学、运动医学领域的专家各1名，分别由：

——法国国家药剂科学院院长任命；

——法国科学院院长任命；

——法国国家医学科学院院长任命。

3. 3名体育界的资深人士：

——由国家奥林匹克与体育运动委员会主席任命的高水平运动员1名；

——由国家奥林匹克与体育运动委员会主席任命的该委员会理事会成员1名；

——由国家伦理学咨询委员会（生命与健康科学）主席任命的人士1名。

委员会成员的任期为6年，不能撤职，也不可连任。也不因年龄限制的通例而中断任期。如果有2/3以上的成员认为某成员不可再继续工作，委员会即可宣布撤销那位成员的职务。

委员会每两年更换1/3的成员，如果有成员在任期期满之前因休假等原因空职6个月以上，则再任命一位成员代理他的职务，并接着他的任期计算，直至旧成员的期满为止。如果该新成员本人的实际任期不满两年，可以续任。

第一届"委员会"的9名成员中有1名任期2年，3名任期4年，3名任期6年。这三组成员均在本组按1、2、3号排列等级。主席的任期为6年，其他成员的任期抽签决定。任期为2年的成员可以续任。

在至少6名以上成员出席的情况下，委员会才能议事。当赞成票与反对票同数时，主席享有决定性的一票。

（三）担负特殊任务的部门

国家反兴奋剂总署的兴奋剂检查部主任和检测部主任在运转方面是独立的，在行使职责的范围内可以不接受任何命令。由于关系到全年的兴奋剂检查计划以及分析化验计划，他们的工作任务列入整个组织机构、常规预算和核心组工作计划的范围内。

这两个部门的主任面向社会招聘。他们要在主席的支持下，在秘书长的行政管理之下独立实施工作任务。主要负责组织、管理和协调在法国本土进行的反兴奋剂检查；建立大区级反兴奋剂联络网；协调抽样人员的初学和继续培训；管理随从人员和医生的酬金。根据与大区级机构和运动项目协会的协调，向反兴奋剂总署核心组建议全年检查计划并负责实施。通过相关国际体育联合会参与在法国举办的国际比赛的反兴奋剂检查工作。

（四）过渡措施

为了保证从国家预防及反兴奋剂委员会到国家反兴奋剂总署的顺利转变，在过渡期间，在职的人员仍然保持原职，其中包括主席（是一位从参议员位置退下来的66岁的人物）。同时增加由动物医学科学院院长任命的1名新人，负责动物运动员的兴奋剂检测工作，这也是国家反兴奋剂总署新增的职责。

三、常设机构

（一）原委员会的常设机构

目前只能提供原国家预防及反兴奋剂委员会常设机构的情况：

这是一支7人组成的工作队伍：秘书长1人、科学顾问1人（医学博士兼大学教授）、特派员2人、助手3人。

这些人在主席的权力之下，由秘书长（参议院主要行政人员）领导。由他保证委员会决议的准备和实施。委员会可以根据工作需要聘用国家公务人员或个人以及相关的专家和资深人士。委员会可以创建多个工作组，由一个或多个委员会成员领导（包括因其能力或经验被指定的外界人士来领导）。

委员会自行制定内部规章制度。委员会的成员及工作人员必须保守职业秘密，违者将受到法国《刑法》第226—13条规定的处罚。

委员会主席每年要向审计法院介绍上一年的支出情况，以及当年的临时情况，申请下一年的预算。

（二）新机构设置将和法令配套

根据国家预防及反兴奋剂委员会2005年的工作报告，国家反兴奋剂总署成立后，这些部门的设置不会有大的变化。机构设置的具体实施日程要和各种法令的出台相配套，这些法令要配合国家反兴奋剂总署的运转，规定各个部门的职责，这将涉及以下几方面的工作。

1. 出台相关法令，决定国家反兴奋剂总署的组织和运转；

2. 国家反兴奋剂总署和各运动项目协会的处罚程序；

3. 审核检查和检测工作的实施细则。这些条文要涉及很多问题，如随从人员的出现、抽样人员和运动员的性别问题、抽样机构的条件、医生和非医生的问题、用药豁免的问题、动物兴奋剂的处理问题（抽样、化验和处罚）等。

要在国家反兴奋剂总署和国家各部委之间进行总体的协调，各种相关法令现在还在制定之中。国家反兴奋剂总署未来的工作队伍预计在 2006 年秋天启动，至 2006 年年底完成。

四、工作职能

（一）原委员会的工作职能

原国家预防及反兴奋剂委员会的主要职责有三：是对违禁行为的惩戒及反兴奋剂斗争的行动规划；二是参与并制定预防和反兴奋剂的政策；三是对兴奋剂研究和运动医学研究的协调工作。委员会拥有对处罚的决定和建议权。

委员会 1999 年 6 月挂牌，但是处罚权从 2000 年 5 月才得以行使。到 2003 年 12 月 31 日为止，共对 43 个运动项目发出了 280 项处罚决定。在三年零七个月的时间内，委员会发出了国内禁赛决定 1 项和暂停比赛决定 212 项（一个月至三年）。政府多次采纳委员会的提案。

在预防工作方面，委员会与法国奥委会、法国运动—健康基金会合作，组织各单项体育协会、大区级奥委会、体育俱乐部、专业健康组织、学校、媒体和企业通过论坛、研讨、展览、青年比赛、反兴奋剂宪章签字等活动进行预防兴奋剂宣传教育工作。在委员会领导下先后成立了运动医学委员会和运动按摩—理疗委员会。成立了 23 个预防和反兴奋剂医务工作队。

在运动医学和反兴奋剂研究方面，2000—2002 年委员会出资约 21 万欧元，先后有 5 个研究课题立项。2003 年底又设立了 8 个有关兴奋剂检测研究的 2～3 年期课题。

2000 年 3 月 24 日，法国政府颁布法令对委员会的职能作了一些补充：有关各方所采取的反兴奋剂检查措施，政府或体育协会所得知的兴奋剂事件以及体育协会根据《公共卫生条例》所采取的惩罚措施，必须通报国家预防及反兴奋剂委员会。

对于体育协会根据法律所采取的措施以及所实施的惩戒程序，须由委员会提出建议。委员会可以规定各体育协会在规定期限内行使法律规定的权力。

任何有关保护运动员身体健康和反对使用兴奋剂的法律草案和规章条例，均须与委员会商议。

负责体育的部长所采取的一切预防及反对兴奋剂的措施均由委员会提出建议。因此，一切有关体育训练、比赛、表演等活动的准备、组织、运作情况均由相关主管机关、体育协会、各类体育团体、体育教学机构向委员会通报。

委员会每年一度向政府和国民议会提交一份公开发表的工作报告。

对于概念混乱的科研问题由委员会向各体育协会提供咨询。

因工作需要，委员会可以调用专家和资深人士。主席可以请求国家帮助。

（二）新机构的工作职能有所扩大

国家反兴奋剂总署的工作职责主要以三个方面为中心：一是镇压贩卖兴奋剂的行为；二是开展大范围的预防宣传工作，运动员无论在册与否，无论水平高低，都要纳入被教育之例；三是纪律处罚。

与原国家预防及反兴奋剂委员会相比，国家反兴奋剂总署的职能在以下几方面得到扩大。

1. 负责反兴奋剂检查工作（原是体育部的职能）；
2. 负责检测或检测抽样样品，同时，国家兴奋剂检测实验室并入反兴奋剂总署；
3. 发布处罚决定，有权替换或更改国家单项体育协会的有关决定；
4. 对于国家级比赛，在确认了专家委员会的意见之后，发布用药豁免清单；
5. 对动物运动员实施兴奋剂检测。

为了保证抽样、样品检测和纪律处罚的公平性，检查、检测和处罚等不可由同一个人进行。

原国家兴奋剂检测实验室的全体人员划归反兴奋剂总署后，飞行检查的效率通过法律条文来加强。条文规定，高水平运动员和职业运动员在训练期间，必须向反兴奋剂总署通报他们的行踪信息。

（三）新机构的职权范围

国家反兴奋剂总署的职权范围较原国家预防及反兴奋剂总署有所调整。

1. 在研究领域

国家反兴奋剂总署不再有协调反兴奋剂研究的职权。这项职权移交给体育部，由体育部协调国家相关部委或有关机构进行。但是法律保持国家反兴奋剂总署参与研究活动的资格。而且在其内部设立相关机构。

2. 在预防方面

和研究工作一样，国家反兴奋剂总署要继续参加预防和教育的工作。要继续资助或合作资助相关的宣传教育活动。而且还可以继续扩大那些实践证明卓有成效的宣传教育活动。

五、经　费

（一）国家预防及反兴奋剂委员会成立以来预算和支出统计

法国国家预防及反兴奋剂委员会的运行经费计入国家总预算。法国 1922 年 8 月 10 日关于支出审查工作的法律条文不适用于委员会的管理工作。委员会主席为财务支出的审核者。他负责向审计法院的检查处呈交委员会的账户。委员会不受国家财政审查，而由审计法院进行事后审查。在 2003 年 12 月 31 日以前，委员会在行政归属方面直属法国总理府。自 2004 年 1 月 1 日起，在管理方面划归法国体育部，其运转经费也归入体育部的预算。因为，几年的运转证明，政府总秘书处不胜任对委员会的管理。划归体育部后，委员会在财政上的自治和行政上独立性不受影响。

（二）国家反兴奋剂总署的经费

至于法国国家反兴奋剂总署的经费，法律规定，总署将建立独立的预算体系。收入来源包括：①国家补贴；②服务性工作收入；③总署自身的其他收入；④捐赠和遗赠。

一开始主要由国家财政补贴，但这样会相对减弱财政独立的原则。另一方面，可以征收自身资源产生的收入。主要涉及为运动项目协会、国际比赛的组委会或为外国实施检测服务的收费。另外国家反兴奋剂总署还可以享受其他资源，比如，世界反兴奋剂机构的研究补助、私人或公共合作的资助等。

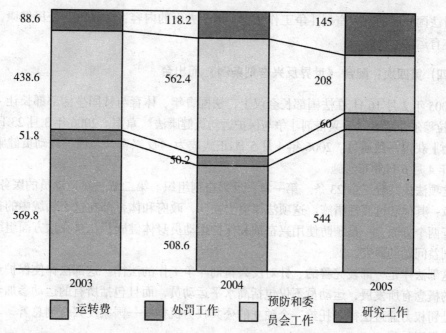

图1 2003、2004、2005年法国国家预防及反兴奋剂委员会支出项目分配情况（千欧元）

根据国家预防及反兴奋剂委员会2005年的工作报告，国家反兴奋剂总署2006年的预算为900万~1000万欧元。

六、法国反兴奋剂法的演变过程

在法国体育史上共四次制定涉及反兴奋剂工作的法律。

（一）第一次：配合法律颁布了禁药名单

1965年6月1日，由负责青年与体育的国务秘书莫里斯·埃尔佐提案，制定法律发起第一次反对使用兴奋剂的斗争，对使用兴奋剂的运动员处以（500~5000法郎的罚金），对于有关人员护理、组织者等处以1个月至1年的监禁。故意使用兴奋剂的运动员停赛3个月至5年。1966年6月14日，以法令的形式配合该法颁布了禁药名单。

（二）第二次：加强了对供药商和生产商的打击

1989年6月28日，颁布新的法律，进一步加强了反兴奋剂的斗争。由当时的体育国务秘书班比克领导，精简了兴奋剂检查机构，加强了对供药商和生产商的打击力度。从此可以由行政管理部门，而不再是裁判，在比赛和训练中进行突击抽查。供药商将被判处6个月至2年的监禁，罚款5000~100000法郎。

（三）第三次：一部完整的保护公民健康，维护体育道德的法律

1999年3月23日，颁布了《保护运动员健康与反兴奋剂法》。当时法国青年与体育部部长是马丽-乔治·布菲女士。但是这部法律在2000年6月15日通过法令并入了《公共卫生条例》。成为该《条例》中有关预防和反兴奋剂的一些章节。2004年4月29日，法国政府对《条例》有关预防和反兴奋剂的内容又进行了新的补充和修改。这部

法律对法国开展的反兴奋剂斗争工作赋予了两个方面的内容：一是维护公民健康，二是维护体育运动的道德。

(四) 第四次：配合《世界反兴奋剂条例》而出台

2005年2月16日,在法国部长会议上，法国青年、体育与社团生活部部长让－弗朗索瓦·拉穆尔介绍了《反兴奋剂斗争与保护运动员健康法》草案。2006年3月23日,在国民议会上获得一致通过。2006年4月5日,正式成为《反兴奋剂与保护运动员健康法》,2006年4月6日颁布实施。

这项法律共分三章23条。第一章：反兴奋剂组织。第二章：对运动员的医务监督。第三章：其他和过渡性措施。这项法律突出强调，政府和体育部在这个领域中的首要作用在于两个方面：一是预防使用兴奋剂和保护运动员身体健康；二是在这方面组织有关公众利益问题的研究。

这部法律是一部较完善的、针对反兴奋剂斗争工作的法律。这部法律使保护运动员健康的概念有所发展，运动员不仅包括高水平运动员，而且包括所有的运动参加者。国家的处罚权力通过法律委托给一个独立的公共权力机构——国家反兴奋剂总署，其职能进一步得到加强。

这部法律主要在以下几方面的内容进行了更新强化：

1. 更好地保证运动员的身体健康。（1）有效的监督；（2）预防和研究工作，强化负责体育的政府部门的作用。

2. 成立一个国家级的独立的公务机构。国家反兴奋剂总署，其职能范围进一步扩展。其人员组成不变，独立性进一步得到保障。其干预范围是全国性的，在法国国土上法国和外国运动员参加的比赛和训练。

拉穆尔表示，"制定《保护运动员健康与反兴奋剂斗争法》目的就是要孤立那些作弊者和禁药提供者，让那些有违禁行为和提供违禁物质的人承受最大限度的风险。"

新反兴奋剂法对飞行检查的程序作出了强制性规定。新法规定，法国的高水平运动员和职业运动员在训练期间必须随时向反兴奋剂总署通报他们的行踪。关于运动员有义务接受在家中进行的兴奋剂检查也将可以依法实施。

新法促进法国反兴奋剂机构与世界反兴奋剂机构和各国际单项体育联合会的合作。新法规定，国家反兴奋剂总署可以根据世界反兴奋剂机构或国际单项体育联合会的要求，在国际比赛期间实施其计划之内的兴奋剂检查工作。这样做，国家反兴奋剂总署便可以和这些国际机构分工合作，避免运动员接受不必要的双重甚至三次兴奋剂检查。

在有关保护运动员健康的章节中，新法规定了更有效的监督措施。比如规定定期更新医务监督证书。颁发此项证书的体育协会可以根据运动员的年龄或运动项目对会员提出具体要求。对于一些高危项目，还要作出特殊的、相应的检查项目规定。法国自行车协会对高水平运动员要求的检查也将扩大范围。负责全国纵向医务监督的医生将建立有关参加比赛禁忌症证书制度。这项制度将强制规定有关体育协会执行，以避免在比赛中出现非体育协会医务监督能力所及的纯医疗性事件引发的后果。

拉穆尔说，这部法律草案是在《世界反兴奋剂条例》的推动下，为使法国与世界反兴奋剂机构保持一致而制定的，是法国准备2006年冬奥会的新措施。

日本反兴奋剂机构的历史与现状

日本是亚洲最早开展反兴奋剂活动的国家之一，拥有亚洲第一个获得国际奥委会资格认证的兴奋剂检测实验室。1999 年世界反兴奋剂机构（WADA）成立时日本成为常任理事国。2001 年日本反兴奋剂机构（JADA）成立。2003 年 11 月，WADA 在东京成立了其亚洲地区办公室。

一、日本反兴奋剂机构历史发展概况

·1964 年，日本反兴奋剂元年。反兴奋剂第一次成为正式话题是在 1964 年东京奥运会期间举办的"世界体育科学会议"上。

·1965 年，日本体协成立了一个兴奋剂研究委员会。

·1972 年，举办札幌冬奥会前，"日本体育协会体育科学委员会"开始进行反对使用兴奋剂的普及、宣传和检测方法方面的研究，其中一项工作就是编辑了《兴奋剂手册》。但札幌冬奥会后，日本有组织的反兴奋剂工作中断，留下了多年的空白。

·1985 年，以神户世界大学生运动会为契机，在日本三菱化学公司 BCL 的协助下，日本建立了亚洲第一个兴奋剂检测实验室，并获得了国际奥委会的资格认证。

·1988 年，日本体协成立了新的反兴奋剂工作班子。

·1991 年，日本奥委会也成立了反兴奋剂工作班子。

·1995 年，日本奥委会正式成立了反兴奋剂委员会。

·1999 年 WADA 成立时，日本成为代表亚洲的常任理事国，日本文部科学省副大臣担任了 WADA 理事会的常任理事。作为反兴奋剂工作领先的国家，当务之急是成立一个领导、实施、宣传、培育日本国内反兴奋剂活动的正式机构。

·2001 年，日本反兴奋剂机构（JADA）成立，其事务局位于日本国立体育科学中心。JADA 负责管理国内的反兴奋剂工作，开展国际标准的反兴奋剂活动，不仅对在日本举行的国际比赛，还对包括日本国民体育大会在内的国内比赛以及青少年比赛提供反兴奋剂情报和指导，并对那些与体育相关的医学机构进行反对使用兴奋剂的宣传。

·2003 年 4 月 7 日，日本体育仲裁机构成立，开始接受和处理有关兴奋剂事件的上诉。

·2003 年 11 月，WADA 将其亚太总部设在日本东京。

·2005 年，JADA 的赞助商发展到 11 家，其中包括大冢制药、美津浓、味之素、森永制药、明治乳业等著名企业。

·目前，JADA 的加盟团体共有 55 个，通过 JADA 培训和资格认定的兴奋剂检查收样人员共有 290 名。

二、JADA 的组织机构（略）

JADA 评议员会由数名评议员组成，主要任务是接受理事会的咨询，协助会长作决议，理事会制定事业计划书和收支预算书必须听取评议员会的意见。评议员可兼任其他职务。

JADA 理事会设会长、副会长、理事长各 1 名，理事 17 名，监事 2～3 名。现任理事中有高中体联、日本体育振兴中心、日本体协、日本奥委会、国立体育科学中心体育医学研究部、日本残疾人体育协会的负责人，以及有关的医学和法律学专家。现任会长黑田善雄是东京大学名誉教授，副会长冈野俊一郎是国际奥委会委员，理事长河野一郎是筑波大学教授。各职务任期两年，可连任。

三、JADA 与相关组织机构的关系

首先，日本反兴奋剂机构（JADA）的地位是极其重要的，是日本整个反兴奋剂体制的中心，是统一和覆盖全国各体育团体的组织机构，这样的设置可以使世界各国明确日本的反兴奋剂体制（参见下图）。

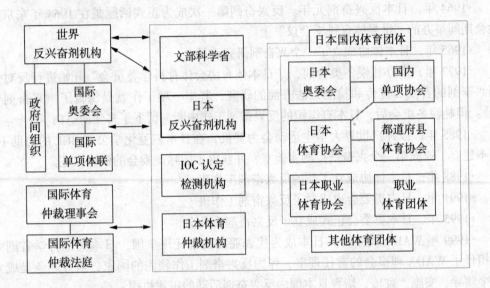

其次，JADA 的地位是独立的、中立的，一方面配合世界反兴奋剂机构开展各项工作，一方面对日本（包括日本奥委会、日本体协、日本职业体协及其他体育团体）所有有关反兴奋剂的工作进行统一管理和实施，检测机构（目前是三菱 BCL 下属的兴奋剂检测实验室）通过 JADA 实施具体的检测工作，这样的体制下能够保证 JADA 站在中立的立场对检测结果进行一体化管理，需要反馈信息的时候，中立的立场也方便实施。

四、JADA 的主要工作任务

（一）制定反兴奋剂政策

1. 包括制定日本国内的反兴奋剂活动政策，向日本奥委会、日本体协、单项协会等体育组织的反奋剂计划提供指导和建议。
2. 制定兴奋剂检查标准。

（二）兴奋剂检查工作

对赛内检查和赛外检查给予指导和建议，负责与检测机构的协调工作和相关业务。

（三）检查收样人员的培训工作

举办培训班，对合格者进行资格认定并进行登记。

（四）反兴奋剂教育、开发工作

1. 制作反兴奋剂宣传手册并向教练和选手及普通人发放。
2. 发行反兴奋剂宣传手册，向日本奥委会、日本体协、单项协会、研究教育机构发放。
3. 通过举办反兴奋剂会议对教练和选手进行教育。

（五）数据库建设工作

开设并更新各种数据库和网页，向单项协会等机构提供最新的情报，建立检查结果数据库、检查收样人员数据库、药品数据库等。

（六）调查研究工作

对国外的反兴奋剂活动、国际反兴奋剂活动动向、兴奋剂药物动向等进行调查研究。

（七）其他必要工作

五、JADA 的兴奋剂检查范围及检查数量

日本的兴奋剂检查数量之少曾受到指责，在有国际奥委会认证的检测机构的 25 个国家里，实施检查数量最多的是美国，日本排在第 18 位，比芬兰等小国家还少。如今日本在最大的全国性综合性体育比赛——国民体育大会上已开始实施兴奋剂检查。另外，赛外检查也非常重要。但从 JADA 近几年的检查数量来看，并没有按计划如期增加检查数量，反而是逐年减少（表 1）。

表 1 JADA 近几年兴奋剂检查数量

年度	赛内检查	赛外检查	总计
2002.4.1–2003.3.31	1457	1372	2829
2003.4.1–2004.3.31	1427	842	2269
2004.4.1–2005.3.31	1232	694	1926

国民体育大会的兴奋剂检查工作自 2003 年第 58 届大会正式开始实施，当时制定的《国民体育大会兴奋剂检查实施计划》中有如下相关规定。

——检查采取赛内、赛外同时平行实施的方式，原则上以所有参赛者为对象，但赛内检查从准备工作做得较好的项目开始实施，其他项目实施赛外检查。

——为保证检查的顺利实施，每届大会的检查规模将不断扩大。2003 年度的检查数量为 50 例，经过 4~5 年的时间达到 300 例的目标。

——2003 年的检查项目为：夏季比赛 2 个项目，秋季比赛 4 个项目，冬季比赛 1

个项目。

——为确保处理兴奋剂事件的透明度，在国民体育大会委员会中设置裁定委员会。

——兴奋剂检查费用由日本体育协会负担。

六、JADA 的财务状况

JADA 资产来源包括以下五大部分。

（1）成立之初财产目录下记载的财产；（2）捐赠财物；（3）由资产产生的收入；（4）事业收入；（5）其他。

以上资产分为两大部分：基本资产和应用资产。基本资产包括成立之初被定为基本资产的财产、被指定为基本财产的捐赠财产、理事会决意纳入基本资产的财产。应用资产为基本财产以外的资产。事业经费必须从应用财产中支出。

表2 2004—2005 年度 JADA 收支一览（单位：万日元）

科目	金额	其中彩票补贴金
收入部分		
基本财产运用	6.26	
加盟费	30.00	
年会费	265.00	
登记费	365.00	
事业收入	9998.28	
补助金	1051.60	1051.60
捐赠金	380.00	
其他收入	0.54	
当期收入	12096.68	
支出部分		
事业费	8047.75	1275.31
管理费	2919.23	
取得固定资产	39.72	
退休金	90.00	
基本财产转移支付	200.00	
法人税	170.95	
当期支出	11467.66	
当期收支差额	629.03	

（注：1 万日元约合人民币 700 元）

JADA 的年度（当年 4 月 1 日至次年 3 月 31 日为一个财务年度）收支预算书由会长提出，交理事会通过后必须提交给日本文部科学大臣。年度收支决算书也由会长提出，理事会认可后也必须向文部科学大臣报告。

在 2004—2005 年度，JADA 的总收入为 1.2 亿日元（约合 847 万元人民币），总支出约为 1.15 亿日元（约合 803 万元人民币）。在收入的"捐赠金"一项中，由于赞助企业数量的增加，捐赠金额也在逐年增加，从 2002 年 100 万日元，2003 年 300 万日元，到 2004 年已达到 380 万日元(约合 26.6 万元人民币)。

JADA 认为，兴奋剂问题已经是一个世界范围的社会问题了，不只是体育界的问题，因此，国家有必要从社会全局的角度进行组织管理和补贴。

七、未来课题

展望 JADA 未来的工作，首先是教育问题。几年来，JADA 一直致力于推进青少年的反兴奋剂教育工作，"觉醒剂""麻醉剂"等药物在学生中被乱用的现象十分明显，必须与反兴奋剂结合在一起进行教育。

随着医学的发展，有关基因技术的应用也波及到体育兴奋剂领域，天然药品的使用也越来越多，这方面的应对措施、检测和分析方法的研究是 JADA 的主要工作之一，这些工作势必增加经费负担，因此有必要加强经费支持，同时保证和加强 JADA 的独立性。

同时，JADA 只有与相关组织同心协力才能建立一个良好的基础，才能很好地发挥作用。JADA 在日本致力于实现"没有药物污染的社会和体育运动"，要让孩子们能够在一个没有药物污染的体育环境中享受体育活动的乐趣，这是 JADA 的重大责任。

领先欧洲的芬兰反兴奋剂总署（FINADA）

芬兰是欧洲联盟的成员国之一，全国人口 500 多万。由于经济发达，生活水平和社会福利高，体育基础设施完善，芬兰的体育运动开展十分普及，尤其是冬季运动项目水平较高。芬兰政府和体育组织对反兴奋剂工作非常重视，其设置独立反兴奋剂机构、反兴奋剂相关立法、宣传教育、兴奋剂检测实验室装备以及反兴奋剂经费的投入，在欧洲国家中均称得上居领先地位。

一、芬兰政府的反兴奋剂政策

芬兰《体育法》（1998）中写明了体育运动在芬兰的基本价值，以及政府在开展体育运动方面的任务。芬兰体育运动的基本价值观是平等、坚忍、道德、健康和幸福。芬兰政府认为反兴奋剂工作支持了所有的这些价值观念。

芬兰是 1989 年最初同意并签署欧洲委员会《反兴奋剂公约》的 6 个缔约国之一，政府明确表示支持国内和国际的反兴奋剂斗争。在国内，政府大幅度增加了对反兴奋剂机构的预算拨款，对体育组织的经费资助也以其必须承诺反兴奋剂为先决条件。芬兰政府规定，芬兰各项目国家协会有责任为兴奋剂检查和反兴奋剂信息工作支付部分经费，而且也有义务对使用兴奋剂的运动员实施制裁。1990 年,芬兰成立了反兴奋剂委员会（Finnish Anti-Doping Committee）。

二、FINADA 的机构性质

2001 年 11 月以前，芬兰的反兴奋剂管理工作由芬兰教育部和原芬兰反兴奋剂委员会（Finnish Anti-Doping Committee）共同负责。后来，芬兰政府根据国际反兴奋剂斗争新的发展趋势对本国的反兴奋剂管理机构进行了调整。

2001 年 11 月 8 日，芬兰反兴奋剂总署（The Finish Anti-Doping Agency, FINADA）正式成立。该机构接管了原芬兰反兴奋剂委员会的工作，是个具有管理权威的非盈利性的独立反兴奋剂机构,

三、FINADA 的任务目标

芬兰反兴奋剂总署的主要任务是：根据签订的国内和国际反兴奋剂协议，同体育组织和反兴奋剂组织进行合作，推动反对在体育运动中使用兴奋剂的斗争，全面负责芬兰的反兴奋剂管理工作。

芬兰反兴奋剂总署致力于以下几方面的工作。

（1）兴奋剂管理政策的研究制定和实施；

（2）反兴奋剂教育和信息传播；

（3）组织建立芬兰的兴奋剂检测程序；

（4）研究发展高质量的兴奋剂检查体系；

（5）反兴奋剂国际交流与合作；

（6）开展反兴奋剂科学研究。

芬兰反兴奋剂总署的具体工作任务如下。

1. 国内方面

·加强反兴奋剂教育和信息传播，制定工作策略，与芬兰体育联合会、芬兰奥委会和各运动项目的国家协会进行合作。

·建立"运动员护照"制度。

·增加兴奋剂检查数量，研究发展兴奋剂检查体系。

·在兴奋剂检查和芬兰反兴奋剂总署的管理中引进《国际反兴奋剂协定》和国际标准化组织（AIDA/ISO）质量体系，以及 WADA 的系列国际标准体系。

·对反兴奋剂立法施加影响。

·及时改进更新反兴奋剂规则与规章。

2. 国际方面

·为使全球反兴奋剂工作一体化而开展国际合作，致力于在不同国家改进兴奋剂检查程序、加强反兴奋剂教育和信息工作。

·积极参加同世界反兴奋剂机构（WADA）、欧洲委员会(Council of Europe)、《国际反兴奋剂协定》（IADA ）协约国、欧洲联盟（EU）和北欧国家的合作。

3. 开展反兴奋剂研究

·就研究领域展开调查。

·制定研究方略和建立研究中心。

除上述主要工作任务外，该总署还负责同芬兰海关、警察局和卫生健康机构合作，协助处理与兴奋剂有关的其他问题。

四、FINADA 的经费来源

近些年来，芬兰政府支持反兴奋剂工作的经费增长迅速，1997—1998 年，芬兰教育部拨给芬兰反兴奋剂委员会的经费翻了一番。2002 年，芬兰反兴奋剂总署的预算经费已上升到原芬兰反兴奋剂委员会经费的两倍（1999 年芬兰反兴奋剂计划的总开支为386.2 万芬兰马克，约合 67.6 万美元）。

从 2002 年至 2004 年，FINADA 每年得到国家教育部 120 多万欧元的经费支持，而2005 年又增加至 135 万欧元。除此之外，每年还通过实施兴奋剂检查和出版反兴奋剂教材、信息资料及录像带等活动另外获得芬兰教育部 44 万欧元的项目经费。由于是独立的机构，FINADA 对经费的分配和使用拥有自主权。

五、FINADA 的人员构成（略）

六、兴奋剂检查与检测实验室

芬兰反兴奋剂总署负责制定和实施每年的兴奋剂检查计划。为完成国内和国际比赛的兴奋剂检查，该总署在全国培训和考核任命了 40 名兴奋剂检查官。这些人均是医生和体育教师等乐于从事反兴奋剂工作的兼职人员，他们有自己的本职工作，执行兴奋剂检查时领取一些报酬。检察官采集到的样本被邮寄或护送到赫尔辛基兴奋剂检测实验室进行分析化验。

以下是芬兰反兴奋剂总署公布的2001—2004年芬兰兴奋剂检查统计数字，我们可以从中大致了解每年的检查数量及增减情况，以及每年的阳性例数。

2001—2004年芬兰兴奋剂检查统计（单位：例）

年　份	国际检查				国内检查			
	赛内	赛外	共计	阳性	赛内	赛外	共计	阳性
2004年	1000	844	1844	7	36	66	102	1
2003年	960	875	1835	4	175	136	311	2
2002年	875	874	1749	9	91	148	239	0
2001年	739	699	1438	7	320	147	467	8

赫尔辛基的联合实验室（United Laboratories Ltd）始建于1955年，是目前世界上仅有的两个已得到国际奥委会医学委员会资格认证的私立实验室之一。该实验室1978年开始进行人体和动物兴奋剂检测，1983年获得IOC认证，1990年起开始对社会药物滥用的检测，1999年获得ISO药物滥用和兴奋剂检测认证。

联合实验室规模较大，检测仪器装备精良，现有专家和技术员工80人，拥有500个国内外客户，每年做50万例检测——其中绝大部分是毒品和社会药物滥用及赛马药物检测，属于兴奋剂检测的只占一小部分。实验室为客户提供高质量的检测服务时收取检测费用，赛外检查每例135欧元，赛内检查每例185欧元。

芬兰邻国爱沙尼亚的所有兴奋剂检查样本均付费由该实验室代为检测。实验室同芬兰国内的大学和公共健康学院有业务联系，在开展反兴奋剂检测研究方面同国际奥委会和欧盟也进行项目合作。

七、协助议会完成反兴奋剂立法

由于芬兰政府一贯支持反兴奋剂斗争，因此对2000年欧洲体育部长会议和《奥斯陆反兴奋剂宣言》强调立法的建议十分重视。芬兰反兴奋剂总署成立后，积极协助芬兰议会进行反兴奋剂立法工作，该机构以反兴奋剂工作中多年积累的案例为依据，努力从专业角度施加自己的影响。

为了遵守承诺和打击兴奋剂犯罪，在欧盟国家中继法国和意大利之后，芬兰也迅速采取了反兴奋剂立法措施。2002年8月，芬兰颁布了《芬兰刑事法典》中新修订的反兴奋剂条款。

在芬兰刑事法典的反兴奋剂条款中，制备或企图制备某种兴奋剂物质，进口或企图进口某种兴奋剂物质，或出售、采办、给予他人，或者散发或企图散发某种兴奋剂物质，拥有某种兴奋剂物质并有可能蓄意非法散发，均应被判决为兴奋剂犯罪——应判处罚金或判处最多两年监禁。如果在兴奋剂犯罪中犯罪涉及相当大数量的兴奋剂物质，谋求的是相当大的经济利益，犯罪者作为成员参与了专为大规模从事上述犯罪而组成的团体，兴奋剂物质被散发给未成年人，那么总体量刑时其罪行也被加重，犯罪者应被判决为严重兴奋剂犯罪——判处最少4个月至最多4年的监禁。

八、制定芬兰《反兴奋剂条例》

在芬兰反兴奋剂总署的主持运作下，严格按照世界反兴奋剂机构（WADA）颁布的

《世界反兴奋剂条例》（World Anti-Doping Code）中对国家反兴奋剂条例的要求制定的芬兰《反兴奋剂条例》，领先欧洲各国迅速出台，已于 2004 年 1 月 1 日正式生效。芬兰所有有组织的体育运动都必须遵守这一条例，其中包括接受国家拨款资助的芬兰体育联合会、全国各单项体育组织及其成员，以及参加比赛的运动员。条例的颁布使芬兰反兴奋剂总署有权在任何时间和任何地点对运动员进行兴奋剂检查。

九、反兴奋剂教育和信息传播

早在 1998 年，芬兰就创建了反兴奋剂网站（www.liite.com）。芬兰反兴奋剂总署成立后，又更新内容设计，推出了自己的新网站（www.antidoping.fi）。该网站上的反兴奋剂信息、文章和专访报道每两星期更新一次，并配有英文和瑞典文的内容概要。网页上还设置了同 WADA、北欧和其他国家反兴奋剂机构，以及一些国际单项体育联合会网站的链接，可为运动员、教练员和其他有需求的人士直接提供各种反兴奋剂相关信息。由于在芬兰电脑的使用普及率很高，毫无疑问，反兴奋剂网站的建设是芬兰反兴奋剂信息工作的重点之一。

芬兰反兴奋剂总署每年都用芬兰文和瑞典文印制 IOC 和 WADA 的禁用物质名单，寄发给大约 4000 个不同的团体。在芬兰反兴奋剂总署网站上也可查到最新的禁用物质名单。

芬兰反兴奋剂总署同芬兰的高等体育院校建立了广泛联系，为它们开设了反兴奋剂课程，还组织专家编写了教育手册，并为年轻运动员、教练员、教师、医师和学生父母开办各种反兴奋剂信息讲座。此外，还与芬兰体育联合会合作在其地区体育组织和体育俱乐部，以及中等体育学校中开展反兴奋剂教育活动。2004 年就举办了 90 次讲座，参加者达 5000 多人。芬兰体育联合会也邀请反兴奋剂总署的专家制作了宣传反兴奋剂和培养体育道德的专题电视节目。

芬兰反兴奋剂总署还同芬兰教育部和芬兰卫生与社会事务部联手在社会上开展反兴奋剂宣传教育，用芬兰语、英语和瑞典语制作了介绍兴奋剂危害人体健康的影像资料，被许多教育机构买去用作教材。2004 年芬兰反兴奋剂总署共编辑出版了反兴奋剂手册、指南、科普读物、运动员须知等 13 种宣传普及反兴奋剂知识的出版物。

十、国际交流与合作

1998 年，芬兰教育部和芬兰反兴奋剂委员会加入了《国际反兴奋剂协定》（IA-DA）计划。1999 年，芬兰又与欧盟国家和国际标准化组织合作建立了 ISO 9002 兴奋剂检测质量体系。

芬兰反兴奋剂总署与 WADA 联系密切，一贯积极参与和协助 WADA 的工作。芬兰教育部当初对确定 WADA 的机构设置和工作目标曾施加了积极的影响，芬兰文化部部长苏韦·林登还作为欧盟国家代表担任了 WADA 理事会成员。

芬兰反兴奋剂总署同跨国 IT 公司 Mogul 合作，率先在芬兰创建了世界上第一个应用网络技术的反兴奋剂电子"运动员护照"系统——运动员的姓名、年龄、照片、国籍、所属项目、全年训练比赛日程、比赛成绩、历年参赛记录、家庭住址、训练营地址、伤病史、医疗史和用药情况、历次药检记录、禁用物质名单、反兴奋剂基础知识等信息资料全部都被储存在网络数据库中，可供国际反兴奋剂机构、相关体育组织、医生、教练、运动员等输入密码后，随时在网上点击查询。由于是使用网络技术的交互式电脑程序，该系统除查询功能外，还可供运动员及时上网更改和填报自己的最新比赛日程、临时居住地址等信息，以便国际体育组织和兴奋剂检查机构随时掌握运动员行踪，实施事先不通知的突击"飞行药检"。

该系统是 WADA 实行全球反兴奋剂电子"运动员护照"计划的一部分，因此芬兰反兴奋剂总署堪称 WADA 该计划最积极的合作伙伴之一，在世界各国中起到了示范作用。2002 年，芬兰反兴奋剂总署已将本国 1200 名运动员的资料输入该系统，这样既方便其国内的反兴奋剂管理工作，又可同 WADA 交换数据资料。

在开展反兴奋剂国际交流与合作方面，芬兰首先同北欧国家和波罗的海沿岸国家建立了合作互助的关系，签订了兴奋剂检查合作协议，允许相互之间对协议国运动员进行境内和境外的互检。芬兰还确定了同波罗的海沿岸国家开展合作的责任，芬兰反兴奋剂总署一直负责培训爱沙尼亚的兴奋剂检查官员。

（项目编号：766ss05029）

图书在版编目(CIP)数据

国家体育总局体育哲学社会科学研究成果汇编.竞技体育卷/国家体育总局政策法规司编. –北京：人民体育出版社，2009

ISBN 978-7-5009-3619-0

Ⅰ.国…　Ⅱ.国…　Ⅲ.①体育–文集　②运动竞赛–文集

Ⅳ.G8-53

中国版本图书馆 CIP 数据核字(2009)第 038436 号

*

人民体育出版社出版发行

三河兴达印务有限公司印刷

新　华　书　店　经　销

*

787×1092　16 开本　35.5 印张　848 千字

2010 年 1 月第 1 版　　2010 年 1 月第 1 次印刷

印数：1—3,000 册

*

ISBN 978-7-5009-3619-0

定价：75.00 元

社址：北京市崇文区体育馆路 8 号 （天坛公园东门）

电话：67151482（发行部）　　　邮编：100061

传真：67151483　　　　　　　　邮购：67118491

（购买本社图书，如遇有缺损页可与发行部联系）

图书在版编目（CIP）数据

ISBN 978-7-5009-3619-0

……

ISBN 978-7-5009-3619-0
定价 75.00 元